Pamela Marcantel

Johanna von Orléans

Roman

Deutsch von Rainer Schmidt

Schneekluth

Die amerikanische Originalausgabe erschien unter dem Titel
An Army of Angels bei St. Martin's Press, New York

ISBN 3-7951-1603-1

Gesetzt aus der Baskerville Book 10/13 Punkt
Druck und Bindung von Bercker, Kevelaer
Printed in Germany 1999

Für meine Mutter, für meinen Cousin Paul Marcantel, der *La Belle France* liebte, und für alle diejenigen auf der Welt, die um ihrer Wahrheit willen leiden.

Prolog

Schloß Rouen

20. Februar 1431

Die lange Tafel war von einem Ende bis zum andern mit Speisen bedeckt, wie sie sie so einladend nie gesehen hatte. Eine strahlende Vielfalt von Fleisch und Gemüse, Suppen und Süßspeisen erstreckte sich über die ganze Länge des Saales und führte sie in Versuchung, doch näher zu kommen und von dem bunten Strauß aus Duft und Geschmack zu kosten. Brote, dunkle und helle, türmten sich neben saftigen Käselaiben aller Art, und die Tische ächzten unter der Last von Fleischpasteten und Kuchen, die einem das Wasser im Munde zusammenlaufen ließen, so geschickt zu Blüten und Tieren geformt, daß es ihr den Atem verschlug. Diese Attacke auf ihren Geruchssinn ließ ihren zusammengeschrumpften Magen schmerzhaft knurren. Sie war so hungrig, immer so hungrig, daß sie wußte, wenn sie jetzt anfinge zu essen, würde sie nie mehr aufhören. Sie streckte die Hand nach einem fetten Kapaun aus –

»Aufwachen, du Luder!« Wütend trat ein Stiefel gegen ihre angeketteten Füße.

Sie fuhr zusammen, immer noch seitlich eingekrümmt, und allmählich erwachten ihre Sinne.

John Grey, Hauptmann der Wache, überschattete sie, die Hände in die Hüften gestemmt, und ein bedrohliches Grinsen klaffte zahnlos im vertrauten Bart. Seine massige Gestalt verbreitete ekelhaften Gestank vom Urin, der an seinem Hosenlatz zu einem dunklen Fleck eingetrocknet war, und von den verkrusteten Schweißresten so manchen Sommers. Zwischen den grünen Stummeln, die einmal Zähne gewesen waren, hingen Fasern von einer fetten Wurst und verhöhnten ihren leeren Magen, und selbst aus dieser Entfernung roch sie sei-

nen fauligen Atem. Haß glitzerte in den seelenlosen blauen Augen, deren Blick vom langen Dienst in den Kriegen seines Königs verbittert war, von einem Dienst, der ihm und seinen Kameraden im Laufe der Jahre eine plumpe Geläufigkeit in der französischen Sprache verschafft hatte.
Mit beiden Händen packte er sie beim Hemd und riß sie hoch. Seine langen, fettigen blonden Haare, die ihm bis auf die Schultern hingen, streiften ihre Wange, und sie atmete seinen Gestank ein.
Die Kettenringe an ihren Handgelenken klirrten leise, als sie sich seinem Griff entwand.
»Was gibt es diesmal?« fragte sie gereizt. In kleinen Wölkchen entkamen ihre Worte in die eisige Luft. Obwohl sie vor Erschöpfung und Unterernährung ein wenig schwankte, war sie jetzt doch hellwach und wachsam.
»Neue Befehle«, kläffte er. »Wir sollen dich mit Schwefel einschmieren und heute abend verbrennen.«
Die Verwirrung ließ sie taumeln. Vor kurzem erst hatte die Wache ihr mitgeteilt, daß ein Lösegeld für sie gezahlt worden sei: Binnen einer Stunde werde man sie freilassen. Da hatte ihre Hoffnung sich zu einem Dankgebet aufgeschwungen. Der König hatte sie erlöst! Und wie hatten sie gelacht, als sie ihr dann erzählten, daß sie gar nicht freigelassen werden würde, und als ihr klargeworden war, daß sie nur ihr Spiel mit ihr getrieben hatten.
Jetzt erzählten sie ihr das Gegenteil. War das wieder ein grausamer Scherz, oder war es die Wahrheit? Die heilige Katharina hatte versprochen, daß man sie nicht hinrichten werde. Aber in Greys humorlosen Augen lag keine Nachsicht, keine Spur von Gnade. Diesmal war es also wirklich geschehen; sein bösartiges Triumphieren bedeutete, daß dies kein Scherz war.
Sie fiel auf die Knie und bekreuzigte sich. O Gott, betete sie, gib mir den Mut, Deinen Willen auf mich zu nehmen!
Rauhes Gelächter kam von den drei englischen Soldaten. Sie hob den Kopf und sah, daß die anderen zwei immer noch auf ihren Schemeln an der Tür hockten. Die Tränen liefen ihnen über die Wangen, als sie

über diesen Spaß wieherten. Greys wildes Grinsen verspottete sie, und wegwerfend winkte er ab.

»Hab ich dich drangekriegt, was?« schnarrte er in seinem englisch klingenden Französisch. Ein verschwörerischer Blick ließ die anderen erneut in ihr stupides Gejohle ausbrechen. Sie hörte sogar John Barrow, der draußen vor der Zelle Wache stand, über diesen Spaß kichern.

Sie ließ sich auf den Block sinken, an den sie gekettet war, und umschlang ihre Knie, um die Körperwärme in der eisigen Zugluft zu bewahren. In der ersten Nacht hier hatten sie ihr den warmen Mantel gestohlen, den ihr die Dame aus Abbeville geschenkt hatte.

»Es ist eine Sünde, mich so zu mißhandeln.« Sie zog die Stirn kraus; die Erleichterung ließ ihr Herz langsamer schlagen und ihre Rede kühner werden. »Ihr alle solltet Gott um Vergebung bitten.«

»Ach, sollten wir das, du französische Schlampe?« fragte William Talbot, der jüngste der drei – die andern nannten ihn Billy. »Für wen zum Teufel hältst du dich, daß du uns über Sünde und über Gott belehren willst, wo du doch selber eine vermaledeite Hexe bist?«

»Ich bin keine Hexe.« Ihr Gesicht glühte vor Entrüstung. »Ich bin eine Gefangene eures kleinen Königs. Man hat mich zu Unrecht angeklagt, aber Gott hat mir gesagt, ich werde von all dem erlöst werden.«

»Ach ja?« fragte Grey höhnisch. »Und wann soll das wohl passieren?«

»Wenn Gott es will. Binnen dreier Monate.«

»Unfug«, erwiderte Julian Flouquet, der sie mit seiner Leibesfülle an Trémoïlle, den Kanzler des Königs, erinnerte. »Erlösung bekommst du, wenn die Kirche dich verurteilt und wir die Gelegenheit bekommen, dich zur Hölle zu schicken, wo du hingehörst.«

»In der Hölle bin ich schon«, gab sie zurück, »und ihr seid lauter Dämonen, die ausgesandt wurden, mich zu quälen. Aber ich werde euch entkommen. Gott hat mir sein Wort gegeben, daß ich durch einen großen Sieg befreit werde, und keiner von euch *goddons* kann irgend etwas tun, um das zu verhindern.«

Billy zog geräuschvoll die Nase hoch und spuckte nach ihr. Der Schleim flog nicht weit genug und klatschte in einem schäumenden Fladen auf den Steinboden.

Die fünf Gefängniswärter, John Grey und seine Kameraden – von denen zwei immer vor der Zelle Wache hielten –, waren Soldaten in dem englischen Heer unter Führung von Richard Beauchamp, dem Earl of Warwick, einem treuen Offizier des Herzogs von Bedford. Nachdem sein Herr gegen die französischen Loyalisten zu Felde gezogen war, hatte Warwick das königliche Mündel Heinrich in seine Obhut genommen. Es hieß, er sei seinem König und seinem Herrn in wütender Treue ergeben und werde ohne Zaudern jeden ihrer Befehle ausführen. Daß er zu allem imstande war, glaubte sie gern. Sie hatte es gleich bei ihrer Ankunft in Rouen festgestellt, als er herbeigeeilt war, um die Hexe mit eigenen Augen zu sehen.

Da hatte er vor ihr gestanden, hochgewachsen und von schöner Gestalt, mit einer hübschen Nase und dicht zusammenstehenden grauen Augen, und hatte eine Fackel gehalten, als man sie an die hintere Wand kettete. Sein fester Blick war kalt gewesen wie der Dezemberwind und ohne Mitleid mit seiner kostbaren Gefangenen. Gesagt hatte er nichts, hatte sie nur kurz angestarrt, und dann war er gegangen. Aber das hatte genügt. Sie hatte den Anführer gesehen, und es war klar, daß seine Leute genauso sein würden – oder schlimmer. Und ihre bestürzende Ahnung hatte sich als zutreffend erwiesen: Wohl hatte sie schon erfahren, daß die Engländer allgemein so hartherzig und mitleidslos waren wie er, aber die hier in ihrer Zelle waren die gemeinsten von allen.

Der Schlaf, nach dem sie sich vor allem sehnte, war ihr Feind, denn während sie dämmerte, war sie der raubtierhaften Bosheit dieser Männer wehrlos ausgeliefert. Die ersten hatten kurz nach ihrer Ankunft versucht, sie regelrecht zu vergewaltigen, und nur durch die Gnade Gottes hatte der Earl of Warwick ihre Schreie vernommen und war zu ihrer Rettung herbeigeeilt. Nachdem er die Männer in ihrer groben Muttersprache, die sie nicht verstand, zurechtgewiesen hatte, setzte er die jetzigen Wärter an ihre Stelle, die zwar nicht versuchten, sich handfest an ihrem Körper zu vergehen, sie aber gleichwohl unablässig drangsalierten. So mußte sie ständig auf der Hut sein, denn dies war das tiefste Verlies in der Moderhölle des Feindes.

Sie schnürte sich die Hose so stramm um den Bauch, daß die Kordel sich in ihr Fleisch grub.
Sie ließen ihr keine Ruhe; immer wieder weckten sie sie mit irgendwelchen Possen, und es schien, daß der Teufel niemals müde wurde, sie zu neuartigen und abscheulichen Schandtaten gegen sie zu inspirieren. Manchmal brachten sie nur irgendwelche unbekannten Männer, englische Lords und Scharen von Kirchenmännern mit harten Gesichtern, die sie dann schadenfroh beglotzten und mit Schmähungen überhäuften. Aber schlimmer war, daß die *goddon*-Soldaten zu anderen Gelegenheiten einfach ihre Ruhe störten, weil es ihnen anscheinend Spaß machte, sie zu peinigen. Sie döste ein, nur um gleich wieder aufzuwachen, weil man ihr mit dem Schwert ins Gesäß stach oder mit der Klinge an ihrer Wirbelsäule entlangfuhr. Oder sie warteten, bis sie eingeschlafen war, und hämmerten dann plötzlich mit ihren Zinnbechern an Tür oder Wand, so daß sie erschrocken wieder zu sich kam. Oft wachte sie auch auf, weil einer vor ihr stand und mit seiner englischen Pfote über ihre Schenkel oder ihre Brüste strich. Einmal war sie von Exkrementengestank wach geworden, und als sie die Augen aufschlug, fand sie einen großen, dampfenden Haufen Menschenkot auf ihrer Brust, nur wenige Handbreit von ihrem Gesicht entfernt. Die Männer waren in eine ganz neue Heiterkeit verfallen, als sie sahen, wie entsetzt sie hochfuhr und den Klumpen von ihrem Hemd schüttelte.
Die schrecklichste Mißhandlung, die selbst die aufgezwungene Schlaflosigkeit noch übertraf, bestand in der Art und Weise, wie sie ihr das Essen vorenthielten. Sie gaben ihr nur das, was sie selbst nicht wollten: Überreste von schlecht gekochtem Fleisch, das an den Kapaunkarkassen und Lammkeulen hing, und hin und wieder einen Brocken hartes Brot. Anfangs hatte sie diese Überbleibsel verschmäht, zu stolz, um ihnen zu zeigen, wie hungrig sie war. Aber wenn sie ihr jetzt die Knochen hinwarfen, betete sie, etwas Eßbares möge daran hängen, damit sie es abnagen könnte. Die Erinnerung an einfachste, längst vergangene Mahlzeiten verfolgten sie jeden Tag, und sie hätte geweint um das, was sie nicht mehr haben konnte, hätte

sie sich nicht selbst versprochen, ihren Feinden niemals die Genugtuung zu geben, ihre gelegentliche Verzweiflung zu sehen. Menschen, die der Liebe Gottes so fern waren, konnten durch Tränen nicht zum Mitleid gerührt werden. Und wenn der Haß sich in ihr regte, kehrte die heilige Margarethe zurück, riet ihr zur Barmherzigkeit und erinnerte sie daran, daß es ja verlorene Seelen waren, die sich gerade wegen ihres Mangels an Mitgefühl selbst verachteten.
Obgleich sie Mühe hatte, ihre Ratgeber durch die dauernden Störungen und durch ihr eigenes geistbetäubendes Entsetzen zu hören, war sie doch sicher, daß ihr Rat stets bei ihr war. Sie waren ihr Mut und Schild, jungfräuliche Mondstrahlen von Gott, die durch den Sumpf leuchteten, in den ihr Leben sich verwandelt hatte, und ohne diese unerschütterliche Liebe und Unterstützung wäre sie längst, das wußte sie, in schwarzen, rasenden Wahnsinn verfallen. Auch jetzt, da sie auf dem Block saß, an den ihre Füße gekettet waren, und wachsam die verachtungswürdigen Kreaturen beäugte, die sie hier bewachten, sang sie innerlich das Loblied auf ihre Verbindung zu Gott und zu ihnen.
Der Herr Jhesus ist meine Stärke, und ich fürchte kein Unheil, der Herr Jhesus ist meine Stärke …
Du schönes Kind Gottes, du bist sein kostbares Gut, sein Soldat und sein Juwel.
Erlöst mich von diesem Unheil, ich bitte euch! Ich weiß nicht, wie lange ich es noch ertragen kann.
Wir haben dir versprochen, daß ein großer Sieg dich befreien wird, wenn Gott es will. Ertrage dein Leid im Glauben, und er wird dir helfen, ins Himmlische Königreich einzugehen.
Was kann ich tun, um mir selbst zu helfen?
»Wir werden dich verbrennen, Hexe«, zischte eine Stimme unter der flackernden Fackel. Billys boshaftes Kichern klang gackernd durch das Verlies zu ihr herüber.
Sie zwang sich, nicht darauf zu achten. Sie lauschte eher noch angestrengter.
Deine Ankläger werden dich vor sich treten lassen und ihren Lügen aussetzen, und wenn sie es tun, mußt du ihnen kühn antworten. Denk immer daran, daß sie nicht die Macht haben, deiner Seele zu schaden.

Wann wird es beginnen?
Ihre Helfershelfer nähern sich dir in diesem Augenblick.
Schritte hallten auf den Steinstufen, die zu der Zelle führten, und ein Mann befahl der Wache draußen: »Öffnet, im Namen des Bischofs Cauchon.«
Sie sah Fackelschein und erhaschte einen kurzen Blick auf unbekannte Gesichter hinter dem Gitterfenster im oberen Teil der Tür. Ein Schlüssel ratterte im Schloß, und der Wärter stieß die Tür auf. Drei waren es, Mönche diesmal. Zwei trugen die weißen Kutten mit den dunklen Kapuzen der Dominikaner, während der dritte in eine schlichte schwarze Tracht gekleidet war. Eine runde Kappe schmiegte sich um seinen Kopf, und an seinem Hals baumelte ein silbernes Kreuz.
»Jehanne, ich bin Bruder Martin Ladvenu«, sagte der kleinere Dominikaner. Sein Lächeln war gütig, beinahe zärtlich, und der beherrschende Zug in seinem schmalen Gesicht waren die nachdenklichen braunen Augen. »Dies ist Bruder Isambard de la Pierre.« Er deutete auf den anderen weißgewandeten Mönch, der kräftiger von Gestalt war als Ladvenu.
»Und ich bin Bruder Jehan Massieu«, sagte der in der schwarzen Tracht. Eine Haltung trauriger Demut rundete seine Schultern.
»Wir sind gekommen, um dich amtlich zu ersuchen, morgen um acht Uhr vor dem Kirchengericht zu erscheinen«, sagte Ladvenu. »Hast du das verstanden?«
»Ja«, sagte sie. »Man will mir den Prozeß machen. Seid ihr meine Richter?«
»Nein«, sagte Isambard und musterte die elende Erscheinung. »Bruder Martin und ich sind Assessoren, die das Gericht in Fragen des Kanonischen Rechts beraten werden, und Bruder Massieu wird dich als Gerichtsdiener zur Verhandlung und wieder zurück geleiten.«
Ihr Mundwinkel krümmte sich aufwärts. »Wen habt ihr mir als Verteidiger zugewiesen?«
Ladvenu trat von einem Fuß auf den andern und verschränkte die Arme, und ein Blick voller Unbehagen flog von Massieu zu den Do-

minikanern. »Ich bin sicher, das Gericht wird einen Mann deiner Wahl dazu ernennen«, sagte Isambard.
Sie seufzte. »Das ist nicht nötig. Ich habe meinen Rechtsbeistand schon.«
»Wie du meinst.«
Sie spürte etwas Flüchtiges, nicht Greifbares, das diese drei von den schadenfrohen Kirchenmännern unterschied, die sie bisher besucht hatten. Ladvenu und Massieu sahen beinahe so aus, als wären sie lieber gar nicht hier. Isambard, der größer war und mit den übrigen irgendwie mehr Ähnlichkeit hatte als seine Begleiter, schaute sie mit kühlen grauen Augen an. »Nimmst du die Vorladung an?« fragte er.
Sie nickte, denn sie wußte, daß sie keine Wahl hatte.
»Brauchst du noch irgend etwas?« Ladvenu warf einen Blick zu den gleichgültigen Wärtern hinüber. »Können wir dir etwas bringen?«
»Ich würde sehr gern die Messe hören, Bruder, und zur heiligen Kommunion gehen. Es ist lange her, daß man mir das erlaubt hat. Nicht einmal zu Weihnachten haben die Engländer es mir gestattet.«
Die Mönche wechselten einen raschen Blick untereinander. Isambard konnte ihr nicht in die flehenden Augen schauen und senkte den Blick deshalb auf die Eisen an ihren Handgelenken.
»Wir werden dem Bischof sagen, daß du um das heilige Sakrament gebeten hast«, versprach Ladvenu mit leiser Stimme. »Einstweilen sollst du gesegnet sein, Kind.« Er machte ein Kreuzzeichen über sie – ein kleines, damit die Wache es nicht sah. Dann wandten sich die Kirchenmänner eilig ab und gingen.
Oh, bitte, lieber Gott, gib, daß sie mir erlauben, Deinen Sohn zu empfangen. Gewähre mir zumindest das.
»Wir werden dich verbrennen, Hexe.« Floquet hob eine Hinterbacke von seinem Schemel und furzte laut. Seine Kameraden lachten.

Erstes Buch

Vorbereitung

Lobe den Herrn, meine Seele … Herr, Du bist schön und prächtig geschmückt. Licht ist Dein Kleid, das Du anhast … der Du machst Winde zu Deinen Engeln und zu Deinen Dienern Feuerflammen.

Psalm 104, 1-4

Kapitel 1

Domrémy

1425 bis 1428

Als Jhanette ein Kind war, erzählte man, daß Elfen in den überhängenden Zweigen des Liebfrauenbaumes wohnten, der den Dorfbrunnen bewachte. Die alten Leute behaupteten, sie zuweilen gesehen zu haben, wenn sie dorthin gingen, um das Wasser zu trinken, wie ihre Ahnen es jahrhundertelang getan hatten. Sie erklärten den Kindern, tief unter der Erde entspringe eine Heilquelle aus den Brüsten der uralten Mutter, und die Elfen seien die Hüter dieses Geschenks an ihre Kinder. Im Hochsommer, beteuerten die Alten, könne man manchmal flirrende Gestalten aus der verborgenen Welt im Schatten unter dem magischen Baum tanzen sehen. Eine von Jhanettes eigenen Patinnen, von der sie auch ihren Namen hatte, Tante Jehanne Aubry nämlich, schwor bei der heiligen Jungfrau, sie habe die Elfen tatsächlich mit eigenen Augen gesehen.

Manchmal an Festtagen, oder wenn die Erfordernisse des Alltags aus anderen Gründen einmal ausgesetzt waren, hängte die Dorfjugend Blumengirlanden an die prächtigen alten Äste des Liebfrauenbaumes, Opfergaben für die unsichtbaren Elfen, die es ja vielleicht doch gab. Der Brauch reichte bis in die Zeit zurück, da Domrémy noch einen Herrn gehabt hatte, der im Château-de-l'Ile wohnte, in der Burg auf einer Insel mitten in der Meuse. In den alten Zeiten setzten sich die Bourlémonts oft in den Schatten unter dem verschlungenen Grün des Baumes, um dort zu essen, und als die Familie längst ausgestorben und die Burg verfallen war, gingen die Dorfbewohner zum selben Zweck immer noch dorthin. Bei gutem Wetter war der Liebfrauenbaum ein öffentlicher Treffpunkt, wo die Bauern ihre gemeinschaftlichen Pflanzpläne austauschen konnten, während ihre Kinder tanzten

und so taten, als spielten sie unter dem Schutz eines großartigen Baldachins.
Jhanette und ihre Freundinnen Hauviette und Mengette waren an diesem Morgen mit Domrémys Gemeindeherde auf dem Weg zur Weide, und sie hatten kurz haltgemacht, um Blütenkränze an die Buche zu hängen. Dann vergaßen sie die sagenhaften Feenwesen und fingen an, sich gegenseitig mit Wasser aus der nicht ganz so heiligen Quelle zu bespritzen. Sie kicherten und jauchzten.
»Jhanette!« kreischte Hauviette. »Sieh doch, was du gemacht hast! Jetzt bin ich ganz naß!« Ihre tiefen Grübchen straften den Ernst ihrer Vorhaltungen Lügen. Sie war zwar erst elf Jahre alt, aber schon ein hübsches Kind mit ihrem welligen braunen Haar. Ihre Augen hatten die Farbe der Dämmerung. Die Frauen von Domrémy sagten voraus, sie werde sich gut verheiraten, wenn sie in ein paar Jahren herangewachsen wäre.
Jhanette war oft neidisch auf die Dorfschönheit. Mit ihren dreizehn Jahren war sie selbst ein kräftiges Mädchen mit starken, knotigen Muskeln. Ein formloser Kittel hing an ihrer stämmigen Gestalt; er war um den Leib zusammengebunden und reichte bis zum Rand der lehmbraunen Schuhe, die der Vater ihr im Jahr zuvor bei Anatole, dem Schuster, gekauft hatte. Wie ihre älteren Brüder wäre sie ohnedies von dunkler Erscheinung gewesen, aber da sie ihr Leben im Freien verbrachte, war ihre Haut noch stärker gebräunt und vor allem um diese Jahreszeit von einem tiefen Bronzeton. An der Spitze ihrer breit wurzelnden, nüchternen Nase hatte die Sonne ein Fleckchen Haut rosig gefärbt. Dichtes schwarzes Haar, so glatt wie eine Pferdemähne, löste sich immer wieder aus dem Zopf und fiel ihr über den dunklen, weit auseinanderliegenden Augen ins Gesicht. Deren Blick war samtig verträumt, konnte aber jäh auflodern, wenn sie die Geduld verlor, was oft genug geschah. Beim Gehen bewegte sie sich mit dem tüchtigen, zielstrebigen Schritt ihrer erdgebundenen Klasse.
Unverhofft traf sie eine Handvoll kaltes Wasser, so daß sie nach Luft schnappte. Die anderen Mädchen lachten, als sie ihr verdattertes Gesicht sahen.

»Ich kriege dich, Hauviette.« Jhanette grinste und fing an, ihre Freundinnen um die Quelle herum zu jagen, und alle drei quiekten und bespritzten einander, bis ihre Kleider ganz durchnäßt waren. Das Vieh in ihrer Obhut begann ob der Unruhe rastlos mit den Hufen zu scharren, und ein paar Rinder trabten zögernd die staubige Straße hinunter.

Die flache Tieflandweide am Ufer der Meuse, östlich des Dorfes, war groß genug für die Rinder- und Schafherden von Domrémy. Gleich nördlich davon bearbeiteten die Männer ihre Felder immer ein paar Jahre lang, wobei sie einen Acker stets brachliegen ließen, um ihn im nächsten Jahr wieder zu bestellen. Wenn die Mädchen im Sommer zuvor das Vieh hierher getrieben hatten, waren die Gestalten ihrer Väter und Brüder in der Ferne zu sehen gewesen; schwitzend hatten sie unter dem Sommerhimmel den ersten Weizen des Jahres geschnitten. In diesem Juli aber war das Feld des vorigen Jahres unbebaut. Die Bauern von Domrémy waren auf dem Acker hinter den Bäumen im Norden und sahen deshalb nicht, daß die Herde später auf die Weide kam, als sie es eigentlich sollte.

Insgeheim war es Jhanette ein Greuel, wenn sie an der Reihe war, das Vieh von Domrémy auf die Weide zu bringen. Sie fand es eintönig, den ganzen Tag Rinder zu hüten und sie abends wieder nach Hause zu treiben, wenn die Sonne unterging. Es gab nichts, womit sie sich hätte beschäftigen können, wenn sie hier war. Aber die Kinder im Dorf mußten ihren Eltern gehorchen und diese wichtige Pflicht übernehmen, wenn das Los auf sie fiel. Das wußte sie, und sie wußte auch, daß es eine Sünde war, diese Pflicht zu vernachlässigen. Abgesehen von der Langeweile graute ihr vor allem deshalb davor, weil es sie daran hinderte, da zu sein, wo sie gern sein wollte.

Wenn sie, was vorkam, das Glück hatte, das Vieh allein zu hüten, stahl sie sich zuweilen fort von den grasenden Tieren und lief über die Felder zum Wald von Bermont und in die Kapelle Unserer Lieben Frau von Bermont. In diesem abgelegenen Heiligtum fand sie mehr Frieden als irgendwo sonst, und für sie war es der heiligste Fleck auf Erden. Damit man ihre Abwesenheit nicht bemerkte, nahm sie sich meist nur ein paar Augenblicke Zeit, um vor der groben Holzfigur der heiligen Jungfrau niederzuknien und ein kurzes Gebet zu sprechen, bevor sie wieder zurückeilte. Aber manchmal gelang es ihr ohne Mühe, den Grenzen der Welt zu entrinnen und sich im Handumdrehen in eine profunde, heitere Gelassenheit zu versenken, wo die Wirklichkeit eine Mitte hatte, eine Mitte, die nirgends lag, wo man sie hätte anrühren können. Verloren in der Stille dieses heiligen Ortes, sah sie sich im tiefen, ruhigen Garten der Seele. Jenseits allen Denkens und Fühlens schwebte sie in der Ewigkeit, während die schlichten Mauern um sie summten und die Zeit alle Bedeutung verlor.

Wenn sie mit dem unausweichlichen Ruck zurückkehrte, schrien die veränderten Schatten ihr zu, daß in der Tat eine Menge Zeit an ihr vorübergeeilt war. Erschrocken fuhr sie dann immer hoch. Aber so spät es auch sein mochte, nie vergaß sie, ihren Aufenthalt damit zu beenden, daß sie um Vergebung für ihre jämmerlichen Sünden flehte. Und jedesmal fühlte sie sich geläutert, wenn sie sich widerstrebend erhob, um auf die Weide zurückzukehren.

Heute aber genoß sie den Vorzug eines Besuchs bei Unserer Lieben Frau nicht, denn Hauviette und Mengette waren als Tugendwächterinnen bei ihr. Die beiden waren zwar von Kindesbeinen an ihre besten Freundinnen, aber ihre geheimen Ausflüge nach Bermont hätte Jhanette niemals mit ihnen teilen mögen. Auch wenn sie nichts dagegen gehabt hätten, wenn sie sich aus einer Verantwortung stahl, die sie alle gemeinsam tragen mußten, so hätte ihre Ausgelassenheit doch die Ruhe dieses mystischen Ortes gestört, wie es manchmal geschah, wenn sie mit Einwilligung ihrer Eltern ganz offen dort hingingen. Für die beiden war es ein Spaß, eine Unterhaltung, und sie begriffen nicht, weshalb Jhanette so ernst dabei war.

Jhanette wußte, daß ihre Freundinnen sie gern hatten, sie verstanden nur nicht, daß sie etwas, was außerhalb ihrer Alltagssorgen lag, so hingebungsvoll verfolgte. Sie verspotteten sie unerbittlich, wenn die Glocken von St.-Rémy läuteten und sie sich bekreuzigte und zum Beten niederkniete.

»Jhanette liegt dauernd auf den Knien.« Hauviette lachte, ohne zu

ahnen, wie weh ihre Worte taten und wie einsam Jhanette sich fühlte, wenn sie so etwas hörte.
Wie hätte sie erklären können, daß sie Gottes Stimme in den Glocken hörte, die über alles Faßbare hinaus läutete und sich in die Grundfesten ihrer Seele senkte wie ein stiller Freund? Einmal hatte sie es versucht, als sie alle drei noch kleiner gewesen waren, aber die Tiefgründigkeit dieses Bekenntnisses hatte sich den beiden andern nicht erschlossen, und ihr Spott war noch beißender geworden. So hatte sie inzwischen gelernt, über die Scherze hinwegzuhören und ihre Gedanken – und den Schmerz, den die Sticheleien ihrer Freundinnen hervorriefen – für sich zu behalten.
Weniger als eine halbe Meile weit im Osten stieg das Land allmählich an; weite Hänge hoben sich purpurn vom grasgrünen Tal ab. Auf dieser Seite des Flusses graste die Herde in friedfertiger Unbekümmertheit auf smaragdenen Weiden. Ab und zu vertrieb eine Kuh mit einer ärgerlich peitschenden Schwanzbewegung schwirrende Insekten. Am Rande der Herde saugte ein Kalb an den Zitzen seiner Mutter und zerrte am rosigen Euter, während die Kuh gelassen das Gras zwischen ihren großen Zähnen zermalmte, das ihr büschelweise seitlich aus dem Maul hing. Unten, wo die leicht abschüssige Weide an den Fluß grenzte, erfrischten ein paar Tiere sich im seichten Wasser und spazierten dann wieder zurück, um sich am süßen Gras gütlich zu tun. Fliegen summten, und in der schwülen Luft lag der Duft von Sommergras und Rindvieh.
»Laßt uns etwas tun«, sagte Jhanette.
»Was denn?« fragte Hauviette schläfrig, ohne die Augen zu öffnen. Sie lag hingestreckt auf dem Tuch, das sie über das dünne Gras gebreitet hatte.
»Ich weiß nicht.« Jhanette zuckte die Achseln. »Ein Wettrennen oder so etwas.«
»Ach, Jhanette, ich habe keine Lust, gegen dich zu laufen«, schmollte Hauviette. »Du gewinnst immer. Außerdem ist es hier gemütlich.«
»Ich laufe gegen dich, Jhanette«, erbot sich Mengette und sprang auf. »Was ist der Preis?«

Jhanette nahm die Blumenkränze, die sie zuvor geflochten und dann nachlässig beiseite geworfen hatten, als der Reiz des Neuen, den das Winden gebracht hatte, verflogen war. »Die hier?«

»Einverstanden.« Mengette nickte nachdrücklich. Sie stand vor den beiden andern, die Hände in die schmalen Hüften gestemmt. Ihre Gestalt wiegte sich rastlos; sie schien sich bereits in Bewegung zu setzen.

»Hauviette, du mußt Schiedsrichter sein.« Jhanette schaute auf ihre schläfrige Freundin hinunter.

»Wir laufen von dem Baum da drüben«, sie deutete auf eine hohe Buche zu ihrer Rechten, »bis zu dem kleinen dort«, ihr Arm schwenkte nach links, »und dann wieder zurück. Komm.«

Sie liefen hinaus in die heiße, grelle Sonne; Hauviette kam trödelnd hinterdrein. Jhanette und Mengette trabten zu der Buche und wichen dabei den weichen Kuhfladen aus. Die Kühe stoben auseinander. Jhanette richtete den Blick auf einen Punkt in der Mitte der Strecke. Bis dahin war es nicht sehr weit. Sie wußte, daß sie mühelos gewinnen würde. Die beiden zogen ihre Röcke bis zu den Knien hoch und banden sie mit den Schürzen über den Hüften fest. Aus dem Augenwinkel sah Jhanette, wie Mengette angespannt auf Hauviettes Zeichen wartete.

»Los!«

Jhanette schoß voran und ließ Mengette auf der Stelle hinter sich. Sie hörte Hauviette lachend rufen: »Oh, Jhanette, du fliegst ja über dem Boden dahin!«

Jhanette rannte so schnell, daß sie wirklich das Gefühl hatte zu fliegen. Das Gras peitschte ihre Waden mit leichten Stichen, und sie war schwerelos wie die Luft. Leichtfüßig sprang sie über einen warmen Kuhfladen und lief ihrer Freundin ohne Anstrengung davon. Als sie die kleine Buche erreicht hatte, schlug sie dagegen und flog dann zum Ausgangspunkt zurück, Mengette entgegen. Mengette hatte keinerlei Aussicht, mit Jhanette Schritt zu halten, selbst wenn Jhanette sich ein wenig zurückhielt, wie sie es jetzt gerade tat.

Hauviette sprang auf und ab und klatschte Beifall. Rot vor Vergnügen

galoppierte sie ihnen entgegen, die Blumen in den Händen. Sie legte Jhanette die Kränze um den Hals und küßte sie auf die Wange.
Jhanette lief zurück zu den Tüchern, die im Schatten der großen Eiche lagen. Als sie sich dem Baum näherte, sah sie überrascht, daß ein Junge im dunklen Schatten unter den Ästen stand. Noch konnte sie ihn nicht deutlich genug sehen, um ihn zu erkennen, denn vor dem Hintergrund der sonnengebleichten Hütten von Domrémy war er nur eine Silhouette. Der Haltung nach konnte es Gérard sein, der Sohn eines Bauern aus dem Dorf.
Bevor sie nah genug herangekommen war, um sicher zu sein, rief er ihr entgegen: »Jhanette, du sollst nach Hause kommen. Deine Mutter braucht dich.«
Sie blieb stehen und drehte sich nach ihren beiden Freundinnen um, die noch Blumen pflückten und zwitschernd miteinander scherzten. Jhanette wölbte die Hände um den Mund. »Ich muß nach Hause«, rief sie den beiden zu. »Meine Mutter hat mich gerufen.«
Sie winkten ihr flüchtig zu, und mit einem tiefen Seufzer nahm sie die Blumenkränze vom Hals und ließ sie ins Gras fallen. Als sie wieder zum Baum hinüberschaute, war der Junge verschwunden.
Sie dachte sich wenig dabei, sondern trabte nach Hause, quer über die Weide und dann den schmalen, gewundenen Weg, der zum Dorf führte. Dieser tief ausgetretene Pfad, abgenutzt vom Getrampel zahlloser Füße, überlagert vom durchdringenden Geruch von Viehdung, führte sie auf die Hauptstraße. Wenn man ihr nach Norden folgte, in die Richtung, aus der Jhanette jetzt kam, brachte sie den Reisenden schließlich nach Vaucouleurs, der nächsten königlichen Stadt von nennenswerter Größe. In der anderen Richtung lag der befestigte Marktflecken Neufchâteau. Im Frühling und Sommer bereisten Bettelmönche, fahrende Sänger und Soldaten des Königs diese Straße und brachten Geschichten und Neuigkeiten aus dem Krieg mit. Aber sie hielten sich nie auf, denn Domrémy war nur eine Zwischenstation auf dem Weg zu wichtigeren Zielen.
Jhanette wandte sich nach Süden. Die Hütte ihres Vaters stand am südwestlichen Rand von Domrémy, und um dort hinzugelangen,

mußte sie quer durch die Gassen des Ortes laufen, vorbei an den Fachwerkhäusern, die die Hauptstraße säumten. Steile, wellige Hügel ragten am Westrand des Dorfes wie schützende Mauern empor. Von überall her roch man frischgebackenes Brot und Bratenduft. In ein paar Stunden war es Zeit zum Abendessen.

Tante Beatrice sah sie vom Küchenfenster aus und rief: »Jhanette, wohin so eilig?«

»Nach Hause.« Jhanette winkte, ohne ihren Lauf zu verlangsamen. »Maman hat mich rufen lassen.«

Jetzt konnte sie den Kirchturm sehen, der zwischen den Strohdächern zum Himmel wies. Die Kirche war zwar ein Fachwerkbau wie die meisten Häuser von Domrémy, aber sie hatte ein richtiges Ziegeldach und hockte ganz behaglich neben dem Friedhof, ihres Platzes im Dorfleben völlig sicher. Jhanette hatte einen Bruder und eine Schwester dort unter den schiefernen Grabsteinen, von denen der Friedhof übersät war; sie waren beide vor ihr zur Welt gekommen und schon nach wenigen Stunden in den Himmel aufgefahren.

Sie lief ein wenig langsamer und wischte sich mit dem Rock den Schweiß von Gesicht und Nacken. Das Haus, in dem sie wohnte, lag jetzt vor ihr, am Fuße der massigen Anhöhe, die das Dorf an der Südseite flankierte. Rauch kräuselte sich über dem vertrauten Schrägdach, und man roch einen Hauch von frischem Brot.

Das Häuschen war eins von nur drei Steinhäusern in Domrémy – zumindest ein Teil, nämlich der Wohnbereich, war aus Stein. Die dunklen Fliesen und der verwitterte, sonnengebleichte Kalkanstrich leuchteten im unerbittlichen Sonnenlicht. Zu beiden Seiten der Haustür bot ein kleines Fenster einen Blick auf die Straße. Das größere beleuchtete die Stube, in der Jhanettes Eltern schliefen und wo die Familie die Mahlzeiten einnahm. Durch das andere fiel Licht in die Backstube, in der Jhanette ihr Bett hatte. Darüber lag das Fenster zur Dachkammer ihrer Brüder, in der auch Zwiebeln und Pökelschinken hingen.

Die Scheune, ein baufälliger Holzschuppen, klebte wie ein bettelarmer Verwandter am stolzen Domizil von Jacques Darc und seiner Familie. Zwischen den Planken, die das Strohdach trugen, klafften breite

Lücken, und wenn Jhanette hindurchschaute, sah sie die Hühner, die im Stall flatterten. Ein beinahe mannshoher Misthaufen erhob sich da, wo die Scheune und das Haus zusammenstießen. Unsichtbar hinter der Scheune lagen Papas Gemüsegarten und die Latrine.

Im Haus war es stickig vom süßen Dunst des Brotbackens. Isabelle Romée saß auf einer Bank am rohen Holztisch und flickte einen Riß im Hemd ihres Mannes. Ihre knorrigen, von der Arbeit verwitterten Finger machten winzige, säuberliche Stiche in den stumpfen Stoff. Sie war sehr alt, fand Jhanette – vielleicht sechsundvierzig Jahre alt, und von ihrem ältesten Sohn Jacquemin hatte sie schon Enkelkinder. Das Licht vom Fenster fiel auf ihre Zöpfe; sie waren einmal braun gewesen, jetzt aber von Silberfäden durchzogen und mit einem blauen Tuch zusammengebunden. Das Leuchten ihrer grauen Augen über den rundlichen Wangen legte ein lebhaftes Zeugnis für einen erdhaften, aber liebevollen Charakter ab. Maman war grobknochig und stämmig, und die vollen Brüste, die so viele Kinder genährt hatten, hingen fast bis zu den Hüften herab. Von Isabelle hatte Jhanette ihr Vertrauen und ihre Zielstrebigkeit geerbt: Was Maman sich einmal in den Kopf gesetzt hatte, erreichte sie auch, mochte ihr Mann noch so laut protestieren. Gern unternahm sie weite Wallfahrten zu bekannten Heiligtümern, wo sie um ein Wunder beten konnte, das das Königreich retten und ihnen lebenslange Sicherheit schenken würde.

Isabelle blickte von ihrer Handarbeit auf.

»Da bin ich«, verkündete Jhanette, rot im Gesicht und ein bißchen atemlos. »Wozu brauchst du mich?«

Ihre Augen waren noch an das schwindelerregende Sonnenlicht gewöhnt, und so konnte sie den verwunderten Ausdruck im runden Gesicht ihrer Mutter nur undeutlich erkennen. »Wovon redest du, Jhanette? Ich brauche dich nicht. Du solltest doch auf der Weide sein.«

»Hast du mich denn nicht rufen lassen, Maman?« Ihr Blick wanderte durch die dunkle Stube, und sie versuchte sich an das Halbdunkel zu gewöhnen.

»Nein.« Isabelle unterbrach ihre Arbeit und runzelte erwartungsvoll die Stirn. Ein Strang schweres Garn lag in Reichweite auf dem Tisch neben einer eisernen Schere.

Jhanette hörte mit schmerzhafter Bestürzung, wie verärgert ihre Mutter klang. Sie liebte Maman so sehr, daß es ihr manchmal das Herz zerriß, und wenn sie einmal ungezogen war, hatte sie gleich ein schlechtes Gewissen. So auch jetzt, obwohl sie gar nichts Unrechtes getan hatte.

»Aber ein Junge hat mir gesagt, du hast mich rufen lassen«, sagte sie schuldbewußt.

»Was für ein Junge?« Jetzt hörte Isabelle sich eher neugierig als zornig an.

»Ich dachte, es sei Gérard Thévenin. Er sah ein bißchen so aus.«

Ihre Mutter seufzte ungeduldig. »Nun, dann hat er sich auf deine Kosten einen Scherz erlaubt.« Sie rieb sich mit kräftiger Hand die Nase und nahm ihr Nähzeug wieder auf. »Und jetzt lauf wieder dahin, wo du wirklich gebraucht wirst.«

Jhanette lief vor Verlegenheit rot an. »Ja, Maman«, murmelte sie.

Mit gesenktem Kopf lief sie durch die Hintertür in den Garten hinaus. Es würde schneller gehen, wenn sie hinten herum zur Weide zurückliefe; außerdem war ihr die Sache so peinlich, daß sie kein Verlangen danach hatte, weiteren Erwachsenen zu begegnen. Also würde sie die Nebengasse überqueren und hinter den Häusern herlaufen, wo man sie nicht sehen würde.

Mit immer noch brennenden Ohren stapfte Jhanette zwischen den Kohlköpfen hindurch zur Straße. In einer der Reihen schaute sie zufällig nach unten und entdeckte, daß ein paar der blättrigen Köpfe zernagte Löcher und die Spuren kleiner Zähne aufwiesen. »Kaninchen«, sagte sie leise. Sie bückte sich, riß das verdorbene Gemüse aus dem Boden und warf es beiseite. Dann drückte sie die freien Furchen mit den Händen zu.

Als sie sich aufrichtete, sah sie, daß ein Bienenschwarm summend über ihrem Weg stand und die Blumen ihres Vaters umschwebte. Dahinter sah sie die Kirche. Sie blieb stehen und wartete, daß die Bienen den Weg freimachten.

Aber das taten sie nicht. Sie ließen sie nicht vorbei. Als Jhanette nach rechts trat, folgten sie ihr, und als sie nach links ausweichen wollte, taten sie es auch. Da gehorchte sie und blieb stehen.

Als folgten sie einem einzigen ordnenden Verstand, begannen die Bienen vor ihrem Gesicht hin und her zu fliegen. Sie sausten und kreisten um sie herum, und Jhanette hätte geschworen, daß sie sich dabei an ein festgelegtes Muster hielten: Bald summten sie an ihrem Gesicht vorbei, bald brummten sie in ihren Ohren. Fasziniert betrachtete sie die schwirrenden Flügel, die so schnell schlugen, daß das menschliche Auge ihnen nicht folgen konnte, und die kleinen pelzigen Körper in der Luft hielten. Sie fühlte, daß der Schwarm sie aufforderte, Schritt zu halten und mitzukommen. Das Summen wurde nach und nach immer lauter, bis es jedes andere Geräusch übertönte.

Ein leises Schwindelgefühl drang ihr in die Ohren. Die Bienen schienen die Macht zu haben, sie mit ihren anmutigen Manövern in der hochsommerlichen Hitze mitzunehmen, wie sie so vor und zurück und hin und her und um sie herum schwebten. Die gleißenden Strahlen der Sonne verschoben sich, ihr Licht wurde weicher, irgendwie gedämpft und im selben Augenblick anregend. Und es war realer als Zeit und Ort ihrer Umgebung, die jetzt immer weiter in ein schimmerndes, wirbelndes Licht zurückzuweichen schienen. Alles ringsumher zerschmolz, und nur das gleichmäßige Summen der Bienen blieb zurück und vibrierte durch ihre Ohren bis hinunter in ihre Füße. Das überhöhte Geräusch wurde lauter, verschmolz zu einem tosenden Wind, der durch ihr Steißbein in sie eindrang und einen Energieblitz in ihren Kopf heraufschießen ließ, der dort zwischen ihren Augen zerbarst und zu einem explosiven Strahlen wurde.

In seinem Zentrum pulsierte eine Erscheinung, so machtvoll wie ein Herzschlag, aus dem die leuchtende Essenz eines Mannes aus der Ewigkeit hervortrat. Sein Gesicht konnte Jhanette nicht sehen, denn es verdampfte, wenn sie versuchte, ihn anzuschauen, als beharre seine Macht sanft darauf, daß sie ihre Aufmerksamkeit auf seine Augen richtete.

Seine Augen.

Sie waren von klarem, wunderbarem Blau, und in ihren Tiefen spiegelte sich eine Aura der tiefgründigsten Liebe, die man sich nur denken konnte: allumfassend, nährend, ehrfurchtgebietend in ihrer Beständigkeit, unaussprechlich, jenseits all ihrer Erfahrung und Vorstellungskraft. Sie war darin eingehüllt, ihr Dasein war darin bestätigt, und sie wußte, hier war alles sicher, hatte alles seinen Sinn. Er lächelte sie mit einer Zärtlichkeit an, die ihr Herz durchwehte und ihr den flachen Atem nahm. Verzückt sah sie nur ihn. Als er sprach, ließ eine lyrische Süße, verführerisch in ihrer herrischen Demut, ihren Geist erklingen.

Geliebte Jehanne, teure Tochter Gottes, der König der Himmel hat deine Gebete gehört und gibt dir das Versprechen, alle Tage bei dir zu sein, wie er immer schon bei dir gewesen ist. Du bist seine Auserwählte, geboren zum Ruhme auf Erden wie im Himmel.

W… was muß ich tun?

Gott hat deine Liebe angenommen. Bete nur weiter, bewahre deinen Glauben, du Kind Gottes, und ehre deine Familie. Wir werden wieder zu dir sprechen.

Gelähmt, wie vom Donner gerührt, fragte sie, ohne daß ihre Lippen sich bewegten: Wer bist du?

Es ist zu früh. Du mußt Geduld haben.

Das musikalische Raunen war frei von Tadel.

Ein Wind kam auf, trug seine Stimme davon, und er verblaßte zu einem grauen Dunst, in dem winzige Partikel von buntem Licht schwebten. Der Sturm, der an seine Stelle trat, tobte in Jhanettes Ohren, erhob sich rasch zu einem Brüllen und wurde ein schrecklicher Zyklon aus Licht und Farbe. Schwindlig taumelte sie einer Ohnmacht entgegen, sank überwältigt auf die Knie und schloß die Augen. Sie drehte sich mit beängstigender Geschwindigkeit im Raum, immer rundherum. Sie schlang die Arme um den Kopf, um den Fall zu mildern, und sie atmete kaum noch.

Der Wind ließ langsam wieder nach, seine Kräfte nahmen ab, und dann hörte er ganz auf. Als die Erscheinung ins Gesumm der Bienen zurückwich, schwand das Hochgefühl, das Jhanettes Körper durchsprudelte, und sammelte sich in ihrem rasenden Herzen. Sie kehrte

durch die Zeit zurück in den Garten ihres Vaters und kniete auf der feuchten Erde.
Spuren der Erscheinung hingen wie ein elektrischer Nebel in der heißen Luft. Jhanette fror plötzlich trotz der Sonne, und unwillkürlich überlief sie ein heftiger Schauder. Sie hörte das Pochen ihres Herzens in den Ohren; ihr betäubter Geist galoppierte vor Schrecken im Kreis herum, und sie konnte sich nicht rühren, da sie fürchtete, die ungebetene Heimsuchung werde von neuem über sie kommen. Aber als es nach einer Weile nicht geschehen war, öffnete sie die Augen und schaute sich vorsichtig um.
Da war nur der Garten ihres Vaters. Er sah aus wie immer, und sie kniete noch immer zwischen den Kohlköpfen. Hoch oben an einem alltäglichen Himmel strahlte die Sonne auf die Umgebung herab, und ein paar durchscheinende Wolken schwebten wie träge Boote über ihr dahin. Die Strohdächer der nahen Häuser glänzten, wie sie es im Sommer immer taten, wenn die Sonne schien. Oben auf der Höhe im Süden wartete der Bois Chenu noch immer düster auf die herbstlichen Nüssesammler; es spuke dort, hieß es, und man betrat diesen Wald deshalb nur selten. Die Bienen hatten sich zerstreut und waren wieder zu gewöhnlichen Insekten geworden. Die Episode – was immer es gewesen sein mochte – war zu Ende.
Tochter Gottes hatte er zu ihr gesagt.
Natürlich, wir sind doch alle Gotteskinder, oder nicht? überlegte sie benommen. Warum aber nannte er mich so? Und wer war er, was wollte er von mir? Seine Worte hallten in ihrem Kopf wider: *geboren zum Ruhme auf Erden wie im Himmel.* Zu welchem Ruhm? Sie war ein ganz gewöhnliches Kind und wohnte in einem ganz gewöhnlichen Dorf.
Der plötzliche Klang der Mittagsglocke ließ sie erschrocken zusammenfahren. Sie biß sich auf die Zunge und schmeckte Blut im Mund. Hastig bekreuzigte sie sich und betete zur heiligen Jungfrau, sie möge so etwas nicht noch einmal geschehen lassen. Und um sicher zu sein, daß es wirklich nicht noch einmal geschah, bat sie den heiligen Michael um seinen Schutz, den kriegerischen Engel, der von Gott damit

betraut war, gegen den Bösen zu kämpfen und die Seelen der Gotteskinder im Augenblick des Todes abzuwiegen.

Daheim in der Familie gab es Fisch zum Abendessen. Jehan, der älteste Sohn, der noch zu Hause wohnte, hatte zwei schöne große Forellen gefangen. Als Jhanette nach der Vesper heimkehrte, hatte die Mutter die Fische bereits ausgenommen und geputzt, und sie köchelten in dem Eisentopf, der an seinem Haken in der rußigen Esse hing. Für gewöhnlich wäre Jhanette der Duft einer kräftigen Brühe willkommen gewesen, aber heute abend rebellierte ihr aufgeregter Magen dagegen, und sie schmeckte salzige Übelkeit, die an ihrer Zungenwurzel heraufquoll.

Sie hatte den Heimweg mit bangen Gefühlen angetreten. Sie fürchtete, man könnte ihr den Schrecken noch immer am Gesicht ansehen – als sie zu Hauviette und Mengette zurückgekommen war, hatte man es jedenfalls gekonnt. Die beiden hatten sie gefragt, ob alles in Ordnung sei; aber den geheimnisvollen Knaben hatten sie nicht gesehen. Auch darüber hatte Jhanette noch lange nachgedacht. Als die untergehende Sonne ihnen sagte, daß es an der Zeit war, nach Hause zu gehen, trieben die Mädchen ihre Herde über den Kuhpfad zum Dorf, und ihr angeregtes Geplauder, so gezwungen und unbehaglich es den Nachmittag über auch gewesen sein mochte, schallte über die kühler werdenden Felder. Unausgesprochen saß ihnen auf dem ganzen Weg das Gefühl im Nacken, es gebe hier ein Geheimnis, das zugleich geleugnet wurde. Aber als sie zu Hause ankam, hatte Jhanette ihre Gedanken diszipliniert und sich zu einem alltäglichen Gesichtsausdruck gezwungen. Dennoch hatte sie feuchte Hände, und ein flaues Gefühl flatterte in ihrem Magen. Noch immer konnte sie die ungebetene Geistererscheinung vom Mittag vor sich sehen.

»Oh, da bist du ja, Jhanette!« rief Jehan. »Sieh doch, was für Fische ich heute gefangen habe!« Strahlend deutete er auf das Feuer, über dem die geköpften Forellen kochten.

Jehan hatte nicht die Absicht, ein einfacher Bauer wie sein Vater zu bleiben. Er hegte die Hoffnung, eines Tages Bürgermeister von Domrémy zu werden – ein offenes Geheimnis, das jedermann kannte und billigte, denn er war ein geborener Anführer, besaß Selbstvertrauen und wußte sich auszudrücken. Die Leute im Dorf mochten ihn, und er wußte, wie er dafür zu sorgen hatte, daß es so blieb. Er besaß ein strahlendes Lächeln.

Sein Vater Jacques unterstützte den Ehrgeiz seines Sohnes, auch wenn er selbst ein so hohes Amt nicht erreicht hatte, sondern sich mit dem des Wachtmeisters begnügen mußte, was ihn immerhin zum drittwichtigsten Mann im Dorf machte. Auch für diese Stellung hatte er hart arbeiten müssen, und jetzt war er einer von denen, die das Dorf im Château der Bourlémont-Erbin vertraten. Für einen Mann, der eigentlich aus Ceffond in der Champagne kam und hier fast mittellos angefangen hatte, war das keine schlechte Leistung.

Jhanette versuchte ihrem Bruder zuzulächeln, aber sie brachte nur eine matte Krümmung der Mundwinkel zustande. »Riecht gut.«

Der zwölfjährige Pierre versuchte sich unbemerkt an den Tisch zu schleichen. Den Kopf gesenkt, griff er nach einem Löffel. Er hatte etwas zu verbergen, das sah Jhanette an der Art, wie er sich auf die Bank hockte und sein Gesicht teilweise mit der Hand verdeckte.

Papa achtete nicht auf seinen jüngsten Sohn und schien Pierres Verstohlenheit nicht zu bemerken, zumindest bis jetzt noch nicht. Er zog sein Hemd aus und wedelte sich damit vor der dichtbehaarten Brust herum, um sich abzukühlen; dann beugte er sich über den Eimer an der Tür, spritzte sich Wasser ins Gesicht und wusch sich mit kräftigem Reiben den Nacken. Isabelle trug unterdessen das mit einem Tuch bedeckte Brot mit beiden Händen zum Tisch.

In der Alltäglichkeit der heimischen Hütte erschien Jhanette ihre furchterregende Vision plötzlich lächerlich. Erleichtert klammerte sie sich an diesen Gedanken: Ich bin zu Hause, und alles ist wie immer.

»Ich habe geholfen, sie zu fangen«, meldete sich Pierre und vergaß, sein Gesicht zu verbergen. »Jehan hat sie angelockt, aber ich habe geholfen, sie aus dem Wasser zu ziehen.«

»Ja, ja, wir wissen, was du dazu beigetragen hast, Pierrot.« Sein Bruder lachte voller Spott.
Pierre streckte ihm die Zunge heraus. Zwischen den beiden Brüdern gab es eine beständige Rivalität. Pierre betete Jehan an und wollte gern sein wie er, und so bemühte er sich, alles zu tun, was sein Bruder tat, was Jehan wiederum ärgerte. Er betrachtete den Kleinen als lästige Klette, die im Leben nur einen einzigen Zweck verfolgte: sich an seine Erfolge anzuhängen und ihn niemals ungestört sein zu lassen. Wenn Pierre dabei auf die Nase fiel, sorgte der junge Mann dafür, daß er es nicht so bald vergaß.
Jetzt sah er etwas, was ihn grinsen ließ. »Woher hast du das blaue Auge, Pierrolot, eh?«
Die Hand flog gleich wieder vors Gesicht. »Sei still«, murmelte der Kleine und warf dem Vater einen bangen Blick zu.
Jehan setzte sich neben Pierre, legte seinem kleinen Bruder die Wange an den Kopf und schlang ihm einen Arm um die Schulter. »Was ist denn, du Erbse? Hast du dich mit den großen Jungs angelegt?«
Empört wollte Pierre nach Jehan schlagen, aber der hob instinktiv den Arm, um den Schlag abzuwehren, und gab dem Kleineren gleichzeitig einen Klaps aufs Ohr.
»Das genügt!« rief der Vater und zeigte auf den langen, soliden Tisch, den er einst als frisch vermählter Ehemann gezimmert hatte. »Hinsetzen«, befahl er. »Ich will so etwas in meinem Haus nicht haben. Spart euch die Prügelei für eure Ausflüge nach Maxey.«
»Was für Ausflüge, Papa?« fragte Pierre mit gespielter Unschuld. Er war von hellerer Erscheinung als seine Geschwister und glich eher den Blondschöpfen in der Familie seiner Mutter. Wie Isabelle hatte er graue Augen, die unter einem dichten, mausbraunen Haarschopf in die Welt spähten. Sein Haar war am Hinterkopf kurzgeschnitten wie bei Jehan, aber er war nicht so hübsch wie sein großer Bruder: Sein Gesicht war kurz, der Kiefer zu breit, und wenn er grinste, schien er nur noch aus Zähnen zu bestehen. Er steckte seine Nase in alles, was er mitbekam, auch wenn es ihn nicht das Geringste anging. Pierre war der Opportunist der Familie und galt als verschlagen und selbst-

süchtig. Jhanette allerdings behandelte er selten so, und wenn er sie doch einmal übervorteilte, bekam er meist ein schlechtes Gewissen. Er liebte sie, auch wenn sie miteinander zankten.

»Was für Ausflüge?« Jacques Darc baute sich drohend vor den beiden auf und stemmte die großen, abgearbeiteten Fäuste in die Hüften. »Ihr wißt sehr wohl, was für Ausflüge ich meine: eure Ausflüge nach Maxey, um euch mit den Jungen dort zu prügeln.« Er hob eine schwielige Hand und gebot seinem Sohn zu schweigen, als dieser protestieren wollte und gleichzeitig versuchte, sein anstoßerregendes blaues Auge zu verdecken.

»Vermutlich hast du dir dieses Veilchen zugezogen, als du über einen Holzklotz gestolpert bist, wie?« Jacques' Schnauzbart bebte. »Ja, ja, ich weiß schon, woher du es hast. Ich will nichts weiter davon hören.«

Jhanette hörte den Wortwechsel mit wissendem Schweigen, während sie sich das verschwitzte Gesicht und die schmutzigen Hände im Eimer wusch. Weil sie zuletzt an die Reihe kam, mußte sie zuvor das Gras vom Wasser abschöpfen; der übrige Dreck war auf den Grund des Eimers gesunken, und dafür war sie dankbar. Sie freute sich auf das Bad, das sie am Sonntag würde nehmen können, wenn Isabelle ihr in der Backstube den Zuber füllte.

»Jhanette, bring die Fische zum Tisch«, sagte ihre Mutter und nahm ihren Platz auf der Bank neben Jehan ein. Die Hunde kamen zu ihrem Herrn und ließen sich sabbernd und mit flehendem Blick zu seinen Füßen nieder. Jacques hatte sich inzwischen auf seinen Schemel am Kopfende des Tisches gesetzt. Seine Autorität verhinderte weiteren Zank zwischen seinen Söhnen.

»Ja, Maman.« Sorgfältig wickelte sie einen schmutzigen Lappen um den Henkel des Eisentopfes und hob ihn von dem Haken, an dem er über der Herdglut hing. Mühelos trug sie ihn zum Tisch und stellte ihn vor ihren Vater. Der hob den Deckel und beugte sich beifällig schnuppernd über die Dampfwolke, deren Duft einem das Wasser im Munde zusammenlaufen ließ.

Jhanette setzte sich ihrer Mutter und ihrem älteren Bruder gegenüber neben Pierre auf die andere Bank. Jacques machte das Kreuzzeichen,

und die Familie tat es ihm nach. Sie falteten die Hände und senkten die Köpfe. »Segne uns, o Herr, und diese Deine Gaben, deren Fülle wir heute empfangen haben«, betete Papa.
»Amen«, antwortete man im Chor. Alle bekreuzigten sich und reichten dann das Brot herum. Jacques zerteilte den Fisch mit dem Löffel und füllte jedem den Teller. Für ein Weilchen herrschte gefräßige Stille.
»Zabillet«, sagte ihr Vater plötzlich und kaute auf einem Bissen vom saftigen Fisch. Sein Mund glänzte fettig, und ein Bröckchen hing an einem Ende seines Schnauzbarts. »Ich habe heute vom Demoiseau von Commercy gehört, daß man in den letzten zwei Wochen Freischärler im Sold der *goddons* bei Joinville gesehen hat.«
»Oh, Jacques, nein!« Isabelles sonst so ungerührtes Gesicht wurde bleich.
»Freischärler, Papa?« Pierres helle Augen weiteten sich vor Schrecken. »Glaubst du, die kommen hierher?«
Jacques schüttelte den Kopf und kaute weiter. »Ich weiß es nicht. Aber wir alle müssen ein bißchen vorsichtiger sein.« Er schluckte und biß dann mit seinen großen Zähnen ein Stück Brot ab. »Wir haben beschlossen, die Herden einstweilen auf das Land der Bourlémonts zu bringen. Ich glaube nicht, daß die Freischärler es wagen werden, die Mauern des Château-de-l'Ile anzugreifen, aber ich werde dem Bürgermeister doch empfehlen, einen oder zwei Männer mitzuschicken, wenn die Kinder das Vieh auf die Weide bringen, bis wir sicher sind, daß keine Gefahr besteht.« Er sah Jhanette an und fragte: »Hast du heute etwas Ungewöhnliches gesehen, als du mit den Rindern draußen warst?«
Das Brot, an dem sie kaute, klebte ihr am Gaumen fest, und sie wurde blaß. »Nein, Papa«, flüsterte sie.
Freischärler! Noch dazu im Sold der verhaßten *goddons,* der Engländer, die man hier so nannte, weil sie, wie man munkelte, ständig den lästerlichen Fluch »Goddamn!« auf den Lippen führten. Jhanette schauderte es bei dem bloßen Gedanken an sie. Es mußte ja stimmen, sie mußten in der Nähe sein, wenn der Demoiseau von Commercy

von ihren Überfällen gehört hatte. Er war schließlich der Herr von Domrémy und hatte Zugang zu den allerwichtigsten Neuigkeiten. Freischärler waren die meistgefürchteten Marodeure, die das Land durchstreiften: abtrünnige Ritter, Söldner und Abenteurer, die sich von dem bezahlen ließen, der das meiste Silber auftreiben konnte. *Goddons* oder Burgund oder sogar der Dauphin – es war ihnen gleichgültig, wer sie bezahlte. Wahre Loyalität zeigten sie für nichts und niemanden; nur Geld und Kriegsmut galten ihnen etwas, und wenn ihre Anstellung endete, plünderten sie das wehrlose Land. Sie waren berüchtigt für ihre Skrupellosigkeit und Unbarmherzigkeit.
Domrémy, abseits der Hauptstraßen gelegen und geschützt durch seine Armut und die Gnade Gottes, war von diesen menschlichen Wolfsrudeln zum Glück lange Zeit unbehelligt geblieben. Gleichwohl wußte niemand, ob und wann das Dorf nicht doch einmal das Schicksal vieler Städte und Ortschaften in der Umgebung erleiden würde, wo man die Ernte verbrannt, das Vieh geraubt oder geschlachtet und die Häuser ausgeplündert und zerstört hatte. Gefahr drohte dabei nicht nur von den Freischärlern: Auch wenn die offizielle Burgunderherrschaft in diesem Teil der Welt einigen Schutz bot, konnte man doch nicht sicher sein, daß die gleichermaßen satanischen Verbündeten der Freischärler, die *goddons,* das Volk in Frieden ließen.
Jhanettes Magen zog sich zusammen, als sie an die Engländer und die burgundischen Verräter dachte. Am Ufer der Meuse gelegen, Teil des Herzogtums Bar und der Provinz Lothringen, stand halb Domrémy theoretisch unter burgundischer Herrschaft, aber fast jeder, den Jhanette kannte, war dem Dauphin und seiner Partei, den Armagnacs, treu ergeben. Es war nicht klug, seine politische Einstellung öffentlich bekanntzugeben, und so kümmerten sich die meisten Leute um ihre eigenen Angelegenheiten und hielten ansonsten den Mund. Länger, als irgend jemand denken konnte, war es so gewesen, und alle hatten sich damit abgefunden. Aber im Herzen sehnten sich alle nach Frieden, und in der Stille ihrer Seele beteten sie um die Befreiung von der englischen Geißel.
Die Familie beendete die Mahlzeit ungewohnt schweigsam. Jehan löf-

felte den Rest der Brühe in seinen Teller und ging damit zur Tür. Er stocherte sorgfältig mit den Fingern darin herum, warf die Gräten, die er fand, ins Gras und stellte den Teller dann auf den Boden. Sofort fielen die Hunde darüber her und drängten einander beiseite, um die letzten Reste aufzuschlecken. Jhanette half ihrer Mutter, den Tisch abzuräumen und das Geschirr abzuwaschen. Dann knieten alle zum Abendgebet nieder, und Jacques betete vor.

Um diese Tageszeit, wenn sie sich im Kreis der Familie der Führung und der Kraft des Herrn anvertrauten, fühlte Jhanette sich am sichersten. Dieses Gefühl der Sicherheit kannte sie, seit ihre Mutter ihre kindliche Zunge geduldig darin unterwiesen hatte, die heiligen lateinischen Worte zu formen. Es war eine so umfassende, so enge Gemeinschaft, daß angesichts dieser liebevollen Umarmung nichts anderes mehr wichtig war – nicht die Engländer, nicht Burgund, nicht einmal der Dauphin.

Nach dem Gebet bekreuzigten sich alle. Die beiden Jungen rappelten sich hastig hoch und stürmten die Leiter zum Boden hinauf, wo sie schliefen. Jacques und Isabelle blieben in der Stube, denn ihr Bett stand in der Ecke hinter einer hölzernen Trennwand, die Jacques gezimmert hatte. Jhanette wandte sich der Backstube zu, wo sie allein schlief.

»Jhanette?« Die Stimme der Mutter ließ sie innehalten.

Sie drehte sich um und zwang sich, ein argloses Gesicht zu machen. »Ja, Maman?«

Isabelle legte ihrer Tochter eine kühle Hand an die Stirn. »Ist alles in Ordnung mit dir, mein Liebling? Du bist den ganzen Abend so blaß gewesen und auch viel stiller als sonst.« Sie runzelte in liebevoller Besorgnis die Stirn, und die Fältchen an ihren Mundwinkeln bogen sich nach unten.

Gern hätte Jhanette den Kopf an den kissenweichen Busen ihrer Mutter gelegt und ihr von dem seltsamen Erlebnis erzählt. Aber statt dessen lächelte sie nur matt. »Ich bin müde, Maman. Die Sonne war heute sehr heiß, und ich bin wohl zuviel gerannt.« Es zerriß ihr das Herz, daß sie ihre Mutter derart belügen mußte, aber was konnte sie sonst

tun? Sie hatte selbst keine Ahnung, was geschehen war, und sie wollte ihre Eltern nicht mit der Befürchtung beunruhigen, ihre Tochter könnte verrückt geworden sein.
»Mir fehlt nichts. Wirklich nicht.« Lächelnd gab sie ihrer Mutter einen Kuß auf die runde Wange. »Gute Nacht, Maman.«
Isabelle erwiderte den Kuß und legte ihr die Hand ans Gesicht. Jhanette ergriff sie und drückte sie zärtlich. »Gute Nacht, Papa.« Jhanette drückte die Lippen an Jacques stoppelbärtige Wange.
Er antwortete nicht, aber er vergaß auch nicht, ihren Kuß zu erwidern. Jhanette wandte sich von ihren Eltern ab und sah nicht, wie die beiden einen sorgenvollen Blick wechselten.
In dieser Nacht hatte sie den Traum. Mit sieben Jahren hatte sie ihn das erste Mal gehabt, und im Laufe der Zeit war er immer wieder einmal zurückgekehrt. Sie war ein dunkelhäutiger Mann in einem weißen Gewand mit goldenem Gürtel. An den Füßen trug sie merkwürdige Schuhe, die eigentlich nur aus Lederriemen bestanden. Ihr Kopf war kahlrasiert, so daß er glänzte, und irgendwoher wußte sie, daß dies das Zeichen einer Amtswürde war, wie auch der Ring mit dem grünen Edelstein in Form eines Käfers, den sie am Zeigefinger der linken Hand trug. In diesem Traum fühlte sie sich heimisch in dem majestätischen Steingebäude, dessen ungeheure Säulen eine Decke voll seltsamer Symbole trugen. Wenn sie diese Zeichen sah, konnte sie sie lesen, aber sobald sie wach wurde, hatte sie vergessen, was sie bedeuteten.
So stand sie wieder in einem Kreis von anderen, ebenso Gekleideten, und die Energie, die sie gemeinsam hervorbrachten, indem sie die Hände ausstreckten, war kraftvoll und alles beherrschend. So war es immer, und es hatte kein Ende. Der Traum verging im Dunst, und ehe sie sich versah, war es der Nebel des Tiefschlafs.

Rückblickend – und erst sehr viel später – wurde ihr klar, daß das Mädchen, das an diesem Tag aus dem Garten des Vaters auf die Weide zurückgekehrt war, auf irgendeine Weise in zwei Teile gespalten

worden war. Da war die Jhanette, die wie im Nebel ihrem Alltagsleben nachging, ihre Pflichten erfüllte und mit Freundinnen und Familie redete, als wäre nichts Außergewöhnliches geschehen, während ihr die Welt ringsum doch nur am Rande bewußt war.
Und da war Jehanne. Ein tief verborgener Teil ihrer selbst war da hervorgekommen wie aus einem Schlaf, während Jhanette eigentlich gestorben war, als sie an jenem Hochsommertag im Kohlfeld kniete. Sie wußte – und es erfüllte sie mit tiefer Trauer –, daß sie nie wieder so sein würde wie früher. Sie zog sich in einen unermeßlichen, abgeschiedenen Teil ihrer selbst zurück und würde nie wieder als Jhanette hervorkommen, und zunächst fühlte sie sich unerträglich allein.
Sie rechnete nicht damit, daß es noch einmal geschehen würde, und zwar dort, wo sie sich immer am sichersten gefühlt hatte.

Der Wald von Bermont lag so still und schön wie nur je an diesem friedlichen Sonntag gegen Ende August. Es hatte seit zwei Wochen nicht geregnet, aber es war ungewöhnlich kühl für diese Sommerzeit, und der Himmel war strahlend und wolkenlos blau. Die Gefahr eines Freischärler-Überfalls war einstweilen gebannt, und da der Sonntag ein Ruhetag war, hatte Jehannes Mutter ihr erlaubt, nach der Messe allein zu Unserer Lieben Frau von Bermont zu gehen. Begeistert ob dieser unverhofften Unabhängigkeit, genoß Jehanne den weiten Weg von der heimischen Hütte durch die Felder und in den Wald, einen Weg, der sie durch schilfüberwuchertes Tiefland führte.
Als sie das lärmende Treiben des Dorfes hinter sich gelassen hatte, überließ sie sich der Wildnis ringsum. Sie fühlte sich wachsam wie ein Geschöpf des Waldes. Ihre Sinne waren auf die zirpenden Geräusche ringsumher eingestellt. Rauh krächzte eine Krähe über ihr, und lächelnd sah sie, wie der Vogel geschmeidig zu einer nahen Eiche strich. Irgendwo ganz in der Nähe wieselte etwas Kleines durchs Unterholz – zu klein für ein Kaninchen oder ein Eichhörnchen, wahrscheinlich eine Maus. Die Sonne stach hier und da durch die dichten Baumkronen, staubige Strahlen von luftigem Licht, die als Tupfen auf

den Waldboden fielen. Zwischen den Buchen stand ein junger Rehbock und äste das süße Gras. Nach seinem beginnenden Gehörn zu urteilen, war er nicht einmal ein Jahr alt; der geschmeidige braune Hals bewegte sich anmutig, wenn er sich niederbeugte, um das Gras aus der Erde zu rupfen. Jäh hob er den Kopf und schaute sie an.
Ihre Blicke trafen sich, und eine Zeitlang starrten sie einander nur an, ohne sich zu bewegen. In dieser lautlosen Begegnung lag keine Angst, nur freundliche Neugier. Das Reh wandte ihr für einen Augenblick sein Profil zu und schritt dann wie ein würdevoller Paladin davon, bis es nicht mehr zu sehen war. Jehanne lächelte und hob in wortlosem Abschied die Hand.
Auf der anderen Seite des Tales gab es eine Quelle, und hier verweilte sie kurz, um einen kühlen Schluck von dem plätschernden klaren Wasser zu nehmen. Sie liebte diesen Wald, der so anders war als der abweisende, von Wildschweinen wimmelnde Bois Chenu. Er war so großartig, wie es nur eine Kathedrale hätte sein können. Seine uralte Vertrautheit schien vergessene mystische Erinnerungen zu wecken, und mit Hilfe dieses Ortes hatte sie gelernt, die Gegenwart Gottes zu erleben, zu fühlen. Er war in dem Wind, der die hohen Bäume in majestätische Bewegung versetzte; er war im Sonnenschein und in den steingrauen Wolken, die zuweilen die Sonne verdunkelten, bevor der Himmel seine Nahrung auf die Erde goß; er war in den Lebewesen, den großen wie den unauffälligen, die hier zu Hause waren. Seine Schmetterlinge und seine Vögel waren so heilig wie die Engel. Jehanne fühlte seine Liebe in jedem moosbewachsenen Stein. Tod und Auferstehung seines Sohnes spiegelten sich in jedem Ast, der unter der Last des Schnees vom Baum gebrochen war, und in den neuen Blättern, die im Frühling an seine Stelle traten. Manchmal überwältigte die Schönheit dieser Welt sie so sehr, daß sie sie für eine Weile nur tränenverschleiert wahrnehmen konnte. Dann wischte sie sich mit dem Ärmel über die Augen, kletterte über einen umgestürzten, vermodernden Stamm hinweg und stieg den Hang hinauf.
Dort stand sie, inmitten einer von Bäumen umgebenen kleinen Senke: ihre Zufluchtsstätte, die alte Vertraute, die alle ihre Geheimnisse

kannte und sie doch nie verurteilte. Außer ihr kam kaum jemand einmal hierher. Eichhörnchen und Kaninchen huschten zur Tür ein und aus, ohne etwas von der Heiligkeit der Stätte zu ahnen; die ächzenden Bodendielen war von ihren Hinterlassenschaften übersät. Lächelnd sah Jehanne die wackligen Wände, die knarrten, wenn der Wind von Westen kam. Es kümmerte sie nicht, daß das Ganze kaum mehr als eine Hütte war. Desto näher war man Gott und dem Land, dachte sie und hüpfte über die Lichtung auf die Kapelle zu, die sie geduldig erwartete und zum Eintreten einlud.

Tief atmete sie die muffige Luft ein. Es roch nach altem Laub und verwittertem Holz. Immer, wenn sie hierher kam, fühlte sie mit sanftem, jähem Schrecken die Kraft, die im Innern der Wände pulsierte wie in einem wissenden Herzen. Ehrfürchtig näherte sie sich dem Altar und kniete vor dem starren Kruzifix nieder. Aus ihrer Rocktasche wühlte sie Feuerstein und Zunder und einen Kerzenstummel hervor. Als die Kerze brannte, stellte sie sie in einen winzigen Napf zu Füßen der Seligen Mutter. Über ihr, seitlich zur Linken, segnete die Jungfrau Jehanne mit ihrem holzgeschnitzten Lächeln stumm, und das heilige Kind, pausbäckig und mit einer Taube in den übergroßen Händen, strahlte in wohliger Vertraulichkeit. Jehanne schlug ein Kreuz und sprach ein von Herzen kommendes Ave-Maria.

Sie richtete den Blick auf das Zeichen des gekreuzigten Herrn, dessen holzgeschnitztes Bildnis am Kreuz hing. Der Künstler war kein Meisterschnitzer gewesen, sondern ein Bauer aus der Gegend, der gern mit seinem Messer gearbeitet hatte; der Körper des Herrn Jhesus wie auch die Gestalt der Madonna mit Kind war unnatürlich starr und unbeholfen ausgeführt. Aber im Gesicht, in dem leidenden Gesicht mit dem aufgerissenen Mund, war es dem Künstler gelungen, eine Aura der unversöhnlichen Selbstopferung in erhabenem Gleichgewicht mit einem ergebenen Herzen einzufangen.

Langsam und unmerklich verschmolz sie mit der Stille, und das große Mysterium durchdrang ihre Seele stärker als je zuvor. Sacht versank sie in einem bodenlosen Schacht, und ihr ganzes Wesen richtete sich auf das Kreuz. Sie stürzte tiefer und immer tiefer in das Licht am Beginn ihrer Seele. Ruhe umhüllte sie wie eine warme Decke, und das Feuer in ihrem Innern brannte empor bis zu ihrem Scheitel, wo es zu Hunderten von Sternen zerbarst.

Aus dem großen Meer der Seelen und Universen tauchte er auf. Seine Augen waren so, wie sie sie in Erinnerung hatte, unvergleichlich in ihrer Macht und Liebe. Nachdem sie sich so große Sorgen gemacht hatte, war sie jetzt ruhig und erstaunlich unerschrocken. Sie fühlte sein Lächeln mehr, als daß sie es sah.

Liebes Kind Gottes, du bist seine Schöne, seine Liebste.

Wer bist du? Wie beim ersten Mal bewegten ihre Lippen sich nicht, aber sie hörte ihre eigenen Worte.

Ein Bote vom Herrn der Himmel. Ich bin gekommen, um dir vom Zustand deiner Heimat zu berichten und von der Bestimmung, zu der du geboren bist.

Sein Gesicht verdunstete zu sanft gedämpftem, summendem Licht, und sie sah ein gewaltiges Schlachtfeld, auf dem sich zwei mächtige Heere gegenüberstanden. Pfeile fuhren pfeifend in die Körper schreiender Männer, viele stürzten mitten im Lauf durchbohrt zu Boden, umgeben von blitzenden Schwertern. Die Könige, die sie führten, kämpften einen verzweifelten, blutigen Kampf auf Leben und Tod.

Dann wechselte die Szene, und Jehanne sah eine weitläufige Stadt, die sich erhob, sie zu begrüßen. Die Bewohner waren seltsam gekleidet und fuhren in bizarren Kutschen, die sich bewegten, ohne von Pferden gezogen zu sein. Die mächtige Statue eines Ritters zu Pferde erhob sich auf dem zentralen Platz dieser Stadt, und als sie fragte, wer dieser Mann sei, hörte sie:

Das ist kein Mann, das ist die Jungfrau Jehanne, die Frankreich von den Engländern befreit hat.

Unvermittelt umwirbelte sie eine Wolke aus Licht und ließ die Stadt verschwinden, und dann sah sie den Boten wieder. Furcht überkam sie. Was hat das zu bedeuten?

Hab keine Angst, denn dies ist deine Bestimmung: Dem Dauphin sollst du zu Hilfe kommen, auf daß er seinen Platz als König einnehme, wie es ihm gebührt, und die Eindringlinge aus seinem erschöpften, blutenden Reich vertreibe, um es treuhänderisch zu bewahren für Gott.

Aber ich bin doch nur ein armes Mädchen! protestierte sie. Ich verstehe nichts von Kampf und Krieg.

Du wirst wissen, was zu tun ist, wenn die Zeit gekommen ist, denn Gott wird dein General sein und wir deine Ratgeber. Dazu bist du geboren.

Wer bist du? fragte sie noch einmal.

Ich bin Michael.

Der heilige Michael!

Sie sah den Schimmer eines Lächelns.

Wie du willst. Noch zwei andere werden bald zu dir sprechen, nämlich Margarethe und Katharina. Höre gut auf sie, sie sind deine Helferinnen bei deinem großen Werk.

Was muß ich denn tun?

Das wird man dir sagen, wenn die Zeit gekommen ist. Einstweilen sollst du fortfahren, zu beten und Gott zu ehren, und achte die Liebe deiner Familie.

»Nimm mich mit«, flüsterte sie.

Es ist noch nicht soweit.

Leise klangen die Worte, ein fernes Echo nur in ihrem Kopf. Als nach einer Weile klar war, daß die Begegnung zu Ende war, bekreuzigte sie sich mit zitternder Hand, und dann erhob sie sich und trat den weiten Heimweg an.

Bald kam die Erntezeit und füllte Jehannes Tage aus, und für eine Weile gab es keine Ausflüge nach Bermont mehr, weder heimliche noch erlaubte. Im Hochsommer hatte sie meist nur mit Isabelle im Haus zu arbeiten, aber jetzt brauchte ihr Vater jede verfügbare Hand auf dem Feld und hatte sie und ihre Brüder dazubefohlen. Sogar der älteste Sohn, Jacquemin, kam aus Vouthon, um zu helfen. Außerdem beschäftigte Jacques den Schmied und dessen drei Söhne als Erntehelfer. Bezahlen würde er sie mit Getreide und ein paar *écu*. Und während die heißen Tage zum Herbst hin kühler wurden, fuhren sie Weizen und Gerste ein.

Manchmal sangen sie bei der Arbeit die alten Lieder aus der Gegend. Jacques übertönte die andern mit seinem trällernden, schrägen Bariton, wie er es immer getan hatte, seit seine Kinder klein waren; so hatte er verhindert, daß sie sich langweilten, und ihre erschöpften Sinne wieder aufgemuntert. Meist wurde nur wenig gesprochen, denn dies war eine ernste Arbeit, von der ihr Überleben abhing. Erst wenn das Getreide gemäht und auf die Wagen geladen war, die es zur Mühle westlich von Greux schaffen würden, konnten sie anfangen, zu scherzen und zu lachen.

An den Markttagen verkauften die Bauern aus den umliegenden Dörfern ihre überschüssigen Erzeugnisse in der nahe gelegenen Stadt Neufchâteau. Gott hatte sein Füllhorn in diesem Jahr besonders großzügig über ihnen ausgegossen, und Jehanne und ihre Familie begaben sich zusammen mit den Nachbarn auf die zweistündige Reise. Auch mußten Schweine geschlachtet und für den bevorstehenden langen Winter gepökelt werden. Jehanne und Pierre ernteten das Gemüse aus dem Garten, wo sie einen Sommer lang Unkraut gejätet hatten. Während dieser Wochen war Jehanne stets mit anderen bei der Arbeit, und abends war sie so müde, daß sie nach einem hastig verschlungenen Essen und einem raschen Gebet dankbar ins Bett fiel und wie betäubt einschlief.

In dieser Zeit kamen keine weiteren Botschaften des heiligen Michael. Aber da sie ständig beschäftigt und nie allein war, hatte Jehanne auch wenig Gelegenheit, über seine Abwesenheit zu grübeln. Immerhin gab es Augenblicke, in denen sie über die seltsamen Erscheinungen nachdenken konnte.

Warum, so fragte sich ein Teil ihrer selbst, wollte Gott, daß ein Bauernmädchen, das die Kriegskunst nicht erlernt hatte, auch nur einen Gedanken daran verwendete, Frankreich zu retten, wo es doch prächtige Generäle und Ritter gab, die das für ihn tun konnten? Der Dauphin würde doch niemals auf sie hören – niemand würde auf sie hören, denn sie war viel zu arm und unbedeutend.

Ach, Jehanne, Jehanne, schalt dann die andere Hälfte, weißt du denn nicht, daß Gott alles vermag?

Doch, entgegnete sie sich selbst, aber du nicht. Papa würde es auch gar nicht erlauben. Es war nur ein Traum, ein Wachtraum vielleicht, aber eben ein Traum. Nein, genaugenommen vielleicht kein Traum, aber auf alle Fälle eine Phantasie, ein Tagtraum von Glanz und Glorie – und das war Sünde. Ihr Platz war hier, hier in Domrémy, bei ihrer Familie und ihrem kleinen Dasein. Nach anderem zu streben, das war unrecht.

Trotzdem ging da irgend etwas in ihr vor, etwas Unnennbares, Lockendes, das sich dem klaren Zugriff noch stets entzog. Die Welt hatte ihre Unschuld für sie verloren; sie würde im Fluß nie wieder nur den Fluß sehen, und Bäume und Häuser würden niemals wieder alltäglich sein. Alles war miteinander verbunden, alles ergab einen vollkommenen Sinn. Und doch konnte sie die Hand nicht ausstrecken und es fassen, und jedesmal, wenn sie es versuchte, verschob sich alles: ein stets lockendes Lied, das sie doch nie festhalten konnte.

Als der Septembermond aufging, um die kühler werdenden Nächte mit seinem Bernsteinlicht zu erhellen, war sie zu dem Schluß gekommen, daß die Vision tatsächlich stattgefunden hatte. Aber wer war dieses Wesen aus Licht, das da behauptet hatte, der heilige Michael zu sein? Da es versucht hatte, sie zur Sünde der Eitelkeit zu verführen, konnte es in Wirklichkeit ein Dämon sein; vielleicht sogar der König der Hölle selbst. Sie mußte wachsam sein und durfte nicht auf ihn hören, wenn er wiederkäme. Während der Arbeit betete sie zur heiligen Jungfrau um Schutz, und in einer geflüsterten Hoffnungslitanei sang sie: »Erlöse mich von dem Bösen.«

Aber während Jhanette auf dem Feld arbeitete und mit ihrem kleinen Bruder im Garten das Gemüse erntete, während Jhanette ihrer Mutter half, Körbe voller Früchte auf dem wimmelnden Markt in Neufchâteau zu stapeln, und sich dabei bemühte, nicht wie ein Bauerntrampel die Leute anzuglotzen, während Jhanette sich nur mit knapper Not daran hindern konnte, sich zu übergeben, als Jacques die Eingeweide aus dem leblosen Kadaver des Schweines herauswühlte – während all dessen schlief Jehanne. Und während sie schlief, träumte sie.

Und ohne daß das schlummernde Mädchen protestieren konnte, ging Michael mit ihr auf eine Reise durch ein Schattenland, an das sie sich bei Tage nicht erinnern konnte. Er zeigte ihr ein furchtbares, teerschwarzes Ödland, das sich anfühlte wie der Tod und in dem es wimmelte von tierhaften Kreaturen, die in ihrer dunklen Verzweiflung stöhnten und um Erlösung flehten. Verloren und vergessen, fielen sie wütend übereinander her, schlugen und vergewaltigten einander, töteten sich Stück für Stück mit allen möglichen grausigen Mitteln, wanden sich in den Todeszuckungen ihres Geistes. Ein abscheuliches Wesen, dunkel und behaart, kaum als Mensch erkennbar, stürzte sich auf ein anderes und trieb ihm ein Messer in den Leib. Jehanne fuhr entsetzt zurück, denn binnen eines Lidschlags erkannte sie, daß sie selbst zu einem dieser viehischen Schatten geworden war, die hier im tiefen, stinkenden Schlamm kauerten. Und mit der gleichen Gewißheit wußte sie, daß der giftige Kern des Hasses, der tief in ihrem Innern wuchs, sie an diesen Ort verbannt hatte.

Die Sonne erschien plötzlich über dem trostlosen Horizont, aber es war gar nicht die Sonne: Es war der Christus, heller als tausend Sonnen, zu hell, um ihn gleich anzuschauen. Er breitete seine leuchtenden Arme aus, und Feuer schoß aus seinen Fingerspitzen, und da, wo die Flammen hinfielen, regnete Licht auf die trostlose schwarze Erde und auf die elenden Bestien. Die Erde wurde grün unter dem Schauer dieses Feuers, und die Wesen nahmen die Gestalt von Männern und Frauen an, und alles strahlte in einem gleißenden, übernatürlichen Licht. Und die Menschen fielen auf die Knie und lobten Gott.

Jehanne hörte eine herrliche Stimme, die sprach: *Ehre sei dem Göttlichen Herrn und den Kindern der Erde, die sich geheilt haben vom uralten Fluch der Unwissenheit, denn ihr, die ihr tot wart für die Liebe, seid wieder lebendig.*

Es war eine große Wahrheit, die das ganze Dasein vereinte, und die träumende Jehanne erkannte voller Ehrfurcht vor dieser vollkommenen, mächtigen Schönheit mit jäh aufblitzender Erkenntnis, was all dies bedeutete. Mit schlichtem Wissen war ihr jetzt klar, daß sie weit in die Vergangenheit und in die Zukunft und in den Spiegel der Ewigkeit geschaut hatte.

Michaels strahlendes, vertrautes Gesicht erschien und lächelte sie an. *Fürchte mich nicht, meine Liebste, und fürchte vor allem dich selbst nicht. Denn ich habe wahr zu dir gesprochen und habe mit deiner Seele vereinbart, dich durch die Wildnis zu führen, die du zu durchqueren entschlossen bist. Diese Reise wird dich auf eine harte Probe stellen, und sie wird dir das Herz brechen, aber es ist dein Weg zur Auferstehung. Gott hat uns gesandt, und wir werden dich nie verlassen.*

Jehannes Bewußtsein stieg empor zur Oberfläche eines tiefen Wassers, und sie starrte ihr eigenes Ebenbild an, das zu ihrem Erstaunen in eine blanke Rüstung mit einem Überwurf aus feinem elfenbeinweißen Leinen gekleidet war. In der rechten Hand trug sie eine Standarte, ein prachtvolles weißes Banner; darauf war die Welt gemalt, behütet von zwei Engeln, und darüber stand Christus und die Worte *Jhesus-Maria.* Wenn sie wach war, konnte sie nicht lesen, aber jetzt wußte sie, was die Zeichen bedeuteten.

Dann stand Isabelle an ihrem Bett, rüttelte sie an der Schulter und sagte, es sei Zeit zum Aufstehen. Jehanne richtete sich im Halbdunkel auf und rieb sich die Augen. Sie hatte etwas geträumt, sie fühlte es, aber sie konnte sich nicht daran erinnern. Sie wußte, daß es wichtig war, sehr wichtig. Aber es war fort.

Zu Allerheiligen schenkte Jacques seiner Frau ein paar Ellen schönes Leinen, das er heimlich auf dem Markt vom Geld für seine Überschüsse gekauft hatte. Für Jehanne hatte er einen einfachen, bescheiden vergoldeten Ring. Die flache Oberseite war viereckig; am linken Rand war »IHS« eingeritzt, am rechten »MAR«. Ein winziges »M« zierte den erhabenen Grat neben dem »MAR«, und gegenüber war ein Kreuz eingraviert. Jacques hatte ihn von einem reisenden Händler erstanden und sich die Worte von dem Mann vorlesen lassen, bevor er sein Geld aus der Hand gab. Er hatte nicht vor, seiner Tochter ein lästerliches Amulett zu schenken – selbst wenn bei den unentzifferbaren Zeichen ein Kreuz zu sehen war. Der Mann schwor bei seiner Seele, daß »Jhesus-Maria« auf dem Ring stehe. Zufriedengestellt bezahlte Jacques drei *écu.*

Jehanne starrte den Ring mit offenem Mund an und warf ihrem Vater

dann die Arme um den Hals. Als sie ihn auf den Ringfinger schob, stellte sie entzückt fest, daß er wie angegossen paßte.
»Jhesus-Maria«, wisperte sie und bewunderte die rohe Schlichtheit des Ringes. Sie kannte diese Worte irgendwoher, hatte sie noch kürzlich gehört – nicht im Zusammenhang mit ihrer Religion, sondern anderswo, aber es wollte ihr nicht einfallen, wo. Es bedeutete etwas sehr Kostbares, wertvoller als alles Gold der Welt. Und sie gelobte sich, den Ring immer zu tragen, all die langen Jahre hindurch bis zu ihrem Tod, den sie in einer fernen Zukunft sah.

Als der erste Advent kam, fürchtete sie sich schon nicht mehr vor ihren inneren Abenteuern. Sie spürte, daß sie verändert war und sich weiter veränderte, innerlich wie äußerlich. An ihrem Geburtstag am Dreikönigsfest war sie ein bißchen gewachsen: Sie war jetzt fünf Fuß und zwei Zoll groß, und dabei blieb es. Die frivole Gesellschaft ihrer Freundinnen machte ihr kein Vergnügen mehr, und vor den winterlichen Festen, die sie einmal mit Freuden gefeiert hatte, schreckte sie jetzt zurück. Die Leute begannen die ruhige Eindringlichkeit zu bemerken, die von Jhanette Besitz ergriffen hatte, und sie sahen, daß sie manchmal in weiter Ferne zu sein schien. Natürlich war sie immer noch Jhanette, aber die welpenhafte Lebendigkeit, die ihre Kindheit beflügelt hatte, war verschwunden, und an ihre Stelle war eine still aufkeimende Reife getreten. Ihre dunklen Augen waren immer verträumt gewesen, aber jetzt glomm in ihnen ein zuweilen helles Feuer, das mit den üblichen Ausbrüchen ihres bekannten Temperaments nichts zu tun hatte. Als Isabelle sich anderen Müttern gegenüber besorgt über Jhanette äußerte, versicherten diese ihr lachend, Jhanette werde eben allmählich eine junge Frau, sie sei kein Kind mehr. Was schadete das? In ein paar Jahren würde sie heiraten, und dann wäre sie bald selbst Mutter – das alles sei kein Grund für Isabelle, sich Sorgen zu machen.
Aber ihre Mutter hätte sich noch mehr Sorgen gemacht, wenn sie gewußt hätte, daß Jehanne nicht die Absicht hatte, jemals irgend jeman-

den zu heiraten. Als Kind hatte sie sich – wie alle Leute in Domrémy – in einer Welt gesehen, die sich von Generation zu Generation wenig änderte: Man wuchs auf, heiratete – wahrscheinlich jemanden aus dem Dorf oder aus der Nachbarschaft – und gründete eine Familie. Aber das bescheidene Dorfleben, die alltägliche Gleichförmigkeit, die sich um sie herum widerspiegelte, wurde nach und nach von ihren Visionen einer ganz andersartigen Zukunft verschlungen.

Gegen Ende Februar bekam sie von der heiligen Katharina die Bestätigung, daß ihr Wille und der Wille Gottes vollkommen miteinander übereinstimmten. Die Ehe sollte kein Bestandteil ihres Lebens sein. Die Vision, in der sie sich selbst als Soldatin sah, war wahrhaft von Gott gesandt, und sie war zu keinem anderen Zweck auf der Welt. Nach dieser Offenbarung war sie sehr erleichtert. In der strahlenden Erscheinung des Erzengels Michael hatte sie die ganze Liebe des Himmels gesehen, und im Vergleich zu dieser alles überwältigenden Süße verwelkte das, was als menschliche Wertschätzung galt, zu einer tierhaften Bedeutungslosigkeit. Überall und jeden Tag sah sie, daß selbst die liebevollsten Menschen stets andere für ihr eigenes Elend verantwortlich machten. Nie offenbarten sie einander ihr Inneres, und so verstanden sie einander auch niemals. Sie stritten und schmollten und wollten das Geschenk der Liebe nicht annehmen.

Gott tat all das nicht. Sein großes Herz war wie ein beständiger Herd, an dem der menschliche Geist sich wärmen konnte, eine überfließende Schale des Verständnisses. Er allein war der mächtige Überwinder der Einsamkeit, der Jehannes uneingeschränkte Hingabe verdiente. Sie wußte sehr wohl, daß nur die Reinsten an Körper und Geist imstande waren, Gott zu sehen und seine Boten zu hören. Wenn sie zuließe, daß menschliche Liebe sie mit Beschlag belegte, würde sie ihnen vielleicht nie wieder begegnen. Und so tat sie einen heiligen Eid, daß sie Jungfrau bleiben würde, solange es dem Himmel gefiel.

Wie der Engel es vorausgesagt hatte, drangen auch andere Wesen in Jehannes Bewußtsein, eines nach dem anderen. Die heilige Katharina kam als erste, kurz nach den Träumen, die Michael ihr gebracht hatte. Sie stellte sich regelrecht vor, als Jehanne träumte, und sie war von dunkler Fremdartigkeit und sehr schön. Sie hatte etwas Jugendliches an sich, eine scherzhaft herausfordernde Art, und schien doch im Handfesten zu wurzeln und ihr mit solcher Liebe zugetan, daß Jehanne sich gegen die harten Fragen nicht sträuben konnte, die Katharina ihr stellte.

Du bist aufgefordert, eine große Last auf dich zu nehmen, weißt du. Ist dir bewußt, welche Opfer man von dir verlangen wird?

Ja, ich glaube schon. Nun, vielleicht …

Du weißt es nicht. Es ist erlaubt, derlei nicht zu wissen, Jehanne. Nur die Narren glauben, daß sie alles wissen.

Dann hilf mir, etwas zu wissen, flehte sie. Laß mich keine Närrin sein.

Gut. Du kannst anfangen, Weisheit zu erwerben, indem du eine weitere Frage beantwortest: Bist du bereit, unseren Weisungen und unserer Führung zu folgen?

O ja!

Und warum?

Weil es Gottes Wille ist. Weil es getan werden muß, und weil der heilige Michael mir gezeigt hat, daß ich es zum Ruhme Gottes tun muß.

Zum Ruhme Gottes und nicht zum Ruhme Jehannes? Sei ehrlich – wohnt da nicht eine Sehnsucht nach Ruhm in Jehanne, nach der Flucht aus ihrem Dorf? Ein Durst nach Größe?

Jehanne wand sich voller Unbehagen. Ist Größe denn unrecht? Oder Ruhm?

Ruhm ist nicht unrecht, wenn er das rechte Maß hat. Ruhm ist nicht unrecht auf die rechte Weise. Und wer das weiß, ist wahrhaft groß.

Ich verstehe nicht, was du meinst.

Wie eine Rüstung die leibliche Gestalt in der Schlacht schützt, so ist ein gewappneter Geist einer, der den Ruhm, wie die Welt ihn sieht, als einen gefährlichen Pfeil betrachtet und nicht zuläßt, daß sein inneres Gleichgewicht davon beschädigt wird. Eine Seele ohne Rüstung ist empfänglich für Verehrung, für ein Ungleichgewicht in der Beschaffenheit ihres Wesens, und sie wird vergessen, daß eine verklärte Seele eine ist, die ihren Weg zurück zu ihrem Ursprung gefunden hat. Zur Herrlichkeit deiner Seele wolltest du geboren werden.

Jetzt verstehe ich es. Ich werde es nicht vergessen, das verspreche ich.

Katharina lachte heiter, aber mit solchem Wohlwollen, daß es Jehanne das Herz erwärmte.

Du wirst es noch oft vergessen. Aber wir werden da sein, um dich zu erinnern.

Dieses Gespräch ruhte in einer unterirdischen Höhle, solange sie wach war, und als es ein paar Wochen dort zugebracht hatte, fühlte Jehanne die Heilige sogar neben sich, wie sie ihr Einsichten zuraunte und künftige Ereignisse offenbarte, selbst wenn die Worte unhörbar waren. Manchmal kam ihr ein Gedanke in den Sinn, und gleich wußte sie, daß er ihr von ihnen eingegeben worden war. Sie konnte Katharina immer fühlen, sah sie aber nie, wenn sie wach war, wie sie den heiligen Michael gesehen hatte. Das heißt, um ehrlich zu sein, hatte sie auch ihn noch nie gesehen, außer mit jenem Teil ihrer selbst, für den sie kein Wort wußte. Ebensowenig sah sie die heilige Margarethe jemals mit den Augen ihres Körpers.

Der Schnee des Winters hatte zu tauen begonnen, bevor Jehanne Margarethe fühlte. Sie kam und ging, ein weniger beständiges Wispern als Katharina. Auch ihre Stimmung war eine andere, sie erschien subtiler und sehr alt, wie eine allwissende, alles verzeihende Mutter. Ihr Drängen richtete sich auf Jehannes feinere Instinkte, auf einen großzügigen Geist und ein sanftes Benehmen auch dann, wenn Jehanne mit Ungeduld auf Pierre und sein kindisches Geplärr reagieren wollte. Ihre weiblichen Führer berieten sich bisweilen mit dem heiligen Michael, und obgleich sie ihr beide mitunter im Traum erschienen, war ihre Macht anders als Michaels; es war eher wie ein Gespräch mit liebevollen, aber unerbittlichen Lehrerinnen und weniger wie der visionäre Wirbelwind des Erzengels.

Der Frühling kam, und mit ihm die Regenfluten, die den Fluß anschwellen ließen und das Château-de-l'Ile bedrohten. Jacques und seine Söhne retteten die Insel zusammen mit den anderen Männern des Dorfes vor dem Fluß, indem sie seine Fluten in kleinere, von Menschenhand kanalisierte Bachläufe umleiteten. Als der Regen aufhörte und das Hochwasser zurückging, blühten schon die Bäume, und das Gras sproß; es wurde April, und die Zeit der Aussaat kam heran. Und wie Jehanne sechs Monate zuvor geholfen hatte, die Früchte des vergangenen Jahres einzubringen, so gab sie jetzt ihre Muskelkraft für die nächste Ernte.

Bei all dem hörte sie ihre Ratschläge. Sie gewöhnte sich an ihre gedämpften Stimmen, und auch wenn sie nicht zu ihr sprachen, wußte sie, daß sie da waren. Den ganzen Sommer hindurch waren sie da, und auch in den Tagen, da die Schatten länger wurden. Sie lehrten und schalten sie, sie forderten sie heraus und träumten mit ihr. Sie waren es gewesen, erzählte ihr Katharina, die ihr seit Kindertagen den geheimnisvollen Traum schickten. Als Jehanne nach dem Grund fragte, sagten sie, er habe sie aufwecken sollen, und als sie fragte, was er bedeute, sagten sie: *Es ist dein Vermächtnis.*

Sie wollte mehr wissen, spürte aber, wie Katharina sich zurückzog.

Die Monate vergingen, und sie merkte, daß sie sich in ihren zwei Welten immer besser zurechtfand. Das Ungleichgewicht, das die Stimmen mit ihrem ersten Erscheinen verursacht hatten, verschob sich allmählich wieder zur ruhigen Mitte, und sie war wieder vollständig anwesend bei ihrer Familic und ihren Freunden, statt nur halb zu hören, was sie zu ihr sagten. Und gleichzeitig war ihr bei den Stimmen immer wohler. Die Spaltung verheilte allmählich, und damit erwachte ein neues Gefühl von Macht, das sie mit wachsender Kraft und Sicherheit erfüllte. Der Lauf der Jahreszeiten rundete sich, und das Saatkorn, das die Stimmen gelegt hatten, wuchs zu einem gesunden Sproß heran.

Beim Frühstück war Jacques in übler Stimmung. In der Nacht hatte er wieder den Traum gehabt, und er war danach noch stärker erschüttert als beim ersten Mal, vor mehr als einem Jahr. In diesem Traum hatte er Jhanette gesehen, wie sie auf einem Pferd davonritt, begleitet von bewaffneten Männern in schwerer Rüstung. Sie hatte von ihrem Pferd herunter ausdruckslos durch ihn hindurchgeschaut und war davongeritten, als liege ihr nichts an ihm oder an ihrer weinenden Mutter. Schon beim ersten Mal war dieses Erlebnis schlimm genug gewesen, aber das alles noch einmal zu sehen, das war fast

mehr, als er ertragen konnte, und sein Herz kochte vor Zorn und Angst.
Er mochte ein weltfremder Bauer sein, aber er war auch ein Mann. Er kannte das Leben der Soldaten, er hatte die Geschichten von ihren Eroberungen gehört, wenn er am Markttag in die Schenke ging, und er hatte keinen Zweifel daran, was die Soldaten mit seiner Jhanette tun würden, wenn sie ihnen folgte. Ehe er sie geschändet sähe, würde er sie im Fluß ertränken. Er mußte dafür sorgen, daß sie wohlbehalten verheiratet war, bevor sie ihr Herz an irgendeinen durchziehenden Soldaten verlor. Immerhin war sie jetzt sechzehn und alt genug für die Ehe.
»Papa, sollen wir heute im Nordfeld aussäen, wenn wir mit dem Weizen fertig sind?« fragte Jehan beiläufig, um das furchtbare Schweigen zu brechen. Er ahnte, was dahintersteckte.
Ein paar Monate zuvor hatte sein Vater ihm mit zitternder Stimme anvertraut, er habe geträumt, daß Jhanette mit einem Soldaten davongelaufen sei. Wenn er sie je dabei ertappen sollte, werde er sie in der Meuse ertränken, und wenn er selbst es nicht über sich bringe, so müsse Jehan es tun. Jehan hatte es seinem Vater versprochen, aber insgeheim hatte er den Traum als Hirngespinst abgetan. Jhanette besaß einen gesunden Menschenverstand, und sie gehörte auch nicht zu der Sorte, die mit einem Soldaten durchbrannte. Aber alt genug zum Heiraten war sie, darin hatte sein Vater recht.
Jacques stürzte seine Milch hinunter und wischte sich mit dem Handrücken über den Mund, bevor er einen Bissen Brot nahm. Er nickte, aber er schaute noch immer niemanden an. »Wenn ihr noch Zeit habt, fangt ruhig schon an«, sagte er.
Jacques war von Natur aus kein Grübler. Er empfand wegen seines Mißtrauens gegen Jhanette ganz ungewohnte Gewissensbisse, die gegen die Macht seines Traumes ankämpften. Er wußte ja, daß seine Tochter nicht dreist und verführerisch war wie manche, die er hätte nennen können, und frivol war sie auch nicht. Sie konnte ein offenes Wort führen, wenn man sie herausforderte, aber zumeist verhielt sie sich still und zurückhaltend.

Das sprach selbstverständlich zu ihren Gunsten. Sie besaß jene bäuerliche Vernunft, die Jacques von seiner Tochter erwartete, und würde sich von niemandem in die Irre führen lassen. Und um die Wahrheit zu sagen: Seine Liebe zu ihr machte ihn nicht so blind, daß er sie für hübsch genug hielt, um irgendeinem durchziehenden Soldaten den Kopf zu verdrehen.

Doch sein nächtliches Erlebnis war ihm so *wirklich* erschienen. Ganz deutlich hatte er gesehen, wie sie mit Soldaten davonritt, mit Söldnern vielleicht – Gott erbarme sich –, oder sogar mit den dungfressenden *goddons*. Sein Herz bebte, wenn er daran dachte. Er ertrug es nicht, noch länger mit seinen düsteren Ahnungen dazusitzen, während ihre ratlosen Blicke ihn für sein Mißtrauen straften. Er schluckte den Rest seiner Milch und stellte den Becher geräuschvoll auf den Tisch. Dann stand er auf. »Zeit zum Arbeiten«, knurrte er schroff.

Seine Söhne wußten, daß dies ein Befehl war. Hastig sprangen sie auf, und Jehan stieß mit dem Knie unter den Tisch, daß es klapperte und der Tisch beinahe umgefallen wäre. Pierre stopfte sich den Rest Brot in den Mund, obwohl er seinen Käse noch nicht heruntergeschluckt hatte. Jacques war draußen, ehe seine Sprößlinge ihre Jacken angezogen hatten.

Jehanne und ihre Mutter räumten den Tisch ab, setzten sich vor den Herd und fingen an, Kleidungsstücke zu flicken.

An den Blicken ihrer Mutter beim Frühstück hatte Jehanne gesehen, daß Isabelle den Grund für die eigenartige Laune ihres Mannes kannte. Neugier plagte sie, aber sie fürchtete zugleich die Antwort. »Maman«, begann sie, und die Neugier hatte schon gewonnen, »weshalb war Papa heute morgen so mürrisch?«

Isabelle nähte eine Zeitlang stur weiter, den Blick unbeirrt auf Pierres Hose gesenkt. Sie schien mit sich zu ringen, und zunächst nahm Jehanne an, daß sie schweigen werde. Aber schließlich ließ Isabelle ihre Handarbeit sinken und schaute sie an. Sorge und Liebe kämpften in ihrem Gesicht. »Er hat etwas geträumt, Jhanette«, sagte sie knapp.

Jehanne wartete. Sie wußte, da würde noch mehr kommen.

»Er hat letzte Nacht geträumt daß du – daß du mit Soldaten fortgelaufen bist.«
Jehanne schnappte nach Luft und erbleichte, aber Isabelle bemerkte nichts von der Bestürzung ihrer Tochter, weil ihr Blick immer noch auf der Näharbeit ruhte. Jehanne war dankbar, daß sie Gelegenheit hatte, sich von ihrem Schrecken zu erholen, ehe sie antworten mußte.
»Den gleichen Traum hatte er vor vielen Monaten schon einmal«, fuhr Isabelle fort. »Beim ersten Mal hielt er es einfach für einen dummen Traum, aber ...« Sie brach ab und legte Jehanne, plötzlich trostsuchend, eine Hand aufs Knie. »Jhanette, er hat jetzt wirklich Angst, und ich auch. Versprich mir, daß du nicht mit Soldaten davonlaufen wirst. Es würde uns das Herz brechen.« Ihre Zurückhaltung war dahin, und ihr starkes Gesicht schaute die Tochter flehentlich an.
Jehannes Augen füllten sich mit Tränen. Sie ließ ihr eigenes Nähzeug sinken und umarmte Isabelle. »Sorge dich nicht, Maman, bitte«, flüsterte sie. Die Mutter umarmte sie fest, als sei sie noch nicht beruhigt, sondern fürchte, ihr Kind könne ihr jeden Augenblick entrissen werden.
Jehanne löste sich aus Isabelles Umarmung und schaute ihrer Mutter tief in die Augen. »Ich verspreche dir, Maman, ich werde niemals etwas tun, was unserer Familie Schande bereitet, das mußt du mir glauben. Ich liebe euch alle sehr, und ich möchte euch kein Leid zufügen.« Und sie meinte es ernst. Heftig wie nie zuvor führte ihr Herz einen Krieg gegen den Kopf.
Fast drei Jahre waren vergangen, seit die Ratgeber ihr das erste Mal erschienen waren. Wie Michael versprochen hatte, erzählten sie ihr von der Lage des Königreiches. Jehanne war mit dem Wissen aufgewachsen, daß die Engländer durch zahllose politische Heiraten zwischen den ausgedehnten Familien der anglo-normannischen und französischen Könige große Teile Frankreichs in ihren Besitz gebracht hatten. Diese Tradition reichte zurück bis zu dem normannischen Herzog Guillaume, der England erobert hatte. Sie hatte schon immer gewußt, was der gemeinste Bettler wußte: daß König Karl VI. – Gott schenke seiner armen Seele die ewige Ruhe! – wahnsinnig gewesen

war. Während nun die Engländer und ihr Komplize, der Verräter de Bourgogne, der Herzog von Burgund, ihre Ränke schmiedeten, um das zersplitterte Reich weiter zu zerschlagen, lebte der Dauphin Karl im Exil, fernab von Paris, verstoßen von seiner Mutter und seines Platzes als rechtmäßiger Herrscher seines Königreichs beraubt. In ihrem Pakt mit den *goddon*-Teufeln hatte die Königinmutter ihren Sohn zum Bastard erklärt und den unverständigen König dazu verführt, seinen Thron Heinrich V. von England zu vermachen. Aber Gott nahm Heinrich zu sich, bevor er sein unverdientes Erbe antreten konnte. Jetzt hatte England nur seinen sehr jungen Sohn, der mit dem Dauphin um das Königreich Frankreich kämpfen konnte.

All das hatte Jehanne schon vor langer Zeit gehört. Sie hatte den Geschichten von der Königlichen Familie gelauscht, solange sie sich erinnern konnte; sie hatte auf dem Schoß ihres Vaters gesessen, während Jacques mit seinen Freunden über Politik diskutierte. Aber ihre Ratgeber erzählten ihr noch mehr von der Bestimmung Frankreichs. Sie erzählten ihr, daß der Dauphin unter dem besonderen Schutz des Himmels stehe und daß ihm deshalb kein Schaden widerfahren könne. Seine Seele habe die Aufgabe, zu lernen, wie man die Bürde der Verantwortung auf sich nehme und daß es manchmal nötig sei, um etwas zu kämpfen, obwohl man weiß, daß es einem eigentlich zusteht. Der Dauphin sei von Gott zum Hirten dieses Landes auserkoren, und er solle den Auftrag erhalten, die Engländer aus Frankreich zu vertreiben. Durch ihn werde das französische Volk anfangen, zu seinem strapazierten Glauben zurückzufinden. Es werde die Zeit kommen, so versicherte der heilige Michael ihr, da Frankreich ein mächtiges, einiges Königreich und eine angesehene Macht in der Welt sein werde.

Doch ehe es dazu kommen könne, müsse sie, Jehanne, den Dauphin dazu bewegen, die ersten Schritte zu seiner Bestimmung zu unternehmen. Das würde schwierig werden, aber ohne Zweifel würde Jehanne Erfolg haben. Der Dauphin sei wie eine geschlossene Knospe, die ein wenig Ermunterung brauche, um zu erblühen. Lange habe die dunkle Herrschaft seiner Mutter ihm alle Macht verwehrt, der Argwohn, er könne tatsächlich ein Bastard sein, habe ihn gemartert, und so wisse

Karl nichts von dem mächtigen Feldherrn, der in seiner Seele schlummere. Aber es sei der Wille Gottes, daß er ihn nun aufwecke – um seiner selbst und um seines Königreiches willen.

Im Laufe des vergangenen Jahres hatten Jehannes Ratgeber ihr gesagt, daß die Zeit heranrückte, da sie ihre Reise zum Dauphin an seinem Hof im Exil zu Chinon antreten solle. Gerüchte von einem bevorstehenden Angriff der Engländer, die Frankreich ein für allemal in ihre Gewalt bringen wollten, machten überall im Land die Runde, und die Ratgeber bestätigten ihr, daß es so sei. Kürzlich hatten sie ihr die Weisung erteilt, ihre Reise im Mai zu beginnen, in nur zwei Monaten also. Zwar sprachen sie nicht in Worten zu ihr, aber es kam ihr der Gedanke, daß sie sich – um den ersten Schritt zu Karls Schloß zu tun – an Robert de Baudricourt wenden sollte.

Vaucouleurs war die nächste Garnisonsstadt in der Umgebung von Domrémy, die dem Dauphin loyal geblieben war, eine Armagnac-Insel in einem burgundischen Meer, und Robert de Baudricourt war ihr Kommandeur. Er war von vornehmer Herkunft, und als Militärgouverneur war er in der Lage, Jehanne mit einem Empfehlungsschreiben an den Dauphin und mit einer bewaffneten Eskorte nach Chinon zu versehen. Die größte Schwierigkeit würde darin bestehen, ihn dazu zu bringen, daß er ihr überhaupt zuhörte. Die heilige Katharina prophezeite ihr, daß er sich zunächst abwenden werde, aber wenn ihm erst klargeworden sei, daß sie wirklich vom Herrn des Himmels gesandt sei, um den Dauphin zu den Waffen zu rufen, werde er sie schon empfangen. Getröstet und ermutigt hatte Jehanne schon seit Monaten Pläne geschmiedet.

Doch nun hatte ihr Vater diese geheimen Entwürfe im Traum gesehen! Lange hatte sie sich in dem sicheren Glauben gewiegt, daß ihr inneres Leben undurchdringlich sei. Nach der Enthüllung ihres Vaters fühlte sie sich verwundbar und entblößt. Was er da wußte, würde ihn, auch wenn er es nicht verstand, zweifellos veranlassen, sie von jetzt an aufmerksam im Auge zu behalten. Besorgt ahnte sie, daß es schwierig werden würde, überhaupt davonzukommen, um nach Vaucouleurs zu reisen. Einige Monate zuvor hatte Jacques mit einem jungen Mann aus Toul über eine mögliche Heirat gesprochen, und sie war in Panik geraten, bis Katharina ihr versichert hatte, Gott werde schon dafür sorgen, daß sie niemals heiratete. Gleichwohl fürchtete Jehanne, es könnte etwas schiefgehen, wenn sie ihre Flucht nicht auf das sorgfältigste plante.

Von einem dumpfen Unbehagen erfaßt, rang ein anderer Teil Jehannes mit Gewissensbissen, die ihre Ratgeber nicht vollständig hatten besänftigen können. Bis sie erschienen waren, hatten Ungehorsam und Unehrlichkeit gegen ihre Eltern sich auf heimliche Ausflüge in den Wald von Bermont beschränkt. Das hier aber war etwas ganz anderes als diese kleinen Sünden, denn Jacques und Isabelle würden niemals verstehen können, wozu sie sich hier anschickte. Es schmerzte sie, wenn sie an den Augenblick dachte, da den beiden klar würde, daß sie nicht mehr da war.

In ihrem Herzen wissen deine Eltern, wozu du auf die Welt gekommen bist, beruhigte die heilige Margarethe sie, *und im Herzen haben sie sich damit abgefunden. Der Traum deines Vaters zeigt, daß ihm deine Bestimmung bekannt ist; nur sein Verstand kann es noch nicht hinnehmen.*

Er leidet. Sie leiden beide. Wie kann ich sie verlassen, wenn ich ihnen damit noch mehr Schmerz zufüge?

Wenn sie leiden, dann nur deshalb, weil sie nicht bereit sind, sich der Stimme des Heiligen Geistes zu öffnen, die ihnen ihre Qualen erleichtern würde. Sie treffen ihre Wahl, Jehanne, und letzten Endes geht es dich nichts an. Auch du hast Entscheidungen zu treffen, die deine Eltern nichts angehen. Solange du ihnen nicht absichtlich Schmerzen zufügst, sündigst du nicht.

Auch wenn ich im voraus weiß, daß ich ihnen weh tun werde?

Auch dann nicht. Laß deiner Familie die Freiheit, zu entscheiden, wie sie es aufnehmen wollen, wenn du fortgehst. Damit vollbringst du einen wahren Akt der Liebe. Fürchte dich nicht davor, in die Welt hinauszugehen; die Zeit ist gekommen, da Domrémy dich nicht mehr halten kann.

Ich habe Angst, bekannte sie.

Du wirst nicht allein sein.

So gewappnet, wartete sie rastlos auf den Mai, da sie ihre Reise antreten würde.

Kapitel 2

Hinaus

Mai bis Dezember 1428

Als er gefrühstückt hatte, sah Robert de Baudricourt, daß im Hof der heruntergekommenen Hügelfestung, die ihm als Hauptquartier diente, bereits eine Reihe von Bittstellern versammelt war. Der Anblick ließ ihn laut aufstöhnen. Er würde Streitereien zwischen Stadtbewohnern und Soldaten und zwischen den Bauern aus den kleinen Dörfern in seinem Distrikt zu schlichten haben, Fragen des Zivil- und des Strafrechts, in denen er zu richten hatte. In den kalten Monaten war es nicht so schlimm, da blieben die Leute meist in ihren Häusern und hatten nicht viel Gelegenheit, sich gegenseitig zu ärgern. Aber die wärmeren Jahreszeiten mit dem Zank, den sie hervorbrachten, waren ihm ein Greuel, und jetzt, da der Frühling ausgebrochen war, lag ihm schon eine lange Liste von Bürgern mit ihren kleinkarierten Beschwerden vor. Der Tag versprach anstrengend zu werden. Um neun Uhr war Robert Liebaut, Sieur de Baudricourt, bereits ein vielbeschäftigter Mann.

Er verabscheute diesen Posten eines Provinzgouverneurs. Da saß er in diesem elenden Pestloch fest und hatte offiziell nichts weiter zu tun, als über Kleinkram zu Gericht zu sitzen und hin und wieder aufsässige Soldaten abzustrafen, und insgeheim verfluchte er den Dauphin dafür, daß er ihn nicht ins Feld ziehen ließ. Er war Ende dreißig, ein stämmiger, krummbeiniger Kämpfer aus dem Kleinadel, und dieses Nichtstun ging gegen seinen Stolz. Gern hätte er zur Abwechslung einmal etwas Nützliches getan, statt sich hier in diesem Loch zu verkriechen wie ein alter Mann oder ein Feigling. Tatsächlich kam es hin und wieder sogar vor, daß er sich fragte, warum er sich nicht einfach auf die Seite der Burgunder schlug. Dann wäre die Sache erledigt. Sie

waren zumindest bereit zu kämpfen. Aber er haßte die Engländer mit Leidenschaft, mehr noch als dieses langweilige Leben, und wenn der Dauphin ein Narr war, so war er doch auch die Seele Frankreichs. Baudricourt hatte sich geschworen, lieber zu sterben, als unter der Herrschaft der Eroberer zu leben. Also grollte er innerlich und tat seine Pflicht mit erbitterter Resignation.
»Wer ist der nächste?« Gähnend wandte er sich an Bertrand de Poulengy, der seitlich gleich hinter ihm stand, lässig an Baudricourts Stuhl gelehnt.
Poulengy war sein Hauptmann, ein vertrauter Freund, sechsunddreißig Jahre alt und wie Baudricourt der Sohn eines kleinen Edelmanns. Aber während Sieur Robert hin und wieder hart durchgreifen mußte, um seine Garnison auf Vordermann zu bringen, war Poulengy umgänglich und beliebt bei seinen Untergebenen. Er war größer und drahtiger als sein untersetzter, dunkelbärtiger Vorgesetzter, und in den grauen Augen, die mit nüchternem Humor in die Welt hinausspähten, lag auch eine unbeirrbare, zuverlässige Fürsorge für seine rauhen Soldaten. Bei Baudricourts Sitzungen mit der Bevölkerung war er oft zugegen, ein stiller Beobachter, der wenig sagte, außer wenn der Gouverneur ihn um Rat fragte. Als Berater war er auch jetzt anwesend.
»Ein Mädchen aus Domrémy, die Tochter des Jean Darc«, sagte er träge. »Du kennst ihn: Er gehörte zu den Vertretern des Dorfes in dem Disput mit dem Demoiseau von Commercy, bei dem es um die Steuern ging, die sie ihm schuldeten.«
»Ein großer Mann? Mit einem mächtigen schwarzen Schnauzbart?«
»Eben der.«
»Du bist mit ihm bekannt, ja?« Baudricourt hob eine dichte Braue.
Poulengy nickte. »Ja, ich kenne ihn schon lange. Von gutem Schlag, er und seine Frau. Eine anständige Familie.«
»Und das Mädchen?«
Er zuckte die Achseln. »Ein Mädchen eben. Still. Sagt nicht viel. Ich kenne sie nicht besonders gut.«
»Und was will sie?«
»Das weiß ich nicht, sie hat es mir nicht gesagt. Sie sagt, sie bringt

eine Botschaft, die sie nur dir vortragen kann.« Er lächelte boshaft, als er Baudricourts verdrossenes Gesicht sah. »Sie wird von ihrem Onkel begleitet.«

»Also schön.« Der Gouverneur seufzte. »Wollen sehen, was sie will.« Er wedelte mit seiner behaarten Hand und winkte der Türwache, man möge sie hereinlassen.

Ein kleiner, hagerer Mann kam zögernd herein. Mit beiden Händen hielt er seinen Hut vor der Brust umklammert. Er wirkte beunruhigt, und ein vergebungheischender Ausdruck ließ seinen Blick flackern. Er trug ein hausgewebtes Hemd und eine dicke Wollhose, die sich an den Knien in Falten legte, und er schien ungefähr fünfundvierzig Jahre alt zu sein. Er hatte nichts Bemerkenswertes an sich – ein ganz gewöhnlicher Bauer, dessen Haar allmählich schütter wurde. Ängstlich nickte er mit dem Kopf.

»Guten Morgen, Herr. Ich heiße Durand Lassois, und das da«, mit einer raschen Geste deutete er hinter sich, »das ist meine Nichte Jhanette. Sie ist es, die mit Ihnen zu sprechen wünscht.« Mit gebeugten Schultern trat er beiseite und senkte den Blick zu Boden.

Das Mädchen trat vor. Sie lächelte Poulengy an; ihn kannte sie. Auf den ersten Blick erschien sie wie eine typische Vertreterin ihrer Klasse. Sie war nicht groß, sondern eher von stämmiger Bauerngestalt, sichtbar kräftig und an harte Arbeit gewöhnt, wenn man etwas auf ihre muskulösen Arme und ihr sonnengebräuntes Gesicht geben konnte. Sie trug ein weinrotes Kleid aus grobgesponnener Wolle, und ihre Füße steckten in handgemachten Lederschuhen. Ihr Haar war schwarz wie die Nacht und fiel in einem unordentlichen Zopf über ihre linke Schulter auf die Brust. Im Gegensatz zu Lassois hatte sie nicht die Haltung einer schüchternen Bäuerin, sondern schaute Baudricourt kühn ins Gesicht. Der Blick der braunen Augen unter den kräftigen Lidern kam wie aus einer anderen Welt, aber er war zugleich voller Leidenschaft.

»Nun?« Baudricourt ärgerte sich über den Mangel an Ehrfurcht vor seinem Stand, den sie unausgesprochen an den Tag legte. »Was willst du?«

Sie lächelte leise und senkte den Kopf ein wenig, ohne den Blick von ihm zu wenden. »Herr, ich komme mit einer Botschaft von meinem Herrn, die Sie dem Dauphin überbringen sollen.« Ihre ländliche Mundart war lothringisch, aber ihre Stimme hatte einen dunklen, auffälligen Klang, ebenso selbstbewußt und unerschütterlich wie ihr Blick. Weiterhin war keine Spur von Ehrfurcht in ihrer Haltung, sondern eher eine ganz unerwartete Gefaßtheit, als rede sie mit ihresgleichen.

Baudricourt ärgerte sich noch mehr. »Eine Botschaft?« Er runzelte die Stirn. »Was für eine Botschaft?«

Ihre Schuhe klapperten leise auf dem Steinboden, als sie zwei Schritte näher kam. »Mein Herr sagt, der Dauphin solle sich mit dem Heer zurückhalten und sich erst in der Mitte der Fastenzeit zur Schlacht stellen. Mein Herr wird ihm dann die Hilfe geben, die er braucht.«

Verblüfft über so viel Unverschämtheit, warf der Gouverneur einen Blick zu Poulengy hinüber. »Ist es nicht Sache des Dauphin, zu entscheiden, was er in seinem eigenen Königreich tut oder läßt?« fragte er sarkastisch.

»Das Königreich ist nicht Sache des Dauphin, sondern meines Herrn«, gab das Mädchen zurück, ohne den Blick von Baudricourt zu wenden. »Gleichwohl ist es der Wunsch meines Herrn, daß der Dauphin zum König von Frankreich gekrönt und gesalbt werde und daß er das Reich von meinem Herrn zu treuen Händen empfange. Ich habe überdies die Anweisung, den Dauphin zu seiner Krönung zu geleiten.«

Ein schmerzlich berührter Ausdruck zog über Baudricourts bärtiges Gesicht. Er schaute Poulengy an, als wolle er fragen: Ist das ein Witz? Der Hauptmann zog belustigt die Brauen hoch.

»Und wer, wenn ich fragen darf, ist dein … Herr …?« Baudricourt hatte allmählich genug von diesem unverschämten Unfug.

»Der König des Himmels«, sagte sie gleichmütig.

Poulengy schnappte erstaunt nach Luft, und Baudricourt fühlte, wie ihm der Atem aus der Lunge entwich, als ob er einen Schlag in den Magen bekommen hätte. Dann brach er in heulendes Gelächter aus.

In mächtigem Dröhnen hallte seine Erleichterung von den Mauern wider.
»Schafft sie zu ihrem Vater zurück und sagt ihm, er soll ihr die Ohren langziehen.« Ganz langsam wanderte sein Blick an ihr auf und ab. Ein wollüstiges Grinsen kräuselte seine bartumwucherten Lippen, und er sagte zu dem würdevollen, immer noch ungerührten Mädchen: »Wenn sie gern mit Soldaten spielt, mag sie auch noch ein wenig in Vaucouleurs bleiben. Meinen Männern wird es gefallen, wenn sie ein wenig Frischfleisch vom Lande bekommen.«
Lassois nahm Jehanne beim Arm und wollte sie zur Tür ziehen. »Komm, Jhanette«, murmelte er.
Sie ließ sich fortziehen, starrte aber Baudricourt weiter unverzagt an. Ihre Miene war ausdruckslos und unergründlich, und der Soldat verspürte ein unerklärliches Unbehagen, als habe sie ihn irgendwie überwältigt. Er wollte sie loswerden, und zwar sofort.
»Hinaus!« bellte er.
Der Vasall Lassois raffte sich auf und schob sie hinaus, und die ganze Zeit entschuldigte er sich unter Verbeugungen für seine Nichte.
Als sie draußen waren, lachte Baudricourt wieder – ein bißchen zu herzhaft, als daß es ihn selbst oder seinen Freund überzeugt hätte. In Wahrheit war er verstört.
Natürlich war das alles ein Haufen Pferdescheiße gewesen. Wenn Gott überhaupt zu jemandem sprach – und selbst daran hatte er große Zweifel –, dann würde er sich wahrscheinlich doch mit hohen Kirchenmännern in Verbindung setzen, die sich auskannten mit allem, was Gott, den Himmel und all das betraf, und nicht mit einem Bauernmädchen aus dem Grenzland. Und warum Gott überhaupt den Wunsch haben sollte, dem Dauphin zu helfen, war ihm unbegreiflich. Karl mochte der legitime Thronerbe sein oder nicht – er war vor allem ein frivoler Dummkopf, der seine eigene heikle Stellung und das Wohlergehen seines Volkes immer wieder für das Geld aller möglichen Leute aufs Spiel setzte – sogar, wie man munkelte, für das Geld seines Kanzlers de la Trémoïlle, des Premierministers, der höchstwahrscheinlich ein Werkzeug der Burgunder war.

Nein, Baudricourt konnte nicht glauben, daß Gott sich überhaupt in die Politik einmischte. Der Krieg war schon seit langem ohne ersichtliches Eingreifen Gottes im Gange. Das Mädchen mußte einfach von Sinnen sein, seinem Auftreten zum Trotz.

Baudricourt wandte seine Aufmerksamkeit den nächsten Fällen zu, die auf seine Entscheidung warteten. Einen Soldaten, der einen Kameraden im Streit um eine Spielschuld ermordet hatte, ließ er auspeitschen. Später schlichtete er einen Streit zwischen zwei Grundbesitzern. Am Nachmittag war Jehanne zu einer amüsanten Anekdote geworden, die er schon halb vergessen hatte.

Jehanne aber ließ sich durch die Audienz bei Baudricourt nicht entmutigen – im Gegenteil, sie jubelte innerlich. Sie störte sich nicht einmal an dem Kichern und Pfeifen der Soldaten, das ihr und Durand über den Hof und den Hang hinunter bis zur Straße folgte. Sie hatte den Gouverneur auf sich aufmerksam gemacht und den ersten Schritt unternommen, um seinen Widerstand zu brechen. Ihre Ratgeber hatten ihr gesagt, sie werde ihn überzeugen können, aber es werde nicht leicht sein, denn er sei mutlos und verbittert.

Du wirst Geduld mit ihm haben müssen, bevor er dir zuhört, sagte die heilige Margarethe, als sie mit Durand nach Burey-le-Petit zurückritt. *Wenn er sieht, daß du aufrichtig und entschlossen bist, wird er dich nach Chinon schicken.*

Und wann wird das sein?

Wenn die Zeit reif ist. Du wirst es wissen. Einstweilen aber mußt du, wenn du Erfolg haben willst, die Tapferkeit selbst werden und alles in Gott ertragen.

Jehanne wußte, daß Geduld nicht ihre Stärke war. Aber sie verstand sich immer besser darauf. Nachdem sie sich entschlossen hatte zu gehen, hatte sie noch eine ganze lange Woche abgewartet, bis sie ihre Eltern um die Erlaubnis gebeten hatte, die Cousine ihrer Mutter, die ebenfalls Jehanne hieß, und ihren Mann Durand Lassois zu besuchen. Die Familie Lassois wohnte nur zwei Stunden von Vaucouleurs entfernt in dem Dorf Burey-le-Petit. Sie dachte sich, wenn sie den Weg zu Robert de Baudricourt finden wollte, mußte sie zuerst so nah wie möglich an ihn herankommen. Sie kannte niemanden, der in Vaucouleurs selbst wohnte, also mußte sie das Risiko eingehen und sich auf Durand verlassen, den sie aus Ehrfurcht vor seinem fortgeschrittenen Alter von vierzig Jahren »Onkel« nannte.

Als sie erst unter dem Dach der Lassois war, ließ Jehanne sich noch einmal fünf Tage Zeit. Sie half ihrer Namensgefährtin bei der Hausarbeit und verbrachte stille Abende bei Jehanne und Durand. Da sie die beiden gern hatte und leise Gewissensbisse verspürte, weil sie sie als Mittel zum Zweck benutzte, beschloß sie, ihnen zu erzählen, soviel sie verstehen konnten, ohne dabei Dinge zu offenbaren, die sie besser für sich behielt. Wo sich die Gelegenheit ergab, ließ sie hier und da eine Andeutung fallen und erwähnte, daß sie in den letzten Jahren Dinge erlebt habe, die sie sehr verändert hätten. Und schließlich, zwei Abende vor ihrem letzten Tag in Burey-le-Petit, vertraute sie sich dem Ehepaar an.

Sie tat es am Abend, als die drei nach dem Essen vor dem Kamin saßen. Durand schnitzte an einem kleinen Holzpferd. Sein scharfes Messer ließ winzige Birkenholzspäne auf den wachsenden Haufen am Fußboden fliegen. Seine Frau spann unterdessen mit langen Fingern Wollfäden und summte im Takt des Spinnrads ein kleines Lied. Jehanne saß auf einem niedrigen Schemel vor dem Feuer. Bald fror sie an der einen Seite, bald an der anderen. Hin und wieder, wenn die Hitze anfing, ihr Gesicht und Arme zu verbrennen, und man befürchten mußte, daß ihr Kleid in Flammen aufging, rückte sie ihren Schemel an eine andere Stelle.

Und endlich öffnete sich die Lücke im Gespräch, auf die sie gewartet hatte. Erst kamen die Worte stockend aus ihrem Mund, dann ein bißchen schneller. Sie berichtete nicht in allen Einzelheiten von den Begegnungen mit ihren Lehrern, sondern bezeichnete sie kollektiv als »Gott«. Aber sie erzählte in abgekürzter Form von ihrer ersten Heimsuchung, und wieviel Angst sie gehabt hatte. Sie sprach von ihren Empfindungen bei der Vision in Bermont, und ihre Darstellung wurde durch die Unzulänglichkeit ihrer Worte beeinträchtigt. Sie enthüllte, wie sie danach schon im voraus Kenntnis von Dingen erhalten hat-

te, die erst später geschehen waren. Gott sei stets tröstend und weise, sagte sie, und er habe sie gelehrt, Geduld zu haben und Mitleid mit dem leidenden Königreich. Wachsam aber vermied sie es, ihre Mission zu erwähnen. Dafür mußte sie den richtigen Augenblick wählen. Durand hatte schon sehr bald aufgehört, an seinem Pferd zu schnitzen, und als Jehanne zu Ende gesprochen hatte, war sein Blick eindringlich auf sie gerichtet, und zweifelnde Konzentration machte seine Augen schmal. Jehanne Lassois war so gefesselt von dem, was ihre junge Cousine da erzählte, daß das Spinnrad stehengeblieben war; sie hielt die halb gesponnene Wolle noch in der Hand.
»Im innersten Herzen weiß ich, daß die Botschaften von Gott kommen, denn soweit ich weiß, hat er mich noch nie belogen, und er sagt auch immer, daß ich beten und meine Familie ehren soll. Und die Wunder, die ich gesehen habe! Ich kann sie nicht einmal annähernd beschreiben.«
»Was waren das für Wunder, Jhanette?« fragte Durand. Er wußte nicht, was er von ihr halten sollte; sie sah es an der Art, wie sein Blick ihre Ernsthaftigkeit zu ergründen suchte.
Sie schaute in sein vertrautes Gesicht und versuchte zu ermessen, wieviel sie auf einmal erzählen könnte. Durand war einer der gütigsten Menschen, die sie kannte, aber sie wußte nicht, wie er aufnehmen würde, was sie ihm jetzt vorzuschlagen gedachte.
»Gott hat mir eine Botschaft an Robert de Baudricourt aufgetragen«, sagte sie und wich dabei der Frage aus, auf die es keine vernünftige Antwort gab.
Mann und Frau wechselten einen überraschten Blick. »Was für eine Botschaft?« fragte Jehanne Lassois. Ihr sonst so leutseliges Gesicht war voller Sorge.
»Es tut mir leid, aber das kann ich euch nicht sagen. Die Zeit wird kommen, da werdet ihr alles erfahren, aber einstweilen kann ich es noch nicht verraten – ich habe Gottes Erlaubnis dazu nicht. Aber, Onkel Durand« – Jehanne schaute flehentlich in seine still widerstrebenden Augen – »ich brauche deine Hilfe, damit ich Sieur Robert aufsuchen kann.«

Durand wackelte mit dem Kopf. Er hätte gern gelacht, aber er brachte keine rechte Heiterkeit auf. »Ich weiß nicht, Jhanette. Sieur Robert ist ein vielbeschäftigter und wichtiger Mann. Ich wüßte nicht, wie ich da …«

Es war, als erwache etwas in ihr – wie eine mächtige Schlange, die an der Wurzel ihrer Wirbelsäule wohnte. Beinahe lässig, so schien es, streckte sie sich und sandte ihre ganze Kraft hinauf in Jehannes Kopf. Ihr Geist loderte von einer Macht, die sie auf der Stelle durchflutete und ihren ganzen Körper auflud. Ihre Haarspitzen schienen davon zu knistern, und in ihren Händen summte es so, daß sie zu leuchten glaubte. Sie fühlte, wie die Essenz ihres Wesens anschwoll und bald die ganze Stube mit den gewaltigen Kräften ihres Willens erfüllte. Sie war unbezwingbar und unwiderstehlich.

Sie lehnte sich auf ihrem Schemel nach vorn; ihre Haltung gab ihrer leidenschaftlichen Überzeugung Nachdruck, als die Macht durch ihr Blut rauschte. »Onkel Durand, ich schwöre dir, daß Gott mir befohlen hat, mit Sieur Robert zu sprechen. Es ist keine Belanglosigkeit, sondern eine sehr, sehr wichtige Angelegenheit. Du mußt mir helfen. Bitte. Was ich tue, ist der Wille Gottes.«

Durand taumelte, als die Macht ihn überfiel. Er schüttelte den Kopf wie ein Hund, der aus dem Wasser kommt. Aber er widerstand ihr weiter und senkte den Blick auf sein Stück Holz. »Wissen deine Eltern davon?« murmelte er.

Jetzt begann auch seine Frau beschwörend auf ihn einzureden. Jehanne wußte, daß die Schlacht beinahe gewonnen war, und sie freute sich über diese Verbündete. Als der Abend zu Ende war, hatten die beiden Frauen ihn überredet.

Als sie jetzt auf seinem Fuhrwerk neben ihm saß, folgten leise Gewissensbisse auf ihre anfängliche Begeisterung. Seit sie aus Baudricourts Hauptquartier gekommen waren, hatte er nichts Wesentliches mehr zu ihr gesagt. Langsam und schweigend lenkte er den Karren, und Jehanne spürte seine Erniedrigung, auch wenn er nichts sagte.

»Es tut mir leid, Onkel Durand, ich wollte dich nicht in Verlegenheit bringen.« Voller Unbehagen nagte sie an ihrer Unterlippe. Er tat ihr sehr leid, dieser Mann, dessen Leben voller Mühsal und Leid gewesen war. Seine Eltern waren bei einem Freischärler-Überfall ums Leben gekommen, als er zehn gewesen war, und sein Bruder in einem unbedeutenden Scharmützel im Kampf für den Dauphin. Dennoch schien sein Schicksal ihn nicht übermäßig zu belasten. Seine erdschwarzen Hände hielten behutsam die Zügel und ließen sie jetzt einmal schnappen, während er mit der Zunge schnalzte – ein Befehl, den sein Pferd verstand.

»Laß uns heute nicht mehr davon sprechen, Jhanette. Ich weiß, du glaubst an das, was du gesehen hast, und vielleicht hast du recht. Ich bin nur ein Bauer, und ich verstehe nichts von solchen Dingen. Aber Sieur Robert hat dir nicht geglaubt, und deshalb mußt du die Sache jetzt auf sich beruhen lassen.« Mit seinem praktischen Verstand und seiner beschränkten Vorstellungskraft flehte er um ihr Verständnis.

Sie nickte. »Versprich mir, daß du Papa nichts erzählst. Er würde mich sonst nie wieder aus dem Haus lassen.« Ihre Augen füllten sich mit Tränen. Durand lächelte, und noch tiefere Täler gruben sich in sein Gesicht.

»Ich verspreche es dir.«

Und er hielt sein Wort. Als Jacques am nächsten Tag kam, um sie abzuholen, erklärten die beiden, sie seien glücklich, Jhanette zu Gast gehabt zu haben, und sie richteten Grüße an die restliche Familie aus. Niemand sagte etwas von der Reise nach Vaucouleurs. Jehanne umarmte und küßte die beiden dankbar zum Abschied. Und sie versprach ihnen, daß sie sie schon bald wiedersehen würden.

In jenem Sommer des Jahres 1428 zogen Flüchtlinge von den Höfen und Dörfern im Westen durch Domrémy. Sie hofften auf sichere Zuflucht in Vaucouleurs und in der Hauptstadt des Herzogs, Nancy. Sie reisten allein und in Familiengruppen, zu Fuß oder mit Fuhrwerken, beladen mit ihren wenigen irdischen Besitztümern. Jacques und Isabelle gewährten ihnen Unterkunft und Speise, und ihre Nachbarn taten es auch; Jehanne gab ihr Bett für zwei kleine Kinder auf. Verängstigt nach den Strapazen ihrer plötzlichen Flucht, plapperten die Entwurzelten etwas davon, daß die Burgunder ein großes Landsknechtsheer aufgestellt hätten, das bereits weite Landstriche im Süden der Champagne in Flammen habe aufgehen lassen. Zusammen mit den Engländern hatten sie einen Raubzug durch das Land unternommen, wütender als jemals in den Jahren zuvor, hatten geraubt und gebrandschatzt und die wehrlose Bevölkerung vor sich hergetrieben. Es waren Hunderte, sagten die Flüchtlinge, und sie fraßen gierig wie Heuschrecken. Es sah so aus, als unternähmen die *goddons* und die Burgunder diesmal gemeinsam den Versuch, alle Spuren von menschlichem Leben in den ländlichen Regionen des Königreichs zu vernichten.

Und das schlimmste war, daß sie in Richtung Osten marschierten, auf Lothringen zu.

Während seine Frau und seine Tochter die halb verhungerten unerwarteten Gäste speisten, lauschte Jacques mit düsterer Miene ihren Erzählungen, und in seinem Kopf überschlugen sich die Gedanken. Gleich am ersten Abend rief er den Bürgermeister und den Dorfrat zusammen. Zur Vorbereitung einer bevorstehenden Flucht erbot er sich, am nächsten Tag im Namen des Dorfes Domrémy nach Neufchâteau zu reisen, um dafür zu sorgen, daß man sie in den Mauern der Stadt aufnehmen würde. Drei Tage blieb er fort. Er sorgte dafür, daß seine Familie im Gasthaus einer Wirtin Unterkunft finden würde, die sie von den Markttagen in Neufchâteau gut kannten. Die Frau hieß eigentlich Renée Waldaires, aber wegen ihres fuchsroten Haarschopfs nannte man sie nur *La Rousse*. Sie war eine stämmige Witwe mit drei erwachsenen Kindern, die mit ihren eigenen Familien in der Stadt lebten. Sie hatte rote Wangen und war eine laute, gesellige Erscheinung. Ihr verstorbener Mann Louis war mit Jacques bekannt gewesen, seit sie als Jungen zusammen in Ceffonds gelebt hatten.

Der Juli kam, und man munkelte, Freischärler unter dem Befehl des burgundischen Gouverneurs der Champagne, Antoine de Vergy, wüteten nur wenige Stunden weit von Domrémy entfernt.

Ein paar Tage lang geschah gar nichts. Als keine bedrohlichen Gestalten auf der Höhe erschienen, um sich auf sie zu stürzen, nahm das Alltagsleben im Dorf seinen Fortgang, und alles war fast so wie immer. Als sie schon glaubten, die Bedrohung sei vorüber, kam der Wachtposten zurückgeritten, den sie westlich des Dorfes aufgestellt hatten, und schlug Alarm. Eine große Staubwolke von vielen Pferden nähere sich ihnen.

Mamans Hühner in ihren bedeckten Käfigen gackerten lärmend auf dem Wagen neben dem Spinnrad, das an Kornsäcken lehnte. Jacques' Kinder trieben das Kleinvieh unter dem mondlosen Himmel voran. In das Klingeln und Knarren der Pferdegeschirre mischten sich die knappen Kommandos des Bürgermeisters, der sie zur Eile antrieb. Am Rande der Herde blökte ein Lamm, verwirrt von all dem Treiben, laut nach der Mutter. Der jüngste Sohn des Schmieds trieb es fuchtelnd in die Herde zurück. Hinten auf dem Wagen ihres Sohnes saß die alte Tante Jehanne Aubry mit baumelnden Beinen; in den Händen hielt sie den Rosenkranz und betete um Schutz.

Sie waren noch nicht weit gekommen, als Jehan Morel, Jehannes Pate, Alarm schlug. Ein unnatürlicher Schein am Himmel hatte sich zu dem Licht gesellt, das sie selbst verbreiteten, und mit bebenden Herzen begriffen sie, daß die Häuser, die sie verlassen hatten, geplündert und niedergebrannt wurden. Einige Frauen fingen an zu weinen, und als die Kinder ihre Mütter so betrübt sahen, weinten sie ebenfalls. Jetzt waren sie ebenso heimatlos wie die Unglücklichen, denen sie noch wenige Wochen zuvor Unterschlupf geboten hatten. Aber wenigstens waren sie wohlbehalten entkommen, dachte Jehanne. Sie waren zusammen, und ihnen war nichts geschehen – durch die Gnade Gottes.

Als die Bewohner von Domrémy an diesem stickigen Sommerabend durch das Stadttor von Neufchâteau wankten, platzte das Marktstädtchen bereits aus allen Nähten, denn auch aus anderen Dörfern waren scharenweise Flüchtlinge gekommen. Benachbarte Bauern, die anderswo in Lothringen ansässig waren, nutzten die Gelegenheit, um den Hungrigen ihre Erzeugnisse zu verkaufen: Lautstark verhökerten sie von ihren hastig in den engen Gassen aufgestellten Karren Obst und Gemüse, Hühner und Getreide. Soldaten, die zur Unterstützung der Garnison von Vaucouleurs gerufen worden waren, bahnten sich mit Drohungen ihren Weg durch ein Meer von ungewaschenen Gestalten. Allenthalben herrschte lärmendes Durcheinander, und die Fackeln leuchteten durch einen Schleier von Staub, aufgewirbelt von Hunderten von Füßen. Viele waren ohne Geld gekommen – sie wußten nicht, wohin sie sich nun wenden sollten, und kauerten zusammen an der Mauer in der Nähe des Marktes. Der Geruch von Mist, kochendem Essen und Rauch vermischte sich zu einem machtvollen Gestank.

Jacques und seine Söhne trieben ihre Pferde quer durch das Gedränge auf dem Marktplatz und in eine Nebenstraße, in der nicht weniger reges Treiben herrschte. Der Gasthof, in dem sie bleiben wollten, lag am Ende der Gasse, hinter dem Metzgerladen an der Ecke. Papa zügelte das Gespann und ließ die Jungen draußen beim Wagen warten, während er mit Maman und Jhanette hineinging.

La Rousse sah sie, als sie die lärmende Schankstube betraten, und schob sich gleich zwischen Mönchen, Soldaten, Kaufleuten und Flüchtlingen hindurch. Sie begrüßte Jacques und seine erschöpfte Familie mit freundlichem Lächeln und umarmte sie alle. Sie habe zwei Kammern für die Familie freigehalten, sagte sie, eine für Jacques und seine Söhne, und eine für Isabelle und Jhanette. Dann bot sie den Frauen Essen und Wein an, und als sie erst etwas im Magen hatten, gelang es ihnen, sich ein wenig zu entspannen und die Gedanken an das verlassene Heim für eine Weile beiseite zu schieben.

Die Familie blieb zwei Wochen in Neufchâteau. Da sie sonst keine Beschäftigung hatten und La Rousse auf diese Weise ihre Dankbarkeit zeigen konnten, halfen Jehanne und ihre Mutter in der Küche und bedienten auch die anderen Gäste, mit denen der Gasthof bis zum Bersten gefüllt war. Die Arbeit war keine Last, und sie schätzten sich glücklich, daß sie eine Kammer für sich allein hatten. Viele, die vor den Freischärlern geflohen waren, mußten unten in der Schankstube

auf dem Boden schlafen – unter den Tischen, auf denen sie ihre Mahlzeiten einnahmen.
Jehannes Schlaf war weiterhin von beunruhigenden Träumen erfüllt, an die sie sich nur undeutlich erinnern konnte. Sie bat den heiligen Michael um Neuigkeiten von daheim, aber dazu hatten er und ihre anderen Ratgeber nichts zu sagen. Jehannes Angst vor der Zerstörung ihres Hauses war so groß, daß sie auf andere Verwicklungen gar nicht vorbereitet war, und so war sie völlig überrascht, als sie eintraten.

Sein Name war Paul LeMaire. Jehanne hatte zwar schon von ihm gehört, aber sie begegnete ihm zum ersten Mal, als er sie im Gasthof der La Rousse ansprach. Er war zweiundzwanzig Jahre alt, ein Bauer aus Toul und ein entfernter Vetter ihrer Schwägerin. Mit ihm hatte Jacques Darc über die Heirat mit Jehanne gesprochen.
An diesem Nachmittag stand sie in der stickigen Küche des Gasthofes und hackte die Zwiebeln für den Hammeleintopf, den es am Abend geben sollte. Ihre Augen tränten heftig, als eine der Schankdirnen ihr zurief, sie habe Besuch. Jehanne war zunächst froh über diese Unterbrechung, und zugleich empfand sie ein wenig Neugier.
Dann geriet sie plötzlich in Aufregung, denn ihr war eingefallen, daß es sich um eine Nachricht von Sieur Robert handeln könnte. Vielleicht hatte er es sich noch einmal überlegt und wollte sie nun nach Chinon schicken!
Mit der feuchten Schürze wischte sie sich über die Augen und die verschwitzte Stirn, und dann wusch sie sich hastig die Hände in einem Eimer, um sie vom Zwiebelgeruch zu befreien. Sie trocknete sie an einem Lappen ab, während sie die Küche verließ und sich in die Schenke begab.
Der hochgewachsene junge Mann mit dem braunen Haar und den blauen Augen saß an einem Tisch bei der Küchentür. Er war weder schön noch häßlich zu nennen, und seine Bauernkleider waren nicht prachtvoll, aber sauber. Als er sie sah, stand er lächelnd auf, begrüßte sie mit ihrem Namen und stellte sich vor.

Jehanne wurde blaß und zog die dunklen Brauen kraus. Murmelnd erwiderte sie seinen Gruß.
Er lud sie ein, sich zu ihm an den Tisch zu setzen. Stirnrunzelnd schob sie sich ihm gegenüber auf die Bank.
»Dein Vater hat mir erlaubt, um deine Hand anzuhalten«, sagte er mit zuversichtlichem Lächeln. »Dazu bin ich jetzt hier.« Er war sich seiner selbst sehr sicher, und Jehanne spürte, daß er dieses Zusammentreffen für eine bloße Formalität hielt.
»Mein Vater hat dir da etwas Falsches gesagt. Er hat mich nicht gefragt, was ich davon halte.« Ihr Magen zog sich zusammen, und irgend etwas raste in ihrem Kopf umher wie ein in die Enge getriebenes Tier. Aber sie zwang sich, ihr Gesicht zu einer neutralen Maske zu formen.
LeMaire klappte den Mund auf. »Wie meinst du das?« Ungläubig bemühte er sich zu lachen. »Es ist alles verabredet: Wir werden irgendwann im nächsten Jahr heiraten.« Seine Freundlichkeit verflog spurlos, und er lief rot an. Jäh stand er auf und funkelte sie an. »Wir werden schon sehen«, sagte er. »Ich bringe dich vor das Diözesangericht in Toul, und ich verspreche dir, du wirst mich heiraten, mit deiner Zustimmung oder ohne sie!« Speichelflöckchen sprühten aus seinem Mundwinkel, als er sprach.
Ebenso entschlossen hielt Jehanne seinem Blick stand, bis er die Augen niederschlug. Er machte auf dem Absatz kehrt und stapfte zur Tür hinaus – sie hatte ihn heftiger eingeschüchtert, als er es jemals zugeben würde.
Du hast nichts zu fürchten, Jehanne, flüsterte Katharina ohne Worte. *Niemand wird dich zwingen, diesen Mann zu heiraten. Du bist zu anderem bestimmt, und die Zeit ist nahe, da du einen neuen Weg gehen sollst.*
Jehanne hoffte, daß Paul LeMaire sie einfach vergessen würde. Aber nach acht Tagen ließ er sie tatsächlich vor das Kirchengericht in Toul zitieren, wo sie sich gegen den Vorwurf des Verlöbnisbruchs verteidigen sollte. Jehanne flehte ihren empörten Vater an, er solle sein Angebot an LeMaire zurückziehen oder wenigstens erlauben, daß Jacquemin oder Jehan sie nach Toul begleitete. Aber Jacques war

ebenso halsstarrig wie seine Tochter. Seine Pläne seien nur zu ihrem Besten, und wenn sie sich dagegen stellen wolle, so müsse sie auch allein gehen und die Folgen auf sich nehmen. Isabelle unterstützte Jehanne, aber diesmal konnte sie sich gegen ihren Mann nicht durchsetzen: Die Familie blieb in Neufchâteau, und Jehanne ging allein nach Toul.

Die lange, anstrengende Wanderung und die Gerichtsverhandlung sollten später in ihrer Erinnerung zu einer unangenehmen, aber bald erledigten Sache verschwimmen. Sie hatte fast einen ganzen Tag für den Weg gebraucht, und erschöpft stand sie schließlich vor dem Bischof und zweien seiner geistlichen Berater, um ihre Fragen aufrichtig zu beantworten, wie ihre Ratgeber es ihr eingeschärft hatten. Sie spürte, daß sie in der Nähe waren und sie mit Mut und Macht erfüllten. Nein, sie kenne Paul LeMaire nicht weiter, sagte sie, sie sei ihm nur dieses eine Mal begegnet. Was der Vater mit ihr geplant habe, sei ihr nicht bekannt gewesen, und sie habe weder Paul LeMaire noch sonst jemandem etwas versprochen. Angesichts ihrer Abneigung gegen LeMaire und ihres ausgesprochenen Widerwillens gegen eine solche Ehe sei es ratsam, wenn er sich für eine andere Frau entscheide, statt in einer unglücklichen Ehe mit einer unbotmäßigen Frau wie ihr zu leben. Die Obrigkeit stimmte zu und entließ sie aus der Anklage.

Als man in Neufchâteau erfuhr, daß die Freischärler nach Nordwesten abgezogen waren, sammelten die Männer von Domrémy ihre Familien und beluden ihre Karren wieder mit dem kärglichen Hausrat, den sie so sorgsam vor Dieben geschützt hatten. Die Zahl der Rinder und Schweine, die sie forttrieben, war allerdings kleiner geworden, denn einiges war trotz ihrer Bemühungen gestohlen worden. Ebensoviele Stücke hatten sie freiwillig abgegeben: Sie waren in den Häusern der Gastgeber verspeist worden. Schließlich waren sie ja ehrlich stolz auf die Tatsache, daß sie zwar vorübergehend heimatvertriebene, aber doch freie Bauern und keine Bettler waren. Obwohl sie Neufchâteau also mit weniger verließen, als sie hergebracht hatten, wußten sie doch, daß sie niemandem etwas schuldig geblieben waren, und so gürteten sie sich mit Stolz für den Heimweg.

Aber als die schützende Stadtmauer hinter ihnen zurückblieb, schwand ihre Zuversicht, und die düsteren Ahnungen nahmen zu, als der Zug das Gebiet erreichte, das von den Freischärlern verwüstet worden war. Beunruhigender als alles andere war das vollkommene Fehlen von Geräuschen. Durch die gespenstische Stille schallte nur hin und wieder das triumphierende Krächzen der Krähen, die in trägen Schleifen am Himmel kreisten. Keine Singvögel zwitscherten, keine Grillen zirpten: Schwarzes, tödliches Schweigen lastete auf einer sonnenbestrahlten Wüstenei.

Domrémy war zum großen Teil zerstört und gründlich ausgeplündert worden. Nur drei Häuser, die Steinhäuser nämlich, waren nicht niedergebrannt. Von den Fachwerkhäusern standen nur noch verkohlte Gerippe. Fassungslose Familien begannen im Schutt zu wühlen, wo früher ihre Häuser gestanden hatten. Gaston, der Schmied, stand vor dem Aschehaufen, der seine Schmiede gewesen war, und im nächsten Augenblick ließ ein mächtiges Schluchzen seine bulligen Schultern beben. Der Klageschrei einer Frau gellte durch das stille Dorf, daß es einem bis ins Mark drang, und auch andere fingen leise an zu weinen.

Jehanne war zwar überglücklich, die Hütte ihrer eigenen Familie fast unberührt zu finden – nur der Garten war geplündert und der Zaun niedergetrampelt worden –, aber dann sah sie mit Bestürzung, daß auch die benachbarte Kiche zerstört worden war.

Was waren das für Leute, die eine Kirche niederbrannten? Jehanne war außer sich. Der Haß zerriß ihr das Herz, und Tränen der Wut rannen ihr übers Gesicht. Sie lechzte nach Rache an den vaterlandslosen Franzosen, die etwas so Abscheuliches getan hatten.

Plötzlich und unerwartet wehte Margarethes Mitgefühl durch ihre Gedanken.

Du darfst nicht hassen, Jehanne, hörte sie, als sie im geisterhaften Dämmerlicht dastand und die zerstörte Kirche anstarrte. *Der Haß beflügelt nur die dunklen Teile deiner Seele und gibt dem Macht, was nicht von Gott ist.*

Aber sie haben das Haus Gottes niedergebrannt! Sie haben den König des Himmels gelästert!
Der König des Himmels ist überall; hast du ihn denn nicht in Wald und Flur gespürt? Nichts, was der Mensch tun kann, könnte Gott je etwas anhaben. In seiner Unwissenheit kann er sich nur selbst schaden. Die Menschen, die dies getan haben, sind voller Angst und verloren für Gottes Liebe, und doch liebt Gott sie deshalb nicht weniger. Laß dir davon das Herz nicht weiter schwer werden. Wenn du Gottes Willen tun willst, so verzeih deinen Feinden, und wenn du das tust, wirst du begreifen, daß du keine Feinde hast.
Jehanne wischte sich mit dem Handrücken die Tränen vom Gesicht und schaute sich um. Ihre Familie und die Nachbarn – die wenigen, die noch das Glück hatten, ein Heim zu besitzen – schlurften wie müde, benommene Geister zu ihren Häusern. Der Bürgermeister und die Seinen zählten nicht zu diesen Glücklichen. Jacques drängte sie, in seinem Haus Quartier zu nehmen – sie alle würden Opfer bringen und sich für die Nacht einschränken müssen. Jehanne wußte, daß sie auf dem Boden schlafen würde, während einer der Gäste, vielleicht auch zwei, ihr Bett bekamen. Es waren ihre Freunde, Menschen, mit denen sie Freude, Angst und alles andere dazwischen geteilt hatte. Also war es ihre Pflicht: Auf diese Weise konnte sie Gott ihre Dankbarkeit dafür zeigen, daß er ihre Familie gesegnet und ihnen allen die Prüfung des Schmerzes und des Verlustes erspart hatte.
Eine neue Entschlossenheit erwachte in ihr, und ihre Miene wurde hart. Ist es nicht Zeit, daß ich wieder nach Vaucouleurs gehe? fragte sie die dunkle Nacht.
Noch nicht, antwortete Katharina. *Du mußt erst weniger zornig sein. Die Stimme des Geistes wäre jetzt nicht spürbar in deinen Worten.*
Jehanne errötete bis zu den Haarwurzeln. Halb begriff sie den Tadel, aber zugleich wollte eine ganz ungewohnte, rebellische Ungeduld sie überwältigen. Ein hilfloses Verlangen packte sie: Sie wollte jetzt etwas tun, irgend etwas, um diesen Wahnsinn zu beenden, den die Menschen Krieg nannten.
Sie atmete zweimal tief ein und aus und ließ Ruhe in ihr Herz strömen. Sie haben recht, dachte sie, ich darf mir keinen Haß erlauben.

Ich darf nicht vergessen, daß die Burgunder, ja selbst die Engländer, Kinder Gottes sind, erlöst in seinen Augen. O Gott, hilf mir, meinen Haß abzutöten!
Ein Wind kam auf, liebkoste ihr Gesicht, strich ihr still über das Haar.
Wie lange noch? fragte sie.
Gott hat dem Dauphin seine Hilfe für die Mitte der Fastenzeit versprochen. Dann wird er einen mächtigen Krieger und eine himmlische Heerschar nach Chinon schicken.
Sie zitterte ein wenig, als der Wind von neuem erwachte. Der Abend wurde kühl, und sie roch Regen in der Ferne, der die Luft in der kommenden Dämmerung erfüllte. Sie ging auf den alten Karren zu, den ihre Brüder immer noch entluden.
Ist Baudricourt dieser Krieger? fragte sie, und sie kannte die Antwort im selben Augenblick.
Der Krieger ist Dienerin zugleich, geliebt von Gott.
Der Wind nahm zu, und der Regen kam langsam näher. Am Horizont zerschnitten Blitze die eisengrauen Wolken wie Rasiermesser. Sie hörte das Wort wie ein Raunen, das durch das stiller werdende, traurige Dorf wehte, über die Höhe hinaus in den Bois Chenu.
Du.

Am 12. Oktober 1428 begann die Belagerung von Orléans. Englische Streitkräfte unter Führung von Lord Salisbury eroberten und besetzten die Vorposten der Stadt und errichteten einen unregelmäßigen Ring aus Erdbefestigungen rings um die Stadt, im Norden, im Westen und im Süden.
Die Nachricht von der Katastrophe erreichte Domrémy in der ersten Novemberwoche mit einer kleinen Schar von Bettelmönchen. Es sehe ziemlich schlecht aus für die Stadt, sagten die Mönche. Sie waren nicht selbst dagewesen, aber es hieß, die Garnison sei unterbemannt, und Orléans werde sich wohl nicht mehr lange halten können. Jacques und Isabelle hörten die Geschichte mit Mitleid im Herzen, aber Orléans war weit fort. So schlecht diese Kunde für das Reich auch

sein mochte, die Leute von Domrémy hatten doch ihre eigenen Sorgen.
Die letzten Monate waren eine harte Zeit für das Dorf gewesen. Es gab zu essen, aber es war nicht viel; die Ernte erbrachte gerade die Wintersaat, und die war zum Überleben notwendig. An Geld fehlte es entweder ganz, oder es war sorgsam versteckt im Garten vergraben. Die Dörfler lebten in ständiger Angst davor, daß die Burgunder zurückkommen und wie Raubvögel auf sie herabstoßen könnten. Niemand durfte sich sehr weit von seinem Haus entfernen.
Jehannes Eltern, besonders ihr Vater, behielten ihre Tochter aufmerksam im Auge. Jacques hatte den beunruhigenden Traum nicht vergessen, in dem seine Tochter mit den Soldaten fortgeritten war, und er hatte ihr auch nicht verziehen, daß sie sich geweigert hatte, den Mann zu heiraten, den er für sie ausgesucht hatte. Er sprach nur das Nötigste mit ihr, und dann waren seine Worte barsch und verletzend. Und weil er dachte, sie habe Paul LeMaire einfach nicht leiden können, machte er sich sorgenvoll auf die Suche nach einer anderen Heiratsmöglichkeit für seine Tochter.
Sie ertrug es nur mit Mühe, noch länger unter dem Dach ihrer Eltern zu leben. Seit einigen Monaten wußte sie, daß Jehanne Lassois schwanger war: Mitte Januar würde sie niederkommen. Sie betete darum, daß es ihr gelingen möge, Jacques und Isabelle dazu zu überreden, sie wieder nach Burey-le-Petit gehen zu lassen, damit sie ihrer Cousine bei der Entbindung helfen konnte. Unterdessen grämte sie sich wie ein angeketteter Hund. Ihre Ratgeber ermahnten sie zur Geduld und versicherten ihr, daß die Eltern sich von Gott würden bewegen lassen, ihr die Reise zu erlauben.
Weihnachten kam, und hoher Dezemberschnee bedeckte das Land. In der Heiligen Nacht lag Jehanne ruhelos im Bett und lauschte dem Sturm, der vor ihrem Fenster heulte. Sie fühlte, daß ihre Ratgeber sie im Dunkeln umschwebten, und am vertrauten Kribbeln in ihren Händen merkte sie, daß Katharina bei ihr war.
Deine Zeit ist gekommen. Sehr bald wirst du sehr viel zu tun haben.
Wie bald?

Noch ein Jahr und ein bißchen, nachdem dein König dich empfangen hat.
Und dann?
Die Frage hallte in ihrem Kopf, aber sie bekam keine Antwort. Sie hörte nur das Wüten des Sturms.

Kapitel 3
Botin von Gott

12. Januar bis 15. März 1429

Das Haus hatte zwei Eingänge zu ebener Erde. Auf der einen Seite, zur Straße hin, öffnete sich eine eisenbeschlagene Eichenholztür, breit genug, um einen Wagen durchzulassen, und hier arbeitete Monsieur le Royer mit seinen Gesellen und baute und reparierte Räder. Die andere, kleinere Tür führte in die Wohnstube.

Hier, wo die Eheleute auch ihre Mahlzeiten einnahmen, befand sich rechts neben der Tür ein großer Kamin. Ein schlichtes Holzkreuz hing über dem Kaminsims, gleich über Madame le Royers Spinnrad. Die Hauskatze lag zu ihren Füßen zusammengerollt und schlief. Ein Stück weiter weg vom Kamin stand der Holztisch; Dienstboten hatten vor einer Stunde das Abendbrotgeschirr abgeräumt. Die Royers waren nicht reich, aber eine Köchin und eine Küchenmagd konnten sie sich leisten. Jehanne hörte sie in der Küche hinter der Stube schwatzen.

Der behagliche Feuerschein genügte Jehanne für ihre Arbeit. Sie saß ihrer Gastgeberin gegenüber auf einer Bank, und beide spannen Wolle mit dem großen Rad. Genau gesagt, Madame Catherine spann, und Jehanne hatte die Aufgabe, den Faden um ihre Hände zu wickeln, wenn er vom Rad lief. Fröhlich summte sie das Liedchen mit, das ihre Gastgeberin sang. Jehanne liebte diese Stube; die warme Atmosphäre vermittelte ein Gefühl von Rechtschaffenheit und Gastlichkeit.

Heute abend nach dem Essen waren nur die beiden Frauen im Haus, das Gesinde nicht gerechnet. Monsieur le Royer war mit seinen Gesellen ausgegangen; sie tranken ein paar Becher Wein in der Schenke. Er war dort Stammgast, und das nicht nur zum Trinken. Er knüpfte wichtige Geschäftsverbindungen dort, sagte Madame, und oft erfuhr er von durstigen Reisenden allerlei Neuigkeiten aus dem ganzen Reich.

Jehanne mochte die Eheleute gern, und sie fühlte sich wohl unter ihrem Dach. Sie wußte, daß die Royers diese Wertschätzung erwiderten, und mehr noch: Sie glaubten an Jehanne und ihre Mission. Als sie wieder nach Vaucouleurs gekommen war, hatte sie gewußt, daß es nötig sein würde, am Ort Unterstützung zu finden, wenn sie Baudricourt überreden wollte. Wenn sich viele Leute in der Stadt überzeugen ließen, dachte sie, würde der Gouverneur, der ja wußte, daß unmöglich die ganze Bevölkerung verrückt sein konnte, sie schließlich zum Dauphin begleiten oder begleiten lassen. Aus diesem Grund hatte sie Catherine le Royer bei ihrer Ankunft erzählt, was sie vorhatte.

»Haben Sie die alte Prophezeiung nicht gehört«, fragte sie ihre Gastgeberin, »die von St. Beda und Merlin aus uralter Zeit stammt? Daß eine Jungfrau aus dem Wald von Lothringen kommen und Frankreich retten wird, nachdem es durch eine Frau zugrunde gerichtet wurde?«

Als Kind hatte Jehanne die Geschichte mit halbem Ohr angehört – damals war es für sie eines der vielen Märchen gewesen, wie die alten Leute sie erzählten. Bei der Erinnerung daran aber klickte etwas in ihrem Kopf, und die plötzliche Erkenntnis ließ ihr einen Schauder über den Rücken laufen. Die Frau, die das Land zugrunde gerichtet hatte, konnte nur Isabelle de Bavière sein, die Mutter des Dauphin, die den König betrogen und das Erbe ihres Sohnes dann an die Engländer verkauft hatte, nachdem sie ihn zum Bastard erklärt hatte.

Und die Jungfrau? Nun, das war jetzt klar wie der helle Tag.

Auch Durand Lassois, ihr Cousin, hatte sich schließlich überzeugen lassen, während Jehanne bei der Geburt seines Sohnes geholfen hatte. Er glaubte ihr und tat, was er konnte, um ihr zu helfen, und so hatte er dafür gesorgt, daß sie bei seinen alten Freunden, den Royers in Vaucouleurs wohnen konnte.

Inzwischen redete ganz Vaucouleurs von ihr. Sie plauderte oft mit den Soldaten, die um das Schloß des Gouverneurs herumlungerten. Anfangs waren sie ihr verächtlich und ungläubig begegnet, aber schließlich hatten sie doch eingelenkt, als ihnen klargeworden war, daß Jehanne sich von ihren Obszönitäten und unflätigen Anträgen nicht abschrecken ließ. Sie waren schließlich auch Menschen. Sie erkannten einen gesunden Menschenverstand, wenn sie seine Worte vernahmen, und sie vernahmen ihn in Jehannes Fragen nach der Belagerung von Orléans: Wie viele *goddons* waren dort, und wie waren ihre Befestigungen aufgeteilt? Was für Waffen hatten sie? Jehanne sah, wie sich Achtung in die Blicke der Soldaten schlich, als sie ihren ernsthaften Antworten zuhörte, die beinahe vergebungheischend gegeben wurden – Orléans war ziemlich weit weg, und die Nachrichten waren spärlich. Und am Ende glaubten sie ja, ihrer rauhen Manieren ungeachtet, an Gott; Jehanne hatte sie dazu gebracht, das zuzugeben. Es hatte nicht lange gedauert, bis sie sich ihrer neugefundenen Macht unterworfen hatten.

Mit Baudricourt verhielt es sich anders. Jeden Tag sprach sie im Schloß vor, und immer ließ er sie abweisen und behauptete, er habe zuviel zu tun, um sie zu empfangen. Von der heiligen Katharina wußte sie, daß er log. Die Ratgeberin erzählte Jehanne auch, daß Baudricourt befürchtete, sein Freund René d'Anjou, der Herzog von Bar, könne seine Gefolgschaftstreue den Engländern antragen, wie sein Schwiegervater, der Herzog von Lothringen, es immer wieder eindringlich von ihm verlangte. Dann aber würden die *goddons* Lothringen überrennen und Baudricourts eigenes Leben in Gefahr bringen. Angesichts so wichtiger Erwägungen war Jehannes Mission von geringer Bedeutung für ihn. Jehanne schmerzte es, daß er ihr nicht zuhören wollte, und sie wartete voller Verdrossenheit auf den Tag, da er sie endlich nach Chinon schicken würde. Die fortgesetzten Ermahnungen ihrer Ratgeber, geduldig zu sein, beschwichtigten sie nur wenig.

Sie hatte Domrémy kurz nach ihrem siebzehnten Geburtstag verlassen. Sie wagte nicht, ihren Eltern Lebewohl zu sagen, denn sie fürchtete, die beiden würden sie aufhalten; aber es gab ihr doch einen Stich ins Herz, als sie sie zum Abschied küßte, denn sie wußte nicht, ob sie sie jemals wiedersehen würde. Aber Mengette sagte sie Lebewohl, als sie auf Durands Wagen durch das Dorf fuhr, und auch anderen, denen sie begegnete, sagte sie *Adieu*. Sie hatte nicht den Mut, Hauviette zu suchen, und da Gott ihr die Freundin nicht über den Weg laufen ließ, verließ sie Domrémy, ohne sie zu sehen. Schuld und Herzenstrauer gaben ihr ein leeres Gefühl von Treulosigkeit: Hauviette war ihre beste Freundin gewesen. Aber jetzt war es geschehen, und sie konnte nichts mehr daran ändern. Sie fragte sich, ob Hauviette sie noch lieben würde, wenn sie merkte, daß Jehanne fort war.

Plötzlich erklangen schwere Schritte vor dem Haus der Royers, und Jehanne fuhr hoch, als eine Männerfaust nachdrücklich an die Tür klopfte. Die Katze zu Madame Catherines Füßen spitzte die Ohren und huschte dann in die dunkle Ecke zwischen Kamin und Küche. Leicht beunruhigt hörte Madame auf zu spinnen und schob Jehanne den Haufen Wolle zu, den sie auf dem Schoß hielt. Dann stand sie auf und ging zur Tür.

Als sie öffnete, stürmte ein Mann an ihr vorbei, als sei sie gar nicht vorhanden.

»Wo ist sie?« fragte er. Als er Jehanne vor dem Feuer sitzen sah, lächelte er.

Er war nicht sehr groß für einen Mann. Ein schwerer, pelzgefütterter Wintermantel verdeckte seine Kleidung und streifte seine Stiefel. Jehanne sah sofort, daß ein Dolch in der Scheide an seinem Gürtel steckte. Als er die Mütze abnahm, sah sie, daß sein hellbraunes Haar lang war: Es fiel ihm fast bis auf die Schultern. Braune Augen funkelten wie die einer Elfe über der langen, geraden Nase. Es war ein bemerkenswertes Gesicht, kantig und glattrasiert, beinahe hübsch und belebt von einem abenteuerlustigen Charakter. Jehanne schätzte, daß er Ende zwanzig war. Unter dem Arm trug er ein in graue Wolle gewickeltes Bündel. Er kam auf sie zu, und sie stand auf.

»Mein Schatz«, sagte er mit spöttischem Grinsen, »was tust du denn immer noch hier? Muß der König erst aus dem Königreich vertrieben, müssen wir alle erst Engländer werden?«

»Wer bist du?« Jehanne fand seine Vertraulichkeit ein bißchen anstößig. Sie hatte diesen Mann schon einmal gesehen, an der Seite von Bertrand de Poulengy, aber wie er hieß, wußte sie nicht.

Der Mann verbeugte sich vor ihr. »Jehan de Nouillompont, zu Diensten. Aber die meisten nennen mich Jehan de Metz. Du kannst es auch tun.« Er spreizte die Hände und versuchte weiter, sie mit seinem gewinnenden Lächeln zu ködern. »Wieso lungerst du in diesem elenden Kaff herum?«

Wachsam beschloß sie, seinen scherzhaften Ton einstweilen zu ignorieren. »Ich bin hergekommen, weil es eine königliche Stadt ist«, antwortete sie und straffte sich würdevoll. »Ich muß Sieur Robert de Baudricourt bitten, mich entweder zum Dauphin zu führen oder mir eine Eskorte zu ihm zu gewähren.« Sie zog die Stirn kraus und ließ dem Verdruß, der sich in ihrem Herzen aufgestaut hatte, freien Lauf: »Aber er nimmt keine Notiz von mir oder von dem, was ich zu sagen habe. Dennoch – bis zur Mitte der Fastenzeit muß ich beim Dauphin sein, und wenn ich auf den Knien hinrutsche.«

»Du liebe Güte, du bist aber entschlossen, wie?« Er schüttelte den Kopf und tat erstaunt. »Warum schickst du nicht jemand anderen? Mich zum Beispiel?« Seine Augen glitzerten, und er grinste wieder.

Sie wurde rot vor Zorn und holte sichtbar tief Luft. »Was sollte das denn nützen? Es gibt ja niemanden sonst auf der Welt, weder König noch Herzog, nicht einmal die verlobte Tochter des schottischen Königs – niemanden, der das Königreich des Dauphin zurückerobern könnte.« Sie wandte sich ab und schaute ins Feuer, und so leise, daß es fast ein Flüstern war, sagte sie: »Es gibt niemanden, der Frankreich wirklich helfen kann, niemanden außer mir.«

Metz musterte sie von Kopf bis Fuß. »Du hältst aber viel von dir, wie? Weißt du nicht, daß Gott eben dazu die Soldaten gemacht hat – damit sie Königreiche retten und so weiter? Du bist doch nur ein kleines Mädchen.«

Ihr Blick schoß ihm entgegen, und sie spürte, wie die vertraute Macht sie durchströmte. »Ich schwöre dir«, sagte sie erbost und mit zitternden Nasenflügeln, »ich säße lieber zu Hause am Spinnrad mit meiner Mutter, denn ich weiß, daß diese Dinge meinem Stand nicht zukommen. Aber Gott will, daß ich gehe, und ich werde tun, was er will!«

»Immer mit der Ruhe.« Er kam heran und legte sanft eine schlanke

Hand auf ihre. »Ich wollte nur sehen, ob es wahr ist, was ich von dir gehört habe.« Seine Miene wurde sanft, und sie wußte, daß er es endlich ernst meinte. »Ich glaube dir«, sagte er mit aufrichtiger Überzeugung, »und ich schwöre dir bei meinem Glauben, daß ich dich mit Gottes Hilfe zum Dauphin führen werde. Wann, sagtest du, willst du aufbrechen?«

Sie strahlte, und freudige Erleichterung durchflutete ihr Herz. »Lieber heute als morgen, und lieber morgen als übermorgen.«

Er lachte herzlich, und sie stimmte ein. Sie hatten Catherine le Royer ganz vergessen, die das Schauspiel mit leicht verwirrtem Ausdruck verfolgte.

»Willst du in deinen eigenen Kleidern reisen«, fragte Metz und betrachtete ihr langes bräunliches Kleid, »oder würdest du dich lieber als Junge verkleiden?«

Jehanne hörte, wie Catherine nach Luft schnappte, als sie begeistert antwortete: »Laß mich Männerkleidung anziehen, unbedingt! Das wäre bequemer für die Reise, und wahrscheinlich auch sicherer.« Plötzliche Schüchternheit ließ ihr Gesicht erglühen.

»Ich dachte mir, daß du das sagen würdest«, sagte er leise lachend. »Deshalb habe ich dir die hier mitgebracht.« Er reichte ihr das Bündel, das er unter dem Arm getragen hatte.

Als sie es entrollte, sah sie, daß es ein Mantel war. Darin eingefaltet fand sie ein Hemd und ein schwarzes Wams, lange Hosen, eine Mütze und solide Stiefel.

»Tut mir leid, daß es nicht prächtiger ist«, entschuldigte sich Metz. »Sie gehören einem meiner Diener, der ungefähr deine Größe hat. Wenn du willst, lasse ich dir etwas anderes machen.«

»Das hier ist wunderbar«, sagte sie und ließ den Blick über die schlichten Kleider wandern. »Ich danke dir.«

Er rieb sich versonnen das Kinn und betrachtete den Zopf, der ihr auf die Brust fiel. »Der muß ab, sonst ist die Verkleidung nicht besonders überzeugend.« Er wandte sich an Madame le Royer. »Hast du eine Schere?«

Sie nickte stumm, entsetzt über diese Wendung des Gesprächs.

»Nun, dann lauf los, Frau, und hol sie«, befahl Metz ein wenig ungeduldig.

Widerstrebend tat Madame Catherine wie geheißen und eilte die Treppe hinauf.

Metz deutete zur Bank. »Komm, Jehanne, und setz dich. Ich werde dir die Haare abschneiden. Oh, keine Sorge«, sagte er und lächelte, als er ihren mißtrauischen Blick sah. »Ich schneide meinen Leuten immer die Haare. Und«, fügte er zwinkernd hinzu, »ich habe noch keinen enthauptet.«

Sie lachte etwas unbehaglich und legte die Kleider auf den Tisch. Dann kehrte sie an den Platz zurück, auf dem sie gesessen hatte, als Metz gekommen war.

Das alles kam so unerwartet! Wie im Traum löste sie den Zopf und fuhr sich mit den Fingern durch die langen Haare. Dann warf sie sie über die Schulter, so daß sie über den Rücken herabhingen.

Madame Catherine kam mit der Schere herein und reichte sie Metz. Sein Mund kräuselte sich zu einem zerknirschten Lächeln. Er faßte eine kleine Handvoll von Jehannes Haaren und fing auch schon an zu schneiden.

»Weißt du«, bemerkte er beiläufig, »du erregst ein ziemliches Aufsehen, seit du hier bist. Alle reden von dir und deinem Wunsch, zum Dauphin zu gehen.«

»Was sagen die Leute denn?« Sie wußte, daß er plaudern wollte, um sie zu beruhigen, während er an ihren Haaren herumschnitt, und sie empfand dankbare Zuneigung zu diesem Mann, den Gott ihr geschickt hatte.

»Sie glauben an dich. Nun ja«, ergänzte er, »viele wenigstens.«

»Und die andern?« Sie wußte, daß er den belustigten Ausdruck in ihrem Gesicht nicht sehen konnte.

»Die halten dich für eine Zauberin. Bist du das, du kleine Heilige?«

Jehanne verzog das Gesicht, als habe er sie geschlagen. »Ich bin weder das eine noch das andere«, fauchte sie. Er machte sich wieder über sie lustig. Sie ärgerte sich mehr über diesen spöttischen Spitznamen als über das, was die Leute von ihr dachten.

»Tut mir leid«, sagte er sofort. »Ich wollte dich nicht kränken, ich hab nur Spaß gemacht.«
Sie schaute sich zu ihm um und sah Verlegenheit und echte Reue in seinem Blick. Ihre Miene entspannte sich. »Deine Entschuldigung ist angenommen.«
Metz legte ihr die freie Hand auf den Kopf und drehte ihn zurück. »Sei vorsichtig. Ich will dich nicht schneiden.« Schweigend schnitt er eine Zeitlang weiter. Die kalte Schere knabberte in ihrem Nacken und hinter ihren Ohren herauf. Dann verkündete er unvermittelt: »Fertig.« Er wischte ihr die abgeschnittenen Haare aus dem Nacken.
Jehanne hob zögernd die Hand an ihr Haar. Der Hinterkopf war bis zum Nacken hinunter sehr kurz gestutzt. Sie konnte ihre entblößten Ohren und die nackten Schläfen betasten. Wie kurz war das! Sie sprang auf und schaute auf den Boden. Er war von schwarzen Haaren bedeckt, lang und verloren.
»So«, sagte Metz gebieterisch, »jetzt wollen wir sehen, wie du in den Sachen meines Dieners aussiehst.«
Jehanne ging zum Tisch und rollte das Bündel zusammen. Ihre Schuhe polterten auf der Treppe, als sie zu ihrer Schlafkammer hinaufstieg. Ihr Herz pochte erwartungsvoll.
So also fühlte es sich an, wenn man die Beine in Stoff hüllte! Sie hatte nicht geahnt, wie befreiend dieses Gefühl war. Kein Wunder, daß Männer sich so kraftvoll und meisterhaft fühlten, wenn sie solche wundersam befreienden Sachen trugen! Gut, die Hemdsärmel waren zu lang, und die Hosenbeine stauten sich auf ihren Knöcheln, aber die Stiefel paßten ziemlich gut. Und das wärmste Teil war das Winterwams, schwer und mit Filz wattiert.
Ein beschwingtes Gefühl durchflutete sie; ihr war ein bißchen schwindlig, und sie kicherte. Dann betrachtete sie die Tür und hatte plötzlich Angst, daß man sie auslachen würde.
Aber sie lachten nicht. Metz stieß einen leisen Pfiff aus und kratzte sich am Kopf. Madame Catherine starrte sie mit offenem Mund an.
»Du gibst einen hübschen Jungen ab«, scherzte Metz.

Sie antwortete nervös lachend: »Das Mädchen war wohl weniger hübsch, he?«
»Dreh dich«, sagte Metz mit einer kreiselnden Bewegung des Zeigefingers. Es entging Jehanne nicht, daß er ihrer Frage auswich.
»Nicht schlecht«, sagte er humorvoll. Sein Beifall war übertrieben, aber doch ehrlich. »Ich glaube, das wird gut gehen.«
Madame Catherines Mißbilligung war aus ihrem verdatterten Schweigen ersichtlich, aber das kümmerte Jehanne nicht. Ihre Gastgeberin würde sich von dem Schrecken erholen und wieder zu sich kommen, wenn sie erst begriffen hätte, daß es nötig war. Alle würden es einsehen, wenn sie begriffen hätten, daß Jehanne die Unterstützung des Himmels hatte, um zu tun, was sie für richtig hielt, um den Befehlen Gottes zu gehorchen.

Jehan de Metz brachte sie aber doch nicht sofort nach Chinon. Er erklärte ihr, bevor er sie irgendwohin eskortieren könne, brauche er die Erlaubnis seines Vorgesetzten Baudricourt. Jehanne erkannte enttäuscht, daß das Hindernis nach wie vor bestand, und sie bekam einen Wutanfall und hielt ihm einen eindringlichen Vortrag über Ehrlichkeit und gebrochene Versprechungen. Er beruhigte sie mit der Versicherung, daß sein Versprechen ja nach wie vor gelte – sie müsse nur Geduld haben, während er sich bemühte, Baudricourts Widerstand zu brechen. Aber sie hatte es satt, sich immer wieder zur Geduld ermahnen zu lassen. Die Anspannung wurde bald zuviel für sie, und sie beschloß, allein zu gehen, falls es nötig wäre.
Sie nahm ihre alte Beschäftigung wieder auf, bedrängte Baudricourt um eine Audienz und besuchte die Messe, so oft sie konnte. Als sie die Männerkleidung angelegt hatte, erkannten die Leute die Bauerntochter aus Domrémy erst gar nicht, und selbst wenn Metz es ihr nicht erzählt hätte, so hätte sie es doch an den ehrfürchtigen und manchmal zweifelnden Blicken erkannt, die sie ihr zuwarfen, wenn sie vorbeikam: Man redete über ihr seltsames neues Aussehen und über die Mission, die sie zu unternehmen gelobt hatte. Ihr Name war

in aller Munde. Auf der Straße hörte sie, wie man »die Jungfrau« wisperte, wenn sie vorüberging. Die Soldaten der Garnison kannte sie inzwischen ziemlich gut, wußte, wie sie hießen, und kannte auch die Namen ihrer Frauen und Kinder.

Nachdem Baudricourt sie vier Wochen lang abgewiesen hatte, kam er schließlich unangemeldet zu ihr ins Haus von Henri und Catherine le Royer. Er erschien am späten Nachmittag und brachte den Pfarrer von Vaucouleurs mit, Jehan Fournier. Jehanne kannte den Priester gut, von der täglichen Messe und aus dem Beichtstuhl. Sie begrüßte ihn lächelnd und sah mit unbestimmter Neugier, daß er eine Stola über der schwarzen Soutane trug, als wolle er irgendeinen Ritus vollziehen.

Baudricourt befahl Catherine le Royer grob, die Stube zu verlassen. Als sie draußen war, hob Fournier in förmlicher Manier die Hand und sagte zu Jehanne: »Im Namen unseres Herrn Jesus Christus beschwöre ich dich: Steh ab von uns, wenn du vom Feinde bist; bist du aber ein Werkzeug Gottes, so nähere dich uns.«

Jehanne fiel ohne Zögern auf die Knie und rutschte dem Priester entgegen. Sie umschlang seine Waden und schaute dann zu ihm auf. »Schäm dich, Vater«, sagte sie mit leisem Tadel. »Du hast mir fast jeden Tag die Beichte abgenommen. Du weißt doch wohl, daß ich von Gott komme.«

Der Pfarrer errötete bis zu den Wurzeln der grauen Strähnen, die unter seinen Birett hervorlugten. Er war an die sechzig Jahre alt und kein schlechter Mensch, und es tat ihr leid, daß sie ihn an seine Pflicht erinnern mußte. Aber als sie ihn berührte, ahnte sie plötzlich, daß er im ganzen Leben noch kein mystisches Erlebnis gehabt hatte und sie deshalb nicht als Gottes Eigentum erkennen konnte.

Sie stand auf und schaute Robert de Baudricourt geradewegs in die Augen. »Gott hat mir gesagt, daß der Dauphin heute bei Orléans einen schweren Verlust erlitten hat.«

»Was für einen Verlust?« Seine Augen wurden zu mißtrauischen Schlitzen, und sie spürte, daß er ihr immer noch nicht glaubte, obwohl er das Ritual des Pfarrers mitangesehen hatte.

»Das weiß ich nicht«, antwortete sie mit ruhiger, fester Stimme. »Ich weiß nur, daß es wahr ist.«
Wortlos wandte er sich ab und verließ das Haus. Père Fournier warf ihr einen unsicheren Blick zu und folgte dem Gouverneur auf die Straße.

»Mein Herr wird dich jetzt empfangen«, verkündete der kleine Page wichtigtuerisch.
Jehanne saß seit über zwei Stunden mit Durand in diesem alten Schloß im Vorzimmer zu den Privatgemächern des Herzogs. Sie war zutiefst verärgert über den Aufenthalt. Der Herr von Lothringen hatte sie rufen lassen, also hätte er sie auch sofort empfangen müssen. Aber sie verbarg ihr Mißfallen, so gut sie konnte, als sie jetzt aufstand und dem Pagen folgte. Durand blieb derweil auf der Bank im Vorzimmer sitzen.
Karl II., Herzog von Lothringen, lag in seinem riesigen Bett, von zwei dicken Kissen gestützt, und drückte sich einen Verband an den Arm. Der Arzt hatte ihn eben zur Ader gelassen und packte jetzt seine heilsamen Instrumente ein. Ein barhäuptiger Diener stand am Bett des Herzogs und wartete auf Anweisungen. Das einzige Licht fiel durch ein kleines Fenster in diesen Raum, und zunächst konnte Jehanne den alten Edelmann im Halbdunkel kaum erkennen. Sein graugesträhntes Haar war lang und verfilzt, und Jehanne fühlte sich abgestoßen von dem totenblassen, runzligen Gesicht. Seine kleinen, rotgeränderten Augen schauten sie neugierig forschend an.
»Komm näher«, befahl er. Seine Stimme knirschte wie Sand, und er winkte mit matter Hand in eine unbestimmte Richtung.
Jehanne tat ein paar vorsichtige Schritte auf ihn zu.
»Näher«, flüsterte der Herzog. Er war sehr erschöpft und zog eine Grimasse, als habe ihn das Sprechen dieses einen Wortes noch mehr ermüdet.
Jehanne kam näher, bis sie ihn hätte anfassen können. Sie sah jetzt die Auswirkungen der Krankheit im bleichen Gesicht des alten Mannes,

in den tiefliegenden gelben Augen und an den rissigen Lippen. Mitleid erfaßte sie, trotz allem, was sie über ihn wußte. Er roch alt und muffig. Wie der Tod.

Er war nicht nur ein burgundischer Spießgeselle der verhaßten Engländer, sondern es war auch im ganzen Land wohlbekannt, daß er seine rechtmäßig angetraute Ehefrau verstoßen hatte, um sich statt dessen die Tochter eines Gemüsehändlers zur Geliebten zu nehmen, die dann die Mutter seiner fünf Kinder geworden war. Jehanne war bestürzt gewesen, als ein Bote des Herzogs zu ihr nach Vaucouleurs gekommen war, um sie zu seinem Herrn zu bringen. Sie traute ihm nicht, aber ihr blieb nichts anderes übrig, als seinem Wunsch nachzukommen. Der Herzog von Lothringen war Herr über die ganze Region, und sie mußte ihm gehorchen. Aber ihre oberste Verpflichtung galt dem Dauphin, und sie beschloß, umsichtig mit dem Herzog umzugehen.

»Du bist also die Jungfrau, über die sich der ganze Distrikt das Maul zerreißt?« röchelte er abwesend, fast so, als denke er laut. Blinzelnd betrachtete er sie im Dämmerlicht.

»Ich bin Jehanne, die Jungfrau aus Domrémy«, antwortete sie.

Ihr selbstbewußter Ton ließ ihn die Brauen hochziehen. »Ich bin sehr krank«, krächzte er, »und wahrscheinlich muß ich sterben. Was könnte mir Heilung bringen?«

»Ich weiß kein Heilmittel für Euch, Herr, denn ich bin in diesen Dingen nicht bewandert. Ich will nur nach Frankreich reisen.«

»Wie kann ich meine Gesundheit wiederbekommen?« fragte der Herzog flehentlich. Er ließ nicht erkennen, daß er sie gehört hatte.

»Ich weiß es nicht«, wiederholte sie. Sie war erleichtert, daß seine Absichten ihre Mission nicht unmittelbar betrafen. »Aber ich will zur heiligen Muttergottes für Eure Gesundheit beten, wenn Ihr mir Euren Schwiegersohn und ein paar Männer als Eskorte gebt, damit ich durch Frankreich reisen kann.«

Auf dem Weg zur herzöglichen Hauptstadt Nancy war Jehanne auf den Gedanken gekommen, daß es möglich sein könnte, diese befohlene Audienz zu ihrem Vorteil zu wenden. Sie erinnerte sich, wie

Madame Catherine gesagt hatte, daß Baudricourt wegen des herzöglichen Schwiegersohnes René d'Anjou beunruhigt sei. Kürzlich erst hatte sie gehört, daß er nun, da er das Mannesalter erreicht habe, der anglo-burgundischen Allianz, die der Vater seiner Gemahlin ihm während seiner Herrschaft aufgezwungen hatte, bald abschwören würde. René d'Anjou, hochgemut und bei seinen Untertanen beliebt, war ein gewandter Soldat, aber auch empfindsam genug, um Gedichte zu schreiben. Es würde Jehannes Ansehen sehr befördern, wenn sie den jungen Herzog dafür gewinnen könnte, sich offen auf die Seite der Armagnacs zu stellen; andere Adlige würden sich dann vielleicht ebenso bewegen lassen, die Fronten zu wechseln.

Herzog Karl war plötzlich sehr wachsam, und er fragte mit mißtrauischem Knurren: »Was willst du von meinem Schwiegersohn? Und wieso willst du nach Frankreich reisen?«

»Herzog René ist ein starker junger Soldat«, antwortete Jehanne friedfertig, »und wäre deshalb eine sichere Eskorte zum Dauphin. Ich habe prophetische Neuigkeiten für sein Königreich.«

Es stimmte also, was man erzählte: Sie hatte wirklich wundersame Kräfte! Der Alte richtete sich auf. Vielleicht konnte sie ihm doch helfen.

»Meinen Schwiegersohn kann ich nicht schicken«, sagte er. »Sag mir nur, was ich tun muß, um geheilt zu werden.«

Jehanne erkannte verzagt, daß dieser alte Mann von seinem verfallenden Körper besessen war und ihr nichts nützen konnte.

Ihre Miene wurde kalt. »Ihr müßt Eure Mätresse verstoßen und zu Eurer rechtmäßigen Gemahlin zurückkehren. Nur dann wird Gott Eure Gebete erhören.«

Der Mund des Herzogs klappte auf, und er sah so komisch aus, daß Jehanne sich versucht fühlte, zu lächeln.

»Ich werde für Euch beten, Herr«, sagte sie sanft; der einst so mächtige und jetzt sichtlich verängstigte Mann weckte ihr Mitleid.

»Ich danke dir.« Sein Seufzen klang überraschend demütig. Er ließ sich in die Kissen zurücksinken. »Ich bin jetzt müde.« Die runzligen Lider schlossen sich schmerzgeplagt, und er fuhr sich mit der Zunge

über die Lippen. Er wandte den Kopf zu seinem Diener und sagte: »Gib ihr etwas Geld und ein Pferd.«
Noch einmal öffnete der Herzog die Augen und versuchte Jehanne in der zunehmenden Dunkelheit zu sehen. »Gute Reise«, wisperte er.
Sie war entlassen. Der Diener winkte sie hinaus. Sie verbeugte sich noch einmal vor dem Herzog, aber er sah es nicht. Dann wandte sie sich ab, um ihn sterben zu lassen, wenn Gott es so wollte.

Bertrand de Poulengy und Jehan de Metz erwarteten sie in der Stube der Royers, als sie nach Vaucouleurs zurückkam. Madame Catherine saß bei ihnen und nähte. Die Männer sprangen auf, als Jehanne das Haus betrat.
»Da ist sie!« rief Metz vollkommen entzückt, und er strahlte über das ganze Gesicht.
»Und wir haben Neuigkeiten für sie, die sie glücklich machen werden.« Poulengy, der sonst immer sehr zurückhaltend und sogar ein wenig sarkastisch war, tat es seinem beschwingten Freund nach: Ein Grinsen zog sein langes, schmales Gesicht in die Breite.
»Was denn für Neuigkeiten?« Stirnrunzelnd schaute sie ihre neuen Freunde an: Sie war nicht in der Stimmung für die Späße, die hier vermutlich auf sie warteten. Die Ablehnung des Herzogs von Lothringen lastete noch immer auf ihr, ebenso wie die Erinnerung an seine kranke Blässe und den nahenden Tod.
Metz legte ihr strahlend die Hände auf die Schultern. »Am Tag deiner Abreise haben wir die Nachricht erhalten, daß bei Orléans tatsächlich eine große Schlacht stattgefunden hat. Du hattest recht; der Dauphin hat im Kampf gegen die Armee der *goddons* unter ihrem Lord Fastolphe in der Tat schwere Verluste erlitten, und jetzt endlich glaubt dir Sieur Robert.«
»Er wird es tun, Jehanne«, frohlockte Poulengy. In seiner verspielten Stimmung sah er kaum älter aus als ein Knabe. Er legte Metz einen Arm um die Schultern und ihr den andern. »Er schickt dich zum Dauphin.«

»Wirklich?« Sie konnte es kaum glauben. »Soll das ein Scherz sein?«
»Durchaus nicht …«
»Kein Scherz«, versicherte Metz. »Und das Beste ist: Wir werden dich begleiten.«
»Wirklich?« Sie strahlte, und die Aufregung vertrieb die Erschöpfung und Enttäuschung nach ihrer Rückkehr aus Nancy. »Wir gehen wirklich? Wann?«
»Wir brechen morgen in aller Frühe auf«, sagte Poulengy.
Metz nahm ein Bündel vom Tisch. »Und die Leute wollen dir das hier schenken.«
Sie öffnete das Bündel. Frischgewaschene Kleider, Männersachen von der Art, wie sie sie auch jetzt trug, aber sauberer und ihrer Größe besser entsprechend. Staunend und mit offenem Mund sah sie das braune Kapuzenhemd. Die beiden Männer strahlten glücklich wie zwei Kinder.
»Du sollst nicht im Dienergewand zum König gehen«, sagte Metz, und seine alte scherzhafte Art schimmerte auf.
»Und dann wäre da noch das hier«, sagte Poulengy. Er nahm ein Schwert in einer Scheide vom Tisch. Sie hatte es bisher nicht gesehen. »Das dürfen wir nicht vergessen.«
Sie hatte die Arme voll und konnte das Schwert nicht mehr nehmen, also hielt Poulengy es ihr vors Gesicht, damit sie es anschauen konnte. Es war eine schlichte, roh gearbeitete Waffe mit einem hanfumwickelten Griff und einer erst kürzlich polierten Klinge – ein Schwert, das offenbar schon viel benutzt worden war. Gern hätte Jehanne sein Gewicht gespürt.
»Wir gehen wirklich«, wiederholte sie wie in Trance. Jetzt, da der Augenblick wirklich gekommen war, hatte er etwas Unwirkliches an sich.
Die beiden Männer nickten, und Poulengy sagte: »Vor einer guten Woche hat Sieur Robert mit seinem schnellsten Kurier einen Brief an den Dauphin geschickt und ihm gesagt, daß er dich erwarten solle. Du hast gesiegt, Jehanne, du hast ihn schließlich doch noch überwunden.«

»Natürlich haben wir ein bißchen mitgeholfen«, sagte Metz mit gespielter Wichtigkeit, »mein Freund hier und ich mit unserer eloquenten Überzeugungskraft.«
Jehanne prustete durch die Nase. Sie war kein bißchen erschöpft, ihr ganzes Wesen vibrierte von Siegesfreude.
»Was ihn eigentlich überzeugt hat, war dein Verhalten vor dem Pfarrer«, gestand Poulengy. »Es hat ihn stark beeindruckt, daß du nicht mit Schaum vor dem Mund auf den Boden gefallen bist, wie eine Hexe es tun sollte.«
»Weil ich eben keine Hexe bin!« sagte sie lachend.
»Wir wissen das ja, nicht wahr, mein Freund?« sagte Metz vertraulich zu Poulengy und tat so, als sei Jehanne gar nicht anwesend.
»Wir wissen das«, bestätigte der hochgewachsene Mann mit gespielt regungsloser Miene.
»Zur Schenke jetzt!« rief Metz plötzlich und hob dramatisch die Arme.
»O nein, ich kann doch nicht …« protestierte Jehanne.
»O doch, du kannst.« Die beiden blieben hartnäckig. »Wir müssen unseren Sieg feiern.«
Jehanne schaute ihre Gastgeberin an, die sie in all der Aufregung glatt vergessen hatte. Madame Catherines Nähnadel baumelte in der Hand, und ihr Mund stand offen. Aber nicht lange. »Lucien!« rief sie zur Küche hinüber. »Lucien!«
Der Mann der Köchin kam aus der Küche hereingestürzt. Er wischte sich die Hände an seiner blutbefleckten Schürze ab. »Ja, Madame?« Er schaute sich um und sah die anderen an.
»Lucien, Jehanne möchte diese Herren in die Schenke begleiten«, sagte Madame Catherine und rümpfte unwillkürlich angewidert die Nase. »Du wirst sie bitte begleiten.«
Jehanne lächelte. Der alte Lucien war ein Bauer, der erst vor kurzem nach Vaucouleurs gekommen war – auf der Flucht vor den Freischärlern – und geschworen hatte, nie mehr nach Hause zurückzukehren. Er war das Kämpfen nicht gewöhnt und würde Jehanne nicht beschützen können, falls jemand sie bedrohen sollte. Aber er war anständig und respektabel, und sie wußte, daß Madame Catherine ihn

deshalb als Tugendwächter mitschickte. Es war eine freundliche Geste.

»Ich danke Ihnen, Madame«, sagte Jehanne.

Madame Catherine nickte und mußte wider Willen lächeln, als sie die Freude in Jehannes Augen sah.

Beruhigt ließ Jehanne sich von den beiden Soldaten zur Tür hinaus und zur Schenke schleifen. Die beiden waren jetzt ihre Gefährten, ihre von Gott gesandten Begleiter auf der Reise nach Chinon, und für zwei Stunden an diesem Winternachmittag waren sie auch ihre Trinkkumpane.

Die ganze Nacht hindurch lärmte ein Unwetter, und auch während des Vormittags prasselte der Regen auf die Dächer. Das Wasser rauschte durch die Gassen und verwandelte sie in kleine Flüsse. Die Reisenden kamen überein, erst am späten Nachmittag aufzubrechen, als die Wolkenbrüche sich zu einem gewöhnlichen Regen gemildert hatten.

Vaucouleurs floß über von Hoffnung und Wohlwollen an diesem Februartag. Erstaunt sah Jehanne, daß überall in der Stadt die Leute hervorkamen, um ihnen eine gute Reise zu wünschen. Sie riefen es aus Türen und Fenstern und winkten den Reitern aus ihren Läden zu. Alle paar Schritte ließen Soldaten das Königliche Banner aus einem Fenster wehen, ein prächtiges blaues Tuch mit goldenen *fleurs-de-lys*. Die furchtloseren unter den Bürgern standen draußen im Regen im knöcheltiefen Schlamm und baten Gott, er möge Jehanne eine erfolgreiche Reise bescheren. Eine Schar dreckbespritzter Kinder, hauptsächlich Jungen, rannten hinter den trabenden Pferden her. Als die Gruppe an der Kirche vorbeiritt, besprengte Père Fournier sie mit Weihwasser, und Jehannes Kameraden bekreuzigten sich, ohne anzuhalten.

Aber bevor die Reise wirklich anfangen konnte, lag noch eine Station vor ihnen.

Am Nordrand der Stadtmauer trieben sie ihre Pferde die aufgeweichte

Straße hinauf zu dem alten Château, das die Stadt beherrschte. Wenn Jehanne zurückblickte, vorbei an Poulengys triefender Kapuzengestalt, sah sie die roten Ziegeldächer der Häuser unter ihnen, die hinter einem dichten grauen Regenschleier teilweise verborgen waren. Vor dem Tor zu Baudricourts Hauptquartier zügelten sie ihre Pferde. Lange war Jehanne hartnäckig gegen diese Festung angerannt, und jetzt kam Baudricourt selbst heraus, als habe er sie erwartet. Er hatte sich den Mantel fest um die Schultern gezogen, und sein bärtiges, nasses Antlitz schaute blinzelnd zu ihr herauf.

»Danke für das Schwert, Sieur Robert.« Ihre Dankbarkeit war echt. Poulengy hatte ihr verraten, daß das Schwert, das er ihr am Abend gegeben hatte, von Baudricourt kam, und es rührte sie, daß jemand, der ihr so entschieden widerstanden hatte, ihr nun eine so ermutigende Geste zukommen ließ.

»Ich habe es gern gegeben«, murmelte er ein bißchen verlegen.

Er hielt das Ganze immer noch für eine verrückte Idee, aber er hatte keine Lust mehr zu kämpfen – nicht nur gegen sie, sondern auch gegen seine eigenen Soldaten, von den Bürgern der Stadt gar nicht zu reden. Und das Mädchen hatte ja recht gehabt, als es von den französischen Verlusten bei Orléans geredet hatte. Das war unheimlich, und er bekam davon eine Gänsehaut.

Die Antwort auf seinen Brief an den Dauphin hatte er am Abend zuvor durch den Königlichen Kurier Colet de Vienne erhalten. Und es war eine höllische Überraschung für Baudricourt gewesen, daß der Dauphin bereit war, sie nach Chinon kommen zu lassen. Aber damit hatte Karl die Sache entschieden, und dem Gouverneur war sie aus der Hand genommen worden. Und wer konnte es wissen? Vielleicht würde das Mädchen mit seinen verrückten Plänen sogar Erfolg haben. Vielleicht kam sie ja von Gott, wie sie behauptete. Wenn sie scheiterte, fiel es jedenfalls nicht auf ihn zurück.

Colet war unter den Reitern. Er hatte seine Pflicht getan und mußte ohnehin nach Chinon zurückkehren, also würde er Jehannes Eskorte verstärken.

Baudricourt hob die rechte Hand und wandte sich an die Berittenen.

»Schwört bei unserem Herrn und bei allen Heiligen, daß ihr dieses Mädchen beschützen und sie wohlbehalten zum Dauphin bringen werdet.«
Sie hoben ebenfalls die Hände und schworen. Dann wandte Baudricourt sich mit resigniertem Seufzen an Jehanne. »Geh – und komme, was da wolle.«

Sie hatten einen langen Ritt vor sich, bevor sie ihr erstes Quartier erreichten – Jehanne, Poulengy, Metz und der Königliche Kurier Colet sowie zwei Diener, nämlich die Brüder Julien und Jehan de Honnecourt, und ein schottischer Bogenschütze namens Richard, der zu Colet gehörte. Der Nachmittag ging dahin, und die Gesellschaft beschleunigte ihren Schritt durch die wellige Landschaft. Langsamer ritten sie nur, wenn sie die angeschwollenen Bäche zu überschreiten hatten. Das Wasser durchnäßte dabei ihre Stiefel, und nach einer Weile waren Jehannes Füße so taub, daß sie sie gar nicht mehr spürte. Ihre Hände waren eisig blaue Klumpen, und sie klammerte sich verzweifelt an Zügel und Sattelknauf und betete, sie möge nicht vom Pferd fallen und von dem wirbelnden braunen Wasser davongeschwemmt werden. Als sie sahen, daß selbst aus kleinen Bächen rauschende Wildwasser geworden waren, wurde ihnen klar, daß die Reise nach Anbruch der Nacht sehr gefährlich werden würde.
Plötzlich tat sich der Himmel wieder weiter auf, und aus dem eisigen Regen wurde erneut eine Sintflut, begleitet von mächtigen Blitzen und krachenden Donnerschlägen. Die Pferde bekamen Angst und waren nur noch schwer zu bändigen. Noch bevor es ganz dunkel wurde, konnte man schon nichts mehr sehen, und Jehanne fragte sich, wie ihre Begleiter den Weg durch diese Regenschleier finden konnten. Sie selbst konnte schon die andern kaum sehen; sie waren nur dunkle, verhüllte Schatten auf ihren Pferden, umwirbelt von glitzernden Regenwänden.
Kurz nach der Morgendämmerung erreichten sie das Kloster St.-Urbain am Ufer der Marne bei Joinville, etwa vierundzwanzig Meilen

von Vaucouleurs entfernt. Es war angesichts des wütenden Unwetters wahrlich eine Fügung der Vorsehung, dachte Jehanne, daß Sieur Robert bereits dafür gesorgt hatte, ihnen nach der ersten Nacht ihrer Reise dort eine Rast zu sichern.

Poulengy erzählte, als Baudricourt sicher gewesen sei, daß der Dauphin Jehanne empfangen werde, habe er einen Kurier zu den Mönchen nach St.-Urbain geschickt und ihnen mitteilen lassen, daß sie in den nächsten zwei Tagen eine siebenköpfige Gruppe zu erwarten hätten. Mit dieser Gruppe reise das Mädchen, das behaupte, von Gott zum Dauphin gesandt zu sein. Die Abtei war zwar offiziell politisch neutral, aber insgeheim unterstützte sie den Dauphin Karl. Der Abt, Arnould d'Aulnoy, war, wie es sich fügte, mit Baudricourt verwandt. Aber unter allen Umständen war es die Christenpflicht der Mönche im ganzen Reich, Reisenden Unterkunft zu gewähren, und der besondere Ruf des Klosters von St.-Urbain als Zufluchtsort reichte fast dreihundert Jahre weit zurück.

Abbé d'Aulnoy begrüßte sie selbst am Tor und führte sie ins Refektorium, wo die Mönche den Tisch mit Brot, Käse, gebratenen Hühnern und Wein gedeckt hatten. Während ihre Gefährten sich eifrig um den Tisch versammelten, erbat Jehanne sich die Erlaubnis, vor dem Essen in die Kapelle zu gehen. Ein Mönch neigte stumm den Kopf und führte sie durch eine Tür am dunklen Ende des Saales.

Der Gebetsgesang der Klostergemeinde wurde lauter, als sie sich der schweren Tür in einem Bogen am Ende des Korridors näherten. Der Mönch stieß sie auf, ohne ein Wort zu Jehanne zu sagen. Als sie ihm dankend zunickte, schien er es gar nicht zu bemerken. Lautlos wie ein Schatten ging er ihr voraus und nahm seinen Platz unter den Brüdern ein.

Ringsum in der Kapelle standen gut dreißig Mönche in ihren prunkvoll geschnitzten Betstühlen aus dunklem Holz. Sie hatten sich die Kapuzen ins Gesicht gezogen, so daß Jehanne sie nicht voneinander hätte unterscheiden können, selbst wenn sie sie gekannt hätte. Sie wollte sie nicht stören oder ihren wunderschönen Gesang unterbrechen, und so blieb sie im hinteren Teil der Kapelle und schlich sich auf Zehenspitzen beiseite. Dann kniete sie auf dem kalten Steinboden nieder und bekreuzigte sich.

Sie schaute zum fernen Altar und zu dem Kruzifix, das darüber hing. Eine Statue des heiligen Benedikt stand in einer Nische rechts vom Altar. Zu beiden Seiten des Opfertisches brannten hohe Kerzen, und vor dem Bildnis des Heiligen flackerten Reihen von Votivlichtern. Jehanne schloß die Augen und sprach ein *Paternoster* und ein *Avemaria.* Die Musik pulsierte um sie herum wie ein steter, ununterbrochener Herzschlag, und die Mauern selbst schienen von Engelsstimmen durchdrungen. Die Härchen auf ihren Armen sträubten sich in prickelndem Licht, und ein kühles Feuer flutete durch ihren Nacken in ihren Kopf. Liebe umhüllte sie, vertraut und nährend.

Dir kann nichts geschehen, Gotteskind, denn du stehst unter dem Schutz des Himmels. Du hast nichts zu fürchten auf der Reise zu deinem König.

Wird er mich wirklich empfangen?

Das wird er: Gott hat es dir versprochen. Und damit er Vertrauen hat in deine Mission, mußt du ihm etwas Bestimmtes sagen.

Und sie hörte aufmerksam zu, als St. Michael ihr sagte, an welchem Zeichen der Dauphin sie erkennen würde. Es war etwas sehr Heiliges, von dem nur Karl und Gott wußten, und ohne daß man es ihr sagte, war es Jehanne klar, daß sie es niemals irgend jemandem außer dem Dauphin offenbaren durfte. Sie ließ die Worte des Erzengels bis in ihr Herz dringen, und umgeben von Gesang und Kerzenlicht verschloß sie sie an einem sicheren Ort tief in ihrem Innern.

Wie es sich für einen weiblichen Gast gehörte, verbrachte Jehanne die Nacht im Gästehaus der Abtei. Obwohl sie müde war, wälzte sie sich unruhig hin und her und fand wenig Schlaf. Den nächsten Tag verbrachte sie zum großen Teil betend in der Kapelle, während ihre Freunde in den kahlen Zellen des eigentlichen Klosters schliefen. Als die Männer aufgestanden waren, nahm man ihnen die Beichte ab, und bevor der Abend dämmerte, hörten sie alle zusammen die Messe mit den Mönchen von St.-Urbain – Jehanne zum zweiten Mal an diesem Tag. Nach einem Abendessen, das aus kaltem Hammel, Brot, Käse und Wein bestand, gab Abbé d'Aulnoy ihnen genug Proviant für die nächsten Tage. Er segnete sie, und dann bestiegen sie ihre Pferde und ritten in die Dunkelheit und den Nebel hinaus.

Die Reisenden mieden die tief verschlammten Hauptstraßen und kamen gut voran. Unter Berufung auf seine Kriegserfahrung bestand Metz darauf, daß sie tagsüber in verlassenen Gebäuden Unterschlupf suchten, in Scheunen und Bauernhäusern, und sich nur im Schutz der Dunkelheit weiterbewegten. Er hielt es für ratsam, auch die kleinsten Städte zu umgehen, solange sie sich auf burgundisch beherrschtem Gebiet bewegten. In diesen Fragen fügte Jehanne sich seiner und Poulengys Führung; dieser half seinem Freund zuweilen mit Ratschlägen oder Ideen.

Nach ihrem Aufenthalt in St.-Urbain stießen sie hier und da auf verlassene Dörfer; in der ersten Nacht waren es gleich zwei. Gespenstische Hülsen, stumm unter dem gleichmütigen Himmel, standen sie inmitten trostloser Felder, die zwar erkennbar einmal beackert worden waren, jetzt aber von Disteln überwuchert waren. Ungebändigte Vegetation, winterbraun und welk, drang in verlassene Hütten ein und kroch über einst belebte Straßen und umgestürzte Zäune. Die Natur rückte Schritt für Schritt heran und eroberte sich alles zurück, als wolle sie ihren Sieg über die verletzliche, verschwundene Menschheit laut hinaustrompeten.

Jehanne und ihre Gefährten ritten stumm, beinahe ehrfürchtig, durch solche Ortschaften. Der Gedanke an das mutmaßliche Schicksal der ehemaligen Bewohner verfolgte sie. Es mochten Freischärler-Überfälle gewesen sein, von denen die fünf oder sechs Familien, die hier gewohnt hatten, vertrieben worden waren. Vielleicht war es auch die Pest gewesen, diese immer wiederkehrende Geißel Gottes. Auf die Gründe kam es eigentlich kaum an. Sicher war nur, daß da, wo einst geschäftiges Leben gesummt hatte, jetzt nur noch rankenüberwucherte Vernichtung zu sehen war. Dennoch waren diese Dörfer nichts im Vergleich zu dem, was noch vor ihnen lag.

Am zweiten Abend nach ihrem Aufenthalt in St.-Urbain – sie waren

noch keine Stunde unterwegs, und es wurde allmählich dunkel – zog sich eine Schneise von strahlendem Rosarot vom Horizont herauf quer über den Himmel, aus dem golden umrandete Purpurwolken quollen. Es sah aus, als habe Gott zwei Farbtöpfe umgestoßen, deren Inhalt sich jetzt zu neuen Tönen mischte.
Jehanne bewunderte dieses Kunstwerk, als Metz plötzlich feststellte, er rieche Rauch. Die anderen nahmen zunächst nichts davon wahr – es schien zu kommen und zu gehen wie eine leicht beiseite geschobene Sinnestäuschung. Aber je weiter sie kamen, desto stärker wurde der Geruch von brennendem Holz, in den sich bald noch ein weiterer, stärkerer und übelkeiterregender Gestank mischte. Jehanne glaubte ihn zu erkennen: So roch es beim Schweineschlachten.
Dann erreichten sie den Gipfel einer flachen Anhöhe und schauten hinunter. In der Dämmerung sahen sie die Skelette von etwa fünfzehn Häusern, in denen es immer noch glühte. Der Boden, auf dem sie gestanden hatten, war zu rauchender Verwüstung eingeebnet; man konnte sich nicht mehr vorstellen, wie diese Gebäude einmal ausgesehen hatten. Von ihrer hohen Warte aus sahen sie die Verheerungen des Krieges.
Und die Toten.
Wortlos trieben die Reiter ihre Pferde voran und trabten den Hang hinunter. Jehanne glaubte zu ersticken, so überwältigend war jetzt der faulige Gestank. Sie bedeckte Nase und Mund mit einer Hand und starrte entsetzt auf das, was vor ihr lag. Sie konnte nicht hinschauen, und sie konnte sich doch auch nicht abwenden.
Sie waren alle tot, vielleicht vierzig an der Zahl. Ein Bauer lag bäuchlings auf dem Boden; sein abgetrennter Arm umklammerte eine zerbrochene Mistgabel, mit der er offenbar seine Familie verteidigt hatte. Er war enthauptet, und der Kopf starrte in groteskem Winkel zum Rumpf. Ein paar Schritte weiter lag eine junge Frau auf dem Rücken; ihr Rock war über die nackten Hüften hochgeschoben. Das Blut aus ihrer durchschnittenen Kehle bedeckte das Gesicht, das mit staunenden Augen in den Sonnenuntergang blickte. Ihr Mieder war aufgerissen und blutgetränkt. Sie sah erbärmlich aus, unschicklich. Ein Säug-

ling, blutüberströmt von einer Schwertwunde im Rücken, lag quer über dem Arm der Frau. Ein Stück weiter weg hatte man eine fette Frau rücklings niedergeschleudert. Ihre massigen Brüste quollen aus dem zerrissenen Kleid, und wie bei der jüngeren Frau war ihr Unterleib entblößt.

Fast alle Frauen waren geschändet worden, sogar ein paar der Kinder. Knaben, nicht älter als acht, waren gestorben, als sie versuchten, ihre Mütter und Schwestern zu verteidigen. Alte Männer lagen tot auf der Erde. Nirgends war Leben. Die Freischärler hatten sogar die Hunde erschlagen. Das Vieh mußten sie fortgetrieben haben, denn Hühner oder Schweine fanden sich nicht unter den Kadavern. Ein totes Pferd lag mit einem Pfeil im Hals am Boden, die Beine zu starrem Trab gestreckt; wahrscheinlich war es aus Versehen getötet worden.

Jehanne ertrug es nicht länger. Der Verwesungsgestank und der grausige Anblick waren zuviel für sie. Sie sprang vom Pferd und übergab sich, am ganzen Leibe zitternd. Ihr Geist war betäubt und außerstande, irgend etwas anderes als urzeitlichen Ekel zu empfinden.

Sogleich stiegen auch alle andern ab. Die Diener fielen auf die Knie und ließen dem eigenen Grauen freien Lauf. Sie übergaben sich geräuschvoll und erfüllten die Abendluft, die schon jetzt nicht mehr zu atmen war, mit einem weiteren ekelhaften Geruch. Der elegante Colet behielt die Fassung auch nicht länger; er vergaß seine Würde und besudelte seinen teuren Mantel mit Erbrochenem

»Jehanne, ist alles in Ordnung?« fragte Poulengy. Seine Stimme klang völlig normal – ein Anker der Vernunft und der Stabilität. Die Beine seines Pferdes tänzelten vor ihr.

Jehanne spuckte aus, um den üblen Geschmack loszuwerden. Sie nickte und wischte sich über den Mund. Der Augenblick der Schwäche war vorüber, und sie fühlte sich körperlich wieder besser.

»Dann sollten wir weiterreiten«, sagte Richard nüchtern. Mit seiner kräftigen Nase sah er aus wie ein wachsamer Adler, als er jetzt den Kopf hin und her wandte. »Hier können wir nichts tun, aber die Leute, die das getan haben, sind wahrscheinlich noch in der Nähe.«

Jehanne schaute ihn fassungslos an; sie konnte nicht glauben, daß er so unmenschlich war. »Wir können sie doch nicht einfach liegenlassen! Wir müssen ihnen ein christliches Begräbnis geben und für sie beten.«

»Dazu haben wir nicht das Werkzeug, Jehanne«, sagte Poulengy mit ehrlichem Bedauern. »Wir würden die ganze Nacht für ein Grab brauchen, in dem alle diese Leute Platz hätten.« Im Halbdunkel sah sie, daß seine Augen sie traurig anschauten.

»Ja, Jehanne – denk an deine Mission«, sagte Metz. »Wir dürfen uns hier nicht aufhalten – und auch sonst nirgends.«

Ihr Blick wanderte über das ermordete Dorf. *Zieh weiter,* schien es zu flüstern.

Ihre Freunde hatten recht, und das wußte sie. Sie konnten diesen Leuten nicht helfen. Was die Toten an Hilfe brauchten, würden sie von Gott bekommen. Er würde ein übermächtiges Heer schicken, das sie rächen und den Feind in sein eigenes Land zurückjagen würde. Jehanne würde für sie beten. Bei der nächsten Gelegenheit würde sie eine Messe besuchen und sie den hilflosen Seelen weihen, die hier ohne Absolution eines so grauenvollen Todes gestorben waren.

So ritten sie weiter. Als Jehanne sich umschaute, sah sie, wie die Aasvögel, die bei ihrem Nahen aufgeflattert waren, wieder zu ihrem Schmaus zurückkehrten.

Als am nächsten Morgen die Sonne beruhigend über den Höhen im Osten heraufstieg, erschien das Grauen des vergangenen Abends ganz unwirklich. Das Massaker war in der Tat ein Alptraum gewesen, wie Jehanne ihn noch nie erlebt hatte. Aber der Morgen dämmerte, und mit ihm erschien alles, was gut sein konnte auf der Welt.

Als die Männer schon befürchteten, sie würden keinen Unterschlupf finden, wo sie den Tag über rasten könnten, stießen sie doch wieder auf ein verlassenes Haus. Die Familie, die hier gewohnt hatte, mußte von den Freischärlern gehört haben, bevor diese über die Nachbarn hergefallen waren; jedenfalls hatte sie die Flucht ergriffen und sich in Sicherheit gebracht. Die Hütte war völlig leer, aber man hatte sie nicht niedergebrannt. Ein ungesunder, klammer Geruch erfüllte sie. Die Leute hatten ihre ganze Habe mitgenommen; nur ein Sack Saatgetreide war zurückgeblieben. Er war aufgeplatzt, und sein Inhalt war über den Lehmboden gequollen. Als jetzt die menschlichen Eindringlinge nahten, stob ein Schwarm Ratten auseinander wie Spitzel, die bei einer Verschwörung ertappt worden waren.

Die Reisenden verzichteten auf ein Feuer, damit der Rauch keine unerwünschte Aufmerksamkeit anlockte; es konnte keinen Zweifel mehr daran geben, daß es in diesem Landstrich von Unheil wimmelte. Metz und Poulengy jagten Jehanne eine Höllenangst ein, als sie ihr erzählten, die Kunde von ihrem Namen und ihrer Mission habe sich inzwischen so weit verbreitet, daß die Burgunder und die *goddons* sie zu gern daran hindern würden, Chinon zu erreichen. Zunächst nahm sie an, daß die beiden wieder scherzten, aber Richard bestätigte ihre Worte, und ihm glaubte sie. Der Bogenschütze war so humorlos, daß er nur die Wahrheit sagen konnte.

Und da war ja auch das gemordete Dorf gewesen. Jehanne sah und roch es im Geiste immer noch, so sehr sie sich auch bemühte, es zu vergessen.

Sie wollte nicht darüber nachdenken. Die Männer hatten recht, wenn sie sie ermahnten, unerschütterlich bei dem zu bleiben, wozu Gott sie ausersehen hatte. Sie würde also ausruhen und sich für die Reise schonen. Nach Chinon, sang sie innerlich. Nach Chinon.

Die Männer hielten abwechselnd Wache. Jehanne wickelte sich in ihren Mantel und schlief auf dem harten Lehmboden zwischen Metz und Poulengy. Sie konnte von Glück sagen, daß sie mit diesen braven Soldaten reiste, denn es waren tugendhafte Männer und aufrechte Christen, bei denen sie völlig sicher war. Sie waren so warm wie die Hunde ihres Bruders Jehan, und Jehanne schlummerte traumlos, während die beiden an ihrer Seite schnarchten.

Während der nächsten Tage ritten sie zumeist in scharfem Trab und verlangsamten ihr Tempo nur gelegentlich, um die Pferde zu schonen.

Während sie gemächlicher ritten, fragte Poulengy sie ein paarmal, ob sie denn wirklich erreichen werde, was sie sich vorgenommen habe.
»In Gottes Namen, Bertrand«, antwortete sie voller Zuversicht, »hab keine Angst. Ich habe den Auftrag, zu tun, was ich tue, von meinen … von meinen Brüdern im Paradies. Sie haben mir gesagt, daß ich gegen die Feinde Frankreichs zu Felde ziehen und dem Dauphin sein Königreich zurückgeben muß. Siehst du, wir stehen alle unter Gottes Schutz.«
Poulengy ließ sich durch ihre Zuversicht nur teilweise ermutigen. Er hegte zwar ehrliche Zuneigung zu diesem Mädchen mit dem zielstrebigen Herzen, aber er war nicht von so ergebener Frömmigkeit wie sein Freund Jehan de Metz und hatte gewisse Zweifel an Jehannes Erfolg. Natürlich war es möglich, daß Gott sie in dieser dunklen Zeit des Königreichs nach Frankreich geschickt hatte. Aber wenn er sie so reden hörte, wurde ihm doch ein bißchen unbehaglich zumute, und er fürchtete, sie könnte nicht ganz richtig im Kopf sein.
Dann aber drehte sie sich um und schlug irgend etwas ganz Vernünftiges und Einleuchtendes vor, und Poulengy sah sich daran erinnert, daß er sie ja von Kindesbeinen an kannte und wußte, daß ihre Familie zum Salz der Erde gehörte. Sie war nicht verrückt, ganz und gar nicht. Sein Glaube an sie kehrte immer wieder zurück und geriet nur dann ins Wanken, wenn er sich fragte, was sie hier draußen in diesem gottverlassenen Land zu suchen hatten.
Zuweilen fühlte er sich versucht, sich ihr zu nähern. Sie war zwar nicht hübsch – sie hatte ein eher grobes Bauerngesicht –, aber man konnte sie doch auch nicht häßlich nennen, und sie war von schöner kleiner Gestalt. Ohne ihr formloses rotes Kleid, angezogen wie ein Junge, wirkte sie seltsam verlockend. Er fragte sich, warum er bei seinen Besuchen in Domrémy früher nie Notiz von ihr genommen hatte. Tiefe Scham folgte solchen Gedanken auf dem Fuße. Dies war keine Troßhure, die man vernaschte und dann beiseite warf. Selbst wenn sie ihn nicht schreiend ohrfeigen sollte, wollte er doch ungern riskieren, die einzigartige Kameradschaft zu verlieren, die er zwischen ihnen spürte. Sie war ein ganz besonderer Mensch, soviel stand fest.

Ihre Einzigartigkeit leuchtete aus ihren arglosen Augen und in dem unerschöpflichen Glauben, der es ihr ermöglichte, die Kälte und die Strapazen des Sattels klaglos zu ertragen.
Auf seine Weise war Metz ebenso bezaubert von Jehanne wie Poulengy. Er bezweifelte nicht einen Augenblick lang, daß sie eine Botin von Gott sei, wie sie es behauptete. Im Grunde seines Herzens teilte er ihre tiefe Liebe zu Gott, obwohl es eher seine Art war, den liederlichen Spaßvogel zu spielen. Das heißt, es war nicht nur gespielt, denn er war ein Mann, der die Frauen liebte. Oft hatte er sich mahnend in Erinnerung rufen müssen, daß Jehanne eine Jungfrau war und auch bleiben sollte, wenn sie es wollte. Es war nicht immer leicht, sich daran zu erinnern, wenn sie nachts neben ihm lag, und manchmal konnte er sich nur mit Mühe versagen, sie im Schlaf zu liebkosen.
Von diesem Aufruhr in den Herzen ihrer Kameraden ahnte Jehanne nichts: In seliger Unwissenheit ritt sie an ihrer Seite und fühlte sich völlig sicher. Sie dachte oft an ihre Familie, vor allem an ihre Eltern. Was mußten sie empfunden haben, als Durand ihnen erzählte, daß sie nach Chinon unterwegs sei – denn das war inzwischen ohne Zweifel geschehen? Sie dachte an den Traum ihres Vaters; er hatte gesehen, wie sie begleitet von bewaffneten Männern davongeritten war, und so war es nun gekommen.
Aber es ist nicht das, was du geträumt hast, Papa. Es wird alles gut werden, das wirst du schon sehen. Sie betete zu Gott, er möge ihn trösten und ihn wissen lassen, daß ihr nichts geschehen und daß sie nicht in Schande versunken sei, wie er es befürchtete. Nachdenklich betrachtete sie den Ring, den er ihr geschenkt hatte.
»Jhesus-Maria«, sagte sie leise und berührte das kleine Kreuz.
»Was?« Richard, der Bogenschütze, schaute sie stirnrunzelnd an.
Jehanne warf dem geheimnisvollen Mann an ihrer Seite einen Blick zu. Er sah unangenehm aus mit seinem harten, zerklüfteten Gesicht und den kalten Augen. An der verächtlichen Art, wie er sie behandelte, erkannte sie, daß er sie für ein albernes Weib auf einer närrischen Mission hielt. Er sprach nur selten mit ihr.
Sie drehte sich halb im Sattel um und schaute zu Metz hinüber. Er

hatte sich die Kapuze tief ins Gesicht gezogen, so daß sie seine Augen verhüllte, und im Mondschein konnte sie nicht erkennen, in welcher Stimmung er war.

»Wo können wir die Messe hören?« fragte sie versuchsweise. So sehr sie sich bemühte, sie wurde die Bilder des Todes aus jenem Dorf nicht los. Sie mußte in eine Kirche, um dort um Kraft und Verständnis zu beten und für die armen Seelen derer, die sie nicht hatte retten können. Zwar spürte sie, daß ihre Ratgeber auf Schritt und Tritt bei ihr waren, aber sie mußte mit ihnen an einem Ort sprechen, wo Gott wohnte.

»Hä?« Ihre Frage brachte Metz zu sich. Er hatte halb dösend im Sattel gesessen.

Sie wiederholte ihre Frage.

»Das schlag dir aus dem Kopf, Jehanne«, sagte er ein wenig gereizt. Sie hatte diese Frage schon so oft gestellt, seit sie drei Tage zuvor St.-Urbain hinter sich gelassen hatten, und er hatte genug davon, wenn auch nicht von ihr.

Sie hatten mit höllischen Schwierigkeiten kämpfen müssen, als sie unterhalb von Troyes an die Seine gekommen waren. Der Fluß war hier nicht so reißend wie bei der Stadt, aber doch gefährlich genug. Sie mußten sich mit Seilen aneinanderbinden, um nicht von der wütenden Strömung fortgerissen zu werden. Die Pferde mit ihren angstvoll geweiteten Augen waren am schwierigsten zu bändigen gewesen. Zwei wären beinahe durchgegangen, als sie von kleinen Ästen getroffen wurden, die stromabwärts wirbelten, und Richard und Poulengy hatten am Zaumzeug reißen müssen, bis die Mäuler der Tiere wund und blutig waren, ehe sie sie wieder in ihre Gewalt gebracht und an der gegenüberliegenden Uferböschung emporgetrieben hatten. Und was waren Jehannes erste Worte gewesen, als sie die steile Böschung am anderen Ufer erreicht hatten? *Ich will zur Messe gehen.*

»Aber warum?« fragte sie jetzt, und sie klang wie eine Fünfjährige.

»Das habe ich dir schon einmal gesagt«, erklärte Metz mit bemühter Geduld. »Es ist zu gefährlich. Jedermann hier weiß, wer du bist und was du vorhast. Was, glaubst du, werden die Burgunder tun, wenn sie uns zu fassen bekommen? Wir müssen warten, bis wir in Frankreich sind.«

»Aber wir sind nicht in Gefahr, Jehan«, beharrte sie. »Meine Ratgeber haben mir versichert, daß wir Chinon wohlbehalten erreichen werden.«

Aufstöhnend wandte er den Kopf ab und zeigte ihr sein mondbeschienenes Profil.

»Gott hilft denen, die keine törichten Risiken auf sich nehmen«, warf Poulengy ein, und auch er klang sanfter, als es seiner Stimmung entsprach. »Wenn wir in eine Stadt reiten, fordern wir die Entdeckung geradezu heraus. Jehan hat recht: Wir können uns nicht erlauben, dieses Risiko einzugehen.«

Aber sie gingen das Risiko doch ein, als sie die Grenzstadt Auxerre erreichten. Halb im Scherz erklärten die Männer, lieber würden sie sich bei den Burgundern in Gefangenschaft begeben, als sich weiterhin anzuhören, wie Jehanne darum bettelte, die Messe besuchen zu dürfen. Jehanne war es gleichgültig. Für sie kam es nur darauf an, daß es in dieser Stadt eine große Kathedrale gab und daß sie bald die heilige Messe hören würde.

Sie brauchten nicht nach dem Weg zur Kathedrale zu fragen. Ein Stück weit flußaufwärts hinter der Brücke ragte der hohe, viereckige Turm in den Himmel wie ein Pfeiler des Firmaments. Um dort hinzukommen, brauchten sie nur den engen Gassen am Flußufer entlang zu folgen. Langsam näherten sie sich dem großartigen Kirchturm am Ufer der Yonne, durch Lärm und Gedränge. Als sie das prachtvolle Bauwerk erreicht hatten, sprang Jehanne vom Pferd, ehe die andern noch Gelegenheit fanden, ihre Tiere zu zügeln.

Poulengy rief zischend ihren Namen und hob warnend einen Finger an die Lippen. Ein besorgtes Stirnrunzeln verfinsterte sein sonst so freundliches Gesicht, und selbst Metz schien ihr mit Unwillen zuzusehen. Richard, der Bogenschütze, verzog den Mund und spuckte auf den Boden.

Jehanne achtete nicht darauf; sie lief die Stufen hinauf in die kühle Dunkelheit. Daß die beiden Diener für die Dauer der Messe mit den

Pferden draußen vor der Kirche postiert wurden, sah sie nicht. Die andern folgten ihr hinein.

Die Leute drängten sich im Kirchenschiff und überall in den Gängen. Jehanne mußte sich zwischen den ungewaschenen Gestalten hindurchzwängen, um das Gebäude zu betrachten. Noch nie hatte sie eine so großartige Kathedrale gesehen, nicht einmal in Vaucouleurs, und sie schnappte hörbar nach Luft, als sie den Hals reckte, um alles zu sehen und um Gottes schreckliche Gegenwart einzuatmen.

Steinerne Säulen, eine jede stärker als zwei Männer zusammengenommen, standen in regelmäßigen Abständen und trugen die Bogengalerie. Sie ragten zu einer Gewölbedecke hinauf, unter der die Menschen tief unten wie Zwerge erschienen. In Nischen in den Seitenschiffen starrten steinerne Statuen von Heiligen mit blicklosen Augen aus ihren Kapellen, und alle zwanzig Schritt brannten Kerzen. Das hellste aber war ein riesengroßes rundes Fenster, das strahlend rot und blau über dem westlichen Portal leuchtete. Darin waren die Engel abgebildet, die den Hirten die Geburt Christi verkündeten und ihn auf einen hohen Thron erhoben. Von farbenprächtigem Sonnenlicht überflutet, standen die Menschen ehrfürchtig da, als der Bischof weit vorn am Altar vor einem wuchtigen Eichenholzkreuz mit dem dramatischen Schauspiel der heiligen Messe begann.

Jehanne war so überwältigt von der Majestät dieser Kathedrale, daß sie fast vergessen hätte, warum sie hier war, aber die ersten Worte des Bischofs ließen sie bußfertig zusammenfahren. Sie bekreuzigte sich, senkte den Kopf und ließ die musikalischen Kadenzen des vertrauten Lateinischen in ihre Seele dringen.

Ganz gewiß lebte Gott in diesem außergewöhnlichen Bauwerk und in dem bewegenden, uralten Ritual, das seine Kinder miteinander verband. Jehanne fühlte ihre drei Ratgeber bei sich. Das nächtliche Grauen ihrer Reise war ausgelöscht, verbannt in ein Reich der Unwirklichkeit, in dem alles gut und einfach war, Teil eines großen himmlischen Plans. Aus den Gesichtern der Toten starrte nicht mehr das Entsetzen: Sie verwandelten sich in das strahlende Licht der Auferstehung. Jehanne fühlte sich eins mit den Anwesenden und mit allen, die lebten oder

noch geboren werden würden, in einem pulsierenden Mutterleib, der durch die Jahrhunderte schimmerte, bis alle Zeit mit sich selbst verschmolz. So etwas hatte sie schon einmal empfunden, in einem anderen Gotteshaus, in einer anderen Zeit, aber sie konnte sich nicht erinnern, wo und wann das gewesen war. Es war nur ein Gefühl der Erinnerung, das in ihr Bewußtsein wehte und wieder verflog.
Ein Ministrant am Altar ließ eine Handglocke erklingen. Die Gemeinde sank auf die Knie und schlug die Augen nieder, als die Hostie erhoben wurde und der Bischof verkündete: *»Hoc est enim corpus meum.«* Jehanne kniete mit allen anderen. Wer zur Beichte gegangen war, begab sich nun zum Altargitter, um die heilige Kommunion zu empfangen. Das Gefühl der Entbehrung zerriß Jehanne innerlich; sie lechzte danach, mitzugehen und am heiligen Sakrament teilzuhaben. Bald würde sie in der Beichte reingewaschen und ihr Gewissen befreien. In den dunkelsten Winkeln ihres Herzens lauerte noch immer ein Rest von Haß auf die Burgunder und die dämonischen Engländer. Draußen in der Welt, außerhalb der Kirche, mußte sie die schlimmen Empfindungen, die die Feinde in ihr hervorriefen, oft herunterschlucken, und trotz ihrer Zuversicht im Gespräch mit Poulengy fürchtete sie mitunter, daß sie scheitern könnte. Es tröstete sie, zu wissen, daß das Gebiet von Armagnac nur eine Stunde weit entfernt war. Nach Gien waren es dann nur zwei Tagesritte von der unmarkierten Grenze zwischen den beiden kriegführenden Parteien. In Gien könnte sie wieder gefahrlos in das Haus Gottes gehen: als sein wiedergewonnenes Kind.
Die großen Glocken begannen tief und feierlich zu läuten. Sie verkündeten das Ende der Messe. Mit jedem machtvollen Schlag schwang Jehannes Herz freudig mit. Sie wünschte sich, es möge niemals enden. In alle Ewigkeit hätte sie hier im Zentrum dieses überwölbten Universums stehen können, und sie lauschte den Glocken nicht nur, sondern sie war ein Teil von ihnen, war fast selbst eine Glocke. Verzückt gefangen in diesem heiligen Augenblick, blieb sie stehen, als die Menschen an ihr vorbeiströmten, begleitet von dieser himmlischen Musik, die hoch über ihren Köpfen ertönte.

Metz mußte sie regelrecht hinauszerren. Der bloße Aufenthalt in Auxerre bereitete den Männern Unbehagen, und als sie auf die Straße hinaustraten, taten sie es mit erneuerter Vorsicht. Poulengy führte die Gruppe durch die Stadt zur Brücke, mit einem liebenswürdigen Lächeln im Gesicht, aber mit der Hand auf dem Schwertknauf. Metz blieb an Jehannes Seite, als sei er an der Hüfte mit ihr zusammengewachsen. Colet, der links neben ihm ritt, warf immer wieder bange Blicke hinter sich und fuhr sich nervös mit der Zunge über die Lippen. Die beiden Diener, Julian und Jehan, ritten hinter Jehanne. Der Bogenschütze bildete die Nachhut, und auch seine Hand ruhte wachsam auf der Waffe, die an seinem Sattel baumelte. Ein kaum verhüllter Ausdruck der Bedrohlichkeit lag auf seinem stoppelbärtigen Granitgesicht. Colet fühlte sich von allen am unbehaglichsten. Er war ein junger Edelmann, der in der heiteren Atmosphäre am Hofe des Dauphin zu Dichtung und Musik erzogen worden war, und so gefahrvolle Unternehmungen wie die Begleitung selbsternannter Visionärinnen durch Feindesland war er nicht gewohnt. Allein, nur von Richard begleitet, durchs Land zu reisen, war eine Sache, denn da brauchte er sich nur um sich selbst und den schweigsamen Soldaten zu kümmern und konnte zu seinem Schutz die Rolle eines fahrenden Sängers spielen. Dieses Mädchen aber würde sie alle noch verraten, wenn es Metz und Poulengy nicht gelang, sie im Zaum zu halten.

Die meiste Zeit war der Königliche Kurier beeindruckt von Jehannes Mut und ihrer Fähigkeit, allerlei Strapazen zu ertragen. Er gedachte dem Dauphin einen vorteilhaften Bericht zu erstatten, wenn sie wieder in Chinon wären. Karl brauchte nicht zu befürchten, daß sich da schon wieder eine betrügerische Mystikerin an ihn heranmachen wollte, die sich erbot, sein vom Krieg zerrissenes Reich gegen ein gewisses Entgelt zu befreien. Dieses Mädchen mochte von Gott geschickt sein oder auch nicht, aber sie war ganz und gar aufrichtig. Vielleicht brauchte das Königreich nichts weiter als jemanden wie sie, um den es sich sammeln konnte.

Als die Gruppe früh am Morgen des dritten Tages nach dem Besuch in Auxerre in Gien eintraf, atmeten sie alle ein bißchen freier, denn jetzt waren sie für die Burgunder nicht mehr erreichbar. Zwar war es immer noch möglich, irgendwelchen Marodeuren zu begegnen, aber sie brauchten doch nicht mehr zu befürchten, daß man sie als Verräter hängen würde, wenn man sie faßte. Und sie waren ja gut bewaffnet.

Nach einer kurzen Beratung mit Poulengy erklärte Metz, daß sie jetzt lieber bei Tage weiterreisen würden, um so vor Briganten sicher zu sein. In einer Herberge am Fluß mieteten sie sich Kammern für die Nacht und stillten dann gierig ihren Hunger. Nach dem Essen suchte Jehanne sich den Weg hinauf zur Kirche.

Neun Tage waren sie unterwegs, seitdem sie Vaucouleurs hinter sich gelassen hatten. Das wunderbare Ausbleiben von Straßenräubern und das in letzter Zeit günstige Wetter hatte sie rasch nach Frankreich gelangen lassen, und bald waren sie in Fierbois. Hier diktierte Jehanne einen Brief an den Dauphin; Colet de Vienne schrieb ihn für sie. Sie berichtete ihrem Herrn, daß sie viele Meilen weit gereist sei, um ihn zu sehen, und daß sie ihm als Abgesandte Gottes viel Wichtiges über sein Reich zu sagen habe. Gott, fügte sie hinzu, werde sie den Dauphin vor allen andern am Hofe erkennen lassen. Sie schloß mit einer bescheidenen Bitte um Audienz. Dann bestieg Colet sein Pferd und ritt mit Jehannes Brief in der Satteltasche davon.

Als sie ihm nachschaute, wie er die Straße hinunter und über eine Anhöhe galoppierte, bis er hinter Bäumen verschwand, dachte sie: Nun, das wäre getan. Jetzt konnte sie nur noch auf die Antwort des Dauphin warten. Sie wandte sich der Kirche zu. Sie würde wieder in die heilige Messe gehen, wie sie es an diesem Tag schon einmal getan hatte, und sie würde ihr Bestes tun, um die Ermahnungen ihrer Ratgeber zu beherzigen: nur Geduld.

Kapitel 4

Der König von Bourges

6. bis 19. März 1429

Karl von Valois, durch die Gnade Gottes ungekrönter und ungesalbter König von Frankreich, versuchte die langen, schlanken Finger über dem Kohlenbrenner zu wärmen, der auf einem Messinggestell mitten in seinem Ratszimmer stand. Draußen prasselte der Hagel in kurzen Böen gegen die Fensterläden, und Karl fröstelte es, als wieder ein winterlicher Windstoß die kleinen Scheiben erzittern ließ. So kalt war ihm; immer war ihm kalt, trotz des lodernden Feuers in dem riesigen Kamin, das hier und in allen anderen Räumen des Schlosses brannte.

Von allen war dieser strenge Raum der unbehaglichste: Selbst im Sommer war es hier kühl, und jetzt, da noch mehrere Wochen bis zum Frühling vergehen mußten, schien es, als wären die steinernen Mauern aus Eisblöcken gebaut. Das Inferno des Kaminfeuers vermochte den hohen Raum nicht zur Zufriedenheit des Königs zu erwärmen, und verzweifelt wünschte er sich, in die warme Kammer zurückkehren zu können, die er so widerwillig verlassen hatte. In jener heiteren Stube lauschten seine Gemahlin und seine Höflinge der besänftigenden *ballade* eines fahrenden Sängers und labten sich an gutem Essen und Wein. Das Ratszimmer hier hatte nichts von heiterer Geselligkeit an sich: Es war kahl bis auf die acht aus Eichenholz geschnitzten Schemel, die im Halbkreis um das Kohlenbecken standen. Ein Stuhl, größer als die Schemel, aber noch kein Thron, stand dem Halbkreis gegenüber. Der einzige Schmuck dieses Raumes war ein altes Bärenfell, das mit offenem Maul und ausgestreckten Pranken am Boden lag; das schwarze Fell glänzte im Schein des Feuers und zahlreicher Fackeln.

In angenehmer Entfernung von den backsteinumdämmten Flammen waren drei oder vier Minister des Königs in eine erbitterte Debatte vertieft. Der Dauphin hörte ihnen nur mit halbem Ohr zu.

Er war sechsundzwanzig, aber er fühlte sich älter. Und er konnte sich nicht entsinnen, daß es ihm einmal anders gegangen wäre. Für Karl hatte es keine richtige Kindheit gegeben, nichts jedenfalls, was seinem Verständnis dieses Zustandes entsprochen hätte. Schon in seinen frühesten Erinnerungen war seine Mutter eine ferne Ikone, sein Vater immer wieder verwirrt gewesen, stets hatte zwischen seinen Eltern eine Art Krieg geherrscht, lauernd hinter der Fassade häuslicher Ruhe, die sie dem Volk präsentierten. Schon als Knabe hatte Karl die Gegensätze zwischen ihnen gespürt. Er wußte auch, daß er unscheinbar und ungeliebt war, am wenigsten geschätzt unter den drei Königssöhnen. So hatte er sich von Kindesbeinen an ernst und zurückgezogen gezeigt. Karl war in der Umgebung seiner Brüder und Schwestern aufgewachsen; gelegentlich war auch ein Vetter zugegen gewesen, Jehan, in der Welt bekannt als der »Bastard von Orléans«. Dennoch hatte er sich immer allein gefühlt. Als Student bewandert in Latein und Griechisch, war er nicht athletisch wie sein älterer Bruder Louis, und er besaß auch nicht den geselligen Charme des Bastards. Die einzigen echten Freunde des einsamen Knaben waren die Bücher; in ihnen und in Gott fand er gelegentlich Trost unter den Lasten, die wie Geier auf seinen krummen Schultern hockten.

Im Aussehen hatte er nichts von einem König. Sein Haar war nach der neuesten Mode kurz gestutzt, aber es war unter einem dunkelblauen, mit Fuchspelz gefütterten Samthut verborgen. Es war hellbraun und entsetzlich schütter, und der breitkrempige Hut bildete einen wenig schmeichelhaften Kontrast zu seinem gelblichen Gesicht und ließ ihn aussehen wie ein gehäutetes Kaninchen. Es war ihm bewußt, daß er damit lächerlich wirkte, und deshalb trug er überhaupt nur selten Hüte, heute abend aber war die Eitelkeit dem Bedürfnis nach Wärme unterlegen.

Seine Brauen waren zierlich geformt wie die einer Frau, feine Bögen über schmalen, hellbraunen Augen, die die Welt mit melancholischem

Mißtrauen betrachteten. Die Nase endete in einer fettglänzenden Knolle, die über der dicken Oberlippe hing. Seine schiefen Zähne machten ihn so befangen, daß er nur selten lächelte, selbst wenn er Lust dazu hatte, was selten genug vorkam.

Aber am wenigsten zeigte sich seine Abstammung in seiner Haltung. Er bemühte sich, die unzulänglichen Schultern, die Gott ihm gegeben hatte, dadurch zu ergänzen, daß er wattierte Hemden trug, und so die Illusion von Männlichkeit und Kraft zu vermitteln. Meistens wirkte es, obwohl die Kunst der Schneider nicht vermochte, die spindeldürren Beine zu verbergen, auf denen er so ungelenk daherkam. Der Gesamteindruck, den er bot, war der eines ziemlich kleinen, plumpen Mannes mit ungewöhnlich breiten Schultern und einem kleinen Kopf, obwohl in Wahrheit eher das Gegenteil zutraf.

Die pelzgefütterten Stiefel, die er an diesem Abend trug, waren in Spanien gefertigt worden; sie genügten nicht, um die Kälte von seinen Füßen fernzuhalten. Er zog den Mantel fester um sich und rieb sich dann kräftig die Hände. Er bemühte sich, dem mit giftigen Stacheln durchsetzten Wortwechsel seiner Minister vor dem Kamin keine Beachtung zu schenken.

»Mein lieber Raoul«, sagte Trémoïlle in einem öligen Versuch, versöhnlich zu klingen, »wir können einer Bäuerin, die sich als gottgesandte Visionärin ausgibt, einfach nicht gestatten, vor Seine Majestät zu treten. Es gibt Hunderte, vielleicht Tausende solcher Leute im Königreich, und es lohnt sich nicht, auch nur einen davon anzuhören. Das sehen Sie doch sicher ein.«

Raoul de Gaucourt schaute den fetten, prächtig gekleideten Trémoïlle höhnisch an. »Und sicher sehen Sie auch ein, Seigneur Trémoïlle, daß die Bestrebungen Seiner Majestät nach einer friedlichen Versöhnung mit seinem Cousin Bourgogne fruchtlos geblieben sind.« Der alte Soldat war atemlos, und nur mit Mühe zügelte er seine Ungeduld. »Wir müssen jetzt täglich gewärtigen, daß wir Orléans verlieren, und wenn Orléans verloren ist, ist das Königreich verloren!«

Die beiden waren schon lange verfeindet. De Gaucourt haßte alles an Trémoïlle, angefangen von dem dunklen Muttermal, das sich an die sinnliche Oberlippe schmiegte, bis zu seinem zügellos verfetteten Bauch und seinem korrupten Ehrgeiz. Während der Herrschaft des wahnsinnigen Karl VI. hatte Trémoïlle sich das Amt des Großkämmerers von Frankreich erschleichen können. Kaum hatte er es innegehabt, hatte er seinen früheren Verbündeten Arthur de Richemont, den Bruder des Herzogs der Bretagne und ehemaligen Marschall von Frankreich, verraten und diffamiert, um das hohe Amt für sich selbst zu erringen. Und dann waren da noch seine Beziehungen nach Burgund – Gründe genug, ihn zu verachten.

George de la Trémoïlle war vierundvierzig Jahre alt und am Hofe des burgundischen Herzogs Jehan, genannt »der Furchtlose«, aufgewachsen. Durch seine Ehe mit der Witwe des Herzogs de Berri hatte Trémoïlle große Reichtümer gewonnen, die er benutzte, um den stets vom Bankrott bedrohten Valois an der Leine zu führen, indem er Karl ungeheure Summen Geldes lieh – der Himmel wußte, wofür. Trémoïlle kannte die Abneigung des Königs gegen einen Krieg und machte sie sich zunutze; er drängte Karl zu zahllosen Verträgen mit diesem elenden Verräter Philippe, dem Erben Herzog Jehans. Der Burgunder war ehrlos, und in seinem Bund mit England hatte er noch jede Vereinbarung gebrochen, die Karl ihm angeboten hatte. De Gaucourt geriet darüber in Raserei. Er war ein ehrpusseliger Ritter der alten Schule, der lieber gegen die Engländer kämpfen wollte, als zu versuchen, durch fruchtlose Verhandlungen mit ihren Bundesgenossen Zeit zu schinden.

»Was wollen Sie damit sagen, Raoul?« stichelte Trémoïlle, und seine Schweinsäuglein glitzerten aus dicken Speckfalten. »Soll denn am Ende Seine Majestät dieses Mädchen empfangen und ihr die Erlaubnis geben, einen törichten Versuch zur Rettung der Stadt Orléans zu unternehmen?«

De Gaucourt war seiner Meinung nach ein Schwachkopf, ein tölpelhafter Soldat, der die Armee durch eine weitere Niederlage ruinieren und Karl – und Trémoïlle – zur Flucht nach Spanien oder Schottland nötigen würde. Wußten diese idiotischen Soldaten denn nicht, daß der Krieg im Felde verloren war? Für den König gab es nur noch eine

Möglichkeit, zu behalten, was ihm geblieben war: die Versöhnung mit seinem Verwandten Bourgogne.

Der Kanzler haßte die Engländer ebenso leidenschaftlich wie jeder andere in Frankreich. Sie zahlten niemals pünktlich und niemals die vereinbarte Summe; sie waren kein bißchen vertrauenswürdig. Sie wollten alles: das Königreich und Burgund. Philippe de Bourgogne war der eigentliche Schlüssel zur Lösung dieses infernalischen Problems. Der Burgunder war der reichste Fürst in ganz Europa und ein Förderer der Künste. Nicht umsonst war er bei seinen Untertanen als »Philipp der Gute« bekannt. Wenn jemand würdig war, König von Frankreich zu werden, dann er, nicht dieser feige Schwächling Karl. Der König hatte nicht einmal verhindern können, daß seine Kohorten Philipps Vater ermordeten, und das unter seiner Nase! Was für einen Schlamassel das herbeigeführt hatte! Jetzt hegte Philipp solche Feindseligkeit gegen Karl, daß er, wenn es auch nur auf ihn regnete, schon den Verdacht hegte, der Dauphin habe den Regen beim Teufel bestellt. Nur Trémoïlles geschickte Verhandlungen mit Bourgogne konnten noch ein erträgliches Ergebnis für alle Beteiligten sicherstellen.

Er leckte sich in eifriger Erwartung der Antwort de Gaucourts die dicken Lippen und wähnte den Älteren schon matt gesetzt.

Aber de Gaucourt ließ sich nicht fangen. »Majestät«, sagte er zu Karl, der über das Kohlenbecken gebeugt dastand und ihnen den Rücken zuwandte, »Sie haben nichts zu verlieren, wenn Sie dem Mädchen zumindest Gehör schenken. Ich habe von angesehenen Quellen in Vaucouleurs gehört, daß sie unsere jüngsten Verluste vor Orléans just an dem Tag zutreffend vorhersagte, als die Schlacht verlorenging. Vielleicht ist sie eine Betrügerin« – er warf Trémoïlle einen vorwurfsvollen Blick zu – »aber ebensogut kann es sein, daß Gott unsere Gebete erhört hat und uns eine Erlöserin schickt.«

»Ein Mädchen?« Trémoïlle lachte mit unverhohlener Verachtung. »Ein Bauernmädchen noch dazu? Glauben Sie nicht, Gott würde Seiner Majestät einen ausländischen Verbündeten schicken, wenn er Frankreichs Erlösung im Sinn hätte? Ein Mädchen«, schnaubte er.

»Wenn Gott will«, versetzte de Gaucourt mit zusammengebissenen

Zähnen, »wird er eine Ziege schicken, die eine Armee anführt und das Königreich zurückgewinnt! Oder möchte der Herr Kanzler jetzt den Willen Gottes in Zweifel ziehen?«
»Ich ziehe den Willen Gottes nicht in Zweifel, aber ich fühle mich auch nicht berufen, darüber zu spekulieren, wie dieser Wille aussehen mag. Dieses Thema überläßt man am besten den Theologen und nicht den Ministern des Königs«, sagte Trémoïlle spitz. »Seine Exzellenz natürlich ausgenommen.« Mit seinen Wurstfingern deutete er auf den Mann in der purpurnen Robe, der bis jetzt geschwiegen hatte.
Karl hob eine Braue, drehte sich aber nicht um. »Ganz recht. Was ist die Meinung des Erzbischofs von Reims?«
»Majestät.« Der Erzbischof bedachte ihn mit einer kleinen Verbeugung, die er aber nicht sah. »Ich habe kein Vertrauen zu selbsternannten Visionären, und Sie sollten es auch nicht haben. Seigneur Trémoïlle hat recht, wenn er sagt, daß Frankreich voll ist von solchen Leuten, und sie alle sind im besten Fall verwirrt, im schlimmsten aber vom Teufel besessen. Wie Sie wohl wissen, war ich vor kurzem in dieser unglückseligen Stadt, bis Ihre vereinten Streitkräfte daran gehindert wurden, den englischen Nachschub zu unterbinden, und unter schweren Verlusten zum Rückzug gezwungen wurden. Nur durch die Gnade Gottes konnte ich in Begleitung von Admiral de Culan und dem Comte de Clermont entkommen.« Sein Kinnbart bewegte sich beim Sprechen, so daß er aussah wie ein alter Ziegenbock. Seine Nase war so lang, daß er sie mit der Zungenspitze hätte berühren können. »Meine Gebete für die Unglücklichen, die noch immer hinter den Mauern der Stadt weilen, steigen täglich zum Himmel empor.« Er bekreuzigte sich.
»Ja, ja, zur Sache, Exzellenz.« Karl knirschte mit den Zähnen; er verlor die Geduld angesichts der Marotten des alten Mannes.
»Meiner Meinung nach, Sire, ist die Stadt verloren«, erklärte der Alte. »Die Versorgung von Orléans ist zu einem bloßen Rinnsal verkommen, und es ist eine Frage der Zeit, wann die Bewohner sich dem Feind ergeben müssen. Ich halte es für das beste, wenn Sie kapitulieren, bevor noch mehr Menschenleben verlorengehen, und Zuflucht

in Schottland nehmen, vielleicht auch in Aragon, statt diesen sinnlosen Krieg fortzusetzen.« In der tiefen Stimme des Erzbischofs de Chartres dröhnte dramatisch die Autorität seines Amtes.
»Das kommt gar nicht in Frage«, entgegnete Trémoïlle und widersprach dem Mann, den er doch um seine Meinung gebeten hatte. Seine vollen Lippen waren finster abwärts gekrümmt, und er schüttelte den Kopf so heftig, daß sein Doppelkinn wackelte. »Ich bin indessen der Ansicht, daß es im besten Interesse des Königs ist, die Verhandlungen mit Philippe de Bourgogne fortzusetzen und damit die Verbindungen des Herzogs zu den Engländern zu zerschneiden.« Wütend schaute er de Gaucourt an. »So verzweifelt sind wir nicht, daß wir einem niedrig geborenen Mädchen erlauben, unsere Armee anzuführen! Seine Majestät würde ja zum Gespött für ganz Europa!«
Karl wandte sich vom Kohlenbecken ab und schaute Trémoïlle mit traurigen Augen an. »Wir sind doch bereits das Gespött für ganz Europa, nicht wahr, Seigneur Kanzler?«
De Gaucourt schmunzelte bei dieser Frage. Sein massiger Widersacher wurde puterrot, als er hektisch nach einer Antwort suchte. Auf Trémoïlles Stirn glitzerten Schweißperlen unter den kurzen dunklen Haarfransen.
Er nutzte Trémoïlles vorübergehende Fassungslosigkeit und warf schnell ein: »Majestät, Ihre früheren Verhandlungen mit Bourgogne waren erfolglos, aber« – beeilte er sich zu versichern – »nicht durch Ihre Schuld. Es war eine sehr gute Idee, einen Keil zwischen ihn und die Engländer zu treiben, aber er hat Ihr Vertrauen verraten. Ich sage, jetzt sollten wir alle diese Gespräche abbrechen und die Armee ins Feld führen, um sie zurückzuschlagen. Wir *müssen* Orléans befreien, oder Ihr Königreich ist verloren! Ich beschwöre Eure Majestät, das Mädchen aus Lothringen zu empfangen, nur um zu hören, was sie zu sagen hat. Wenn sie eine Hochstaplerin oder eine Verrückte ist, kann man sie ja wegschicken, aber dann wissen Sie, daß Sie zumindest sämtliche Möglichkeiten erprobt haben.«
»Was weitere Verhandlungen angeht, so muß ich mit größtmöglichem Nachdruck widersprechen«, sagte der Erzbischof. »Seine

Majestät spielt mit einer schweren Sünde und mit Gottes Zorn, wenn er versucht, sich an eine verlorene Sache zu klammern. Es wäre auch sündhaft, jemandem eine Audienz zu gewähren, dessen spirituelle Referenzen so fragwürdig sind. Die Kapitulation ist der einzige mögliche Ausweg.«

Karl ließ alle diese Erklärungen folgenlos über sich hinwegrollen. Der König war die frommen Tiraden des Erzbischofs gewöhnt, und er wußte, daß de Chartres' Bemerkungen über Sünde und himmlisches Strafgericht nur seinem Machtstreben entsprangen.

»Was meinen Sie, Seigneur de Trèves?« fragte er einen kleinen Mann, dessen Stimme man noch nicht gehört hatte.

»Ich bin nicht sicher, mein König«, stammelte der Mann. Robert Le Maçon, Herzog von Trèves und ehemaliger Kanzler von Frankreich, war ein magerer, zerbrechlicher Sechzigjähriger. Eine auffallende Nase ragte wie ein Schiffsbug aus dem zitronenförmigen Gesicht, und seine roten, mondförmigen Augen blickten unstet und nervös hin und her. In seinem Alter hatte er keine Lust mehr auf Dispute, und er wollte sich in diesen Streit nicht verwickeln lassen, denn er wußte, daß es dabei überhaupt nicht um Visionäre ging. Rasch schlug er unter dem ungeduldigen Blick des Dauphins die Augen nieder.

Karl runzelte die Stirn. Es war ein Fluch Gottes, daß er nichts Besseres als diese drei hatte, worauf er sich hätte verlassen können. »Wir werden morgen darauf antworten«, sagte er, »nachdem wir Zeit hatten, die Alternativen zu bedenken.«

»Herr«, warf Trémoïlle ein, »ich muß darauf bestehen, daß Sie an Ihre Stellung denken und das Mädchen unverzüglich abweisen!« Er funkelte den jungen König an, der sonst immer so fügsam und leicht zu überreden war und sich jetzt so ungewöhnlich widerspenstig zeigte. Wenn Karl in irgendeinen dummen Fehler hineintappte, fürchtete Trémoïlle, würde er damit alles verderben, wofür der Kanzler so hart gearbeitet hatte, und das würde natürlich böse Auswirkungen für ihn selbst haben und nicht für den König.

Karl warf Trémoïlle einen geringschätzigen Blick zu. »Sie vergessen sich, Seigneur. Wir haben gesagt, daß wir unsere Antwort morgen geben werden.« Er wedelte obenhin mit der Hand. »Lassen Sie uns jetzt allein.«

Die Minister verbeugten sich flüchtig und wandten sich zum Gehen. Karl bemerkte, daß Trémoïlle ihm einen düsteren Blick zuwarf, als er zur Tür watschelte. Das ränkeschmiedende Schwein würde sich zweifellos an diese Abfertigung erinnern, wenn der Augenblick käme, da Karl erneut um ein Darlehen bitten mußte, aber in diesem Augenblick kümmerte ihn das nicht.

Seit seiner Jugend, da sein Vater krank gewesen und zuweilen am Rande der geistigen Gesundheit entlanggetaumelt war, hatte Karl den Vorsitz in so mancher Ratssitzung geführt. Er kannte den Verlauf, den sie zu nehmen pflegten, gut: das Gezänk, die kleinlichen Intrigen, die Manöver um Macht. Er hatte längst alle Versuche aufgegeben, seine zerstrittenen Minister zu zügeln. Aber es war politisch ratsam, sie reden zu lassen, während er zuschaute, wie sich ihre giftgetränkten Spiele entfalteten, und zuzulassen, daß der Stärkste die Verhandlungen beherrschte. Karl tat ohnedies immer das, was er wollte, aber es schadete nicht, sie glauben zu lassen, daß sie wirklich Einfluß auf ihn hatten. Im Gegenteil, es gab ihm Gelegenheit, aufmerksam abzuwarten, während er den Trottel spielte.

Es war ihm durchaus bewußt, daß alle Welt ihn für einen Trottel hielt. Seine Höflinge mochten ihm mit Respekt entgegentreten, aber er wußte, daß sie sich hinter seinem Rücken über ihn lustig machten und zu spät erkannten, daß er sie in seiner Gunst hatte emporkommen lassen, stets bereit, sie mit einem Tritt hinauszubefördern. Es war eine Strategie, die ihm gute Dienste geleistet hatte, denn sie ließ keine auffälligen Unannehmlichkeiten entstehen und garantierte zugleich dafür, daß langfristig niemand Macht hatte außer ihm. Sein eigentliches Ziel war es, Zeit zu gewinnen, indem er seine Geheimverhandlungen mit Bourgogne fortsetzte. Mit ihnen hoffte er eine Eintracht zu begründen, die genügen würde, um Philippes Bündnis mit den Engländern zu zerschlagen. Und es gab immer noch die Armee, die seinen hübschen Worten den rechten Biß verleihen konnte.

Selbstverständlich war Bourgogne die Waffe, die diesen Krieg beenden und die Engländer aus seinem Königreich vertreiben würde, dachte er. Deren Streitkräfte in Frankreich waren beschränkt, und wenn Philippes gekaufte Truppen nicht gewesen wären, hätte man sie schon längst verjagt. Aber Philippe hatte Karl nicht verziehen, welche Rolle dieser – seiner Meinung nach – bei der Ermordung seines Vaters gespielt hatte. Es half nichts, daß Karl behauptete, er habe niemals seine Zustimmung zu dem feigen Mord an Jehan dem Furchtlosen gegeben, einem Mord, der in Anwesenheit des Königs durch einen Mann aus Karls Garde verübt worden war. Philippe wußte nicht – und wollte es nicht wissen –, daß Karl, obwohl diese Tat schon neun Jahre zurücklag, immer noch Alpträume deswegen hatte. De Gaucourt hatte ebenfalls recht mit seiner Einschätzung, wenn auch nur zum Teil: Orléans war in der Tat der Schlüssel zu seinem Überleben auf dem Thron, denn diese Stadt war die *Grande Dame* der Loire. Wenn sie fiel, würden die Engländer das gesamte Loire-Tal erobern und mit ihm das Königreich. Zum Glück war die Stadt nicht vollständig umzingelt, und es kam immer noch Nachschub durch, wenn auch immer nur wenig. Und dann war da noch sein Bündnis mit Schottland, dessen König ihm frische Truppen aus dem Hochland versprochen hatte. Diese unzivilisierten Kelten waren berüchtigt für ihre Wildheit in der Schlacht und ihren uralten Haß auf die Engländer. Um seine Bundesgenossenschaft mit ihnen weiter zu festigen, hatte Karl seinen jungen Sohn und Erben Ludwig mit einer schottischen Prinzessin verlobt. Orléans konnte gehalten werden, dessen war er sicher.

Zumindest war er dessen manchmal sicher. Es gab auch Nächte, da erwachte er in kaltem Schweiß gebadet, und dann waren seine Augen rotgerändert von Schlaflosigkeit und Angst. In diesen Augenblicken des Wahnsinns hastete er in die Kapelle neben seinem Schlafgemach und warf sich vor dem Bildnis des Herrn über dem kleinen Altar auf den Boden. Er hatte so manchen Anlaß zu banger Sorge. Attentate, gebrochene Verträge, Schlachtenverluste, die er sich kaum leisten konnte, Böden, die einstürzten, während er Hof hielt – all das hatte ihn schon heimgesucht.

Das Schlimmste aber war der Argwohn, der mit der Stimme seiner kaltherzigen Mutter hartnäckig bohrend wiederholte, er sei nicht der König, sondern ein unwürdiger Bastard und Prätendent. Er wußte, daß dies zumindest teilweise politisch begründet war. Seine deutsche Mutter hatte für Frankreich so wenig übrig wie für ihren jüngsten Sohn, und es war die Gier nach Macht und Reichtum, die sie getrieben hatte, sich den Engländern an den Hals zu werfen. Aber wenn es stimmte, daß Karl kein echter Valois war – o barmherziger Himmel, gib, daß es nicht stimmt! –, dann wäre seine Herrschaft eine Schande und sein Königreich zum Untergang verurteilt.

Er holte tief Luft und rief sich in Erinnerung, daß die Königlichen Astrologen ihm erst kürzlich versichert hatten er habe nichts zu befürchten und werde ein langes Leben als König führen. Sie behaupteten, das Blatt werde sich bald zu seinen Gunsten wenden. Aber – Feiglinge, die sie alle waren – sie konnten nicht genau sagen, wie das geschehen würde. Er schnaubte, als er daran dachte, daß alle diese Pedanten, die so herablassend seine Sterne und die darin enthaltenen Geschicke deuteten, auch nicht besser waren als seine schmeichlerischen Höflinge. Was er vor allem brauchte, war eine Versicherung, an der er nicht zweifeln konnte, das Zeichen von Gott, um das er schon so lange betete.

Vielleicht hatte das Mädchen aus Lothringen doch ein paar Antworten auf seine Fragen. Jahre vor seiner Geburt hatte sein Vater eine Mystikerin am Hofe empfangen, Marie d'Avignon, die geweissagt hatte, eines Tages werde eine Jungfrau kommen, angetan mit der Rüstung Gottes, die das Königreich aus dem Krieg gegen England erretten werde. War es dieses Mädchen? Er dachte daran, daß Gaucourt gesagt hatte, sie habe seine Verluste in der Schlacht vor Orléans vorausgesagt. Das konnte natürlich auch ein Märchen sein, verbreitet von leichtgläubigen Schwachköpfen, die so verzweifelt waren, daß sie alles glaubten, was ihnen Hoffnung machte.

Immerhin, Robert de Baudricourt hielt man nicht so leicht zum Narren. Der Mann war ein solider Soldat mit einem großen Vorrat an gesundem Menschenverstand. Er wäre sicher nicht so dreist gewesen, dieses Mädchen zu seinem Herrn und König zu schicken, wenn sie nicht echt gewesen wäre. Auch das Wort von Colet de Vienne war zu bedenken. Der Kurier war mit einem Brief von dem Mädchen nach Chinon zurückgekehrt, den Karl zunächst mit einiger Belustigung gelesen hatte. Seine Heiterkeit war vergangen, als Colet ihm versichert hatte, daß sie, ob sie nun von Gott gesandt war oder nicht, auf alle Fälle mutig und von gutem Charakter war.

Der Dauphin ließ den Kopf in die Hände sinken und rieb sich die Augen.

Er würde sie empfangen, diese Wundermaid, die behauptete, Gott habe sie zu ihm geschickt. Er hatte nichts zu verlieren. Wenn sie echt war, würde sie jede Probe bestehen, die er sich ausdenken könnte. In ihrem Brief hatte sie behauptet, sie werde ihn vor allen anderen bei Hofe erkennen. Darauf würde er es ankommen lassen. Sollte es ihr nicht gelingen, würde sie doch wenigstens zur Abendunterhaltung seines gelangweilten Hofstaats beitragen: Die Leute waren stets auf der Suche nach neuen Aufregungen, die sie vom Gedanken an die drohende Vernichtung ablenkten. Trémoïlle würde es nicht gefallen, aber Karl war der König.

Das Gasthaus zu den zwei Pferden war eine beliebte Zechstube der einheimischen Bevölkerung. Als die Sonne hinter den graugedeckten Dächern von Chinon versank, füllte sich die Schenke allmählich mit Kaufleuten und Schuhmachern, mit Mönchen und Glasbläsern, mit Flüchtlingen aus dem geplünderten Norden und Rittern, die von weither gekommen waren, um eine Audienz bei ihrem König zu erhalten. Jeder Tisch war besetzt, und die Luft war erfüllt von einem Geschnatter in zwanzig verschiedenen Mundarten. Der scharfe Geruch von Holzrauch und bratendem Fleisch war salzig von den Ausdünstungen selten gebadeter Körper.

Ein Wetttrinken bei einer Schar betrunkener Soldaten erreichte seinen Höhepunkt, als die Teilnehmer ihre Zinnhumpen im Verein auf den massiven Holztisch donnern ließen. Mit selbstzufriedenem Grinsen nahm der Sieger mit seinen Zahnlücken die schulterklopfenden Glückwünsche seiner Genossen entgegen, und ein Chor von lärmendem Gelächter übertönte die anderen Stimmen in der Schenke. Als eine Schankdirne am Tisch vorbeikam, holte einer aus der Meute berauscht aus, um ihr einen Klaps auf den üppigen Hintern zu verpassen, aber sie war an die Possen ihrer ausgelassenen Kundschaft gewöhnt und wich solchen täppischen Annäherungsversuchen behende aus, so daß er zu Boden fiel. Seine Kumpane brüllten vor Heiterkeit, als er versuchte, wieder auf die Beine zu kommen – es half nichts, der Wein zog ihn hinab, und er lehnte sich mit mattem Grinsen an das Bein eines Kameraden.

Jehanne lockerte die Hand am Griff des Schwertes, das sich verdeckt an ihren Schenkel schmiegte. Sie saß allein in der hinteren Ecke der Schankstube an einem Tisch, der gerade für sie allein reichte, neben dem lodernden Feuer. Die Mütze, die Metz ihr gegeben hatte, saß tief in der Stirn, und sie hatte sich den schwarzen Mantel fest um die Brust gezogen, damit niemand sehen konnte, daß sie eine Frau war. Nur der Wirt wußte, wer sie war, und als anständiger Kerl hatte er Verschwiegenheit gelobt.

Metz und Poulengy waren seit über drei Stunden weg. Der Dauphin hatte sie am späten Nachmittag rufen lassen, und sie waren noch immer nicht aus dem Schloß zurück, das den Höhenkamm oberhalb der Stadt beherrschte. Colet de Vienne war schon beim König, in der Sicherheit seiner traditionellen Residenz. Richard, der Bogenschütze, war zweifellos zu seinen Landsleuten in der Königlichen Garde zurückgekehrt. Jehanne lächelte bei dem Gedanken an den bärbeißigen Schotten, dessen Vertrauen sie nicht hatte gewinnen können. Die beiden Gefährten, denen sie sich am meisten verbunden fühlte, hatten ihre Diener mit in die Festung des Dauphin genommen, und Jehanne fühlte sich betrogen, weil sie als einzige hatte zurückbleiben müssen. Hier wäre sie in Sicherheit, hatten sie gesagt, solange sie sich abseits hielt und keine Aufmerksamkeit erregte.

Die Reisenden aus Vaucouleurs waren am Sonntag, dem 6. März, gegen Mittag in Chinon angekommen. Jehanne hatte darauf bestanden, daß sie sich unverzüglich ins Schloß begaben, sobald sie hier eine Unterkunft gefunden hätten. Ihre Kameraden hatten sie nicht davon abbringen können, sie hatten sie noch so flehentlich bedrängen mögen. Aber der Dauphin hatte sie immer noch nicht empfangen. Statt dessen war sie widerstrebend mit einer Gruppe seiner Minister zusammengekommen.

Sie empfingen sie in einem großen Raum im Schloß von Chinon. Poulengy und Metz wurden an der Tür von einem vierschrötigen Wächter in einer Rüstung abgewiesen; der scharfgeschliffene Spieß des Mannes war fast so dick wie ein durchschnittlicher Männerarm. Zum Zeichen dafür, daß er Autorität besaß und in der Lage war, sie durchzusetzen, hing ein schweres Schwert in einer ledernen Scheide an seinem Gürtel.

Vier Ratgeber des Dauphins erwarteten sie, und da sie sich nicht die Mühe machten, sich vorzustellen, wußte Jehanne nicht, mit wem sie es zu tun hatte. Sie saßen im Halbkreis auf prachtvoll verzierten Stühlen um ein großes Becken mit glühenden Kohlen herum, dessen Wärme noch durch das Kaminfeuer verstärkt wurde, das neben ihnen brannte.

Eine Zeitlang musterten sie sie nur und sagten nichts. Ein Bischof war unter ihnen; er hatte eine große Hakennase, an deren Ende ein Gewirr von geplatzten roten Äderchen leuchtete. Ein Winkel an seinem listig blickenden Auge zuckte boshaft, als er ihre von der Reise verschlissene Erscheinung betrachtete. Der Bischofsmantel und das silberne Kreuz an seinem Hals verrieten ihr, welches Amt er innehatte, aber seine Miene war eisig und bar allen christlichen Mitgefühls. Jehanne schaute an ihm vorbei zu einem unfaßbar fetten Mann in einem prachtvoll gewirkten rotsamtenen Umhang. Sein Haar war bis hoch über die Ohren hinauf rasiert, so daß sein Kopf aussah wie ein borstiger Apfel. Unverhohlene Bösartigkeit glühte in den Augen, die tief in den fetten Falten seines Gesichts lagen. Zu seiner Rechten saß ein kleiner alter Mann, der aussah, als könnte er jeden Augenblick sterben, und sie mit angewidert gekräuselten Lippen von Kopf bis Fuß musterte. Der Soldat mittleren Alters, der neben ihm saß, hatte eine blasse Narbe quer über dem Kinn, wahrscheinlich das Vermächtnis irgendeiner längst vergessenen Schlacht. Alle starrten sie Jehanne mit kaum verhohlener Verachtung an.

Schließlich bemühte sich der fettleibige Mann um ein gütiges Lächeln. »Nun, Jehanne, wir haben vernommen, daß du eine Audienz bei Seiner Majestät begehrst. Bitte sag uns doch, warum du nach Chinon kommst.«

»Das kann ich Ihnen nicht sagen, Herr«, antwortete sie und reckte entschlossen das Kinn vor. »Das kann ich nur dem Dauphin sagen.«

Sie sah, daß der dicke Mann und der Bischof einen Blick wechselten. Offensichtlich war man mit ihrer Antwort nicht zufrieden, denn die tiefliegenden Augen des Dicken wurden kälter, und die Mundwinkel senkten sich finster herab.

Jehanne kümmerte das nicht. Diese großartigen Herren hatten nicht das Recht, sich in ihre Mission einzumischen. Sie war entschlossen, ihnen nicht mehr als nötig zu offenbaren.

»Aber wir sind im Namen des Königs hier«, sagte der alte Soldat. Er war von kraftvollem Wuchs, und eine zweite lange Narbe zog sich von seinem Handrücken bis zum Ellenbogen. »Wenn du mit uns sprichst, ist es, als sprächest du mit Seiner Majestät.«

»Ganz recht – ebensogut, als sprächest du mit Seiner Majestät.« Der gebrechlich aussehende Mann, der dies sagte, erinnerte Jehanne an einen kleinen grauen Vogel mit unstetem Blick. Der fette Mann verzog spöttisch den Mund ob dieser überflüssigen Wiederholung. Offensichtlich hatte er keinen Respekt vor diesem sich windenden alten Minister.

Jehanne ließ ihr gewinnendstes Lächeln erstrahlen. »Aber wo ist der Dauphin?« Unschuldig schaute sie sich im Raum um. »Kann er hören, was ich zu Ihnen sage?«

»Der König hat zur Zeit anderes zu tun«, antwortete der Bischof, und seine schwarzen Brauen hoben sich wie Rabenschwingen in hochfahrender Geringschätzung. »Wir werden ihm übermitteln, was du zu sagen hast. Wie du dir vielleicht denken kannst, ist er durchaus damit beschäftigt, sein Königreich zu regieren.«

Sie zögerte. Wenn sie ihnen Rechenschaft gab, würden sie ihr Anliegen vielleicht abtun, wie Baudricourt es anfangs getan hatte, und dann würde sie den Dauphin nie zu sehen bekommen. *Was soll ich tun?* fragte sie ihre Ratgeber.

Es kam keine Antwort. Sie sog die Wange zwischen die Zähne.

»Komm schon, Mädchen«, drängte der dicke Mann ungeduldig. »Wir sind kaum weniger beschäftigt als Seine Majestät. Du verschwendest unsere Zeit.«

»Also gut.« Würdevoll hob sie den Kopf. »Ich komme mit einer Botschaft von meinem Herrn, dem König des Himmels. Er heißt mich dem Dauphin sagen, ich sei von Gott gesandt, die Belagerung von Orléans zu beenden, und wenn das getan sei, solle ich den Dauphin nach Reims begleiten, wo er gesalbt und gekrönt werden soll.«

Der Bischof erhob sich, und die andern taten es ihm nach. Mühselig grunzend kam der dicke Mann auf die Beine.

»Wir werden dem König deine Nachricht überbringen«, sagte der Bischof eisig. »Es ist an ihm, zu entscheiden, ob er dich empfangen will oder nicht.«

Jehanne wußte, daß sie jetzt nichts weiter erfahren würde. Sie verbeugte sich nur so tief, wie der Anstand es verlangte, und dann drehte sie sich um und ging hinaus.

Das war jetzt zwei Tage her.

Helft mir, beschwor sie die Stille, die vom Lärm der Schenke nicht berührt wurde. Sagt mir, was ich tun soll.

Du tust schon, was du vermagst. Hab Geduld, meine Kleine.

Wird er mich empfangen?

Warte ab. Du wirst sehen, was geschieht.

Das war keine Antwort. Sie runzelte die Stirn.

Mehr brauchst du einstweilen nicht.

Jehanne trank aus ihrem Becher und starrte in den Wein, ohne etwas zu sehen. Ein Gefühl der Unzulänglichkeit durchwehte ihr Herz wie ein leiser Wind, und sie seufzte. Sie achtete nicht auf den Stimmenlärm, der um sie herum an- und wieder abschwoll wie ferner Donner. Eine Schankdirne kam heran und wollte ihren Becher auffüllen, aber

Jehanne gebot ihr mit erschrockener Geste Einhalt. Sie wußte, sie würde jetzt alles trinken, was man ihr vorsetzte. Das letzte, was sie haben wollte, wäre ein Rausch, wie ihn diese lärmenden Soldaten hatten, die immer noch über ihrem Tisch hingen, in vergangenen Ruhmestaten schwelgten und sich zukünftiger rühmten.

Sie hatte so viel zu tun und so wenig Zeit. Hatte die heilige Katharina ihr nicht gesagt, sie habe nur ein Jahr, um ihr Ziel zu erreichen, und nicht mehr?

Nein, das stimmte nicht ganz. Sie hatte gesagt, Jehanne werde von dem Augenblick, da der Dauphin sie empfinge, ein Jahr Zeit haben. Nun, Karl hatte sie noch nicht empfangen. Sie lachte leise. Ihr Jahr hatte noch nicht begonnen. Aber wenn es begonnen hätte, würde sie in der Erfüllung ihrer Pflicht die Fundamente des Himmels erschüttern. Die Erde würde erzittern unter den stampfenden Füßen der fliehenden *goddons!*

Sie spürte, daß jemand vor ihrem Tisch stand, und blickte erschrocken auf.

Metz schaute sie an, die Brauen auf seine schalkhafte Art hochgezogen. Neben ihm stand Poulengy, die Hand lässig auf dem Schwertknauf. Die beiden lächelten sie an wie ein liebevolles Elternpaar.

»Nun?« fragte sie, und das Herz hämmerte in ihrer Brust.

Sie schauten einander an, und dann wandten sie sich wieder ihr zu und grinsten töricht.

»Treibt keinen Scherz mit mir!«

»Er will dich sehen, Jehanne«, sagte Poulengy sanft.

»Wann?«

»Heute abend«, sagte Metz. »Genau gesagt, jetzt gleich. Wenn du also deinen Wein ausgetrunken hast ...«

Jehanne sprang auf und stürzte zur Tür, ohne sich auch nur umzusehen, ob ihre Freunde ihr folgten. Sie drängte sich durch die streng riechenden Gäste der Schenke und war dann endlich draußen. Der kalte Wind, der vom Fluß heranwehte, bildete einen kräftigen Kontrast zu der stickigen Wirtshausluft. Jehanne zog den Mantel fester um sich, und als ihre Gefährten sie eingeholt hatten, marschierten die

drei mit flottem Schritt zu dem Stall, in den sie ihre Pferde gestellt hatten.
»Was hat er von euch gewollt?« erkundigte sie sich. Ein kleines Wölkchen ihres warmen Atems begleitete die Frage.
»Er hat uns nach unserer Reise befragt und nach dir – wie du dich verhalten hättest, ob wir dir glauben, und so weiter«, berichtete Metz.
»Die ganze Zeit?«
»Er hat uns nicht sofort empfangen«, antwortete Poulengy. Sie sah seinem Stirnrunzeln an, daß er über die Behandlung, die er erhalten hatte, verärgert war. »Er ließ uns warten, während er eine Partie Schach spielte.« Leise Verachtung klang in seiner Stimme mit.
Jehanne zog die Stirn kraus. »Wird er mich auch warten lassen?«
»Das weiß ich nicht.« Metz zuckte die Achseln. »Er hat nur gesagt: ›Bringt sie jetzt zu mir.‹ Und das tun wir.«
»Eines sollest du allerdings wissen«, sagte Poulengy sachlich. »Du erinnerst dich an den Kerl, der dich beleidigte, als wir hier ankamen und zum Schloß ritten?«
»Ja.« Bei der Erinnerung daran rümpfte sie die Nase. Wie hätte sie den abscheulichen Soldaten vergessen sollen, dem sie am Torhaus vor Karls Residenz begegnet waren?
Der Mann hatte sich mit dreien seiner Kameraden in einer runden Nische neben dem Fallgitter herumgedrückt. Jehanne hätte ihn gar nicht bemerkt, wenn er nicht, als sie vorüberkamen, zu einem der anderen gesagt hätte: »Ist das die Jungfrau? Ich schwöre bei Gott, wenn ich sie bloß eine Nacht hätte, wäre sie am Morgen keine Jungfrau mehr!« Seine Freunde hatten gelacht wie blökende Esel.
Jehanne hatte den Kopf herumgerissen und in seine Richtung geschaut, und erst jetzt hatte sie ihn gesehen. Er war seit Wochen unrasiert, und sein Haar war strähnig und ungewaschen gewesen. Das scheele Grinsen in seinem Gesicht war so abstoßend wie eine Pfütze von Erbrochenem. Als er sah, daß sie zu ihm herüberschaute, kratzte er sich vielsagend am Oberschenkel.
Poulengys Hand war zum Schwertknauf geflogen. Jehanne zügelte ihr Pferd und funkelte auf den Kerl hinunter. Er grinste noch immer auf

seine vermeintlich verführerische Art zu ihr herauf. Sie schnappte nach Luft, als sie hinter seiner rechten Schulter eine dunkle, körperlose Gestalt mit den Flügeln einer riesigen Fledermaus erblickte.

»Mann, wie kannst du Gott so lästern«, sagte sie mit leiser, ehrfurchtsvoller Stimme, »da du deinem Tod doch so nah bist?«

Das unschickliche Grinsen verschwand aus seinem Gesicht, und er erbleichte.

»Komm weiter, Jehanne, kümmere dich nicht um ihn«, hatte Metz gedrängt. Seinem milden Ton zum Trotz war er bereit, für sie zu kämpfen, falls es nötig wäre, und Poulengy war es ebenfalls.

Sie hatte die Konfrontation beendet, indem sie ihrem Pferd die Sporen gegeben hatte, und sie waren ohne weitere Unannehmlichkeiten durch das Tor in die Festung geritten.

Natürlich erinnerte sie sich an diesen Zwischenfall. So etwas würde sie niemals vergessen.

»Der Kerl ist tot«, sagte Metz unverblümt. »Ist im Fluß ertrunken. Wir haben es auf dem Weg zur Schenke gehört, und wahrscheinlich hat es sich inzwischen in der ganzen Stadt herumgesprochen.«

Jehanne erschauerte wie in einem jähen Krampf, als ihr vollends klar wurde, was sie da über ihm gesehen hatte. »Gott schenke seiner armen Seele die ewige Ruhe«, murmelte sie. »Wahrscheinlich ist er ohne Absolution gestorben.« Sie machte ein schnelles Kreuzzeichen.

»Es ist ja nicht deine Schuld.« Metz legte ihr beruhigend die Hand auf die Schulter. Selbst im Dämmerlicht sah sie, daß seine sonst so leutselige Miene jetzt ernst war.

Sie nickte. Der Mann hatte gesündigt, und jetzt war er zum Gericht geladen worden.

Inzwischen hatten sie den Mietstall erreicht. Poulengy bezahlte beim Besitzer, und sie bestiegen ihre Pferde. Dann ritten die drei schweigend die steile Straße zur Zitadelle hinauf.

Der Palas im Schloß Chinon, länger als breit, war dreimal so groß wie das Ratszimmer, in dem Jehanne von den Beratern des Dauphins kurz befragt worden war. Wenn sie später an diese Halle dachte, erinnerte sie sich immer daran, wie sie sie beim ersten Mal gesehen hatte: durchflutet von einem Meer von Licht, verströmt von fünfzig oder noch mehr Fackeln, die die deckenhohen Fensterscheiben beleuchteten und alles in goldener, atemberaubender Unwirklichkeit erstrahlen ließen. Neben der Tür, durch die sie eingetreten war, warf ein Kamin, so groß wie eine kleine Hütte, lebendige Schatten an die gewaltige Decke, und der frische Duft von brennendem Ulmenholz mischte sich in den beißenden Dunst der Fackeln. Auf einer Estrade am anderen Ende stand der unbesetzte Thron Frankreichs. An der Wand dahinter hing ein blaues Banner mit zahlreichen goldenen *fleurs-de-lys*.

Jehanne hatte noch nie so viele Leute an einem Ort versammelt gesehen – es mußten zwei- oder dreihundert sein. Reich gekleidete Herren mit ihren Damen drängten sich in der Halle, ein gleißendes Meer von golden und silbern durchwirktem Scharlachrot und Blau und Grün. Über männlichen Schultern hingen lässig drapierte rosarot gesäumte Mäntel, besetzt mit glitzernden Saphiren und feurigen Diamanten. Andere, die so lang waren, daß sie den Boden berührten, waren von langen, satingefütterten Ärmeln geziert, die den Trägern fast bis an die Knie reichten. Etliche Leute trugen topfdeckelförmige Fransenfrisuren, die bis hoch über die Ohren rasiert waren, aber die meisten hatten Samthüte auf, die keck schräg gerückt oder ganz zur Seite gezogen waren. Die waghalsigeren unter den Männern – einer von ihnen hatte sich den Spitzbart blau gefärbt – trugen bunte Strumpfhosen und jene absurd langgezogenen Schuhe namens *poulaines,* deren Spitzen sich aufrollten. Jehanne fragte sich beiläufig, wie sie damit nur gehen konnten. Die eleganten Damen hatten Gürtelkleider, deren tiefer Ausschnitt den Ansatz sahnig weißer Brüste sehen ließ, geschmückt von prachtvollen Juwelenketten. Alle trugen sie hohe, kegelförmige Hüte oder breit geflügelte Hauben aus Seide und Brokat, verziert mit den Federn exotischer Vögel; ihre Stirnen waren nach neuester Mode hoch ausrasiert, die Brauen gezupft und dann wieder aufgemalt.

Die Röcke wisperten, als sie sich umdrehten, um die drei Fremden zu beobachten, die hier in ihrer aristokratischen Gegenwart erschienen waren. Das Geplapper ihrer Gespräche verstummte.

Jehanne trug noch immer das Lederwams mit der Kapuze und die schwarze Hose, die sie auf der Reise getragen hatte; inzwischen waren die Sachen vom Hals bis zu den Stiefelsohlen mit Schlamm bespritzt. Die Mütze von Metz saß auf ihrem kurzgeschnittenen Haar. Sie hatte seit Tagen nicht gebadet, und wenn sie sich bewegte, verströmte sie den Geruch von Pferdeschweiß und ihren eigenen Anstrengungen. Sie war ziemlich befangen, und sie war froh, daß sie sich wenigstens die Zeit genommen hatte, sich das Gesicht und die Hände zu waschen. Und sie war dankbar dafür, daß ihre Freunde hinter ihr gingen, denn das machte ihr Mut.

Sie betrat die Halle mit erhobenem Haupt und furchtlosem Blick, und der Tritt ihrer Stiefel auf dem Steinboden hallte laut durch die Stille. Sie achtete nicht auf die parfümduftenden Damen, die hinter zierlich vorgehaltenen Händen tuschelten und über ihr Aussehen kicherten. Die Luft im Raum knisterte von stummer Neugier. Jehanne erwiderte die forschenden Blicke und bemühte sich um eine freundliche Miene. Eine Ewigkeit schien ihr zu vergehen, während sie jedes männliche Gesicht betrachtete und vergebens nach dem Ausschau hielt, um dessentwillen sie einen so weiten Weg zurückgelegt hatte. Niemand sagte ein Wort. In der Stille hörte sie nur das Tosen des Feuers, das um die Holzscheite in dem ungeheuren Kamin loderte.

Plötzlich öffnete sich hinter dem Thron am anderen Ende der Halle eine Tür. Jedermanns Aufmerksamkeit wandte sich von Jehanne ab zu der Gruppe der sechs Männer, die selbstbewußt in die Halle marschiert kamen.

Selbst aus dieser Entfernung sah sie, daß einer sich von den anderen fünf abhob. Er sah sehr gut aus und war modischer gekleidet als der Rest: Er trug eine samtene Tunika in leuchtendem Orangegelb, bestickt mit der karmesinroten Silhouette eines angreifenden Löwen, und ein goldenes Medaillon von beträchtlicher Größe hing an einer dicken Kette aus dem gleichen Metall an seinem Hals. Seine Hände steckten in schwarzsamtenen Handschuhen, und jeden Finger schmückte ein Ring. Sein großer, edelsteinbesetzter Hut wippte anmutig, als er die Höflinge mit einem würdevollen Lächeln begrüßte. Es raschelte, als die versammelten Herren sich verneigten und die Damen knicksten.

Jehanne ging mit erhobenem Kopf auf die kleine Gruppe zu, und ihr Herz pochte dröhnend in ihren Ohren.

»Das also ist die Jungfrau aus Lothringen«, sagte der gutaussehende Mann, und seine Stimme hatte einen kultivierten Klang. »Willkommen an unserem Hof.« Die Hand, die er ihr zum Kuß entgegenstreckte, trug einen klaren blauen Edelstein am Mittelfinger.

Hier stimmte etwas nicht. Dieser Edelmann war zwar ausstaffiert wie ein Prinz, aber er verströmte nicht die heilige Aura, die Jehanne bei ihrem König erwartet hatte. Sie schenkte ihm ein liebreizendes Lächeln. »Ich danke Ihnen, Herr. Aber Sie sind nicht der Dauphin.«

Der Mann klappte den Mund auf und zog erstaunt die Brauen hoch. Ein Murmeln ging durch die Halle.

Jehanne wandte sich von ihm ab und ließ ihren Blick über die anderen fünf wandern. Alle waren offensichtlich vornehme Ritter von königlicher Haltung, und wie die Höflinge waren sie elegant in Samt und Seide gekleidet. Alle bis auf einen musterten sie mit hochfahrender Neugier.

Der fünfte stand ein wenig hinter den andern, den Blick zu Boden gerichtet. Sie sah, daß seine Kleider, die einst prachtvoll gewesen sein mochten, jetzt fadenscheinig und verschlissen aussahen. Ein großer, breitkrempiger Hut bedeckte seinen Kopf vollständig, und die Krempe reichte bis auf seine rechte Schulter herab. Trotz seiner jammervollen Haltung umgab ihn ein außergewöhnliches Strahlen, und als er das Gesicht hob und sie anschaute, sah sie in seiner freudlosen Miene alle Last dieser Welt.

In seinem reizlosen Antlitz lag keine Spur von Adel. Die schmalen Augen schwammen in Trauer, kalt und einsam, ein von moosiger Schicht bedeckter Tümpel. Seine lange Nase endete dicht über der schmalen Oberlippe, so daß es aussah, als nehme er einen ekelhaften Geruch wahr. Die verblichenen Male, die eine jugendliche Hautunreinheit hinterlassen hatte, waren in dem teigigen Gesicht noch deutlich zu erkennen.

Jehanne hatte keinen Zweifel daran, daß dies der Dauphin Karl war. Sie sank vor ihm auf die Knie und umfaßte seine Waden. Sie waren dünn, und zu ihrer Überraschung zitterten sie leise. Lächelnd hob sie den Kopf, schaute in sein reizloses Gesicht und sagte die Worte, die sie sich schon vor langer Zeit zurechtgelegt hatte.

»Edler Dauphin, ich bin Jehanne, die Jungfrau aus dem Dorf Domrémy im Herzogtum Lothringen. Der König des Himmels schickt mich zu Ihnen mit der Botschaft, daß Sie in der Stadt Reims gesalbt und gekrönt werden sollen und daß Sie der auserwählte Stellvertreter Gottes sind, der da ist König von Frankreich.«

Man hörte leises Kichern über ihren ungebildeten Akzent, aber auch leise Aufschreie des Erstaunens. Jehanne kümmerte sich nicht darum. Karl auch nicht. »Ich bin nicht der König, Jehanne«, sagte er. »Das ist der König.« Er deutete auf den gutaussehenden Höfling.

»Im Namen Gottes, edler Fürst, Sie sind es und kein anderer.« Ihr Ton klang liebevoll wie der einer Mutter, die die Verstellungen eines ungezogenen Kindes beiseitewischt.

Ein Murmeln, ein Seufzen fast, wehte durch den vollen Saal. Jehanne hörte es kaum. Sie sah nur das reizlose Gesicht, das sie mit halb geöffnetem Mund anstarrte. Sie sah, daß die oberen Schneidezähne schief waren.

Er beugte sich zu ihr herab und zog sie auf die Beine. Seine Augen betrachteten sie forschend; fast schien es, als wolle er in ihrer Seele lesen. Dann sagte er: »Komm mit mir.«

Er nahm sie beim Arm und führte sie in eine entlegene Ecke der Halle, wo niemand sie hören konnte. Poulengy und Metz blieben, von ihrem Schützling vergessen, voller Unbehagen in der verdatterten, wispernden Menge stehen.

Als sie außer Hörweite waren, wandte Karl sich zu Jehanne um. Sein Blick war nicht länger bescheiden, sondern durchdringend und forschend. »Sag mir, was du mir zu sagen hast.«

Dies war ihr Augenblick, und sie stürzte sich voller Überzeugung hinein. »Sire, wenn ich Ihnen etwas so Geheimes sage, daß es nur Ihnen und Gott bekannt sein kann, werden Sie dann glauben, daß er mich gesandt hat?«

Der Dauphin zögerte. »Sprich.«

»Herr, Gott hat mir aufgetragen, Sie an das Gebet zu erinnern, welches Sie ihm vor etwas mehr als einer Woche sandten, als Sie in der Kapelle neben Ihrem Privatgemach knieten und ihn baten, er möge Ihnen ein Zeichen dafür geben, daß Sie der rechtmäßige und *einzige* König von Frankreich sind. Sie wollten sehen, daß Sie der wahre Sohn Ihres Vaters sind, und falls Sie es nicht sind, wollten Sie sichere Zuflucht in Schottland oder Spanien erhalten.«

Karls Augen verrieten keinerlei Empfindung.

Jehanne holte lief Luft, als sie spürte, wie die Macht sie überkam. »Und Sie baten darum, daß Ihr Volk nicht länger Ihretwegen leiden müsse, wenn Sie nicht der rechtmäßige König sein sollten, sondern daß der Krieg dann zu Ende gehen und der Frieden zu uns allen kommen möge. Dies aber hat Gott mir aufgetragen: Du hast nichts zu fürchten, denn du wirst noch lange leben als König, und in deiner Herrschaft sollst du erreichen, was noch keiner vor dir hat erreichen können. Die letzten werden die ersten sein, sagt Gott. Kein anderer König ist geboren, Frankreich zu regieren, außer dir, und Gott wird dir die Kraft geben, die du brauchst, um die Engländer aus deinem Reich zu verjagen und den Frieden einkehren zu lassen. Dies ist das wahre Wort Gottes und sein Versprechen an dich.«

Karl wurde bleich und fuhr sich mit der Zunge mehrmals über die trockenen Lippen. »Und was ist mit Heinrich von England und seinem Anspruch?«

»Gott sagt, er ist ein Dieb«, sagte Jehanne voller Zuversicht. »Der Segen des Himmels ruht nicht auf ihm, denn er ist verflucht ob der Sünde seines Vaters, und seine Herrschaft über England soll nicht von langer Dauer sein. Ihr Sohn aber wird blühen als Ludwig XI. von Frankreich, wenn Heinrich schon im Grabe liegt.«

»Und du?« flüsterte der Dauphin.

»Ich bin die Botin Gottes, die gekommen ist, die Belagerung von Orléans zu beenden und Sie zu Ihrer Krönung zu geleiten.« Und nach einer kurzen Pause fuhr Jehanne leise fort: »Ich bin die Antwort auf Ihre Gebete.«

Die Macht flutete aus dem Innersten ihrer Seele. In ihren Ohren gellte das Glück. Kraft barst zwischen ihren Augen hervor und fuhr in den Dauphin, und in diesem Moment gab es niemanden auf der Welt als sie beide, miteinander verbunden durch ein schimmerndes Band aus lautlosem Licht. Sie wußte, daß der Dauphin es ebenfalls fühlte, so sichtbar sanft wurde seine Miene.

Er lächelte strahlend, und in diesem Augenblick sah er knabenhaft hübsch aus, ja, wie ein sehr stattlicher Prinz. Sein Lächeln war unwiderstehlich, und sie erwiderte es dankbar.

Karl wandte sich dem Hofstaat zu. Mit einem Selbstvertrauen, das ihn selbst in Erstaunen versetzte, verkündete er: »Meine Freunde, wir heißen von Herzen willkommen die Jungfrau Jehanne, die den weiten Weg von einem fernen Vorposten unseres Reiches auf sich genommen hat, um an diesem glückverheißenden Abend bei uns zu sein.«

Die Schar der sonst so gefaßten Herren und Damen brach in laute Ausrufe der Verwunderung aus, und dann standen sie tuschelnd in kleinen Gruppen zusammen und zwitscherten wie die Spatzen.

Karl hob die Hand und gebot noch einmal Schweigen. Das Geschnatter wurde leiser und verstummte dann ganz.

»Wo wohnst du jetzt?« fragte er Jehanne.

»In einem Gasthaus in der Stadt.«

»Nicht mehr.« Er lächelte wie ein fröhlicher Jüngling. »Kehr noch einmal in dein Gasthaus zurück und hol deine Sachen. Mein Diener wird dich dann in ein Zimmer in der Nachbarschaft der königlichen Gemächer führen.«

»Mein Herr und Dauphin, alles, was ich besitze, habe ich bei mir.«

»Gut«, antwortete Karl entschlossen. »Dann brauchst du unsere Gesellschaft nicht noch einmal zu verlassen.«

Er bot ihr seinen Arm, und sie schob die Hand in seine Ellenbeuge. Dann drehten sie sich um und gingen durch die Tür hinaus, durch

die Karl erst vor kurzem hereingekommen war. Die Versammlung verbeugte sich tief, als sie vorübergingen.
Als sie draußen waren, erhob sich ein Wirbelwind von Stimmen: Die Gesellschaft Frankreichs begann mit der Diskussion. Gänzlich vergessen, schauten Metz und Poulengy einander an. Sie hatten ihre Aufgabe erfüllt – ihre Zeit war gekommen und gegangen.

Das Fenster im Tour de Coudray, der in einigem Abstand hinter der Kurtine zwischen den königlichen Gemächern und dem Tour de Beffroy stand, bot einen Ausblick auf einen Teil von Chinon und das Land in der Umgebung unterhalb des Schlosses. Ihr kreisrundes Gemach befand sich ganz oben in diesem Turm. Ein Himmelbett aus schwerem dunklem Holz schmiegte sich an die eine Wand. Es hatte die bequemste Matratze, auf der Jehanne jemals gelegen hatte, wenngleich es so hoch war, daß sie buchstäblich hineinspringen mußte. Ein Teppich mit einer Jagdszene hing an der Wand zwischen dem Bett und dem Fenster, und ein kleinerer, bestickt mit dem Bild eines fahrenden Sängers, der seiner Dame eine Serenade vortrug, schmückte die Fläche über dem freundlichen, aus Backsteinen gemauerten Kamin. In der Nähe stand ein kleines Schreibpult, und eine Kerze stand unangezündet in einem silbernen Halter auf dem blank polierten Holz. Eine Bank, gerade lang genug für zwei, stand unter dem Fenster.
Die Tür ihres Zimmers führte zu einer Wendeltreppe, über die man hinunter an die Mauerbrüstung gelangte, und von dort führte ein kurzer gedeckter Gang zur Linken hinaus in den Hof des Château du Milieu und zu der kleinen Kapelle, wo der Dauphin die Messe hörte. Wenn man am Fuße des Turmes statt dessen geradeaus ging, kam man über eine Steinbrücke, die sich über einen tiefen Graben spannte, zu dem als Tour de Beffroy bekannten Wehrturm, und wenn man dort scharf links abbog, konnte man der Kurtine folgend zu Karls Privatgemächern gelangen.
Jehanne war früh aufgewacht und in die Kapelle gegangen, um vor

dem kleinen Marmoraltar zu beten. Sie spürte, daß ihre Ratgeber bei ihr waren wie gewöhnlich, aber sie sprachen nicht mit ihr, als sie sie rief.
Unwichtig. Sie war endlich hier in Chinon! Es kam ihr vor wie ein Traum, irgendwie unwirklich, nach all den Jahren. Ihre Ratgeber hatten ihr immer versichert, daß diese Zeit kommen werde, und Jehannes Glaube an sie vergrößerte sich hundertfach, als sie ihnen dafür dankte, daß sie sie hierher geführt hatten, damit sie tun konnte, was Gott ihr aufgetragen hatte. Sie bat sie um Anleitung bei diesem Unternehmen, und sie wußte, daß ihre Bitte gewährt war, noch ehe sie sie vorbringen konnte.
Sie betete lange. Als sie danach in ihr Zimmer zurückkehrte, sah sie, daß ein Frühstückstablett sorgsam auf das Schreibpult gestellt worden war. Sie hatte frisches Brot und Käse, getrocknete Äpfel und Birnen, und ein großer goldener Becher war randvoll mit Milch. Plötzlich wurde ihr bewußt, daß sie seit gestern mittag nichts mehr gegessen hatte, und ihr Magen knurrte vor Hunger, als sie sich jetzt hinsetzte, um ihn zu füllen.
Sie hatte eben zu Ende gegessen, als es leise an der Tür klopfte. Bevor sie etwas sagen konnte, öffnete sie sich, der Page vom Abend zuvor kam herein und trat dann beiseite.
»Seine Majestät König Karl von Frankreich«, verkündete der Knabe mit der brüchigen Stimme beginnender Männlichkeit.
Jehanne stand auf, kniete nieder und senkte den Kopf.
»Steh auf, Jehanne«, befahl der Dauphin.
Sie gehorchte. Karl warf einen Blick hinter sich auf den Pagen, der dastand und Jehanne anstarrte, und schnippte mit den Fingern. Der aufgeregte Junge schlüpfte zur Tür hinaus und schloß sie hinter sich.
Der Prinz richtete den Blick seiner kleinen braunen Augen auf sie. »Hast du gut geruht und gefrühstückt?« fragte er.
»Jawohl, Sire.«
»Dann komm.« Er deutete auf die Bank am Fenster. »Wir wollen uns unterhalten.«

Sie wartete, bis er saß, und nahm dann neben ihm Platz. Er war ihr so nah, daß sie die Wärme seines Schenkels an ihrem Bein fühlte.
»Unser Diener hat uns gesagt, daß du nicht hier warst, als er dir das Frühstück brachte.« Er sah sie fragend und, wie es ihr schien, mit einem sichtlichen Mangel an Vertrauen an. Er wirkte kühl heute morgen, und sein ganzes Auftreten stand in einem deutlichen Gegensatz zu der fast jugendlichen Begeisterung, die er am Abend zuvor gezeigt hatte.
Ihre Handflächen wurden feucht, und sie wischte sie verstohlen an der Hose ab. Mut, Jehanne! sagte sie zu sich. Er ist Gottes auserwählter König, aber er ist doch nur ein Mann.
»Das stimmt, Sire«, sagte sie mit fester Stimme. »Ich war zum Beten in der Kapelle. Ich hoffe, Sie haben nichts dagegen, wenn ich dort hingehe.«
»Ah.« Karls geschwungene Brauen wanderten noch höher die Stirn hinauf. »Aber du solltest nirgends ohne Begleitung hingehen. Um was hast du gebetet?« Er lächelte schmal.
»Für Sie, mein Dauphin. Und für ganz Frankreich.« Sie erwiderte seinen festen Blick, ohne mit der Wimper zu zucken und mit einer Gelassenheit, die sie in Wirklichkeit nicht empfand.
»Betest du oft für uns und unser kleines Königreich?« Eine unaussprechliche Trauer senkte sich auf ihn und gab ihm jenen Blick, den sie gesehen hatte, als sie ihn im Palas unter allen anderen erkannt hatte. Eine beinahe mütterliche Zärtlichkeit erfüllte sie.
»Jeden Tag, Sire.« Sie lächelte. »Und ich weiß, daß Gott meine Gebete hört.«
»Woher weißt du das?« fragte er nachdenklich.
»Weil meine« – sie stockte, faßte sich dann aber – »weil meine Stimmen mir gesagt haben, daß Sie König sein sollen und daß Frankreich geheilt werden wird.«
»Stimmen?«
Soll ich es ihm sagen?
Er wird dir nicht vertrauen, wenn du es nicht tust. Du mußt geben, bevor er gibt.

»Ja, Herr. Sehen Sie, die Stimmen kamen das erste Mal zu mir, als ich noch ein Kind war. Sie sprachen zu mir im Garten meines Vaters, gegen Mittag an einem Sommertag.« Die Wahrheit, die so lange unausgesprochen geblieben war, flutete ihr in den Mund, und sie ließ hervorsprudeln, was sie vier lange Jahre hindurch in ihrem Herzen bewahrt hatte.

Der Dauphin hörte zu, ohne sie zu unterbrechen. Seine sonst so schmalen Augen weiteten sich, als sie in allen Einzelheiten berichtete, wie sie erweckt worden war und wie sie danach mit ihren Ratgebern kommuniziert hatte. Aus irgendeinem Grunde wußte sie, daß sie ihm ihre geheimen Gespräche gefahrlos anvertrauen konnte und daß er sie niemals irgend jemandem weitergeben würde, nicht einmal seinem Beichtvater. Sie spürte seine Offenheit und erzählte ihm, davon ermutigt, sogar ihren Traum.

»Was mag das bedeuten?« Er runzelte die Stirn, und sie fühlte, wie ein Hauch von Argwohn zurückkehrte.

»Ich weiß es nicht«, gab sie zu. »Ich habe nie eine richtige Antwort bekommen, obwohl ich oft gefragt habe. Die heilige Katharina hat mir einmal gesagt, es sei mein Vermächtnis, aber ich habe nie verstanden, was sie damit meinte.«

»Ist es wahr, daß deine Heiligen dir von der Schlacht erzählt haben, die wir vor Orléans gegen die Engländer verloren?«

»Ja, Sire.«

»Und niemand, kein Mensch, hat dir vorher davon erzählt?«

Sie schüttelte langsam den Kopf und lächelte.

Karl dachte ein paar Augenblicke lang stumm nach. Dann fragte er: »Woher weißt du, daß diese Stimmen von Gott kommen und nicht vom Bösen?«

»Weil sie von der Liebe sprechen«, antwortete sie ohne Zögern. »Ich glaube nicht, daß der Teufel das tun würde. Er würde mich in Versuchung führen, damit ich sündige, oder nicht?«

Der Prinz lächelte. »Bist du wirklich Jungfrau, Jehanne?« fragte er unvermittelt, wie um sie zu überraschen.

»Ja, Herr.« Sie errötete, aber dann hob sie stolz den Kopf. »Ich habe

geschworen, Jungfrau zu bleiben, solange es Gott gefällt, und ich gedenke dieses Versprechen zu halten.«
»Ist das der Ursprung deiner Macht?«
»Das weiß ich nicht«, gestand sie. »Die Stimmen kamen, bevor ich dieses Gelübde ablegte. Aber ich weiß nicht, ob sie nicht deswegen bei mir bleiben.«
»Die Liebe, von der deine Heiligen sprechen, ist also nicht die Liebe zwischen Mann und Frau?« Er sah sie verständnislos an, und ihr wurde klar, daß er ihre Worte mißverstanden hatte.
»Es ist die Liebe zur Familie, die Liebe zu Gott und zu Frankreich. Und die Liebe zu Ihnen, mein Dauphin. Sie sind das Symbol Frankreichs, Sie sind sein Beschützer, und Gott will, daß Sie das Königreich treuhänderisch für ihn verwalten, denn er ist der wahre König. Das haben die Stimmen mir gesagt.«
Sein Lächeln sah ein wenig verdrossen aus. »Ich will dir etwas sagen, Jehanne, und ich verbiete dir, es je irgendwo zu wiederholen: Ich wäre lieber nicht der König.«
»Aber Sie haben nicht die Wahl. Es ist Gottes Entscheidung, und nach seinem Wort sind Sie geboren, um König zu sein.«
»Aber warum?«
»Die Ratgeber sagen, es ist zum Wohle Ihrer Seele. Sie sagen, Sie müssen lernen, Mut zu haben und zu kämpfen um das, was Ihnen rechtmäßig zusteht. Es ist eine Lektion, sagen sie.« Sie schaute ihn liebevoll an.
Er lachte ohne Heiterkeit. »Eine Lektion, die ich lieber vermeiden würde.«
»Wir alle bekommen unsere Lektion von Gott, Sire.« Sie lächelte. »Aber Sie sind ja noch nicht König, mein Herr und Dauphin.«
Er runzelte jäh die Stirn und sah sie an.
»Sie müssen gesalbt werden mit dem heiligen Öl der Könige und gekrönt in der Kathedrale zu Reims, ehe Sie König sein können«, erklärte sie hastig. »Aber was ich Ihnen gestern abend gesagt habe, ist die Wahrheit. Sie sind der Sohn Ihres Vaters, und es gibt niemanden sonst, der mit Gottes Segen auf dem Thron Frankreichs sitzen darf.«

Er seufzte tief. »Wenn ich das nur glauben könnte«, flüsterte er, mehr zu sich selbst als zu ihr.

»Geben Sie mir eine Armee, Sire«, wagte sie zu sagen. »Ich werde Orléans befreien, und dann werden Sie mir glauben.«

»Das kann ich nicht«, sagte er und wand sich unter ihrem unerbittlich bohrenden Blick. »Ich habe die Ratschläge meiner Minister zu berücksichtigen, und offen gestanden: Sie haben ihre Zweifel, was dich betrifft.«

Jehanne runzelte die Stirn. »Zweifel? Inwiefern?«

»Du mußt dich für einen Augenblick in ihre Lage – in meine Lage versetzen. Würdest du dein Vertrauen in ein Mädchen setzen, das plötzlich erscheint und dir verspricht, daß es die Engländer im Felde besiegen wird, was bisher noch niemand vermocht hat?«

»Wenn sie von Gott käme, würde ich es tun«, gab Jehanne sofort zurück; sie spürte, daß sein zerbrechliches Zutrauen wieder ins Wanken geriet.

»Aber wir haben doch nur dein Wort, daß du von Gott kommst«, antwortete er mit ironischem Lächeln.

»Wenn Sie mir keine Armee anvertrauen, wird das leider alles sein, was Sie je bekommen.«

»Nun, ich schätze, im Augenblick sind wir auf dem Holzweg.«

»Wollen Sie es denn nicht wenigstens in Betracht ziehen, Sire?« Ihr Blick war flehentlich, und sie bot ihre ganze Willenskraft auf, um ihn wieder für sich einzunehmen.

Karl öffnete den Mund, um zu antworten, aber bevor er ein Wort hervorbringen konnte, klopfte es an der Tür. Beide schraken auf. »Herein!« rief er mit zorniger Ungeduld.

Die Tür ging auf, und es erschien der schönste junge Mann, den Jehanne je gesehen hatte. Ein rosiger Hauch schmückte glatte Wangen unter großen braunen Augen, die arglos blickten wie die eines Säuglings. Sein Haar war dunkelbraun, und er trug es wie der Dauphin über den Ohren kurz, aber anders als bei Karl paßte der topfförmige Schnitt zur Form seines Kopfes und ergänzte das gutaussehende Gesicht mit der makellos gemeißelten Nase. Er trug eine goldsamtene

Tunika, bestickt mit scharlachrotem Garn, und die Strumpfhose, die seine kräftigen, wohlproportionierten Beine umhüllte, war ebenfalls rot. Am Gürtel an seiner schmalen Taille hing ein silberner Dolch.
»Cousin!« Karl sprang auf, und seine Augen leuchteten entzückt. Auch Jehanne erhob sich, als der Dauphin den jungen Mann umarmte und die beiden einander lachend auf den Rücken klopften.
»Gott schenke Ihnen Gesundheit, Sire«, sagte der junge Herr mit breitem Lächeln, und seine Stimme war ebenso reizvoll wie seine Erscheinung.
»Ihnen auch! Ich dachte, Sie wären auf der Wachteljagd. Wann sind Sie zurückgekehrt?« Sie hielten sich weiter bei den Schultern, und Karl und sein Cousin schauten einander voll ehrlicher Zuneigung an.
»Eben erst. Ein Bote sagte mir, ein Wunder sei zu Ihnen gekommen, gesandt von Gott.« Seine fröhlichen Augen suchten Jehanne über die Schulter seines Verwandten hinweg.
Sie erwiderte sein freundliches Lächeln. Der Dauphin sagte: »Das ist Jehanne, die Jungfrau aus Lothringen. Und Ihr Diener hat recht: Sie ist wahrlich ein Wunder.«
Jehanne mußte daran denken, wie er noch einen Augenblick zuvor an ihr gezweifelt hatte, und hörte seine Worte mit Verwunderung. Mehr noch aber plagte sie die Neugier. »Wer ist das, Sire?« fragte sie, als sie ihren Wissensdurst nicht länger zurückhalten konnte.
»Mit Freuden machen wir dich mit unserem Cousin und loyalen Vasallen bekannt: mit Jehan, dem Herzog von Alençon«, verkündete Karl förmlich und erinnerte sich seiner Würde.
»Oh!« Jehanne strahlte plötzlich.
Sie wußte, wer das war – jedermann wußte das. Der Duc d'Alençon war ein Urenkel König Philipps III. und somit von königlichem Geblüt. Sein Vater, ein tapferer Ritter, war unter den Gefallenen von Agincourt gewesen. Wichtiger für Jehanne aber war der Umstand, daß er der Schwiegersohn des Herzogs von Orléans war, der seit jener schrecklichen und katastrophalen Schlacht als Gefangener im Tower von London saß.
»Seien Sie mir willkommen, Herr«, sagte sie mit einer Verneigung. »Je

mehr vom königlichen Blute Frankreichs sich hier versammeln, desto besser.«

D'Alençons Lächeln wurde breiter, und man sah makellose, gleichmäßige Zähne. »Wir vom königlichen Blute sind schon öfter zusammengewesen, und es hat nichts genützt. Du bist es, Jehanne, auf die es ankommen wird.«

Karl schaute erst seinen Cousin, dann Jehanne an. »Nicht auf mich, sondern auf Gott«, sagte sie und schaute dem Dauphin in die Augen. Ein kleines, verschwörerisches Lächeln kräuselte ihre Mundwinkel.

»Vielleicht«, murmelte Karl.

Im Widerstreit zwischen Herz und Hirn zeigte er sich auch weiterhin nicht überzeugt, obwohl er Jehanne offensichtlich bewunderte. Aber Jehanne wußte auch, daß Gott ihr Gebet erhört hatte. Er hatte ihr einen mächtigen Verbündeten gesandt, der die Waagschale zu ihren Gunsten neigen würde.

Den Rest des Tages ließ man Jehanne allein. Nach Sonnenuntergang brachte ein Knappe ihr auf einem Silbertablett etwas zu essen, aber die Unruhe nahm ihr den Appetit, und sie knabberte nur ein wenig an den Speisen. Rastlos und gelangweilt öffnete sie die Tür und gedachte noch einmal in die Kapelle zu gehen. Am Fuße der Treppe aber standen zwei bewaffnete Wächter im fackelbeleuchteten Korridor. Sie runzelten die Stirn, als sie Jehanne sahen.

»Wo willst du hin?« knurrte einer von ihnen.

»In die Kapelle, Herr.« Sie deutete den Gang hinunter.

»Wir haben den Befehl, dich nicht herumwandern zu lassen.«

»Dann begleitet mich bitte.« Sie schaute dem Mann geradewegs ins Gesicht: Mochte er nur wagen, ihr die Bitte abzuschlagen.

Die Soldaten wechselten einen Blick, und der, der sie angesprochen hatte, zuckte gleichmütig die Achseln. »Folge mir«, sagte er.

Sie ging ihm nach zur Kapelle, kniete vor dem goldenen Kruzifix nieder und bekreuzigte sich.

Warum hat er mich vergessen?

Das hat er nicht. Er weiß nicht, was er mit dir anfangen soll, denn er ist umgeben von furchtsamen Männern, die sich bedroht fühlen durch deine Macht und durch die Anwesenheit Gottes in ihnen, welche sie lieber nicht spüren würden. Aber sei guten Mutes. Alles wird sich fügen.

Diese Wache ist mir unbehaglich. Warum ist sie hier?

Die Lebenserfahrung hat Karl gelehrt, niemandem sein Vertrauen zu schenken, und jemandem wie dir ist er noch nie begegnet. Du hast nichts zu fürchten. Du stehst unter dem Schutz des Himmels.

Sie dachte über diese Worte nach, entsetzt über die Einsamkeit des Dauphins. Wird er mich abweisen?

Deine Bestimmung steht geschrieben, und sie kann nicht verändert werden, wenn du sie nicht selbst änderst. Genieße diese Zeit des Friedens. Deine Arbeit hat noch nicht angefangen.

Wird sie bald anfangen?

Aber es blieb still.

Die Scham ließ ihr Gesicht erglühen, als ihr klar wurde, daß Katharina ihr alles gesagt hatte, was sie wissen mußte. »Vergib mir«, flüsterte sie laut, und dann betete sie um Weisheit und Geduld, die beiden Tugenden, die ihr hartnäckig immer wieder entglitten.

Vor der Kapelle wartete immer noch der Soldat. Er sah sie geringschätzig an und bedeutete ihr mit einer ruckhaften Kopfbewegung, sie möge nun in ihr Gemach zurückkehren. Um sicher zu sein, daß sie es auch tat, folgte er ihr und schaute ihr nach, als sie die Wendeltreppe in den Turm hinaufstieg.

Der Knappe, der ihr das Essen gebracht hatte, stand oben in der Tür. Er verbeugte sich knapp. »Seine Majestät ersucht dich, morgen früh zur Messe in die Kapelle zu kommen. Und ich soll hinzufügen, er hofft, daß du eine angenehme Nacht verbringst.«

»Bitte danke dem Dauphin in meinem Namen«, sagte sie, »und sag ihm, daß ich mit Freuden die Messe mit ihm hören werde.«

Am nächsten Morgen, als die Messe vorüber war, ließ Karl sich von d'Alençon, Jehanne und dem dicken Ratgeber, der sie befragt hatte, in seine Privatgemächer begleiten. Sie begaben sich in ein prunkvoll eingerichtetes Vorzimmer neben der Kapelle. Drei der vier Wände waren mit Bücherschränken aus massivem dunklem Holz gesäumt, und die Borde waren voll von Bänden aus vergoldetem und edelsteinbesetztem Leder. Eine herrlich illuminierte Bibel lag aufgeschlagen auf einem Pult vor dem bleiverglasten Fenster mit seinen geschliffenen Scheiben, und von ihrem Platz aus konnte Jehanne die lebendigen Farben auf der Seite sehen. Ein Feuer knisterte im Kamin vor den Schemeln, auf denen sie saßen.

»Seigneur Trémoïlle, wie wir wissen, haben Sie bereits bei anderer Gelegenheit mit der Jungfer gesprochen«, bemerkte Karl mit durchtriebenem Lächeln und eröffnete damit das Gespräch.

»In der Tat, Majestät«, antwortete der Kanzler, ohne Jehanne aus den Augen zu lassen. »Ich habe das Vergnügen bereits gehabt.« Die unterschwellige Schärfe in diesen Worten entging Jehanne nicht.

»Ja, Herr, wir sind uns begegnet«, sagte sie und lächelte freundlich. »Allerdings wurden wir einander nicht vorgestellt.«

»Ach?« Der Dauphin schaute Trémoïlle verwundert an.

»Ich bitte um Nachsicht, Majestät.« Der Staatsbeamte verbeugte sich leicht, »aber das Gespräch war so kurz, daß die Vorstellung unglücklicherweise versäumt wurde.« Jehanne sah, daß die roten Lippen sich zu einer Grimasse verzogen, die vermutlich ein Lächeln darstellen sollte. »Auch die Jungfer bitte ich um Verzeihung. Ich bin Georges de la Trémoïlle, der Kanzler des Königs.«

Sie nickte grüßend.

»Nun, das wäre erledigt«, sagte Karl und rieb sich die Hände. Dann wandte er sich an d'Alençon. »Sie haben vielleicht schon gehört, Cousin, daß Jehanne eine Armee haben will, um die Belagerung von Orléans zu beenden.«

»Jawohl, Sire.« Der junge Mann bedachte Jehanne mit einem warmherzigen Blick. »Und ich halte es für eine prächtige Idee.«

Sie erwiderte sein Lächeln, dankbar für seinen Beistand und sein Vertrauen. Aus dem Augenwinkel sah sie, daß Trémoïlle seine beträchtlichen Körpermassen verlagerte.

»Wäre das klug, Majestät?« fragte er leise. »Ich möchte Jehanne nicht kränken« – er neigte den Kopf in ihre Richtung –, »aber wir alle sehnen uns so sehr danach, daß Ihnen Ihr Königreich wiedergegeben werde, da mag es leicht vorkommen, daß jemand sich einbildet, er – oder sie – sei von Gott dazu berufen, die Engländer bei Orléans zu besiegen. Hat es nicht aber mehr Sinn, unsere Verhandlungen mit Bourgogne fortzusetzen, um die Wunden des Reiches zu heilen?«

Jehanne ballte die Fäuste, daß die Knöchel weiß wurden, und es kostete sie große Anstrengung, einen unbeteiligten Gesichtsausdruck zu bewahren.

»Was sagst du dazu, Jehanne?« fragte Karl, der das von ihm provozierte Schauspiel genoß.

»Wie lange sprechen Sie schon mit den Burgundern, Herr, um einen Frieden auszuhandeln?« fragte sie.

»Solange ich mich erinnern kann.« Er runzelte die Stirn. »Es hat schon vor dem Tode meines Vaters angefangen.«

»Dann, denke ich, ist die Zeit der Verhandlungen vorbei, Sire«, erklärte sie furchtlos. »Anscheinend wollen sie ja keinen Frieden, wenn sie nicht ihren Willen durchsetzen und ganz Frankreich für sich bekommen können. Das aber wäre nicht recht, denn Sie sind der wahre König von Frankreich, nicht der Herzog von Burgund und nicht der kleine Knabenkönig von England. Diese Leute werden das Königreich nur in Frieden lassen, wenn man sie mit gezücktem Schwert dazu zwingt. Und Sie, Seigneur Trémoïlle, bitte ich um Entschuldigung«, fuhr sie entschlossen fort, »aber ich bilde mir nicht etwa ein, daß Gott mich schickt. Er hat mich tatsächlich geschickt, damit ich der Belagerung von Orléans ein Ende mache und den Dauphin nach Reims zu seiner Krönung begleite.«

Sie richtete einen flehenden Blick auf Karl. »Wenn Sie Ihr Königreich dem Herrn des Himmels schenken, wird er Sie tragen, wie er alle Könige Frankreichs vor Ihnen getragen hat, und er wird Ihnen Ihren rechtmäßigen Platz als Hüter des Reiches zurückgeben. Und dann werden wir die Engländer für alle Zeit aus Frankreich vertreiben.«

»›Wir‹, Jehanne?« fragte Trémoïlle ruhig. Ein boshaftes Lächeln spielte um seine dicken Lippen.
Sie blieb fest in ihrem Entschluß, ihm Widerstand zu leisten. »Jawohl, Herr: der Dauphin und ich. Ich habe es Ihnen noch nicht erzählt, Sire«, sagte sie, zu Karl gewandt, »aber meine Ratgeber haben mir mitgeteilt, daß wir gemeinsam die Engländer in ihr Land zurückjagen und daß wir den Herzog von Orléans aus seinem Londoner Gefängnis befreien werden.« Sie schaute mit sanftem Lächeln zu d'Alençon hinüber. »Das ist das Wort Gottes.«
Die drei Männer saßen wie vom Donner gerührt da. Trémoïlle starrte sie finster an, und sie wußte, daß Katharina ihn gemeint haben mußte, als sie von einem »furchtsamen Mann« sprach. Aber er zählte nicht. D'Alençons Miene zeigte Bewunderung für sie, aber auch Verständnis und Vertrauen.
Karl verbarg seine Belustigung hinter einer schmalen Hand. »Eins nach dem andern, Jehanne.« In seinen Augen funkelte es schalkhaft. »Angenommen, wir wollten dir noch heute eine Armee geben. Was genau würdest du damit anfangen?«
»Ich würde nach Orléans gehen, Sire, um mit eigenen Augen zu sehen, wie die *god* … – wie die Engländer ihre Befestigungsanlagen gestaltet haben, und dann würde ich mich mit Ihren Generälen beraten, wie sie denn am besten aus ihren Stellungen hervorzulocken wären. Und dann würden wie sie besiegen, und die Belagerung hätte ein Ende.«
»Mein liebes Kind«, sagte Trémoïlle mit gespielter Müdigkeit, »das mag dir ja alles sehr einfach vorkommen, aber ich versichere dir, wenn du erst dort bist, wird es gleich weniger leicht sein.«
»Es wird leicht sein«, erwiderte sie, verärgert über seinen herablassenden Tonfall, »weil Gott auf unserer Seite ist, und weil er uns in der Schlacht seine Hilfe zuteil werden läßt.«
Karls Miene hatte sich in den letzten Augenblicken verändert. Statt eines verstohlenen Lächelns zeigte sie wachsendes Vertrauen. Er wollte ihr nur allzu gern glauben, das sah sie seinem blassen Gesicht an. Unvermittelt stand sie auf und kniete vor dem Dauphin nieder. Sie

legte ihre Hände in seine und sagte: »Zwar sind Sie noch nicht zum König gekrönt und gesalbt mit dem heiligen Öl, aber ich bitte Sie, Sire, geben Sie Ihr Königreich als sein Lehnsmann und empfangen Sie es von ihm, denn er ist Ihr Herr, und Sie sind sein auserwählter Vasall.« Ihre Stimme senkte sich zu einem Flüstern. »Erinnern Sie sich an das, was ich Ihnen in der Großen Halle gesagt habe, Herr.«

Seine Miene milderte sich ein wenig. Sie spürte, daß ein Kampf zwischen seinem Hirn und seinem Herzen tobte, derweil er sich bemühte, Widerstand zu leisten. Von der unerschütterlichen Begeisterung in ihren Augen überwältigt, versank er in ihrer Macht und einstweilen auch in seiner eigenen. Ein Licht wehte über sein Antlitz. »Ich schenke mein Königreich Gott«, sagte er leise.

Sie neigte den Kopf und küßte den Ring mit dem Königlichen Siegel. »Dann nehmen Sie es von ihm in Empfang als sein getreuer Verwalter und wissen Sie, daß Sie jetzt nicht mehr besiegt werden können – von niemandem.«

»Das Mädchen ist eine Gefahr, und Karl ist ein sabbernder Idiot, genau wie sein verfluchter Vater – sofern der König tatsächlich sein Vater war«, zischte Trémoïlle erbost. »Sie hat ihn umschmeichelt wie eine schamlose Abenteurerin, was sie ja auch ist. Und dieses Gerede von Gottes Willen, und wie sie der Belagerung von Orléans ein Ende machen wird. Und anscheinend schenkt er ihren Behauptungen Glauben – ist das zu fassen?«

So schnell, wie seine Leibesfülle es erlaubte, ging er hin und her auf der ebenen Fläche der Mauerkrone, die einen Ausblick auf die gut gepflegten Gärten des Dauphins bot

Regnault de Chartres, der Erzbischof von Reims, kratzte sich die welke Wange. »Ich traue Karl in diesen Tagen alles mögliche zu. Sie wissen doch, wie er ist, mein lieber Trémoïlle: Heute ist es dieses Spielzeug und morgen ein anderes ...« Er zuckte die Achseln. »Ich glaube nicht, daß er verrückt genug ist, um ernsthaft in Erwägung zu ziehen, ihr eine Armee anzuvertrauen.«

»Oh, aber da unterschätzen Sie, wie gut sie ihn bereits im Griff hat.«
Der Kanzler konnte seine Wut kaum noch zügeln. Sein Doppelkinn bebte von der Wucht der Kränkung, die ihm da widerfuhr. »Sie waren nicht dabei, Sie haben nicht gesehen, mit welchen Hexenkünsten sie ihn um den Finger wickelt. Aber so sind die Weiber. Sehen Sie ihn bloß an.« Mit dem Kopf deutete er auf die winzige Gestalt am Fuße der Mauer, die jetzt in ihrem Schlendern innehielt, um einen Rosenbusch zu inspizieren, an dem kleine Knospen erblühten. »Dieser frivole, törichte Narr!«

»Sie vergessen, Georges, daß ich sie mit Ihnen zusammen befragt habe.« Der Erzbischof runzelte die Stirn. »Ich habe überhaupt nichts Bemerkenswertes an ihr entdecken können. Ich fand sie unverschämt und lästig.«

Er hatte nichts übrig für Trémoïlle und die andauernde, hitzige Besessenheit, mit der er die Torheiten des Dauphin beobachtete. Alle Welt wußte, daß Karl in seinen Neigungen unbeständig war und daß die wahre Macht hinter dem Thron er selbst war, er und Trémoïlle.

»Aber ich sage Ihnen, Bischof, das ist nicht bloß eine von den kurzen Zerstreuungen, denen unser kleiner König von Bourges da nachgeht«, fauchte der Minister. »Beim Essen hat er ihr erlaubt, ihn nach ihrem Belieben zu besuchen, und sie hat uneingeschränkten Zugang zum Schloß und zum Gelände. Ist Ihnen klar, was das bedeutet?«

Der Erzbischof verstand immer noch nicht, worauf Trémoïlle hinauswollte. Der Blick seiner tränenden alten Augen war leer.

»Wenn sie uneingeschränkten Zugang zum König hat, kann dieses Mädchen den königlichen Trottel zu allem überreden, was sie will«, erklärte der fette Mann eindringlich. »Und es gibt noch andere bei Hofe, die auf sie hören könnten. Ich habe gehört, wie ein paar der jüngeren Leute ganz begeistert von ihr sprachen.« Trémoïlle ballte die fetten Hände zu juwelenfunkelnden Fäusten.

Endlich hatte Regnault begriffen, und seine Augenbrauen krümmten sich zu seinem scharfkantigen Nasenrücken herab. »Natürlich«, murmelte er. »Das ist in der Tat sehr gefährlich. Ich hatte ja überhaupt keine Ahnung.«

»Das ist noch nicht alles. Er hat neue Kleider für sie in Auftrag gegeben. *Männerkleider.*«

»Nein!«

Trémoïlle nickte, und in seinen Augen loderte die Empörung. »Ist Ihnen die Sache jetzt ernst genug, Exzellenz?«

»Männerkleider«, wiederholte der Erzbischof verblüfft und entsetzt. »Aber das ist doch ein Frevel, eine Ermunterung zur Sünde der Perversion!«

»Sie behauptet, Gott habe ihr befohlen, sich zu kleiden wie ein Mann, ›wie ein Soldat‹, sagt sie, weil sie ein Soldat Gottes sei. Diese schmutzige kleine Bauerndirne.«

»Blasphemie!« schimpfte der Erzbischof. Eine Mischung aus Schrecken und rechtschaffener Empörung senkte sich auf ihn.

»O ja. Wußten Sie das nicht?« fragte Trémoïlle, und seine Stimme troff von Sarkasmus. »Sie ist Gottes Beauftragte auf Erden, sie wird Orléans befreien und Karl zu seiner Krönung nach Reims begleiten. In Ihre Kathedrale, Bischof – und raten Sie mal, wer das Vergnügen haben wird, die Zeremonie zu vollziehen.«

De Chartres starrte ihn angewidert an. Er verabscheute diesen aufgedunsenen Mann, den er bisher immer als Rivalen im Kampf um Karls Aufmerksamkeit betrachtet hatte, der aber jetzt sein unerbetener Bundesgenosse im Angesicht einer gemeinsamen Bedrohung war. Es mußte einen Ausweg aus diesem Dilemma geben.

Und plötzlich sah er einen – ohne Zweifel eine Eingebung von oben.

»Die Jungfrau.« Er lächelte. »Natürlich …«

»Was denn?« fragte der Kanzler in scharfem Ton.

»Wir sind nicht so machtlos, wie wir vielleicht denken, Georges«, sinnierte Chartres. »Karl braucht uns, damit wir ihn vor sich selbst retten. Unter den richtigen Umständen könnte das Mädchen sich noch eigenhändig einen Strick drehen.«

»Was meinen Sie damit?«

»Sie behauptet doch, von Gott gesandt zu sein, oder?«

»Ja. Und?«

Der Erzbischof grinste wie ein Fuchs und entblößte seine gelben

Zähne. »Wir sollten dem Dauphin vorschlagen, sie möge ihre Behauptungen beweisen, bevor er ihren Wünschen nachkommt. Das wäre doch nur vernünftig, oder?«

Trémoïlle verschränkte die schinkenförmigen Arme über dem breiten Bauch in einer Gebärde bemühter Geduld, während er darauf wartete, daß der Kirchenmann fortfuhr.

»Karl könnte sie mit Fug und Recht auf die Probe stellen. Sie sagt, sie kommt von Gott – also soll er sie nach Poitiers schicken, wo sie vor den klügsten Köpfen der Christenheit erscheinen mag, und die können sie dann ganz nach Belieben über die ›Botschaften‹ Gottes ausfragen. Wenn sie sich vor den Professoren der Theologie zu Poitiers wiederfindet, wird sie zittern in ihren Männerstiefeln, und dann wird Karl sehen, daß sie nichts weiter ist als eine Opportunistin.«

Dieser Plan des Erzbischofs gab Trémoïlle neuen Mut, und er grinste fasziniert. »Außerdem behauptet sie, so tugendsam zu sein«, ergänzte er. »Wir könnten Karl vorschlagen, er möge sie von Frauen untersuchen lassen, und zwar nicht von Schloßmägden, sondern von Edelfrauen, deren eigene Tugend völlig außer Frage steht. Was ihre angebliche Jungfräulichkeit angeht« – er machte eine wegwerfende Handbewegung –, »so dürfte die ja recht leicht zu widerlegen sein.«

»Warum zweifeln Sie denn daran?«

»Seien Sie nicht naiv, Bischof.« Der Kanzler lachte. »Sechs Männer haben sie herbegleitet. *Soldaten.* Sie haben elf Tage gebraucht und zehn *Nächte.* Sie wissen, wie schwach das Fleisch der Weiber ist. Glauben Sie im Ernst, sie hat nicht versucht, diese Männer zu betören?«

De Chartres kicherte anerkennend. »Sie sind sehr feinsinnig, Georges. Vielleicht ist sie ja gar keine Frau, sondern ein Bengel von fünfzehn oder sechzehn Jahren. Kann man ja nicht so einfach erkennen, bei diesen Kleidern. Bevor man sie nach Poitiers bringt, könnte der Dauphin gut beraten sein, ein paar Frauen damit zu beauftragen, daß sie ihr Geschlecht bestimmen.«

»Seht gut, Bischof«, gluckste Trémoïlle.

»Glauben Sie, Karl wird sich überreden lassen?«

»Höchstwahrscheinlich. Es leuchtet schließlich ein, daß er sich selbst – und um Frankreichs willen – vergewissern will, daß mit dem Mädchen alles seine Richtigkeit hat. Er hat es allmählich satt, daß die anderen Monarchen über ihn lachen, und sicher scheut er davor zurück, ihnen noch einen Grund zu geben, sich über ihn lustig zu machen. Und wir, die Berater seines Vertrauens, haben die Pflicht, ihn auf diese Möglichkeit aufmerksam zu machen.« Er runzelte plötzlich die Stirn. »Aber da wäre noch ein Hindernis: d'Alençon. Er ist ganz hingerissen von ihr, und er hat Karls Vertrauen. Könnte sein, daß der König auf ihn hört und nicht auf uns.«

»Ja ...« sagte der Erzbischof gedehnt. »Aber nicht einmal d'Alençon wird sie noch unterstützen, wenn sie flach aufs Gesicht fällt. Einstweilen sollten wir das Theater mitspielen. Wir sollten höflich, sogar freundlich zu diesem mindergeborenen Naseweis sein, denn sonst könnte sie eine Falle argwöhnen.«

»Einverstanden.«

De Chartres lachte vor Entzücken über seine eigene Schläue. Trémoïlle stimmte so herzlich mit ein, wie er schon seit Tagen nicht mehr gelacht hatte – nicht, seit dieses elende Gör erschienen war. Ihre Heiterkeit hallte über die Festungsmauern hin wie das Gekläff einer Hundemeute, die Witterung aufgenommen hat.

Jehanne ahnte nichts von dem Komplott, das da auf der fernen Mauerkrone Gestalt annahm. Sie ging mit ihrem neuen Freund d'Alençon über die Wiese, auf der Karls Ritter für gewöhnlich exerzierten.

Es waren mehr als vierzig Männer aus Karls Gefolge auf dem weiten Grasland verteilt, und mehr als ein Drittel davon waren mit Schwertkämpfen beschäftigt. Die Sonne blinkte hell auf den Rüstungen der grunzenden Gestalten, Licht blitzte auf den Klingen, die sich hoben und herniederfuhren, und ihr Klingen verschmolz zu einer Melodie. Es war offenkundig, daß die Schläge gefährlicher aussahen, als sie waren, denn die Klingen waren stumpf und ließen sich mit den schweren Buckelschilden leicht abwehren. Jehanne war noch nie so dicht an einem Kampfgetümmel gewesen, nicht einmal an einem gespielten wie diesem hier. Konzentriert nagte sie an ihrer Unterlippe, als sie zusah; es faszinierte sie, die ganze Macht Frankreichs hier bei einem Spiel zu sehen, das nicht nur der Erholung diente. Sie fragte sich, wie es diesen Männern in einer richtigen Schlacht ergehen würde.

Auf einem anderen Teil der Wiese übten sich Männer ohne Rüstung zu Pferde mit der Lanze. Diese Übungen sahen besonders schwierig aus, und Jehanne wußte instinktiv, daß sie das größte Geschick erforderten. Jeder Reiter saß auf einem riesigen Schlachtroß, das über mehrere Generationen hinweg zu dem Zweck gezüchtet worden war, einen stahlgepanzerten Herrn zu tragen. Der Ritter mußte nicht nur mit einer Hand das gewaltige Reittier führen, sondern außerdem mit der anderen die acht Fuß lange Lanze balancieren, die waagerecht vorausragte. Die Erde schien zu beben, wenn einer der Reiter auf ein kleines rundes Ziel losritt, das auf einer Achse oben an einem Holzpfosten saß; wenn er es richtig traf, rotierte es schnell im Kreis. Nach jeder Attacke lief ein Knappe zu dem Pfosten mit dem Ziel und brachte es in die richtige Position, damit der nächste sich daran versuchen konnte.

»Möchtest du das auch versuchen?« fragte d'Alençon. Im Sonnenschein leuchteten kastanienbraune Glanzlichter in seinem dunklen Haar. Am Kinn hatte er eine kleine Schramme, wo die Rasierklinge seines Knappen allzu eifrig gewesen war.

»Ich?« Jehanne lachte nervös und überrascht.

»Ja, natürlich.« Er lächelte. »Meinst du nicht, daß es eine gute Idee wäre, dich mit der Waffenkunst vertraut zu machen, wenn du Soldat sein willst?«

»Aber ich … ich habe so etwas noch nie gemacht«, stammelte sie, »und ich habe noch nie auf einem Schlachtroß gesessen.«

»Komm schon, versuch's«, ermunterte sie der junge Herzog. »Ich mache dir einen Vorschlag: Ich gehe zuerst, und dann siehst du, wie leicht es ist.«

Er winkte einem Knappen, und dieser führte einen wild aussehenden Hengst zu ihnen herüber. D'Alençon schwang sich behende in den Sattel, der vorn und hinten weit hochgezogen war, um dem Reiter besseren Halt zu geben. Dann nahm er die Lanze, die der Knappe ihm reichte.

»Jetzt schau gut zu«, wies er Jehanne an. »Es ist wichtig, daß man die Lanze unter der Achsel fest an den Körper preßt – so, siehst du? Auf diese Weise kannst du sie sicherer halten. Wenn dein Griff schwach ist oder die Lanze nicht eng genug am Körper liegt, kannst du sie nicht ruhig halten und triffst dein Ziel nicht. Außerdem mußt du dich im Sattel vorbeugen, wenn du angreifst, das verbessert das Gleichgewicht und gibt der Waffe Halt.« Pantomimisch demonstrierte er, was er meinte. »Paß auf. Hah!«

Er gab dem Tier die Sporen, und es stürmte auf das Ziel zu; die alles zermalmenden Hufe schleuderten Grasbüschel und Erdklumpen in die Luft. Reiter und Pferd bewegten sich in solcher Harmonie, daß es aussah, als wären sie ein einziges Wesen, stark und anmutig anzusehen.

Die Lanzenspitze traf die Zielscheibe genau, und sie drehte sich rasend um ihre Achse. Als d'Alençon das galoppierende Pferd zügelte, verlangsamte es gehorsam seinen Schritt. Er wendete es mit geschickten Bewegungen. Ein wachsamer Knappe lief zum Ziel und drehte es wieder in die richtige Position. Der Herzog kam zu Jehanne zurückgetrabt, die Lanze himmelwärts gerichtet.

»Hast du gesehen?« Er lächelte zufrieden. »Im Grunde ist es ganz einfach.« Der junge Mann warf die Lanze einem wartenden Diener zu und sprang mit einem Satz vom Pferd. »Jetzt wollen wir sehen, wie du es versuchst.«

»Also gut«, sagte Jehanne mit klopfendem Herzen. Die Demütigung, die mit dem Versagen einherginge, fürchtete sie mehr als den eigentlichen Sturz vom Pferd. Gleichzeitig aber wollte sie nicht, daß der Herzog sie für einen Feigling hielt, weil sie sich weigerte.

Sie schob einen Fuß in den Steigbügel und schwang sich hinauf in den ungewohnten Kriegssattel. Der Knappe reichte ihr die Lanze, und sie klemmte sie unter den rechten Arm, wie d'Alençon es ihr gezeigt hatte, und umklammerte sie mit der Faust dicht unter dem kegelförmigen Handschutz. Ein paar Männer hatten in ihrem Treiben innegehalten, um ihr zuzuschauen. Sie sah, wie einer den anderen mit erwartungsvollem Grinsen in die Rippen stieß.

Ich werde nicht herunterfallen, sagte sie sich, ich werde mich nicht lächerlich machen. Sie beugte sich leicht nach vorn, biß die Zähne zusammen und stieß dem Pferd die Fersen in die Flanken.

Mit jähem Ruck schoß das Pferd voran und donnerte auf das Ziel zu. Jehanne preßte die Knie fest an die Flanken des mächtigen Tieres, während es dem Ziel entgegenflog, daß der Wind ihr das Gesicht peitschte; sie machte schmale Augen und konzentrierte sich mit jeder Faser. Ihre Zähne klapperten beim Aufprall der Hufe auf die Erde.

Als die Lanze das Ziel traf, erhoben die Männer ein Riesengeschrei. Jehanne zügelte das Pferd und ließ gleichzeitig den angehaltenen Atem entweichen. Der Wind milderte sich zu einem sanften Lüftchen, als das Pferd ihrem Befehl gehorchte und seinen Schritt verlangsamte. Sie richtete die Lanze nach oben, wie d'Alençon es getan hatte, lenkte das Pferd nach links und wendete es, und dann trabte sie zurück zu d'Alençon und den anderen, die ihr lachend Beifall spendeten. Ihr Gesicht war gerötet von der Anstrengung.

»Hast du nicht gesagt, du hättest so etwas noch nie getan?« D'Alençon lachte.

Jehanne strahlte. »Das habe ich auch nicht. Aber ich würde es gern noch einmal tun.«

»Gut.« Der Stolz auf sie ließ sein hübsches Gesicht leuchten, und sie sah, daß er beeindruckt war.

So viel Spaß hatte ihr schon lange nichts mehr gemacht! Sie wußte nicht, was besser war – die Übung selbst oder der überraschte Applaus dieser Männer. Niemand hätte sie jetzt noch aufhalten können, selbst wenn er es versucht hätte.

Sie wandte das Pferd wieder zum Ziel zurück. Diesmal traf die Lanze nur den äußeren Rand, aber trotzdem rotierte die Zielscheibe auf der Stelle, und der Jubel ertönte lauter als zuvor.

Das Pferd trabte zum Kreis der wartenden Männer zurück, und Jehanne stieg ab. Ein Mann klopfte ihr auf den Rücken, ein anderer schüttelte ihr unter den Jubelrufen seiner Kameraden die Hand.

»Gut gemacht!«
»Vorzüglich geritten, Jehanne!«
Nur widerstrebend kehrten die Männer zu ihren Übungen zurück, und etliche blieben noch in der Nähe, um sie zu beglückwünschen. Jehanne wußte, heute abend würde der ganze Hof davon widerhallen, daß die Visionärin auch eine geborene Soldatin sei.
D'Alençon schlug vor: »Komm, laß uns einen Spaziergang zum Garten machen.«
Sie wischte sich die Schweißperlen von der Stirn und lächelte. »Gern.«
Dieser Tag hatte einen höchst unerwarteten Verlauf genommen. Erst die angespannte Unterredung mit dem Dauphin und diesem schrecklichen Mann Trémoïlle. Dann beim Essen Karls Erlaubnis, nach Belieben in seinem Schloß umherzugehen. Das hatte ihr doch den Atem verschlagen, nachdem noch am Abend zuvor zwei Mann vor ihrer Kammertür Wache gestanden hatten.
Und jetzt diese ganz unbeabsichtigte Zurschaustellung von Fähigkeiten, von denen sie gar nicht gewußt hatte, daß sie sie besaß. Gewiß mußten die Ratgeber ihr geholfen haben, obgleich sie ja bisher nie etwas anderes getan hatten, als mit ihr zu sprechen. Staunend begriff sie, daß ihr das Soldatenhandwerk leichter fallen würde, als sie angenommen hatte. Ihre Erinnerung kehrte zurück zu jenem Tag in der Kapelle von Bermont, als St. Michael ihr eröffnet hatte, daß sie eine heilige Kriegerin sein würde, und sie geantwortet hatte, sie sei doch nur ein armes Mädchen, das nichts vom Kriegshandwerk verstehe. Dieser Tag lag lange zurück, und das Mädchen war ein anderes gewesen.
»Was?«
D'Alençon hatte etwas gesagt, aber sie hatte nicht zugehört.
»Ich sagte, du mußt in deinem Leben doch schon viel geritten sein, wenn du mit einem solchen Pferd umgehen kannst.«
»Nein, wirklich, Herr, das bin ich nicht.«
Er verzog das Gesicht. »Bitte nenn mich nicht ›Herr‹. Mein Name ist Jehan, und so sollst du mich auch nennen.«
Sie lächelte breit. »Also gut, Jehan. Aber um Ihre Frage zu beantwor-

ten: Ich bin als Kind manchmal auf dem alten Ackergaul meines Vaters geritten, aber das war etwas ganz anderes, weil es ein langsames Pferd war, das hauptsächlich den Pflug und den Wagen ziehen mußte. Auf der Reise hierher hatte ich ein besseres Pferd: Bertrand de Poulengy und Jehan de Metz haben es mir gegeben, und es steht jetzt im Stall des Dauphins. Der Herzog von Lothringen hat mir auch ein Pferd geschenkt, aber das habe ich einem Soldaten in Vaucouleurs gegeben.«

»Warum denn das?« D'Alençon machte ein verblüfftes Gesicht.

»Weil der Herzog ein Verräter ist und dem Dauphin untreu; deshalb wollte ich von ihm nichts haben«, sagte sie mit gerunzelter Stirn.

D'Alençon blieb stehen und lächelte sie verwundert an. »Du liebst den König wirklich, nicht wahr, Jehanne?«

»O ja, er ist das Symbol Frankreichs und wird der wahre König sein.« Sie war jetzt ganz ernst, und ein Ausdruck von tiefer Überzeugung lag auf ihrem Gesicht. »Ohne ihn würde das Königreich an die Engländer fallen, und wenn das geschähe, wären wir alle verloren.«

»Und das hat Gott dir gesagt?«

Sie nickte nüchtern.

Langsam und schweigend gingen sie weiter. Dann sagte d'Alençon fröhlich: »Karl mag dich, weißt du. Er ist immer noch nicht sicher, ob du wirklich von Gott gesandt bist, aber er achtet deinen Mut, und er findet, daß du überzeugend reden kannst.«

»Aber Herr – ich meine, Jehan … ich *bin* von Gott gesandt«, beteuerte sie.

D'Alençon blieb stehen und nahm ihre Hand. »Du mußt vorsichtig sein, Jehanne. Du darfst bei Karl nichts für selbstverständlich halten. Ich habe erlebt, wie er sich gegen seine Günstlinge wandte, wenn er glaubte, daß sie ihn in den Augen des Volkes in den Schatten stellen könnten. Nicht, daß er ein schlechter Mensch wäre – ganz im Gegenteil. Wäre er ein gewöhnlicher Mann, so wäre er vermutlich der gütigste und großzügigste von allen, aber da er König ist, ist er argwöhnisch und furchtsam geworden. Und das aus sehr guten Gründen. Jeder will irgend etwas von ihm, und für viele liegt sein einziger Wert darin, daß er ihnen eine Gunst gewähren kann. Aber ungeachtet dieser Gründe darfst du den König von Frankreich nicht mit dem Mann Karl verwechseln.«

»Aber wenn ich sein Königreich befreie und ihn gekrönt sehe, wird er mir doch sicher glauben, oder nicht?«

»Das kann sein. Vielleicht wird Gott ihn dann anrühren.« D'Alençons Lächeln verschwand, und ein Schatten zog über sein Gesicht. »Aber da ist noch etwas anderes. Er steht unter dem Einfluß von Trémoïlle und dem Erzbischof von Reims. Er hat noch andere Berater, aber diese beiden haben am meisten Macht über ihn, und sie sind heimtückisch wie Schlangen. Sie glauben nicht an dich, und wenn du auch nur im geringsten scheiterst, werden sie die Gelegenheit nutzen, um Karl gegen dich einzunehmen. Ich sage das nicht, um dir angst zu machen, sondern um dich zu warnen: Du mußt sehr vorsichtig sein.«

»Danke. Aber ich stehe unter Gottes Schutz, und mir kann nichts geschehen. Er hat mir sein Wort und seinen Glauben gegeben, und ich kann nur seinen Willen tun. Ich werde nicht scheitern, da können Sie beruhigt sein.«

»Ich habe noch nie jemanden wie dich getroffen«, sagte der junge Mann mit ehrlichem Staunen.

Sie hatten den Garten am Fuße der Schloßmauer erreicht. D'Alençon deutete zu einer kleinen Steinbank, wo sie es sich bequem machen sollten, und zu ihrer Überraschung setzte er sich erst, nachdem sie selbst Platz genommen hatte.

»Möchtest du meine Familie kennenlernen?« fragte er unvermittelt. »Ich bin sicher, sie würden dich gern einmal sehen.«

»O ja, Jehan!«

»Ausgezeichnet!« Er schlug sich auf den Schenkel, um die Sache zu beschließen. »Wir reisen morgen nach St.-Florent. Ich habe keinen Zweifel daran, daß ich den König überreden kann, dich gehen zu lassen. Aber für die Reise brauchst du ein besseres Pferd als das, mit dem du gekommen bist.«

»Das haben Sie ja noch gar nicht gesehen, Jehan.« Sie lächelte. »Es ist ein gutes Reisepferd.«

»Gleichwohl brauchst du ein anderes. Hat dir das gefallen, auf dem du gerade geritten bist?«
»Ja, es war eine Schönheit.«
»Dann gehört es dir.«
»Mir?« Sie schnappte nach Luft.
»Ja, dir. Ein Soldat Gottes braucht schließlich ein Pferd, das würdig ist, eine solche heilige Last zu tragen.«

⁂

Als Jehanne nach drei angenehmen Tagen mit d'Alençon aus St.-Florent zurückkehrte, erwarteten sie mehrere Überraschungen, und bis auf eine waren sie alle unangenehm.
Schon am Schloßtor gab man ihr zu verstehen, daß der Dauphin ihre Anwesenheit im Hof vor der Kapelle wünsche, und so eilte sie an der Seite d'Alençons sogleich dorthin. Zwischen den Hecken und Rosenbüschen, die jetzt gerade erblühten, stand Karl im Gespräch mit Trémoïlle und dem Erzbischof von Reims. Bei ihnen waren zwei Damen, die Jehanne noch nicht gesehen hatte. Sie waren mittleren Alters und trugen lange, elegante Kleider aus Seide und Taft. Ihr Haar war unter hohen Hüten verborgen, und ihre gezeichneten Brauen hoben sich mit geringschätziger Nonchalance, als sie Jehanne betrachteten.
»Willkommen, Jehanne.« Der Dauphin lächelte und neigte dann den Kopf vor d'Alençon. »Cousin.«
Die beiden verbeugten sich tief vor ihrem König.
»Hattet ihr eine angenehme Reise?«
»Ja, Herr, überaus angenehm.« Jehanne gehorchte der wortlosen Handbewegung des Dauphin und richtete sich auf.
»Wir möchten dir Madame de Gaucourt und Madame de Trèves vorstellen, die Gemahlinnen zweier vertrauter Berater«, sagte Karl mit freundlicher Förmlichkeit.
Die beiden Damen verbeugten sich steif vor Jehanne. In der Hoffnung, sie zu entwaffnen, lächelte sie ihnen entgegen. Aber diese Mühe war vergebens. Sie musterten sie weiter wie eine Bettlerin.
»Zu deiner Bequemlichkeit, Jehanne«, fuhr der Dauphin fort, »hat

Seigneur de Gaucourt in höchst großzügiger Weise einen seiner Pagen angewiesen, sich um deine Wünsche zu kümmern. Er wird dir tagsüber zu Diensten sein.«

»Ich danke Ihnen, Sire.« Sie wandte sich der Gemahlin des Ministers zu. »Und meinen Dank auch an Seigneur de Gaucourt.«

Die einzige Antwort der Frau war ein frostiges Lächeln.

»Wir haben entschieden, daß du nachts nicht mehr allein sein sollst; während du also unser Gast bist, sollst du die Gesellschaft einer guten Frau genießen: Madame Bellier wird das Bett mit dir teilen. Das ist eine große Ehre, denn ihr Gemahl ist unser geschätzter Majordomus.« Karls liebenswürdige Miene verbarg etwas: Jehanne spürte, daß noch mehr kommen würde.

»Aber bevor wir Madame Bellier damit betrauen können, die Nächte mit dir zu verbringen«, fuhr der Prinz fort, »brauchen wir natürlich die Gewißheit, daß du in der Tat ein Weib bist, wie du behauptest.«

Jehanne brach in ungläubiges Gelächter aus. »Natürlich bin ich ein Weib, Herr. Ist denn das nicht klar?«

»An deinem Gewand erkennt man es nicht«, erklärte Trémoïlle mit zufrieden geschürzten Lippen. »Oder ist es natürlich, daß eine Frau darauf besteht, sich zu kleiden wie ein Mann? Wenn du ein Weib bist, solltest du nichts dagegen haben, es zu beweisen.«

Die herabhängende Oberlippe des Erzbischofs kräuselte sich zu einem Lächeln. Er wirkte sehr zufrieden über diese Wendung der Ereignisse, und Jehanne fragte sich, wie dieser Mann Gottes mit seinem Gewissen zurechtkommen mochte.

D'Alençons Brust hob sich erzürnt. »Aber das ist unerhört! Sie wissen sehr gut, Seigneur Trémoïlle, daß sie eine Frau ist!«

»Ich kenne ihr Geschlecht nicht aus erster Hand, Seigneur d'Alençon. Sie etwa?« Er hob anzüglich die Brauen.

»Ich werde Ihnen ...« D'Alençon fletschte wütend die Zähne, und instinktiv griff er nach dem Dolch an seinem Gürtel. Jehanne erschrak und legte ihm die Hand auf den Schwertarm, um ihn zurückzuhalten. Sie sah, daß Trémoïlle die Hand hob und einen Schritt zurückwich.

»Sie werden sich beherrschen, Cousin«, ermahnte der Dauphin ihn streng, und seine Augen wurden zu mißtrauischen Schlitzen. »Es ist unser Wunsch, daß Jehanne sich auf der Stelle in ihr Gemach begebe, wo diese gütigen Damen sich selbst davon überzeugen werden, ob sie Mann oder Weib ist. Damit sollte diese Angelegenheit ein für allemal erledigt sein.«

»Ich werde tun, wie Sie befehlen, Sire«, sagte Jehanne mit einer Verbeugung. Dann wandte sie sich dem jungen Herzog zu und sagte beruhigend: »Es kann nichts schaden, Jehan. Ich habe bei dieser Untersuchung nichts zu befürchten.« Trotzig funkelte sie den schadenfrohen Trémoïlle an.

»Gut«, sagte Karl geschmeidig. »Wenn die Damen unsere Neugier befriedigt haben, wirst du noch in deinem Zimmer bleiben. Einige Vertreter der Kirche« – er warf einen Blick zum Erzbischof hinüber – »haben ein paar Fragen an dich.«

»Jawohl, mein Herr und Dauphin«, sagte sie, das Kinn entschlossen vorgereckt. Sie wußte, daß ihr nichts anderes übrigblieb, als zu gehorchen.

»Dann geh jetzt. Wir sehen uns beim Essen.«

Jehanne verbeugte sich tief vor dem Dauphin und bedachte seine Berater mit einem knappen Kopfnicken. Als sie sich zum Gehen wandte, sah sie d'Alençons Blick, und sie lächelte ihm zuversichtlich zu. Dann marschierte sie auf das Schloß zu – mochten die Damen nur versuchen, mit ihr Schritt zu halten.

In ihrem Gemach angelangt, wollte Jehanne diese Demütigung so rasch wie möglich hinter sich bringen. Eilig entkleidete sie sich vor den Augen der Damen. Dann wandte sie sich ihnen stolz, ja, unverschämt lächelnd zu und stemmte die Hände in die nackten Hüften. Geistesabwesend hob sie eine Hand und kratzte sich an einem Flohbiß am Arm.

Ausdruckslos betrachteten die Frauen ihren Körper. Dies ist unumgänglich, ermahnte Jehanne sich. Die Damen wandten sich wortlos ab und ließen sie allein; als sie hinausgingen, schlossen sie die Tür hinter sich.

Werde ich noch weitere solche Behandlungen über mich ergehen lassen müssen, bevor er mir glaubt? fragte sie sich, als sie sich das Hemd über den Kopf zog.

Ja, aber du brauchst nicht zu verzagen. Es ist nur die notwendige Vorbereitung auf dein Werk, und du wirst Karl so weit überzeugen, daß er dir vertraut. Männer der Kirche sind in diesem Augenblick auf dem Weg zu dir. Du darfst ihre Fragen nicht fürchten, sondern mußt ihnen wahrheitsgemäß antworten. Wir werden dir helfen.

Die Männer stellten ihr dieselben Fragen, die sie schon Karl hatte beantworten müssen. Mehr als zwei Stunden lang drangen sie auf sie ein, und als sie sie endlich verließen, war Jehanne ungeduldig und zornig. Sie war so erbost, daß sie den jungen Pagen, der ihr zugewiesen war, schroff anherrschte, was er denn von ihr wolle, als er schließlich erschien.

Als sie sein bestürztes Gesicht sah, fühlte sie Reue und fragte freundlicher: »Wie heißt du denn?«

»Louis de Coutes«, antwortete der Junge. »Aber alle nennen mich Minguet.«

Er konnte nicht älter als vierzehn sein und war eine halbe Handbreit kleiner als Jehanne. Das Haar, das bis auf seine Ohren reichte, war sandblond, und in seinem Gesicht leuchteten die entzündeten Hautmale der ausgehenden Kindheit.

»Sag mir, Minguet, ist es wahr, daß du zum Haushalt Sieur de Gaucourts gehörst?«

»Jetzt bin ich Ihnen zugewiesen, Mademoiselle«, stammelte er. »Ich wollte Ihnen sehr gern dienen.«

»Warum?«

»Weil Sie von Gott kommen, Mademoiselle.«

Sie legte ihm eine Hand auf die Schulter und schaute ihm in das nervöse Gesicht, das glatt war wie das eines Mädchens. »Bitte, Minguet, nenn mich Jehanne. Und ich danke dir für deine Vertrauen. Andere scheinen mir nicht so viel davon entgegenzubringen«, ergänzte sie verdrossen.

»Oh, das stimmt nicht!« rief der Junge. »Alle Welt spricht von Ihnen und Ihrer Mission zur Rettung von Orléans. Unten in der Küche ist von nichts anderem die Rede.«

Sie lachte. »Hoffentlich kann diese Überzeugung auch noch weiter nach oben vordringen.«

»Das wird sie, Jehanne, Sie werden schon sehen«, antwortete Minguet, der den Stimmbruch noch nicht ganz hinter sich gebracht hatte. »Der Glaube des Königs wird mit jedem Tag stärker.«

»Woher weißt du das?«

Er schaute schüchtern zu Boden, und achselzuckend strich er mit zaghafter Zehenspitze über einen Spalt zwischen den Dielen. »Ich weiß es ja nicht sicher, ich glaube es nur. Aber Sie müssen es auch glauben.« Er war bestrebt, ihr zu helfen.

»Ich glaube es, Minguet«, sagte sie mit einer Zuversicht, die sie mühsam heraufbeschwören mußte. »Sonst würde ich nicht fortwährend versuchen, ihn zu überzeugen, sondern würde in mein Dorf zurückkehren.« Sie musterte ihn. »Wo bist denn du zu Hause?«

Seine Miene verdunkelte sich, und er sagte: »Nirgends. Ich bin Waise. Mein Vater war Ritter im Hause Orléans, aber er fiel in der Schlacht von Agincourt, als ich drei Monate alt war. Als meine Mutter starb, war ich sieben.«

»Dann sollst du wissen, daß es mir eine Ehre ist, wenn du mir dienst. Ich weiß keinen Pagen, der mir lieber wäre als einer aus Orléans, zumal wenn er so treu ist wie du.«

Errötend blickte Minguet zu ihr auf, und ein breites Lächeln überzog sein pickliges Gesicht. »Ich danke Ihnen, Jehanne.« Es war, als ströme alles Blut aus seinem Körper in sein Gesicht. »Ich werde Ihnen standhaft dienen, das werden Sie sehen.«

Er meinte es von ganzem Herzen ehrlich. Er würde ein alter Mann werden und sich noch bei seinem letzten Atemzug an sie erinnern.

Sie wurde zum Frühstück in das Vorzimmer zu den Gemächern des Dauphins gerufen. D'Alençon und Trémoïlle waren ebenfalls da. Beide benahmen sich höflich, aber die Spannung zwischen ihnen war mit

Händen zu greifen. Karl teilte Jehanne mit, daß er und Mitglieder seines Hofstaats – D'Alençon, Trémoïlle, der Erzbischof und die anderen Berater – sich noch am selben Nachmittag vorläufig nach Poitiers begeben würden. Und Jehanne solle mitkommen.

»Nach Poitiers, Herr?« fragte sie unschuldig. Also war es soweit. Die heilige Katharina hatte ihr beim Morgengebet gesagt, daß man sie zu weiteren, eingehenderen Befragungen nach Poitiers schaffen werde.

»Jawohl«, sagte Karl und wich ihrem Blick aus. »Wir verbringen jedes Jahr ein paar Monate in unserem Schloß zu Poitiers.«

Eine Woge von Übelkeit vertrieb Jehanne den Appetit auf den Käse und die Früchte auf ihrem Teller, und sie erinnerte sich daran, daß sie wirklich allein auf der Welt war.

»In Gottes Namen«, sagte sie seufzend. »Ich weiß, daß man mich plagen wird in Poitiers.« Ihr Blick bohrte sich brennend in Trémoïlles aufgeblasenen Hohn. »Aber das tut nichts – meine Ratgeber werden mir helfen. Also laßt uns gehen.«

Es würde alles gut werden. Sie war bereit und brauchte keine menschlichen Verbündeten.

Kapitel 5

Das Buch von Poitiers

20. März bis 27. April 1429

Das imposante Haus in der Rue Notre-Dame-la-Petite beherrschte diesen Bezirk von Poitiers wie eine selbstgefällige *Grande Dame.* Unter der Herrschaft Karls V. erbaut, kündete es in jeder Einzelheit von hochfahrendem Wohlstand, angefangen bei der steinernen Fassade mit den vier Bogenfenstern aus geometrisch geschnittenem Glas bis zu der immer wieder aufgefrischten weißen Farbe des Anstrichs. Der Eigentümer war Jehan Rabateau, *Advocate-General* des Exilparlaments in Poitiers, ein Parteigänger Armagnacs, der ursprünglich aus Paris kam und in seiner Jugend im Süden Asyl gesucht hatte. In dieser Stadt, der Hauptstadt des Dauphins, seit Paris an die Engländer gefallen war, hatte er es durch Gottes Gnade und die eigene harte Arbeit zu Wohlstand gebracht.

Sein Haus war mehr als nur eine Wohnstätte: Der gesamte erste Stock wurde von einem großen Ratszimmer in Anspruch genommen, in dem nicht selten das Parlament zusammentrat. Mehrere kleinere Kammern, dem Versammlungssaal benachbart, standen den zahlreichen hier beschäftigten Schreibern und ihren verschiedenen *bureaux* zur Verfügung. Zu jeder Tageszeit und oft bis in den Abend hinein ließ das Kratzen der Federkiele auf Pergament im Kerzenschein das geschäftige Walten der Regierung erkennen.

Als man Rabateau davon in Kenntnis setzte, daß Karl nach Poitiers kommen würde, trug er seiner Frau auf, alles für das Mädchen vorzubereiten, das unter ihrem Dach weilen würde. Zwei Tage lang waren die Dienstboten damit beschäftigt, die Fenster zu putzen und die Hartholzdielen zu schrubben, und auf dem Markt suchten die Köchinnen nach reifem Gemüse und feinsten Brathühnern. In dem freien Zimmer unter dem Dach des Hauses, das in letzter Zeit unbenutzt gewesen war, wurden die Fenster geöffnet, um die saubere Frühlingsluft hereinzulassen. Die Wäscherin bezog das Bett mit frischem Leinen.

Am Morgen nach Jehannes Ankunft füllten Kirchenmänner den Saal im ersten Stock, wo das Parlament zusammenkam. Sie kamen zu zweit und zu dritt, bis eine beträchtliche Schar beisammen war. Als alle versammelt waren, führte man Jehanne herein. Sie ignorierte die Schar der Fremden und hielt Ausschau nach dem Herzog von Alençon. Er hatte ihr gesagt, er werde irgendwo zwischen den Klerikern und neugierigen Laien sein. Endlich entdeckte sie ihn am Rand bei ein paar Männern, die aussahen wie Soldaten. Als er sah, daß sie zu ihm herüberschaute, lächelte er ihr aufmunternd zu. Sie nickte und nahm dann auf einer Bank vor dem Tisch Platz, an dem ein Dominikaner mit einem Federkiel in der Hand wartete.

Zu der Untersuchungskommission gehörten Magister von den Universitäten Orléans und Paris, ein Karmeliter und vier Dominikaner mit ihren auffälligen jungfräulich weißen Kutten unter schwarzen Mänteln. Der Bischof, den sie sah – jünger als Regnault de Chartres, aber ohne Zweifel ein hoher Kirchenfürst –, war vermutlich das Oberhaupt der Diözese Poitiers. Ohne daß Jehanne etwas davon wußte, befanden sich auch zwei berühmte Theologen in der Kommission. Pierre de Versailles und Jourdain Morin, die meiste Zeit über unauffällig schweigsam, sollten hier hinter den Kulissen als Berater dienen.

Jehanne unterdrückte ihren Groll und lächelte den überwiegend namenlosen Männern selbstbewußt entgegen. Sie hatte nichts zu fürchten, erinnerte sie sich. Ihre Lehrer waren weiser als diese Gelehrten, so gebildet sie auch alle sein mochten.

Einer der Prälaten – später erfuhr sie, daß es Magister Lombard war, ein Professor der Theologie – schaute die anderen fragend an. Als niemand mehr sprach, räusperte er sich. »Der König hat uns herbefohlen«, sagte er zu Jehanne.

»Dann sind Sie vermutlich gekommen, um mich zu befragen.« Jehan-

ne reckte in trotzigem Stolz das Kinn vor. »Nun, Sie sollten wissen, daß ich ein A nicht von einem B unterscheiden kann.«
»Warum bist du nach Chinon zum König gekommen?« fragte der jüngere Bischof. Er war etwa vierzig, schätzte sie, und obwohl er saß, konnte sie erkennen, daß er hochgewachsen und langgliedrig war. Mit seinen Armen sah er aus wie eine durchtriebene Spinne. Der Dominikanermönch am Ende des Tisches schrieb mit schnellen Strichen auf ein großes Pergament.
»Gott sprach zu mir, als ich dreizehn war, und beauftragte mich, dem Dauphin dabei zu helfen, König zu werden und die Engländer über den Kanal zurückzutreiben.«
»Wie hat denn Gott zu dir gesprochen?«
»Er schickte mir einen Boten, der mit lieblicher Stimme zu mir sprach – wie ein Engel.«
»Wie erschien dieser Bote dir? Hatte er eine Gestalt?«
Jehanne biß ich auf die Unterlippe. Darf ich?
Ja, Kind Gottes. Deine Zeit ist gekommen. Aber sei vorsichtig, denn sie sind beschränkt auf das, was sie aus Büchern wissen, und haben nicht die Fähigkeit, alles ganz zu verstehen.
»Eine Stimme sprach zu mir inmitten von tosendem Wind und Licht im Garten meines Vaters. Erst hatte ich Angst, weil ich so etwas noch nie erlebt hatte, aber die Stimme klang so liebevoll und tröstlich, daß ich meine Angst dann gänzlich verlor. Sie kam noch einmal, als ich zum Gebet in der Kapelle im Wald von Bermont weilte, und sie erzählte mir von dem großen Mitgefühl, das Gott für das Volk von Frankreich empfindet, und auch, daß der Dauphin nach seinem Willen König werden und die Engländer in ihr eigenes Land zurücktreiben soll. Und mir hat die Stimme befohlen, zum Dauphin zu gehen und ihm zu sagen, daß er Gottes geliebter Hüter des Königreichs Frankreich sei.«
Ein erstauntes Gemurmel verbreitete sich im vollen Saal. »Wie hat diese Stimme dich denn angeredet.«
»Sie nannte mich ›Kind Gottes‹.«
»Hat sie sonst etwas zu dir gesagt?«

»Sie hat mich gelehrt, Mut zu haben. Sie hat mich gelehrt, Gott und Frankreich zu lieben, und sie hat mir gesagt, wenn ich Gott liebe, so muß ich auch alle seine Geschöpfe lieben, sogar die Engländer. Die Stimme kommt und geht, wie ich es brauche.«
»Du siehst diese Erscheinung also nicht mit deinen Augen?« fragte ein schwarzgewandeter Karmeliter.
»Nein, ich sehe sie nicht. Es ist eine« – sie suchte nach den richtigen Worten – »eine Wesenheit, die in meinem Kopf spricht, aber ich fühle sie rings um mich her.«
»In welcher Mundart spricht deine Stimme?« fragte ein Dominikaner, der sich anhörte, als komme er aus dem Limousin.
Das alles war ein solcher Unsinn. In Gottes Namen – wie wenig visionär diese Männer doch waren! Jehanne rieb sich die Hände an der Hose und ballte dann die Fäuste. »In einer schöneren als Sie«, gab sie zurück.
Die Versammlung brach in Gelächter aus, ehe sich die Leute beherrschen konnten. Als d'Alençon sie strahlend anschaute, konnte sie nicht umhin, ebenfalls zu lachen.
Séguin, der Dominikaner, errötete leicht, aber er lächelte, obwohl der Scherz auf seine Kosten gegangen war. »Jehanne«, sagte er liebenswürdig, »Gott kann nicht wollen, daß wir dir glauben, ohne daß du uns irgendein Zeichen gibst, und wir können dem König nicht allein auf dein Wort hin dazu raten, dir eine Armee anzuvertrauen.«
»In Gottes Namen«, seufzte sie gereizt. »Ich bin nicht nach Poitiers gekommen, um euch Zeichen zu geben, aber bringt mich nach Orléans, und ich werde euch die Zeichen zeigen, um derentwillen ich gesandt wurde! Vier Dinge werden geschehen, und das ist Gottes Verheißung. Erstens« – sie zählte an den Fingern ab – »werden die Engländer im Felde vernichtet und die Belagerung von Orléans wird beendet werden. Zweitens wird der Dauphin zu Reims gesalbt und gekrönt werden. Drittens wird Paris zum Gehorsam gegen den König zurückkehren. Und viertens schließlich: Der Herzog von Orléans wird aus der englischen Gefangenschaft heimkehren.«
Ein Murmeln hallte durch den Saal. Sie sah, wie zwei Mönche sich

bekreuzigten. Ein anderer zog die Brauen hoch und lächelte seinen Nachbarn an.

»Sag uns, warum du Männerkleider trägst«, forderte der Karmeliter. »Kennst du nicht das Wort Gottes, wie es in der Heiligen Schrift geschrieben steht? ›Ein Weib soll nicht Mannesgewand tragen, was dem Manne geziemt, und ein Mann soll nicht Weiberkleider antun; denn wer solches tut, der ist dem Herrn, deinem Gott, ein Greuel.‹«

Sie wedelte ungeduldig mit der Hand. »Davon weiß ich nichts. Ich weiß nur, daß Gott mir befohlen hat, sein Soldat zu sein, und wenn ich ein Soldat sein will, muß ich mich kleiden wie ein solcher. Wie wäre es denn, wenn ich versuchen wollte, in Weiberkleidern eine Armee zu führen? Die Ritter und die anderen Soldaten würden doch meine Befehle nicht ernst nehmen: Sie würden in mir die Frau sehen und nicht den Soldaten.«

Sie wurde müde und sehnte sich danach, daß diese Sache zu Ende ginge. Sie bekam Kopfschmerzen, und in ihren Schläfen begann es zu pochen. Mit Mühe bezwang sie den aufsteigenen Zorn und starrte die Kommission energisch an.

»Du behauptest, deine Stimme sagt dir, Gott will das Volk von Frankreich aus seiner jetzigen Not befreien«, sagte ein Mönch mit skeptischer Miene. »Aber wenn er es befreien will, braucht er dazu doch keine Armee.«

Hatten diese Kirchenmänner denn überhaupt kein bißchen Verstand? »In Gottes Namen«, rief sie und verlor die Beherrschung, »wenn die Soldaten kämpfen, wird Gott ihnen den Sieg schenken.«

»Du nennst dich ›Jungfrau Jehanne‹«, bemerkte ein Bischof. »Bist du wirklich eine?«

»Jawohl.« Ihre Kiefermuskeln zuckten vor Entschlossenheit. »Ich habe vor Gott geschworen, daß ich eine Jungfrau bleiben werde, bis er mir erlaubt, meinen Stand zu verändern. Ich habe dieses Gelübde aus Liebe zu ihm abgelegt und weil seine Stimme mir gesagt hat, daß ich geboren wurde, um seine Kämpferin für Frankreich zu sein.«

»Ist deine Keuschheit der Quell deiner Macht?« fragte der Karmeliter. »Wußtest du deshalb von der Niederlage des Königs vor Orléans?«

»Davon wußte ich, weil Gottes Bote mir davon berichtet hatte.« Sie zögerte. »Was das andere angeht – ich weiß es nicht.«
Wieder setzte das Gemurmel ein, und ein Dominikaner, der noch nicht gesprochen hatte, ergriff das Wort. »Ist dir bewußt, daß der Teufel keinen Umgang mit einer Jungfrau haben kann?«
»Davon habe ich gehört.«
»Und da du davon gehört hast – wie können wir sicher sein, daß das Wort von deiner Reinheit nicht Lüge ist? Daß du nicht in Wirklichkeit mit dem König der Hölle und all seinen Dämonen im Bunde stehst?«
»Ich bin die Jungfrau Jehanne«, sagte sie und starrte ihn an, bis er die Augen niederschlug. »So nennt man mich, und das bin ich.«
Die Überzeugung in ihren letzten Worten schnitt eine Schneise in den stickigen Saal. Keine Seele rührte sich, bis der Monsignore, der neben dem Erzbischof de Chartres saß, diesem etwas zuflüsterte. Stirnrunzelnd nickte der Präsident der Kommission, und dann erhob er sich. »Damit wäre das Verfahren vorläufig beschlossen«, erklärte er, »es sei denn, es hätte noch jemand etwas zu sagen.« Er schaute fragend in die Runde der Theologen.
»Ja, Exzellenz, ich«, sagte Jehanne, und ihre Stimme übertönte das neuerwachte Gemurmel.
Die Gespräche verstummten, und die Männer wandten sich ihr erwartungsvoll zu. De Chartres nickte. »Also gut, dann sprich.«
»Ich kann zwar nicht lesen, aber ich weiß, daß im Buche Gottes mehr steht als in irgendeinem der euren«, erklärte sie mit stiller Inbrunst. »Denn ich habe seine Anwesenheit in den Feldern und Blumen gespürt. Und hier.« Sie legte eine Hand aufs Herz. Ihre Kraft ließ ihre Fingerspitzen vibrieren, und die Luft knisterte davon.
Sie merkte, daß zumindest einige der Geistlichen es auch spürten und von ihr beeindruckt waren. Widerwillige Bewunderung zeigte sich auf dem faltigen Gesicht des jüngeren Bischofs. Seine dominikanischen Kollegen sahen beinahe beschwingt aus, als sie flüsternd den Saal verließen. Séguin aus dem Limousin schenkte ihr ein wohlwollendes Lächeln, und dann ging auch er, verwundert den Kopf schüt-

telnd. Monsieur Rabateaus Bürokraten gingen zusammen mit den Theologen, aber einige Männer, lauter Laien, blieben noch. Sie trugen die einfache Kleidung arbeitender Ritter und Soldaten. Angeführt vom lächelnden d'Alençon, kamen sie auf sie zu. Sie erhob sich, um sie zu begrüßen.

D'Alençons hübsches Gesicht erstrahlte in einem Lächeln. Er nahm ihre Hand, wie es ein Bruder getan hätte. »Du hast dich sehr gut geschlagen, Jehanne«, sagte er, und in seinen Augen leuchtete der Stolz. »Ich weiß nicht, wie sie dich noch abweisen können.«

Sie lachte. »Schade, daß Sie nur ein Herzog und kein Theologe sind.«

Die Kommision, die auf Anregung des Dauphins zusammengetreten war, beriet sich bis tief in die Nacht hinein und fast den ganzen nächsten Tag hindurch. Jehanne durfte während dieser Zeit das Haus der Rabateaux nicht verlassen, und so verbrachte sie den Vormittag im Gebet in der Kapelle ihres Gastgebers. Sie fühlte sich umfangen von der Liebe ihrer Ratgeber, und Katharinas Verheißung, daß der Sieg bevorstehe, machte ihr Mut.

Am Spätnachmittag kam d'Alençon zu ihr und teilte ihr mit, daß die Mitglieder der Kommission ihre Entscheidung getroffen hätten. Unterdessen war ein Kurier im Schloß eingetroffen und hatte Karl einen detaillierten Bericht überbracht. Die Geistlichkeit hatte ihren Beschluß nicht nur auf der Grundlage der Anhörung gefaßt, sondern auch unter Berücksichtigung eines drei Wochen alten Berichts zweier Franziskanermönche, die Karl insgeheim nach Domrémy und Vaucouleurs geschickt hatte, damit sie die Herkunft des Mädchens überprüften. Die offiziellen Akten bestätigten den Befund der Prälaten: daß Jehanne eine gute Christin und gläubige Katholikin mit makelloser Vergangenheit sei. Weiterhin hieß es in dem Bericht, daß das biblische Verbot der Männerkleidung für Frauen sich lediglich auf eine unschickliche Erscheinung bezog, nicht aber auf militärische Gewandung, und zum Beleg wurden Esther und Judith angeführt.

Jehanne hatte keine Ahnung, wer Esther und Judith waren, aber ihr

Herz schwang sich in die Höhe, als sie die Worte hörte, mit denen der Bericht beschlossen wurde: »Angesichts der unmittelbaren Notwendigkeit und der drohenden Gefahr für Orléans könnten Majestät dem als Jungfrau Jehanne bekannten Mädchen erlauben, Ihnen zu helfen, und sie nach Orléans entsenden.«

Ihre Augen leuchteten, und strahlend warf sie sich d'Alençon an den Hals, und beide fingen an, ausgelassen zu lachen. »Aber da ist noch etwas«, sagte er.

Sie wurde ernst. »Was denn?«

»Karl will dich nach Tours bringen«, sagte er verlegen. »Trémoïlle hat ihn bedrängt und angedeutet, du seiest vielleicht keine Jungfrau. Karls Glaube an dich ist zwar größer, als er bereitwillig zugeben würde, aber er will nicht, daß irgendein Zweifel daran bestehen kann, daß du wirklich bist, was du zu sein behauptest.«

»Aber ich habe ihm mein Wort gegeben!« rief sie. »Warum genügt ihm das nicht?«

»Weißt du nicht mehr, was ich dir in Chinon gesagt habe? Daß er niemandem traut?« D'Alençons Ton war beinahe tadelnd. »Auch denen nicht, denen er trauen sollte«, fügte er hinzu. »Er will nicht, daß Bourgogne oder die Engländer verbreiten, er habe die Hilfe einer Zauberin akzeptiert. Das würde ein schlechtes Licht auf ihn werfen und seinen eigenen rechtmäßigen Anspruch auf den Königsthron zweifelhaft erscheinen lassen – mehr noch, als dies schon der Fall ist. Wenn er der Welt beweisen kann, daß du gut und ehrlich bist, dann kann ihn später niemand bezichtigen, er stehe mit dem Teufel im Bunde und habe nur durch den Bösen sein Erbe angetreten.«

Sie nickte nachdenklich; sie verstand jetzt, was Karl bewog. Eine Jungfrau konnte nicht mit dem Teufel im Bunde stehen, denn erst durch den fleischlichen Akt verbündete Satan sich mit seiner Beute. Daraus folgte auch, daß eine Dirne nicht Gottes Boten hören konnte. Das leuchtete ein.

»Aber warum nach Tours?«

»Weil die Stadt Yolande gehört, der Schwiegermutter des Königs, die sich jetzt dort in ihrem Schloß aufhält. Sie wird dich untersuchen.«

»Ich verstehe.« Jehanne erbleichte. Die Mutter der Dauphine Marie galt als furchterregende Frau.
»Es tut mir leid, daß du dies alles ertragen mußt, Jehanne«, entschuldigte d'Alençon sich sanft. »Aber wenn Yolande diese Untersuchung vornimmt, wird niemand je wieder an dir zweifeln können.«
Resigniert schaute sie zu ihm auf. »Dann muß ich tun, was der Dauphin befiehlt. Ich werde nach Tours gehen, und dann werden sie schon selbst sehen, daß ich die Jungfrau bin.«

Früh am nächsten Morgen kamen Séguin und sein Klosterbruder Guillaume Aymerie in Monsieur Rabateaus Haus, um Jehanne zu besuchen.
Wie Séguin gehörte auch Aymerie dem Orden der Dominikaner an, der auch als Predigerorden bekannt war. Er hatte einen runden Bauch und ein rotes Gesicht. Ein Holzkreuz hing auf den verschränkten Armen, und seine Hände steckten in den Ärmeln seiner weißen Kutte. Sie seien gekommen, erklärte Séguin, um ihr eine gute Reise zu wünschen und ihr persönlich zu sagen, daß sie einen höchst vorteilhaften Eindruck auf sie beide gemacht habe.
»Ich danke Ihnen«, sagte Jehanne. Sie hegte immer noch leisen Groll ob der ermüdenden Prüfung, der sie sich vor ihnen hatte unterziehen müssen. »Wenn Sie wirklich meinen, was Sie sagen, dann können Sie etwas für mich tun.«
»Was denn, mein Kind?« fragte Aymerie. Mit seinen großen Augen und dem spitzen Mündchen erinnerte er Jehanne an eine neugierige Eule.
»Ich habe gesagt, daß ich nicht lesen und nicht schreiben kann, aber ich möchte einen Brief an die Engländer schicken und sie vor meinem Kommen warnen. Ich hoffe, daß sie dann aus freien Stücken von Orléans abziehen werden, denn ich möchte ja nicht, daß die Armee des Dauphins auch nur einen von ihnen tötet. Wenn Sie die Worte für mich schreiben wollen, dann möchte ich sie Ihnen diktieren.« Sie schaute die beiden grimmig an.

Aymerie schnappte überrascht nach Luft. Séguins Augen funkelten, und er lächelte sie an. Er schaute Rabateau an, der ihnen zugehört hatte, und fragte: »Haben Sie Papier und Tinte?«
Der Generaladjutant warf seinem Kammerdiener einen Blick zu und befahl ihm mit einer Kopfbewegung, das Gewünschte zu beschaffen. Der Mönch griff nach der Feder und tauchte sie in das Tintenfaß. »Was soll ich schreiben?«
»Schreib folgendes«, sagte Jehanne, und während sie diktierte, ging sie auf und ab. Sie kannte die Namen der gesichtslosen Feinde, dieser Teufelssöhne. D'Alençon hatte ihr alles über sie erzählt.

† JHESUS MARIA †

König von England, und Du, Herzog von Bedford, der Du dich Regent des Königreichs Frankreich nennst; Du, William de la Pole, Earl of Suffolk, Du, John Lord Talbot, und Du, Thomas Lord Scales, die Ihr Euch Lieutenants des besagten Herzogs von Bedford nennt:
Tut Recht vor dem König des Himmels: übergebt der Jungfrau – welche hergesandt von Gott, dem König des Himmels – die Schlüssel aller guten Städte, welche ihr habt erobert und geschändet in Frankreich. Sie ist gekommen von Gott, dem Königlichen Blute zum Recht zu verhelfen, und sie ist bereit, Frieden zu schließen, wenn Ihr Recht tun wollt und Frankreich aufgeben und bezahlen, was Ihr angerichtet. Was euch aber angeht, ihr Bogenschützen und Soldaten, ihr Gentlemen und anderen, die ihr steht vor der Stadt Orléans: Geht heim in Gottes Namen. Und wenn ihr es nicht tut, so erwartet bald mehr zu hören von der Jungfrau, welche kommen wird, euch zu sehen zu eurem großen Schaden.
König von England, so Du mir nicht folgen willst: Ich bin der General, und wo immer ich in Frankreich auf Deine Mannen stoße, werde ich sie zwingen, fortzugehen, ob sie wollen oder nicht, und wenn sie mir keinen Gehorsam erweisen, so lasse ich sie niedermachen alle. Ich bin hergesandt von Gott, dem König des Himmels, euch alle aus Frankreich hinauszuschaffen. Doch wo sie mir Gehorsam zeigen, will ich ihnen barmherzig sein.

Und glaube ja nichts anderes: Denn Du wirst nicht haben das Königreich Frankreich von Gott, dem König des Himmels und dem Sohn der heiligen Maria, sondern König Karl wird es haben, der wahre Erbe. Denn so will es Gott, der König des Himmels, und so ist es ihm offenbart worden durch die Jungfrau, und er soll Einzug halten in Paris mit schöner Gesellschaft.
So Du nicht glauben willst diese Kunde von Gott und der Jungfrau, so werden wir Dich schlagen, wo wir Dich finden, und wir werden einen Schlachtruf erheben, wie er in Frankreich nicht ward gehört in eintausend Jahren, so Du nicht Recht tun willst. Und wisse mit Zuversicht, daß der König des Himmels der Jungfrau mehr Kräfte wird senden, als Du gegen sie und ihre guten Soldaten in jeglichem Angriff aufzuführen vermagst. Und wenn der Streit beginnt, so wird man sehen, wessen Recht das bessere ist vor den Augen des himmlischen Gottes.
Und Du, Herzog von Bedford: Die Jungfrau bittet und beschwört Dich, nicht Deinen eigenen Untergang herbeizuführen. Willst Du ihr tun, was recht ist, so magst Du ihr dort vor Augen treten, wo die Franzosen besiegeln den schönsten Vertrag, welcher je ward besiegelt für die Christenheit. So antworte also, wenn Du Frieden schließen willst in der Stadt Orléans. Willst Du es nicht, so bedenke eilends die Gefahr, welche Dir somit droht.
Gegeben an diesem Dienstag der Karwoche.

Jehanne überlegte, ob sie noch etwas hinzufügen sollte, aber es fiel ihr nichts mehr ein. Sie blieb stehen und bat: »Lesen Sie es mir noch einmal vor, Bruder Séguin.« Er gehorchte, und sie verschränkte die Hände auf dem Rücken und fuhr fort, auf und ab zu gehen. Am Ende des Briefes sagte sie: »Das ist gut. So muß es sein.«
»Gibt es noch etwas, Jehanne?« fragte der Bruder mit ironischem Lächeln.
Sie überlegte kurz. »Ja«, sagte sie dann.
Séguin legte den langen Brief beiseite und griff nach einem sauberen

Blatt. Er tauchte die Feder ins Tintenfaß ein und schaute sie erwartungsvoll an.
»An Bertrand de Poulengy und Jehan de Metz in Vaucouleurs: Wenn Ihr noch an mich glaubt und mich schätzt, und wenn Ihr noch immer den Wunsch habt, die Engländer zu Orléans zu schlagen, dann kommt zu mir nach Tours, wo ich die Armee Gottes aufstelle.« Sie blieb stehen. »Haben Sie das?«
Séguin nickte und las es ihr noch einmal vor.
»So ist es richtig. Wollen Sie mir jetzt zeigen, wie ich meinen Namen schreiben muß? Ich möchte, daß beides meine Unterschrift trägt.«
»Ja, komm nur her.« Séguins Augen funkelten gutmütig.
Er gab ihr die Feder in die Hand und umfaßte sie mit seiner eigenen. Dann tauchte er das Schreibwerkzeug in die Tinte, führte die Feder zum Pergament und führte ihr die Hand bei den Buchstaben ihres Namens:

Dann legte er den Brief an ihre Freunde beiseite, und zusammen unterschrieben sie auch den an die Engländer. Jehanne betrachtete das erste Wort, das sie je geschrieben hatte. Sie war sehr zufrieden mit sich und strahlte den Mönch an.
Aber dann bekam sie doch Gewissensbisse, und beschämt über die Art, wie sie ihn herumkommandiert hatte, fragte sie in weniger herrischem Ton: »Bruder Séguin, wollen Sie dafür sorgen, daß der Brief nach Vaucouleurs noch heute auf den Weg gebracht wird?«
»Aber natürlich.« Kopfnickend klopfte er ihr auf die Schulter, um ihr zu verstehen zu geben, daß er keinen Anstoß genommen hatte. Er nahm den Brief, faltete ihn zusammen und schob ihn in seinen Ärmel. »Gott behüte dich und lasse dich wohlbehalten ankommen, Jehanne. Ich weiß, daß unser Herr über dich wachen wird.« Er machte das Kreuzzeichen über ihrem Kopf und murmelte einen lateinischen Segen.

Ohne die bewundernden Blicke ihres Gastgebers zu beachten, nahm Jehanne den Brief an die Engländer und betrachtete die dicken schwarzen Schnörkel auf dem Pergament. Ihr Blick wanderte zu dem Namen, den sie unten auf die Seite geschrieben hatte. Sie würde diesen Brief mit nach Tours nehmen, und wenn sie dort wäre, würde sie ihn an den Feind nach Orléans schicken. Es war nur recht, ihn zu warnen. Sie setzte sich auf den Stuhl an Monsieur Rabateaus Schreibpult.

Der Ring, den ihr Vater ihr geschenkt hatte, fing das Licht ein und funkelte sie an. Sie rieb ihn versonnen. Hatten die Franziskaner mit ihrer Familie gesprochen, als sie sich in Domrémy über sie erkundigt hatten? Ganz gewiß. Was mochten ihre Eltern gedacht haben, als die fremden Brüder unangemeldet erschienen waren und Jacques und Isabelle erzählt hatten, daß sie auf Befehl des Königs da seien und alles über ihre entlaufene Tochter wissen wollten? War ihr Vater zornig auf sie, oder war er stolz? Hatte Isabelle ratlos die Hände gerungen?

Ihr Blick kehrte zu dem Brief an die Engländer zurück, und sie zog die Stirn kraus.

O Gott, gib ihnen ein, daß sie mich ernst nehmen. Öffne ihnen die Augen, damit sie sehen, daß wir Verbündete sein sollen, keine Feinde. Sag ihnen, wie Du es mir gesagt hast, daß sie sündigen, wenn sie versuchen, ein Königreich an sich zu reißen, das nicht ihnen gehört.

Metz, Poulengy – kommt zu mir. Ich brauche euch.

Am Nachmittag erschien das königliche Gefolge, um Jehanne nach Tours zu bringen. Der Weg führte sie nach Chinon zurück, und nach einer Übernachtung im Schloß brach ein noch größerer Zug im Morgengrauen nach Tours auf. Es waren sechzig bewaffnete Ritter hinzugekommen, und außerdem die Dauphine Marie und der Page Minguet. Die Dauphine wollte ihre Mutter besuchen, Minguet kam Jehannes wegen mit.

Die Nachricht von Jehannes Ankunft war ihnen vorausgeeilt, und als das königliche Gefolge Tours erreichte und die Brücke in die Stadt überquerte, drängten Karls jubelnde Untertanen sich wartend in den Straßen. Hunderte von Fremden, deren einzelne Stimmen in diesem Pandämonium aufgingen, hießen sie voller Eifer willkommen. Über der vorüberziehenden Kavalkade hingen die Leute aus den Fenstern, schrien und winkten Jehanne zu, aber auch ihr Tribut wurde vom allgemeinen Getöse verschluckt. Die Königliche Kutsche blieb im Gedränge fast stecken, und die schottische Leibgarde war genötigt, ihre Pferde vorsichtig durch die Mauer der Zuschauer zu treiben, während sie sich bemühten, den Dauphin zu beschützen.

Jehanne ritt das schwarze Schlachtroß, das d'Alençon ihr geschenkt hatte, innerhalb des Rings der Soldaten, aber ein Stück weit hinter dem Herzog und Trémoïlle, die unpassenderweise Seite an Seite ritten. Minguet ritt so dicht neben Jehanne, daß die Flanke seines Pferdes sich an ihrem Stiefel scheuerte. Der Mund des Jungen stand vor Staunen offen, und das Spektakel ließ seine blauen Augen aus den Höhlen quellen. Jehanne zügelte ihr Pferd und vergrößerte den Abstand zu Karl und seiner Gemahlin. Sie winkte der Menge zu.

Das war der Funke, der genügte, um die Menge entflammen zu lassen wie einen Heuschober: Alles drängte ihr entgegen und durchbrach die Reihen der Garde.

»Zurück!« schrie der Hauptmann und versuchte, die Menschen zur Seite zu winken. Seine Zähne blitzten durch den dichten rotbraunen Bart. Aber das Jubelgeschrei übertönte ihn, und man sah nur, wie seine Lippen die Worte formten: »Haltet die Leute zurück!« Seine eigenen Soldaten konnten seine Befehle nicht hören. Hilflos schauten sie sich unter den liebevoll verzückten Gesichtern um, hin und her gerissen zwischen ihrer Pflicht und dem Widerwillen dagegen, ihre Waffen gegen diese Zivilisten einzusetzen. Ein Gardesoldat schaute seinen Hauptmann an, und dieser zuckte nur die Achseln und fügte sich wider besseres Wissen in die Lage.

Er winkte seine Leute weiter, sie sollten den König schützen und Jehanne ihrem Schicksal überlassen. D'Alençon drehte sich im Sattel um und schaute zurück, als der Adel sich von Soldaten eingekreist und von Jehanne abgeschnitten sah.

Sie und Minguet waren jetzt zu allen Seiten von lärmenden Menschen umdrängt. Die Leute zerrten an ihrem Pferd, packten sie und reckten sich, um sie zu berühren. Mütter hielten ihre Kinder hoch, damit sie sie segnete. Dem Gedränge der Leiber ausgeliefert, die dem Pferd den Weg versperrten, und außerstande, ihnen auszuweichen, konnte sie nur entsetzt mitansehen, wie sie nach ihren Stiefeln griffen und versuchten, ihr die Füße zu küssen, wie sie sich an ihren Sattel klammerten und um ihre Fürbitte flehten. Minguets pickliges Gesicht war bleich. Er sah aus, als werde er gleich vom Pferd fallen, wenn die Leute ihn nicht schon vorher herunterzögen. Selbst *ihn* bedrängten sie.

Jehanne antwortete auf die ekstatische Zuneigung mit einer benommenen Handbewegung. Niemals hätte sie mit so etwas gerechnet. Nach wochenlangen skeptischen Prüfungen und nur gelegentlich gefundenem Vertrauen wirkte diese Szene wie ein müßig gesponnener Tagtraum, der jählings Wirklichkeit wurde, und sie war überwältigt von soviel Jubel.

»Jungfrau Jehanne! Jungfrau Jehanne! Jungfrau Jehanne!« sangen die Leute von Tours.

Als der Dauphin sich dem Schloß näherte, kam die Torwache ihm entgegen gestürmt. Dadurch verstärkt, wandte die berittene Eskorte ihre Pferde in die Menge und drängte sie zurück, und die Garde bildete eine Schutzmauer und ermöglichte es Karl, den Schloßgraben zu überschreiten. Sie schwenkten ihre scharfgeschliffenen *guisarmes* und hielten die Bevölkerung damit entschlossen zurück, so daß auch d'Alençon und der Kanzler hinüberreiten konnten. Zehn Soldaten trabten zurück, um auch dem Rest der königlichen Reisegesellschaft den Durchgang freizumachen.

Die Kutsche kam zum Stehen, und ein Diener eilte heran, um den Schlag aufzureißen. Die Dauphine stieg aus und warf einen beunruhigten Blick zu Jehanne hinüber. Karl kam nach ihr; er sah ebensowenig erfreut aus.

»Nun, Jehanne, wie es scheint, liebt Tours dich bereits«, sagte er bissig.

D'Alençon war bereits von seinem Pferd gestiegen. Er lenkte Jehannes

Aufmerksamkeit auf sich und legte warnend einen Finger an die Lippen, als ein Diener herantrat und sein Tier davonführte. Trémoïlle bemühte sich immer noch, seinen massigen Wanst vom Pferd zu wälzen.

»Ich habe ihnen noch keinen Grund gegeben, mich zu lieben, Herr.«

Jehanne errötete; der sarkastische Tonfall des Dauphins erschreckte sie.

Er schaute zum Tor hinüber, wo jenseits des Grabens die Volksmassen sich schreiend drängten. »In der Tat.« Seine Miene war kalt und ausdruckslos, und seine Stimme klang gleichmütig. »Hast du vergessen, warum du hier bist?«

»Nein, Sire.« Sie lächelte fröhlich, in der Hoffnung, seine Stimmung damit zu bessern, wenn auch nicht seine Absichten.

»Dann geh mit dieser guten Dame.« Er deutete auf Madame de Trèves, die herangekommen war, um sie zu begrüßen. »Sie wird dich zur Untersuchung bringen.«

Jehanne schaute hilfesuchend zu d'Alençon hinüber. Er nickte nur, und sein Mund formte die Worte: »Ja, geh.«

Jehanne verbeugte sich zerknirscht vor dem Dauphin und wandte sich ab, um der Edelfrau zu folgen. Sie sah die Fältchen in Karls Augenwinkeln nicht, als sie ging, und auch nicht, daß der Kanzler triumphierend lächelte.

Die Frauen traten ins kühle Dunkel einer großen Halle. Links befand sich eine steile Wendeltreppe. An ihrem Fuße stand ein Wächter mit stählernem Brustharnisch und hielt eine *guisarme* umfaßt; zwei weitere standen gleich hinter der Tür. Madame de Trèves ging grußlos an ihnen vorbei und stieg die Treppe hinauf, dicht gefolgt von Jehanne. Immer höher ging es die enge Treppe hinauf, bis es Jehanne ganz schwindlig im Kopf wurde. Sie wagte nicht, nach unten zu schauen, weil sie befürchtete, daß ihr dann übel werden könnte. Draußen auf der Straße, umschlungen von all diesen Menschen, hatte sie sich von der theatralischen Flut von Liebe so sehr gestärkt gefühlt, daß sie tatsächlich ganz vergessen hatte, weshalb sie hier war, auch wenn sie Karl etwas anderes gesagt hatte. Aber jetzt konnte sie den Jubel von

Tours nicht hören. Als sie die schmalen Stufen in den Turm hinaufkletterte, sah sie die Wirklichkeit vor sich winken.

Sie brauchte dringend ein Bad, und ihre stinkenden Kleider hätte sie am besten verbrannt. Zu allem Überfluß würde sie nun von einer großen Dame aufs intimste untersucht werden – genaugenommen von der größten Dame Europas, die nicht nur königliches Blut geheiratet hatte, sondern als Tochter des Königs von Aragon selbst welches in den Adern hatte. Und wer war sie? Jhanette aus Domrémy. Weiter niemand.

Nein, ermahnte sie sich selbst: Ich bin die Jungfrau Jehanne, die Botin Gottes. Sie zwang sich, daran zu denken, wie Michael sie mit der Macht bekanntgemacht hatte. Wenn all dies erledigt und der Stolz des Königs befriedigt wäre, dann würde sie glorreich ausreiten und Orléans aus den Klauen des Teufels befreien.

Endlich erreichten sie einen Treppenabsatz so dicht unter der Spitze des *donjon,* daß Jehanne, wenn sie nur den Hals ein wenig reckte, das Innere des kegelförmigen Daches sehen konnte. Madame de Trèves runzelte die Stirn und räusperte sich, um Jehanne zur Eile anzutreiben. Jehanne murmelte eine Entschuldigung, als die ältere Frau nach einer schweren Eisenklinke griff, die Tür öffnete, in die Kammer und beiseite trat. Bang überschritt Jehanne die Schwelle.

Madame de Gaucourt stand vor dem Fenster und drehte sich um, ohne zu lächeln. Eine weitere Frau, die viel älter war – etwa fünfundsechzig, schätzte Jehanne –, saß auf einem prächtig geschnitzten Stuhl, die Hände auf dem Schoß gefaltet. Jehanne wußte, daß dies die gefürchtete Yolande von Aragon war, die Königin von Sizilien und Neapel, Mutter der Dauphine.

Sogleich fiel sie auf die Knie und senkte den Kopf. Das zerbrechliche Selbstvertrauen, das sie noch vor einigen Augenblicken hatte heraufbeschwören können, verwelkte jäh, und ihr Magen zog sich zu einem harten Knoten zusammen.

»Das also ist die Jungfrau, die gekommen ist, meinem Schwiegersohn seinen Thron zurückzugeben«, stellte Yolande fest. Sie musterte Jehannes Männerkleidung mit sichtlichem Abscheu.

»Jawohl, Hoheit«, murmelte Jehanne.
»Nun, dann wollen wir sehen, ob es wahr ist.« Yolande deutete mit einer nachlässigen Bewegung ihrer welken Hand auf das Himmelbett.
Ich werde keine Angst haben, dachte Jehanne, als sie quer durch die Kammer auf das Himmelbett zuging. Ich bin die Jungfrau Jehanne, die Botin von Gott, und dies ist nur ein weiterer Schritt nach Orléans. Katharina, Margarethe, bitte steht mir bei!
Sie spürte die herablassenden Blicke der Damen, als sie die Stiefel auszog und auf eine große Truhe am Fußende des Bettes stellte. Mit zitternden Fingern schnürte sie das Wams, das an ihre enge Strumpfhose geknöpft war, seitlich auf und zog es sich über den Kopf. Dann legte sie es oben auf die Holztuhe. Niemand sagte ein Wort. Sie zog ihr Hemd aus, schälte die Strumpfhose herunter, faltete rasch alles zusammen und legte es oben auf das Wams. Die beiden Zofen traten herzu. Sie kletterte auf das Bett und legte sich auf den Rücken. Madame de Trèves schob ihr ein Kissen unter die Hüften.
Die Königin nahm den Stock, der an ihrem Stuhl lehnte, stützte sich darauf und erhob sich von ihrem Platz. Mit behutsamen Schritten kam sie zum Bett, wo Jehanne mit schweißfeuchten Händen wartete.
Ich bin die Jungfrau Jehanne, die Botin Gottes, die Jungfrau Jehanne.
Sie konnte das Parfüm der alten Frau riechen, sein Hauch wehte geisterhaft aus ihrer grabschwarzen Robe, ein Hauch von blühendem Flieder.
»Die Knie auseinander«, befahl die Königin eisig.
Jehanne gehorchte.
»Weiter.« Die Stimme war brüchig vom Alter und hatte einen ungeduldigen Klang.
Jehanne ließ die Knie rechts und links herabsinken.
Bei der Berührung der kalten Hand begannen die Muskeln an ihrem Leib zu flattern. Eisig durchzuckte es ihre Wirbelsäule. Sie wischte sich die Handflächen am Bettlaken ab und konzentrierte sich auf den seidenen Baldachin über dem Bett.
Ein jäher Schmerz schoß zwischen ihren Beinen herauf.
Zwischen zusammengebissenen Zähnen sog sie den Atem ein. Ihr Ge-

sicht glühte bei diesem Angriff auf ihre Menschenwürde. Sie bedeckte die Augen mit dem Unterarm und versuchte, das scheußliche Gefühl der in sie eindringenden, tastenden Finger auszulöschen, dieser Finger, die ihren Körper erforschten, wo noch niemand sie je berührt hatte.

Ich bin die Jungfrau Jehanne, die Botin Gottes.

Und dann war es vorüber. Die Hand zog sich zurück, der Schmerz verging. Bewegungslos und mit geschlossenen Augen blieb sie liegen, und sie nahm auch den Arm nicht von ihrem glühenden Gesicht.

Die Damen schwiegen weiter, aber sie hörte das Rascheln ihrer Gewänder und wußte, daß sie sich entfernten. Ihre Schritte auf dem Dielenboden wurden untermalt von den dumpfen Stößen des Gehstocks. Die Tür öffnete sich, ein Luftzug wehte herein, sie schloß sich wieder, und Jehanne wußte, daß sie allein war.

Sie nahm den Arm vom Gesicht, öffnete die Augen, richtete sich auf. Der Geruch von Yolandes Parfüm hing schwer in der Luft. Sie drehte sich auf die Seite und kletterte vom Bett. Ihre Knie zitterten von der empörenden Demütigung. Tränen nahmen ihr die Sicht und liefen ihr über die Wangen, als sie sich die Hose über die Beine streifte; sie wischte sie mit dem Handrücken fort, aber der Strom war so mächtig, daß sie ihn nicht aufhalten konnte. Nur halb bekleidet, setzte sie sich auf die Truhe, vergrub das Gesicht in den Händen und schluchzte.

Die Untersuchung selbst störte sie gar nicht so sehr, das war eine abscheuliche Notwendigkeit. Was sie kränkte, war die Art, wie diese Damen sie behandelt hatten – mit soviel Achtung, als wäre sie ein Schaf, das geschoren werden mußte, ohne Wärme und Sanftmut, ohne jedes Mitgefühl. Sie wußte, daß sie in ihren Augen nichts als ein Bauernmädchen war, das bei Hofe Empörung hervorgerufen hatte, weil es wagte, sich wie ein Knabe zu kleiden. Sie sehnte sich nach ihrer Mutter, wollte gern den Kopf an Isabelles kissenweiche Brust legen, während Maman ihr das Haar streichelte und ihr beruhigende Worte zuflüsterte.

Die Luft um sie herum begann mit einem subtilen, zarten Leuchten zu vibrieren. Es nahm an Intensität zu, bis sie scheinbar völlig umhüllt war von den Armen ihrer Ratgeber. Sie wußte, daß es Margarethe war, aber sie spürte die Kraft stärker als sonst.

Wir sind hier, Kind Gottes, wir waren die ganze Zeit bei dir. Du hast deine Sache gut gemacht.

Eine neue Flut von Tränen brach aus ihr hervor, als Jehanne in der Unerschöpflichkeit des Mitgefühls und der Sicherheit versank, nach der sie sich noch einen Augenblick zuvor gesehnt hatte. Sie waren unfreundlich zu mir, klagte sie. Ich brauchte ein bißchen Freundlichkeit, und sie haben sie mir nicht gegeben.

Freundlichkeit fällt ihnen nicht leicht, denn sie leben in der dünnen Luft einer Welt der Privilegien und Illusionen, und sie wissen nicht, daß jede Seele in den Augen Gottes ihren eigenen Adel hat. Hätten sie die Kraft zur Vision, so könnten sie sehen, was du wirklich bist, und sie wüßten, daß dein Gehorsam und dein Mut dir einen höheren Platz im Himmel eingetragen haben, als sie sich vorstellen können. Im Paradies werden sie sich vor dir verbeugen, und du wirst sie drängen, sich zu erheben, denn du wirst wissen, was sie nicht wissen.

Jehanne wischte sich mit einem stinkenden Ärmel über die Augen und die laufende Nase. Sie schniefte und schluckte und atmete zweimal tief ein und aus. Ihre Augen brannten vom Weinen, und sie rieb sie mit beiden Händen.

Wie lange muß ich so etwas noch ertragen?

Gar nicht mehr. Sie werden dir jetzt alles geben, was du wolltest, und noch mehr. Deine Arbeit steht nun bevor. Aber vergiß nicht, du hast nur ein Jahr und außerdem wenig, um dem Willen Gottes zu dienen. Hab Mut, Jungfrau von Frankreich, und vergiß das Vertrauen nicht, das Gott in dich setzt. Wir sind immer bei dir.

Die Erscheinung ließ nach, aber sie verschwand nicht ganz. Jehanne fühlte sich besser, viel besser. Die schändliche Behandlung war zu Ende. Die Ratgeber hatten es ihr versprochen, und sie glaubte ihnen. Sie streifte sich das Hemd über den Kopf, zog das Wams über und knöpfte es an die Hose. Gerade war sie dabei, den zweiten Stiefel anzuziehen, als es ganz zaghaft an der Tür klopfte. Sie wappnete sich. »Herein!«

Minguet spähte um die dicke Tür herum und lächelte sie an. Glückselige Erleichterung durchflutete sie. Niemand anderen hätte sie jetzt ertragen.

»Sind Sie wohlauf, Jehanne?« fragte er. Er trat über die Schwelle und kam zu ihr. Als er ihre geröteten Augen sah, runzelte er besorgt die Stirn. »Haben Sie geweint?«

»Nein, Minguet, ich hatte nur etwas im Auge.«

Er nickte und wußte nicht, ob er ihr glauben sollte. »Der König schickt Ihnen dies hier.« Er hielt ihr ein in Papier gewickeltes Bündel entgegen, das mit einer Schnur verschlossen war.

»Was ist das?« Sie nahm es ihm ab. Was immer sich in dem Paket verbarg, war weich.

»Neue Kleider«, sagte der Junge. »Ich soll Ihnen sagen, daß er sie für Sie hat machen lassen, bevor wir Chinon verließen, und daß er hofft, sie werden Ihnen gefallen.«

Jehanne setzte sich auf die Truhe und knotete die Schnur auf. Das Papier raschelte, als sie das Bündel entfaltete. Ein frischer, neuer Duft ging von dem Tuch aus, das darin lag. Jehanne stand auf und gab Minguet das Paket, damit er es festhielt. Staunend zog sie die warme, azurblaue Hose heraus und hielt sie sich an den Körper, um zu sehen, ob sie passen würde. Das Leinenhemd war weiß und sehr fein; Schnüre waren durch Löcher am Halsausschnitt gezogen. Eine königsblaue Tunika war dabei und dazu ein schwarzer Ledergürtel. Ganz unten in dem Paket lag eine runde blaue Samtmütze.

Sie strahlte vor Entzücken ob dieser Überraschung, und die Traurigkeit rückte in den Hintergrund. »Wie schön!« flüsterte sie.

»Der König läßt Ihnen noch etwas sagen«, erklärte Minguet mit seiner brüchigen Stimme. »Sie sollen sich unverzüglich in das Haus des Monsieur du Puy begeben. Das ist ein reicher Kaufmann, und seine Gemahlin ist Zofe bei der Königin. Dort werden Sie – werden wir – wohnen, solange wir in Tours sind. Und das hier, sagt er, soll ich Ihnen geben.« Minguet reichte ihr einen kleinen, klimpernden Beutel.

Verwundert merkte sie, wie schwer der Beutel war. Als sie ihn öffnete, blinkte ihr eine Handvoll Silbermünzen entgegen. »Meine Güte«, sagte sie verdattert. Das mußte ein Vermögen sein.

»Seine Majestät sagt, Sie sollen sich Rüstung und Waffen kaufen«, schnatterte Minguet gewichtig, »und er sagt, er wird Ihnen einen Knappen senden, der ins Haus des Monsieur du Puy kommen wird. Außerdem schickt er Herolde, die Ihnen dienen sollen. Und einen zweiten Pagen«, fügte er einigermaßen mißmutig hinzu. »Und Sie dürfen sich einen Beichtvater aussuchen, sagt er.«

»Einen Beichtvater?« Ihr Gesicht leuchtete auf.

Minguet nickte.

Einen eigenen Kaplan. Jetzt konnte sie die heilige Messe hören, wann immer sie wollte, und täglich dreimal, wenn es ihr beliebte. Die Kleider waren schön, das Geld herrlich, aber ein eigener Kaplan ...! Das bedeutete ihr mehr als alles andere.

Sie steckte die Hand in den Beutel und wühlte mit den Fingern im Silber. Sie hatte keine Ahnung, wieviel es war und was man dafür kaufen konnte. Aber das würde sie bald erfahren.

»Laß uns gehen«, sagte sie strahlend. Ihr graute vor dem Aufruhr auf der Straße, aber sie konnte es nicht erwarten, diesen Ort hinter sich zu lassen.

Der Badezuber stand in einer Kammer neben Madame du Puys Küche, und hierhin ließ Jehanne sich führen, kaum daß sie sich mit ihrer Gastgeberin bekanntgemacht hatte. Madame du Puy war eine vorzügliche Entdeckung. Jehanne hatte erwartet, daß diese Zofe genauso sein würde wie die anderen, die sie in Chinon kennengelernt hatte: Hochfahrend und herablassend erinnerten sie Jehanne beständig daran, daß sie nichts als ein ungehobelter Eindringling war. Aber Dame Eleanor war gutmütig und freundlich; sie hatte ein schlichtes, herzförmiges Gesicht und dunkle Augen. Und jung war diese Dame – kaum ein paar Jahre älter als Jehanne, obgleich ihr Gemahl ein alter Mann von siebenunddreißig Jahren war. Eleanor sah sich geehrt, einen so vornehmen Gast zu haben, und sogleich befahl sie der Küche, eine große Menge Wasser heiß zu machen. Minguet wartete in der Stube, und Jehanne folgte einer Magd zum Bade.

Es war das erste Bad seit ihrem Besuch bei der Familie d'Alençon vor fast einem Monat, und sie war entschlossen, so sauber wie möglich zu werden. Kein Hauch von Yolandes Parfüm sollte an ihr kleben. Sie wollte einen makellosen Körper für ihre fleckenlosen neuen Kleider. Ihre alten Sachen zu verbrennen, davon hatte sie allerdings abgesehen; vielleicht würde noch eine Zeit kommen, da sie sie gebrauchen konnte. Statt sie zu vernichten, würde sie Eleanor du Puys Waschfrau bitten, sie zu reinigen.

Die Tür ging auf, und eine Dienerin kam herein; sie schleppte einen großen Eimer mit dampfendem Wasser, das sie dem abgekühlten Wasser im Zuber hinzufügen wollte.

»Warte!« rief Jehanne. »Ich will mir die Haare waschen.« Sie rieb sich den Kopf kräftig mit Seife ein und massierte den Schaum in die Kopfhaut. Als ihre Augen zu brennen anfingen, hob sie die Hand und gab der Magd das Zeichen.

Ein Schwall von frisch erhitztem Wasser strömte ihr über den Kopf, daß sie nach Luft schnappte. Sie wischte es sich aus den Augen und drückte ihr Haar aus, das zwar immer noch kurz, über den Ohren aber ein wenig zottig geworden war und seine alte Gewohnheit, ihr in die Augen zu fallen, wieder aufgenommen hatte. Sie würde Minguet bitten, es ihr zu schneiden, und diesmal sollte er ihr Nacken und Schläfen ausrasieren wie bei den Edelleuten.

Sie stand auf, und die Magd legte ihr ein Tuch um die Schultern. »Es sind Männer da, die Sie sprechen wollen, Mademoiselle«, sagte die Magd nüchtern, während sie Jehanne den Rücken abrieb.

»Ach? Was denn für Männer?«

Du lieber Gott, laß es bitte nicht noch eine Vernehmung sein! Sie wollte nicht zum tausendsten Mal aufgefordert werden, die Stimmen zu beschreiben, nicht gefragt werden, ob sie eine gute Christin oder welcher Art ihre Mission sei. Zumindest würden sie aber nicht mehr wissen wollen, ob sie wirklich Jungfrau sei, dachte sie wehmütig.

»Sie sehen aus wie Soldaten, und es ist ein Ordensbruder bei ihnen«, sagte die Magd.

Jehanne seufzte und fühlte, wie eine Last sich von neuem auf ihren Geist legte. »Also gut, ich komme gleich.«
Das Mädchen machte einen Knicks und nahm den Eimer mit. Jehanne öffnete das Paket, das sie auf einen Schemel neben dem Feuer gelegt hatte, und nahm die neuen Kleider heraus. Sie zog sich das Hemd über die Schultern, mühte sich in die Hose und in ihre alten Stiefel. Wenn sie mir wieder Fragen stellen wollen, dachte sie, werde ich nicht aussehen wie ein vom Straßenstaub bedeckter Page: Ich werde aussehen wie ein Prinz, wenn ich vor sie hintrete.
Sie bedauerte, daß sie keinen Spiegel hatte, als sie sich die Mütze aufsetzte, und nahm dann den Beutel mit den Münzen. Sie würde Dame Eleanor bitten müssen, ihn irgendwo sicher zu verwahren. Diese Begegnung war nicht zu vermeiden, das wußte sie, also ging sie jetzt durch die Küche hinaus in die Stube.
Alle standen auf, als sie eintrat. Madame du Puys liebes Gesicht lächelte ihr entgegen; im Schein des Feuers sah sie beinahe hübsch aus.
Und die Männer! Lichterglanz erstrahlte vor Jehannes Augen, und sie vergaß ihre Gastgeberin.
Poulengy stieß einen Pfiff aus, als er sie sah. Metz grinste und sagte auf seine alte scherzhafte Art: »Nun, es scheint, du bist zu einigem Wohlstand gelangt, seit wir uns das letzte Mal gesehen haben, Jehanne.«
Mit einem Freudenschrei flog sie ihnen in die Arme, und lachend fingen sie sie auf. Sie atmete ihren männlichen Schweißgeruch ein, als wäre es das köstlichste Parfüm. Metz' Bartstoppeln kratzten sie an der Wange.
»Ihr habt meine Nachricht bekommen?« fragte sie.
»Gerade noch rechtzeitig«, sagte Poulengy. »Wir wollten eben nach Le-Puy-en-Velay aufbrechen, um die Statue der Schwarzen Jungfrau anzuschauen, als dein Brief kam. Wir waren dann trotzdem noch dort, ehe wir herkamen. Und dort sind wir diesen Burschen begegnet – ich glaube, du kennst sie schon.« Er lächelte voller durchtriebener Zufriedenheit.

Sie löste sich aus der Umarmung und schaute zu den beiden Männern hinüber, die sich schweigend im Hintergrund gehalten hatten. Es war zwar nur wenige Monate her, daß sie sie zuletzt gesehen hatte, aber es kam ihr vor wie ein ganzes Menschenleben. Dennoch hatten sie sich kaum verändert. Der ältere war immer noch dunkel und stämmig, ein hübscheres Abbild seines Vaters. Durchtriebener Mutwillen umspielte seine Mundwinkel auf jene altgewohnte Weise, die vermuten ließ, daß er in Gedanken mit etwas Verbotenem, womöglich Boshaftem beschäftigt war. Sie trugen die schlichten Hosen und Jacken der Bauern, die Jehanne so gut kannte.

Tränen quollen herauf und flossen ihr über die Wangen. Diese Art Heimkehr hatte sie nicht erwartet, und sprachlos umarmte sie ihre Brüder Jehan und Pierre.

»Was denn …?« stammelte sie und löste sich schließlich von ihnen. »Wie denn …?«

»Maman wollte zur Schwarzen Jungfrau, um für deine Sicherheit zu beten«, begann Jehan. »Deshalb …«

»… deshalb ließ sie sich von uns hinbringen, und …«

»Sei still, Pierrolot – immer muß du dazwischenreden!« schalt sein Bruder grob.

Obwohl sie bald erwachsene Männer waren, blieb die Rivalität zwischen ihnen bestehen, und sie wirkten noch immer wie zwei Jungen. Jehanne mußte lachen und wischte sich die Tränen ab. Manche Dinge änderten sich nie.

»Jedenfalls«, fuhr Jehan fort, »als wir ankamen, stießen wir auf die beiden da« – er deutete mit dem Daumen auf die beiden strahlenden Männer aus Vaucouleurs –, »und sie sagten, sie wären es gewesen, die dich nach Chinon zum König gebracht hätten. Wir hatten Poulengy lange nicht gesehen, aber Maman erkannte ihn sofort, und …«

»… und als er ihr erzählte, du hättest sie nach Tours bestellt, da fragte sie, ob sie auch mitkommen dürfte, um ein Auge auf dich zu haben«, endete Pierre und trotzte dem Tadel des großen Bruders. »Stimmt es, daß der König dich nach Orléans schicken will?« fragte er mit großen Augen.

»Ja, ja«, antwortete sie, auf Neuigkeiten von daheim erpicht. »Ist Maman denn wohlauf? Und Papa?«
Jehan nickte. »Sie senden dir liebe Grüße.«
»Sie hätten vor Sorge fast den Verstand verloren, als du verschwunden warst«, verkündete Pierre gewohnt unverblümt.
Jehan funkelte den jüngeren Bruder an und versetzte ihm einen schmerzhaften Rippenstoß.
»Das tut mir leid«, sagte Jehanne zerknirscht. »Aber es ging nicht anders. Ich mußte fortgehen.«
»Das ist schon recht, Jhanette«, versicherte ihr älterer Bruder. »Inzwischen verstehen sie es. Sie sind sehr stolz auf dich, wo du doch jetzt berühmt bist.«
»Das bin ich wohl kaum.« Sie lachte. »Ich habe ja auch nichts getan, womit ich Ruhm verdient hätte.«
»Das wirst du noch«, sagte Metz mit zuversichtlichem Lächeln. »Das wirst du, wenn du erst Orléans zurückeroberst.«
»Und dann werden wir an deiner Seite sein«, ergänzte sein Kamerad.
»Wir alle.« Pierres kurzes Gesicht erstrahlte in einem Grinsen, das alle seine Zähne entblößte.
Sie lachte wieder. »Wie kann ich mit einer so treuen Schar verlieren?«
»Kannst du nicht, mein Schatz.« Metz verzog keine Miene, als er die Anrede benutzte, die er bei ihrer ersten Begegnung gebraucht hatte. »Zumal da wir dir diesen braven Mönch mitbringen, den wir ebenfalls in Le Puy getroffen haben.« Er deutete mit ausgestrecktem Arm auf den Ordensmann, der neben Dame Eleanor im Hintergrund gestanden hatte.
Der Mönch trat vor. Er trug ein Habit, das ihr seit den kürzlich erlebten Befragungen in Poitiers bekannt war. Die von einem schwarzen Mantel bedeckte lange weiße Kutte ließ erkennen, daß er ein Dominikaner war.
»Jehanne«, sagte Metz, »dies ist Bruder Pasquerel. Wenn du ihn erst kennengelernt hast, wirst du ihn sicher sehr gern mögen.«
Pasquerel lächelte sie an, und es war, als habe sie noch nie ein gütigeres Gesicht gesehen. Seine großen, dicht beieinanderstehenden Au-

gen hatten die Farbe von Saphiren und schienen von einem sanften inneren Licht zu leuchten, so beständig wie ein Herd. Er war etwa vierzig und nur wenig größer als sie – etwa so groß wie Pierre –, und auch wenn er nicht hübsch zu nennen war – dazu war seine Adlernase zu lang –, verlieh eine angeborene Ruhe seinen Zügen eine heitere Schönheit.

»Ich bin überaus erfreut, dich kennenzulernen, Jehanne.« Der Ton seiner Stimme entsprach der Sanftheit seines Lächelns. »Ich habe von deinen treuen Freunden hier viel über dich gehört, und auch von deiner Mutter. Sie ist eine außergewöhnliche Frau.«

»Ja, das ist sie«, bestätigte Jehanne, und ihr wurde warm ums Herz, als Isabelles rundes Gesicht vor ihrem geistigen Auge erschien.

»Wenn du noch keinen Beichtvater hast, so wäre ich sehr geehrt, wenn du mich dazu erwählen wolltest.« Hinter seinen Worten stand eine Bescheidenheit, die sie bei Kirchenmännern noch selten gefunden hatte.

»Ich danke Ihnen, Pater«, sagte sie. »Erst heute morgen hat der Dauphin mir erlaubt, mir einen Beichtvater zu suchen, und ich habe noch keinen gefunden.« Sie betrachtete die Gesichter derer, die sie liebten, und wußte gleich, daß sie diesen Mönch dazuzählen konnte. »Es macht mich sehr glücklich, daß Sie mein Kaplan sein möchten.«

»Nun, das wäre erledigt«, verkündete Metz fröhlich und schlug dem Mönch auf den Rücken, daß der kleine Mann einen Schritt vorwärts taumelte. »Wann geht es nach Orléans?«

»Das steht noch nicht fest«, antwortete Jehanne trocken. »Wir müssen noch ausgerüstet werden, und der Dauphin hat mir nicht gesagt, wann wir abmarschieren werden.« Plötzlich fiel ihr der Beutel mit dem Silber ein. »Aber er hat mir das hier gegeben.« Sie öffnete den Beutel und wühlte lässig mit der Hand in den Silberstücken.

Poulengy stieß einen langen, leisen Pfiff aus, und Pierres graue Augen weiteten sich staunend.

»Davon könnten wir uns alle einen schönen Rausch antrinken«, scherzte Metz.

Jehanne lachte und gab ihm einen spielerischen Schubs. »Das ist für

Rüstung und Waffen, du Dummkopf.« Dann fragte sie ernüchtert: »Was glaubt ihr, wieviel man dafür bekommt?«

»Laß sehen.«

Sie gab Metz den Beutel. Er öffnete ihn und steckte schnuppernd die Nase hinein. Alle lachten über seine Possen. »Genug«, erklärte er dann mit gespieltem Ernst.

»Aber was heißt ›genug‹?« fragte Jehanne. »Im Ernst, Metz.«

»Im Ernst?« Er zuckte die Achseln. »Das kommt darauf an, wie schön deine Rüstung sein soll und wer sie für dich macht – ob der Mann ehrlich ist oder nicht, und ob er mit sich handeln läßt. Es kommt darauf an, Jehanne.«

»Du verstehst doch etwas von Waffen. Und auch von ihrem Wert?« Sie hatte plötzlich einen Einfall.

»Nun, ich habe im Laufe der Jahre jedenfalls genug davon gekauft.«

»Gut«, sagte sie entschlossen. »Dann sollst du mein Verwalter sein. Ich möchte, daß du mir hilfst, Waffen und Rüstung für uns alle zu beschaffen, und ich möchte, daß du das Geld sicher verwahrst.« Sie strahlte, als sie sah, wie er vor Überraschung den Mund aufklappte. »Verwahren sollst du es, Metz«, neckte sie ihn. »Nicht für Wein ausgeben.«

»Auch nicht für Weiber?« murmelte Poulengy ganz leise.

»Was?«

»Nichts.« Die beiden Männer wechselten einen vertraulichen Blick. Metz hob die Hand. »Ich verspreche dir, Jehanne, daß dein Geld bei mir sicher sein wird«, gelobte er mit ungewohntem Ernst. »Möge Gott der Herr mich tot umfallen lassen, wenn ich dein Vertrauen jemals mißbrauche.«

»Hüte dich vor jedem Gewitter«, warnte Poulengy.

»Ich danke dir, Metz.« Jehanne warf Poulengy einen erbosten Blick zu. Er war eifersüchtig, das spürte sie. In mancher Hinsicht waren diese beiden genauso schlimm wie Jehan und Pierre.

»Du, Bertrand ...« Nachdenklich betrachtete sie den hochgewachsenen blonden Soldaten. »Du sollst mein Knappe sein. Ich brauche jemanden, der mich rüsten und auf die Schlacht vorbereiten kann.«

Ein Lächeln verbreiterte Poulengys langes Gesicht, und er betrachtete Metz mit triumphierend hochgezogenen Brauen.
»Und ich, Jhanette?« zirpte ihr kleiner Bruder eifrig. »Darf ich dein Page sein?« Er wollte sich nicht ausschließen lassen, zumal da Jehan sich um keinen Posten bewarb.
»Ich habe schon einen Pagen, Pierrolot.« Sie lächelte. »Er ist« – sie sah sich unter den vertrauten Gesichtern suchend um – »wo ist denn Minguet?«
»Hier«, antwortete ein dünnes Stimmchen.
Er stand an der Wand, unsichtbar und außerhalb des Kreises. Jehannes Herz zog sich schmerzlich zusammen. Inmitten all dieser Leute, die einander kannten, fühlte Minguet sich ausgestoßen und fremd.
Sie streckte ihm lächelnd die Hand entgegen. Als er kam, legte sie ihm einen Arm um die Schultern. »Das ist Louis de Coutes, auch Minguet genannt, der Sohn eines edlen Ritters aus dem Haus Orléans. Er hat sich freundlicherweise erboten, mein Page zu sein.« Sie schenkte ihm ein sanftes Lächeln. »Und von diesem Augenblick an ist er außerdem mein Bruder, wie es die beiden hier sind« – sie machte eine Geste – »meine Brüder Jehan und Pierre.«
Minguet schaute sie anbetungsvoll an. Sie gab ihm einen Kuß auf die Wange. Er wurde puterrot, aber er erwiderte die freundliche Gebärde, und seine Lippen waren feucht und kühl. Jetzt war er keine Waise mehr, und er würde einen guten Gefährten für Pierre abgeben, der immer etwas dagegen gehabt hatte, das Nesthäkchen der Familie zu sein.

Jehanne erstand die beste Rüstung, die sie bekommen konnte, angefertigt vom besten Rüstungsschmied in Tours. Nie hatte sie sich überlegt, wie viele Schichten ein Ritter am Leib tragen mußte, und sie war völlig verdattert, als sie zum Anpassen in die Rüstschmiede kam.
Am bewundernden »Ah!« und »Oh!« ihrer Gefährten erkannte sie, daß sie prachtvoll aussehen mußte. Leider war es fast unmöglich, in dem Ding zu gehen, und sie konnte sich überhaupt nicht vorstellen,

damit zu rennen. Sie mußte befürchten, das Gewicht würde sie umkippen lassen. Aber der Schmied versprach ihr, daß sie sich daran gewöhnen würde, damit zu gehen, wenn sie es erst kurze Zeit geübt hätte.

Der Preis für ihren Harnisch betrug einhundert *livres Tournois,* und Metz versicherte ihr, das sei ein guter Preis für eine so vorzügliche Qualität. So ließ sie ähnliche Rüstungen auch für Metz und Poulengy entwerfen, um die rostigen, in vielen Schlachten verschlissenen Panzer zu ersetzen, die sie schon so lange besaßen. Und weil Minguet als Jehannes Wimpelträger unweigerlich ins dickste Getümmel geraten würde, sorgte sie dafür, daß er genauso gut geschützt war wie sie.

Ihre Brüder bekamen leichte Brustharnische und Buckelschilde und dazu schwere Panzerhemden, und beide würden solide *basinets* für ihre Köpfe erhalten. Die beiden waren so wenig wie sie an schwere Rüstungen gewöhnt, und sie sollten sich auch an die leichten Panzer gewöhnen, bevor sie sich den Strapazen aussetzten, die ihnen bevorstanden.

Als es Zeit wurde, sich selbst zu bewaffnen, legte sie das Schwert beiseite, das Baudricourt ihr in Vaucouleurs geschenkt hatte, denn es gab noch ein anderes, das sie gern haben wollte. Mit der Erlaubnis seines Meisters schickte sie den Lehrling des Rüstungsschmiedes von Tours, damit er es ihr holte.

Die heilige Katharina hatte ihr in einem Traum erzählt, daß in ihrer Kapelle von St.e-Catherine-de-Fierbois ein Schwert mit fünf Kreuzen im Boden hinter dem Altar vergraben liege. Dort habe Gott es für sie hingelegt. Sie bat Pater Pasquerel, einen Brief an die Geistlichkeit der Kapelle zu schreiben und sie um das Schwert zu bitten. Die Priester wußten nicht, was für ein Schwert sie meinte. Aber als der Lehrling kam und den Boden aufgrub, förderte er es genau da zutage, wo sie es vorausgesagt hatte. Es war von Rost und Erde überkrustet, aber aller Schmutz fiel mit erstaunlicher Leichtigkeit ab, als die Mönche es polierten.

Die Geistlichkeit von Fierbois war so beeindruckt von diesem Wunder, daß sie eine Scheide aus karmesinrotem Samt für das Schwert fertigten. Das Volk von Tours aber ließ sich nicht übertreffen und gab eine zweite aus wunderschönem Goldbrokat in Auftrag. Jehanne äußerte unschuldsvolle Bewunderung für beide und ließ in aller Stille noch eine dritte anfertigen, diesmal aus robustem Leder. Die ersten beiden, so prachtvoll sie waren, würden nicht genügen, um die gottgesandte Waffe zu sichern.

Es blieb der Wimpel. Als Jehanne einen Künstler suchte, der ihr einen entwerfen könnte, verwies man sie an einen Schotten, der in Tours wohnte und mit einer Dame der Stadt verheiratet war. Der wirkliche Name dieses Malers lautete Hamish Power, aber einen solchen Zungenbrecher konnte hier niemand aussprechen, und so nannten die Franzosen ihn Hauves Poulnoir. Er war ein großer, fleischiger Mann mit wildem rotem Haarschopf und Bart. Seine Augen waren blau, und Jehanne mochte ihn sofort – wegen seines freimütigen Witzes und weil er ihr nicht widersprach, als sie das Wappen schilderte, das ihre Ratgeber ihr gezeigt hatten.

Die Standarte sollte aus feinem weißem Leinen sein. Der seidene Randsaum war mit heraldischen *fleurs-de-lys* benäht, und in der Mitte saß ein gemalter Christus, flankiert von zwei knienden Engeln, auf seinem Thron und hielt die Welt in der Hand. Rechts von dieser Szene, wo die Standarte spitz zusammenlief, standen die Worte, die in Jehannes Ring graviert waren: JHESUS MARIA.

Im Geiste nahm sie eine Bestandsaufnahme vor. Vom Geld des Dauphins war nur noch sehr wenig übrig. Aber das kümmerte sie nicht, denn sie mußte nichts mehr kaufen, und alles war vorbereitet. Sie war bereit für die Schlacht zur Befreiung des Königreiches.

Am Ostersonntag las Pater Pasquerel die Messe für Jehanne und ihre drei Brüder im Hause du Puys. Die Gastgeber waren anwesend, und außerdem d'Alençon und vier Männer, die er mitgebracht hatte.

Nach der Messe machte er sie mit ihnen bekannt. Der Dauphin hatte die vier geschickt: zwei Herolde, Guyenne und Ambleville, und einen dritten, einen Knaben namens Raymond, der ihr zweiter Page sein und dem widerwilligen Minguet zur Hand gehen sollte. Die Herolde waren ältere Männer, beide schon über dreißig. Guyenne war klein und zierlich, und seine würdevolle Haltung offenbarte die feine Vornehmheit eines Edelmannes. In seinem wohlfrisierten Haar glänzten silberne Fäden, und er hielt einen schwarzen Hut in den Händen, den er sich später keck auf den Kopf setzen würde. Sein Kollege war größer als Metz, aber nicht so schlank wie Poulengy. Zwar beherrschte Ambleville sich so weit, daß der Blick seiner grauen Augen unergründlich erschien, aber das schmallippige Lächeln, mit dem er Jehanne ansah, machte ihr gleich deutlich, daß er nicht um diesen Posten gebeten hatte. Weil Jehanne kein eigenes Wappen hatte, trugen sie beide königsblaue *huques* mit den *fleurs-de-lys* des Dauphin über ihren dunklen Tuniken.

D'Alençon hatte ihr erklärt, daß Herolde demjenigen, dem sie dienten, einen vornehmen Status verliehen. Sie dienten als Boten und zur Kenntlichmachung der Kombattanten in der Schlacht. Sie zu bewaffnen wäre nicht nur überflüssig, sondern auch ein Verstoß gegen das zivilisierte Recht, denn unter dem Codex des Rittertums galt ihre Person als sakrosankt und unantastbar. Kein Ritter, der dieses Titels würdig war, konnte sie gefangennehmen, und man konnte sie auch nicht als Geiseln halten – ungeachtet dessen, wer ihr Herr war und wie sehr er den Feind bedrohte. Sie waren nur Gott und ihrem Herrn verantwortlich.

Mit anmutiger Höflichkeit verbeugten sie sich vor Jehanne, und ihre in der hohen Kunst der Diplomatie lange geübten Gesichter verbargen, was sie wirklich empfanden.

Dann trat Raymond vor. Er war noch jung, gerade sechzehn, aber schon muskulös und langgliedrig. Seine Augen standen sehr dicht beieinander, und sein Mund wirkte klein über dem breiten, vorspringenden Kinn, auf dem ein paar verzweifelte Barthaare sprossen. Das fröhliche Strahlen in seinem Antlitz verhieß einen Humor, der beinahe so unerhört sein dürfte wie bei Metz. Als er Jehanne angrinste, hätte sie schwören können, daß er zwinkerte. Aber dann war es vorbei, und sie war nicht sicher, ob sie überhaupt irgend etwas gesehen hatte.

Noch einen Mann hatte sie zu begrüßen. »Jehanne, dies ist Jehan d'Aulon«, sagte der Herzog, »und er soll dein Knappe sein.«
Der ziemlich kleine Mann verbeugte sich vor ihr. »Ich habe Sie schon einmal gesehen, Jehanne – an dem Tag, als die Kirchenmänner Sie in Poitiers verhörten. Nachher kam ich mit anderen zu Ihnen, weil ich Ihnen meine Unterstützung anbieten wollte.«
»Warum hast du mich nicht angesprochen?« fragte Jehanne mit verwundertem Lächeln.
»Ich weiß es nicht«, stammelte der Mann. »Es waren andere zugegen, und ich dachte, Sie würden sie vielleicht vorziehen.« Braune Augen blickten verlegen aus einem schlichten, aber wohlgeformten Antlitz, und sie spürte einen handfesten Wirklichkeitssinn bei diesem Mann.
»D'Aulon ist bescheiden«, sagte der Herzog. »In Wahrheit ist er der beste Mann in der Armee des Königs.«
»Nun, dann bin ich froh, daß der Dauphin dich zu mir schickt«, versicherte sie ihm, »Denn ich brauche einen guten Knappen.«
Aus dem Augenwinkel sah sie, daß Poulengy zusammenzuckte, und sie wußte, daß sie ihn irgendwie würde versöhnen müssen. Vielleicht würde er die Stellung als persönlicher Leibwächter akzeptieren. Der Himmel wußte, daß sie einen brauchen würde, um durch das Gedränge zu kommen, das die Straßen Tag und Nacht erfüllte, um einen Blick auf sie zu erhaschen. Irgendwie würde sie ja aus der Stadt gelangen müssen, wenn die Zeit gekommen wäre.
Eine verlegene Pause trat ein. D'Alençon rettete sie alle vor weiterem Unbehagen, indem er sagte: »Jehanne, ich muß dich allein sprechen.«
Die andern zogen sich zurück, und Jehanne wandte sich d'Alençon zu. »Was gibt es denn?« Sie befürchtete ein neues Mißgeschick.
»Karl will, daß ich heute nach Blois reite, um die Truppen zu organisieren und dafür zu sorgen, daß die Bevorratung gewährleistet ist. Er sagt, du und deine Gefährten, ihr sollt euch morgen dort mit den Offizieren der Armee treffen.« Er lächelte, als er ihren Eifer sah. »Er hat dir den Titel ›Oberhaupt des Krieges‹ verliehen. Das ist eine sehr große Ehre, mußt du wissen.«
»Ja.« Sie konnte diese Neuigkeit kaum glauben. »Ich weiß.« Die Jung-

frau Jehanne, Oberhaupt des Krieges. Das hörte sich gut an. »Sie werden also in Orléans bei uns sein?«

Er schüttelte den Kopf. »Leider nicht. Ich werde für den Nachschub des Heeres und die Versorgung der Stadt zuständig sein.« Als er ihre Enttäuschung sah, fügte er hinzu: »Karl investiert sehr viel Geld in dieses Unternehmen, und da braucht er einen Verantwortlichen, dem er vertrauen kann.«

»Natürlich. Dann sehen wir uns also, nachdem wir die Stadt eingenommen haben, Jehan.«

Er legte ihr tröstend eine Hand auf den Arm und lächelte beruhigend. »Ja. Und sorge dich nicht – du wirst in sehr guten Händen sein.«

»In den allerbesten.« Sie lächelte. Ein Heer von Engeln würde sie in die Schlacht begleiten.

Zweites Buch

Glorreiche Lehren

Nicht länger rufen wir St. Dionys,
Patronin ist nun Jeanne la Pucelle.

William Shakespeare

Kapitel 6

Das Heer Gottes

23. bis 28. April 1429

Von der Höhe der Bastion aus sah der Bastard von Orléans, wie die Engländer im Innern der Brückenfestung am anderen Ufer des Flusses ein Feuer nach dem andern anzündeten. Die fernen Gestalten bewegten sich hin und her im Feuerschein hinter dem niedrigen Wall, den sie der Brücke gegenüber errichtet hatten. Es sah nicht so aus, als ob sie sich zu einem Angriff sammelten. Eher bereiteten sie ihr Abendessen zu – Flußforellen vielleicht. Vor nicht allzu langer Zeit waren ein paar Kühnere unter ihnen dabei beobachtet worden, wie sie im flachen Uferwasser Pfeile mit angebundenen Leinen ins Wasser geschossen hatten.

Der Bastard legte die Hände auf die steinerne Mauerbrüstung und beugte sich vor, um besser sehen zu können. Seine Erfahrung sagte ihm, daß es Wachtposten waren, die er hinter ihrem Wall erkennen konnte. Ab und zu bewegte einer von ihnen sich, und ein Lichtblitz strahlte von der Klinge seiner *guisarme* herauf wie eine Drohung.

Gelassene Autorität, gewachsen in Generationen von Adel, unterschied ihn von den übrigen in der Garnison. Er war von anziehendem Äußeren, etwas größer als der Durchschnitt und von gutem Körperbau mit seinen starken Schultern, deren Muskeln vom jahrelangen Umgang mit den Waffen geformt waren. Seine Gesichtszüge waren regelmäßig und gefällig, nur der Mund war etwas zu klein für das breite, kantige Gesicht. Dunkle Brauen wölbten sich über ernsten braunen Augen und bogen sich über der kräftigen Nase abwärts. Wenn er lächelte, was in diesen trostlosen Zeiten seltener vorkam als vor der Belagerung, ließen liebenswerte Grübchen ein im Grunde fröhliches Wesen erkennen.

Aber er empfand weder Heiterkeit noch Freude und sehr wenig Anlaß zum Optimismus, als er jetzt zum feindlichen Lager jenseits des Flusses hinüberspähte. Er war länger hier oben auf der Mauer als die anderen, seit fast sechs Stunden schon, aber er war zu unruhig, um müde zu werden. Sein Geist gönnte ihm keinen Augenblick der Entspannung, solange die Möglichkeit eines nächtlichen Angriffs bestand. Er nahm sich vor, noch ein wenig länger zu wachen, bis er herausgefunden hätte, was Glasdale und Talbot für diese Nacht planten – falls sie etwas planten. Wenn weiter alles ruhig bliebe, könnte er nach Hause gehen und ein paar Stunden schlafen.

Ein gründliches Volk, diese Engländer, sinnierte er. Sie überließen nichts dem Zufall. Der Erdwall an der nach den Tourelles gelegenen Seite der Stadt war von diesem Ufer der Loire aus unbezwingbar. Als der Feind fast fünf Monate zuvor die Brückenfestung überrannt hatte, war durch die zurückweichende Garnison von Orléans ein mächtiges Loch in die Brücke gesprengt worden. Die ganze Strecke zwischen zwei Pfeilern hatten sie zerstört, und hinter der Kluft hatten die Engländer sich festgesetzt. Jetzt konnte die Garnison die Brücke nicht mehr betreten, ohne daß ein Hagel von englischen Pfeilen auf sie herniederprasselte, aber der Feind konnte es auch nicht, denn auf der Stadtmauer drohten die französischen Kanonen. So gähnte nun das Loch in der Brücke, und das zerborstene Nichts trotzte beiden Seiten. Dennoch hatten die Engländer ihre Wachsamkeit nicht für einen Tag aufgegeben. Sie warteten im Bereich des Les Tourelles genannten Doppelturms, als könnten sie durch ein Wunder angegriffen werden. Südlich der Tourelles hatten sie das Augustinerkloster in ein mächtiges Bollwerk zum Schutz des Brückenkopfes verwandelt: Sie hatten die Dachbalken der Kirche herausgerissen, um daraus einen starken, lehmverschmierten Zaun zwischen den beiden Bauwerken zu errichten. Auf der östlichen Seite hatten sie eine weitere *bastille,* die ehemalige Kirche St.-Jehan-le-Blanc, in ähnlicher Weise befestigt und damit die Straße zu den Tourelles gesichert. Schon hier würden die Franzosen mit Sicherheit aufgehalten werden, bevor sie die Brücke erreichen könnten. Und die Bastille du Champ de St.-Privé, westlich der Tou-

relles und fast so groß wie das Augustinerkloster, vervollständigte die englischen Stellungen am Südufer der Loire.
Der Edelmann wandte sein Profil der sinkenden Sonne und den anderen englischen Festungen zu. Die auf der anderen Seite des Flusses gelegenen waren lästig, aber die Festungen auf dieser Seite stellten für die Stadt die größte Bedrohung dar, denn von hier aus führten die Engländer ihre regelmäßigen Angriffe gegen die Mauern von Orléans. Manchmal in der Nacht, meistens aber tagsüber bedrängten sie die Verteidiger mit Sturmleitern, schwenkten die Fahnen ihrer Lords und brüllten ihren gefürchteten Schlachtruf. Wenn diese Ausfälle begannen, läuteten die Glocken im Innern der Stadtmauern Sturm, und alle gesunden Männer, Stadtbürger wie Garnisonssoldaten, erklommen die Mauern, um Kanonen abzufeuern und die Angreifer mit Steinen und Pfeilen zu überschütten. Bis jetzt hatte keiner der englischen Angriffe eine Bresche in die Befestigungen schlagen können, Gott sei Dank. Aber man wußte nie, wann der nächste Überfall kommen würde.
Es gab nur noch einen einzigen Weg, auf dem man Orléans betreten und verlassen konnte: die Porte de Bourgogne, die nach Osten auf die Straße nach Chécy führte. Der Feind konnte diese Straße zwar von seiner Bastille de St.-Loup aus erreichen, aber sie lag doch mehr als eine halbe Wegstunde vom Tor entfernt, so daß Nachschublieferungen und Kuriere auf diesem Wege ungehindert in die Stadt gelangen konnten, wenn sie flußabwärts angefahren kamen und dem englischen Bollwerk so aus dem Weg gingen. Dem Himmel sei Dank dafür! Wäre die Porte de Bourgogne auch blockiert gewesen, so hätte die Stadt schon vor Monaten kapitulieren müssen.
Der Bastard richtete seine Aufmerksamkeit auf das schattenhafte Treiben im Innern der Tourelles. Die Engländer waren zu weit weg, als daß er ihre Stimmen hätte hören können. Irgendwo in der Ferne heulte ein Hund den aufgehenden Mond an. Mit gleichmäßigem *klipp-klapp* der Hufe ging ein Pferd durch eine fast menschenleere Straße. Das Klirren von Rüstungen unterhalb der Stelle, wo der Bastard stand, ließ erkennen, daß die dienstfreie Wache sich auf den Weg zu

ihren Strohsäcken oder zur Abendunterhaltung in einer Schenke machte. Er aber nahm kaum etwas von all dem wahr, denn in Gedanken war er in der Turmfestung, die von der Garnison gleich am Anfang der Belagerung aufgegeben worden war.

Wie lange konnten sie sich darin halten? Die Zustände im Innern der *bastille* mußten primitiv sein. Er wußte, daß etliche Engländer desertiert waren, denn seine Wachen hatten gesehen, wie sie im Schutze der Nacht davongeschlichen waren, wahrscheinlich um eine Bande von Freischärlern zu begründen, die es nicht erwarten konnte, sich an der unbewaffneten Landbevölkerung, die ihnen keinen Widerstand leisten konnte, schadlos zu halten. Wie lange würde der Herzog von Bedford seinen Truppen noch Proviant und Waffen aus Paris schicken können? Regen und Schnee hatten die Engländer nicht gescheut, sie hatten darauf gewartet, diese Stadt einzunehmen, und ihre Geduld war anscheinend unvermindert groß. Er bewunderte ihre Entschlossenheit, und gleichzeitig verabscheute er ihre Habgier.

Es leuchtete durchaus ein, daß sie Orléans haben wollten. Schließlich war es die stärkste und wichtigste Stadt im Loire-Tal. Jargeau im Osten und Meung und Beaugency flußaufwärts hatten sie bereits erobert. Wenn Orléans fiele, würden die Engländer die ganze Region auf einen Schlag an sich reißen können: Blois, Tours und schließlich Chinon – und damit wäre der Krieg zu Ende. Karl bliebe dann nichts anderes übrig, als sich an den Hof eines seiner Verbündeten zu flüchten, nach Schottland oder Spanien, und Heinrich VI. würde sich auf den Thron Frankreichs setzen, das aber, bis der Junge erwachsen wäre, faktisch von seinem Onkel Bedford regiert werden würde.

Der Bastard zog sich den Mantel fester um die Schultern und verzog das Gesicht, als der Schmerz durch seinen Arm fuhr. Die Wunde war zwar fast verheilt, aber sie tat immer noch weh, wenn es kalt war wie heute abend. Im Februar hatte ihn der Schwertstreich getroffen, während des verpatzten Überfalls auf eine Versorgungskolonne aus Paris, die zu den Engländern unterwegs gewesen war. Viele Franzosen waren bei diesem unglückseligen Unternehmen verwundet worden. Das schlimmste aber war, daß sie einen äußerst wertvollen Verbündeten eingebüßt hatten, nämlich Sir John Stewart, den Constable des Königreichs Schottland. Tagelang hatten die Engländer sie danach verhöhnt und von ihren *bastilles* heruntergeschrien, daß die Männer des Königs nichts als stutzerhafte Feiglinge seien. Und wie zur Bestätigung solcher Schmähungen hatten viele hochstehende Persönlichkeiten die Stadt verlassen, unter ihnen auch der junge Comte de Clermont – der Halbbruder des Bastards –, Admiral de Culan und das verschlagene alte Wiesel Regnault de Chartres, der Erzbischof von Reims. Zwar verachtete er den mangelhaften Mut seiner Landsleute, aber insgeheim bedauerte der Bastard, daß er nicht hatte mitgehen können.

Doch es war seine Pflicht, hierzubleiben. Er hatte seinem Bruder Charles, dem Herzog von Orléans, versprochen, diese Stadt bis zum letzten Atemzug zu verteidigen, und das würde er auch tun. Es gab sonst niemanden, der dazu bereit war. Außerdem hatte er eine Dankesschuld gegen Charles' verstorbene Mutter abzutragen, denn sie hatte ihn wie einen aus ihrer Familie großgezogen.

Der offizielle Vater des Bastards war Aubert le Flamenc gewesen, der Seigneur de Chauny und Gemahl seiner Mutter; sein wahrer Erzeuger aber war Louis d'Orléans, im Jahre 1407 von Jehan dem Furchtlosen ermordet – ein Ereignis, das sich als tragische Entwicklung für die Rivalität der Häuser Orléans und Bourgogne erweisen sollte. Der Bastard war über den Mord an seinem Vater sehr betrübt gewesen. Damals noch ein Knabe, hatte er den Herzog kaum gekannt. Vertrauter war ihm die Herzogin, Valentina Visconti, Tochter jener mächtigen Mailänder Familie. Kultiviert und gebildet, war es die Herzogin gewesen, die darauf bestanden hatte, daß der Bastard gleichberechtigt mit seinen ehelichen Brüdern und Schwestern erzogen werde. Sie war so gut zu ihm gewesen, daß er im Alter von zwölf Jahren seinen etablierten Namen und jeglichen Besitzanspruch aufgegeben und erklärt hatte, er wolle fortan nur noch der Bastard von Orléans heißen.

Es war ein Name, den er mit trotzigem Stolz trug. Im exklusiven *milieu* des Adels konnte seine Unehelichkeit nicht von der Tatsache ablenken, daß er von königlichem Blut war, und selbst wenn er den Herzogstitel nicht erben konnte, war er doch in einer glücklicheren Lage als sein Cousin Karl, der Dauphin. Wenn Karl in Wirklichkeit kein Valois war – was der Bastard bezweifelte –, so war sein Anspruch auf den Thron Frankreichs unbegründet. Aber Karl *war* Gottes auserwählter König, das spürte der Bastard in seinen Knochen. Aus diesem Grunde hatte er geschworen, seinem königlichen Cousin als treuer Vasall zu dienen.

Einen ähnlichen Eid hatte er seinem Halbbruder geschworen, der jetzt seit dreizehn Jahren in London in Gefangenschaft saß. Charles d'Orléans stand in regelmäßiger Verbindung mit ihm. In seinem letzten Brief hatte er dem Bastard mitgeteilt, daß er wohlauf und das Leben auf dieser halbwegs zivilisierten Insel nicht ganz und gar unangenehm sei. Er speise regelmäßig mit dem kleinen Heinrich von England und mit dem Onkel des Königs, Humphrey, dem Herzog von Gloucester und Reichsprotektor. In stillen Augenblicken habe er angefangen, Gedichte auf Englisch und Französisch zu schreiben, und bei Hofe bestehe man darauf, daß er es in dieser Kunst zu einiger Tüchtigkeit gebracht habe. Er beschloß seinen Brief damit, daß er dem Volk von Orléans seine Grüße ausrichtete und die Stadt in die Obhut seines Halbbruders empfahl. Er wisse, erklärte er, daß der Bastard mit seinen militärischen Fähigkeiten Orléans vor den Eindringlingen beschützen werde.

Karl hatte ihn nicht im Stich gelassen. Anfang Januar war Admiral de Culan mit zweihundert Soldaten in die Stadt gefahren, und im Februar waren noch einmal tausend gekommen. Dann kam jener gescheiterte Versuch, die englische Nachschubkolonne mit ihren Fässern voller Fastenheringe auszurauben. Das war der Wendepunkt gewesen. Admiral de Culan war abgezogen und hatte die meisten der Männer, die er mitgebracht hatte, auch wieder mit fortgenommen. Das Volk hatte einiges von seinem Vertrauen in den Bastard verloren und angefangen zu murren, weil seine Führung gepatzt habe. Sie alle, auch der Bastard, brauchten etwas, was ihre Zuversicht, ihr Gefühl, daß alles in Ordnung sei, wiederherstellte. Sie brauchten ein Wunder.

Kurz nach dem Debakel, bei dem er verwundet worden war, hatte er von einer jungen Frau aus Lothringen Wind bekommen, die behauptete, Gott habe sie beauftragt, der Belagerung von Orléans ein Ende zu machen. Zu diesem Zweck sei sie unterwegs nach Chinon, um eine Audienz beim König zu erbitten. Sogleich hatte der Bastard zwei Kuriere nach Chinon entsandt, die Erkundigungen einziehen sollten – über das Gerücht und über das Mädchen, falls es existierte. Es machte so viel Gemunkel in seiner Stadt die Runde, daß er nicht mehr wußte, was er noch glauben konnte.

Die Boten kehrten mit erstaunlichen Neuigkeiten zurück: Das Mädchen exisitierte nicht nur, es hatte auch einen überaus vorteilhaften Eindruck auf Karl und auf andere bei Hofe gemacht, vor allem auf den Herzog von Alençon. Die Kunde verbreitete sich rasch in Orléans, und während das Wetter wärmer wurde, nahm auch die Aufregung zu. Vor drei Wochen nun hatte der Bastard an seinen Cousin Karl geschrieben und ihn gebeten, das Mädchen herzuschicken, wie sie es wollte. Noch immer wartete er auf eine Antwort.

»Herr?«

Der Bastard fuhr zusammen, fast zu Tode erschrocken. Er war so tief in Gedanken versunken gewesen, daß er nicht gemerkt hatte, wie der junge Georges Thibault hinter ihm erschienen war.

»Es tut mir leid, Herr, ich wollte Sie nicht erschrecken.« Das Gesicht des Gardeoffiziers, beleuchtet von zwei fackeltragenden Soldaten, zeigte ehrliche Zerknirschung. Er war am Nachmittag dabei gewesen, als die Stadt sich gegen eine Attacke des Feindes gewehrt hatte, und Ringe der Erschöpfung umgaben seine Augen. Aber da war noch etwas anderes, eine Aufregung, die er kaum zu zügeln wußte.

»Ja, Georges, was gibt es denn?« fragte der Bastard. Sein Herz schlug wieder gemächlich, und er ermahnte sich selbst, in Zukunft besser aufzupassen. Wenn er derart unachtsam war, konnte sich jeder unzufriedene Soldat oder Zivilist von hinten an ihn heranschleichen, um ihm ans Leder zu gehen.

»Ein Bote, Herr, von Seiner Majestät.« Die im Wind flackernden Fackeln spiegelten sich heiter in den müden Augen Thibaults. Er trat beiseite, und ein Mann erschien.

»Poton!« rief der Edelmann und streckte dem Soldaten die Hand entgegen. Er kannte ihn gut. Der Mann ergriff die Hand und schüttelte sie kräftig. »Ich habe nicht erwartet, dich hier zu sehen. Ich dachte, du bist beim Heer.«
»Das war ich auch, Herr«, antwortete der Soldat mit rauher Stimme. »Tatsächlich komme ich soeben vom Hauptheer des Königs bei Blois.«
»Bei Blois? Was macht die Armee denn dort?«
Poton de Xaintrailles bückte sich und zog ein Stück Papier aus dem Stiefelschaft. »Bitte sehr, Herr«, sagte er und hielt es dem Bastard entgegen. »Das dürfte Ihnen alles erklären, denke ich.«
Karl grüßte seinen Cousin mit höchster Zuneigung und fügte hinzu, er wisse seine fortgesetzte Treue und Loyalität wohl zu schätzen. Es habe mehrere Wochen gedauert, das nötige Silber aufzubringen, um den Sold für eine Armee zu bezahlen, aber nach mancherlei Verzögerung sammele sich nun ein Bataillon von annähernd dreitausend Mann bei Blois unter der Aufsicht des Herzogs von Alençon. Bei ihm befinde sich der Comte de Clermont, Raoul de Gaucourt, der Maréchal de Saint-Sévère, Ambroise de Loré, Gilles de Rais und die Kriegsherren La Hire und Florent d'Illiers. In ein paar Tagen würden sie nach Orléans aufbrechen, um die Stadt mit neuen Vorräten zu versorgen. Der König sende seine wärmsten Grüße und auch die seiner Königin an das Volk von Orléans.
Und übrigens sende er auch die Jungfrau Jehanne mit diesem Heer. Er hoffe, daß der Bastard sie in der Stadt willkommen heißen werde.
Der Bastard warf den Kopf in den Nacken und lachte. Dann schlug er Poton auf die Schulter. »Das sind prächtige Neuigkeiten!« rief er. »Wenn die Stadt neu versorgt ist, können wir den Engländern vielleicht zeigen, daß wir nicht die Absicht haben, Orléans ihrem Ehrgeiz zu opfern, so daß sie ebensogut aufgeben und sich nach Paris zurückziehen können.«
»Entschuldigung«, sagte Thibault, die Brauen ratlos zusammengezogen. »Ich dachte, der König schickt dieses Heer, um der Belagerung ein Ende zu machen.«

Der Bastard schüttelte den Kopf. »Das wäre unmöglich, mein Junge. Sieh sie dir an.« Er deutete mit einem Kopfnicken auf die *bastilles,* deren dunkle Umrisse jetzt von einzelnen Lagerfeuern erhellt wurden. »Sie sind zu gut befestigt, vor allem die Tourelles. Wir würden zu viele Leute verlieren, wenn wir versuchen wollten, sie einzunehmen. Es ist klug vom König, einen Versorgungszug zu schicken und kein Bataillon, das darauf aus ist, die Belagerung zu beenden. Wir sind am besten beraten, wenn wir die Sache aussitzen, bis die Engländer begreifen, daß *sie* am besten beraten sind, wenn sie den Versuch aufgeben, uns auszuhungern.«

»Aber, Herr – mein Bruder Gobert ist bei diesem Heer, und er hat Poton erzählt« – mit dem Kopf deutete er auf den Boten –, »daß sie alle davon überzeugt sind, nach Orléans zu marschieren, um die Belagerer zu vertreiben.« Die staubverkrustete Gestalt des jungen Mannes war das Inbild der Enttäuschung. »Die Jungfrau hat ihnen gesagt, Gott habe es ihr versprochen.«

Der Bastard warf Poton einen Blick zu, und dieser zuckte die Achseln. »Hat dein Bruder sie denn gesehen?«

»Ja, Herr, in Poitiers, wo sie durch die Universitäten von Paris und Orléans examiniert wurde. Er sagt, sie ist überaus bemerkenswert und ganz sicher von Gott berührt.«

Das war auch die Einschätzung der Kuriere gewesen, die der Bastard selbst nach Chinon geschickt hatte. Beide waren sehr beeindruckt gewesen. Er sah Poton an. »Hast du sie auch gesehen?«

»Nein, noch nicht.« Der Soldat wischte sich mit dem Ärmel seines Waffenrocks den Schweiß vom Gesicht.

»Hm.« Der Bastard zuckte die Achseln. »Nun, die Orléanais haben jedenfalls schon von ihr gehört, und in den letzten Tagen bringe ich nichts weiter aus ihnen heraus, als daß sie sich darauf freuen, sie mit eigenen Augen zu sehen.« Er lächelte die Männer an. »Selbstverständlich werde ich sie herzlich willkommen heißen. Ihre Ankunft wird uns vielleicht den neuen Mut bringen, den jedermann hier nötig hat. Und wir wollen hoffen, daß unsere Freunde in den *bastilles* auch schon von ihr gehört haben. Vielleicht jagt ihnen ja ihre bloße An-

wesenheit eine Heidenangst ein, so daß sie sich von allein dazu entschließen, nach Paris zurückzukehren, statt sich mit dem Allmächtigen anzulegen.«
Er war nicht sicher, daß es so kommen würde. Aber die Möglichkeit bestand. Die Engländer waren bekannt für ihren Aberglauben. Und vielleicht – ganz vielleicht – hatte Gott sich am Ende ja wirklich auf die Seite Frankreichs gestellt.

»Unfug!«
Das runde Gesicht des Herzogs, dunkelrot vor Zorn, sah aus, als werde es gleich explodieren, fand Fastolphe. Seine Nase, die einem Adlerschnabel so ähnlich war, vibrierte fast vor Empörung. Sonst war er so gefaßt wie kaum einer, aber jetzt hatte er seine ganze Haltung verloren.
»Noch nie habe ich etwas gelesen, das so infam, so unverschämt, so unerhört …!« Stammelnd suchte er nach Worten, die ausdrucksstark genug waren, um zu beschreiben, welche Kränkung er empfand.
»Dreist?« schlug der Kardinal vor, und ein belustigtes Funkeln lag in seinem Blick.
Bedford wandte sich zu ihm um und schwenkte den Brief in seiner Hand. »Das ist mehr als ›dreist‹, Onkel! Die kleine Dirne beleidigt den König und jeden, der ihm treu ergeben ist, einschließlich meiner selbst! Wer ist diese Jehanne, die sich ›die Jungfrau‹ nennt, daß sie es wagt, solchen Dreck zu schreiben?«
»Ihr wißt, wer sie ist«, erinnerte Beaufort ihn. »Eure eigenen Spitzel sind aus Tours zurückgekommen – stimmt's etwa nicht? – und haben Euch berichtet, daß dieses Mädchen eine simple Kuhmagd ist, der es irgendwie gelungen ist, dem kleinen König von Bourges einzureden, daß Gott sie gesandt habe, damit sie die Belagerung von Orléans beende.« Angewidert schürzte er die Lippen. »Und danach, so sagt man mir, gedenkt sie Karl zum König von Frankreich zu krönen.«
»Aber nur über meine kalte und leblose Leiche!« fauchte der Herzog, und er begann, das Pergament zu zerknüllen.

»Tut das nicht, John«, warnte sein Onkel und hob eine juwelenfunkelnde Hand. »Das ist ein höchst wertvolles Dokument, das Ihr da habt. Wir werden es vielleicht noch brauchen.«
»Brauchen?« schrie Bedford. »Wozu sollen wir es brauchen? Es gehört ins Feuer!« Er machte einen Schritt auf den Kamin zu.
»Möchtet Ihr nicht lieber *sie* den Flammen übergeben, Neffe?« Die milde Stimme des Kardinals troff von boshaftem Humor.
Bedford erstarrte und warf dem rotgewandeten Priester einen scharfen Blick zu. »Was wollt Ihr damit sagen?«
Henry Beaufort, Kardinal von Winchester, hob achselzuckend die Schultern, und dabei blinkte das Licht auf dem edelsteinbesetzten Kreuz, das er an einer schweren Silberkette am Hals trug. »Ich will nur sagen, daß dieser Brief, den Ihr da so töricht vernichten wollt, eines Tages noch höchst nützlich werden kann. Nehmen wir doch einmal einen Augenblick lang an, daß diese Jehanne tatsächlich eine Hexe ist. Ohne Zweifel hat sie den sogenannten Dauphin verzaubert, und andere, die ihn unterstützen, ebenfalls. Ist es da nicht eine naheliegende Vermutung, daß sie der Hexerei schuldig ist?«
Der Herzog runzelte verunsichert die Stirn. Ihm war oft unbehaglich zumute, wenn er es mit dem labyrinthischen Geist dieses Alten zu tun hatte. »Vielleicht«, räumte er ein.
»Nehmen wir weiter an, daß sie uns durch Gottes Gnade in die Hände fällt. Dieses Dokument, in dem sie in so unerhörter Weise behauptet, den König mit dem Mandat des Himmels zu verhöhnen, könnte in diesem Fall durchaus gegen sie verwendet werden.« Beaufort lächelte, und sein runzliges Gesicht wurde glatt vor Zufriedenheit. »Bewahrt diesen Brief gut auf, John, Bewahrt ihn *sehr* gut auf.«
Bedford schaute auf das Pergament in seiner Hand. Sein Mund füllte sich mit heißem Rachedurst. Er schluckte diesen Wunsch herunter, weil er wußte, daß sein Onkel recht hatte, der schlaue alte Fuchs. Er nickte. »Also gut.«
»Und jetzt« – der Kardinal klatschte in die Hände und rieb sie mit sichtlichem Genuß – »jetzt muß ich mich auf den Weg machen. Ich habe meine Eskorte warten lassen, während ich Eurem Ruf folgte,

den Brief dieser Kuhmagd zu lesen.« Seine Augen funkelten boshaft. »Ich habe in England viel zu tun.«

Der Herzog kniete vor ihm nieder, um den Kardinalsring zu küssen. Beaufort bot seine Hand lächelnd auch Fastolphe dar, der ihm gleichfalls die Ehre erwies. Beaufort nickte den beiden kurz zu, und mit einem Schwung seines scharlachroten Mantels begab er sich selbstsicher zur Tür.

Bedford seufzte müde und rieb sich die pochenden Schläfen. Vielleicht hatte er ja nicht richtig verstanden, was Fastolphe gesagt hatte. Der alte Soldat hatte ja kaum ausgesprochen gehabt, als Beaufort erschienen war, und wie immer hatte der Kardinal das Gespräch dominiert. Stirnrunzelnd drehte der Herzog sich um. »Was erzählt Ihr da von einem Armagnac-Aufmarsch bei Blois?«

»Es ist wahr, Mylord«, knurrte der Ritter. »Unsere Späher melden, daß bei Blois eine große Armagnac-Streitmacht zusammengezogen wird – Soldaten, Proviantkarren, Bogenschützen, Ritter. Sogar Kanonen. Sie wollen Nachschub in die Stadt bringen.«

Bedford hob das fliehende Kinn, das von Speckrollen umringt war. »Aber doch nicht die Belagerung auflösen?«

»Da braucht Ihr nichts zu fürchten, Sir.« Als Fastolphe lächelte, sah man moosbraune Zahnstummel. »Ihr wißt doch, wie die Franzosen kämpfen, wenn man es denn kämpfen nennen kann. Jeder gottverdammte einzelne von ihnen ist so sehr darauf versessen, sich selbst einen Namen zu machen und der erste in der Schlacht zu sein, daß sie am Ende immer in heillose Verwirrung geraten. Ja, als sie uns die Heringe wegnehmen wollten, da haben wir sie zurechtgewiesen, wie man ein Kind ohrfeigt. Man möchte meinen, daß sie es inzwischen gelernt haben sollten, die Narren.« Er schüttelte den struppigen Kopf. »Sie werden die Belagerung nicht beenden, da könnt Ihr Eure Eier verwetten, daß die bloß in der Stadt hocken und abwarten werden, wenn sie erst mal da sind.«

Bedford betrachtete den Mann, der vor ihm stand, mit forschendem Blick. Sir John Fastolphe, Ritter vom Hosenband, war einer der besten Soldaten – nein, *der* beste Soldat in der Armee des Königs. Er zeigte, was in ihm steckte, seit Heinrich die Macht Englands in dieses jämmerliche Königreich hatte einmarschieren lassen – und zwar damals nur als zerlumpte Bande. Ah, was für eine prachtvolle Kette von Triumphen das gewesen war! Harfleur, Agincourt, Rouen, sie alle waren Heinrich wie reife Äpfel in den Schoß gefallen, während die weibischen Ritter Frankreichs, ausstaffiert wie Damen in ihrem Putz, von guten walisischen Pfeilen niedergemäht wurden, wie sie es verdient hatten.

»Was ist, Sir?« fragte Fastolphe, als er das verträumte Lächeln des Herzogs sah.

»Ich dachte nur gerade an meinen Bruder und an alle seine Pläne für England.«

»Aye, das war ein Mann!« Der Ritter nickte begeistert. »Seinesgleichen werden wir so bald nicht wiedersehen – wenn überhaupt.«

Bedford zog die Stirn kraus. »Nein, wohl nicht.« Das Bild Heinrichs verwehte vor seinen Augen, und an seine Stelle trat das Gespenst von Orléans. »Wie steht es dort in Orléans?« fragte er. »Stimmt es, daß etliche unserer Leute desertiert sind?«

»Ein paar, Sir«, bekannte Fastolphe. »Aber das waren sowieso Feiglinge, und es ist nur gut, daß wir diesen dreckigen Abschaum los sind.« Er kratzte sich im Bart. Eine Laus krabbelte ihm über die Wange, und als er sie gefunden hatte, zerquetschte er sie zwischen Daumen und Zeigefinger und ließ sie dann achtlos auf den Boden fallen.

»Aber kümmert Euch nicht um sie«, fuhr er fort. »Ihr habt die besten Offiziere im Feld vor Orléans. Leuten wie Talbot und Scales sind diese Franzmänner jedenfalls nicht gewachsen. Und Glasdale ist auch nicht faul, das steht fest.«

»Schade, daß wir Salisbury verloren haben.« Bedford lächelte betrübt.

»Aye, das war ein schwarzer Tag für England.«

Thomas Montague, der Earl of Salisbury, war Bedfords Oberkommandierender im Loire-Feldzug gewesen. Er war es gewesen, der die Expeditionstruppe aufgestellt hatte, die ein Jahr zuvor in der Normandie gelandet war, und sein Plan war es gewesen, die ungesicherten Städte in der Umgebung von Orléans zu nehmen, bevor man den

Hauptangriff gegen diese schwer befestigte Stadt führte. Aber Gott hatte gewollt, daß Salisbury nicht länger auf Erden wandelte: Kurz nach Beginn der Belagerung war er von einer Kanonenkugel dahingerafft worden.

Ja, das war in der Tat ein schwarzer Tag gewesen. Bedford betete jeden Abend darum, daß er nicht noch so einen würde erleben müssen.

»Haben wir dem noch genug Leute, um die Belagerung aufrechtzuerhalten?«

»O ja, Sir«, bestätigte Fastolphe. »Wir können da sitzenbleiben, bis die Hölle zufriert. Es kommt genug Nachschub an Proviant und Waffen durch die Linien der Armagnac-Truppen, und noch keine unserer Nachschubkolonnen ist abgefangen worden. Wir haben den Franzmännern eine verdammt gute Lektion erteilt, als sie unseren Hering rauben wollten. Die werden es nicht noch mal versuchen, das kann ich Euch versichern.«

Jehanne erwachte früh nach unruhigem Schlaf, aufgeregt wie ein Kind. Der Erzbischof von Reims sollte Tours morgen verlassen und zu der bei Blois lagernden Armee reisen, und Raoul de Gaucourt, den alten Veteranen aus zwei Kriegen des Königs, sollte er mitnehmen. Jehanne und ihr Gefolge würde sich noch am heutigen Nachmittag auf den Weg nach Blois machen, ein gutes Stück vor den Ministern des Königs.

Von Blois aus würde sie ihren zweiten Brief an die Engländer schicken. Der erste – den Séguin für sie geschrieben hatte – war Bedford durch Ambleville, ihren Herold, persönlich ausgehändigt worden. Der Herzog hatte ihm mit knappem Kopfnicken gedankt und den Kurier entlassen, ohne den Brief zu lesen. Jehanne hoffte, daß er sich diese Mühe inzwischen gemacht hatte. Der Brief an die *goddons,* die Orléans belagerten, wurde von ihrem neuen Beichtvater Jehan Pasquerel zu Papier gebracht, der ihn vom Original abschrieb. Sie betete inbrünstig darum, daß alle die von ihr diktierten Bedingungen akzeptieren würden.

Und heute würde sie in die versammelte Streitmacht Frankreichs eintreten, um bei Orléans die Entscheidungsschlacht um das Schicksal des Königreiches zu schlagen!
Bevor sie Vaucouleurs verlassen hatte, hatte sie das Gefühl gehabt, ihr Vertrauen in ihre Ratgeber könnte größer nicht sein. Nachdem aber nun sämtliche Hindernisse in so wundersamer Weise gefallen waren, war ihr klar, wie zerbrechlich ihr zweifelnder Glaube in Wirklichkeit gewesen war. Betretene Verlegenheit senkte sich wie ein Mantel auf sie, wenn sie sich an ihre kleinmütige Unbotmäßigkeit gegenüber ihren Ratgebern erinnerte und wenn sie sah, wie wenig weise sie zuweilen sein konnte. Sie alle umgaben sie jetzt in der Stille, und sie wußte ohne jeden Zweifel, daß sie ihr den Mangel an Glauben vergaben, und das sogar mit einem überraschenden Anflug von Humor.
Nach dem Frühstück inspizierte Jehanne ihre Rüstung zum fünfzehnten Mal. Minguet hatte sie poliert, bis sie wie ein Spiegel glänzte, und Jehanne sehnte sich danach, sie anzuziehen, obwohl sie widerwillig einsehen mußte, daß es noch zu früh war, um sich zur Schlacht anzukleiden, da sie ja erst am Nachmittag nach Blois reisen würden. Also mußte sie sich damit begnügen, liebevoll mit einem Finger über die Konturen zu fahren und die vorzügliche Handwerkskunst mit ihren Blicken zu liebkosen. Nie hatte sie bisher schöne Dinge getragen, und sie war entzückt von all ihren neu erstandenen Kleidungsstücken, wie sie aussahen und wie sie sich anfühlten, von den samtenen Tuniken und seidenen Hemden bis zu dem Kettenpanzer, der sie mit seinem strahlenden Schillern umhüllte, so flüssig wie Wasser. Sie wußte, daß sie in all diesen Sachen hinreißend aussah; sie hatte es in den Gesichtern derer gesehen, die zugesehen hatten, wie ihr der schwerfällige, aber wunderschöne stählerne Anzug angepaßt worden war.
Die Leute in der Stadt gaben ihr, was sie haben wollte, und selten mußte sie für irgend etwas bezahlen. Statt dessen gab sie das, was vom Geld des Dauphins übrig war, großzügig den Armen. Leute kamen, um ihr Reverenz zu erweisen: reiche Kaufleute, angesehene Damen aus Tours, prächtige Ritter, gelehrte Kleriker. Die letzteren kamen nicht, um sie zu verhören, sondern einfach um mit ihr zu plau-

dern und Einsichten in ihren Charakter zu erlangen – die Gespräche, die sie mit ihnen führte, waren zum großen Teil ernst im Inhalt, aber beschwingt im Geist.

Die Hofdamen, die mit der Dauphine nach Tours gereist waren, kamen sie ebenfalls besuchen und umschmeichelten sie mit eifrigen Aufmerksamkeiten. Madame de Gaucourt und Madame de Trèves zeigten eine neu entdeckte Bewunderung für sie. Gelegentlich wurde Jehanne ins Schloß gerufen, wo sie dann einen unterhaltsamen Nachmittag in der Gesellschaft der Dauphine verbrachte, während leise Musik gespielt wurde und die Hofdamen fasziniert dastanden und den Gesprächen zwischen Jehanne und ihrer Königin lauschten. Diese *soirées* waren zwar angenehm, aber Jehanne konnte nicht vergessen, wie kühl man sie beim ersten Mal empfangen hatte, und sie blieb skeptisch gegenüber den Annäherungen der Damen in ihrer Gesellschaft. In Anwesenheit der Königin Yolande fühlte sie sich weiterhin unbehaglich, und es war eine große Erleichterung, als die alte Frau nach Blois entschwand, um dort mit d'Alençon um die Kosten für den Proviant zu feilschen, den sie zu bezahlen hatte.

Jehanne wohnte weiterhin im Hause der du Puys. Pasquerel war bei ihr, und die Pagen und Herolde ebenfalls. D'Aulon war zu Metz, Poulengy und Jehannes Brüdern ins Gasthaus gezogen; ihr Quartier wurde aus der Schatulle des Dauphins bezahlt. Jehanne wäre entsetzt gewesen, wenn sie gewußt hätte, wie einige ihrer Gefährten sich die Nächte vertrieben, aber ihre Aufmerksamkeit richtete sich woanders hin.

Sie konnte Pasquerel veranlassen, die Messe zu lesen, so oft sie wollte. Während sie an diesem Tag auf den Beginn der Reise warteten, führte sie ein langes und intimes Gespräch mit diesem Mann, der zusehends zu einen Vertrauten wurde, dem sie ihre Hoffnungen und Befürchtungen eröffnen konnte. Wie Metz es vorausgesagt hatte, liebte sie Pater Pasquerel sehr. Er war anders als alle Priester, denen sie bisher begegnet war. Er urteilte und richtete nicht über ihre Unzulänglichkeiten, und er tat nicht, als sei er über sie erhaben, nur weil er ein Geistlicher war. Statt dessen bot er ihr Verständnis und Trost, und durch sein Handeln gab er zu verstehen, daß es Christenpflicht sei, seine sündigen Mitmenschen zu lieben. Während ihre Gefährten sich auf die Reise nach Blois vorbereiteten, knieten die beiden vor dem Altar in der kleinen Kapelle im ersten Stock des Hauses. Nachher würde der Mönch die Messe für sie lesen, nachdem sie auf ihr Beharren hin die Beichte abgelegt hätte.

»Man kann sein Gewissen nicht oft genug erleichtern«, sagte sie, als er sie daran erinnerte, daß sie erst am Tag zuvor gebeichtet hatte.

»Und was lastet auf deinem Gewissen, Jehanne?« In seinem Lächeln lag ein gewisses Maß an Ironie, verbunden mit belustigter Zuneigung.

Sie bekannte, daß sie fürchtete, in der Schlacht zu fallen. Ihre Ratgeber hatten davon nie gesprochen, aber wenn nun etwas schiefginge? Der Priester antwortete, Gott werde nicht zulassen, daß seiner Botin etwas zustieße.

Stirnrunzelnd und langsam verdaute sie diese Auskunft. Das sei gut und schön, sagte sie, aber so sehr sie sich darum bemühe, die Engländer nicht mehr zu hassen, sei ihr auch das nicht gelungen. Sie fürchte deshalb nicht nur, getötet zu werden, sondern auch, daß sie selbst töten könnte. Sie wisse, daß sie immer noch schrecklich aufbrausend sei, und sie befürchte, daß dieses Temperament, vereint mit ihrem Haß, schreckliche Folgen zeitigen könnte.

»Bitte, Bruder, bete mit mir, daß ich lernen möge zu verzeihen«, bat sie. »Und bete auch darum mit mir, daß Gott mich an einen Platz führen möge, wo ich kein Blut vergießen kann.«

Pasquerel segnete sie mit dem Zeichen des Kreuzes. Dann begann er mit der heiligen Messe, und den Rest des Vormittags verbrachten sie zusammen im Gebet.

Nach dem Mittagessen, in dem Jehanne vor lauter Aufregung nur ein wenig herumstocherte, legte sie ihren Überwurf ab und stand in Hemd und Hose da, um sich von Minguet rüsten zu lassen. Jetzt, da der Augenblick der Abreise gekommen war, zeigte sich der Knabe so erpicht darauf, ihr zu gefallen, daß er ungeschickt an den Schnallen herumnestelte, und einmal entglitt ihm der Brustpanzer und fiel mit lautem Scheppern zu Boden. Der Lärm ließ Jehanne zusammenfahren, und sie hoffte, daß er ihre makellose Rüstung nicht verbeult hatte, bevor sie noch Gelegenheit gehabt hatte, sie zu tragen. Er nahm den Harnisch auf und wischte mit der Hand darüber, und dann hielt er ihn hoch, um ihr zu zeigen, daß er nicht beschädigt war. Aber all das geschah mit aufreibender Langsamkeit, und sie mußte sich selbst schroff in Erinnerung rufen, daß dies alles auch für ihn neu war und sich mit der Zeit schon bessern werde. Es wäre eine Sünde gewesen, einen zu schelten, der so eifrig darauf bedacht war, ihr zu helfen.

Sie hatte die stählernen Stiefel noch nicht angelegt, als die Reisegruppe eintraf. Sie mußten warten, bis Jehanne, die vor Ungeduld platzte und sich darüber ärgerte, daß sie sich nicht bücken konnte, um ihrem Pagen zu helfen, gereizt auf den aufgeregten Jungen hinunterblickte und befahl: »Genug jetzt, Minguet, geh und hol mir d'Aulon.«

Der Junge errötete, aber er gehorchte. Während d'Aulon flink die Stiefelscharniere befestigte, streifte Minguet ihr die weißseidene *huque* über den Kopf und legte ihr den Gürtel mit dem Schwert der heiligen Katharina um. Dann reichte er ihr die kleine Streitaxt. Barhäuptig wandte Jehanne sich um und stapfte in ihrer schweren Stahlrüstung unbeholfen zur Tür und auf die Straße hinaus.

Eine stattliche Gruppe von wohlwollenden Menschen war erschienen, um sie zu verabschieden. Sie verstopften die Straße vor dem Haus und tuschelten miteinander, als sie zum ersten Mal Jehanne in ihrer Rüstung erblickten. Minguet trat zu dem Schlachtroß, das d'Alençon ihr geschenkt hatte, und hängte den glänzenden Helm an den Sattel. Bis auf die Pagen waren nun alle andern aufgesessen.

Als Raymond ihr die Zügel des Pferdes reichen wollte, legte das Tier die Ohren zurück. Das Weiße seiner Augen trat hervor, und es bäumte sich auf, als wolle es durchgehen.

»Führt ihn zur Kirche dort.« Jehanne deutete quer über die Straße.

Raymond führte das immer noch störrische Pferd, und Jehanne stapfte klirrend hinterdrein; die Menge teilte sich, um sie durchzulassen. Das Pferd beruhigte sich soweit, daß der ältere Page es fest beim Halfter packen und ihm die Nüstern streicheln konnte. Jehanne packte den hochgezogenen Vorderrand des Sattels, um den einen Fuß in den

Steigbügel zu schieben. Aber das Pferd, das sie ohne Rüstung jeden Tag geritten hatte, ohne je Mühe zu haben, war zu hoch für die schwere Rüstung, die sie in ihrer Beweglichkeit behinderte.

Ein Junge, der das Problem erkannte, schleppte einen Steinblock herbei, der am Straßenrand lag, und legte ihn neben das Pferd. Jehanne lächelte ihm dankbar zu, stieg auf den Steinblock und zog sich in den Sattel. Raymond raunte dem Tier weiterhin beruhigend zu, bis Jehanne gut im Sattel saß. Dann nahm sie die Zügel, die er ihr anreichte. Sie war dankbar, daß der Hengst endlich wieder beruhigt war, denn es wäre ein schlechtes Omen gewesen, wenn ihr eigenes Pferd sie jetzt vor all diesen Leuten in Schwierigkeiten gebracht hätte.

Sie wandte sich der Geistlichkeit zu, die auf der Kirchentreppe versammelt stand. Mit lauter Stimme, schneidend vor Autorität, rief sie: »Ihr, Priester und Volk der Kirche, stellt euch auf zur Prozession und betet zu Gott!«

Sie wendete ihr Pferd ihren Gefährten zu und trieb es die Straße hinunter. Als sie sich umschaute, sah sie, daß die Priester immer noch dastanden und sie anstarrten. Dann blickten sie einander unschlüssig an.

»Los doch! Los!« rief Jehanne und winkte mit ihrem stählernen Handschuh vorwärts.

Minguet ritt an ihr vorbei. Die prachtvoll entfaltete Standarte, die er trug, flatterte stolz im Aprilwind. Die Priester konnten nicht anders, sie setzten sich in Bewegung. Jehanne drängte ihr Pferd voran; sie wußte, daß sie ihr durch die verstopften Straßen von Tours folgen würden, mitten durch die anbetungsvoll jubelnde und klammernde Menge.

Der Mann trat aus dem Zelt und rückte seine Kleidung zurecht, jeder Zoll ein Stutzer. Und so wollte er auch aussehen mit seiner feinen, mit Goldfäden durchwirkten Leinentunika, die am Hals offenstand und seine schwarzgelockte Brust sehen ließ. Hohe, blanke Stiefel reichten über die muskulösen Waden herauf und umschmiegten die Schenkel.

Sein Gesicht war schmal und glattrasiert, nur am Kinn wuchs ein Spitzbart, den er sich zuweilen blau färbte, wenn er bei Hofe seine Aufwartung machte. Unter den anderen Edelleuten setzte er dort die Maßstäbe für die Männermode, aber so sehr sie sich auch bemühten, keiner konnte ihm in seinem charakteristischen Sinn für Eleganz und Stil gleichkommen. Vielleicht lag es an der Andeutung von Ausschweifung, die in seinen wohlgeformten Zügen lag, an der ganz und gar unfaßlichen Ahnung vom Mysterium eines verbotenen, heimlichen Lebens.

Er setzte sich den breitkrempigen Hut schräg auf den Kopf, so daß die lange Feder nach hinten deutete. Mit entschlossenem Tempo schritt er seinem Ziel entgegen, und der schwarze Mantel, der seine Schultern umhüllte, blähte sich wie ein Paar Rabenflügel.

Es war noch nicht sieben Uhr abends, und schon hatte er die Zerstreuung gefunden, die ihm am liebsten war. Was für ein köstlicher Leckerbissen, dieser bartlose Page aus Brabant, der sich so willig erboten hatte, ihn auf seine ganz eigene Art für die Schlacht vorzubereiten! Schade jedoch, daß er den Jungen hatte schlagen müssen, als er nachher Geld forderte. Das hatte ihm jedenfalls gezeigt, wo sein Platz war, und beim Anblick des blutenden Jungen hatte es den Mann auf eine ganz unerwartete Weise durchrieselt. Er hatte gar nicht gewußt, daß die Schmerzen eines anderen so … erregend sein konnten. Das war eine Sache, die er noch eingehender würde erkunden müssen, wenn sich die Gelegenheit böte. Er merkte kaum, daß er lächelte, als er mit ausgreifendem Schritt das Lager durchquerte und sich die Freuden ausmalte, die er in dieser Nacht noch erleben würde, wenn diese verdammte Sitzung nur erst vorüber wäre.

Er kam zu spät, aber was wollten sie machen? Schließlich war er Gilles de Rais, ein Seigneur aus der Bretagne und ein Kriegsherr wie sie. Da kam es nicht darauf an, daß er erst fünfundzwanzig war: Er war ein Veteran seit seinem sechzehnten Lebensjahr.

Indes, als er das eindrucksvollste Zelt auf dem Platz erreichte – Clermonts eigenes –, mußte er feststellen, daß sie bereits ohne ihn angefangen hatten. Schon von draußen hörte man den nüchternen Klang ihrer Stimmen. Er nickte dem müden Krieger, der am Eingang Wache stand, kurz zu, schlug die Klappe beiseite und trat ein.

Sie standen gebeugt um einen Tisch in der Mitte des Zelts, beleuchtet von vier Fackeln in eisernen Ständern. »Es wird natürlich davon abhängen, daß der Wind günstig steht«, sagte Sainte-Sévère soeben. Er stand mit dem Rücken zum Eingang und sah nicht, wie de Rais hereinkam.

Aber die andern bemerkten es und drehten sich um. »Guten Abend, Gilles. Schön, daß Sie uns Gesellschaft leisten«, sagte Clermont sarkastisch. Sainte-Sévère fuhr herum und funkelte den jungen Mann im Zelteingang an.

De Rais wußte, daß sein Gesicht im Dämmerlicht halb verborgen war, und zog eine Grimasse. Er verabscheute den kleinen Wurm, der da geredet hatte, aber er wagte doch nicht, den jüngeren, ehelichen Bruder des Bastards offen herauszufordern. Er bedachte die versammelten Offiziere mit einer anmutigen Verbeugung. Sein Lächeln troff von Charme. »Einen guten Abend auch Ihnen, meine Herren. Ich bitte um Nachsicht für meine Säumigkeit. Leider wurde ich anderswo aufgehalten.«

Sein Blick musterte rasch die Gruppe. Neben Clermont standen Admiral de Culan, der Befehlshaber der Königlichen Flotte, und Ambroise de Loré, ein grauhaariger, bärbeißiger Veteran aus zahllosen Schlachten. Der Maréchal de Sainte-Sévère, ein großer Mann von über fünfzig Jahren, war der älteste unter den Anwesenden, und er kannte die Umgebung von Orléans am besten. Allesamt waren sie mutige Soldaten, aber nicht die besten Strategen.

»Nun, ich hoffe, sie – oder war es ein er? – war es wert«, bemerkte Clermont, und seine Oberlippe kräuselte sich angewidert. »Denn ich fürchte, wir haben bereits ohne Sie einen Plan.« Seine Schadenfreude war deutlich erkennbar an der Art, wie er das Kinn vorstreckte und die linke Braue hochzog.

»Einen Plan?« De Rais war plötzlich mißtrauisch, und die verächtliche Bemerkung des Grafen über sein Privatleben kümmerte ihn nicht. »Was für einen Plan?« Mit ein paar schnellen Schritten war

er am Tisch und schob sich zwischen Clermont und Admiral de Culan.
Auf dem Tisch lag eine Karte von der Umgebung und der Stadt Orléans selbst. Hastig gekritzelte, aber lesbare Eintragungen bezeichneten die Lage von Sümpfen und hohem Gelände sowie die Strömungsrichtung des Flusses. Verworrene Linien überzogen das Pergament, Einzelheiten vergangener Schlachtpläne, die geschmiedet und verworfen worden waren.
»Wir werden den Fluß hier überschreiten, morgen«, sagte Clermont hochmütig, »und südwärts durch die Sologne schwenken.« Er zeigte auf die Karte, und de Rais verfolgte mit konzentriert gefurchter Stirn den Finger des Grafen durch das flache, bewaldete Sumpfland. »Wenn wir dann Orléans erreichen, werden wir weit südwärts schwenken, unerreichbar für die englischen *bastilles*. Hier werden wir in Stellung gehen« – sein Finger wanderte zum Südufer des Flusses, etwa eine Wegstunde von der Bastille de St.-Jehan-le-Blanc entfernt –, »und Barken aus der Stadt werden flußaufwärts zu uns gefahren kommen. Wir werden die Barken mit Vorräten beladen und sie stromabwärts zur Porte de Bourgogne treiben lassen.«
»Unterdessen«, fiel Sainte-Sévère ein, »werden wir bei St.-Loup einen Scheinangriff über den Fluß führen, um die *goddons* zu beschäftigen, während unsere Eskorte dafür sorgt, daß der Nachschub sicher durch das Tor gelangt.«
»Vermutlich sind Sie zu dem Schluß gekommen, daß der Anmarsch von Norden her zu riskant ist?«
Ambroise de Loré nickte mit dem zottigen Haupt. »So ist es. In den Festungen an der Nordseite wimmelt es von *goddons,* und sie würden über uns herfallen wie die Fliegen über einen Scheißhaufen. Der Fluß ist besser.«
»Und was ist mit dem Rest der Truppe?« fragte de Rais. »Wo soll das Heer übersetzen?«
»Das Heer wird nicht übersetzen«, sagte der Maréchal. »Wir sind keine Entsatztruppe. Wir bringen nur Proviant in die Stadt.«
De Rais schnaubte verdrossen. »Wir sind zur Zeit mächtig in der

Überzahl und könnten die *goddons* mühelos aus ihren *bastilles* vertreiben. Was hält der Bastard denn von Ihrem Plan?«
»Es ist die Strategie des Bastards.« Clermont sprach den Namen mit besonderer Betonung aus. »Der König findet – und der Bastard stimmt mit ihm überein –, daß es noch viel zu früh ist, um mit der Armee einen Angriff gegen die Engländer zu führen. Wir müssen unsere Zahlen noch beträchtlich vergrößern, bevor wir versuchen, die Belagerung zu beenden.«
»Aber in der Zwischenzeit könnten sie ebenfalls Verstärkung erhalten«, gab de Rais zu bedenken, »und dann wären wir wieder in der Minderzahl.«
»Dieses Risiko müssen wir eingehen«, sagte Admiral de Culan. Seine eigene Abneigung gegen diesen Plan zeigte sich in seinem dunklen Knurren.
De Rais nahm den Hut ab und kratzte sich am Kopf. »Was ist mit La Hire und de Xaintrailles? Sie werden doch kaum damit einverstanden sein, daß man sie als Fuhrknechte einsetzen will.« Er kannte die beiden Männer gut, denn er war schon mit ihnen in die Schlacht gezogen. Sie gehörten nicht zu denen, die eine Gelegenheit zum Kampf ohne Widerspruch verstreichen ließen.
»Um diese Hitzköpfe werde ich mich kümmern, wenn sie aus Orléans kommen«, sagte Clermont mit geschmeidigem Lächeln. »Der Plan stammt schließlich vom Bastard, und in Abwesenheit unseres Bruders ist es seine Stadt. Unser Auftrag ist die Versorgung der Stadt.«
De Rais betrachtete stirnrunzelnd diesen selbstsicheren jungen Grafen, und am liebsten hätte er den Zauderer geohrfeigt. »Und wann kommen ›diese Hitzköpfe‹?« Seine Stimme schnurrte vor Ironie.
»Morgen«, antwortete Clermont, entschlossen, de Rais' geringschätzige Art zu übergehen. »Gaucourt kommt aus Tours, und wenn er über alles in Kenntnis gesetzt ist, können wir abmarschieren.«
»Und was ist mit dem Mädchen? Mit dieser wunderbaren Seherin, die den König so sehr bezaubert hat?« fragte de Rais spöttisch. »Ich habe gehört, er will sie mitschicken. Was gedenken Sie mit ihr anzufangen?«

Er hatte Jehanne zwar schon einmal gesehen – in Chinon nämlich –, aber der Vorstellung von gottgesandten Jungfrauen konnte er nicht viel abgewinnen. Genaugenommen fragte er sich manchmal, ob es überhaupt einen Gott gab. Nur wenn die Leidenschaft von ihm Besitz ergriffen hatte, kam er zuweilen in die Nähe des Göttlichen. Andererseits war er sich der dunklen Seite der menschlichen Natur durchaus gewiß, denn er hatte sie gesehen: in langen, wütenden Schlachten und im beliebigen Sterben von Hunderten Unschuldiger. Und er wußte sehr wohl, daß es nur wenige Jungfrauen gab, männliche wie weibliche: Um erstere hatte er sich persönlich gekümmert, und vor letzteren war er immer zurückgescheut, vor diesen albernen Töchtern Evas und der Erbsünde.

»Sie ist in der Tat in diesem Augenblick unterwegs hierher«, bestätigte Sainte-Sévère mit strengem Stirnrunzeln. »Und der König läßt sagen, daß sie mit äußerster Höflichkeit zu behandeln sei.« Er warf de Rais einen warnenden Blick zu, denn er wußte wie jeder, der ihn kannte, daß der junge Blaubart keinen Respekt vor Frauen hatte.

»Haben Sie denn vor, sie von Ihren Plänen in Kenntnis zu setzen?« fragte der Seigneur unerbittlich, und ein zynisches Lächeln trat auf seine Lippen.

Clermont warf den andern einen Blick zu und gab keine Antwort.

»Das ist nicht nötig«, antwortete de Culan an seiner statt. »Das Mädchen ist kein Soldat, es ist ein Maskottchen. Man kann die Truppen darum sammeln und sie für die Schlacht begeistern.«

»Aber ich habe gehört, daß der König ihr den Titel ›Oberhaupt des Krieges‹ verliehen hat«, stichelte de Rais. »Berechtigt sie das nicht dazu, Schlachtpläne zu erfahren?«

Die Männer gluckten, und de Loré antwortete: »Kommen Sie, Gilles, Sie wissen, daß das ein leerer Titel ohne irgendwelche Vollmachten ist.«

»Ja, ich weiß das, aber sie weiß es vielleicht nicht.« Er hörte eine plötzliche Unruhe draußen vor dem Zelt. »Was werden Sie tun, wenn sie darauf besteht?« Seine Frage ging in einem empörten Streit auf der anderen Seite der Zeltleinwand unter.

Die andern schauten zum Eingang.
Der Wachtposten stürzte herein und ließ die Zeltklappe hinter sich herabfallen. Er war nicht leicht einzuschüchtern, aber jetzt wußte er doch nicht mehr ein noch aus. Ratlos fuhr er sich mit der Zunge über die Lippen.
»Vergebung, Herr, aber die Jungfrau ist hier mit ihren Brüdern, und sie verlangt Einlaß. Ich habe ihr gesagt, daß Sie Kriegsrat halten, aber sie besteht darauf …«
»Schon gut, André«, unterbrach Clermont ihn. »Laß sie herein.«
»Jetzt bekommen Sie Ihre Antwort, Gilles«, flüsterte de Loré so leise, daß Clermont ihn nicht hören konnte. Der Bretone kicherte in Erwartung des bevorstehenden Abschieds von ernsthaften Beratungen, mit dem Clermont sich nun würde befassen müssen.
Die Zeltklappe hob sich erneut, und das Mädchen trat ins Dämmerlicht, gefolgt von zwei halbwegs anziehend aussehenden, sehr jungen Männern. Keiner von ihnen trug einen Helm, im kurzgeschnittenen Haar und in den dunklen Gesichtszügen war eine Familiennähnlichkeit deutlich zu erkennen, zumal zwischen dem Mädchen und dem dunkelhaarigen Bruder. Der kleinere war blond und hatte helle Augen, die aber genauso geformt waren wie die des anderen jungen Mannes. Das Mädchen trug eine glänzende, nagelneue Rüstung, die im Fackelschein funkelte; eine prachtvolle weiße *huque* verstärkte das Strahlen noch. Sie war kleiner als ihre Brüder, aber sie sah kräftiger und weniger weiblich aus, als die Offiziere es erwartet hatten. Eigentlich sah sie überhaupt nicht aus wie ein Mädchen, sondern eher wie ein Jüngling von vielleicht sechzehn Jahren. Eine zuversichtliche Autorität ging von ihr aus, so handfest wie das Schwert an ihrer Seite. Im Gegensatz zu ihrer Schwester wirkten die jungen Männer kein bißchen gebieterisch in ihren Brustpanzern und mit den runden Schilden. Aber es war nicht nur eine Frage der Ausrüstung. Sie leuchteten nicht, wie sie es tat.
Sie musterte die Offiziere mit gelassenem Lächeln. »Ich bin die Jungfrau Jehanne, hierher gesandt vom Dauphin durch die Gnade Gottes.« Ihre Stimme hatte ein dunkles Timbre, aber sie übertönte das

Zischeln der Fackeln mit klarem Klang. »Die Soldaten draußen haben mir gesagt, ich könnte den Kriegsrat hier finden.« In freundlicher Erwartung ließ sie ihren Blick über die rauhen Gesichter wandern.

»Willkommen, Jehanne. Ich bin Charles de Bourbon, Comte de Clermont.« Der Graf lächelte eisig und musterte die bewaffneten Bauern mit sichtlichem Abscheu. Er stellte seine Kollegen vor, und das Mädchen neigte vor jedem den Kopf, ungezwungenes Wohlwollen in ihrem Blick.

»Was haben Sie denn beschlossen?« fragte sie, als die Artigkeiten erledigt waren.

Die Männer wechselten ein paar Blicke. »Hast du etwas vorzuschlagen, Jehanne?« Sein hageres Gesicht blickte lausbubenhaft und spöttisch.

»Ja, allerdings«, antwortete sie voller Ernst, ohne die Ironie in seiner Frage und den dämonischen Geist, der dahintersteckte, zu spüren. »Als ich soeben dort draußen mit meinen Brüdern und Gefährten durch das Lager ging, da hörte ich die unflätigsten, abscheulichsten Reden, die ich in meinem ganzen Leben gehört habe, aus dem Munde unserer Soldaten.«

»Solche Reden sind unter Soldaten alltäglich«, sagte de Loré und bemühte sich, über soviel Naivität nicht zu lachen. »Das ist die Wirklichkeit des militärischen Lebens.«

»Nun, es wird dennoch aufhören müssen«, stellte sie stirnrunzelnd fest. »Und die Soldaten müssen die losen Weiber fortschicken, die bei ihnen sind. Sie müssen die Beichte ablegen und dann zur Messe und zur heiligen Kommunion gehen.«

Die Offiziere schauten einander so verblüfft an, als hätte sie ihnen vorgeschlagen, allesamt Mönche zu werden.

»Mein Kind, das würden die Männer sich niemals gefallen lassen«, sagte de Rais mit herablassendem Lächeln. »Sie brauchen es, um sich zu entspannen und um zwischen den Schlachten ihren Mut neu zu beleben.«

»Was sie brauchen, ist die Gegenwart Gottes und seine Hilfe, wenn sie in die Schlacht ziehen. Er ist es, der ihren Mut neu beleben wird.

Wenn sie als Sünder gehen, gehen sie ohne Gott, und wie unterscheiden sie sich dann vom gottlosen Feind?« In ihrer Stimme vibrierte die Macht, und sie schwoll an von der Wucht ihrer Überzeugung. »Wenn sie als Sünder gehen, wird Gott sich abwenden von ihnen und uns den Sieg versagen. Wenn sie aber ihre Weiber und ihr Fluchen lassen, sich die Sünden vergeben lassen und die heilige Kommunion empfangen, dann wird Gott sie sein eigen nennen und uns helfen, der Belagerung ein Ende zu machen.«

Ein paar Augenblicke lang rührte sich keiner der Männer.

»Ich bedaure, Jehanne«, sagte Sainte-Sévère schließlich, »aber wir können dem Heer nicht sagen, es soll seine lebenslangen Gewohnheiten ändern, nur weil du es so befiehlst. Du mußt uns schon zeigen, daß es praktische und nicht nur göttliche Gründe gibt, ihr Benehmen zu ändern.«

»Also gut«, sagte sie, das Kinn entschlossen vorgestreckt, »wie wäre es damit: Hier sind Divisionen aus dem ganzen Reich versammelt, nicht wahr? Sie, Seigneur de Rais« – sie deutete auf ihn – »sind mit Truppen aus Anjou und Maine hier, oder? Und Sie, Comte de Clermont, kommen aus Orléans. Seit Tagen wächst das Heer, während die Truppen sich hier versammeln. Die Zahlen haben wir. Wie also werden wir siegen?«

Die Männer warteten auf ihre Antwort. Herr, hilf mir, sie zu überzeugen, betete sie.

»Eine Schlacht gewinnen wir nur, wenn wir alle zusammen kämpfen, als französisches Heer, nicht als eine Ansammlung von kleinen Armeen, die ihren jeweiligen Herren treu ergeben sind. Das aber kann nur geschehen, wenn man den Soldaten Zucht beibringt und sie nicht tun läßt, was sie wollen. Sie müssen wissen, daß Sie die Befehlshaber sind und daß sie Ihren Bestimmungen folgen müssen; wenn Sie ihnen also befehlen, das Fluchen zu lassen und ihre Dirnen fortzuschicken, so geschieht das um der Ordnung willen. Und wenn Sie ihnen dann befehlen, zur Beichte und zur heiligen Messe zu gehen, so geschieht auch dies sowohl um der Ordnung willen als auch zum Wohle ihrer Seelen.« Sie lächelte. »Leuchtet das nicht ein, Maréchal?«

Sainte-Sévère erwiderte ihr Lächeln, und sie sah, daß sie in seinem Ansehen stieg. »Doch, das tut es. Aber« – sein Blick ging in die Runde – »die Soldaten werden es vielleicht anders sehen. Sie sind an die Dinge gewöhnt, wie sie sind, und alte Gewohnheiten legt man nicht so einfach ab.«

»Dann schlage ich einen Handel vor«, sagte sie. »Wenn ich sie überzeugen kann, daß das, was ich verlange, richtig ist, werden Sie ihnen dann befehlen, den Geboten Gottes zu folgen?«

Ein belustigtes, herablassendes Schmunzeln trat auf Clermonts Gesicht. »Wenn du sie überzeugen kannst, werden wir ihnen befehlen, zum Mond zu fliegen. Aber sei nicht enttäuscht, wenn du scheiterst.« Sein Lächeln verblaßte zu hochmütiger Häme.

Sie nahm die Herausforderung an. »Ich werde nicht scheitern.« Mit erstaunlichem Selbstvertrauen schaute sie der Reihe nach jedem in die Augen, dann verneigte sie sich, ohne den Blick zu senken. »Meine Herren …«

Sie wandte sich ab und marschierte hinaus. Ihre Brüder folgten ihr. Die Offiziere schwiegen eine ganze Weile.

»Wir werden sehen«, sagte Clermont dann mit verschlagenem Lächeln. »Wir werden sehen.«

La Hire und Poton de Xaintrailles durchquerten unter mondlosem Himmel das feindliche Gelände und trafen kurz nach Tagesanbruch im Lager ein, aber Jehanne empfing sie nicht gleich. Nach ihrer Ankunft wurden sie in Clermonts Zelt geführt, wo Sainte-Sévère und de Loré sie von den Nachschubplänen für Orléans in Kenntnis setzten.

Die Armee verbrachte einen großen Teil des Vormittags damit, das Lager abzubrechen. Als von Westen her drohende Wolken aufzogen, legten die Knappen letzte Hand an, um ihre Herren in stählerne Rüstungen zu kleiden, die von Blut und Rauch gehärtet waren. Dann bauten sie die Zelte der Offiziere ab und packten sie zu den Kisten mit Armbrustbolzen und den Schießpulverfässern auf die Troßkarren. Gegen Mittag, als die ersten Blitze über den Himmel zuckten, gab

Gaucourts Ankunft aus Tours – er wurde begleitet vom Erzbischof von Reims – das Zeichen dafür, daß der Augenblick gekommen war, da die längst bereitstehende Karawane aufbrach und über die Brücke östlich von Blois zog.

Die Bataillone stapften bis zum Abend langsam durch Regen und Schlamm und schlugen schließlich auf einem ein paar Wegstunden südwestlich von Orléans gelegenen Feld ihr Lager auf. Bis dahin war das schlimmste Gewitter abgezogen, aber der unerbittliche Regen ließ nicht nach, und für die Nacht wurde kein Feuer angezündet. Wie die gemeinen Soldaten hatten auch Jehanne und ihre Gefährten kein richtiges Zelt, das sie vor den Elementen geschützt hätte. Aber vor dem Abmarsch aus Blois hatte Metz sich von d'Alençon eine ziemlich große Menge Leinwand geben lassen, mit der er eigentlich die Rüstungen vor dem Morgentau hatte schützen wollen. Statt dessen errichtete er daraus jetzt ein durchlässiges, behelfsmäßiges Schutzdach, das ihnen half, wenigstens halbwegs trocken zu bleiben.

Jehanne weigerte sich, ihre Rüstung abzulegen, obwohl d'Aulon ihr zuredete und auch die andern sich bemühten, sie davon zu überzeugen, daß sie in Sicherheit sei. Es sei ja nicht so, daß sie Angst vor den eigenen Soldaten habe, gab sie ihnen zur Antwort, aber sie wolle gewappnet und bereit sein, falls die Engländer den Zug angriffen. Kein vernünftiges Zureden konnte sie davon überzeugen, daß dies unwahrscheinlich sei. Als sie bei Sonnenaufgang erwachte, tat ihr jeder Muskel weh, und sie war steif, zerschlagen und unausgeschlafen. Als sie sich ungelenk erhob, bereute sie – auch wenn sie es niemals zugegeben hätte –, daß sie nicht auf ihre Freunde gehört und sich wie diese ihrer Rüstung entledigt hatte.

Raymond ritt an ihrer Seite und hielt Jehannes Standarte mit der freien Hand umklammert; der Eschenholzschaft saß in seiner Vertiefung an seinem Sattel. Die Pagen hatten sich darum gestritten, wer die Ehre haben sollte, die Fahne zu tragen. Jehanne hatte einen Waffenstillstand herbeigeführt, bei dem Minguet sich bereitgefunden hatte, den Wimpel ihres Gefolges zu tragen, und nun ritt er an ihrer anderen Seite und hielt stolz das Feldzeichen in die Höhe.

D'Aulon, Metz und Poulengy ritten hinter ihr. Links von ihnen trabten die Brüder, prächtig anzusehen wie richtige Ritter in ihrer neu angepaßten Rüstung. Mit aristokratischer Erhabenheit saßen die Herolde auf ihren zierlichen Zeltern; sie waren noch bei der Truppe, denn Jehanne hatte beschlossen, ihren Brief an die Engländer doch nicht von Blois abzusenden. Es wäre besser, bis Orléans zu warten; dann hätten sie ihre Worte frisch im Gedächtnis, wenn sie die Heerschar Gottes vor sich sähen, und so würden sie die Stadt vielleicht bereitwilliger aus ihren Klauen lassen.
Aber Orléans war noch ein gutes Stück Weges entfernt, und sie hatte reichlich Zeit, sich zu überlegen, was sie tun würde, wenn sie dort ankäme. Trotz des elenden Wetters und ihrer steifen Gliedmaßen stieg Jehannes Geist mit heiliger Musik zum Himmel empor, und sie dankte Gott für ihr geläutertes Heer.
Sie hatte sich der Herausforderung Clermonts gestellt, sobald sie das Zelt verlassen hatte. Ihre Brüder waren hinter ihr her getrampelt und hatten sich schwerfällig bemüht, mit der flinken Schwester Schritt zu halten, die dem größten Lagerfeuer zustrebte, das sie hatte finden können. Etwa dreißig Soldaten saßen darum versammelt, und einer erzählte eine Geschichte, die bei seinen Kameraden fröhliches Gelächter hervorrief. Als Jehanne in den Kreis trat, brach die Erzählung ab, und die Heiterkeit verwehte.
Die Soldaten starrten sie an.
Sie lächelte liebenswürdig und ohne Furcht vor den jäh versteinerten Gesichtern. Am Rande des Lichtkreises lag ein Baumstamm, der noch vor kurzem Blätter getragen hatte und dessen Holz jetzt Licht und Wärme für die Soldaten lieferte. Jehanne stieg auf diesen Stamm. »Männer von Frankreich!« rief sie mit lauter Stimme. »Ich bin die Jungfrau Jehanne aus dem Dorf Domrémy im Herzogtum Lothringen. Einige von euch haben vielleicht schon von mir gehört.«
Ein Murmeln ging durch die rauhe Versammlung, und sie wußte, daß sie zumindest neugierig waren, wenn sie sie auch nicht gleich willkommen hießen. Das würde ihr die Aufgabe zumindest erleichtern. Sie sammelten sich um sie, und Jehanne fuhr fort.

»Mein Leben lang habe ich die Geschichten von diesem schrecklichen Krieg gehört, der schon so lange im Gang ist, daß nicht einmal der älteste Mann in meinem Dorf sich an eine Zeit des Friedens erinnern kann. Ich selbst habe gesehen, wie dieser Krieg Familien zerstört und junge Männer ins Grab gebracht hat, statt daß sie leben und ihre eigenen Kinder heranwachsen sehen durften. Vor einigen Jahren ist der Mann meiner eigenen Cousine im Kampf gegen die *goddons* gefallen, und schon damals spürte ich ihren Schmerz, obwohl ich noch ein Kind war.

Wie so viele auf dem Lande, habe ich das Leid des Krieges aber auch am eigenen Leib zu spüren bekommen. Erst im letzten Sommer wurde Domrémy – sogar die Kirche – von den Burgundern niedergebrannt. Mit Gottes Hilfe konnten wir das Dorf wieder aufbauen, aber auch wenn wir nicht verhungern mußten, gingen wir doch so manche Nacht mit knurrendem Magen ins Bett. Wir hatten indes mehr Glück als andere, denn als ich nach Chinon zum Dauphin reiste, kam ich durch Dörfer, die es gar nicht mehr gibt – dank unseren Feinden, diesen Feiglingen, die unsere wehrlosen Menschen ermorden, unsere Häuser zerstören und unser Korn und unser Vieh stehlen! Ich bin sicher, auch ihr habt solche Dinge schon gesehen.«

Unter den Soldaten erhob sich wütendes Gemurmel. Immer mehr kamen zum Feuer, um die kleine Gestalt in ihrer Rüstung zu hören, die da im golden flackernden Licht leuchtete.

»Als ich dreizehn war, hörte ich die Stimme Gottes. Er sagte mir, was ihr sicher schon wißt: daß Frankreich blutet, daß es stirbt an diesem Krieg, und daß die *goddons* nicht das Recht haben, dieses Königreich an sich zu reißen. Aber er versicherte mir auch« – das grollende Murren wurde lauter, und sie mußte schreien, um den Aufruhr zu übertönen – »Er versicherte mir auch, daß er die Gebete unseres Volkes gehört habe, das doch so lange und so schwer hat leiden müssen. Er nannte mich ›Kind Gottes‹ und trug mir auf, zum Dauphin zu gehen, der mir ein Heer geben werde, damit ich der Belagerung von Orléans ein Ende machen könne.«

Die immer noch anschwellende Menge schenkte ihr ihre ganze Aufmerksamkeit, und ihre Ratgeber umgaben sie mit dem warmen Glanz der Macht. Als sie fortfuhr, bebte ihre Stimme vor Leidenschaft.

»Ihr alle seid Veteranen dieses langen und kostspieligen Kampfes um die Freiheit, und ich sehe euren Gesichtern an, daß ihr im Laufe der Jahre viel habt leiden müssen. Viele von euch sind verwundet worden, einige schlimmer als andere, und ihr habt Kameraden verloren, die euch lieb und teuer waren.«

Ihr Blick wanderte über die verschlissenen, zernarbten Gesichter vor ihr. »Ich weiß, ihr alle seid müde, so müde wie jedermann in Frankreich – die Bauern, von denen man so vielen das Leben genommen und die man verbrannt hat im Feuer unserer Feinde, und die Städter, die nichts mehr zu essen haben. Sie alle sind erschöpft von einem Leben in beständiger Todesangst. Was immer der Standesunterschied zwischen uns sein mag, ob wir Bauern sind oder Barone, ob wir auf dem Lande leben oder in der Stadt, ob wir Soldaten sind oder Zivilisten, wir haben zwei Dinge miteinander gemeinsam: Wir sind Franzosen, und wir sehnen uns nach Frieden!

Wollt ihr, daß dieser Krieg zu Ende geht?« rief sie.

»Ja!« donnerten die Männer.

»Wollt ihr die Belagerung von Orléans beenden, damit der Dauphin in Sicherheit ist?«

»Ja!« Viele schüttelten die erhobenen Fäuste in einer Geste stürmischer Begeisterung.

»Wollt ihr, daß unserer guter Dauphin Karl mit dem heiligen Öl von St. Clovis gesalbt und zum König von Frankreich gekrönt wird?«

»Ja!!«

»Wollt ihr die *goddons* über das Meer in ihr Heimatland zurücktreiben, auf daß sie uns für alle Zeit in Ruhe lassen, und wollt ihr, daß Paris sich Karl in Treue unterwirft?«

Wiederum erhob sich lärmende Zustimmung, so lange und so laut diesmal, daß es durch das ganze Lager hallte. Inzwischen traten Soldaten aus allen Richtungen ins Licht des Feuers. Jehanne schaute über ein Meer von abgehärteten Gesichtern, das bis weit über die flackernden Ränder des hellen Kreises ins dunkle Feld hinausreichte.

Sie hatte die Männer erobert, und sie wußte es. Aber sie konnte immer noch scheitern, also mußte sie vorsichtig sein.
»Gott will das alles auch, und noch mehr. Er hat mir gesagt, daß Frankreich in ferner Zukunft, wenn wir alle längst gestorben sind, ein mächtiges Königreich sein wird, den andern auf der Welt ebenbürtig, ein Land von Reichtum und Einfluß, das weder den Engländern noch sonst jemandem Rechenschaft schuldet!«
Die Kehle wurde ihr trocken. Sie unterbrach sich und schluckte.
»Der König des Himmels hat mich zu seiner Botin gemacht, und er hat mir euch gegeben: Ihr sollt sein heiliges Heer sein, auf daß wir unser Volk befreien. Gott hat uns dazu seine Hilfe versprochen, aber er will, daß wir ihm dafür auch etwas geben. Wenn wir seine heiligen Soldaten sein wollen, dann müssen wir, wir alle, uns seinen Wünschen fügen und ein christliches Leben führen. Wir dürfen nicht vom Gestank der Todsünde umgeben in die Schlacht ziehen. Lassen wir die *goddons* in der Sünde verrotten, lassen wir sie ohne die Hilfe Gottes zu den Waffen greifen, derweil wir, Gottes erwählte Krieger, über sie herfallen und sie vertreiben – aus Orléans und aus ganz Frankreich.«
Und wie aus einem Munde jubelte das ganze Heer, und etliche Soldaten schwenkten kampflustig ihre Waffen über den Köpfen. »Wir sind bei dir, Jehanne!«
»Führ uns nach Orléans!«
»Mit Gott für Frankreich und die Jungfrau Jehanne!«
»Jungfrau Jehanne! Jungfrau Jehanne!« begannen sie zu singen. Und wie in Tours sträubten sich ihre Nackenhaare, als Jehanne dies hörte, und es erfüllte sie mit Kraft. Noch einmal hob sie die Hände und bat um Ruhe.
Der Gesang verstummte.
»Auf Gottes Geheiß habe ich für die Mönche, die mich von Tours hierher begleitet haben, eine Standarte machen lassen. Zweimal täglich, einmal morgens und einmal abends, wollen wir uns um dieses Zeichen der Kreuzigung unseres Herrn versammeln, die Messe hören und zur heiligen Kommunion gehen. Dies verlangt Gott von seinem Heer, wenn wir mit seinem Segen in die Schlacht ziehen wollen. Bevor

wir allerdings die Kommunion empfangen, müssen wir natürlich alle zur Beichte gehen und uns vornehmen, nicht wieder der Sünde zu verfallen. Das heißt, daß wir alle Versuchung von uns weisen müssen. Für mich selbst ist das die Angst vor der Verwundung in der Schlacht. Ich weiß, Gott will nicht, daß ich sterbe, und dennoch habe ich Angst. Diese Angst muß ich von mir weisen, denn sie ist nichts anderes als der Mangel an Vertrauen darauf, daß Gott sein Wort halten und mein Leben schonen wird! Ihr, Männer von Frankreich, müßt alle Versuchungen von euch weisen – als erstes aber die Weiber, die euch gefolgt sind und euch von der Liebe Gottes fortgelockt haben.«
Ein Murren begann in ihrer Umgebung und breitete sich bis in die Dunkelheit aus. Die Stimmung änderte sich jäh, und sie spürte den unausgesprochenen Widerstand.
Sie warf sich in die Bresche. »Ihr, die ihr bereit seid, euch von euren Sünden lossprechen zu lassen und den Befehlen des himmlischen Königs zu gehorchen, ihr werdet zum Heer seiner heiligen Soldaten unter dem Banner seines Sohnes gehören dürfen! Wer aber das Wort Gottes zurückweist, wird der Himmlischen Heerschar nicht angehören, und seine Seele gerät in höchste Gefahr, denn er ist nicht länger ein Teil von Gottes Armee und steht nicht länger unter dem Schutz seiner Liebe. Wer von denen aber stirbt im Stande der Todsünde, dessen Seele ist verloren für Gott in Ewigkeit.«
Mehrere Männer bekreuzigten sich im Raunen widerstreitender Empfindungen.
Jehanne wartete, bis das Rumoren sich legte, und hob dann erneut die Stimme. »Ich will, was Gott will! Ich will seinen Befehlen gehorchen und sein Heer zum Sieg führen in diesem heiligen Kampf zur Befreiung des Reiches! Und wenn er mir befiehlt, meine Todesangst hier im Lager zurückzulassen, dann muß ich es tun, denn sonst begehe ich eine Todsünde und verliere mein Recht, ein Soldat Gottes zu sein.
Ihr seid die tapfersten Männer des Königreiches. Seid ihr bereit, zu tun, was ich tue? Habt ihr den Mut, eure eigenen Versuchungen hinter euch zu lassen?«

Der Widerstreit der Instinkte ließ ihre Gesichter flackern und verwehte nach kurzem Kampf mit dem Holzrauch des Feuers. Leise erst, wie fernes Donnergrollen, erhob sich Beifall aus den Reihen – erst rief nur einer, dann noch einer, und immer lauter wurden das Rufen, bis es zu einem Tosen anschwoll.

Als sie sich endlich wieder beruhigt hatten, sagte Jehanne mit einer Stimme, die nur noch ein heiseres Krächzen war: »So geht denn hin, ihr Soldaten Gottes und Frankreichs. Verjagt die Versuchung noch in dieser Nacht aus unserem Lager und ruht statt dessen in den Armen Gottes und in dem Wissen, daß er euch vor Orléans beschützen wird, wie er es versprochen hat.«

Als die Armee sich der belagerten Stadt näherte, ritt Jehanne voller Zuversicht unter den Offizieren. Die Männer hatten ihr, wenn auch zögernd, gehorcht. Zum Erstaunen der Offiziere hatte sich am nächsten Tag eine große Schar von ihnen unter dem Banner Pater Pasquerels versammelt. Im gleichmäßigen Nieselregen hatte sie vor der Messe verkündet, Gott habe sie zudem ermahnt, ihre fluchenden Zungen im Zaum zu halten. Das paßte den Männern nicht, das wußte sie. Aber als sie nachher durch das Lager gegangen war, hatte sie keine Obszönitäten mehr gehört.

Bis sie La Hire begegnet war.

Der Regen hatte eben aufgehört, und sie war nach der Messe mit ihrem kleinen Gefolge auf dem Weg ins Lager gewesen, als vor ihnen ein rauher Bariton zu brüllen begann und die spirituelle Ruhe störte, die Jehanne umgab.

»Schaff dein scheißefressendes Vieh zur Seite, du vaterloser Sohn einer blatternarbigen Hure, sonst reiße ich ihm mit bloßen Händen den Pimmel ab und stopfe ihn dir in deinen elenden schwanzlutschenden Schlund!«

Der puterrote Mann, der dies alles von sich gab, saß auf einem Apfelschimmel, einem Schlachtroß von beträchtlicher Größe, das mit dem rechten Vorderhuf im Schlamm scharrte und unruhig den massigen Kopf nach hinten warf. Die einzige Rüstung des Reiters bestand aus einem verbeulten Brustharnisch; in den Ärmeln des dicken Lederwamses unter der Platte steckten Gliedmaßen, so dick wie ein knorriger Baumstamm. Sein Zottelkopf war unbedeckt und feucht von Schweiß und Regen. Er funkelte auf einen unglückseligen Fuhrknecht herab, dessen Pferd sich gegen das Geschirr sträubte, das er ihm voller Verzweiflung anzulegen versuchte.

Jehanne stampfte auf den Reiter zu, und ihre Arme schwangen in entschlossenem Zorn an ihrer Seite. Sie sah nicht, daß Metz, d'Aulon und Poulengy einander anschauten und die Augen verdrehten.

»Bist du taub, du hirnloser Bankert, oder bloß blöd? Du sollst diese gottverfluchte Kackmaschine einspannen, oder ich schwöre dir beim Sack Cäsars, daß ich dich mit dem Schädel voran in das scheißeverschmierte Arschloch deines Zossen rammen werde!«

Das Pferd des Fuhrknechts erschrak bei dem wütenden Gebrüll, so daß es noch widerspenstiger wurde und schrill wieherte. Es wollte sich von seinem Herrn losreißen, und dieser hatte alle Mühe, es am Durchgehen zu hindern.

»Du Sohn einer schwanzlutschenden Hure!« tobte der Soldat und hieb mit der Faust auf sein hohes Sattelhorn, so daß auch sein eigenes Tier zusammenfuhr.

»Verzeihung, Herr.«

Er schaute hinunter. Zu seiner Linken stand ein Knabe in voller Rüstung und funkelte mit energischen braunen Augen zu ihm herauf. Der Bengel konnte nicht älter als sechzehn sein. Er hatte dichtes dunkles Haar, das über den Ohren abgeschnitten war, und sein Gesicht war so glatt, daß er noch nicht einmal angefangen hatte, sich zu rasieren. Ein Grünschnabel, dachte der Soldat grinsend.

»Was willst du? Siehst du nicht, daß ich hier beschäftigt bin?«

»Ich sehe, daß Sie damit beschäftigt sind, Ihre Seele mit Ihren unflätigen Reden in die Hölle zu verdammen«, antwortete der Junge und ballte beide Fäuste.

Eine kleine Gruppe von jungen Männern kam heran und umringte ihn schützend.

Der Ritter überlegte sich, daß der Bengel angesichts dieser prächtigen, offensichtlich neuen Rüstung und seines zahlreichen Gefolges wohl der Sohn eines unbekannten Edelmannes sein mußte. Aber Edelmann hin, Edelmann her – so sprach niemand mit ihm! »Und wer in drei Teufels Namen bist du, du kleiner Furz?«
»Ich bin die Jungfrau Jehanne, die Botin Gottes, Oberhaupt des Krieges, und ich würde es sehr schätzen, wenn Sie absteigen wollten, wenn Sie mit mir sprechen.«
»Nun, und ich bin La Hire, der beste verschissene Soldat in dieser ganzen hurenfickenden Armee des Königs, und ich lasse mir von einem Weib keine Befehle geben.«
Ein paar Augenblicke funkelten die beiden einander an, und jeder war entschlossen, dem andern nicht nachzugeben.
Endlich milderte sich Jehannes Miene. »Sie haben recht, La Hire. Ich habe Ihnen nichts zu befehlen und kann Ihnen nicht sagen, was Sie tun oder lassen sollen. Aber ich möchte wirklich gern mit Ihnen sprechen, und es ist mir unbehaglich, wenn Sie da oben auf dem Pferd sitzen und ich hier unten auf dem Boden stehe.« Sie lächelte liebreizend zu ihm auf.
Ein Grinsen spaltete seinen Bart, und zwischen gelben Schneidezähnen klaffte eine breite Lücke. »Ich bin immer noch beschäftigt.«
»Aber schauen Sie doch« – sie deutete auf den Karren und das halb eingespannte Zugtier – »jetzt ist alles in Ordnung, und der Wagen wird sich gleich den anderen anschließen. Bitte sprechen Sie mit mir. Es dauert nicht lange.«
Er konnte ihrem ernsten Lächeln nicht widerstehen und stieg ab. »Nun«, sagte er und lehnte sich mit dem rechten Arm an sein Pferd, »worüber willst du sprechen?«
Sie schaute ihn sanftmütig an. »Ich möchte, daß wir uns verstehen, La Hire. Ich glaube, das ist sehr wichtig, wenn wir zusammen gegen die *goddons* kämpfen wollen. Wir können nicht gegen sie kämpfen, wenn wir uns gegenseitig bekämpfen, oder?«
»Das stimmt.« Er nickte nüchtern.
»Mir scheint aber«, fuhr sie nachdenklich fort, »daß wir nur mitein-

ander auskommen, wenn wir uns gegenseitig respektieren und darauf achten, daß keiner beim andern Anstoß erregt. Ich wollte bei Ihnen gewiß keinen Anstoß erregen, indem ich Ihnen Befehle erteile. Ich hoffe, daß Sie meine Entschuldigung annehmen.«

Er grinste, überrascht von ihrem veränderten Benehmen. »Gut.«

»Darüber bin ich sehr froh. Es ist mir wichtig, daß ich meinen Teil einer Abmachung einhalte. Und genauso wichtig finde ich es, daß derjenige, mit dem ich eine Abmachung habe, sie ebenfalls einhält, daß er mich achtet und nicht kränkt.«

»Das ist nur recht und billig.« Er merkte, wie sie ihn manipulieren wollte, aber es machte ihm so viel Spaß, daß er sie nicht hinderte, sondern einstweilen mitspielte. »Und wie soll ich meinen Teil unserer Abmachung einhalten?«

»Indem Sie mir Respekt entgegenbringen und mit Ihren Reden keinen Anstoß bei mir erregen«, antwortete sie schlicht. »Ihre Ausdrucksweise ist sehr rauh, und ich bin daran nicht gewöhnt. Und wenn ich es wäre, wüßte ich immer noch, daß Gott, unser höchster Herr, daran Anstoß nimmt.«

»An Gott glaube ich«, sagte La Hire mit gespielter Feierlichkeit. Er zog die Nase hoch und spuckte dann auf den Boden. »Vor jeder Schlacht bete ich auf meinen Knien.«

»Wirklich?« Ihre Augen weiteten sich, und das ernste junge Gesicht erstrahlte. »Was beten Sie denn?«

»Immer das gleiche Gebet.« Er zuckte die Achseln. »Ich sage: ›Gott, ich bitte Dich, tu für La Hire, was La Hire für Dich tun würde, wenn Du ein Soldat wärest und La Hire Gott.‹«

Jehanne runzelte die Stirn. »Das klingt mir aber nicht wie ein richtiges Gebet.«

»Trotzdem« – er strahlte – »es klappt immer. Gott tut, was ich von ihm erbitte: Er beschützt mein Fell in der Schlacht. Er muß mich wohl lieben – meinst du nicht auch?«

Sie lachte – angesichts eines so unbelehrbaren, verstockten Gegners konnte sie kein ernstes Gesicht machen. »Natürlich liebt er Sie, La Hire, auch wenn ihm die Worte, die Sie gebrauchen, ein Greuel sind.

Aber auch wenn er Sie liebt, wird er Sie nicht retten, wenn Sie im Stande der Todsünde sterben.«

Er schaute sie lange und wachsam an. Ein zweifelndes Lächeln kräuselte die Mundwinkel in seinem Bart, als müsse er sich über etwas schlüssig werden. Schließlich fragte er: »Was willst du in Wirklichkeit, Jungfrau Jehanne?«

»Ich will der Belagerung von Orléans ein Ende machen«, antwortete sie. »Ich will die Engländer aus Frankreich vertreiben, und ich will, daß der Dauphin endlich zum König gekrönt wird. Und vor allem will ich Frieden.« Ihre Augen füllten sich mit Trauer und Hilflosigkeit, und sie wischte die aufsteigenden Tränen ab.

»Gut.« La Hire nickte. »Das will ich auch. Das will jeder. Was hat das mit meiner Redeweise zu tun?«

»Bitte, La Hire, es geht um mehr als Worte. Unsere Sünden könnten die Verdammnis für ganz Frankreich bedeuten. Verstehen Sie das nicht?«

»Man hat mir erzählt, daß du die Huren aus dem Lager verbannt hättest«, antwortete er trocken. »Und jetzt dürfen wir nicht mal mehr normal reden?«

»Bitte«, wiederholte sie.

Er hob die Hände. »Na, was zum T … – was soll ich denn machen? Ich kann nicht anders reden!«

»Sie können sagen, was ich sage, wenn ich mutlos bin. Sie können sagen ›In Gottes Namen‹. Sie können auch sagen ›Bei meinem Schwert‹ – das würde zu einem Soldaten wie Ihnen gut passen.«

»Bei meinem Schwert!« Angewidert verzog er das Gesicht. »Was soll denn das für ein Fluch sein?«

Jehanne lächelte. »Einer, gegen den Gott nichts hat.«

Als sie jetzt an der Spitze des Heeres ritt, dachte sie an La Hire und betete zu Gott, er möge ihn auf dem Rückweg nach Orléans beschützen. Früh am Morgen war der Soldat losgeritten, was allerdings sein Auftrag war, hatte man ihr nicht gesagt.

Am Nachmittag war das Unwetter wieder in vollem Gange. Der Wind wehte mächtige Regenschleier über die Armee des Dauphins, und Menschen und Tiere stemmten sich schwerfällig gegen den beißenden Regen.

De Gaucourt hatte Späher vorausgeschickt, und als sie zurückkehrten, meldeten sie, daß man dicht vor Orléans stehe. Da ein englischer Angriff zu befürchten war, machte der Heerzug halt, damit die Ritter ihre Rüstungen anlegen konnten, und danach ritt alles mit gesteigerter Wachsamkeit weiter. Furcht ging durch die Reihen und verlieh den Befehlen der gereizten Offiziere besondere Dringlichkeit.

Jehanne hatte das Band gelöst, mit dem ihr *basinet* an den Sattel gebunden war, und den Helm aufgesetzt, teils zum Schutz gegen einen Überfall, teils in einem erfolglosen Versuch, ihren Kopf vor dem Regen zu schützen. Das Wasser prasselte wie unzählige Nadelstiche an ihre Rüstung, daneben konnte sie unter dem Helm wenig anderes hören. Bei gesenktem Visier erfüllte ihr warmer Atem das Innere, und die Luft war bald verbraucht, außerdem verwirrte es sie, daß sie kaum etwas sehen konnte, weil der Regen in die schmalen Sehschlitze floß. Ihr blieb nichts anderes übrig, als das Visier hochzuklappen, wenn sie nicht ersticken wollte. Aber wenn es offen war, durchnäßte der Regen ihr Gesicht und floß ihr am Hals herunter in die Rüstung. Außerdem sickerte er durch die Scharniere, bis ihre Kleidung unter dem Stahl tropfnaß war.

Das Unwetter hatte nicht nachgelassen, als das Heer zwei Stunden vor Anbruch der Nacht am Südufer der Loire halt machte, eine knappe halbe Wegstunde weit östlich von Orléans. Am anderen Ufer der Loire lag die von den Engländern gehaltene *Bastille* St.-Loup. Wie auf ein geheimes Signal hin, das nur Jehanne nicht hören konnte, ließen die Ritter sich auf den morastigen Boden hinab.

»Warum halten wir hier?« fragte Jehanne, als auch de Gaucourt steif von seinem Pferd stieg. »Wieso ziehen wir nicht weiter und in die Stadt hinein?«

Er tat, als habe sie nichts gesagt.

Sie rutschte vom Pferd, und ihre steifen Gelenke knackten in der schlammverschmierten Rüstung. Nachdem der alte Krieger ihr nicht geantwortet hatte, hielt Jehanne den hastig vorbeieilenden Gilles de Rais am Arm fest und wiederholte ihre Frage.

Ungeduldig wandte der junge Mann sich um. »Bitte laß mich los; ich habe viel zu tun.« Als er ihr bestürztes Gesicht sah, besann er sich. »Also schön, wahrscheinlich kann man es dir sowieso nicht verheimlichen. Geplant ist, daß die Orléanais mit Barken stromaufwärts zu uns gefahren kommen. Wir werden die Barken beladen und sie dann stromab zur Porte de Bourgogne segeln lassen, denn das ist der einzige Weg in die Stadt, der noch offen ist.« Er warf einen finsteren Blick auf die Festung gegenüber. »Eine Abteilung der Garnison wird die Engländer da drüben attackieren« – er deutete mit dem Kopf in Richtung St.-Loup – »während der Nachschub nach Orléans gebracht wird.«

»Und was ist mit uns? Was ist mit dem Heer? Wann setzen wir über?«

»Gar nicht.« De Rais spuckte aus. Er mißbilligte die Pläne der anderen und runzelte düster die Stirn. »Wir haben unsere Arbeit getan, mein Kind. Wir kehren nach Blois zurück, sobald Orléans versorgt ist.«

»Was!«

Dampfender Zorn erhob sich in ihrem Bauch und kochte in den Kopf herauf, und als er dort angekommen war, explodierte sie.

Sie stürmte zu Metz hinüber, der eben die letzte Ecke ihres Regendaches über dem schlammigen Boden aufspannte. Er lächelte, als sie auf ihn zukam, aber als er den inzwischen vertrauten Zorn in ihrem geröteten Antlitz sah, verwandelte sich seine Freude in Schrecken.

»Was ist?«

»Sie haben mich angelogen!« schrie sie. »Wir sind nicht hier, um die Belagerung zu beenden. Wir sind nur ein Nachschubtransport.«

»Woher weißt du das?«

»Gilles de Rais hat es mir selbst gesagt.« Sie wiederholte kurz, was der Seigneur ihr offenbart hatte, und dabei mußte sie Tränen der Wut und der Enttäuschung niederkämpfen.

Metz runzelte die Stirn. »Es tut mir leid, Jehanne.«
Sie schaute über das Lager hinweg. »Nun, ich werde nicht aufgeben.«
Sie marschierte los. Ihre schmerzenden Muskeln ächzten bei jedem empörten Schwung ihrer Arme.
»Wo willst du hin?« rief er ihr nach.
»Ich werde sie umstimmen!«
Weit brauchte sie nicht zu gehen. Das imposante Zelt des Comte de Clermont stand bereits an der Uferböschung, ungefähr hundert Schritte weit flußabwärts von dem jämmerlichen Schutzdach entfernt, das Metz für sie aufgerichtet hatte. Jehanne ging geradewegs auf die geschlossene Zeltklappe zu. Gottlob stand zumindest kein Wachtposten draußen.
Kaum hatte sie einen Fuß in das Zelt gesetzt, platzte sie heraus: »Warum haben Sie mich angelogen?«
Die Kriegsherren blickten vom Tisch auf. Clermont zog verächtlich eine Braue hoch, als er die triefende, schlammbespritzte Erscheinung sah. »Was suchst du hier?« fragte er. »Wir haben dich nicht eingeladen.«
»Natürlich nicht!« tobte sie. »Ihr habt mich nie eingeladen, an euren Diskussionen teilzunehmen, obwohl der Dauphin auch mich zum Hauptmann ernannt hat! Wieso haben Sie mich angelogen? Wieso haben Sie mich glauben lassen, wir wären hier, um die Belagerung zu beenden?«
»Jehanne, Jehanne«, sagte de Loré besänftigend, »wir haben dich nicht absichtlich angelogen. Aber du bist unerfahren im Felde und verstehst nichts von Strategie; wir dagegen haben eine jahrelange Übung in diesen Dingen.«
»Erfahrung? Strategie?« schrie sie. Die Blindheit dieser Feiglinge war unfaßbar. Sie waren schlimmer als kleine alte Damen – die hatten doch wenigstens ihren Glauben an die Weisheit des Himmels. »In Gottes Namen, auf all das kommt es doch hier nicht an! Gott hat versprochen, wenn wir die Engländer in ihren Festungen angreifen, wird er uns den Sieg über sie schenken, und die Belagerung ist zu Ende.

Der Himmel sendet uns diese Gelegenheit – wie könnt ihr sie wegwerfen?«
Die Männer schauten einander an, und an diesem Blick sah Jehanne, daß sie ihrem Versprechen wenig Bedeutung beimaßen.
»Wie dem auch sei«, sagte Clermont, »der Plan besteht schon seit einer Weile, und eigentlich stammt er vom Bastard. Mit ihm also solltest du darüber reden, nicht mit uns.« Er wandte sich wieder dem Tisch zu und tat, als sei sie damit entlassen.
Jehanne wurde noch wütender. Eine heftige Erwiderung lag ihr auf der Zunge, aber bevor sie noch ein Wort sagen konnte, kam ihr Bruder Pierre ins Zelt gestürmt.
»Jhanette! La Hire überschreitet den Fluß mit dem Bastard von Orléans!« Er war außer Atem, denn er war in seiner ungewohnten Rüstung zu Clermonts Zelt gerannt. Wasser tropfte von seinen Haarspitzen und lief in kleinen Rinnsalen über das schlammverschmierte Gesicht. Seine Augen leuchteten vor Aufregung. »Poulengy sagt, du sollst sofort kommen.«
Jehanne warf den Offizieren einen triumphierenden Blick zu und lief aus dem Zelt hinaus in den Regen. Sie rannte hinter Pierre her durch den tiefen Schlamm und wich Soldaten und Pferden aus, bis sie ihren Lagerplatz erreicht hatte.
Metz, Poulengy und Jehan standen neben ihrem lächerlichen kleinen Zeltdach an der schlüpfrigen Uferböschung der Loire, während Raymond an der Stange lehnte, auf der Jehannes lederumhüllte Standarte steckte. Alle Blicke waren auf die Loire gerichtet. D'Aulon hatte Minguet freundschaftlich einen Arm um die Schultern gelegt und beschirmte mit der freien Hand seine Augen vor dem Regen. Die beiden und auch die eleganten Herolde Guyenne und Ambleville spähten zu den verschwommenen Umrissen auf dem Fluß hinüber, die mit jedem Ruderschlag deutlicher wurden.
Als das Boot im flachen Ufergewässer angekommen war, sprangen La Hire und die anderen Soldaten heraus und in das Wasser, das ihnen bis zu den Schenkeln reichte. Metz, Jehan, Poulengy und Pierre halfen mit, das Boot an Land zu ziehen, während die Soldaten von hinten

schoben. Mit dumpfem Stoß rammte der Bug das schlammige Ufer, und das Boot blieb liegen.
Ein Mann stieg aus und kam auf Jehanne zugewatet. Er warf seine Kapuze zurück und lächelte sie durch den Regen an.
»Sind Sie der Bastard von Orléans?« fragte sie erbost.
»Der bin ich, und ich bin erfreut über deine Ankunft«, antwortete er mit anmutigem Kopfnicken. Er war hochgewachsen, und obgleich er völlig durchnäßt war, lag Würde in seiner Haltung. Eine breite Stirn wölbte sich über intelligenten braunen Augen. Der rechts und links von Grübchen flankierte Mund war ein wenig zu klein für das Gesicht. Der Mann funkelte von einem inneren Adel, der mit Abstammung nichts zu tun hatte.
»Waren Sie es, der ihnen geraten hat, mich hierher ans Flußufer zu bringen, statt mich geradewegs gegen Talbot und seine Engländer ziehen zu lassen?« Jehannes Zorn hatte seinen Höhepunkt erreicht, und es kümmerte sie nicht, mit wem sie hier redete. Sie war müde und zerschlagen, sie war enttäuscht und so wütend, daß ihre Gefährten bei ihren Worten erschrocken die Köpfe einzogen.
Der unerwartete Bauernzorn traf ihn wie ein Blitzschlag, und der Bastard machte ein verblüfftes Gesicht. Instinktiv wich er einen Schritt zurück. »Nicht nur ich, sondern andere, die klüger sind als ich, haben diese Entscheidung getroffen, weil sie es für ratsamer hielten, so zu verfahren.«
»In Gottes Namen!« schrie sie, ohne zu merken, daß auch die Offiziere herangekommen waren. »Der Rat unseres Herrn ist besser und weiser als eurer! Ihr dachtet, ihr könntet mich täuschen, aber damit habt ihr euch selbst geschadet, denn ich bringe euch die beste Hilfe, die je einem Ritter oder einer Stadt zuteil wurde: die Hilfe des himmlischen Königs!«
»Aber die Engländer sind im Vorteil, Kind«, wandte Sainte-Sévère streng ein, »und wir sind gut beraten, das Leben all dieser Männer nicht mit einem sinnlosen Angriff aufs Spiel zu setzen.«
»Oder glaubt die Jungfrau, Gottes Liebe zu ihr wird genügen, um die Belagerung zu beenden?« Clermonts sarkastischer Tonfall ent-

fachte neuerliche Wut bei ihr, und am liebsten hätte sie ihn geohrfeigt.

Ihr Atem ging keuchend, als sie in die Runde der Männer funkelte, die sie jetzt umstanden. »Ihr haltet euren Plan für so gut – nun, aber die Barken können nicht zu uns segeln, weil der Wind in die falsche Richtung weht!« zischte sie mit ätzendem Triumph. Welch eine Strategie! Jehanne starrte ins Leere. Nach diesem letzten Zornesausbruch schien sie von einem unfaßlichen Krampf befreit, der sie seit dem Abmarsch des Heeres aus Blois ergriffen hatte. Zu ihrem eigenen Erstaunen hatte sie nun alles ausgespuckt, einfach alles. Der Zorn, der sie noch vor wenigen Augenblicken erfüllt hatte, war verschwunden, als hätte es ihn nie gegeben. Es gab keinen Regen, keinen Sturm, nichts als diesen ruhigen Wind, der immer still durch ihre Seele wehte, wenn die Ratgeber zu ihr sprachen. Und jetzt hörte sie die heilige Katharina.

Laß den Mut nicht sinken. Bald wird der Wind sich drehen, und die Belagerung wird aufgehoben werden, wie Gott es versprochen hat. Du bist nicht hierhergebracht worden, um die Stadt mit Nachschub zu versorgen. Glaube, Jehanne.

»Alles wird gut werden«, murmelte sie und starrte mit entrücktem Stirnrunzeln auf die dunkel wirbelnde Loire. »Der Wind wird sich jetzt drehen.«

»Was, Jehanne?« fragte Poulengy. »Was sagst du da?«

»Der Wind«, antwortete sie. Ihr Bewußtsein kehrte zurück, und sie sah die Männer, die sie umstanden. Es regnete nicht mehr. »Der Wind wird sich drehen. Jetzt gleich.«

Im selben Augenblick fuhr eine mächtige Bö über sie hinweg. Ihre Berührung war kühl und beruhigend. Hoch über ihren Köpfen begannen die eisengrauen Wolken, in die andere Richtung zu treiben. Ein hörbarer Seufzer des Erstaunens kam von den Männern. Den ehrenwerten Hauptleuten Frankreichs schien es die Sprache verschlagen zu haben, als sie staunend vom Himmel zu Jehanne blickten. Pasquerel bekreuzigte sich, de Loré ebenfalls. Metz legte Jehanne eine kräftige Hand auf die Schulter und schaute ihr strahlend in das ernste, schmutzige Gesicht.

»Nun denn« – de Gaucourt räusperte sich, und fast schien er leugnen zu wollen, was er soeben erlebt hatte – »wir haben alle zu tun. Die Barken werden bald hier sein, und wir müssen sie beladen lassen. Alle Mann zurück an die Arbeit!« rief er der kleinen Schar zu, die sich um das Boot versammelt hatte.

Die Männer gingen auseinander, alle bis auf Jehannes Freunde und Brüder und La Hire, der grinsend seine Zahnlücke offenbarte und sie mit offener und ehrfürchtiger Bewunderung anstarrte. Der Bastard war nicht minder beeindruckt – seine Augen waren weit aufgerissen, und sein Mund bildete ein kleines o.

»Nun, Jehanne, wie es scheint, ist der Himmel wirklich auf deiner Seite«, sagte er leise.

»Auf *unserer* Seite«, korrigierte sie ihn. Zwar ärgerte es sie noch immer ein wenig, daß man sie nicht zu Rate gezogen hatte, aber sie empfand doch eine gewisse Genugtuung. Gleichwohl war sie weiterhin enttäuscht von seiner unnötigen Strategie.

»Komm heute abend mit«, drängte er. »Über den Fluß und nach Orléans. Die Menschen dort brennen darauf, dich zu sehen.«

»Und die Armee?«

»Sie wird selbstverständlich nach Blois zurückkehren, dort auf weitere Anweisungen warten und Verstärkung zusammenziehen.«

»Und nicht kämpfen? Nicht die Belagerer vertreiben?«

Der Bastard antwortete nicht, sondern sah sie nur mit gütiger Geduld an.

»Augenblick mal, Bastard«, warf La Hire in seinem barschen, rauhen Ton ein. »Jehanne hat nicht vor, das Heer zu verlassen, und Sie können Ihren A... Ihren Kopf darauf verwetten, daß die Soldaten sie nicht allein nach Orléans gehen lassen werden. Sie bringen ihr große Zuneigung entgegen, und außerdem sind sie hergekommen, um zu kämpfen – genau wie sie, genau wie ich!«

»Das verstehe ich ja, La Hire, aber das Heer braucht Verstärkung, bevor wir einen Angriffsversuch unternehmen.« Die sonst so freundlichen Augen des Bastards schauten La Hire durchdringend an, als er jetzt seine Autorität geltend machte. Er hob die rechte Hand. »Ich verspreche euch allen, daß das Heer innerhalb von drei Tagen von Blois zurückkommen und den Feind in seinen *bastilles* angreifen wird. Ich gebe euch mein Wort.«

»Aber die Soldaten? Wer wird sie hindern, zu sündigen?«

»Ich, Jehanne.« Pater Pasquerel stand rechts hinter ihr. Er war so still gewesen, daß sie seine Anwesenheit ganz vergessen hatte.

Sie war froh, sein sanftes Gesicht zu sehen, und erwiderte sein Lächeln. »Danke, Pater. Sie werden sie dazu bringen, zur Messe zu gehen, und die Huren von ihnen fernhalten?«

»Ja, das verspreche ich.«

»Ich verspreche es auch, Jehanne«, sagte d'Aulon.

Sie lächelte und klopfte ihm auf die Schulter. »Danke. Ich weiß, ihr werdet für Ordnung sorgen.«

»Aber wir ziehen auch nicht ab«, sagte Pierre rebellisch, und seine Brauen bildeten eine gerade Linie über der Nase. »Jehan und ich haben Maman versprochen, dich nicht wieder alleinzulassen.«

»Das stimmt, Jhanette, wir ziehen nicht ab«, bestätigte Jehan.

»Also gut.« Sie runzelte die Stirn: Die Wachsamkeit des großen Bruders und seine Gewohnheit, ihren alten Namen zu verwenden, störten sie. Sie würde ein Wörtchen mit den beiden darüber reden müssen, wie sie sie in der Öffentlichkeit ansprachen. »Meine Pagen und meine Herolde will ich ebenfalls hierbehalten«, sagte sie, zum Bastard gewandt. »Ich muß eine Nachricht an die Engländer schicken.«

»Selbstverständlich.« Er lächelte erleichtert. »Alles, was du willst.«

»Wir kommen mit dem Heer zurück«, versprach Poulengy; er meinte sich selbst und Metz.

»Bestimmt?«

Er nickte, und Metz erklärte mit seinem gewohnten Humor: »Jemand muß d'Aulon ja helfen, Ordnung zu halten.« Scherzhaft legte er d'Aulon einen Arm um den Nacken, und der schüchterne Mann strahlte vor Entzücken über soviel Kameraderie.

»Gut.« Sie nickte. Metz und Poulengy würden sie nicht belügen, und sollten die Offiziere sich weigern, das Heer zurückzubringen, würden ihre Freunde sie sofort benachrichtigen. Sie würde sie zwar vermissen und sich um ihre Sicherheit sorgen, aber es war doch gut, daß sie gingen.

Ein mächtiger Donnerschlag erschütterte das Haus kurz vor dem Morgengrauen. Jehanne bemühte sich, wachzuwerden, aber ihre Neugier verlor den Kampf mit ihrem erschöpften Körper, und sie versank wieder in irgendwelchen Tiefen. Kurz spürte sie die Wärme der Madame de Cailly, als die ältere Frau an die Bettkante rutschte und dann verschwand. Irgendwo in der Weite ihres Bewußtseins schloß sich ein Fenster, und das Dröhnen des Regens wurde leiser. Dann war die schwere Gestalt wieder an ihrer Seite; unter ihrem Gewicht bog sich das Bett. Aber Jehanne war dorthin zurückgekehrt, wo sie gewesen war, bevor der Himmel versucht hatte, sie zu wecken.

Der Hengst, den sie ritt, war ein mächtiges Schlachtroß, manchmal schwarz, dann weiß, dann wieder schwarz. Aber welche Farbe es auch war, immer leuchtete sein Fell mit einem Glanz, der winzige Lichtfunken erstrahlen ließ. Schnaubend schüttelte er den Kopf, und wenn er sich aufbäumte, verschmolz sie mit ihm, so daß Roß und Reiterin eins waren. Lebenskraft durchrieselte seine Flanken, als er voller Zuversicht seiner Bestimmung entgegentänzelte.

Sie wendeten und trabten eine offene Straße hinunter, die mitten durch eine leuchtend grüne Wiese führte. So würde ein Tag im Himmel aussehen, dachte sie. Die Sonne überflutete die Landschaft und überzog Gras und Blumen mit übernatürlichem Strahlen. Ihre Farben, Grün- und Rot- und Gelbtöne, wie sie sie gleißender nie gesehen hatte, taten ihr in den Augen weh. Als sie unter einem Baum hindurchritt, hörte sie den süßen Gesang von Zaunkönigen und Lerchen aus den Zweigen über ihrem Kopf, und die Melodien erfüllten ihr Herz mit Freude. Sie lächelte, denn sie wußte, daß ihr alles wohlgesinnt war in diesem schönen Land.

Von irgendwoher erschien ein Publikum aus lauter glücklichen Menschen und jubelte Jehanne auf ihrem Wege zu. Mit Mühe konnte sie die Sträuße fangen, die sie ihr zuwarfen, und es waren so viele, daß sie nach einer Weile mit milder Sorge befürchtete, sie könnte sie in den Staub fallen lassen.

Ihre Sorge wurde zur Bangigkeit, als die Leute sie aufforderten, damit zu jonglieren. Entsetzt schaute sie auf die vielen hundert zusammengebundenen Blumen.

»Ich kann nicht jonglieren«, protestierte sie. »Ich habe es nie gelernt.«

Sie fingen an, drängend in die Hände zu klatschen. »Jonglieren, jonglieren, jonglieren ...«

Verzweifelt schaute sie in die Menge und flehte, man möge sie von diesem Ansinnen befreien. Niemand schien sie zu hören. Immer nachdrücklicher wurden die Rufe, und die Gesichter verzerrten sich zu schief glotzenden Fratzen, die den unmöglichen Befehl bald so laut sangen, daß sie Jehannes Flehen damit übertönten.

Sie wußte, daß sie keine Wahl hatte, also warf sie die Blumen in die Luft. Die meisten entglitten dem verzweifelten Zugriff ihrer Finger und fielen auf die Erde, wo sie von ihrem Pferd zertrampelt wurden. Das einzige, was sie festhalten konnte, war eine schlichte rote Rose.

Die Menge begann erbost zu murren, obwohl sie versuchte, ihnen zu sagen: Seht doch, ich habe immer noch diese Rose, ich habe sie gefangen, und sie ist die schönste von allen.

Sie hörten nicht. Die Blumen hatten sich in Steine verwandelt, und sie hoben sie auf und begannen sie damit zu bewerfen. Ihr Pferd wieherte entsetzt und bäumte sich auf den Hinterbeinen auf. Sie gab ihm die Sporen, da sie um ihre Sicherheit fürchtete. Der Hengst galoppierte die Straße hinunter und durch ein Feld, das immer dunkler wurde. Plötzlich merkte sie, daß sie nicht mehr auf einer Straße waren. Sie galoppierten über ein Gelände, das sich immer unwirtlicher vor ihnen erstreckte, und sie sah sich von einem furchtbaren, erstickenden Nebel umgeben, so bösartig wie Rauch. Sie sah nicht mehr, wohin sie ritt, und sie konnte ihr Pferd auch nicht wenden, so heftig sie auch an den Zügel reißen mochte. Sie wußte ohne jeden Zweifel, daß der Hengst sie an den Rand des Todes tragen würde, der vor ihr lag.

Sie erwachte voller Angst, aber sie war nicht gleich bei vollem Be-

wußtsein. Madame de Caillys gemütliche Gestalt war nicht mehr da, aber das Bett war noch warm, wo sie gelegen hatte.
Es war nur ein Traum gewesen, sagte sie sich. Obwohl sie noch im Halbschlaf lag, pochte ihr Herz vor Entsetzen. Sie drehte sich um und hieb in ihr Kopfkissen. Die Angst wehte davon, und Jehanne versank in sich selbst.
Eine silberne Kugel erschien, und sie sah, wie sie in sich kreiste und die beruhigenden Gesichtszüge des Erzengels Michael annahm. Alle Liebe, die jemals existiert hatte, lächelte aus seinem ehrfurchtgebietenden Wesen, und sie war zu Hause, wo sie hingehörte.
Als ihr Geist sich in ihrem Körper zu regen begann, wurde ihr das behagliche Bett bewußt, und sie spürte die trockenen, sauberen Laken. Sie strich mit der Hand über das Kissen und fühlte den Stoff unter der Wärme. Sie öffnete die Augen und schaute zum geschlossenen Fenster hinüber. Es regnete immer noch sehr stark. Leise grollte ferner Donner. Jehanne streckte die Arme über den Kopf und gähnte. Dann setzte sie sich auf. Wie spät mochte es sein?
Heute war so viel zu tun. Nach dem Frühstück würde sie ihren Brief an die Engländer schreiben, sie in ritterlicher Weise warnend von ihrer Anwesenheit in Kenntnis setzen und ihnen mitteilen, daß sie die Absicht hatte, sie von Orléans zu vertreiben, wenn sie nicht kapitulierten. Wenn das Heer zurückkehrte, würde sie die Feinde Frankreichs angreifen, wenn sie ihrem Befehl nicht gehorchten, und sie würde der Belagerung ein Ende machen, wie ihre Ratgeber es ihr gesagt hatten.
Sie warf die Decken zurück und sprang aus dem Bett. Ihre Sachen lagen da, wo sie sie am Abend zuvor hingelegt hatte, achtlos auf die Truhe am Fußende des Bettes getürmt. Als sie die Hose überstreifte, rieselte ein leises Kribbeln durch ihre Wirbelsäule.
Orléans lag praktisch in Rufweite von hier. Bald würde alles vorüber sein.

Kapitel 7

Die Jungfrau von Orléans

29. April bis 7. Mai 1429

Die Truppe bewegte sich mit vorsichtigem Schritt durch dunkle Nacht und sumpfiges Waldgelände. Ringsumher troff Finsternis von den herabhängenden Klauen der Bäume, die einen modergeschwängerten Holzduft verströmten. Dann und wann klatschten regenschwere Zweige in ungeschützte Gesichter und ließen sie zu hellwacher Aufmerksamkeit aufschrecken. Die Pferde, die auf jedes Geräusch ihrer Herren eingestimmt waren, bewegten sich mit gespitzten Ohren, und bang schnaubten sie die Feuchtigkeit von ihren breiten Nüstern. An jedem Schwertgriff lag eine Hand, auf der Hut vor den Gefahren, die unsichtbar im Dickicht lauerten und sie auf lautlosen Füßen beschlichen. Hier im mondlosen, unbekannten Gelände lag ein Überraschungsangriff sehr wohl im Bereich des Möglichen, ja des Wahrscheinlichen, denn irgendwo hinter diesem dichten Laub warteten Orléans und der Feind auf sie an der Loire, und nach allem, was sie wußten, wimmelte es hier von *goddons*.

Jehanne ritt an der Spitze der Truppe und hatte den Bastard zur Linken. Dicht vor ihr sah sie Minguets schmale, verschwommene Gestalt in kindlicher Erwartung auf einem Pferd hocken, das zu groß für ihn war. In der Rechten hielt er ihre Standarte, zusammengerollt jetzt und in der Hülle vor dem Regen geschützt. Ab und zu wandte er den Kopf zur Seite und spähte ins glitzernde Gestrüpp. Zwar konnte Jehanne sein Gesicht unter dem Helm nicht sehen, aber seine aufrechte Haltung zeigte ihr, daß er ebenso aufmerksam wie sie auf die Geräusche der Nacht lauschte. Ihre Brüder waren irgendwo hinter ihr. Sie brauchte sich nicht umzudrehen, um sie zu sehen; es war Trost genug, zu wissen, daß sie da waren.

Der Bastard hatte beschlossen, am Ende doch nicht von Reuilly aus mit dem Boot nach Orléans zu fahren. Klüger wäre es, meinte er, den Engländern überhaupt auszuweichen, indem man in weitem Bogen durch den nördlich gelegenen Wald um St.-Loup herumginge, denn angesichts der Unbeständigkeit der vorherrschenden Winde und der Unzuverlässigkeit der Loire-Fluten um diese Jahreszeit bestand die Gefahr, daß sie mit ihren Booten auf eine der mehr oder weniger dauerhaften Inseln im Fluß getrieben würden. Somit war der Landweg weniger riskant, erklärte er Jehanne. Er dürfe nicht riskieren, daß sie den Feinden in die Hände fielen, und vor allem ihr dürfe nichts zustoßen.
Der Gedanke, sich nach Orléans hineinzuschleichen, mißfiel ihr. Ihr Herz hatte protestiert: Es sei unehrenhaft, und sie sollten den Engländern kühn die Stirn bieten und auf der Straße von Chécy in die Stadt marschieren. Mit Nachdruck hatte sie ihren Widerwillen vorgetragen und erst nach langen und geduldigen Erklärungen nachgegeben, und auch da zunächst in aufsässigem Geist.
Inzwischen war der Wald nicht mehr so dicht wie zuvor, und in dem Stück Himmel über ihren Köpfen glomm ein matter, unnatürlicher Schimmer in den Wolken. Nach Süden hin war das Leuchten heller, und das stärkste Licht sah man durch die Wipfelzweige eines spärlichen Buchenwäldchens. Der Gedanke, der Wald müsse brennen, schoß Jehanne durch den Kopf, aber da sie keinen Rauch riechen konnte, wehte er auch wieder hinaus.
Jetzt schwebte das Licht am Himmel über den Bäumen und lockte die lautlose Kolonne zu sich heran, näher und immer näher, und umgab sie schließlich mit einem rosaroten Strahlen, das auf den Baumstämmen am Wege funkelte. Deutlich sah man jetzt die blanken Rüstungen und die kleinen Atemwölkchen, die von Menschen und Pferden wegwehten. Die kleine Abteilung leuchtete im Licht des bevorstehenden Sieges, und Jehannes Puls begann zu jagen, als sie sich der Quelle dieses Lichtes näherten.
Unvermittelt erhoben sich die Mauern von Orléans zwischen den Bäumen. Golden leuchteten sie hinter dem dünner werdenden Wald,

eine gewaltige Vision aus Stein, gebadet im Licht von Hunderten von Fackeln, das dahinter heraufschien. Ein stetiges Summen drang heraus wie aus einem riesigen Bienenkorb. Als die Soldaten auf die Stadt zutrabten, wurde das Summen erkennbar: Es war das Gemurmel von tausend Stimmen.

Jäh war der Wald zu Ende, und die Gruppe löste sich aus der dunklen Umarmung. Blinzelnd ritten sie in das Licht, das durch die Porte de Bourgogne herausflutete. Jehanne hielt sich die Hand vors Gesicht, um sich vor der unerwarteten Helligkeit zu schützen. Minguets Pferd tänzelte ein paar Schritte weit ziellos, als der Junge den Kopf senkte und sich die erstaunten Augen rieb.

Ein Trupp Ritter wartete zu Pferde vor dem großen Fallgitter. Der Bastard winkte ihnen grüßend zu; sie erkannten ihn und senkten ihre Schwerter. Jehanne nahm den Helm ab und hängte ihn an den Sattel, denn jetzt brauchte sie keinen Angriff mehr zu fürchten, und das Volk von Orléans sollte sie sehen.

Sie saß auf einem prächtigen weißen Pferd, einem Geschenk des Fürsten von Orléans. Dicke Stahlplatten schützten sein Hinterteil, seine Brust und seinen Kopf, und die Mähne war von einem Kettenpanzer wie von einer schimmernden Kaskade bedeckt. Da tat es nichts, daß sowohl Jehanne als auch ihr Pferd schlammbespritzt waren: Zusammen muteten sie an wie eine Vision der triumphierenden Tugend in ihrer regenfunkelnden Rüstung. Als sie sah, wie das Stadttor die Eskorte vor ihr verschluckte, glaubte sie sich auf alles vorbereitet. Aber die Volksmenge in Tours war eine Kleinigkeit gewesen, verglichen mit dem, was sie nun erwartete.

Kaum kam Jehanne unter dem hohen Torbogen hindurchgeritten, schlug das Gesumm der Stimmen in einen gewaltigen Jubel um, der ihr den Atem nahm wie ein Schlag in den Magen. Eine formlose Masse brandete ihr mit ohrenbetäubendem Schrei entgegen und brachte ihr all ihre Hoffnung auf Befreiung dar.

Sie blieb buchstäblich wie angewurzelt stehen, von allen Seiten umdrängt, erstickend umschlossen von einem Treibsand aus schreienden, glückseligen Gesichtern. In ihrer Hitze rochen sie nach Wein und altem Parfüm und allerlei mangelhafter Sauberkeit, und das alles war so sehr vermischt, daß es zu einem beißenden, überwältigenden Gestank gerann. Jehanne hielt den Atem an und winkte ihnen zu. Sie spürte die Gefühle jedes einzelnen. Die ganze Macht ihrer Seelen stürmte mit verzweifeltem Glauben auf sie ein, furchterregend in ihrem schrecklichen Ausmaß. Diese Menschen würden nicht zulassen, daß sie sie im Stich ließ. Sie war ihre letzte Hoffnung. Sie würden sie zum Sieg brüllen, die Nacht hindurch und dann so lange, wie Gott brauchte, um sie zu erlösen.

Das rhythmische »Jungfrau Jehanne!« dröhnte in ihrem Kopf. Die Menschen hatten alle Zurückhaltung aufgegeben und kreischten ihren Jubel heraus, so laut sie nur konnten, und sie schwenkten Hüte und Taschentücher über ihren Köpfen. Planlose schrille Fanfarenstöße wetteiferten gellend mit den ungezählten Stimmen. Die Musik, die ekstatischen Gesichter, die mitreißende Hoffnung, das alles war zuviel, als daß sie hätte widerstehen können, und lächelnd hob sie die Hand, um diese verzückte Begrüßung entgegenzunehmen.

Es waren so viele! Höker und Handwerker, Matronen und Mönche, Kinder und kahlköpfige Greise, sie alle verstopften die Straßen in den bunten Gewändern und Mänteln ihres Sonntagsstaats. Farbige Seide und rauhes Leinen in lodernder Pracht, und dazwischen die grauen Gestalten von Bettlern: gewöhnliche Menschen sie alle in dieser Nacht, drängten sie sich ohne Rücksicht auf Standesunterschiede heran und reckten die Hälse, um einen Blick auf Jehanne zu werfen. Sie hoben ihre Kinder auf die Schultern, damit auch sie die Jungfrau sehen und sich an sie erinnern könnten. Dicht an dicht, in Reihen zu acht und zehn hintereinander, säumten sie die Straße, versperrten den Reitern den Weg, hielten sie Hunderte von Fackeln hoch, um ihnen zu leuchten, daß alles erstrahlte, als sei es mit Gold überstäubt. Aus den Fenstern hoch über der Straße wehte die Fahne von Orléans neben den Lilien Frankreichs. Man sah Garnisonssoldaten in schwertzernarbtem Leder, hohläugig nach durchwachten Nächten in der Unbeweglichkeit der Belagerung, und sie alle lechzten nach Sieg und schwenkten *guisarmes* und Keulen in der Luft. Hinter ihnen drängten sich eifrig schreiende Menschen in den Fenstern der Fachwerkhäuser, ließen feuchte Blüten auf die Prozession herniederregnen und tranken mit Wein auf Jehannes Gesundheit, und jeder war hingerissen vom Anblick der wundersamen Jungfrau, die gekommen war, sie vor den Engländern zu erretten.

Ihre dankbare Begeisterung gab Jehanne das Gefühl, sie könne fliegen, und sie erbebte von einer Hochstimmung, die der des Volkes beinahe gleichkam. Fröhlich winkte sie zu den Leuten hinauf. Ein kleines Mädchen, höchstens elf Jahre alt, kam aus der Menge hervor und raffte einen Fliederzweig aus dem zerfahrenen Schlamm. Es lächelte zu Jehanne herauf und schob den Zweig unter das Zaumzeug ihres Pferdes. Mit der Hand strich es liebkosend über Jehannes stahlumhülltes Bein, und dann war es wieder in der Masse verschwunden.

Die ganze Bevölkerung, so schien es, folgte dem Trupp durch die Stadt, als habe Jehannes bloßer Anblick sie verhext. Hilflos sah sie, wie einige ihre Stiefel oder den Saum ihrer *huque* küßten. Aus allen Richtungen schrie man ihr zu und bat sie um Fürbitte im Gebet. Alte Frauen weinten vor Glück, als hätten sie das Antlitz Gottes erblickt. Mütter, Ehemänner, sogar kleine Kinder schienen in ein anderes Reich entrückt zu sein, und offenbar hatte man vergessen, daß die Belagerung noch nicht zu Ende war.

Unversehens fingen die seidenen Fransen von Jehannes Standarte an einer allzu nahen Fackel Feuer. Minguet schaute woanders hin und merkte nicht, daß sich eine kleine Flamme durch das jungfräuliche Leinen fraß.

Alarm gellte in Jehannes Kopf. Sie gab ihrem Pferd die Sporen.

Die Menschen taumelten vor ihr zurück. Eine Frau mittleren Alters fiel einem Soldaten in die Arme. Jehanne achtete darauf, niemanden niederzutrampeln, als sie geschickt ihr Pferd wendete und die Flamme zwischen ihren Panzerhandschuhen erstickte. Erleichtert sah sie, daß die Fackel wenig Schaden angerichtet hatte.

Ein machtvolles »Ah!« erhob sich aus der Menge, dicht gefolgt von einem Jubel, der Jehanne in den Ohren weh tat. Es war so laut, daß sie sich fragte, ob die Engländer es nicht auch hörten. Die Leute applaudierten, wie sie einem Akrobaten applaudieren würden, der soeben ein Kunststück vorgeführt hatte, welches die allergrößte nur denkbare Geschicklichkeit erforderte. Mit strahlendem Lächeln nahm sie den Beifall entgegen.

Die bezauberte Bewohnerschaft von Orléans begleitete sie quer durch die ganze Stadt von Osten nach Westen, von der Porte de Bourgogne bis zur schwer befestigten Porte Regnard, die den englischen *bastilles* gegenüberlag. Der Tumult von Stimmen und Musikinstrumenten war so groß, daß Jehannes Ohren am Ende dieser Prozession noch stundenlang dröhnten.

Sir William Glasdale war mitten in einem Traum. Er stand in Portsmouth am Meeresstrand. Quer über die unruhigen, von weißem Schaum gekrönten Wogen des Kanals, aus der Richtung von Harfleur, kam eine dicke, dunkle Wolkenbank aus Frankreich herangekrochen. Blitze pulsierten am Horizont wie das Mündungsfeuer von Kanonen. Dann kam der Donner.

Es war, als habe Gott in seine mächtigen Hände geklatscht. Ein furchtbares Dröhnen ließ seine Zähne klappern, und zitternd vor Angst, daß es in den Tiefen seiner Seele widerhallte, sah Glasdale, wie die Wolkenbank sich mit erschreckender Schnelligkeit über den Himmel ausbreitete und geradewegs auf ihn zukam, ein titanischer Felsen, der ihm auf einem vorherbestimmten Abhang entgegenrollte. Gezackte Blitze schossen aus der Finsternis herab, und im nächsten Augenblick folgte erneut ein krachender Donnerschlag, lauter und bedrohlicher noch als der erste. Seine Füße schienen im nassen Sand zu wurzeln, und als er sie herausreißen wollte, konnte er sich nicht rühren. Von Grauen erfüllt sah er, wie der gewaltig brodelnde Ozean sich erhob, ein grinsendes Ungeheuer aus dem tiefsten Schlund der Hölle, sicher bald mehr als hundert Fuß hoch. Mit nicht nachlassender Geschwindigkeit stürzte es sich auf ihn herab, und die grausig graue Wand aus Wasser rauschte geradewegs auf ihn zu …

Hellwach fuhr er hoch.

Keuchend schnappte er nach Luft. Es ist alles gut, sagte er sich, als sein Atem sich allmählich beruhigte. Es war nur ein Alptraum, nichts weiter. Er war wohlbehalten in seiner Kammer in dem am Flußufer gelegenen Turm.

Aber noch immer hörte er das Grollen des Donners aus seinem Traum.

Er drehte sich auf die Seite und schaute hinüber zum steinernen Fensterschlitz. Sir William de Moleyns hatte ihm das Profil zugewandt und spähte zu den Mauern von Orléans am anderen Ufer hinüber. Sein glattrasiertes Gesicht mit der stumpfen Nase, die aussah, als habe sie jemand plattgeschlagen, war von einem orangegelben Licht überstrahlt, und sein Haar schien zu brennen. Der Rest seiner Gestalt stand im Halbschatten.

Er wandte sich Glasdale zu, und sein Gesicht teilte sich in eine helle und eine dunkle Seite. Etwas wie ein Lächeln umspielte seinen Mund. »Ist alles in Ordnung? Ihr hattet einen unruhigen Traum, Will.«

Glasdale nickte und versuchte, die Spinnweben aus seinem Kopf zu vertreiben. »Einen unruhigen Traum, ja«, murmelte er. Und es war noch immer nicht zu Ende, noch immer hörte er das unablässige Grollen des Donners.

Er schob seine stämmige Gestalt hoch und bewegte sich mit unsicherem Schritt zum Fenster. Orléans war heller, als er es je zuvor gesehen hatte – ja, es schien in Flammen zu stehen. Wie eine mächtige Feuersbrunst loderte goldenes Licht, das hinter jenen Bastionen seinen Ursprung hatte, in den nächtlichen Himmel hinauf und beleuchtete Dächer und Kirchtürme. Die Stadt donnerte in der Glut dieses Opferfeuers, und wo dieses Licht auf die Loire fiel, schienen selbst die Wellen zu glühen.

Glasdale verstand plötzlich. Sein Alptraum war wirklich zu Ende, und das Geräusch war kein Donner. Es war eine Stimme aus Tausenden von menschlichen Kehlen, berauscht von Freude.

»Was zum Teufel ist das für ein verdammter Krach?« Sein Mißmut war ein Ausgleich für die Angst, die seine krummen Beine noch immer zittern ließ.

De Moleyns stützte sich mit dem Ellenbogen auf das Fenstersims und spähte wieder zur Stadt hinüber. »Ich kann es nicht mit Sicherheit sagen«, bekannte er, ohne seinen Vorgesetzten anzusehen. »Aber ich glaube, es ist das Mädchen, das die Armagnacs mit dem Nachschub in die Stadt gebracht haben. Irgendwie muß es dem Bastard gelungen sein, sie hineinzuschmuggeln.«
»Wie kommt Ihr darauf, daß sie es ist?«
Der Ritter zuckte die Achseln. »Was könnte sie sonst derart wild machen? Sie haben nicht mehr sehr viel Grund zur Hoffnung, nachdem die Armee des sogenannten Dauphins ihnen den Nachschub vor die Tür gekippt und sich zurück nach Blois geflüchtet hat. Sie glauben alle, daß die Kuhmagd ihnen irgendein Wunder bringt.« Er lachte hölzern, fast gegen seinen Willen, wie es schien. »Die armen Schweine. Fast habe ich Mitleid mit ihnen. Vorhin sind sie in eine Art rhythmischen Gesang ausgebrochen, aber ich konnte nicht verstehen, was es war. Ein Gebet vielleicht.«
»Nun, sie können beten, soviel sie wollen, es wird ihnen nicht helfen.« Glasdale lächelte grimmig. »Arme Hunde, das sind sie. Zu blöd, um zu begreifen, daß Gott keine Hure schicken würde, die sein Geheiß erfüllt, und daß dieses Mädchen außerdem eine verfluchte Hexe ist. Ihr Pech, wenn sie nicht wissen, daß Gott auf der Seite Englands und des heiligen Georg steht.«
»Glaubt Ihr das wirklich?« Ein feines Lächeln erschien auf de Moleyns Lippen, und seine Augen funkelten sarkastisch.
Glasdale wußte, daß der Ritter sein halbherziges Geprahle durchschaute. Er konnte ihn nicht täuschen, diesen Mann, an dessen Seite er seit mehr als fünf Jahren in zahllosen Feldzügen gekämpft hatte. Gleichwohl hatte de Moleyns keine Ahnung, wie schlecht die Sache wirklich stand, denn sonst würde er nicht lächeln.
»Vielleicht.« Glasdales Gedanken kehrten kopfüber zur Wirklichkeit zurück. »Ich weiß nicht, ich bezweifle es.« Er seufzte durch die Nase und blies einen dünnen Schleimfaden von sich. »Ihr wißt, wie störrisch diese verdammten Franzosen sind, und nachdem sie jetzt neue Vorräte bekommen haben, werden sie wahrscheinlich Widerstand lei-

sten, solange diese Vorräte halten, und das könnte bedeuten, daß es jetzt noch monatelang so weitergeht. Zumindest haben sie, Gott sei Dank, keine Verstärkung bekommen.«
»Und wir? Was hat Mylord Bedford denn geantwortet, als Talbot um Verstärkung aus Paris bat? Das habt Ihr mir immer noch nicht erzählt.«
Glasdale wandte dem Fenster und dem fröhlichen Getöse der Franzosen den Rücken zu. »Er fand wohl auch, daß wir Verstärkung benötigen.«
Er zögerte. De Moleyns war ein diskreter Mann, aber man hatte doch immer wieder das Gefühl, wenn ein Geheimnis einmal ausgesprochen war, verbreitete es sich aller Vorsicht seines Hüters zum Trotz wie der Wind. Wie viele Männer würden noch desertieren, wenn sich herumspräche, daß sie diese Stadt weiterhin allein belagern mußten?
»Und?« Ungeduldig rümpfte der Ritter die stumpfe Nase.
Dem Kommandanten der Tourelles blieb nichts anderes übrig, als zu antworten. Zum Teufel mit den Deserteuren – was wahr war, mußte wahr bleiben!
»Er sagt, er hat keine Leute, die er uns schicken kann.« Geistesabwesend trat Glasdale nach einem leeren Fleck auf dem Boden. »Anscheinend braucht er jeden einzelnen Mann, um die anderen Loire-Städte zu halten. Sein Bruder Gloucester versucht, das nötige Geld aufzutreiben, um uns neue Leute aus England zu schicken.« Er seufzte wieder. »Das ist die Geschichte, wie der Herzog sie schreibt. Aber der Kurier, der uns seinen Brief brachte, hat mir erzählt, man munkele dort, daß der Kardinal die Audienz, um die Mylord Gloucester gebeten hat, hinauszögert und sich weigert, das nötige Silber freizugeben.«
»Verdammt!« De Moleyns schlug mit der Faust auf das Fenstersims.
»So ist es«, bestätigte sein Freund trocken. »Man läßt uns hängen.«
Die Männer schwiegen eine Weile. Was hätte es dazu noch zu sagen gegeben?
Glasdale wandte sich wieder um. Der Tumult jenseits des Flusses wollte offenbar nicht nachlassen. Diese gottverfluchten Franzosen würden wahrscheinlich die ganze Nacht so weitermachen und ihm

und seinen Leuten die dringend benötigte Ruhe rauben. Und er konnte nicht das Geringste dagegen tun, verdammt!
»Haben wir noch einen Priester bei uns?« fragte er de Moleyns. »Oder sind sie alle desertiert, zusammen mit den anderen elenden Verrätern?« In seinem grollenden Ton lag die Bitterkeit eines Mannes, der spürte, wie ihm die Macht, die er nicht mehr halten konnte, langsam entglitt.
Sein Untergebener nickte. »Bruder Thomas, der Franziskaner, ist noch hier. Als ich ihn das letzte Mal gesehen habe, gab er gerade unten einem Bogenschützen mit einem entzündeten Rattenbiß die Letzte Ölung.«
»Nun, so holt ihn. Er soll eine Messe lesen, gleich hier, noch heute abend, und er soll sie Unserer Lieben Frau widmen. Gott weiß, daß wir ihre Hilfe brauchen. Geht schon.« Er runzelte die Stirn, als de Moleyns sich nicht rührte. »Beeilt Euch.«
Der Ritter ging, und man hörte das Poltern seiner Schritte auf der Treppe, bis er unten war.
Glasdale schaute zu den rötlich-grauen Wolkenmassen hinauf und dann hinüber zu dem funkelnden Edelstein Orléans. Er konnte sich nicht erinnern, jemals solche Angst gehabt zu haben. Die Fremdartigkeit und Schönheit der Stadt schien ihn zu verhöhnen, und er fühlte sich ihr auf Gnade oder Ungnade ausgeliefert, als wäre er ein Säugling, den man in einer Gasse ausgesetzt hatte.
Mehr als die Hälfte seiner Leute war krank. Sie hatten ein Fieber, das aus dem fauligen Schlamm des Flusses heraufgekrochen kam. Daß ihre Vorräte zum größten Teil aus lederzähem gedörrtem Rindfleisch und schimmeligem, von Käfern wimmelndem Mehl bestand, war da nicht eben hilfreich. Zumindest saßen sie in unmittelbarer Nähe des Flusses und konnten Fische fangen – ein Vorteil, den sie den anderen Belagerern voraushatten. Nach allem, was man von den Kurieren hörte, die zwischen ihm und Talbot hin und her eilten, war die Lage in den anderen Festungen tatsächlich noch schlimmer. Die Ärzte hatten alle Hände voll zu tun mit den Kranken und den armen Schweinen, die im Kampf verwundet worden waren. So abscheulich das

Zeug war, Glasdale war doch dankbar für den Proviant, den Bedfords Leute immer noch aus Paris heranbrachten, und vor allem für die Waffen.
Aber, oh, was hätte er nicht dafür gegeben, eines Morgens aufzuwachen und ein kräftiges Bataillon von walisischen Bogenschützen und Soldaten auf die Stadt zumarschieren zu sehen, frisch von den Exerzierfeldern in Kent und Surrey!
Er neigte von Natur aus nicht zum Beten, aber jetzt betete er. Er flehte zum Himmel mit jeder verzweifelten Faser seiner Seele.
O Gott, laß uns nicht zugrunde gehen hier an diesem Ort! Schick uns ein Heer, so furchtlos wie das, welches Du einst dem König Harry gegeben hast – um unser aller willen!

»Sie wollen wohin?« Jehanne konnte kaum glauben, was der Bastard da gesagt hatte.
»Ich will nach Blois, um das Heer zu holen«, wiederholte er in festem, gebieterischem Ton. Das Tageslicht, das durch das offene Fenster hereinfiel, gab seinem Haar einen kupferroten Glanz und funkelte in seinen Augen, so daß sie aussahen wie Edelsteine. Er hatte sich an diesem Morgen nicht rasiert, und dunkle Bartstoppeln überzogen sein kantiges Kinn. »Ich halte es für wichtig, daß ich bei der Aufstellung der Verstärkungstruppen dabei bin und sie so schnell wie möglich hierherbringe.«
Sie hielten sich in einem Ratszimmer im Hause des Bastards auf. Vor der Belagerung war hier ein Wohnraum gewesen, den man umgebaut hatte und seitdem als Hauptquartier benutzte. Hier hatte der Befehlsstab die Verteidigung der Stadt geplant – der Bastard war zwar Herr über Orléans, aber er war es gewöhnt, in militärischen Dingen den Rat seiner Hauptleute einzuholen. Heute morgen nun stand er vor dem großen Tisch, an dem er manchmal seine Mahlzeiten einnahm, wenn er sie nicht völlig ignorierte, weil die Notwendigkeit unablässige Arbeit verlangte. Ein Plan der Stadt lag ausgebreitet vor ihm, beleuchtet vom Tageslicht wie auch von einer Kerze, die Wachs in

dicken Strömen an ihrem Halter herabtropfen ließ. Das halb verspeiste Nachtessen vom Abend zuvor stand, von einem Mundtuch bedeckt, am Rande des Tisches. Man hatte es beiseite geschoben, um Platz für die Karte zu schaffen. Zwei oder drei Fliegen summten darum herum.

Anwesend waren der Sieur de Gamaches, ein schottischer Hauptmann namens John Campbell und drei andere Offiziere der Garnison. Die Männer starrten Jehanne an, und sie spürte, wie die Unduldsamkeit in ihrem Blick ihr über die Haut kroch. Campbell, bärtig und fremdländisch aussehend mit dem grau und schwarz karierten Tartan, den er sich über die Schulter geworfen hatte, lehnte schon ihre bloße Anwesenheit ab. Tatsächlich fand niemand, daß sie in diese Gesellschaft gehörte. Sogar dem Bastard war sie im Weg. Am liebsten hätte sie vor lauter Verdruß geweint, weil sie den Grund für ihre Empörung nicht kannten oder nicht verstanden.

»Aber wir könnten die Engländer heute noch angreifen!« rief sie. »Nach der vergangenen Nacht brennen die Soldaten der Garnison und das ganze Volk auf einen Angriff, und sobald ich Talbot meine Weisungen geschickt habe, können wir sie vertreiben!«

»Wir brauchen das Heer für einen vollständigen Sieg, Jehanne«, sagte der Bastard mit geduldigem Lächeln. »Wenn wir versuchen, die Engländer lediglich mit der Garnison zu attackieren, könnten wir zahlreiche Verluste erleiden, ohne daß es uns etwas einbringt. Wir könnten ihnen sogar Gelegenheit bieten, unsere Mauern aufzubrechen.« Er hörte sich an wie ein Vater, der einem kleinen Kind einen komplizierten Sachverhalt erklärte.

»Aber der König des Himmels ist auf unserer Seite!« protestierte sie, verärgert über seine Herablassung und das Lächeln der anderen Kriegsherren. »Ich weiß, daß wir gewinnen können! Wenn wir auf die Rückkehr der Armee warten, könnten die *goddons* inzwischen selbst Verstärkung erhalten, und wo stehen wir dann? Wieder da, wo wir angefangen haben!«

Die stechend blauen Augen des Sieur de Gamaches musterten Jehanne mit aristokratischer Geringschätzung. Er war ein Offizier der Garnison und einer der ältesten Freunde des Bastards – groß, kräftig gebaut und recht gutaussehend. Nur die lange, krumme Nase beeinträchtigte sein Äußeres: Eine englische Keule hatte sie in der Schlacht gebrochen.

»Unsere Spione melden nichts von irgendwelchen Aktivitäten auf Seiten der Engländer, die sich gegen Orléans richten könnten, und folglich ist damit kaum zu rechnen. Der Bastard hat recht, wenn er sagt, daß wir erst weitere Verstärkung brauchen.«

Der Bastard runzelte nachdenklich die Stirn. Jehanne sah, daß er hin und her gerissen war: Einerseits wollte er seinen Freund beschwichtigen, andererseits mußte er die junge Visionärin im Zaum halten, die hier mit kämpferisch geballten Fäusten vor ihm stand, und dies war die schwerere Aufgabe. »Was genau würdest du uns denn vorschlagen, Jehanne?«

Sie bekam keine Gelegenheit zu einer Antwort.

»Da Sie mehr auf den Rat einer kleinen Elster von niedriger Herkunft geben als auf den eines Ritters wie mir, werde ich nichts mehr sagen.«

Gamaches warf Jehanne einen vorwurfsvollen Blick zu. Er entriß seinem erschrockenen Knappen seinen Wimpel und begann ihn zusammenzurollen. »Fortan senke ich mein Banner und will nichts weiter sein als ein einfacher Junker«, erklärte Gamaches. »Im richtigen Augenblick, am richtigen Platz, werde ich meine Pflicht tun und mein Schwert für mich sprechen lassen, wie es der König und meine Ehre verlangen. Ich ziehe es vor, einen Edelmann zum Herrn zu haben, nicht eine Dirne, von der nur der Himmel weiß, was sie einmal war!«

Er streckte dem Bastard seine Standarte entgegen, und der hob ablehnend die Hände.

»Eine Dirne bin ich also?« schrie Jehanne, erbost über die Beleidigung ihrer Tugend und ihrer Familie. »Von niedriger Herkunft mag ich sein, aber Gott hat mich mit der heiligen Aufgabe betraut, die *goddons* aus dem Königreich zu vertreiben, da ja keiner von euch ›edlen Rittern‹ bisher dazu imstande war!«

»Wir edlen Ritter führen diesen Krieg, seit du in deinen Windeln lagst, du kleines Luder, und ich kann dir versichern, es ist nicht so

leicht, die Engländer zu besiegen, wie du dir das denkst, die du doch kein bißchen Erfahrung im Krieg und keinen Sinn für Strategie besitzt!« Sein Gesicht war ganz dicht vor ihr, und sein Atem verbrannte ihr die Nase mit seinem Geruch nach Zwiebeln und Wein.
Einen schrecklichen Augenblick lang sah es aus, als werde er sie schlagen – oder sie ihn.
»Bitte, Freunde, laßt uns doch nicht untereinander streiten!« Der Bastard trat dazwischen. »Wenn wir uns spalten, machen wir uns zu einem leichten Ziel für die Engländer, und sie werden uns sicher besiegen. Nur zusammen können wir diese Stadt retten.«
Die andern erhoben ein zustimmendes Gemurmel, und zurückgehalten von seinen Standesgenossen entspannte Gamache sich, aber er funkelte Jehanne weiterhin wutentbrannt an.
Der Bastard seufzte erleichtert. »Und jetzt, meine Freunde, laßt mich bitte mit Jehanne allein. Es ist dringend notwendig, daß ich unter vier Augen mit ihr spreche.«
Die Männer verließen einer nach dem andern den Raum. Gamache nickte dem Bastard zu, würdigte Jehanne aber keines Blickes, als er die Tür hinter sich schloß.
Als sie allein waren, sagte der Bastard freundlich: »Wirklich, Jehanne, du mußt dich hüten, die Offiziere zu kränken. Ich weiß, du brennst ungeduldig darauf, diese Sache zu Ende zu bringen« – er redete weiter, obwohl sie den Mund öffnete, um zu protestieren –, »aber du darfst ihre Klugheit nicht mißachten. Gamaches hat recht, wenn er sagt, daß sie eine langjährige Erfahrung besitzen, die du nicht hast.«
»Und wohin sind sie mit ihrer Erfahrung gekommen? Wir sind immer noch im Krieg, und die *goddons* sind immer noch in Frankreich. Sie sind Narren, alle miteinander!« erklärte sie unverblümt.
»Das sind sie nicht. Sie sind nur vorsichtig, genau wie ich.«
Statt einer Antwort verzog sie nur abschätzig das Gesicht.
»Bitte versuch meine Verpflichtungen zu verstehen«, beschwor der Bastard sie. »Mein Bruder hat mir den Oberbefehl über diese Stadt gegeben, und ich muß tun, was in meinen Augen das Beste für sie ist. Ich möchte diese Belagerung ebenso beenden wie du, vielleicht noch

mehr, aber ich will sicher sein, daß es geschieht, ohne daß es unnötig Menschenleben kostet. Wenn ich mit der Armee aus Blois zurückkomme, wird unsere Position viel stärker sein als jetzt, und wir können eher auf einen Sieg hoffen. Ich halte mein Versprechen, das ich dir gegeben habe. Ich werde der Armee den Befehl zum Angriff geben, wenn sie hier ist.«

Sie schaute ihm scharf in die Augen. »Also gut. Aber warum müssen Sie nach Blois? Das Heer wird doch so oder so kommen – das hat man versprochen. Wir brauchen Sie hier.«

Ein leises Lächeln ließ die Grübchen in seinem gutaussehenden Gesicht erscheinen. »Ich muß nach Blois, weil ich die Belagerung ebenso dringlich beenden will wie du. Ich weiß, daß die Armee versprochen hat, zurückzukommen, und viele werden sich auch daran halten, aber es gibt Leute, die erst ein wenig gedrängt werden müssen, weil sie sonst leicht nachlässig werden. Ich habe gesagt, daß ich der Belagerung ein Ende machen will.« Er legte ihr die Hände auf die Schultern und schaute ihr lächelnd in die Augen. »Das können wir nur, wenn wir stark genug sind, die Engländer zu besiegen – nicht, wenn wir sie nur ein bißchen verwunden. Dieses eine Unternehmen muß sie zwingen, Orléans zu verlassen. Und deswegen muß ich nach Blois. Niemand sonst hat genug Autorität, um die Unschlüssigen so weit einzuschüchtern, daß sie wirklich zurückkehren, denn ich werde es im Namen meines Bruders tun.«

Sie wußte, daß er recht hatte. Das verstockte Stirnrunzeln sollte nur ihren Stolz retten und ihre Befürchtung verbergen, daß die Zeit knapp werden könnte. »Wir haben bereits das Heer Gottes bei uns. Seine Macht ist größer als alle Heerscharen, die die Engländer gegen uns werfen könnten.«

»›Wenn die Soldaten kämpfen, wird Gott uns den Sieg schenken.‹« Er lächelte. »Hast du in Poitiers nicht so etwas gesagt?«

Sie machte große Augen. »Woher wissen Sie das?«

»Der König hat mir eine Abschrift des Kommissionsberichts geschickt.« Es erheiterte ihn, daß sie so überrascht war. »Weißt du denn nicht, daß ich dein Unternehmen verfolge, seit du nach Chinon kamst? Ich war es, der meinem Cousin Karl geraten hat, dich herzuschicken.«

»Das wußte ich nicht«, murmelte sie.

»O ja.« Er lächelte. »Seit ich das erste Mal von dir gehört habe, glaube ich, daß du genau das bist, was du zu sein behauptest: Gottes Abgesandte. Aber der Glaube allein genügt nicht, um zu vollbringen, was dir aufgetragen ist. Du mußt deinen Glauben durch deinen Verstand ergänzen.«

»Aber Gott hat mir gesagt, ich habe nur ein Jahr und ein bißchen, um mein Werk zu vollbringen!« brach es aus ihr hervor. Sie konnte die Wahrheit nicht länger im Herzen verschließen. Sie war den Tränen nahe und hatte wirklich Angst. »Jeder verschwendete Tag ist verlorene Zeit. Wenn wir trödeln und uns zwischen den verschiedenen Möglichkeiten nicht entscheiden, wird meine Zeit ablaufen, ohne daß ich Gottes Willen getan habe! Bitte, Bastard, lassen Sie uns ohne weiteren Verzug angreifen, sobald ich meinen Brief an die *goddons* abgeschickt habe.«

Er schüttelte den Kopf. »Ich werde nach Blois reisen, um die Armee einsatzbereit zu machen. La Hire wird den Oberbefehl führen, solange ich weg bin. Und in meiner Abwesenheit wirst du nichts tun, was die Lage verschlimmern könnte«, befahl er entschlossen, denn er hatte das Streiten mit ihr satt. Er runzelte die Stirn, und die freundlichen Grübchen verschwanden. »Hast du mich verstanden?«

Er klang wie ihr Vater, fand sie, und sie fühlte, wie ihr Zorn zurückkehrte. »Meine oberste Pflicht gilt Gott. Ihm werde ich gehorchen, nicht Ihnen.«

Sie machte auf dem Absatz kehrt und marschierte zur Tür hinaus und auf die Straße, ohne sich noch einmal umzudrehen.

Ihr zeitweiliges Heim in Orléans war das Haus eines gewissen Jacques Boucher, der Finanzverwalter bei Charles d'Orléans war. Er, seine Frau Françoise und die achtjährige Tochter Charlotte bewohnten ein geräumiges Domizil in Rufweite der Porte Regnaud am Westrand der

Stadt. Von der Straße aus betrachtet, sah es bescheiden aus und glich den anderen Fachwerkbauten in der Gegend. Aber im Innern sah der Besucher, daß die Wände mit wunderschönen Teppichen behängt waren, und in den Zimmern standen fein gearbeitete Eichenholzmöbel aus Spanien. Das Gesinde führte einen Haushalt, wie er den Erwartungen und der Stellung eines großen Herrn entsprach.

Jacques Boucher war um die Fünfzig, ein herzlicher, dickbäuchiger Mann, dem Lachen und den Tafelfreuden zugetan. Seine Gemahlin war zwanzig Jahre jünger als er, eine Frau mit mandelförmigen Augen, einem ovalen Gesicht und einem kleinen Mund – Züge, die sie an ihre Tochter Charlotte vererbt hatte. Das kleine Mädchen war so aufgeregt gewesen, Jehanne als Zimmergenossin zu bekommen, daß sie am Abend zuvor beim Hinaufgehen unaufhörlich geschwatzt hatte. Ihr Geplapper hörte auch nicht auf, als sie sich zum Schlafen entkleideten, und danach warf das Kind sich im Schlaf unruhig hin und her und hielt den berühmten Gast unabsichtlich noch lange wach. So hatte Jchanne morgens länger geschlafen, als es ihre Absicht gewesen war, und als sie mit verquollenen Augen im Haus des Bastards eingetroffen war, hatte die Ratssitzung schon begonnen.

Jetzt aber war sie hellwach, dank ihres Zusammenstoßes mit dem Bastard und seinen Offizieren. Noch immer kochte sie vor Empörung, als sie von ihrem Pferd sprang und Raymond die Zügel zuwarf, der sie seinerseits an Monsieur Bouchers Stallknecht weiterreichte. Der Page blieb ihr dicht auf den Fersen, als sie sich durch die Menge drängte und eilends in ihrem Quartier verschwand.

Wie zivilisiert sie alle aussahen, wie sie da auf den Bänken vor dem behaglichen Kamin des Wohnzimmers saßen, Mundtücher auf dem Schoß ausgebreitet, zierliches Zuckergebäck in der Hand. Madame Boucher war in eine triviale Konversation mit Jehan und Pierre vertieft. Es ging um die Rivalität zwischen Tours und Orléans in der Frage, welches das Handelszentrum des Loire-Tals sei. Vornehm, wie sie waren, hielten die Herolde höflich die Köpfe gesenkt, während sie dem unkundigen Geschwätz ihrer Gastgeberin lauschten, die sich über den Glanz von Orléans und seine angebliche Überlegenheit ge-

genüber der Stadt Tours erging. Charlotte hatte das alles schon gehört. Sie hatte kein Interesse an Rüstungsschmieden und einem Leben außerhalb von Orléans und zeigte Minguet soeben ihre Puppe.
Als Jehanne hereinkam, hoben sie mit dem üblichen sanften Lächeln die Köpfe. Ihre gelassene Ungerührtheit war ärgerlich, nachdem Jehanne am Morgen allein diese Strapaze hatte auf sich nehmen müssen. Während sie ihre Zeit damit verbracht hatten, Küchlein zu verspeisen und über nichts zu plaudern, rang sie mit mächtigen Männern um Fragen, bei denen es um Leben und Tod und das Schicksal des Königreichs ging. Es war ungerecht, daß sie nicht ebenso litten und sich nach dem Ende der Belagerung sehnten wie sie und daß sie über die Verzögerungen kein bißchen erbost waren. Jehanne hatte alle Mühe, sie nicht mit offensichtlichem Zorn anzureden.
Sie zwang sich zu einem freundlichen Lächeln. »Guten Morgen, Madame. Würden Sie meine Brüder bitte entschuldigen? Ich brauche sie zu einer Beratung.«
»Ach?« Françoise Boucher schaute zwischen Jehanne und den jungen Männern hin und her, und es widerstrebte ihr sichtlich, ihr Publikum aufzugeben. »Aber natürlich, Jehanne«, sagte sie dann, und ihr Lächeln war ebenso gezwungen wie das ihres Gastes.
»Danke.«
Fassungslos sah sie, daß niemand aus ihrem Gefolge sich rührte. Pierre nahm noch einen Bissen Kuchen und leckte sich dann die Finger ab, als wäre seine Schwester gar nicht im Zimmer. Minguet und Charlotte flüsterten und kicherten miteinander.
»Sofort!« donnerte sie und ließ ihrer Wut nun doch die Zügel schießen. Sie wagte nicht, noch ein Wort hinzuzufügen, da sie befürchtete, daß ihr Zorn vollends mit ihr durchgehen könnte, und ohne auf ihre Gefährten zu warten, stürmte sie die Treppe zu der Schlafkammer im ersten Stock hinauf, die Jacques Boucher ihr als Ratszimmer freigeräumt hatte. Brüder, Herolde und Pagen sprangen auf und liefen ihr ernstlich erschrocken nach. Sie kannten sie gut genug, um zu wissen, daß sie in der Tat sehr zornig war, und allen graute es vor dieser Beratung.

Sie warf ihren Helm quer durch das Zimmer, so daß er hinten gegen die Wand flog und auf dem hohen Bett landete. Jehanne ging auf und ab, die dunklen Brauen finster zusammengezogen, die Hände hinter dem Rücken verschränkt. »Der Bastard sagt, wir können nicht angreifen! Er geht nach Blois, um die Armee zu holen, sagt er, und bis dahin sollen wir hier sitzen und nichts tun, während wir die *goddons* vernichten könnten!«

Keiner wagte zu sprechen – nicht solange sie in dieser Stimmung war.

»Nun, aber ich werde nicht warten.« Sie stampfte zum Tisch und nahm den Brief an die Engländer, den sie dort hingelegt hatte. »Guyenne, Sie und Ambleville reiten hinüber zur englischen *bastille* und geben Talbot diese Nachricht. Ich will ihnen eine angemessene Warnung zukommen lassen, bevor wir angreifen.«

»Jehanne, was redest du da?« fragte ihr älterer Bruder und zog die dichten Brauen hoch. »Du willst einen Angriff befehlen, wenn der Bastard sagt, wir sollen auf die Armee warten? Das könnte aber gefährlich werden, weißt du. Er ist Herr über Orléans ...«

»Ja, ja, Jehan, das weiß ich wohl.« Sie fuhr sich mit der Hand über den kurzen Haarschopf. »Nein, dazu hätte ich wohl nicht die Macht. Die Offiziere würden es nicht zulassen.« Ihre Stimme klang bitter. »Aber ich kann einen Brief an die Engländer schicken.« Sie hielt Guyenne das Schriftstück entgegen. »Hier, bringen Sie ihnen das. Wissen Sie, welche *bastille* Talbot befehligt?«

»Ja.« Das schmale Gesicht des Herolds blickte würdevoll, da er sich nun anschickte, einen Auftrag auszuführen, zu dem er ausgebildet worden war. »Soll auch noch eine mündliche Nachricht dazugehören?«

Jehanne überlegte kurz. »Ja. Sagen Sie ihnen, sie haben Zeit bis zum Sonnenuntergang morgen abend. Bis dahin müssen sie sich entscheiden, denn danach werden wir angreifen.«

»Aber Jehanne«, protestierte ihr Bruder erneut und kam einen Schritt auf sie zu, »wir können nicht damit drohen, daß wir angreifen, wenn der Bastard uns verboten hat, die Garnison zu benutzen. Die Armee ist bis dahin ja wahrscheinlich noch nicht hier.«

»Ich habe ja nicht gesagt, wie bald nach Sonnenuntergang wir angreifen werden – nur, daß wir es tun. Wenn es einen oder zwei Tage später passiert, mache ich die Drohung immer noch wahr. Der Bastard hat mir sein Wort gegeben, daß er das Heer gegen sie ziehen lassen wird.« Sie wandte sich an Guyenne. »Haben Sie die Botschaft verstanden?« Das war ein Seitenhieb gegen Pierre.

»Jawohl.« Ambleville nickte.

»Gut. Dann soll Gott Sie behüten, und mögen Sie mit einer günstigen Antwort zurückkommen.«

Die Herolde verbeugten sich. Mit ihren huques, geschmückt mit Karls Lilien, sahen die beiden aus wie ein elegantes Zwillingspaar.

Sie blieben fast drei Stunden fort. In dieser Zeit wagte niemand in Jehannes Gefolge, die muntere Plauderei mit Madame Boucher fortzusetzen. Pierre und Jehan rutschten untätig auf ihren Stühlen hin und her, und die Pagen polierten wieder und wieder ihre Rüstung und das Schwert der heiligen Katharina. Jehanne ging eine Weile auf und ab und begab sich dann in die Kapelle neben ihrem Ratszimmer, um zu beten.

Mit gesenktem Kopf sprach sie ein inbrünstiges Credo und dann ein Paternoster. Sie hatte einen halben Rosenkranz gebetet, als sie jemanden rufen hörte. »Jehanne!« Es war Pierre. »Komm schnell!«

Hastig bekreuzigte sie sich und sprang die Treppe hinunter.

Zu ihrer Überraschung erblickte sie den Bastard von Orléans und Ambleville, dessen sonst so unerschütterliche Miene blasser war als sonst. Er hatte überhaupt nichts Höfisches mehr an sich: Er hatte seinen Hut verloren, und seine *huque* war zerrissen und schmutzig. Eine der *fleurs-de-lys* war mit etwas beschmiert, das wie Kot roch, aber er war so verängstigt, daß er es anscheinend gar nicht bemerkte. Der Arme zitterte vor Entsetzen, und als Madame Boucher ihm einen Becher Wein reichte, leerte er ihn in einem Zug.

»Was ist passiert?« fragte Jehanne. »Wo ist Guyenne?«

»Sie wollen ihn verbrennen!« keuchte der Herold mit weit aufgerissenen Augen. »Sie haben über deinen Brief gelacht – einige jedenfalls, Talbot zum Beispiel, aber andere wurden sehr wütend.« Er ließ sich

den Becher von Madame Boucher nachfüllen und stürzte den Inhalt hinunter. »Ich soll dir sagen, du bist eine Hure, und du sollst zurück zu deinen Kühen gehen.«
Jehannes Augen wurden schmal, und ihre Nasenflügel weiteten sich grimmig. »Sie haben nicht das Recht, einen Herold gegen seinen Willen festzuhalten«, erklärte sie mit verhaltener Wut. Sie sah den Bastard an. »Das ist gegen die Ehre des Rittertums, nicht wahr?«
»Ja, allerdings«, antwortete er ernst.
»Diese Barbaren!« schimpfte Jehan.
»Sie müssen zu ihnen zurückgehen, Ambleville«, befahl Jehanne. »Sie müssen ihnen sagen, daß sie nicht das Recht haben, Guyenne festzuhalten, was immer sie von mir denken mögen. Sagen Sie ihnen, daß sie sich damit nur als Feiglinge entlarven – und noch schlimmer: als Männer, die sich gegen Gott gewandt haben.«
Ambleville wurde noch blasser und sah aus, als wolle er in Ohnmacht fallen. Sein Gesicht versteinerte wie bei einem, der sich mit seinem Tode abgefunden hat, dann verbeugte er sich vor dem Bastard, ließ resigniert die Schultern hängen und ging davon.
Nach einer Stunde war er wieder da.
»Ich soll dir noch einmal sagen, daß du eine liederliche Hure bist und eine Kuhmagd, und daß die Ritterlichkeit sie nicht verpflichtet, deine Gesandten zu respektieren, weil du eine Bäuerin bist und kein Soldat.« Ambleville verstummte, als er ihren harten Blick sah.
Die anderen schauten einander an und warteten beunruhigt auf das Unwetter, das jetzt unweigerlich losbrechen mußte, aber es kam nicht. Jehanne wandte sich ab und ging langsam die Treppe hinauf zu ihrer Kapelle. Vor dem Altar kniete sie nieder und bekreuzigte sich.
Helft mir. Sagt mir, was ich jetzt tun soll.
Sie hörte nur die gedämpften Stimmen und Schritte unten im Hof.
Die Engländer wollen nicht auf mich hören. Ich will sie nicht töten, aber wir müssen sie vertreiben, wenn es mit der Belagerung ein Ende haben soll! Bitte helft mir, laßt mich nicht im Stich!
Wir haben nicht zu entscheiden, Jehanne, wie du deine Aufgabe erfüllen sollst.

Es steht dir frei, dich für die Lösung zu entscheiden, die dir gefällt. Der Schlüssel ist die Ausgewogenheit.
Das hilft mir nicht. Ich verstehe euch nicht.
Du wirst bald alles haben, was du brauchst.
Sie dachte über die rätselhaften Worte nach, aber sie begriff nicht, was Katharina meinte.
Aber was auch geschieht, werdet ihr verhindern, daß ich in der Schlacht jemanden töte?
Auch das wird allein deine Entscheidung sein. Du wirst tun, was du tun mußt, wenn die Zeit kommt.
Was ist mit Guyenne? Was wird aus ihm? Werden sie ihn ermorden?
Ihre unausgesprochenen Gedanken verhöhnten sie, hüpften durch die Stille zu ihr zurück. Es war ihre Entscheidung, hatte Katharina gesagt. Also gut. Sie würde selbst zu den Engländern gehen, zu denen, die die Tourelles besetzt hielten. Über die zerstörte Brücke hinweg könnte sie zu ihnen hinüberrufen. Sie würde ihnen zeigen, daß sie sich von ihren Drohungen nicht einschüchtern ließ. Sie würde sie warnen vor der Macht Gottes.
In der Abenddämmerung machte sie sich auf den Weg, eskortiert von sieben Soldaten, die der Bastard in der Garnison ausgesucht hatte. Als sie auf die Brücke hinausritten, auf die Tourelles am anderen Ufer zu, hielt sich eine große Schar von Stadtbewohnern im Hintergrund, die sehen wollten, was geschehen würde, wenn die Jungfrau sich an den Kommandanten der *goddons* wandte, die diese Brückenfestung besetzt hielten. In Orléans kannte man ihn als »Clasidas«.
Als Jehanne und ihre Leute sich der Lücke, die die Franzosen in die Brücke gesprengt hatten, bis auf fünfzig Schritte genähert hatten, machten sie halt.
»Clasidas!« rief Jehanne. »Clasidas, kannst du mich hören? Ich bin die Jungfrau Jehanne, gesandt vom König des Himmels, damit ich dir befehle, diesen Ort aufzugeben und in dein Heimatland zurückzukehren. Im Namen Gottes: wenn ihr euch nicht ergebt, dann erwartet euch die Vernichtung, denn Gott hat mir die Macht gegeben, euch aus dieser Stadt zu vertreiben!«

»Kuhmagd! Picklige Schlampe!«
»Wenn wir euch gefangen haben, werden wir euch verbrennen!«
»Hat Karl keine richtigen Männer mehr, die er ins Feld führen kann, daß er jetzt seine Hofnärrin zu uns schickt?« Trotz des starken Akzents waren die Worte gut zu verstehen.
Zornig starrte sie in die nahende Dunkelheit. »Mit euren Antworten bringt ihr euer Leben und eure Seele in Gefahr! Denn Gott hat versprochen, daß ihr aus diesem Königreich vertrieben werden sollt, und er wird uns auch die Mittel dazu geben.«
»Erwartest du, daß wir vor einem Weib kapitulieren – vor einer Hure noch dazu? Ihr zaghaften Zuhälter! Bringt dieses Milchmädchen dahin zurück, wo sie hingehört: in eure Kaserne für die Nacht, denn da wird sie euch die besten Dienste leisten!«
»Die einzigen Dienste!« Die ganze Festung dröhnte vor wüstem, verächtlichem Gelächter.
Jehannes Ohren brannten vor Scham. »Ihr seid alle Lügner!« schrie sie. »Und ihr werdet bezahlen für eure lästerlichen Reden.«
Jäh riß sie ihr Pferd herum und galoppierte über die Brücke zurück, begleitet von Pfiffen und höhnischem Gejohle. Der unvermittelte Schluß kam für ihre Eskorte so überraschend, daß sie ihr hastig nachreiten mußten. Hufgetrappel hallte in der frühabendlichen Stille über das Pflaster.
Sie hatte ihr Bestes getan, um sie vor dem, was bevorstand, zu warnen. Es war nicht ihre Schuld, daß sie nicht hören wollten. Wenn die Armee aus Blois zurückkäme, würden die *goddons* die Früchte ihrer verkommenen Eitelkeit und ihrer blasphemischen Mißachtung der Verheißungen Gottes ernten. Sie hatte ihre Pflicht als Christin getan.

Die drei Tage zwischen der Abreise des Bastards und seiner Rückkehr mit der Armee sollten mit zermürbender Langsamkeit vergehen, und der öde Gang der Dinge machte alles nur noch verdrießlicher. Jehanne hatte das Gefühl, Gott selbst habe die Zeiger der großen Weltuhr angehalten.

La Hire erschien irgendwann nach Mitternacht in Orléans. Am nächsten Morgen begleiteten er und Jehanne den Bastard und seine Leute mit einer umfangreichen Eskorte aus der Garnison durch die Porte de Bourgogne zur Stadt hinaus und zur Loire hinunter. Vom Ufer aus schaute Jehanne zu, wie die Boote und ihre unschätzbare Fracht gegen den Wind zur anderen Seite hinüberfuhren. Als sie anlegten und die Passagiere ausstiegen, betete sie darum, daß der Bastard wohlbehalten ankommen und bald mit dem Heer zurückkehren möge. Wundersamerweise ließen die Engländer sie in Ruhe, als der Trupp zum offenen Stadttor zurückgaloppierte. La Hire brachte seine Leute in ihre Quartiere, und Jehanne kehrte in das große Haus der Bouchers zurück.

Es war Sonntag, der 1. Mai, und sie sehnte sich danach, die heilige Messe zu hören. Aber sie wußte, daß die Leute von Orléans in ihrer großen Verehrung niemals erlauben würden, daß sie die Kathedrale noch rechtzeitig erreichte, geschweige denn, daß sie in der Öffentlichkeit still betete. Also mußte sie sich mit einem einsamen Gebet in der Kapelle ihres Gastgebers begnügen.

Sie kniete noch nicht lange vor dem Altar, als sie unten ein lautes Getöse hörte. Der Lärm störte sie in ihrer Konzentration. Jeder Versuch, ihn zu ignorieren, blieb erfolglos, denn es hörte sich an, als sei eine Herde von mächtigen Schlachtrössern dabei, die Haustür einzutreten. Jehanne bekreuzigte sich und ging hinunter, um nachzusehen, was dieser Tumult zu bedeuten hatte.

Die Leute auf der Straße hämmerten an die Tür und verlangten lautstark, sie zu sehen. Sie drängten sich vor den Fenstern und spähten zu der erschrockenen Familie herein, zu dem Kind, das sich mit verängstigtem Blick zu seiner Mutter flüchtete. Den Leuten war es gleich, daß sie einen ihrer reichsten und mächtigsten Nachbarn störten: Um die Jungfrau zu sehen und sich von ihrem Zauber beleuchten zu lassen, hätten sie auch die Tür des Herzogs eingetreten, wenn er der Gastgeber gewesen wäre. Der vertraute Singsang, unterstrichen durch das Gehämmer ihrer Fäuste sogar an den Mauersteinen, klang nicht mehr freundlich, sondern fordernd und hungrig: Verzweifelt lechzte

man nach Jehannes Anblick. Es war das erste Mal, daß ihr Name in ihren Ohren wie eine Drohung klang.
Jacques Boucher fürchtete um seinen Besitz und vielleicht sogar um die Sicherheit seiner Familie und flehte sie an, auf die Straße hinauszugehen. Sie sei die einzige, die den Pöbel beruhigen könne, sagte er.
Das Haus zu verlassen war das letzte, wonach es sie verlangte. Es war Sonntag, der Tag des Herrn, und sie wollte in die Kapelle zurückkehren und weiterbeten. Sie sehnte sich nach friedlichen Gedanken, nicht nach dem Chaos der Straße. Außerdem war sie keineswegs glücklich bei der Vorstellung, wieder die unbequeme Rüstung anzulegen. Aber angesichts der zerstörerischen Kraft der Massen und aus Sorge um die Bouchers willigte sie schließlich ein. Sie wollte nirgends hin, aber sie war gezwungen, sich zu zeigen. Pierre ging zum Stall und ließ ihr Pferd satteln und nach vorn bringen, und derweil machten sich Minguet und Raymond daran, sie zu rüsten. Als sie fertig war, holte sie tief Luft und ging hinaus, schützend umgeben von ihren Brüdern und Raymond.
Sogleich drangen die Leute auf sie ein. Wie immer, wenn sie ausging, griffen anbetende Hände wie rasend nach ihr. Ihr Gefolge bemühte sich tapfer, sie zu umringen, aber zu viert gegen diese Massen war es aussichtslos. Besonders Minguet wurde einmal fast niedergetrampelt, und nachher war sein Fuß blau und geschwollen, weil so oft daraufgetreten worden war. Jehanne machte sich Vorwüfe, weil sie Metz, Poulengy und d'Aulon mit dem Heer fortgeschickt hatte, denn ihre Befehlserfahrung und ihr Geschick im Umgang mit großen Menschenmengen wären jetzt äußerst nützlich gewesen. So hatte sie nun Mühe, sich im Sattel zu halten, während einer der kräftigeren Stallburschen Monsieur Bouchers ihr Pferd am Zügel führte. Nicht einmal seine Körperkraft war der Entschlossenheit der Meute gewachsen: Sie bedrängten den Mann so sehr, daß er alle Mühe hatte, sich die Zügel des Pferdes nicht entreißen zu lassen.

Am Dienstag begannen Garnisonen aus Gien, Châteaudun, Montargis und Château Reynard in die Stadt zu strömen. Für ein paar Stunden vergaß das Volk seine Angelique und begrüßte die Soldaten mit dem gleichen rauschhaften Tumult, mit dem es sonst Jehanne bedachte. Die Soldaten berichteten, das Heer sei auf dem Weg von Blois nach Orléans und werde die Stadt am nächsten Tag über die nördliche Straße, die durch La Beauce führte, erreichen. La Hire postierte Wachen in den Glockentürmen von St.-Paul und St.-Pierre Empont für den Fall, daß die Engländer beschließen sollten, die anmarschierenden Bataillone anzugreifen. Aber der Feind traf keine Anstalten, aus seinen *bastilles* hervorzukommen, und das Volk sah diese Untätigkeit mit ehrfürchtigem Staunen. Gewiß hatte die Hand Gottes die *goddons* in ihren Festungen gelähmt! Und alles nur wegen der Jungfrau. Zu ihrem Entsetzen sah Jehanne, daß sich ihr Ruhm verdreifacht hatte – etwas, das sie noch zwölf Stunden zuvor für unmöglich gehalten hätte.

Als der nächste Morgen graute, zog sie begleitet von La Hire und anderen Kriegsherren mit einer Kompanie von fünfhundert Mann der zurückkehrenden Armee entgegen. Sie brannte darauf, ihre Freunde wiederzusehen, und während sie nun, von der Garnison umringt, hinausritt, klopfte ihr Herz aufgeregt. Das öde Warten war vorüber. Die Armee war endlich da, und sie hatte keinen Zweifel daran, daß Orléans bald befreit und Frankreich zum ersten Mal seit fast einem Jahrhundert frei sein würde.

Als sie alle die Sicherheit der Stadtmauern erreicht hatten, begaben sich die neuen Truppen in ihre Quartiere, während die Garnison unter dem Befehl des Bastards die Verteilung des Proviants und der Waffen übernahm, die das Heer mitgebracht hatte. Jehanne feierte ein fröhliches Wiedersehen mit ihrem Beichtvater und ihren Freunden und kehrte dann zum Mittagessen ins Haus der Bouchers zurück.

Sie hatten gegessen, saßen aber noch am Tisch, als der Bastard kam. »Ich habe vor weniger als einer Stunde die Nachricht erhalten, daß der englische Ritter Sieur Jehan Fastolphe mit Verstärkung für die *bastilles* auf dem Weg hierher ist«, gab er bekannt. »Sie stehen bereits in Janville, ungefähr einen Tagesmarsch weit entfernt.«

Madame Boucher schnappte nach Luft und schaute hilfesuchend zu ihrem Mann hinüber. Er schien es nicht zu bemerken. Wie alle andern richtete er seine Aufmerksamkeit nur auf den Bastard.

Jehanne stand auf und kam mit sorgenvollem Blick auf den Bastard zu. »Sie werden doch das Heer nicht benutzen, um sie abzufangen, oder?«

Er zog überrascht die Brauen hoch. »Nein, natürlich nicht. Das würde bedeuten, daß wir unsere Bataillone aufspalten, und unsere Siegeschancen sind viel größer, wenn wir sie an einem Ort zusammenhalten. Außerdem« – er zuckte die Achseln – »wäre das Heer des Königs im freien Feld schlechter geschützt. Aber warum fragst du?«

»Ich hatte Angst … ich dachte, Sie könnten einen solchen Plan haben.« Gottlob hatte er nicht beabsichtigt, ihren Widerstand gegen die Belagerer im Innern der Stadtmauern zu schwächen! Ihre Ratgeber hatten gesagt, sie würden hier in Orléans siegreich sein, und sie wollte nicht wieder mit ihm streiten. Andererseits, wenn weitere englische Truppen auf dem Weg zur Stadt waren …

Die *goddons* hatten sich im Laufe vieler erfolgreicher Jahre den Ruf der Unbesiegbarkeit erworben, und Jehanne wußte sehr wohl, daß die Armagnacs trotz all ihrer großspurigen Tapferkeit eine Heidenangst vor ihnen hatten. Ihr war schließlich klargeworden, daß dies der eigentliche Grund für das Beharren der Hauptleute auf Verstärkung des Heeres gewesen war, als dies vor einer Woche mit dem Nachschub hier erschienen war. Nachdem sich nun herausgestellt hatte, daß englische Unterstützungstruppen unterwegs nach Orléans waren, befürchtete sie, daß die Leute des Bastards sich erneut weigern könnten, die Belagerer ohne neuerliche Verstärkung der eigenen Einheiten zu vertreiben. Wenn es nach ihnen ginge, wären sie erst zufrieden, wenn jeder Soldat Frankreichs bei ihnen wäre! Dabei brauchten sie in Wirklichkeit nichts weiter als die Erinnerung daran, daß Gott ihnen den Sieg versprochen hatte und daß er deshalb Jehanne hergeschickt hatte.

»Bastard, ich befehle Ihnen, es mich sogleich wissen zu lassen, wenn Sie von Fastolphes Ankunft hören. Kommt er ohne mein Wissen hier an, kostet es Sie den Kopf, das verspreche ich Ihnen.«
Der Bastard bemühte sich, angesichts der erzürnten Knabengestalt nicht zu lächeln. Er nickte nur und verließ den Raum.
Als er fort war, redete alles durcheinander. Jehan war dafür, die Armee aus ihren Quartieren zu holen und stehenden Fußes nach Janville marschieren zu lassen. Wie immer war Pierre trotzig bemüht, seinen Bruder zu übertreffen, und wies darauf hin, daß der Bastard selbst soeben gesagt habe, er wolle die Armee nicht spalten, und da er den Oberbefehl führe, müsse man schon auf ihn hören, denn er sei ein richtiger Kriegsherr und verstehe mehr von der Kriegskunst als sie. D'Aulon unterstützte Pierres Meinung, aber aus einem anderen Grund: Die Armee sei die ganze Nacht marschiert, und er könne aus erster Hand bestätigen, daß die Männer erschöpft seien. Da sei es besser, sie für die eigentliche Schlacht ausruhen zu lassen, die da auf die Stadt zukam.
Jehanne sagte ganz gegen ihre Gewohnheit nur sehr wenig. Immer wieder fielen ihr die Augen zu, obwohl sie sich mühte, wach zu bleiben, und plötzlich wurde ihr klar, wie müde sie war. Sie hatte sich fast die ganze Nacht schlaflos hin und her gewälzt, während ihr der Kopf schwirrte beim Gedanken an all das, was sie noch bewältigen mußte, und sie war vor Sonnenaufgang aufgestanden, um das Heer aus Blois zu begrüßen. Der Bastard hatte ihr sein Versprechen gegeben, also konnte sie jetzt vor der Erschöpfung kapitulieren.
Außerstande, die Augen länger offenzuhalten, erhob sie sich von der Bank, die sie mit Minguet und Ambleville teilte. »Ich muß ein bißchen schlafen. Ich will ausgeruht sein, wenn wir gegen die *goddons* ziehen.«
»Ich komme mit, Jehanne«, erbot sich Madame Boucher, die nur zu gern bereit war, das kriegerische Gerede hinter sich zu lassen.
»Ich brauche auch ein bißchen Schlaf«, gähnte d'Aulon. »Hättest du etwas dagegen, wenn ich mich ebenfalls in deiner Kammer ein wenig niederlege?«

Sie lächelte. Der arme Kerl, er mußte sehr müde sein. Sie wußte, wie wenig Ruhe man fand, wenn man auf dem harten Boden schlief, wie er es mehr als zwei Wochen lang getan hatte. Selbst Soldaten brauchten ab und zu ein richtiges Bett.

»Nein das stört mich nicht«, sagte sie. »Komm.«

Die drei stapften die Stiege hinauf in den zweiten Stock. In voller Bekleidung streckten Jehanne und Madame Boucher sich auf dem Bett aus, das Jehanne sonst mit Charlotte teilte, und d'Aulon ließ sich müde auf die kleine Matratze unter dem Fenster fallen.

Das Einschlafen fiel ihr noch leichter, als sie erwartet hatte. Während sie eindämmerte, wehten ihr planlose Bilder aus den letzten paar Tagen durch den Sinn. Sie sah Gesichter in der Menge, Gesichter, die sie längst vergessen zu haben geglaubt hatte. Sie hämmerten an die Tür und forderten Einlaß, ohne sich um Monsieur Bouchers Angst um seine Familie zu kümmern. Nichts konnte sie aufhalten. Sie waren überall gleichzeitig – in den Fenstern, auf der Straße, im hämischen Gelächter der englischen Soldaten.

Plötzlich waren die Leute fort, und an ihrer Stelle blitzten lauter Schwerter in einem Panorama von Blut und Feuer. Sie hörte die Schreie der Sterbenden.

Der Augenblick ist gekommen, meine Kleine. Steh auf.

Jehanne fuhr hellwach hoch, als hätte sie nie gedöst. Draußen schrien Leute durcheinander, und Hufgetrappel hallte über die Straße. Sie sprang aus dem Bett und stürzte zu dem schnarchenden d'Aulon.

»Aufwachen!« befahl sie und schüttelte ihn.

Er hob den zerzausten Kopf und setzte sich auf. Mit schlaftrunkenen Augen schaute er sie mühsam an. »Was …?«

»In Gottes Namen, meine Ratgeber haben mir befohlen, jetzt gegen die Engländer zu ziehen!« rief sie, und ihr Gesicht leuchtete von hilfloser Begeisterung. »Aber ich weiß nicht, ob ich gegen die *bastilles* oder gegen Fastolphe ziehen soll. Schnell!« Sie schüttelte den Verdatterten. »Wir müssen uns wappnen und hinausgehen!«

Noch immer erst halb wach, rappelte d'Aulon sich auf. Jehanne stürmte schon die Treppe hinunter und nahm immer zwei Stufen auf einmal. Madame Boucher folgte ihr.

Raymond, Pierre und Jehan standen an der Haustür und plapperten aufgeregt angesichts des Aufruhrs auf der Straße. Die kleine Charlotte schaute zu, wie die Ritter auf ihren Schlachtrössern vorüberritten, und als ein ganzer Trupp in einer Staubwolke vorüberdonnerte, zog Monsieur Boucher seine Tochter ins Haus.

»Jehanne, die Leute sagen, draußen ist eine Schlacht im Gange!« rief Pierre. Ein Grinsen ließ seine Zähne blitzen, und seine Augen quollen vor Glück aus den Höhlen.

»Ich weiß. Raymond, du sattelst mein Pferd. Jehan und Pierre, zieht eure Rüstungen an. Sofort!« schrie sie, als sich keiner rührte.

Tumult erfüllte das ganze Haus, als die Männer sich hastig ihren Aufgaben zuwandten. »Wo ist meine Rüstung?« rief Jehanne. »Und wo ist Minguet?«

Madame Boucher zog ihre Tochter an sich, und zusammen liefen sie hinauf in das Ratszimmer, holten Jehannes Rüstung und machten sich daran, sie ihr anzulegen. So etwas hatten sie noch nie getan; ungeschickt hantierten sie mit den schweren Stahlplatten. Sie waren erst halb fertig, als Pasquerel mit vier anderen Priestern kam, die er Jehanne vorstellen wollte.

Als er zur offenen Tür hereinkam, sagte Jehanne eben erbost: »Wo sind denn die, deren Aufgabe es ist, mich zu rüsten? Das Blut unseres Volkes rötet die Erde!«

Sie mußte sich doch auf den Weg machen, ehe alles vorüber war und die Engländer gesiegt hatten! In ihrem Kopf toste die Empörung über den Bastard, der sein Versprechen nicht gehalten hatte.

Minguet erschien, als sie sich das Schwert umgürtete. »Wo ist meine Standarte?« fragte sie ihn.

Er deutete nach oben.

»Dann steh nicht herum! Hol sie!«

Sie lief zur Tür hinaus, und fast hätte sie einen der Priester umgerannt. Raymond hielt den Schimmel am Zügel und redete beruhigend auf ihn ein, und Jehanne kletterte in den Sattel, so schnell die Rüstung es ihr erlaubte. Überall auf der Straße herrschte wildes Durcheinander, ja Panik. Zivilisten rannten umher und schwenkten Spieße und ererbte Schwerter in der Luft, und alle hatten dasselbe Ziel. Wieder galoppierte eine Abteilung Soldaten in rasendem Lauf an Jehanne vorbei nach Osten.

Im ersten Stock öffnete sich ein Fenster, und Minguet schaute heraus. »Hier ist sie, Jehanne – fangen Sie auf!« Er ließ die Standarte hinunterfallen.

Raymond fing sie geschickt mit einer Hand. Jehanne entriß dem Pagen die Fahne und jagte die Straße hinunter hinter den Soldaten her. Funken stoben von den Hufen ihres Schimmels.

Lieber Gott, flehte sie, laß mich nicht zu spät kommen!

Die Leute gingen ihr aus dem Weg, so gut sie konnten, aber es waren so viele, daß auch sie nicht schnell beiseite springen konnten, denn nirgends war Platz. Es kam ihr vor wie eine Ewigkeit, daß sie sich mit dem Strom der Massen treiben lassen mußte, die dem Tor zustrebten. Endlich sah sie die Porte de Bourgogne vor sich. Dahinter, über der Festung in der Ferne, erhoben sich Staubwolken. Schon von hier aus, noch ein gutes Stück weit vom Tor entfernt und durch die Massen behindert, konnte sie die bunten Fahnen unterhalb des Turmes erkennen, die blitzenden Schwerter dort oben und die Männer, die unter dem Hagel englischer Pfeile zu Boden fielen. Viele lagen schon regungslos da. Sie mußte zu ihnen, sie mußte sie anfeuern, bevor sie zurückwichen! Aber sie steckte im dichten Gedränge, denn die Volksmassen bewegten sich nicht mehr, sondern stauten sich in der Öffnung des Tores.

»Laßt mich vorbei!« schrie sie durch das Getöse. »Ich muß durch!«

»Jehanne!«

»Bitte laßt mich durch!« Der Geschmack von Staub und Verzweiflung trocknete ihr die Zunge, so daß sie ihre eigenen Worte kaum noch verstand. Sie schluckte die Trockenheit in ihrer Kehle herunter und schrie noch lauter: »Laßt mich durch!«

»Jehanne, warte auf uns!«

Sie drehte sich im Sattel halb um, behindert durch die starre Rüstung.

D'Aulon, Minguet und Pierre versuchten ihre Pferde durch den Wall von Menschenleibern zu schieben, der sie ungefähr zehnfach geschichtet voneinander trennte. Alle drei waren in voller Rüstung. Ein kleines Stück weiter hinten blinkte das Sonnenlicht auf Jehans *basinet* und auf Raymonds stahlumhüllter Schulter. Ein großes Kontingent der städtischen Miliz drängte sich von hinten durch die zähe Menge, und Jehanne erkannte den Maréchal de Sainte-Sévère an der Spitze. Der alte Recke ließ seine Keule über den Köpfen der Menge kreisen und konnte sich so mit einigem Erfolg einen Weg durch das Gedränge bahnen.

»Jehanne!« rief d'Aulon noch einmal. »Warte auf uns!«

Sie schaute sich in der verstopften Gasse um und hob hilflos die Hände. Eigentlich hatte sie keine Wahl. »Die Leute lassen mich ja nicht durch!« rief sie.

Sie hätte wohl den ganzen Tag hier festgesessen, wäre ihr nicht ein makabrer Verbündeter durch einen Glücksfall zu Hilfe gekommen. Am Fuße der *bastille* löste sich ein Kontingent Soldaten und Bogenschützen aus dem Kampfgetümmel und kam auf das Stadttor zugehumpelt. Besorgt über diese Entwicklung legte Jehanne eine Hand über ihr Visier, um ihr Gesicht vor der Sonne zu beschirmen, und sie blinzelte, um besser zu sehen.

Die Verwundeten wurden von ihren Kameraden in die Stadt gebracht. Als sie erschöpft stolpernd herankamen, sah Jehanne, daß sie von staubigem Schweiß bedeckt waren. Zwei müde Soldaten schleiften einen dritten hinter sich her, dem dicht über dem Knie ein Pfeil aus der Hose ragte. Ein Blutschwall strömte auf seinen Stiefel herab und hinterließ eine Spur im Staub, und der Kopf mit dem stählernen Sturmhelm baumelte besinnungslos auf der Brust. Dahinter schleppten andere einen ohnmächtigen Soldaten, dessen Arme schlaff an seiner Seite hingen. Ein dritter, der auf einer Bahre lag, preßte sich blutverschmierte Hände auf eine klaffende Wunde in seinem Bauch und wand sich vor Qualen. Männer, die äußerlich unversehrt waren, taumelten wie wandelnde Leichen auf Orléans zu, mit ausdrucklosen Gesichtern und Mündern, die nach Luft schnappten. Ein paar schleiften die Schäfte ihrer *guisarmes* hinter sich durch den Staub. Hier und da hielt eine blutige Hand schlaff ein Schwert.

Jehannes Wut über die Klemme, in der sie steckte, quoll ihr in die Kehle herauf und setzte sich dort wie ein Kloß fest. In ihrer Verzweiflung trieb sie ihr Pferd mit den Sporen voran, und das Tier trug sie nach vorn durch die Menge, die sich teilte, um die Verwundeten durch das Tor hereinzulassen.

»Wer ist das?« fragte Jehanne einen der Bahrenträger und deutete mit dem Kopf auf den stöhnenden Soldaten.

»Jacques Licher, ein Soldat aus der Garnison«, keuchte der Soldat. Er fuhr sich mit der Zunge über die rissigen, trockenen Lippen und fing dabei den Schweiß auf, der ihm rechts und links über die Wangen strömte.

Es war das erste Mal, daß sie Verwundete und Sterbende sah, die frisch vom Schlachtfeld kamen. Fast hätte sie sich übergeben. Hier gab es keine Glorie, kein wehendes Banner mehr – hier gab es nur sinnloses Leiden, und in ihrem Herzen tobte der Haß auf die Eindringlinge, die es über die Menschen gebracht hatten. Dieser Soldat, dem man die Gedärme halb aus dem Leib gerissen hatte, erregte ihr Mitgefühl, und eine Träne rann ihr über die Wange. Die Lebenskraft in seinen Augen war sehr matt; eine schreckliche Angst brannte in ihnen. Mit jedem seiner flachen, kurzen Atemzüge quoll Blut aus der Wunde in seinem Leib. Die Trage war davon durchtränkt, und es tropfte in dicken braunen Klumpen auf den Boden.

Ein heftiger Schauder ergriff Jehanne. »Ich glaube, ich könnte niemals mitansehen, wie französisches Blut vergossen wird, ohne daß mir vor Grauen die Haare zu Berge stehen«, sagte sie zu d'Aulon, der sich inzwischen bis an ihre Seite vorgekämpft hatte. Dicht hinter ihm glotzte Minguet den erschöpften Gespenstern entgegen, die da mit ihrer grausigen Last zum Tor hereingewankt kamen.

Jehanne nutzte die freie Gasse, die sich vor ihr aufgetan hatte, trieb ihr Pferd durch die Porte de Bourgogne hinaus und trabte ein kurzes Stück weit auf das Getümmel zu. Ihre Gefährten folgten ihr. Sie wußte, ohne sich umzuschauen, wo sie waren, und während sie ihr nacheilten, konzentrierte sie ihre Aufmerksamkeit auf die Schlacht. Es war klar, daß es den Armagnacs, die die Festung angegriffen hatten, übel erging.

Am Fuße des Turms flatterte eine bunte Sammlung von Fahnen, den Zeichen der Bataillone aus den verschiedenen Gegenden, inmitten der leuchtenden Wappen der Ritter. Soldaten hatten zu allen Seiten hohe Sturmleitern an die Mauern der bienenkorbförmigen Zitadelle gestellt, und Hunderte von französischen Soldaten – diejenigen, denen es gelungen war, durch die Porte de Bourgogne zu gelangen, bevor die Stadtbewohner das Tor verstopft hatten – versuchten hinaufzuklettern, während die Armbrustschützen aus ihren Reihen zu den Engländern hinaufschossen. Aber diese Waffen, die den Angreifern ein bißchen Schutz geben sollten, richteten wenig aus, denn das aus soliden Lehmziegeln gemauerte Schanzwerk war eine wirkungsvolle Deckung, und die meisten Armbrustbolzen verfehlten ihr Ziel.

D'Aulon berührte sie an der Schulter. »Da kommen sie«, rief er und streckte den Arm aus.

Eine dröhnende Staubwolke wehte mit großer Geschwindigkeit von der englischen Festung St.-Pouair im Norden der Stadt herunter. Die Engländer selbst konnte Jehanne nicht sehen, aber an der Größe der Staubwolke war klar zu erkennen, daß eine große Zahl von Feinden zu Pferde auf St.-Loup zugaloppierte – ohne Zweifel, um ihren Kameraden durch einen Angriff auf die nahezu aufgeriebenen Armagnacs zu Hilfe zu kommen.

Jehanne gab ihrem Pferd die Sporen, und dicht gefolgt von d'Aulon, Pierre und Minguet stürmte sie den Kämpfen bei St.-Loup entgegen. Als sie nah genug war, um gehört zu werden, aber noch außerhalb der Reichweite englischer Pfeile, riß sie an den Zügeln ihres Pferdes und brachte es zum Stehen. Sie hielt ihre Standarte in die Höhe, daß jedermann sie sehen konnte.

»Vorwärts, ihr Männer Frankreichs!« rief sie durch den Aufruhr und hielt dabei die Fahnenstange fest umklammert. »Fürchtet euch nicht, denn Gott ist auf unserer Seite!«

Als sie ihre Stimme hörten, erhob sich ein gewaltiges »Hurra!« aus den verzagten Reihen der Armagnac-Truppen bei St.-Loup.
Genau in diesem Augenbick erreichte Sainte-Sévère endlich das Tor. Er hob sein Schwert, und seine Miliz schrie und schwenkte ihre Waffen. Sie ließen ein leidenschaftliches Geheul ertönen und stürmten den Engländern entgegen, die von Nordwesten her nach St.-Loup eilten. Als diese die brüllenden Franzosen erblickten, die sich da auf sie stürzen wollten – zu viele, als daß sie sich ihnen erfolgreich hätten entgegenstellen können –, rissen die Feinde ihre Pferde jäh herum und jagten zurück in die Sicherheit ihrer Festung. Die Miliz setzte ihnen nach, die Männer gaben ihren Pferden die Sporen und grollten erbost, und die Klingen ihrer Schwerter blitzten im Staub, der über ihren Köpfen wirbelte. Die englische Nachhut machte kehrt, um sich zu verteidigen, und mit einem schwindellerregenden Krachen prallte die Miliz auf sie und begann, gnadenlos mit den Schwertern auf sie einzuschlagen.
Jehan und Raymond hatte es zusammen mit der Miliz zum Tor hinausgerissen, und sie kamen auf Jehanne und die anderen zugetrabt, die aus sicherer Entfernung am Fuße der Festung die Schlacht verfolgten.
Irgend etwas – vielleicht eine Kanonenkugel, die in ein Pulverfaß gefahren war – mußte das Gebäude in Brand gesetzt haben, denn unverhofft roch es nach brennendem Holz. Rauch stieg über St.-Loup empor wie ein langgestreckter schwarzer Drache, gefolgt von heißen Wogen, die sich flimmernd in den Himmel erhoben. Von ihrem Pferd aus konnte Jehanne sehen, wie der Regen der feindlichen Pfeile nachließ, während Armagnac-Soldaten in stetem Strom die Sturmleitern hinaufschwärmten. Bald sah man oben auf dem Turm ein Gewirr von wirbelnden Waffen hinter einem dichten Rauchvorhang.
Wind kam auf, der Rauch verwehte, und man sah einen Soldaten auf der Turmspitze, der triumphierend die Standarte seines Herrn hin und her schwenkte. St.-Loup war erobert. Die Engländer hatten die Festung verloren.
Die langen Stunden des hilflosen Wartens machten sich Luft. O Gott, ich danke Dir, sang Jehanne, ich danke Dir, ich danke Dir!

Sie und ihre Gefährten warteten, bis die Lebenden die *bastille* verlassen hatten und die Toten mit ihnen. Um sicherzustellen, daß die Feinde aus den anderen Festungen St.-Loup nicht zurückerobern und von neuem für sich nutzen konnten, brannten die französischen Truppen den Turm vollends nieder. Sie hatten einen großen Sieg errungen. Der Weg zur Porte de Bourgogne war nun gänzlich frei, und frische Truppen und Nachschublieferungen konnten in die Stadt gelangen, ohne von den Engländern behelligt zu werden.

Die Schlacht war beendet, der Sieg gesichert, und die Armee sammelte sich um Jehanne und schaute sie mit staubverklebten, blutverschmierten Gesichtern an. Die Soldaten erhoben ein leidenschaftliches Gebrüll, das den Himmel zu spalten drohte, und schwenkten ihre Waffen über den Köpfen.

»Jungfrau Jehanne! Jungfrau Jehanne! Jungfrau Jehanne!« schrien sie. Sie lächelte unter Tränen und nahm ihren Jubel winkend entgegen. Sie war so stolz auf diese Männer, so stolz! Eine ganze Weile währte der Jubel, und sie sangen ihren Namen, bis sie heiser waren. Dann zogen sich die müden Soldaten mit ihren Verwundeten und Gefangenen nach Orléans zurück.

Jehanne schaute sich unter ihren frohlockenden Gefährten um. Pater Pasquerel war auch da – sie fragte sich, wann er wohl zu ihnen gestoßen sein mochte. Sie stieg vom Pferd und kniete auf dem furchtbar durchwühlten Boden nieder. Mit zerknirschtem Gesicht schaute sie zu dem Mönch auf und bat ihn, ihr auf der Stelle die Beichte abzunehmen. Schweigend wandte ihr Gefolge die Pferde und zog sich zurück, bis sie alle außer Hörweite waren.

Jetzt, da alles vorbei war, erfüllte Schmerz ihre Seele bei dem Gedanken an die englischen Soldaten, die ohne Vergebung der Sünden gestorben waren. Sie selbst sei ja verantwortlich, sagte sie, für das Verderben, das sie über sich gebracht hatten: Sie habe sich diesen Sieg gewünscht, habe dafür gebetet. Obwohl ihr Beichtvater sie daran erinnerte, daß der Zustand der englischen Seelen nicht in ihrer Hand liege, wand sie sich voller Schuldbewußtsein und bestand darauf, daß er ihr die verdiente Buße aufgab, denn ihr Haß auf die Engländer

habe sich nicht verringert, obwohl sie darum gebetet habe, Vergebung zu erlernen.
Pasquerel betete eine Weile mit ihr, und dann kehrten Jehanne und ihre Gefährten, dem Heer folgend, dahin zurück, wo sie hergekommen waren. An der Porte de Bourgogne erwartete sie der Bastard, der sie sogleich zu einer Dankesmesse in die Kathedrale begleitete. Als sie durch die Straßen ritt, sah Jehanne sich umhüllt von der festlichen Anbetung der ganzen Stadt, und über dem Ganzen ertönte das Läuten der großen Glocken aus allen Kirchen von Orléans. Und diesmal störte es sie nicht so sehr, daß die Leute ihren Namen riefen.
Nachher erließ sie eine Proklamation: Was immer von der Kirche St.-Loup übrig sei, dürfe nicht geplündert werden, und wer es doch tue, mache sich einer Todsünde schuldig. Außerdem bestand sie darauf, daß das ganze Heer zur Beichte ging und Gott für den Sieg dankte. Wenn sie es nicht täten, würde sie von ihnen fortgehen. Ein paar englische Überlebende hatten in ihrer Panik versucht, sich als Priester zu verkleiden, indem sie sich die entsprechenden Gewänder aus der ehemaligen Kirche überwarfen. Die französischen Soldaten waren dafür, sie sogleich hinzurichten, Jehanne aber verbot ihnen, sie zu ermorden. Sie sollten in Frieden nach Orléans kommen dürfen, sagte sie. Jeder einzelne sah halb verhungert aus, und einige waren krank. In Orléans sollten sie Speise und Medizin bekommen.
Und man gehorchte ihr in allem.

Der nächste Tag, ein Donnerstag, war das Fest der Himmelfahrt Unseres Herrn. Jehanne beichtete wieder und hörte eine prächtige Messe in der Kathedrale.
Während sie in der Kirche war, rief der Bastard ohne ihr Wissen einige Kriegsherren und hohe Stadtbürger in Bouchers Haus und hielt mit ihnen Kriegsrat in dem Zimmer, das Jacques Boucher ihr übereignet hatte. Als sie nach Hause kam, erkannte sie empört, daß man sie so hintergangen hatte, und beunruhigt sah sie, daß mit Ausnahme ihres Beichtvaters niemand aus ihrem Gefolge zugegen war. Sie ging im

Wohnzimmer auf und ab, bis Ambroise de Loré herunterkam, um sie zu holen.

Sie umstanden den Tisch, auf dem die allgegenwärtige Karte der Stadt Orléans ausgebreitet lag. La Hire und sein Freund Poton de Xaintrailles waren anwesend, außerdem Gilles de Rais, der Maréchal de Sainte-Sévère, Sieur de Gaucourt, Jacques Boucher und andere, die sie nicht kannte, Soldaten wie auch Zivilisten.

»Was habt ihr ohne mich beschlossen?« rief sie, ohne sich mit Artigkeiten aufzuhalten. Sainte-Sévère wechselte einen gequälten Blick mit Gaucourt, den sie geflissentlich ignorierte.

Der Bürgermeister Cousinot trat lächelnd vor, ein gockelhaft stolzierendes Männchen, das in seiner Geziertheit von Wichtigtuerei troff. Als er anfing zu sprechen, erregte sein hohes, nasales Gewinsel sofort Jehannes Trotz. »Wir werden morgen gegen die Engländer zu Felde ziehen, Jehanne, und du sollst einen Trupp führen, der die *bastille* von St.-Laurent vor dem westlichen Tor angreift. Bist du darüber nicht froh?«

Sie runzelte die Stirn. Seine Bereitwilligkeit verunsicherte sie. Hinter all dem steckte mehr, als sie auf den ersten Blick erkennen konnte, und es ärgerte sie, daß man sie von dieser Ratssitzung ausgeschlossen hatte und versuchen wollte, sie für dumm zu verkaufen. »Nein.«

Die Männer schauten einander an. La Hire grinste und schüttelte den Kopf. Einer der Bürger verdrehte bestürzt die Augen. Gilles de Rais zupfte an seinem Kinnbart und musterte sie mit zynischem Lächeln.

»Bitte setz dich doch, Jehanne.« Der Bastard deutete auf einen Schemel.

Aber sie begann auf und ab zu gehen, und ihre Miene blieb finster. »Sagen Sie mir, was Sie bereits entschieden haben. Ich versichere Ihnen, ich kann ein Geheimnis bewahren, das sehr viel größer ist, als irgendeiner von Ihnen es sich vorstellen kann.«

Die Männer traten verblüfft von einem Bein aufs andere. »Jehanne, zürne nicht«, sagte der Bastard mit leiser Stimme. »Wir können dir nicht sofort alles erzählen. Was der Bürgermeister gesagt hat, stimmt, aber wir haben auch beschlossen, wenn die Engländer, die jetzt auf der Sologner Seite des Flusses stehen, denen in der Festung zu Hilfe kommen, werden wir den Fluß überschreiten, um auf der anderen Seite gegen sie zu tun, was wir können. Wir halten diesen Plan für gut und nutzbringend.«

Sie schaute sie, immer noch stirnrunzelnd, an und wußte nicht, ob sie ihnen glauben konnte. Eigentlich kam es darauf auch nicht mehr an, denn sie würden ihren Plan durchführen, was immer sie sagte. Und sie hatte ihnen ja auch nichts anderes vorzuschlagen.

Sie atmete heftig durch die Nase aus und sagte: »Also gut. Ich werde Ihren Plan ausführen.«

Gilles de Rais begann die Karte auf dem Tisch zusammenzurollen. Es war klar, daß die Sitzung geschlossen war.

Jehanne machte auf dem Absatz kehrt und ging hinaus. Sie hatte heute noch eine Menge zu tun. Irgendwie mußte sie die Engländer überreden, zu kapitulieren, bevor in einer weiteren Schlacht noch mehr von ihnen zu Tode kamen. Außerdem mußte sie erreichen, daß sie den Herold Guyenne freiließen. Sie ging die Treppe hinunter und suchte Pasquerel. Er erwartete sie im Wohnzimmer.

»Kommen Sie«, sagte sie zu ihm, »ich will den Engländern noch einmal schreiben.«

Sie begaben sich in Monsieur Bouchers Kontor, und Jehanne schloß die Tür. Dann fuhr sie sich mit beiden Händen durchs Haar, senkte den Kopf und umfaßte ihre Nasenwurzel mit Daumen und Zeigefinger, während ihre Gedanken Gestalt annahmen. Nach einigen Augenblicken sagte sie: »Schreiben Sie.«

In dem Brief wiederholte sie noch einmal, daß die Engländer kein Anrecht auf dieses Königreich hätten und daß Gott ihnen durch Jehanne befehle, die Belagerung aufzugeben. Täten sie es nicht, so würde Jehanne sie vertreiben. Und sie versprach ihnen, nicht noch einmal zu schreiben. Dann dachte sie noch einmal kurz nach und sagte: »Fügen Sie dies noch hinzu, Pater:

> Ich hätte Euch meinen Brief auf ehrenhaftere Weise geschickt, aber Ihr haltet meine Herolde fest. So haltet Ihr

auch meinen Herold namens Guyenne gefangen. Bitte schickt ihn zurück zu mir, und ich werde Euch einige von Euren Leuten schicken, welche in St.-Loup in Gefangenschaft geraten sind, denn sie sind nicht alle tot.«

Als Pasquerel ihr alles noch einmal vorgelesen hatte, stand sie auf und ging zum Schreibpult. Er gab ihr die Feder, bedeckte ihre Hand mit der seinen und half ihr, mit ihrem Namen zu unterschreiben. Ohne zu warten, bis die Tinte trocken war, raffte sie das Blatt vom Tisch und stürmte zur Tür hinaus. Der Mönch folgte ihr.
Sobald der Stallbursche ihr Pferd nach vorn geführt hatte, zog sie sich in den Sattel hinauf. Dann streckte sie Pasquerel die Hand entgegen, und er ergriff sie und stieg hinter ihr auf. Sie stieß dem Tier die Fersen in die Flanken, und es trug sie auf die Straße hinaus. Jehanne rief den ersten berittenen Bogenschützen herbei, den sie sah, und er mußte mit ihr und Pasquerel bis auf Rufweite zu den Tourelles reiten.
Während der Bogenschütze ihren Brief mit einem Stück Schnur an einen Pfeil band, wölbte Jehanne die Hände vor dem Mund und rief zur Festung hinüber: »Hier kommen Neuigkeiten für euch – nehmt und lest!«
Der Mann schoß den Pfeil über die Lücke in der Brücke hinweg; die Spitze bohrte sich mit dumpfem Schlag in einen Balken am oberen Rand der Palisade und blieb zitternd stecken. Ein breitrandiger Helm erschien, eine gepanzerte Hand griff nach dem Pfeil, und der Helm verschwand wieder.
Nach einigen Augenblicken hörte man Gejohle. »Ah, Neuigkeiten von der Armagnac-Hure!« Ausgelassenes Gelächter ertönte.
»Geh doch zurück zu deinen Kühen, du dreckige französische Dirne!«
»Geh ins Hurenhaus und mach die Beine breit!«
»Aber sie liebt Stiere, Jungs, und wir wissen alle, es gibt keine Stiere in einem französischen Hurenhaus! Komm doch her, dann zeigen wir dir, was richtige Männer sind!« Irgend jemand in der *bastille* fing an zu muhen, was zu weiterer Heiterkeit führte.
»Bitte hört doch auf mich!« flehte sie, und eine schmerzliche Trauer

stieg ihr in die Kehle. »Ich bin nicht das, wofür ihr mich haltet; Gott hat mich wirklich gesandt, damit ich diese Stadt befreie und euch in eure Heimat zurückschicke. Benehmt euch nicht so. Ihr bringt euer Leben und eure Seele in Gefahr!«

»Das ist unser Land genauso wie eures, du elende Fotze! Und wenn wir dich zu fassen kriegen, bringen wir dich auf den Scheiterhaufen – für England und den heiligen Georg!«

Sie wollten nicht hören, sie verschmähten die Botin Gottes, die doch nichts weiter wollte, als daß sie zu ihren Familien zurückkehrten und Frankreich in Frieden ließen. Sie wollten nicht einsehen, daß es zu ihrem eigenen Wohl ebenso wie zum Wohl des Königreiches war, wenn Gott ihre Kapitulation verlangte. Jetzt zwangen sie die Armee zum Eingreifen.

Pasquerel legte ihr die Hand auf die Schulter und sagte leise: »Komm, Jehanne, laß uns in die Stadt zurückkehren.«

Von düsteren Vorahnungen erfüllt, wandte sie ihr Pferd um und ritt langsam zurück. Der Bogenschütze, der sie begleitet hatte, spuckte verachtungsvoll in die Richtung der Festung.

»Ich weiß, daß Gott in der Nähe ist und mir Trost spendet.« Sie wischte sich mit der freien Hand über die Augen. »Pater, ich möchte, daß Sie mir gleich morgen früh wieder die Beichte abnehmen.«

»Natürlich«, sagte er, und langsam ritten sie zurück in die Stadt und zum tröstlichen Zuspruch, den man ihr dort entgegenbrachte.

Pasquerel hielt sein Versprechen. Am nächsten Morgen, am Freitag, dem 6. Mai, nahm er seinem streitbaren Mündel erneut die Beichte ab, und weil die Kapelle zu klein war, um ihnen allen Platz zu bieten, las er danach die Messe für sie und ihre Kameraden im Wohnzimmer der Bouchers. Jehanne sprach ein besonderes Gebet für die Engländer, die heute im Stand der Todsünde sterben würden. Dann bat sie Gott, die tapferen Männer Frankreichs zu beschützen, wenn sie in die Schlacht zögen. Vor allem aber betete sie, daß dies alles bald vorüber sein möge. Sie war dankbar dafür, daß ihr kleiner Haushalt wohlbehalten wieder vereint war und jetzt mit ihr zusammen die heilige Messe feiern konnte.

Als sie gefrühstückt hatten, kam La Hire mit einer großen Schar Soldaten, um sie abzuholen. »Der Bastard hat sich's mit dem Angriff auf St.-Laurent anders überlegt«, knurrte er. Der Strategiewechsel mißfiel ihm sichtlich. »Er setzt in diesem Augenblick mit einer großen Streitmacht über den Fluß. Sie werden statt dessen St.-Jehan-le-Blanc angreifen.«

»Davon hat er mir nichts gesagt«, antwortete sie, von Mißtrauen gegen die Pläne des Bastards erfüllt. »Warum hat er sich anders entschieden?«

La Hire grinste von seinem Pferd auf sie herab. »Weißt du immer noch nicht, daß die Seigneurs ihn in der Hand haben? Er will keinen von ihnen verarsch... – er will, daß keiner sich übergangen fühlt, und deshalb gibt er ihnen immer nach, ganz gleich, wie dämlich ihre Ideen sind. Diese Änderung der Strategie zum Beispiel ist auf dem Mist dieses kleinen Schei... – war ein Einfall seines Bruders Clermont.« Es klang, als rülpse er diesen Namen hervor.

»Aber dann müssen wir uns beeilen, denn sonst holen wir sie nicht mehr ein.«

Diesmal brauchte sie ihren Pagen nicht erst zu befehlen, ihre Rüstung herbeizuschaffen. Als die beiden Jungen La Hire erblickt hatten, waren sie schleunigst die Treppe hinaufgeeilt, um alles zu holen, und es dauerte nur wenige Augenblicke, Jehanne die einzelnen Teile anzulegen. Als sie sich gleichfalls gewappnet hatten, bestiegen sie alle – auch Pasquerel – die Pferde, die Bouchers Stallknechte gesattelt hatten. Keine halbe Stunde war vergangen.

Sie galoppierten durch die Stadt, daß die Leute erschrocken auseinanderstoben, und zur Porte de Bourgogne hinaus. Als sie am Flußufer angekommen waren, hatte der Hauptteil der französischen Armee die Loire bereits mit Hilfe einer hastig errichteten Bootsbrücke überschritten, die bis zur Ile-aux-Boeufs führte und auf der anderen Seite der Insel weiterging. Eine Vorausabteilung hatte sich vom Heer gelöst und stürmte rasch auf die kleine Kirche von St.-Jehan-le-Blanc zu, deren Mauern die Engländer eingerissen hatten, um ringsum einen Schutzwall zu errichten. Offensichtlich hatte der Feind diesen Stoßtrupp bereits entdeckt, denn man sah in der Ferne, wie sie diese weniger wichtige *bastille* aufgaben und sich eilends in die Sicherheit des Augustinerklosters flüchteten, das ein paar hundert Schritte weit südlich der Tourelles stand.

Aber Jehanne achtete nicht so sehr auf die Tourelles. Vom nördlichen Ufer des Flusses aus sahen die Feinde und ihre Verfolger aus wie verzweifelte Insekten, die auf die entweihte Kirche von St.-Jehan-le-Blanc zukrabbelten.

Sie gab ihrem Pferd die Sporen und sprengte mit La Hire und den anderen über die gefährlich schwankende Bootsbrücke, die unter den klappernden Hufen der Pferde ächzte und dümpelte. Doch auch wenn dieses Höllending zusammenbräche, würde sie weiterreiten, das gelobte sie sich. Durchschwimmen würde sie die Loire, wenn es denn sein müßte!

Und als ob sie ihrem Willen gehorchte, hielt die Brücke stand. Jehanne atmete ein bißchen leichter, als ihr Pferd mit einem Satz auf das sandige, von Gebüsch bewachsene Ufer der Insel gelangt war. Im Handumdrehen hatten sie sie überquert und auch die kürzere Bootsbrücke auf der anderen Seite hinter sich gebracht. Kaum hatten sie das Südufer und die Nachhut der Armee erreicht, da gab Gaucourt den Befehl zum Rückzug.

»Zurück!« rief der Seigneur de Villars mit einer ausladenden Armbewegung. Der Trompeter blies das Signal, und der Befehl wanderte von einem Offizier zum andern die Loire entlang.

Jehanne, La Hire und die Männer, die ihnen folgten, ignorierten den Befehl. Sie jagten an den verwirrten Fußtruppen vorbei zur Spitze der Kolonne, die nur noch hundert Schritte weit von St.-Jehan-le-Blanc entfernt war. Jehanne brachte ihr Pferd unmittelbar vor dem Constable zum Stehen.

»Was macht ihr da?« fragte sie erschrocken.

»Wir könnten die kleinere *bastille* erobern, aber nicht das Augustinerkloster«, erklärte de Gaucourt hochfahrend und wischte sich den

Schweiß von der breiten Stirn. Jehanne schaute dem gepanzerten Mann mit der vertrauten blauweißen *huque* entgegen, der auf sie zugetrabt kam, und hörte kaum, wie der alte Soldat sagte: »Es ist besser, wenn wir uns zurückziehen.«

»Seht!« Ein Soldat vor dem herankommenden Bastard deutete plötzlich zum Feind hinüber. Aus seinem hageren Gesicht war alle Farbe gewichen.

Die Engländer strömten etwa eine Meile weit westlich aus dem Augustinerkloster hervor und attackierten die zurückweichende französische Armee. Aus voller Lunge stießen sie ihren gefürchteten Schlachtruf aus. Die Sonne funkelte gefährlich auf ihren Waffen und auf den breiten Helmen der Fußsoldaten.

Die Vorhut der Armagnacs erhob ein Klagegeheul. Die Soldaten waren bereits auf dem Rückzug, aber jetzt beschleunigten sie ihren Schritt und rannten auf ihre Befehlshaber und die restliche Armee zu. Die Reiter hatten ihre Pferde bereits gewendet und gaben ihnen jetzt die Sporen. Alles Prahlen war aus ihren Gesichtern gewichen, und sie sahen aus wie ängstliche Kinder, die zu ihrer Maman zurückgelaufen kamen.

Jehanne sah La Hire an und er sie. »Bist du bereit?« fragte er. Seine Hand griff nach dem Schwert und zog es aus der Scheide. Die Fußtruppen hatten sie inzwischen erreicht und rannten an ihnen vorbei nach hinten und zum sicheren Flußufer.

»Ich bin bereit.« Sie schaute zur Armee zurück. Das Hurra-Gebrüll der anstürmenden Engländer stürzte die Männer in heillose Verwirrung, und alles flüchtete in Richtung der Bootsbrücke. Einige hatten sie schon erreicht, aber Jehannes eigene Kameraden waren immer noch bei ihr. Poulengy zog sein Schwert und leckte sich die Lippen. Metz und d'Aulon klappten ihr Visier herunter.

»Mutig voran im Namen des Herrn!« rief Jehanne.

Sie und La Hire senkten gleichzeitig ihre Lanzen und gaben ihren Pferden die Sporen, und schon flogen sie den angreifenden Engländern entgegen. Sie hörte Minguets überschnappende Stimme, als er ihren Namen schrie.

Und während sie dahinstürmte, spürte Jehanne, daß die zurückweichenden französischen Ritter in ihrer Flucht innehielten und dem kleinen Trupp nachschauten, der da den Feind angriff, geschützt von wenig mehr als einer schmutzigen weißen Standarte, die über einem der vorderen Pferde flatterte. Und irgendwoher wußte sie, daß diese Männer allesamt zutiefst beschämt mitansahen, mit welcher Tollkühnheit dieses Mädchen die Gefahr mißachtete. Die Ehre erforderte, daß sie den Befehl zum Rückzug ignorierten, obwohl die Offiziere immer noch darauf bestanden. Jehanne schaute sich noch einmal um und sah, daß die Männer sie nicht enttäuschten.

Jetzt aber war es an den Feinden, Angst zu haben. Hunderte von heulenden Soldaten stürzten ihnen im vollen Lauf entgegen. Die Fahnen der Picardie und der Bretagne, der Champagne und des Limousin, die Banner von Anjou und Orléans loderten den Verteidigern des Augustinerklosters in strahlenden Farben entgegen und forderten sie im Namen ihrer Herren heraus, um ihr Leben zu kämpfen, und die weiße Standarte mit der Inschrift »JHESUS-MARIA« in der Hand dieser Gestalt in blinkendem Stahl flatterte allen voran.

Jehanne war unter den ersten, die das verwüstete Kloster erreichten. Sie sprang vom Pferd und wurde sofort von ihren Kameraden umringt. Eine Reiterwelle wogte vorüber, und die Soldaten sprangen aus den Sätteln. Jehanne warf Minguet ihre Zügel zu und lief den Soldaten nach zu dem Bollwerk am südlichen Ende des Kirchhofs. Die Standarte hielt sie mit beiden Händen umfaßt. Ein paar Schritte vor der Öffnung blieb sie stehen und verteilte die Nachfolgenden.

»Vorwärts, ihr Männer Gottes, Männer Frankreichs!« drängte sie, und ihre Stimme übertönte den Tumult. »Faßt Mut, denn Gott ist mit uns am heutigen Tag!«

Ihre Mühen fanden jetzt auch die Unterstützung des Bastards und zweier anderer Offiziere, die ebenfalls von ihren Pferden gesprungen waren und die Männer im Laufschritt und mit eigenen Anfeuerungsrufen auf das Augustinerkloster zutrieben. Gilles de Rais stürmte mit geschlossenem Visier an ihr vorüber; sie erkannte seine Rüstung. Er zückte sein Breitschwert und führte ein Kontingent von Männern auf den Kirchhof, und gleich darauf hörte sie hinter dem Wall Schwertergeklirr, dumpfe Keulenhiebe und Schmerzensschreie. Als der Bastard eine Abteilung um die Ecke zur Westseite der Kirche führte, hob Jehanne ihre Standarte und lief hinterdrein, dicht gefolgt von d'Aulon und ihren Brüdern.

Vor ihnen lag ein Stück Land, das einst der Klostergarten gewesen war. Ein paar Bäume standen vereinzelt, und an ihren Zweigen sprossen die ersten Blätter des Frühlings. Geradeaus vor ihnen erhoben sich die dachlosen Überreste der Küche, die man niedergebrannt hatte. Nur eine Wand stand noch; durch eine offene Tür gelangte man auf den Platz vor dem Westportal der Kirche, und dahinter ragte der Zaun auf, den die Engländer vor dem Wassergraben errichtet hatten. Die Männer vor Jehanne liefen über die Wiese und zwischen den Bäumen hindurch. Sie hatten es darauf abgesehen, die Kirche hinter der klaffenden Türöffnung zu erobern.

Ein riesenhafter rothaariger Engländer stand mit einem Breitschwert davor und versperrte den Durchgang. Seine Kameraden hinter ihm flüchteten zum Zaun; die Angst gab ihnen die Kraft, auf die Schanzen zu springen, die sie selbst erbaut hatten. Auf der anderen Seite ließen sie sich herunterfallen, und dann hasteten sie durch den wasserlosen Graben. Als Jehanne den Führern nachlief, sah sie, wie Engländer oben auf dem Brückenkopf hastig Leitern für ihre flüchtenden Kameraden herunterließen und wie diese hinaufkletterten. Inzwischen hatten die Armagnacs den Goliath erreicht, und er begann mit weit ausholenden Schlägen seiner ungeheuren Waffe die Gegner niederzumähen. Halb entzweigehackte Männer fielen schreiend vor Schmerzen zu Boden.

D'Aulon blieb vor Jehanne stehen und befahl einem als »der Lothringer« bekannten Kanonier, er solle sein Geschütz auf den gigantischen Mann abschießen. Ein dröhnender Blitz von Feuer und Schwefel fuhr aus der Handkanone und riß dem *goddon* ein Loch in die Brust, und der Mann kippte rückwärts um wie ein gefällter Baum.

Die anstürmenden Armagnacs ließen einen mächtigen Jubelschrei hören und fluteten durch die Türöffnung auf den Kirchplatz hinaus.

Wie von Sinnen vor Angst warf sich mindestens ein Dutzend der verzweifelten Engländer, die sich immer noch auf dieser Seite des Zaunes befanden, den Angreifern entgegen und verwickelte sie in eine wilde Schlacht. Das Klirren der Schwertstreiche, durchsetzt vom Grunzen der Anstrengung und von Schmerzensschreien, hallte durch den Maisonnenschein. Das Gras wurde schlüpfrig, als Männer zu Boden fielen, und um weiterzustürmen, mußten die unerbittlichen Wellen der Angreifer über die Gefallenen hinwegtrampeln.

Es waren so viele, daß die Engländer nicht widerstehen konnten. Von den schwirrenden Pfeilen ihrer Kameraden oben am *boulevard* gedeckt, sprangen die Überlebenden über Zaun und Graben der größeren Festung zu, und die Leichtverwundeten zogen sie hinter sich her. Die wenigen, die zurückblieben, opferten ihr Leben; nach kurzer Zeit waren sie alle tot.

Jehanne wollte den anderen nachlaufen, die schon dabei waren, über den Zaun zu klettern, aber ein jäher, stechender Schmerz durchdrang ihren Stiefel hinter der großen Zehe. Sie schrie überrascht auf und ließ sich auf ein Knie fallen.

Sie war in eine *chausse-trappe* getreten, eine dornige Eisenkugel, die man zur Behinderung der Reiterei einsetzte. Die Kugel steckte immer noch in ihrer Stiefelsohle. Wütend und mit schmerzverzerrtem Gesicht zog sie das abscheuliche Ding heraus und warf es beiseite, wo es keinen Schaden anrichten konnte; sie war dankbar, daß es nicht ihr Pferd erwischt hatte. Sie rappelte sich auf und humpelte in den Hof hinaus, als die letzten Nachzügler der Armee an ihr vorbeistürmten.

Die letzten überlebenden Feinde hatten sich hinter die sicheren Brustwehren der Tourelles retten können. Da das Augustinerkloster nun erobert war, gaben die erschöpften Franzosen die Verfolgung auf. Sie hielten inne, lehnten sich zum Ausruhen an die äußeren Befestigungen und kümmerten sich um ihre Verwundeten.

Jehanne hinkte unter Schmerzen zur Kirchentür, rutschte an der Wand entlang zu Boden und lehnte sich an. Nachdem Pasquerel sich vergewissert hatte, daß ihre Verletzung nicht schwerwiegend war, machte er sich daran, denen, die es nötig hatten, die Letzte Ölung zu spenden. Man sah seine elfenbeinweiß gekleidete Gestalt zwischen den Liegenden im Hof umhergehen; hier und da bückte er sich und kümmerte sich um einen Sterbenden. Als er mit den Männern auf dieser Seite der Küchenruine fertig war, ging er hinaus in den Garten, und Jehanne verlor ihn aus den Augen.

Sie merkte, daß ihr Fuß im Stiefel anschwoll, bis sie das Gefühl hatte, er werde bald die Nähte platzen lassen. Sie drehte den Kopf ein wenig zur Seite, atmete die Abendluft tief ein und bemühte sich, nicht ohnmächtig zu werden. Innerlich schalt sie sich für soviel Kindlichkeit; es war ja nur ein Kratzer im Vergleich zu dem, was viele der Männer erlitten hatten. Minguet kauerte neben ihr und legte ihr tröstend eine Hand auf das andere Knie. Raymond saß ihr gegenüber an einen Baum gelehnt. Er hatte den Helm abgenommen; Schweiß glänzte von seiner Schläfe bis zum Hals. Abwesend schlug er nach einer Fliege, die seinen feucht verklebten Kopf umsummte.

D'Aulon erschien aus dem dunklen Innern der Kirche und bot Jehanne eine Wasserflasche an. Sie lächelte ihm erschöpft und dankbar zu und trank in tiefen Zügen.

»Du solltest in die Stadt zurückkehren, Jehanne«, sagte er ernst. »Du mußt dir den Fuß verbinden lassen.«

»Das habe ich ihr auch schon gesagt«, erklärte Minguet betrübt.

Sie nahm noch einen großen Schluck Wasser und schüttelte den Kopf. »Das geht nicht. Ich verlasse die Armee nicht.«

Der Bastard hörte den Wortwechsel aus einiger Entfernung und kam herüber. Er hockte sich nieder und schaute sie mit müdem Lächeln an. Im schwindenden Licht sah sie, daß sein Gesicht schmutzig und verschwitzt war, und er hatte eine kleine Schnittwunde am Wangenknochen.

»Die Armee wird jetzt ohne dich zurechtkommen«, sagte er, und seine Stimme klang so sanft, daß es sie überraschte. »Du hast sie tapfer angeführt, Jehanne, aber jetzt mußt du ruhen.«

»Soll ich unsere Leute im Stich lassen, nur weil ich verletzt und müde bin?« Sie schaute die müden Soldaten in der Dämmerung an. »Eini-

ge von ihnen sind auch verwundet, und müde sind sie alle. Sie auch.«
»Das stimmt«, sagte La Hire. Er stand plötzlich vor ihr, die schmutzigen Hände in die Hüften gestemmt. »Aber du kannst ihnen nicht helfen. Ich bringe dich in die Stadt zurück, und morgen, wenn du ausgeruht bist, kannst du wieder herkommen.«
»Hör auf sie, Jehanne.« Raymond lächelte. »Dies ist kein Ort, um die Sonne aufgehen zu sehen.« Die andern vier schauten sie mit ernsten Mienen an, und Sorge grub sich in ihre Gesichter.
»Werden Sie heute abend nichts mehr unternehmen?« fragte sie den Bastard wachsam. Inzwischen war sie nicht mehr bereit, ihm irgend etwas zu glauben. Sie war noch immer empört über die Lügen, die er ihr aufgetischt hatte.
Er schüttelte den Kopf. »Bei meinem Wort als Sohn Orléans': Nein. Ich werde eine Nachricht in die Stadt schicken, damit man uns Essen und Pferde über den Fluß bringt. Ich schwöre dir, ich werde nicht vor morgen den Befehl zu einem neuen Angriff geben.«
»Die Armee braucht ebenfalls Ruhe«, sagte La Hire und spuckte auf den Boden. »Außerdem wäre es töricht, die *goddons* im Dunkeln anzugreifen.«
Jehanne zögerte. »Also gut«, sagte sie dann und sah ihre Pagen an. »Ihr zwei kommt mit.«
Sie versuchte aufzustehen, aber die schwere Rüstung und ihr geschwollener Fuß zogen sie wieder zu Boden. La Hire und d'Aulon faßten sie unter den Armen und zogen sie hoch.
»Jehanne, warte!« rief Pasquerel von der anderen Seite herüber. Die weiße Kutte des Mönchs wehte geisterhaft durch das Dämmerlicht, als er über die Verwundeten stieg und zu ihr kam. »Ich möchte mit dir kommen«, gab er bekannt.
»Was ist mit den Männern?«
»Ich habe hier getan, was ich kann.« Er sah sich im Dunkeln um. »Ich habe sie versorgt, so gut ich es heute abend kann, und wenn sie sterben, sind sie jetzt in Gottes Hand. Meine erste Pflicht gilt dir.«

Sein einfaches Gesicht blickt ernst im Mondlicht. Ringe der Müdigkeit umgaben seine Augen. Dunkle Tropfen vom Blut anderer besprenkelten sein Habit, und an seinem Ärmel hatte er einen verschmierten Fleck, wo ein Soldat im Todeskampf seinen Arm ergriffen hatte.

Jehanne nickte nur.

Sie brachten sie zu ihrem Pferd. D'Aulon hob sie in den Sattel, während La Hire ein paar Leuten befahl, die Jungfrau mit ihm nach Orléans zurück zu eskortieren.

Zwei vertraute Gestalten näherten sich aus dem Garten. Die eine war groß und langgliedrig, und die andere hatte trotz aller Müdigkeit noch immer einen munter hüpfenden Gang.

»Wo willst du hin, mein Schatz, an einem so hübschen Abend?« fragte Metz. Das Mondlicht ließ seine Zähne perlweiß glänzen.

Sie lächelte matt. »In die Stadt. Kommt ihr mit?«

Metz sah seinen Freund an, und Poulengy zuckte die Achseln, als wollte er sagen: Mir ist alles recht.

»Wie es aussieht, ist deine Eskorte stark genug«, stellte Metz fest und ließ den Blick über La Hire und seine Reiter wandern. »Wir amüsieren uns hier so gut, daß wir lieber bleiben, glaube ich. Wenn die *goddons* mitten in der Nacht auf den Gedanken kommen, frech zu werden, wird die Armee uns brauchen.« Er grinste. »Schließlich sind wir die Besten, und ohne uns können sie nicht gewinnen.«

Jehanne lachte wider Willen. »Bist du sicher?«

»Ja, Jehanne, geh nur.« Poulengy nickte. »Mach dir um uns keine Sorgen – wir sind hier in Sicherheit.«

Plötzlich fiel ihr etwas ein. »Habt ihr meine Brüder gesehen? Ich habe sie aus den Augen verloren, als der Angriff losging, und ...«

»Alles in Ordnung, Jehanne«, beruhigte Poulengy sie. Er sah sich unter den Männer um, die am Boden lagen und sich ausruhten. »Sie waren vorhin noch hier, und keiner von beiden ist verwundet. Aber jetzt sehe ich sie nicht.«

»Wahrscheinlich haben sie sich in die Büsche geschlagen.« Metz rieb sich mit dem Handrücken über die Nase.

»Wenn ihr sie seht, sagt ihnen, daß ich nach Orléans gegangen bin und daß sie nachkommen können, wenn sie wollen.«

Ihre Freunde versprachen, es auszurichten. Dann wünschten sie ihr eine gute Nacht und machten es sich bei ihren Kameraden auf dem Boden bequem. Im Grunde waren sie hier in ihrem Element, erkannte Jehanne mit leiser Verwunderung. Aus irgendeinem Grunde hatte sie die beiden nie als Soldaten verstanden. In vieler Hinsicht war es einfacher, die Edelleute in ihnen zu sehen.

Inzwischen war sie müde bis auf die Knochen. Jeder Muskel tat ihr weh, und ihr Fuß pochte so heftig, daß sie wieder glaubte, sie müsse ohnmächtig werden. Sie erinnerte sich an eine Weissagung, die Katharina ihr am Tag zuvor eröffnet hatte, als sie zum Morgengebet in Bouchers Kapelle gekniet hatte.

Ist das die Wunde, von der ihr gesprochen habt? fragte sie jetzt. Es tut weh, aber es ist nicht das, was ich erwartet habe.

Deine Prüfung wird morgen in der Schlacht kommen. Sei nicht überrascht, wenn Blut aus einer Wunde in deiner Brust fließt.

Ist das denn wirklich nötig? fragte sie flehentlich.

Es ist die Antwort auf deine Gebete.

Was meinst du damit?

Katharina war verschwunden, ohne Jehanne eine Antwort zu geben. O Gott, ich verstehe das alles nicht, aber bitte hilf mir, Deinen Willen anzunehmen! Ihre Augen füllten sich mit Tränen, die dunkle Landschaft vor ihr verschwamm, und die Soldaten ritten mit stoischem Schweigen an ihrer Seite. Ihre Benommenheit nahm zu, und sie klammerte sich am Sattel fest.

An der Porte de Bourgogne begrüßte sie die Menschenmenge. Die Leute waren zwar immer noch voller Begeisterung, aber sie murmelten doch auch in sorgenvoller Neugier untereinander, denn sie hatten nichts Neues erfahren, seit die Armee die Stadt verlassen hatte. »Was ist da drüben geschehen?« dröhnte eine Männerstimme.

»Keine Angst«, rief Jehanne. »Wir haben das Augustinerkloster erobert, und morgen werden wir die Tourelles überrennen. Dann hat es ein Ende mit der Belagerung.«

Ein fröhlicher Jauchzer erhob sich wie aus einem Munde. Die Bewohner der Stadt tanzten auf und ab und umarmten einander. Sie umringten Jehanne und ihre Begleiter und fingen zum tausendsten Male an, ihren Namen zu singen, und Jehanne lächelte und winkte ihnen zu wie immer. Heute abend, da der Sieg am Horizont aufschimmerte, fühlte auch sie sich beschwingt und ermutigt, und Erschöpfung und Verletzung waren fast vergessen. Die Orléanais folgten ihr bis zu Bouchers Haus.

Madame Boucher säuberte Jehannes schmerzenden Fuß sorgsam und umwickelte ihn mit einem weißen Verband. Ein Schluck Wein aus dem Becher, den Charlotte ihr darbot, und gleich war ihr viel wohler. Sie war froh, daß der Bastard und La Hire sie zur Rückkehr überredet hatten, das mußte sie jetzt zugeben. Anders als die Leute, die am Fluß geblieben waren, würde sie heute nacht in einem richtigen Bett schlafen, und bei dem Gedanken daran verspürte sie leise Gewissensbisse. Im Geiste flüsterte sie ein kurzes Gebet um die Sicherheit der Soldaten, und dann betete sie darum, daß der Bastard diesmal Wort halten möge.

Nachdem die Wunde verbunden war, halfen die Pagen ihr auf, und sie hinkte zum Tisch, auf dem das Abendessen wartete. Sie aßen immer noch, als ein von der Schlacht beschmutzter Ritter an die Haustür klopfte. Ein Diener ließ ihn ein, und er trat zu Jehanne.

»Ich muß dir sagen: Der Bastard und sein Kriegsrat sind zu dem Schluß gekommen, daß wir immer noch zu wenige sind, um die Tourelles zu erobern. Wir werden deshalb warten, bis der König uns Verstärkung schickt, bevor wir den Versuch unternehmen. Die Stadtbewohner bringen Proviant über den Fluß; wir sind also gut versorgt und können warten.«

Diese Dummköpfe! dachte sie erbost. Ich hab's gewußt! Wieder einmal hatte der Bastard sie enttäuscht, wenn er auch diesmal nicht gleich sein Wort gebrochen hatte. Wenn die anderen Herren nicht solche Feiglinge gewesen wären, hätte man der Belagerung schon vor einer Woche ein Ende machen können.

»Ihr habt euren Kriegsrat, ich den meinen«, sagte sie. »Und glaubt

mir, mein Rat wird standhaft bleiben, während eurer scheitern wird!« Sie schaute Pasquerel über den Tisch hinweg an. »Sie müssen morgen früh aufstehen, Pater Pasquerel, noch früher sogar als sonst, und sich dicht in meiner Nähe halten. Ich habe viel zu tun – mehr, als ich je zu tun hatte, und ich werde verwundet werden.« Sie legte die Hand unter das linke Schlüsselbein. »Hier an der Brust.«
Wortlos starrte sie den Boten an, den der Rat ihr so memmenhaft geschickt hatte. Sie wußte, daß er sie verstanden hatte. Er verbeugte sich, wandte sich ab und verließ das Haus.

Madame Boucher rüttelte sie vor Morgengrauen wach. Die Bürger der Stadt seien da, flüsterte sie, und verlangten sie höchst nachdrücklich zu sprechen. Die Herren ließen sich nicht abweisen.
Es waren fünf, die unten in der Stube saßen, und ihre besorgten Gesichter wurden vom Kerzenlicht matt beleuchtet. Als Jehanne hereingehumpelt kam, standen sie auf. Jehanne erkannte sie wieder: Sie waren zwei Tage zuvor bei der Ratsversammlung dabeigewesen. Alle trugen feine Hemden aus Satin und Damast und schwere Samtmäntel. Silberne Nadeln schmückten die nach hinten gerückten Hüte. Ihre Haltung war heute morgen beinahe demütig, ganz anders als die hochfahrende Art, mit der sie Jehanne beim letzten Mal behandelt hatten.
Robert de Valcourt, ihr Sprecher, warf einen kurzen Blick auf die andern und räusperte sich. Dann teilte er Jehanne mit, daß die Kriegsherren beschlossen hätten, mit ihrem Angriff auf den Feind zu warten, bis Verstärkung eingetroffen wäre. Jehanne stöhnte, und sie wünschte fast, man hätte sie dafür nicht geweckt, denn das war nichts Neues, und sie war nicht erpicht darauf, es noch einmal zu hören.
»Aber wir haben selbst auch zu Rate gesessen«, fuhr der Bürger ernsthaft fort, »und wir kommen, um dich zu bitten, deiner Verpflichtung zu entsprechen, die Gott und der König dir auferlegt haben. Wir möchten, daß du dich über die Herren hinwegsetzt. Sammle das Heer

um dich und mach der Belagerung ein Ende, wie du es versprochen hast.«

Sie schaute sie eindringlich an. So weit war es also gekommen. Endlich hatten sie eingesehen, aus welchem Holz ihre Feldherrn geschnitzt waren und aus welchem sie selbst, Jehanne. Ein Gefühl der Rechtfertigung durchströmte sie, eine süße Genugtuung, und sie antwortete: »Im Namen Gottes werde ich tun, was Sie verlangen.«

Sie wandte sich ab und quälte sich die Treppe hinauf. Der Fuß tat immer noch weh, aber sie war entschlossen, sich von solchen Beschwerden nicht beeinträchtigen zu lassen. Sie hatte zuviel zu tun, es war genug Zeit verschwendet worden, ohne daß sie sich jetzt auch noch von einer geringfügigen Verletzung behindern ließ. Sie klopfte an die Tür der Kammer, die Pasquerel mit Ambleville teilte. Dann ging sie in ihr Ratszimmer, in dem die Pagen schliefen, und weckte sie beide. Hierauf kehrte sie zu Pasquerel zurück und bat ihn, eine kurze Messe für sie zu lesen, und nachdem Minguet sie gerüstet hatte, eilten sie die Treppe hinunter.

Die Bürger waren gegangen. D'Aulon und Ambleville erwarteten sie. Jacques Boucher stand mit seiner Frau am Tisch. Als er Jehanne sah, hielt er stolz eine riesige Forelle in die Höhe, die noch auf dem feuchten braunen Papier lag, in das sie eingewickelt gewesen war. »Sieh nur, was jemand für dich gebracht hat, Jehanne.« Er strahlte vor unverhohlenem Entzücken. »Laß uns diesen Fisch noch essen, bevor du gehst.«

»Verwahren Sie ihn bis heute abend.« Sie lächelte. »Ich werde einen *goddon* mitbringen, der auch seinen Teil mitessen soll, nachdem wir die Tourelles erobert haben und über die Brücke zurückgekehrt sind.« Es war ihr nicht wohl dabei, es auszusprechen, aber der Mann, den sie meinte, war Clasidas. Beim Einschlafen am vergangenen Abend hatte sie sich vorgestellt, wie sie den englischen Edelmann nach gewonnener Schlacht mit nach Hause bringen würde. Sie würden sich zusammen zu Tisch setzen, und dann würde er wissen, daß sie nicht so war, wie er es befürchtet hatte. Sie würde ihm sagen, daß sie ihm und seinen Männern die schmutzigen Worte verziehen habe, die sie ihr entgegengeschleudert hatten, und dann würde sie ihm auf zivilisierte Weise darlegen, weshalb Gott entschieden habe, daß sein kleiner König in Frankreich keine Rechte habe.

Bis dahin aber gab es noch Arbeit.

Draußen ging eben die Sonne auf, und ein mattrosa Himmel verhieß einen klaren, sonnigen Tag, einen guten Tag für den Sieg. Die Stallknechte hatten die Pferde der Gefährten bereits vor die Haustür geführt. Jehannes Schlachtroß, gerüstet und prachtvoll in seinem funkelnden Kettenpanzer, stampfte ungeduldig mit dem Huf. Schon zu dieser frühen Stunde hatte sich eine große Menschenmenge versammelt; ein Meer von Piken und Schwertern wogte vor ihr, und auch bewaffnete Frauen waren zu sehen. Sie jubelten Jehanne laut zu.

D'Aulon beugte sich neben ihrem Pferd vornüber und verschränkte die Hände ineinander. Ein jäher Schmerz durchzuckte sie, als sie sich mit Hilfe dieser Trittleiter in den Sattel zog. Sie winkte der Menge zu, und wieder applaudierte alles. Ihre Gefährten kletterten ebenfalls auf ihre Pferde. Ihr Blick wanderte über die Versammlung, und sie rief: »Alle, die Gott lieben, sollen mir folgen!«

Als sie an der Porte de Bourgogne ankamen, sahen sie, daß das Fallgitter heruntergelassen war. Constable de Gaucourt stand mit sechs oder sieben Mann von seiner Wache davor. Alle waren schwerbewaffnet. Ihrer streitbaren Haltung konnte man ansehen, daß sie die lärmende Parade schon gehört hatten, bevor sie in Sicht gekommen war. Aber als der Constable die Stadtbevölkerung, geführt von Jehanne und ihren Gefährten, herankommen sah, klappte er den Mund auf und schnappte nach Luft. Jehanne zügelte ihr Pferd, und er hob die Hand.

»Ich bedaure, Jehanne«, sagte er mit strengem Stirnrunzeln, »aber ich habe den Befehl, niemanden hinein oder hinaus zu lassen.«

Die Menge begann erbost zu murren, und de Gaucourt sah einigermaßen besorgt, wie viele es waren. Jehanne war sich ihrer Unterstützung sicher. Sie lächelte. »Und wer gibt Ihnen Ihre Befehle, Monsieur Constable? Sie sind doch hier der mächtigste Mann neben dem Bastard, oder nicht?«

»Aber die Herren haben entschieden ...«

Wieder begann die Menge zu murren, lauter diesmal. Ein paar Leute hoben in wortloser Drohung die plumpen Waffen.

»Ich habe immer wieder gesagt, daß Gott mit uns ist und daß wir die Belagerung mit seiner Hilfe beenden werden, denn das hat er feierlich versprochen.« Jehanne schaute ihn mit trotzigen braunen Augen an.

Die Runzeln in seiner Stirn vertieften sich.

»Wenn Ihr Glaube und der jener anderen Herren so schwach ist, so glaubt mir doch die Armee, und das Volk tut es auch.« Sie straffte die Zügel, um ihr unruhiges Pferd zu halten. »Ob es Ihnen gefällt oder nicht, ob Sie daran glauben oder nicht – die Armee wird am heutigen Tag den Sieg erringen, wie sie ihn gestern errungen hat und auch am Tag davor.«

»Genau!« schrie jemand.

»Aus dem Weg, alter Mann!«

»Tod dem Gaucourt, wenn er uns nicht durchläßt!«

Die Menge erhob Beifallsgebrüll. De Gaucourts faltige Wangen erbleichten, und seine Augen wurden größer. Er zitterte sichtbar. Die Wache hinter ihm faßte ihre Waffen fester.

»Nein!«

Jehanne hob die Hand. Das Volk verstummte. Sie wandte sich im Sattel halb um und schaute in die Runde.

»Es gibt keinen Grund dafür, daß wir untereinander zur Gewalt greifen. Der Feind steht da drüben.« Sie deutete über den Fluß. »Sieur de Gaucourt wird uns durchlassen.« Sie lächelte den Constable unerschütterlich an. »Nicht wahr, Herr?«

Er zögerte noch. Jehannes Pferd riß erregt den Kopf hoch. Die Wachsoldaten hinter Gaucourt schauten einander an und strafften sich. Sie hielten ihre Waffen bereit.

Der alte Krieger drehte sich zu ihnen um. »Zieht das Tor hoch«, befahl er.

Die Orléanais erhoben ein lautes Triumphgeheul. Jehanne und de Gaucourt schauten einander immer noch an, aber in beider Blick lag jetzt tiefes Einverständnis.

Die Sonne spähte schon über die Stadtmauer, und ihr goldenes Licht funkelte auf der Loire. Der hellblaue Himmel glühte bereits mit einer Strenge, die einen heißen Tag verhieß, und als sie zum Flußufer hinuntergaloppierten und über die schwankende Bootsbrücke trabten, spürte Jehanne, daß ihr unter der Rüstung bereits der Schweiß über den Rücken lief. Von der Brücke aus sah sie winzige Gestalten, die zwischen dem Augustinerkloster und dem *boulevard,* der von dort zu den Tourelles führte, hin und her liefen. Waffen blitzten, und die Farben der Edelleute leuchteten zwischen stählernen Rüstungen und geprägtem Leder durch eine große Staubwolke. Die Schlacht hatte bereits begonnen.

Die Franzosen hatten den rückwärtigen Zaun am Augustinerkloster eingerissen, den die fliehenden Engländer in der Nacht zuvor überklettert hatten, und stürmten jetzt gegen die noch größere Erdschanze an, die vor den Tourelles lag. Hunderte von Armagnac-Soldaten befanden sich im trockenen Wassergraben und versuchten die langen Sturmleitern zu erklimmen, die sie aus den Pfählen des Zauns zusammengezimmert hatten und die jetzt Sprosse an Sprosse an dem Wall lehnten. Mit ihren Schilden auf dem Rücken und den behelmten Köpfen sahen die Kletterer aus wie entschlossene Käfer. Pfeile schwirrten vom *boulevard* heran, schnitten durch das dunstige Sonnenlicht, und im nächsten Augenblick hörte man das Schreien und Heulen der Verwundeten. Jehanne sah, wie Männer getroffen in den Graben zurückfielen. Die Engländer auf dem Wall stießen die Leitern zurück und schleuderten die Armagnacs zu Boden. Wieder pfiff eine Salve von Pfeilen vom Vorwerk herunter und durchbohrte die Männer unten im Graben, aber die Franzosen drängten voran und stolperten über ihre gefallenen Kameraden, um den Wall zu erreichen.

Unterdessen erwiderten die Bogenschützen im Graben die Pfeilschüsse der *goddons.* Hier und da stürzten feindliche Soldaten in den Graben herab, andere verschwanden rückwärts schwankend hinter dem Schanzwerk. Die Engländer schleuderten schwere Steine auf die Köpfe der Franzosen; einige prallten zwar harmlos von den Rüstungen ab, aber andere erreichten auch ihr Ziel und zerschmetterten französische Schädel. Die wenigen Armagnacs, die bis oben durchkamen, wurden mit Schwertern und Keulen niedergestreckt, bevor sie ihre eigenen Waffen zücken konnten. Ein Schuß von einer englischen Handkanone tötete zwei Mann auf einmal. Jehanne sah es mit Bestürzung, und ein Gefühl sagte ihr, daß die erschöpfte Armee Gottes zu wanken begann.

»Seid voller Hoffnung, Männer, und gebt nicht auf!« rief sie. »Denn heute wird Gott uns den Sieg schenken!«

Bis sie diese unverwechselbare Stimme hörten, hatten die Soldaten nicht gewußt, daß Jehanne wieder bei ihnen war. Jetzt ließen sie ein machtvolles »Hurra!« zum Himmel steigen und erneuerten ihre Attacken, als seien sie in der Mißachtung ihrer eigenen Sterblichkeit gänzlich von Sinnen.

Jehanne sprang vom Pferd und lief mit flatternder Standarte von einem Ende des Grabens zum anderen. Von Pfeilen umschwirrt, feuerte sie die entschlossenen Kämpfer an. Pasquerel und Minguet folgten ihr mit klopfendem Herzen, denn sie hatten ihre Weissagung nicht vergessen.

Die Schlacht wütete den ganzen Vormittag hindurch und bis in den Nachmittag hinein, und die Leichenberge im Graben wuchsen immer höher. Inzwischen hatte die Garnison zwei Kanonen aus Orléans herangeführt und hinter dicken Holzschilden im Graben aufgestellt, von wo aus ihr Brüllen immer wieder die Luft zerriß. Von der Redoute aus erwiderten die Engländer mit eigenen Geschützen das Feuer, und die Männer im Graben drohten an Staub und Rauch und Tod zu ersticken. Die riesenhafte feststehende Kanone auf den Bastionen der Stadt konnte nicht zur Festung gebracht werden, feuerte allerdings derweil auf den niedrigen Wall, der den Zugang der Engländer zur Brücke sichern sollte, aber er war zu schwer befestigt und hielt immer noch stand. Als die Stunden vergingen und der Feind in der Schlacht noch immer die Oberhand behielt, geriet die Entschlossenheit der Franzosen ins Wanken. Viele verließen die Kräfte, und sie wichen zurück und taumelten durch den Graben zurück ins Augustinerkloster.

Jehanne merkte, daß die Verzweiflung das Vertrauen zernagte, das sie ihr entgegenbrachten.
Sie durfte nicht zulassen, daß sie aufgaben – nicht, wenn der Sieg ihnen gehören konnte, solange sie beharrlich blieben! Jetzt lag es an ihr. In den letzten zwei Tagen hatten ihre Worte genügt, um sie zum siegreichen Kampf zu begeistern. Wenn sie ihnen jetzt mit gutem Beispiel voranginge, würden sie ihr bestimmt folgen.
Sie drückte einem schmutzigen Soldaten ihre Standarte in die Hand und setzte den Fuß auf die unterste Sprosse einer Leiter. »Folgt mir, Männer!« rief sie. »Der Tag ist unser!«
Ein unverhoffter Stoß gegen die linke Schulter schleuderte sie zurück. Mit einem Schlag, der Mark und Bein erschütterte, fiel sie auf die Seite und starrte dann fassungslos auf den Pfeil, der aus ihrer Rüstung ragte.
»Wir haben die Hexe erwischt!«
Der jubelnde Schrei kam von frohlockenden Gestalten über ihr, die sie eher ahnen als sehen konnte und die auf und nieder hüpften. Ihr Arm begann taub zu werden, und als sie hochschaute, sah sie, daß drei oder vier Engländer oben auf dem Wall sich anschickten, zu ihr herunterzuspringen. Ihre Gesichter waren vom Haß verzerrt.
Beinahe beiläufig dachte sie, daß sie nun gewiß sterben würde. Aber bevor die Angst Gestalt annehmen konnte, sah sie sich von einem schützenden Ring aus gepanzerten Beinen umgeben. Durch den Nebel des bohrenden Schmerzes hörte sie das Keuchen und Grunzen ihrer Kameraden, die in wilder Wut auf die Feinde einschlugen, die herabgesprungen waren, um sie vollends zur Strecke zu bringen. Immer mehr Ritter eilten zu Hilfe, und nach kurzer Zeit waren die Engländer in Stücke gehauen. Einer ihrer Retter drehte sich zu Jehanne um und lüftete sein Visier.
Es war Sieur de Gamaches – derselbe, der ein paar Tage zuvor mit ihr über die richtige Taktik gestritten hatte. Der Schweiß rann ihm über die Stirn und an der ausgeprägten, vernarbten Nase entlang. Er hob eine gepanzerte Hand und winkte ungeduldig einem Knappen auf der anderen Seite des Grabens zu.

»Alles in Ordnung?« keuchte er.
Vor Schmerz und Angst brachte sie nur ein Wimmern hervor.
»Komm«, sagte er, als sein Knappe ein kräftiges Schlachtroß herangeführt hatte, »nimm mein Pferd und bring dich in Sicherheit.« Er half ihr auf die Beine, und sie schwankte benommen. »Es soll kein Groll mehr zwischen uns sein«, sagte der Edelmann und lächelte. »Ich gebe zu, daß ich mich in dir getäuscht habe.« Seine Umrisse verschwammen vor ihren Augen, aber sie hörte seine Worte.
»Es wäre Sünde, wenn ich Ihnen grollen wollte«, keuchte sie. Schon wenn sie die Zunge zum Sprechen bewegte, tat es weh, und die nächsten Worte brachte sie nur noch murmelnd hervor. »Ich sehe, daß Sie wirklich ein vornehmer Ritter sind.«
Jetzt kam der Bastard mit Pasquerel, und zusammen hoben sie die halb Ohnmächtige in den Sattel. Panisch klammerte sie sich am hohen Sattelknauf fest, als Pasquerel das Pferd im Trab durch den Graben und an der anderen Seite zur Brücke hinauf führte. Allmählich verging die Betäubung durch den ersten Schrecken, und der Schmerz wurde unerträglich. Jeder Ruck beim Reiten ließ einen neuerlichen Schmerz durch ihre Schulter zucken. Vom Ellbogen bis zum Handgelenk fühlte sie überhaupt nichts mehr, und die Hand im stählernen Handschuh war naß und klebrig.
Ich werde hier sterben, dachte sie verzweifelt. Ihr Atem ging flach und stoßweise.
Pasquerel und Minguet halfen ihr vom Pferd und setzten sie hin. Der Mönch zog ihr den Helm vom Kopf und legte ihn neben ihr auf den Boden. Minguet war weiß im Gesicht, aber trotzdem schnallte er ihr den Brustpanzer los und nahm ihn ohne Zögern ab. Ihr Hemd war blutgetränkt.
»Ist er bis zum Rücken durchgegangen?« fragte sie flüsternd. Ihr Beichtvater nickte. Sein Gesicht war aschgrau, als wäre er der Verwundete. »Dann brechen Sie die Spitze ab«, murmelte sie mit zusammengebissenen Zähnen. O Gott, sie hatte nicht gedacht, daß irgend etwas so weh tun könnte!
Pasquerel gehorchte und brach die abgerundete Eisenspitze vom

Schaft ab, aber trotz aller Sorgfalt zerrten seine Bewegungen an der Wunde, was noch tiefere Qualen hervorrief. Jehanne schrie auf. Der Schweiß rann ihr in die glasigen Augen und mischte sich mit ihren Tränen.
»Der Pfeil muß raus, Jehanne«, stellte der Pater fest.
Sie hob den Kopf und schaute in sein verzweifeltes Gesicht. »Ich weiß.«
»Soll ich es tun?«
»Nein«, stöhnte sie, »ich tu es selbst.« Sie packte den Schaft mit der rechten Hand. Bitte, Herr Jhesus, gib mir Mut!
Sie zählte bis drei und riß den Pfeil mit einem Ruck heraus. Jemand schrie in weiter Ferne, und sie merkte, daß sie es selbst war. Blut und Gewebefetzen quollen aus dem Loch unter ihrer Schulter, und ein dunkelroter Schwall floß über ihr Hemd. Sie fiel auf den Rücken und versank endlich in der Finsternis.
Warum war das nötig?
Alles zu seiner Zeit.
Warum?
Fürchte dich nicht, Kind Gottes. Es ist ein kleiner Schmerz, der bald geheilt sein wird. Du bist unsere Geliebte, unsere Tapfere. Du wirst nicht sterben. Du kannst niemals sterben. Ruh ein Weilchen aus in Gottes Armen.
Es war die Stimme des Erzengels Michael, aber alle drei waren bei ihr. Ihre funkelnde Erscheinung leuchtete besänftigend durch den Schmerz, und das Strahlen, das sie umgab, summte eine heilende Weise, monoton und machtvoll. Irgendwo in diesem wunderbaren Licht war ein Reich, in dem alles seine Bedeutung hatte, in dem alles einen vollkommenen, eleganten Sinn ergab. Es war, wie Michael gesagt hatte, nur ein kleiner Schmerz.
Sie erwachte und sah d'Aulon, der einen Kreis besorgter, bleicher Männer durchbrach. Er hielt einen Holzbecher in der Hand. Er kniete neben ihr nieder und reichte Minguet das Gefäß. Dann riß er ihr das Hemd über der blutenden Wunde auf. Jehanne wußte, daß jetzt ihre Brust für jedermann sichtbar war, aber das kümmerte sie nicht. Ihr Knappe tauchte zwei schmutzige Finger in den Becher, den Min-

guet immer noch festhielt, und löffelte einen Klumpen von einer dicken, weißlichen Paste heraus.
»Was ist das?« flüsterte sie.
»Schinkenfett und Olivenöl. Das stillt die Blutung.« Mit einem Lappen wischte d'Aulon soviel Blut wie möglich weg, und dann verstrich er die Salbe auf der immer noch blutenden Wunde unterhalb der Schulter.
Jehanne ließ den Kopf zurück auf den Boden sinken und lächelte die sorgenvollen Männergesichter unter Tränen an. »Es ist alles gut«, sagte sie. »Gott ist bei mir.« Sir drehte sich zu Pasquerel um. »Wollen Sie mir die Beichte abnehmen, Pater?«
»Aber natürlich, mein liebes Kind.« Er hielt noch immer ihre Hand. Die Soldaten und Minguet erhoben sich widerwillig und entfernten sich. Pasquerel machte ein Kreuzzeichen in der Luft und murmelte ein paar lateinische Worte.
»Segne mich, Vater, denn ich habe gesündigt«, wisperte Jehanne. »Meine Ratgeber haben mir versichert, daß ich nicht sterben werde, aber mein Glaube ist so winzig, daß ich manchmal immer noch an ihnen zweifle.« Ein Schmerz durchfuhr ihre Schulter wie ein Stachel, und sie verzog das Gesicht. »Sie haben mir gesagt, daß dies geschehen würde, aber im Herzen wollte ich nicht zulassen, daß ich ihnen glaubte. Ich wollte ihnen nicht glauben. Ich wollte mein Schicksal selbst bestimmen, statt mich auf Gottes Willen zu verlassen. Ich bitte ihn um Vergebung für diese zweifache Sünde des Unglaubens und der Angst. Ich weiß, daß ich eines Tages sterben muß, das muß jeder. Aber ich habe solche Angst vor dem Tod, obwohl meine Ratgeber mir versprochen haben, daß ich dann zum himmlischen Vater gehen werde.«
Der Mönch lächelte und wischte ihr mit der Hand den klammen Schweiß von der Stirn. »Sorge dich nicht, Jehanne. Gott verzeiht dir deine Schwäche, und seine Barmherzigkeit wird dir Kraft und Mut verleihen.« Wieder segnete er sie mit dem Zeichen des Kreuzes. »Zur Buße sprich ein Paternoster.«
»Beten Sie mit mir?«

Er nickte. Zusammen sprachen sie die heiligen Worte. Die Tränen rannen ihr über die sonnenverbrannten Wangen, und ein Gefühl des Friedens senkte sich auf sie herab. Als das Gebet zu Ende war, bekreuzigte sie sich mit zitternder, blutiger Hand.

Dann versuchte sie sich aufzusetzen. In ihrem Kopf dröhnte es, und die Erde neigte sich in einem schiefen Winkel, während die Übelkeit sie bei der Kehle packte.

»Ruhig«, sagte Pasquerel. »Schlaf jetzt ein wenig.«

»Das kann ich nicht. Die Armee braucht mich.«

Ihr Beichtvater spähte zu den Tourelles hinüber und beschirmte seine Augen vor der Sonne. »Die Schlacht ist noch im Gange.« Lächelnd schaute er auf sie herab. »Die Soldaten wissen, daß du verwundet bist. Sie kämpfen für dich, und sie werden erst aufhören, wenn sie gesiegt haben. Schlaf jetzt, Jehanne.«

Sie schloß die Augen. Es würde nicht schaden, wenn sie sich ein bißchen ausruhte und wartete, daß der Boden aufhörte zu schwanken, ehe sie sich wieder in die Schlacht stürzte. Sie glitt in einen langen Tunnel, fort von der Schlacht.

Aus weiter Ferne blies ein Horn zum Rückzug.

Jehannes Augen klappten auf, und diesmal setzte sie sich wirklich hastig auf und verbannte den Schmerz in ihrer Schulter in die Bedeutungslosigkeit. Die Sonne stand tiefer über dem Horizont; sie würde vielleicht noch drei Stunden scheinen und warf jetzt schon einen gelbgoldenen Glanz auf die Wolken über Orléans. Sie hatte länger geschlafen, als sie es vorgehabt hatte. Die Soldaten hatten der Schlacht den Rücken zugewandt und stolperten durch den Graben auf sie zu.

»Helfen Sie mir hoch«, befahl sie Pasquerel. Er legte ihr einen Arm um die Taille und half ihr auf die Beine. »Meine Rüstung, Minguet, schnell!«

Der Junge hob den durchbohrten Brustpanzer auf und befestigte ihn mit hastigen Fingern. Dann setzte er ihr den Helm auf. Sie hatte noch immer kein Gefühl im Arm, aber nachdem sie geschlafen hatte, fühlte sie sich wirklich besser.

Sie stolperte in den Graben hinunter, der flüchtenden Armee entgegen. Dabei schluckte sie die Galle herunter, die ihr Brechreiz verursachte. Der Bastard kam mit erschöpftem Lächeln auf sie zu. Bevor er etwas sagen konnte, packte sie mit der gesunden Hand seinen Arm.

»Warum ziehen Sie sich zurück?« fragte sie.

»Weil es keinen Sinn hat«, antwortete er müde. »Die Leute sind erschöpft, Jehanne, sie können heute nicht mehr kämpfen. Die Festung ist zu stark für uns. Ich werde den König bitten müssen, uns noch mehr Truppen zu schicken.«

»Geben Sie mir noch ein bißchen Zeit«, bat sie. Aus dem Augenwinkel sah sie La Hire und Poulengy herankommen. »Gott hat versprochen, daß wir heute siegen werden. Also dürfen wir nicht aufgeben.«

Die Männer wechselten einen zweifelnden Blick.

»Sagen Sie den Leuten, sie sollen sich ein Weilchen ausruhen«, beschwor sie die Männer. »Es ist reichlich zu essen und zu trinken da. Wenn ich zurückkomme, werden wir einen neuen Angriff führen.« Ohne eine Antwort abzuwarten, wandte sie sich ab und ging dem Augustinerkloster zu.

Unter schmerzlichem Grunzen kletterte sie die Grabenböschung hinauf und bestieg das Pferd, das d'Aulon für sie bereithielt. Sie gab dem Tier die Sporen und ritt zu dem Weinberg, der ein paar hundert Schritte weit südlich des Klosters lag. Als sie in dem abgeschiedenen Gärtchen angekommen war, ließ sie ihren schmerzenden Körper vom Pferd gleiten und kniete nieder. Sie bekreuzigte sich und faltete die Hände.

Hilf mir. Die Armee glaubt nicht, daß sie noch siegen kann. Gib mir die Macht, sie zu überzeugen.

Du hast die Macht, wie du sie immer gehabt hast. Es ist Gottes Wille, daß die Stadt befreit wird. Folge der Bestimmung, die du geschaffen hast, und fürchte dich nicht vor dem Scheitern. Kehr jetzt zu den Soldaten zurück; sie brauchen dich.

Sie sprach ein Credo und ein Paternoster und bekreuzigte sich dann rasch. Dann stieg sie auf ihr Pferd und ritt zur Anhöhe zurück.
Die Soldaten waren im Kirchhof des Augustinerklosters zu Boden gesunken und ruhten sich aus – in sicherem Abstand von der Festung und ihren mörderischen Insassen. Jehanne schaute in den Graben hinunter und sah, wie d'Aulon auf den *boulevard* zulief. Ein spanischer Soldat, der bei allen nur als »der Baske« bekannt war, folgte ihm mit ihrer Standarte in der einen und einem Breitschwert in der anderen Hand, und nach der Anspannung seines Körpers zu urteilen, sah es so aus, als wolle er sich ihrem Knappen anschließen.
Wütend sprang sie vom Pferd und hatte den Basken erreicht, gerade als er d'Aulon nachlaufen wollte. Sie packte den Schaft ihrer Fahne und hielt ihn auf.
»Was soll das?« fragte sie empört und riß an der Standarte. »Gib mir meine Standarte!« Sie versuchte ihm den Wimpel aus der Hand zu reißen.
Aber er riß ihn wieder an sich. Seine schwarzen Augen blickten stumpf und verständnislos, beinahe blöde.
Sie hielt die Fahnenstange umklammert und wollte sie nicht wieder loslassen. »Ich habe gesagt, du sollst das hergeben. Es ist meins.«
Er hielt die Standarte fest und zog sie wieder zu sich, und jetzt grinste er, als wäre es ein Spiel.
Die anderen Soldaten hielten das Ganze offensichtlich für das Zeichen zum Angriff, denn sie sprangen plötzlich auf und stürmten mit machtvollem Gebrüll auf die Tourelles zu. Verblüfft drehte der Baske sich um.
Sie entriß ihm die Standarte und stürmte den Soldaten nach durch den Graben. »Der Tag ist euer!« schrie sie. »Gott hat versprochen, daß ihr siegen werdet!«
Die Truppen warfen sich gegen das Schanzwerk und ließen sich diesmal auch von einem neuerlichen Hagel von englischen Pfeilen und Steinen nicht zurücktreiben. Von unversöhnlicher Entschlossenheit erfüllt, erklommen sie die hohen Sturmleitern in hellen Scharen und strömten über den Wall hinweg. Immer weiter stürmten sie, ungeach-

tet aller Versuche der Verteidiger, sie aufzuhalten. Donnerstimmen umgaben sie, und Befehlsgebrüll und Schmerzensschreie wechselten einander ab. Nichts konnte sie zurückdrängen – weder Pfeile noch Steine noch die blitzenden Klingen der Schwerter und Streitäxte, die von den verzweifelten *goddons* geschwungen wurden. Sie wurden niedergeschlagen und niedergestochen, und neue Soldaten traten an ihre Stelle, angefeuert von einer kleinen Gestalt in blinkender Rüstung. So viele waren auf den Leitern, daß diejenigen, die noch im Graben standen, mit ungeduldigem Murren darauf drängten, endlich auch an die Reihe zu kommen. Als sie Armagnacs sich auf den *boulevard* ergossen, trafen sie kaum noch auf Widerstand.

Die Verteidigungsstellungen brachen, und die Engländer rannten über den Brückenkopf hinweg zur Zugbrücke und in die Festung. Die Armagnacs erhoben ein Triumphgeheul und erstürmten die Brustwehr nunmehr ungehindert.

Jehanne erkletterte mit der Standarte in der Hand eine Leiter neben der Zugbrücke. Sie kam nur langsam voran, weil sie den linken Arm nicht gebrauchen konnte und der rechte die Fahne trug. Eine Sprosse höher, dann Leiter und Wimpelschaft gleichzeitig umfaßt, und dann wieder eine Sprosse. Ihr war schon schwindlig, und sie wagte nicht, nach unten zu schauen. Aber sie konnte sich Zeit lassen. Sie hatte die Armee mit einem entschiedenen Siegeshunger erfüllt, und wenn sie vor Jehanne in die Tourelles gelangten, so wäre auch das Gottes Wille. Noch eine Sprosse und noch eine, und bald wäre sie oben.

Ein ganzes Stück weit hinter dem Heer erreichten sie den *boulevard.* Als sie auf die Festung vor ihr hinunterschaute, sah sie, daß unterhalb der dreißig Fuß langen Zugbrücke eine brennende Barke zu liegen gekommen war. Heiße Luft flimmerte in der dichten schwarzen Rauchwolke, die zu den kegelförmigen Turmdächern hinaufwallte. Man hatte das Boot angezündet und auf die Tourelles zutreiben lassen, um die Engländer daran zu hindern, die Brücke hochzuziehen, und um ihnen zugleich den Rückzug abzuschneiden. Jetzt saßen die verwirrten Feinde dicht gedrängt in ihrer Festung und konnten nicht mehr entkommen. Immer neue französische Ritter und Soldaten rannten auf den Brückenkopf, und bald drängten sich auf der engen Fläche, wo die Zugbrücke an den *boulevard* stieß, gepanzerte Soldaten Schulter an Schulter, zähnefletschend entschlossen, die Engländer in Stücke zu hauen, wenn sie versuchen sollten, die lodernde Zugbrücke tapfer zu überwinden und sich auf die Redoute zurück zu flüchten.

Jehanne stand an der nordöstlichen Ecke des *boulevard,* oberhalb der Zugbrücke und ein Stück weit rechts von den Tourelles. Von Orléans her drang ihr ein plötzlicher Lärm an die Ohren – es klang wie das wütende Gesumm, das einen Bienenkorb umgibt –, und sie humpelte vollends bis zur Ecke, um festzustellen, woher der Aufruhr kam. Sie beugte sich, so weit sie es nur wagte, über das Wasser hinaus, um an den Tourelles vorbeisehen zu können, und dann verschlug es ihr den Atem, als sie sah, was da aus der Stadt über die Brücke, die zur Festung führte, herankam.

Die Orléanais, die ihr durch die Porte de Bourgogne gefolgt waren, hatten sich irgendwann wieder in die Stadt zurückgezogen, statt die Brücke zu überqueren. Jetzt aber drängte sich nördlich der Lücke eine gewaltige, bewaffnete Heerschar und erwartete die Engländer. Davor hatten Zimmerleute Bohlen zusammengenagelt, um die in die Brücke gesprengte Lücke zu schließen, und die Miliz der Stadt war dabei, die behelfsmäßigen Stege zu überschreiten, um sich den Engländern entgegenzuwerfen.

Als sie sahen, daß auf der anderen Seite der Tourelles eine neue Gefahr drohte, gerieten die umzingelten Engländer in Panik. Verzweifelt suchten sie zu entkommen und stürmten auf die Zugbrücke, die inzwischen in hellen Flammen stand. An ihrer Spitze war der Mann, dessen Adlerwappen ihr der Bastard so genau beschrieben hatte, daß sie ihn erkannte, ohne ihn je zu Gesicht bekommen zu haben.

»Clasidas!« rief Jehanne. »Ergib dich dem König des Himmels! Du hast mich eine Dirne genannt, aber ich habe Mitleid mit deiner Seele und mit den Seelen deiner Männer!«

Sie würde nie erfahren, ob er sie gehört hatte. Glasdale wollte sich lieber den Armagnacs stellen, ehe er sich der Bevölkerung auslieferte, die er den ganzen Winter hindurch in Angst und Schrecken versetzt

hatte. Mit etlichen Rittern stürmte er über die Zugbrücke auf den *boulevard*, der von französischen Waffen starrte.
Das Holz ächzte kurz und krachte dann laut, und die brennenden Balken zersplitterten unter dem Gewicht der Rüstungen. Der englische Trupp stürzte schreiend in den Fluß, und alle sanken wie Steine auf den Grund.
Der Jubel der Franzosen gellte durch die Dämmerung; triumphierend schwenkten sie ihre Waffen und klopften einander auf die Schultern. Einige fielen sich lachend in die Arme, und dann schrien sie: »Agincourt! Agincourt!« und stießen im Takt des verhaßten Namens ihre Schwerter in die Luft.
Jehanne aber empfand nichts als Grauen bei dem Gedanken daran, daß die Feinde gestorben waren, ohne ihre Sünden zu bereuen. Noch auf dem Weg zum Jüngsten Gericht hatten sie ihren Namen verflucht und nicht geglaubt, daß Jehanne Gottes Abgesandte war und daß sie Frankreich räumen mußten, weil er es so wollte. Ihr wunderbarer Tagtraum sank mit Clasidas auf den Grund der Loire. Er würde nicht mit ihr nach Orléans kommen; sie würden nicht zusammen diesen Fisch essen.
Sie senkte den Kopf. Eine tiefe Trauer ergriff sie, und sie brach in Tränen aus. Pasquerel legte ihr einen Arm um die Schultern, und sie weinte.
»Es war nicht zu ändern«, sagte er leise. »Du hättest sie nicht retten können.«
Es war vorüber. Die Tourelles waren wieder in französischer Hand, und nur die *bastilles* im Norden waren noch in der Gewalt der Engländer. Die Belagerung von Orléans war zu Ende.

Wie sie es den Bouchers am Morgen vorausgesagt hatte, kehrte Jehanne über die Brücke in die Stadt zurück, nachdem die Armagnacs drei Stunden darauf verwandt hatten, eine neue Verbindung zwischen dem *boulevard* und den Tourelles zu bauen. Jede Glocke in jedem Kirchturm überschlug sich vor Freude, und auf der Straße wurde wild und trunken getanzt, denn die Schenken hatten ihre Weinfässer für alle geöffnet, um diesen herrlichen Befreiungssieg zu feiern. Jehanne ritt durch die Straßen, flankiert von La Hire und dem Bastard. Sie hatte ihre Trauer für den Augenblick beiseite geschoben, und ihre Seele läutete im Einklang mit den großen Glocken, wie sie es noch nie zuvor getan hatte. Mit Gottes Hilfe hatte sie auch ihre Brüder wiedergefunden; sie ritten jetzt hinter ihr, zusammen mit ihrem Beichtvater und den Pagen. D'Aulon war auch da, und Poulengy, Metz sowie der elegante Ambleville. Sie dankte Gott, daß er sie alle verschont hatte, und betete für die Seele des armen verlorenen Herolds Guyenne. Wie bei ihrer Ankunft vor mehr als einer Woche folgten ihr Scharen von Menschen quer durch die Stadt. Je länger es dauerte, desto mehr geriet Jehannes Tapferkeit ins Wanken, und bald glaubte sie bei jeder schwerfälligen Bewegung, sie müsse in Ohnmacht fallen. Auf halbem Wege wünschte sie sich, Jacques Boucher wäre so vorausschauend gewesen, ein Haus bei der Porte de Bourgogne zu kaufen. Aber gleich bekam sie Gewissensbisse: Dies war die Nacht der Bewohner von Orléans, die Siegesfeier des Heeres, und das war wichtiger als ihre selbstsüchtige Sehnsucht nach Ruhe.

Aber am Ende fand sie ihre Ruhe doch.

Erst als die Tür sich hinter ihr geschlossen hatte, ließ sie sich schwer gegen d'Aulon sinken. Jehan hielt sie fest, während der Knappe und Minguet ihr rasch die Rüstung abnahmen. Sie war einer Ohnmacht nahe, als der Bastard sie wie ein Kind auf den Arm nahm und in Charlottes Kammer hinauftrug. Nur undeutlich nahm sie wahr, wie Madame Boucher ihr mit flinken, aber behutsamen Bewegungen das blutige Hemd vom Leib schnitt und die Wunde versorgte. Nur Charlotte war noch dabei, sie hielt eine Schüssel mit warmem Wasser, und ihre Mutter säuberte die Wunde und bestrich sie mit einer Kräutersalbe. Die warme Salbe tat gut: Heilsam durchdrang sie die Schulter und linderte den Wundschmerz. Als alles verbunden war und der Arm in einer bequemen Schlinge ruhte, lächelte Madame Boucher sie an.

»Du solltest essen, Jehanne. Wir haben etwas für dich zubereitet.«

Jehanne erbleichte bei dem Gedanken an den Fisch. Er erinnerte sie an Clasidas, und der Magen wollte sich ihr umdrehen. »Wasser«, brachte sie rauh hervor. »Ich bin so durstig.«
»Charlotte, bring Jehanne etwas zu essen und zu trinken.«
Im Handumdrehen war das Kind mit einem Tablett wieder da und brachte einen unwillkommenen Berg von gebratenem Fisch, Brot und Käse. Zwei Becher waren auch dabei; einer war bis zum Rand mit Wasser gefüllt, der andere mit Wein.
Benommen setzte Jehanne sich auf und streckte die Hand nach dem Wasserbecher aus. Sie trank geräuschvoll, bis sie nach Luft schnappte. Es war noch etwas Wasser übrig, und sie goß ein wenig Wein dazu. Dann tauchte sie ein Stück Brot hinein und aß es, und dann noch eines.
Mehr bekam sie nicht herunter. Morgen würde sie richtig essen, wenn die Übelkeit und die Erschöpfung sie aus ihren Klauen gelassen hätten. Sie schob das Tablett von sich und ließ den Kopf auf das weiche Kissen sinken. Und dann schlief sie.

Kapitel 8

Schattenkriege

8. Mai bis 10. Juni 1429

Am Morgen gegen fünf Uhr hatte sich eine große Schar von fackeltragenden Orléanais auf der Stadtmauer eingefunden, um zu sehen, was nun geschehen würde. Selbst in diesem grauen Halbdunkel konnte die Menge die Heere erkennen, denn sie standen dicht vor den Mauern. Wenn sie heute gegeneinander stürmten, würde das Spektakel dem Volk süße Genugtuung verschaffen, denn das Blatt des Schicksals hatte sich gewendet, und niemand hatte einen Zweifel daran, wer heute den Sieg davontragen würde.

La Hires große, haarige Pranke lag auf dem Griff seines Breitschwerts. Er starrte zu den feindlichen Linien hinüber und auf die obszöne Flagge des englischen Königs, auf der sich die roten Felder mit den goldenen Löwen jenes Königreichs mit den *fleurs-de-lys* vereinten, die sie gewaltsam an sich zu bringen hofften. An der fröhlichen Ungeduld des Edelmanns war zu erkennen, daß er nicht genug vom Kampf hatte. Noch nicht. Vielleicht würde er heute Gelegenheit finden, sich mit weiterem Ruhm zu bedecken, indem er viele *goddons* tötete. In den zwei Messen, die seine kleine Freundin noch vor Sonnenaufgang hatte lesen lassen, hatte er jedenfalls darum gebetet. Und nach diesem Gebet war er sicher, daß Gott für La Hire tun würde, was La Hire auch für Gott tun würde, wenn der König des Himmels ein Soldat und La Hire Gott wäre.

Neben ihm scharrte Maréchal de Sainte-Sévères Pferd mit dem mächtigen Huf und schnaubte. Der Alte nickte dem Bastard von Orléans grüßend zu, als dieser vor den versammelten Rittern auf und ab ritt und die Bataillone inspizierte, die von seinen Standesgenossen geführt wurden: von Gilles de Rais, Ambroise de Loré, Poton de Xaintrailles

und Florent d'Illiers. Sein Bruder Charles de Bourbon, der Comte de Clermont, lächelte ihm zu und salutierte dem Sieger von Orléans mit erhobenem Schwert.
Der Bastard erwiderte das Lächeln voller Stolz auf den jungen Mann, der sich gestern im siegreichen Kampf um die Tourelles ausgezeichnet hatte. Tatsächlich war er stolz auf sie alle, auf jeden einzelnen vom Schlachtenstaub bedeckten Mann, vom niedrigsten Bogenschützen unter seinem Kommando bis zum Constable de Gaucourt. Wie zufrieden würde der Herzog von Orléans sein, wenn er den Brief bekäme, in dem der Bastard ihm die wundervolle Neuigkeit mitteilte! Denn der Bastard würde verkünden, daß der ehrlose Fluch, der die französischen Armeen seit siebzig Jahren heimsuchte, endlich mitsamt den Belagerern vertrieben worden war. Nie wieder würden die Engländer sagen können, daß sie die beste Armee der Welt hätten. Nie wieder würde ein König von Frankreich das Haupt vor Scham und Verzweiflung senken müssen, weil seine Soldaten stets unterlagen. Gott hatte ihnen endlich eine Gelegenheit gegeben, und sie hatten sich als meisterhafte Recken erwiesen, alle miteinander. Aber während er ihnen sein strahlendes Lächeln schenkte, wußten die Soldaten doch – auch wenn er und seine Edelleute es nicht wußten –, wer in Wirklichkeit das Kommando geführt hatte und wem sie ihren Sieg verdankten.
Weil sie mit der immer noch schmerzenden Wunde den schweren Brustpanzer nicht anlegen konnte, trug Jehanne heute ein langes Kettenhemd über den stählernen Beinschienen. Das Morgenlicht des ausgehenden Frühlings spiegelte sich in lauter winzigen, schimmernden Spiegeln, und ein rosaroter Glanz lag auf ihrem Helm. Zu ihrer Rechten ritt Minguet; der Schaft ihrer Standarte saß in der Vertiefung im Leder seines Sattels. Als der frische Wind die Fahne erfaßte und sie flattern ließ, so daß alle Welt sie sehen konnte, bekreuzigten sich einige der Männer.
Schon vor dem Morgengrauen hatte Madame Boucher sie aus dem Bett geholt. Wachtposten auf den Bastionen an der Westseite der Stadt hatten gemeldet, daß die Engländer ihre *bastilles* verließen und

ihre Truppen zu einem geordneten Heer formierten. Schon läuteten die Sturmglocken über Orléans. In der hastig geweckten Stadt herrschte das Chaos, hatte Madame Boucher gesagt, und ihre Stimme hatte gezittert, aber nicht vor Angst, sondern vor Aufregung.
Noch immer erfüllt vom Triumph des vergangenen Tages, hatte die Armee ihren Vorteil nutzen und die heidnischen *goddons* vollends vernichten wollen, aber Jehanne hatte sie zurückgehalten. Heute war der Tag des Herrn Jhesus, Sonntag, der 8. Mai, und da wäre es nicht erlaubt, sie anzugreifen, sagte sie. Aber wenn die Engländer zuerst angriffen, würde Gott ihnen natürlich erlauben, sich zu verteidigen. Bevor die Sonne aufging, hatte sie auf freiem Feld zwei Messen lesen lassen. Dem Bischof von Orléans, der es gewohnt war, Gott in der Kathedrale St.-Croix zu preisen, war es eine Ehre, den Gottesdienst an diesem besonderen Sonntag einmal auf einer rohgezimmerten Kiste zu feiern. Die Erinnerung an den von Gott gewährten Triumph war noch frisch im Gedächtnis der Soldaten, und so waren sie alle niedergekniet und hatten in einem Geist demütiger Ehrfurcht, der den meisten sonst fremd war, die Heilige Kommunion empfangen.
Nachdem nun die beiden Gottesdienste vorüber waren, saßen wieder alle im Sattel und warteten darauf, daß die Engländer etwas unternahmen. Aber lange Zeit verhielt der Feind sich still. Als die Sonne sich schließlich über den Horizont erhoben hatte und die Sterne verblaßt waren, ertönte eine Trompete hinter den Linien des Feindes: zwei hohe Töne, gefolgt von einem tieferen und einem hohen. Dieses Signal wurde wiederholt. Die Armagnacs strafften sich, machten sich kampfbereit und richteten die Waffen auf die Feinde.
Wie ein schwerfälliger Riese, der aus tiefem Schlaf erwacht, setzten die Engländer sich in Bewegung. Die gut ausgebildeten Truppen drehten ihre farbenprächtigen Feldzeichen um, kehrten Orléans den Rücken zu und marschierten in Richtung Westen davon.
Jubel donnerte von den Bastionen über der Stadt. Zivilisten schwenkten ihre Hüte und sprangen oben auf der Mauer auf und ab.
»Los, Männer, ihnen nach!« brüllte La Hire und streckte sein Schwert nach vorn.

»Laßt sie ziehen!« rief Jehanne. »Der Herr will nicht, daß ihr heute mit ihnen kämpft. Ihr könnt sie euch ein andermal vornehmen.«
Die meisten Soldaten gehorchten ihrem Befehl und traten widerstrebend ins Glied zurück, aber La Hire und Ambroise de Loré waren zum Kampf entschlossen und jagten mit den Männern unter ihrem Befehl bereits hinter den abrückenden Engländern her.
Der Bastard hob die Hände. »In die Festungen!« rief er so laut, daß das ganze Heer ihn hörte. »Wollen doch mal sehen, was der Feind zurückgelassen hat!«
Die Soldaten erhoben ein zustimmendes Gebrüll. Die Hauptleute gaben ihren Pferden die Sporen, und Jehanne tat desgleichen; begleitet von Sainte-Sévère und de Rais, galoppierte sie auf die frühere Kirche St.-Laurent im Südwesten der Stadt zu. Ihr Gefolge versuchte vergebens, mit ihr Schritt zu halten.
Ein Palisadenzaun, den die Engländer errichtet hatten, war ungefähr drei Schritt weit von der Kirche in der Mitte der Befestigungsanlagen entfernt. Sie war zwar klein, aber ohne Zweifel war sie einmal prachtvoll gewesen, als die starken Steinmauern neu und die bunten Glasfenster sauber genug gewesen waren, um das Licht wie die farbenfrohen Strahlen Gottes hineinfallen zu lassen. Jetzt aber mußte Jehanne beim Anblick von St.-Laurent an eine geschändete Frau denken. Die Fenster waren zerschlagen, das Dach war abgerissen, und der Anblick dieses Sakrilegs ließ ihr Blut vor Zorn und Groll kochen und schnürte ihr die Kehle zu.
Was vom Rasen des Kirchhofs übriggeblieben war, hatten die Pferde der Engländer schon längst zu kurzen Stoppeln abgegrast, und regelrechte Heerscharen von Fliegen umsummten die Roßäpfel, die in frischen und alten Haufen überall herumlagen. Ein Wehrgang zog sich etwa vier Fuß hoch über dem Boden rings um den Zaun herum – hoch genug, daß die englischen Soldaten ihre Pfeile auf die Angreifer hinabschießen konnten, und breit genug, daß ein Mann darauf stehen konnte, ohne zu befürchten, daß er das Gleichgewicht verlor und zu Boden fiel. Ein paar alte Fässer lehnten am Zaun, allesamt leer, meldeten Sainte-Sévères Leute. Zersplitterte Pfeile, gespaltene Schilde und

ein oder zwei blutige Verbände besudelten den heiligen Boden. Doch es war niemand zu sehen; nur Armagnac-Soldaten gingen vorsichtig und mit gezückten Schwertern auf dem Gelände umher. Aber man konnte den Feind hören. Das gespenstische Stöhnen, das aus der Kirche drang, war jetzt lauter, als wüßten die, die drinnen lagen, daß Hilfe oder ein schneller Tod nahte. Bei dem Geräusch sträubten sich die feinen Härchen in Jehannes Nacken.

Mit dem Schwert in der Hand trat Sainte-Sévère durch die Tür in die Kirche. Jehanne folgte ihm; ohne sich umzuschauen, wußte sie, daß ihre Kameraden an ihrer Seite waren.

Ein paar Augenblicke lang versperrte der Ritter die Tür, so daß sie es nur riechen konnte, bevor sie etwas sah, aber der Gestank hätte sie beinahe umgeworfen. Menschliche Ausscheidungen, Blut und Tod mischten sich zu einem Dunst, der Jehannes Nase attackierte; sie schnappte nach Luft, und Galle stieg ihr in die Kehle. Sie schluckte, aber sie konnte die salzige Übelkeit nicht niederkämpfen.

Sainte-Sévère ging ein paar Schritte weiter, und Jehanne sah die Männer: Engländer und französische Gefangene bedeckten den schmutzigen Boden der Kirche und stöhnten. Viele waren tödlich verwundet. Im Delirium plapperten sie von längst vergangenen Schlachten, und sie redeten mit ihren Familien, deren Gesichter sie doch seit Monaten nicht gesehen hatten. Hier und da reckten sich Arme, von der Leichenstarre erfaßt, in die Höhe, als flehten sie jämmerlich zu Gott. Ein Junge, etwa so alt wie Pierre, dessen Armstumpf über dem Ellenbogen endete und mit einem blutverkrusteten Lappen umwickelt war, lehnte am zertrümmerten Altar, wimmernd vor Schmerzen und Angst vor dem Tod, der ganz sicher bevorstand. Das Gipskruzifix hinter ihm war schief zur Wand gedreht. Statuen gab es nicht, und wäre das Kreuz nicht gewesen, so hätte man nicht mehr erkennen können, daß dies einst eine Kirche gewesen war. Dröhnendes Fliegengesumm erfüllte den bedrückenden Raum. Die Kranken, Opfer der Unterernährung und des verdorbenen Proviants, lagen in stinkenden Pfützen ihres eigenen Drecks. Sie waren umgeben vom Müll des Krieges. Zersplitterte Schilde und gebrochene Schwerter lagen wild verstreut zwischen vergessenen Armbrüsten und Keulen, und sogar ein paar ungeöffnete Pulverfässer stapelten sich in einer Ecke neben einem Toten.

»Mein Gott!« Pasquerel schnappte nach Luft und bekreuzigte sich. Dann drängte er sich an Jehanne vorbei, um denen, die noch lebten, die Sterbesakramente zu erteilen.

Sie folgte dem Mönch; sie wollte ihm helfen. Eine kraftlose Hand umklammerte ihren Fußknöchel, und überrascht schaute sie nach unten. Ein bärtiger Engländer lag mit weißem Gesicht auf dem Rücken; mit einer schmutzigen Hand umklammerte er einen Riß in seinem Bauch, aus dem seine Eingeweide hervorquollen. Die andere spannte sich wie eine Vogelklaue um Jehannes Stiefel. Sein Atem war ein gespenstisches Rasseln, und blutiger Schaum quoll an seinen Mundwinkeln hervor. Er schien nicht zu merken, daß sein verfilzter Bart von Läusen wimmelte; eine krabbelte in Schlangenlinien auf seine Nase zu.

»Töte mich«, krächzte er, und entsetzlich verzweifelte Augen blickten Jehanne flehentlich an. »Um der Liebe Gottes willen, hab Erbarmen mit mir. Töte mich.«

Die Blutlache unter ihm war schwarz und zäh, und Jehanne sah mit Grausen, daß sie darin stand. Sie entwand ihren Fuß seinem kraftlosen Griff und taumelte einen Schritt zurück. Es erforderte ihre ganze Willenskraft, sich nicht zu übergeben.

Ihre Augen füllten sich mit Tränen, und sie hauchte: »Das kann ich nicht.«

»Bitte.« Sein Wispern klang wie das eines Kindes, verloren und hilflos.

Sie schüttelte den Kopf. »Pater Pasquerel!« rief sie. »Kommen Sie her.«

Jehanne rannen die Tränen über die Wangen und tropften von ihrem Kinn auf einen weggeworfenen Stiefel. Lieber Gott, sei mit ihnen in der Stunde ihres Todes! Vergib ihnen ihre Sünden und gewähre ihnen Einlaß in Dein Reich!

»Jehanne, komm schnell!« Die schmale Tür umrahmte d'Aulons Schatten; hinter ihm strahlte der Morgen. »Hier ist etwas, das du sehen mußt.«

Sie humpelte auf ihn zu und hinaus ins Tageslicht, wo der Gestank nicht so schlimm war; hier konnte sie wieder atmen. Die schmerzende Schulter pochte unter dem Panzerhemd.

Gilles de Rais wurde neugierig und kam ihr nach, das Schwert in der Hand. Pierre stieß seinen Bruder an, und die beiden kamen vom Beinhaus herübergelaufen. Das war das Zeichen für ihr restliches Gefolge, und jetzt kamen alle heran. Sainte-Sévère und seine Leute kümmerten sich nicht darum; sie hatten alle Hände voll damit zu tun, die weggeworfenen Waffen und das Schießpulver zusammenzutragen.

D'Aulon führte sie in den rückwärtigen Teil der *bastille* und deutete auf einen Pfahl, den die Engländer dort in die Erde gerammt hatten. Ein Mann war mit Ketten an das gottlose Ding gefesselt, und ein großer Haufen Feuerholz türmte sich um seine Beine. Sein Kopf hing schlaff auf der Brust. Die einst so prächtigen Heroldsgewänder waren zerrissen und von getrocknetem Schlamm verkrustet.

»Guyenne!« flüsterte Jehanne. Sie lief auf ihn zu, und ihr verletzter Fuß war vergessen. »Guyenne!«

Vorsichtig, um nicht abzurutschen, kletterte sie auf den klebrigen, pechbeschmierten Scheiterhaufen. Dann faßte sie sein Gesicht und hob seinen Kopf.

Er war furchtbar geschlagen worden. Die linke Gesichtshälfte war geschwollen und verfärbt, und ein großer violetter Bluterguß verschloß sein Auge. Getrocknetes Blut bildete eine bräunliche Kruste auf einer großen Schnittwunde über dem Wangenknochen. Sein Atem ging matt und flach; seine Lippen waren aufgesprungen, vom Durst und von den Schlägen, die er bekommen hatte. Jehanne wischte sich die Tränen ab und schlug wütend nach den hartnäckigen Fliegen, die seinen Kopf umschwärmten.

»Ist er tot?« fragte de Rais. Seine Stimme klang unbeteiligt, Guyenne schien ihn nicht mehr zu bekümmern als ein angeschossenes Reh.

»Nein.« Sie schüttelte den Kopf. »Helfen Sie mir, ihn herunterzuholen.«

Während Pierre und seine Schwester Guyenne festhielten, entwirrten d'Aulon und der Seigneur die schweren Ketten. Dann hoben sie ihn

vorsichtig von dem Scheiterhaufen herunter und legten ihn auf den Boden.
Jehanne setzte sich daneben und nahm seinen verwundeten Kopf in ihren Schoß. Sie griff nach der offenen Wasserflasche, die Jehan ihr reichte, und goß dem Herold ein paar Tropfen auf die ausgedörrten Lippen. Seine Zunge leckte unsicher daran. Sie hob seinen Kopf ein kleines Stück hoch und hielt ihm die Flasche an den Mund. Er trank, langsam erst, aber dann in tiefen Zügen. Ein Teil des Wassers rann ihm rechts und links über das stoppelbärtige Kinn. Das unverletzte Auge öffnete sich, und er versuchte zu lächeln.
Sie schluchzte tief auf. »Es tut mir so leid«, flüsterte sie. Vergib mir, Herr. Es ist alles meine Schuld.
Sie wandte ihren gequälten Blick in die Runde. Minguet wischte sich mit schmutziger Hand die Tränen weg. Angesichts der Behandlung, die auch ihm hätte widerfahren können, stand Ambleville bleich und zitternd da. Jehan kniete neben seiner Schwester im Schmutz und drückte ihr die Schulter. Pierre, der links neben de Rais stand, starrte den halb ohnmächtigen Herold grimmig an. Jehanne spürte, daß Raymond hinter ihr stand, aber sie konnte sein Gesicht nicht sehen.
»Wir müssen ihn zu einem Arzt schaffen.« D'Aulon runzelte die Stirn.
Jehanne nickte; sie konnte nichts sagen, so schnürte es ihr die Kehle zu. Sanft hob sie Guyennes Kopf und ließ ihn auf den Boden sinken. Dann stand sie auf.
D'Aulon und Jehan bückten sich, legten sich die Arme des Kuriers um die Schultern und zogen ihn auf die Beine. Halb zogen, halb schleiften sie ihn zum Eingang der Festung und hoben ihn auf ein Pferd. Er war zu schwach, um sich festzuhalten, also legten sie ihn quer über den Sattel, und Jehanne saß hinter ihm auf. Die anderen stiegen ebenfalls auf ihre Pferde, und langsam ritten sie zur Stadt zurück.
An der Kreuzung mit der Straße, die die *bastille* de la Croix Boissé mit der Porte Regnard verband, stießen sie auf einen komischen und doch erschreckenden Anblick.
Von Westen her kam ihnen ein Soldat entgegen, der auf dem Rücken eines alten Mönches ritt. Der Ritter grinste breit, und seine langen

Beine baumelten fast bis auf den Boden. Der Mönch unter ihm taumelte und fiel fast hin. Die schwere Last ließ sein Gesicht aussehen, als wolle es platzen; der Schweiß strömte ihm über die Schläfen. Die Gruppe machte halt, als der Soldat mit seinem eigenartigen Reittier bei ihnen angekommen war.
»Guten Morgen«, rief der Reitersmann. »Ein wunderschöner Tag für einen kleinen Ausritt, findet ihr nicht auch?«
»Wer sind Sie, Herr Ritter?« fragte de Rais. Er hatte Mühe, nicht zu lachen.
Der Mann stieg vom Rücken des Mönchs herunter und gab ihm einen Tritt in den Hintern. Der Ordensmann fiel grunzend mit dem Gesicht voran in den Staub. »Ich bin Bourg de Bar aus der Garnison, und die *goddons* haben mich fast drei Monate gefangengehalten. Sie dachten, sie kriegen ein Lösegeld für mich, aber jetzt können wir den Spieß umdrehen und statt dessen ein Lösegeld für diesen da bekommen.« Er deutete auf den am Boden liegenden Mönch. »Sag ihnen, wer du bist, Pfaffe.«
»Mein Name ist Thomas Warren«, stammelte der Mönch. »Ich bin Lord Talbots Beichtvater.«
»Siehst du den Mann da?« De Rais deutete auf den bewußtlosen Guyenne. Der Mönch nickte. »Dein Herr hat ihn auf einen Scheiterhaufen binden lassen. Warum hat er ihn nicht verbrannt?«
Bruder Thomas zögerte und schaute die andern an. De Rais' unheimliches Stirnrunzeln ermunterte ihn zu einer Antwort. »Das konnte er nicht ohne Erlaubnis von der Universität Paris. Die Theologen dort sind die einzigen Richter, die einen Menschen zu diesem Tod verurteilen können. Sir John war dazu nicht befugt.«
»Er hatte auch nicht das Recht, einen Herold zu verbrennen!« De Rais holte aus und schlug dem Mönch ins Gesicht.
Warren fiel rücklings in den Staub. Der Edelmann trat einen Schritt auf ihn zu und hob den Fuß. Aber bevor er dem wimmernden Priester einen Tritt versetzen konnte, ging Jehanne dazwischen.
»Nicht!« rief sie. »Er ist ein Mann Gottes!«
»Er ist ein dreckiger *goddon*.«

»Er ist ein Mann Gottes«, wiederholte sie, »und Sie begehen eine schwere Sünde, wenn Sie ihm Gewalt antun.«
De Rais verzog die Lippen zu einem sarkastischen Lächeln. Schroff wandte er ihr den Rücken zu und stieg wieder in den Sattel. Er ließ einen spöttischen Blick in die Runde gehen und schaute dann mit hellen, boshaften Augen Jehanne an.
»Du hast Mitleid mit diesen Engländern? Nun Jungfrau Jehanne«, sagte er mit höhnisch verzogenem Mund. »Wir werden ja sehen, wieviel Nächstenliebe du noch für sie übrig hast, wenn sie dich an den Pfahl binden und sich überlegen, daß sie niemandes Erlaubnis brauchen, um das Holz anzuzünden.«
Ein Fetzen von einem kürzlich erlebten Alptraum wehte durch ihre Gedanken, und es fröstelte sie. Zu einer Entgegnung bekam sie keine Gelegenheit. De Rais hatte bereits sein Pferd herumgerissen und galoppierte auf Orléans zu.
»He, sieh doch!«
Sie drehte sich um. Pierre deutete auf eine große Staubwolke, die im Westen über der Landstraße hing. Jehanne beschirmte ihre Augen vor der Sonne und spähte dem Trupp entgegen, der in flottem Trab auf sie zugeritten kam. La Hire und de Loré kehrten von ihrem Abenteuer zurück. In ihrem Troß befand sich ein eroberter Wagen, auf dem sich unter einer Plane die Beute türmte. Zwei Reiter zogen eine mittelgroße Kanone hinter sich her. Aber Jehanne war nicht besonders beeindruckt.
»Warum haben Sie mir nicht gehorcht?« fragte sie finster, als La Hire sein Pferd zügelte.
Er deutete mit gespielter Unschuld auf seine Brust, dann schaute er hinter sich und sah sie schließlich an, als müsse sie jemand anderen meinen. »Ich? Inwiefern?«
»Laß gut sein, Jehanne«, warf d'Aulon ein, ehe sie antworten konnte. »Wir müssen in die Stadt. Guyenne braucht einen Arzt.« Der sonst so sanftmütige Mann schaute sie stirnrunzelnd an. In den Gesichtern ihrer Brüder spiegelte sich seine Bitte.
Sie nickte. Er hatte ja recht. Ihretwegen würde Guyenne vielleicht

doch noch sterben, und ihm galt ihre erste Pflicht. Mit La Hire konnte sie später immer noch streiten.
Wütend funkelte sie den unbotmäßigen Edelmann an und stieg dann wieder auf ihr Pferd. Bruder Thomas nahmen sie mit nach Orléans.

Pasquerel blieb noch bis zum Nachmittag in St.-Laurent. Kurz nachdem Jehanne und ihre Gefährten die Festung verlassen hatten, erschienen Stadtbewohner, die der Bastard geschickt hatte, um die Verwundeten zu holen und die Toten zu bestatten. Als er den letzten todgeweihten Überlebenden der Schlacht um Orléans die Beichte abgenommen und sie auf das Jüngste Gericht vorbereitet hatte, richtete sich der staubbedeckte, blutbefleckte Mönch steifbeinig auf und stolperte benommen blinzelnd hinaus ins Tageslicht. Florent d'Illiers ließ ihn hinter sich auf seinem Streitroß aufsitzen und nahm ihn mit in die Stadt. Pasquerel klammerte sich an dem Adligen fest, und dabei kam ihm der Gedanke, daß sein Tagewerk als Beichtvater noch nicht beendet war. Er hatte Jehannes Gesicht gesehen, als sie in die *bastille* gekommen war. Seine Erfahrung sagte ihm, daß sie Absolution begehren würde, weil sie sich in gewisser Hinsicht für all das hier verantwortlich fühlte.
Als er aber beim Hause Boucher ankam, teilte Pierre Darc ihm mit, daß seine Schwester schon schlafe. Nachdem der Arzt gekommen sei, um Guyenne zu versorgen, und man Jehanne versichert habe, daß der Herold am Leben bleiben werde, da habe sie dafür gesorgt, daß der englische Mönch zu essen und zu trinken bekam, und sie habe jedermann verboten, ihn zu behelligen. Sie werde ihn später in die Obhut der Kirche geben, habe sie gesagt. Und dann sei sie in Charlottes Kammer hinaufgegangen, um zu schlafen.
Ihre Verwundung an der Schulter habe immer noch weh getan, fügte Minguet hinzu, und nicht einmal der festliche Lärm auf der Straße habe sie wachhalten können. Madame Boucher habe Jehanne nur mit Mühe dazu überreden können, noch etwas zu essen, bevor sie ins Bett gefallen sei.

Aber Jehanne schlief nicht lange. Sie lag auf dem Rücken, den gesunden Arm hinter dem Kopf, und starrte zu den Holzbalken hinauf, die sich kreuz und quer unter der Decke spannten. Schließlich drehte sie sich zusammengekrümmt auf die Seite und biß sich in die geballte Faust. Sie kämpfte mit den Tränen. In ihrer Erinnerung kehrte sie zurück zu ihrem ersten richtigen Gespräch mit dem Dauphin in Chinon, als sie zu ihm gesagt hatte, sie alle bekämen von Gott ihre Lektion zu lernen. Wie unwissend sich das jetzt anhörte! Damals war sie so zuversichtlich gewesen, und sie hatte nicht geahnt, wie gewichtig ihre Worte waren. Aber hier, in dieser verdunkelten Kammer, so kurz nach all dem schrecklichen Leiden, hier hörte sie ihre eigenen Worte mit anderen Ohren, und sie schienen sich über sie lustig zu machen.

Sie fragte ihre Ratgeber, welches denn die Lektion sei, die sie selbst zu lernen habe, und ihr Herz war zerknirscht und voller Schuldbewußtsein.

Die Sache gefällt mir nicht. Irgend etwas hier stimmt nicht. Antwortet mir, bitte.

Die Antwort war der Hauch eines Wisperns. *Es gibt Dinge, die wir dir nicht sagen können. Diese »Lektionen«, wie du sie nennst, mußt du selbst vollziehen.* Und als wäre sie nur ein Phantasiegespinst gewesen, war Katharina wieder verschwunden, und Jehanne spürte die Anwesenheit ihrer Ratgeber nicht mehr.

Sie legte eine Hand aufs Gesicht; Hilflosigkeit und Reue füllten ihre Augen. Vielleicht hatten sie sie verlassen, weil sie irgendwie versagt hatte.

Nein, nicht »irgendwie«. Es hatte keinen Sinn, sich selbst zu belügen. Sie hatte versagt, und ihr größtes Versagen hatte einen Namen.

Der arme Guyenne! Dieser vornehme Mann, geschaffen für ein angenehmes Leben bei Hofe, hatte sich im Dienst einer Frau wiedergefunden, die nicht klug genug gewesen war zu bedenken, was ihm zustoßen würde, wenn sie sich seiner bediente, um ihre Botschaft an die Engländer zu schicken. Niemals hätte sie ihre Herolde mit dieser Mission betrauen dürfen. Sie hätte selbst gehen oder ihren Brief in die

Festung der *goddons* schießen sollen, wie sie es am Ende notgedrungen getan hatte. Alles – aber kein anderes Leben als ihr eigenes aufs Spiel setzen!

Nun, diese Lektion hatte sie jedenfalls gelernt, und nie wieder würde sie so etwas tun. Jetzt, da er vom Scheiterhaufen gerettet worden war, würde Guyenne am Leben bleiben, der Gnade Gottes sei Dank. Aber wie um alles in der Welt konnte sie den Rest des Heeres beschützen? Freilich, sie waren Soldaten und deshalb bereit, Gefahren auf sich zu nehmen. Aber dies war ihre Mission, ihr Krieg.

Das stimmt nicht. Nimm dich zusammen, Jehanne.

Es ist nicht dein Krieg. Die Engländer sind schon länger hier, als selbst der älteste Franzose denken kann. Sie haben die Sache angefangen, nicht du. Bei der Schlacht von Agincourt warst du drei Jahre alt, und schon damals war der Haß uralt. Sie sind es, die ihn aufrechterhalten, sie und die burgundischen Verräter. Du willst ihm doch ein Ende machen.

Aber wie kann man dem Haß ein Ende machen, indem man kämpft? Ist das denn möglich? Ein winziger Verdacht erwachte in ihrem Herzen: Vielleicht billigte Gott den Krieg gar nicht. Schließlich waren auch die Engländer Christen. Sie beteten den Herrn Jhesus an wie die Franzosen. Wahrscheinlich liebten und lachten und fürchteten und haßten sie wie die Franzosen. Sie hatte mit eigenen Augen gesehen, daß sie im Staub und in der Unwürdigkeit ihrer eigenen Exkremente verbluteten und daß sie sich in ihren Todeszuckungen von ihren gallischen Widersachern nicht unterschieden.

Hör auf!

Gott hat dich ausgesandt, damit du die Engländer besiegst und aus Frankreich vertreibst. Durch die Mißhandlung Guyennes, durch ihren Haß auf dich und auf alles Französische haben sie gezeigt, daß sie erst Frieden schließen werden, wenn sie besiegt sind. Hat dieser großartige Sieg dir nicht gezeigt, daß Gott dich mit zärtlicher Gnade und mit seinem ganzen Vertrauen betrachtet? Durch seine Nachsicht solltest du dich geläutert fühlen. Wenn deine Ratgeber jetzt schweigen, wo du sie am nötigsten brauchst, damit sie dir erklären, warum du dich so alleingelassen und elend fühlst, dann muß das deine Schuld sein. Es muß etwas geben, was du noch nicht zu Ende gebracht hast.

Sie klappte die Augen auf und versuchte sich zu setzen, aber der Schmerz in ihrer Schulter ließ sie ins Kissen zurücksinken.
Der Dauphin war noch nicht gekrönt! Das mußte der Grund für ihre Niedergeschlagenheit sein. Das Werk war erst halb vollbracht. Gleich morgen würde sie Orléans verlassen und zu Karl gehen. Sie würde ihm sagen, daß sie ihm mit der Befreiung der Stadt das Zeichen gegeben habe, das er verlangt hatte. Sie würden ihren Herrn daran erinnern, daß es für ihn an der Zeit war, seinen Teil der Last für Frankreichs Zukunft zu schultern. Jetzt, wo seine Armee sich einen soliden Sieg an ihre Fahnen heften konnte, würde er doch sicher mit Freuden alles stehen- und liegenlassen und sich eilends nach Reims begeben. Und noch während sie dies dachte, wußte sie schon, daß der Krieg für sie noch nicht vorbei war, sondern gerade erst angefangen hatte.

Beim Erwachen verfolgten sie noch immer Todesszenen, und tief in ihrem Herzen regte sich eine grausige, unbestimmte Vorahnung. Sie verspürte das Bedürfnis, Pasquerel ihr Herz auszuschütten; behutsam setzte sie sich auf und stieg dann aus dem Bett. Ihr Arm war zwar steif, aber die Wunde schmerzte nicht mehr so sehr wie vorher, und sie konnte die Treppe hinuntergehen, ohne das Gefühl zu haben, sie werde gleich in Ohnmacht fallen.
Im Haus war es ungewöhnlich still. Jehanne fand Madame Boucher und Charlotte in der Wohnstube beim Flachsspinnen. Als Jehanne sich nach ihren Gefährten erkundigte, erfuhr sie, daß niemand zu Hause sei.
Nicht einmal ihr Beichtvater?
Niemand, sagte Madame.
Wo waren sie denn?
Madame wußte es nicht. Ob Jehanne hungrig sei? Das Abendbrot sei noch nicht fertig, aber bestimmt könne die Köchin schon vorher etwas Eßbares auftreiben.
Jehanne runzelte die Stirn; sie hatte keinen Hunger. Es ärgerte sie, daß

alle, die behaupteten, sie zu lieben, Gott weiß wohin verschwunden waren, während sie sich so niedergeschlagen fühlte. Am liebsten wäre sie wieder hinaufgegangen, um bis zum nächsten Morgen zu schlafen. Wenn sie schon nichts essen wolle, meinte Madame, wolle Jehanne vielleicht ein Bad nehmen.

Jehanne überlegte kurz und nahm das Angebot an. Das warme Wasser wäre Balsam für ihre Schulter, und außerdem war sie in den letzten paar Tagen für ein richtiges Bad viel zu beschäftigt gewesen und hatte sich deshalb nur die Füße und das verschwitzte Gesicht gewaschen. Also befahl Madame der Köchin, für Jehanne das Bad in der Speisekammer zu richten.

Lange lag Jehanne wohlig im Wasser, und als sie herauskam, war sie sauber, runzlig und ein bißchen besser gestimmt. Madame wickelte frische Verbände um Schulter und Fuß, und das besserte Jehannes Stimmung noch weiter.

Poulengy und Metz erschienen bei Sonnenuntergang in hübschen Hemden, die sie an ihnen noch nie gesehen hatte. Beide waren frisch rasiert und hatten sich die Haare kurzschneiden lassen – Poulengy zum ersten Mal, seit Jehanne ihn in Vaucouleurs kennengelernt hatte. Sie waren unterwegs in die Schenke und wollten, daß Jehanne mitkam. Erst wehrte sie ab und schützte Müdigkeit vor, aber die beiden erinnerten sie daran, daß sie keine Zeit mehr mit ihnen verbracht habe, seit die Armee vor über zwei Wochen aus Blois abmarschiert war, und daß sie ihre Gesellschaft vermißten.

»Komm schon, mein Schatz«, drängte Metz mit seinem vertrauten Grinsen, »weißt du noch, wie wir in Vaucouleurs ins Wirtshaus gegangen sind? Da haben wir den Wein bezahlt, aber jetzt bist du reich, denn du hast das Silber vom Dauphin – also schuldest du uns mindestens einen Humpen.«

Sie lachte. »Ich dachte, du hättest gesagt, es ist nichts mehr da? Du hast mir erzählt, ich hätte das letzte in Tours ausgegeben.«

»Da hat er gelogen«, vertraute Poulengy ihr an und wölbte die Hände zu einem theatralischen Flüstern um den Mund. »Er hat ein bißchen zurückgehalten, weil er wußte, daß wir die Belagerung glücklich beenden würden, und da hat er sich darauf gefreut, daß du ihm einen Becher spendierst.«

»Oder zwei.« Metz hielt zwei Finger hoch, dann drei.

Also zog sie sich ihre feinsten Kleider an, die sie außer der Rüstung besaß: das blaue Hemd und die Hose, die der Dauphin ihr in Tours geschenkt hatte, und um das Wams gürtete sie das Schwert der heiligen Katharina. Außerdem trug sie einen großartigen Hut, ein Geschenk von einem Bewunderer aus Orléans. Er war aus grauem Filz und hatte eine breite Krempe, die vorn hochgeklappt und von einer vergoldeten Nadel in Form einer langen *fleur-de-lys* gehalten wurde. Oben saß eine zweite Blumennadel, an der ein Wasserfall von kleinen Ketten mit zartem Geklingel auf den Rand herabfiel. Der Hut war, das wußte sie, die vollendete Ergänzung ihrer fürstlichen Gewänder. Außerdem ließ er sie ein bißchen größer erscheinen.

Der Alltag war noch nicht wieder eingekehrt. Überall herrschte verzückte Heiterkeit, und Orléans war voller Leben, denn in allen Straßen wurde gefeiert. Die vertrauten Banner mit dem Wappen des Herzogs von Orléans und die goldenen Lilien des Königs hingen aus Fenstern und von Balkonen, ganz so wie an dem Tag, als Jehanne hier angekommen war. Mit einem zufriedenen Gesicht, das von dem Gewinn kündete, den er an diesem Abend einstrich, verkaufte ein Bäcker Zuckerwerk von seinem Karren: kleine Törtchen und Süßigkeiten, die mit *fleurs-de-lys* aus Zucker verziert waren. Er war nicht der einzige, der sich von diesem Abend ein schnelles Geld versprach: Handwerker, die ihre Waren sonst in festen Läden feilboten – Glasbläser, Käsemacher, Silberschmiede, Schneider und Holzschnitzer –, hatten kleine Tische mit ihren Waren vor die Läden gestellt und wetteiferten mit beschwörenden Rufen um die Kundschaft von Orléans. Ein Stück weiter unten an der engen Straße war ein Zauberer dabei, Feuer zu schlucken, das am Ende eines langen Stockes loderte. Dicht daneben tollten Akrobaten umher und purzelten übereinander. Eine lange Doppelreihe von Franziskanermönchen bildete einen Kontrast zu all der Lebhaftigkeit; sie schlängelten sich durch die schmutzige Straße auf die Kathedrale zu, und ihre Kapuzen verhüllten unbekann-

te Gesichter. Mit großer Feierlichkeit schritten sie voran und sangen ihr Dankeslied, scheinbar ohne auf das festliche Treiben ringsum zu achten.
Die Menschen erkannten Jehanne sofort; sie ließen das Singen und Tanzen sein und umdrängten sie. Metz und Poulengy mußten ein paar besonders Eifrige zurückstoßen und mit ihren Schwertern bedrohen, weil sie Jehanne sonst vom Pferd gezogen und mit ihrer Liebe erstickt hätten.
Ihre Freunde führten sie in ein Wirtshaus in einer stilleren Seitengasse abseits der Hauptstraße, das »Zur ziehenden Gans« hieß. Zu ihrer Überraschung standen fünf bewaffnete Ritter in voller Rüstung unter dem schaukelnden Schild Wache. Als sie Jehanne sahen, richteten sie ihre Schwerter auf die Stadtbürger, die ihr gefolgt waren, und traten vor, um ihr Pferd vor der Menge zu schützen.
»Zurück, Leute!« knurrte einer. »Geht zurück zu eurem Fest. Diese Schenke ist heute abend für die Öffentlichkeit nicht geöffnet.«
Jehanne zog die Brauen hoch und schaute den Mann überrascht an.
»Schon gut«, sagte Poulengy mit geheimnisvollem Lächeln. »Er meint nicht uns.« Er sprang vom Pferd und winkte ihr, ebenfalls abzusteigen. Die fünf Ritter traten zwischen sie und die Menschenmenge, die Waffen auf die Leute gerichtet, die sich bereits murrend zerstreuten. Jehanne und Metz stiegen langsam ab.
Sie schaute ihre lächelnden Freunde mißtrauisch an. »Was ist denn hier los? Warum sagt er, die Schenke ist geschlossen?«
»Zerbrich du dir nicht den Kopf«, sagte Metz und grinste wie ein Schuljunge, der ein Geheimnis hütet.
»Komm, Jehanne.« Poulengy hielt ihr die Tür auf und streckte den Arm zur Seite – eine Geste, mit der er sie aufforderte, vor ihm einzutreten.
Jehanne trat über die Schwelle und erstarrte.
Sie waren alle da, in ihrem besten Staat und überflutet vom goldenen Licht zahlloser Kerzen. Constable de Gaucourt, Gilles de Rais, Poton de Xaintrailles, Boussac de Sainte-Sévère, der Sieur de Gamaches, der Comte de Clermont und alle andern – sogar die Schotten in ihren

karierten Röcken – standen hinter zwei langgestreckten Tafeln, die sich unter Platten voller Speisen und großen Weinkrügen bogen. Am Ehrentisch am hinteren Ende des Raumes, der die beiden langen Tafeln miteinander verband, stand der Bastard, glattrasiert und in die dunkelgrünen und scharlachroten Farben seines Wappens gekleidet, und schenkte ihr sein Grübchenlächeln. Der Platz zu seiner Rechten war leer und wartete. Jehannes Gefolge stand stolz grinsend daneben. Genau wie die Kriegsherren waren auch sie alle makellos herausgeputzt und prächtig gekleidet.

Im ersten Moment erkannte Jehanne den Mann an der Seite des Bastards nicht. Dann sah sie erschrocken, daß es La Hire war. Er hatte sich den Bart abgenommen und das Haar über den Ohren ausrasiert. Über seinem muskulösen Oberkörper spannte sich ein dunkelrotes Hemd.

Ihre Augen füllten sich mit Tränen, als sie begriff, was hier vorging.

»Ihr Herren!« Lächelnd hob der Bastard den Becher, der vor ihm stand. Rasch griffen auch die andern zu den ihren. »Ich präsentiere Ihnen die Abgesandte Gottes, die Befreierin von Orléans: die Jungfrau Jehanne!«

»Die Jungfrau Jehanne!« Sie hoben ihre Becher und tranken in tiefen Zügen.

La Hire und Poton de Xaintrailles kamen zu ihr und zogen sie in den Raum zwischen den Tafeln. Dort packten sie sie rechts und links und warfen sie hoch über ihre Köpfe. »Die Jungfrau!« riefen die Kriegsherren.

Sie fingen Jehanne auf und warfen sie noch einmal in die Höhe, hoch zu den blumenumkränzten Deckenbalken, und wieder brüllten sie ihren Namen.

Muskulöse Arme fingen sie auf. »Die Jungfrau!« schrien sie, und wieder flog Jehanne empor.

Sie lachte, als sie endlich wieder auf festem Boden stand. Das gleiche Ritual vollführten sie, wenn einer der ihren eine besonders hervorragende Tat vollbracht hate. Es war ein Akt der Kameradschaft, der von

Ebenbürtigkeit zeugte: Sie erwiesen ihr damit Respekt vor ihrer Feldherrnschaft und ihrem Beitrag zu diesem Sieg.

De Xaintrailles drückte ihr einen vollen Becher Wein in die Hände. »Trink!« befahl er. Offenbar hatte er selbst es schon eine Weile getan. Seine Augen blickten glasig, und ein breites Weinrinnsal tropfte dunkel von seinem Kinn. Mit einer fleischigen Pranke wischte er sich den Schweiß von der Stirn. »Los!« mahnte er. »Du hast es dir verdient!«

Sie lächelte über seinen Eifer und strahlte in die glücklichen wettergegerbten Gesichter ihrer Kameraden. Sie hob ihren Becher und rief mit einer Stimme, die vor lauter Bewegung zitterte: »Auf euch, ihr Männer Frankreichs, die ihr mit Gottes Hilfe die *goddons* vor Orléans vertrieben habt.«

Sie hob den Becher an die Lippen und trank. Der Wein brannte ihr in der Kehle, aber sie trank den Becher aus, ohne einmal Luft zu holen.

Ein kraftvoll mannhafter Seufzer erhob sich ringsherum, gefolgt von rauhem, herzlichem Gelächter. Als La Hire ihr in freundlicher Absicht auf die verwundete Schulter klopfte, zuckte sie zusammen. Metz reichte ihr seinen Arm, und sie nahm ihn und ließ sich an ihren Platz an der Seite des Bastards führen. Damit nahm das Fest erst richtig seinen Lauf.

In dieser Nacht wurde ihr zum ersten und letzten Mal im Leben schlecht vom Wein. Sie trank sonst selten mehr als einen Becher am Tag, zu den Mahlzeiten und auch nicht regelmäßig, und so war sie das Trinken nicht gewohnt. Und trotz der reichen Speisen hatte sie tatsächlich nur sehr wenig gegessen. Als sie merkte, daß ihr übel wurde, entschuldigte sie sich und verließ die Schenke durch die Küche. Fast niemand bemerkte es; die meisten Männer waren selbst ziemlich betrunken.

In einer Gasse hinter dem Wirtshaus kam alles wieder hoch. Sie kauerte auf Händen und Knien über der flachen Gosse und ließ das Gift aus ihrem Mund fließen, daß es ihr Gesicht und Hemd bespritzte. Ihre Augen tränten heftig, als sie würgte und würgte und schließlich merkte, daß ihr Magen völlig leer war. Ein paar Augenblicke lang erschauerte sie noch in Brechkrämpfen.

Dann konnte sie sich endlich rücklings an eine Hauswand sinken lassen. Die Gasse wogte auf und ab und drehte sich dann seitwärts. Sie lachte matt und wischte sich die Tränen aus den Augen und den Speichel vom Mund.

Was würden sie wohl sagen, diese lästerlich anbetungsvollen Menschen, wenn sie die Jungfrau Jehanne jetzt sehen könnten? Was würden sie von ihrer Angelique denken? Am liebsten wäre sie zu ihnen gegangen und hätte ihnen gesagt, daß sie unwürdig war, daß Gottes Dienerin sein Vertrauen enttäuscht und dabei fast den Tod eines tapferen, sanften Mannes herbeigeführt hatte. Krieg war Krieg, und sie konnte nichts anderes tun, als ihrem Herrn zu gehorchen. Aber das mit Guyenne war eine andere Sache. Was würden sie von ihr denken, wenn sie ihnen ihr jämmerliches Versagen eingestände? Würden sie sie hassen?

Zorn erhob sich in ihr und umklammerte ihren geschundenen Magen. Sie hatte doch nicht darum gebeten, von diesem Schicksal heimgesucht zu werden! Sie hatte sich daheim in Domrémy um ihre Arbeit gekümmert, als Gott entschieden hatte, daß er jemanden brauchte, der Frankreich rettete, und dann hatte er sie auserkoren, unwürdig, wie sie war.

Sie hatte ja anfangs keine Botin sein wollen, aber ihre Ratgeber hatten sie so behutsam auf den Weg geführt, daß sie es gar nicht bemerkt hatte. Schritt für Schritt. Bis hierher, wo sie unversehens in diesen Qualen hockte.

Warum habt ihr mich vergessen? Was habe ich unvollendet gelassen? Ich habe alles getan, was ihr mir aufgetragen habt – also warum bestraft ihr mich? Sprecht zu mir!

Bitte.

Sie hörte das laute Gelächter und die trunkenen Stimmen ihrer Freunde. Hundegebell hallte in der Nähe wider. Ein paar Straßen weiter ließ leiser Flötenklang erkennen, daß die Festlichkeiten überall in der Stadt noch die ganze Nacht andauern würden. Aber von ihren Leh-

rern hörte sie nichts. Sie vergrub das besudelte Gesicht in der Armbeuge und begann laut zu schluchzen.
Pierre und Jehan fanden sie ein Weilchen später. Zusammen mit Pasquerel halfen sie ihr aufs Pferd und brachten sie durch verlassene Gassen und Nebenstraßen nach Hause. Madame Boucher erwartete sie mit einer Kerze in der Hand an der Haustür. Ihr Mann war bei einem Festmahl mit anderen Ratsherren, und Charlotte schlief schon.
Sie trugen Jehanne nach oben in das Ratszimmer. Madame Boucher wusch ihr das Gesicht mit einem feuchten Tuch, so behutsam, als versorge sie ihre eigene Tochter. Als alles sauber war, brachten sie sie in die Schlafkammer zu Charlotte und legten sie dort aufs Bett. Die Männer verließen das Zimmer, und die Hausherrin entkleidete Jehanne und nahm die besudelten Kleider mit hinaus.
Es war ein Zwischenfall, den keiner von ihnen je wieder erwähnen würde, weder untereinander noch gar vor Fremden. Pasquerel sprach eigens ein Gebet für Jehanne. Er wußte, daß sie morgen würde beichten wollen, und er flehte Gott an, er möge ihm die Weisheit geben, Jehanne mit den richtigen Worten zu heilen.

Sein Magen verdaute die erste Mahlzeit des Tages, und der Dauphin war in angenehmer Stimmung. Er gedachte im Schatten der alten Eiche in einem friedlichen Eckchen des Schloßgartens von Château Loches ein wenig in seiner Korrespondenz zu lesen. Nachher würde er sich vielleicht mit einem Höfling an einer Partie Schach ergötzen, oder er würde in Platos Überlegungen zur Politik lesen. Aber seine Minister behaupteten, dringende Anliegen zu haben, die nicht warten konnten, und so gestattete der Dauphin ihnen höchst widerwillig, sich mit ihm in ein Vorzimmer seiner Staatsgemächer zu begeben, wo sie ungestört sprechen konnten. Sie brauchten nicht lange, um ihm zu offenbaren, was sie umtrieb.
»Dürfte ich fragen, ob Majestät entschieden haben, dem Wunsch der Jungfrau zuzustimmen und sich zur Kathedrale von Reims zu verfügen, um sich dort in aller Form krönen zu lassen?« Mit kurzsichti-

gen Augen spähte der Erzbischof zu dem jungen Mann hinüber, der ihm da gegenübersaß. Schweißperlen glänzten auf der Stirn unter der samtenen Kappe, und seine Nasenspitze glitzerte in der morgendlichen Hitze.

»Eine gute Frage, Exzellenz«, sagte Karl und lächelte zurückhaltend. »Wir haben uns noch nicht entschieden.«

Die beiden Ratsherren wechselten einen sorgenvollen Blick. De Chartres räusperte sich. Die runzlige Haut unter seinem Kinn wippte wie der Halslappen eines Hahnes, als er sagte: »In dem Fall, Sire, zwingt mich meine heilige Pflicht, Sie daran zu erinnern, daß dieses Mädchen – mit den jüngsten Worten unserer hochangesehenen Theologen, der Magister Gélu und Gerson, zu sprechen – ›ein Floh aus einem Misthaufen‹ ist, eine gemeine Bauerndirne, die sich in der Bewunderung des Volkes sonnt und damit Gott versucht, auf daß er ihr wegen ihres sündhaften Stolzes seine Hilfe versage.«

»Das haben wir gehört«, antwortete Karl in geschmeidigem, ruhigem Ton. Er sah bereits, wohin dieses Gespräch führen würde. »Aber im Laufe des letzten Monats hat Gott ihr doch ganz im Gegenteil einen prachtvollen und ganz überraschenden Sieg geschenkt. Ist es nicht so?«

»Das stimmt, Herr – aber wird er fortfahren, seine Hand über sie zu halten, wenn sie in ihrer Sündhaftigkeit verharrt?« Der alte Mann zog seine schwingenförmigen Brauen finster zusammen.

»Haben Sie vergessen, was die Magister Gélu und Gerson sonst noch über die Jungfrau gesagt haben?« fragte der Dauphin. »Sie haben erklärt, unsere Sache sei gerecht und unsere Vorfahren seien tugendsam. Das Volk habe ohne Unterlaß gelitten in diesen Kriegen, und die Feinde Frankreichs hätten sich als unbeschreiblich grausam erwiesen. Wenn Gott in seiner grenzenlosen Liebe und Weisheit dieses Mädchen zu seinem Werkzeug erwählt hat, um damit die Armee zu begeistern und uns zur Krönung zu verhelfen, dann vielleicht, weil Gott diesen ›Floh‹ erschaffen hat, um die Mächtigen zu demütigen – womit natürlich wir gemeint sind.« Er sah den Erzbischof mit verschmitztem, wissendem Lächeln an. »Wie dem auch sei, sie ist keusch, wie wir erfuhren, als wir sie untersuchen ließen, und überdies hatte sie Erfolg, wo Feldherren mit langjähriger Kriegserfahrung keinen hatten.«

Das ließ sich nicht bestreiten. Karl funkelte die beiden an – mochten sie nur wagen, ihm zu widersprechen.

»Die gelehrten Doktoren haben uns auch zu bedenken gegeben, daß wir, sollten wir sie abweisen, Gefahr laufen, Gottes Weisheit abzuweisen und damit selbst eine schwere Sünde zu begehen. Auch würden wir dann vielleicht noch größeres Leid über unser Volk heraufbeschwören. Natürlich dürfen wir uns auf unseren eigenen gesunden Menschenverstand und auf Ihren Rat, meine Herren, verlassen« – er neigte den Kopf ein wenig –, »wo es darum geht, die Armee im einzelnen auszurüsten und aufzustellen, aber in Glaubensfragen müssen wir schon auf die Jungfrau hören. Und wir alle – König und Hofstaat, Ritter und Vasallen – müssen fortfahren, fromm zu leben und auf Gott zu hören. Wenn wir seinen Willen achten, wird Gott uns weitere Siege schenken.« Karl beendete seinen Vortrag mit einem ironischen Lächeln.

Erzbischof de Chartres wandte sich hilflos an seinen Bundesgenossen.

»In der Tat, wir alle müssen ein aufrechtes Leben führen, Sire«, sagte Trémoïlle. »Aber wollen wir diese ›Glaubensfragen‹ doch für eine Weile beiseite stellen und uns über die Einzelheiten unterhalten, auf die diese gelehrten Doktoren Bezug nahmen.« Müßig kratzte er an dem Muttermal über seiner Oberlippe. »Wenn die Jungfrau Jehanne sich mit Beten und dem Willen Gottes zufriedengeben wollte …« Er zuckte die Achseln. »Aber wie Sie wissen, erteilt sie weiterhin militärische Ratschläge, wo sie weder erbeten noch willkommen sind.«

Karls Augen wurden schmal, und sein Gesicht formte sich zu einer ernsten Maske. Der Kanzler bewegte sich allmählich auf heikles Gelände hinaus.

»Sie werden sich erinnern, Herr, wie jämmerlich sie weinte, als Sie ihr mitteilten, daß Sie die Armee gleich nach ihrem glorreichen Triumph bei Orléans aufzulösen gedächten – selbst als Sie ihr über die Maßen geduldig auseinandersetzten, daß Sie für die Befreiung der Stadt bereits einhundertzehntausend *livres Tournois* aufgewendet hätten. Was hat sie erwidert? Sie müßten nach Ihrem großen Sieg über die Engländer unverzüglich erneut gegen sie ziehen, damit sie keine Gelegenheit finden, sich neu zu formieren.«

Karl rutschte unbehaglich auf seinem Stuhl hin und her. »Tatsächlich, Seigneur Kanzler, hat sie gesagt, die Armee werde uns abholen, weil wir der wahre König von Frankreich sind und weil das Volk dies nunmehr weiß.«

»Und was würde geschehen«, setzte Trémoïlle nach, »wenn das Volk der Jungfrau folgte und dabei zu dem Schluß käme, daß es recht gut ohne seinen König auskommt? Wohin würde sie es führen? Was würde sie wagen? Mich schaudert bei diesem Gedanken.«

Der Dauphin schüttelte in heftiger Ablehnung den Kopf. »Das glauben wir nicht. Sie hat standhaft ihre Ehrlichkeit unter Beweis gestellt, und wenn sie sagt, sie wolle nichts für sich, sondern habe lediglich den Wunsch, uns zu dienen und uns zu Reims gekrönt zu sehen, dann können wir es ihr nur glauben. Sie irren sich, meine Herren. Die Jungfrau hat kein Verlangen danach, uns unsere Stellung streitig zu machen.«

Trémoïlle verlagerte seine beträchtlichen Körpermassen auf seinem Stuhl und knirschte mit den Zähnen. »Dann bedenken Sie wenigstens die Kosten, Sire. Eine Krönung in diesen Zeiten würde gewaltige Ausgaben erfordern, Summen, wie sie die Königlichen Schatullen für ein so frivoles Symbol der Macht nicht mehr enthalten. Die beste Strategie ist die, der Sie schon immer gefolgt sind: Haushalten Sie mit den Mitteln, die Sie haben, damit Sie für die zukünftige militärische Verteidigung gerüstet sind, wenn und falls die Engländer wirklich Verstärkung bekommen. Einstweilen müssen Sie Ihre Verhandlungen mit Philippe de Bourgogne fortführen.«

Das war sein letzter Schuß, der nun mitten ins Schwarze traf und Karls zaghaften Widerstand gegen seine Minister zu Fall brachte. Ohne es wirklich auszusprechen, hatte Trémoïlle darauf hingewiesen, daß er über die Finanzen bestimmte, und gleichzeitig hatte er die heikle Frage der Entfremdung von Philippe zur Sprache gebracht. Auf diese Weise traf der Minister den Dauphin an seinen beiden wundesten Punkten, und als Jehanne ihn in Loches erreichte, hatte er sich noch immer nicht dazu entschließen können, König zu werden.

Jehanne sah d'Alençon nach, als er über den Rasen hinter dem Schloß davonging. Er hatte versprochen, ernsthaft über das, was sie gesagt hatte, nachzudenken und um Anleitung zu beten. Sie zweifelte nicht an seinem Wort; sie hoffte lediglich, daß Gott dem Herzog antworten werde, wie er auch zu ihr gesprochen hatte, und vor allem, daß der junge Mann zuhören möge.

An diesem herrlichen Morgen waren sie zusammen zu einem großen Baum am südlichen Ende des Gartens spaziert. Es war ein friedliches Fleckchen, und seit sie hier in Loches weilte, war Jehanne oft hergekommen, um zu beten. Ganz in der Nähe erhob sich das Schloß über die Landschaft wie eine königlich verzierte Torte; seine Türme schimmerten im Sonnenschein des Spätfrühlings. In dem makellos angelegten Garten, der noch schöner war als der zu Chinon, wuchsen prächtige Blumen in allen denkbaren Farben auf ordentlichen, gut gepflegten Beeten. Feine Insektenstimmen summten in der warmen Luft. Schweigend hatten sie hier gesessen, und schließlich hatte d'Alençon sie seufzend von der Seite angesehen. Ihre Blicke folgten einem Falken, der über dem höchsten Turm kreiste; sie sah zu, wie er schließlich auf einen Baum hinabstieß.

»Jehanne?«

Sie wandte ihm den Kopf zu.

»Ich habe sehr ernsthaft über deinen Wunsch nachgedacht – daß Karl sich jetzt zur Krönung entschließen möge. Es tut mir leid.« Er lächelte bemüht. »Ich glaube, der König sollte das, was von der Armee übrig ist, jetzt in die Normandie schicken. Das Volk dort hat das Leben unter der englischen Tyrannei bis obenhin satt, und wenn Karls Streitkräfte auf dem Marsch zu ihnen sind, werden sich die Menschen erheben und ihre Herren vertreiben.«

Sie schüttelte den Kopf. »Aber so haben meine Ratgeber es mir nicht aufgetragen. Es ist der Wille Gottes, daß der Dauphin in Reims gekrönt werde, bevor er irgend etwas anderes unternimmt. Das haben sie mir unmißverständlich gesagt.«

»Aber Jehanne, ein Marsch nach Reims würde erfordern, daß der König durch Burgund und die Champagne reist. Die Gefahr, daß ihm dabei etwas zustößt, wäre zu groß, zumal da er die Truppen ja bereits entlassen hat.«

»Es wird ihm nichts zustoßen«, antwortete sie entschlossen. »Er steht unter Gottes Schutz.«

»Mag sein. Aber wird Gott nicht wollen, daß er alle erdenklichen Vorsichtsmaßnahmen ergreift? Wenn die Burgunder oder – Gott behüte – die Engländer ihn gefangennehmen …«

Sie schaute den jungen Mann lang und unerschütterlich an, so daß er ganz unruhig wurde. »Sie haben mit Seigneur Trémoïlle gesprochen, nicht wahr? Und mit dem Erzbischof?«

Er schlug unter ihrem erzürnten Blick die Augen nieder.

»Die beiden vergiften Ihre Gedanken, Jehan. Sie wissen, wie sehr Sie sich danach sehnen, Ihre Ländereien in der Normandie zurückzubekommen, und das machen sie sich zunutze, um mir Ihre Unterstützung zu rauben.«

D'Alençon stand unvermittelt auf und wandte ihr den Rücken zu. Er bückte sich, pflückte einen Grashalm und kaute gedankenverloren darauf herum. Als er sie wieder anschaute, war sein Blick ratlos.

»Ich weiß, was ich von ihnen zu halten habe«, sagte er leise, »aber in mancher Hinsicht haben sie recht.«

Er spreizte die Hände in einer Geste, die um Verständnis flehte. »Wenn Karl jetzt nach Reims geht, nachdem er nur einen kleinen Teil seines Königreiches zurückerobert hat, so geht er in den Augen der Welt als Prätendent …«

»Aber Jehan …«

»Ich bin noch nicht fertig!« unterbrach er sie mit Entschiedenheit. »Hingegen, wenn er weitere Gebiete erobert, wird das französische Volk seinen Anspruch auf den Thron ganz sicher unterstützen, und dann erscheint seine Krönung in den Augen der Menschen echt. Begreifst du das denn nicht?«

»Aber Sie zäumen das Pferd von hinten auf«, wandte sie ein, die dunklen Brauen entschlossen zusammengezogen. »Gott hat mir sagen lassen, es ist überaus wichtig, daß der Dauphin mit dem Öl des heiligen Clovis gesalbt werde, bevor der Himmel ihn unterstützt. Dieses heilige Sakrament wird Karl für immer an Gott binden, und das Volk mit ihm. Dann wird ihn ganz Frankreich als den wahren König annehmen. Wenn das geschehen ist, werden auch die Städte und Dörfer, die jetzt England die Treue geschworen haben, sich erheben und zum König überlaufen. Ich gebe Ihnen mein Wort, Jehan: Das ist es, was Gott will. Bitte glauben Sie mir.« Fast verzweifelt schaute sie ihn an. »Sie sind mein vertrautester Freund. Ich brauche Sie, um den Dauphin zu überzeugen.«

In d'Alençons nachdenklichem Gesicht spiegelte sich das Dilemma, in dem er sich sah, und eine Woge des Mitleids überkam sie. Geistesabwesend betrachtete er den Grashalm, in den er einen Knoten gemacht hatte. »Ich habe dir schon einmal gesagt, daß du Karl nicht so gut kennst wie ich. Wenn er die Siegestrophäe vor sich sieht, ist es angesichts seiner Natur wahrscheinlich, daß er sich zurücklehnen und erwarten wird, sein wahres Königtum werde genügen, um das Volk hinter ihm zu sammeln.«

Wieder schüttelte sie den Kopf. »So wird es nicht kommen, Jehan. Wir werden es nicht zulassen. Ich werde es nicht zulassen. Ich verspreche Ihnen, ich werde ihn täglich daran erinnern, daß er auch als König handeln muß, wenn er erst die Krone trägt. Ich werde ihn drängen und drängen und drängen, bis er mir das Heer gibt, das ich brauche, um den Krieg zu gewinnen. Aber vorher muß er König sein. Sie sind Herzog. Sie kennen das Volk nicht.«

Er sah sie pikiert an.

»Das ist ja nicht Ihre Schuld«, beruhigte sie ihn, bestürzt über seinen gekränkten Blick. »Aber in Ihrer Stellung verbringen Sie wenig Zeit mit gewöhnlichen Menschen.« Sie legte eine Hand aufs Herz. »Aber ich kenne das Volk und weiß, wie es denkt, denn ich komme aus ihm.

Diejenigen, deren Gefolgschaftstreue hin und her schwankt, je nachdem, wessen Armee gerade ihre Stadt besetzt hält, bis die andere Seite sie zurückerobert – diese Leute wird Karl niemals für sich gewinnen. Erst muß er Gottes gesalbter König sein, denn dann werden sie wissen, daß sie Gott untreu werden, wenn sie dem König untreu werden. Auch diejenigen, die noch Burgund anhängen, werden sich überlegen, was sie tun, wenn er diese Zeremonie erst absolviert hat.«

D'Alençon spielte müßig mit dem zerkauten, verknoteten Grashalm und sah sie nicht an. Erst nach einer Weile hob er den Kopf. »Also gut.« Er seufzte. »Ich werde Gott um Führung bitten.« Und damit ging er davon.

Als er gegangen war, kniete Jehanne vor der Bank nieder, bekreuzigte sich und faltete fest die Hände. Sie betete, ihr Freund möge in dem Geiste zu ihr zurückkehren, in dem sie ihn kennengelernt hatte. Und sie bat Gott, er möge sich und seinen Willen auch dem Dauphin offenbaren.

Sie glauben mir nicht mehr, sagte sie. Gott hat Karl das Königreich zum Geschenk gemacht, aber er weist es zurück.

Er hat Zweifel, daß er der Hilfe Gottes würdig ist. Er hat Angst, er könnte zu schwach zum Herrschen sein. Hätte er echten Glauben, so wüßte er, daß Gott ihm den Mut und das Geschick geben wird, ein wahrer König zu sein, keine Marionette in den Händen derer, die selbst an ihrem göttlichen Ursprung zweifeln.

Und wie kann ich ihn überzeugen?

Indem du standhaft bleibst in dem, was Gott dir aufgetragen hat. Du mußt ihn täglich an deine Mission erinnern. Du mußt ihn erkennen lassen, daß Gott stärker ist als seine Angst. Du hast deine Sache gut gemacht, Kind Gottes, wie man es dich geheißen hat. Sei ruhig und diene Gott, und er wird nicht säumen, dich für deinen Kampf zu wappnen. Schreite voran, und du wirst sehen, daß wir bei dir sind.

In der warmen Sommerluft vibrierte die altvertraute Liebe, und die Kraft ihrer Ratgeber umhüllte sie. Wie ein Blitz fuhr der Glaube ins Innerste ihrer Seele, und sie spürte, wie ihre Niedergeschlagenheit verging. Sie war wieder eins mit ihnen, wie sie es nach der Siegesfeier in Orléans ersehnt hatte.

Der Tumult in ihrer Seele – jetzt wußte sie, daß es die Stimme des Teufels gewesen war, der sie dazu verführen wollte, ihre Pflicht gegen Gott zu vernachlässigen – hatte sich unter der Wucht ihrer beständigen Gebete gelegt. Schon in Orléans waren ihre Ratgeber zurückgekehrt, als ihr Kopf wieder klar geworden war und die Verzweiflung sich verausgabt hatte.
Am Morgen nach der Buße, die sie sich selbst auferlegt hatte, war die Liebe der Ratgeber unverhofft ins Zimmer geströmt und hatte sie in ihrem alles durchdringenden, überwältigenden Licht gebadet. So schneidend und unerwartet wurde ihr die Rückkehr bewußt, daß die brennende Verlassenheit, die sie empfunden hatte, in jähe Erleichterung umschlug, und sie weinte vor Freude und Angst.
Ich bin unwürdig, rief sie, aber bitte verzeiht mir meinen Zorn und meine Kleingläubigkeit! Ich brauche euch!
Fürchte nicht, uns zu verlieren, Kind, wir waren ja immer bei dir. Vor allem, wenn du uns nicht spürst, sind wir bei dir, denn dann brauchst du uns am meisten. Wenn dein Glaube ins Wanken kommt, beginnst du ja auf das Dunkel in dir zu hören. Aber das ist die Stimme der Angst, nicht die Stimme Gottes.
Aber hat Gott mir meine große Sünde denn vergeben, wirklich vergeben? Ich war verantwortlich für Guyenne, und er wäre durch meine Schuld fast gestorben.
Deine Sünde lag nicht in dem, was Guyenne widerfuhr. Dafür muß sich der englische Lord verantworten. Deine Sünde war dein Haß auf die Engländer und die Ungeduld, mit der du deinen Auftrag zu erfüllen drängtest. Guyenne war ohne Fehl, und darum hat Gott ihn zu jeder Zeit behütet. Gott war es, der seinen Tod verhinderte.
So ist mir vergeben?
Vergibst du dir selbst? Gott liebt dich zärtlich, und er würde dich niemals verdammen. Du bist diejenige, die sich für unwürdig erachtet. Aber du bist Gottes Auserwählte, seine Botin, und in seiner unergründlichen Weisheit hätte er niemals einen Menschen erwählt, der es nicht verdient. Wenn du an dir zweifelst, zweifelst du an Gott, und dann mußt du leiden.
Sie wünschte, daß andere Gott kennen könnten, wie sie ihn kannte; sie wünschte, sie könnten sein Mitgefühl spüren, seine grenzenlose

Liebe, die väterliche Obhut, die sie vor dem Abgrund gerettet hatte und die ihnen allen galt. Aber sie hatten nur taube Ohren für ihn und hörten lieber auf die Verlockungen, die der Teufel ihnen einflüsterte. Und trotz ihrer Liebe zu seiner Botin hatte selbst die Armee nicht zugehört.

Aber das stimmte nicht ganz, dachte sie. Nicht die Armee, sondern die Kriegsherren.

Kaum waren sie von Orléans abgezogen, um nach Blois zum Dauphin zu gehen – nach der Vertreibung der Belagerer waren nur wenige Tage vergangen –, da waren der Bastard, de Xaintrailles und Sainte-Sévère mit einer zu kleinen Streitmacht nach Jargeau marschiert, um den Engländern auch diese Stadt zu entreißen. Sie hatten sich mit den *goddons,* die unter dem Befehl des erst kürzlich geschlagenen Suffolk die Stadt verteidigten, ein Scharmützel geliefert und sich nach drei Stunden zurückziehen müssen. Der Graben war so tief, daß sie keinen Erfolg haben konnten, behaupteten sie.

Jehanne schnaubte verachtungsvoll bei dem Gedanken an so viel Dummheit und Feigheit.

Niemals hätte sie zu einem solchen Unternehmen geraten – nicht mit so wenigen Männern. Hätten sie sich die Mühe gemacht, sie zu fragen, so hätte sie ihnen gesagt, daß Gott, nachdem Orléans endlich in Sicherheit war, den Wunsch habe, daß sie eine Weile ruhten, bis sie in größerer Zahl benötigt würden, um den Weg nach Reims von Feinden freizumachen.

Das Volk hingegen glaubte noch immer an sie, und tatsächlich hatte es in seinem Glauben nie gewankt. Als sie in Begleitung von Pierre de Versailles, einem der Herren, die sie in Poitiers befragt hatten, nach Loches gekommen war, hatte eine große Menschenmenge sie begrüßt, ganz ähnlich wie zuvor in Orléans. Fasziniert und entsetzt hatte der Prälat zugeschaut, wie die Menschen nach ihrem Sattel gegriffen und versucht hatten, ihr die Füße zu küssen. Einige Frauen waren auf die Knie gefallen, als Jehanne vorüberkam, und hatten sich bekreuzigt, als wäre Gott selbst zugegen.

»Es ist unrecht von dir, ihnen das zu gestatten«, hatte Versailles sie

streng ermahnt. »Hüte dich, Jehanne, daß du diese Menschen nicht zum Götzendienst verführst.«
Die Erinnerung an diesen Tadel kehrte jetzt strafend zurück, und sie senkte den Kopf und sprach ein Paternoster. Wenn sie sich letzten Endes auf die Kriegsherren nicht verlassen konnte, so konnte sie ihr Vertrauen doch auch nicht in das Volk setzen, denn es hatte die betörende Kraft, sie in Versuchung zu führen.
»Sed libera nos a malo.« Die Worte ließen sie erschauern, aber sie wußte, daß Gott ihr helfen würde, ihren Glauben zu bewahren. Sie machte ein Kreuzzeichen und erhob sich.
Die prachtvollen Stockwerke des Schlosses ragten hinter den Hecken empor. Es war Zeit, daß sie wieder zu Karl ging und ihn an ihren Auftrag erinnerte – und an seinen. Sie würde ihre Macht heraufbeschwören und die beiden bösen Minister ignorieren, die bestimmt wieder bei ihm waren. Ihre Ratgeber würden aus ihrem Mund sprechen. Sie hatte keine Angst.

Wenn Jehanne später auf diesen Sommer zurückschaute, stellte sie fest, daß die Ereignisse mit bemerkenswerter Geschwindigkeit aufeinander gefolgt waren.
Nachdem sie ihm wieder einmal versichert hatte, daß er nach dem Willen Gottes König werde, hatte Karl die Zweifel, die seine Minister nährten, beiseite geschoben und eingewilligt, nach Reims zu reisen. Vorher aber, hatte er gesagt, sollten die Loire-Städte, die die Engländer besetzt hielten, zurückerobert werden, und zu diesem Zweck hatte er den Herzog von Alençon beauftragt, die Armee zu führen. Wie sie es erhofft hatte, gab er Jehanne die Erlaubnis, die verstreuten Bataillone wieder zu sammeln. Es kam entscheidend darauf an, daß sie mit aller Eile handelten, denn nach ihrer Vertreibung von Orléans hatten die Engländer sich in den von ihnen besetzten Städten Jargeau und Meung, östlich und westlich von Orléans an der Loire gelegen, neu formiert. Spione berichteten, daß Sieur Jehan Fastolphe mit einer noch größeren Streitmacht auf dem Marsch nach Jargeau gesichtet worden

sei; er bringe Waffen, schwere Artillerie und zweitausend Mann. Jargeau mußte deshalb das erste Angriffsziel für den Dauphin sein.

Halb genesen, aber gesund genug, um wieder ins Feld zu ziehen, begab Jehanne sich nach Selles, südlich von Blois, wo sie zu den Veteranen von Orléans stieß. Viele von ihnen hatten inzwischen in kleineren Gefechten anderswo gekämpft, und sie brachten nicht nur Erfahrung mit, sondern in einigen Fällen auch eroberte Waffen. Das Banner der Jungfrau lockte auch den Landadel an, der sich bisher nur in kleinen Scharmützeln erprobt hatte. Diese Söhne der entlegenen Landstriche Frankreichs näherten sich mit respektvollem Eifer und in der Hoffnung, ein wenig von diesem göttlichen Segen werde auch für sie abfallen. Ihre Überzeugung geriet ins Wanken, als die Neuigkeit vom Anmarsch Fastolphes sie erreichte: Bestürzung breitete sich in den französischen Reihen aus, und ein paar Glücksritter, Soldaten, die nur auf Beute aus waren und keinen echten Glauben hatten, desertierten. Viel mehr aber blieben, ermutigt von Jehannes hoffnungsvollen Worten.

Als alles bereit war, verließ die Armee Orléans und marschierte nach Jargeau; man hoffte vor Einbruch der Nacht dort einzutreffen. Sie schickten keine Späher aus, die die feindlichen Truppenbewegungen erkunden sollten. La Hire und d'Illiers waren zwar dafür, aber d'Alençon hielt sie an der Leine: Er wollte nicht riskieren, in kleinen Scharmützeln Truppen zu vergeuden. Jehannes Audienz mit Karl und die darauf folgende Verfügung des Dauphins hatten seine Gedanken geklärt. Jetzt war er erfüllt von einem wiedergeborenen Glauben an Jehanne und an Gott, und er erinnerte die Kriegsherren daran, daß sie alle in Gottes Hand waren.

Kurz vor Jargeau geriet das Heer in den Hinterhalt eines Bataillons unter dem Earl of Suffolk. Einige Leute gerieten in Panik, wie Jehanne es befürchtet hatte, aber sie ergriff die Initiative und rief durch den Tumult, daß Gott ihren Sieg wolle und ihnen deshalb helfen werde, wie er es vor Orléans auch getan habe. Da hielten sie stand, gingen schließlich zum Angriff über und trieben die Engländer zurück hinter die Mauern von Jargeau.

Die Nacht verbrachten sie geschäftig damit, die großen Kanonen für den Angriff aufzufahren. Der nächste Tag war ein Sonntag, und Jehanne dachte mit leisen Gewissensbissen daran, daß sie am Tag des Herrn Jhesus kämpfen mußten. Aber sie wußte auch, daß die Engländer die Schlacht eröffnen würden und daß Gott ihr und der Armee des Dauphins verzeihen würde, wenn sie sich verteidigten. Also beaufsichtigte sie persönlich die Aufstellung der Geschütze, und die Kriegsherren staunten über ihre angeborene Gewitztheit, die ihr sagte, wo die Mauern der Stadt am schwächsten sein würden.

Als die Vorbereitungen beinahe abgeschlossen waren, rief Jehanne zur Garnison der *goddons* hinüber, sie sollten sich dem König des Himmels und dem edlen Dauphin Karl ergeben, sonst werde sie sie ausräuchern. Von den stummen, dunklen Mauern kam keine Antwort – nicht einmal ein Fluch. Es war klar, daß man bis Sonnenaufgang nichts unternehmen konnte, und so begab Jehanne sich in ihr Zelt, um noch ein wenig zu ruhen.

Zu Minguets Betrübnis war der ältere Page jetzt ihr Standartenträger geworden. Jehanne erklärte dem Jungen, daß Raymond ihr Page für die Schlacht sei, während er, Minguet, als ihr Leibpage diene und ihr somit tagtäglich näher sei. Die Wahrheit indessen war, daß sie um Minguet mehr Angst hatte als um ihre starken, auf dem Bauernhof großgewordenen Brüder und um Raymond, der fast ein Mann war. Minguet war in den letzten paar Monaten zwar ein bißchen gewachsen, aber er war immer noch klein für sein Alter und wußte kaum mit Waffen umzugehen. Und sie bezweifelte, daß sie ihn im Schlachtgetümmel würde beschützen können.

Sie nahm den Becher Wein, den er ihr jetzt reichte, und eingedenk ihres Mäßigungsgelübdes nippte sie nur daran. Dann gab sie dem Jungen den Becher zurück und tappte müde ins Bett. Ächzend legte sie sich auf die Pritsche und schloß die Augen im zuversichtlichen Glauben daran, daß alles gutgehen und niemand von ihnen Schaden erleiden werde. Der nächste Zug in diesem Spiel lag bei Gott.

Bedford zupfte einen Pfeil aus dem Köcher neben sich und legte ihn an die Bogensehne. Er hob den langen Eschenholzbogen auf Augenhöhe, spannte die Sehne und zielte sorgfältig auf die Strohpuppe, die zweihundert Fuß weit vor ihm stand. Dann ließ er den Pfeil los, und dieser schwirrte quer über den Platz und traf die Puppe in die Stirn, mitten zwischen die Augen, die dort bei einem Menschen gewesen wären.

»Ein ausgezeichneter Schuß, Mylord.«

Warwicks Kommentar klang nicht sehr begeistert. Seiner Meinung nach war das Bogenschießen eine Beschäftigung für die niederen Klassen, für Waliser zumal, und keine Fertigkeit, mit der sich ein Adliger brüsten sollte. Nicht, daß Bedford heute wie ein Adliger ausgesehen hätte – und schon gar nicht wie der ungekrönte König von England. Wie er dastand in seinem schlichten Soldatenrock, zur Rechten und zur Linken von Bogenschützen flankiert, hätte man ihn für einen Söldner halten können, der seine Fertigkeiten auf dem Rasen des echten Herzogs übte.

Bedford wischte sich den Schweiß von seinem fliehenden Kinn und warf seinem Stellvertreter ein boshaftes Lächeln zu. »Möchtet Ihr es auch einmal versuchen, Richard? Die Distanz ist nicht zu groß, und heute nachmittag steht der Wind günstig.« Er befeuchtete seinen Zeigefinger mit der Zunge und hielt ihn in die Höhe. »Ganz recht, er weht immer noch von hinten.«

»Nein danke, Sir. Wir Ihr wißt, ist mein Sport die Falknerei. Und das Schwertfechten natürlich.«

»Natürlich.« Verständnisvoll zog Bedford die linke Braue und den rechten Mundwinkel hoch.

Er zog noch einen Pfeil aus dem hölzernen Köcher und legte ihn an die Sehne. Sorgfältig zielte er auf die Puppe am anderen Ende des Rasens, am Fuße der hohen Mauer, die den Louvre-Palast umgab. Er ließ das Geschoß fliegen. Diesmal durchbohrte es den Hals der Puppe.

»Wie stehen die Dinge für uns in Rouen?« fragte er Warwick und zwang sich, gleichmütig zu klingen.

Der Earl runzelte die Stirn. »Ich weiß nicht genau, was Ihr meint. Die Bevölkerung ist unterworfen, und nichts deutet auf einen Aufstand hin.«

Er wußte, daß Bedford auf irgend etwas hinauswollte. Ein paar Tage zuvor hatte der Herzog ihn ganz unerwartet aus der normannischen Hauptstadt, die er als Militärgouverneur verwaltete, herbeordert. Am vergangenen Abend war er eingetroffen, und als er heute morgen mit dem Herzog gefrühstückt hatte, hatte er damit gerechnet, daß ihm der Onkel des Königs geradeheraus sagen würde, weshalb er ihn hatte rufen lassen. Aber der Herzog hatte von trivialen Dingen geredet, von der Hirschjagd und von Literatur, statt gleich zur Sache zu kommen. Warwick platzte vor Neugier, aber er kannte Bedford lange genug, um sicher zu sein, daß er ihm über kurz oder lang sagen würde, weshalb er hier war.

Aber eilig schien Bedford es nicht zu haben. Er nahm sich wieder einen Pfeil, aber diesmal zögerte er, bevor er ihn an den Bogen legte. »Wie sicher ist die Burg in Rouen?« fragte er.

»So sicher, wie sie nur sein kann, Sir, wenn man berücksichtigt, daß ich nur fünfhundert Mann in der Garnison habe.«

»Hm.«

Der Herzog hob den Bogen und spannte die Sehne. Der Pfeil traf die Puppe in die Brust.

Bedford ließ den Bogen sinken und stellte ihn ins Gras. »Ich schreibe heute an meinen Neffen – besser gesagt, ich schreibe an meinen Bruder und an den Regentschaftsrat.« Er schaute den dunkelhaarigen Mann an seiner Seite an. Warwicks Schläfen waren leicht ergraut, und die Falten an den Augenwinkeln hatte er beim letzten Mal – vor acht Monaten – auch noch nicht gesehen. Trotzdem war der Mann immer noch gutaussehend und schlank.

Älter werden wir alle, dachte Bedford unbewegt. Wie wahrhaft kurz das Leben doch ist.

»Ich werde den König um weitere Verstärkung bitten, und der Löwenanteil davon soll für Rouen bestimmt sein«, fuhr er fort. Er schwieg kurz, und Warwick machte ein verblüfftes Gesicht. »Wenn die Ver-

stärkung da ist, möchte ich, daß Ihr die Burg für einen Gast bereitmacht. Für einen ganz besonderen Gast.«
Fragend legte Warwick den Kopf zur Seite.
»Zur richtigen Zeit«, sagte Bedford, »und ich hoffe, daß es bald soweit sein wird, gedenke ich beim Rat zu beantragen, die Überfahrt des Königs über den Kanal zu gestatten. Wenn er in Frankreich eintrifft, wird er in Rouen residieren, bis ...«
»Bis?«
»Bis ich die nötigen Vorbereitungen für seine Krönung zum König von Frankreich getroffen habe. Die in Reims stattfinden soll.«
Der Earl klappte den Mund auf, und seine Augen weiteten sich. In diesem Augenblick sah er beinahe dumm aus.
»Ganz recht.« Bedford lächelte. Er legte einen neuen Pfeil auf den Bogen und hob die Waffe wieder. Die Puppe bekam einen Treffer in den linken Lungenflügel.
»Es ist ein Wettrennen, Richard, wußtet Ihr das?« Er schaute den Earl mit schmalen Augen an. »Ein Wettrennen, das wir nicht verlieren dürfen. Meine Kundschafter im Loire-Tal berichten mir, daß Karl von Valois in diesem Augenblick dabei ist, Jargeau zu belagern, und seine Absicht ist es, die Armee des Königs aus dem Tal der Loire zu vertreiben. Und danach, so höre ich, gedenkt er sich in Reims krönen zu lassen.«
Die Männer schlenderten langsam auf den Palast zu. Vor ihnen ragte die steinerne Fassade des Louvre über dem frischen grünen Rasen auf wie ein Geschwür auf einer sonst glatten Haut. Bedford verabscheute diesen Ort. Die düsteren, zugigen Räume waren drükkend heiß im Sommer und eiskalt im Winter – behaglich wurde es dort nie, da mochte man noch so viele Türen und Fenster offenstehen, noch so viele Feuer Tag und Nacht in den Kaminen brennen lassen. Gottes Fluch gebührte denen, die dieses entsetzliche Schloß gebaut hatten.
»Ich bitte Euch, Mylord, erlaubt mir, gegen die Armagnacs zu Felde zu ziehen«, sagte Warwick. »Mit meiner Erfahrung ...«
»Nein, Richard. Ich brauche Euch genau da, wo Ihr jetzt seid. Genau-

er gesagt, der König braucht Euch da. Außerdem« – Bedford zuckte die Achseln – »haben wir gute Männer im Felde. Suffolk, Fastolphe, Talbot. Ein geradezu unanständiger Reichtum, eh?« Er lächelte. »Es wäre reine Verschwendung, Euch an die Spitze einer Armee zu stellen, denn Ihr besitzt administrative Fähigkeiten, die den anderen fehlen. Oder könntet Ihr Euch vorstellen, wie Fastolphe versucht, Rouen zu verwalten?«

Warwick mußte wider Willen lachen. »Ich verstehe, was Ihr meint. Aber die Loire … nur einmal angenommen, sie läßt sich nicht halten. Was dann?«

Bedford blieb stehen. »Dann verstärken wir Paris und stoßen mit allen verfügbaren Kräften auf Reims vor. Es ist überaus dringlich, daß Heinrich dort gekrönt wird, denn dort haben die Könige von Frankreich traditionell die Krone empfangen. Die gottverdammte Bevölkerung wird einem gesalbten König, der auf die gewohnte Weise gekrönt wurde, eher die Treue halten als einem anderen.«

»Können wir die Champagne erobern? Die ist doch noch in der Hand der Armagnacs, oder?«

»Jawohl, das ist sie, und jawohl, das können wir. Mit der Hilfe von Burgund.«

»Ich dachte, Philippe hätte sich gegen uns gestellt?« Warwick zog die Stirn kraus.

»Hat er auch. Aber ich bin vor kurzem auf ihn zugegangen, um den Zwist zwischen uns beizulegen, und wenn alles planmäßig verläuft, sollte ich mich spätestens im Juli mit ihm treffen. Dann werde ich ihn daran erinnern, daß er schließlich mein Schwager ist. Ich bete zu Gott, er möge einsehen, daß er keinen Vorteil davon hat, wenn er sich uns entfremdet.«

»Und wenn er sich der göttlichen Eingebung nicht zugänglich zeigt?«

Sie hatten den Eingang zum Palast erreicht. Bedford spähte in die Dunkelheit hinter den Mauern. Er hatte es satt, dieses Gespräch und die Fragen, die sich doch vorläufig noch nicht beantworten ließen.

»In dem Fall«, sagte er, »werden wir eben sehen müssen, welche Möglichkeiten uns noch bleiben.« Er bemühte sich, den Earl anzulächeln. Gott, wie wenig Phantasie dieser Kerl doch hatte – wie die meisten Militärs, die sich mit dem großen Ganzen nicht abzuplagen brauchten. »Und jetzt«, fuhr er fort, »muß ich mich in meine Gemächer begeben. Es wird Zeit, daß ich den Rat – und den König – wissen lasse, daß Orléans gefallen ist.«

»Habt Ihr es ihnen noch nicht gesagt?« Warwick machte ein verblüfftes Gesicht. »Das ist doch jetzt schon Wochen her.«

»Ich weiß sehr wohl, wie lange es her ist«, knurrte der Herzog. »Ich habe nur auf den richtigen Zeitpunkt gewartet. Sicher könnt Ihr Euch vorstellen, was für eine unangenehme Aufgabe ich da vor mir habe.«

»Ja, Sir, das kann ich. Bitte entschuldigt – ich wollte nicht etwa andeuten, daß Ihr in Euren Pflichten gegen den König säumig seid.« Warwick war ein bißchen blaß geworden. Sein Vorgesetzter war die meiste Zeit so leutselig, daß man leicht vergaß, wie groß seine Macht war und wie zornig er werden konnte, wenn man ihn reizte.

»Schon gut, es ist verziehen.« Das drohende Unwetter zog ab, und Bedford lächelte wieder. »Darf ich Euch zum Abendessen erwarten?«

Warwick verbeugte sich. »Selbstverständlich, Sir. Es wird mir ein Vergnügen sein.«

»Bis dann.«

Bedford wandte sich ab und trat ins düstere Innere des Palastes. Er ging an den reglos dastehenden behelmten Wachen im Eingang vorbei, wandte sich nach rechts in den Korridor und ging zielstrebig bis zum Ende. Dort bog er nach links ab und gelangte in einen anderen Gang. Seine Absätze klapperten laut hallend über die Steinfliesen. Am Ende des Ganges nickte er der Wache zu; die Soldaten zogen ihre Hellebarden an sich und erstarrten. Einer öffnete die Tür, und Bedford betrat den Raum, der ihm als Arbeitszimmer diente.

»Laßt die Tür offen«, befahl er. »Es ist verdammt heiß hier drin.«

Die Männer verneigten sich und wandten sich dann ab; sie hielten ihre Waffen mit ausgestreckten Armen vor sich, die Klingen nach außen gerichtet. Bedford durchquerte das Zimmer, ohne auf die vollgestopften Bücherborde und den leeren Kamin oder auf den Wandteppich darüber zu achten. Er ging zu dem Pult am offenen Fenster und setzte sich, schob die Schriftstücke beseite, die auf der Tischplatte verstreut lagen, griff nach einem sauberen Stück Pergament und strich es vor sich glatt. Dann entkorkte er das Tintenfaß und nahm einen Federkiel.

Aber die Worte wollten ihm nicht einfallen. Der Lärm von Paris jenseits der Palastmauern – vorbeirumpelnde Karren, schreiende Höker, weinende Kinder, schimpfende Weiber – das alles störte seine Konzentration ebenso wie die Fliege, die ihm um den Kopf brummte. Der beißende Gestank der Kloaken, der sich mit Kochdunst mischte, bereitete ihm Übelkeit.

Er legte den Federkiel hin und rieb sich die Augen. Die Sache würde genau so schwierig werden, wie er es befürchtet hatte. Aber er mußte es tun. Seine Pflicht gegenüber dem König zwang ihn dazu. Herr Jesus, gib mir die richtigen Worte! dachte er.

Wieder griff er zur Feder, und nach kurzem Zögern begann er zu schreiben.

Er grüßte den König in liebevollen Worten und begann dann mit einer ausführlichen Schilderung der Belagerung von Orléans einschließlich des betrüblichen Todes des Earl of Salisbury. Je länger er schrieb, desto zorniger wurde er. Seine Hand zitterte vor Wut, als sie die Kunde von der schmachvollen Niederlage zu Papier brachte.

Ein schwerer Schlag von der Hand Gottes, so scheint es, traf Eure Mannen, welche dort versammelt waren in groſser Zahl, groſsenteils verursacht, wie ich annehme, durch den traurigen Mangel an Glauben und ungerechtfertigte Zweifel an einem Glied des Teufels, seiner Jüngerin, genannt die Jungfrau, die sich gottloser Zauberei und Hexerei bediente. Besagter Schlag verringerte nicht nur in einem hohen Maſs die Zahl Eurer Mannen dort, sondern nahm auch den übrigen ihren Mut in wundersamer Weise, ermunterte aber Eure Gegner und Feinde, sich fortan zu versammeln in groſser Zahl.

Bedford las noch einmal, was er geschrieben hatte. Sein Blick verharrte auf dem Namen des Teufelswerkzeugs. Das abscheuliche Wort schien ihm vom Blatt ins Gesicht zu springen. Stirnrunzelnd legte er die Feder aus der Hand.
Die Jungfrau. Gott verfluche ihre schwarze Seele!
Sein Blick fiel auf einen kleinen Elfenbeinkasten am Rande seines Pults. Er zog ihn zu sich heran, klappte den Deckel auf und nahm das zusammengefaltete Stück Papier heraus, das er vor einiger Zeit hineingelegt hatte. Fast hätte er es vergessen. Als er jetzt noch einmal las, was darauf geschrieben stand, erfüllte ihn eine Wut, die ihm die Lunge platzen lassen wollte, und wieder fühlte er sich versucht, das Dokument dem Feuer zu überantworten.
Aber der Rat seines Onkels, des Kardinals, hallte ihm durch den Kopf, und so bezähmte er seinen Wunsch, das Papier zu vernichten, faltete es wieder zusammen und legte es in die Schatulle zurück. Winchester hatte ja recht gehabt: Vielleicht würde die Zeit kommen, da dieses Dokument sich als überaus nützlich erweisen würde – falls man die Hexe gefangennehmen könnte.
Bedford wußte plötzlich, was er tun würde. Seine Miene hellte sich auf, und er lachte leise.
Er schob den unvollendeten Brief an Heinrich beiseite und nahm sich einen frischen Bogen Pergament. Diesmal flog die Feder nur so über das Blatt.
Bedford zweifelte nicht daran, daß er Winchester würde bereden können, das nötige Geld für die Gefangennahme der Jungfrau herauszurücken. Nichts würde dem Alten besser gefallen als die Gelegenheit, einen Schlag im Namen Gottes zu führen: durch ein Gerichtsverfahren, das eine Hexe und Häretikerin der gerechten Strafe zuführte.

Kapitel 9

Sommersiege

11. Juni bis 1. Juli 1429

Kurz nach Tagesanbruch traf der Earl of Suffolk, der die englische Garnison von Jargeau befehligte, mit La Hire zusammen – in der Hoffnung, mit den Belagerern einen Handel abschließen zu können. Er sei zu einer Einigung bereit, sagte er, wenn die Armagnacs ihren Angriff um vierzehn Tage aufschieben könnten. Falls Fastolphe bis dahin nicht mit Verstärkungstruppen eingetroffen sei, werde er, Suffolk, sich ergeben. Als La Hire mit dieser Nachricht zu d'Alençon und den anderen Kriegsherren kam, lachten sie zunächst, aber dann beantworteten sie das Angebot mit einem Sturm auf die Mauern von Jargeau. Als die Sonne unterging, gehörte die Stadt ihnen, wie Jehanne es ihnen versprochen hatte.

Als die letzten Gefangenen an Bord der Barken waren, die sie nach Orléans bringen würden, ließ der Herzog Pferde für Jehanne und sich selbst vom Lager heraufbringen. Soeben hatte sein Knappe ihm die Nachricht gebracht, daß die Garnison der Stadt eine Anzahl von Gefangenen zurückhalte und sich weigere, sie in La Hires Gewahrsam zu übergeben. Falls einer von ihnen an der Antwort des Edelmanns auf eine solche Herausforderung gezweifelt haben sollte, so wurde ihm dieser Zweifel ausgetrieben, noch ehe die Kirche in Sicht kam: Das Geschrei ringsum wurde übertönt von einer feurigen, unverwechselbaren Stimme, die wütend eine ganze Litanei von Obszönitäten abspulte. Jehanne war schon müde, und in ihrer Rüstung war es dampfend heiß, so daß sie seit dem Ende der Schlacht kaum noch an etwas anderes hatte denken können, und um so mehr ärgerte es sie, daß er sein Versprechen, die Zunge im Zaum zu halten, so vergessen konnte.

Aber kaum waren sie um die Ecke gebogen, da vergaß sie ihren Ärger und alles Unbehagen, und voller Entsetzen starrte sie auf die Szene, die sich auf dem Kirchplatz abspielte.

Fünfzehn oder mehr englische Gefangene waren mit dem Schwert hingerichtet worden, und aus dem wüst aufeinandergehäuften Leichenberg quollen dunkle Ströme dick hervor und schlängelten sich zwischen den Pflastersteinen davon. Abgehackte Köpfe starrten mit blutigen, halbgeschlossenen Augen zu den Wolken hinauf, die über den Sommerhimmel zogen. Es war unfaßbar, aber ein kopfloser Leichnam zuckte noch immer. In der Hitze begannen die Leichen bereits zu erstarren, und der eklig-süße Todesgeruch hatte hungrige Fliegenschwärme angelockt.

La Hire und de Gaucourt standen nur eine Handbreit vor Pierre Mouton, dem Kommandanten der Garnison, die noch vor einer Stunde in englischer Gefangenschaft gewesen war, und alle drei brüllten einander an. Hinter den beiden Armagnacs stand ein Trupp Soldaten, die ihre blanken Waffen gegen die Milizleute richteten, selbst in streitbarer Stimmung und auf einen Kampf gefaßt. Etwa fünfzig verängstigte Gefangene, von denen einige aussahen wie Knaben, die zum ersten Mal fern von ihrer Heimat waren, knieten in lammfrommer Ergebenheit am Boden, die Hände hinter den Köpfen verschränkt.

»Was hat das zu bedeuten?« rief d'Alençon und sprang vom Pferd.

Jehanne stieg langsam ab; sie konnte den Blick nicht von dem abscheulichen Berg wenden. Ein übler Geschmack trieb ihr das Wasser im Mund zusammen; sie spuckte aus und zwang sich, woanders hinzuschauen.

Die Streithähne schienen den Herzog nicht zu bemerken. Sie brüllten noch immer unverständliches Zeug, und ihre Feindseligkeit gegeneinander entweihte den Kirchplatz mit drohender Gewalttätigkeit.

D'Alençon schob sich dazwischen. »Aufhören!« befahl er. La Hire und Mouton funkelten einander an. »Was ist hier los?« fuhr d'Alençon La Hire an.

»Die Miliz«, sagte La Hire voller Sarkasmus, »will die *goddons* umbringen, aber wir sagen, man soll sie nach Orléans schaffen und als Lösegeldgeiseln gefangenhalten.«

»Für die gibt's kein Lösegeld«, höhnte Mouton, ein aufgedunsener Hüne, dem das schüttere Haar am melonenförmigen Schädel klebte. Der Schweiß troff ihm an den Wangen herunter und rann durch eine Narbe, die sein linkes Ohr zerteilte, als wäre es ein Apfel, den man halbiert und achtlos wieder zusammengefügt hatte.

»Das ist Unrecht.« Jehanne konnte sich nicht länger heraushalten. Sie war rot vor Empörung. »Gott hat die Armee beauftragt und gesegnet, aber er verdammt den sinnlosen Mord an unbewaffneten Männern!« Ihre Stimme zitterte, und Tränen der Wut stiegen ihr in die Augen. »Ich verspreche Ihnen, mein Herr, daß er seine Hilfe jeder Armee verweigern wird – und kämpfte sie auch für eine vornehme Sache wie die unsere –, wenn sie zu solchen … zu solchen …« Hilflos deutete sie auf die erbärmlichen, blutüberströmten Kadaver und die schreckensstarren Gefangenen. »Sie dürfen keinen mehr töten! Haben Sie verstanden?«

Mouton grinste sie an und entblößte halb verfaulte Zähne. »Die Jungfrau«, sinnierte er, und seine Augen musterten sie von Kopf bis Fuß. »Du kommst also her und willst der Miliz Befehle erteilen, nicht nur Karls regulären Truppen?« Er lachte verächtlich. »Sag mir, kleines Mädchen, willst du denn wieder und wieder gegen diese Halunken kämpfen? Denn das wirst du müssen, wenn wir sie laufenlassen.«

Sie schaute ihm in die Augen, und unter Aufbietung ihrer ganzen Selbstbeherrschung sagte sie sehr leise: »Erstens bin ich kein kleines Mädchen, sondern die Jungfrau Jehanne, von Gott gesandt, um sein Königreich dem Dauphin in die Hände zu legen, und in dieser Eigenschaft erteile ich keine Befehle, sondern offenbare den Willen Gottes.« Sie spürte, wie eine kalte Wut an ihrem Rücken heraufkroch, und als sie ihre Hände erreicht hatte, ballte sie bebend die Fäuste.

»Zweitens, ob wir morgen oder nächste Woche oder nächstes Jahr gegen diese Männer kämpfen, ist nicht Ihre Sache und übrigens auch nicht unsere. Ihr Leben ist in Gottes Hand, und Sie haben nicht das Recht, ihm die Entscheidung darüber abzunehmen. Wenn Sie diese

Männer ermorden, stellen Sie sich gegen Gott, und damit verdammen Sie sich und alle, die Ihnen folgen.«
Jehanne hatte ihre ganze Willenskraft aufgewendet, um ihre Stimme im Zaum zu halten. Sie wußte, wenn sie schrill klänge, würde er weiter lachen, was immer sie ihm zu sagen hätte. Es war ihr gleich, was er über sie dachte, aber sie wollte seine Unterwerfung, und als sie sah, wie über seinen Brauen ein bebendes Stirnrunzeln erschien, das ihre Macht anerkannte, da wußte sie, sie hatte gesiegt.
Sie wandte sich an La Hire. »Lassen Sie die Gefangenen zusammentreiben und zum Fluß eskortieren.« Sie funkelte Mouton an. »Wir bringen sie nach Orléans.«
Am Flußufer warteten ihre Gefährten, darunter auch Poulengy und Metz, darauf, daß sie die Barke des Bastards bestieg. Sie hielten die Zügel ihres Pferdes, als die Boote sich von Jargeau entfernten, und schauten zu, wie der schwarze Rauch der Schlacht sich einem Schleier gleich vor die Sommersonne legte.
D'Alençon nahm seinen Helm ab und lächelte Jehanne zu. Das Haar klebte feucht an seinem Kopf, und sein makelloser Wangenknochen war mit dem Blut eines toten Feindes beschmiert. »Karl wird zufrieden sein.«
»Das hoffe ich.« Jehanne lächelte müde. »Gott war heute über die Maßen großzügig zu ihm.«
Der Lärm aus der Stadt blieb hinter ihnen zurück und verklang dann ganz, als das Boot um eine Flußbiegung trieb.
Ehe die Woche vergangen war, erhielt Jehanne die Nachricht von dem Massaker, das die Befreiung von Jargeau beendet hatte. Als die Armee abgezogen war, hatte die Miliz ihre Wut an der entsetzten Bevölkerung ausgelassen und die Bürger ungeachtet ihres Alters oder Geschlechts abgeschlachtet. Jehanne ließ drei Messen für die Seelen der Unschuldigen lesen, die von der Hand Pierre Moutons und seiner Wilden hatten sterben müssen, und nach der letzten bat sie ihre Gefährten, das Abendessen ohne sie einzunehmen. Dann kniete sie wieder vor dem Altar, und sie betete lange.
In Orléans überreichte der Bastard ihr einen karmesinroten Mantel

und ein Hemd in den grünweißen Farben seines Hauses, ein Geschenk von seinem Halbbruder Charles d'Orléans. In seinem fernen englischen Gefängnis hatte der Herr der Stadt von Jehannes Triumph gehört und durch einen Kurier seinen Finanzverwalter – Jehannes Gastgeber Jacques Boucher – gebeten, die Kleider in Auftrag zu geben. Jehanne nahm das Geschenk artig entgegen, erstaunt über diese unerwartete Ehre. Sie hatte nie aufgehört, davon zu träumen, daß sie diesem großen Mann eines Tages begegnen würde. Eines Tages würde sie den Ärmelkanal mit einer Armee überqueren und ihn befreien. Bis dahin aber gedachte sie nicht in Orléans zu trödeln. Nach der Vesper am Abend ihrer Ankunft teilte sie d'Alençon mit, sie wolle nach Meung ziehen, das von einigen Bataillonen der englischen Armee besetzt war. Kurz nach Mittag am nächsten Tag, dem 15. Juni, marschierten sie ab.

In den frühen Morgenstunden des folgenden Tages wurde d'Alençon von seinen Spähern geweckt, die ihm berichteten, daß Talbot sich in das zehn Wegstunden nördlich von Orléans gelegene Janville zurückgezogen und Beaugency so gut wie schutzlos zurückgelassen habe. Angesichts dieser neuen Erkenntnis entschied d'Alençon, nächstentags eine Garnison an der Brücke zurückzulassen und statt dessen den Feind in Beaugency anzugreifen.

Im Morgengrauen war die Armee wieder auf dem Marsch. Die englische Garnison in Beaugency sah sie kommen, zog sich in den großen rechteckigen *donjon* zurück, der die Brücke beherrschte, und ließ nur ein paar Mann in der Stadt, die sich dort in einen Hinterhalt legen sollten. De Gaucourts Division konnte sie rasch unschädlich machen, während der Rest des Heeres den *donjon* unter Beschuß nahm. Aber die Engländer hielten ihre Stellung und gaben die Brücke nicht frei.

D'Alençon war unschlüssig und wußte nicht, was er anfangen sollte. In Meung hielt die Armee die Brücke, aber nicht die Stadt, und hier in Beaugency war es umgekehrt. Er wußte nicht, wo er seine Kräfte konzentrieren sollte. Zunächst beendete er den Angriff, damit seine Soldaten sich ausruhen konnten, und die Führer, darunter auch Jehanne, versammelten sich zum Kriegsrat in seinem Zelt. Kurz darauf kamen Boten mit Neuigkeiten, die ihm die Entscheidung abnahmen. Sie meldeten, die lange erwarteten englischen Verstärkungstruppen unter Fastolphe seien von Paris kommend in Janville eingetroffen und hätten Talbots Truppen dort um dreitausend Mann verstärkt. Jetzt würden sie sicherlich gegen Beaugency marschieren. Um die Lage noch vertrackter zu machen, berichteten Kuriere von Arthur de Richemont, dem ehemaligen Constable von Frankreich, daß er mit einer starken Bretoneneinheit von Westen her im Anmarsch sei und d'Alençon um Gastfreundschaft bitte.

Der Herzog fuhr aus der Haut und wurde so wütend, wie Jehanne es ihm niemals zugetraut hätte. Die Kuriere hörten höflich zu, wie er gegen ihren Herrn wetterte, und als er fertig war, verbeugten sie sich und verließen d'Alençons Zelt ohne ein weiteres Wort.

»Ich verstehe das nicht«, sagte Jehanne, als sie gegangen waren. »Wenn dieser Sieur de Richemont uns seine Hilfe anbietet, warum weisen Sie ihn zurück, wo wir doch so viele Soldaten brauchen, wie wir bekommen können?«

»Weil er ein Verräter ist, darum«, sagte d'Alençon. Sein Blick war kalt und fremd, ganz gegen seine Art.

»Jehanne, Arthur de Bretagne ist der Comte de Richemont, was eigentlich ein englischer Titel ist«, erklärte der Bastard; er klang gefaßter als d'Alençon. »Als sein Vater, der Duc de Bretagne, gestorben war, heiratete seine Mutter Heinrich IV. von England, und der wurde Vormund von Jehan dem Furchtlosen. Er verbrachte einen Teil seiner Kindheit zusammen mit Karl und den anderen Kindern des Hauses Valois, aber das war vor dem Streit zwischen Burgund und unserem verstorbenen König. Als er älter wurde, heiratete er die Schwester Philippes von Burgund.«

De Gaucourt führte die Erzählung fort und schilderte die spinnennetzartigen Intrigen, an denen Richemont sich im Laufe der Jahre beteiligt hatte. Nachdem er im Rausch mit Bedford in Streit geraten war, hatte Richemont den Engländern seine Gefolgschaft aufgekündigt und sich auf die Seite des Dauphins geschlagen, der ihn zum Constable von

Frankreich ernannt hatte. Richemont verlor keine Zeit: Sofort vertrieb er alle, die seine Macht bedrohten, vom Hofe, und einige von ihnen ließ er – im Bund mit Trémoïlle – ermorden. Dann aber wandte er sich gegen Trémoïlle, und das erwies sich als schwerwiegender Fehler. »Noch im selben Jahr«, fuhr der Bastard jetzt fort, »traf sein Bruder, der Duc de Bretagne, mit Karl zusammen und ersuchte den König beinahe unumwunden, abzudanken, und zwar zugunsten seiner Vasallen – und damit meinte er sich selbst und Philippe de Bourgogne. Darüber wurde Karl nicht nur zornig, sondern es lenkte seinen Verdacht des Verrats auch auf Richemont, der daraufhin einen fatalen Fehler beging: Er kam zu meinem Bruder Clermont und dem Comte de la Marche und trug einen Rebellionsplan vor. Als Karl das Komplott entdeckte, nahm er Richemont sein Amt und verbannte ihn vom Hof.«

»Und nachdem er nun seine Zeit mit zahllosen kleinen Intrigen gegen Trémoïlle vertändelt hat, kommt er her und bietet Karl seine ›Dienste‹ an! Nun, aber ich will nichts davon wissen!« D'Alençon richtete seinen stahlharten Blick auf die Adligen. »Ich schwöre vor Gott: Wenn dieser Verräter kommt, werde ich gehen!«

Der Bastard lächelte über den wütenden jungen Herzog. »Ich stimme Ihnen zu, Jehan, daß Richemont natürlich eine Schlange ist und daß es fatal wäre, ihm allzu weit über den Weg zu trauen. Aber Jehanne hat nicht unrecht, wenn sie darauf hinweist, daß sich mit seinen Truppen das Blatt für uns natürlich wenden könnte, und ...«

»Ich bitte um Vergebung«, unterbrach d'Alençon gereizt, »aber selbst wenn er eine Million Soldaten mitbrächte, hätten wir uns immer noch an Karls Befehl zu halten und ihn zu meiden. Wenn wir ihm erlauben, sich uns anzuschließen, ist das Ungehorsam gegen den König, und damit wären wir Verräter wie Richemont. Wir können nicht zulassen, daß sein Gestank auch uns verpestet.«

»Das wird ja nicht geschehen, wenn er seine Treue zum König vor Gott auf seinen Eid nimmt. Das muß unsere Bedingung sein, wenn er sich uns anschließen will.«

Alle Blicke richteten sich auf Jehanne. Sie stand ein kleines Stück abseits der Männer, einen Daumen in den Gürtel geschoben, der ihre gepanzerte Taille umschlang. Ihr Haar war in letzter Zeit wieder gewachsen und hing ihr in einem dichten Schopf in die Stirn. Sie hob die Hand und strich es unbewußt beiseite. Dann lächelte sie die Kriegsherren listig an.

»Wenn er seine Sünden gegen den Dauphin bereut, wird er nichts dagegen haben, vor Gott zu schwören, daß er fortan dem wahren König von Frankreich treu dienen wird. Einen solchen Eid kann er nicht ablegen, ohne seine Seele der ewigen Verdammnis anheimzugeben, sobald er ihn bricht.«

D'Alençon schaute sie mit nachdenklich gerunzelter Stirn an; sein Zorn war verraucht.

»Da er ausgerechnet jetzt zu uns kommt, in einem Augenblick, da wir ihn dringend brauchen, um zu siegen, und da wir nicht daran zweifeln, daß Gott uns unterstützt, ist es nur vernünftig, wenn wir annehmen, daß Richemont die Hilfe ist, die Gott uns schickt. Weisen wir ihn ab, weisen wir womöglich Gottes Hilfe ab.« Sie richtete ihren beschwörenden Blick auf d'Alençon. »Ich weiß, daß er in der Vergangenheit ein Verräter war, aber es ist ja möglich, daß er es wirklich bereut ...«

»Du kennst ihn nicht, Jehanne«, fiel de Gaucourt ihr ins Wort. Seine Mundwinkel waren abwärts gebogen, und seine Brauen sträubten sich.

»Ganz recht, du kennst ihn nicht«, bestätigte der Bastard milde, und wieder vertieften sich die Grübchen in seinen Wangen. »Echte Reue liegt nicht in seiner Natur.«

Die anderen Männer lachten erbittert.

Sie merkte, wie ihr Eifer sich in Zorn verwandelte. Sie hatten sich gegen sie verbündet, und das schmerzte nach der kürzlich demonstrierten Kameradschaft.

»Gleichwohl ist es vernünftig, was ich sage«, schmollte sie. »Es ist möglich, daß Gott ihn uns geschickt hat, auch wenn er es nicht weiß. Gott bedient sich auch böser Menschen, um seinen Willen zu tun, und wer sind wir, daß wir dies in Frage stellen?«

Die Kriegsherren bedachten stumm die Lage, und jeder dachte mit Schrecken an das, was ihnen die Zurückweisung einbringen würde. So beschloß man am Ende, sich im Lepra-Spital am Rande von Beaugency mit Richemont zu treffen.

Zur vereinbarten Stunde erschien er mit seinem Knappen und dreißig bewaffneten Gefolgsleuten.

Trotz seiner vornehmen Herkunft hatte der Comte nichts von einem Patrizier an sich. Er war ein dunkler, untersetzter Mann, kleiner als der Durchschnitt. Sein Hals war so dick wie ein Baumstamm, und seine wenig vertrauenerweckende Miene verriet bittere Grausamkeit. Seine Kleider wie auch er selbst starrten von altem Schmutz, und er kratzte sich beim Gehen zwischen den Beinen. Er schwor Karl schließlich die Treue, nachdem er dafür Jehanne das Versprechen abgehandelt hatte, ihm den Rückweg an den Hof zu ebnen. Aber er sprach seinen Schwur, als sei es die schmutzigste Lästerung, die er kannte.

Jehanne hätte sich bekreuzigt, aber sie wußte, daß er es für ein Zeichen von Schwäche halten würde, und sie war nicht schwach. Sie war die Jungfrau Jehanne, die Befreierin von Orléans, die Siegerin in großen und kleinen Schlachten, innerlichen wie äußerlichen, und sie würde sich von keinem Mann einschüchtern lassen, mochte die Finsternis in seiner Seele noch so mächtig sein.

Als die Engländer in ihrem *donjon* Richemonts Division von Westen heranmarschieren sahen, hielten sie sie für einen Teil einer größeren Verstärkungstruppe und ergaben sich ohne weitere Kämpfe. D'Alençon nannte ihnen die Bedingungen und erlaubte ihnen, sich mit all ihren Waffen zurückzuziehen. Dann ließ er zwei Bataillone in Beaugency, um die Stadt gegen ihre Rückkehr zu sichern, und das französische Heer marschierte nach Meung zurück, wo es Späherberichten zufolge auf Talbot stoßen würde. Am Nachmittag hatte das Heer auf einem niedrigen Höhenrücken zwischen Meung und Beaugency Aufstellung genommen und erwartete kampfbereit die Engländer.

Es brauchte sich nicht lange zu gedulden. Der große Gegner war in der Ferne zu sehen, wie er in einer Staubwolke heranzog, aus der blaue und rote Fahnen gespenstisch über den Horizont wehten. Als sie noch ein paar hundert Schritt weit entfernt waren, saßen die Engländer ab und fingen an, Bäumchen zu fällen, die sie dann anspitzten und, die scharfen Enden auf die wartenden Franzosen gerichtet, in den Boden gruben. Das war eine alte Taktik, die sie schon bei Agincourt benutzt hatten, als sie das Heer Karls VI. in einen Hagel von Pfeilen gelockt hatten.

Ein Reiter kam auf das Heer zugaloppiert, ein Herold, nach seiner prachtvollen Kleidung und den fehlenden Waffen zu urteilen. Als er näher kam, mußte Jehanne mit schmerzlichen Gewissensbissen an Guyenne denken. Die Reihen teilten sich, und der Herold ritt die Anhöhe hinauf zu den oben versammelten Kriegsherren. Dort stieg er ab und verbeugte sich unsicher vor dem Bastard; er wußte nicht, wer den Oberbefehl hatte.

»Mylord Talbot sendet der edlen Armee des Dauphin Karl seine Empfehlungen.« Seine Stimme klang kultiviert und musikalisch, und sein Französisch war ausgezeichnet.

D'Alençon begrüßte ihn mit einem eleganten Kopfnicken. »Ich bin Jehan Duc d'Alençon, Generalleutnant der Armee Seiner Majestät. Haben Sie eine Botschaft von Seigneur Talbot?«

»Jawohl, Exzellenz.« Der Mann verbeugte sich vor dem Herzog, tiefer diesmal. »Mylord schlägt vor, daß wir unsere Differenzen mit einem Turnier aus der Welt schaffen: drei Ihrer besten Ritter gegen drei der unseren.«

D'Alençons hübsches Gesicht erstrahlte in einem knabenhaften Lächeln. Die anderen Edelleute lachten laut. »Sagen Sie Ihrem Herrn«, antwortete der junge Mann, und das Lächeln verlor ein wenig von seiner Heiterkeit, »daß wir nicht hier sind, um Spiele zu spielen. Sagen Sie ihm, er soll sich für heute nacht ein Quartier suchen, denn es wird schon spät. Morgen aber, wenn es Gott und Unserer Lieben Frau gefällt, werden wir Sie alle aus der Nähe sehen.«

Der Herold neigte kurz den Kopf, stieg auf sein Pferd und ritt durch das sich teilende Meer von Soldaten und Bogenschützen zurück zu den englischen Linien.

D'Alençon rührte sich nicht. Er blieb mit dem Heer an Ort und Stelle, bis der Feind sich abwendete und nach Meung davonmarschierte. Das wäre auch des Herzogs Ziel. Die Engländer würden versuchen, die Brücke bei Meung zu nehmen, wo d'Alençon zwei Divisionen zurückgelassen hatte, und er würde sich beeilen müssen, wenn die Armee die Brückenbesatzung verstärken und die Stadt einnehmen wollte. Aber zunächst würden sie sich für die Nacht zur Ruhe begeben, wie es zweifellos auch die Engländer tun würden.

Früh am nächsten Morgen, es war der 18. Juni, berichteten Späher, daß Engländer unter Fastolphe die Garnison an der Brücke von Meung angegriffen hätten und daß die Garnison dennoch nicht weichen wolle. Unverzüglich berief d'Alençon einen Kriegsrat ein.

La Hire, dessen Schwerthand nach Blut dürstete, riet dazu, wie der Wind nach Meung zu reiten und die *goddons* zu überfallen, ehe sie wüßten, wie ihnen geschah. Der Bastard wies darauf hin, daß es genaugenommen zwei englische Armeen seien, die eine unter Fastolphe, die andere unter Talbots Befehl, und daß sie nicht wüßten, wo die beiden ständen. Sie müßten also aufpassen, daß sie nicht in eine Falle liefen.

»Was meinst denn du?« fragte d'Alençon Jehanne.

Jehanne lächelte. »Haben Sie gute Sporen?«

»Wie meinst du das?«

»Sollen wir etwa kehrtmachen und fliehen?« rief de Gaucourt.

Jehanne lachte. »Nein, die Engländer sind es, die sich nicht werden verteidigen können, und Sie werden gute Sporen brauchen, um sie zu fangen! Sie werden sie schlagen, und zwar ohne viel französisches Blut zu vergießen.« Sie strahlte La Hire an. »Stürzen wir uns auf sie!«

»Ja, auf sie!« Sein Lachen erinnerte sie an einen brüllenden Stier. »Meine Reiter werden den Angriff führen, und du, Mademoiselle, übernimmst die Nachhut!«

»Nein.« Ihre Heiterkeit war auf der Stelle verflogen, und es erschien

das resolute Stirnrunzeln, das er so gut kannte. »Ich will vorn mitreiten, damit alle meine Standarte sehen können.«
»Jehanne, sei doch vernünftig«, bat der Bastard. »Du bringst dich in größte Gefahr, wenn du an der Spitze des Heeres reitest. Deine Anwesenheit ist für uns alle zu wichtig; wir dürfen nicht riskieren, dich zu verlieren. Bitte überleg's dir.«
»Jehanne.« D'Alençons Stimme klang so sanft wie schon lange nicht mehr, und sein trauriger Blick wanderte über ihr Haar und ihr Gesicht. »Ich kann dir nicht erlauben, daß du dich in Gefahr bringst. Wir brauchen dich.«
Sie wollte protestieren, aber er legte ihr beide Hände auf die Schultern, und sie verlor sich in der Wärme seines Blicks. »Für Reims«, sagte er leise.
Forschend schaute sie in das müde Gesicht. Dieser Mann war ihr Befehlshaber und ihr Freund, und sie wußte, sie würde ihm gehorchen. »Für Reims.« Sie lächelte.

Sie waren erst wenige Stunden unterwegs, als ein Spähtrupp mit der Nachricht kam, daß Talbot den Angriff auf Meung abgeblasen habe und nach Norden in Richtung Janville flüchte. Wo die Engländer sich zur Zeit aufhielten, war unbekannt, denn sie waren ausgeschwärmt und im dichten Wald verschwunden. D'Alençon rief die anderen Kriegsherren zu einer kurzen Beratung zusammen. Weil Jehanne mit ihren Gefährten im Schutze der Nachhut ritt, kam sie als letzte.
Der Herzog umriß rasch die Lage und fragte jeden nach seiner Meinung. Sainte-Sévère riet dazu, nach Beaugency zurückzukehren und dort Verstärkung anzufordern. Der Bastard war der gleichen Ansicht. Mit seiner gewohnten Offenheit verwarf La Hire diesen Gedanken; man solle die Engländer jetzt erledigen, da man Gelegenheit dazu habe. Ebenso unverblümt drängte auch Jehanne darauf, sich jetzt nicht zurückzuziehen.
»Aber Jehanne, wir wissen doch gar nicht, wo sie sind.«
Sie merkte, wie sich ihr bei dem nachsichtigen Ton des Bastards die

Haare sträubten. »In Gottes Namen«, fluchte sie, »selbst wenn sie in den Wolken Zuflucht genommen hätten, würden wir sie besiegen, denn Gott hat uns gesandt, damit wir sie bestrafen! Meine Ratgeber haben mir gesagt, daß wir sie noch heute bezwingen werden. Der Dauphin wird den größten Sieg erkämpfen, den er je errungen hat. Aber wir müssen sie angreifen!«

An diesem Abend schilderte ein begeisterter La Hire einem gleichermaßen beschwingten Publikum, was an diesem schicksalhaften Tag weiter geschehen war, und Jehanne erfuhr, wie wahr ihre Ratgeber gesprochen hatten.

Die Kundschafter hatten das Heer in die Nähe von Patay geführt, wo sie die Engländer aus den Augen verloren hatten. Als sie durch den Wald marschierten, hatte der Hufschlag ihrer Pferde einen Hirsch aufgescheucht, der die Flucht ergriffen hatte und geradewegs in das englische Lager geraten war. Der Feind, der für die Jagd jederzeit zu haben war, hatte ein donnerndes »Hurra!« erklingen lassen und seinen Standort damit an die französische Vorhut verraten, die sogleich zu La Hire zurückgaloppiert war. Die Kavallerie gab ihren Pferden die Sporen und schwenkte die Schwerter, und der Hauptteil der Truppen stürmte ihnen nach.

Deutlich sichtbar auf einem kleinen Höhenrücken jenseits des Waldes, warteten die von Fastolphe befehligten englischen Truppen als Köder. Zwischen Fastolphe und den anrückenden Franzosen waren Talbots Leute dabei, einen Hinterhalt vorzubereiten; sie legten sich hinter den Hecken am Rande einer schmalen Straße, die sich zu dem Höhenrücken hinaufschlängelte, auf die Lauer. Anscheinend hatten sie den Plan, ihre Bogenschützen, wenn sie erst in Stellung gegangen wären, ein Stück weit hinter der rohen Palisade zu postieren, wo sie die Franzosen durchbohren würden, wenn sie in die Falle geritten kämen. Dann sollten die Fußsoldaten über sie herfallen und sie vollends vernichten.

Aber so kam es nicht. Ganz und gar nicht.

Gegen zwei Uhr nachmittags war die Schlacht bereits gewonnen. Mehr als tausend Feinde lagen tot am Boden, und zweihundert waren in Gefangenschaft, unter ihnen Lord Talbot, Sir Thomas Scales, Sir Thomas Ramston und Lord Hungerford, allesamt Veteranen von Orléans. Es war unglaublich, aber nur drei Armagnacs waren gefallen, und einer davon war gestorben, als sein Pferd sich aufgebäumt und ihn auf einen angespitzten Pfahl geschleudert hatte. Alles ging so schnell, daß es vorbei war, als Jehanne auf das Schlachtfeld kam – ganz so, wie sie es befürchtet hatte. Sie war nicht dabeigewesen, um dem wilden Wüten Einhalt zu gebieten.

Dutzendweise lagen die Feinde tot zwischen den Hecken. Ihr schwarzes Blut bedeckte das Gras, bildete übelriechende, schlüpfrige Pfützen und tropfte dick ins Gebüsch, denn viele waren von den anstürmenden Pferden in die eigenen angespitzten Pfähle gestoßen worden. Die Leichen der Bogenschützen bedeckten das nahe Feld; sie waren überrannt worden, bevor sie einen Pfeil hatten abschießen können. Etliche hatte das Ende so schnell ereilt, daß sie enthauptet worden waren: Abgetrennte Schädel starrten blicklos auf die Erde und auf die Palisade, die sie nicht mehr vollendet hatten. Ein abgeschlagener Arm hielt noch immer den Langbogen umklammert. Zerbrochene Pfeile, unter Pferdehufen gesplittert, lagen verstreut auf dem Boden.

Richemonts Leute ritten langsam über das makabre Feld, und ab und zu stiegen sie ab und gaben einem verwundeten Engländer mit dem Schwert den Gnadenstoß. Soldaten des Heeres sammelten feindliche Waffen ein, die noch zu gebrauchen waren. Die blutüberströmten Leichen verbreiteten den vertrauten, übelkeiterregenden Geruch des Todes; sie hatten in der Hitze des Tages angefangen zu gären, und überall summten Fliegen. Geier kreisten am Himmel und stießen dann herab, um sich an den Kadavern gütlich zu tun. Ein Soldat, der noch nicht ganz tot war, versuchte mit matten Bewegungen die ekelhaften Aasfresser zu vertreiben, die mit krummen Schnäbeln an seiner verwundeten Schulter rissen. Überall auf dem Feld hörte man leise Schreie, wenn die Verwundeten von Richemonts Leuten hingerichtet wurden. Ein Trupp Soldaten schleifte die Leichen von der Straße, um

Platz zu machen, und sie warfen die erstarrenden Gestalten auf einen grausigen Haufen.

Angesichts dieser abscheulichen Szene stand Jehannes Mund offen. Ihre Gefährten waren ebenso benommen wie sie und betrachteten alles ohne ein Wort. Pasquerel bekreuzigte sich wie gebannt.

»Ich muß zu den Sterbenden«, sagte er zu Jehanne. Sie nickte bleich und stumm. Der Mönch stieß seinem Pferd die Fersen in die Flanken und trieb es zu dem Feld, auf dem Richemonts Soldaten immer noch geschäftig dabei waren, den Feinden die Kehlen durchzuschneiden.

Wo die Hecken endeten, sah man eine doppelte Kolonne von Gefangenen, die Hände hinter den Köpfen verschränkt. Berittene Wachen führten sie in Jehannes Richtung.

Plötzlich hob einer der bretonischen Soldaten ohne ersichtlichen Grund seine Keule und schlug sie einem Gefangenen auf den ungeschützten Kopf. Der Mann sackte im Staub zusammen. Die andern stiegen einfach über ihn hinweg, bis er allein auf der Straße lag. Jehanne konnte den Blick nicht von ihm wenden, während die Kolonne an ihr vorüberging. Sie lenkte ihr Pferd zu ihm. Dann sprang sie aus dem Sattel und drehte ihn auf den Rücken.

Es war ein Knabe, nicht mehr als fünfzehn oder sechzehn Jahre alt. Sommersprossen sprenkelten ein Gesicht, an dessen Kinn noch kein Bart sproß. Über der stumpfen Nase mühten sich erschrockene blaue Augen, sie zu erkennen.

Jehanne kauerte sich neben ihn und nahm den braunen Schopf in ihren Schoß. Der Schädel war in der Nähe des Scheitels gebrochen wie eine Eierschale; Blut und Hirnmasse quollen aus der Wunde. Ein Speichelrinnsal sickerte aus einem Mundwinkel, und der Atem des Jungen ging in kurzen, schnellen Stößen. Das linke Auge füllte sich mit einem durchscheinenden Blutfilm.

»Hab keine Angst«, flüsterte Jehanne sanft, »du wirst noch heute bei Gott im Himmel sein.«

Sie hätte schwören können, daß er beinahe lächelte, aber im nächsten Moment rollten seine Augen in den Höhlen nach oben, und er rührte

sich nicht mehr. Sein Geist war zu Gott gegangen, wie Jehanne es versprochen hatte.
Tränenblind strich sie mit einer blutigen Hand über seine Stirn und küßte seine leblose Wange. Sie stellte sich vor, wie irgendwo in einer Provinz jener fernen, geheimnisvollen Insel eine Mutter die Nachricht empfing, daß ihr Sohn, den sie mit seinen Kameraden hatte davonmarschieren sehen, um Frankreich für ihren König zu beanspruchen, nicht zurückkommen würde. Ein Vater würde nicht mehr sehen, wie die Söhne seines Sohnes zu starken Männern heranwuchsen. Und vielleicht wartete in einem fernen Dorf ein junges Mädchen mit der Erinnerung an ihren ersten Kuß, der ihr weitere verheißen hatte, die sie nun niemals bekommen würde.
Jehanne warf den Kopf in den Nacken und heulte. Es war ein langgezogener, wortloser Laut urzeitlicher Wut und Trauer, herzzerreißend und so alt wie das Gefühl selbst.
Ihr Bruder Jehan kniete neben ihr nieder und legte ihr einen Arm um die Schultern. Dann drückte er einen Kuß auf ihr dichtes, verschwitztes Haar. Er hielt sie eine Weile in den Armen, und sie weinte an seiner Brust. Sie weinte nicht nur um den englischen Knaben, sondern um all die prächtigen Männer, die in diesem Krieg abgeschlachtet worden waren wie Vieh. Ihr Schmerz galt dem verwüsteten Dorf, durch das sie auf dem Weg nach Chinon gezogen war, und all den anderen, denen es genauso ergangen war, und den Generationen auf beiden Seiten des Meeres, die durch die Gier der englischen Könige in den Tod getrieben worden waren.
Als sie schließlich keine Tränen mehr hatte, hob sie den Kopf und wischte sich mit dem Handrücken durch die Augen. D'Aulon beugte sich herab und nahm sie bei der Hand. »Bist du wohlauf, Jehanne?« Seine Augenwinkel kräuselten sich sorgenvoll.
Sie nickte.
Pasquerel drängte sich plötzlich atemlos in die Gruppe. Er schnappte nach Luft, als er den toten Knaben auf Jehannes Schoß sah, und fiel neben den beiden auf die Knie. Er machte das Kreuzzeichen und begann die Worte der Letzten Ölung zu murmeln. Die andern senkten

in stillem Gebet die Köpfe. Als er geendet hatte, schlug er noch einmal ein Kreuz über dem Toten.

Erst jetzt sah er Jehannes Gesicht. Die unirdischen brauen Augen schauten ihn über den toten Engländer hinweg an. Sie waren rot umrandet vom Weinen und von der Erschöpfung. Er sah die Trauer, die er in Orléans bemerkt hatte, aber sie hatte sich verändert. Jäh erkannte er, daß sie irgendwo auf dem Wege die zuversichtliche Unschuld verloren hatte, die er in Tours noch an ihr gesehen hatte. Sein Herz krampfte sich zusammen, als er sich ihren kindlichen Glauben an sich selbst und an Gott ins Gedächtnis rief, den sie damals noch gehabt hatte. Da hatte sie noch nicht aus eigener Anschauung gewußt, was Krieg wirklich bedeutete.

Pasquerel fragte sich, wie der Konflikt zwischen Pflicht und Nächstenliebe sich bei ihr auswirken würde. Würde sie nach dem heutigen Tag noch die Tapferkeit haben, die sie brauchte, um den Versuchungen des Teufels zu widerstehen und an ihrem Glauben festzuhalten?

Lange brauchte der Mönch auf die Antwort nicht zu warten.

Als La Hire an diesem Abend seine Geschichte erzählt hatte und sich anschickte, sie noch einmal zum besten zu geben, suchte Jehanne ihren Beichtvater auf, und sie zogen sich zusammen zu einem abgelegenen Fleckchen unter dem gütigen Vollmond zurück. Sie kniete im hohen Gras nieder, und er segnete sie. Das geisterhafte Mondlicht umgab ihr Haar wie eine Haube, und sie schien zu leuchten in ihrer Rüstung, die sie noch nicht hatte ablegen können. Schatten fingen sich in den ernsten Zügen ihres Gesichts, und sie sah zerbrechlich aus wie eine Gipsstatue, aber als sie sprach, klang ihre Stimme kräftig und zuversichtlich.

»Ich hasse die Engländer nicht mehr. Ich habe Mitleid mit ihnen. Gott hat ihren Feldzug gegen Frankreich verdammt, weil es ein Plan des Teufels ist, der ihnen nur Tod und Niederlage einbringen wird. An diesem toten Soldaten habe ich heute gesehen, daß Gott die Engländer ebenso zärtlich liebt wie die Franzosen, und in meinem Herzen weiß ich, daß er sie in seinem Reich willkommen heißen wird. Ich bete, daß Gott die Finsternis von ihren Augen nehmen und sie erkennen lassen wird, daß ihr Platz in ihrem eigenen Land ist. Dann werden sie aufhören, ihre jungen Männer hierher in den Tod zu schicken.«

Denn sterben würden sie, fuhr sie fort, von den Händen der gesalbten Armee Gottes. Wenn sie nicht hörten, könnte sie nichts mehr daran ändern; die Armee hätte keine andere Wahl, als sie zu töten. Sie bedauerte von ganzem Herzen, daß es so sein mußte. Sie bat um die nötige Kraft zur Vollendung ihrer Mission und auch darum, daß Gott die französische Armee weiter beschützen möge.

»Lesen Sie eine besondere Messe für mich und eine für die Männer des Dauphins?« Sie wandte ihr hageres Gesicht Pasquerel zu; im kühlen Licht sah sie aus wie ein Geist.

Seine Seele erbebte von einer zärtlichen Liebe zu ihr, und er lächelte. »Natürlich, mein Kind. Hast du sonst noch etwas auf dem Herzen?«

Sie schüttelte den Kopf.

Er segnete sie mit dem Zeichen des Kreuzes. »In nomine patris, et filii, et spiritus sancti.«

Sie betete leise, als er die Worte der Absolution sprach, obwohl sie gar nicht gebeichtet hatte. Als er fertig war, bekreuzigte sie sich und stand auf.

Er sah ihr nach, als sie zum Lagerplatz zurückging, und ihm wurde bewußt, daß sie sich keinerlei Vorwurf gemacht hatte, wie es bisher ihre Gewohnheit gewesen war. Erleichtert dankte er Gott dafür, daß er Jehanne geholfen hatte, sich selbst zu vergeben, und bat ihn, ihr die Kraft zu verleihen, sich nie wieder selbst zu bestrafen. Sie war jetzt auf dem richtigen Weg und wußte, daß sie ein Soldat des Himmels war.

Als Jehanne von Pasquerel zurückkam, bestieg sie ihr Pferd und ritt mit d'Alençon zu einem Gasthof in der Stadt. Dort, hatte der Herzog gesagt, würden sie Talbots endgültige Kapitulationserklärung entgegennehmen. Sie nahm niemanden von ihrem Gefolge mit, obwohl sie alle energisch widersprachen; sie mußte jetzt allein sein, fern von ihnen und ihrem andauernden Beschützerstreben. Heute nacht würde sie in einer Kammer schlafen, die d'Alençon im Gasthof für sie gemietet hatte, und dort würde sie völlig sicher sein.

Im Gasthof wimmelte es von Soldaten. De Gaucourt, der Bastard und Gilles de Rais waren bereits da und warteten, als Jehanne und d'Alençon eintraten. Die Männer hatten die Tische aus der Mitte der Schankstube beiseite geschoben und einen Stuhl vor den leeren Kamin gestellt. D'Alençon nahm seinen Platz als Befehlshaber der Königlichen Armee ein, und die anderen Kriegsherren stellten sich rechts und links von ihm auf.

Lord Talbot wurde mit gefesselten Händen hereingeführt; rauh stieß die Wache ihn auf d'Alençon zu. Er taumelte ein paar Schritte und fand dann sein Gleichgewicht wieder.

Angesichts seines Rufes hatte Jehanne damit gerechnet, daß er mindestens so abscheulich wie Richemont aussehen würde, aber das war nicht der Fall. In jedem Land der Welt hätte er als gutaussehender Mann gegolten. Nicht einmal der Staub auf seiner zerrissenen *huque* konnte die Aura der Würde beeinträchtigen, die ihn wahrscheinlich selbst dann noch umgab, wenn er nackt war. Er war mittelgroß und von kräftiger Statur, und er hatte eine schmale Taille und muskulöse, wenn auch etwas krumme Beine. Sein kurzes, dunkelbraunes Haar war zwar zerzaust, aber sauber geschnitten. Ein fein gestutzter Bart bedeckte sein Kinn und umrahmte die schmalen Lippen. Mit intelligenten haselnußbraunen Augen schaute er den Herzog an, der vor ihm saß; er warf Jehanne einen kurzen Blick zu und schaute dann wieder d'Alençon an.

»Nun, Seigneur Talbot«, sagte der junge Mann liebenswürdig, »endlich, so scheint es, begegnen wir einander. Ich möchte wetten, heute morgen haben Sie noch nicht damit gerechnet, daß Sie sich in dieser Lage wiederfinden könnten.«

Talbot hob das Kinn und sagte mit stoischer Miene und präzisem Tonfall: »Das ist Kriegsgeschick.«

»Allerdings.« Das Lächeln des Herzogs war bitter. »Ich kenne die Geschicke des Krieges sehr wohl, denn ich habe drei Jahre im burgundischen Kerkerturm von Le Crotoy verbracht. Kein so übler Ort eigentlich – es sei denn, man bedauerte nicht nur den Verlust der Freiheit, sondern wüßte überdies, daß das vom Feind geforderte Lösegeld die Familie in Armut stürzen wird. Sind Sie ein reicher Mann, Seigneur Talbot?«

Statt einer Antwort hob der Engländer nur das Kinn.

»Gleichviel. Vielleicht werden wir Sie eines Tages freilassen, wenn wir den Krieg gewonnen und Karl den Thron zurückgegeben haben.«

»Dann werde ich wohl noch lange in Gefangenschaft bleiben müssen, Sir«, sagte Talbot mit einen Anflug von stolzer Ironie. »Denn sehen Sie, Frankreich hat ja bereits einen König; im Vertrag von Troyes hat man sich legal auf ihn geeinigt.«

»Die Feinde Frankreichs mögen sich auf ihn geeinigt haben, aber nicht das Volk.« Die seidige Stimme des Bastards umhüllte das Gift in seinen Worten.

Talbot schaute die Männer höhnisch an. »Was heißt das schon? Ein Königreich wird von seinem Monarchen regiert, nicht von seinem Volk. Und auch nicht von seinen Lords«, fügte er vielsagend hinzu. »Dieses Privileg ist allein dem König verliehen und vom Himmel vorherbestimmt durch Abstammung und Verträge. Und so betrachtet, ist Heinrich VI. König von England und von Frankreich.«

»Ach ja? Ich kann mich nicht an eine Krönung erinnern, bei der dem Knaben dieser Titel und die dazugehörigen Privilegien verliehen worden wären«, sagte der Bastard freundlich. »Ich weiß nicht, wie man diese Dinge in England handhabt, aber hier in Frankreich unterzieht der König sich einer uralten Zeremonie, die seit fast tausend Jahren existiert. Einer Zeremonie, die ihn an Gott bindet – und, jawohl, an sein Volk. Da aber Heinrich nicht zum König von Frankreich gekrönt wurde, ist er auch nicht König von Frankreich, sondern leiglich ein Prätendent.«

»Da irren Sie sich, Bastard. Ihr verstorbener König hat Heinrichs Vater zu seinem Erben eingesetzt, und somit ist Karl der Prätendent.« Talbot schnaubte. »Ja, selbst Karls eigene Mutter hat bestritten, daß er zur Thronfolge berechtigt ist; sie erklärt, sein Vater war jemand an-

ders und nicht der König, und als Mutter sollte sie das wissen. Und daß Heinrich noch nicht gekrönt wurde« – er lächelte d'Alençon mit schmalen Lippen zu – »nun, das werden wir bald ändern.«
D'Alençon umfaßte seine Armlehnen und erhob sich langsam. Seine Nasenflügel weiteten sich erzürnt. »Die Herkunft Ihres kleinen Königs aus der Morgendämmerung des französischen Königtums und vom heiligen Clovis läßt sich allein über seine Mutter feststellen, und daher kann er nach salischem Recht nicht Träger der Königswürde sein. Karl VII., der wahre Sohn Karls VI. und Enkel Karls V., ist der rechtmäßige Herr dieses Reiches, und Gott wird ihn dazu ernennen. Und täuschen Sie sich nicht: Sie mögen recht haben, wenn Sie behaupten, daß die meisten von uns das französische Volk nicht kennen, aber es gibt eine unter uns, die es kennt, und sie wurde von Gott gesandt, die Krone zurückzuerobern, die Sie gestohlen haben. Hast du ihm irgend etwas zu sagen, Jehanne?« Er drehte sich nicht zu ihr um, sondern ließ den berühmten Gefangenen nicht aus den Augen.
Mit unbewegtem Blick musterte der englische Lord ihre Männerkleidung und ihre stolze Haltung.
»Ja«, antwortete sie, ehe sie sich versah. »Ich bin die Jungfrau Jehanne ...«
»Ich weiß, wer und was du bist«, schnitt Talbot ihr in präzisem Tonfall das Wort ab. »Du bist ein stinkender Bauerntrampel, eine Kuhmagd, die diesen ›edlen Herren‹ mit ihrem dummen Geschwätz und ihren unausgegorenen Ruhmesträumen eingeredet hat, sie sei von Gott gesandt. Du bist ein Glied des Bösen, der unsere Niederlagen durch Zauberei zustande gebracht hat, wie du sie im Bunde mit ihm betreibst. Eines Tages werden wir dich ohne deine Verräterarmee zu fassen bekommen, und dann werden wir dich verbrennen.« Sein ruhiger Blick berührte eine eiskalte Stelle in ihrem Innern, und es fröstelte sie, noch während ihr Zorn erwachte.
»Das ist eine Lüge«, antwortete sie. »Ich bin die Botin Gottes, gesandt, damit ich Frankreich aus den gierigen Klauen eures Königs befreie. Hören Sie auf meine Worte, Seigneur Talbot: Gott hat mir gesagt, daß kein englischer König jemals in Frankreich regieren soll. Wer ver-

sucht, es zu erobern, wird Niederlage um Niederlage erleiden – bis ihr verstanden habt, daß er euch nicht erlaubt, es zu nehmen. Der Segen des Himmels wird eurem König versagt bleiben, bis er von seinem ruchlosen Unternehmen abläßt und euch alle in euer Vaterland zurückholt.«

Talbot verzog höhnisch den Mund unter dem Schnurrbart, und er sah sie an, als wäre sie ein Stück Abfall. Sie fühlte, wie die Macht sie durchströmte und seine Drohung unwirksam machte. Ich fürchte kein Unheil, ermahnte sie sich.

Laut sagte sie: »Sie zweifeln an meinen Worten, ich weiß. Gleichwohl spreche ich die Wahrheit, wie Gott sie mir offenbart hat. Ich bete zu ihm, daß Sie es erkennen mögen, bevor es zu spät ist.«

»Und ich bete täglich um deinen Tod. Ich hoffe nur, daß ich dabeisein und sehen kann, wie du verbrennst.« Tödliche Kälte erfüllte die majestätische Stimme.

»Aber statt dessen werden Sie in einem französischen Kerker sitzen«, sagte d'Alençon schroff. »Abführen.« Die Wache packte Talbot bei den Armen und schleifte ihn zur Tür hinaus.

Als Jehanne an diesem Abend in der behüteten Sicherheit des Gasthofes einschlief, betete sie, daß das unbehagliche Grauen, das er in ihr hervorgerufen hatte, wieder verschwinden möge. In der selbstsicheren Würde, die Talbot trotz seiner Gefangenschaft zur Schau getragen hatte, war etwas fast Überzeugendes gewesen, und seine Worte hatten bestrickend geklungen. Jehanne wußte, daß er unrecht hatte, und doch fühlte sie sich gegen ihren Willen zu ihm hingezogen.

Talbot haßte sie, das hatte sie in seinem Gesicht gelesen; ein Irrtum war nicht möglich. Das verwunderte sie. Sie hatte wahrheitsgemäß und mit sanfter Stimme zu ihm gesprochen und ihm gesagt, was Gottes Wille für dieses Königreich war, sie war frei von Bosheit und Rachsucht gewesen. Und trotzdem haßte er sie und wünschte ihr den Tod.

Viele Male würde sie diese Begegnung während der kommenden

Monate im Geiste noch einmal erleben, und nicht einmal die barmherzigen Versicherungen ihrer Ratgeber konnten das Erlebnis ganz aus ihrem Gedächtnis löschen. Das Gift seiner Drohungen wich erst von ihr, als der erste Schnee fiel.

Mit Pasquerels Hilfe schrieb Jehanne an die »loyalen und vornehmen Franzosen in der Stadt Tournai«. Sie berichtete ihnen, daß sie die Engländer innerhalb einer Woche von der Loire verjagt, viele getötet und etliche gefangengenommen habe. Sie beendete den Brief, indem sie alle zu Karls Krönung einlud. Ohne abzuwarten, daß sie ihn darum bat, las Pasquerel ihr den Brief noch einmal vor, und während sie seiner milden Stimme lauschte, wie sie alle ihre Worte wiederholte, ging sie im Zelt auf und ab, die Hände hinter dem Rücken verschränkt.
»Das ist gut«, sagte sie, als er fertig war. »Und jetzt will ich an den Herzog von Burgund schreiben.«
Pasquerel tauchte seine Feder ins Tintenfaß und wartete. Seit Patay trug er keine Mönchskutte mehr, sondern ein schlichtes Hemd und eine Hose, die in Falten über den Knöcheln lag. Zu Jehanne hatte er gesagt, da er ja nun praktisch ein Angehöriger der Armee sei, müsse er sich auch kleiden wie ein Soldat. In Wahrheit waren seine Mönchsgewänder so sehr von Blut durchtränkt, daß auch die stärkste Seife sie nicht mehr in ihren ursprünglichen Zustand hatte zurückversetzen können. Aber davon sagte er ihr nichts. Er wollte sie nicht an das Gemetzel erinnern, das sie zusammen mit angesehen hatten.
Sie richtete dem Herzog ihre Grüße aus und erklärte dann, sie hoffe, daß er durch Gottes Gnade wohlauf sei. Der König des Himmels habe ihr befohlen, den Dauphin auf seiner Reise nach Reims zu begleiten, und dort werde er schon bald gesalbt und zum wahren König von Frankreich gekrönt werden. Der Mord am Vater des Herzogs, an Jehan dem Furchtlosen, sei eine große Tragödie für Frankreich gewesen, aber wenn der Herzog es über sich bringen könne, sich mit dem Dauphin zu versöhnen, werde überall im Reich großes Frohlocken ausbrechen, und Frankreich werde geheilt sein. Sie lud ihn ein, an der

Reise nach Reims teilzunehmen und auch seinen Platz bei der uralten Zeremonie einzunehmen, die Karl zum König machen würde. Sie bete, daß Gott das Herz des Herzogs mit Nächstenliebe durchwehen werde, so daß dieser sich an seine alte Gefolgschaftstreue zur Dynastie der Valois erinnerte.

Während der Mönch die Bögen zusammenfaltete und versiegelte, betrachtete er ihr erschöpftes Gesicht. Es gab Zeiten – wie jetzt –, da sah sie geradezu rührend jung aus. Ihre Augen hatten vor Müdigkeit dunkle Ränder, und sie hielt sich leicht gebeugt, als sei die Bürde ihrer Mission fast zu schwer für sie. Sie trug ein altes Hemd und grobgesponnene Strümpfe, die ihre Waden bis zu den Stiefeln bedeckten. Minguet hatte ihr ein paar Tage zuvor die Haare geschnitten, und in dieser Kleidung sah sie aus wie ein einfacher Soldat.

»Ich möchte jetzt schlafen«, sagte sie und rieb sich die Augen. Sie ließ sich auf einen Schemel sinken und zog sich ächzend einen Stiefel aus.

»Soll ich Minguet rufen, damit er dir etwas zu essen bringt?« fragte der Pater. »Du hast seit heute morgen nichts mehr gegessen.«

»Nein, danke.« Sie lächelte müde.

»Aber Jehanne, du mußt etwas essen, damit du deine Kraft behältst.«

»Ich bin nur müde. Ich werde morgen essen, wenn ich ausgeruht bin.« Sie zerrte an ihrem anderen Stiefel. »Ich habe in den letzten paar Tagen nie mehr als ein paar Stunden geschlafen.«

»Ich weiß«, sagte er, und seine sanfte Stimme bekam einen scharfen Unterton. »Du versuchst zuviel auf einmal zu tun. In der letzten Woche hast du als Verbindungsglied zwischen der Armee und den Bürgern von Orléans gedient, du hast das Heer neu ausgerüstet, du hast den Dauphin besucht, du hast die Armee von Orléans hierher nach Gien geführt. Du willst alles selbst tun. Du mußt ruhiger werden.«

Eine Zeitlang antwortete sie nicht, sondern schaute zu Boden und hielt abwesend den Stiefel mit beiden Händen umfaßt. Dann hob sie den Blick zu Pasquerels sorgenvollem Asketengesicht. »Niemand außer mir kann es tun.« Sie flüsterte fast. »Und wenn ich es nicht tue, wird es nicht getan.« Ihr altes Lächeln flackerte auf. »Sie wissen, wie schwer es ist, die Leute in die richtige Richtung zu lenken.«

Er wußte nichts zu antworten. Sie hatte recht wie immer.
Sie griff nach dem anderen Stiefel und stand auf. »Ich gehe zu Bett. Bitte sagen Sie Minguet, er soll mich früh wecken. Ich muß mich bereithalten für den Fall, daß der Dauphin beschließen sollte, morgen nach Reims zu reisen.«
Pasquerel bemerkte die Bitterkeit in ihrem Ton, ein Hauch nur, aber doch spürbar. »Schlaf gut, mein liebes Kind.«
Sie lächelte dankend und begab sich müde in den hinteren Teil des Zelts, wo sie sich auf ihre kleine Pritsche fallen ließ.
Den Dauphin zu seiner Reise nach Reims zu bewegen war schwieriger als erwartet. Nicht nur, daß Trémoïlle und der Erzbischof immer zugegen waren und Karl mit Lügen und Halbwahrheiten anstachelten – auch der Dauphin selbst schien zu zaudern, statt eilends seiner Bestimmung zuzustreben. Immer wieder brachte er Ausflüchte vor und erklärte, er habe nicht genug Geld, um die Armee zu bezahlen. Inzwischen wußte er sicher genauso gut wie sie, daß es die Ritter und Soldaten gar nicht mehr kümmerte, ob sie bezahlt wurden oder nicht. Sie siegten jetzt endlich, und so strömten sie aus ganz Frankreich nach Orléans und Patay und Gien, um mit der Jungfrau für Gott und für Karl zu kämpfen.
Ihre Unzufriedenheit mit dem Dauphin hatte sie drei Tage zuvor aus der Haut fahren lassen, als er in St.-Benoît-sur-Loire zu ihr und den Truppen gekommen war. Sie hatten zugeschaut, wie die Soldaten und die Artillerie an ihnen vorbeigezogen waren, auf dem Weg von Orléans an diesen Ort am Rande von Gien, und Karl hatte sich plötzlich zu ihr umgedreht und mit gekünstelter Besorgnis gesagt: »Jehanne, wir fürchten, was du zur Zeit am dringendsten brauchst, ist Ruhe.«
Sie war zuvor die halbe Nacht auf den Beinen gewesen und hatte mitgeholfen, die Armee marschbereit zu machen. Es schien eine Ewigkeit her zu sein, daß sie eine anständige Mahlzeit zu sich genommen und eine Nacht durchgeschlafen hatte. Es vergrößerte ihre Erschöpfung noch, daß Karl sie immer wieder hinzuhalten und Umwege zu machen versuchte – hier hatte er noch eine Königliche Stadt zu be-

suchen, dort noch einen örtlichen Seigneur zu umwerben –, und ihr war zumute, als müßte sie einen großen Stein bergauf rollen.
Auch jetzt versuchte er es wieder, mit dieser gekünstelten Rücksicht auf ihr Wohlbefinden. Sie wußte, er hatte lediglich Angst vor seiner künftigen Rolle als König und hoffte, daß er sein Schicksal hinausschieben könnte, wenn sie hier eine Ruhepause einlegten. Es betrübte sie, daß er sich im Ernst keine Gedanken darüber machte, welche Last er ihr da aufbürdete. Außerdem spürte sie deutlicher denn je, daß sie sich um alles würde kümmern müssen, was nach Reims führte.
Sie brach in Tränen der Hilflosigkeit aus. »Oh, Sire, bitte zweifeln Sie doch nicht! Ihr ganzes Königreich wird Ihnen zurückgegeben werden, und Sie werden gekrönt werden!«
Von ihrer Hellsichtigkeit überrascht, hatte er nach Luft geschnappt und nicht geantwortet.
Wenn sie jetzt nur daran dachte, füllten ihre Augen sich wieder mit Tränen; sie rannen ihr ins Haar, und sie wischte sie weg. Karl war nicht der Edelmann, der strahlende Prinz, den sie sich als Kind vorgestellt hatte. Er war willensschwach, unschlüssig und ängstlich. Das hatte sie schließlich einsehen müssen – auch wenn sie nie ein Wort gegen ihn sagen und immer für ihn eintreten würde. Aber sie fragte sich doch unwillkürlich, warum Gott gerade ihn zum König auserkoren hatte.
Gott irrt nicht. Karl wird eines Tages ein starker König sein, und er wird sein Königreich eines Tages für Gott und für sein Volk befreien.
Aber warum ist es so schwer?
Zum Wohle seiner Seele und der deinen. Schlaf jetzt, Kind Gottes, und ruhe in seinen liebevollen Armen.
Sie warf sich noch eine ganze Weile auf dem schmalen Bett hin und her, und dann schlief sie. Mitten in der Nacht erwachte sie in den Klauen ihres alten Alptraumes. Erst kurz vor Sonnenaufgang schlief sie erschöpft wieder ein.

Kapitel 10

Vereinigung in Reims

2. bis 18. Juli 1429

»Bruder Richard? Wer ist das?« Jehannes Brauen kräuselten sich über der Nase, die sich von einem Sonnenbrand schälte. Schweißperlen glitzerten auch auf ihrer Oberlippe, und sie wischte sich mit dem Ärmel über die Stirn.

»Ein Franziskaner, der kürzlich aus Paris gekommen ist«, sagte Pasquerel. »Und vorher – das behauptet er wenigstens – kam er aus Jerusalem, wo sein Orden das Heilige Grab gegen die Ungläubigen bewacht.«

»Das hört sich an, als glaubten Sie ihm nicht, Pater Pasquerel.« Sie lächelte.

Ihr Beichtvater zuckte die Achseln. »Es ist möglich, daß es stimmt, was er sagt. Ich war nie im Heiligen Land. Aber ich habe ihn vor sechs Monaten in Paris sprechen hören, und ich sage dir, seine Rede klingt machtvoll, dafür kann ich mich verbürgen.«

Die Gluthitze des Nachmittags erfüllte das Zelt im Sonnenschein, und seine Bewohner zerflossen zu Pfützen des Unbehagens. Jehanne trug ein weißleinenes Hemd, das ihr zwischen den Schulterblättern am Rücken klebte. Gelbliche Kreise verfärbten das Hemd unter den Achseln, und sie merkte, daß sie stank. Der helle Stoff ließ sie dunkler denn je aussehen, als sie jetzt mit übereinandergeschlagenen Beinen auf einem Feldhocker saß. Ab und zu kratzte sie sich an den Beinen, denn die enge Hose juckte. Weil der Dauphin sich noch nicht zur Belagerung von Troyes entschieden hatte, lag ihre Rüstung säuberlich gestapelt in einer Ecke. Es war unwahrscheinlich, daß es heute noch zur Schlacht kommen würde, denn in zwei Stunden wäre es dunkel. Ihr ganzes Gefolge und d'Alençon waren bei ihr. D'Aulon, Raymond, ihre Brüder und sogar Minguet saßen mit bloßem Oberkörper auf dem Boden, und der Schweiß lief ihnen in trägen Rinnsalen über den Rücken. D'Alençon hatte ein hauchfeines Hemd aus perlgrauer Seide an; der weite, offene Kragen offenbarte eine schwarzbehaarte Brust. Seine Wangen leuchteten erhitzt durch die dunklen Stoppeln, die zum Kinn hin dichter wurden. Seine hochgewachsene Gestalt saß auf dem einzigen anderen Schemel, wie es seinem Rang zukam. Rechts neben Jehanne lag Poulengy auf der Seite mit dem Kopf auf einer zusammengerollten Bettdecke, und Metz hockte mit gekreuzten Beinen neben ihm.

»Es heißt, er kann stundenlang predigen, ohne zu ermüden«, sagte d'Alençon nachdenklich. »Ist das wahr?«

»O ja, der Mann scheint überhaupt nie müde zu werden«, antwortete Pasquerel von seinem Platz zu Jehannes Füßen aus. »Ich habe erlebt, daß er von mittags bis abends acht Uhr sprach, und seine Botschaft war so überzeugend, daß die Pariser nachher ihre Würfel und Spieltische auf einen Scheiterhaufen warfen. Und die Frauen verbrannten ihre hohen Hüte und Schleppen und opferten damit gleichsam ihre Eitelkeit.«

Die Armee lagerte vor der Stadt Troyes in der Nähe eines Dorfes namens St.-Phal, mitten in einer Gegend, die den Burgundern treu ergeben war. Betrübt hatte Jehanne feststellen müssen, daß die Bevölkerung von Troyes unerbittlich dagegen war, den Dauphin in ihre Stadt zu lassen – betrübt, aber nicht überrascht, denn es war zu erwarten gewesen. Troyes war der Ort, an dem der verstorbene, wahnsinnige König seinen verachtungswürdigen Vertrag mit Heinrich V. geschlossen hatte, in dem der Dauphin enterbt worden war. Es gab hier eine kleine englisch-burgundische Garnison hinter den stark befestigten Mauern, die in früheren Scharmützeln zahlreiche Gefangene genommen hatte, um damit ein Lösegeld zu erpressen. Am Tag zuvor hatte Jehanne einen Brief an die Bürger der Stadt geschrieben, den sie aber noch nicht abgeschickt hatte: Wenn sie Karl als ihren wahren König anerkannten, werde die Armee die Stadt verschonen – wenn nicht, müßten sie mit einem Angriff rechnen. Jehanne wußte sehr wohl, daß sie mit ihren Kanonen gegen die dicken Mauern von Troyes nichts ausrichten konnten, aber ihre Ratgeber hatten ihr den Sieg versprochen, und sie zweifelte nicht daran, daß sie ihn erringen würden.

Und jetzt hatte die Stadt, ohne ihr Ultimatum zu Gesicht zu bekommen, auf den Aufmarsch der Armee hin eine Delegation unter Leitung dieses dubiosen Bruder Richard herausgeschickt – aber nicht zu Karl, sondern zu Jehanne. Ihn ließ sie jetzt draußen warten, während sie sich im Zelt mit ihren Freunden beriet.

»Ich will ihn sehen«, erklärte Pierre voller Ungeduld. »Bitte, Jehanne, laß uns hören, was er zu sagen hat.«

»Eine ganze Menge, möchte ich wetten.« D'Alençon lachte leise, und seine dunklen Augen funkelten boshaft. »Es heißt, er habe die Leute angehalten, Bohnen für den Erlöser zu säen, der nach seinen Prophezeiungen kommen und sich gegen den Antichrist stellen und ihn besiegen werde, und die Leute haben es getan. Jetzt soll es in Troyes Bohnen in Hülle und Fülle geben, was natürlich für unsere Armee von Nutzen wäre – wenn wir sie in unsere Hände bringen könnten.«

Jehanne schaute ihn an, und er hob lächelnd die Schultern. Die andern schauten sie erwartungsvoll an, aber sie wußte nicht, was sie ihnen sagen sollte.

Ihre schweißnasse Stirn legte sich in nachdenkliche Falten. »Ich muß ein bißchen beten.« Sie stand auf. »Ich komme bald zurück.«

Sie ging in ihr Abteil am hinteren Ende des Zeltes, schlug die Klappe herunter und kniete neben ihrer Pritsche nieder. In letzter Zeit war es so heiß, daß sie sich angewöhnt hatte, mit einer Decke im Freien zu schlafen, und nur noch hier hereinkam, wenn sie etwas aus ihrem Gepäck brauchte – frische Kleider etwa. Jetzt aber war es der einzige Ort, an dem sie ungestört sein konnte, mochte es auch noch so stickig sein. Sie bekreuzigte sich und faltete die Hände. Sie hörte, wie ihre Kameraden hinter dem dünnen Musselinvorhang über die Vorzüge des Bruder Richard diskutierten.

Ein paar Augenblicke lang fühlte sie ihre Ratgeber nur undeutlich. Sie lenkte ihren Blick auf einen Fleck an der Zeltleinwand, den ein eingetrockneter Schlammspritzer hinterlassen hatte, und je mehr sie sich darauf konzentrierte, desto weiter schien der Fleck sich zu einer klaffenden Öffnung zu dehnen, und im nächsten Augenblick glitt sie durch unermeßliche Höhlen in die schützende Kühle, wo das Licht am stillsten und sie stets sicher war. Die Ratgeber begannen mit sanftem Strahlen und füllten nach und nach ihr Gesichtsfeld aus, bis sie alles andere aus ihrem Bewußtsein verdrängt hatten.

Wer ist dieser Bruder Richard? Ist er wirklich von Gott?

Alle sind von Gott, Jehanne. Das weißt du doch.

Das meine ich nicht. Bitte scherzt nicht mit mir. Dies ist zu wichtig.

Sein Werk ist nicht das gleiche wie deines. In diesem Sinne ist er nicht Gottes Bote. Er spricht von der Endzeit, und das macht den Leuten nur angst. Aber Gott liebt sie so sehr, daß er ihren Untergang nicht herbeiführen wird, wie sie es befürchten.

Soll ich ihn denn empfangen?

Er bringt in seinem Gefolge ein Friedensangebot für die Stadt. Du würdest gut daran tun, dieses Angebot anzunehmen. Was aber seine Bedeutung angeht, so mußt du deine eigenen Schlüsse ziehen. Verlaß dich auf das Gefühl, das Gott dir gegeben hat, und du wirst klug entscheiden.

Sie sprach gemächlich ein Paternoster und bekreuzigte sich dann.

Ihr Gefolge unterbrach das Gespräch über den rätselhaften Franziskaner und drehte sich um, als sie wieder hereinkam. »Wir wollen hören, was Bruder Richard zu sagen hat«, erklärte sie lächelnd.

Ihre Brüder richteten sich auf und klatschten lachend Beifall. D'Alençon erhob sich schwerfällig und zog sein Hemd zurecht. Pasquerel knurrte: »Das wollen wir hören, in der Tat.« Steifbeinig stand er ebenfalls auf.

An die dreißig recht gut gekleidete Männer wimmelten draußen vor dem Zelt umher und tuschelten scheu miteinander. Ein Stück weiter links standen flüsternd fünf oder sechs Soldaten; mit sichtlicher Geringschätzung musterten sie die Stadtleute, die herausgekommen waren, um die gefürchtete Jungfrau zu besichtigen, die entweder voll der Gnade Gottes oder aber eine Hexe aus der Hölle sein sollte. Für die

Soldaten war Jehanne nichts weiter als ihre Kameradin, ihre Jungfrau, bodenständig und nah wie eine Schwester.
Die Männer von Troyes erstarrten, als sie ihrer ansichtig wurden. Die Ähnlichkeit mit verängstigten Kaninchen war so groß, daß Jehanne am liebsten gelacht hätte. Unter den bescheiden, aber wohlhabend gewandeten Herren stach einer besonders hervor: ein nachlässig gekleideter Mönch in grob gewebtem Sackleinen, das von Läusen nur so wimmelte. Jehanne wußte sofort, daß dies Bruder Richard sein mußte.
Ohne Vorwarnung flog eine Spinnenhand in die Höhe – eine dramatische Geste, mit der die Bauern sich vor dem Bösen Blick schützten. Sie schob die Daumen hinter ihren weißen Webgürtel und lächelte. »Nur mutig heran. Ich verspreche, daß ich nicht wegfliegen werde«, sagte sie in spöttisch beruhigendem Ton. Ihr Gefolge lachte, und Kameradschaft umhüllte sie liebevoll.
Bruder Richard ließ langsam die Arme sinken und machte wachsam schmale Augen. »Bist du vom Teufel oder von Gott?«
»Die Kirche sagt, ich bin von Gott«, antwortete sie strahlend. »Der Dauphin sagt, ich bin von Gott. Meine Ratgeber sagen mir, sie kommen von Gott, und da sie nur von Gott sprechen, nicht aber vom Teufel, sage ich, ich komme auch von Gott. Und was sagen Sie, Bruder Richard?«
Mißtrauisch und langsam kam er näher. Seine Kutte war bekleckert von den Spuren längst verzehrter Mahlzeiten, und er roch nach Schweiß, nach altem und nach neuem. Er machte ein Kreuzzeichen in der Luft zwischen ihnen, und dann kniete er vor ihr nieder.
Mit boshaftem Lächeln sank sie ebenfalls auf die Knie. Ein paar Augenblicke lang schauten sie einander prüfend an, und jeder suchte die Beschaffenheit der anderen Seele zu erkunden.
»Und jetzt, da wir beide voreinander knien – was tun wir jetzt?«
Der Scherz war zuviel für ihn. Sein Mund öffnete sich, und hinter mächtigen Zähnen brach ein rauhes Lachen hervor; es klang wie Eselsgeschrei. Er war ein so komischer Mann – im Gegensatz zu seinem Ruf –, daß Jehanne sich voller Erleichterung von seiner Heiter-

keit anstecken ließ. Auch ihre Gefährten lachten, allerdings nicht sehr freundlich, und ohne hinzusehen wußte sie, daß sie einander in die Rippen stießen.
Als sie das Wesen des Mönchs ertastete, ahnte sie, daß einige seiner Ideen blanker Unfug waren, daß er aber aufrichtig an Christus glaubte und an alles, was er sagte. Er bedrohte weder sie selbst noch ihre Mission. Ohne auf seine Antwort zu warten, sprang sie wieder auf.
Er erhob sich langsam und schaute dann aus unerwarteter Höhe auf sie herab. »Ich habe eine Botschaft für dich aus Troyes.« Er verzog den Mund auf eine etwas weibisch anmutende Weise.
»Das habe ich schon gehört.« Sie lächelte trocken. Minguet kicherte, und Pierre prustete erheitert durch die Nase.
Bruder Richard verzog den Mund spöttisch noch weiter, als habe er ein großes Geheimnis und erwarte nun, daß sie frage, worum es gehe. Sie spreizte die Hände. »Nun?«
Er tat einen Schritt auf sie zu, legte ihr einen schmutzigen Arm um die Schultern und flüsterte mit stinkendem Atem: »Bohnen. Gott hat mich geheißen, dem Volk zu sagen, es solle Bohnen für seinen Erlöser pflanzen. Wenn du von Gott kommst, mußt du dieser Erlöser sein, und dann sind die Bohnen für dich. Aber bevor wir sie dir geben, will Troyes wissen, wie Gott denn mit dir spricht. Starrst du in Wasserpfützen oder so etwas? Oder wirfst du Stöckchen auf den Boden? Erreichen dich die Botschaften auf diese Weise?«
»Das laß meine Sorge sein«, antwortete sie knapp. »Hast du eine richtige Nachricht aus der Stadt? Werden sie ihren Widerstand gegen den guten Dauphin Karl aufgeben, den wahren Erlöser Frankreichs, oder werden sie unsere Armee zwingen, sie anzugreifen?«
»Das weiß ich nicht«, stammelte er, verblüfft über ihre gefaßte Haltung; jetzt endlich spürte er auch ihre Macht. »Ich … ich bin nicht beauftragt, im Namen von Troyes zu kapitulieren.« Er wich einen Schritt zurück.
Einer aus der Abordnung warf einen angewiderten Blick auf den Mönch und trat vor, um sich vorzustellen. »Jehanne, ich bin Pierre de Sologne«, sagte der Mann und schob Bruder Richard zur Seite. Er

trug eine bauschige Mütze mit einer breiten Krempe, die schwungvoll über seine rechte Schulter ragte, und er hatte das lange, schmale Gesicht eines vernünftigen Kaufmanns. »Wir wollten keine Einigung mit dem Dauphin aushandeln, sondern dich sehen.«

»Um mich in Versuchung zu führen, wie der Teufel unseren Herrn in Versuchung geführt hat, meinen Sie wohl«, gab sie zurück. »Nun, Sie haben mich gesehen. Jetzt gehen Sie nach Troyes zurück und überlegen Sie sich, was Sie wollen: Belagerung und Niederlage oder friedliche Unterwerfung.« Sie schob die Hand unter ihr Hemd und zog ein durchfeuchtetes Stück Pergament hervor. »Geben Sie das Ihren Ratsherren und sagen Sie ihnen, sie sollen sich rasch entscheiden. In Gottes Namen – der Dauphin soll noch vor dem Ende dieses Monats in Reims gekrönt werden.«

Und damit wandte sie ihnen den Rücken zu und kehrte in ihr Zelt zurück, ehe noch jemand wußte, wie ihm geschah.

Drinnen war es um so drückender nach der frischen Luft draußen. Jehanne ging zu einem der Schemel und setzte sich hin. Sie war in Wirklichkeit nicht so zornig, wie sie getan hatte. Die Herren aus der Stadt waren Dummköpfe, aber auf alle Fälle war ihnen nicht daran gelegen, ihre Stadt belagern und ausplündern zu lassen; sie versuchten nur, Zeit zu schinden.

Was diesen Bruder Richard anging, so hatte er einen schmierigen Charme, der bei verängstigten Bauern sicher seine Wirkung tat. Aber anders als Jehanne war ihm keine wahre Offenbarung zuteil geworden, und er strebte nach einer Art von Ruhm, die sie verabscheute. Dennoch mußte sie ihn vorsichtig behandeln. Sie durfte nicht zulassen, daß er ihr den Beifall der Öffentlichkeit abspenstig machte, zumindest nicht, solange der Dauphin nicht gekrönt war. Es war besser, sich zu verbünden, als sich feindlich gegenüberzustehen – besser für alle Beteiligten. Sie würde ihn später noch einmal zu sich rufen, wenn der Dauphin in Troyes eingezogen wäre, und dann würde sie ihm eine ausführlichere Audienz gewähren. Aber sie wußte, daß sie auf der Hut sein mußte.

Minguet schob den Kopf durch die Klappe und kam dann ins Zelt.

»Ist alles in Ordnung?« In den letzten Monaten war er ein bißchen gewachsen, und seine Stimme mühte sich, tiefer zu klingen.
»Ja, Minguet.« Sie lachte. »Komm herein.« Sie winkte und ermunterte ihn, zu ihr zu kommen.
Er kam und setzte sich neben sie. »Der Herzog spricht mit den Leuten aus Troyes. Er hat ihnen gesagt, daß du seine Unterstützung und die der Armee hast und daß wir sie besiegen werden, wenn sie deine Entscheidung nicht annehmen. Und dann hat dieser Mann – wie hieß er gleich?«
»Pierre de Sologne?«
»Ja. Der hat gesagt, die Leute in der Stadt meinen immer noch, du könntest auch eine Hexe sein, manche jedenfalls, weil nur eine Hexe für den König eintreten würde, wo er doch so ein Dämlack ist, und da hat der Herzog gesagt, der König ist aber kein Dämlack, und überhaupt weiß die Armee, daß du von Gott kommst und keine Hexe bist, weil du zu Gott betest und er dir antwortet, und unsere Siege waren Wunder vom Himmel.« Atemlos verstummte Minguet.
»Und weiter?« fragte sie lächelnd.
»Und dann hat der Herzog diesen Bruder Richard daran erinnert, daß Gott ihm bestimmt nicht aufgetragen hätte, den Bauern zu sagen, daß sie Bohnen für den Erlöser pflanzen sollen, wenn die Gefolgsfrau des Erlösers eine Hexe wäre, und daß er dich außerdem nicht nach deinen Privatangelegenheiten hätte fragen sollen. Jetzt ist der König hier, und seiner Armee gehen die Vorräte aus. Da sind die Bohnen ein Zeichen Gottes dafür, daß der Erlöser wirklich der König ist. Und dann hat er noch gesagt, daß du von Gott geschickt worden bist, um dem König Gottes Botschaft zu bringen. Also könntest du unmöglich eine Hexe sein.«
Die Zeltklappe öffnete sich, und Jehannes Gefährten kamen herein. D'Alençon war der letzte. Lächelnd kam er auf Jehanne zu. Minguet räumte sofort seinen Platz, und der Herzog setzte sich.
»Ich glaube, wir haben ihnen etwas zum Nachdenken gegeben«, sagte er und schlug die Beine übereinander.
»Werden sie sich Karl fügen?« Dieses Gerede über Hexerei bereitete

ihr Unbehagen. Es erinnerte sie an Talbots Drohungen und an die eiskalte Stelle, die er damit angerührt hatte.
»Das muß man abwarten. Aber ich kann mir nicht vorstellen, wie sie sich jetzt noch weigern sollen.«
Während die Sonne unterging und die Gefährten sich ein karges Abendessen aus trockenem Brot und altem Käse einverleibten, erörterten sie die Antwort auf Jehannes Frage. Sie waren müde, aber die Stimmung war festlich. Jeder hatte eine Meinung zu der Frage, ob Troyes kapitulieren oder sich dem Untergang anheimgeben würde, aber alle wußten, was das Ergebnis sein würde. Troyes würde überwunden werden; Karl würde gekrönt und Frankreich gerettet werden. Am Ende schwirrte Jehanne der Kopf von der endlosen Diskussion ohne klares Resultat; sie nahm ihre Decke, ging hinaus und breitete sie im Gras aus. Dann legte sie sich auf den Rücken, ließ den Kopf auf ihre Satteltasche sinken und verschränkte die Hände dahinter. Tausende von Sternen erfüllten den klaren schwarzen Himmel, so weit das Auge reichte; einer flog pfeilschnell vorüber, und sie schaute ihm nach. Gottes große Wunder ließen sie lächeln. Wie mochte es sein, hinaufzufliegen, höher und immer höher, und eines dieser verbotenen Lichter zu erreichen? Ob man aus so großer Ferne Frankreich noch sehen konnte? Und wie mochte es dann aussehen? Und war da oben der Himmel?
Sie mußte gähnen und schloß die Augen. Überall um sie herum legten die Soldaten sich zur Ruhe. Ein paar Dutzend Schritt weit entfernt sangen einige Männer ein klagendes altes Volkslied, und ihre unharmonischen Stimmen klangen doch klar und rein in ihrer echten Empfindsamkeit. Ganz in der Nähe schnaubte ein angebundenes Pferd, und zwei andere scharrten mit den Hufen. Das Gespräch im Zelt war verstummt, und sie hörte Schritte, die auf sie zukamen. Jemand – nein, zwei oder drei Leute breiteten neben ihr ihre Decken auf dem Boden aus, leise, um sie nicht zu wecken. Jehanne rührte sich nicht – sie sollten nur glauben, daß sie schlief. Sie wollte heute abend keine Gespräche mehr führen. Wenigstens nicht mit ihnen.
Sie atmete nach und nach immer tiefer, und ihr Bewußtsein versank

in echter Schläfrigkeit. Die Welt wich zurück, und sie trieb ins Grenzland der Träume.

Bitte mach, daß Troyes sich ohne Blutvergießen ergibt. Ich werde kämpfen, wenn ich muß, aber Du weißt, daß ich es nicht will.

Gott zwingt den Menschen seinen Willen nicht auf. Ihr Schicksal soll das Ergebnis ihrer Wahl sein, die sie frei treffen. Sorge dich nicht so sehr, flüsterte St. Marguerite. *Sei barmherzig gegen dich selbst und gegen andere, dann wirst du nicht sündigen. Überlasse alles Gott.*

»Alles Gott«, murmelte Jehanne.

Pasquerel lächelte über das schlafende Mädchen an seiner Seite. Er hob die Hand und segnete sie, bevor er selbst einschlief.

Die Soldaten holten sich Bruder Richards Bohnen, trotz der plärrenden Proteste der städtischen Honoratioren, die das Heer nicht daran hindern konnten, weil die Bohnenfelder draußen vor der Stadtmauer lagen, wo die Streitkräfte aufmarschiert waren. Bruder Richard schien nichts dagegen zu haben; er kehrte mit Jehannes Brief nach Troyes zurück. Es hatte ihn beeindruckt, daß sie ihm die Stirn geboten hatte, und er war geheimnisvoll großzügig in seinen Lobgesängen auf sie. Er erklärte, sie sei eine Botin von Gott, so mächtig wie er selbst, und eifrig trat er dafür ein, daß man ihre Bedingungen akzeptieren solle. Die Bürger aber hörten nicht auf ihn und verbrannten ihren Brief. Sie sei keine Beauftragte Gottes, sondern eine Wahnsinnige in den Klauen des Teufels. Immerhin wagten die Leute von Troyes nicht, die Bedeutung der Sendschreiben zu mißachten, die ihnen durch die Herolde des Königs überbracht wurden, selbst wenn sie auch ihm keine Antwort zukommen ließen.

Karl ließ einen Tag verstreichen und befahl dann, die Vorhut des Heeres dichter an Troyes heranrücken zu lassen. Die Garnison unternahm einen Ausbruch und lieferte sich ein Scharmützel mit den Belagerern, wurde aber nach kurzer Zeit geschlagen und zog sich in den sicheren Schutz der Festungstürme zurück. Karls Soldaten umzingelten ungehindert die Stadt. Bei dieser Gelegenheit fanden sie die Bohnenfelder, die Bruder Richard unabsichtlich für sie angelegt hatte. Sie hatten großen Hunger: Das Essen wurde zusehends knapper, und bald würde etwas geschehen müssen, denn sonst könnten sie nicht mehr lange durchhalten.

Niemand wußte das besser als Karl. Dennoch wollte er die Meinung anderer einholen, damit die Schuld, sollten sie scheitern, nicht ganz allein bei ihm liegen würde. Zu diesem Zweck berief er die Fürsten von königlichem Blut – d'Alençon, Clermont und den Bastard von Orléans – sowie seine Minister und Generäle in das Château im nahen St.-Phal, wo er Quartier genommen hatte. Auch Jehanne lud er ein, aber sie ließ er in einem Vorzimmer warten, während er sich mit den anderen beriet. Mit bangem Stirnrunzeln ging sie hilflos auf und ab und fragte sich, was in Gottes Namen sie wohl anfangen würden. Eine Stunde oder mehr mochte vergangen sein, ohne daß der Dauphin sie rufen ließ. Endlich aber öffnete sich die Tür, und ein Page winkte ihr, einzutreten.

Jehanne stürmte hinein und beugte vor dem Dauphin das Knie. Er bat sie aufzustehen und berichtete ihr dann in knappen Worten, was man besprochen hatte. Der Rat habe entschieden, sofern Jehanne ihnen keinen vernünftigen Grund für eine Fortsetzung der Belagerung nennen könne, die Armee abzuziehen, bis man Verstärkungstruppen aufgestellt und hergeschickt habe. Sie hörte ihm zu, ohne ihn zu unterbrechen; ihr Gesicht war ernst und ließ keinerlei Empfindung erkennen. Sie war gekränkt, weil man sie nicht gebeten hatte, von Anfang an dabeizusein. Sie nahmen sie eben immer noch nicht ernst, zumindest die Minister des Dauphins nicht. Sie waren Narren, diese alten Männer, deren Ehrgeiz verlangte, daß Karls Geburtsrecht geopfert werde.

»Und jetzt laden wir dich ein, deine Meinung kundzutun«, sagte Karl hochfahrend und mit kühlem Lächeln, aber auch einem leisen Augenzwinkern.

»Wird man mir glauben, was ich sage, Sire?« Jehanne erinnerte sich an sein unablässiges Zaudern und stählte sich für weitere Debatten. Allmählich hatte sie genug davon.

»Ich weiß es nicht«, gestand er, und das Herz fiel ihr in die Hose. »Wenn das, was du sagst, vernünftig ist, werden wir uns dafür einsetzen.«
»Werden Sie mir glauben, Herr?« fragte sie zähneknirschend.
»Das hängt davon ab, was du sagst.« Der Dauphin wich keinen Schritt zurück.
»Dann, edler Dauphin, debattieren Sie nicht länger über diese Frage, sondern befehlen Sie augenblicklich den Angriff auf die Stadt Troyes. Denn – in Gottes Namen – ich werde Ihnen die Stadt innerhalb von drei Tagen in die Hände liefern, durch Kapitulation oder durch gewaltsame Unterwerfung, und bei den Burgundern wird Heulen und Zähneklappern sein.«
»Danke für deinen Rat, Jehanne«, antwortete der Dauphin mild. »Wir haben beschlossen, die drei Tage abzuwarten. Wenn die Armee die Stadt bis dahin nicht erobert hat, werden wir sie verlassen und unseres Weges ziehen.«
Er erhob sich, und alle andern sprangen ebenfalls auf. Karl verschwand durch eine Tür hinter dem Thron.
Jehanne wandte sich ab und ging schnurstracks auf die Tür zu, durch die sie hereingekommen war. Aber jemand packte sie beim Arm. Es war d'Alençon. Er lächelte. »Wohin so eilig?«
»Wir haben keine Zeit zu verlieren, Jehan! Ich muß die Armee mobilisieren!«
»Sofort?«
»Selbstverständlich. Kommen Sie mit.« Sie entwand ihm ihren Arm und zog ihn zur Tür. Die älteren Männer waren bereits dem Dauphin nachgelaufen, zweifellos in der Hoffnung, ihn noch zu einer Sinnesänderung überreden zu können. Aber die Kriegsherren und die jüngeren Männer waren alle noch da. »Kommen Sie, alle!« drängte sie. »Wir müssen nach Troyes zurück und uns an die Arbeit machen!« Sie wartete nicht auf eine Antwort, sondern stürmte hinaus. Der Bastard sah d'Alençon an. »Nun, Cousin, da steht uns wohl noch eine Schlacht bevor.«
La Hire, d'Illiers und die andern drängten sich an ihnen vorbei. Der

Herzog grinste. »Noch eine Schlacht? Aber natürlich. Es wird immer noch eine Schlacht zu schlagen geben, wenn es nach ihr geht.« Sie waren allein. Die anderen waren hinter Jehanne hergerannt wie die Hunde hinter der Hirschkuh.
»Ein ungewöhnliches Mädchen, nicht wahr?« Der Bastard lachte leise. »Wenn Karl es erlaubt, werden die Männer ihr überallhin folgen. Als wäre sie Caesar oder Alexander.«
»Aber sie ist weder das eine noch das andere: Es geht ihr nicht um den eigenen Ruhm. Ich glaube, es gibt Zeiten, da ist er ihr sogar zuwider – obgleich sie natürlich meistens nicht sagt, was sie wirklich denkt.«
»Ach ja?« Der Bastard zog überrascht die Brauen hoch. »Ich finde sie eigentlich immer überaus unverblümt und ehrlich, zuweilen sogar in unerträglicher Weise, wenn ich die Wahrheit sagen soll.«
»Oh, ehrlich ist sie durchaus. Aber manchmal spüre ich Abgründe in ihr, und wenn sie merkt, daß man sie anschaut, verschwinden sie, als wären sie niemals dagewesen.« D'Alençon zog ein nachdenkliches Gesicht. Plötzlich kam ihm ein Gedanke. »Wissen Sie, was mir am meisten Sorgen macht? Was wird aus ihr, wenn Karl erst gekrönt ist? Wenn er König ist, wird er wahrscheinlich alle weiteren militärischen Abenteuer untersagen, und was fängt sie dann an? Offen gesagt, es fällt mir schwer, mir vorzustellen, wie sie nach all dem wieder in ihr Dorf zurückkehrt.«
»Sie kennen sie besser als ich, Jehan. Was glauben Sie, was sie tun wird?«
Bange Sorge ließ d'Alençon zusammenfahren, als habe ihn eine Ratte gebissen, und seine Nackenhaare sträubten sich. »Ich weiß es nicht. Ich weiß es wirklich nicht.« Er überlegte kurz. »Gerade fällt mir noch etwas ein. Sie hat oft davon gesprochen, Paris zu erobern und Herzog Charles aus seinem Gefängnis zu befreien und …«
»Aber das ist absurd, Jehan. Der Dauphin hat nicht das Geld, um meinen Bruder freizukaufen! Wie will sie es denn aufbringen?«
»Will sie nicht. Sie hat vor, den Ärmelkanal zu überqueren und ihn aus der Gefangenschaft zu holen.«

»Was?« Dem Bastard verschlug es die Sprache, und in ihm erwachte der Verdacht, daß sie vielleicht doch fehlbar sein könnte. Seine Mundwinkel krümmten sich herab, und die Grübchen verschwanden.

»Sie haben richtig gehört«, sagte d'Alençon. »Ich habe sie gefragt, ob ihre Stimmen ihr auch das befehlen, aber sie weicht dieser Frage aus. Irgendwie glaube ich, daß diese Idee von ihr selbst stammt.«

»Nun, aber die Männer würden ihr nicht folgen.«

»Die Männer folgen ihr in den Schlund der Hölle, wenn sie es von ihnen verlangt.« Er lächelte seinen ernsten Cousin müde an. »Und ich ebenfalls. Und Sie auch, wenn Sie nur ehrlich sind und es zugeben.«

»Da irren Sie sich, Jehan.« Der Bastard schüttelte entschieden den Kopf. »In ein närrisches Unternehmen würde ich ihr nicht folgen, und ich bezweifle, daß die Armee es tun würde, zumal wenn Gott es nicht im voraus gutheißt. Mich schaudert bei dem Gedanken an einige Risiken, die wir auf ihr bloßes Wort hin eingegangen sind. Wenn Gott nicht mit uns gewesen wäre, hätten wir die Sache sicher oft nicht zu einem guten Ende gebracht. Wenn sie etwas so unerhört Gefährliches empfehlen sollte wie eine Invasion in England, und wenn sie dabei nicht die Unterstützung des Himmels hat – dann gnade uns allen Gott.« Wieder schüttelte er den Kopf. »Ich liebe sie, Gott weiß es, aber ich würde ihr nicht in den Untergang folgen, und ich weiß, die Armee täte es auch nicht.«

»Ich würde ihr folgen, wo immer sie hingeht«, beharrte d'Alençon, und seine Kiefermuskeln arbeiteten.

»Sofern Karl es Ihnen erlaubt«, erwiderte sein Vetter. »Ich schätze, wenn unser edler Verwandter erst König ist, wird er bald zu seinen alten Gewohnheiten zurückkehren: Würfelspiel, Bücher, Feste und fruchtlose Verhandlungen. Und die Armee wird er auflösen, wie er es schon früher getan hat. Er wird sich einen neuen Günstling nehmen, einen neuen Astrologen, und noch immer werden Trémoïlle und der Erzbischof ihn um den Finger wickeln. Er wird ihnen weiterhin atemberaubende Summen schulden, und sie werden ihn gegen die Jungfrau aufhetzen. Er hat sie von Anfang an nie vorbehaltlos akzeptiert.« Seufzend senkte er den Blick auf die Steinfliesen. »Und wenn Jehanne auf eigene Faust versucht, eine Armee zu führen, ohne daß Karl sie unterstützt, so ist das ihr Untergang.«

»Ich werde sie beschützen!«

»Seien Sie kein Schwachkopf, Jehan!«

D'Alençon wich einen Schritt zurück, erschrocken ob dieser plötzlichen Schroffheit.

»Sie wissen so gut wie ich, daß Sie nicht die Macht haben, sie zu beschützen«, fuhr der Bastard fort. »O ja, ja« – wegwerfend wedelte er mit der Hand – »Sie könnten sich vielleicht gegen den Kanzler und den Erzbischof durchsetzen, aber sie vor Karls Neid zu schützen, dazu sind Sie nicht mächtig genug. Sie haben erlebt, wie er diejenigen behandelt, die er als Rivalen im Wettstreit um die öffentliche Zuneigung betrachtet. Wenn er aus der Kathedrale von Reims tritt und der Jubel für sie lauter ist als der für ihn, in diesem Augenblick wird ihr Abstieg bei Hofe beginnen. Und wenn sie eine Armee übernimmt, die er ihr aus Bosheit versagt hat – selbst wenn er sich damit selbst schadet –, wenn sie das eines Tages tut, dann unterschreibt sie ihr eigenes Vernichtungsurteil.«

»O mein Gott.« Das Gesicht des jungen Mannes erstarrte, denn plötzlich hatte er begriffen, was auf dem Spiel stand. »Wie können wir sie retten?« Bang packte er den Älteren beim Arm. »Es muß doch eine Möglichkeit geben.«

»Sprechen Sie mit ihr«, sagte der Bastard schlicht. »Reden Sie ihr vernünftig zu, wenn man das kann. Vielleicht wäre es nicht klug, ihr gegenüber von Karls Schwächen zu reden, aber vielleicht können Sie ihr das Versprechen abnehmen, daß sie es gleich zugibt, wenn ihre Heiligen nicht mehr zu ihr sprechen oder wenn sie ihr verbieten, weiterzugehen. Wenn Ihnen das gelingt, wird es Ihnen leichter fallen, sie auch zur Vernunft zu bringen, wenn sie einmal eine Torheit begehen will.«

»Ja.« D'Alençon nickte langsam. »Ich verstehe, was Sie meinen. Aber Sie wissen auch, wie halsstarrig sie ist, wenn sie sich einmal etwas in den Kopf gesetzt hat. Ich weiß, daß Sie ihre Wutanfälle schon miterlebt haben.«

»Jeder hat ihre Wutanfälle schon miterlebt.« Der Bastard lachte und wurde gleich wieder ernst. »Aber wir sprechen hier von ihrem Leben – vielleicht buchstäblich, vielleicht auch nicht, aber jedenfalls von ihrem Leben, und ich sage Ihnen: Sie müssen sie zur Vernunft bringen, mag es sie noch so wütend machen. Möchten Sie sich nicht lieber von ihr anschreien lassen als zu erkennen, daß Sie ihre Stimme überhaupt nicht mehr hören werden?«

»Doch, natürlich. Aber wissen Sie, wir sollten jetzt wirklich auf den Klang ihrer Stimme hören, während sie die Armee in Bereitschaft versetzt.« D'Alençon grinste.

Der Bastard verstand und lächelte den blassen jungen Mann an. »Ja, das sollten wir wohl.« Er gab ihm einen Klaps auf den Rücken und legte ihm dann brüderlich den Arm um die Schultern. »Wir wollen ihr helfen.«

Die Sonne wollte schon untergehen, als sie St.-Phal hinter sich ließen, und als sie ins Lager geritten kamen, sahen sie, daß Jehanne die Kriegsherren bereits zusammengerufen und ihnen ihre Befehle gegeben hatte. Sie sahen sie in der Dämmerung, eine unbewaffnete Gestalt in Weiß, die den Soldaten half, Reisig, Zweige und Ranken zu schneiden und zusammenzubinden. Sie lachte, als ein Bogenschütze einen Witz machte, und ließ ihre Arbeit sinken. Scherzhaft winkte sie ihm zu, und dann hob sie die Faschine wieder auf, die sie gebunden hatte, und warf sie auf den stetig wachsenden Haufen.

D'Alençon stieß seinem Pferd die Fersen in die Weichen und trabte an den wie besessen arbeitenden Männern vorbei auf sie zu. Bald würde es Nacht sein, und das Licht des abnehmenden Mondes würde ihnen wenig nützen.

»Jehan! Bastard!« Sie warf ein loses Büschel Reisig auf einen großen Haufen und wischte sich mit dem Ärmel den Schweiß unter dem Kinn ab. Grasfasern und Blätter klebten feucht an ihrem Gesicht, und sie hatte einen Schmutzstreifen quer über der Nase. Ihre Kleider hingen naß an ihrer straffen Gestalt.

Sie kam ihnen entgegen, und die beiden stiegen ab und warfen den aufmerksamen Pagen ihre Zügel zu. D'Alençon winkte. »Du liebe Güte, Jehanne, mir scheint, du weißt ein gutes Bündel zu schnüren.«

Sie lachte. »Ich mußte meinem Vater bei der Ernte helfen, und das hier ist auch nicht schwieriger. Eher leichter, wenn ich's recht bedenke. Wir hatten nicht soviel Hilfe.«
Die Männer lachten, und der Bastard fragte: »Was hast du denn hier geplant?«
»Die Männer hier«, sagte sie mit einer ausladenden Handbewegung, »binden Faschinen, und die da drüben suchen alles Holz zusammen, das sie finden können – Äste, Bretter, Balken, sogar Tische –, und bauen daraus Belagerungstürme und gedeckte Laufstege, mit denen man die Mauern erreichen kann.« Sie schwenkte den Arm zu den Männern, die mit nacktem Oberkörper, grunzend und schiebend, die Kanone heranwuchteten. »Und die da werden ein Loch in die Mauer schießen, damit die Armee eindringen kann.«
»Das willst du doch nicht noch heute nacht versuchen?« Das Gesicht des Bastards im dämmrigen Zwielicht blickte nur halb scherzhaft.
»Natürlich nicht, Spaßvogel.« Ein Lächeln ließ das verschmierte Gesicht erstrahlen. »Wir warten bis morgen früh. Wer weiß? Vielleicht ergeben sie sich ja.«
»Der Plan klingt vernünftig, Jehanne.« Der Bastard nickte. »Tja …« Er klatschte in die Hände und sah sich im geschäftigen Lager um. »Ich schätze, ich muß mich um meine Orléanais kümmern. Wenn ihr beide mich also entschuldigt – wir sehen uns später.«
Jehanne wandte sich wieder ihrer Arbeit zu, und d'Alençon zog sein Hemd aus und half ihr. Sie arbeiteten unablässig, während es Nacht wurde und der Mond wie eine silberne Sichel über den ebenholzschwarzen Himmel zog. Schließlich war d'Alençon müde und beschloß, sich auszuruhen. Er setzte sich auf einen Baumstumpf und wischte sich den triefenden Oberkörper mit einem Handtuch ab, das sein Page ihm brachte. Er bewunderte Jehannes Ausdauer. Sie arbeitete ohne Unterlaß, ermunterte die erschöpften Männer, ihr Werk zu vollenden, und ließ kaum erkennen, daß sie erschöpft war. Müde war sie durchaus – er sah, daß sie sich nicht mehr so schnell bewegte wie sonst –, aber sie würde erst aufhören, wenn die Arbeit getan wäre.

Er erinnerte sich an das, was der Bastard gesagt hatte, und eisig kroch es ihm an der Wirbelsäule herauf. Er würde sie beschützen; er schwor bei Gott, daß er es tun würde. Was immer sie täte, er würde es mit ihr teilen. Bis zum bitteren Ende.
Er stand auf und ging wieder an die Arbeit.

Um halb neun hatte Jehanne die Armee angriffsbereit vor dem Graben und den hohen Mauern des ungehorsamen Troyes aufmarschieren lassen. An ihrer Seite ritt mit verwirrter Miene der Dauphin; in seiner funkelnden, nagelneuen Rüstung wirkte er in absurder Weise fehl am Platze – und überhaupt komisch. Aber Jehanne war völlig gelassen, und jetzt würde sie Karl zeigen, was es bedeutete, eine Armee in die Schlacht zu führen. Sie war umgeben von ihren Freunden. Seit ihrer Verwundung bei Orléans klebten Pasquerel und Minguet wie eine zweite Haut an ihr, und auch jetzt spürte sie fast ihren Atem im Nacken. Sie war ihnen dankbar für so viel Fürsorge, aber sie wußte auch, daß es reine Verschwendung war. Sie würde nicht verwundet werden – nicht heute. Die Ratgeber hatten es ihr versprochen.
Sie hob die Hand, und die Trompeter ließen einen gellenden Fanfarenstoß ertönen. Wie aus einem Munde brachen die Soldaten in herausforderndes Gebrüll aus, und die Reisigbinder warfen ihre Faschinen in den Graben. Die Kriegsherren – Jehanne, besser gesagt – hatten aus ihren Verlusten vor Jargeau gelernt, daß sie französisches Leben schonen konnten, indem sie die Reisigbündel in den Graben warfen, statt damit hinüberzuwaten. Die erste Welle der Angreifer konnte sie dann an der Mauer aufschichten und auf die Ankunft der Sturmleitern warten.
Jetzt flogen die Bündel also, mit Steinen beschwert, wie Strohvögel durch die Luft und plumpsten ins Wasser. Das aufspritzende Wasser war so dicht und alles durchdringend, daß man eine Zeitlang Mühe hatte, die Mauern noch zu sehen. Hinter den vorderen Reihen warteten ungeduldig die Männer mit den Leitern, und an den Flügeln harrten die Kanoniere auf Jehannes Befehl zum Feuern. Die Zimmer-

leute hielten ihre Laufstege bereit, die sie im Schutze der Nacht zusammengebaut hatten.
Da wehte plötzlich hoch über den Bastionen eine weiße Fahne durch den Dunst. Zunächst glaubte Jehanne an eine Sinnestäuschung, aber da war die Fahne, schwerfällig schwankte sie nach links, dann nach rechts. Sie kapitulierten.
Gott sei gepriesen. Du hast ihre Seelen angerührt, und wir müssen nicht gegen sie kämpfen! »Haltet ein!« rief sie und schwenkte ihre eigene Standarte zur Antwort auf die Fahne über ihnen. »Sie verzichten auf den Kampf!«
Zunächst waren die Soldaten von dieser unverhofften Entwicklung wie vom Donner gerührt, und sie verstummten. Als ihnen klar wurde, daß bereits alles vorüber war, brachen sie bis auf den letzten Mann in überschwenglichen Jubel aus und schwenkten ihre Waffen über den Köpfen. Pasquerel bekreuzigte sich, und Jehanne wandte sich an den verblüfften Dauphin.
»Ist es nicht wunderbar, Herr? Sie geben auf!« Ihre Freude hätte selbst im Sieg nicht größer sein können, wenn er mit Menschenleben erkauft worden wäre.
»Das wohl«, sagte er seufzend, »aber eigentlich wollte ich sehen, wie du die Armee führst.«
»Ich bin dankbar, daß ich es nicht zu tun brauche.« Verärgert runzelte sie die Stirn.
Immer wieder nahm Karl ihr die Illusionen. Nicht nur, daß er in einem Maße zauderte, wie es sich für einen König nicht ziemte – sie sah jetzt, daß er auch selbstsüchtig und ein bißchen oberflächlich war. Das hatte sie bereits daran gesehen, daß er sich geweigert hatte, Richemont Gnade zu gewähren, obwohl Jehanne ihm versichert hatte, daß der Seigneur bei Patay tapfer gekämpft habe und daß sie seinen Treueschwur für echt halte. Aber Gott hatte Verwendung für Karl, denn sonst würde er nicht wollen, daß Karl König wurde. Dessen war sie sicher, auch wenn sie es nicht verstand.
Das jähe Geräusch von Metall, das auf Holz kratzte, lenkte ihre Aufmerksamkeit auf die Mauer. Die Stadtbewohner ließen die Zugbrücke

herunter. Sie knarrte rostig und senkte sich schließlich auf der von den Armagnacs besetzten Seite des Wassergrabens in den Staub. Durch die Staubwolke sah man mehrere Gestalten, die zum Tor heraus- und in trägen Schlangenlinien auf die Armee zukamen. An der Spitze ging ein Bischof in Mitra und prächtigen Gewändern: Er trug einen langen Stab mit einem silbernen Kreuz auf der Spitze. Eine kleine Gruppe von ernsten, wohlhabend aussehenden Männern kam hinter ihm über die Brücke, die Hände auf dem Rücken verschränkt. Pierre de Sologne war bei ihnen. Jeder trug einen verknoteten Strick um den Hals. Als sie nur noch ein paar Schritt weit von Karl entfernt waren, knieten sie nieder und senkten die Köpfe.

Ein erstauntes, erfreutes Lächeln erhellte das fahle Gesicht des Dauphins.

»Hoheit«, sagte der Bischof, »ich bin Léon de Bourges, Bischof von Troyes, und das ist der oberste Magistrat, Robert de Montépilloy.« Ein Mann mittleren Alters, würdevoll angetan mit breitkrempigem Hut und leinenem Gewand, verbeugte sich vor Karl. »Die Stadt Troyes unterwirft sich Ihnen, Hoheit, und lädt Sie und Ihre Hauptleute ein, das Tor zu durchschreiten. Wir alle geben uns Ihrer Gnade anheim.«

»Sie mögen sich erheben«, sagte Karl mit gütigem Lächeln. Die Männer gehorchten. »Wir danken Ihnen für Ihre Gastfreundlichkeit und versichern Ihnen, daß wir Ihrer schönen Stadt die gleichen Privilegien gewähren werden, die Sie auch in der Vergangenheit genossen haben. Ihr Stadtrecht und Ihre Freiheit werden dabei bewahrt und gesichert bleiben.«

Die Männer schauten einander an. »Sire?« fragte de Montépilloy. »Wollen Sie denn nicht unser Leben?«

Karls Blick ging zu dem Strick am Hals des Mannes. Er schüttelte den Kopf. »Wir wollen nur, daß Sie uns Treue geloben.«

»Die geloben wir, Herr.« De Montépilloys Unterlippe bebte, und er schien den Tränen nahe zu sein.

»Gut.« Karl nickte befriedigt. »Und jetzt werden wir die Brücke überschreiten und Ihre Stadt betreten.« Karl hob die Hand und winkte

einem Knappen, der ihm sein Pferd brachte. »Jehanne, du wirst uns begleiten.« Mühsam kletterte er auf das Pferd – er war das Gewicht der Rüstung nicht gewohnt.
»Jawohl, Herr.« Sie lächelte. Ihren Ärger über seine Zurückhaltung hatte sie ganz vergessen; sie sah jetzt nur den weisen und barmherzigen König, zu dem er werden konnte.
An diesem Abend zog Jehanne die Kleider an, die der Duc d'Orléans ihr geschenkt hatte, und speiste mit dem Dauphin und mit d'Alençon. Der Magistrat de Montépilloy war überwältigt von Dankbarkeit dafür, daß der Dauphin ihnen allen das Leben geschenkt hatte, und er bot ihm sein dreistöckiges Haus für den Aufenthalt in Troyes als Quartier an.
Schon lange – seit Loches – hatte Jehanne nicht mehr solches Essen gesehen, geschweige denn gekostet. Der Tisch ächzte unter den in Wein marinierten Wachteln, geschickt zubereitet in dicken, tiefen Pasteten mit glänzenden Äpfeln aus den nahen Gärten. Ein großer, saftiger Schinken war da, und es gab Brötchen, so leicht und locker gebacken, daß man eine Wolke zu essen glaubte. Pastinaken waren mit glänzender Butter glasiert, die einem an den Fingern heruntertropfte; ein großer, rosaroter Lachs lag auf einer silbernen Platte, und zu zwei verschiedenen Käsesorten wurde eine Schüssel mit gekochten Walnüssen serviert. Die beiden Männer bedienten sich an einer Weinkaraffe, die Jehanne jedoch zugunsten des Wassers ablehnte. Fröhlich plaudernd säbelte Karl an einer fetten gebratenen Gans herum.
»Ich hätte nie gedacht, daß es so kommen würde. Weißt du, ich habe dir nicht geglaubt, Jehanne, aber nun sind wir hier, und sie haben sich mir unterworfen. Früher haben sie mich verstoßen, und jetzt haben sie mich wieder aufgenommen.«
Jehanne und d'Alençon lachten. »Ja, Herr. Ich weiß, daß Sie mir nicht immer geglaubt haben. Aber glauben Sie mir jetzt wirklich? Hoffentlich sehen Sie, daß Gott tatsächlich will, daß Sie König werden.«
Karl nickte; er konnte nicht sprechen, denn er hatte den Mund voll Fleisch. Er spülte alles mit einem großen Schluck Wein herunter. »Ich habe in letzter Zeit gelernt, es zu glauben, und jetzt will ich auch Kö-

nig sein. Ich habe es satt, daß die Leute über mich lachen – oh, ich meine nicht euch jetzt gerade, das ist etwas anderes. Ich meine all die andern, die anderen Könige und Herzöge und Barone.« Grollend zog er die Stirn kraus, und Jehanne sah erstaunt, wie er sich offenbarte. Er war schließlich nur ein Mensch, kein schlechter, aber ein schwacher Mensch, und sie sah jetzt mit eigenen Augen, wie recht ihre Ratgeber gehabt hatten, was ihn betraf. Es gab einen Teil von ihm, der lange verborgen gewesen war und der zum Vorschein kommen würde, wenn er die Herausforderung annähme und König würde. Das hatte sie heute gesehen, als er majestätisch die Unterwerfung der Stadt angenommen und dabei keine Spur von Rachsucht an den Tag gelegt hatte.

»Sie werden König werden, Sire«, sagte sie, »und zwar ein weiser und guter König. Und unter Ihrer Herrschaft wird der Krieg enden, und die Engländer werden Frankreich für immer verlassen.«

»Haben deine Engel dir das gesagt?« Karl hatte es schon hundertmal gehört, aber erst jetzt schlug es wirklich Wurzeln in ihm.

»Ja, Herr.« Sie lächelte. »Das ist Gottes Versprechen an Sie.«

Der Dauphin lächelte, und er sah so zufrieden aus wie ein kleiner Junge. Aber sein Entzücken verwandelte sich plötzlich in feierlichen Ernst, und er sagte: »Ich fürchte, die Krönung wird nicht so verlaufen, wie sie sollte. Nicht alle Edlen werden anwesend sein.«

»Welche Edlen, Herr?«

D'Alençon lächelte. »Seine Majestät meint, daß es offiziell zwölf Edle sein müssen, die bei der Krönungszeremonie dabei sind, sechs Adlige nämlich und sechs Prälaten. Der Herzog von Burgund ist einer davon, und er ...«

»Aber ist denn das Heilige Öl nicht in Reims?« unterbrach ihn Jehanne. »Nun denn«, fuhr sie fort, als der Herzog nickte, »solange Sie mit dem Öl des heiligen Clovis gesalbt werden, sind Sie der wahre König, Sire, und da kommt es nicht darauf an, wer alles dabei ist.«

»Meinst du wirklich?« fragte der Dauphin bang.

Sie lächelte. Er konnte wirklich so rührend sein wie ein kleines Kind, und in seltenen Augenblicken wie diesem jetzt fand sie ihn außerordentlich menschlich und liebenswert. »Das Öl ist das wichtigste, Sire, denn seine heilige Essenz bindet Sie an Gott, und da Gott einmal versprochen hat, daß Sie König sein werden, brauchen Sie sich keine Sorgen mehr zu machen. Sie ...«

Ein plötzlicher Tumult draußen vor der Tür unterbrach sie. Karl wurde blaß und fuhr sich mit einer schlanken Hand an die Kehle. D'Alençon sprang auf und griff nach dem Dolch an seinem Gürtel.

»Ich sage euch, ich bin der Bruder der Jungfrau, und ich habe eine dringende Nachricht für sie!« In Jehans vertraute Stimme mischten sich schwere Schritte, und mit dumpfem Schlag wurde jemand gegen eine Wand gestoßen. »Laßt mich los, ich muß mit meiner Schwester sprechen!«

Die Tür flog auf, und ein stämmiger Soldat trat über die Schwelle und sank auf die Knie. Hinter ihm hielten zwei wütend aussehende Wachen Jehan bei den Armen fest. Er war verschwitzt und außer Atem, und sein dunkles Gesicht war rot vor Wut.

»Sire«, sagte der kniende Soldat, »dieser Mann behauptet, er sei der Bruder der Jungfrau, und er ...«

»Ja, ja«, sagte Karl ungeduldig. »Laßt ihn los.«

Die Männer ließen Jehan mit wachsamem Zögern los, und er stürmte durch die Tür und an der Wache vorbei. Dann fiel ihm ein, vor wem er hier stand, und er beugte das Knie. »Verzeihen Sie mir diese Störung, Sire, aber ich muß mit Jehanne sprechen.«

»Was gibt's denn, Jehan?« fragte sie erschrocken.

»Die Garnison verläßt die Stadt, und sie wollen ihre Kriegsgefangenen mitnehmen!« rief er aufgeregt. »Sie behaupten, Seine Majestät hätte gesagt, sie könnten mitnehmen, was ihnen gehört, und dazu zählen sie die Geiseln. Wir wollten sie daran hindern, aber sie hören nicht auf uns.«

»Was?« Sie sprang auf, entsetzt über diese Neuigkeit. »Sire, bitte kommen Sie mit. Wir können nicht zulassen, daß sie die Geiseln mitnehmen!«

Karl wandte sich stirnrunzelnd an die wartende Wache. »Sattelt unsere Pferde und bringt sie nach vorn vors Haus.«

Die Männer verbeugten sich tief und liefen davon.
»Haben sie die Stadt schon verlassen?« fragte der Dauphin, zu Jehan gewandt.
»Nein, Sire, noch nicht.«
»Dann sollten wir nicht herumtrödeln.« Er sah Jehanne und d'Alençon an. »Schnell. Wir müssen uns beeilen.«
Inzwischen war es Nacht geworden, und die Garde des Dauphins galoppierte im Licht ihrer Fackeln durch die Straßen, vorbei an den Kolonnen der abziehenden Burgunder, daß sie nur so auseinanderstoben. Als sie am Stadttor ankamen, erstreckten sich die Reihen der Feinde schon eine Meile weit jenseits der Stadtmauer; sie zogen nordwärts nach Paris, und ihre Lichter flackerten wie Glühwürmchen. Fast an der Spitze des Zuges, dicht hinter dem Troß, wankte ein Trupp geschwächter Männer, die an Händen und Füßen aneinandergekettet waren. Selbst im Fackelschein sah man, daß sie unterernährt waren, und einige waren geschlagen worden.
Jehanne fauchte vor Wut bei diesem Anblick und gab ihrem Pferd die Sporen; bald war sie an der Spitze der abziehenden Truppen angelangt. D'Alençon blieb dicht hinter ihr, als wäre es ein Wettrennen. Die Garde sprengte hinterdrein, Karl dagegen bemühte sich nur mit halbem Herzen, Schritt zu halten, denn er fürchtete, er könnte vom Pferd fallen und sich furchtbar lächerlich machen. Scheinbar aus dem Nichts stürmte plötzlich ein Bataillon von Armagnac-Reitern heran und brüllte ihren furchterregenden Kriegsschrei. Aufmerksame Lagerwachen hatten gesehen, wie Jehanne und die Leibgarde des Königs durch das Stadttor gekommen und hinter der abziehenden Garnison hergaloppiert waren. La Hire war seinem Instinkt gefolgt und hatte alle, die auch nur halb bewaffnet waren, in den Sattel springen lassen. Blutgierig tauchten sie jetzt aus der Dunkelheit auf und stürzten sich mit gezückten Schwertern auf den Feind.
Jehanne sah es, und als sie und der Herzog vor dem anhaltenden Zug angelangt waren, hob sie die Hand und rief aus voller Lunge: »Halt! Männer von Frankreich, übt keine Gewalt hier, denn es wäre eine Todsünde!«

Gehorsam zügelten die Kavalleristen ihre Pferde, rückten aber langsam weiter vor. La Hire, de Rais und der Bastard kamen im Trab zu den Anführern des Zuges. Knappen beleuchteten ihren Weg. Karl hatte sie jetzt auch erreicht und ritt an den Reihen entlang.

»La Hire, was hat das zu bedeuten?« fragte Karl hochfahrend.

»Vergebung, Sire«, grollte La Hire, »aber wir könnten Sie das gleiche fragen. Wir sahen Sie in Windeseile aus der Stadt kommen, und da dachten wir, es ist vielleicht etwas nicht in Ordnung.« Er schaute Jehanne an. »Was haben diese vermale... Verzeihung, Jehanne, aber was haben diese Feiglinge jetzt wieder angestellt?«

»Sie versuchen französische Geiseln mitzunehmen!« Jehanne kochte. »Diese Leute gehören nicht euch! Es sind freie Männer, dem Dauphin treu ergeben, und im Namen Gottes, ihr sollt sie nicht bekommen!« Sie zitterte vor Empörung, und niemand war da, der die Glut ihrer unausgesprochenen Drohung nicht spürte.

»Wer bist denn du, daß du dich auf den Namen Gottes berufst, du Armagnac-Hure?«

Nach seinem Akzent zu urteilen, war es offensichtlich ein Engländer, der sie da angeredet hatte. Er saß auf seinem Pferd zur Rechten des burgundischen Garnisonskommandanten. Jehanne hatte ihn noch nicht bemerkt, so sehr war sie damit beschäftigt gewesen, die burgundischen Offiziere mit ihrer Macht einzuschüchtern. Jetzt, da er gesprochen hatte, musterte sie ihn eingehend.

Er war ein rauher Soldat mit breiter Brust und kräftigen Beinen. Dicke Armmuskeln spannten sich unter dem schmutzigen Hemd. Wie der Garnisonskommandant trug er eine lederne Rüstung. Lange, fettige braune Haare hingen unter seinem Helm bis zum Hals herunter, und seine platte Nase war offenbar einmal gebrochen gewesen. Zwei harte Augen starrten sie an, und ein struppiger schwarzer Bart bedeckte das Gesicht.

Jehanne spürte, wie ihre Gefährten sich strafften, als der Kerl sie beleidigte, und Schwerter scharrten in ihren Scheiden.

»Ich bin die Jungfrau Jehanne, und ich befehle euch, diese Männer in die Obhut des Königlichen Heeres zu übergeben!«

Zweihundert oder noch mehr Männer starrten ihn wie gebannt an und hofften, er möge sich weigern, damit sie ihn am nächsten Baum aufhängen könnten, aber ihn schien das nicht zu kümmern. Er spuckte auf den Boden und sah Jehanne dann mit widerlichem Grinsen an.

»Ich erinnere mich an dich, du bist die Hexe von Orléans. Ich war da, ich habe gesehen, wie unsere Männer vor deiner Zauberkunst zitterten und den Kampfeswillen verloren.« Trotzig ging sein Blick in die Runde, und als er Jehanne wieder anschaute, bebte der Mann vor Haß. »Nun, ich werde dir jetzt nicht nachgeben, du aussätzige Schlampe, du Kuhmagd, und wenn es mich das Leben kostet. Nach dem Gesetz des Rittertums gehören uns diese Gefangenen. Wir dürfen ein Lösegeld für sie verlangen, und wir werden sie dir nicht übergeben, denn du bist eine Kreatur des Teufels.«

»Sie gehören nicht euch! Rittertum hin, Rittertum her – wir werden mit euch um sie kämpfen!«

Und wie zur Bestätigung ihrer Worte zog die Kavallerie ihre Schwerter und richtete sie auf die Kolonne. Die Luft zischte von einem Haß, der bald explodieren würde – das wußten alle.

»Wir sind hier der König, und wir entscheiden, ob unsere Armee kämpft!«

Die herrische Stimme ertönte ganz unerwartet, und alle wandten sich nach dem Sprecher um, der beiseite geschoben und vergessen worden war. Er hielt sich ungewohnt aufrecht, und eine Aura der Größe umwehte seine abseits stehende Gestalt wie ein Duft. Die Gruppe um Jehanne trieb wortlos ihre Pferde ein Stück weit zur Seite, damit Karl sich zwischen ihnen hindurchschieben konnte. Neben Jehanne hielt er sein Pferd an und schaute mit herablassender Unverschämtheit den Engländer an.

»Wer bist du, Kerl?« fragte er eisig.

Der Mann gab keine Antwort.

»Komm, komm, wir wollen nicht die ganze Nacht hier sitzen. Wie heißt du?«

»Thomas Larkin, Captain in der Armee meines Herrn, Heinrichs VI., des Königs von England.« Boshaft bleckte er die gelben Zähne. »Und von Frankreich.«

Die Armagnacs schnappten wie ein Mann nach Luft und machten sich erneut angriffsbereit.

Aber Karl tat den Mann mit unbeschwertem Lachen ab; er war so unbedeutend wie seine Worte. »Da irrst du dich. Siehst du, dein Herr kann wohl kaum der König von Frankreich sein, denn das bin ich, und ein Königreich kann nicht zwei Monarchen haben, oder etwa doch?« Die Miene des Dauphins war freundlich, als erörterte er ein Ballspiel oder den neuesten Hofklatsch.

Aber Larkin ließ sich nicht einschüchtern. »Sie sind der Prätendent, aber nicht der König.«

»Ganz recht, wir sind noch nicht gekrönt, aber wir werden es bald sein.« Seine Liebenswürdigkeit verflog, und er richtete sich in den Steigbügeln auf.

»Möge niemand bezweifeln, daß wir der wahre und einzige König von Frankreich sind!«

Mehrere Pferde wieherten und drohten durchzugehen. »Und weil wir König sein werden«, fuhr er fort, »werden wir uns an die schicklichen Gebote der Ritterlichkeit halten.« Er ließ sich wieder in den Sattel sinken und schaute Larkin verächtlich an. »Wir bezahlen dir dein Lösegeld für die Gefangenen: eine Mark pro Kopf.«

»Zwei«, verlangte der Mann.

»Eine, haben wir gesagt. Nimm sie oder laß es bleiben. Läßt du es bleiben, nehmen wir dir die Gefangenen weg, und du hast nichts.« Er lächelte. »Und du könntest sogar noch mehr verlieren, nicht wahr?«

Larkin sah, daß die Chancen schlecht für ihn standen, und sagte gar nichts.

»Also.« Karl zog vergnügt eine Braue hoch. »D'Alençon!«

»Sire?«

»Sorgen Sie dafür, daß diese Leute bekommen, was ihnen zusteht – nicht mehr und nicht weniger.«

»Ja, Sire.«

»Wir kehren jetzt nach Troyes zurück, um zu Ende zu essen.« Trockener Humor lag in seinem Tonfall. »Jehanne, kommst du mit?«
»Wenn Sie nichts dagegen haben, Sire, möchte ich, glaube ich, lieber hier bei der Armee bleiben.«
»Auch gut.« Seine Antwort klang kühl, und sie merkte, daß sie ihn unabsichtlich gekränkt hatte.
Ohne ein weiteres Wort gab er seinem Pferd die Sporen und galoppierte in die Nacht, zurück zur Stadt. Die Garde mit ihren Fackeln folgte ihm auf dem Fuße.
Jehanne sah ihm nach, und sie war so stolz auf ihn, daß ihr das Blut in den Ohren rauschte. Wiederum hatte er sie überrascht, indem er sich benommen hatte wie ein wahrer König. Bald schon würde er Herr über Frankreich sein, nicht länger ein Narr seiner Minister; hier hatte er sie jedenfalls nicht gebraucht, um sich von ihnen Ratschläge zum richtigen Verhalten geben zu lassen. In den von Fackeln beleuchteten Gesichtern ihrer Kameraden sah sie, daß er auch bei ihnen an Achtung gewonnen hatte.
La Hire lenkte den Blick des Bastards auf sich, und in beider Lächeln lag der gleiche Gedanke: Der kleine König von Bourges wurde endlich erwachsen.

Châlon, lange Zeit schon eine Armagnac-Insel in einer ansonsten burgundischen Gegend, öffnete seine Tore mit Begeisterung, als Karl erschien. Wieder ritt Jehanne an seiner Seite, diesmal in eine Stadt, die sie willkommen hieß. Im Gefolge ritten der Bastard, d'Alençon, Trémoïlle, de Chartres, der Comte de Clermont und René d'Anjou, der Duc de Bar, derselbe René, dessen Dienste Jehanne fünf Monate zuvor von seinem Schwiegervater, dem Herzog von Lothringen, erbeten hatte.
René ritt ein gutes Stück hinter ihr und machte sich Vorwürfe, weil er erst in Patay zum Heer gekommen war. Alles hätte er dafür gegeben, wenn er sie schon von Anfang an gekannt hätte, aber dazu war es jetzt zu spät. Zu spät, weil sie den Kreis ihrer vertrauten Freunde

bereits gebildet hatte, als er sie kennenlernte. Sie schaute sich immer wieder nach ihnen um, nach diesem kleinen Trupp junger Männer, die außerhalb von Karls Enklave ritten, gleich hinter der Leibgarde. Nicht, daß Jehanne sich ihretwegen Sorgen machte, aber sie waren in jeder Hinsicht wie eine Familie für sie, und sie fühlte sich ohne sie ungeschützt, als könnte etwas geschehen, was sie von ihnen fortreißen würde. Sie bemühte sich, ihr Unbehagen beiseite zu schieben, aber jedesmal, wenn sie sich dazu entschloß und der Menge zuwinkte, durchzuckte das Grausen ihren Magen wie ein Krampf und zwang sie, sich wiederum umzudrehen, um sich zu vergewissern, daß sie alle noch da waren. Als sie sich zum fünften oder sechsten Mal umdrehte, schnitten Metz und Poulengy komische Gesichter, und Metz ahmte scherzhaft ihr Winken nach. Gleich war ihr wohler, und sie lachte laut, ohne auf die verwunderten Blicke des Dauphins zu achten.

Obwohl d'Alençon mit ihr im Ring der Garde ritt, gleich hinter dem Dauphin, spendete sein hübsches, lächelndes Gesicht ihr wenig Trost. Sie hatte am Abend zuvor ein Gespräch mit ihm geführt, das ihr jetzt noch in den Ohren brannte.

Nachdem die letzte Mark an die englisch-burgundischen Truppen gezahlt und die Ketten der Gefangenen abgenommen worden waren, hatten Jehanne und d'Alençon sich auf den Rückweg zum Heerlager gemacht. Statt sich geradewegs in ihr Zelt zu begeben, hatte Jehanne eingewilligt, noch ein wenig mit d'Alençon durch das Lager zu spazieren. Er führte sie vorbei an den Feuern, an denen die Geschichtenerzähler und Sänger saßen, und zu einem entlegenen Fleck am äußeren Rand des Lagers. Es war kurz vor Vollmond; sein Dreiviertelantlitz leuchtete auf sie herab. Grillen zirpten im Duett mit den Fröschen, die an der Seine lebten. Jehanne atmete tief durch und spähte lächelnd zu den schweigenden, flimmernden Sternen hinauf.

»Jehanne?«

»Hm?«

»Ahnst du eigentlich, wie sehr ich dich liebe?«

Mit einem Ruck wandte sie den Kopf vom Himmel weg zu ihm. Er stand mit dem Rücken zum Mond, und obwohl sein Gesicht im

Schatten lag, erschrak sie über das, was sie sah. Eine tiefe Trauer verdunkelte die schönen Züge und ließ ihn viel älter aussehen, und plötzlich fühlte auch sie den Schmerz, der ihn zu zermalmen drohte. Die Schwermut war ein Mantel, den er nicht abstreifen konnte, und das Herz tat ihr weh vor Mitleid mit ihm. Aber es machte ihr auch angst.
»Natürlich«, antwortete sie mit gezwungener Fröhlichkeit. »Ich liebe Sie doch auch, Jehan.«
Er trat einen Schritt auf sie zu und faßte sanft ihre feuchten Hände. »Es ist mir ernst. Ich bin es, Jehan, und du brauchst dich nicht darüber lustig zu machen.« Sie wollte sich abwenden, aber er faßte ihr Kinn mit seiner schwieligen Hand und drehte ihr Gesicht wieder zu sich, bis sie in seine dunklen Augen schaute. »Ich liebe dich mehr als irgend jemanden sonst, mehr noch als den König, und du mußt dir anhören, was ich dir zu sagen habe, und wissen, daß ich es sage, weil ich dich liebe.«
»Was ist es denn?« Sie zog die Stirn kraus, und eine Angst überkam sie, wie sie sie in der Schlacht nie erlebt hatte.
»Zuerst«, sagte er und legte ihr beide Hände auf die Schultern, »muß ich wissen: Was gedenkst du zu tun, wenn Karl zum König gekrönt ist?«
»Dann erobern wir natürlich Paris«, antwortete sie entschlossen und ohne zu Zögern. »Das war die ganze Zeit der Plan.«
»Dein Plan?«
»Ja, mein Plan.« Sein Ton gefiel ihr nicht, und sie entwand sich seinem Griff. »Was soll denn das?«
»Ich habe dir diese Frage schon öfter gestellt, aber du weichst mir immer aus. Haben deine Heiligen dir den Auftrag gegeben, Paris zu erobern, oder ist das deine eigene Idee?« Er spreizte in einer flehentlichen Gebärde die Hände. »Bitte, Jehanne, wenn du wirklich weißt, daß du mir teuer bist, dann mußt du auch wissen, daß ich nicht dein Feind bin, und wenn ich schwierige Fragen stelle, dann nur, weil ich nicht will, daß dir etwas zustößt.«
»Daß mir etwas zustößt?« Ihre Stimme troff von Geringschätzung. »Wo sollte mir etwas zustoßen – außer in der Schlacht, und das liegt

in Gottes Hand, nicht in meiner. Ich habe die Liebe des Volkes, die Unterstützung der Armee und den Schutz des Dauphins, und wenn er König wird, werde ich immer noch seinen Schutz genießen. Zusammen werden wir die *goddons* in ihre Heimat zurücktreiben, und dann ist der Krieg zu Ende. Deine Befürchtungen sind töricht.«

»Und dessen bist du dir so sicher, daß du dein Leben darauf verwetten würdest?«

»Was meinst du damit?«

»Du kennst Karl nicht so gut, wie du glaubst. Nicht so gut, wie ich ihn kenne«, sagte d'Alençon warnend. »Du weißt zum Beispiel nicht, daß ein Grund für seine Unschlüssigkeit beim Griff nach der Krone darin besteht, daß es seine Art ist, Streitigkeiten zu vermeiden und die Dinge durch Diplomatie und Verträge zu regeln. Und das sagt er nicht nur so, er meint es auch. In Wahrheit ist er äußerst heikel und verabscheut alle Gewalt – nicht, weil er ein besonders friedlicher Mann ist, sondern weil er befürchtet, im Krieg seinen Meister zu finden. Er ist wirklich und wahrhaftig davon überzeugt, daß ihm auf die Dauer nur die Diplomatie sein Königreich sichern kann. Wenn er einstweilen in seinem Ehrgeiz Kompromisse eingehen muß, so ist er bereit, das zu tun.«

Sie schaute zu Boden. Endlich hob sie den Kopf und fragte mit leiser Stimme: »Was wollen Sie mir mit all dem sagen?«

»Die Engländer halten Paris mit Einwilligung Philippe de Bourgognes, mit dem Karl zu einer Versöhnung kommen möchte, und deshalb wird er sich deinem Marsch auf Paris wahrscheinlich entgegenstellen«, sagte der junge Mann, sanfter jetzt. »Es sei denn, du könntest ihn davon überzeugen, daß auch das Gottes Wille ist.« Er schwieg kurz, um seine Worte wirken zu lassen. »Ich frage dich noch einmal: Haben deine Heiligen dir den Auftrag gegeben, die Hauptstadt zu erobern, oder ist es deine eigene Idee?«

»Vor langer Zeit, als ich noch in Domrémy war, haben sie mir gesagt, ich müsse Orléans befreien und den Dauphin zu seiner Krönung geleiten.« Sie hob ihr Gesicht zu dem freundlichen Mond. »Sie haben mir gesagt, Paris werde seine Gefolgschaftstreue wieder dem König schenken, wenn er erst gekrönt wäre, und die Engländer würden in ihre Heimat zurückkehren.«

»Und haben sie gesagt, daß du es sein wirst, die in Paris einmarschiert?« D'Alençon ließ nicht locker.

»Nein.«

Der Herzog seufzte erleichtert – zu früh, wie ihm ihre nächsten Worte zeigten.

»Aber sie haben auch nicht gesagt, daß ich es nicht sein werde.« Ihre Augen füllten sich mit Tränen der Ratlosigkeit. »Sie haben mir nicht geantwortet, als ich ihnen genau diese Frage stellte.«

D'Alençon zog überrascht die Brauen hoch.

»O ja, ich habe sie danach gefragt, selbstverständlich«, sagte sie verbittert. »Glauben Sie denn, ich bin so dumm, sie in einer so wichtigen Sache nicht um Rat zu fragen, wenn ich es in geringeren Dingen immer getan habe?« Sie funkelte ihn an, und sie fühlte sich allein und abgrundtief mißverstanden.

Eine Zeitlang sprachen sie beide kein Wort. Jehanne war durch seinen Verrat so verletzt, daß ihr tatsächlich der Hals weh tat. Seit Loches fühlte sie, daß ein Zwist ihre Freundschaft bedrohte, und jetzt war er wirklich aufgegangen. D'Alençon glaubte eben doch nicht an sie. Es war alles Lüge gewesen, und die Liebe, von der er redete, war ein Traum, stofflos wie der Morgennebel.

»Es tut mir leid«, murmelte er schließlich. »Ich wollte dich nicht verletzen.«

»Dann helfen Sie mir, Paris zu erobern«, sagte sie tonlos. »Und danach Amiens und Rouen und Calais.«

»Frag deine Heiligen, ob du es tun sollst oder nicht, und wenn sie sagen, ja, du sollst es tun, dann folge ich dir überallhin, so weit du auch gehen magst.«

»Ich habe sie ja gefragt, wieder und wieder und wieder.« Sie war todmüde und wollte dieses Gespräch beenden. »Warum lassen Sie mich nicht in Ruhe?«

»Weil zuviel auf dem Spiel steht, darum.« Er gab nicht nach. »Wenn du dich gegen Karl stellst, dann gibst du Trémoïlle und dem Erzbischof die Waffe in die Hand, die sie brauchen, um dich zur Strecke zu bringen. Karl hat jetzt die Macht, das Heer aufzulösen, und wenn er erst offiziell König ist, wird diese Macht in den Köpfen der Soldaten nur noch größer werden, und dann werden sie ihm gehorchen, nicht dir. Und was wirst du tun, wenn sie sich allesamt weigern, an deiner Seite zu kämpfen, weil ihr König es ihnen verboten hat? Wer, glaubst du, wird dich dann noch unterstützen?«

»Die Männer werden mir folgen.« Sie hob das Kinn. »Zum Ruhme Gottes.«

»Zum Ruhme Gottes oder zum Ruhme Jehannes?«

Sie taumelte zurück, als ob er sie geschlagen hätte.

Er wußte, daß er zu weit gegangen war; man sah es ihm am Gesicht an. Sie wollte sich abwenden, aber er lief ihr nach und packte sie beim Arm. »Jehanne, so hör doch ...«

»Lassen Sie mich los!« Jehanne sträubte sich gegen die starken Hände, die ihre Arme festhielten. »Sie sollen mich loslassen, habe ich gesagt!« Ihr Fuß traf sein Schienbein, und er schrie auf. Sie riß sich los und stolperte ein paar Schritte zurück.

»Weg von mir!« befahl sie, geblendet von den Tränen, die gar nicht mehr aufhören wollten. »Sie sind nicht mein Freund! Sie waren es nie!«

»Das ist nicht wahr!« schrie er. »Ich bin dein bester Freund, ein besserer, als du ahnst, denn sonst hätte ich mit dir nicht gesprochen, wie ich es heute abend getan habe. Glaubst du, ich will mit ansehen, wie du vernichtet wirst – sei es durch deine eigene Hartnäckigkeit oder durch die der Minister? Denn das wird sicher geschehen, wenn du ihm trotzt!« D'Alençons Gefühle hatten ihn erschöpft, und er schwieg kurz, um Atem zu schöpfen. »Frag deine Heiligen noch einmal, Jehanne, und ich gebe dir mein Wort: Wenn sie dir befehlen, Cathay zu erobern, so werde ich dir dorthin folgen.«

»Und wenn sie mir nicht antworten, was dann?« Sie wischte sich mit einer schmutzigen Hand durch das nasse Gesicht.

»Dann nehme ich es als Ja und folge dir trotzdem.« Er lächelte müde. »Aber nur, wenn der König einverstanden ist.«

»Dann hat Ihre Liebe also doch Grenzen.« Bevor sie sich abwandte, sah sie das klägliche Zucken in seinen Augenwinkeln, aber es kümmerte sie nicht.
Sie wandte ihm den Rücken zu und ging schnell auf die hellen Lagerfeuer zu, in den Schutz ihrer Armee. Es kümmerte sie nicht! Ihr Schmerz war schlimmer als der seine, und sie empfand eine flüchtige, boshafte Genugtuung bei dem Gedanken, daß sie ihm noch einen Stich hatte versetzen können. Aber sie konnte die Gewissensbisse nicht unterdrücken, die sie auf dem Weg zu ihrem Zelt verfolgten und auch verhinderten, daß sie gut schlief.
»Die Jungfrau Jehanne! Die Jungfrau Jehanne! Die Jungfrau Jehanne!« Der alte Singsang riß sie in die Gegenwart zurück, und strahlend winkte sie der Menge zu. Das war ihr Volk, das Lebensblut des Königreichs, und sie war eine von ihnen. Sie waren anders als die hochnäsigen Adligen, mit denen sie ritt – so weit entfernt von der Bevölkerung, daß sie nicht begreifen konnten, daß die Menschen sie niemals im Stich lassen würden. D'Alençon verstand das ebensowenig, wie er sie verstand, denn sonst hätte er gewußt, daß das Volk ihre Armee sein würde, wenn alle andern sie verlassen sollten. Das Volk würde kämpfen, für den König und für seine Jungfrau.
Wieder hob sie die Hand, ohne zu merken, wie Karl ihr mit schmalen Augen eisige Blicke zuwarf und wie er sich beim Klang ihres Namens im Sattel verkrampfte.

Am Samstag morgen, dem 17. Juli 1429, trabte eine kleine Schar von Edelleuten in glänzendem Stahl auf die Abtei St.-Rémi am Rande von Reims zu. Herolde ließen erkennen, wer diese Reiter waren, denn sie ritten mit stolzen Bannern vor ihnen her: Gilles de Rais, der Admiral de Culan, der Sieur de Graville und der Maréchal de Sainte-Sévère. Diese Männer leiteten die ersten Schritte der Krönungszeremonie ein. Eine kostbare Phiole, die in diesem alten Kloster zu Hause war, erhob die Grabstätte des heiligen Rémi zu einem Ort, der in seiner Heiligkeit alle andern in Frankreich bis auf einen übertraf. Denn hier hatte der fromme Mönch neunhundert Jahre zuvor den Frankenkönig Clovis erst bekehrt und dann getauft und ihn zum ersten christlichen Herrn des Königreiches gemacht. Der Legende zufolge war in dem Augenblick, als Clovis ins Wasser des Taufbeckens getaucht wurde, eine Taube vom Himmel herabgekommen, die das Chrysam im Schnabel getragen hatte. Jeder nachfolgende König war mit dem Öl gesalbt worden, wie die Schrift es befahl. Durch seine göttliche Herkunft und das Band zwischen Gott und dem Souverän war gesichert, daß das Öl niemals weniger wurde, ganz gleich, wie viele nach Clovis die Krone Frankreichs aufs Haupt gesetzt bekamen, denn ohne das Öl hätte das Reich keinen wahren König, mochte das Ritual sich ansonsten noch so streng an die alten Bräuche halten.

Nach ihrer Ankunft in der Abtei schworen die Herren einen feierlichen Eid, den der Abt ihnen abnahm; sie gelobten, die heilige Reliquie wohlverwahrt nach Reims zu bringen. Daraufhin brachte der Abt, mit seinen prächtigsten Kirchengewändern angetan und unter dem Schutz eines goldenen Baldachins, den seine Mönche tragen mußten, die seiner Obhut anvertraute Kostbarkeit auf dem Rücken eines weißen Maultiers in die Stadt und bis zu den Stufen der Kathedrale von Notre-Dame. Zahllose Zuschauer säumten seinen Weg; die Menge hatte ernst und schweigsam seit dem Morgengrauen gewartet, und als die Prozession jetzt zum Stehen kam, rührten sich die Leute vor der Kathedrale erwartungsvoll.

Regnault de Chartres, seit zwanzig Jahren Erzbischof von Reims, ohne daß er je einen Fuß in seine Diözese gesetzt hätte, stand bereit, sie zu begrüßen und die Ampulle in Empfang zu nehmen. Feierlich stand er vor dem hohen Portalbogen in der Westmauer der Kathedrale. Auf seinem Kopf saß die weiße, fischförmige Mitra seines Amtes, und in der Rechten hielt er den silbernen Hirtenkrummstab. Sein goldseidener Mantel deckte eine jungfräulich weiße, langärmelige Tunika aus feinstem Leinen. Aber trotz seiner großartigen Pracht wirkte der Erzbischof winzig in dieser Umgebung, die lange vor seiner Geburt entstanden war und noch jahrhundertelang bestehen würde, wenn er schon wieder zu Staub zerfallen wäre.

Der Abt von St.-Rémi stieg von seinem Maultier und trug die Ampulle mit majestätischer Anmut die Stufen zum Erzbischof hinauf; dieser segnete sie langsam und murmelte dabei lateinische Worte, die vor über tausend Jahren aufgeschrieben worden waren. Der Abt kehrte zu seinem Maultier zurück und trug noch immer die Ampulle in seinen weichen, weißen Händen. De Chartres wandte sich um und durchschritt das Portal; ihm voraus gingen zwei Reihen Mönche mit würdevoll hochgeschlagenen Kapuzen, geführt von einem Priester mit einem langen Kruzifixstab. Schwerer Weihrauchduft wehte ihnen voraus; qualmend drang er aus einem Rauchfaß, das ein Mönch an der Spitze der Prozession hin und her schwingen ließ.
Die Menschenmassen, die die Außentreppe erfüllten, hatten sich auch in den Vorraum und ins Kirchenschiff ergossen; sie drängten sich in den Ambulatorien und auf den hochgelegenen Galerien und reckten eifrig die Hälse, um über die Schulter der Königlichen Leibgarde hinweg den Eintritt des Erzbischofs mitansehen zu können; mit gekreuzten *guisarmes* säumten die Soldaten den Mittelgang bis zum Querschiff. Unvermittelt brandete das machtvolle Lied der Orgel wie ein Befehl vom Himmel durch die Kirche. Es begleitete den Erzbischof durch das Portal und umwirbelte ihn, als er mit langsamen, feierlichen Schritten durch den Mittelgang von Notre-Dame zum Altar ging. Wo er vorbeikam, beugte die Menge, die sich Schulter an Schulter im Kirchenschiff und in den Seitengängen drängte, das Knie hinter den versteinert und nüchtern dreinblickenden Soldaten.
Jetzt trieben die Edelleute ihre mit bunten Schabracken bekleideten Pferde in die Kathedrale. Hinter dem Eingangsportal lenkten sie ihre Tiere zur Seite, um hinter den gewaltigen Säulen durch das Seitenschiff zum Chor zu reiten. Gleichzeitig ritt der Abt von St.-Rémi auf seinem kleinen weißen Maultier durch den Mittelgang zum Erzbischof hinauf, der am Altar wartete. Ein Lobgesang, süß wie die Lieder der Engel, kam aus den Kehlen der Akoluthen, die in Höhe des Querschiffs hinter dem Altar Aufstellung genommen hatten. Als die Adligen den Chor erreichten, ließen sie ihre Pferde im Ambulatorium wenden und nahmen ihre Plätze zu beiden Seiten des Altars ein. Der

Abt stieg von seinem Reittier, kniete vor dem Erzbischof nieder und reichte ihm die heilige Ampulle. De Chartres stieg die Altarstufen hinauf, stellte das Chrysam ehrfürchtig vor das Allerheiligste und bekreuzigte sich. Dann drehte er sich um, stieg mit seinem silbernen Hirtenstab die Treppe hinunter und schritt bis zum Lettner, wo er die Ankunft des Dauphins erwartete.

Die zwölf Edlen des Reiches oder ihre Vertreter führten die Prozession an; mit ernster Majestät schritten sie voran, die Hände vor der Brust gefaltet. Die Wappen der Titel, die sie repräsentierten, flatterten zu ihrer Rechten, hochgehalten von eleganten Standartenträgern.

Dann kam Karl. Ein schneeweißer Baldachin, getragen von vier Dienern, schützte seine königliche Person vor der Sonne. Der ungesalbte König trug eine einfache, lange goldene Robe, die von einer Seidenschnur locker um den Leib gehalten wurde. Sie reichte ihm bis über die Knöchel hinab, und beim Gehen blitzten weiße Pantoffeln unter dem kostbaren Stoff hervor, der sich mit seinen Bewegungen blähte. Er trug keinen Hut, und das Sonnenlicht, das durch den Baldachin drang, überhauchte das schüsselförmig geschnittene, mausfarbene Haar mit einem rötlichen Glanz. Wie die, die ihm vorausgingen, blickte er unbeirrt geradeaus; sein zartes Gesicht war ausdruckslos und erhaben, und er schien gar nicht zu merken, daß alle Blicke auf ihm ruhten, obwohl er es insgeheim natürlich wußte.

Aber da irrte er. Die Bauern und Gaukler, die Silberschmiede und Damen, sie alle waren nicht aus den entlegenen Bezirken des Reiches hierhergekommen, nur um zu sehen, wie Karl gesalbt und gekrönt wurde. Auch die Knabengestalt in den grünen Farben von Orléans wollten sie sehen, die Gestalt mit dem scharlachroten Mantel, dem Geschenk des hohen Herrn im fernen Gefängnis, die ein paar Schritte hinter ihm ging, den dunkelhaarigen Kopf über die gefalteten Hände gesenkt. Ein hochgewachsener Mönch mit schütterem Haar, hager wie eine Vogelscheuche, trug neben ihr die berühmte Standarte. Eine Ecke war verkohlt, und alles sorgfältige Waschen, dem der Stoff unterzogen worden war, hatte nicht ausgereicht, um den Schmutz der Schlachten zu beseitigen.

Jehanne spürte die anbetenden Blicke so stark wie die heiße Julisonne, aber sie war entschlossen, sie nicht zur Kenntnis zu nehmen. Dieser Tag gehörte ihrem Souverän, nicht ihr. Der zweite Schritt ihres großen Werkes war nahezu vollzogen, vollendet. Wenn die Sonne unterging, würde Frankreich wieder einen König haben, der das Reich behütete, und zusammen würden er und seine Jungfrau ein Königreich schaffen, das frei wäre von der Tyrannei des Krieges.

Und was ist mit Paris? fragte sie zum hundertsten Mal. Ist das wirklich der nächste Schritt? Wieder stellte sie die alte Frage, während sie so daherging, den Blick auf den staubigen Boden gerichtet. Soll ich wirklich die Engländer aus Frankreich vertreiben?

Sie schaute auf die Pantoffeln des Dauphins, der vor ihr ging, und plötzlich verschwanden sie in einem grellen Blitz wie von einer explodierenden Sonne, der sie blendete, so daß sie die Luft zischend zwischen den Zähnen einsog und beinahe gestolpert wäre.

Der Schreck durchpulste ihre Brust und umklammerte ihre Lunge, so daß sie keine Luft bekam. Als sie schon dachte, sie könne nicht weitergehen, sie werde gleich in dieses furchtbare, sengende Licht hineinstürzen und vollends das Bewußtsein verlieren, da ließ die Strenge des Lichtes nach, und ein zartes Rosarot umwirbelte sie so süß, wie sie es seit jenem lange vergangenen Julitag im Garten ihres Vaters nicht mehr erlebt hatte.

Durch diesen sanft kreisenden Strudel sah sie das Reich, nach dem sie sich sehnte und in dem sie sein wollte, alterslos und voller Liebe. Heitere Gelassenheit überkam sie, vertrieb die Angst und senkte alles Menschliche auf die Bedeutung eines Kinderspiels. Im Mittelpunkt dieses zeitlosen Augenblicks war nichts anderes mehr wichtig; das einzig Wirkliche war die blendende, singende Wärme, die in ihren Ohren vibrierte und sie durchpfiff wie ein Wind aus der Ewigkeit. Und jetzt, im fernen Läuten der Domglocken, hörte sie die Antwort des Erzengels Michael.

Zweifle nicht, du Tochter Gottes. Das Volk hätte niemals ohne dich befreit werden können. Die noch nicht auf Erden wandeln, werden sich bis ans Ende der Welt daran erinnern, daß du dieses Land für den Herrn des Himmels erlöst hast. Ver-

liere nicht deinen Glauben, denn du sollst eingehen in das Reich, das er dir verheißen hat.

Tränen der Dankbarkeit und der Freude ließen ihren Blick verschwimmen. Obwohl sie unwürdig und kleingläubig war, hatte Gott sie nicht verlassen und würde es auch nicht tun. Und wenn man sie ganz alleinließe, hätte sie immer noch Gott zum Gefährten.

Erschüttert schaute sie aus ihrer Vision auf. Die Prozession hatte die Kathedrale erreicht, und hier drängten sich so viele von Karls gaffenden Untertanen, daß die Garde sie zurückschieben mußte, damit die Edlen die Stufen ersteigen konnten. Die Musik der riesenhaften Orgel strömte durch das Portal auf die Straße, eine kraftvolle Erinnerung an Gottes eigenes Rufen. Am Rande ihres Gesichtsfeldes sah Jehanne, wie die Menschen niederknieten und sich bekreuzigten, als der Dauphin an ihnen vorüberging. Ihr Herz klopfte aufgeregt, und sie folgte Karl die Treppe hinauf und in den kühlen, weiten Raum.

Wie ein gemähtes Weizenfeld sanken die Massen auf die Knie, als Karl durch das Kirchenschiff schritt, durch die buntfleckigen Lichtfelder der Fenster, in denen Mariä Verkündigung und die Geburt des Gottessohnes dargestellt war. In der fernen, hohen Apsis lockte ein leuchtendes Rosettenfenster: Christus thronte dort, flankiert von den heiligen Erzengeln Gabriel und Michael, und Jehanne wollte es scheinen, als komme diese seelenerschütternde Musik aus den Kehlen dieser Engel. Begeisterung stieg ihr wie ein Kloß in die Kehle, und sie mußte das Verlangen niederkämpfen, Gott schluchzend dafür zu danken, daß er Karl diesen unvergleichlichen Augenblick schenkte.

Die zwölf Edlen Frankreichs teilten sich vor dem Erzbischof und eröffneten Karl den Weg zum Altar. Mit würdevoller Majestät stellten sie sich zu beiden Seiten auf, die Adligen zur Rechten, die Bischöfe ihnen gegenüber.

Jehanne blieb stehen und nahm ihre Standarte von Bruder Richard entgegen. Dieser trat ein paar Schritte zurück und kniete auf dem Steinboden nieder. Jehanne kniete nicht; sie stand mit aufrechtem Stolz hinter ihrem souveränen Fürsten. So hatte er es befohlen. Sie sei, so hatte er in einem seltenen Augenblick der Gefühlswallung beteuert, die einzige, der er diese Reise nach Reims zu verdanken habe, und nicht einmal ihr Widerspruch, Gott und nicht sie habe dieses Wunder gewirkt, hatte ihn in seiner Entscheidung umstimmen können: Sie sollte bei der ganzen Zeremonie hinter ihm stehen, wie er es befohlen hatte. Ihre Standarte war die einzige in der Kathedrale. Niemand hatte je eine solche Ehrung erfahren.

Die donnernde Musik verhallte, und in der Stille klangen ihr die Ohren. Der Dauphin fiel dankbar auf die Knie und warf sich dann dem Erzbischof zu Füßen. Jehanne fühlte, daß auch hinter ihr die Leute niederknieten: Sie hörte das Rascheln ihrer Gewänder und das Scharren ihrer Stiefel auf dem Steinboden. Die Priester am Altar begannen mit ihren Litaneien. Sie erbaten den Segen Gottes und aller seiner Heiligen in frommem Choralgesang, und die vertrauten Namen und die immer gleiche Antwort, »Ora pro nobis«, hallten lange Zeit durch die Kirche.

Dann endeten die Gesänge so plötzlich, wie sie begonnen hatten. Der Erzbischof trat vor und machte über dem bloßen Haupt des Dauphins das Kreuzzeichen, langsam und feierlich. Es raschelte, als die ganze Gemeinde sich gleichfalls bekreuzigte. Der Erzbischof sprach ein langes Gebet in lateinischer Sprache.

Dann sagte er, laut genug, daß alle es hören konnten: »Schwörst du, Karl von Valois, Sohn Karls VI., des Königs von Frankreich, und Dauphin durch die Gnade Gottes, vor dem König des Himmels, seinem eingeborenen Sohn, seiner heiligen Mutter und allen Heiligen, den Glauben deiner Vorväter zu bewahren, die Heilige Mutter Kirche gegen alle Widersacher zu verteidigen und mit der Gerechtigkeit der Könige das Reich zu regieren, das Gott dir anvertraut hat?«

Die Antwort erklang kraftvoll und fest. »Ich schwöre all das vor Gott.«

Jehanne wischte sich mit dem Handrücken über die Augen. Durch die Tränen sah sie, wie der Erzbischof beiseite trat und wie d'Alençon vortrat und seinen Platz vor Karl einnahm, der nicht von seinen gefalteten Händen aufblickte. Ein Priester hielt dem Herzog ein Samtkissen entgegen, auf dem ein juwelenbesetztes Schwert aus Gold ruh-

te. D'Alençon nahm die Zeremonienwaffe von ihrem Kissen und hielt sie locker in der Rechten. Sein schöngeschnittenes Gesicht war ernst und feierlich.
»Durch die Gnade Gottes ernenne ich dich, Karl von Valois, den allerhöchsten Ritter, im Namen des Vaters« – er berührte Karls Schulter behutsam mit dem Schwert – »und des Sohnes« – die andere Schulter – »und des Heiligen Geistes« – und nochmals die eine Schulter – »Amen.« D'Alençon legte das Schwert wieder auf das Kissen und trat zurück in die Reihen der anderen Adligen.
Karl erhob sich. Zwei der Kirchenfürsten traten herzu und lösten die Schnur um seinen Leib. Sie nahmen ihm den Mantel ab und offenbarten eine Tunika aus weißer Seide, die am Hals und im Nacken von silbernen Schnüren gehalten wurde. Karl kniete wieder nieder, vor dem Erzbischof diesmal, der einem Priester die Heilige Ampulle abnahm und eine goldene Nadel in das Öl tauchte. Mit größter Sorgfalt nahm de Chartres einen Tropfen aus der Phiole und mischte ihn auf einer Patene aus der Abtei von St.-Rémi mit anderen geweihten Salben. Einer der Reichsedlen löste die Schnüre an Karls Tunika, und der Erzbischof salbte Karls gesenktes Haupt mit dem Zeichen des Kreuzes, dann seine Brust, seinen Rücken, seine Schultern und seine Ellenbogen. Der Chor begann wieder zu singen: »Sie salbten König Salomo.« Jehanne wischte sich wieder mit der Hand über die Augen; sie konnte kaum erkennen, wie der Erzbischof die Kordel wieder um das königliche Hemd legte.
Zwei Priester in leuchtenden Roben kamen heran und streiften Karl einen violetten Überwurf über den Kopf. Dann ließen sie sich von den Akoluthen in ihrem Gefolge einen langen, königsblauen Umhang geben, mit Hermelinfellen gefüttert und mit kleinen goldenen *fleurs-de-lys* übersät, die funkelten wie die Sterne am nächtlichen Himmel. Zusammen mit dem Erzbischof drapierten sie Karl diesen Mantel um die Schultern. Die Priester reichten dem Erzbischof die Wahrzeichen der Königswürde, und der alte Mann, der sich gegen diese Rolle und gegen Karls Reise hierher so sehr gewehrt hatte, legte dem König den Stab in die linke und das Zepter in die rechte Hand.

Auf dieses Zeichen hin setzten die zwölf Edlen sich in Bewegung und nahmen ihre Plätze an Karls Seite ein. Gleichzeitig näherte sich ein anderer Akoluth mit einem Kissen, auf dem die Krone lag: vier große goldene *fleurs-de-lys,* durch ein breites Band miteinander verbunden. Der Erzbischof nahm die Krone mit beiden Händen und hielt sie hoch über das königliche Haupt. Jeder der Edlen legte einen Finger an die Krone – zum Zeichen dafür, daß er den neuen Monarchen unterstützte.
Mit bedächtiger Anmut senkte de Chartres die Krone herab.
»Erhebe dich, König von Frankreich!« befahl der Erzbischof laut. »Karl, Siebenter dieses Namens!«
Von den Edlen geleitet, schritt Karl majestätisch die Treppe hinauf, wandte sich um und setzte sich auf den Thron. Die Adligen kehrten zurück an ihre Plätze vor dem Altar. Regnault de Chartres, der Erzbischof von Reims, nahm seine Mitra ab und beugte vor seinem König das Knie. Er küßte Karl die Hand und dann beide Wangen. Dann setzte er sich neben den König. Einer nach dem andern kamen die Adligen zum Thron herauf und erwiesen Karl die Ehre.
Als der letzte fertig war, segnete der Erzbischof mit einem Kreuzzeichen den neuen Monarchen und sein Volk. Alle Anwesenden bekreuzigten sich, und der Kirchenfürst sprach das Schlußgebet: Das Königreich möge sich einer Herrschaft des Friedens, der Gerechtigkeit und der Fülle erfreuen. Noch einmal segnete er schließlich das französische Volk.
Wie es der Brauch war, beendete Karl die Zeremonie damit, daß er diejenigen, die ihm so treu gedient hatten, mit Ehren belohnte. *Georges* de la Trémoïlle und Guy de Laval erhielten den Titel eines Grafen, und Gilles de Rais bekam das Amt des Maréchal. Der Comte de Clermont adelte den Damoiseau de Commercy, den ehemaligen Räuberbaron, der einst mit Jacques Darc um die Steuern für Domrémy gerungen hatte. René d'Anjou wurden von d'Alençon zum Ritter geschlagen, der die gleiche Ehre auch Jehan de Metz widerfahren ließ. Besonders über diesen Akt war Jehanne hocherfreut, denn sie wußte, daß ihr alter Freund aus Vaucouleurs dafür geadelt wurde, daß er von

Anfang an an sie geglaubt hatte. Auf diese Weise entschuldigte d'Alençon sich für seinen Anteil an dem Streit zwischen ihnen. Er war wieder ihr schöner Herzog, und was immer er für Bedenken haben mochte, er würde ihr weiter folgen.

»Noël!« schrie die tausendköpfige Gemeinde wie aus einem Mund, und ein Fanfarenstoß, der die Kathedrale erschütterte und die prachtvollen Fenster klappern ließ, trug ihr Glück in die Höhe.

Der König erhob sich und kam mit gemessenen Schritten vom Thron herunter. Als er vor Jehanne stehenblieb, fiel sie auf die Knie und umarmte seine Beine. Freudentränen strömten über ihr bronzebraunes Gesicht.

»Edler König«, sagte sie leise, »jetzt ist der Wille Gottes erfüllt. Er, dessen Wunsch es war, daß Orléans befreit werde, und der Sie zur Krönung hierher nach Reims führte, hat gezeigt, daß Sie der wahre König sind und daß dieses Land Frankreich Ihnen ganz allein gehört.«

Karl lächelte auf sie herab. »Dank dir, Jehanne.«

»Dank Gott, Sire.« Sie konnte die Verzückung nicht länger unterdrücken, die in ihr emporsprudeln wollte, seit die Prozession am Morgen ihren Anfang genommen hatte; sie begann heftig zu schluchzen und umklammerte seine Beine. Ein paar Augenblicke lang ließ er es geschehen.

Schließlich reichte er d'Alençon Zepter und Stab und hob sie behutsam auf. Sein Lächeln schien von innen her zu leuchten, und er war fast so schön wie der Herzog. Mit seinen schlanken Fingern wischte er ihr die Tränen ab. »Komm, Jehanne, wir wollen das Volk begrüßen.«

D'Alençon reichte seinem königlichen Cousin die Wahrzeichen der Monarchie zurück, und Jehanne folgte ihm auf dem weiten Weg zurück durch das Kirchenschiff und durch die Menge, die immer wieder »Noël!« rief, so daß die Kathedrale von ihrer Begeisterung erbebte. Hoch über ihnen ertönten die mächtigen Glocken im Triumph über Karls früheres, ruhmloses Geschick.

Das Volk, das vor der Kathedrale wartete, brach ebenfalls in lauten Jubel aus, als der neue König in den strahlenden Nachmittag heraustrat. »Noël!«

»Gott schütze König Karl!«
»Gott schütze Frankreich!«
Und dann sahen sie Jehanne aus dem Schatten hervortreten. Der Segen des Volkes für den König verlor sich in brüllender, alles umschlingender Erregung, rasend vor Begeisterung und Dankbarkeit und Liebe.
»Jungfrau Jehanne! Jungfrau Jehanne! Jungfrau Jehanne …«
Sie stöhnte innerlich, und einen Augenblick lang erwog sie, sich in die kühle Sicherheit der Kathedrale zurück zu flüchten. Aber sie wollte das Volk nicht enttäuschen, und so blieb sie, wo sie war, winkte kurz und lächelte. Ein starrer Ausdruck des Glücks krümmte Karls Mundwinkel nach oben, und leidenschaftslos winkte er seinen Untertanen zu.
Jehanne hatte den andern den Rücken zugewandt, und so sah sie nicht, wie der Bastard mit hochgezogenen Brauen d'Alençon anschaute, und sie sah auch nicht das frohlockende Grinsen, das hämisch zwischen dem Erzbischof und Georges de la Trémoïlle hin und her ging.

Vier Gestalten in langen Mänteln ritten durch die engen Straßen zur Kathedrale, so schnell es bei dem Gedränge möglich war. Als sie die dunkle Kirche erreichten, in der Karl am Morgen seine Bestimmung gefunden hatte, lenkten sie ihre Pferde zu den alten Häusern, die ihr dicht gedrängt gegenüberstanden. Unter einem schaukelnden Schild, das die Schenke zum Goldenen Esel bezeichnete, machten sie halt.
Sie stiegen ab, und der größte sagte zu dem jüngsten der Gruppe: »Du bleibst bei den Pferden, und gib um Gottes willen acht, daß keiner dich bemerkt.«
»Natürlich«, antwortete der Junge mit einer Stimme, die erst vor kurzem männlich dunkel geworden war.
Er hatte kaum gesprochen, als sie vor zwei raufenden Soldaten, die vom Wirt zur Tür herausgeschoben wurden, ins Dunkel ausweichen mußten.
»Bleibt ja draußen, ihr Mistkerle!« schimpfte der Mann mit der

schmutzigen Schürze. »Dies ist eine anständige Schenke, und ich will euer Benehmen hier nicht haben! Verschwindet in euer Quartier, wo ihr hingehört, und schlaft euren Rausch aus!«

Er wollte sich ins Wirtshaus zurückwenden, aber dann erblickte er die verhüllte Gruppe. Sein stoppelbärtiges Gesicht erbleichte, und er fing an zu stammeln. »Oh, Sie sind es – entschuldigen Sie das Durcheinander, aber diese Kerle saufen schon den ganzen Abend und …«

»Laß gut sein«, unterbrach ihn der Große gereizt. »Sind sie hier?«

Der Wirt nickte. »Kommen Sie nur herein.«

Er führte sie eine Treppe hinauf und blieb vor einer Tür stehen. »Sie sind hier.«

»Danke«, sagte der kleinste der drei und gab ihm ein Geldstück.

Der Wirt verbeugte sich und verschwand. Einer der drei Männer öffnete die Tür.

Ein kleiner Mann hockte auf einem durchgelegenen Bett und schnitzte an einem apfelgroßen Holzklötzchen, das einen Bärenkopf bekommen hatte. Der Boden vor seinen Bauernstiefeln war von feinen blonden Spänen übersät. Als er die drei Männer zur Tür hereinkommen sah, grinste er und sprang auf. Ein zweiter Mann, der aus dem Fenster zu den hohen Kirchtürmen hinübergestarrt hatte, drehte sich um. Er wirkte nach all den Monaten sehr verändert. Seine Schultern waren stärker gebeugt als noch im letzten Winter, und das schwarze Haar war von grauen Strähnen durchzogen. Der buschige Schnurrbart war zu einem langen Vollbart ausgewachsen, und auch hier glitzerten silbrige Borsten wie Reif auf einem abgemähten Weizenfeld im Herbst. Er trug seine besten Kleider, ein hausgewebtes Hemd, das bis auf die Schenkel einer sauberen braunen Hose reichte. Die neuen Stiefel waren poliert worden, bis sie glänzten.

Die drei warfen die Mäntel ab, und Jehanne fiel dem großen Mann um den Hals, schluchzend vor Freude und Reue.

»Papa!«

Jacques drückte sie an sich und bedeckte ihr Gesicht und ihr Haar mit verzweifelten Küssen. »Jhanette, o meine liebste Jhanette, mein teures Kind!«

Sie fühlte, wie seine breite Brust wogte, während er sie umarmte, daß es ihr den Atem verschlug. Schluchzend drückte sie das Gesicht an sein Hemd, und entzückt sog sie seinen Geruch ein, den sie schon vergessen geglaubt hatte, den Duft von Männerschweiß und Erde.

Er ließ sie los und hielt sie auf Armeslänge von sich, und seine geschwollenen Augen betrachteten die prachtvoll gekleidete, knabenhafte Erscheinung seiner verlorenen Tochter. Er küßte sie von neuem und zog sie dann wieder in seine starken Arme.

»Bitte, Papa«, keuchte sie. »Ich bekomme keine Luft!«

Er ließ sie los und nahm ihr Gesicht in seine großen Hände. »Du Würstchen!« Er lachte unter Tränen. »Ich sollte dich windelweich prügeln, weil du deiner Mutter und mir solche Angst gemacht hast.«

»Es tut mir leid, Papa«, sagte sie zerknirscht, und nun war sie nicht mehr die Jungfrau Jehanne, sondern einfach nur Jhanette aus Domrémy. Niemand sonst auf der Welt hatte wie er in diesen Augenblicken die Macht, sie auf den ihr gebührenden Platz zu verweisen, und sie weinte vor Glück über seinen scheinbaren Anspruch auf ihr altes Leben.

»Wie prächtig du aussiehst – wenn auch wie ein Junge.« Er zog eine Grimasse des Abscheus. »Wieso hast du deine Haare abgeschnitten?«

»Ich mußte, Papa.« Sie lächelte und wischte sich die Tränen übers ganze Gesicht.

Als habe er sie nicht gehört, schaute Jacques über ihre Schulter hinweg seine Söhne an, und dann nahm er auch sie beide in die Arme. Der Mann, der auf dem Bett gesessen hatte, lächelte Jehanne scheu und zögernd an. Sie sah, daß er nicht wußte, ob er dieses Knaben-Mädchen umarmen sollte, das da zu so erhabenen Höhen aufgestiegen war.

»Onkel Durand!« rief sie strahlend. Sie schlang ihm beide Arme um den Hals und küßte ihn auf die hagere Wange. »Ich bin so froh, dich zu sehen.« Sie drehte sich zu ihrem Vater um. »Euch beide. Aber warum ist Maman nicht auch mitgekommen?« So froh sie war, ihren Vater zu sehen, Jehanne hätte doch die Hälfte ihres restlichen Lebens dafür gegeben, Isabelle noch einmal wiederzusehen.

Jacques zog ein Taschentuch hervor und putzte sich geräuschvoll die Nase. Dann schüttelte er den Kopf. »Sie konnte nicht kommen, Jhanette. Weißt du, Marguerite war krank und …«
»Ja, das hat Jehan Morel uns gesagt«, unterbrach Jehanne ihn erschrocken. »Ist sie immer noch krank, oder geht es ihr besser?«
»Jehan Morel? Den habt ihr gesehen?« fragte Durand.
»Aber gewiß«, erklärte Pierre gewichtig. »In Châlon. Da kam er zu uns, mit Gérardin d'Epinal, und er sagte …«
»Einen Augenblick, Pierrolot.« Jehanne packte ihren Vater beim Arm. »Ist Marguerite wirklich krank?« Marguerite war mit Jacquemin verheiratet, und sie war die älteste unter den Kindern der Familie Darc. Jehanne hatte sich keine Sorgen gemacht, als ihr Pate Morel ihr die Neuigkeiten aus der Familie überbracht hatte, denn da hatte sie nicht angenommen, daß Marguerite ernstlich erkrankt sein könnte. Aber wenn Maman jetzt für sie sorgen mußte, statt Papa zu begleiten …
»Es ist nicht allzu schlimm.« Er lächelte und wischte ihre bange Sorge beiseite. »Aber du weißt ja, wie deine Maman ist: Immer muß sie sich um jeden kümmern. Ich soll dir sagen, daß sie dich liebt und daß du hoffentlich bald nach Hause kommst.«
Jehanne fiel langsam auf die Knie und schaute auf zu dem großen Mann, der sie mit seiner Liebe ins Dasein gerufen hatte. Sie faßte seine dick geäderten Hände und sagte: »Ich bitte dich, Papa, vergib mir, daß ich euch auf diese Weise verlassen habe. Ich hatte keine Wahl, denn Gott rief mich, und ich mußte ihm gehorchen.« Eine Träne rollte zu ihrem Mundwinkel.
»Steh auf, Jhanette«, sagte er leise und zog sie hoch. Dann legte er ihr seinen starken Arm um die Schultern, zog sie an sich und drückte sie wild und schmerzhaft. Sie legte den Kopf an das Herz, das unter dem rauhen Hemd hämmerte, und schlang ihre Arme um seine Taille.
»Ich muß dich auch um Vergebung bitten«, flüsterte er in ihr Haar. »Ich hätte dich niemals verdächtigen dürfen – das heißt, ich hätte wissen müssen, daß du nichts Unrechtes tust.«
Sein keuchender Atem roch nach Knoblauch und Wein. Lächelnd schaute sie zu ihm auf.

»Und wir sind alle so stolz auf dich!« verkündete Jacques mit seiner dröhnenden Stimme, die sie von Kindesbeinen an gekannt hatte. »Von den Reisenden, die durch das Dorf kommen, hören wir seit Monaten nur noch: Jungfrau Jehanne hat dieses, Jungfrau Jehanne hat jenes gemacht. Du hättest ihre Gesichter sehen sollen, als wir ihnen sagten, daß du unsere Tochter bist!«
Alles lachte. Eine liebevolle Wärme erfüllte die Kammer, und in Jehannes Seele wehte eine Brise aus dem Bois Chenu. Wenn sie für einen Moment die Augen schloß, hätte sie schwören können, sie wäre zu Hause, wo Jhanette mit einem Korb voll Fischen in die Hütte des Vaters kam.
Pierre und Jehan machten es sich auf dem Boden bequem. Jacques ließ seine Tochter auf dem einzigen Schemel Platz nehmen und setzte sich dann neben Durand auf die Bettkante. »Komm, Jhanette«, sagte er strahlend, »erzähl deinem alten Vater, was du erlebt hast, seit du aus Domrémy fortgegangen bist. Und sieh zu, daß du nichts ausläßt!«
»Ich weiß gar nicht, wo ich anfangen soll.« Sie fuhr sich mit der Hand durch das dichte kurze Haar. »In Vaucouleurs bin ich mit Seigneur de Baudricourt zusammengetroffen – du erinnerst dich an ihn, Papa?«
Er nickte.
»Erst wollte er mir nicht glauben. Dann traf ich einen Mann namens Jehan de Metz; er wurde heute zum Ritter geschlagen, von meinem Freund« – ein schmerzlicher Stich durchfuhr sie – »von meinem Freund, dem Herzog von Alençon. Jedenfalls, er ist ein Freund von Bertrand de Poulengy. Den kennst du, das weiß ich.«
Jacques nickte; er hörte gebannt zu.
»Die beiden halfen mir, Sieur de Baudricourt zu überzeugen, daß er mich nach Chinon zum Dauphin schicken sollte.«
Sie erzählte lange Zeit. Sie erzählte, wie sie Karl begegnet war, und sie erzählte von d'Alençon. Sie erzählte, wie sie Minguet adoptiert hatte – »er wartet jetzt draußen bei den Pferden, Papa, aber du kannst ihn kennenlernen, wenn du willst« –, und sie berichtete von ihrer Reise nach Poitiers, wo die Kirchenmänner sie befragt hatten. Aber sie er-

wähnte nichts von der demütigenden körperlichen Untersuchung und von ihrer Einsamkeit, und als sie bei der Schlacht von Orléans ankam, sagte sie auch nichts von ihrer Verwundung. Bei sich betete sie, daß ihre Brüder den Mund halten würden, aber sie hätte sich keine Sorgen zu machen brauchen; die Kinder Jacques Darcs wußten, seit sie sprechen konnten, daß es Dinge gab, die sie dem Alten besser verschwiegen.

Davon abgesehen aber erzählte sie wahrheitsgetreu. Sie zeigte ihnen das Schwert der heiligen Katharina, und die beiden Männer aus Lothringen berührten es ehrfürchtig. Und dann kam die unausweichliche Frage, vor der ihr schon den ganzen Abend graute.

»Wann kommst du nach Hause, Jhanette?« Ein ängstlicher Schimmer glomm in den dunklen Augen ihres Vaters.

»Ich weiß es nicht.«

Ein unbehagliches Schweigen senkte sich herab. Jehan rieb sich abwesend den Stiefel, und sogar Pierre war still. Durand führte die Messerklinge mit behutsamen Bewegungen über sein Holzstück; die Schultern des Bären nahmen langsam Gestalt an. Jehanne schlug unter dem Blick ihres Vaters die Augen nieder und legte die Beine übereinander.

Das zerbrechliche Schweigen zerbarst. Sie hatte gewußt, daß er seine Frage wiederholen würde. »Wann kommst du nach Hause?«

Seufzend sah sie ihn an. »Ich weiß es nicht. Wenn Gott mich gehen läßt.« Während sie sprach, ging ihr der alte Alptraum durch den Kopf, und es schauderte sie.

»Wann wird das sein?« Er ließ nicht locker. »Du hast Orléans befreit, du hast dem König zu seinem Recht verholfen – was will Gott jetzt noch von dir?«

»Da ist immer noch Paris. Die *goddons* sind immer noch in Frankreich.« Ihr schmales Lächeln bat um Vergebung. »Mein Werk ist noch nicht vollendet, Papa.«

Ratlosigkeit flackerte in seinem Blick. »Kannst du das alles jetzt nicht dem König überlassen? Was hast du damit zu tun?«

Jehanne stand auf, kniete zu seinen Füßen nieder und legte die Hände auf seine Knie. Sie schaute zu ihm auf. »Laß mich gehen, Papa«, flüsterte sie. »Gib mir deinen Segen und laß mich dem Willen Gottes folgen.«

Er legte eine Hand an ihre feuchte Wange. Was er sah, war nicht die Jungfrau Jehanne, sondern der größte Schatz seines Herzens. Sie wußte nicht, was er ihr nicht erzählen konnte: daß er kürzlich geträumt hatte, wie sie brannte und schrie.

»Ich kann ja nichts anderes tun«, seufzte er.

Sie ließ seine Hände los und umarmte ihn. Ihr Vater drückte sie an sich, verzweifelt vor Liebe und Angst, und er verbog ihr schmerzhaft das Rückgrat, aber sie wollte dennoch nicht, daß er sie losließ. Sie wünschte, er möge ihr mit seiner alten Autorität befehlen, mit ihm nach Hause zu kommen, er möge sie notfalls nach Domrémy zurückschleifen, statt ihr ihre Bitte zu erfüllen. Aber sie wußte, daß er es nicht tun würde. Die Zeiten hatten sich geändert.

Er ließ sie los, und sie erhob sich. Als sie sich wieder auf den Schemel gesetzt hatte, brachte sie das Gespräch hastig auf das Geschehen im heimischen Dorf. Was gab es Neues? Und er berichtete – er wußte, daß die Frage nach ihrer Heimkehr beantwortet war und nicht wieder gestellt werden durfte.

Während er erzählte, besserte sich die Stimmung, und sie plauderten noch ein paar Stunden lang. Endlich, als es schon spät war und sie den Schlaf nicht länger hinausschieben konnten, gab Jehanne ihrem Vater einen kleinen, klimpernden Beutel: sechzig *livres Tournois* vom König selbst, ein Geschenk für den Vater der Jungfrau. Erfreut wie ein Kind nahm er das Geld in Empfang und bat Jehanne, dem König in seinem Namen zu danken.

Es gab nichts weiter zu sagen. Pierre fielen schon die Augen zu, und sein Bruder zog ihn auf die Beine. Die drei Geschwister warfen ihre Mäntel über. Jehanne fiel ihrem Vater in die ausgestreckten Arme und umklammerte ihn ein paar Augenblicke lang, bevor er sie widerstrebend losließ und seine Söhne umarmte und küßte.

Sie verabschiedeten sich auch von ihrem Onkel Durand und gingen dann zur Tür. Jehanne ging als letzte; noch einmal warf sie ihrem

Vater einen Blick voller Liebe und Reue zu und schloß dann die Tür hinter sich.
Sie polterten die Treppe hinunter. Jacques trat ans Fenster und schaute auf die Straße. Der Himmel, getragen von den Türmen der Kathedrale, leuchtete im Morgengrauen lavendelfarben, und Tauben umkreisten die Türme des alten Bauwerks. Er sah die Pferde unter seinem Fenster und auch den Knaben, der aufsprang, als die drei mönchshaften Gestalten aus dem Gasthaus kamen. Müde kletterten sie auf ihre Pferde und zogen sie herum.
Jacques lauschte dem langsamen Hufgetrappel, das allzu schnell zu verklingen schien. Jetzt war er nicht mehr gezwungen, seine Gefühle zu unterdrücken; er schlug die Hände vors Gesicht, und seine breiten Schultern bebten. Durand konnte ihn nicht trösten.

Drittes Buch

Die Straße in die Ewigkeit

Verlasset euch nicht auf Fürsten; sie sind Menschen, die können ja nicht helfen.

Psalm 146, 3

Kapitel 11
Der Wolf auf dem Eis

19. Juli bis 11. September 1429

»Jonglieren, jonglieren, jonglieren ...!«
In panischer Hast versuchte sie die herabfallenden Blumen aufzufangen, aber es waren zu viele, und sie glitten ihr durch die verzweifelt zuschnappenden Finger und fielen in den Staub. Ihr Pferd warf den Kopf zurück und wieherte mit weit aufgerissenen Augen, und es zermalmte die zarten Farben unter seinen Hufen. Sie schaute nach unten und sah, daß die einstmals duftenden Sträuße sich in Steine verwandelt hatten.
Die Stimmung der Menge schlug um, und ein lautes »Buuh!« erscholl ringsum.
»Aber schaut, ich habe doch noch diese Rose!« Sie hielt die makellose Blume hoch, so daß alle sie sehen konnten.
Die Leute ließen sich nicht beschwichtigen; sie johlten noch lauter. Haßverzerrte Gesichter schrien sie an. Sie hoben die Steine auf und begannen sie damit zu bewerfen. Ihr Pferd bäumte sich entsetzt auf, und sie gab ihm die Sporen und lenkte es herum.
Der Hengst galoppierte davon, und die freundliche grüne Landschaft verwandelte sich unversehens in eine trostlose, unwirtliche Wildnis. Und er trug sie über die Schwelle des Alptraums. Sie zerrte mit aller Kraft an den Zügeln, aber der Hengst war jetzt zu stark für sie, und sie konnte seine rasende Flucht nicht mehr aufhalten.
Dichtes Schneegestöber erfüllte die Luft und nahm ihr die Sicht, und der Wind peitschte ihr mit kalter Wut entgegen und ließ ihre Hände erstarren. Ich bin dafür nicht angezogen, dachte sie, ich werde erfrieren. Verzweiflung hämmerte in ihrer Brust, und sie riß noch härter am Zügel. Das Pferd galoppierte auf den Gipfel eines Hügels zu. Sie

schaute hinunter und sah vor sich einen großen, zugefrorenen Teich. Sie mußte das Pferd zum Stehen bringen, ehe sie dort ankämen, und zwar um jeden Preis, denn sie wußte, daß auf diesem Eis etwas Entsetzliches lauerte, etwas Unvorstellbares. Der Panik nahe, riß sie am Zaumzeug, daß der Hengst vor Schmerzen schrie, ohne jedoch seinen irrwitzigen Lauf zu dem gläsernen See zu verlangsamen.

Ein Ruck durchfuhr ihre Wirbelsäule, als die Hufe auf das Eis prallten. Einen Augenblick lang dröhnten die klappernden Hufschläge in ihrem Kopf, bis plötzlich mit einer beinahe anmutigen Bewegung die Beine des Pferdes einknickten und sie mit dumpfem Schlag auf die harte Fläche stürzten. Die Luft in ihrer Lunge explodierte zu weißem Dunst, und sie konnte sich nicht bewegen.

Langsam und mühselig kam sie auf die Beine und schaute sich um. Und jählings war ihr Blut so eisig wie der See.

Das Pferd war fort. An seiner Stelle grinste ein riesiger Wolf mit bösartig tropfenden, langen Eckzähnen. Zwei Kohlen glühten wie die Augen des Teufels in dem schwarzen Fell, faszinierend in ihrer Ruchlosigkeit, und lautlos kündeten sie vom grenzenlosen Haß der Kreatur. Ein dumpfes Grollen begann in seinen Eingeweiden und stieg herauf bis zu der schlenkernden Zunge, wo es zu einem Kreischen anschwoll. Unsicher gleitend wollte sie davonlaufen; das Grauen gab ihren Füßen Flügel. Irgendwie wußte sie, daß sie in Sicherheit sein würde, wenn sie das andere Ufer erreichte, denn dort, jenseits der unsichtbaren Barriere der fernen, schneebedeckten Böschung, konnte das Ungeheuer ihr nichts anhaben.

Aber das Ufer war so weit – sie war fast außerstande, die Füße zu bewegen, denn sie steckten in Bleiklumpen, und sie mußte ihre ganze Willenskraft aufbringen, um sie vom Eis zu lösen. Und so schnell sie auch lief, sie blieb immer am selben Fleck, und die sabbernden Lefzen des Dämons berührten ihre starren Füße.

Ein lauter Donner ertönte, wie von einem Kanonenschuß, und als sie bestürzt nach unten schaute, sah sie, daß das Eis unter ihr brach und die Risse sich nach allen Seiten ausbreiteten.

Es gab diesen Augenblick des Zögerns zwischen dem ersten Splittern

des Eises und seinem vollständigen Zerbrechen, in dem sie noch dachte, sie werde vielleicht davonkommen. Und noch als sie in das kalte Wasser eintauchte, klammerte sie sich in besinnungsloser Verzweiflung an das dünne Eis, das zu Flüssigkeit zerrann, kaum daß sie es berührt hatte.
Das Gewicht ihrer Kleider zog sie hinunter in die eisige, betäubende Finsternis. Von Grauen erfüllt, mühte sie sich, an die Oberfläche zu gelangen, ehe ihre Lunge barst.
Und als sie an die kalte Luft gelangte, atmete sie laut keuchend ein. Ihr Gesicht war von Eisperlen überkrustet, so dick, daß ihre Augen fast davon verschlossen waren. Blindlings griff sie auf das Eis vor ihr und suchte nach einem Halt, der fest genug wäre, um sich daran aus dem lähmenden Wasser zu ziehen.
Sie griff in nasses Fell, dick und kalt. Atem strich brennend über ihre Hand. Sie riß die Augen auf und erblickte den bösen, grollenden Rachen des Dämons, der ihr genüßlich vom Eis her entgegenstarrte …
Jehanne sprang aus dem Wasser und war wach.
Es ist gut, es war nur ein Traum, dachte sie verzweifelt. Ich bin hier in meinem Zelt, und ringsum sind die guten Soldaten aus der Armee des Königs. Wir sind noch immer in Reims, wo wir seit drei Tagen darauf warten, daß unser oberster Herr uns den Befehl gibt, nach Paris weiterzumarschieren. Dies ist die Wirklichkeit, das andere war nur ein Traum.
Nein, nicht nur ein Traum. Es war der gleiche verfluchte Alptraum, der sie seit Orléans in unregelmäßigen Abständen immer wieder heimsuchte. Nur daß er jetzt ein Ende hatte, während sie bisher nie bis zum Eis gekommen war. Bei ihren früheren Erlebnissen auf diesem Ritt durch die Finsternis hatte sie die Bestie nie gesehen, in die ihr Pferd sich verwandelte. Sie hatte immer vorher aufwachen können, und jetzt erinnerte sie sich, daß sie jedesmal, wenn sie dieser Szene entgangen war, gewußt hatte, daß ihr etwas unsagbar Gräßliches erspart geblieben war.
Sie faltete die Hände. Die Worte des Paternoster rasselten durch die

Winkel ihres Kopfes, während das Grauen zurückkam, und diesmal trösteten die Worte des Gebets sie nicht.

O lieber Gott, beschütze mich, flehte sie, und laß diesen Traum fortgehen von mir. Habe ich nicht alles getan, was Du mir befohlen hast? Sie zwang sich, langsamer zu atmen, und auch ihr Herzklopfen ließ nach. Habe ich nicht getan, was Du wolltest?

Du hast nichts zu fürchten, Kind, denn es kann dir nichts Böses widerfahren in diesem Leben noch im nächsten. Ertrage alles geduldig und halte Gott die Treue, der dich so zärtlich liebt. Schlaf weiter und fürchte dich nicht.

Wird der König mir erlauben, Paris zu erobern? Trotz allem, was sie zu d'Alençon gesagt hatte, war da immer eine dunkle Vorahnung gewesen, die sie daran gehindert hatte, diese Frage mit offenem Herzen zu stellen – bis jetzt. Sie mußte es wissen.

Du hast getan, was der König des Himmels befohlen hat. Jetzt ist es an der Zeit, daß dein irdischer König seinen Teil der Bürde auf seine Schultern nimmt. Gott hat versprochen, daß Paris sich Karl unterwerfen wird, damit er Hirte über Gottes Land sein kann.

Aber werden wir Paris erobern?

Dein König ist der König des Friedens. Tu alles, was du tust, mit Barmherzigkeit, und du wirst seinen Willen tun.

Aber die Engländer halten die Stadt, und sie werden sich nicht kampflos ergeben.

Paris wird aus freien Stücken vor Karl knien, wenn Gott die Zeit für gekommen hält.

Die Vorahnung, die wie eine Luftblase in ihrem Magen saß, quoll nach oben, und als sie ihren Mund erreichte, fragte Jehanne: Werde ich es noch erleben?

Zweifelst du an der Liebe Gottes zu dir, mein liebes Kind? Du kannst niemals sterben außer durch die Angst. Schlaf jetzt und bewahre deinen Mut. Eines Tages wirst du durch die Straßen von Paris wandern und seine Schönheit bestaunen, und dann wirst du sehen, wie sehr es sich verändert hat. Belaste dich nicht mit der Schwärze deiner Gedanken. Wir sind mit dir in Ewigkeit. Schlaf jetzt.

Sie sind bei mir. Gott wird mich vor allem Unheil beschützen. Oh, bitte, Gott, achte auch auf meine Brüder.

Sie schloß die Augen und versank wieder im nebelhaften Reich des Schlafes, und barmherzigerweise verschonte der Traum sie diesmal.
Es regnete die ganze Nacht.

Ein einsamer Reiter verharrte auf der Anhöhe. Nicht mehr als eine viertel Wegstunde von ihm entfernt schlängelte sich das königliche Heer durch das wellige grüne Tal. An der Spitze des Zuges ritt die Kavallerie, und deutlich sah der Kurier die Fahnen des Maréchal Gilles de Rais und Raoul de Gaucourts inmitten der bunten Banner der übrigen Kriegsherren. Eine endlose Kolonne von ungefähr dreitausend Soldaten folgte den Reitern, und ihre bunt zusammengewürfelten Rüstungen funkelten in der Sommersonne. Vor der Infanterie und den schwerfällig rumpelnden Proviantkarren schwebten die goldenen *fleurs-de-lys* der Königlichen Standarte neben dem von Schlachtenschmutz starrenden Feldzeichen der Jungfrau.
Der Bote war einer von La Hires Männern, und er war vorausgeschickt worden, um ein Gelände zu erkunden, das dem neuen König gegenüber feindselig sein könnte. Mit fröhlichem Lächeln drückte er die Sporen in die Flanken seines Pferdes und galoppierte den grasbewachsenen Hang hinunter auf die Mitte der breiten Kolonne zu. Heute hatte er frohe Kunde zu überbringen!
Der König sah ihn kommen und hob die Hand. Von einem Kompanieführer zum nächsten wanderte der Befehl zum Halten durch die Reihen auf und ab, und der Kurier flog durch das hohe Gras. Als er nah genug herangekommen war, riß er an den Zügeln, und sein Pferd kam wenige Handbreit vor dem König zum Stehen.
Karl sah von Kopf bis Fuß aus wie ein jungfräulicher Krieger in seiner neuen Rüstung, die er noch nie in einer Schlacht getragen hatte. Er hatte einen Sonnenbrand auf der Nase und sah erhitzt und unbehaglich aus. Zu seiner Rechten saß die Jungfrau Jehanne in ihrer Rüstung zu Pferde, blinkend unter dem Julihimmel. Ein verbeulter Helm baumelte an einem Lederriemen von ihrem Sattel. Nachdenklich zog sie

die Brauen zusammen und strich sich das dichte dunkle Haar aus diesen erstaunlichen Augen.

»Majestät.« Der Mann verbeugte sich im Sattel. »Ich bringe wunderbare Nachrichten aus Château-Thierry. Die Garnison der Burgunder hat die Stadt aufgegeben und ist nach Paris abmarschiert.«

»Seht ihr?« Karl sah sich um, und ein zufriedenes Lächeln erschien unter der Knollennase. »Was habe ich gesagt? Wieder einmal werden wir nicht gegen eine Stadt kämpfen müssen, weil sie uns Vertrauen entgegenbringt.« Er sah Trémoïlle an und sagte mit der Unverblümtheit, die das Vorrecht seiner Stellung war: »Jehanne hat recht gehabt, Sieur Kanzler – und Sie hatten wieder einmal unrecht!« Der König lachte voller Genugtuung. Trémoïlle war ein pessimistischer Idiot, dem es an jeglicher Vision mangelte. Wenn Karl nach der Krönung auf ihn gehört hätte, so hockte er jetzt im Schloß von Chinon, statt seinen Anspruch auf die Bestimmung zu erheben, die Jehanne ihm verheißen hatte. Da machte es nichts – redete er sich ein –, daß das Volk ihren Namen lauter rief als den seinen. Wenn er erst Paris in der Hand hätte, würden die Engländer die Städte in der Normandie aufgeben, und dann könnte er mit Philippe einen dauerhaften Frieden aushandeln. Und wenn der Krieg zu Ende wäre, könnte die Jungfrau Jehanne in ihr Dorf zurückkehren oder am Hofe leben, wenn sie Lust hatte, und dann würde das Volk sie bald vergessen.

La Hire, de Gaucourt und de Rais kamen im Trab heran. »Stimmt etwas nicht, Sire?« grollte de Gaucourt argwöhnisch. »Warum halten wir an?«

»Wieder ist uns eine Stadt zugefallen!« Karl strahlte. »Château-Thierry. Unser treuer Kanzler«, fuhr er hämisch fort, »schlägt vor, daß wir uns jetzt zurückziehen, um weiteren Verrat von Burgund abzuwarten, aber zum Glück haben wir die Jungfrau, die uns daran erinnert, daß wir immer noch Gottes Unterstützung besitzen.«

»Aber ganz so war es nicht, Sire«, widersprach Trémoïlle, und sein rundes Gesicht war vor Empörung puterrot. Trotzig starrte er seine Widersacher an, die ihn umringten. »Ich habe Seine Majestät nur darauf aufmerksam gemacht, daß man, nur weil die Städte der Cham-

pagne ihm ihre Gefolgschaftstreue gelobt haben, noch nicht damit rechnen kann, daß auch Paris es tut. Wenn Seine Majestät den Versuch unternimmt, die Hauptstadt zu belagern, wird er vielleicht feststellen, daß sie sehr viel verstockter ist, als er es zur Zeit annimmt.«
Der Kanzler warf einen geringschätzigen Blick auf Jehanne. »Die Jungfrau drängt mit der Unbedachtheit eines Weibes darauf, daß der König die Stadt angreift und die Vernichtung der Armee riskiert.«
»Unbedachtheit?« Jetzt platzte Jehanne der Kragen. »Unbedachtheit? Es ist gesunder Menschenverstand, nichts anderes! Wir hätten unseren Siegen nach der Krönung auf der Stelle einen unmittelbaren Angriff auf Paris folgen lassen sollen, als wir noch zahlenmäßig im Vorteil waren. Wer weiß, was seitdem geschehen ist? Wissen wir, ob die *goddons* nicht ihre Truppen in der Stadt verstärkt haben? Und bis wir dort sind, sind sie vielleicht in der Überzahl!«
»Sie hat recht, Sire – wie immer.« La Hire funkelte Trémoïlle an, als würde er ihm am liebsten den fetten Hals umdrehen. »Ich sage, zum Teufel mit der Warterei! Lassen Sie uns noch heute nach Paris marschieren!«
De Gaucourt knurrte zustimmend. D'Alençon und de Rais nickten grimmig.
»Wir haben den Plan, Paris zu erobern, nicht ausgeschlossen. Wir halten es nur für das Beste, unsere Armee zu schützen, indem wir die Hauptstadt mit treuen Städten umgeben, bevor wir den Versuch unternehmen«, erwiderte Karl geschmeidig. »Wir danken Ihnen allen für Ihren Rat. Und jetzt werden wir unsere Reise fortsetzen.« Er lachte leise. »Wir wollen das treue Château-Thierry ja nicht länger als nötig auf unsere Ankunft warten lassen.«
Lächelnd schaute Karl zum Himmel und freute sich an dem schönen Wetter. Sein Herz war erfüllt von einer ganz ungewohnten Zuneigung zu dem Mädchen an seiner Seite. »Freust du dich, Jehanne, wenn du siehst, wie alles gekommen ist?«
Sie biß sich auf die Unterlippe. »Ein wenig, Sire.«
»Ein wenig?« Er zog die Brauen hoch.

»Es ist wunderbar, daß die Städte Ihnen zufallen, Sire, aber ich finde trotzdem, Sie sollten in aller Eile nach Paris marschieren.«
»Oh, da kommen wir schon noch hin, keine Angst«, sagte er, entschlossen, sich von ihr die gute Laune nicht verderben zu lassen. »Aber sag mir doch, was können wir für dich tun, um dir zu zeigen, wie sehr wir zu schätzen wissen, was du für uns getan hast?«
»Herr?«
»Gibt es nichts, was du haben willst und nicht hast? Ein anderes Pferd, eine neue Rüstung vielleicht?« Karl schenkte ihr sein rares, schalkhaftes Lächeln. »Die du da anhast, ist ja so verbeult, daß sie aussieht wie ein alter Topf.«
Sie lachte über seinen Scherz. »Sie leistet mir immer noch gute Dienste, Sire. Außerdem«, fügte sie scheinbar unbekümmert hinzu, »wenn wir Paris erobern, wird die neue auch verbeult werden; da kann ich genausogut auch diese hier behalten.«
»Komm«, beharrte er, »es muß doch etwas geben, was wir dir schenken können?«
Sie runzelte eine Zeitlang nachdenklich die Stirn, während sie auf der rauhen Straße dahinritten. Dann erhellte sich ihre Miene. »Ich will nichts für mich, Sire, aber Sie könnten etwas tun, was mir Freude machen würde.«
»Was denn?«
»Sire, das Dorf, aus dem ich komme – Domrémy heißt es –, ist ziemlich arm«, sagte sie, ganz eifrig plötzlich. »Obwohl die Menschen dort sehr hart arbeiten, haben sie alle Mühe, jeden Winter die Steuer aufzubringen, vor allem in den Jahren, in denen Gott ihnen keine gute Ernte schenkt. Wenn Sie etwas für mich tun wollen, so bitte ich Sie in aller Demut: Befreien Sie mein Dorf von den Steuern.«
Karl pustete verblüfft. Was für ein erstaunliches Mädchen, daß ihr so etwas einfiel! »Du hörst nicht auf, uns zu verwundern, Jehanne«, sagte er, und ehrfürchtige Überraschung spiegelte sich in seinen reizlosen Zügen. »Selbstverständlich wird es geschehen, wie du es dir wünschst.«
Sie strahlte ihn an und achtete nicht auf Trémoïlles hochfahrendes

Profil und auf die finstere Mißbilligung, die ihn umwehte. »Für Greux auch, Sire?«
»Greux?«
»Das ist das Nachbardorf, Sire. Die Leute dort würden sehr neidisch werden, wenn Domrémy eine Freiheit hätte, die sie nicht hätten.«
Karl lachte auf. »Also gut, Greux soll auch verschont werden, aber dann ist bitte Schluß. Wir können uns nicht erlauben, ganz Lothringen freizustellen.«
»Das ist schon alles, Herr!« Sie strahlte. »Ich bin Ihnen sehr dankbar, und ich weiß, die Leute von Domrémy und Greux werden es auch sein.«
»Gibt es denn nichts, was du selbst willst? Überhaupt nichts?«
»Nein, Sire. Nur, daß wir Paris einnehmen.«
»Nun, wir wollen sehen, was passiert, wenn es soweit ist«, beschied der König sie lächelnd. »Schließlich sind wir ja noch nicht einmal in Château-Thierry, und wir wissen nicht, was dahinter liegt.«
Karl hielt Wort. Als sie in der Stadt willkommen geheißen worden waren, diktierte er einen Befehl an den Büttel von Chaumont, in dessen Bezirk Jehannes Dorf lag, und veranlaßte, daß Domrémy und Greux für alle Zeit von ihren Abgaben befreit wurden. Nie wieder würde Jacques Darc gezwungen sein, mit einem Edelmann um Geld zu streiten, das sein Dorf nicht aufbringen konnte.

Das Heer des Königs umkreiste Paris von Stadt zu Stadt wie ein Ringkämpfer, der nicht weiß, mit welchem Griff er seinen Widersacher packen soll. Jehanne hätte vor Ungeduld schreien könne, und mehr als einmal versuchte sie Karl dazu zu verleiten, einen entschlossenen Angriff gegen die Hauptstadt zu führen. Aber immer war Trémoïlle dabei; er umhegte den König wie eine wachsame, wahnsinnige Mutter, und er hatte ihn so fest in der Hand, daß Karl einen unmittelbaren Angriff auf Paris immer wieder untersagte. Statt dessen ließ er den Lindwurm seines Heeres wie zur Parade nach Provins marschieren, das sich bereit erklärt hatte, sich ihm zu beugen, wie seine Nachbarn es getan hatten. Seine unblutigen Siege stiegen Karl zu Kopf, und beglückt hörte er von seinen Spähern, daß Bedfords Bataillone bei Melun gesehen worden waren, gerade zehn Wegstunden südöstlich von Paris.

Am 5. August brachte er seine Arme zur Burg Nanglis auf halbem Wege zwischen Provins und Melun und wartete dort auf die englischen Streitkräfte, die aber nicht erschienen. Die Soldaten des Königs saßen den ganzen Tag kampfbereit in der dampfenden Hitze, und ihr ungeduldiges Murren wurde immer lauter, je weiter die Sonne über den Nachmittagshimmel wanderte.

Schließlich sah man Boten, die im Schatten einer großen Eiche vor dem König absaßen, und jetzt schickten die Kompanieführer La Hire und de Gaucourt zum König, damit sie ihn um eine Audienz baten. Seine Leibgarde – nicht Angehörige der regulären Armee, sondern handverlesene Palastwachen aus Schottland – stand in einem Ring, etwa zwanzig Fuß weit außerhalb des Schattens, um den König, seine Gäste und seine Günstlinge Trémoïlle und de Chartres herum. Als de Gaucourt Zutritt forderte, sagte man ihm, er dürfe nicht durch. De Gaucourt ließ sich nicht abweisen. Der Gardesoldat verließ seinen Posten, ging zu Karl und tuschelte ihm etwas ins Ohr. Der König sprach kurz mit ihm, und auch wenn die beiden Kriegsherren seine Stimme hörten, verstanden sie doch nicht, was er sagte. Der Gardesoldat kam zurück und bekräftigte, daß der König ihnen den Zutritt verwehre. Empört stiegen die beiden auf ihre Pferde und kehrten zurück zu Jehanne, d'Alençon und dem Bastard, die sich mit einigen anderen vor der Armee postiert hatten.

»Nun, wer in Gottes Namen sind denn diese Boten?« rief Jehanne. Den Helm hatte sie zwar schon vor Stunden abgenommen, aber sie schwitzte unter ihrer Rüstung, und wie alle andern war sie müde und erbost über diese infernalischen Verzögerungen. Ihr Tonfall war alles andere als liebenswürdig, aber die Herren verstanden, daß ihr Zorn sich mehr gegen Karl als gegen sie richtete.

»Verflucht, ich weiß nicht, wer sie sind«, grollte de Gaucourt, und sein altes Gesicht war dunkelrot vor Entrüstung. »Aber sie müssen für den

König verdammt wichtig sein, wenn er uns wegschickt. Da stecken seine verflixten Minister dahinter, die führen etwas im Schilde.«

»Was mag denn da los sein?« fragte d'Alençon. Das Haar klebte ihm in feuchten Löckchen auf der Stirn, und in der Hitze hatte die Röte seiner glatten Wangen sich über das ganze Gesicht ausgebreitet.

»Man munkelt, er habe eine Delegation von Burgundern empfangen, als wir noch in Reims waren«, berichtete de Rais maliziös. »Das sei der Grund, weshalb er vier Tage verschwendete, bevor er diesen sinnlosen Marsch begann. Es kann sein, daß diese Leute etwas mit dem zu tun haben, was dort passiert.«

»Wenn das so ist, dann riecht die Sache durchdringend nach Trémoïlle«, bemerkte Sainte-Sévère. »Er stand immer schon halb auf der Seite Burgunds, und wer weiß, wozu er Karl jetzt wieder angestiftet hat? Ich habe diesem Hurensohn nie getraut!« Der alte Recke warf einen Blick zu Jehanne, die eine finstere Miene machte, und mißdeutete ihren Gesichtsausdruck. »Verzeihung.«

»Nun, und was werden wir dagegen unternehmen?« fragte René, der Duc de Bar. »Wir können ja nicht hier sitzenbleiben und abwarten, bis Gott weiß was geschieht.«

»Ich werde nicht abwarten«, erklärte Jehanne. »Ich werde hinübergehen und feststellen, was da vor sich geht.«

Karl saß auf einem Hocker im Schatten der schützenden Eiche. De Chartres und Trémoïlle kauerten unbequem vor ihm. Die geheimnisvollen Reiter waren fort. Der König runzelte die Stirn, als er Jehanne und seine Vettern kommen sah, und als sie sich vor ihm verbeugten, fragte er kalt: »Was hat das zu bedeuten? Wir haben keinem von Ihnen erlaubt, sich zu nähern!«

»Verzeihung, Sire, aber wir finden alle, daß wir hier kostbare Zeit verschwenden, während die *goddons* und die Burgunder sich zurücklehnen und uns auslachen.« Sie hatte es satt, höflich zu sein zu diesem wankelmütigen Mann, den sie zum König gemacht hatte. Ihre Nerven waren verschlissen, und in diesem Augenblick war es ihr gleich, wie er reagieren würde.

Karl sagte gar nichts; er musterte sie nur mit strenger Mißbilligung.

Aber in seinem Blick sah sie etwas, was sie noch nicht zu deuten wußte.

»Jehanne spricht für uns alle, Sire«, sagte d'Alençon. »Wir können vielleicht keinen Anspruch darauf erheben, Ihre Absichten zu erfahren, aber ich bitte Sie doch dringend, zu bedenken, daß wir Ihre treuesten Vasallen sind und daß wir hart gekämpft haben, um diese Treue unter Beweis zu stellen. Jehanne wurde bei Orléans ernstlich verwundet und hat große Opfer gebracht, um Sie so weit zu begleiten, denn sie ist zum Soldaten weder geboren noch gemacht. Sie hätte wohlbehalten zu Hause in ihrem Dorf bleiben können, aber sie ist Gottes Befehlen gefolgt und hat Sie auf den Thron gebracht.«

»Was wollen Sie, Cousin?« Karls Stimme war so leise, daß es fast schien, als habe er gar nicht gesprochen. Seine runden Schultern hingen ein wenig nach vorn.

»Ich glaube, Jehan will nur sagen, daß die ganze Armee den weiten Weg gemacht hat, weil sie auf einen soliden Sieg hofft«, sagte der Bastard. »Was sollen wir den Leuten sagen, Sire? Wie Jehan schon sagte, sie haben vielleicht nicht das Recht, es zu wissen, aber sie hoffen doch, daß ihr König großzügig genug sein wird, an ihren Anteil an diesem Krieg zu denken.«

Der König hob das Kinn. »Warum sollen wir es euch nicht sagen? Nach unserer Krönung sind wir mit Abgesandten Philippe de Bourgognes zusammengetroffen, und nach mancherlei Gebet und Meditation haben wir einem fünfzehn Tage währenden Waffenstillstand zugestimmt, während dessen wir Paris nicht angreifen werden. Am Ende dieser Frist, das hat er geschworen, wird er uns die Stadt übergeben.«

»Wann hätte dieser Herzog je sein Wort gegenüber dem König gehalten?« platzte Jehanne heraus. »Dieser Waffenstillstand, den er da vorgeschlagen hat, ist eine Lüge; er will nur Zeit schinden. Wir sollten sofort nach Paris marschieren, Sire, und ihm die Stadt abnehmen!«

»Sire, darf ich etwas sagen?« fragte der Bastard und fuhr sich voller Unbehagen mit der Zunge über die Oberlippe.

»Aber natürlich.« Karl lächelte seinen Verwandten an.

»Womöglich ist beides richtig«, sagte der Bastard, und die Grübchen erschienen an den glattrasierten Mundwinkeln. »Einerseits erfordert die Ehre, daß Sie eine einmal getroffene Vereinbarung einhalten, sei es der Herzog oder der Satan selbst, um den es geht. Aber sollte Burgund sein Wort brechen und sich weigern, Ihnen Paris zu übergeben, dann hätten Sie als Betrogener das Recht, die Stadt zu erobern.« Er lächelte Jehanne vergebungheischend an. »Ich muß gestehen«, sagte er, »daß ich es vor einem Monat noch nicht für möglich gehalten habe, die Hauptstadt zu erobern, aber seit der Krönung hat sich manches geändert, und die Armee ist bereit, einen Versuch zu unternehmen, wenn es nötig ist. Ich empfehle Ihnen, den Marsch auf Paris fortzusetzen – für den Fall, daß man Sie betrogen hat.«

»Ich stimme mit meinem Cousin überein«, bekräftigte d'Alençon. »Majestät müssen äußerste Vorsicht walten lassen, wenn Philippe Sie nicht überlisten soll.« Er zuckte die Achseln. »Und wer weiß? Vielleicht hält er ja diesmal wirklich Wort.«

»Der und Wort halten!« schnaubte Jehanne. »Das wäre das erste Mal.«

D'Alençon verzog schmerzlich berührt das Gesicht, und der Bastard sah aus, als würde er ihr am liebsten einen Knebel in den Mund stopfen. Hastig erkundigte er sich: »Sire, darf ich fragen, wer diese Boten waren, die heute hier waren?«

Karl wandte den verärgerten Blick von Jehanne ab. »Es waren Gesandte aus Reims«, sagte er. »Sie fürchten, wir könnten von unserer Absicht ablassen, gegen Paris zu marschieren, da sie in diesem Falle wehrlos wären.«

»Was haben Sie ihnen gesagt?«

Karl zögerte. »Wir haben beschlossen, einstweilen in die Sicherheit von Orléans zurückzukehren.«

Jehanne ging zu ihm und kniete vor ihm im Gras nieder. Sie nahm seine schmalen Hände und umfaltete sie mit den ihren in einer jahrhundertealten Geste der Gefolgschaftstreue.

»Sire, ich flehe Sie an, kehren Sie nicht nach Orléans zurück. Wir stehen jetzt so dicht vor Paris, und wenn wir uns zurückziehen, kann es sein, daß die Städte, die seit der Krönung zu Ihnen umgeschwenkt sind, ihre Unterstützung wieder zurückziehen, und dann war alles umsonst. Die Armee wird den Waffenstillstand abwarten, den Sie mit dem Seigneur de Bourgogne vereinbart haben, aber das kann sie vor den Mauern von Paris ebensogut wie in Orléans. Ich bitte Sie nochmals, Sire, als Ihre demütigste Dienerin: Tun Sie es nicht.«

Ein verzweifeltes Gefühl der Vergeblichkeit durchströmte ihr Herz. Was für ein Feigling er war, dieser klägliche Mann, den Gott auserwählt hatte, das Königreich zu führen! An dem beschwörenden Blick, den er Trémoïlle zuwarf, erkannte sie, daß sie sagen könnte, was sie wollte: Karl würde tun, was dieser Marionettenspieler ihm befahl.

»Wir müssen nach Orléans zurück, Jehanne«, sagte er. »Wir dürfen nicht Gefahr laufen, unseren Cousin Philippe zu beleidigen – nicht, wenn die Möglichkeit besteht, endlich einen wirklichen Frieden zustande zu bringen.«

Jehanne senkte den Kopf. »Sehr wohl, Sire.«

Langsam erhob sie sich und wandte sich ab, aber sie vergaß nicht, sich vor ihrem König zu verneigen, ehe sie mit gesenktem Kopf an der Garde vorbei aus dem Kreis hinausging. Der Bastard und d'Alençon hatten ebenfalls begriffen, daß es nichts mehr zu sagen gab, und sie folgten ihr zu den Pferden.

»Jehanne!«

Jemand hatte sie bei der Schulter gepackt und rüttelte sie wach, aber sie wollte nicht aufwachen. Es war so behaglich hier auf der Decke unter dem kühlen Morgenhimmel. Ruhelos hatte sie sich bis in die frühen Morgenstunden hin und her gewälzt und nicht schlafen können, und jetzt, als sie endlich in der Welt der verschwommenen Schatten versunken war, wollte sie jemand wieder herausreißen.

»Jehanne, komm schon, wach auf«, drängte eine Stimme. »Es gibt gute Nachrichten.«

Mühsam kam sie zu sich und öffnete ein rot geründertes Auge. D'Alençon kniete neben ihr. Sein stoppelbärtiges Gesicht strahlte vor

Freude, und das Licht funkelte in seinen Augen. Der Bastard beugte sie über sie, die Hände auf die Knie gestützt, und ein fröhliches Grinsen lag auf seinem Gesicht.

Jehanne richtete sich auf und rieb sich den Schlaf aus den Augen. Eine Träne war auf ihrer Wange getrocknet, und sie wischte die Kruste weg. »Was gibt's denn?« Sie war plötzlich hellwach.

»Die Engländer haben die Brücke vor Bray besetzt« rief der Herzog. »Das Heer kann nicht hinüber, um zu den Booten zu gelangen, die uns die Seine hinuntertragen sollten.«

»Karl hat es sich erneut anders überlegt«, sagte der Bastard, und die Grübchen erschienen in seinen Wangen. »Jetzt sollen wir nach Château-Thierry zurückkehren. Von dort aus werden wir uns, hat er beschlossen, nach Nordwesten wenden, nach La Ferté und dann weiter nach Crépy-en-Valois, die beide bereit sind, ihn zu empfangen.«

»Von Crépy sind es nur fünfundzwanzig Wegstunden bis Paris, Jehanne!« D'Alençon war so aufgeregt wie ein Kind.

»Wenn wir Glück haben, wird der König uns doch noch erlauben, Paris anzugreifen«, erklärte der Bastard und lachte kurz auf. »Ich hätte nie gedacht, daß ich das einmal sagen würde, aber – Gott sei Dank für die Engländer!«

Jehanne starrte die beiden sprachlos an, ohne recht zu wissen, ob sie wach war oder träumte. Sie schaute sich um und sah, daß ihre Gefährten sich ringsum unter den Decken regten und aufrappelten. Überall im Lager erwachte ein reges Treiben, während Soldaten und Ritter eilig ihre Sachen zusammenpackten. D'Aulon, dem das zerzauste Haar schräg ins Gesicht fiel, kam herüber.

»Wir gehen nach Paris?« fragte er. Die andern versammelten sich, ebenso verdattert wie Jehanne.

»Das können wir noch nicht sagen«, antwortete der Bastard. »Unser erstes Ziel wird La Ferté sein. Zumindest aber müssen wir nördlich der Seine bleiben, weil wir nicht hinüberkönnen. Es würde mich indessen nicht wundern, wenn wir schließlich doch noch vor den Mauern von Paris stehen!«

Das war kein Scherz, und ein Traum war es auch nicht. Auf seinen rätselhaften Wegen hatte Gott die Engländer zu einem Unternehmen angeregt, das ihre endgültige Niederlage im Kampf gegen Gottes eigene Armee besiegeln würde!

Hastig kam sie auf die Beine. Sie war voller Tatendrang und konnte es nicht abwarten, wieder unterwegs zu sein. »Wann ist Abmarsch?«

»Sobald das Lager abgebrochen ist.« D'Alençon lächelte. »Wir sollten uns also sputen, hm?«

Nach drei Monaten im Felde wußte jeder so genau, was er zu tun hatte, daß es nicht mehr als eine Viertelstunde dauerte, das Zelt abzubrechen und die Pferde zu satteln.

Gegen Mittag erreichte das Heer Château-Thierry. Nach einer kurzen Rast in Sichtweite der Stadtmauer führte Karl die Truppen nach Nordwesten, auf La Ferté zu. Hier schlugen sie das Lager auf, und der König empfing die erwartete Delegation aus Crépy-en-Valois. Jehanne hielt sich von diesem Zusammentreffen absichtlich fern. Dies war die Stunde der Anerkennung für Karl, und sie wollte mit ihrer Anwesenheit nicht davon ablenken. Der König war überaus großzügig gewesen, indem er sie an seiner Krönung hatte teilnehmen lassen, aber sie spürte, daß es seinen Stolz verletzte, wenn das Volk ihr den Jubel zukommen ließ, der ihm selbst gebührte. Also hielt sie sich fern von seinem prächtig ausstaffierten Zelt und feierte statt dessen mit ihren Gefährten bei einem richtigen Mahl aus Brathuhn, Käse und Brot, Gaben der Bürger von La Ferté.

Ebenso taktvoll verhielt sie sich am nächsten Morgen auf dem Marsch nach Crépy. Karl schien nicht sonderlich enttäuscht zu sein, als sie sich entschied, zwischen dem Bastard und dem Erzbischof de Chartres statt an seiner Seite zu reiten. Hier hinten, hinter d'Alençon und de Rais und de Gaucourt, konnte sie einfach als einer der Kriegsherren gelten, und die Leute, die aus den Dörfern und von ihren Höfen hergekommen waren, um in der Hitze zu stehen, konnten Karl sehen, Karl allein, ohne daß er sich die Aufmerksamkeit seiner Untertanen mit ihr zu teilen brauchte. Um sicherzustellen, daß es so war, hatte sie ihre Rüstung abgelegt und Minguet befohlen, ihr Banner zu-

sammenzurollen. Für jeden ahnungslosen Zuschauer war sie nun ein junger Soldat im schlichten Waffenrock.
Aus meilenweitem Umkreis waren die Leute hergekommen und säumten die Straße, und sie jubelten ihrem neuen König zu. Die meisten waren Bauern, deren besten Kleider – hausgewebte Hemden und Jacken und selbstgeschusterte Schuhe – kaum als solche zu erkennen waren. Die Geistlichen unter ihnen hielten plump gemalte Bilder der Heiligen Jungfrau und des Erzengels Michael, des Königlichen Schutzpatrons, in die Höhe, und sie knieten nieder und bekreuzigten sich, wenn der König an ihnen vorbeiritt. Die Leute streuten Blumen auf seinen Weg und bedeckten die Straße mit Flieder und Tuberosen, die sie in ihren Gärten gepflückt hatten, und mit wilden Gänseblümchen, die ihre Kühe gefressen hätten, wäre Karl nicht des Weges gekommen.
»Noël!«
»Gott schütze unseren guten König Karl!«
»Noël!«
»Gott schütze Frankreich!«
Die Jubelrufe klangen warm in den Ohren des Königs. Gütig hob er die Hand und winkte seinen Untertanen lächelnd zu. Es tat nichts, daß die Engländer seinen Rückzug nach Orléans gestört hatten. Er war zuversichtlich, daß Sieur Trémoïlle, der zu seiner Rechten ritt und sich selbst mit der anbetungsvollen Bevölkerung konfrontiert sah, nun selbst erkennen würde, daß es in Gottes Absicht lag, wenn Karl die loyalen Städte um sich sammelte. Und vielleicht würde Bourgogne die Abmachung diesmal einhalten.
Alles ging gut. Bestens sogar.
Diese Annahme sah der König in Crépy noch bestätigt: Wieder jubelten ihm seine Untertanen hingebungsvoll zu. Als er durch das Tor ritt, begrüßte das Volk ihn mit einer Inbrunst, die ein Spiegelbild seines eigenen Überschwangs war. Die Fußsoldaten in seinem Gefolge winkten den Leuten zu und schwenkten triumphierend ihre Schwerter und *guisarmes* hoch über den Köpfen. Strahlende Ratsherren überreichten dem König den Schlüssel zur Stadt, und dann führten sie ihn

in das Haus des Bürgermeisters, wo er badete und ein üppiges Mahl zu sich nahm.

Am Spätnachmittag empfing er einen englischen Herold, der einen ganz unerwarteten Brief des Herzogs von Bedford überbrachte. Da er sicher war, daß es sich um gute Nachrichten handelte, brach er das Siegel nicht gleich, sondern rief seine Kriegsherren zusammen, damit sie hören konnten, was darin stand. Das Amtszimmer des Bürgermeisters im ersten Stock seines Hauses war zu klein, um sie alle zu fassen, und so mußten die jüngeren Offiziere sich damit begnügen, draußen im Flur zu stehen. Als alle versammelt waren, nahm Karl auf dem stattlichsten Stuhl Platz. Er bedachte die Versammlung mit einem huldvollen Lächeln und befahl dann dem Bastard, Bedfords Brief laut zu verlesen.

Aber es war nicht das Friedensangebot, das Karl erwartet hatte. Bedford begann mit Schmähreden über Karls Krönung und ließ dann einen spitzen Verweis auf den Vertrag von Troyes folgen. Mit Gewalt, behauptete er, habe der König riesige Landstriche des Reiches, das Heinrich von England gehöre, einfach gestohlen, und zwar mit der Unterstützung »eines Weibes von liederlichem und berüchtigtem Lebenswandel und verkommenen Manieren, welches die Kleider eines Mannes trägt«. Er verhöhnte den König als Feigling und forderte ihn unter Berufung auf den Schutz des Himmels heraus, sich beizeiten zur Schlacht stellen.

Karl war zunächst bestürzt über den Ton des Briefes, aber er geriet in helle Wut, noch ehe sein Cousin zu Ende gelesen hatte. Er bedrängte seine erbost durcheinanderschreienden Hauptleute, gegen die Engländer zu Felde zu ziehen, wo sie sich finden ließen. Die königliche Ehre verlangte Genugtuung.

Der Feind wurde ein paar Tage später auf der Straße nach Paris entdeckt, wo er in einer mächtigen Staubwolke auf Senlis zukam. Die Stimmung des Königs hatte sich gebessert, denn inzwischen hatten auch Beauvais und Compiègne sich ihm ergeben, und so war er nun mehr denn je darauf erpicht, seine Ehre zu rächen. Als man ihm das Nahen der Engländer meldete, ließ er seine Armee auf flachem Feld

zwischen Montépilloy und der Nonette aufmarschieren. Es war eine glückliche Wahl. In der Nähe erhob sich eine alte Burgruine auf einem kleinen bewaldeten Hügel; die Aussicht vom Turm machte sie zu einem vorzüglichen Ausguck für die Beobachtung sämtlicher Truppenbewegungen, wenn sie erst den Fluß überquert hätten. Hinter dichten Bäumen verborgen floß die Nonette an der königstreuen Stadt Senlis vorbei, die weiter flußabwärts gelegen war.
Wie erwartet, kamen die Engländer mit einem großen Trupp aus der Pariser Garnison, verstärkt durch Picarden, die Burgund treu waren. Nachdem sie wieder ihre Pfähle angespitzt und in Position gebracht hatten, schleuderten die Armagnacs ihnen im Dämmerlicht des nahen Abends Beleidigungen entgegen. All seinen heldenhaften Worten zum Trotz war Bedford nicht bereit, die offene Feldschlacht gegen die Königliche Armee zu wagen. Als es am nächsten Morgen zum Zusammenstoß kam, beschränkte man sich auf wenige enttäuschende Scharmützel, die zu keinem Ergebnis führten.
Auf beiden Seiten gab es zahlreiche Tote im Kampf Mann gegen Mann und im Hagel der Pfeile. Einmal fiel Trémoïlle vom Pferd und wäre in Gefangenschaft geraten, wenn ein Knappe nicht noch rechtzeitig eingeschritten wäre. Die Schotten, die für Frankreich kämpften, bewiesen ihre Kampfkraft in einer verbissenen Haßorgie gegen die von Bedford geführten Picarden. Nachdem sie dazugestoßen waren, wurden auf beiden Seiten keine Gefangenen mehr gemacht, und Blut tränkte den staubigen Boden zwischen den Fronten.
Am nächsten Morgen kehrte Karl nach Crépy zurück; die Armee blieb, wo sie war, um zu sehen, was Bedford anfangen würde. Gegen Mittag trommelte der englische Lord seine Truppen zusammen und ließ sie über die Nonette setzen und nach Paris zurückmarschieren. Als der Feind abgezogen war, folgte das französische Heer seinem König nach Crépy.

Jehanne schob mit der Schulter die offene Zeltklappe beiseite und stapfte klirrend auf das Pferd zu, das d'Aulon für sie bereithielt. Minguet hatte sie soeben in die Rüstung gekleidet; nur den Helm trug sie unter dem Arm. Sie war bereit, das Feld vor den Mauern von Compiègne zu verlassen und nach St.-Denis zu marschieren. Das Heer war abmarschbereit, und d'Alençon und der Bastard warteten darauf, daß sie aufsaß. Ihr Gefolge würde das Zelt abbrechen und die Vorhut einholen, wenn sie erst unterwegs wären.

Sie war oft gestört worden und hatte schlechte Laune. Am Morgen hatte sie um Führung gebeten, aber ihre Ratgeber waren stumm geblieben. Sie fühlte ihre Gegenwart überhaupt nicht, nicht einmal, als sie darum flehte, daß sie sich spürbar machten. Das machte ihr Sorgen. Vor anderen Schlachten waren sie immer zugegen gewesen, und so machte ein Gefühl des Unbehagens sich in ihr breit, während ihr Page ihr die Metallschienen anschnallte. Sie bemühte sich, das Gefühl von Einsamkeit und Wehrlosigkeit abzuschütteln, das sie wie eine Fledermaus umschwirrte. Trotzdem lauerte die Angst in ihrem Hinterkopf, als sie den Fuß in den Steigbügel schob.

»Mit Verlaub, Jehanne.«

Sie hielt in der Bewegung inne und setzte den schon erhobenen Fuß dann wieder auf den Boden. Ein gutgekleideter Mann in hellgrünem Leinenhemd stand neben ihrem Pferd. Ein großer Hut überschattete das lange, schmale Gesicht, und die Krempe hing über ein Auge. Lächelnd reichte er ihr ein Stück Papier.

»Ich bin Richard de Clermont«, sagte er mit einer leichten Verbeugung, »und ich bringe dir eine Botschaft von Seigneur d'Armagnac.«

»Was wollen Sie denn?« fragte sie. »Sehen Sie denn nicht, daß ich gerade aufbreche?«

Der Bote erbrach das Siegel und faltete das Papier auseinander. D'Armagnac übersandte ihr in geradezu peinlich blumigen Worten seine Grüße und erklärte dann, er müsse sie in einer Angelegenheit von äußerster Wichtigkeit um Rat bitten. Welcher der jetzt lebenden Päpste – Clemens VII., Martin V. oder Benedict XIV. – sei der wahre Nachfolger des heiligen Petrus?

Jehanne wandte sich von Clermont ab und stieg in den Sattel. »Wenn Sie hören, daß ich in Paris bin«, sagte sie und schaute auf ihn hinunter, »dann schicken Sie wieder einen Boten zu mir, und ich gebe Ihrem Herrn eine Antwort. Aber jetzt kann ich darüber nicht nachdenken. Das Heer des Königs marschiert jetzt auf Paris, und ich muß mit. Wenn ich in der Hauptstadt bin, werde ich Gott die Frage des Seigneur d'Armagnac vorlegen.«

Den ganzen Nachmittag zogen sie durch die Wiesenlandschaft. Hin und wieder begegneten ihnen aufgeregte Menschen, die zusammengelaufen waren, um das mächtige Heer vorbeiziehen zu sehen; ihre Jubelrufe erfüllten die Soldaten mit Zuversicht und Stärke. Als es Abend werden wollte, erreichten sie das vor den Toren von Paris gelegene St.-Denis, und hier, am heiligsten Ort Frankreichs, heiliger noch als Reims, schlugen sie ihr Lager auf.

Hier nämlich hatte der römische Kaiser in den frühen Tagen des Christentums den Befehl gegeben, Dionysius, den Bischof von Paris, zu enthaupten. Durch die Gnade Gottes und zum Zeichen seiner Heiligkeit hob Dionysius, den die Menschen hier Denis nannten, sein Haupt auf, wusch es in der Seine und ging dann sechstausend Schritte weit nach Norden, wo er verschied. Am Ort seines Todes wurde die Abtei St.-Denis errichtet. Im Jahr 639 wurde Dagobert I. in ihren Gewölben bestattet, und jeder König nach ihm ebenfalls. Die heiligen Mauern des Klosters beherbergten die sterblichen Überreste derer, die durch ihren Pakt mit Gott die großen Könige Frankreichs geschaffen hatten, von Pippin bis zu Karl dem Klugen.

Der Verlust dieser Stätte an die Engländer – und dazu der Verlust der heiligen *oriflamme,* jener Fahne mit dem goldenen Drachen, der den französischen Schlachtruf »Montjoie St.-Denis!« im Munde trug – war ein schwerer Schlag für die französische Seele gewesen. Der heilige Dionysius war aus ihnen hervorgegangen, war einer der ihren, und sein Tod hatte sie durch alle Geschichte hindurch mit Gott verbunden. Es war deshalb unabdingbar, daß die Armee diese heilige Ruhestätte zurückeroberte, bevor das Königreich geheilt werden könnte.

Und Karls Armee befreite die Abtei am 27. August. Jehanne befahl, daß die Soldaten beichteten und zur Messe gingen, die der Erzbischof von Reims im Dom von St.-Denis feierte. Sie dankte dem König des

Himmels dafür, daß er sie dem Sieg so nah gebracht hatte, und empfing fromm die Heilige Kommunion. Aber während der ganzen Zeremonie, die sie doch mit der größten Begeisterung ihres Lebens hätte erfüllen müssen, hing das Gefühl des Grauens an ihr und ließ sich nicht verbannen. Und es verging auch nicht, als sie d'Alençon nachschaute, der nach Senlis ritt, um den König zu holen.

Der Herzog kam allein zurück; nur die Garde begleitete ihn, die er mitgenommen hatte. Karl werde bald kommen, sagte er.

Aber noch zwei Tage vergingen, bevor der König zu ihnen kam. Zwei Tage, in denen die Armee bangte und Jehanne fast unaufhörlich auf den Knien vor der Statue Unserer Lieben Frau lag, die in majestätischer Gelassenheit am Altar der Kathedrale stand. Am ersten Tag aß und trank sie überhaupt nichts, sondern betete nur in panischer Angst um die Rückkehr ihrer Ratgeber.

Bitte, ich flehe euch an, verlaßt mich nicht. Ich fühle mich hilflos wie jemand, der keine Augen hat. Wenn ich gesündigt habe, dann sagt es mir, aber laßt mich nicht allein weitergehen.

Sie gaben keine Antwort.

Da ging sie in die Abtei und suchte Pasquerel. Als sie ihn endlich gefunden hatte, stand er in der Mitte eines langen Ganges, der zur einen Seite von Säulenbögen gesäumt war, in ein Gespräch mit zwei Mönchen vertieft. Er sah sie nicht gleich, weil sie von hinten herankam. Aber die Ordensmänner sahen die klägliche Gestalt in der leichten Rüstung und unterbrachen ihre Rede. Jehanne nahm sie nur am Rande wahr.

Pasquerel drehte sich überrascht um. Das Heer und ihre Zusammenkünfte mit Karl hatten sie so sehr in Anspruch genommen, daß er in letzter Zeit selten Gelegenheit gehabt hatte, mit ihr zu sprechen. Liebevoll lächelte er ihr entgegen. »Jehanne, wie geht es dir? Was fehlt dir, meine Liebe?« Seine grauen Augenbrauen hoben sich in großer Sorge.

»Darf ich Sie allein sprechen, Pater?« Sie hatte Ringe unter den Augen und sah aus, als ob sie gleich anfangen wollte zu weinen.

Die Mönche verneigten sich rücksichtsvoll und glitten davon. »Was

ist denn, Jehanne?« fragte Pasquerel. »Ist Jehan oder Pierre etwas zugestoßen?«
»Nein.« Verloren schüttelte sie den Kopf. »Ach, Pater Pasquerel, meine Ratgeber haben mich verlassen. Ich fühle sie nicht mehr!« Der Schmerz durchbrach den Damm ihrer Selbstbeherrschung, und die Tränen strömten ihr ungehindert übers Gesicht. Sie bebte in leidenschaftlicher Trauer. »Ich weiß nicht, was ich tun soll, ich weiß nicht, warum ich hier bin. Ich weiß nicht, was ich falsch gemacht habe, daß sie mich jetzt so bestrafen!« Sie sank zusammen und schlug die Hände vors Gesicht. Ihr klagendes Schluchzen hallte durch den langen Bogengang.
Pasquerel legte ihr liebevoll den Arm um die Schulter, und sie weinte an seiner Brust. Der Mönch streichelte ihr das Haar, als wäre sie ein Kätzchen.
Sie bekam einen Schluckauf, und er ließ sie los. Mit warmer Hand strich er ihr über die Wange. »Fühlst du dich jetzt ein wenig besser?«
Sie wollte sagen: »Ja«, aber ein neuerlicher Schluckauf schnürte ihr jäh die Kehle zu, und sie brachte das Wort nicht heraus. Sie nickte.
»Hast du um Führung gebetet, Jehanne?«
Auf diese Frage war sie nicht vorbereitet. »Ja«, antwortete sie, und hilfloser Zorn erwachte. »Ich habe gebetet und gebetet, aber sie sind fort, ich sage es Ihnen!«
»Liebe Jehanne«, sagte der Mönch leise. »Weißt du denn nicht, wie sehr du von Glück sagen kannst, daß du sie überhaupt jemals gehört hast? Weißt du nicht, daß die meisten Menschen durchs Leben gehen, ohne sie einmal gehört zu haben?«
Wie vom Donner gerührt, starrte sie ihn an.
»Ich habe sie nie gehört«, sagte er, und es klang beinahe verbittert. »Mein Leben lang habe ich gehofft, ich würde sie hören, aber Gott hat mich mit dieser Gabe nicht gesegnet.« Wieder berührte er ihre Wange und wischte ihr eine Träne ab. »Er hat dich damit gesegnet, Kind Gottes, und der Segen mag leicht noch einmal wiederkehren. Hast du nicht gesagt, sie haben dir versprochen, allezeit bei dir zu sein?«

Sie nickte. »Doch, das haben sie gesagt. Aber ich muß irgendwie Anstoß bei ihnen oder bei Gott erregt haben, denn sonst hätten sie mich nicht verlassen.«

»Vielleicht haben sie dich nicht verlassen. Vielleicht kannst du sie nur nicht hören.«

Sie schüttelte nachdrücklich den Kopf. »Wenn sie bei mir wären, würde ich sie spüren. Ich spüre es immer, wenn sie bei mir sind.«

»Gut – nehmen wir an, daß es so ist.« Ihm war klar, daß es nutzlos war, mit ihr zu diskutieren. Wenn sie sich etwas in den Kopf gesetzt hatte, ließ sie davon nicht wieder ab. »Das muß ja nicht unbedingt heißen, daß sie fortgegangen sind, weil du gesündigt hast.«

»Was könnte es sonst heißen?« wollte sie wissen. Wieder wurde sie zornig – zornig auf ihn, weil er nicht verstand, wie tief ihre Not war, zornig auf sich selbst, weil sie irgendeine unerfindliche Sünde begangen hatte.

»Hör mir zu, Jehanne«, sagte Pasquerel würdevoll und nahm ihre Hände in seine. »Das Wichtigste, was ich in meinem Leben als Mönch gelernt habe, das habe ich hier gelernt.« Er legte eine Hand auf sein Herz. »Nämlich dies: Gott prüft uns zuweilen, indem er Mißgeschick über uns bringt, das wir nicht verdienen und das nicht eine Folge unserer Sünden ist. Wenn du dein Gewissen bis in seine tiefsten Tiefen erforschst und dann sagen kannst, daß du nicht gesündigt hast, dann mußt du wissen, daß Gott dich auf eine Probe stellt und daß er dafür seine eigenen, großen Gründe hat.« Das Licht, das seine Augen mit den ihren verband, und seine gleichmütige, schlichte Stimme umgaben sie beruhigend. »Ich glaube nicht, daß deine Heiligen dich verlassen haben.« Er lächelte. »Aber selbst wenn sie es doch getan haben, muß das nicht heißen, daß auch Gott dich verlassen hat. Vielleicht ist es eine Prüfung deines Glaubens, die Gott dir auferlegt, um zu sehen, ob du dich an das hältst, was sie dir bisher gesagt haben.«

»Ich verstehe«, sagte sie langsam wie eine Schlafwandlerin. »Sie haben mir viele hoffnungsvolle Dinge gesagt. Sie haben gesagt, Paris wird frei sein und dem König Treue schwören. Und sie haben gesagt, der König wird die Engländer übers Meer zurücktreiben.«

»Dann mußt du ihnen auch glauben. Gottes Boten würden dich nicht belügen. Du mußt an deinem Glauben festhalten.«
Sie versuchte ihn anzulächeln. »Danke, Pater. Jetzt ist mir schon viel wohler.«
Er umarmte sie und tätschelte ihr die Schulter. »Sorge dich nicht immer so sehr.«
Ihr war wirklich wohler, als sie zu ihrem Pferd ging. Sie mußte jetzt zum Heer, ehe es dunkel wurde.
Aber als sie die friedliche Atmosphäre der Abtei hinter sich gelassen hatte, flammte das Unbehagen wieder auf und verschlechterte ihre Stimmung. Als sie den Lagerplatz bei La Chapelle erreicht hatte, war ihr, als hätten sich hundert Kleinigkeiten gegen sie verschworen. Paris lag zwar so nah, daß man seine Türme und Dächer hinter den ungeheuren Mauern sehen konnte, aber Karls Begeisterung war seit seiner Ankunft aus Senlis nur noch lauwarm, und es machte Jehanne sehr zornig, daß er nicht mehr Führungskraft zeigte und seine Lage offenbar nicht richtig einzuschätzen wußte. Außerdem ärgerte es sie, daß er den Oberbefehl über das gesamte Heer an Trémoïlle übertragen hatte. Und da sie den König nicht anschreien konnte, fiel sie über den unglückseligen Raymond her, weil er ihre Rüstung nicht so poliert hatte, wie sie es sich wünschte.
Und der Kragen platzte ihr vollends, als sie eine Prostituierte aus Compiègne erblickte, die sich ihren Soldaten anbot. Zum ersten und einzigen Mal zog sie das Schwert der heiligen Katharina und stürmte kreischend auf die geschminkte Frau los. Sie hörte, wie die Männer lachten, als die Frau erschrocken herumfuhr, während Jehanne auf sie zustürzte. Die Troßdirne wandte sich zur Flucht, war aber nicht schnell genug, und so traf die flache Klinge ihr Hinterteil.
Die lärmende Heiterkeit der Soldaten verstummte jäh, und entsetzt starrten sie zu Boden.
Mehr als die Hälfte der langen Klinge lag blinkend auf der Erde. Sie war abgebrochen, ein Stück oberhalb des Hefts, das Jehanne noch in der Faust hielt. Sie war wie vom Donner gerührt. Fassungslos starrte sie die abgebrochene Waffe an.

Das war undenkbar. Dieses Schwert konnte nicht zerbrechen! Ein kalter Wind pfiff durch ihre Seele und schien die Heilige fortzuwehen an einen Ort, an dem sie für Jehanne nicht mehr zu fassen war.
Das war ein böses Omen. Jehanne sah es den Gesichtern der Soldaten an, daß sie es auch wußten. Sie murmelten untereinander und gingen dann langsam davon.
Jehanne kehrte in die Basilika zurück und warf sich vor dem Altargitter auf den Boden.
»Was habe ich falsch gemacht?« rief sie, und Tränen der Verzweiflung rannen ihr übers Gesicht. »Warum habt ihr euch von mir zurückgezogen, wenn ihr mir doch wieder und wieder versprochen habt, immer bei mir zu bleiben? Wie habe ich denn Anstoß erregt – bei euch oder bei Gott?«
Panik flutete durch ihren Magen und pulsierte in ihren gefalteten Händen, die sie so fest zusammenpreßte, daß ihre Fingerknöchel weiß wurden und die Nägel sich in die Handflächen gruben. Sie ließ die Stirn auf die Fäuste sinken. Diese Vorzeichen waren die schlimmsten, die sie sich denken konnte, und einen Augenblick lang erwog sie, den Angriff auf Paris aufzugeben. Sie würde ins Lager zurückreiten und dem König und seinen Kriegsherren sagen, sie müßten die Eroberung der Hauptstadt verschieben. Wie lange? Das wußte sie nicht. Was könnte sie ihnen sagen? Ihre Ratgeber hatten sie verlassen, aber das wagte sie nicht zu offenbaren. Es war ja immer noch möglich, daß sie zurückkehrten, wenn sie Geduld hatte. Einstweilen mußte sie dafür sorgen, daß das Heer sich zurückzog.
Als sie aber ein paar Stunden später zur Truppe zurückkam und sich wieder mit den Fragen des Feldzugs befaßte, merkte sie, daß ihre Entschlossenheit schwand und schließlich gar nicht mehr vorhanden war. Sie würde dabeibleiben, Paris zu erobern. Ihre Angst war Illusion. Pater Pasquerel, der klügste Mann, den sie kannte, hatte sicher recht: Es war eine Prüfung von Gott. Karls Heer war das Heer Gottes, des himmlischen Königs, und sie durfte sich durch eine Angst, die der Teufel gemacht hatte, nicht von ihrer Mission abbringen lassen. Noch einmal würde sie Gottes Heerscharen zum Sieg führen.

Als die Sonne auf den Horizont herabsank, umkreisten Spähtrupps die Mauern von Paris, um einen Kriegsrat vorzubereiten. Jehanne erkundete die Umgebung zusammen mit d'Alençon, während der Bastard und die Grafen von Verdôme und Bourbon mit einem Trupp die andere Seite der Stadt, jenseits des Flusses, genau in Augenschein nahmen.

Ein Spähtrupp unter dem Kommando der Brüder Laval, Gilles de Rais' und La Hires war es, der die schwächste Stelle entdeckte: beim Schweinemarkt in der Nähe der Porte de St.-Honoré. Die Armee ließ ihre Reitertruppen und Kanonen in Stellung gehen, und wenn der Morgen graute, würde er sie angriffsbereit finden. In dem von Lagerfeuern erhellten Dämmerlicht spannten die Bogenschützen die Sehnen auf ihre Bogen, und Knappen schärften und polierten zahllose Klingen. Halbnackte Soldaten fällten kleine Bäume und bündelten sie zu Faschinen, die sie in die Wassergräben werfen würden. Es war schon dunkel, als ihre Offiziere die Kanone auf die Stelle richteten, wo sie eine Bresche zu schlagen hofften, wenn der Morgen käme.

Als Jehanne sich vergewissert hatte, daß alles zur Schlacht bereit war, kehrte sie in die Abtei von St.-Denis zurück. Sie hielt Nachtwache vor dem von zahllosen Kerzen erhellten Altar, wie es sich für einen Soldaten am Vorabend einer bedeutenden Schlacht geziemte.

Eine dröhnende Explosion ließ den Boden unter der Kanone erzittern, und einen Augenblick später barsten Ziegel aus einer Stelle oberhalb der Porte de St.-Honoré; Splitter und Staub prasselten vor der Palisade herab, die von den Pariser Bürgern errichtet worden war. Aber als die Wolken sich verzogen hatten, sah Jehanne, daß der Schaden gering war und die Befestigungen hielten.

Das wunderte sie nicht. Das Tor in der Stadtmauer bot genügend Platz, um drei große Fuhrwerke oder zwanzig Mann Schulter an Schulter durchzulassen. St.-Honoré war stark befestigt, das Ziegelmauerwerk war verstärkt, und zwischen zwei Fallgattern befanden sich kürzlich angelegte Erdschanzen. Die Mauer, die sich darüber er-

hob, war mindestens fünfundfünfzig Fuß hoch, und oben wimmelte es von Männern wie von einem Ameisenheer.
Jehanne wandte ihre Aufmerksamkeit dem Gelände zwischen der Armee und Paris zu. Vor ihnen lag ein System von Gräben. Der nächstgelegene war eine trockene Rinne, vielleicht acht Fuß tief. Auf der anderen Seite erhob sich eine hohe Böschung namens Eselsrücken. Dahinter befeuchtete ein Graben mit stehendem Wasser den bemoosten Fuß der Stadtmauer. Er war von ehrfurchtgebietenden Ausmaßen: mehr als sechzig Fuß breit, und bei dem Gedanken an seine unergründliche Tiefe durchzuckte die Sorge Jehannes Herz wie ein Stich. Wenn das Wasser mehr als mannstief war, würden sie mindestens drei Tage lang mit aller Kraft arbeiten müssen, um diesen ungeheuren Graben mit genügend Faschinen zu füllen, damit sie die Sturmleitern aufstellen konnten. Aber es ließe sich dennoch machen. Sie zweifelte nicht daran, daß Paris fallen würde, wenn Gott es wollte.
Aber wenn sie selbst es wollte, gab es eine Alternative zu den Leitern. Sie schaute sich nach der großen Kanone um, die oben auf der Anhöhe oberhalb ihres Bataillons stand. Dahinter senkte sich das Gelände zu einer glatten Ebene ab, und dort warteten d'Alençon und der Comte de Bourbon mit der Vorhut. Eine ähnliche Abteilung stand vor der Porte de St.-Denis. Weil diese beiden Tore im Vergleich zu anderen nur leicht gesichert waren, war es hier möglich, daß die Armee in die Stadt eindrang, indem sie die Torbefestigungen zerstörte und die Leitern damit überflüssig machte. Zuerst würden Kanonenschüsse die Fallgatter und Erdschanzen beseitigen, und dann würden in regelmäßigen Abständen Wellen von Stoßtrupps die Garnison attackieren. Wenn alles planmäßig verliefe, würden die Angreifer die *goddons* zur Vorhut locken, die dann auf sie einstürmen und die Falle schließen würde.
Jehanne gab den Artilleristen mit ihrem Banner ein Zeichen. Wieder donnerte ein Schuß, der den Boden unter ihren Füßen erbeben ließ und ihr in den Ohren dröhnte, und diesmal zerbarst das erste Fallgitter zu Hunderten von Holzsplittern. Die Stoßtrupps jubelten, während die Kanoniere sich daranmachten, ihr Geschütz neu zu laden.

Als sie fertig waren, ließen sie wieder eine Kugel gegen das Tor fliegen, und der Treffer ließ Erdklumpen durch die Luft spritzen und Schmerzensschreie ertönen.

»Dies ist der Augenblick!« rief Jehanne den Reitern unter ihrem Befehl zu. »Los, los!« Und sie begleitete ihren Befehl mit einem schwungvollen Winken.

Ein Trupp von vierzig Mann löste sich aus dem Heer und stürmte den Hang hinunter. An der Straße angekommen, schwenkten sie nach links und galoppierten unter wildem Geheul durch die breiten Gräben, und ihre Waffen blitzten im Sonnenlicht. Sie stürmten durch St.-Honoré, und Jehanne verlor sie aus den Augen, aber sie hörte das Klirren der Waffen und die Schreie der Verwundeten.

Sie schwenkte ihre Standarte, um der nächsten Welle von Reitern das Zeichen zu geben. In wilder Jagd stürmten sie der Stadt entgegen, wie es die ersten getan hatten, und wie ihre Kameraden stießen sie auf den erbitterten Widerstand der Engländer. Sie kämpften eine ganze Weile und wurden dann zurückgeschlagen.

Als die Überlebenden zu ihrem Bataillon zurückgekehrt waren, ließ Jehanne sie alle eine halbe Stunde ausruhen, bevor sie den nächsten Trupp hineinschickte. Als sie sehen mußte, wie ihre frischen Reiter nach einem Drittel des Weges auf der Brücke wieder zurückgedrängt wurden, sah sie ein, daß der direkte Weg nicht zum Ziel führte. Der Versuch, die Porte de St.-Honoré aufzubrechen und die Stadt über die Straße zu erstürmen, hatte wenig Erfolg. Auch würden die Feinde den Köder nicht schlucken und den Stoßtrupps in d'Alençons Falle folgen. Sie würden doch den Wassergraben überschreiten müssen. Ein Glück, daß das Heer so viele Faschinen gebunden hatte.

Sie schaute sich nach den holzbeladenen Wagen auf der Anhöhe oberhalb ihrer Position um und sah, daß Trémoïlle auf sie zuritt. Sie stöhnte. Formal hatte er den Oberbefehl über das Heer, und sie wußte, daß er kam, um sie zu drangsalieren.

»Da ist er ja«, bemerkte Metz. »Gerade zur rechten Zeit.«

Jehanne hatte ihnen vorausgesagt, daß er früher oder später – wahrscheinlich früher – erscheinen würde, um sie zur Rechenschaft zu ziehen, sollte Paris nicht unverzüglich fallen. Zweifellos wußte er, daß es eine Weile dauern würde, aber seine Feindseligkeit war so übermächtig, daß ihm jeder Vorwand recht sein würde, um den Angriff abzubrechen.

Er zügelte sein Pferd und lächelte durchaus freundlich. Aber er stieg nicht ab. »Wie geht der Angriff hier voran?«

»Wir haben drei Wellen hinübergeschickt und bereiten die vierte vor«, berichtete Jehanne ruhig.

»Hat der Feind sich herauslocken lassen?«

»Noch nicht.«

»Wieviel Mann habt ihr verloren?« Trémoïlles Lächeln war nicht mehr freundlich, und Jehanne wußte, was kommen würde.

Trotzdem wollte sie nicht lügen. »Ungefähr fünfunddreißig, glaube ich.«

Er schüttelte den Kopf und schnalzte mit der Zunge. »Das geht aber nicht, ganz und gar nicht.« Er seufzte, als empfinde er ehrliches Bedauern. »An der Porte de St.-Denis geht es leider auch nicht besser. Dort haben sie schon mehr als fünfzig Mann verloren. Die Stadt ist uneinnehmbar.« Mit unverhohlener Bewunderung betrachtete er die Mauern. »Ich werde deshalb dem König raten, sich nicht weiter mit dem Versuch abzugeben, sie zu erobern.«

»Da ist immer noch der Wassergraben.« So leicht gab Jehanne nicht auf. »Als nächstes werden wir die Reisigbündel zum Wasser schaffen und hineinwerfen. Wenn der Graben voll ist, stellen wir die Sturmleitern auf und klettern an den Mauern hoch.«

»Ah ja.« Der Constable verzog spöttisch den Mund und schaute geringschätzig von seinem Pferd herunter. »Und wie tief ist das Wasser?«

»Das wissen wir noch nicht«, räumte sie ein. »Das werden wir herausfinden, wenn wir soweit sind.«

»Das dauert zu lange«, sagte Trémoïlle. »Ich lasse den Angriff sofort abblasen.«

Das zornige Murren der Männer erschreckte sein Pferd, und Trémoïlle klammerte sich am Sattelknauf fest.

»Wir sind hier, um zu kämpfen, Kanzler!« schrie jemand.
»So ist es!«
»Wir wollen es versuchen!«
Die Stimmen wurden zu einer feindseligen Woge, und im nächsten Augenblick schrien alle durcheinander.
Trémoïlle hatte nicht damit gerechnet, daß man seine Autorität in Frage stellen würde, das sah man daran, wie ihm die Augen aus den Höhlen quollen. Aber dann hob er die Hand und gebot Schweigen, und die machtvollen Proteste erstarben und verstummten schließlich ganz. Langsam erschien ein Lächeln auf seinem Pfannkuchengesicht.
»Also gut«, sagte er, »ihr dürft euren Angriff auf die Mauer beginnen.«
Die Soldaten jubelten und schwenkten ihre Schwerter. Der Constable schaute auf Jehanne herunter. »Aber wenn der Versuch nicht erfolgreich ist, werde ich ihn abbrechen. Hast du verstanden?«
»Völlig.« Sie lächelte. Wir werden erfolgreich sein, mein Herr Constable, dachte sie ingrimmig. Gib uns nur genug Zeit.
Er lenkte sein Pferd herum und trabte den Weg zur Anhöhe zurück. Jehanne gab den beladenen Karren ein Zeichen mit ihrer Standarte, und sie begannen mit dem Abstieg zum Rand des ersten Grabens.
»Ich gehe zum Wasser«, sagte sie zu ihren Kameraden. »Ich will wissen, wie tief es ist.«
»Dann gehen wir mit«, sagte d'Aulon entschlossen.
»Nein. Ich möchte, daß ihr alle hierbleibt.«
»Aber das ist Wahnsinn!« schimpfte Poulengy. »Ich gehe, du bleibst hier.«
»Nein!« wiederholte sie mit noch größerem Nachdruck als zuvor. »Wenn ihr euch nützlich machen wollt, helft den Soldaten beim Abladen der Karren und tragt die Faschinen über diesen trockenen Graben. Ich gehe allein zum Wasser.«
»Nimm wenigstens einen von uns mit«, flehte d'Aulon.
»Also gut.« Sie sah in die Runde. »Ich nehme Raymond mit, dann kann er meine Standarte tragen.« Sie nahm Pierre den Schaft aus der Hand.
»He!«

»Du brauchst sie nicht, Pierrolot, aber ich vielleicht.« Sie brauchte irgendeine Waffe. Die Fahnenstange würde genügen müssen, da sie das Schwert nicht mehr hatte. »Los, an die Arbeit«, drängte sie. »Die Leute da brauchen Hilfe.« Sie deutete auf die Infanteristen, die geschäftig dabei waren, die Karren zu entladen.

Ihre Gefährten maulten, aber sie gehorchten und trollten sich zu den Wagen. Minguet schaute sich sehnsüchtig noch einmal um.

»Komm jetzt«, sagte Jehanne zu Raymond.

Der Junge nahm die Standarte und folgte ihr in den trockenen Graben, vorbei an den Männern, die eine Kette gebildet hatten und die Reisigbündel über ihre Köpfe hinweg zu denen reichten, die auf dem Eselsrücken standen. Der Graben war zwar tief, aber die Böschung war so geneigt, daß man ohne viel Mühe hinaufklettern konnte. Jehanne bohrte die Stiefel in den grasbewachsenen Boden, beugte sich nach vorn und packte in die Erde schräg über ihr. Es war ein langsamer Aufstieg, aber sie kam auf Händen und Knien oben an und richtete sich zwischen zwei Männern auf, die oben die Faschinen in handlichen Stapeln lagerten. Sie langte nach unten und ergriff die Standarte, die Raymond ihr hochreichte, und dann streckte sie ihm die freie Hand entgegen. Sie zog ihn zu sich hoch, und als er neben ihr stand, gab sie ihm die Fahne zurück.

Jetzt stand sie am Rand des Wassergrabens, und sie sah, daß der Übergang vom trockenen Land zum Wasser nicht allmählich vonstatten ging, wie es bei anderen Gräben manchmal der Fall war. Hier gab es fast überhaupt keine Böschung, sondern es ging jäh und steil hinab. Wenn ein Mann nicht darin stehen könnte, würde das Gewicht seiner Rüstung ihn auf den Grund ziehen, so daß er ertrinken müßte. Sie würde die Tiefe zunächst mit der Lanze prüfen. Eins nach dem andern, dachte sie.

Die Holzträger bewegten sich nicht besonders schnell und ohne großen Eifer, und an diesem Ufer standen nicht genug Männer, um die Faschinen ins Wasser zu werfen. Ihre Bewegungen glichen einem Uhrwerk, und es fehlte ihnen an der hochgemuten Wut, die sie bei Orléans an den Tag gelegt hatten. Aus Liebe zu ihr hatten sie sich

Trémoïlle widersetzt, aber sie waren nicht mit dem Herzen dabei. Einen Augenblick lang wollte sie verzagen, als ihr diese Erkenntnis dämmerte. Sie dachte daran, wie entsetzt sie die Mäuler aufgesperrt hatten, als ihr Schwert abgebrochen war. Sie dachte daran, wie erschrocken sie gewesen waren, und sie spürte, wie ihre eigene Angst zurückkehrte.

Das darfst du nicht, befahl sie sich selbst. »Kommt, ihr Männer Frankreichs und Gottes!« rief sie. »Gott hat versprochen, Paris von den Engländern zu befreien und es in die Herrschaft unseres guten Königs zurückzugeben! Seid guten Mutes und wisset, daß Gott mit uns ist in diesem heiligen Kampf!«

Sie drehte sich um und spähte zu den kleinen Gestalten hinauf, die sich oben auf der Mauer zusammendrängten. »Im Namen Gottes, übergebt diese Stadt dem wahren König von Frankreich!«

»Schlampe!«

»Armagnac-Hure!«

Sie hörte sie nicht, denn sie hatte sich halb den Faschinen zugewandt. Aber im nächsten Augenblick durchfuhr ein schmerzhafter Stich ihren rechten Oberschenkel, und sie verlor das Gleichgewicht.

Sie fiel auf die Seite und starrte ungläubig auf den Pfeil, der da aus ihrer Rüstung ragte. Undeutlich hörte sie den Jubel, der wie ein Wirbelwind von der Mauer herunterschallte. Und noch etwas anderes. Jemand schrie.

Sie schaute zu Raymond hinauf. Er hielt das Banner fest, aber sein rechter Fuß war mit einem Armbrustbolzen an den Boden genagelt. Er fühlte es, konnte den Pfeil aber nicht sehen, weil der Helm sein Gesichtsfeld begrenzte. Er klappte das Visier hoch und bückte sich, um den Pfeil herauszuziehen.

Er kauerte halb, als ihm ein Pfeil zwischen die Augen fuhr. Er fiel rückwärts und riß dabei seinen Fuß vom Boden los. Mit schwerem Krachen schlug er auf.

»Raymond!«

Jehanne schob sich zu ihm. Er lag mit verdrehtem Kopf neben einem Holzstapel, der jetzt von Pfeilen starrte. Der Armbrustbolzen hatte ihn dicht über der Nase getroffen, und Blut rann ihm in die Augen, die blicklos in den Rauch der Kanone starrten. Sein Mund stand offen, und er sah erstaunt aus.

»Raymond!« stöhnte sie unter Tränen und berührte sein blutiges Kinn.

Er konnte nicht tot sein! So durfte es doch nicht gehen! Sie betete immer darum, daß der Schar ihrer Vertrauten nichts zustoßen möge, und nie hatten ihre Ratgeber angedeutet, daß einer von ihnen zu Tode kommen könnte. Das war unmöglich. Der Bolzen, den sie da mit eigenen Augen sah, konnte nicht Wirklichkeit sein. Nichts von all dem konnte Wirklichkeit sein, nicht einmal der Pfeil, der sich tief in ihr eigenes Fleisch gebohrt hatte und ihren Fuß betäubte. Es war ein Alptraum wie die andern, und gleich würde sie aufwachen.

Sie schlug ein schnelles Kreuzzeichen über ihm. »Pater noster, qui es in caelis …«

Starke Hände packten sie bei den Armen und schleiften sie weg von ihm. »Laßt mich los!« schrie sie. »Ich bin noch nicht fertig!«

Fünf oder sechs Reisigträger hoben sie über den Eselsrücken hinweg und reichten sie zu den zahlreichen andern hinunter, die unten im trockenen Graben gearbeitet hatten. Auf der anderen Seite lebte niemand mehr. Bei dem unerwarteten Angriff waren außer Raymond noch sieben Mann gefallen, und die andern hatten sich hastig im ersten Graben in Sicherheit gebracht.

»Jehanne!«

Pasquerel kam den Graben entlang auf sie zugerannt, dicht gefolgt von ihren übrigen Gefährten. Er war als erster bei ihr und kniete neben ihr nieder. »Jehanne, wir haben dich fallen sehen! Wie schlimm ist es?«

»Ich weiß es nicht«, antwortete sie mit zusammengebissenen Zähnen. Es tat inzwischen wirklich weh, und der Pfeil mußte herausgezogen werden, ehe die Wunde zu schwären begann. Wenn das geschähe, würde sie das Bein verlieren.

Jetzt waren auch die andern da, und sofort drängten Metz und Poulengy die Soldaten zurück. D'Aulon hockte sich neben sie.

»Laßt mich sehen«, befahl er kundig. »Komm her, Minguet, und hilf mir.«
Jehane schaute zum Himmel. Dicker schwarzer Rauch zog über sie hinweg wie ein Drache; hier und da riß er auf und eröffnete den Blick auf weiße Wattewolken. Jehanne wußte, daß es immer noch ein heißer Tag war, aber sie fror plötzlich.
Sie nahmen ihr die Beinschienen ab. Sehr behutsam hob d'Aulon die Schiene über dem Pfeil und reichte sie Minguet. Der Junge war aschfahl, sogar seine Lippen waren blaß. Er starrte auf ihr blutgetränktes Hosenbein und auf dem Pfeil, der wie ein dunkler Zweig aus ihrem Bein zu sprießen schien. D'Aulon riß den nassen Stoff auf, um die Wunde zu untersuchen. Sanft betastete er das Fleisch rundherum und runzelte dabei konzentriert die Stirn. Rasch nahm er seinen Gürtel ab und schlang ihn um ihren Oberschenkel; dann zog er ihn fest zusammen, um den Blutstrom zu stillen.
Er beugte sich über sie. »Jehanne, ich muß den Pfeil herausziehen. Er steckt ziemlich tief, also wird es weh tun. Hast du gehört?«
Sie nickte. Seine Stimme war weit weg und nebelhaft wie alles andere.
»Hier.« Er zeigte ihr ein Stück Holz, das jemand von einem Reisigbündel abgebrochen hatte. »Nimm das zwischen die Zähne.«
Sie gehorchte. Die Wolken waren jetzt besser zu sehen, hoch oben in der Stille glitten sie dahin, in einem Reich, wo niemand kämpfte, und sie hatte das Gefühl, daß sie zu ihnen hinaufschweben könnte, höher und immer höher.
Ein fast unerträglicher Schmerz riß sie auf die Erde zurück. Sie schrie auf und biß heftig auf das Holzstück.
D'Aulons Faust umklammerte das grausige Geschoß. Es war fast acht Zoll lang, und weit über die Hälfte war blutverschmiert.
»Die Wunde ist sauber«, versicherte er ihr. »Die Pfeilspitze ist rund und ohne Widerhaken; deshalb hat sie kein Fleisch herausgerissen.«
Jehanne konnte ihre Übelkeit nicht länger unterdrücken. Sie rollte sich auf die Seite und übergab sich. Gleich fühlte sie sich ein bißchen besser.
Metz beugte sich über sie. »Wie geht es ihr?« fragte er d'Aulon.

»Sie hat viel Blut verloren. Wir müssen sie zur Abtei bringen.«
»Nein!« schrie sie, empört darüber, daß sie über sie redeten, als wäre sie nicht anwesend. »Ich werde nirgendwo hingehen. Ich werde hierbleiben und die Männer anspornen.«
»Jehanne, die Schlacht ist verloren«, sagte Poulengy leise. Er kauerte sich neben sie und strich ihr übers Haar. »An der Porte de St.-Denis haben sie auch nicht mehr Glück gehabt, und Trémoïlle wird die Sache jetzt ganz sicher abblasen.« Er zögerte und sah sich hilfesuchend um. »Die Leute haben Angst. Sie sehen, wie groß und dick diese Mauern sind, und sie wissen, daß sie hier nichts ausrichten können.«
Jehanne wurde ohnmächtig und kam erst wieder zu sich, als sie spürte, wie sie hochgehoben wurde. Als sie die Augen aufschlug, sah sie, daß Seigneur de Gaucourt sie wie ein Kind auf dem Arm trug. Sie versuchte sich zu sträuben, aber sie war zu schwach, um seinen starken Armen Widerstand zu leisten.
»Lassen Sie mich los«, flehte sie. »Sie begreifen es nicht – wir könnten die Stadt erobern. Wir könnten es.«
Sie schleppten sie aus dem Graben und legten sie in wartende Arme, die sie zu einem Wagen trugen. Beichtvater, Knappe und Page stiegen mit ihr hinauf, Metz und Poulengy saßen auf ihren Pferden, und zusammen brachten sie sie zurück in die heilige Abtei von St.-Denis.
Man brachte sie ins Gästehaus, und die Mönche riefen Frauen aus dem Dorf, die sie waschen sollten. Sie nahmen ihr die schmutzige, blutverschmierte Rüstung ab und dann ihr Hemd, das stank von Schweiß und dem roten Ausfluß des Krieges. Sie sprachen leise flüsternd miteinander, und Jehanne konnte kaum verstehen, was sie sagten. »So jung.« – »Was für eine Schande.« Das war fast alles.
Unvermittelt hatte sie das Gefühl, daß die Decke der Kammer sich auf sie herabsenkte. Sie hörte Stimmengewirr, und ein kühles feuchtes Tuch löschte das Feuer in ihrem Kopf. Eine Hand berührte liebevoll ihre Stirn, aber sie sah nicht, wem sie gehörte. Das Bild der Hand durchflutete sie, und sie stürzte zurück in das unterirdische Gewölbe, wo die Dunkelheit wartete wie ein Mutterleib.
Behaglich war es dort unten im Land der geisterhaften Erinnerungen

und halb ersehnten Möglichkeiten. Maman knetete mit kraftvollem Druck den Teig für einen Laib Brot, und ab und zu streute Jhanette ein wenig Mehl dazu. Am anderen Ende der Küche verbreitete der Herd einen frühen, eintönigen Frieden.

»Jehanne? Jehanne, bist du wach?« Sie fühlte ihr Bewußtsein in der Tiefe und erkannte, daß sie nicht hier unten bleiben durfte. Die Bilder wichen zurück und verschmolzen mit der Welt, die sie nun verlassen mußte.

Sie schlug die Augen auf. Es war Morgen, und Leute standen um sie herum. Sie blinzelte, bis der Nebel verwehte und sie deutlich sehen konnte.

Ihr Bruder Jehan saß auf einem Schemel an ihrem Bett. Er sah unrasiert und verhärmt aus und hatte graue Ringe unter den Augen. Sein Mund war traurig, aber in seinem Blick lag Erleichterung. Pierre kniete neben ihm, und sie sah, daß er ihre Hand hielt. Auch die andern waren da. D'Aulon saß Jehan gegenüber zu ihrer Rechten. Minguets Augen waren vom Weinen rot wie glühende Kohlen.

Der arme Junge, dachte sie. Er hatte oft mit Raymond gestritten, und jetzt plagte ihn sein Gewissen. »Raymond ist tot«, versuchte sie mühsam zu flüstern.

Jehan nickte. »Wir wissen es«, sagte er und strich sich eine Haarsträhne aus der Stirn. »Wir konnten seinen Leichnam bergen und herschaffen. Die Mönche haben ihn christlich begraben und ein Hochamt für ihn gesungen. Er war sehr, sehr tapfer, Jehanne. Er ist gut gestorben.«

Sie legte eine Hand aufs Gesicht und fing an zu schluchzen. Niemand sagte etwas. Ihre Beinwunde begann jäh zu schmerzen, und sie heulte bei der Erinnerung an das nächtliche Grauen.

Jehan nahm sie in die Arme. Die Umarmung war kraftvoll und tröstlich, und sie spürte seine treue Hingabe in den starken Muskeln. Aber es genügte nicht. Etwas war zu Ende, und weder die sanft wiegende Umarmung noch der Kuß, den er zärtlich auf ihren Scheitel drückte, konnte es zurückbringen.

Sie löste sich von ihm, und als sie sich zurücksinken ließ, begann der

Raum wieder zu schwanken. »Es tut mir leid, ich bin sehr müde.« Sie schniefte und wischte sich die Nase am Laken.
»Wir gehen jetzt, Jehanne. Ruh dich ein wenig aus.« Pasquerel stand am Fußende, hob väterlich die Hand und segnete sie.
D'Aulon küßte ihr die Hand und lächelte. Dann beugte er sich über sie und drückte ihr seine warmen Lippen auf die Wange. »Wir kommen zurück, wenn du wieder kräftiger bist«, flüsterte er. Er trat zurück, und Minguet kam scheu heran. Er berührte ihr Haar, beugte sich dann hastig über sie und küßte sie, und sie fühlte, wie ihr eine warme Träne auf die Stirn tropfte.
Alle kamen sie so zu ihr, einer nach dem andern. Metz war der letzte, und trotz ihrer Schmerzen wußte Jehanne, daß er mit Absicht bis zum Schluß gewartet hatte. Er nahm seine alte scherzhafte Haltung ein und küßte sie aufs Ohrläppchen. Sein Atem war warm an ihrer Haut, und dann hörte sie, wie er raunte: »Du weißt, daß du die einzige Frau bist, die ich jemals verehren werde.« Seine Stimme war so leise, daß sie fast glaubte, sie habe sich verhört.
Bestimmt. Denn jetzt stand er aufrecht vor ihr und grinste sie unbekümmert an. »Mach diesen Mönchen keine Schwierigkeiten, Jehanne«, sagte er mit gespielter Strenge. »Sie haben genug zu tun, ohne daß sie noch hinter dir herlaufen müssen.«
Sie lächelte ihm zu und griff nach seiner Hand. Er ließ es zu, und sie führte seine behaarten Fingerknöchel an ihre Lippen. »Gott behüte dich, lieber Metz.«
»Dich auch.« Er wandte sich rasch ab, und sie wußte, daß er nicht mehr grinste.
Jetzt waren alle fort, nur ihr Bruder Jehan nicht. Er saß noch auf der Bettkante und legte ihr jetzt leichthin den Arm um die Schultern. »Soll ich auch gehen, oder möchtest du lieber, daß ich bleibe, während du schläfst?«
»Was geht auf dem Schlachtfeld vor sich?«
»Als wir gingen, waren die Hauptleute in einer Beratung.«
»Ziehen sie schon ab?«
»Nein.«

Das bedeutete, daß es nicht zu Ende sein mußte. Es war noch Hoffnung! Man hatte sie zu früh weggetragen – wenn sie geblieben wäre, hätte sie die Armee zu einem neuen Angriff anspornen können. Sie hätten den Wassergraben vor Sonnenaufgang füllen und dann gegen die störrische Mauer anrennen können, bis sie eine Bresche hineingeschlagen hätten. Und es konnte immer noch geschehen. Sie brauchte nur zuvor ein wenig Ruhe.

Als die Dunkelheit des bevorstehenden Herbstes über das Dach der Abtei gekrochen kam, setzten sich die Mönche von St.-Denis zu ihrem kargen Abendmahl aus Fisch und hartem Brot. Wie es der Brauch war, begab der Abt sich zum Kopfende der langen Tafel, an der sie aßen, und nahm seinen Platz hinter einem niedrigen Lesepult ein. Er klappte die große, in Leder gebundene Heilige Schrift auf und begann die lateinischen Sätze vorzulesen.

Er war schon lange Abt an diesem heiligen Ort, und noch länger war er ein einfacher Mönch gewesen; einen großen Teil dessen, was er hier las, kannte er daher längst auswendig. Gleichwohl war es ihm eine Lust, mit seinen nachlassenden Augen Gottes Wort zu liebkosen, das hier Gestalt annahm in gleichmäßigen schwarzen Zeichen, deren säuberliche Ordnung mit fliegenden Engeln illuminiert war. Er liebte das zarte Pergament, das so seidig wie die Stimme Gottes war, eine Stimme, von der er sich durchweht fühlte, wenn er seinen Mitbrüdern und den Gästen, die auf ihren Pilgerfahrten häufig hier einkehrten, vorlas. Seine Brüder saßen mit hochgeschlagenen Kapuzen und in diszipliniertem Schweigen am Tisch und aßen, wie sie es jeden Abend taten, ihr Leben lang. Sie schauten einander nicht an, sie lächelten nicht, und sie stießen einander unter dem Tisch nicht an. Niemand ließ seine Blicke zur gewölbten Decke schweifen, niemand hörte nur mit halbem Ohr zu. Die Mönche wußten, was von ihnen erwartet wurde, und sie benahmen sich entsprechend. Bis die Jungfrau und ihre jungen Männer hier erschienen waren, hatte der Abt nicht gewußt, wie farblos seine Abendmahlzeiten gewesen waren.

Zu Beginn ihres Aufenthalts hatte Jehanne stets aufmerksam zugehört, wenn er vorlas, aber schon bald brachte einer der Jünglinge sie dazu, in ihrer Konzentration nachzulassen. Zwar wagte keiner der jungen Leute, laut zu sprechen, aber sie verständigten sich mit Gesten und Grimassen – und zwar in einem unglückseligen Ausmaß, was den Abt betraf, denn dieser merkte, daß seine eigene Sorgfalt nachließ. Aber rasch faßte er sich wieder und lächelte innerlich über die Arglosigkeit der Jugend.

Aber das war vor dem unglückseligen Versuch der Eroberung von Paris gewesen. Jetzt nahm Jehannes Gefolge die Mahlzeiten allein und früher als die Gastgeber ein. Der Tod des Knaben Raymond hatte sie alle altern lassen und gleichsam betäubt. Aber der Abt wußte, daß hinter der trauernden Zurückgezogenheit, in die sie sich geflüchtet hatten, mehr steckte als der Tod ihres Kameraden. Man erzählte, der König habe den Angriff auf die Hauptstadt abgeblasen; er sei zu dem Schluß gekommen, daß die Pariser allzu treue Anhänger Philippe de Bourgognes seien, als daß sie sich ihm unterwerfen würden. Wilde Gerüchte machten in der Stadt die Runde: Karl werde seiner Armee den Befehl geben, ganz Paris auszuplündern und niederzubrennen, wenn er es erobern sollte. Das Volk, rasend vor Angst, hatte gekämpft wie Dämonen aus der Hölle und den Angreifer zum Rückzug gezwungen.

Jehanne blieb die meiste Zeit in ihrer Kammer, und der Abt bekam sie kaum zu Gesicht. Er betete darum, daß sie diese schwarze Stimmung bald überwinden möge. Nachdem sie Gott so treu gedient hatte, verdiente sie auch seinen Frieden.

Jetzt war sie in der Basilika und türmte dort ihre Rüstung vor der Statue Unserer Lieben Frau auf, die links neben dem Hochaltar stand. Sie nahm Minguet den verbeulten Helm ab und rieb mit dem Daumen über einen Kratzer. Wie schön diese Rüstung einmal gewesen war, vor langer Zeit, als alles neu gewesen war. Noch immer sah sie ihr rundliches Spiegelbild in dem Helm, aber es war von einer Delle halbiert, und der narbige Veteran, der ihr da entgegenblickte, war ein Fremder.

Langsam kniete sie nieder. Sie bekreuzigte sich und streckte die Arme zu dem Kruzifix über dem Altar aus. Ihre Gefährten standen hinter ihr am Altargitter, versunken in den Tiefen ihrer eigenen Trostlosigkeit. Eine sonnenhelle Farbenflut leuchtete durch das runde Fenster im Querschiff: Inmitten der Tierkreiszeichen saß Gott, und sein Licht fiel auf sie wie ein Segen. Aber niemand bemerkte es.

Es war mißlungen. Obwohl Jehanne sich aus dem Bett geschleppt hatte und zu d'Alençon zurückgekehrt war, um ihn zu neuerlichem Kampf zu bereden, obwohl Montmercy, der vornehmste Baron von Paris, mit sechzig Rittern gekommen war, um Karls Armee zu verstärken – obwohl all das geschehen war, hatte der König Trémoïlle zum Schlachtfeld geschickt und den Befehl zum Rückzug geben lassen. Der Baron hatte protestiert, er habe sein Leben aufs Spiel gesetzt, als er seine Leute hergeführt habe, damit sie für den König kämpften. Andere hatten ihn unterstützt, Jehanne und d'Alençon am eifrigsten, und Trémoïlle hatte sich überstimmt gesehen und nachgegeben.

Sie waren immer noch dabeigewesen, die Kanone aufzustellen, als der junge René d'Anjou und der Comte de Clermont erschienen waren und ihnen mitgeteilt hatten, sie müßten den Angriff einstellen – der König habe es befohlen. Jehannes Wunde war wieder aufgegangen, aber sie hatte den Schmerz unterdrückt und war blutend zum Lager des Königs geritten, um ihn anzuflehen.

Er war nicht zu erweichen. Er zog sein Heer ab, und mehr noch: Er löste es auf. Er war des Krieges müde, klagte er, er wollte ihn friedlich beenden. Jehanne erinnerte ihn an seine Bestimmung, sie weinte – aber nichts konnte ihn umstimmen.

Das war das Ende. Karl hatte ihr befohlen, auf der Stelle nach St.-Denis zurückzukehren, und am nächsten Morgen sollte sie ihn nach Senlis begleiten.

D'Alençon hatte gemeint, sie solle den Mut nicht verlieren. Er beteuerte, daß es nicht ihre Schuld sei, wie manche im Heer murmelten. Aber als sie jetzt die Arme starr zum Himmel reckte, gab sie doch sich selbst die Schuld. Für ihre gottlosen Sünden bot sie dies als Buße dem Herrn Jhesus und allen Heiligen. Ihre Ratgeber hatten dem Angriff

auf Paris nicht zugestimmt, und sie hätte ihr Schweigen niemals ignorieren dürfen. Hatten sie ihr nicht von Anfang an gesagt, daß der Teufel durch ihre eigene Ungeduld zu ihr kommen werde? Seit Jehanne dreizehn war, bemühten sie sich, ihr das einzubleuen, und jetzt, in einer entscheidenden Stunde ihres Lebens, hatte sie es vergessen. Weil sie nicht bereit gewesen war zu warten, bis sie den König dazu überreden könnte, den Konflikt wieder aufzunehmen, war die Chance, Paris zu erobern, für immer dahin. Paris war verloren, und Raymond und all die andern waren umsonst gestorben. Alles nur ihretwegen.
Ihre Arme wurden steif und fingen an weh zu tun. Sie schaute empor zu dem, dessen Tod die Welt erlöst hatte, und das wunderschöne bunte Glas, dessen Bogen sich zum Deckengewölbe über dem Kruzifix hinaufstreckte, konnte sie nicht rühren.
Vergib mir, Herr. Ich habe versagt. Du hast mich ausgesandt, damit ich dieses Königreich für dich rette, und ich habe versagt. Niemals kann ich mir meine Schwäche und meine Dummheit verzeihen. Ich kann mir nicht verzeihen, daß ich mich einer so heiligen Mission unwürdig gezeigt habe. O Gott, dessen Liebe die Welt erretten wird, hilf mir, Buße zu tun.
Ihre Rüstung blinkte auf dem Boden in besiegter Pracht. Sie würde hier liegenbleiben; sie entsagte den Waffen, wie es die Ritter taten, wenn sie in der Schlacht verwundet wurden. Mit diesem Opfer dankten sie Gott dafür, daß er es ihnen erspart hatte, noch einen Tag zu kämpfen, und es bedeutete zudem, daß sie ihr Leben für dieses Königreich Frankreich in die Waagschale geworfen hatten. Die Rüstung war das Kostbarste, was sie je besessen hatte, aber sie würde sie nie wieder brauchen.

Kapitel 12

Unter Frauen

12. September bis 31. Dezember 1429

Das Licht der späten Nachmittagssonne lag wie eine luftige Decke auf den Steinfliesen der königlichen Kapelle und breitete sich stetig aus, bis Jehannes Knie warm wurden. Sie spürte die Wärme durch die Hose als ein heißes Kribbeln auf ihrem Schenkel, das nach und nach bis zu den Hüften heraufstieg. Ihre Gedanken aber waren bei dem Kruzifix über ihrem Kopf, und sie war sich ihres Körpers nicht bewußt. Wäre sie weniger versunken gewesen, hätte sie vielleicht das Lachen der Höflinge gehört, das durch das Fenster der Kapelle hereinwehte, denn unten im Hof hatte Karl einem fröhlich gestimmten Publikum einen Witz erzählt und stand jetzt beglückt im Mittelpunkt der Aufmerksamkeit. Er hatte es vorgezogen, nicht in St.-Denis zu verweilen, sondern war schon vor einer Woche hierher in sein Schloß nach Gien geeilt.

Gleich nach ihrer Niederlage war Jehannes Herz voller Wut auf Trémoïlle gewesen, weil sie ihn für einen Verräter hielt. Wäre er nicht zu Karl gelaufen und hätte ihm brühwarm von d'Alençons Brücke erzählt, hätten sie Paris immer noch einnehmen können, und die Verluste wären nicht umsonst gewesen. Eine Zeitlang hatte Jehanne an nichts anderes denken können, und nach dem Rückzug von Paris hegte sie bitteren Haß in ihrem Herzen.

Aber während sie anfangs wütend eingeschlafen und wütend wieder aufgewacht war, bemerkte sie in letzter Zeit, daß der Zorn ihr nicht mehr tagelang anhing, so sehr sie sich auch bemühte, ihn am Leben zu erhalten. Erst heute morgen war ihr klargeworden, daß sie aufhören mußte, gegen Dinge zu kämpfen, die sie nicht ändern konnte. Raymond war tot. Paris war verloren. Die Minister des Königs verabscheuten sie. Das waren unentrinnbare Tatsachen, und sie konnte nichts daran ändern. Sie konnte lediglich den Willen Gottes akzeptieren. Das wußte sie jetzt.

In den ersten paar Tagen nach Paris hatte sie ihre Ratgeber unablässig mit Fragen bestürmt, aber sie waren allesamt unbeantwortet geblieben. Sie war in einem Strudel der Verzweiflung versunken und hatte sich endlose Selbstvorwürfe gemacht.

Aber jetzt war sie erschöpft von all den Fragen und von der Finsternis, in der sie versunken war. Sie fühlte sich leer, ausgelaugt und ausgepumpt, und verständnislose Reue keimte in ihr auf. Sie hob den Blick zu dem kleinen Holzkreuz. Hilf mir, Herr, betete sie. Ich habe nichts mehr außer Dir.

Ein Luftzug vom Fenster wehte durch ihr Haar. Ihre Umgebung wurde weicher und füllte sich mit dem Duft der Liebe, so süß wie Honig, und sofort wußte sie, daß die Ratgeber zurückgekehrt waren. Zerknirschung ließ eine Träne zu ihrem Mundwinkel herablaufen.

Warum habt Ihr mich verlassen?

Wir haben dich nicht verlassen. Wir waren die ganze Zeit bei dir.

Und warum habt Ihr dann nicht mit mir gesprochen? Ich brauchte Euch, Ihr hättet mir sagen müssen, was ich tun sollte.

Wir haben mit dir gesprochen, aber du hast uns nicht gehört. Du hast es vorgezogen, uns nicht zu hören.

Aber ich wollte Euch doch hören! Ich habe auf den Klang Eurer Stimmen gelauscht, so gut ich konnte, aber Ihr wart nicht da.

Du hast auf die Stimme deiner eigenen Wünsche gelauscht, nicht auf uns. Du warst so sehr darin vertieft, Jehannes Willen zu folgen, daß du den Willen Gottes nicht mehr beachtet hast, und so konntest du auch nicht hören, was wir sagten.

Die Scham kroch über ihr Gesicht bis hinauf zu den Haarwurzeln. Die Macht, die sie so lange getragen hatte, schrumpfte reumütig zusammen, und sie war so klein wie das dreizehnjährige Mädchen, das sie an jenem längst vergangenen Sommertag gewesen war.

Verzeiht mir. Ich bin ja nichts ohne Euch. Ich war Eures Vertrauens nicht würdig. Ich habe Euch enttäuscht – und Gott.

Es gibt nichts zu verzeihen. Es ist menschlich, Fehler zu begehen, Jehanne – nur Gott irrt nicht, und er hat keinen Fehler begangen, als er dich für sein Werk auserkor. Du aber hast deine Sache gut gemacht, und du darfst dich jetzt nicht tadeln, wie du es tust.

Die Überzeugung, daß sie Margarethes Sanftmut nicht verdiente, ließ ihre Augen überströmen, und warme Tropfen fielen auf ihre gefalteten Hände.

Und Paris? Gott hat mir befohlen, es den Engländern für meinen König abzunehmen, und ich habe versagt.

Wo ist dein Glaube, Kind? Glaubst du denn nicht mehr an Gottes Versprechen, der doch gesagt hat, die Stadt wird sich vor Karl verneigen?

Aber Karl hat sich abgewandt. Er ist zu dem Schluß gekommen, daß es zuviel der Mühe ist, beklagte sie sich verbittert.

Gleichwohl wird ihm die Stadt zufallen, wie wir es gesagt haben. Sie wird ihm gehören, wenn Gott den Zeitpunkt für gekommen erachtet, und unter den Umständen, die er dafür auserwählt. Maße dir nicht an, die Wege des himmlischen Königs zu beurteilen, Jehanne, denn wenn du es tust, so folgst du der Dunkelheit deiner eigenen Wünsche, nicht aber seinem Willen.

Sie ließ diesen Tadel eine Weile in sich wirken, und wieder bebte sie vor Bußfertigkeit. Katharina hatte recht mit ihrem Tadel. So gern sie Karl oder Trémoïlle die Schuld geben wollte, sie mußte doch zugeben, daß sie versucht hatte, Paris ohne die Billigung ihrer Ratgeber zu erobern, und allein in diese Schlacht gezogen war. Und dabei hatte sie die tapferen Männer des Königs in den Tod geführt.

Was muß ich jetzt tun? Wie kann ich für meine Sünden büßen?

Gott will keine Buße von dir, denn du hast nicht gesündigt. Er will nur, daß du aus deinen Fehlern lernst und daß du deinen Glauben erneuerst. Er liebt dich mehr, als du es dir vorstellen kannst. Er ist niemals so fern von dir, wie du es zuweilen glaubst. Aus diesem Grund schickt er uns, damit wir dich führen, und als seine Boten sind wir immer bei dir. Wenn du nicht in die Irre gehen willst, mußt du dein Herz und deine Wünsche zum Schweigen bringen, dann wirst du uns immer hören können.

Das verstehe ich. Aber bitte sagt mir, was will Gott jetzt von mir? Soll ich meine Rolle in diesem Krieg weiterspielen?

Folge du nur treu den Befehlen, die dein König dir gibt, den Gott zum Herrn über dich gesetzt hat.
Ich habe ihn gebeten, mich zu meinen Eltern heimkehren zu lassen, aber er hat es abgelehnt. Er sagt, er will mich in seiner Nähe haben. Aber ich verstehe nicht, was er von mir will, denn da er mich nun einmal nicht kämpfen lassen will, bin ich hier nutzlos.
Gehorche ihm. Karl weiß es nicht, aber Gott braucht dich noch. Und wenn Gott es bestimmt, wirst du wieder für Frankreich in den Krieg ziehen.
Wann wird das sein?
Wie wir sagten: Wenn Gott es bestimmt. Du wirst es wissen, wenn der Augenblick da ist. Und bis dahin läutere dich, indem du deine Wünsche mißachtest. Behalte den Glauben an deinen König und richte nicht über ihn, weil du ihn für schwach hältst, denn auf seine Weise ist er ebenso von Gott geleitet, wie du es bist.
Er ist umgeben von bösen Männern, die mich hassen, sagte sie grimmig. Sie hassen mich, und sie würden mich töten, wenn sie könnten.
Du darfst sie aber nicht gleichfalls hassen, denn wenn du es tust, verlierst du Gott aus den Augen, der in jedem ist. Wir haben dir schon einmal gesagt, daß sie nicht böse sind. Eher sind sie sich ihrer göttlichen Herkunft nicht bewußt, und daher sind sie blind für Gottes Liebe. Sie haben seine Liebe nie gespürt, und daher kann ihnen diese Leere als Entschuldigung dienen. Aber du hast sie erlebt. Und weil du sie erlebt hast, darfst du sie nicht vergessen.
Pater Pasquerel hat gesagt, Euer Schweigen ist eine Prüfung von Gott. Ist das wahr?
Jemand räusperte sich, und sie fuhr erschrocken herum.
»Es tut mir leid, daß ich dich beim Gebet störe, Jehanne«, sagte d'Aulon, »aber ich habe geklopft, und du hast mich nicht gehört. Ich fürchte, ich habe schlechte Nachrichten, die nicht warten können.«
»Was gibt es denn?« fragte sie, und plötzlich erfüllte sie namenlose Angst.
Er schaute zu den sommerlichen Hügeln hinaus und antwortete nicht gleich. »Bedford hat St.-Denis zurückerobert«, sagte er dann. »Er bestraft die Leute dort, weil sie sich Karl zugewendet haben, indem er sie ein sogenanntes ›Bußgeld‹ zahlen läßt. Und er hat seinen Soldaten

erlaubt, das Kloster zu plündern.« D'Aulon runzelte verbittert die Stirn. »Sie haben den goldenen und silbernen Zierat von den Grabstätten unserer Könige geraubt und die Mönche gezwungen, alles Geld herauszugeben, das sie hatten. Der Abt weigerte sich zunächst, aber sie drohten damit, ihm das Kloster über dem Kopf anzuzünden, mit allen Mönchen darin. Da blieb ihm natürlich nichts anderes übrig, als zu tun, was von ihm verlangt wurde.«

Jehanne starrte ihn wortlos an. Die *goddons* waren Tiere, schlimmer als die Verbrecher, wenn sie diesen heiligen Berg schändeten! Gewiß würde Gott sie strafen für ihre Blasphemie. Nur Katharinas Versicherung, daß Gott sie immer noch aus Frankreich vertreiben wollte, machte ihr Mut.

»Es gibt leider noch mehr«, bekannte d'Aulon und mied ihren Blick. »Sie haben deine Rüstung weggenommen. Der Bote, der dem König die Nachricht brachte, sagt, die *goddons* haben sie zu Bedford gebracht, als Zeichen deiner Niederlage.« Er lächelte betrübt. »Es tut mir leid, Jehanne.«

»Meine Rüstung? Das kann nicht sein! Ich habe sie Gott geopfert, weil er mich in der Schlacht verschont hat!«

»Das weiß ich, ich war ja da.« Seine Stimme klang leise und sehr sanft. »Sie haben sie weggenommen.«

Sie schaute ihn an. Er hatte den Blick zu Boden gerichtet und scharrte nervös mit den Füßen. »Was gibt es außerdem?«

Er antwortete nicht.

»Was noch?«

»Der König löst die Armee endgültig auf. Er sagt, er kann den Sold nicht länger aufbringen.« Er zögerte und sah sie an, als wollte er sagen: »Und es gibt immer noch mehr, was dir nicht gefallen wird.«

»Und?«

»Der Herzog von Alençon ist jetzt bei Karl in dessen Privatgemächern. Ich habe sie durch die Tür sprechen hören«, gab er betreten zu. »Der Herzog bat ihn um Erlaubnis, heimzukehren. Er will selbst ein Heer aufstellen, um sein Lehen zurückzuholen, und der König ist einverstanden.« Der Knappe holte tief Luft, um sich zu stählen. »Der

Herzog bat um die Erlaubnis, dich mitzunehmen, aber der König hat abgelehnt. Als ich ging, stritten sie noch.«

Jehanne stürzte an ihm vorbei. D'Aulon wußte, wohin sie wollte.

Sie stürmte durch die Tür und sah, daß d'Alençon noch da war. Er stand am Fenster und schaute hinaus, und als sie hereinkam, drehte er sich um. Auch der König stand; er hatte d'Alençon den Rücken zugewandt. Zwietracht hing in der Luft wie eine blanke Klinge, die niemand zu benutzen wagte.

Der König schaute sie stirnrunzelnd an. Sie trat zu ihm und fiel auf die Knie. »Sire, ist es wahr? Jehan geht fort?« Ihre Stimme brach, und der Blick, den sie d'Alençon zuwarf, flehte ihn an, es zu leugnen.

Seine schmalen braunen Augen musterten sie, als versuche er in ihrer Seele zu lesen. »Ja.«

»Bitte, Sire, dann lassen Sie mich mit ihm gehen!«

Er wandte sich ab, als er ihre Tränen sah. »Das kann ich nicht erlauben, Jehanne. Der Herzog hat Pflichten, um die er sich kümmern muß.« Er drehte sich wieder um und sah sie an. »Es wird Zeit, daß er wieder zu seiner Gemahlin zurückkehrt«, fügte er vielsagend hinzu.

»Aber Sire …«

»Unsere Entscheidung ist gefallen«, stellte er mit kühler Endgültigkeit fest. »Jehan kehrt auf seine Güter zurück, und du bleibst hier bei Hofe.«

»Aber warum?« fragte sie flehentlich. In ihrem Kopf drehte sich alles, und ihr Herz stürzte in finstere Tiefen, während sie sich bemühte, alles zu verstehen. »Sie brauchen mich doch nicht mehr, Herr – jetzt, da Sie die Armee aufgelöst haben! Ich kann Ihnen bei Hofe nicht mehr von Nutzen sein.«

»Ich entscheide, wo du gebraucht wirst!« Karl wurde allmählich zornig. »Und ich kann es nicht gebrauchen, daß du überall im Land herumläufst. Du bleibst am Hof. Ich will darüber nicht weiter sprechen.«

Er stolzierte zur Tür und rauschte hinaus, daß die draußen wartende Garde auseinanderstob.

Jetzt waren ihre Tränen überhaupt nicht mehr zu halten, und ihre

Schultern bebten. Sie fühlte, wie d'Alençon ihr übers Haar strich. Er kniete neben ihr, und sie warf ihm die Arme um den Hals.
»Er darf Sie nicht wegschicken!« weinte sie. »Sie sind mein einziger Freund! Oh, Jehan, was werde ich nur ohne Sie anfangen?«
»Aber ich muß gehen.« Er drückte ihr einen Kuß auf den Scheitel. »Ich habe keine Wahl, ich muß ihm ja gehorchen. Und du auch. Er ist unser Herr. Und er hat recht, wenn er sagt, daß ich zu Hause Aufgaben zu erfüllen habe.«
Sie stand auf. »Warum tut er das?«
»Trémoïlle«, war seine schlichte Antwort. »Und der Erzbischof. Ich kann es nicht beweisen, aber der Schluß liegt nahe. Sie werden Karl irgendwie eingeredet haben, daß wir beide die Armee noch einmal zusammenscharen und versuchen könnten, Paris einzunehmen, wenn er uns nicht voneinander trennt.« Er lächelte. »Sie haben Angst vor dir – das weißt du doch, oder?«
Er nahm ihre Hände und küßte sie. Sein Blick war todernst. »Du darfst sie nicht falsch einschätzen, Jehanne. Sie würden vor nichts zurückschrecken, wenn es darum geht, den König zu beherrschen. Sei sehr vorsichtig im Umgang mit ihnen, und tu nichts, was sie weiter erzürnen könnte. Ich habe manchmal ziemliche Angst um dich, also versprich mir, daß du vorsichtig sein wirst.«
»Ich brauche gar nichts zu tun«, sagte sie grollend. »Die Tatsache, daß es mich gibt, genügt ihnen.« Sie hob ihm ihr Gesicht entgegen. »Werden Sie für mich beten?«
Er legte ihr die Hand auf die tränennasse Wange. »Jeden Tag.«
»Wann müssen Sie fort?«
Er konnte sie nicht anschauen. »Heute. Sofort, genau gesagt. Wenn du nicht hergekommen wärst, hätte ich dich jetzt gesucht, um mich von dir zu verabschieden.«
»Ich will nicht, daß Sie fortgehen«, flüsterte sie. »Ich weiß, daß es sein muß, aber ich will nicht, daß Sie fortgehen.«
»Glaube mir, ich würde lieber bleiben.« Er lächelte. »Aber meine oberste Verpflichtung gilt meinem Lehen. Die Armagnacs hatten es befreit, aber in den letzten Tagen wurde es von den Engländern über-

rannt. Die Menschen dort haben sehr unter ihnen leiden müssen, Jehanne, und nicht nur in letzter Zeit, sondern schon seit einer ganzen Weile. Ich muß ihnen helfen.«

»Ich weiß.«

Sie sah, daß er erschauerte. Wieder umarmte er sie, sehr fest diesmal, und ihre Finger schlossen sich um den Saum seines Hemdes. »Ich schicke dir von Zeit zu Zeit Nachricht«, murmelte er in ihr Haar. »Und du wirst das gleiche tun, ja?«

Sie nickte und schob ihn dann sanft von sich.

»Ich muß jetzt gehen. Meine Eskorte wartet.«

»Sie werden vorsichtig sein, ja? Auf der Straße und in der Schlacht.«

Er lächelte. »Ja. Ich werde nicht so gefährlich leben, wie du es immer getan hast.«

Sie lachten beide, aber ohne echte Heiterkeit. Er nahm ihre Hand und küßte sie. Dann sah er den Ring; er rieb ihn nachdenklich und sagte: »Danach wollte ich dich immer fragen: Woher kommt dieser Ring?«

»Mein Vater hat ihn mir geschenkt, vor langer Zeit. Er hat ihn nach einer Ernte gekauft, auf dem Markt in Neufchâteau.«

D'Alençon nickte. »Ich habe mich immer gefragt, weshalb du ihn manchmal anschaust, bevor du in die Schlacht ziehst.«

Sie rieb sich die Augen und kämpfte gegen die Tränen. »Er erinnert mich daran, woher ich komme. Er erinnert mich an Zuhause.«

»Geh nach Hause, wenn du kannst, Jehanne.« Das Gesicht des Herzogs war ernst. »Wenn Karl dich nicht gehen lassen will, nimm deine Brüder und verschwinde im Schutz der dunklen Nacht. Ich bezweifle, daß der König sich die Mühe machen wird, dich verfolgen zu lassen. Du mußt weg von ihm, sobald du kannst.«

Sie seufzte. »Ich kann nicht fort, und zwar nicht nur wegen des Königs. Meine Ratgeber haben mir gesagt, daß Gott noch Arbeit für mich hat. Gegen Karl könnte ich ungehorsam sein, aber an Gott bin ich durch die Liebe gebunden. Verstehen Sie das?«

Er antwortete nicht gleich, sondern schaute sie nur an, und ihr war, als erschauere er schon wieder. »Ja, das verstehe ich«, sagte er dann.

Es gab nichts mehr hinzuzufügen, und sie wußten es beide. Er legte ihr eine warme Hand an die Wange. »Gott schütze dich, Jehanne.«
»Sie auch.« Fast wäre sie an diesen Worten erstickt.
Er wandte sich ab und ging zur Tür. Dort zögerte er und drehte sich noch einmal nach ihr um. »Leb wohl.«
Dann war er fort. Seine Stiefel klapperten auf den Fliesen, und dann erkannte sie an den veränderten Schritten, daß er das Ende des Ganges erreicht hatte und die Treppe hinunterging.

Als der Morgen dämmerte, betraten die Damen von Bourges nach und nach die Frauenabteilung des öffentlichen Badehauses. Ihre Töchter und ihre alten Mütter brachten sie mit. Ein paar Schritte hinter ihnen kamen Hausmägde mit Bündeln von frischen Laken und Kleidern. Es war zwar noch früh, aber die großen Zuber standen schon für sie bereit, und während die Damen sich entkleideten, waren die Badehausdienerinnen dabei, den kochendheißen Inhalt der letzten Eimer in die Zuber zu gießen. Ihre Begrüßungen wehten zur Decke wie die dicken Dampfwolken, die die weiß schimmernden, runden Körper teilweise verhüllten. Das Geschnatter weiblicher Stimmen einer Klatschrunde im Nebeldampf hatte mit dem Krieg nichts zu tun.
Als ein Kind nicht ins heiße Wasser wollte, schlug eine Mutterhand klatschend auf das kleine Hinterteil. Das Jammern des Mädchens zerfloß zu einem resignierten Winseln, das mit dem Dampf in die Höhe schwebte und verhallte. Die Frauen ließen sich in schläfrigem Behagen in ihren Zubern nieder; immer mehr kamen, zu zweit und zu dritt, und suchten die Wände nach leeren Haken ab, an die sie ihre Sachen hängen konnten.
Madame d'Auvergne packte plötzlich ihre Zubergenossin beim Arm und streckte aufgeregt tuschelnd den Zeigefinger aus. »Héloise, schau! Die Jungfrau!«
Eine würdevolle Frau von fast vierzig Jahren hatte die geflieste Schwelle übertreten. Sie glitt zu einer Bank an der Wand und be-

grüßte mit lässigem Kopfnicken ihre neidischen Nachbarinnen und Verwandten.

»Guten Morgen, Joyette. Pauline.« Das Lächeln, das sie ihnen schenkte, troff von Selbstgefälligkeit und der Süße des Triumphs.

Aber die Frauen, die sie so gut kannte, schauten an ihr vorbei auf die junge Frau, die so selbstbewußt hinter ihrer matronenhaften Freundin herging. Sie war gekleidet wie der Sohn eines Kaufmanns: Ihre perlgraue Tunika hatte Puffärmel, die zu den Handgelenken hin anmutig schmaler wurden. Die Damen sahen, wie die Beinmuskeln sich unter der graubraunen Hose wölbten, die bis auf die überraschend kleinen, in Pantoffeln steckenden Füße hinabreichte.

Sie nahm die Kappe ab, die auf dem kurzgeschnitten Haar des Hinterkopfes saß, und nickte den gaffenden Frauen zu; dann winkte sie kurz und nervös. »Guten Morgen.« Lächelnd schaute sie eine Großmutter an. »Guten Morgen.«

Schüchternes Gemurmel erwiderte ihren Gruß. Aber die Frauen wandten sich nicht scheu zu ihrem Bad zurück: Ihre Neugier war größer als alle Ehrfurcht, die sie wegen Jehannes Ruhm vielleicht empfanden. Siebenundzwanzig Augenpaare glotzten die lebende Legende an und wandten sich nicht ab, als Jehanne sich zur Wand drehte und anfing, sich auszuziehen.

Sie spürte ihre geballte Neugier auf ihrem bloßen Rücken, und ihre Finger zitterten, als sie die Schnüre löste, die ihre Hose mit dem Wams verbanden. Auch als das Geplauder wieder anhob, spürte sie die verstohlene Musterung weiterhin. Für diese Frauen war sie l'Angelique, und es machte sie verlegen, daß man so von ihr dachte. Sie suchten nach einer Heiligen, die bei Gott für sie eintrat. Nun, in ihr würden sie keine finden. Sie wollte nur in Frieden ein Bad nehmen, weiter nichts.

Jehannes Fuß zuckte zurück, als sie mit dem brühheißen Wasser in Berührung kam, und sie verzog das Gesicht, weil es so köstlich brannte. Langsam ließ sie sich in das Wasser sinken und schnappte nach Luft, so heiß war es. Aber es war wunderbar. Der Badezuber war so groß, daß sie die Beine ausstrecken konnte, ohne Madame La

Touroulde, ihre Gastgeberin hier in Bourges, zu stören; also ließ sie sich noch ein bißchen tiefer sinken, bis nur noch ihr Kopf aus dem Wasser ragte. Sie lehnte ihn an den Wannenrand, und während der Dampf ihr Gesicht befeuchtete, starrte sie hinauf zur regenfleckigen Decke.

Ihre Begleiterin plapperte wichtigtuerisch und sorgte dafür, daß alle hören konnten, wie vertraulich sie mit Jehanne redete. Dabei merkte sie nicht, daß ihr berühmter Gast kein Wort von dem hörte, was sie da sagte. Tatsächlich aber war Jehanne weit weg, auch wenn sie gelegentlich »Ach, wirklich?« und »ja, ja« und vor allem »hm« sagte.

Dabei hegte Jehanne keinen Groll gegen Marguerite la Touroulde. Tatsächlich war sie dankbar dafür, daß die Gemahlin des Königlichen Steuereinnehmers sie vor der starren Förmlichkeit des Hofes gerettet hatte. Dort war sie eine Absonderlichkeit, die knabenhafte Befreierin von Orléans, die nicht gewußt hatte, wie man sich bei Tisch benahm, bevor sie nach Chinon gekommen war. Zu Hause hatte man sich meist mit den Fingern beholfen, und die Soldaten im Felde aßen, was sie hatten und wie sie es in den Mund bekommen konnten. Es war ein Schock gewesen, zu erfahren, daß die Höhergeborenen gewohnt waren, sich beim Essen an eine ritualistische Etikette zu halten.

Man schlürfte die Suppe nicht geradewegs aus dem Teller, sondern man benutzte einen Löffel. Es ziemte sich nicht, große Brocken vom Brot oder Fleisch abzubrechen und diesen Brocken dann mit den Zähnen zu zerreißen, sondern man schnitt sich mit dem Messer kleine Happen ab und kaute sie dann zierlich. In den Monaten im Felde hatte Jehanne die Lektionen vergessen, die sie in Chinon gelernt hatte, und auch wenn sie sich rasch wieder an ihre Manieren erinnerte, durchfuhr es sie jedesmal wieder schmerzhaft, wenn sie sich wachsamer, wortloser Begutachtung ausgesetzt sah.

Die Folge war, daß ihr Unbehagen sie noch eher dazu neigen ließ, gesellschaftliche *faux pas* zu begehen. Bei Spielen und Unterhaltungsveranstaltungen schien sie oft im falschen Augenblick zu lachen oder zu reden, und das Mißbehagen der Höflinge über ihre zahlreichen Fehler verstärkte in ihr nur noch das Gefühl der Einsamkeit.

Die Männer in ihrem Gefolge hatten wenigstens einander, und zwischen ihnen gab es das Band männlicher Kriegskameradschaft. Aber ohne die Armee, ohne ein Ziel und ohne Beschäftigung außer Falkenjagd und anderen sinnlosen Zerstreuungen hatte Jehanne keinen freundschaftlichen Widerpart bei Hofe. In den drei Wochen seit Paris war sie täglich von morgens bis abends unter Menschen gewesen und doch so einsam wie noch nie in ihrem Leben.
Und dann hatte wunderbarerweise Madame la Touroulde den König um die Erlaubnis gebeten, sie nach Bourges in die Stadt zu holen. Jehanne war sofort einverstanden gewesen. Sie mußte weg vom steifen Leben auf dem Schloß und brauchte dringend eine Erholung von den Menschen in ihrer nächsten Umgebung. Sie versuchten zwar, sie zum Bleiben zu überreden, aber sie ließ sich nicht umstimmen. Karl äußerte sein Bedauern über ihren Fortgang, aber sie kannte ihn inzwischen gut genug, um zu wissen, daß er in Wirklichkeit erleichtert war. Wenn sie fort wäre, brauchte er sich niemanden mehr anzuhören, der ihn ständig bedrängte, eine neue Armee aufzustellen. Der Krieg war weit entfernt von seinem Croquet-Rasen, und so hatte er es gern.
Also packte Jehanne ihre Tasche und zog nach Bourges. Das Leben in der Stadt war anders, aber es brachte eigene Herausforderungen mit sich. Hier feierte man sie in einer ständigen Folge von Festen und Banketten, und selten war sie allein, selbst nachts nicht, denn da teilte sie das Bett mit ihrer Gastgeberin, wie es der Brauch war. Einflußreiche Leute, Ratsherren und die Gemahlinnen wohlhabender Kaufleute wetteiferten miteinander um ihre Zeit, und alle begrüßten sie wie eine liebe Freundin. Sie fragten sie nach der Belagerung von Orléans, und so oft sah sie sich gezwungen, von der Eroberung der Tourelles zu berichten, daß sie diese Berichte schließlich wie mechanisch abspulte, so daß sie zumindest in ihren Ohren monoton klangen. So machte sie sich die Fähigkeit zunutze, die sie beherrschte, seit die Ratgeber das erste Mal mit ihr gesprochen hatten: ein äußerliches Leben zu führen, während sie gleichzeitig an einem innerlichen Kern festhielt. Da gab es die Jehanne, die sich von Karls Gold neue Kleider und ein weiteres prächtiges Pferd kaufte und die die Armen und Kranken großzügig

beschenkte, und jene andere, die an einen Ort reiste, zu dem ihr niemand folgen konnte.
Und immer fühlte sie ihre Ratgeber bei sich. Sie kamen bald nachdem Jehanne ihre Gebete gesprochen hatte, und nie brauchte sie nach ihnen zu rufen. Das Licht, das durch die schönen Fenster hereinfiel, wurde zu einem unwirklichen Glanz und spottete der ärmlichen Hand des Mannes, der die Kathedrale erbaut hatte, und wenn es sie umwirbelte und ihren Geist läuterte, sah sie sich unausweichlich überwältigt von dieser unerschütterlichen, immerwährenden Liebe. Sie waren ihre ältesten und besten Freunde. Immer wenn sie sich daran erinnerte, war es wie beim ersten Mal. Niemand, nicht einmal ihr geliebter Herzog, konnte ihre Seele anrühren, wie sie es taten, und im Gegensatz dazu erschien ihr die menschliche Treue mit ihrer zerbrechlichen Beständigkeit und begrenzten Reichweite so bedeutungslos wie das geschäftige Rackern von Ameisen. Auf ihre sorgenvollen Fragen nach ihrer Bestimmung antworteten sie mit unwandelbarer Geduld, daß sie sich in allen Dingen dem Willen Gottes fügen solle, und sei es noch so schwierig. Und wenn sie mit ihr sprachen, entführte ihre Engelsmusik Jehanne aus ihrer Umgebung, die Zeit stand still, und sie entschwebte in das Land, in dem es nur Gewißheit gab.
Dann stand ihre Gastgeberin neben ihr und flüsterte, sie müßten nun rasch nach Hause, jederzeit sei die Gemahlin des Bürgermeisters zu erwarten, und Jehanne wolle sie doch sicher nicht enttäuschen.
Marguerite la Touroulde redete von der anderen Seite des Badezubers auf sie ein, aber Jehanne hatte nicht gehört, was sie gesagt hatte.
»Wie bitte?«
»Ich habe mich gefragt, was du da für eine Narbe unterhalb der Schulter hast, meine liebe Jehanne.« Die ältere Frau wußte sehr wohl, was für eine Narbe das war, aber dennoch stellte sie diese Frage mit unnötig lauter Stimme, und liebreizend lächelnd schaute sie in die Runde, um sich zu vergewissern, daß sie jedermanns Aufmerksamkeit hatte.
»Sie stammt von einem Pfeil, der mich bei Orléans getroffen hat«, antwortete Jehanne und legte, ohne es zu merken, einen Finger an die

blaßrosafarbene, unregelmäßig gezackte Kerbe. Sie sah die Tourelles vor sich, und einen Augenblick lang hörte sie die Schmerzensschreie der Kämpfenden.
»Oh, du meine Güte, das muß aber sehr weh getan haben!« rief Marguerite aus, ein Inbild übertriebener Bestürzung.
Jehanne lächelte wider Willen. »Ein bißchen«, gab sie zu. Manchmal tat es immer noch weh, wenn ein Wetterumschwung bevorstand.
Die anderen Frauen hatten aufgehört zu schwatzen und spitzten die Ohren, ohne indessen so weit zu gehen, daß sie sich wirklich um sie herumdrängten.
»Aber ich wußte, daß Gott bei mir war, so daß ich nicht sterben würde.« Sie schaute die Frauen nicht an – nur Madame la Touroulde. Trotzdem wußte sie, daß sie ihre Worte verschlangen, und plötzlich merkte sie, daß ihr diese Aufmerksamkeit willkommen war. Sie war ja wirklich tapfer gewesen vor Orléans.
»Ich weiß, warum du so furchtlos an solchen Angriffen teilnimmst«, sagte Marguerite halb im Scherz. »Weil du weißt, daß du nicht sterben wirst.«
»Das ist nicht wahr«, widersprach Jehanne mit ernstem Stirnrunzeln. »In der Schlacht bin ich dessen nicht sicherer als jeder andere Soldat.« Sie hob den linken Fuß aus dem Wasser und deutete auf die Kerbe in der tropfenden, vom Wasser faltig geschrumpften Sohle. »Sehen Sie das? Da bin ich vor Orléans in eine *chausse-trappe* getreten. Ich wußte nicht, daß sie dort lag, weil Gott es mir nicht gesagt hatte.«
Die Frauen waren kühner geworden; vier waren aus ihren Zubern gestiegen und kamen heran. Sie betrachtete die neugierigen, nassen Gesichter. »Eine andere habe ich hier am Oberschenkel« – sie tauchte eine Hand ins Wasser und berührte ihr Bein –, »und auch an diesem Tag wußte ich nicht, daß ich verwundet werden würde. Sie sagte nicht »vor Paris«, denn es war nicht nötig, die Frauen oder sich selbst an den fehlgeschlagenen Versuch zur Eroberung der Hauptstadt zu erinnern. Sie lächelte beinahe entschuldigend. »Wann ich sterben werde, weiß ich ebensowenig wie eine von euch. Das liegt allein in Gottes Hand.«

»Wir beten für dich, Jehanne«, sagte eine alte Frau, die mit ihren hängenden Brüsten viele Kinder gestillt hatte.
Ein Gemurmel weiblicher Zustimmung erhob sich, und als sie zu ihnen auflächelte, fühlte sie jene zaghafte Zuneigung, die sie doch alle nicht zu äußern wagten. Sie schämte sich ein wenig, weil sie diese Frauen anfangs von hier fortgewünscht hatte.
Es waren gute und einfache Frauen, deren Leben durch die alltägliche Arbeit, durch die Kirche und durch ihren vertrauten gesellschaftlichem Umgang bestimmt wurde. Sie waren nicht wie die kultivierten Damen bei Hofe, in deren Ansehen sie nach Paris so tief gesunken war, ganz zu Unrecht. Die Frauen, die sich jetzt so unbekümmert um ihren Badezuber versammelten, lebten nicht für die allerneueste Unterhaltung oder für den nächsten Stern, der aufging, um sie von ihrem öden, leeren Leben abzulenken. Mit unverhoffter Klarheit sah Jehanne, daß sie für diese Frauen gekämpft hatte, denn sie und Tausende wie sie waren das wirkliche Frankreich. Nicht die in Seide gekleideten Damen und Herren in Karls Umgebung und auf eine geheimnisvolle Weise, die sie nur mit Mühe verstand, auch nicht der König. Sie spürte, daß sein Vertrauen in sie, das nie besonders stark gewesen war, sich taumelnd von ihr fort und zu dem schwarzen Raunen seiner Minister bewegte. Und was die Höflinge anging, so glaubten sie in ihrer selbstgefälligen Skepsis sowieso nichts.
Aber diese Frauen glaubten ihr. Sie wußten, daß Jehanne von Gott kam. Sie fühlte sich überwältigt von einer Woge der Zuneigung, und stumm bat sie sie um Vergebung dafür, daß sie diesen Glauben zunächst mißachtet hatte. Sie nahm sich vor, sie nie wieder als lästig zu empfinden.
»Ich danke euch allen«, sagte sie. »Bitte betet auch für das Königreich und für ganz Frankreich.«
»Das tun wir, Jehanne«, versprach ein Mädchen von etwa dreizehn Jahren.
Jemand legte ihr beruhigend eine Hand auf die Schulter, und als Jehanne aufblickte, sah sie eine junge Mutter mit zwei kleinen Kindern, die auf sie herablächelte. Sie legte ihre eigene Hand auf die Hand der

Frau und drückte sie dankbar. Auf eine höchst überraschende Weise und an diesem gewöhnlichsten aller Orte hatte Gott ihr gezeigt, daß sie doch nicht allein war.

Schnell schritt er über den fast menschenleeren Marktplatz dahin, und ein jäher Windstoß fuhr dem Mönch kalt ins Gesicht, so daß er den Mantel fester um die knochigen Schultern zog. Ein eisiger Wind aus dem Norden heulte seit dem Vormittag durch die Stadt und kündigte einen frühen Winter an; wie ein scharfes Messer schnitt er durch das fahle Tageslicht, das lange Schatten warf. Die Füße des Mannes, von groben Sandalen nur spärlich verhüllt, färbten sich blau von der Kälte, aber ihn störte das nicht. Er war an solche Strapazen gewöhnt; seit einigen Jahren schon gehörte er einem Bettelorden an. Die Frau aber, die mühsam mit ihm Schritt hielt, war zarter besaitet als er. Sie klagte zwar nicht, aber ihre kleine Gestalt zitterte sichtbar.

»Wie weit ist es noch?« fragte sie und schaute zu seinem langen Pferdegesicht auf. Sie hatte sich so fest in ihren wollenen Umhang und in das Kopftuch gewickelt, daß ihre Frage nur ein Murmeln war. Nur ihre Augen, das eine braun, das andere grün, waren zu sehen, und sie tränten im kalten Wind.

»Nicht mehr weit. Wir müssen hier abbiegen, hier in diese Straße.« Eine lange Knochenhand deutete nach links, und sie wandten sich in eine enge Gasse, die die alten Häuser in zwei Reihen zerteilte.

Dies war der alte Bezirk von Jargeau, wo die Häuser über zweihundert Jahre alt waren. In Erwartung eines nahenden Unwetters waren alle Fenster fest geschlossen. Schneien würde es heute nacht nicht, aber Bruder Richards erfahrenes Auge sagte ihm, daß die dicken, eisengrauen Wolken zumindest Regen verhießen. Das roch er noch durch den schweren Geruch des Holzrauches, der aus zahllosen Kaminen strömte. So eilten sie vorbei an Läden und Gasthäusern, wo die Kaminfeuer einen warmen Dunst auf die Fensterscheiben legten und die Reisenden lockend zum Eintreten aufforderten.

Er kämpfte die Versuchung nieder und ging an einem Wirtshaus vorbei. Atemlos keuchend bemühte die Frau sich, bei seinen langen Schritten nicht zurückzubleiben – wenn er einen tat, mußte sie zwei machen.

Arme Catherine, dachte er. Gott mochte sie angerührt haben, aber Entbehrungen entsprachen nicht ihrer Natur. Ihre Schuld war es nicht. Sie war die Tochter eines Schneiders und auf behagliche Weise mit einem wohlhabenden Mann aus der Stadt verheiratet worden, einem Weinhändler, dessen Geschäft häufige Reisen in die verschiedenen Regionen Frankreichs erforderte. Catherine hatte drei Kinder zur Welt gebracht, und bis Gott sie im Jahr zuvor gerufen hatte, hatte sie ein ruhiges Matronenleben geführt, wie es einer Frau ihrer Klasse zukam. Jetzt aber lagen die Dinge anders, und wenn sie ihren König sehen wollte, dann würde sie die kleinen Beschwernisse ertragen müssen, die der Himmel ihr in den Weg legte.

Sie war ganz anders als Bruder Richards anderes Protégé, jene berühmte Soldatin, die Gott berufen hatte, Frankreich für König Karl zu retten. Das war eine, die wußte, daß man seine Bequemlichkeit opfern mußte, wenn man ein Ziel erreichen wollte! Er hatte sie zwar selbst noch nicht in Aktion gesehen, denn er liebte die Gesellschaft von Soldaten nicht und konnte Schlachten nicht vertragen, aber er hatte gehört, daß Jehanne in voller Rüstung drei Tage und drei Nächte lang im Sattel bleiben konnte. Bewundernd schüttelte er den Kopf. Welch ein Glück für sie, daß sie ihm an jenem Tag begegnet war. Nachdem er ihr Troyes auf einem Silbertablett überreicht hatte, war die Straße nach Reims frei von Hindernissen gewesen, und sie hatte seine Bedeutung anerkannt, indem sie ihm bei Karls Krönung einen Ehrenplatz an ihrer Seite gewährt hatte. Sie hatte anerkannt, daß er wie sie ein Bote Gottes war.

Und jetzt hatte er hier noch eine. Bald würden sie zu dritt Gottes Werk verrichten und das Königreich wiederherstellen. Der König würde mit ihrer Leistung in seinen Diensten zufrieden sein, und sicher würde er ihn und Catherine als seine Königlichen Geistlichen Ratgeber bei sich behalten, wie er ja auch Jehanne bei sich behalten hatte. Vielleicht würde er Bruder Richard auch großartig ausstatten, damit er einen Kreuzzug gegen die böhmischen Hussiten oder gegen die ungläubigen Türken unternehmen könnte. Es war daher ratsam, daß er Catherine mitnahm, um sie mit Jehanne bekanntzumachen. Alle Welt wußte, daß der König auf sie hörte wie auf niemanden sonst, und Catherine hatte wichtige Neuigkeiten für Karl. Dies war der Anfang ihres Aufstiegs. Catherines Weiße Dame hatte es vorausgesagt.

Die beiden gingen weiter, bis Läden und Schenken hinter ihnen zurückblieben und von Wohlstand kündende Wohnhäuser an ihre Stelle traten. Endlich blieb Bruder Richard vor einem dreistöckigen Steinhaus stehen, dessen romanische Fenster auf die gepflasterte Straße hinausblickten. Zum Schutz vor dem bevorstehenden Schnee war das schräge Dach neu geteert.

Der Mönch schlug seinen Ärmel zurück und klopfte laut an die Tür. Nach kurzer Zeit hörte man drinnen Schritte, und dann drehte sich der eiserne Türknauf. Eine junge Magd spähte durch den schmalen Türspalt. Kastanienbraunes Haar umrahmte ein sommersprossiges, ein wenig boshaftes Gesicht. Sie lächelte und öffnete die Tür so weit, daß die beiden eintreten konnten.

»Wir wollen zur Jungfrau«, sagte Bruder Richard und ließ den Blick durch das Zimmer wandern.

Es war das Heim eines Bürgers, und sie standen in einem Vorzimmer, das mit einem kleinen, freundlichen Kamin ausgestattet war. Zur Linken bot eine halb geschlossene Tür einen begrenzten Blick in das Kontor des Hausherrn. Papiergeraschel und flackerndes Kerzenlicht deuteten darauf hin, daß in dem Zimmer gearbeitet wurde.

Die Magd machte einen Knicks, nahm eine Kerze von einem kleinen Tisch und öffnete eine Tür vor ihnen. Dahinter lag eine Treppe. Sie stieg hinauf, und die Gäste folgten schweigend. Dieser Teil des Hauses war nicht geheizt, und ihr Atem bildete kleine Wölkchen.

Die Treppe führte in den ersten Stock, wo sie scharf abknickte und ins Obergeschoß weiterging. Das Dienstmädchen klopfte leicht an eine Tür.

Sie hörten eine leise Frauenstimme. »Herein.«

Das Mädchen hielt ihnen die Tür auf und trat beiseite, um sie vorbeizulassen; dann verschwand es nach unten.
Jehanne saß ein paar Schritte vor dem Kamin auf einer Bank. Sie trug ein dunkles Hemd aus dickem Samt mit einem Gürtel um den Leib und Stiefel, die ihr fast bis zu den Knien reichten. Neben ihr saß Pasquerel. Man hätte ihn nicht für einen Mönch gehalten. Seine Tonsur war zugewachsen, und das dunkle Haar bedeckte seinen ehemals kahlen Kopf wie eine Schüssel. Er war wie ein Soldat gekleidet und trug ein schweres Wams und eine wollene Hose. Freundlich lächelte er den Neuankömmlingen entgegen.
Eine Frau im mittleren Alter, offenbar die Hausherrin, saß auf einem Schemel links von Jehanne. Sie hatte ein offenes, sonniges Gesicht und graugrüne Augen. Sie erhob sich und strich ihr Kleid glatt, und die beiden andern folgten ihrem Beispiel und erhoben sich ebenfalls.
»Willkommen, Bruder Richard.« Jehanne lächelte. »Dies ist Paulette de Barneville, meine Gastgeberin. An Pater Pasquerel erinnern Sie sich sicher.« Sie zog leicht den Mundwinkel hoch.
»Natürlich.« Der hochgewachsene Mönch entblößte seine Pferdezähne und sah die ältere Frau an. »Madame.« Er neigte den Kopf und sie nickte ebenfalls.
Und als sei ihm seine Begleiterin jetzt erst eingefallen, fuhr er fort: »Darf ich Ihnen Madame Catherine de la Rochelle vorstellen?« Mit seiner Spinnenhand deutete er auf die zierliche Frau, die neben ihm stand.
Sie war um eine ganze Fußlänge kleiner als Bruder Richard. Ihr Haar war im Nacken zu einem blonden Knoten zusammengebunden. Sie hatte eine lange Nase und hohe Wangenknochen, was ihrem Gesicht eine strenge Schärfe verlieh, und ihre Augen paßten auf seltsame Weise nicht zusammen – wie zwei geschliffene Glasstücke von verschiedenen Farben. Sie trug ein langes Kleid aus scharlachrotem Wollstoff, das hochgeschlossen bis ans Kinn war.
»Es ist mir eine große Ehre, dir endlich zu begegnen, Jehanne«, sagte sie mit sprödem Lächeln. »Man hört heutzutage ja so viel von der Jungfrau.«

»Die Freude ist ganz auf meiner Seite, Madame«, antwortete Jehanne und ignorierte die Spitze, die in Catherines Worten lag. »Bitte.« Sie deutete auf zwei freie Schemel. »Nehmen Sie doch Platz.«
Catherine warf einen Blick zu Bruder Richard. »Ich komme mit dringenden Neuigkeiten für den König«, erklärte sie hochfahrend, »und muß mit dir allein sprechen.« Der Blick ihrer seltsamen Augen huschte zu Paulette de Barneville und dann zu Pasquerel.
Der Pater warf Jehanne einen verschmitzten Blick zu und schaute dann die Hausherrin an. »Madame de Barneville, ich glaube, Sie wollten mir noch das Porträt Ihres Gemahls zeigen.«
»Das stimmt, Pater.« Sie richtete sich würdevoll auf und nahm den Arm, den Pasquerel ihr bot. »Wir essen in einer Stunde, Jehanne.«
»Ich werde dasein.«
Der Mönch und die Gastgeberin verließen das Zimmer und schlossen die Tür hinter sich.
»Bitte«, sagte Jehanne und deutete noch einmal auf die Schemel. Dann setzte sie sich selbst wieder auf die Bank. »Was haben Sie mir zu sagen?«
Die beiden setzten sich. Catherine riß die Augen auf und flüsterte fast. »Vor kurzem ist mir etwas höchst Wundersames widerfahren; ich bin sicher, du wirst es verstehen.« Sie machte eine dramatische Pause, bevor sie fortfuhr. »Ich hatte eine Vision von einer wunderbaren Weißen Dame in goldenen Gewändern, die mir jetzt jede Nacht erscheint. Sie sagt, ich muß durch die guten Städte Frankreichs ziehen und verkünden, daß jeder, der Gold und Silber besitzt, es sogleich abliefern muß, damit der König seine Schatulle wieder füllen und ein Heer ausrüsten kann. Dazu soll der König mir Herolde und Trompeter geben, die mein Kommen ankündigen, und wenn die Leute nicht tun, was ich verlange, so werde ich wissen, wo sie ihre Schätze verborgen haben, und ich werde sie finden.« Bei diesen Worten schaute sie Jehanne mit triumphierendem Lächeln an.
Jehanne schürzte die Lippen und nickte nachdenklich. Etwas wisperte warnend in ihrem Ohr. Irgend etwas stimmte hier nicht, ganz und gar nicht. »Ist das alles?«

»Nein.« Catherine schüttelte den Kopf. »Ich soll außerdem zum Herzog von Burgund gehen und Frieden zwischen ihm und dem König stiften.«
Jehanne schaute zu Bruder Richard hinüber, der seine großen Zähne in einem hingerissenen Lächeln entblößte, und sie fragte sich, was er jetzt wohl im Schilde führen mochte, daß er dieses Wesen zu ihr brachte. Seit Troyes hing er ihr immer wieder am Mantelsaum und hatte sie sogar beschwatzt, ihn bei der Krönungszeremonie dabeisein zu lassen. Er war ein mächtiger Prediger, daran konnte kein Zweifel sein. Als er die Armee in seinen Predigten gegen das Glücksspiel gescholten hatte, hatten die Soldaten auf ihn gehört und ihre Würfel fortgeworfen – um ihretwillen und auf ihr Drängen hin hatte sie seine Anwesenheit geduldet. Aber sie hatte ihm niemals richtig vertraut, und sie war mißtrauisch gegen diese Frau, die ihm da folgte.
»Haben Sie Kinder, Madame Catherine?« fragte sie jetzt.
»Allerdings, drei, prächtige Knaben.« Stolz hob sie das spitze Kinn.
»Dann werden sie ihre Maman wahrscheinlich vermissen«, sagte Jehanne unverblümt, »und ich denke, Sie sollten zu ihnen zurückkehren. Ich bin nämlich der Meinung, daß mit Bourgogne nur auf eine Art Frieden geschlossen werden kann: auf der Spitze einer Lanze.«
Bruder Richard zog erbittert die Stirn kraus. Catherine atmete scharf aus, und die Farbe wich aus ihrem Gesicht. »Aber die Weiße Dame hat mir befohlen, zu tun, was ich gerade gesagt habe«, beharrte sie. »Gewiß kannst du mich doch nicht fortschicken! Du, ausgerechnet du, die du die Stimmen von Engeln hörst, wirst dich doch nicht weigern, beim König ein Wort für mich einzulegen.«
Jehanne schaute die beiden einen Augenblick lang an, und Heiterkeit umspielte ihre Mundwinkel. »Sie sagen, Ihre Weiße Dame kommt jede Nacht zu Ihnen?«
»So ist es.«
»Dann wird sie auch heute nacht kommen?«
»Ganz gewiß.«
»Ich würde sie gern sehen.« Jehanne lächelte. »Wann sollte ich dazu in Ihrem Hause sein?«

»Ich … ich …« Catherine schaute den Mönch nervös an. »Ich weiß nicht, ob du sie sehen kannst.«
»Wie Sie schon sagten, Madame, spreche ich ja regelmäßig mit Boten Gottes. Wenn irgend jemand sie sehen kann, dann ich.« Das Lächeln verschwand.
»Also gut, Jehanne«, antwortete Catherine. »Dann sehen wir uns später.« Sie wandte sich ab und trug die Trümmer ihrer Würde zur Tür. Der Bruder folgte ihr nach kurzem Zögern. Er drehte sich nicht nach Jehanne um.
Dann war sie allein. Ein Pferd trappelte draußen am Fenster vorbei. Im Kamin fiel das Holz zusammen, und Funkeln flogen durch den Schornstein. Jehanne kniete nieder und schloß für einen Moment konzentriert die Augen.
Sie spürte, daß die Ratgeber sehr nah waren, und fragte: Kann man dieser Frau glauben? Gibt es wirklich eine Weiße Dame?
Was glaubst du, Jehanne?
Ich glaube, es gibt sie nicht. Die Geschichte hört sich nicht sehr echt an.
Dann mußt du deinem gesunden Verstand vertrauen, den Gott dir gegeben hat. Du wirst feststellen, daß deine Ahnungen dich nicht trügen.
Warum kommt sie dann zu mir? Was will sie?
Ihr Leben ist leer und unausgefüllt wie das Leben vieler Frauen. Sie fühlt sich von ihrem Ehemann mißachtet und sehnt sich nach Anerkennung.
Dann ist sie eine Lügnerin?
Das nicht gerade. Als sie von dir hörte, vertiefte sich die Sehnsucht in ihrem Herzen zu Neid und wurde so stark, daß sie sich selbst eingeredet hat, ihr Wahn sei Wirklichkeit. Sie hat dein Mitgefühl und dein Verständnis verdient.
Empfindungen, deren Existenz ihr gar nicht recht bewußt gewesen war, widerstritten in Jehannes Kopf. Zum Teil war sie froh, daß ihre Ahnung sich als zutreffend erwiesen hatte und daß es nicht etwa die Sünde des Stolzes gewesen war, die sie die Geschichte von der wunderbaren Dame hatte zurückweisen lassen. Aber ihr war auch bewußt, daß ein anderer Teil ihres geheimen Ichs frohlockt hatte, als Madame de la Rochelle angefangen hatte, von ihrer geheimnisvollen

Dame zu erzählen. Es gab ja niemanden, mit dem sie sich völlig eins fühlte, keine Menschenseele, die verstehen konnte, welche Last sie auf ihren Schultern trug oder welche Glückseligkeit sie empfand, wenn sie mit ihren Ratgebern in Verbindung stand. Seit langem schon wußte sie, daß Bruder Richard nicht so war wie sie. Jetzt hatte ein Funken Hoffnung aufgeglüht, Hoffnung darauf, endlich jemanden zu finden, der ihre Visionen teilte, aber das zarte Flämmchen war schon wieder erloschen.

Sei nicht traurig, Kind. Nicht mehr lange, und du wirst jemandem begegnen, der ist wie du, jemandem, den Gott in seinen Dienst berufen hat.

Wer ist es? Wem werde ich begegnen?

Du wirst sie erkennen, wenn du ihr in die Augen schaust. Schon bald wird sie dir offenbart werden. Du mußt Vertrauen haben. Und ein wenig Geduld.

Ich habe Madame de la Rochelle gesagt, daß ich ihre Dame sehen möchte. Sie wird mich erwarten.

Dann mußt du zu ihr gehen, und sei es nur, um Zweifel zu zerstreuen, die du vielleicht noch hegst. Aber behandle sie sanft und liebevoll, denn sonst wirst du es gewiß bereuen.

Jehanne dachte an dieses Gespräch mit der heiligen Katharina, als sie den ganzen Abend bis tief in die Nacht hinein mit der Namensgefährtin ihrer Ratgeberin aufsaß. Wie sie es erwartet hatte, geschah gar nichts.

»Wann kommt sie denn?« fragte sie mehr als einmal.

»Bald«, antwortete Madame de la Rochelle immer wieder. »Sehr bald.«

Schließlich konnte Jehanne die Augen nicht mehr offenhalten und schlief ein. Als sie am nächsten Morgen aufwachte, erzählte Catherine, die Dame sei gekommen, als Jehanne geschlafen habe, aber sie habe sie nicht wecken können, so sehr sie es auch versucht habe. Jehanne fragte, ob die Dame in der nächsten Nacht wiederkommen werde, und Catherine bekräftigte, sie komme jede Nacht.

In dem Haus, in dem sie Quartier bezogen hatte, legte Jehanne sich zu Bett und schlief lange, vom Vormittag bis tief in den Nachmittag hinein. Es fiel ihr schwer, so lange zu schlafen, aber immer wenn ihr

Geist sich mühte, wach zu werden, zwang sie ihn wieder zurück ins Reich der Träume.

Als es dunkel geworden war, kam sie wieder in Catherines Haus. Wieder erschien keine Dame, und schließlich schlief Catherine ein. Sofort schüttelte Jehanne sie bei der Schulter und fragte: »Kommt sie noch?«

»Ja«, murmelte Catherine. »Bald.«

Jehanne setzte dieses Spiel fort, bis es hell wurde, und ließ die Frau nicht schlafen. Als die Sonne sich schließlich über die Dächer von Jargeau erhob, wünschte Jehanne der Frau freundlich Lebewohl und kehrte in das Haus von Paulette und Gustave de Barneville zurück.

»Du darfst dich erheben, Jehanne.«

Der Befehl des Königs klang kühl wie die Oktobersonne, und sein Gesicht war eine undeutbare Maske. Sein dunkelgelbes Hemd war wenig schmeichelhaft und ließ seine Gesichtsfarbe noch gelblicher als sonst erscheinen. Er saß auf einer Steinbank unter einem Baum, dessen welke Blätter wie Tränen zur Erde schwebten, und er merkte nicht, daß eines davon in lächerlicher Weise am Rand seines breitkrempigen Samthutes saß. Neben ihm standen die stets gegenwärtigen Ratgeber: de Chartres, prächtig anzusehen in seinen neuen, violetten Bischofsgewändern, und der runde Trémoïlle. Den dritten Mann erkannte Jehanne sofort; es war Charles d'Albret, der Halbbruder des Kanzlers.

Sie erhob sich. Etwas würde geschehen, das spürte sie: Sie sah es an der versteinerten Miene des Erzbischofs und an Trémoïlles zufriedenem Lächeln. Aber was immer es war, nach den zermürbenden Wochen des Nichtstuns war es ihr willkommen. Karl war in dem Frieden, den er erworben hatte, ruhelos an der Loire entlang von einem Schloß zum andern gezogen, und Jehanne hatte ihn begleiten müssen. Jetzt waren sie in Mehun-sur-Yèvre. Seit zwei Tagen spürte sie, daß etwas bevorstand, aber ihre Ratgeber wollten ihr nicht sagen, was es war. Wie immer rieten sie ihr zur Geduld, dieser immer wieder unfaßlichen Tugend. Und jetzt war es soweit – was immer »es« sein mochte.

Als könnte er ihre Gedanken lesen, sagte Karl: »Du fragst dich vielleicht schon, weshalb wir dich rufen lassen.«

Sie nickte. »Ja, Sire.«

»Wir haben auf Anraten unserer Minister« – er warf einen Blick zu Trémoïlle hinüber – »beschlossen, daß es an der Zeit ist, La Charité zurückzuerobern. Du weißt es vielleicht nicht, aber diese Stadt befindet sich seit einer Weile in den Händen von Perrinet Gressart, einem gemeinen Maurer, den der englische König vor etlichen Jahren zum Gouverneur machte.«

»Ich habe von ihm gehört, Sire.«

Der König wandte sich dem Halbbruder Trémoïlles zu. »Dies ist Sieur d'Albret, der Bruder unseres Kanzlers.«

»Ja, Sire, ich weiß. Ich erinnere mich an Sie, Sieur – Sie waren bei der Krönung Seiner Majestät.« Sie verzog das Gesicht zu einem freundlichen Lächeln.

»Es ist gut, daß ihr euch schon kennt«, sagte Karl, »denn wir haben die Absicht, euch beiden den Befehl über die Armee zu geben, wenn sie La Charité angreift. Ihr werdet die Stadt mit einem Heer von dreihundert Mann belagern, bevor der Winter kommt. Sie ist fast die einzige unter den Loire-Städten südlich von Orléans, die noch in der Hand von Bourgogne ist.«

Jehanne nickte. La Charité war nicht Paris, aber es war besser als der ärgerliche Müßiggang bei Hofe.

»Gut.« Karl warf d'Albret einen kurzen Blick zu. »Bevor ihr La Charité angreift, möchten wir, daß ihr gegen St.-Pierre-le-Moustier zieht.«

»Wo ist das, Herr?«

Die drei Vertrauten des Königs kicherten über ihre Unwissenheit. Sogar Karl gestattete sich ein Lächeln. Zorn rumorte in Jehannes Kopf, und sie knirschte mit den Zähnen.

»Es liegt am Ufer des Alliers, zwischen La Charité und Moulins«, sagte der König. »Aber in nördlicher Richtung bedroht es Bourges, und das ist der Grund, weshalb ihr es erobern müßt. Wir können nicht zulassen, daß sich dort burgundische Streitkräfte sammeln, die dann irgendwann eine Gefahr für die königstreuen Loire-Städte werden können. Wenn St.-Pierre-le-Moustier und La Charité erst wieder unserem Herrschaftsbereich angehören, dann können wir unsere Aufmerksamkeit vielleicht – wohlgemerkt, vielleicht – nach Norden wenden. Hast du noch Fragen?«

Jehanne schaute auf den von Laub übersäten Boden. Der Winter würde schneller kommen, als irgendeiner von ihnen es sich wünschen konnte, und das würde die Kriegführung schwierig machen. Wenn die Armee noch Gebiete für den König zurückerobern sollte, so mußte das schnell geschehen.

»Nein, Herr«, sagte sie und schaute ihn geradeheraus an. »Ich habe alles verstanden.«

»Sehr gut. Dann geht jetzt, beide. Kehrt nach Bourges zurück und stellt die Armee auf die Beine.«

Der Angriff begann eine Stunde nach Morgengrauen. Drei Stunden lang hämmerte die Kanone gegen einen Teil der Mauer von St.-Pierre-le-Moustier, aber als die Armagnacs versuchten, die Stadt zu stürmen, wurden sie zurückgeschlagen. Jehanne schrie durch das Getümmel, es sei Gottes Absicht, daß die Truppen des Königs in die Stadt einmarschierten, und so wiederholten die königstreuen Truppen ihren Angriff. Diesmal ließen sie sich nicht zurückschlagen, und St.-Pierre-le-Moustier fiel an die Armee Gottes.

Der König war erfreut über ihren jüngsten Sieg, sagte er, und freute sich auf die Belagerung von La Charité. Leider habe er kein Geld für weitere Waffen oder Proviant, und weitere Soldaten könne er auch nicht erübrigen – Jehanne müsse sich also mit dem begnügen, was sie habe.

Sie zog nach Moulins, zehn Wegstunden südlich der Stadt, die sie soeben für Frankreich zurückerobert hatte, und schrieb dort Briefe an Riom, Clermont und Orléans und bat um Hilfe. Riom versprach sechzig Kronen, die aber nie kamen. Clermont schickte Salpeter und Schwefel für die Kanone und zwei Kisten Armbrustbolzen. Für Jehanne selbst sandte der Magistrat eine Rüstung, ein neues Schwert, zwei Dolche und eine furchterregende Streitaxt, die sie kaum hochheben konnte; sie schenkte sie Pierre.

Orléans aber erwies sich großzügig. Die Stadt sandte genug warme Kleidung, um Jehannes Streitmacht, die inzwischen auf fünfhundert Mann angewachsen war, gut durch den kommenden Winter zu bringen, und Geld, um sie zu bezahlen. Und die Soldaten, die sie ihrer Befreierin schickten, zogen alle Geschütze und die paar Handkanonen hinter sich her, die die Stadt von früheren Schlachten her noch besaß. Die Männer brachten ihr auch einen liebevollen Brief vom Bastard, der ihr erklärte, daß er zu seinem Bedauern durch wichtige Angelegenheiten an die Stadt gefesselt sei und sich deshalb ihr nicht anschließen könne; er wisse aber, daß Gott bei ihr sein werde.

Während sie in Moulins auf Männer und Material wartete, wohnte sie im Hause Charles Cordiers und seiner Frau an der Ecke der Rue d'Allier und der Rue de la Flèche. Ihr Zimmer lag im Erdgeschoß, gleich an der Straße. Monsieur Cordier hatte sein Glück als Goldschmied gemacht und beschäftigte jetzt mehrere Handwerker, die in der Werkstatt neben Jehannes Alkoven bis in den Abend hinein arbeiteten. Wenn sie sich zum Essen setzten, verbrachte sie oft ein wenig Zeit mit ihnen. Ihre anfängliche Ehrfurcht konnte Jehanne durch ihre hartnäckige Liebenswürdigkeit bald überwinden, und bald brachte sie die Männer zum Lachen, indem sie Leute nachahmte, die sie bei Hofe kennengelernt hatte. Irgendwann aber mußten sie an ihre Arbeit zurückkehren, und dann hatte Jehanne nur wenig zu tun, während sie die Antwort auf ihre Briefe erwartete.

An einem frostigen Nachmittag spazierte sie allein zum Konvent des Reformierten Ordens der Armen Klarissen. Ein paar Nonnen waren beim Gebet in einer kleinen Kapelle, als Jehanne sich in eine stille Ecke schlich und leise und unauffällig auf dem Boden nieder-

kniete. Sie bekreuzigte sich und versenkte sich dann in die vertraute Stille.
Plötzlich spürte sie, daß jemand in der Nähe war – ein Mensch, kein Engel –, und sie drehte sich um.
Eine Nonne stand ein paar Schritt weit hinter ihr, eine Silhouette vor dem Licht, das durch die Kapellentür hereinfiel. Alle andern waren verschwunden, lautlos wie Geister; wann sie gegangen waren, wußte Jehanne nicht. Langsam erhob sie sich.
»Willkommen, Jehanne. Ich habe dich erwartet.«
Die Stimme klang süßer als jede Musik, die Jehanne diesseits des Himmels je gehört hatte. Aber die Sprecherin war ein Schatten, von Tageslicht umrissen, und Jehanne sah ihr Gesicht nicht. Sie hob eine Hand, um das Licht abzuschirmen, aber die Gestalt blieb dunkel.
»Mich erwartet? Woher wußten Sie, daß ich komme?«
»Gott hat es mir gesagt.« Die Nonne kam zwei Schritte näher, das Licht wechselte, und sie wurde sichtbar. Sie war zwei oder drei Fingerbreit größer als Jehanne. Ihr Alter mochte irgendwo zwischen dreißig und fünfzig liegen. Das Gesicht, von der gestärkten Haube umrahmt, war rund und faltenlos; eine starke Adlernase ragte daraus hervor. Ein schelmisches Lächeln umspielte die Mundwinkel, aber das Bemerkenswerteste waren die Augen. In ihnen leuchtete ein ätherisches Licht, dessen Ursprung in einer Seele lag, die im Einklang mit sich und der Welt lebte, in einer makellosen Übereinstimmung mit Gott. Erschrocken erinnerte Jehanne sich an die Weissagung der heiligen Katharina.
»Komm, laß uns ein Stück miteinander gehen«, sagte die Nonne. Sie nahm Jehanne beim Arm und hakte sich bei ihr unter. Zusammen spazierten sie ins Tageslicht hinaus.
»Du kennst mich nicht, oder?« fragte die Nonne. Sie deutete auf eine Steinbank neben der Kapellentür. Jehanne setzte sich, und die Nonne nahm neben ihr Platz.
Jehanne runzelte die Stirn und bemühte sich, die Frau zu erkennen, die sie da voller Sanftmut anlächelte, gleichzeitig ruhig und wissend. Ihr Habit war aus grober brauner Wolle gewebt, und ein weißer

Schleier bedeckte ihren Kopf und hing über ihre Schultern herab wie ein Paar Engelsflügel.

»Es tut mir leid, Madame, aber ich weiß nicht ...«

Das Lachen der Nonne klang fröhlich und glockenhell. »Es ist schon gut, Jehanne, ich kann nicht erwarten, daß du mich kennst. Als ich dich das letzte Mal gesehen habe, warst du gerade sieben Jahre alt. Und das ist lange her, nicht wahr?« Ein Grübchen erschien in ihrer Wange.

»Ich verstehe nicht ... ich kann mich nicht ...«

»... erinnern? Ich sage ja, es ist lange her.« Die Nonne nahm Jehannes Hand und drückte sie beruhigend. »Ich reiste damals mit zwei anderen Schwestern durch Lothringen, und wir rasteten in einem kleinen, abgelegenen Dorf namens Domrémy. Ein freundliches Paar gab uns zu Essen, und wir verbrachten die Nacht in ihrer Hütte. In eurer Hütte, Jehanne. Ich sehe dich noch vor mir, wie du zu Füßen deines Vaters saßest. Schon damals sah ich, daß du kein gewöhnliches Kind warst. Ich sagte zu meinen Schwestern: ›Dies ist ein höchst ungewöhnliches Mädchen‹, und auch sie waren der Meinung, daß du etwas Besonderes an dir hättest.« Wieder lächelte sie. »Erinnerst du dich jetzt an mich?«

Jehanne runzelte die Stirn, als sie sich bemühte, sich an das runde Gesicht und diese unglaublichen Augen zu erinnern, die leuchteten wie zwei blaue Flammen vom Himmel. So oft hatten Reisende in ihrem Dorf Rast gemacht, als sie klein war, und sie alle mischten sich jetzt in ihrer Erinnerung, ein bunter Bilderbogen vergessener Gesichter. Unsicher schüttelte sie den Kopf. »Verzeihung, Madame, aber ... wer sind Sie?«

»Ich bin Colette de Corbie.«

Jehannes Gesicht hellte sich auf. »Ach ja, natürlich! Ich habe von Ihnen gehört!«

Madame Colettes Ruf war im ganzen Königreich verbreitet. Ihr Vater war ein Zimmermann in der Picardie gewesen, und als er und ihre Mutter gestorben waren, war sie ins Kloster gegangen und in den Orden der Armen Klarissen eingetreten. Aber die Regel des Ordens war in den zwei Jahrhunderten seit seiner Gründung lax geworden und hatte sich drastisch von den Absichten der heiligen Gründerin entfernt. Drei Jahre lang hatte Colette in Abgeschiedenheit gefastet, und in dieser Zeit waren ihr der heilige Franziskus und die heilige Klara in Visionen erschienen und hatten ihr gesagt, sie müsse den Orden reformieren. Papst Benedikt XIII. hatte ihr ein Kapitel gewährt, und so hatte sie in den letzten Jahren den Reformierten Orden der Armen Klarissen mit Klöstern überall in Frankreich und in Flandern begründet. Die Einfachheit der Ordensregel zog viele an, denen die Abkehr von der Frömmigkeit, wie die Gemeinschaft der heiligen Klara sie praktizierte, ein Greuel geworden war.

»Und dies ist Ihr Konvent«, sagte Jehanne und ließ den Blick über die schlichten Gebäude wandern, die sich an die schützenden Mauern schmiegten. »Sie sind hier die Äbtissin.«

»Es ist Gottes Konvent, Jehanne.« Die melodische Stimme schien ihren Namen zu umarmen. »Ich bin nur seine Dienerin, genau wie du.«

»Oh, ich bin aber nicht wie Sie, Madame«, antwortete Jehanne und errötete bis unter die Haarwurzeln. »Ich bin ein einfacher Soldat, weiter nichts.«

»Frankreich ist voll von ›einfachen Soldaten‹, aber es gibt nur eine Jehanne.« Colettes wunderbare Augen strahlten sie humorvoll neckend an. »Das weißt du doch, oder?«

Jehanne zögerte, dann senkte sie den Kopf und lachte leise. »Ja.« Unvermittelt wurde sie wieder ernst. »Aber es ist fast immer eine Last, wissen Sie, wenn die Leute meinen Namen rufen und mich bitten, sie oder ihre Kinder zu segnen. Sie nennen mich l'Angelique, und das ist mir ein Greuel. Sie verstehen nicht, daß ich tue, was ich tue, weil ich keine andere Wahl habe. Gott sollten sie preisen, nicht mich.«

»O ja. Ich weiß.« Colette seufzte. »Es ist nicht leicht, sich seine Überzeugung zu bewahren, wenn man Gott dient. Besonders wenn man die Versuchung zur Sünde, die in einem wohnt, nur allzu gut kennt. Es ist nicht immer leicht, dem Teufel zu widerstehen, nicht wahr?«

»Das stimmt. Ich …« Sie zögerte und wußte nicht recht, ob sie fortfahren sollte. Sie nagte an ihrer Unterlippe und schaute die gelassene, weise Frau an, die hier so geduldig auf ihr Bekenntnis wartete. »Ich verstehe meine Ratgeber nicht immer, wenn sie mit mir sprechen, und zuweilen bin ich schon zornig auf sie gewesen. Aber sie vergeben mir immer. Und wenn sie es tun, komme ich mir klein und unbedeutend und unwürdig vor. Verstehen Sie, was ich meine?«

»O ja.« Die Nonne lachte. »Ich bin eine sehr halsstarrige Seele, Jehanne, und ich streite mich oft mit meinen Ratgebern. Einmal, als ich mich ihren Anweisungen widersetzte, schlugen sie mich mit Taubheit und Blindheit, bis ich mich schließlich fügte und ihnen das Vertrauen schenkte, das sie von mir verlangten. Und ein andermal zogen sie mir den Stuhl weg!« Sie lachte bei der Erinnerung an so viel Mutwillen.

»Wirklich?« rief Jehanne. »So etwas haben meine noch nie getan – Gott sei Dank.«

»Gott sei Dank ist das richtige Wort.« Colette zog ironisch die Brauen zusammen, und ihre Grübchen ließen erkennen, daß sie scherzte. »Ich glaube, du bist vielleicht nicht so unwürdig, wie du glaubst.«

»Unwürdig genug.« Trauer durchflutete sie. »Ich habe Paris verloren, Madame. Ich habe nicht auf meine Ratgeber gehört, und dadurch haben viele tapfere Männer ihr Leben verloren.« Die Trauer um Raymond ließ eine Träne rinnen, die sie nicht fortwischte. »Ich hätte warten müssen, bis der König mit größerer Entschlossenheit zur Schlacht bereit gewesen wäre, aber ich war ungeduldig und wollte meinen Kopf durchsetzen, statt den Willen Gottes zu tun. Ich habe versagt«, flüsterte sie.

»›Ich hätte‹ – das sind unnütze Worte, meine Liebe.« Colettes freundliche Stimme war voller Mitgefühl. »Haben deine Ratgeber gesagt, daß du versagt hast?«

Jehanne schüttelte den Kopf. Sie wischte sich mit dem Handrücken über die Augen und bekannte: »Sie haben gesagt, Gott habe mir vergeben und ich müsse mir auch vergeben.«

»Ein guter Rat. Wenn du dir aber nicht vergeben hast, solltest du dich vielleicht fragen, wer es wohl besser weiß – du oder Gott. Ich glaube, wir sind manchmal sehr viel härter gegen uns selbst, als unser himmlischer Vater es je sein könnte. Das aber ist die Sünde der Anmaßung, nicht wahr?«

Jehanne schniefte. Die tröstenden Worte drangen wohltuend in ihr geplagtes Gewissen. Sie erkannte, daß sie eine Wunde in sich trug, die nie wirklich verheilt war, nicht seit dem Gemetzel von Orléans. Clasidas, Guyenne, der namenlose englische Knabe in Patay, Raymond und all die andern hatten in ihrer Seele geschwärt wie eine schwarze Krankheit. Aber Colettes weises Verständnis war eine Befreiung für sie und für alle die, die ihr wortlos die Schuld gegeben hatten, und sie verspürte eine überfließende Dankbarkeit gegen diese einfühlsame Nonne.

»Haben Sie wirklich gewußt, daß ich heute hierherkomme?« fragte sie.

»O ja. Tatsächlich wußte ich seit unserer ersten Begegnung in Domrémy, daß wir uns wiedersehen würden. Damals dachte ich, du würdest vielleicht in unseren Orden eintreten, denn ich sah schon damals, daß Gott seine Hand auf dich gelegt hatte. Als ich dann hörte, daß du eine Audienz bei Karl verlangtest, wußte ich, daß deine Bestimmung nicht im kontemplativen Leben lag, sondern daß Gott andere Pläne mit dir hatte. Jawohl, ich wußte, daß du herkommen würdest. Vor ein paar Tagen sagten meine Ratgeber mir, daß du schon sehr nahe seist.«

Jehanne lachte. »Und meine haben mir gesagt, daß ich Ihnen begegnen würde! Sie haben mir zwar Ihren Namen nicht genannt, aber sie haben gesagt, ich würde einer Frau begegnen, die sei wie ich und die verstehen werde, was ich empfinde.« Wieder füllten ihre Augen sich mit Tränen. »Nie gab es jemanden in meinem Leben, der das alles wirklich versteht – nicht, seit sie das erste Mal zu mir kamen. Ich bin sehr einsam.«

Colette schloß die Augen und lächelte. »Es ist ein einsames Leben, das die führen, zu denen Gott spricht. Es gab eine Zeit, da fand ich es beinahe unerträglich, bis ich einsah, daß es deshalb so ist, weil ich geboren wurde, um mein Leben ihm und nur ihm zu weihen. Der Herr Jhesus sagt, man kann nicht zwei Herren dienen. Richten wir aber unser Trachten auf die Welt, so hören wir nicht, was Gott zu uns sagt.«

»Aber wir sind doch in der Welt, Madame Colette«, wandte Jehanne stirnrunzelnd ein. »Immer sind andere Menschen um uns herum, die unserer Aufmerksamkeit bedürfen.«

»Das ist wahr, das ist sogar in einem Kloster so. Aber unser Herr sagt auch, wir müssen wohl in der Welt, aber nicht von ihr sein.« Ihre glatte Stirn kräuselte sich besorgt. »Verstehst du, was das bedeutet?«

Jehanne runzelte ebenfalls die Stirn; sie wagte nicht einzugestehen, daß sie es nicht verstanden hatte.

»Es bedeutet«, sagte Colette, »daß wir zwar der Welt und ihren Fallstricken niemals ganz entgehen können, aber doch der Versuchung widerstehen sollen, dem anzuhängen, was sie hoch schätzt, denn das steht oft in Widerspruch zu dem, was Gott liebt. Diejenigen von uns, die er in seinen Dienst berufen hat, müssen wissen – müssen wirklich wissen –, daß allein seine Wege zum wahren Glück führen. Erst dann können wir äußerlich in der Welt leben, während wir uns innerlich jene Stille bewahren, in der nur Gott lebt. Und es stimmt, meine Liebe, es ist ein sehr einsames Leben.«

Jehanne lächelte unter Tränen. »Ich bin froh, daß ich heute hergekommen bin. Ich bin froh, daß ich Sie getroffen habe.«

»Das bin ich auch.« Colette hob die Hand und wischte mit einer behutsamen Berührung ihres Fingers eine Träne weg, die Jehanne über die Wange rann. »Versuche, die Dinge nicht allzu ernst zu nehmen, Jehanne. Weißt du nicht, daß Gott manchmal lacht?«

»Bereuen Sie nie, daß er Sie berufen hat?«

»Doch, das ist natürlich schon vorgekommen«, antwortete die Nonne mit liebevollem Lächeln. »Aber diese Augenblicke vergehen, wenn ich die Stimmen seiner Boten höre. Die Freude, die ich dann erlebe, entschädigt mich mehr als reichlich für die Plagen, die ich sonst ertragen muß. Geht es dir denn nicht genauso?«

»Doch.« Jehanne nickte nüchtern. »Ich vergesse alles andere, wenn sie mit mir sprechen. Dann scheint mir nichts mehr wichtig oder auch wirklich zu sein außer ihnen. Sie haben mir schon wunderbare Dinge gezeigt.« Plötzlich fiel ihr der Wolf ein, der in ihrem Alptraum auf sie lauerte. »Und auch ein paar schreckliche.«

Colettes Blick milderte sich verständnisvoll, und Jehanne faßte Mut und fragte: »Schicken Ihre Ratgeber Ihnen jemals Träume, die … keinen Sinn haben?«

Die Nonne lachte kurz. »Träume haben oftmals keinen Sinn, Jehanne – für viele Leute.« Sie zögerte, als sie Jehannes nachdenklich gerunzelte Stirn sah. »Aber du sprichst von einem besonderen Traum, nicht wahr?«

Ihr Mund war noch immer zu einem hübsch geschwungenen Bogen aufwärtsgekrümmt, aber die Unbeschwertheit des Geistes, die sie ebenso selbstverständlich zur Schau trug wie ihr Äbtissinnengewand, war plötzlich vergangen, und an ihre Stelle war eine stille Erwartung getreten, die eine Antwort verlangte, und die außergewöhnlichen Augen musterten Jehanne unaufhörlich, ob sie nicht etwas zu verbergen suchte. Ein Beben rieselte über Jehannes Wirbelsäule, und sie erschauerte, denn sie erkannte, daß hier nicht nur eine gütige Nonne mit einigem Ruhm vor ihr saß, sondern eine Frau, deren Macht der ihren gleichkam.

»Ein Alptraum plagt mich, den ich oft habe«, gestand sie. »Anfangs hat er mir nicht viel anhaben können, aber inzwischen fühle ich seine Dunkelheit noch tagelang. Es ist fast so, als pirsche er mir nach.«

»Möchtest du mir davon erzählen?« fragte Colette sanft.

»Ja«, sagte Jehanne leise. Sie seufzte und begann stockend von dem Pferd zu erzählen, das sie im Schlaf ritt und das sie zu dem gefrorenen See trug, wo der Wolf auf dem Eis wartete. Beim Erzählen fühlte sie, wie das kalte Grauen, real wie eine Erinnerung, in ihre Knochen drang, und ehe sie sich versah, zitterte sie.

Colette rieb ihr die Hände und legte ihr dann einen Arm um die Schultern. »Ich fürchte, daß der Teufel mir nachstellt«, sagte Jehanne kläglich, und wieder war sie den Tränen nahe. »Daß er beschlossen hat, Krieg gegen Gott um meine Seele zu führen. Ich bemühe mich, so gut ich kann, tapfer zu sein und dem Bösen Widerstand zu leisten und mich an Gott festzuhalten, aber ich habe Angst.«

»Solange du aber Angst hast, gewinnt der Teufel diesen Kampf um deine Seele.«

Jehanne hob den Kopf und schaute Colette an.

»Wenn du dich von diesem Traum so sehr ängstigen läßt, daß du glaubst, Gott könnte dich im Stich lassen, wem hast du dich dann zugewandt – Gott oder dem Teufel? Ich glaube, daß du tapferer bist, Jehanne, und des göttlichen Schutzes würdiger, als du ahnst. Er hat dich doch in seinen Dienst berufen, oder nicht?« Jehanne nickte. »Dann wird er auch nicht erlauben, daß dir Böses widerfährt.»

Diese friedvolle Antwort berührte Jehanne, wie sie schon lange nichts mehr berührt hatte. Die Tränen rannen ihr übers Gesicht, und sie legte den Kopf an die Schulter der Nonne. Colette strich ihr sanft übers Haar, und Jehanne mußte an Isabelle denken.

Jählings verspürte Jehanne das Verlangen, ihre Rolle im Krieg aufzugeben, nach Hause zurückzukehren und Karl tun zu lassen, was er wollte. Gleichzeitig wußte sie aber, daß ihr dieser Weg für alle Zeit versperrt war. Sie schluchzte auf und weinte um das Leben, das sie hätte führen können, weit weg von der Macht, die ihr Schicksal geformt hatte.

Colette wandte sich ihr zu und umarmte sie, und Jehanne weinte in das rauhe Nonnenhabit. »Es ist schon gut«, flüsterte Colette. »Du hast sehr vieles sehr lange in dir verschlossen, nicht wahr?«

Jehanne nickte und schaute ihre Gefährtin in Gott mit schwimmenden Augen an. »Ich danke Ihnen, Madame. Es ist sehr gütig von Ihnen, daß Sie sich mit mir abgeben.«

Im Turm der Kapelle begann eine Glocke zu läuten. »Ich muß jetzt gehen, Jehanne. Es tut mir sehr leid, daß ich nicht länger bei dir bleiben kann, aber ich habe meine Pflichten zu erfüllen.«

»Das verstehe ich.« Die Zeit war verflogen, wie wenn sie mit ihren Ratgebern zusammen war, und sie fragte sich, wie spät es sein mochte. »Danke, daß Sie mit mir gesprochen haben.«

Sie erhoben sich beide. Colette nahm Jehannes Hände und küßte sie.

»Gott schütze dich, Jehanne. Vielleicht sehen wir uns ja noch einmal wieder.«
Jehanne nickte und lächelte plötzlich. »Ich bin sicher, wir werden uns im Himmel wiedersehen.«
Ein kleines Lachen perlte aus den Tiefen von Colettes Seele herauf. In ihren fröhlichen, klaren Augen funkelte gutmütiger Humor. »Darauf kannst du dich verlassen.« Sie drückte Jehanne fest an sich.
Jehanne küßte die Nonne auf die Wange. »Leben Sie wohl, Madame Colette. Gott sei mit Ihnen.«
»Et cum te, carissima.«
Jehanne hielt die Hand der Nonne noch einen Augenblick lang fest, und ihre Finger verflochten sich ineinander. Dann wandte sie sich widerstrebend ab und ging mit schnellen Schritten zur Pforte. Wieder wischte sie sich dabei über die Augen.
Auf der Straße drehte sie sich noch einmal um und winkte. Colette erwiderte ihren Abschiedsgruß, indem sie die Hand hob und Jehanne schweigend segnete.

Minguet streckte den Kopf durch den Zelteingang. »Jehanne, Bruder Richard ist hier«, flüsterte er lautstark. »Er hat diese seltsame Frau dabei.«
Stöhnend schaute sie über den von Kerzen beschienenen Tisch zu Pasquerel hinüber. Als sie auch noch die Augen verdrehte, mußte der Mönch lachen.
Seit einer Stunde war er hier, um ein Auge darauf zu haben, wie sie ihre Unterschrift übte. Äußerst geduldig verfolgte er ihre langsamen Striche auf dem Pergament. Sie wurde immer besser, und bald würde sie ihn nicht mehr brauchen, scherzte er. Lachend gab Jehanne zu bedenken, daß sie zwar ihre Unterschrift erlernen, aber deshalb noch lange nicht ihr eigener Beichtvater sein könne.
Aber jetzt war Bruder Richard hier, um ihr die Stimmung zu verderben, und zweifellos hatte er Catherine de la Rochelle im Schlepptau.
»Na gut, Minguet«, seufzte sie. »Laß sie herein.«

Sie warf einen kurzen Blick in Pasquerels ironisch lächelndes, matt beleuchtetes Gesicht.
»Diesmal bleiben Sie aber hier«, flüsterte sie.
Er legte einen Finger an die Lippen und nickte.
Minguet hielt die Zeltklappe hoch und ließ Bruder Richard und die Frau eintreten. Jehanne drehte sich um und zwang sich zu einer freundlichen Miene. »Guten Abend, Bruder Richard. Madame.«
»Guten Abend.« Grinsend bleckte Bruder Richard alle seine Zähne. »Wir haben gehört, daß du La Charité angreifen wirst, und da sind wir gekommen, um dir ein Gottbehüte zu sagen und dir einen weiteren Sieg zu wünschen.«
»Danke«, sagte Jehanne. »Bitte setzen Sie sich doch.« Sie deutete auf den Zeltboden. »Leider habe ich keine Stühle.«
Der hochgewachsene Mönch setzte sich sofort. Catherine schaute unsicher auf den Boden, bevor auch sie sich niederließ. Sie schaute zu Pasquerel hinüber, als wünsche sie, daß er gehe. Jehannes Beichtvater traf jedoch keine Anstalten dazu, sondern stützte einen Ellenbogen auf den Tisch und senkte das Kinn auf die blasse Faust.
»Außerdem wollten wir fragen, ob du dich hast entschließen können, beim König ein Wort für mich einzulegen.« Catherine war offenbar entschlossen, gleich zur Sache zu kommen.
»Ich habe darüber nachgedacht, Madame, aber zu meinem Bedauern kann ich es nicht tun.« Jehanne verzog keine Miene, aber innerlich lächelte sie.
Eine dunkle Wolke zog über Bruder Richards langes Gesicht, und er kratzte sich an einem Flohbiß an seiner Brust. »Warum nicht?« wollte er wissen.
»Es tut mir leid, Madame Catherine«, sagte Jehanne, ohne die Frau aus den Augen zu lassen. »Ich habe meine Ratgeber befragt, und sie haben gesagt, Ihr Platz ist bei Ihrem Gemahl und Ihren Kindern. Es ist nicht Gottes Wille, daß Sie den König behelligen.«
Die beiden saßen sprachlos da. Solche unverblümten Worte hatten sie von Jehanne nicht erwartet.
»Freilich«, fuhr Jehanne fort und gab einem teuflischen Impuls nach,

»freilich steht es Ihnen frei, mich morgen in die Schlacht zu begleiten, wenn Sie möchten.«

»Das kann ich nicht«, stammelte Catherine. »Und du solltest auch nicht gehen.«

Jehanne zog einen Mundwinkel und beide Brauen hoch. »Warum nicht?«

»Weil es zu kalt ist.« Die Frau antwortete fast triumphierend.

Diesmal konnte Jehanne nicht anders, sie mußte lachen. »Gehen Sie nach Hause, Madame. Ihre Söhne brauchen Sie.«

Catherine sprang auf, was keine leichte Übung war, da ihr langer Rock sich um die Beine gewickelt hatte. »Ich werde gewiß nicht hierbleiben, um mich beleidigen zu lassen. Du bist eifersüchtig auf jede andere, die Gottes Stimme gehört hat. Du bist besessen von der Sünde des Stolzes, und unser Herr möge dir für deinen Hochmut die gerechte Strafe zukommen lassen!«

Sie rauschte hinaus und hätte beinahe Minguet umgerannt, der vor dem Eingang gelauscht hatte. Auch Bruder Richard erhob sich und rang in leidenschaftlicher Empörung die Hände.

»Wer glaubst du, daß du bist? ›Die Jungfrau Jehanne, die Auserwählte Gottes‹«, äffte er mit sarkastischer Miene nach. »Catherine hat die Wahrheit gesagt, und du schickst sie fort. Sie hat recht, wenn sie dich hochmütig nennt; du bist verliebt in deinen Ruhm, Angelique, und du willst ihn mit niemandem teilen, mag es ein anderer noch so sehr verdienen.«

»Es gibt keine Weiße Dame«, stellte Jehanne fest, und ihrer Ruhe war nicht anzumerken, daß sie in Zorn geriet. »Ihre Freundin ist eine Betrügerin.«

»Woher weißt du das?« brüllte der Bruder. »Glaubst du, du weißt alles, bloß weil Gott dir ein paar Siege geschenkt hat?«

Jehanne stand auf, und die Macht brandete über ihn hinweg, als sie antwortete. »Ich weiß es, weil ich zwei Nächte bei ihr verbracht und auf etwas gewartet habe, das niemals kam. Ich weiß es, weil meine Ratgeber, denen ich mein Leben anvertraue und denen ich mehr vertraue als irgendeinem menschlichen Wesen, mir gesagt haben, daß

Madame de la Rochelle keine Visionen von Gott noch von sonst jemandem empfängt!« Jetzt hob sich ihre Brust in rechtschaffenem Zorn. »Sie ist es, die sich nach Ruhm sehnt. Ich habe nie darum gebeten, habe ihn nie gewollt; ich wünschte, ich könnte nach Hause zu meiner Familie – und ich will Ihnen noch etwas sagen, Bruder: Sie sind genau so ein Betrüger wie Catherine de la Rochelle, Sie mit Ihren stundenlangen Predigten, in denen Sie nichts von Bedeutung sagen!« Sie senkte ihre Stimme zu einem Zischen. »Ihre Predigten sind eine Qual, denn Sie schlagen den Leuten mit dem, was Sie sagen, auf die Köpfe. Sie sind kein Mann Gottes, Sie sind ein Tyrann, der Macht über die Leute erlangen will, damit sie ihm zujubeln!«

Er war puterrot, und Feuer sprang aus seinen Augen, so daß er aussah wie der Teufel selbst. Sie wußte, daß er sie am liebsten schlagen würde. Aber statt dessen machte er auf dem Absatz kehrt und marschierte wutschnaubend aus dem Zelt.

Als er fort war, trat Jehanne gegen den Schemel, auf dem sie gesessen hatte. Er flog ein Stück durch die Luft und landete dann auf der Seite. Sie war immer noch zornig, und deshalb trat sie noch einmal dagegen.

»Vorsicht, Jehanne – du machst einen schönen Schemel kaputt«, warnte Pasquerel.

»Der Kerl macht mich so wütend, daß ich ihn am liebsten …«

Pasquerel starrte sie mit gespielter Bestürzung an. Die Komik der Situation wurde ihr plötzlich bewußt, und sie fing an zu lachen. Je mehr sie lachte, desto komischer wurde es, und schließlich sank sie zu Boden, und die Tränen rannen ihr übers Gesicht. Auch Pasquerel lachte schallend.

Schließlich rollte Jehanne erschöpft auf den Rücken, und nach einer Weile hörten sie auf zu kichern.

»Weißt du, wahrscheinlich hättest du ja doch nicht so mit den beiden reden sollen«, meinte Pasquerel, als er wieder sprechen konnte.

»Ach, sie können mir nichts anhaben. Außerdem mußte ich ihnen die Wahrheit sagen.«

Dann vergaß sie Bruder Richard und seine irregeleitete Freundin.

Aber Catherine de la Rochelles Warnung vor dem Feldzug gegen La Charité kam ihr in den nächsten Tagen und Wochen immer wieder in den Sinn, als die Belagerung sich in die Länge zog. Die großen Kanonen von Orléans mochten noch so wütend gegen die Mauern schießen, die Entschlossenheit ihrer Gegner konnten sie doch nicht brechen. Als fast ein Monat vergangen war, befahl König Karl, die Belagerung einzustellen, und die Armee war gezwungen, die Kanonen aufzugeben, die Orléans ihr anvertraut hatte. Und als der Dezember anbrach, war Jehanne wieder beim König in Mehun-sur-Yèvre.

Kapitel 13

Das Ende des Krieges

10. Dezember 1429 bis 23. Mai 1430

Beim Abendessen war der König in leutseliger Stimmung. Als er die Halle betrat, verbeugten sich diejenigen Höflinge, die er mit Namen anredete, an ihren Plätzen bei Tisch und vergewisserten sich selbstgefällig, daß die weniger begünstigten in ihrer Gesellschaft von dieser Beachtung Notiz nahmen.

Jehanne beäugte den König traurig von ihrer Bank aus, und sie fragte sich, ob sie je wieder Gelegenheit haben würde, allein mit ihm zu reden. Es hatte eine Zeit gegeben, da hatte sie beim Essen zu seiner Rechten gesessen und jederzeit mit ihm sprechen können. Aber seit ihrer jüngsten Niederlage vor La Charité war er ihr aus dem Weg gegangen, wenn er nicht in Gesellschaft anderer Höflinge war.

An diesem Abend jedoch sollte sie feststellen, daß er es immer noch verstand, sie zu überraschen.

Als das Mahl beendet war und alle darauf warteten, daß die Unterhaltungsvorführungen begannen, trat König Karls Hofmeister in den Raum zwischen den Tafeln und gab bekannt, die Familie Darc solle auf der Stelle vor den Tisch Seiner Majestät treten. Unsicher erhoben Jehanne und ihre Brüder sich von ihren Plätzen und knieten vor dem König nieder.

Der Hofmeister verbeugte sich und überreichte Karl ein amtlich aussehendes Pergament, an dem zahlreiche Bänder hingen. Der König räusperte sich und verlas dann mit kräftiger Stimme, daß er hiermit Adelsbriefe an Jehanne und ihre ganze Familie verleihe, an die männliche wie an die weibliche Linie, und zwar für alle Zeit. Er gab den Männern der Familie das Recht, Waffen zu tragen, und dazu ein Wappen, welches so aussehen solle: ein silbernes Schwert auf azur-

blauem Feld, auf dessen Spitze eine goldene Krone zwischen zwei *fleurs-de-lys* ruhte. Hinfort sollte der Name der Familie du Lys sein.
Auf wackligen Beinen kehrten Jehanne und ihre Brüder zur Tafel zurück. Ihr Blick wanderte durch die Halle, und zu ihrem Erstaunen sah sie, daß fast alle Höflinge breit lächelten. Für sie war sie nicht länger eine emporgekommene Bauernmagd, die in dieser Gesellschaft fehl am Platze war. Sie war jetzt Jehanne du Lys, eine französische Aristokratin.
Jehanne du Lys.
Das gefiel ihr nicht. Oh, sie war Karl dankbar für die unerwartete Ehre. Nicht Undankbarkeit war es, was ihr Unbehagen bereitete. Sie hätte nicht genau sagen können, woher ihr Mißfallen rührte.
Vielleicht daher, daß sie nicht vergessen konnte, wer sie war: ein Bauernmädchen, das frisch von der Weide kam, wo es die Kühe des Dorfes gehütet hatte, als der Erzengel Michael das erste Mal mit ihr sprach. Aber dieses Mädchen gab es doch schon lange nicht mehr. Vielleicht, überlegte sie, störte sie sich auch daran, daß sie ja ihre Eltern verleugnete, wenn sie den neuen Namen annahm. Aber das war es auch nicht, denn sie waren jetzt ebenso adlig wie sie.
Und dann wußte sie es.
Jungfrau Jehanne war ihr Name. Der Name, den Gott ihr gegeben hatte, kein Mensch. Wenn Karl ihr wirklich eine Freude machen wollte, dann sollte er ihr die Armee geben, die sie brauchte, um diesen Krieg zu Ende zu führen. Sie gehörte nicht zum Adel der Welt und würde auch nie dazugehören. Wenn sie diesen Rang annähme, würde das bedeuten, daß sie die Hoffnung aufgegeben hätte, das Königreich zu retten, denn es war die Jungfrau Jehanne, die Gott zu dieser Aufgabe berufen hatte. Außerdem würde das Volk von Frankreich, das sie ja als Jungfrau Jehanne kannte, das Gefühl haben, sie habe das in sie gesetzte Vertrauen enttäuscht. Niemand würde eine feige Jehanne du Lys verehren, die sich in der Sicherheit des Hofes versteckt hielt.
Sie sah sich in einer echten Zwickmühle. König Karl wußte, daß sie nie für sich selbst um etwas bitten würde, und deshalb hatte er ihr etwas geschenkt, wovon er ehrlich glaubte, daß es ihr gefallen werde.

Und weil er es ihr schenkte, mußte sie es annehmen. Aber den gottgegebenen Namen würde sie niemals aufgeben. Wenn er es wollte, würde sie auf immer die Jungfrau Jehanne bleiben, bis ins Grab.

Ein wilder Schneesturm verschluckte den größten Teil Frankreichs am Weihnachtsmorgen. Er hielt den ganzen Tag an und tobte immer noch, als Jehanne am späten Nachmittag zur Messe ging. Wehmütige Trauer ließ sie an ihre Eltern denken. In ihrem ganzen Leben hatte sie noch kein Weihnachtsfest ohne sie verbracht, und schmerzlich erinnerte sie sich daran, wie sie ein Jahr zuvor darauf gebrannt hatte, sie zu verlassen; kurz nach dem Christfest war sie dann tatsächlich fortgegangen und hatte ihr eigenes Leben und das ihrer Eltern für immer verändert. Jetzt mußten sie die Geburt des Herrn ohne ihre drei Kinder feiern.

Jehanne trug ein neues Gewand, das Karl ihr geschenkt hatte. Das Hemd unter einem leuchtend roten Überwurf war aus dicker Wolle, mit Gold bestickt. Darüber trug sie einen Wappenrock in tiefem Königsblau, mit Hermelin verbrämt, und schließlich einen kurzen scharlachroten Mantel, der am Hals mit einer goldenen Spange gehalten wurde. Außerdem hatte der König ihr ein paar Stiefel aus weichem Kalbsleder geschenkt, die drei Zoll unter ihren Knien endeten. An diesem eiskalten Tag war sie dankbar dafür, und auch für die dicke wollene Hose, die ihre Beine bis zu den Hüften wärmte. Ein weicher, mit Fuchspelz gefütterter Hut mit einer langen Fasanenfeder saß keck auf ihrem Haar.

Das Kostbarste aber war der Ring am Mittelfinger ihrer rechten Hand, ein Geschenk nicht von Karl, sondern von ihrem Bruder Jehan. Seltsam schüchtern hatte er ihr den Ring überreicht, denn er war nicht teuer oder von besonderer Qualität; es war ein schlichter vergoldeter Eisenring. Ungeachtet seines neuen Titels hatte er immer noch genauso wenig Geld wie zuvor, als er noch Jehan Darc geheißen hatte; was er besaß, bekam er von Jehanne, die der König bezahlte. Aber darauf kam es ihr nicht an. Als er diesen Ring in der Stadt erstanden hatte, hatte er nicht ahnen können, wie sehr sie sich über diese Aufmerksamkeit freute.

Die Geschwister gingen Seite an Seite hinter dem königlichen Paar in die Kapelle, wo der übrige Hofstaat bereits versammelt war. Orgelmusik kündete mit einer majestätischen Hymne, die vor langer Zeit zu Ehren der Geburt des Herrn Jhesus komponiert worden war, von ihrem Erscheinen. Man hörte das Rascheln von Damast und Samt, als die Wartenden sich vor König und Königin verbeugten. Jehanne und ihre Brüder folgten Karl, bis sie auf eine Armeslänge an den Altar herangekommen waren, und knieten dann auf dem kalten Steinboden nieder. Der Erzbischof de Chartres begann mit dem feierlichen Hochamt.

»In nomine patris, et filii, et spiritus sancti, Amen.«

Gehorsam bekreuzigte sich die Gemeinde. Jehanne hob das Antlitz zu dem goldenen Kruzifix über dem Altar. Heute, an diesem heiligen Festtag, spürte sie die Verheißung des Friedens, den Christi Menschwerdung vor so langer Zeit angekündigt hatte. Vielleicht würde das neue Jahr diesen Frieden Wirklichkeit werden lassen, wenn Gott es wollte.

Bitte, Herr Jhesus, gib mir noch eine Gelegenheit, das Königreich zu retten. Ich habe in dem Jahr, das mir gewährt war, nicht erreicht, was Gott mir aufgetragen hatte. Ich weiß, daß ich jetzt nicht mehr viel Zeit habe. Bitte rühre das Herz des Königs, auf daß er mir die Freiheit gebe, Deinen Willen zu tun.

Und dann waren die Ratgeber bei ihr und sangen die Weihnachtslieder inmitten der wirbelnden, aufbrandenden Musik, die der Hoforganist aus der Orgel der Kapelle zum Himmel emporsteigen ließ. Sie spürte sie so deutlich wie ihre Brüder, die an ihrer Seite knieten.

Sei nicht traurig, Jehanne. Ein jegliches hat seine Zeit, und dies ist der Augenblick, da du ruhen und feiern sollst. Gott hat dich nicht vergessen.

Und ohne Worte zeigte die heilige Katharina ihr, was die nächsten Monate bringen konnten, wenn die mächtigen Herren es zuließen. Jehannes Augen weiteten sich ungläubig ob der Vision von klirrenden Waffen und Bannern, die von Staubwolken verschluckt wurden.

Ihre Ratgeber brauchten nicht zu erklären, was sie zu bedeuten hatte.

Wie Traumbilder beim Aufwachen verwehen, schwanden die Ratgeber, und Jehanne fühlte sich schmerzlich allein. Wie immer verfolgte sie die alte Sehnsucht, mit ihnen zu gehen; sie war nie vergangen, seit sie das erste Mal die Stimme des Erzengels Michael vernommen hatte, der ihr befahl, ihren Eltern zu gehorchen und an Gott zu glauben. Fast hörte sie ihn jetzt, den Widerhall seiner Worte: *Es ist noch nicht so weit.*

Als die Messe zu Ende war, nahm der König die Königin beim Arm und führte die ganze Hofgemeinde durch den Schneesturm in den Königlichen Palas. Eilig drängten sich die Edelleute hinein und strebten geradewegs dem Kamin zu, in dem riesige Holzscheite in einem Dreifuß gestapelt loderten. Wie in der Kapelle hingen auch hier grüne Girlanden mit bunten Bändern geschmückt an den Wänden, und ihr frischer, scharfer Duft mischte sich mit dem Geruch von Holzrauch und hundert verschiedenen Speisen. Sieben Fässer, drei mit Bier und vier mit Wein, standen einladend an der Wand, und sofort öffneten sich die Zapfhähne für die Durstigen. Die Bänke, die sonst an der langen Tafel standen, hatte man fortgeräumt, damit die Festgäste desto leichter Zugang zum Essen fänden. Um diese Jahreszeit, da die üblichen Formalitäten zugunsten von Schmaus und Gesang außer Kraft gesetzt waren, war der ganze Haushalt des Schlosses zu Speise und Trank ebenso willkommen wie das königliche Gefolge. Haushofmeister und Stallknechte, Diener und Köchinnen, alles mengte sich alljährlich ungehindert in einer kunterbunten Gemeinschaft unter Edelleute und Kammerzofen, und erst nach dem Fest der Erscheinung wäre es damit wieder vorbei. Alle trugen prachtvolle neue Kleider, Geschenke ihres Lehnsherrn und Königs.

Jehanne fragte sich, was das alles wohl gekostet haben mochte. Sicher mehr, als Karls Schatulle erlaubte. Sie schob die Versuchung beiseite, sich darüber zu ärgern. Wenn der König zur Feier des Geburtstags unseres Herrn mit Trémoïlles Geld großzügig umgehen wollte, sollte sie glücklich sein und nicht verbittert darüber, daß er es nicht benutzt hatte, um eine Armee auszurüsten. Die fröhlichen Gesichter ringsumher wirkten wie ein Tadel, und sie ließ ihren Groll doch wieder vergehen, während sie unter all den Gesichtern nach dem König Ausschau hielt.

Als sie ihn in einem Kreis munterer Höflinge entdeckt hatte, drängte sie sich durch die schwatzende, essende Menge, am Tisch vorbei und zur anderen Seite hinüber. Ihr Bruder Pierre, der auch zu der fröhlichen Schar gehörte, legte ihr einen Arm um die Schultern und drückte sie zärtlich an sich.

»Da kommt unsere geliebte Jehanne!« rief der König und hob einen juwelenbesetzten Weinbecher, so daß ihm etwas von dem Inhalt auf die Hand schwappte. Sein Blick war ein wenig glasig, aber er war nicht betrunken – zumindest noch nicht. »Amüsierst du dich?« fragte er sie. »Hast du schon gegessen? Unsere Küche hat ein vorzügliches Festmahl auf den Tisch gebracht. Das sagt man uns wenigstens.« Er hob noch einmal den Becher, und alle außer Jehanne lachten. Der Wein stieg ihnen allmählich zu Kopfe.

»Danke, Sire, aber ich bin im Augenblick nicht besonders hungrig.« Sie lächelte.

»Dann trink einen Schluck Wein«, schlug Karl vor. »Für das Essen können wir nicht einstehen, aber wir können aus erster Hand bestätigen, daß die Getränke ausgezeichnet sind.«

Wieder lachten alle Umstehenden.

»Später, Sire«, sagte Jehanne. Sie merkte, daß ihr Geduldsfaden zu reißen drohte. »Verzeihen Sie, Herr, aber ich muß Sie unter vier Augen sprechen.«

»Ach, mußt du das?« Er stöhnte wie ein bockiges Kind. »Komm schon, Jehanne – dies ist ein Fest. Lassen wir die ernsten Dinge für heute beiseite.«

»Aber es ist wichtig, Sire.« Sie runzelte die Stirn. »Bitte.«

Er zögerte. »Also schön. Komm mit.«

Die Höflinge verbeugten sich, als er sich entfernte. Pierre nahm sie beim Arm und zischelte: »Mach ihn nicht zornig, Jehanne, er hat so gute Laune.«

»Kümmere dich um deine eigenen Angelegenheiten, Pierre«, fauchte sie ihn an, und sie riß sich los und lief dem König nach.

Er führte sie zum anderen Ende der Halle und öffnete eine Tür zu einem sehr viel kleineren Raum, in dem sie noch nie gewesen war. An den vollgepackten Bücherschränken sah sie, daß es eine Bibliothek war. Ein großer Schreibtisch stand vor einem Fenster; es war stark beschlagen, aber sie konnte trotzdem sehen, daß der Schneesturm draußen noch kein bißchen nachgelassen hatte. Es war warm und behaglich in dieser Bibliothek, denn es knisterte ein freundliches Feuer im Kamin.

Karl setzte sich nicht, und er bot auch Jehanne keinen Stuhl an. Stattdessen stellte er seinen Becher auf die Schreibtischkante und hielt seine Hände vor das Feuer. »Was ist nun so wichtig, daß es nicht mehr warten konnte?« Sein Tonfall verriet, daß er nicht verärgert war, aber ungeduldig darauf brannte, zu seinem Fest zurückzukehren.

»Sire, während des Hochamts sind meine Ratgeber zu mir gekommen.« Sie schwieg kurz. »Sie sagen, daß Sie in großer Gefahr sind.«

»In Gefahr?« Angstvoll weiteten sich seine Augen, und er erbleichte. »In was für einer Gefahr?«

»Sire, Sie dürfen keinen weiteren Waffenstillstand mit dem Seigneur de Bourgogne vereinbaren«, warnte Jehanne ihn eindringlich. »Er plant Verrat; er will seine Streitkräfte aufbauen und im Frühling einen Angriff gegen Orléans führen. Wenn Sie seinem Ersuchen nachkommen und die Kämpfe bis zum Ende des Winters einstellen, so wird er dies gegen Sie benutzen.«

»Woher weißt du das?« Karl sah sie an, als seien ihr plötzlich Hörner und Hufe gewachsen.

»Ich sage doch, Sire, meine Ratgeber haben es mir vorhin während des Hochamts gesagt.« Sie machte zwei Schritte auf ihn zu und streckte flehentlich die Hände aus. »Ich bitte Sie, unterzeichnen Sie keine weiteren Abkommen mehr, denn sonst verlieren Sie Orléans wieder! Und bedenken Sie, was das bedeuten würde, Sire! England und Burgund haben immer noch Paris, und so wären Sie wieder da, wo Sie angefangen haben, und alles Kämpfen, alles Sterben wäre umsonst gewesen. In diesem Augenblick planen die Engländer, ihren Knabenkönig nach Paris zu bringen, um ihn dort zu krönen. Und wenn das geschieht, könnten die Loire-Städte und die in der Champagne, die sich auf unsere Seite gestellt haben, sich eines anderen besinnen und wieder zum Feind überlaufen.«

Er sah sie an, von Gewissensbissen geplagt. Sie vertraute ihm, sie glaubte an ihn, das sah man an dem Ausdruck ihres jungen Gesichts. Ihre Aufrichtigkeit war ein lebendiger Vorwurf gegen seine Ränke, und zum ersten Mal, seit er sie kannte, wurde ihm klar, daß er die ganze Zeit über ein falsches Spiel getrieben hatte. Gott hatte sie zu ihm gesandt, und wenn er sie abwies, wies er den Herrn des Himmels ab.

Gleich schob er diesen Gedanken beiseite. Was verstand sie denn von Diplomatie oder von der Last der Krone, die sie ihn zu tragen gezwungen hatte? Er war es, der die Bürde der Monarchie auf den Schultern trug, und er würde die Politik bestimmen, nach der das Reich regiert wurde – nicht Jehanne du Lys.

Seine Miene milderte sich ein wenig. »Jehanne, ich habe nicht die Absicht, das Königreich von den Feinden Frankreichs überrennen zu lassen. Aber ich muß mir mit diesem Abkommen Zeit erkaufen, um wieder die nötigen Finanzen aufzubringen, mit denen ich eine Armee bezahlen kann. Wir haben kein Geld für einen Krieg! Bis zum Frühjahr werde ich mir hoffentlich genug borgen können, um meine Soldaten wieder auszurüsten.«

Es lag ihr auf der Zunge, zu sagen: Sie haben kein Geld für eine Armee, aber Sie schenken dem ganzen Hof neue Kleider und veranstalten dieses verschwenderische Fest.

Aber sie schluckte diese Worte herunter und sagte statt dessen: »Die Soldaten kommen auch ohne Sold. Sie kommen aus Liebe zu Ihnen und zu Frankreich. Sie brauchen sie nur zu bitten, Sire. Und Ihre guten Loire-Städte sind Ihnen treu ergeben; sie werden Sie nicht verraten, solange ...«

Er zog eine Braue hoch. »Solange?«
»Solange Sie sie nicht im Stich lassen, Sire«, sagte sie leise.
»Du scheinst dir sehr sicher zu sein, Jehanne.«
»Ich würde mein Leben darauf verwetten.«
Du kannst leicht sicher sein, dachte er. Du weißt ja auch nicht, daß meine Berater mich täglich bedrängen, dich zu beseitigen, nachdem ich nun König geworden bin. Sie sagen, du habest deinen Zweck erfüllt, und ich neige dazu, ihnen zu glauben. Wie ermüdend und lästig du seit der Krönung geworden bist! Und doch kann ich dich nicht deinem Schicksal überlassen, denn ich liebe dich, Jungfrau Jehanne, ich liebe dich auf meine Weise, und ich bin dir dankbar für alles, was du getan und was du versucht hast. Darum habe ich dich geadelt.
Laut sagte er: »Laß uns bis zum Frühling warten. Bei diesem Wetter wäre eine Armee ohnehin im Nachteil. Ich gebe dir mein Wort als König, daß ich dir im Frühling noch einmal die Streitmacht geben werden, um die du bittest. Einverstanden?« Er lächelte.
»Jawohl, Sire.« Sie war erleichtert. Er hatte also doch auf sie gehört. Sie hoffte nur, daß die Früchte seines Versprechens nicht zu spät kommen würden. Gleichviel, dieses Zugeständnis war besser als nichts und besser als alles, was sie noch vor einer halben Stunde gehabt hatte.
»Gut. Dann laß uns jetzt zum Fest zurückkehren. Schließlich ist Weihnachten, und wir haben viel zu feiern.«

Die festliche Atmosphäre am Hof blieb noch eine Woche bestehen, bis ins neue Jahr hinein. Am 1. Januar, dem Fest der Narren, überließ Karl seinen Thron für einen Tag einem Stallburschen. Erzbischof de Chartres und der Beichtvater des Königs trugen während der Messe Masken, und statt der frommen Hymnen sangen sie freizügige Lieder und aßen Würste am Altar, was bei fast allen Anwesenden lästerliches Gelächter hervorrief.
Jehanne jedoch war bis auf den Grund ihrer Seele erschrocken über solche Blasphemie. Nicht, daß es ihr peinlich war, wie Karl augen-

zwinkernd so tat, als sei er ein Dienstbote. Alle wußten, daß er immer noch der König war; das gehörte zum Spiel. In Domrémy trieb man es genauso, nur in einem viel kleineren Maßstab. Dort tauschte der Bürgermeister seine Stellung mit dem alten Sagot, einem armen Kerl, der von den milden Gaben seiner Nachbarn lebte. Aber mit den abscheulichen Possen der Geistlichkeit war es eine andere Sache. Zu Hause verbot der fromme Sinn der Dorfbewohner dem Pfarrer, sich so schamlos aufzuführen, und deshalb profanisierte er Gott nicht. Aber er war ohnedies einer von ihnen und wäre gar nicht auf den Gedanken gekommen, so etwas zu tun.

Die ausgelassene Heiterkeit währte bis zum Fest der Erscheinung des Herrn. Dann kehrten die Diener im Schloß zu ihren Pflichten zurück, und alles nahm wieder seinen alltäglichen Gang. Jehanne wurde an diesem Tag achtzehn Jahre alt, aber sie dachte nicht daran, dies feierlich zu begehen. Sie war viel zu sehr damit beschäftigt, sich wegen der aufgezwungenen Untätigkeit zu grämen, und außerdem machte sie sich solche Sorgen, Karl könne wieder einmal von seinem Versprechen Abstand nehmen, daß sie an gar nichts anderes denken konnte. Inzwischen rechnete sie bei ihrem König mit dem Schlimmsten, so oft hatte er seine Versprechen gebrochen.

So ging es fast zwei Wochen lang, und sie hatte das Gefühl, vor lauter Hilflosigkeit um den Verstand zu kommen. Sie aß wenig und schlief noch weniger. Ihre Gefährten bekamen immer öfter ihre scharfe Zunge zu spüren, und eines Nachmittags brach Minguet angesichts ihrer sarkastischen Reden in Tränen aus. Voller Reue, aber zu stolz, ihr Unrecht zuzugeben, litt sie schweigend unter der Last ihrer Sünde, bis die heilige Katharina sie schalt.

Die dich lieben, verdienen es nicht, die Folgen deines fehlenden Glaubens zu tragen. In deinem Mißtrauen gegen Gott hast du denen Leid zugefügt, die unschuldig und ohne Arg gegen dich sind und dir gut gedient haben. Das mußt du wiedergutmachen.

Aber wie?

Laß ab von deinem Stolz. Zeig dich anständig und bescheiden. Entschuldige dich aufrichtig. Dann wirst du sie und dich selbst heilen.

Sie tat, was Katharina ihr befahl. Sie alle in ihr Gemach zu rufen erforderte mehr Mut als der Angriff auf die Mauern von Paris. Als alle versammelt waren, betrachtete sie schweigend die mürrischen Mienen. »Ich danke euch, daß ihr gekommen seid«, begann sie schließlich. »Ich glaube, alle haben bemerkt, daß ich in letzter Zeit recht mißgestimmt war.«

Ein Holzscheit knisterte im Kamin und verrutschte ein wenig, als die Flammen es erfaßten. Jehanne holte tief Luft. Gott, dies war wirklich schwer.

»Ich fühle mich nutzlos hier an diesem Ort, seit wir von der Armee getrennt sind. Gott hat mir gesagt, wir werden noch eine Gelegenheit bekommen, gegen die Feinde des Königs zu kämpfen, aber ich befürchte, daß es nicht dazu kommen wird.«

Pasquerels asketische Züge zeigten schmerzliches Mitleid, und davon ermutigt fuhr sie fort.

»Ich habe schwer gesündigt, indem ich an Gott gezweifelt habe, aber mein Unglaube ist nicht eure Schuld. Ich habe euch verletzt, und ich entschuldige mich dafür. Ich hoffe nur, daß ihr mir verzeihen könnt.«

Und im nächsten Augenblick umdrängten sie sie alle, umarmten sie liebevoll im Zauber ihres Kreises. Alle hatten Tränen in den Augen; selbst die ihres Beichtvaters verschwammen. In diesem Augenblick fühlte sie, wie der Tumult aus ihrem Herzen wich, und ein dunkler Schatten schlich sich zurück in den Abgrund, aus dem er gekommen war.

Es war, als sei der Fluch, unter dem sie gelebt hatte, auf magische Weise vertrieben. In den nächsten paar Tagen fühlte sie sich so beschwingt, daß sie beim Beten genau wußte, sie wurde gehört und Gott würde sie von der Starre des Hofes erlösen. Es lag an ihr, Geduld zu haben und darauf zu vertrauen, daß alles nach Gottes Plan geschehen würde. Dafür aber würde er sie beschützen und ihre Bestimmung erfüllen.

Dann kam eine Einladung von den Bürgern von Orléans. Es war viele Monate her, daß sie die Jungfrau, die ihre Stadt vor der drohenden Vernichtung gerettet hatte, zuletzt gesehen hatten. Sie wollten ihr zu Ehren ein überfälliges Bankett veranstalten, um ihre Dankbarkeit zu feiern. Ob sie wohl in Betracht ziehen könne, nach Orléans zu kommen, wenn sie bei Hofe nichts Dringendes zu tun habe?
Sie war so überglücklich, als Pasquerel ihr den Brief vorgelesen hatte, daß sie vergaß, daß er ein Mönch war, und ihm einen kräftigen Kuß auf die Wange gab. Er strahlte und schien gegen diesen Übergriff nichts zu haben.
Eilends lief sie zu Karl, der mit Trémoïlle, de Gaucourt, de Chartres und Le Maçon in einer Besprechung saß. Der König gewährte ihr die Bitte gelassen; er meinte, die Reise werde ihr guttun. Er habe auch nichts dagegen, wenn sie ihre Gefährten mitnehmen wolle. Ohne daß sie darum gebeten hatte, gab er ihr einhundertfünfzig Goldkronen, wünschte ihr eine gute Reise und erklärte, er werde sie bald wiedersehen.
Orléans war anders, als sie es in Erinnerung hatte. Als sie die Stadt das letzte Mal gesehen hatte, war alles noch von den Narben der Belagerung entstellt gewesen. Wie Wespennester hatten die englischen *bastilles* unter dem warmen Himmel gestanden und die Kirchen geschändet, die ihnen als Fundamente gedient hatten. Les Tourelles, um die sie so hart gekämpft hatte, waren jetzt ausgebrannte Ruinen. Damals waren Lebensmittel rar gewesen und hatten rationiert werden müssen, und noch im letzten Mai hatte die Last der siebenmonatigen Belagerung sich in den Gesichtern der Menschen widergespiegelt.
Aber heute war alles anders. Die Orléanais hatten die Festungen der verhaßten *goddons* geschleift, und es war keine Spur von ihnen zurückgeblieben: Neu erbaute Kirchen triumphierten stolz über den vernichteten Feind. Die Erdwälle, die sich um die Tourelles gezogen hatten, waren eingeebnet, und die Brücke war erneuert, so daß der Verkehr die Loire ungehindert überschreiten konnte. Die Ruinen der Tourelles waren rauchgeschwärzt und erinnerten so an das, was geschehen war. Aber ein Fremder aus einem anderen Land hätte den

Ruß vielleicht gar nicht bemerkt, wenn er an den Turmruinen vorbei in die Stadt käme. Die ruhige und gesunde Freundlichkeit ringsum hätte ihn nicht ahnen lassen, was in jener plagenreichen Woche hier geschehen war.

Wie früher ritten Jehanne und ihre Gefährten in der Gesellschaft des Bastards in die Stadt ein, und ganz Orléans war auf den Beinen, um sie zu begrüßen. Vor dem Rathaus stiegen sie ab. Oben auf der Treppe wandte Jehanne sich um und sprach zu den Menschen.

»Es ist schön, wieder in Orléans zu sein!« rief sie, und ihr Atem wehte in kleinen Wölkchen durch die kalte Luft. Der Wind trug ihre Worte davon, und sie zog sich den Mantel fester um die Schultern.

»Es gibt keinen Ort auf Erden, wo ich mich so willkommen fühle wie hier!«

Der Applaus dauerte eine ganze Weile. Jehanne fühlte sich umschlossen von einer Inbrunst, die durch die Menge flutete und sie alle miteinander verband. Seit Monaten hatte sie sich nirgends mehr so sehr zu Hause gefühlt. Strahlend winkte sie mit behandschuhter Hand. Nach und nach verklang der Jubel, und die Menschen warteten auf ihre nächsten Worte.

»Ich hoffe, daß ich ein Weilchen hierbleiben kann. Ja, ich habe mir vorgenommen, hier ein Haus zu kaufen. Würde euch das gefallen?«

Wieder erhob sich Jubel in der Wintersonne, und diesmal schien es, als wolle er gar nicht mehr enden. Der alte Gesang hob von neuem an. »Jungfrau Jehanne! Jungfrau Jehanne! Jungfrau Jehanne!«

Die Gänsehaut, die sich prickelnd unter ihren warmen Kleidern ausbreitete, kam nicht von der Kälte. Sie hob die Hände, und endlich brach der Gesang ab.

»Da ich eine Weile hierbleiben will, werde ich euch hoffentlich alle kennenlernen, und ich möchte, daß auch ihr mich kennenlernt. Aber das geht nur, wenn ich mich frei in eurer schönen Stadt bewegen kann. Ich will keine Reichtümer von euch und auch keine besonderen Vorrechte. Ihr habt mir schon mehr gegeben, als ich mir jemals hätte wünschen können, mit eurem freundlichen Empfang und mit der Großzügigkeit, mit der ihr dem Heer, das ich führte, gegeben habt, was wir für die Schlacht benötigten. Jetzt will ich nur noch eure Freundin und Nachbarin sein. Eine von euch will ich sein. Wenn ihr mich liebt …«

Wieder brandete lärmende Zustimmung auf. Mit erhobenen Händen bat sie um Ruhe. »Wenn ihr mich liebt, behandelt mich wie eine von euch. Denn in Wahrheit bin ich nicht anders als ihr. Ich bin ein Mädchen aus einem lothringischen Dorf, und wenn ihr mich allzusehr preist, könnte ich vergessen, daß ich alles, was ich getan habe, auf Gottes Geheiß hin tat. Er ist es, den ihr ehren müßt – nicht mich. Wenn ihr mich liebt, helft ihr mir, nicht zu sündigen, indem ihr Gott preist. Denn er ist unser aller König!«

Sie machte eine Atempause und bemühte sich, die Stimmung in den aufmerksamen Gesichtern zu lesen. »Ich danke euch allen. Gott segne euch.«

Der Bastard und seine Bürger schmausten mit ihr an einer Tafel voller Kapaune, Kaninchen, Rebhühner und Wein. Pierre und Jehan bekamen neue Wämser, angefertigt vom Leibschneider des Bastards. Das Domkapitel der Stadt verpachtete ihr ein Haus ihrer Wahl zu einem sehr günstigen Zins. Als Jehanne es besichtigte, fiel das Licht der Januarsonne durch die vielen sauberen Fenster, und als sie von Zimmer zu Zimmer wanderte, stieg ihre Begeisterung. Sie stellte sich vor, wo Maman ihr Spinnrad aufstellen könnte: vor den Kamin in der Stube im ersten Stock. Das Eckzimmer im Erdgeschoß wäre vorzüglich als Empfangsraum für Papa geeignet. Am anderen Ende des Hausflurs, in einem großen Raum neben der Küche, würde die Familie ihre Mahlzeiten einnehmen.

Hier wollte sie wohnen, und sofort wollte sie Jacques und Isabelle kommen lassen! Fast hätte sie Pierre auf der Stelle losgeschickt, damit er sie holte. Aber sie wußte, daß das nicht ging – noch nicht. Katharina hatte sie gewarnt, daß der Feind die Absicht habe, gegen Orléans zu ziehen, wenn der Winter vorüber wäre, und deshalb war es zu gefährlich. Ihre Eltern waren besser aufgehoben, wo sie jetzt waren, fernab im sicheren Lothringen. Wenn der Krieg zufällig über Domrémy hinwegzöge, wäre das der Wille Gottes, und nichts könnte es

verhindern, aber der gesunde Menschenverstand verbot ihr, die Eltern auf ein Schlachtfeld zu holen.
Ja, vorläufig wären sie in ihrem Dorf sicherer. Wenn der Frühling vorbei und Orléans wieder sicher wäre, würde sie sie kommen lassen. Einstweilen wohnte sie bei ihren alten Freunden, den Bouchers. Wieder teilte sie die Kammer mit der kleinen Charlotte. Das Mädchen war um zwei Fingerbreit gewachsen, seit Jehanne sie zuletzt gesehen hatte. Gleichwohl war sie immer noch ein Kind voller Ehrfurcht vor ihrer Heldin, und in der ersten Nacht konnte sie vor lauter Aufregung neben ihrem verehrten Gast kaum schlafen.
Etwas mehr als vier Wochen blieb Jehanne in Orléans. Zu ihrer Freude stellte sie fest, daß die Stadt sie verstanden hatte und in Ruhe ließ. Die Leute winkten ihr zu und begrüßten sie, wenn sie mit Madame Boucher oder dem Bastard unterwegs war, aber sie bedrängten sie nicht. Einige lernte sie namentlich kennen: Jacquot, den Schuster, einen ehemaligen Soldaten, der 1419 in einer unbedeutenden Schlacht gegen die *goddons* ein Auge eingebüßt hatte, Madame le Noir, die Bäckersfrau, die Jehanne niemals für ihr Brot bezahlen ließ, und Gustave, den Ölhändler. Abends suchten städtische Würdenträger ihre Gesellschaft, und nicht selten mußte sie Einladungen zum Essen ablehnen. Oft indessen war sie mit dem Bastard zusammen.
Eines Abends, als sie allein waren, erzählte sie ihm von ihren Befürchtungen, daß die Engländer versuchen würden, Orléans zurückzuerobern. Sie sagte ihm nicht, daß ihre Ratgeber ihr diese Warnung hatten zukommen lassen. Er hörte ihr ruhig zu, und seine nüchterne Miene verriet keinerlei Überraschung. Während sie sprach, nickte er vorausahnend, und sie hatte das Gefühl, daß er schon wußte, was sie ihm da sagte. Sie ahnte nicht, daß er noch mehr wußte.
»Das ist Karls Art: Verhandlungen und Kompromisse«, sagte er. »Es ist durchaus denkbar, daß er uns zu unserer Verteidigung kein Geld geben will – oder kann.«
Der Bastard schaute sie lange an, als müsse er zu einem bestimmten Schluß kommen. Schließlich erhob er sich, ging zur Tür und öffnete sie. Kein Lauscher war draußen zu sehen; er schloß die Tür und

kehrte zu seinem Platz zurück. »Du warst ziemlich einsam bei Hofe, nicht wahr?« stellte er fest.

Sie nickte und fragte sich, was für schlechte Neuigkeiten er haben mochte. »Ja. Der König spricht nur selten mit mir – und nie über den Krieg.«

»Jehanne, es gibt da etwas, das du wissen mußt.« Langsam, wie um sich zu sammeln, rieb er sich die Hände. »Im vorigen August, ungefähr eine Woche bevor wir versuchten, Paris zu nehmen, hat Karl einen weiteren Vertrag mit Burgund unterzeichnet, den ich beim besten Willen nicht verstehen kann, denn er hat keinen Sinn.«

»Warum nicht? Was steht denn darin?«

Der Bastard machte eine saure Miene. »Karl erklärte sich bereit, Philippe die Stadt Compiègne zur Verfügung zu stellen, während wir Paris belagerten, so daß Philippe für seine Truppen in der Hauptstadt eine Nachschubbasis hätte.« Der Bastard lächelte grimmig, als er Jehannes verblüfftes Gesicht sah. »Ganz recht: Er hat Philippe de Bourgogne erlaubt, eine königstreue Stadt zu besetzen, damit der sie dann gegen die Königliche Armee benutzen konnte.«

»Aber etwas so Sinnloses habe ich noch nie gehört«, sagte Jehanne. »Warum tut er so etwas? Glauben Sie, er wird wahnsinnig wie sein Vater?«

Der Bastard schüttelte den Kopf. »Karl mag zuweilen ein Narr sein, aber wahnsinnig ist er nicht. Ich glaube, daß Trémoïlle dahintersteckt. Er muß Karl dazu überredet haben, auch wenn ich mir nicht vorstellen kann, mit welchen Argumenten ihm das gelungen ist.«

Sie starrte ins Feuer, ohne etwas zu sehen; das Ausmaß von Trémoïlles Verrat machte sie sprachlos.

»Der springende Punkt ist: Als man den Bewohnern von Compiègne im letzten Oktober sagte, daß sie Burgund ›geschenkt‹ worden seien, rebellierten sie und gingen auf die Straße, ja, sie widersetzten sich sogar dem Rat des Garnisonskommandanten, dem König zu gehorchen und die Stadt preiszugeben. Sie erklärten, sie seien loyale Untertanen Seiner Majestät und würden sich Philippe niemals unterwerfen.«

»Gut!«

»Ja ...« Der Gesichtsausdruck des Bastards sagte: Es kommt noch mehr, und es wird immer besser. »Die Leute schrieben an Karl, gelobten ihre Loyalität und baten um militärische Unterstützung. Statt ihnen ihre Bitte zu erfüllen, schickte er Erzbischof de Chartres hin, der sie davon abbringen sollte, den Vertrag des Königs mit Bourgogne zu brechen. Die Compiègneser – Gott segne sie! – ließen sich aber nicht überreden, und das erzürnte den Erzbischof so sehr, daß er an Philippe schrieb und ihm mitteilte, wenn er den Wunsch habe, Compiègne einzunehmen, so werde er dort niemanden finden, der ihn daran hindere.«

»Was?« Jehanne klappte den Mund auf und schüttelte fassungslos den Kopf.

Der Bastard nickte und zog die Brauen hoch. »Es ist wahr. So unglaublich es klingt, aber Karl hat es geschafft, gegen sich selbst Verrat zu üben – und mit ihm gegen die, die ihm ihre Treue geschworen hatten.«

»Und hat Bourgogne Compiègne daraufhin besetzt?«

»Nein. Zumindest noch nicht. Aber die Stadt wird belagert, und das seit einigen Monaten.«

Ihre Augen wurden schmal. »Woher wissen Sie das?«

Er rieb Daumen und Zeigefinger aneinander. »Du würdest staunen, was man für ein bißchen gut verteiltes Silber alles kaufen kann, Jehanne. Du könntest auf den Gedanken kommen, dir selbst ein paar Quellen zu erschließen, zumal wenn du bei Hofe ein so vereinzeltes Dasein führst.«

»Ich habe meine Ratgeber.« Sie zog die Stirn kraus.

»Aber sie erzählen dir nicht alles, nicht wahr?«

Sie schüttelte den Kopf. »Aber alles, was nötig ist.«

»Trotzdem könntest du meinen Rat in Betracht ziehen.« Das klang nicht vorwurfsvoll, sondern sachlich.

»Wie denn? Wo finde ich solche Leute?«

Er lächelte und sah wieder aus wie der freundliche Mann, den sie kannte. »Ich werde dir die Möglichkeit geben, mit Leuten in Verbindung zu treten, die mir gute Dienste geleistet haben und dies immer noch tun. Du wirst sie äußerst wertvoll finden.«

»Wer sind sie denn?«
Sein Lächeln wurde ironisch. »Es gibt Dinge, die man besser nicht weiß. Ihre wahre Identität ist mir auch nicht bekannt; ich kenne nur ihre *noms de guerre*. Sie kommen und gehen in finsterer Nacht, wenn man ihr Gesicht nicht sieht. Aber ich weiß eines: Was sie berichten, ist ausnahmslos wahr. Sie haben mir noch etwas erzählt, was du vielleicht noch nicht gehört hast: Die Lage in Paris ist sehr schlecht. Seit wir versucht haben, die Stadt einzunehmen, wird die Umgebung von Armagnac-Banden geplagt. Kurz vor Weihnachten wurden ein Dutzend Leute gefangen und hingerichtet.«
»O mein Gott.« Ein Schauer überlief sie.
»Begreifst du, weshalb es vielleicht nicht möglich sein wird, die Loire-Städte zu verstärken? Nicht einmal Orléans? Die Armee – oder das, was von ihr übrig ist – hat alle Hände voll damit zu tun, an allen Enden gegen Karls Feinde zu kämpfen. Leider sind ihr aber gegen die, die sich am Hofe aufhalten, die Hände gebunden.« Das sagte er mit ungewöhnlicher Bitterkeit. »Die Städte, die sich seit der Krönung auf seine Seite gestellt haben, haben dies freiwillig getan, aber sie sind ungeschützt. Kann sein, daß sie um ihr eigenes Leben werden kämpfen müssen, wenn die Engländer gegen Orléans ziehen.«
Diese Erkenntnis mußte sie erst verdauen. »Dann müssen wir vermutlich nehmen, was wir bekommen können.«
»Aber das wird vielleicht nicht genügen. Ohne Waffen und Leute kannst du nicht siegen. Und wenn kein Geld da ist, um dafür zu bezahlen …«
»Sie werden meinetwegen kommen«, beharrte Jehanne.
»Hüte dich, eine größere Streitmacht anzugreifen, als du selbst hast«, warnte er. »Ich weiß, daß Gott auf deiner Seite steht«, fiel er ihr ins Wort, als sie Einwände erheben wollte, »aber unbesiegbar bist du nicht, was immer du glauben magst. Ich sage dir das zu deinem eigenen Besten, Jehanne. Sieh dich vor. Bei Hofe und im Felde.«
Sie verstaute diesen Rat in einer Kammer ihres Herzens, zusammen mit den unglaublichen Neuigkeiten, die der Bastard ihr da eröffnet hatte. Schon vor der Krönung hatte sie gewußt, daß Karl schwach

und wankelmütig war, aber nie hätte sie sich träumen lassen, daß er leichtgläubig genug war, um sich dazu beschwatzen zu lassen, seinem eigenen Königreich zu schaden! Sie mußte zum Hof zurück, sie mußte eine Armee von ihm fordern. Aber ihr war klar, daß er auch würde wissen wollen, wie sie all seine geheimen Vereinbarungen erfahren hatte, von denen sie doch nichts wissen sollte. Sie durfte den Bastard und sein Vertrauen in sie nicht verraten. Sie würde sich also überlegen müssen, wie sie mit dem König umgehen würde, wenn sie wieder bei Hofe wäre.

Vorläufig mußte sie in Orléans bleiben, bis er sie rufen ließe. Als der erste Schreck vergangen war, stellte sie fest, daß ihr das nicht allzu schwerfiel. Sie brauchte Ruhe und Erholung von der Politik und von den Leiden des Krieges. Und in einem geheimen Winkel ihres Herzens hoffte sie, daß noch einige Zeit vergehen würde, bis Karl dieser angenehmen Zeit ein Ende machte.

Von den Orléanais kam nichts als hingebungsvoller Lobpreis. Kein Mensch erwähnte je ihre Niederlagen von La Charité und Paris. Kleine Kinderhorden folgten ihr, wenn sie unterwegs war, schüchtern erst, aber dann lösten sich ihre Zungen, wenn sie nach ihren Familien fragte, und bald wußte sie, wie alle diese Kinder hießen, wie alt sie waren und wo sie wohnten. Großzügig gab sie den Armen, und dabei fühlte sie sich viel besser als beim Anprobieren neuer Kleider. Alle Mühe und alles Leid hatten sich gelohnt, wenn sie für ihre Plagen solchen Lohn bekam.

Und in der zweiten Februarwoche, als sie sich in der Heimatstadt ihrer Wahl so entspannt und behaglich fühlte wie nie zuvor, ließ Karl sie unverhofft rufen, und sie mußte zurück zu ihm nach Jargeau.

»Herein!«

Ein Diener öffnete die hohe Eichenholztür und ließ Stafford in den Empfangsraum des Herzogs treten. Der Herzog saß am Kamin, dessen Feuer die einzige Lichtquelle in dem hohen Raum darstellte, und als Stafford eintrat, wandte er ihm das unverwechselbare Profil mit

Hakennase und fliehendem Kinn zu. An den Schatten, die über das Gesicht fielen, sah Stafford, daß er lächelte.
Der Herzog erhob sich; er hielt ein großes Pergament in den Händen, das er gelesen hatte, als sein Untergebener an die Tür klopfte. »Willkommen in Paris, Stafford«, sagte er. Die tiefe Stimme klang selbstbewußt und warm. »Ich dachte nicht, daß ich Euch so bald wiedersehen würde – bei diesem Wetter.«
Stafford warf einen Blick zum Fenster. Ein heulender Schneesturm hatte den Februar in tiefste Winterkälte gestürzt. »Danke, Sir. Es ist schön, endlich hier zu sein.«
»Kommt herüber, näher ans Feuer.«
Der Soldat brauchte keine zweite Einladung. Seine Stiefel hallten im Halbdunkel über den Boden, als er an dem Tisch mit Bedfords unterbrochenem Schachspiel vorbei zur belebenden Behaglichkeit des flackernden Kaminfeuers kam. Er spreizte die Hände und genoß das beinahe schmerzhafte Kribbeln, mit dem sein Blut sich erwärmte, daß sein Haar beinahe knisterte. Seine Kleider wurden so heiß, als würden sie im nächsten Augenblick in Flammen aufgehen.
Der Herzog sah es lächelnd. Robert, der Earl von Stafford, war ein tapferer Mann und tat seine Pflicht in Dijon sicher auf vorzügliche Weise. Diese kalten blauen Augen waren bei den Gesprächen ohne Zweifel unablässig auf Bourgogne gerichtet gewesen und hatten Bedfords eigene kompromißlose Haltung gut repräsentiert.
»Nun, so trinkt doch einen Schluck heißen Wein.« Bedford beugte sich zum Kamin und hob den Kupferkessel auf, der auf einem Stein vor den glühenden Kohlen stand. Dann stand er auf, nahm einen Humpen mit Steinguthenkel vom Kaminsims und reichte ihn Stafford. Der Soldat roch den verlockenden Zimtduft, der aus seinem dampfenden Becher aufstieg.
Bedford deutete auf den zweiten Stuhl vor dem Feuer. Mit erschöpftem Grunzen setzte Stafford sich und schlug seinen Mantel zurück. Der Herzog schenkte sich selbst noch etwas Wein ein und setzte sich dann ebenfalls wieder.
»Dann möchtet Ihr jetzt wohl meinen Bericht hören, Sir«, stellte Staf-

ford fest und schlürfte geräuschvoll von seinem würzigen Wein. »Er ist gut. Der Herzog von Burgund war äußerst dankbar für Euer Angebot; Ihr hattet ganz recht.« Er sog ein wenig Wein zwischen den Zähnen ein und spürte genüßlich, wie die Kräuter seine Kehle erwärmten, daß seine Nase zu laufen begann. »Ich muß sagen: ihm Compiègne zu überlassen und zu sagen, er könne die ganze Champagne haben, wenn er sie den Armagnacs wegnehmen kann, das war schon ein höchst inspirierter Einfall von Euch, Sir. Er war sogar mit Eurem Vorschlag einverstanden, Heinrich in Reims krönen zu lassen, sofern er die Stadt an sich bringen kann.«

»Ausgezeichnet!« Bedford klatschte in die Hände und rieb sie dann. »Wenn der König endlich zum König von Frankreich und von England gekrönt ist und sein Erbe antritt, dann werden Karl und seine illegale Krönung aus dem Gedächtnis der elenden Kerle ausgelöscht werden, die sich da um ihn geschart haben. Und dann können wir auch die Städte hier in der Nähe zurückgewinnen. Was ist mit den Verrätern hier in der Stadt? Habt Ihr noch welche verhaften können, seit ich nach Dijon ging?«

Stafford wischte sich mit dem Handrücken über den Mund und dann über die schweißfeuchte Stirn. Vom nahen Feuer war sein Gesicht erhitzt und noch röter als sonst. Sein karottenrotes Haar sah in dem Flackerlicht aus, als stehe es selbst in Flammen.

»Die fangen wir schon noch, Sir, darauf könnt Ihr wetten«, sagte er. »Wie steht's mit Orléans? Bleibt es dabei, daß wir es uns vornehmen, sobald das Wetter besser wird?«

Bedford zuckte die Achseln. »Das hängt von Philippe ab und vom Erfolg seines Champagne-Feldzugs. Wir können ja nicht gut an die Loire ziehen, wenn wir eine feindselige Champagne im Rücken haben. Aber wenn es Burgund gelingen sollte, Reims und Soissons zu erobern, dann können wir Orléans und Troyes gleichzeitig angreifen. Dann ist Karl gezwungen, seine Armee zu teilen, und dafür ist sie natürlich nicht groß genug; er kann nicht an zwei Fronten gleichzeitig kämpfen.«

»Und wann werdet Ihr den König über den Kanal bringen?«

Sein Herr schaute in das glänzende, pockennarbige Gesicht. »Spätestens im April hoffentlich. Ich habe Warwick angewiesen, die königlichen Gemächer im Schloß von Rouen bereitzumachen. Ich möchte, daß Ihr ebenfalls dort seid, Stafford.«

»Ich, Sir?« Die harten blauen Augen des Earl, vom Wein leicht benebelt, aber immer noch empfindungslos wie Eis, starrten ihn an, als habe der Mann nicht richtig gehört.

»Ganz recht. Ihr müßt Warwick helfen, die Garnison zu führen.«

»Aber warum? Braucht Ihr mich nicht im Felde?«

»Wenn wir den König von England herüberbringen, lasse ich ihn von weiteren tausend Mann begleiten. Die werden unter Eurem Befehl stehen, und es wird Eure Aufgabe sein, dafür zu sorgen, daß sie den König bewachen, falls es zum Schlimmsten kommen sollte. Dann wird Warwick weiterhin die vorhandene Garnison befehligen.«

Stafford nickte. »Ich werde meine Pflicht tun und dem König dienen wie immer.«

»Gut.« Bedford lächelte.

»Da wäre noch etwas, Sir.« Staffords kantiger Kiefer reckte sich vor, und seine Augen wurden zu haßerfüllten Schlitzen. »Ich meine Richmond. Jedermann weiß, daß er für das Massaker von Patay verantwortlich war und daß er überhaupt nicht dagewesen wäre, wenn diese verdammte Hure nicht bei Karl ein Wort für ihn eingelegt hätte. Mit Richmond werden wir schon fertig, aber was fangen wir mit dieser Zauberin an? Wenn sie noch einmal mit ihrer Schwarzen Magie im Feld erscheint, dann werden wir den Armagnacs vielleicht nicht mehr gewachsen sein. Wird der König in Sicherheit sein – selbst in Rouen?«

Der Herzog stellte seinen Becher auf den Boden und streckte die Hände zum Feuer. Er rieb sie heftig; die Frage, die er sich selbst schon hundertmal gestellt hatte, war ihm ein Graus.

»Meine Spione sagen, daß Karl mit ihr unzufrieden ist, seit sie es mit ihrer Hexenkunst nicht vermocht hat, Paris für ihn zu erobern. Er hält sie an der Leine; sie ist immer an seiner Seite, während er von einem Château zum andern zieht.« Er lächelte den Earl vielsagend an.

»Anscheinend weiß unser kleiner König von Bourges nicht so recht, was er mit ihr anfangen soll, nachdem sie nun zu einer Belastung für seinen ›königlichen‹ Stolz geworden ist. Und im Gegensatz zu dem, was wir seinerzeit annahmen, war er ganz und gar nicht erpicht darauf, Richmonds klägliche Loyalitätsdemonstration zu akzeptieren, als das Mädchen ihm diesen Vorschlag unterbreitete. Das war ihr erster Fehler, Stafford. Nicht einmal Karl ist dumm genug, um unserem dämonischen Grafen zu vertrauen, und niemand will ihn an seiner Seite haben – nicht Karl, nicht Burgund, und ich ganz bestimmt nicht. Meine treuen Diener Englands berichten mir, daß ihre Fürsprache für Richmond den Beginn ihres Niedergangs in den Augen Karls bezeichnete. Ja, er war so verärgert über Richmonds versprochene Unterstützung, daß er ihm verbot, an seiner sogenannten Krönung teilzunehmen! Und jetzt, nachdem die Hexe bei Paris und bei La Charité verloren hat, haben die Armagnacs allgemein ihre Illusionen über die beliebteste unter ihren Huren verloren. Aber gesetzt den Fall, daß es ihr noch einmal gelingt, Karl so zu behexen, daß er ihr neue Truppen zur Verfügung stellt, so habe ich selbst Maßnahmen getroffen, die dafür sorgen werden, daß ihre militärischen Abenteuer ein schnelles Ende nehmen.«

Stafford zog verständnislos die Brauen hoch.

Bedford hielt ein Pergament in die Höhe. »Auf ihren Kopf wurde eine Belohnung ausgesetzt, mein lieber Earl. Zwanzigtausend Pfund.«

Der Soldat riß die glasharten Augen auf und stieß einen leisen Pfiff aus. »Das ist eine Menge Geld, Mylord.«

Bedford griff nach seinem Becher und trank. Er war im Grunde nicht beunruhigt. Noch zwei Monate, und es wäre Frühling, und dann würden sie sich zurückholen, was Karl dem König gestohlen hatte: 1430 würde ein glorreiches Jahr für England werden.

Jehanne stemmte sich mit gesenktem Kopf gegen den eisigen Sturm. Sie war froh, daß die Schneewehen nicht tief genug waren, um über ihre kniehohen Stiefel zu reichen. Der Wind peitschte ihr beißende

Eiskörnchen ins Gesicht und wollte die Kapuze zurückschlagen, die auf ihrem Haar saß. Mit zusammengebissenen Zähnen zog sie sie fester um den Kopf, um weiter unkenntlich zu bleiben. Dabei kam es eigentlich nicht darauf an. An diesem höllisch kalten Tag Anfang März war in den Straßen von Jargeau fast niemand unterwegs. Und von den wenigen, die doch draußen waren, würde niemand damit rechnen, daß er mitten im Schneesturm der Jungfrau Jehanne begegnen könnte, schon gar nicht in einem so verrufenen Teil der Stadt.

Drei Tage zuvor war sie nach Jargeau zurückgekehrt, nachdem sie Karl angefleht hatte, er möge sie aus der Monotonie des Hoflebens entlassen. Von ihren Gefährten hatte sie keinen mitgebracht, und sie verriet auch niemandem, weshalb sie in Wirklichkeit wieder nach Jargeau gekommen war. Pasquerel, dem das Beichtgeheimnis die Zunge band, war die einzige Ausnahme. Er hatte ihr den Brief vorgelesen, den sie sogleich verbrannt hatte, nachdem sie sich den Inhalt eingeprägt hatte. Der Bastard hatte Wort gehalten und ihr einen wertvollen Kontakt beschafft, und heute würde sie zum ersten Mal mit ihm zusammentreffen.

Das Handwerkerviertel, in dem buntes Glas, Schuhe und silberne Kerzenleuchter feilgeboten wurden, lag hinter ihr, und sie ging jetzt zwischen den Hütten hindurch, die das Flußufer säumten. In dieser unbekannten und aufregend unheimlichen Gegend saßen graue Behausungen wie Geschwüre am Rest der Stadt, alt und verfallen, fensterlos und ohne Türen; die Öffnungen waren mit schmutzigen Hanfsäcken verhängt, die man an schlecht eingepaßte Türrahmen genagelt hatte – ein hilfloser Versuch, ein bißchen Wärme festzuhalten. Vor einer dieser Hütten hockte ein triefäugiger Bettler, der unter seiner dünnen Decke erbärmlich zitterte; er drückte wärmesuchend einen großen, räudigen Hund an sich und schmiegte sich an eine Holzwand, die, jahrelang den Elementen ausgesetzt, rauh und rissig geworden war.

Jehanne zwang sich, keine Notiz von ihm zu nehmen. Sie kämpfte sich weiter und gelangte in eine Gasse, in der niemals die Sonne schien. Jemand öffnete ein Fenster über ihrem Kopf und schüttete et-

was heraus, das vor ihr auf die Straße platschte. Der ekelhafte Gestank menschlicher Exkremente stieg aus der dampfenden Schneewächte und mischte sich in den Geruch des Holzrauches, der von den löchrigen Dächern herunterwehte, und in den Dunst von kochendem Kohl – der einzigen Nahrung vielleicht, die der Familie, in deren Topf er schmorte, in dieser Woche zur Verfügung stand. In zwei verschiedenen Behausungen weinten Kinder um Speise und Wärme, die sie nicht hatten und nicht bekommen würden. Im Schatten vor ihr hörte man ein Huschen und Rascheln; Ratten hatten am gefrorenen Kadaver einer Katze genagt, als Jehanne herankam. Über allem lag der ranzige Geruch vom Fluß, der Geruch von Schilf, das im Schlamm verfaulte, und von den Kloaken der Stadt.
Jehanne verschloß sich vor all dem, denn dieses Leben hatte nichts mit ihr zu schaffen. Wachsam umfaßte ihre behandschuhte Hand den Griff ihres Schwertes; sie wußte, daß sie selbst in diesen fadenscheinigen Kleidern – es waren die Sachen, die sie ein Jahr zuvor auf der Reise nach Chinon getragen hatte – im Vergleich zu denen, die hier wohnten, reich aussah, eine Versuchung für die Räuber, die sie womöglich aus dunklen Winkeln beobachteten.
Am Ende des Gasse bog sie nach links auf die Straße, die am Ufer der Loire entlangführte. Es schneite so heftig, daß der Fluß hinter dem Schleier aus blendenden Schneekristallen nicht zu sehen war. Vor ihr schaukelte ein verwittertes Schild mit dem Bild eines Hahns wie verrückt hin und her, und schon hörte sie trunkenes Gelächter und Gesang hinter der geschlossenen Tür einer Schenke.
Sie beschleunigte ihren Schritt und ging vorbei, denn sie wollte nicht bemerkt werden. Der Taverne gegenüber stand das farblose, unauffällige Haus mit der roten Tür, das der Bastard ihr beschrieben hatte: Hier würde sie ihren Informanten finden. Sie blieb davor stehen, zog sich den Mantel fester um die Schultern und klopfte, wie man es ihr gesagt hatte. Zweimal, Pause, dreimal, Pause, einmal.
Nichts rührte sich.
Sie wußte nicht, was sie jetzt tun sollte. Es konnte doch nicht sein, daß der Bastard ihr etwas Falsches gesagt hatte. Gerade hob sie die

Faust, um noch einmal zu klopfen, als die Tür sich einen Spaltbreit öffnete.

Es war das Gesicht einer Frau, das herausschaute, verschmiert mit dem Schmutz von zehn Jahren und umrahmt von verfilzten, ungewaschenen Haaren. »Was willst du?« fauchte eine Stimme.

»Die Loire ist rot und grün in Orléans«, antwortete Jehanne. Das war die Losung, die man ihr gesagt hatte.

»Steh nicht rum, komm rein«, befahl die Frau. Sie hatte nur noch sehr wenige Zähne, und auch die waren nur verfaulte Stummel.

Jehanne huschte zur Tür hinein, und die Frau schloß und verriegelte sie hinter ihr.

Drinnen war es dunkel, nur das Herdfeuer spendete ein wenig Licht. Irgend etwas Abscheuliches kochte in einem Eisentopf, der an einem Haken über den brennenden Holzscheiten hing; der Inhalt blubberte unter dem Deckel und spritzte zischend in die Glut. Auf einem wackligen Tisch zur Rechten lagen die gehäuteten, kopflosen Überreste eines Kaninchens – oder war es Schlimmeres? Von einer kurzen Bank hinter dem Tisch abgesehen, gab es keine weiteren Möbel. Die abgestandene Luft war erfüllt von dem Moschusgestank, den der ungewaschene Körper der Frau verströmte, und von dem des Hundes, der hechelnd vor dem Feuer lag.

»Da hinten.« Die Frau deutete durch die Stube zu einer Tür, vor der ein Leintuchfetzen hing. Durch die Löcher schimmerte Kerzenschein. Behutsam näherte Jehanne sich dieser Tür. Fast wäre sie auf eine Ratte getreten, die vor ihr davonhuschte. Naserümpfend hob sie den Lappen hoch.

Die Kerze, deren Licht sie durch den Vorhang gesehen hatte, stand wachstriefend auf einer alten Kiste mitten in der winzigen Kammer. An einer Wand stand ein durchgelegenes, schmutzstarrendes Bett, und auf der Kante saß ein Mann, der sich die Kapuze tief ins Gesicht gezogen hatte.

»Komm herein, aber bleib an der Tür.« Seine Stimme war kaum mehr als ein Flüstern. Sein Akzent war so vertraut und so wenig greifbar wie ein Lied, an das man sich nur halb erinnerte. Er schlug die Kapuze nicht zurück und schaute sie auch nicht an. Im spärlichen Licht sah sie nur, daß er ein schlichtes Hemd, eine dicke Hose und Stiefel trug. Diese Boten zeigten niemals ihr Gesicht, das hatte der Bastard ihr schon gesagt.

»Weißt du, wer ich bin?« fragte sie.

»Natürlich. Und ich weiß, warum du hier bist. Hast du mein Geld?«

»Ja.« Sie schob die Hand in ihr Wams und wühlte den Lederbeutel hervor, den sie zwischen Hemd und Hosenbund geschoben hatte. Dann wollte sie auf ihn zugehen.

»Dageblieben. Wirf es herüber.«

Der Beutel klimperte, als er ihn auffing. Er zog die Schnur auf und spähte hinein. Als er sich vergewissert hatte, daß man ihn nicht betrügen wollte, schloß er den Beutel wieder und stopfte ihn unter sein Hemd.

»Die Armagnacs waren fleißig bei Paris«, sagte er in diesem beunruhigenden Flüsterton. »Zum einen setzen die Überreste von Karls Truppen den Außenbezirken und den dort versammelten englisch-burgundischen Einheiten täglich zu, und zum andern gibt es auch in der Stadt selbst eine Verschwörung zum Sturz der vereinten Regierung Bedfords und Philippes. Die Verschwörer treffen sich in einer Schenke, die ›Zum Bären‹ heißt, und der Wirt ist einer der wichtigsten Rädelsführer.«

»Und wer sind die andern?«

Er zuckte kaum merklich die Achseln. »Rechtsanwälte, Kaufleute, Kirchenmänner. Unwichtig. Pater Pierre d'Allée, der Abt des Karmeliterklosters in Melun, ist ihr Kurier; er hält die Verbindung zu den Armagnac-Streitkräften vor der Stadt und übermittelt auch Nachrichten zwischen Paris und Melun. Sie versuchen die anderen Pariser zum Aufstand zu bewegen. Sie hoffen, daß das Volk im Innern rebelliert und daß Karl die Hauptstadt gleichzeitig von außen angreift. Aber die Engländer sind ihnen auf der Spur. Sie kennen noch nicht alle Anführer, aber das Wirtshaus wird von Anhängern Philippes aufmerksam bewacht, und Hausdurchsuchungen nach versteckten Waffen gibt es fast jeden Tag. Die Narren unterschätzen die Engländer – denn die werden Paris nicht kampflos aufgeben, und Frankreich schon gar nicht. Sie sind davon überzeugt, daß das Königreich rechtmäßig ihnen gehört, und in ihrer Verbohrtheit kommt ihnen kein anderes Volk der Welt gleich. Sie scheuen vor nichts zurück, wenn es darum geht, zu behalten, was sie als ihr Eigentum betrachten.«

»Und Compiègne? Wird die Stadt noch belagert?«

»Ja. Den neuesten Nachrichten zufolge bereitet auch Melun sich darauf vor, das englische Joch abzuwerfen, das man dort jetzt seit zehn Jahren trägt. Bedford hat die Stadt seinem Schwager, Philippe de Bourgogne, überlassen, aber das Volk dort hat genug von seinem fremden Herrn. Du brauchst dich nicht zu wundern, wenn du demnächst hörst, daß es in Melun Unruhen gibt.«

Sie verdaute diese Neuigkeiten einen Augenblick lang. Wenn das alles zutraf, würde sie Karl dazu überreden müssen, ihr eine Armee zu geben, die sie nach Melun führen könnte. Und nach Compiègne.

»Gibt es noch etwas?«

Er schwieg kurz. »Ja«, sagte er dann. »Die Engländer haben ein Kopfgeld von zwanzigtausend Pfund auf deine Ergreifung ausgesetzt – tot oder lebendig. Vorzugsweise lebendig, denn sie möchten das Vergnügen haben, dich demnächst als Hexe auf dem Scheiterhaufen zu verbrennen.«

Sie schnappte nach Luft. Die Verhöhnungen, die man von den Tourelles heruntergeschrien hatte, und Talbots Drohungen umschwirrten sie wie Fledermäuse, und der Mund wurde ihr trocken. Sie dachte an Guyenne und an das Schicksal, das ihm zuteil geworden wäre, wenn Orléans nicht zurückerobert worden wäre.

Sie starrte den Mann an, und plötzlich packte sie eine Angst, die größer war als alles, was sie bisher gekannt hatte. Wie sorgfältig er das Geld gezählt hatte, das sie ihm zugeworfen hatte … Sie wich einen Schritt zurück und war im Begriff, hinauszulaufen, als er das Wort ergriff.

»Keine Angst. Wenn ich dich verraten wollte, wärest du tot gewesen, als du hereinkamst. Aber mir liegt nichts an englischem Gold; da mögen sie für dich bieten, soviel sie wollen.«

Sie entspannte sich ein wenig. »Was gibt es sonst noch?«
»Nichts. Vorläufig jedenfalls. Solltest du mich wieder erreichen müssen, sag es dem Bastard von Orléans, wie du es auch diesmal getan hast.«
Sie nickte. »Ich danke dir.« Sie wandte sich zum Gehen.
»Jehanne.«
Sie sah sich um. Er hatte sich nicht von der Stelle gerührt. »Sei auf der Hut. Zwanzigtausend Pfund. Vergiß das nicht.«
Sie rannte fast hinaus, vorbei an dem schlafenden Hund und an der Frau, die nicht einmal von dem stinkenden Topf aufblickte, in dem sie rührte.
Mitten in der Nacht erwachte sie neben der leise schnarchenden Paulette de Barneville und richtete sich jäh auf. Im Traum war ihr eine Erkenntnis gekommen. Der geheimnisvolle Akzent des Mannes hatte sie den Rest des Tages hindurch wie ein Zahnschmerz verfolgt, und so angestrengt sie auch nachgedacht hatte, woher er kommen mochte, war es ihr doch nicht eingefallen. Aber jetzt, um vier Uhr in der Frühe, wußte sie, was für ein Akzent es gewesen war.
Ihr Informant war Engländer gewesen.

»Unser Entschluß steht fest, Seigneur Kanzler. Wir folgen Sieur de Gaucourts Rat und schicken die Jungfrau nach Melun.«
»Aber Majestät, Sie müssen doch bedenken …«
»Es genügt, Exzellenz.« Karl schaute den Erzbischof stirnrunzelnd an: Sollte er nur wagen, noch einmal zu widersprechen. Er verschränkte die Hände auf dem Rücken, ging die drei Schritte zu dem offenen Bleiglasfenster und schaute hinaus auf die braune Fläche von Trémoïlles Rasen. Ein Pfauenpaar watschelte mit schleppenden Schwänzen über das Frühlingsgras, und der eine kreischte den andern an.
Lächelnd betrachtete Karl den Ausblick. Es gefiel ihm, wie die hübschen Bäume das Flußufer säumten, das sich jenseits des Rasens dem Schloß entgegenkrümmte. Hier in diesem friedlichen Château in Sully-sur-Loire war es schwer, sich vorzustellen, daß es überhaupt

einen Krieg geben konnte. Vielleicht würde er Trémoïlle eines Tages dazu bringen können, sein Anwesen an die Krone abzutreten. Es wäre ein weiterer prächtiger Edelstein in der Kette der königlichen Châteaux, die sich an der Loire entlang spannte, wenn er diesem dicken Mann das Schloß aus den Klauen reißen könnte. Ein schöner Traum war es auf alle Fälle.

Der Minister ergriff erneut das Wort und unterbrach den König in seinen Tagträumen. »Sire, ich weise seit langem darauf hin, daß Sie sich an die Vereinbarungen halten müssen, die Sie mit Philippe unterzeichnet haben, denn sonst wird er Ihre Versöhnungsbestrebungen nicht ernst nehmen.« Mit seinem fetten Zeigefinger strich Trémoïlle über das goldene Medaillon mit dem Bildnis eines Adlers, das an seinem Hals hing und auf der massigen, samtbedeckten Brust ruhte.

Karl mußte sich beherrschen, um das selbstgefällige Grinsen nicht mit einer Ohrfeige zu vertreiben. Statt dessen funkelte er den Kerl nur erbost an. »Sollen wir ihn denn ernst nehmen?« fragte er höhnisch. »Seit Monaten kommen wir ihm auf das freundlichste entgegen – ja, wir lassen ihn sogar Compiègne nutzen, während wir Paris angreifen. Aber wie es jetzt scheint, will unser teurer Cousin es gar nicht mehr zurückgeben und begnügt sich auch nicht damit, diese Stadt allein zu behalten, sondern will dazu die ganze Champagne!«

Der König starrte seine drei Minister voller Entschlossenheit an, aber lediglich de Gaucourt nickte in wortloser Zustimmung.

»Wir werden es aber nicht hinnehmen! Philippe spielt zusammen mit Bedford irgendein Spielchen, um uns öffentlich zu demütigen – und uns das Königreich zu stehlen –, und wir müssen ihm zeigen, daß er damit nicht durchkommen wird. Wir lassen Jehanne noch einmal zu Felde ziehen.«

»Ich habe munkeln hören, daß sie die Soldaten nicht mehr so gut im Griff hat wie früher«, sagte de Chartres nachdenklich und zupfte an seiner nachgiebigen Unterlippe. »Vielleicht sind ihre Niederlagen bei Paris und La Charité ein Hinweis darauf, daß Gott ihr seine Unterstützung entzogen hat. Sie selbst hat gesagt, er habe ihr nur ein Jahr gegeben, um seinen Willen zu tun, und inzwischen ist mehr Zeit verstrichen.« Er tat, als müsse er es an seinen Fingern abzählen. »Ganz recht.« Er nickte. »Im Februar letzten Jahres kam sie zu Ihnen, und jetzt haben wir Mitte März.« Er blickte mit triumphierendem Lächeln auf.

Karl warf ihm einen angewiderten Blick zu und wandte sich dann mit hochgezogenen Brauen an de Gaucourt.

»Die Männer werden ihr folgen, Sire«, sagte der alte Soldat und bedachte die beiden anderen mit einem grimmigen Blick. »Sie wissen, daß die Niederlage bei Paris nicht auf ihre Schuld zurückzuführen war, sondern darauf, daß die Truppen zu klein und zu schlecht ausgerüstet waren.« De Gaucourt durchbohrte seinen alten Feind Trémoïlle mit einem Blick, der seinen ganzen Abscheu in sich barg. »Und darauf, daß Majestät sich haben überreden lassen, den Angriff gar zu schnell abzublasen.«

»Kann sie Melun erobern?« fragte Karl, und es klang fast, als spreche er mit sich selbst.

»Ich glaube ja, Sire. Sie muß es. Allein in der letzten Woche gab es drei Versuche auf Seiten der Stadtbewohner, die Burgunder aus der Stadt zu vertreiben. Viele wurden dafür gehängt, ein paar enthauptet und ihre Köpfe auf Stangen gespießt. Unsere Späher berichten von starken burgundischen Einheiten auf dem Marsch dorthin – und nach Compiègne außerdem. Wenn die Aufstände in diesen Städten niedergeschlagen werden, dann werden wahrscheinlich auch die anderen Städte in der Champagne – nicht zuletzt Reims und Soissons – zu dem Schluß kommen, daß es zu mühsam und zu gefährlich ist, noch weiter Widerstand zu leisten.« De Gaucourt schaute den König eindringlich an. »Zumal wenn Majestät nicht die geringsten Anstalten unternehmen, ihnen zu helfen, denn dann werden sie zweifellos glauben, Sie hätten sie aufgegeben – und bei Gott, Sire, vielleicht bekommen Sie sie dann nie wieder zurück!«

Karl wartete, bis diese apokalyptische Feststellung zu den andern durchgedrungen war. Es war eine Aussicht, über die er bereits nachgedacht hattem, ja, die ihn seit einer Weile nachts um den Schlaf brachte. Da er es nun von einem Berufssoldaten hörte, noch dazu von einem, der mehr Erfahrung im Felde hatte als der Kanzler, würde er diese obstinaten Dummköpfe vielleicht eher überzeugen als mit seinem Wort allein.

»Sire, wenn Sie gegen Compiègne marschieren, wird Bourgogne Ihnen ganz gewiß den Vorwurf machen, daß Sie die Vereinbarung brechen, mit der Sie ihm die Stadt überlassen haben …«

»Aber ich habe sie ihm nicht überlassen, Kanzler – jedenfalls nicht für immer.« Ein ätzendes Lächeln ließ seine Augen schmal werden. »Und jetzt will ich sie zurückhaben.« Der König richtete seinen eisigen Blick mit der Würde seiner Autorität wieder auf de Gaucourt. »Wartet die Jungfrau noch draußen?«

Der Mann nickte. »Ja, Sire, als ich kam, war sie noch da.«

»Dann holen Sie sie herein. Sie bekommt den Auftrag, um den sie seit Weihnachten bettelt.«

Karl mußte zugeben, daß Jehanne ihm gute Dienste geleistet hatte. Ihre Verluste gehörten zu einer vorübergehenden Pechsträhne, dessen war er sicher. Er würde ihr noch eine Chance geben. Sie und die Armee hatten Gelegenheit gehabt, sich den Winter über auszuruhen, und jetzt wären sie frisch genug für einen neuen Angriff gegen seine Feinde.

Und diesmal würden sie nicht wieder den Rückzug antreten, darum betete er jedenfalls. Ja, er war es ihr schuldig. Die Chance, sich zu bewähren.

Von ihrer hohen Warte auf der Mauer konnte Jehanne sehen, wie das Licht des späten Nachmittags die Schatten über die kleinen grauen Hügel rings um die Stradt trieb und wie es Glühwürmchen gleich auf dem Wasser der Yonne glitzerte. Das Land lag ruhig bis zum Horizont; man sah nichts von den zurückweichenden burgundischen Truppen, die sie nicht in eine Schlacht hatte verwickeln können. Hinter den Mauern von Melun bildeten die Schieferdächer einen unebenen, zerklüfteten Boden, der hier bis tief unter die Mauer abfiel und sich dort bis in Augenhöhe erhob. Die alltäglichen Geräusche des Stadtlebens waren nicht zu hören, statt dessen ertönten laute Musik und trunkener Gesang von tausend feiernden Menschen.

Jehanne war der Hauptstadt nicht so nah gewesen, seit sie mit ihrem ersten Eroberungsversuch gescheitert war. Sie hatte ihren Haushalt und zwei Kompanien mitgenommen, aber sie hatten gar keine Gelegenheit zum Kampf bekommen. Als die Leute in der Stadt gehört hatten, daß die Jungfrau unterwegs sei, um ihnen zu helfen, hatten sie einen letzten Versuch unternommen und sich auf Gedeih und Verderb gegen die selbstzufriedene, unvorbereitete burgundische Garnison erhoben, die sich in dem Glauben gewiegt hatte, sie habe die Stadt unter ihre brutale Knute gezwungen, und sie hatten sie vertrieben. Als Jehanne eintraf, feierten die Bewohner bereits auf den Straßen. Sie traf kurz mit den Ratsherren zusammen und stieg dann auf die Stadtmauer, um den abziehenden Feind noch zu sehen. Aber der war schon verschwunden.

Die neuesten Nachrichten aus Paris, die sie von Soldaten hörte, die tatsächlich dort gewesen waren, klangen düster, aber nicht hoffnungslos. Vor einer Woche hatten Armagnac-Freischärler einen Angriff auf die Außenbefestigungen unternommen. Die burgundische Garnison und Pariser Pöbel waren ihnen entgegengestürmt, aber die Armagnacs hatten sie zurückgeschlagen und ein paar Gefangene gemacht, Werkzeuge Englands, die gegen Lösegeld wieder freigelassen werden würden, wenn ihre Bezwinger die Summe für ausreichend erachteten. Und wie Jehannes geheimnisvoller Informant es vorausgesagt hatte, schlugen die Engländer zwei Tage nach dem Erfolg der Armagnacs die aufkeimende Rebellion in der Stadt nieder. Pater Pierre d'Allée wurde verhaftet und gab unter der Folter seine Mitverschwörer an, unter ihnen auch den Wirt im Gasthaus zum Bären. Jeder, der auch nur im Verdacht stand, mit den Armagnacs zu sympathisieren, wurde festgenommen. Der Fall von Paris war wieder einmal hinausgeschoben.

Jäh wehte der kalte Frühlingswind heran, und Jehanne fröstelte es. Irgend etwas stimmte da nicht. Ein Gefühl, das einen Augenblick zuvor noch nicht existiert hatte, summte plötzlich in ihren Ohren und legte sich auf sie wie eine tödliche Last. Aus dem Reich des Alptraums kam ein Raubvogel, so schwarz wie die Mitternacht, mit vorgestreckten Krallen auf sie zugerauscht. Bei dieser Konfrontation mit etwas ebenso Entsetzlichem wie Unausweichlichem wurde ihr der Mund trocken.

Was ist denn das? fragte sie ihre Ratgeber, vor Schrecken gelähmt, und die Knie zitterten ihr.

Wir sind gekommen, um dir zu sagen, daß du binnen kurzem, noch vor dem Fest des heiligen Johannes, in die Hände derer fallen wirst, die du Feinde nennst.

O mein Gott, nein, nein, nein!

Sie fühlte, wie ihr das Blut aus dem Gesicht wich, und sie war einer Ohnmacht nahe. Hilflos schaute sie sich um, und Panik preßte ihr die Lunge zusammen, daß ihr Atem in kurzen Stößen ging. Sie wollte weglaufen, fliehen, aber sie konnte nirgends hin.

Oh, bitte, das kann nicht euer Ernst sein, das kann Gott doch nicht zulassen!

Es muß sein, Jehanne. Es ist Gottes Wille, und nichts kann etwas daran ändern. Sei nicht niedergeschlagen, sondern halte fest an deinem Glauben und nimm die Dinge, wie sie sind. Du weißt, daß er dir helfen wird.

Dann, bitte, dann laßt mich gleich sterben, wenn sie mich fangen! Eine Kerkerhaft könnte ich nicht ertragen, schon gar nicht, wenn sie lange dauert. Lieber sterbe ich eines raschen Todes, als daß ich lange in einer dunklen Zelle schmachte. Oh, bitte sagt, daß es nicht so kommen wird!

Du mußt dich abfinden mit dem, was passiert; es ist deine Bestimmung und die Vollendung all deiner Mühen. Das ist alles, was wir dir jetzt sagen können. Denke nur immer daran, daß du es nicht allein ertragen mußt.

Der Wind wechselte die Richtung und trug die Ratgeber fort über die Bastion.

Lange stand Jehanne noch da und schaute über die Ebene hinaus, aber sie sah nicht, wie die Sonne die Schatten über den märzgoldenen Feldern länger werden ließ. Sie hörte keines der Lieder, nichts von dem Lachen, das durch die engen Straßen von Melun schallte. Innerhalb weniger Augenblicke war die ganze Welt dunkel und still geworden, und die Hoffnungslosigkeit gähnte zu ihren Füßen wie der Schlund des Wolfes aus ihrem Alptraum. Das ihr gewährte Jahr war durch Gottes Stundenglas gerieselt, und mit seinem Ende kam auch das ihre.

Bisher hatte sie nie darüber nachgedacht, was das zu bedeuten hatte. Gefangenschaft, das war eine Vorstellung, mit der sie nie gespielt hatte. Das Leben in ihrem neuen Haus in Orléans, in der liebevollen Umgebung ihrer Familie, zerbarst bei diesem Zusammenstoß mit der Wirklichkeit. Bis zum Johannistag waren es nur noch sieben Tage! Wieder schauderte es sie, als sie das unwillkommene Wissen erfüllte, daß sie in weniger als einer Woche eine Gefangene sein würde. Katharina hatte angedeutet, daß es keine Schonung geben würde, mochte sie noch so viel beten. Und die Heilige hatte sie noch nie belogen.

Ihr Leben verwandelte sich in einen Wachtraum, und sie bewegte sich fast ohne nachzudenken. Sie versuchte, sich auf ihre Pflichten zu konzentrieren, und manchmal gelang es ihr.

Als sie zwei Tage später Lagny erreichte, gab es ein Wiedersehen mit Ambroise de Loré, der jetzt zusammen mit Barretta und einem Schotten namens Hugh Kennedy an der Spitze der zweihundert Mann starken Streitmacht stand. In einer hastigen Konferenz erklärten sie ihr, daß in letzter Zeit ein Trupp Burgunder unter dem Kommando eines gewissen Franquet d'Arras in der Gegend wüte. Der Mann sei ein besonders bösartiger Halsabschneider, der nicht verhindere, daß seine Männer die Frauen und Töchter der Bauern vergewaltigten, während ihre Kameraden den Kindern die Bäuche aufschlitzten und die Häuser niederbrannten. Den Namen d'Arras sprach man in der Stadt nur mit angstvollem Flüstern aus. Man fürchtete, er werde demnächst einen Angriff gegen Lagny wagen: ein toller Hund, der zur Strecke gebracht werden mußte, solange er die Zähne noch draußen in freier Wildbahn fletschte.

Als Jehanne sicher war, daß sie die Lage begriffen hatte, bestand sie darauf, sogleich anzufangen. Das Bataillon verließ die Stadt zwei Stunden nach ihrer Ankunft.

Sie waren kaum ein paar Stunden unterwegs, als Späher zurückkehrten und berichteten, daß die Burgunder sich gleich hinter den Bäumen vor ihnen befänden. Sie bewegten sich in gemächlichem Schritt voran und würden bald nach drei Seiten hin von dichtem Wald umgeben sein. Wenn die Truppe jetzt angriffe, könnte man den Feind in eine Falle treiben, wo es kein Entkommen für ihn gäbe.

Der Plan ging auf. Als die Burgunder erkannten, daß sie in die Enge getrieben waren, sprangen sie von ihren Pferden und pflanzten die längst vorbereiteten spitzen Pfähle nach englischer Art gegen die Mannen des Königs in den Boden. Die Verzweiflung verwandelte sie in heulende Dämonen mit irrem Blick; zwei Angriffswellen der Armagnacs schlugen sie zurück und töteten dreißig Mann mit ihren gut gezielten Pfeilen. In ihrer hilflosen Ohnmacht wurde Jehanne schon unruhig, als aus Lagny und den benachbarten Städten Verstärkung eintraf, Stadtbewohner und Garnisonssoldaten, die Arquebusen und Armbrüste mitbrachten. Die Schlacht wurde wütender, und nach drei Stunden war alles vorbei.

Am Abend brachten die Hauptleute ihr Franquet d'Arras in ihr Quartier in Lagny. Der Gefangene verströmte spürbare Bösartigkeit. Er war muskulös, ziemlich klein und hatte tintenschwarzes Haar und buschige Brauen über einer spitzen, unbarmherzigen Nase. Jehanne sah schleimige Zahnstummel zwischen dünnen, breiten Lippen, die sie mit haßerfüllter und trotziger Häme angrinsten. Eine lange Narbe begann am rechten Ohr und endete am Mundwinkel, und mit seinem schütteren Schnurrbart glich er einer Gossenratte.

De Loré stieß ihn vor Jehanne auf die Knie. Es überlief sie eisig, als der Kerl mit seinem ekelhaften Grinsen zu ihr aufschaute. Das war gar kein Mensch – das war Satans eigener Sohn.

»Wir sollten ihn umbringen, Jehanne«, meinte Barretta, selbst kein Engel, sondern ein Söldner, der genau so lange für Karl kämpfte, wie Karl ihn dafür bezahlen konnte. D'Arras war schon seit langem sein Rivale.

»Ganz meine Meinung.« De Loré nickte entschlossen mit seinem zottigen Haupt. »Solcher Abschaum verdient nicht zu leben.«
Jehanne starrte den Mann an und versuchte, ihn mit der ganzen Wucht ihrer Macht zu ducken. Aber seine schwarze Seele war so stark, daß sie bald den Blick von ihm wenden mußte.
»Wir werden ihn nicht töten. Es gibt da einen Mann in Paris, von dem man mir sagt, er sei ein braver Mann und ein guter Armagnac. Es ist der Wirt vom Gasthaus zum Bären, und er wurde bei dem Aufstand verhaftet.« Sie hob den Kopf und schaute die Kriegsherren an; diese runzelten die Stirn, und ihr wachsender Widerstand verschleierte ihren Blick. »Ich möchte diesen Gefangenen behalten und ihn gegen den Mann in Paris austauschen.«
Der Gefangene wurde abgeführt. Nachdem diese Entscheidung gefallen war, mußte Jehanne in Lagny bleiben, bis der Kurier, der auf der Stelle losgeschickt wurde, aus Paris zurückkehrte. Dann würde es nach Senlis weitergehen, wo sie vor dem Feind einzutreffen hoffte. Kurz nach der Schlacht hatte sie gehört, daß eine englisch-burgundische Division unter dem persönlichen Befehl des Herzogs von Burgund von Paris in nördlicher Richtung auf Compiègne zumarschierte. Sobald der Feind in Paris ihr geantwortet hätte, wollte Jehanne dem Herzog im Felde entgegentreten.
Am späten Vormittag des nächsten Tages hatte sie immer noch nichts gehört. Sie ritt zur Kirche, um dort um Rat und Hilfe zu beten. Eben hatte sie das Paternoster beendet und mit dem Ave Maria begonnen, als ein paar Frauen hereingestürzt kamen.
Eine junge Mutter war unter ihnen, die einen drei Tage alten Säugling in den Armen hielt, ein winziges Bündel in dicken Windeln, blau im Gesicht und leblos. Die verzweifelte Frau fiel vor Jehanne auf die Knie und bat um Fürbitte.
»Ich kann niemandem das Leben geben, Madame«, rief Jehanne, entsetzt über dieses Ansinnen. »Das kann nur Gott allein.«
»Dann bete mit mir, bitte!« rief die Frau beschwörend. »Ich weiß, auf dich wird er hören!«
Jehanne kniete mit den anderen Frauen nieder und bekreuzigte sich.

Alle senkten die Köpfe, und die Frauen beteten still und mit inbrünstigen Lippenbewegungen. Und unvermittelt regte das Kind sich und gähnte matt.
Seine Mutter brach in gellendes Klagegeheul aus, als eine der Frauen zum Weihwasserbecken lief, zurückkehrte und mit einem schnellen Kreuzzeichen das Kind mit dem Wasser der Taufe bespritzte. Das winzige Geschöpf schnappte noch einmal nach Luft und starb.
Die Frauen bejubelten dieses Ereignis als ein Wunder. Gott hatte auf seine Angelique gehört und das Kind noch einmal lange genug zum Leben erweckt, um es taufen zu lassen, und jetzt würden die heiligen Engel es ins Himmlische Königreich geleiten! Sie klammerten sich an Jehannes Mantel und versuchten ihr die Stiefel zu küssen.
Erschüttert schob sie sie weg, so höflich es ging, und verließ die Kirche. Nach ihrer Erfahrung würde diese Geschichte sich bald in der ganzen Stadt verbreiten, höchstwahrscheinlich dermaßen übertrieben, daß sie mit der Wirklichkeit keinerlei Ähnlichkeit mehr hatte. Sie würden vergessen, daß Gott es gewesen war, der dem Kind für einen kurzen Augenblick das Leben zurückgegeben hatte. Der Ruhm, der ihm gebührte, würde wie eine Last auf ihre Schultern fallen.
Als sie ins Gasthaus zurückkehrte, erwarteten de Loré und Kennedy sie an einem Tisch im Trubel der Schankstube. Der Bote war aus Paris zurückgekehrt und brachte schlechte Nachrichten. Der Armagnac, um dessen Freilassung Jehanne ersucht hatte, war tot: hingerichtet an dem Tag, als sie den Kurier ausgesandt hatte. Der Büttel von Senlis wollte nun wissen, was sie jetzt mit d'Arras anfangen wollte?
Jehanne hatte die Angelegenheit satt. Es war klar, daß Gott, indem er den Wirt hatte sterben lassen, d'Arras als Dieb und Mörder erkannt hatte und ihn den Gesetzen der Menschen anempfahl. Sie wollte damit nichts mehr zu tun haben. Sie hatte ihre eigenen Probleme und mußte allein sein, um über diesen seltsamen Tag nachzusinnen.
»Er ist euer Gefangener. Da der Mann, den ich für ihn haben wollte, tot ist, könnt ihr mit ihm tun, was die Gerechtigkeit erfordert«, antwortete sie ungeduldig.
Sie stand vom Tisch auf, ging die Treppe hinauf in ihre Kammer und

schloß die Tür vor der lebhaften Atmosphäre des Gasthauses. Sie warf ihren Mantel auf das Bett und setzte sich daneben. Lange starrte sie aus dem Fenster in den grauen Stadthimmel.

Die ehrfurchtsvollen Gesichter der Frauen gingen ihr nicht aus dem Sinn. L'Angélique hatten sie sie genannt, genau wie alle andern, und ihren Namen zu neuen, unverdienten Höhen gepriesen. Sie konnte sich vorstellen, was als nächstes geschehen würde. Wieder würde ihr Pferd von wilder Anbetung umdrängt werden, wenn sie versuchte, die Stadt zu verlassen. Wieder würde sie den Menschen zuwinken müssen, während sie gegen die Versuchung ankämpfte, Gott seinen Ruhm zu stehlen.

Der Aufruhr in ihr war so lärmend und heftig, daß sie schon in der Nacht zuvor nicht geschlafen hatte. Heute hatte sie versucht, ihn beiseite zu schieben, aber er war in ärgerlicher Beständigkeit immer wieder aufgebrochen und hatte sich erst gegen die ekstatischen Frauen gerichtet, die das kurze Erwachen des Kindes zum Wunder erklärt hatten, und dann gegen die Kriegsherren und d'Arras.

Ist es denn wahr? Muß es sein?

Ja.

Aber warum?

Es blieb still.

Dann sagt mir wenigstens, wann ich gefaßt werde. An welchem Tag.

Es half nichts. Katharina war fort.

⁂

Als Jehanne in Senlis eintraf, erwarteten sie entmutigende Nachrichten von zwei Fronten. Als erstes erfuhr sie, daß der König den Erzbischof de Chartres zum Oberbefehlshaber über das Heer ernannt hatte. Das hatte Karl getan, um sie besser im Auge zu behalten; das wußte sie gleich. Aber die Taktik auf dem Schlachtfeld erforderte einen entschlossenen, unerschütterlichen Kopf, und der alte Mann war ein Zauderer, der sich bei seinen lächerlichen Verhandlungen mit Philippe de Bourgogne unweigerlich allzu nachgiebig zeigte und dadurch alles verlor. Wenn er die Königlichen Truppen führte, würden

sie ganz sicher scheitern, es sei denn, Jehanne hätte sie besser im Griff, als dies in letzter Zeit der Fall gewesen war.
Seit Paris spürte sie, daß sie mit ihrer Inspiration im Ansehen der Soldaten sank, auch wenn keiner von ihnen irgendwelche respektlosen oder illoyalen Äußerungen machte. Es waren eher Kleinigkeiten: Sie hatten ihre rohe Redeweise wieder aufgenommen und ließen sich in ihrer Anwesenheit nur noch selten ganz davon abbringen. Die frecheren unter ihnen und diejenigen, die bei den früheren Feldzügen nicht dabeigewesen waren, würfelten ganz unverhohlen im Lager. Jehanne hatte verdächtige Frauen gesehen, die sich am Rande des Lagers herumtrieben und immer verschwanden, wenn sie sich ihnen nähern wollte. Zu fassen bekam sie niemanden, und so war der Kampf gegen Unzufriedenheit und verblaßten Glauben wie ein Kampf gegen Rauchbilder und Phantome.
Jehanne besann sich darauf, daß sie zum Kämpfen hier waren, und bemühte sich, das Beste daraus zu machen. Sie nahm sich vor, den alten Regnault auf irgendeine Weise kaltzustellen, wenn seine Ideen sich als gefährlich für den Feldzug erweisen sollten. Die Aussicht darauf, sich mit ihm abgeben zu müssen, war zweifellos lästig, aber die zweite Neuigkeit war wirklich beunruhigend.
Philippe war höchstselbst im Felde und stand mit einer Armee, die doppelt so groß war wie die der Armagnacs, bereits in Sichtweite vor Compiègne. Gegenwärtig belagerten sie Choisy-au-Bac am Zusammenfluß von Oise und Aisne. Es kam entscheidend darauf an, daß Karls Armee die Burgunder von Choisy vertrieb, denn andernfalls würde man in Compiègne mit ihnen kämpfen müssen. Das aber könnte zu einer langwierigen Belagerung führen, bis Verstärkungstruppen aus den verstreuten französischen Garnisonen von überall her zusammengetrommelt wären, was Wochen oder gar Monate dauern konnte.
Beide Mißlichkeiten prallten zusammen, als der Erzbischof entschied, die Armee müsse in der Schlacht um Choisy ihre schwere Artillerie einsetzen.
»Das geht nicht!« rief Jehanne, entsetzt über den Mangel an takti-

schem Verstand bei dem Alten. »Die Flüsse bei Choisy sind seicht genug für die leichte Reiterei und für die Fußtruppen, aber die Kanonen können wir dort nicht übersetzen. Sie würden uns versinken!«
Er verschmähte ihre Meinung, wie sie es befürchtet hatte. »Ich habe nicht die Absicht, bei Choisy überzusetzen, sondern bei Soissons. Dort ist die Aisne seicht genug.«
»Narr!« rief sie, ohne sein Amt weiter zu respektieren. »Wenn wir den weiten Weg außen herum bis Soissons marschieren, vergeuden wir dort mindestens drei Tage – und nochmals drei für den Rückmarsch nach Choisy! Und wenn Choisy uns genommen wird, müssen wir bei Compiègne gegen die Burgunder kämpfen, aber sie haben mehr Leute als wir. Und da wir das Ziel haben, die Belagerung von Compiègne zu beenden, müssen wir Choisy halten.« Sie sprach wie zu einem einfältigen Kind, das sich klug stellte.
Der Kriegsrat tagte in einer Herberge in Senlis. Sie hörte den Verkehr auf der Straße und das stete Gemurmel in der Schankstube unten, hin und wieder von Gelächter unterbrochen. Ein Lumpenhändler auf der Straße rief seine Preise aus. Xaintrailles scharrte mit den Füßen und verschränkte die Arme vor der Brust. Alle starrten sie an. Die Kriegsherren waren auf ihrer Seite, aber keiner war bereit oder in der Lage, etwas zu sagen.
Der Erzbischof sah sie mit schmalem, giftigem Lächeln an. »Du überschreitest deine Grenzen, junge Frau«, sagte er. »Du vergißt, mit wem du redest.«
»Ich weiß genau, wer Sie sind, Exzellenz«, antwortete Jehanne mit vielsagender Schärfe. »Und ich weiß auch, daß wir Ihretwegen Choisy verlieren werden.«
Sie hatte recht, wenn auch auf eine unvorhergesehene Art und Weise. Als sie nach drei quälend langen Tagen Soissons erreichten, fanden sie die Tore verschlossen, und der Zugang zur Brücke über die Aisne war ihnen verwehrt. Der Stadthauptmann, ein Picarde namens Guiscard Bournel, beschuldigte sie, sie wollten gar nicht auf die andere Seite des Flusses, sondern begehrten nur die Gastfreundschaft der Stadt Soissons. Mit der Aussicht darauf, für dreitausend Mann

Quartier zu stellen, hatte er die Bürger dermaßen aufgebracht, daß sie nicht mehr zuhörten, als Jehanne und de Loré ihnen erklärten, darum gehe es nicht, denn sie müßten ja dringend Choisy entsetzen. Soissons ließ sie nicht durch.
De Chartres beschloß, nach Senlis zurückzumarschieren, und als Grund für seinen Rückzug führte er den Willen Gottes ins Feld. Jehanne lehnte es ab, ihn noch weiter zu begleiten. Er war so dumm, daß man ihm gar nicht erst dieses Kommando hätte übertragen dürfen, und sie wollte nichts weiter mit ihm zu schaffen haben. Mit Barretta und zweihundert Soldaten zog sie geradewegs nach Compiègne, während der Erzbischof den Hauptteil der Armee nach Senlis zurückführte.
Ihr Bruder Jehan begleitete sie nicht. Als er sein Pferd besteigen wollte, gebot sie ihm Einhalt. Sie reichte ihm ihre Standarte und trug ihm auf, nach St.-Catherine-de-Fierbois zu reiten und den Mönchen dort das Symbol ihrer Siege zur Aufbewahrung zu geben. Dort hatte Gott das Schwert für sie verborgen, und dort sollte auch ihre Standarte bleiben.
Jehan hatte seine Zweifel, aber schließlich willigte er ein. Er umarmte sie und küßte sie zum Abschied auf die Wange. Dann stieg er in den Sattel.
Sie verbot sich das Weinen, bis ihr Bruder nicht mehr zu sehen war. Als er hinter einer Anhöhe verschwand, wisperte sie seinen Namen. Sie wußte, sie würde ihn nie wiedersehen.

Das kleine Bataillon ritt den ganzen Abend und die Nacht hindurch. Sie flogen über die mondlose Landschaft, an Bäumen vorbei, über gefallene Stämme hinweg, und die Hufe ihrer Pferde galoppierten über frisch besäte Felder. Die Morgendämmerung färbte den Himmel rosig, als sie durch das Tor von Compiègne donnerte. Die Stadt begrüßte sie als Retter und gab ihnen Quartier in Gasthöfen und Bürgerhäusern. Jehanne blieb beim Magistrat und seiner Gemahlin. Völlig erschöpft von ihren Vorahnungen und von dem langen Ritt, schlief sie traumlos

den ganzen Vormittag hindurch und bis in den Nachmittag hinein. Ihre Gastgeber achteten darauf, daß sie nicht gestört wurde.
Als sie ausgeschlafen hatte, besuchte Jehanne den Militärkommandanten der Stadt, Guillaume de Flavy, der ihr eine Landkarte der Gegend zeigte. Hier war Compiègne, sagte er und deutete auf das vergilbte Pergament, hier am Südufer der Oise. Die Rückseite der Stadt war durch den dichten Wald von Compiègne geschützt, aus dieser Richtung brauchte man also keinen Angriff zu befürchten. Aber geradewegs jenseits der Brücke, eine knappe halbe Wegstunde nordwestlich der Stadt, lag das Dorf Margny, und dort wimmelte es von Anglo-Burgundern unter dem Befehl von Baudot de Noyelles. Flußaufwärts lag Clairoix am Zusammenfluß von Oise und Aisne. Flavys Späher hatten erst heute morgen gemeldet, daß dieses Dorf von einer Division von Leuten beherrscht werde, die Jehan de Luxembourg, dem Comte de Ligny, einem treuen Parteigänger des Herzogs von Burgund, loyal zur Seite standen. Dreieinhalb Wegstunden südwestlich befand sich ein weiteres Dorf, nämlich Venette, in Feindeshand, diesmal in der Hand der Engländer.
Aber diese kleineren Bataillone waren nichts im Vergleich zu dem Heer, das Philippe de Bourgogne selbst führte, nördlich von Clairoix. Alles zusammengenommen befehligte Philippe dort mehr als fünftausend Mann.
Jehanne studierte die Karte gründlich. Die feindlichen Festungen lagen zwar nah bei der Stadt, waren aber so weit voneinander entfernt, daß sie einander nicht schnell zu Hilfe kommen könnten, wenn die Königstruppen eine von ihnen angreifen sollten. Bourgogne war noch weiter weg, und er würde eine ganze Weile brauchen, um seine schwerfälligen Truppen gegen Jehannes leichte Kavallerie in Bewegung zu setzen. Inzwischen könnte sie eins der Dörfer erobern und sich unversehrt über die Brücke in den Schutz der Mauern von Compiègne zurückflüchten. Diese Taktik war bei Orléans wunderbar aufgegangen; dort hatte die Armee die bastilles eine nach der anderen vernichtet. Mochte der Feind noch so sehr in der Überzahl sein, Gott stand auf ihrer Seite. Es würde ein Kinderspiel werden.

Sie schlief gut in dieser Nacht, und am nächsten Morgen, am 23. Mai, verließ sie Compiègne mit einem prächtigen goldenen Mantel über ihrer Rüstung. Sie würde Margny angreifen. Am Tor von Compiègne gaben Bogenschützen und Arquebusen ihr Rückendeckung, unterstützt von Armbrustschützen, die auf kleinen Booten auf der Oise dümpelten.

Das Unternehmen verlief zunächst so, wie Jehanne es vorausgesehen hatte. Ihre zweihundert Mann konnten ganz unbemerkt auf das Dorf zugaloppieren. Ein Stückchen weit südlich von Margny fielen sie wie der Zorn Gottes über die unvorbereitete Garnison her und töteten viele, ehe sie noch zu ihren Waffen greifen konnten. Jehanne war diesmal mit einem burgundischen Schwert bewaffnet, das beim Kampf um St.-Pierre-le-Moustier erbeutet worden war. Sie schwang es hoch über dem Kopf und forderte jedermann heraus, sich mit ihr anzulegen, und es gelang ihr, etliche Gegner in die Flucht zu schlagen. Die übriggebliebenen Anglo-Burgunder hasteten voller Panik ob dieses unverhofften Überfalls ins eigentliche Dorf Margny.

»Ihnen nach, Männer!« schrie Jehanne. »Wir treiben sie vor uns her!« Mit mächtigem Gebrüll stürmte ihr Bataillon der geschlagenen Garnison hinterdrein.

Plötzlich kamen acht oder zehn gepanzerte Herren in bunten *huques* von Nordosten her die Anhöhe heruntergaloppiert, um den Burgundern zu Hilfe zu eilen. In wütendem Eifer prallten die Armagnacs mit ihnen zusammen und hackten und stachen mit ihren mächtigen Breitschwertern auf sie ein. Schreie der Überraschung und des Schmerzes erfüllten die warme, staubige Luft. Die feindlichen Ritter sahen sich in der Minderzahl; ihr Angriff stockte, und sie wurden Schritt für Schritt nach Margny zurückgedrängt.

Im dicksten Schlachtgetümmel sah Jehanne nicht sofort, daß mehrere hundert Ritter und Soldaten aus der Richtung von Clairoix herbeigeeilt kamen. Als sie ihren Schlachtruf hörte, waren sie schon so nah, daß sie die Banner erkennen konnte. Mit wutverzerrten Gesichtern schwangen sie ihre Klingen über den Köpfen, als sie nun auf sie einstürmten.

Ihre Soldaten hatten die anrückende Division inzwischen auch bemerkt, und ihre Linien begannen sich aufzulösen, als die Leute die Gefahr der Lage erkannten. Ohne auf Befehle zu warten, rissen die meisten ihre Pferde herum und ritten auf den Brückenkopf zu.

Im nächsten Augenblick war Jehanne so gut wie allein; nur ihre Gefährten und zwanzig andere waren noch bei ihr, und der Feind kam näher und näher. Ihr blieb nur noch der Rückzug.

»Los«, rief sie und zog ihr Pferd herum.

Die Männer folgten ihr. Sie jagten auf die Aisne zu, dicht gefolgt von vierhundert brüllenden Burgundern. Eine knappe Meile weit vor ihnen galoppierte der größte Teil der königlichen Truppe soeben unter dem eisenbewehrten Fallgitter hindurch in die Stadt.

Jehanne sah sich um, und ihr Herz füllte sich mit schwarzem Schrecken, als sie sah, wie ernst die Lage war. Sie waren ihr auf den Fersen, keine zweihundert Schritte hinter ihr!

Das Tor gähnte vor ihr und kam näher und näher.

Sie stieß ihrem Pferd die Sporen in die Flanken, daß es blutete, so verzweifelt trieb sie es voran. Das Tier spürte ihre Angst und flog nur so dahin. Die sichere Zuflucht lag dicht vor ihr, mit Händen zu greifen.

Aber die Verfolger holten stetig weiter auf, unbeeindruckt vom Hagel der Bolzen, die von den Booten herüberschwirrten und einige von ihnen in den Staub streckten.

Die Erkenntnis durchfuhr ihren Kopf mit der Wucht eines Donnerschlags: Wenn sie ihre Leute in die Stadt führte, hätten sie nicht mehr genug Zeit, um das Fallgitter herunterzulassen, bevor die Burgunder hineingelangten, und dann würde der Kampf um die Stadt in den Straßen von Compiègne beginnen und die Bewohner ebenso gefährden wie die ausgedünnten Reihen der Armagnac-Garnison dort.

Ohne weiter nachzudenken, gab sie mit erhobener Hand das Zeichen zum Anhalten und riß an den Zügeln. Sie wendete ihr Pferd nur wenige Schritte vor dem Stadttor. Ihre verbliebenen Leute wendeten ebenfalls, um sie zu schützen.

Beinahe augenblicklich fiel der Feind über sie her. Unaufhörlich stürmten sie heran, mehr und immer mehr, und verstärkten den Druck auf die kleine Schar ihrer Garde, bis jeder ihrer Gefährten sich fünf oder sechs feindlicher Ritter zu erwehren hatte. Das kleine Häuflein schlug hilflos auf die wachsenden Horden ein.

Ein ominöses Geräusch drang ihr plötzlich ins Bewußtsein: das vertraute Knarren einer Torkette, wenn das Rad gedreht wurde. Flavys Leute ließen das Fallgitter herunter.

»Nein!« schrie sie. »Nicht!«

Man hörte sie nicht. Unerbittlich senkte sich das Gitter herab, bis die Spitzen sich in den Boden bohrten. Jetzt war es ausgeschlossen, daß sie noch Zuflucht fänden in Compiègne.

»Dort entlang!« rief Jehanne der Handvoll Männer zu, die sie noch hatte.

Sie trieb ihr Pferd mit einem kurzen Satz die Uferböschung hinunter und jagte dann an der Stadtmauer entlang in Richtung Nordosten, die Gefährten dicht hinter sich. Sie hatte keine Ahnung, wohin sie hier gelangen würde, sie mußte nur fort. Irgendwo da draußen wäre sie in Sicherheit.

Am Ende der Mauer stürmten sie die Böschung hinauf, als sie einen Schwarm von feindlichen Reitern erblickte, der ihr in vollem Galopp entgegenkam. Jehanne drehte sich um. Die Burgunder, die sie verfolgten, hatten die Brücke gleichfalls verlassen und näherten sich der kleinen Schar.

Sie waren umzingelt. Der Fluß zur Rechten war so tief, daß sie ihn nicht überschreiten konnten. Wenn sie am Leben bleiben wollten, mußten sie kämpfen. Die Unwirklichkeit dieser Lage verursachte ihr Schwindelgefühle, als sie schrie: »Haltet die Stellung! Wir werden sie zurücktreiben!«

Alle, sogar Pasquerel, zückten ihre Schwerter. Die Feinde hatten ihren Galopp verlangsamt und zogen die Schlinge langsam zu. Jehanne fuhr sich mit trockener Zunge über die Lippen und sah ungläubig zu, wie der Ring immer enger wurde. Ihr Herzschlag donnerte in ihren Ohren.

Das alles geschieht nicht in Wirklichkeit, sagte sie sich.

Die Burgunder kamen mit blitzenden Klingen bis auf ein paar Schritte herangetrabt. »Ergebt euch im Namen Philippes, des Herzogs von Burgund!« befahl einer.

»Niemals!« rief Jehanne zurück. »Ergebt ihr euch im Namen Karls, des Königs von Frankreich!«

Johlendes Gelächter erhob sich. Sie kamen näher, und der Ring wurde immer enger. Jehanne hielt das Schwert mit feuchter Hand umklammert. Sie war entschlossen, sie zurückzuschlagen.

»Ergebt euch, ergebt euch«, schrien die Feinde.

»Nein!«

Sie hatte das Wort kaum ausgesprochen, als sie plötzlich ruckartig nach hinten gerissen wurde. Erde und Himmel purzelten übereinander, und sie schlug mit der Nase auf den staubigen Boden.

Sie hob den Kopf, aber in der Staubwolke, die ihr knirschend in Mund und Nase drang, konnte sie kaum etwas sehen. Sie spuckte noch, als rohe Hände sie bei den Armen packten und auf die Beine zerrten.

Sie stand mitten zwischen ihnen. Jemand zwang ihre Hände auf den Rücken, und sie fühlte, wie ein Strick um ihre Arme geschlungen wurde.

»Seht euch bloß den Mantel an, den der Kerl anhat!« schrie ein Soldat. »Für den gibt's bestimmt ein feines Lösegeld!«

Seine Kameraden lachten. Ein junger Bogenschütze sagte: »Ergib dich mir. Ich bin Guillaume und stehe im Dienst des Bastard von Wendonne, und ich verlange dein Schwert.«

»Ich ergebe mich keinem Menschen, sondern nur dem König des Himmels«, erwiderte Jehanne.

Der Bogenschütze riß in plötzlicher Erkenntnis die Augen auf und strahlte dann. »Seht nur her, Freunde – wir haben die Jungfrau Jehanne gefangen!«

Jauchzender Jubel brach ringsumher los.

Plötzlich fielen ihr die Gefährten ein, und sie reckte den Hals, um zu sehen, was aus ihnen geworden war. Alle waren überwältigt und von den Pferden gezerrt worden. Sie sah Pierre, der auf der Erde kniete

und schon mit einem schweren Strick fest umwickelt war. Ein Ritter hielt ihm ein Schwert an den Hals.
»Tut meinem Bruder nichts!« schrie sie und kämpfte mit Tränen der Angst.
Pierre hörte sie und hob den Kopf. »Jehanne!«
Straff gefesselt riß man sie herum. Feindselige Hände hoben sie auf ein Pferd, und aus dieser Höhe sah sie, daß alle ihre Gefährten gefesselt waren wie sie und einer nach dem andern auf ihre Pferde gesetzt wurden.
»Pierre!« schrie sie, als auch er auf die Beine gezerrt wurde. »Sag Maman und Papa, daß ich sie liebe!«
Er bekam keine Gelegenheit, ihr zu bestätigen, daß er sie verstanden hatte. Im nächsten Augenblick saß er auf seinem Pferd, und als sie sich nach ihm umdrehen wollte, sah sie sich von den strengen Gesichtern der Männer umgeben, die sie in die Mitte genommen hatten.
O Gott, hilf mir! flehte sie. Sie hatte es nicht glauben wollen, aber es war wahr, es war wirklich geschehen. Sie war gefangen.

Kapitel 14

Glaubensnöte

23. Mai bis 16. Dezember 1430

Ein kurzes Stück weit hinter dem Brückenkopf im Süden von Margny reihten Engländer und Burgunder die Leichen ihrer gefallenen Kameraden aneinander, eine Kette von blutigen, verstümmelten Gestalten. Vor Sonnenuntergang würde man die Toten in dem Massengrab bestatten, das hinter ihnen Gestalt annahm. Als die Soldaten Jehanne erblickten, die mit einer Eskorte von vierzig Mann auf Margny zukam, hörten sie auf, die Toten zusammenzutragen. Sie standen Spalier, spuckten sie an und schüttelten die Fäuste, und ihre Flüche hatten die Wucht von Arquebusen-Explosionen.

»Schlampe!«

»Armagnac-Hure! Hexe!«

»Verbrennt sie doch, Freunde!« schrie ein Engländer. Die Leute versuchten sie zu packen und vom Pferd zu zerren.

Ihre Bewacher richteten die Waffen auf die Leute und drängten sie zurück. Ein Engländer mit einem hutförmigen Helm warf einen halbverfaulten Kohlkopf nach ihr; er klatschte ihr naß gegen die Wange und fiel dann in den Staub. Mit ihren gefesselten Händen konnte sie die Schmiere nicht abwischen; sie trocknete zu einer grünlich braunen Kruste, die Risse bekam, wenn sie sprach.

In fassungslosem Schweigen schauten die Stadtbewohner aus ihren Haustüren und von der Kirchentreppe herunter zu, wie sie vorbeigeführt wurde. Jehanne ritt unbewegt an ihnen vorüber, den Blick starr geradeaus gerichtet und mit hoch erhobenem Kopf. Allem Anschein nach war sie gleichgültig gegen das haßerfüllte Gejohle wie auch gegen die knienden Frauen, die sich bekreuzigten, während Jehanne einem unbekannten Schicksal zugeführt wurde.

Ein Château erschien hinter den Bäumen. Mit halbgeschlossenen Augen konnte Jehanne es nicht gut erkennen, aber es schien recht klein zu sein und umringt von einer niedrigen, verfallenden Mauer. Ein Fenster in der Turmspitze, das man von der Stadt aus sehen konnte, war dunkel. Aber im Erdgeschoß brannte Licht, und Silhouetten bewegten sich wie schwarze Geister hin und her. Als sie näher kamen, verlangsamte die Kolonne ihren Schritt. Die Pferdehufe rumpelten auf der hölzernen Zugbrücke, die sich über einen schmalen Wassergraben spannte und in den Hof führte.

Die Männer saßen ab, zogen Jehanne vom Pferd und führten sie zu einer Tür. Ohne haltzumachen ging es gleich weiter – Jehanne vermutete, in den Turm hinauf. Wieder eine Tür, dahinter Tageslicht. Drei Stufen hoch, einmal nach rechts, und sie waren auf einem Mauergang hoch droben, dicht unter dem kegelförmigen Dach des *donjon*. Unten, jenseits des Feldes, lag Margny, und im Licht der späten Nachmittagssonne sah Jehanne die winzigen Soldaten, die ihre Toten begruben. Jenseits des schmalen, glitzernden Flusses lag Compiègne und die Sicherheit, die sie nicht mehr erreicht hatte: tausend Meilen weit entfernt.

Einer ihrer Bewacher nahm einen Schlüssel vom Gürtel und schloß eine Tür auf. Sie knarrte geräuschvoll in den Angeln, und als sie weit genug offen war, stießen rohe Hände sie hindurch. Jehanne machte sich auf einen Sturz gefaßt, aber sie landete auf den Knien. Die Tür wurde hinter ihr zugeschlagen.

Sie rappelte sich auf und betrachtete die Umgebung. Die einzigen Fenster waren Schießscharten, vielleicht vier Zoll breit, gerade groß genug, um ein wenig spärliches Licht in die runde Kammer zu lassen. Die Kammer maß etwa neun Fuß im Durchmesser, und sie war leer – nur Stroh lag auf den Bodendielen, und dazwischen winzige Kügelchen von Ratten- und Mäusekot. Die Luft war stickig und muffig, als wäre hier schon seit längerem niemand mehr gewesen.

Jehanne trat an ein Fenster und schaute hinaus. Compiègne war von dieser Seite des Turms aus nicht zu sehen. Durch den schmalen Spalt sah sie nur ein Stück dunklen Wald und ein Feld, überstrahlt von der untergehenden Sonne, deren goldene Scheibe unsichtbar hinter ihr glühte. Ein Vogelschwarm flog über den Himmel in Richtung Süden, und sie reckte den Hals, um ihn besser zu sehen.

Als die Vögel fort waren, ging Jehanne wieder auf und ab. Angstvolle Erwartung durchströmte Körper und Geist, und alle ihre Sinne vibrierten von aufmerksamer Wachsamkeit. Sie war so voller Energie, daß sie zu Fuß nach Paris hätte marschieren können. Sie ging um die Kammer herum und quer hindurch, und ihre Gedanken waren so unzusammenhängend und regellos wie ihre Schritte.

Werden sie mich heute abend noch töten, oder warten sie bis morgen? Was ist aus Pierre geworden? Als sie ihn das letzte Mal gesehen hatte, war er in Gefahr gewesen, hingerichtet zu werden. Und die andern? Hatte man sie schon umgebracht? Wie lange wird es dauern, bevor der König ein Lösegeld für mich zahlen kann? Werden die *goddons* es ihm überhaupt erlauben? Oder werden sie mich ermorden, bevor er überhaupt weiß, daß ich gefangen bin?

Sie kniete nieder und befahl ihrem Herzen, langsamer zu klopfen, und ihrem Atem, das panische Hecheln zu beenden. Sprecht mit mir, flehte sie. Ich brauche euch jetzt.

Sie waren kaum spürbar in der zunehmenden Dunkelheit, als fehlte es ihnen am Willen, sich ganz zu zeigen. Katharina flüsterte zu ihr wie eine Sinnenstäuschung: *Ertrage alles mutig. Gott ist bei dir.* Dann war sie fort.

Sie wußte nicht, wieviel Zeit vergangen war, als sie kamen. Eine Stunde, höchstens zwei, nach dem schwindenden Tageslicht zu urteilen. Erst hörte sie das Stampfen von Stiefeln auf der Treppe, dann ratterte der Schlüssel im Schloß.

Das Licht der Fackel ließ Jehanne blinzeln, als sie zur Tür hereinkamen, acht oder zehn Mann zugleich. Einer kam auf sie zu und sagte: »Machst du uns Schwierigkeiten, bringen wir dich um, das schwöre ich dir.«

Er zog sie hoch, und ein zweiter hielt ihr sein Schwert an die Kehle, während der erste den dicken Strick löste, mit dem ihre Arme zusammengebunden waren. Ein anderer öffnete die Fesseln an ihrem Handgelenk.

Jehanne glaubte vor Erleichterung in Ohnmacht zu fallen. Sie würden sie ja nicht losbinden, wenn sie vorhätten, sie zu töten. Aber im nächsten Augenblick begriff sie, daß sie nicht daran dachten, sie ungefesselt zu lassen. Der Mann, der ihr den Strick abgenommen hatte, zog ihre Arme zu sich hin und band ihr eine Schnur um die Handgelenke. Grinsend riß er an dem Knoten, den er geknüpft hatte, und zwar so heftig, daß sie zusammenzuckte.

»Das wird dich wohl halten, schätze ich«, sagte er. Sein Blick fiel auf ihre Hände und auf die Ringe, die im Fackelschein blinkten. »Was ist denn das?« fragte er und packte ihre Hände.

»Nein, das gehört mir, das hat mein Vater mir geschenkt!« protestierte sie erbost.

Der Mann riß ihr die Ringe mit solcher Gewalt ab, daß er ihr den Knöchel aufschürfte. Er biß in den Ring von Jehan. »Nicht viel wert«, meinte er achselzuckend. »Aber ein schönes Andenken, eh, Leute?«

»Gib das zurück! Es gehört mir, nicht dir!«

»›Es gehört mir‹«, äffte er sie nach, und seine Kameraden lachten. »Komm jetzt«, sagte er und schlang seinen starken Arm um sie. Ein Schwert trieb sie zur Tür, und sie wußte, daß ihr nichts anderes übrigblieb, als mitzugehen.

Sie gingen den gleichen Weg zurück, den sie gekommen waren. Die enge steinerne Wendeltreppe war so schwindelerregend, daß Jehanne die Übelkeit in der Kehle schmecken konnte. Der Magen wollte sich ihr umdrehen. Ihre Beine haspelten die Treppe hinunter, als gehörten sie einer Puppe ohne eigenen Willen.

Unten angekommen wandten sie sich scharf nach links und gingen einen Korridor entlang. Am Ende blieben sie vor einer offenen Tür stehen. Rauh stießen sie Jehanne hindurch. Der Hauptmann und zwei seiner Leute folgten ihr.

»Hier ist sie, Sieur«, sagte der Mann, der ihr die Ringe gestohlen hatte, und hielt ihr sein Schwert vor die Nase.

Jehanne hörte seine schadenfrohen Worte kaum. Sie starrte staunend in diesen kerzenbeleuchteten Raum, der reich geschmückt war, mit den schönsten Wandteppichen, die sie je gesehen hatte. Vier große Fackeln brannten hier, jede in einer Ecke. Im Schein der tanzenden Flammen verströmte dieser Raum mit seiner Einrichtung Behagen und Sicherheit. Auf zwei dunklen Holzstühlen zu beiden Seiten eines massiven Tisches saßen zwei elegant gekleidete Herren. Der eine trug eine schwarze Augenklappe. Es war alles sehr geheimnisvoll – dieser wunderschön eingerichtete Raum und die beiden eleganten Herren inmitten dieses halb verfallenen Schlosses.

Ein dritter Mann saß hinter dem Tisch, und als er Jehanne erblickte, stand er lächelnd auf und kam um den Tisch herum auf sie zu. »Da ist ja Jehanne«, sagte er strahlend, als begrüßte er eine alte Freundin. »Willkommen! Ich bin hoch entzückt, daß wir endlich Gelegenheit haben, uns einmal kennenzulernen!«

Das mußte gewiß ein Fürst sein. Er war prächtig angetan mit einem goldenen Wappenrock, der im Feuerschein schimmerte. Um den Hals trug er ein funkelndes Medaillon: ein Kreis von Diamanten umgab einen großen Smaragd. Sein dunkelbraunes, frisch gestutztes Haar bedeckte den länglichen Schädel wie ein Teppich, und die engstehenden grauen Augen glitzerten im Schein der Fackeln. Tiefe Falten zogen sich über die Wangen bis zum Kinn und umrahmten einen kleinen Mund mit roten Lippen. Als er näher kam, drang Jehanne ein Hauch von seinem Parfüm in die Nase, leicht wie das einer Kammerzofe. Sein Mund lächelte noch immer, aber seine Augen nicht.

»Ich denke, wir können ihr die Fesseln abnehmen, Hauptmann«, sagte er liebenswürdig.

»Geben Sie nur acht, Herr«, warnte der Soldat und hielt ihr das Schwert noch dichter unter die Nase. »Sonst verhext sie Sie noch.«

»Unsinn. Lassen Sie das Schwert nur sinken, Mann, und schneiden Sie ihr die Fesseln ab«, sagte der Mann unverändert freundlich.

Mit seiner freien Hand griff der Soldat nach dem Dolch in seinem Gürtel und schnitt die Schnur an Jehannes Handgelenken ab. Die Haut war nicht zerschnitten, aber die Schnur hatte schmerzhafte

Schwellungen hinterlassen. Jehanne rieb sich die steifen Handgelenke und krümmte und streckte die Finger.
»Ich denke, sie wird auch ihre Rüstung nicht mehr brauchen«, sagte der Edelmann und schnippte laut mit den Fingern.
Zwei Männer traten herzu und nahmen Jehanne die Rüstung ab, erst den Gürtel und dann den zerrissenen Brokatmantel, den sie über ihren Kopf hoben. »So ist es besser – meinst du nicht auch?« fragte der Edelmann, als man ihr die Panzerplatten abnahm, so daß sie schlicht in Hemd und Hose dastand.
»Jetzt laßt uns allein«, sagte der Mann, als die Soldaten fertig waren. Sie gehorchten ohne Widerspruch. Der Mann, der ihr die Ringe gestohlen hatte, grinste sie an, als er hinausging.
»Wer sind Sie?« fragte sie, verärgert über die gespielte Freundlichkeit. »Wo sind meine Leute?«
»Oh, bitte entschuldige mein Benehmen«, antwortete er, als sei er ehrlich bestürzt, weil er sie gekränkt hatte. »Ich bin Philippe Duc de Bourgogne.« Er neigte leicht das Haupt. »Das ist Jehan de Luxembourg, der Comte de Ligny« – er deutete auf den Mann mit der Augenklappe –, »und mein Sekretär, Enguerrand de Monstrelet.«
Jehanne beschwor ihre Macht herauf und starrte Philippe in die Augen. »Einer von Ihren Leuten hat mir meine Ringe gestohlen. Er ist ein Dieb und muß bestraft werden.«
»Oh, meine Güte, das tut mir aber leid!« Bekümmert zog er die Brauen zusammen. »Ich muß natürlich dafür sorgen, daß du sie zurückbekommst.«
»Wo ist mein Gefolge?«
»In Sicherheit, keine Angst.« Der Herzog lächelte. »Ich gebe dir mein Wort, daß du deine Männer und dein Eigentum unbeschädigt zurückbekommen sollst.«
»Wie Sie auch dem König Ihr Wort gegeben haben? Wann haben Sie das letzte Mal gehalten, was Sie ihm versprochen haben?«
Er zog eine Braue hoch und betrachtete sie eine Weile; seinem düsteren Lächeln war anzusehen, daß seine Gedanken angestrengt arbeiteten.

Schließlich sagte er mit äußerster Ruhe: »Karl ist kein echter König, trotz seiner Krönung. Und ich sage dir auch, warum.« Er tat einen Schritt auf sie zu. »Karl ist ein Dummkopf, das jüngste unter all den verfaulten Gliedern der Dynastie der Valois. Sein Vater war ein Wahnsinniger, der den Engländern sein Königreich in einem legalen Vertrag überschrieb. Er eignet sich nicht dazu, Frankreich zu regieren, er taugt allenfalls dazu, sich in Büchern zu verlieren und mit seinen hübschen Spielgefährten.«

Die anderen Männer lachten.

»Karl ist der wahre König von Frankreich!« Jehanne war empört über diese Beleidigung ihres Herrn. »Er wurde in der Kathedrale von Reims gesalbt, und zwar mit dem Öl des heiligen Clovis ...«

»Ach ja, ich erinnere mich. Übrigens danke ich dir für die freundliche Einladung zu dieser Zeremonie. Du verstehst natürlich, daß ich nicht kommen konnte.« Das heuchleriche Lächeln ließ ihr einen kalten Schauer über den Rücken laufen.

»Und was diese Krönungsposse angeht, so warst du es ja wohl, die ihn dort hingebracht – besser gesagt, hingeschleift hat, wenn das, was ich so höre, der Wahrheit entspricht.« Philippe schaute sie forschend an, aber sie antwortete nicht. »Bildest du dir ehrlich ein, er wäre dort hingegangen, wenn du nicht gewesen wärst? Er hätte weiter in Chinon im Mondschein getanzt, während die Engländer sein Königreich überrannten. Ich frage dich, was ist das für ein König?«

Vertraulich legte er ihr einen Arm um die Schultern, und sie erstarrte.

»Jehanne, Jehanne, siehst du das denn nicht ein? Du hast auf die falsche Seite gesetzt«, flüsterte er laut. »Die Armagnacs können gegen meine Armee und gegen die englischen Truppen nicht siegen, das weißt du doch sicher. Du willst, daß der Krieg ein Ende nimmt, ich will, daß der Krieg ein Ende nimmt, und die Engländer wollen, daß der Krieg ein Ende nimmt. Nur Karl steht dem Frieden im Weg! Und da du und ich das gleiche wollen, meinst du nicht, daß es an der Zeit ist, zusammenzuarbeiten statt gegeneinander? Du willst deine Freiheit? Eine Armee führen? Ich kann dir beides geben.«

Sie hielt den Atem an. »Ich werde Ihnen niemals dienen«, stieß sie dann hervor. »Ich diene Gott und meinem König.«
Seine Augen funkelten nicht mehr. Sie waren mörderisch kalt, so kalt wie der Mann hinter der Maske. »Vielleicht sollte ich dir einmal deine Lage erklären. Ich bin froh, daß wir dich endlich gefaßt haben, nicht weil ich persönlich etwas gegen dich habe, sondern weil du die mächtigste Waffe warst, die Karl gegen uns richten konnte, auch wenn er das, seiner Natur gemäß, nicht ahnt – das weiß ich, weil ich ihn sehr, sehr gut kenne. Und ich weiß auch, daß eine Waffe, die der eine benutzen kann, auch dem anderen gute Dienste leisten wird. Doch die Engländer, weißt du ... man kann sie nicht völlig außer acht lassen. Schlicht gesagt: Sie wollen dich tot sehen, und sie bezahlen jeden Preis und machen jedes Zugeständnis – innerhalb vernünftiger Grenzen natürlich –, um deinen Tod zu bewerkstelligen. Aber noch bist du nicht in englischer Hand. Du bist eine Gefangene des Comte de Ligny.« Philippe neigte den Kopf leicht zu Luxembourg. »Der Graf wiederum ist mein Vasall. Wenn ich ihm befehle, dich freizulassen, so muß er es tun.«
Der Herzog schaute ihr eindringlich ins verstockte Gesicht und fuhr mit gesenkter Stimme fort: »Aber wenn ich ihm sage, er kann tun, was er will, dann steht es ihm frei, dich Karl gegen ein Lösegeld zurückzugeben oder dich in einen *donjon* zu sperren, bis du dort vermodert bist, oder« – wieder lächelte er – »dich an die Engländer zu verkaufen. Also, was soll geschehen, Jehanne? Wirst du eine lebende Standarte für das Haus Burgund sein oder lieber eine Reisende mit ungewissem Schicksal?«
Jehanne schaute Bourgogne an und bemühte sich, die Absichten hinter der parfümierten, glattrasierten Maske zu lesen. Konnte sie ihm in diesem einen Fall vertrauen? Aber es war gleichgültig. Dies war ihre einzige Chance, so klein sie auch sein mochte. Vielleicht fände sie eine Gelegenheit zur Flucht.
Sie richtete die Macht mit voller Wucht auf ihn. »Sie sind nicht mein Herr, und ich werde Ihnen niemals dienen!«
»Nun gut.« Philippe seufzte. »Du läßt mir keine Wahl. Wache!«

Die Tür öffnete sich, und die Männer traten mit blanker Waffe ein. »Bringt sie zurück in den *donjon.*« Bourgogne sah sie gleichmütig an. »Leb wohl, Jehanne.«

Sie brachten sie zurück in den Turm, aber sie fesselten sie nicht. Lange stand sie dort im Dunkeln. Es schien kein Mond; nur ab und zu funkelten ein paar Sterne zwischen langgestreckten, gespenstischen Wolken. Als sie keine Lust mehr hatte, vor dem Spalt im dicken Mauerwerk zu stehen und hinauszuschauen, setzte sie sich hin, schlang die Arme um die Knie und ließ den Kopf sinken. Sie döste ein wenig.

Ein Geräusch weckte sie, das unverkennbare Knirschen von Männerstiefeln draußen auf dem Mauergang. Der Schlüssel drehte sich im Schloß, und einen Augenblick lang war sie von Fackelschein geblendet. Sie blinzelte, und als sie wieder sehen konnte, erkannte sie, daß drei weitere Gefangene zu ihr hereingestoßen worden waren. Ihre Gesichter waren noch einen Moment lang erhellt, und dann verschwand das Licht wieder.

»Jehanne!«

»Minguet! Pater Pasquerel, sind Sie das?« Sie faßte im Dunkeln nach einer Hand.

»Nein, ich bin's, d'Aulon. Jehanne, ist alles in Ordnung?«

»Ja. Wie geht es euch allen?«

Murmelnd antworteten sie, daß es ihnen gutgehe.

»Wo ist Pierre?«

»Das wissen wir nicht«, sagte d'Aulon. »Als ich ihn das letzte Mal sah, lag er quer über einem Pferd, genau wie wir alle. Ich weiß nicht, wo sie ihn hingebracht haben. Er war nicht bei uns.«

»Was habt ihr denn gehört?«

»Über Pierre gar nichts«, sagte Pasquerel. »Aber mach dir keine Sorgen, Jehanne. Er ist jetzt adlig, und man kann ein Lösegeld für ihn bekommen. Sie werden ihm nichts tun.«

»Du sagst, von Pierre hast du nichts gehört. Aber was *hast* du gehört?« Sie konnte es nicht leiden, wenn man versuchte, ihr etwas zu verheimlichen.

»Man sagt, daß wir ... daß Sie ... Jehan de Luxembourgs Gefangene sind.« Das war Minguet.
»Ja, das weiß ich. Ich habe ihn gesehen, ihn und Philippe de Bourgogne.«
Sie erzählte ihnen von dem Gespräch, und auch wenn sie ihre Freunde im Dunkeln nicht sehen konnte, merkte sie doch, daß sie stiller wurden, als sie ihnen von Philippes Angebot berichtete, und wie sie es abgelehnt hatte. Sie sagten kein Wort, und als sie fertig war, blieb es eine ganze Weile unbehaglich still.
Schließlich räusperte d'Aulon sich. »Jehanne, ich glaube, man muß diese Drohung ernst nehmen. Er wird Luxembourg befehlen, dich gegen englisches Gold einzutauschen.«
»Diese Gefahr muß ich auf mich nehmen. In Gottes Namen, erwartest du denn allen Ernstes, daß ich mich mit Burgund verbünde? Schäm dich, d'Aulon!«
»Ich sage doch nicht, daß du dich mit Philippe zusammentun sollst, Jehanne, aber du mußt dich im Zaum halten und nicht mit allem herausplatzen, was du gerade denkst! Man wird dich eher gut behandeln und vielleicht sogar von Karl freikaufen lassen, wenn du nicht versuchst, gegen sie zu kämpfen. Du hast keine Waffen mehr, und die Feinde haben die Oberhand. Da bist du wehrlos.«
»Ich habe Gott. Sonst brauche ich nichts.«
Sie redeten eine Zeitlang eindringlich auf sie ein, und sie spürte die furchtsame Liebe in ihren Stimmen. Sie hörte ihnen zu, ohne sie zu unterbrechen, und am Ende versprach sie, zu tun, worum sie baten. Dann legte sie sich ins karge Stroh und schlief ein.

Die Turmglocke hatte gerade angefangen, die Studenten zum Unterricht zu rufen, und sie stoben eilig durch das Atrium, daß ihre schwarzen Roben sich hinter ihnen blähten. Von seinem Fenster konnte der Bischof in den Hof hinausblicken, und er sah ihnen zu, während er abwesend mit einem Stück Papier auf seine Fingernägel klopfte. Er stand oft hier, wenn er nachdenken wollte. Mit tiefen, wohlgefälligen

Zügen füllte er seine Lunge und betrachtete den schönen Sommernachmittag und die dicken grauen Bäuche der Wolken, die wie Schiffe hoch über Paris dahinglitten und langsam nach Osten davonzogen. Der Prälat lächelte. Gott war heute gut zu ihm gewesen.

Der Brief, den er eben gelesen hatte, enthielt die Nachricht, um die er so lange gebetet hatte. Sein Freund, der Bruder des verstorbenen Königs Heinrich, hatte aus Rouen einen ganz erstaunlichen Bericht geschickt: Die Ketzerin, die der Krone so viel Ärger bereitet hatte, war endlich in der Hand des Herzogs von Burgund. Man hatte sie vom Pferd gezerrt, als sie bei dem Versuch, Compiègne zu erobern, gescheitert war. Bedford war darüber so entzückt, daß sein Triumph schier von den Seiten leuchtete. Jetzt, da sie sie hatten, wollten sie sie auch vor Gericht bringen – wegen Zauberei, aufrührerischen Treibens gegen den König und Ketzerei. Vor allem aber wollten sie sie auf den Scheiterhaufen bringen. Ihre Verurteilung würde auch dem Prätendenten Karl vor dem französischen Volk und vor ganz Europa die Maske vom Gesicht reißen, und damit wären sie auf einen Schlag zwei Feinde los. Kein echter Monarch von Gottes Gnaden würde sich von einer Agentin des Teufels benutzen lassen, wie sie es ohne Zweifel war. Das Weib behauptete, von Gott gesandt zu sein, eine Lüge, die man sicher leicht würde widerlegen können. Sie war schließlich eine ungebildete Bauerndirne, eine Kuhmagd, die den gelehrten Doktoren der Universität Paris nicht gewachsen war.

Würde diese erhabene Institution bereit sein, den Vorsitz bei ihrem Prozeß zu führen? wollte Bedford wissen. Natürlich würde das Heilige Offizium der Inquisition zu Rate gezogen werden, ob es nicht einen Vertreter entsenden wolle, wenn der Bischof einverstanden wäre. Und was den Mann betreffe, der in diesem Fall erfolgreich die Anklage verträte, so habe König Heinrich für ihn eine ganz besondere Belohnung im Sinn. Das Erzbistum Rouen war zur Zeit nicht besetzt.

Lächelnd faltete der Kirchenmann das Blatt zusammen und schob es in seinen Ärmel. Der kleine Gegenstand, der mit im Brief gewesen war, glänzte böse auf seiner flachen Hand, und er schloß die Finger um ihn.

Natürlich würde er dem Ersuchen des Herzogs mit Vergnügen nachkommen. Seit fast einem Jahr, seit nämlich die Armagnacs in Beauvais eingefallen waren und ihn aus seiner Diözese verjagt hatten, träumte der Bischof davon, Rache an diesem Dämon von einem Weib zu nehmen. Bald, so schien es, würde er dazu Gelegenheit bekommen. Gott war heute gut zu ihm gewesen, wie er ein Leben lang gut zu dem Bischof gewesen war.

Mit sechzig Jahren war Pierre Cauchon bis auf Sichtweite an ein weiteres Ziel in seiner glorreichen Laufbahn herangekommen, die begonnen hatte, als er, der klügste Student in seiner Klasse, für seinen zielstrebigen, skrupellosen Verstand berühmt gewesen war. Nachdem er an der Universität von Paris zum Magister der Theologie und gleich darauf zum Doktor des Kirchenrechts gemacht worden war, hatte es ihn nach Rom gezogen, wo Fleiß und Ehrgeiz ihm Amt um Amt sowie die Gunst des Papstes Martin V. beschert hatten. Bei seiner Rückkehr nach Paris wurde er zunächst zum Dozenten an der Universität ernannt, und mit dreißig war er ihr Rektor. Sein kompromißloser Eifer erregte die Aufmerksamkeit der Engländer, und als für ihn der Augenblick kam, politisch Partei zu ergreifen, nahm er ihre Angebote an. Zum Lohn für seine vorzügliche Arbeit machte der junge englische Monarch ihn zum Bischof von Beauvais und zu einem reichen Mann und befriedigte so sein Verlangen nach Macht und Gold.

Aber Cauchon wollte noch mehr. Bei Bedfords Bemerkung über das Erzbistum Rouen tat sein Herz einen Satz, denn dort sah er die Vorstufe zu seiner Ernennung zum Kardinal. Und dann wäre es nur noch eine Stufe bis zum Stuhl des heiligen Petrus. Seine Bestimmung war es, die Christenheit mit dem gleichen Geschick zu regieren, mit dem er schon die Universität und die Diözese Beauvais geführt hatte, und bis zum letzten Sommer hatte es auch so ausgesehen, als seien seine ehrgeizigen Pläne mit Leichtigkeit zu verwirklichen.

Aber dann war sie erschienen, wie aus heiterem Himmel, und hatte das Volk von Beauvais gegen ihn aufgewiegelt und ihn zum Flüchtling gemacht, der erst nach Paris, dann nach Rouen und schließlich wieder hierher in die Hauptstadt hatte fliehen müssen.

Cauchons eisblaue Augen wurden schmal, als er an sie dachte, und sein Mund erstarrte zu einer grimmigen Linie. Wie sehr er diese Frau haßte, die er doch nie gesehen hatte! Aus den Eingeweiden der Hölle war sie heraufgestiegen und hatte zuerst diesen schwachsinnigen Valois behext, aber dann auch gleich diese Armagnac-Verräter in Poitiers, die doch ehedem seine geschätzten Kollegen an der Universität gewesen waren. Als wären sie von Sinnen, hatten sie dafür gestimmt, ihr eine Armee zu geben – Satans eigenes Heer –, und sie hatte sich auf der Stelle darangemacht, diese gottverdammten Armagnac-Soldaten in ihre abscheuliche Gewalt zu bringen. Und damit nicht zufrieden, hatte sie als nächstes die Engländer bei Orléans mit einem Zauberbann belegt und sie an Ort und Stelle vernichtet, während ihre diabolischen Legionen sie zu Hunderten erschlugen, ohne ihr Flehen um Gnade zu erhören. Und nach dem gleichen Muster war der ganze Sommer verlaufen, während ihre Schergen Patay, Jargeau und schließlich Beauvais erobert hatten.
Daß diese unverschämte Kuhmagd, diese frevelhafte Zauberin, die Frechheit besaß, den Auftrag des Himmels für sich in Anspruch zu nehmen, brachte Cauchons Blut in Wallung. Nicht einmal er mit seinen akademischen Würden und seiner Stellung in der Kirche hatte je Gottes Stimme gehört, trotz seiner jahrelangen theologischen Ausbildung und seiner standhaften Pflichttreue. Warum also sollte Gott das größte denkbare Geschenk ausgerechnet einem ungebildeten Bauernmädchen zukommen lassen – zumal einem von zweifelhafter Moral –, und nicht einem geweihten Fürsten der Heiligen Mutter Kirche?
Und jetzt strahlte der Beweis für die göttliche Gunst durch die Dunkelheit wie der Sonnenschein nach einem Sommerregen. Die sogenannte Jungfrau – und war das nicht noch ein Frevel, wo doch alle Welt wußte, daß sie die Sünde der Unzucht mit der gesamten Armagnac-Armee begangen hatte? – hatte ihre Höllenmacht aufgebraucht und war von Gott in die Hände Burgunds gegeben worden. Was bei seiner Flucht aus Beauvais scheinbar verloren gewesen war, hatte Gott ihm in seiner Gnade zurückgegeben. Die Jungfrau Jehanne war in ganz Europa bekannt, und der Prozeß gegen sie und die fol-

gende Hinrichtung würden dem Mann, der sie ihrer Bestrafung zuführte, unermeßliches Ansehen einbringen. Cauchons von Gott bestimmtes Schicksal würde am Ende doch noch eintreffen. Eines Tages würde Pierre Cauchon der Heilige Vater der Einen Wahren, Heiligen und Apostolischen Kirche sein.
Er öffnete die Faust und betrachtete den Ring, den Bedford ihm geschickt hatte. Eine viereckige Fassung mit gottloser Gravur beherrschte das abscheuliche Ding: auf der einen Seite die Buchstaben MAR, auf der anderen JHS. Der Buchstabe M war in den linken Rand gekratzt, und auf dem rechten war ein Kreuz zu sehen. Dieser Kobold hatte den Namen Gottes gegen ihn benutzt.
Oh, was für ein wunderbarer Prozeß das werden würde, und was für Kränze man ihm im Himmel und auf Erden dafür winden würde! Noch in tausend Jahren würde man sich seiner erinnern!

Aus der Ferne sah Château Loches im Mondlicht aus wie eine riesige, vielschichtige Torte. Elfenbeinweiß hoben sich Dächer und Türmchen vom Nachthimmel ab; sie sahen aus wie kunstreich gesponnener Zucker, gekrönt von einem Guß, der wie Dachschindeln geformt war. Die hohe Ringmauer, die lange Zeit die erste Verteidigungslinie gebildet hatte, umrahmte das Schloß in seinem milchigen Glanz. Auf einer beherrschenden Anhöhe erbaut, ragte das Schloß über das Städtchen, das sich da an seine Mauern klammerte, und die Mauerkronen erhoben sich aus der dunklen Landschaft auf eine starre und doch prachtvolle Weise, die den Eindruck erweckte, als sei das Land für das Schloß geschaffen und nicht umgekehrt.
So erschien es jedenfalls dem Mann, der hier haltgemacht hatte, um sein Pferd ausruhen zu lassen. Unter der größten Eiche in einer langen Reihe von Bäumen, die den Feldweg säumte, sah er das Château, als gewahrte er es zum ersten und nicht zum tausendsten Mal. Immer wieder erfüllte ihn kindliche Ehrfurcht, wenn er hierherkam – tatsächlich die gleiche Ehrfurcht, die ihn schon als Kind erfüllt hatte.
Er hob beschirmend die Hand über die Augen, um die Einzelheiten

besser sehen zu können. Die meisten der vielen hundert Fenster waren dunkel, aber er wußte, daß Karl heute abend dort war – höchstwahrscheinlich in der königlichen Residenz, die hinter den Mauern verborgen lag. Wie üblich war es nicht leicht, heutzutage mit dem König Schritt zu halten, aber im Augenblick verbrachte er seine Zeit in diesem – seinem schönsten – Château. Man sagte, er werde dieses Jahr in Loches überwintern. Es sei denn natürlich, er besänne sich noch anders.

Der Mann gab seinem Pferd die Sporen und trieb es weiter. Er war die ganze letzte Nacht und den größten Teil des Tages hindurch geritten, um herzukommen. Wenn das, was er gehört hatte, stimmte, kam es entscheidend darauf an, daß er mit dem König sprach, und wenn er ihn dazu aus dem Bett holen mußte. Doch diese Möglichkeit war unwahrscheinlich, denn es war noch früh am Abend.

Der Ausguck auf der Mauer hatte ihn kommen sehen und rief den Torwächtern ein Wort der Warnung zu. Zwei Mann, Schotten aus der Leibgarde des Königs, versperrten ihm den Weg in den Hof, die scharfen Klingen ihrer *guisarmes* nach außen gerichtet, dem Reiter entgegen. Er hielt vor ihnen an und schlug die Kapuze seines Mantels zurück.

»Sagen Sie, wer Sie sind und was Sie wollen!«

»Ich bin der Duc d'Alençon, und ich habe dringende Nachrichten für den König.«

Und ohne weitere Zeit zu verschwenden, stürmte er die Treppe hinauf in einen von goldenem Kerzenschein erfüllten Vorraum, den er rasch durchquerte, um die Bankethalle zu betreten. Karl hatte heute offenbar später als sonst zum Abendessen geladen. Bedienstete räumten noch die Reste des Mahles zusammen, um sie in die Küche zurückzubringen, und nach der Anzahl der Teller zu urteilen, die noch auf der langen Tafel standen, hatten sie mit dieser Arbeit gerade erst begonnen. D'Alençons Magen knurrte geräuschvoll, als er daran dachte, daß er seit dem vergangenen Abend nichts mehr gegessen hatte. Die Essensreste lockten ihn und ließen ihm das Wasser im Munde zusammenlaufen. Aber vorläufig konnte er seinen Hunger nicht stillen.

Er wandte seine Gedanken wichtigeren Dingen zu. Er sah und hörte die lachenden, schwatzenden Höflinge durch die Tür am anderen Ende der Halle, hinter der ein Empfangsraum lag. Eine Laute erklang, die Gespräche verstummten, und die Köpfe wandten sich einem unsichtbaren Sänger am Ende des Raumes zu. D'Alençon stöhnte auf. Er hoffte zu Gott, daß Karl sich nicht auch dort unterhalten ließ. Niemals würde es ihm gelingen, den König von diesen oberflächlichen Belustigungen loszureißen, die er doch so liebte.

Er ging auf eine Magd zu, die einzeln herumliegende Früchte in einem Korb sammelte, und hielt sie beim Arm fest. »Wo ist der König?« herrschte er sie an, barscher, als es seine Absicht gewesen war.

Das Mädchen knickste. »Als ich ihn zuletzt gesehen habe, war er mit Seiner Exzellenz dem Erzbischof und mit Seigneur de la Trémoïlle zusammen. Sie sind da hinaufgegangen.« Sie deutete zu der Treppe, die in den ersten Stock hinaufführte. Dort lagen die Privatgemächer des Königs.

D'Alençon ließ das Mädchen los. Er wußte genau, wo sie waren. Von hier aus gelangte man nur durch den Raum, wo jetzt die Musikdarbietung begann, nach oben. Aber daß gleich der ganze Hof von seiner Anwesenheit erfuhr, war das letzte, was er wollte. Also würde er die Außentreppe benutzen müssen. Er wandte sich um, ging an der Tafel entlang und dann wieder die Treppe hinunter in den Hof.

Die Wache warf ihm neugierige Blicke zu, aber sie sprach den Mann nicht noch einmal an, der jetzt auf der linken Seite des Gebäudes um die Ecke lief. Vor ihm lag die westliche Terrasse. Kies knirschte unter seinen Stiefeln, als er auf den Turm zulief, der dort in den Nachthimmel ragte. Wie erwartet, brannte in den daneben gelegenen Gemächern Licht. Rasch schlüpfte er durch die Tür am Fuße der Wendeltreppe und stieg hinauf.

Karl stand über einen kleinen Tisch gebeugt, flankiert von seinen beiden Ministern, und alle drei betrachteten sie ein Pergament, dessen Rand sich über die Kante des zarten Rosenholztischchens rollte. Der alte de Chartres mit seinen schwachen Augen hatte Mühe, auf dem Pergament etwas zu erkennen; er beugte sich dicht darüber. Trémoïl-

le, krötenhaft wie immer, mußte ein bißchen Abstand von dem Tisch halten, damit sein Bauch Platz hatte.
Was für ein Bild sie abgeben, dachte d'Alençon.
Karl blickte erschrocken auf. »Jehan!« Sein blasses Gesicht lächelte. »Was tun Sie denn ausgerechnet hier! Ich glaubte Sie bei Ihrer Gemahlin in Beaumont!«
»Ich muß Sie sprechen. Allein.« Er verbeugte sich nicht und nahm die beiden anderen gar nicht zur Kenntnis. Breitbeinig stand er da, die Fäuste geballt. Sein Gesicht war düster und bleich wie eine Totenmaske.
Den König schien das nicht zu erschrecken. Er schaute d'Alençon an, und mit seiner großen Gelassenheit verband sich noch etwas, das der junge Herzog nicht zu deuten wußte. Wissendes Mitleid? Zerknirschung? Trauer? Das traf es alles nicht. Aber irgend etwas war es.
»Gehen Sie«, sagte Karl zu seinen Beratern. »Wir möchten allein mit unserem Cousin sprechen, wie er es wünscht.«
Die beiden schauten einander verunsichert an.
»Gehen Sie schon. Wir werden Sie später noch einmal rufen lassen.«
Die älteren Männer verbeugten sich und drängten sich an d'Alençon vorbei. Dieser hielt den Blick unnachgiebig auf den König gerichtet. Als ihre Schritte verhallt waren und er wußte, daß sie wirklich allein waren, drehte er sich um und schloß die Tür hinter ihnen.
Karl setzte sich auf einen Stuhl hinter den Tisch mit dem Pergament. Lächelnd breitete er die Arme aus. »Jetzt sind wir allein, Cousin. Was gibt es denn so schrecklich Dringendes?«
D'Alençon verschränkte die Arme. »Stimmt es, was ich gehört habe? Daß Jehanne vor etwa einem Monat bei Compiègne von den Burgundern gefangengenommen wurde?«
Der König senkte den Blick auf das vor ihm liegende Dokument. »Ja, Jehan. Das stimmt.«
»Nun, und was werden Sie unternehmen? Ist das da« – er deutete mit einem Kopfnicken auf das Pergament – »ein Lösegeldangebot?«
»Nein, es ist der Plan für ein Festbankett, das wir hoffentlich in einem Monat für den kastilischen Gesandten veranstalten werden. Er

kommt nach Tours und bringt die Entwürfe für ein prächtiges neues Schwert …«
»Was ist mit Jehanne?« unterbrach der Herzog, verblüfft über den beiläufigen Ton des Königs. »Welche Maßnahmen haben Sie zu ihrer Freilassung ergriffen?«
Karl schaute ihn ungerührt an. »Keine.«
»Was?« D'Alençon machte schmale Augen. »Sie wollen sie im Stich lassen? Wissen Sie nicht, was mit ihr passiert, wenn Philippe sie an die Engländer verkauft – was er ganz sicher tun wird?«
»Sie ist jetzt in Gottes Hand.«
»In Gottes Hand?« rief der Herzog. »Sie sind der König von Frankreich! Sie haben genug Geld in Ihrer Schatulle, um ausländische Gesandte zu bewirten, aber Sie wollen nichts ausgeben, um sie zu retten? Wo ist Ihre Dankbarkeit, Karl?«
Sein königlicher Verwandter starrte ihn wortlos an.
»Sie hat sich für Sie in Orléans zweimal verwunden lassen und die Stadt aus der Belagerung befreit, wie sie es versprochen hatte. Sie wurde noch einmal verwundet, als sie versuchte, Paris zu erobern. Und wenn sie nicht gewesen wäre, dann wären Sie heute nicht König!«
Karl fuhr von seinem Stuhl hoch und schlug so hart mit der Faust auf den Tisch, daß das Tintenfaß einen Satz machte. »Gott hat mich zum König gemacht, nicht die Jungfrau Jehanne! Er hat mich zum König gemacht, als er meinen armen Vater in den Wahnsinn trieb und als er mir meinen Bruder Ludwig nahm, der die Krone vor mir getragen hätte! Wenn Jehanne das nicht vergessen hätte und in Hochmut verfallen wäre, so hätte Gott sie gar nicht erst in Gefangenschaft geraten lassen!«
»Da spricht doch der Erzbischof!«
»Es ist die Wahrheit!«
»Bitte, Karl«, flehte der Herzog und zwang sich zu einem beherrschten Tonfall. »Um der Liebe Gottes willen, bieten Sie ein Lösegeld für sie.«
Wieder schaute der König ihn nur stumm an.
»Philippe wird sie Ihnen ausliefern, das weiß ich. Er hat politisch

nichts zu gewinnen, wenn er sie an Bedford verkauft, an Geld liegt ihm nichts, und Sie können das englische Angebot ausstechen. Wenn Sie erst warten, bis sie in der Gewalt der Engländer ist, wird es fast unmöglich sein, sie zurückzuholen.«

»Philippe verlangt dreißigtausend Pfund für sie.«

D'Alençon klappte den Mund auf, und er fühlte, wie ihm das Blut aus dem Kopf wich. Ein ohrenbetäubendes Summen erfüllte sein linkes Ohr. »Er hat also Kontakt mit Ihnen aufgenommen!«

»So ist es.« Karl nickte. »Aber ich habe keine dreißigtausend Pfund, um sie freizukaufen. Wie Sie schon bemerkt haben: Ich bin der König, und meine oberste Verpflichtung gilt dem Königreich. Ich muß das, was sich in der königlichen Schatzkammer befindet, für die Fortsetzung des Krieges sparen, und ich kann mir nicht leisten, mich in meinen Entscheidungen von sentimentalen Erwägungen leiten zu lassen, nur um eine einzige Person zu retten.«

»Aber es geht doch nicht um ›eine Person‹! Es geht um die Jungfrau Jehanne, die Ihrem Königreich zusammen mit Gott zu neuer Hoffnung verholfen hat!«

Karl runzelte die Stirn.

»Wenn Bourgognes Preis zu hoch ist … vielleicht wird Bedford eine geringere Summe akzeptieren. Schreiben Sie ihm. Wenn Sie Seigneur Talbot dazugeben, den wir ja immer noch gefangenhalten, und ein paar andere englische Gefangene, die ihnen teuer sind, dann wird Bedford zumindest die Möglichkeit in Erwägung ziehen können, sie freizulassen. Wenn er sich dann weigert, lädt er sich die Sünde auf sein Haupt, nicht Sie.«

D'Alençon wartete auf eine Antwort, aber er bekam keine. Beinahe rasend vor Verzweiflung ließ er den Blick durch den Raum wandern. Schließlich kam ihm der rettende Gedanke. »Geben Sie mir wenigstens Soldaten, damit ich sie retten kann! Ich weiß aus zuverlässiger Quelle, daß sie in Jehan de Luxembourgs Schloß in Beaurevoir gefangengehalten wird. Das Château ist nur leicht befestigt, und ich weiß, daß Truppen, die Ihnen und ihr treu verbunden sind, nicht zögern werden, sich dort zu versammeln, wenn ich sie rufe.«

»Ich kann mir nicht leisten, sie dafür zu bezahlen. Meine Finanzmittel sind an die Ausrüstung der Truppen auf der Ile-de-France und in der Champagne gebunden. Wenn sie fallen – vor allem die in der Champagne –, dann kann der Feind wieder gegen Orléans ziehen und damit die Loire in Gefahr bringen.«

»Sie werden kommen, ob sie bezahlt werden oder nicht.«

Karl gestattete sich ein kurzes Lächeln. »Da redet Jehanne.«

»Und sie hat recht«, erwiderte der Herzog, und die Tränen stiegen ihm in die Augen. »Sie hat immer recht gehabt.«

Karl schloß die Augen halb und senkte den Blick auf seine blassen Hände. »Sie begann als unsere Dienerin, aber seitdem ist sie zu einer eigenen Macht geworden. Immer wieder habe ich versucht, ihr zu erklären, wie wichtig es für uns ist, Philippe de Bourgogne zu umwerben, um ihn aus seinem Bund mit den Engländern herauszulösen. Jehanne hat auf Unternehmungen bestanden, die unseren Versuchen der Annäherung an Philippe schadeten und sein Vertrauen in unser Wort untergruben.« Er hob den Kopf und schaute d'Alençon mit schmalen braunen Augen an. »Ein Königreich kann nur einen Herrn haben, Jehan. Und der bin ich.«

D'Alençon erwiderte seinen Blick; eine Entgegnung fiel ihm nicht ein. Er seufzte verzweifelt. »Sie werden also nichts tun.«

»Ich gebe Ihnen die Erlaubnis, selbst ein Rettungskommando zu finanzieren«, sagte Karl leise.

Der Herzog taumelte unter der Wucht dieser verbalen Ohrfeige. Seinem Titel zum Trotz war er mittellos und besaß nicht einmal die Ländereien seiner Ahnen, denn die waren immer noch in der Hand der Engländer. Jeder Sou, den er besessen hatte, war zwei Jahre zuvor darauf verwendet worden, ein Lösegeld für ihn selbst zu zahlen.

»Bei allen Heiligen, das werde ich Ihnen niemals verzeihen, Karl«, sagte er. »Gott vielleicht, aber ich nicht, und ich werde die Genugtuung haben, zu wissen, daß Sie, wenn er Sie vor seinen Richterstuhl ruft, in dem Bewußtsein vor ihn treten werden, daß Sie seine Dienerin ermordet haben – so sicher, als hätten Sie den tödlichen Schlag mit eigener Hand geführt.«

Er wartete keine weiteren Erwiderungen ab, sondern machte auf dem Absatz kehrt und marschierte zur Tür. Als er sie hinter sich zuschlug, klang es wie ein Kanonenschuß.
Mit zitternden Knien flüchtete er die Treppe hinunter und lief geradewegs zu der Tür, durch die er kurz zuvor hereingekommen war. Draußen atmete er die Nachtluft tief ein. Seine Haut brannte wie Feuer, und sein Blut rauschte mit beunruhigender Geschwindigkeit durch seine Adern. Er wischte sich den Schweiß von der Stirn. Etwas veranlaßte ihn, noch einmal am Schloß hinaufzuschauen.
Die Silhouette am Fenster war ihm zugewandt, und das goldene Kerzenlicht leuchtete wie ein höhnischer Heiligenschein hinter dem Kopf. D'Alençon spürte den brennenden Blick der Augen. Er konnte sich nicht erinnern, jemals im Leben jemanden so sehr gehaßt zu haben.
Von diesem Augenblick an, Karl, sind wir Feinde, du und ich. Es mag Monate dauern, vielleicht auch Jahre, aber ich schwöre bei der heiligen Jungfrau, daß ich Rache an dir nehmen werde. Bevor ich aus diesem Leben scheide, das gelobe ich, werde ich sehen, wie du verlierst, was dir am teuersten ist.

»Du spinnst sehr gut, meine Liebe«, sagte die alte Frau mit sprödem, suchendem Lächeln. »Hat deine Mutter dir das beigebracht?«
»Ja, Madame, als ich klein war.« Jehanne ließ den Faden geschmeidig durch die Finger gleiten und hielt ihn gerade locker genug, daß er sich um die Spindel wickeln konnte. »Aber es ist ein Weilchen her, daß ich es zuletzt getan habe.« Ja, dachte sie, das letzte Mal war es in Moulins gewesen, als sie bei dem Goldschmied Cordier und seiner Frau zu Gast war.
Sie verdrängte die Erinnerung, bevor sie vollends Gestalt annehmen konnte. Es war wichtig, daß sie nicht zurückschaute. Womöglich hing ihr Leben davon ab, denn sie würde ohne Zweifel wahnsinnig werden, wenn sie es täte. Sie mußte in der Gegenwart leben, was auch immer geschähe.
Drei Monate waren seit ihrer Gefangennahme verstrichen. Die ersten beiden Tage in Margny waren die härtesten gewesen, als sie und ihre

Gefährten noch nicht gewußt hatten, ob man sie am Leben lassen würde oder nicht. Im Morgengrauen des dritten Tages hatten die Burgunder Minguet und Pasquerel abgeholt. Jehanne klangen die Worte ihres Beichtvaters immer noch im Ohr, wie er sie anflehte, den Knaben zu verschonen und ihn allein hinzurichten, wenn sie es denn tun wollten. Sie hatte beide noch einmal umarmen können, bevor man sie wegbrachte, und sie hatte Minguet zugeflüstert, sie liebe ihn und sei stolz auf seinen Mut, wie es ganz sicher auch seine Eltern gewesen wären. Der Mönch hatte sie hastig gesegnet, ehe sie ihn hinausschleiften. Dann war Jehanne mit d'Aulon allein gewesen.

Eine Stunde später waren die Wachen zurückgekommen. Sie hatten die beiden Gefangenen die Treppe hinunter und zum Schloß hinaus geführt. Draußen hatte man sie wieder gefesselt und auf Pferde gesetzt. Eine Anzahl Bewaffneter hatte sie in die Mitte genommen, und dann waren sie drei Stunden weit nach Norden geritten, zum herzöglichen Schloß nach Beaulieu. Jehanne hatte d'Aulon bei sich in der kleinen Zelle behalten dürfen. Zweimal am Tag hatten sie gut zu essen bekommen und nur unter dem Mangel an Freiheit und unter der Angst vor der Zukunft leiden müssen. Immer wenn die Wache nicht zu sehen war, tuschelten sie miteinander, und schließlich hatten sie einen Fluchtplan.

Fast zwei Wochen lang taten sie, als hätten sie sich mit ihrer Lage abgefunden, und verführten die Wache damit zur Unachtsamkeit. Als sie den richtigen Augenblick für gekommen hielten, stemmten sie in der Stunde vor dem Morgengrauen die Bodendielen auf, und d'Aulon half Jehanne, sich hindurchzuzwängen und ins Erdgeschoß hinabzulassen. Sie war gerade dabei, den Schlüssel im Schloß zu drehen, um die Wache einzusperren, als der Türhüter sie erblickte. Er stieß einen Schreckensschrei aus, der durch die kalte Dunkelheit des Steingewölbes hallte. Voller Panik ergriff Jehanne die Flucht, aber sie kam nicht weit, bevor sie gefaßt wurde. Die Soldaten, die sie einfingen, warfen sie in eine andere Zelle – ohne d'Aulon. Was danach aus ihrem Knappen geworden war, wußte sie nicht.

Am nächsten Morgen hatten sie sie noch weiter nach Norden gebracht, nach Beaurevoir. Sie wußte nicht genau, wo das war – nur, daß es nicht weit von Paris und somit noch weiter von der Freiheit entfernt war. Seitdem war sie hier, als Gefangene, nicht als Gast des Grafen von Ligny. Dieses Schloß war sein Wohnsitz und ganz behaglich, wenn auch auf eine grobe Weise: Wie seine Frau Jehanne de Béthune erklärte, war der Comte kein reicher Mann wie sein Herr, sondern der jüngere Sohn eines jüngeren Sohnes. Den Wohlstand, über den er verfügte, verdankte er seinem Wohltäter und Lehnsherrn.

Luxembourgs Tante, die von allen nur Tante Jehanne genannt wurde, war die treibende Kraft hinter der guten Behandlung, die Jehanne hier erfuhr. Die alte Dame hatte sie sofort liebgewonnen: Sie hatte in der Jungfrau eine verwandte Seele gefunden, geradlinig, offenherzig und furchtlos vor den Menschen. Gleich zu Anfang verbot sie ihrem Neffen, die Gefangene in einen seit langem nicht mehr benutzten Lagerkeller zu sperren. Sie bestand darauf, daß Jehanne eine richtige Kammer bekam und außerdem Gelegenheit erhielt, mit der Familie zusammen die Heilige Messe zu besuchen. Tante Jehanne war mit der Anwesenheit von bewaffneten Wachen einverstanden, solange Jehanne nicht dadurch entwürdigt wurde, daß man ihr Fesseln anlegte.

Der Graf willigte ein, wenn auch höchst widerstrebend. Seitdem stand es Jehanne einigermaßen frei, sich nach Belieben zu bewegen, und da sie die Gesellschaft der Damen der Einsamkeit und ihren unheimlichen Phantomen vorzog, saß sie oft mit ihnen zusammen im Schlafgemach der Comtesse, wo sie spannen oder nähten.

Seit sie hier war, setzten sie ihr zu, Hemd und Hose doch gegen Frauenkleider einzutauschen. Jedesmal lehnte sie es höflich ab, wenn sie darum baten: Gott habe ihr nicht erlaubt, ihre Kleidung zu ändern, sagte sie. Die Kleider, die sie trage, seien die, die sie bevorzuge. Die Damen taten, als akzeptierten sie ihre Gründe, aber immer wieder brachten sie das Thema zur Sprache.

Gern hätte sie ein Bad genommen. Sie boten es ihr natürlich an, aber im Wissen darum, wie sehr ihnen ihre Kleidung mißfiel, befürchtete

Jehanne, daß sie ihr bei dieser Gelegenheit alles wegnehmen und ein Frauenkleid geben würden. Sie durfte nicht nachlassen in ihrer Wachsamkeit; es wäre ein Fehler, zum Schlafen auch nur die Stiefel auszuziehen. Die heilige Katharina hatte nach der Messe am Abend zuvor mit ihr gesprochen, und jetzt wußte Jehanne, daß ihre Männerkleidung in kommenden Zeiten möglicherweise ihr einziger Schutz sein würde.

»Was hast du denn auf dem Herzen, Kind?« fragte Luxembourgs Tante jetzt. »Heraus damit. Du kannst nicht verbergen, daß dir etwas Sorgen bereitet. Ich bin eine alte Frau und habe viel gesehen – ich merke es immer, wenn jemand niedergeschlagen ist. Also, erzähl's uns schon.« Die runzligen Lider blinzelten zweimal sehr schnell, so daß sie aussah wie eine sehr alte Eule.

»Ich habe die Wache reden hören. Sie sagen, Compiègne steht vor dem Fall, und alle, die in seinen Mauern leben, sollen geköpft werden, sogar die Kinder.« Jehanne schluckte und bemühte sich, nicht zu weinen. Seit ihrer Gefangennahme hatte sie nicht geweint. Alle ihre Empfindungen waren in einer tiefen Gruft vergraben, tief unter dem Wissen, daß sie nun, da sie in Feindeshand war, von einem Tag auf den nächsten leben mußte. Wenn sie wieder frei wäre, würde sie sich erlauben, etwas zu empfinden und zu weinen. Aber heute war es noch nicht soweit.

»Ich weiß, daß Sie nicht auf meiner Seite stehen«, fuhr sie fort, »aber ich bitte Sie doch, mit mir für die unschuldigen Menschen von Compiègne zu beten. Ich habe oft mit eigenen Augen gesehen, daß es immer das Volk ist, das im Krieg am meisten zu leiden hat.«

»Aber natürlich werden wir mit dir beten«, tröstete die Comtesse sie lächelnd. Ihre Augen standen in dem ziemlich langen Gesicht zu nah beieinander, als daß man sie hübsch hätte nennen können, aber von Natur war sie großzügig und bescheiden. Sie war sechsunddreißig Jahre alt, zum zweiten Mal verheiratet und Mutter einer dreizehnjährigen Tochter, deren Vater ihr verstorbener Gemahl war, der jüngere Sohn des alten Duc de Bar und Bruder von René d'Anjou.

»Danke«, sagte Jehanne. Sie spürte, wie Tante Jehannes furchtloser

Blick sich in sie hineinbohrte, und schaute hinunter auf den Faden, der ihr noch immer durch die Finger lief.
»Was hast du sonst noch?« Die Frage war unausweichlich. »Compiègne ist nur ein Teil von dem, was dich bedrückt.« Die alte Edelfrau konnte ebenso herrisch wie gütig sein, und jetzt war sie nicht bereit, Ausflüchte hinzunehmen.
Das Spinnrad hörte auf zu schnurren. Jehanne schluckte den Kloß herunter, den die Angst ihr in die Kehle steigen ließ, aber er kam wieder hoch und setzte sich fest. Sie schaute die alte Dame an. Hinter der schroffen Fassade des faltigen Gesichts sah sie fast so etwas wie Angst, als Tante Jehanne bellte: »Nun?«
»Ich habe gehört, ich soll an die Engländer verkauft werden.«
Ein rascher Blick ging zwischen der Comtesse und ihrer Tochter hin und her. »Unsinn!« erregte sich Tante Jehanne. »Der Wächter, der dir das erzählt hat – wie heißt er? Mein Neffe wird ihn dafür bestrafen, daß er dir solche Angst einjagt. Der bloße Gedanke ist lächerlich!«
»Verzeihung, Madame, aber es war kein Wächter«, sagte Jehanne mit kläglicher Miene.
»Wer dann? Einer der Dienstboten?«
»Nein, Madame.« Sie schaute in die entrüsteten, verängstigten alten Augen. »Es war Gott.«
Der harte Klang männlicher Schritte im Korridor hinderte Tante Jehanne an einer Antwort. Luxembourg kam herein, wie er es immer tat, unangemeldet und herrisch.
»Guten Tag miteinander«, sagte er und küßte seine Gemahlin auf den Scheitel. »Ihr solltet die Kaninchen sehen, die der alte Robert und ich zur Strecke gebracht haben. Wir werden gut essen heute abend, wenn die Köchin das Fleisch nicht wieder verbrennt wie beim letzten Mal, als wir frisches Wild hatten. Du solltest wirklich eine andere nehmen, weißt du«, sagte er zur Comtesse, »oder sie doch wenigstens einmal streng bestrafen.«
»Ist es wahr, Jehan?« Seine Frau schaute flehentlich in sein einäugiges Narbengesicht.
Er zog eine Braue hoch. »Ist was wahr?«

»Daß du die Absicht hast, dieses Kind an die Engländer zu verkaufen, als wäre es ein Pferd«, antwortete Tante Jehanne an ihrer Nichte statt. Sie runzelte die Stirn wie ein Raubvogel; mochte er nur wagen, dieses Gerücht zu bestätigen.
Luxembourg versuchte zu lachen. »Wo habt ihr denn das gehört?«
»Ist es wahr?«
Er schaute weg, zum Fenster, auf den Boden.
»Ich habe doch keine Wahl, Tante Jehanne«, klagte er schließlich. »Philippe de Bourgogne hat mir befohlen, sie an ihn auszuliefern, und es ist meine Pflicht, ihm zu gehorchen.«
»Deine Pflicht ist es, zu tun, was recht ist! Gott steht über Philippe de Bourgogne und über allen Königen der Erde, und deine erste Pflicht gilt ihm! ›Du sollst nicht töten‹, Jehan. In der Schlacht ist es etwas anderes, denn da mußt du dich verteidigen. Aber ein unbewaffnetes Mädchen der sicheren Hinrichtung zu überantworten, das ist eine Sünde, so verdammungswürdig, als hättest du sie selbst begangen! Und wer wird für diese Sünde bezahlen? Wird Philippe an deiner Stelle in der Hölle braten?«
»Es ist bereits geschehen!« schrie er. »Die Engländer erhöhen das Lösegeld, und man kann sich von dieser Vereinbarung nicht mehr zurückziehen! Wir sind arm! Erinnert dich diese baufällige Scheune nicht jeden Tag daran, daß wir schlechter leben als die Bauern? Wenn ich das Gold nicht nehme, nimmt es jemand anders, und dieser Jemand wird Philippe sein, der schon jetzt mehr Geld hat, als er jemals brauchen wird! Warum sollte ich nicht einen Teil der Beute bekommen, wenn es doch meine Vasallen waren, die das Mädchen erwischt haben?« Er funkelte Jehanne an, und sie stellte sich vor, daß sein fehlendes Auge hinter der schwarzen Klappe glühte.
Seine Tante umklammerte die Armlehnen ihres Stuhls, stemmte sich langsam hoch und ging auf den Grafen zu. »Willst du diese Auseinandersetzung beenden, Jehan? Ist es dein Wunsch, daß ich vor dir auf die Knie falle? Also gut.« Sie ließ ihren arthritischen Körper auf den Boden sinken und umklammerte seine Beine. »Ich bitte dich, verkaufe die Jungfrau nicht an die Engländer! Bring nicht Unehre über den

Namen, den dein Vater dir hinterlassen hat, und bring auch deine unsterbliche Seele nicht in Gefahr! Ich werde bald sterben. Wenn du dieses Mädchen verschonst, so wird alles dein sein, was ich habe. Bitte, Jehan, noch ist Zeit.«
Habgier blitzte in seinem Auge. Er zögerte. »Ich werde tun, was ich kann.« Er konnte seiner Tante nicht länger ins Gesicht sehen; er löste ihre Hände von seinen Knien und ging hinaus.
Jehanne ließ sich von seinem Versprechen nicht trösten, denn sie wußte, daß es falsch war. Er würde warten, bis Tante Jehanne in den Himmel auffuhr, und dann würde er sie verkaufen. Dann würde er das Erbe einstreichen *und* das Blutgeld der Engländer.

Es ist bereits geschehen. Luxembourgs Worte gingen ihr die ganze Nacht und auch am nächsten Tag immer wieder durch den Kopf. Drohend schwebten sie über ihr und wurden immer lauter, während die Wochen vergingen, ohne daß sich etwas Besonderes ereignete. Es war geschehen, es war nur noch eine Frage der Zeit, wann sie sie holen kamen.
Oft stellte sie sich in Tagträumen vor, wie sie gerettet würde. Der König hatte kein Lösegeld für sie gezahlt, aber bald würde er ein mächtiges Heer schicken, um dieses Schloß zu erobern; es war fast ungesichert und wäre leicht zu nehmen. Vielleicht würde d'Alençon selbst an der Spitze ihrer Befreier reiten – d'Alençon, La Hire und der Bastard, wie in alten Zeiten. Wenn sie erst wieder mit ihren Kameraden vereinigt wäre, würde sie den Soldaten befehlen, alle zu schonen, und dankbar für ihre Mildherzigkeit würde der Comte die Seiten wechseln und sich mit König Karl verbünden. Es war ein wunderschöner Traum.
Aber hier auf der Mauer, oben auf dem Turm, wo sie oft die frische Luft atmete, sagten ihre Ratgeber ihr etwas anderes. Während sie ihr früher nur größte Freuden übermittelt hatten, graute ihr jetzt vor ihrem Kommen und ihren beständigen Ermahnungen, alles treu zu ertragen. Sie war Gott ihr ganzes Leben lang treu gewesen, und bereit-

willig hatte sie sich den Ratgebern gefügt. Sie verstand nicht, warum Gott sie jetzt in diese Lage gebracht hatte. Sie konnte nicht hierbleiben, konnte nicht darauf warten, daß größere Feinde als diese sanften Leute hier auf sie herabstießen und sie fortschleppten. Sie mußte fliehen.

Tu es nicht. Es ist Gottes Wunsch, daß du bleibst, wo du bist.

Aber Compiègne ist in Gefahr! Ich habe gehört, sie wollen jeden töten, der mehr als sieben Jahre alt ist! Ich muß hin, ich muß sie retten!

Die Stadt steht unter Gottes Schutz und wird nicht zerstört werden. Laß dich von diesen Vorstellungen nicht länger plagen.

Was wird dann aus mir? Ihr habt selbst gesagt, ich werde an die Engländer verkauft, und der Comte hat es bestätigt. Ich kann dieses Warten nicht länger ertragen, ich muß fort!

Du weißt nicht alles, sondern nur einen Teil. Nimm das Schicksal hin, das du doch nicht mehr ändern kannst, und wisse, daß du geliebt wirst von Gott. Du wirst erst erlöst werden von deiner Prüfung, wenn du den König von England gesehen hast.

Ich will ihn aber nicht sehen. Es macht mir nichts aus, wenn ich ihn nicht sehe. Ich muß fliehen!

Sie schaute hinunter in die Freiheit, die sie rief und ihren Namen lockender flüsterte als Katharina mit ihren Anweisungen. Sie schloß die Augen. Sie machte ein Kreuzzeichen.

Herr Jhesus, bitte fang Du mich auf und trage mich wohlbehalten auf die Erde. Aber wenn es Dein Wunsch ist, daß ich nicht überlebe, so bitte ich Dich, laß mich ein in Dein Königreich.

Jehanne machte einen Schritt ins Leere. Die Luft rauschte an ihr vorüber, und sie flog auf die untergehende Sonne zu. Sie lächelte. Die Freiheit lag hinter den Bäumen.

Das Gewicht eines kühlen, feuchten Tuchs auf ihrer Stirn holte sie ins Bewußtsein zurück. Sie versuchte zu erkennen, wer es dort hingelegt hatte, aber ihr Blick wollte sich nicht schärfen, denn das Licht war zu grell, und es stach ihr ins Hirn. Irgendwo schlug eine Trommel in

quälendem Rhythmus und zwang sie, die Augen wieder zu schließen. Ihr Kopf war zu grotesken Proportionen geschwollen und drohte ihre Augäpfel in wirbelnde schwarze Wasser zu ziehen.
Eine sanfte Hand nahm das Tuch fort und berührte für einen Moment ihre Stirn. Jehanne hörte das Wispern des Tuches im Wasser und dann das Tröpfeln, als es ausgewrungen wurde. Es kehrte auf seinen Platz über ihrer Nase zurück und beruhigte für eine Weile den Tumult in ihrem Kopf. Wer immer da bei ihr war, strich ihr übers Haar.
»Maman?« wisperte sie.
»Nein, Jehanne, ich bin die Comtesse de Ligny«, sagte eine sanfte Stimme entschuldigend.
Jehanne unternahm einen zweiten Versuch, etwas zu sehen. Das Zimmer kreiselte trunken durch das helle Licht, Tageslicht, wie sie jetzt wußte, und es trieb ihr die salzige Galle in die Kehle. Als sie die Augen schloß, hörte das Schwanken auf, und die Übelkeit verebbte.
»Wo bin ich?« fragte sie, und ihr graute vor der Antwort.
»Du bist hier in Beaurevoir.«
»Ich wollte fliehen. Ich hatte Angst vor dem, was mit mir geschehen würde, wenn ich bliebe«, konstatierte sie, ohne eine Regung zu zeigen.
»Sschh, ich weiß.« Die Comtesse legte eine Hand auf den kühlen feuchten Stoff. »Aber du hättest ums Leben kommen können. Als die Wache dich fand, glaubten sie zunächst, du seist tot. Es ist ein Wunder, daß du einen so tiefen Sturz überlebt hast, und ein noch größeres, daß du dir nichts gebrochen hast.«
»Mein Kopf ist gebrochen«, murmelte Jehanne. »Ich kann es fühlen. Ich kann Sie nicht sehen, obwohl ich es versuche. Irgend etwas in meinem Kopf ist zerbrochen.«
»Es ist alles in Ordnung, meine Liebe«, sagte die Comtesse beschwichtigend. »Der Arzt sagt, du wirst dich nach einigen Tagen der Ruhe wieder ganz erholt haben. Hast du Hunger?«
Jehanne schüttelte den Kopf – bei dem Gedanken ans Essen wurde ihr flau. »Wie lange liege ich schon so?«
»Laß sehen … zwei Tage.«

Sie ließ das Zimmer fahren und versank auf der Stelle in den kreisenden Schatten, tief in einem Loch in der Erde. Hoch über ihr flackerte ein winziges Licht, wie ein Stern, der ihr zurief, sie solle diesen düsteren, klammen Ort verlassen, aber sie saß hier fest, allein in der Dunkelheit. Und doch nicht allein – wenn sie blinzelte, konnte sie ringsumher undeutliche Gestalten sehen, die sich bewegten. Als das Knurren begann, das aus der Tiefe ihrer Kehlen heraufgurgelte, fühlte sie, wie die Haare in ihrem Nacken prickelten. Sie erstarrte.

Die Erscheinungen verwandelten sich in englische Soldaten, und sie stürzten in einer fauchenden Meute auf sie zu, so daß sie in panischer Angst versuchte, sich nach oben ins Licht zu retten: Sie packten sie bei den Beinen und zogen sie hinab, versuchten sie zu sich hinunterzuzerren. Etwas wisperte ihr zu, wenn sie sich gar nicht um sie kümmerte, könne sie ihren Klauen ungehindert entweichen.

Sie hörte auf, sich zu sträuben, und flog hinauf ins Licht.

Katharina und Margarethe erwarteten sie. Sie kniete vor ihnen nieder und hob die Arme vor den Kopf.

Bitte verzeiht mir meinen Ungehorsam. Ich bin nicht würdig, Gottes Dienerin zu sein, denn im Grunde meines Herzens glaube ich nicht, daß er mich retten wird.

Im Grunde deines Herzens weißt du, daß er es tun wird. Es ist die Angst, die dichter unter der Oberfläche liegt, wo die Dinge der Welt noch wichtig erscheinen, was die Klarheit deines Blickes trübt. Diese Dinge sind Phantome, nichts weiter. Wirf deine Angst beiseite, und du wirst sehen, daß es ein Maß für Gottes Liebe ist, daß er an Jehanne glaubt und ihr einen Ehrenplatz im Himmel geben wird.

Aber Compiègne …

Laß deine Sorgen fahren. Die Stadt wird noch vor dem Martinsfest befreit werden, von Truppen, die deinem König treu ergeben sind.

Und ich? Ist meine Gefangenschaft die Strafe für meine Sünden?

Sie hat zahlreiche Dimensionen der Bedeutung, die du nicht alle gleich verstehen wirst. Aber im Laufe der göttlichen Zeit wird dir alles klar werden, und du wirst wissen, daß es sein mußte. Liebste Jehanne, der Gott, der die Liebe ist, straft nicht. Es ist wichtig, daß du dich daran erinnerst in kommenden Zeiten, und glei-

chermaßen wichtig ist es, daß du nicht die haßt, die dich verfolgen. Deine Mitmenschen sind keine Dämonen. Fremdlinge sind sie auf der Erde, wie du es bist, und sie verdienen dein Mitgefühl. Halte daran fest mit all deiner Kraft, wenn die Versuchung dir etwas anderes sagen will.

Am nächsten Tag konnte sie etwas essen. Am Ende der Woche war sie wieder auf den Beinen, als wäre nichts geschehen. Alle, vom Gesinde bis zur Familie, gratulierten ihr zu ihrer schnellen Genesung, und obgleich sie antwortete, daß Gott ihr geholfen habe, sah sie doch an ihren Blicken, daß sie den Verdacht hegten, sie könnte am Ende doch eine Hexe sein. Luxembourg war dafür, sie in das dunkle Loch zu sperren, das er ihr von Anfang an zugedacht hatte, aber wiederum verhinderte es die alte Comtesse. Er murrte ein wenig, aber damit hatte es sich. Jehanne nahm ihr Leben in Beaurevoir wieder auf, ganz so, wie es vor ihrem Fluchtversuch gewesen war. Der einzige Unterschied war, daß die Wache sie jetzt wirklich nicht mehr aus den Augen ließ.

Inzwischen hatte sich auch in der Außenwelt herumgesprochen, daß Jehanne in Beaurevoir festgehalten wurde. In den nächsten zwei Wochen führte der Graf genüßlich alle möglichen Männer zu ihr, damit sie seine Trophäe besichtigen konnten, hauptsächlich Jugendfreunde und alte Kampfgefährten. Die meisten glotzten ihre verschlissenen und schmutzigen Kleider an und sagten nichts. Sie kamen und gingen, oftmals namenlos, und bald sahen sie alle gleich aus. Zwei aber ragten aus der Masse heraus und machten sich auf unterschiedliche Weise unvergeßlich.

Der eine war der junge Haimond de Macy, ein Ritter aus einer alten Familie und Luxembourgs Leutnant. Auf seine Bitte hin empfing Jehanne ihn allein in ihrer Kammer; die stets gegenwärtige Wache stand draußen vor der Tür. Zunächst fand sie ihn durchaus anziehend: Er hatte gute Manieren und ein freundliches Wesen. Sie plauderten über manches Unwichtige, über Pferde und Mode und sonstige Arten des Zeitvertreibs an den verschiedenen Höfen, die sie beide besucht hatten.

Gerade als sie sich auf angenehme Weise an d'Alençon erinnert fühlte, packte er sie plötzlich bei den Schultern, zog sie an sich und begann unbeholfen an ihrer Brust zu nesteln. Dann preßte er hart den Mund auf ihren, und zu ihrem Entsetzen versuchte er seine Zunge zwischen ihren zusammengebissenen Zähnen hindurchzuschieben. Einen halben Herzschlag später hatte sie sich gefaßt und setzte sich wie eine Wildkatze zur Wehr, sie schrie und schlug und zerkratzte ihm das Gesicht.

Jäh ließ er sie los und taumelte zurück, eine Hand auf die lange rote Schramme an seiner Wange gedrückt.

Sie keuchte, und das Blut hämmerte in ihren Ohren. Mit erhobenen Fäusten und eingeknickten Knien nahm sie Verteidigungshaltung ein. Sie funkelte ihn an: Mochte er nur wagen, auch nur einen Schritt näher zu kommen.

Die Wache hatte den Tumult gehört. Jetzt rissen sie die Tür auf und stürzten herein, und sie rechneten damit, sie ergreifen zu müssen. De Macy warf ihnen einen Blick zu und grinste Jehanne dann an. »Mein Gott, es ist wahr, wie?« Er lachte laut. »Du bist wirklich eine Jungfrau.«

»Hinaus aus diesem Zimmer«, befahl sie zitternd vor Wut. »Haben Sie nicht gehört? Hinaus!«

Inzwischen hatten die Soldaten begriffen, was sich zugetragen hatte. Bei ihrem Kichern errötete Jehanne vor Verlegenheit und Entrüstung. Unbeeindruckt riß de Macy sich den Hut vom Kopf und verbeugte sich, immer noch grinsend, spöttisch vor ihr. Dann gingen sie, ohne den Vorteil zu nutzen, den ihre Überzahl ihnen geboten hätte.

Es war eine Lektion, die sie nicht vergaß, als sie die zweite denkwürdige Begegnung hatte. Es war ein Mann, von dem Karl und d'Alençon an jenem Abend in Troyes vor vielen Monaten gesprochen hatten, noch vor der Krönung. Damals hatte sie über seinen Namen gelacht und nie damit gerechnet, ihn einmal zu sehen.

Aber jetzt stand er neben Luxembourg in der Kammer, in der sie schlief, ein leibhaftiger Mann im dunkelroten Gewand eines Bischofs. Man sah das graue Haar unter der Kappe seines Amtes. Eisblaue, intelligente Augen über einer kräftigen Nase musterten Jehanne, und

mit verächtlich hochgezogenen Brauen nahm er Notiz von ihrer schäbigen Erscheinung.
Sie stellte sich vor, sie trage den Anzug, den der Herzog von Orléans ihr geschenkt hatte, und nahm eine aufrechtere Haltung ein. Stolz hob sie das Kinn und erklärte sich wortlos zur Jungfrau Jehanne.
Die schmalen Lippen des Bischofs kräuselten sich, so daß es aussah, als lächle er. Er streckte ihr die Hand zum Kuß entgegen. Ohne zu zögern, beugte sie das Knie und drückte die Lippen auf seinen Ring. Die fleckige Hand war kalt wie die eines Toten. »Exzellenz«, murmelte sie und erhob sich wieder.
Er mochte einst ein hübscher Knabe gewesen sein – bevor bittere Skrupellosigkeit von seiner Seele Besitz ergriffen und sie verhärtet hatte, daß seine Mundwinkel sich grimmig herabsenkten.
Jehanne sah keine Frömmigkeit in dem über die Maßen selbstsicheren Mann, der sie mit unverhohlener Verachtung anschaute, und sie wußte, daß sie bei ihm keine Gnade finden würde. Und die Worte, die sein volltönender Bariton sprach, bestätigten sie in dieser Ahnung.
»Ich habe gehört, daß du versucht hast, dein Leben zu beenden. Weißt du nicht, daß ein solcher Selbstmord Sünde ist, verdammungswürdig vor den Augen des Herrn?«
»Aber so war es nicht, Exzellenz«, antwortete sie seelenruhig, entschlossen, sich von diesen leidenschaftslosen, selbstzufriedenen Augen nicht einschüchtern zu lassen. »Ich bin hier gefangen. Ich wollte nur entfliehen und zu meinen eigenen Leuten zurückkehren.«
Seine Lippen verzogen sich maliziös. »Du wirst feststellen, junge Frau, daß du der Gerechtigkeit Gottes nicht entfliehen kannst.«
»Die Gerechtigkeit Gottes fürchte ich nicht. Er kennt mich besser als jeder andere, denn er war es, der mich zum König sandte, damit ich ihm diene.«
»Aber indem du dem Prätendenten Karl dientest, hast du schwer gefehlt, und deinen Fehltritt hast du noch verschlimmert, indem du auf die Stimme des Teufels hörtest.«
Jehanne starrte ihn unverwandt an. »Meine Befehle habe ich von

Gott, nicht vom Bösen. Sie sind es, der dem Teufel dient, Exzellenz, und sein Name ist Heinrich von England.«

Ein paar Augenblicke lang musterte Cauchon sie schweigend. Schließlich sagte er: »Sehr bald schon wird die ganze Christenheit wissen, wer von uns von Gott kommt und wer ein Werkzeug des Widersachers ist.« Er steckte die Hand in die Tasche und zog einen glänzenden Ring heraus. Mit böswilligem Lächeln hielt er ihn hoch, damit sie ihn sehen konnte. »Mit solchem Zauberwerk hast du dich bereits selbst verurteilt.«

»Diesen Ring hat mein Vater mir geschenkt!« Sie wollte danach greifen, aber er zog ihn weg und steckte ihn wieder ein. »Er gehört mir, Exzellenz!«

»Nicht mehr.« Und als erfülle ihn ihre Anwesenheit plötzlich mit Grauen, drängte er sich ohne weiteres an Luxembourg vorbei und hastete hinaus. Der einäugige Graf starrte sie einen Augenblick lang finster an und eilte dann seinem Gast nach.

Noch nie im Leben war Jehanne am Meer gewesen. Reisende, die in ihrer Kindheit nach Domrémy gekommen waren, hatten ihr Bestes getan, um seine wilde Großartigkeit zu beschreiben, aber wenn sie in diesen längst vergangenen Zeiten den Erzählungen gelauscht hatte, das kleine Gesicht ganz hingerissen im Schein des Feuers, so hatte sie stets gespürt, daß diese Geschichten von kläglicher Unzulänglichkeit waren. Eines Tages, hatte sich das Kind vorgenommen, würde es das mächtige Meer mit eigenen Augen schauen. Eines Tages, wenn es erwachsen wäre.

Kurz nach Cauchons Abreise brachte Luxembourg sie persönlich und mit einer Eskorte von anglo-burgundischen Soldaten nach Arras. Dort sperrte man sie in ein Haus, das Philippe de Bourgogne gehörte, und dort geschah es auch, daß man ihr ein phantasievolles Gemälde zeigte, das ein Schotte gemalt hatte. Es zeigte sie in voller Rüstung, wie sie vor König Karl kniete, der mit ausgestreckter Hand einen Brief entgegennahm, den sie ihm überreichte. Dieses Ereignis hatte sich in Wirklichkeit nie zugetragen, aber das Gemälde zerriß ihr doch das Herz und erfüllte sie mit wehmütiger Trauer um vergangenen Glanz.

Wo mochte der König jetzt sein? Sicher wußte er doch inzwischen, daß sie in Gefangenschaft geraten war. Sie achtete nicht auf das spöttische Grinsen ihrer Feinde und behielt eine starre Miene, und die ganze Zeit über betete sie verzweifelt, Karl möge seine Truppen schicken, um sie zu retten.

Aber er kam nicht, weder nach Arras noch in das benachbarte Schloß Drugy, wo sie von Mönchen aus dem nahe gelegenen Kloster St.-Riquier bewacht wurde. Es kamen viele Besucher zu ihr, während sie dort war, hauptsächlich Leute aus der Stadt. Sie sprach mit ihnen über ihr Vertrauen auf Gottes Wertschätzung und Barmherzigkeit, von seiner Liebe zu dem blutenden Königreich und von ihrer Familie, die sie mehr vermißte, als es sich mit Worten sagen ließ.

Wenn sie sich reden hörte, fragte sie sich: Wo ist Jehan? War ihr Bruder wohlbehalten nach Fierbois gelangt? Und die andern – hielt man sie als Geiseln fest, um Lösegeld zu erpressen? Daß Pierre noch am Leben war, wußte sie inzwischen. Sie hatte seit kurzem das Gefühl, daß er noch auf der Welt war, und die heilige Katharina hatte es ihr bestätigt. Er würde noch seine Kinder heranwachsen sehen, dessen war sie nun sicher.

Von Arras brachte man sie nach Le Crotoy, in eine Burg am nordöstlichen Rand der Picardie, die hundert Jahre zuvor von dem englischen Prätendenten erbaut worden war, der diesen entsetzlichen Krieg begonnen hatte, von Edward III. Sie diente dazu, die Mündung der Somme zu sichern, und stand auf einer Landzunge, die in den Ärmelkanal hinausragte, auf drei Seiten vom Meer umgeben.

Weit draußen dümpelte ein kleines Boot auf und ab; das Segel sah aus wie ein Engelsflügel, der zum Wolkenhimmel hinaufwies. Weiße Möwen kreisten dort oben anmutig im Wind und beanspruchten schreiend die Herrschaft über diesen Ort, der ihnen lange vor den Menschen gehört hatte. Wenn ihre Schwimmfüße den Sand berührten, verloren sie alle Würde und watschelten durch das feuchte brau-

ne Gras, und sie hinterließen ihre kleinen Fußabdrücke im Sand, bis die nächste Welle sie fortspülte.
In diesem kurzen Augenblick füllten alle ihre Sinne sich mit einer Ahnung vom großen Geschenk Gottes an die Menschheit, und Jehanne empfand eine Glückseligkeit, wie sie sie schon seit Monaten nicht mehr erlebt hatte. Aber ihr Glück war nur von kurzer Dauer. Eine Abteilung englischer Soldaten kam Luxembourg entgegengeritten, und nach einem kurzen Wortwechsel in jener groben Sprache, die Jehanne nicht verstand, wurde sie der Garnison der Burg übergeben. In aller Eile brachte man sie in den höchsten Turm und sperrte sie dort in eine Kammer an der Landseite der Burg. Vom Meer blieb ihr nur noch die würzige Luft und das leise Rauschen der Wellen, die den unsichtbaren Strand umarmten.
Als man sie gefangengenommen hatte, war sie unter der Rüstung nur mit einem leichten Sommerhemd bekleidet gewesen, und weil die Burgunder über ihre Männerkleidung empört waren, lehnten sie es ab, ihr wärmere oder saubere Sachen zu geben. Sie stank, und in diesem Zustand dachte sie wehmütig an die Badehäuser in Orléans und Jargeau und an frische Kleider. Das Haar war ihr inzwischen bis auf die Schultern gewachsen und fiel ihr in die Augen. Auf kleine, persönliche Wohltaten konnte sie nicht hoffen, und als sie doch kamen, war es, als erhalte sie einen kurzen Urlaub von der Haft.
Die Damen von Abbeville kamen zu Besuch, vier Frauen aus der Stadt, die mit einem Boot durch die breite Flußmündung heranfuhren. Sie waren weniger voreingenommen als ihre Männer, und in ihren Körben befand sich eine willkommene Abwechslung von der dünnen Grütze, aus der Jehannes Alltagskost bestand: frisches Brot, Käse, ein kleiner Kapaun, getrocknetes Obst. Jehanne schlang diese Köstlichkeiten herunter wie eine Wölfin, und währenddessen holten die Damen ihre Handarbeiten hervor. Als Jehanne die Scheren erblickte, bat sie um einen Haarschnitt. Zunächst weigerten die Damen sich, aber als Jehanne in Tränen ausbrach, ließen sie sich rühren und taten ihr schließlich den Gefallen.
Bevor sie gingen – unter Tränen und mit dem wiederholten Verspre-

chen, für ihre Sicherheit zu beten –, erbarmte sich eine der Damen und schenkte Jehanne ihren Mantel aus feiner Wolle, mit Kaninchenfell gefüttert. Jehanne küßte sie alle zum Abschied und versprach ihnen, ihrerseits für sie zu beten. Dann fuhren sie davon, den Fluß entlang zu der Stadt, in der sie lebten.

Während ihres Aufenthalts am Meer hatte sie das Glück, Père Nicolas de Queuville zu begegnen. Er war ein gütiger Mann und ein standhafter Armagnac, und er war Kanzler der Kathedrale zu Amiens gewesen, als man ihn in Eisen legte, weil er sich weigerte, dem wahren König abzuschwören. Die Wache erlaubte ihr, bei ihm zu beichten, und von da an las er jeden Tag die Messe für sie – bis zu dem Morgen, an dem eine englische Schwadron kam, um sie fortzubringen.

Sie fesselten ihr die Handgelenke und banden sie mit einer kurzen Kette an eines ihrer Pferde, so daß sie gezwungen war, den ganzen Weg zu Fuß zu gehen, während sie ritten: über die Brücke, die sich über die breite Somme spannte, bis nach St.-Valéry. In dem Mantel, den die Dame aus Abbeville ihr geschenkt hatte, war sie wenigstens einigermaßen vor dem heftigen Nordwind geschützt. Wasser gaben sie ihr nicht. Als sie endlich in St.-Valéry ankamen, war sie erschöpft und hatte eine trockene Kehle; gierig stürzte sie das Wasser herunter, das sie ihr am Ende gaben, bevor sie bis zum nächsten Morgen in einen Turm gesperrt wurde. Dann ging es weiter, auf steinigem Strand am Meer entlang nach Eu, wo sie die Nacht in einer Burg verbrachten. Von dort reisen sie weiter nach Dieppe an der Seinemündung, wo sie nochmals übernachteten, ehe sie die letzte Etappe der Reise in Angriff nahmen.

Etwas mehr als eine Woche vor Weihnachten brachten sie Jehanne auf eine Barke und fuhren mit ihr flußaufwärts zu ihrem Bestimmungsort, der englischen Hauptstadt in Frankreich: nach Rouen.

Viertes Buch

Entscheidung

Wenn sie euch aber führen werden … vor die Obrigkeit und vor die Gewaltigen, so sorget nicht, wie oder was ihr antworten oder was ihr sagen sollt, denn der Heilige Geist wird euch zu derselben Stunde lehren, was ihr sagen sollt.

Lukas 12, 11-12

Kapitel 15

Gefangene des Königs

20. Februar – 24. März 1431

»Mein Herr Bischof, ich habe Ihnen gestern schon gesagt, daß ich zu meinem Bedauern außerstande bin, Ihrem Ersuchen nachzukommen«, sagte der schlanke Mann und hob stolz das Kinn. »Mein Vorgesetzter hat mich noch nicht beauftragt, das Heilige Offizium in seinem Namen zu repräsentieren.«
Er schaute in die nüchternen Gesichter seiner Mitpriester und hoffte anscheinend auf einen Funken Unterstützung von einem von ihnen. Aber sie starrten ihn nur stumm an – offenbar wollte keiner von ihnen den energischen Mann am Kopfende des Tisches verärgern.
»Ich habe nichts dagegen, daß Bischof Cauchon als Richter auftritt«, sagte er entschlossen. »Ich weiß ja, daß er von der Universität die Erlaubnis hat, über den Fall zu urteilen. Ich spreche nur für mich selbst – nicht für ihn oder für sonst jemanden. Aber mir scheint, daß die Verfolgung dieser Sache allein der Universität obliegt, nicht der Heiligen Inquisition.«
»Ach, ich bitte Sie, Le Maistre«, sagte ein Mönch. »Sie wissen sehr wohl, daß ein Verfahren zur Entlarvung von Ketzerei die Anwesenheit eines Vertreters des Heiligen Offiziums erfordert, andernfalls hat ein solches Verfahren keine Rechtsgültigkeit.«
»Gleichwohl ist es die Universität, die Anklage gegen diese Frau erhoben hat«, erwiderte der Inquisitor fest. »Das Heilige Offizium hat keine rechtliche Grundlage für einen Prozeß entdecken können. Ergo muß die Universität wohl auch das Verfahren durchführen, nicht die Inquisition.«
Die Versammlung war an diesem verschneiten Abend in der Residenz des Bischofs zusammengetreten. Nach einem behaglichen Mahl, bei

dem die Kirchenmänner freundlich miteinander geplaudert hatten, hatte Cauchon die Debatte der in Frage stehenden Angelegenheit eröffnet. Einer war nicht anwesend: Jehan d'Estivet, den Cauchon zum Advocatus Dei ausersehen hatte, demjenigen, der die Zauberin überführen sollte, wenn die Voruntersuchung abgeschlossen und die Anklage formuliert wäre. Seine Rolle lag in der Zukunft. Ansonsten hatte Cauchon sich an diesem Abend mit allen umgeben, die er für vertrauenswürdig genug hielt.

Seit Monaten reiste er nun unermüdlich zwischen Rouen und Paris hin und her und suchte die besten Kirchengelehrten zusammen, damit sie in diesem Prozeß als Assessoren dienten, die das Gericht in Fragen des kanonischen Rechts zu beraten hatten. Unter den Männern an seinem Tisch waren Universitätsmagister, die dem Augustiner- und dem Dominikanerorden angehörten, und Domkapitulare aus Rouen. Sie waren aufgrund ihrer juristischen Begabung und ihrer Loyalität gegen den König handverlesen, und sie würden dem Bischof gute Dienste leisten. Der einzige, dessen Absichten fragwürdig waren, war zugleich derjenige, der die wichtigste Rolle zu spielen hatte. Und diese Versammlung diente dem Zweck, ihn auf die Seite der Gerechtigkeit zu ziehen.

Cauchon beäugte Le Maistre aufmerksam. Der junge Mann, allem Anschein nach der Inbegriff der Jurisprudenz in seiner weißen Dominikanerkutte, zeigte sich beherrscht und tat offensichtlich sein Bestes, um gelassen zu erscheinen. Gleichviel – am Ende würde er sich fügen, denn mit seinen schwächlichen Kräften war er dem Bischof nicht gewachsen.

Er schob Le Maistre ein Dokument zu. »Lesen Sie dies noch einmal sehr gründlich.« Der Bischof lächelte, daß es dem Mönch eisig über den Rücken lief. »Ich denke, Sie werden dann erkennen, daß Sie durchaus berechtigt sind, als Richter an meiner Seite dem Verfahren beizuwohnen. In diesem Schriftstück erklärt der Großinquisitor – und ich zitiere: ›Wir ernennen Dich und setzen Dich ein zu unserem Vikar und Stellvertreter in der Stadt und Diözese Rouen und verleihen Dir jegliche Vollmacht gegen alle Ketzer und die, welche der Ketzerei sich verdächtig gemacht.‹ Gegen die Dirne, die sich als ›Jungfrau Jehanne‹ bezeichnet, ist gründlich ermittelt worden, und die Universität ist zu dem Schluß gekommen, daß es in der Tat handfeste rechtliche Gründe gibt, sie der schlimmsten denkbaren Häresien zu verdächtigen. Ergo«, äffte er Le Maistre nach, und bei aller Sanftheit klang seine Stimme nicht minder bedrohlich, »ist Ihnen de facto alle notwendige Befugnis durch den Herrn Großinquisitor bereits verliehen.«

Le Maistre schob das Pergament von sich. »Was für Gründe meinen Sie? Und was für Ermittlungen? Ich weiß von keiner Untersuchung.«

»Darf ich darauf antworten, ehrwürdiger Bischof?« fragte Pierre Maurice, ein Doktor der Theologie.

Cauchon nickte liebenswürdig; er genoß die eifrige Unterstützung seiner Untergebenen. »Selbstverständlich, Bruder. Es wird Zeit, daß wir unsere Untersuchungsergebnisse auch dem hochgeschätzten Abgesandten des Heiligen Offiziums bekanntgeben.« Seine Worte troffen von Gift.

»Seine Exzellenz war überaus sorgfältig in seinen Bestrebungen, Beweismaterial gegen diese Frau zusammenzutragen«, sagte Maurice mit herablassender Miene. »Er hat Zeugen aus allen Phasen ihres Lebens vorgeladen, und sie haben erschöpfende Aussagen zu ihrem skandalösen Benehmen abgelegt. In dem Prozeß werden wir uns dieses Materials mit großem Eifer bedienen.«

»Das ist noch keine Antwort auf meine Frage, Bruder. Was für Beweismaterial haben Sie?«

»Zunächst einmal behauptet sie, Gott habe sie beauftragt, dafür zu sorgen daß Karl von Valois zum König von Frankreich gekrönt wird – ein Sakrileg, wie kein Mensch bestreiten kann«, erklärte Maurice mit boshaft funkelnden Augen. »Und es ist bekannt, daß sie magische Rituale benutzt hat, um die Streitkräfte des Königs bei Orléans zu besiegen. Überdies war sie eine Anhängerin des Apostaten Bruder Richard, der – wie wir alle wissen – aus Paris vertrieben wurde, weil er blasphemische Predigten vor dem Volke gehalten hat. Eine seiner Jüngerinnen, eine gewisse La Pierrone, wurde vor sechs Monaten verbrannt, weil sie behauptet hatte, der Allmächtige gewähre ihr Audienzen. Das Mädchen, welches sich als ›Jungfrau‹ bezeichnet, erhebt ganz ähnliche Ansprüche.«

»Dann wäre da die Frage ihrer Kleidung«, fügte ein anderer, ein Mann namens Beaupère, hinzu. »Selbst in ihrer Gefängniszelle weigert sie sich halsstarrig, Frauenkleider anzuziehen. Sie besteht darauf, das Hemd und die Hose anzubehalten, in denen sie gefangengenommen wurde – eine ganz unerhörte Unschicklichkeit. Wer außer einer Hexe würde in derart unsittlicher Gewandung einherstolzieren?«

Le Maistre verzog das Gesicht und winkte ab. »Das ist doch völlig unbedeutend, Bruder. Haben Sie sonst nichts?«

»Entsprechend den üblichen, durch die Heilige Inquisition vorgeschriebenen Verfahren habe ich sie vor drei Tagen in ihrer Zelle besucht«, berichtete einer namens Nicolas Loiseleur. »Ich war als lothringischer Bauer verkleidet und gab mich vor ihr als Mitgefangener aus, als loyaler Armagnac – wenn Sie sich das vorstellen können.« Er und Maurice schauten einander an und schmunzelten. »Sie schluckte den Köder und erzählte mir ein paar sehr interessante Dinge.«

Der Inquisitor runzelte die Stirn. Er war diesem Mann heute abend zum ersten Mal begegnet, hatte aber schon viel von ihm gehört: Loiseleur hatte sich als diplomatischer Kurier der Engländer in Rom einen Namen gemacht. In seinem pockennarbigen Gesicht spiegelte sich die Freude über seine Leistung als falscher Gesinnungsgenosse, und unversehens empfand Le Maistre deswegen Abscheu gegen ihn. Zwar bediente sich die Inquisition üblicherweise solcher Listen, um Erkenntnisse über mutmaßliche Ketzer zu erlangen, aber Le Maistre fand es dennoch widerwärtig. Er zog es vor, einen Angeklagten geradeheraus und unverhohlen zu befragen.

»Zunächst wollte sie ja nur Neuigkeiten aus der Provinz hören«, räumte Loiseleur ein. »Also habe ich ihr ein paar Geschichten aufgetischt. Als das aber erledigt war, drängte ich sie, mir doch zu sagen, ob sie irgendwelche Sorgen wegen des Prozesses habe. Da besaß die kleine Hure die Unverschämtheit, zu erklären, diese heilige Körperschaft habe kein Recht, über sie zu richten, da Gott allein ihr Richter sei. Außerdem, so behauptete sie, mache man ihr den Prozeß wegen ihrer militärischen Erfolge gegen die Engländer, nicht wegen ihrer eigenen Missetaten.«

Le Maistre schaute in die mißtrauischen Gesichter, die ihn anstarrten. Bis jetzt hatte er noch nichts gehört, was für die Gefangene tatsächlich verhängnisvoll gewesen wäre. Im Gegenteil, angesichts ihrer Lage war ihre bange Sorge durchaus verständlich.

»Was immer Ihre Vorbehalte sein mögen, Bruder, ich versichere Ihnen, daß wir das Verhalten der Frau einer äußerst gründlichen Untersuchung unterzogen haben«, erklärte der Bischof. »Sie steht mit dem Teufel im Bunde.« Er hatte genug von Le Maistres Halsstarrigkeit, aber er wußte auch, daß er sich vorsehen mußte. Er wollte nicht, daß sein Richterkollege sich äußerlich fügsam zeigte, solange er nicht davon überzeugt war, daß ihre Sache gerecht war. Das konnte zu Zwistigkeiten im Tribunal führen und womöglich den ganzen Prozeß in Gefahr bringen.

»Mit Verlaub, ehrwürdiger Herr Bischof, aber ich habe erst gestern aus zuverlässiger Quelle erfahren, daß man sie kürzlich hat untersuchen lassen und dabei ihre Jungfräulichkeit festgestellt hat, und daß diese Untersuchung von einer so prominenten Dame wie der Herzogin von Bedford persönlich durchgeführt wurde.« Le Maistre schaute den wütenden Cauchon an, ohne mit der Wimper zu zucken. »Wenn dem aber so ist, dann muß Ihr ganzes angebliches Beweismaterial falsch sein. Denn wie kann sie mit dem Teufel im Bunde stehen, wenn der Böse doch, wie wir alle wissen, mit einer reinen Jungfrau keinen Umgang haben kann?«

Voller Unbehagen rutschten die Geistlichen auf ihren Stühlen hin und her. Cauchon blähte erbost die Nasenflügel, aber als er sprach, klang seine Stimme gefaßt. »Der Teufel weiß gar manches Mittel, durch Menschenhand sein gottloses Werk zu tun, Herr Inquisitor. So kann er zum Beispiel demjenigen Reichtum und Macht verheißen, der seinen Willen tut. Dieses Mädchen hat die notwendige *diffamatio,* den schlechten Ruf, auf dem sich eine Anklage wegen Ketzerei und Hexerei begründen läßt. Wenn Sie davon nicht überzeugt sind, so wird Ihr Vorgesetzter es doch sein, wenn ich ihm mein Material vorlege, dessen können Sie sicher sein. Sie werden doch noch bei dem Prozeß den Vorsitz führen, seien Sie ganz getrost. Und jetzt wünsche ich einen guten Abend. Der Prozeß beginnt morgen um acht in der königlichen Kapelle.«

Der Bischof erhob sich, wandte sich ab und ging hinaus. Die Theologen schauten einander an, und dann stand einer nach dem andern auf und ging ebenfalls. Martin Ladvenu, der demselben Orden angehörte wie Le Maistre, aber nicht mit der Inquisition verbunden war, schaute den Vizeinquisitor mit hagerem Lächeln an.

»Darf ich ein Stück mit dir gehen, Bruder?« fragte er.

Le Maistre nickte. »Natürlich.« Die Sache hatte ihn stärker mitgenommen, als er sich anmerken lassen mochte. Cauchon würde ihn zwingen, an diesem Prozeß teilzunehmen, aber mit Herz und Verstand war er nicht dabei. Irgend etwas an diesem Fall bereitete ihm größtes Unbehagen.

»Das Ganze gefällt mir nicht«, sagte Le Maistre, und seine Worte waren im Geheul des Windes kaum zu hören. Es schneite noch genauso heftig wie bei ihrer Ankunft in Cauchons Residenz, und hohe Schneewehen bedeckten die verlassene schmale Straße. Der Turm, in dem das Mädchen gefangengehalten wurde, ragte eine Straße weiter über die Dächer empor. Le Maistre fragte sich beiläufig, wie es ihr wohl gehen mochte,

»Du hast allen Grund, dich unbehaglich zu fühlen«, sagte Ladvenu. »Es gibt zahlreiche Unregelmäßigkeiten bei diesem Prozeß – ich gestehe, auch mir ist nicht wohl dabei.«

»Ach ja? Sprich weiter.«

Ladvenu blieb stehen und wandte seinem Kollegen das schmale, asketische Gesicht zu. »Zum ersten sollte das Mädchen nicht dort sein, wo es jetzt ist – gefesselt und bewacht von englischen Soldaten niedrigsten Ranges. Hast du sie schon gesehen in ihrer Zelle?«

»Nein.« Fröstelnd zog Le Maistre sich den Mantel fester um die Schultern. Die schwarze Kapuze hing ihm tief ins Gesicht und schützte ihn vor der Kälte; sein Atem wehte in kleinen Wölkchen aus der Dunkelheit darunter hervor.

»Nun, ich bin dagewesen, und ich kann dir aus erster Hand berichten, daß sie fünf Kerlen vom abscheulichsten Abschaum der Königlichen Armee auf Gnade und Ungnade ausgeliefert ist. Drei von denen sind ständig bei ihr.« Ladvenu senkte die Stimme. »Von meinem Bruder Isambard de la Pierre habe ich gehört, daß sie gleich zu Anfang versucht haben, sie zu schänden, und nur Warwicks Einschreiten war es zu verdanken, daß ihr dies erspart blieb. Ich habe sie gesehen, als man sie herbrachte, und heute abend noch einmal, und ich bekam großes Mitleid mit ihr. Sie hat Gewicht verloren – nicht, daß sie jemals besonders dick gewesen wäre –, und sie hat Ringe der Erschöpfung unter den Augen. Offensichtlich bekommt sie zu wenig Schlaf, und das kann niemanden verwundern, denn sie muß beständig auf der Hut vor diesen Grobianen sein! Aber wenn dies eine kirchliche Angelegenheit ist, dann sollte sie in einem kirchlichen Gefängnis sein, unter der Aufsicht von Nonnen.«
Le Maistre runzelte im Schatten seiner Kapuze die Stirn. »Das klingt tatsächlich nach einem schwerwiegenden Verstoß gegen die Richtlinien der Inquisition. Der weltliche Arm des Gesetzes kann nur verurteilte Ketzer in Gewahrsam nehmen – und dann ist natürlich auch ein Urteil zu vollstrecken. Dieser Prozeß hat aber noch gar nicht begonnen; sie ist noch nicht als verlorene Seele verurteilt worden.«
Ladvenu verschränkte die Arme, um seiner fröstelnden Gestalt die Wärme zu bewahren. »Ja, aber in Wirklichkeit handelt es sich um einen politischen Prozeß, und das weiß jeder vom gemeinsten Bettler auf der Straße bis hinauf zum Herzog von Bedford. Die Engländer wollen ihren Tod, und ihr Wunsch kann nur in Erfüllung gehen, wenn sie der Ketzerei überführt wird, denn sie haben nicht das Recht, eine Kriegsgefangene hinzurichten, wenngleich die Behandlung, die sie erfährt, darauf hindeutet, daß sie eine ist.«
»Wie steht es um Cauchons Behauptungen, sie sei eine Hexe? Und sie habe Zauberei angewandt, um sogenannte Wundertaten zu tun? Wenn das stimmt, gibt es ja Grund zu der Annahme, daß sie sich der Ketzerei und Hexerei schuldig gemacht hat.«
Ladvenu schaute sich um. Als er sicher war, daß ihn niemand be-

lauschte, sagte er: »Es stimmt, daß man eine Kommission nach Lothringen geschickt hat, die ihre Herkunft durchforschen sollte, aber sie hat nichts Belastendes finden können. Tatsächlich hat ein Kommissionsmitglied Cauchon berichtet, man habe überhaupt nichts bei ihr entdecken können, was er nicht auch bei seiner eigenen Schwester zu entdecken wünsche. Das hat er vor Zeugen gesagt, und einer von ihnen hat es mir weitererzählt. Cauchon bekam einen Wutanfall und beschimpfte den Ärmsten als Verräter, und dann weigerte er sich, ihn für seine Arbeit zu bezahlen. Die beiden anderen Ermittler kamen zu den gleichen Schlußfolgerungen, und der Bischof schmähte sie als verdeckte Armagnacs. Aber ich kenne sie, Bruder, und sie sind keine Verräter. Wenn sie sagen, daß sie nur Gutes über sie gehört haben, dann ist es auch so. Und was alles andere angeht …« Er zuckte die Achseln. »Ich bin nicht davon überzeugt, daß die Aussagen freiwillig gemacht oder zutreffend wiedergegeben wurden. Man muß wirklich stets bedenken, daß es sich hier letzten Endes um einen politischen Fall handelt. Ich habe nichts übrig für die Armagnacs und ihren falschen König, aber viel für die Gerechtigkeit, und ich fürchte, daß wir in Cauchons Gericht davon nicht viel sehen werden. Und das, Bruder, wird schwer auf unser aller Seelen lasten.«

»O Gott.« Le Maistre legte eine Hand an die Stirn. »Was sollen wir denn tun?«

»Mir bleibt nichts anderes übrig, als mitzumachen, denn man hat es mir befohlen.« Ladvenu runzelte die Stirn. »Und dir wird man es auch befehlen, fürchte ich. Cauchon wird den Großinquisitor überreden, dich zur Anwesenheit im Gericht zu zwingen. Aber du wirst mehr Macht haben als ich. Ich bin nur als Assessor dabei und muß das Gericht beraten. Du aber wirst Richter sein.«

»Aber das macht mein Unbehagen nicht geringer, Bruder Martin.« Le Maistre lächelte matt. »Wie kann ich Cauchon trotzen? Und wie kann ich es wagen, mich gegen den Willen des Königs zu stellen?«

»Ja, das ist der springende Punkt, nicht wahr?« Ladvenu schaute zum Turm hinüber. »Was das Mädchen zu Loiseleur gesagt hat, stimmt. Man macht ihr den Prozeß, weil sie die Engländer im Felde besiegt hat, ganz gleich, was die Anklage gegen sie vorbringt. Ich werde für sie tun, was ich kann.«

Der Gerichtsdiener, Pater Massieu, kam sie holen, wie er es angekündigt hatte, und führte sie die Treppe in den Hof hinunter. Grey, Billy, Barrow und ein vierter Wächter, der draußen vor der Tür stand, folgten ihnen mit ihren *guisarmes*. Jehanne verschränkte die Arme vor dem dünnen, zerrissenen Hemd und kämpfte mit hochgezogenen Schultern gegen den Wind, der schneidend durch den zarten Wintersonnenschein pfiff und die Wolken am Himmel nach Süden jagte. Die schweren Ketten an ihren Füßen klirrten laut im Schnee und zerrten an ihren Füßen, die sie mit großer Vorsicht setzte, um auf den schlüpfrigen, vereisten Pflastersteinen nicht das Gleichgewicht zu verlieren. Sie war dankbar, daß Massieu langsam ging, um sie Schritt halten zu lassen, als habe er überhaupt keine Eile. Er sagte kein Wort und lächelte ihr nur beruhigend zu.

Als sie die Kapelle am anderen Ende des Hofes erreicht hatten, öffnete er ihr die Tür, und sie trat vor ihm und den drei Wächtern ein.

Cauchon, majestätisch anzusehen in seiner dunkelroten Robe, saß auf einem Stuhl mit hoher Lehne vor dem Altar, mit dem Gesicht zur Tür. Zu beiden Seiten saßen Geistliche, zumeist in schwarzen Soutanen, im Chorgestühl; wie die Möwen von Crotoy leuchteten die Dominikaner in ihren auffälligen weißen Kutten zwischen ihnen hervor. Ladvenu und Isambard, die Mönche, die sie am vergangenen Abend vorgeladen hatten, saßen nebeneinander in der vordersten Reihe, dem Bischof am nächsten. Hinter den Chorstühlen standen behelmte englische Soldaten, die Lanzen in die Höhe gerichtet. Die Notare, die Aussagen und Befragungen aufzeichnen würden, saßen an zwei langen Tischen vor den Doppelreihen der Assessoren.

Auffallend unter all diesen Priestern waren die Herren dieses Ortes, die englischen Lords, die Jehanne schon von ihren Besuchen in ihrer Zelle her kannte. Da saß Warwick ganz in Schwarz mit verschränkten Armen neben einem hartgesichtigen Mann, dessen kurzes Haar die

Farbe und Beschaffenheit eines Strohdachs hatte. Unmittelbar vor ihm saß ein Kardinal der Kirche in leuchtendem Violett. Jehanne erinnerte sich, daß auch er einmal bei ihr in der Zelle gewesen war. Es war Henry Kardinal Beaufort – die Engländer nannten ihn Kardinal von Winchester. Er war auf irgendeine Weise mit dem kleinen König verwandt, soviel wußte sie. Er war ein alter Mann wie Cauchon, aber von freundlicher und jovialer Erscheinung, und er hatte stets rote Apfelbäckchen.

Ich fürchte nichts Böses, sang es in ihren Gedanken. Der Herr Jhesus ist meine Stärke.

Ein niedriger dreibeiniger Schemel erwartete sie in der Mitte des Raumes, wo alle ihn sehen konnten. Ihr Magen krampfte sich zusammen, aber sie verzog keine Miene. Ihre Ketten rasselten in der unbehaglichen Stille, als sie durch die Kirche wankte und ihren Platz einnahm. Sie schaute sich unter den ernst blickenden Männern um, die sie anstarrten, und als sie bei einem bestimmten anlangte, verschlug es ihr den Atem.

Als sie ihn das letzte Mal in ihrer Zelle gesehen hatte, war er wie ein einfacher Bauer gekleidet gewesen. Jetzt trug er eine schwarze Mönchskutte, und das selbstzufriedene Lächeln, mit dem er sie anschaute, erfüllte sie jäh mit dem schwindelerregenden Bewußtsein, verraten worden zu sein.

Ein paar Wochen, nachdem die Engländer sie nach Rouen gebracht hatten, war er zu ihr in die Zelle geworfen worden. Er sei gleichfalls ein Gefangener, hatte er gesagt, ein loyaler Armagnac aus ihrer Heimat Lothringen, und sein Name sei Loiseleur. Er hatte sie an den Priester in Le Crotoy erinnert, und sie hatte gleich Zutrauen zu ihm gefaßt. Am nächsten Morgen hatte die Wache ihn wieder abgeholt – um ihn in eine andere Zelle zu bringen, hatte sie damals angenommen.

Ihre Gedanken sprangen panisch im Kreis herum wie ein Kaninchen, das fern von seinem Bau in eine Falle geraten war. Was hatte sie ihm erzählt? Sie wußte es nicht mehr. Nur, daß sie auf Rettung hoffe, dachte sie – sicher sonst nichts weiter. Gewiß nichts über ihre Ratgeber, und wahrscheinlich auch kein Wort über den König. Wenn sie sich doch nur erinnern könnte …

»Jehanne, die du dich ›die Jungfrau‹ nennst, du wurdest gefaßt zu Compiègne in unserer Diözese Beauvais.« Cauchons tiefe Stimme dröhnte durch die Halle, und ihre Tonlosigkeit riß Jehanne aus ihrem Bemühen, sich an ihre Worte zu Loiseleur zu erinnern.

»Viele deiner Taten, nicht nur in unserer Diözese, sondern im ganzen Königreich Frankreich und in der ganzen Christenheit, haben dem rechten Glauben Schaden zugefügt. Unser erhabenster und allerchristlichster Fürst, der Herr, unser König, hat dich uns übergeben, auf daß wir über dich richten in Fragen des Glaubens, gemäß dem Gesetz und unserer Vernunft. Wir haben daher in Anbetracht öffentlicher Gerüchte und allgemein bekannter Berichte wie auch gewisser bereits erwähnter Erkenntnisse nach reiflicher Beratung mit Gelehrten des kirchlichen wie des weltlichen Rechts entschieden, dich brieflich hierher zu befehlen, damit du wahrheitsgemäß beantwortest, was immer man dir an Fragen zu den Dingen des Glaubens vorlegen wird.« Ein durchtriebenes Lächeln kräuselte seine Lippen. »Da es unseres Amtes ist, den katholischen Glauben zu bewahren und hochzuhalten, ermahnen und ersuchen wir dich in barmherziger Absicht, in aller Ehrlichkeit auf die Fragen zu antworten, die dir zu den Dingen des Glaubens vorgelegt werden, und jegliche Ausflucht zu meiden, die ein wahrheitsgemäßes Geständnis verhindern möchte, um dein sündhaftes Gewissen dergestalt schleunigst zu erleichtern und diesen Prozeß zu Ende zu bringen.«

Sie verstand nur die Hälfte von dem, was er sagte, aber sie begriff doch gut genug, worauf er hinauswollte, um zu wissen, daß sie jetzt auf der Hut sein mußte. Seid jetzt bei mir, bitte, ich brauche euch.

Sprich kühn, meine Kleine, und fürchte dich nicht.

»Exzellenz, ich will gern schwören, Ihnen die Wahrheit zu sagen, über meine Eltern und über alles, was ich getan habe, seit ich von ihnen fortgegangen bin, aber ich habe noch nie jemandem mit Ausnahme des Königs von den Offenbarungen erzählt, die Gott mir gewährte.«

Das Herz pochte ihr in der Brust, aber sie hielt seinem starren Blick stand. »Ich werde Ihnen davon nichts offenbaren, und wenn Sie mir den Kopf abschneiden, denn ich habe dem Himmel versprochen, es nicht zu tun. Geben Sie mir aber eine Woche Zeit, so werde ich meine Ratgeber fragen, ob sie mir erlauben, von ihnen zu sprechen.«

Unruhiges Raunen kam auf. Cauchon lief rot an und forderte sie auf, die ganze Wahrheit zu sagen. Sie lehnte ab, und die Macht erfüllte sie mit Standhaftigkeit. Schließlich willigte sie ein, einen begrenzten Eid zu schwören: Sie werde über alles sprechen, was sie wisse, unter der Voraussetzung, daß ihre Offenbarungen davon nicht berührt würden. Man reichte ihr eine Bibel, und sie legte beide Hände auf das Buch und schwor.

Ein untersetzter Mann mit dicken Lippen – sie sollte später erfahren, daß es Magister Beaupère war – erhob sich. An der Stelle seiner rechten Hand befand sich ein Stumpf, der mit schwarzem Tuch umwickelt war. »Wie ist dein Name?« fragte er.

»Zu Hause hieß ich Jhanette, aber seit ich in Frankreich bin, nennt man mich Jehanne.«

»Und dein Hausname?«

»Mein was?«

Beaupère machte ein verdrossenes Gesicht. »Dein anderer Name. Dein Nachname.«

»Ich habe keinen anderen Namen. Mein Vater ist Jacques Darc, und meine Mutter heißt Isabelle Romée.«

»Dann ist dein Name also Jehanne Darc.«

Sie schüttelte den Kopf. »So hat man mich nie genannt. In Lothringen ist es Brauch, daß ein Mädchen den Namen seiner Mutter annimmt, deshalb hat man mich in meinem Dorf manchmal Jhanette Romée genannt.«

»Also gut.« Beaupère winkte müde ab. »Wie alt bist du?«

Wie alt? Sie wußte es nicht. Als sie Domrémy verlassen hatte, war sie siebzehn gewesen, aber das war so lange her, und so viel war seitdem geschehen. Wie viele Weihnachtsfeste waren inzwischen vergangen? Zwei? Da war das Weihnachtsfest bei Karl in Bourges gewesen, und dann dieses letzte, das sie nicht hatte begehen dürfen.

»Dein Alter!« drängte Beaupère ungeduldig.
»Ich bin neunzehn, glaube ich.«
Cauchon fragte, wo sie getauft worden sei und wer ihre Paten seien. In Domrémy, sagte sie und nannte die Namen ihrer Paten. Sie wußte auch den Namen des Dorfpfarrers noch. Der Bischof wollte wissen, ob sie das Paternoster, das Ave Maria und das Credo kenne. Sie bejahte.
»Willst du uns das Paternoster aufsagen?«
»Ja, Exzellenz, wenn Sie mir die Beichte abnehmen, will ich es gern aufsagen.«
Der Bischof schaute stirnrunzelnd zu Beaupère hinüber, und der schüttelte achselzuckend den Kopf. »Dazu besteht keine Notwendigkeit. Wenn du das Paternoster kennst, so sag es auf. Du kannst es einem oder zwei würdigen französischsprechenden Herren aufsagen, wenn dir das lieber ist.«
»Nur, wenn Sie oder einer von ihnen mir die Beichte abnimmt.«
Es war alles, was sie hatte. Sie würde die heiligen Worte nicht aufsagen, nur um eine Glaubensprüfung zu bestehen. Das Gebet bedeutete ihr zuviel, um es auf solche Weise zu benutzen, und gewiß hatte der Herr Jhesus auch nie gewollt, daß seine Worte zu einem solchen Zweck gesprochen wurden. Sie wollten ihn von ihr fernhalten, indem sie ihr seine Sakramente verweigerten. Nun, aber zu dieser Pfeife würde sie nicht tanzen.
Das Gericht geriet in Unordnung, als sechs Männer zugleich zu reden begannen. »Warum weigerst du dich, die heiligen Worte zu sprechen?« donnerte Cauchon.
»Wer hat dich als Kind in der Schwarzen Kunst unterwiesen?«
»War deine Mutter in einem Hexenring? Hat sie dich gelehrt, den Satan anzubeten?«
»Was hat der Liebfrauenbaum zu bedeuten?«
»Mit welchem Zauber hast du bei Orléans das Heer des Königs besiegt?«
»Schmiedest du Fluchtpläne?«
»Bitte, ihr guten Herren, einer nach dem andern!« rief sie voller Be-

stürzung ob der Feindseligkeit, mit der man sie von allen Seiten her überschüttete.
Der Bischof befahl mit erhobenen Händen Ruhe, und der Tumult legte sich allmählich. Er zog die Brauen zusammen, daß die sonst so glatte Stirn sich in Falten legte, und er starrte Jehanne mit glühenden Augen an. »Wir haben für heute genug gehört. Du wirst jetzt in deine Zelle zurückkehren. Unternimm keinen Versuch, dein Gefängnis zu verlassen, denn sonst wärest du ohne weiteres der Ketzerei überführt. Hast du verstanden?«
Der erste Tag war zu Ende. Massieu und die Wache brachten Jehanne in ihre Zelle zurück, und die *goddon*-Soldaten hielten sie mit ihrem Gesang fast die ganze Nacht wach.

»Bitte, Bruder Jehan, darf ich ein Weilchen hierbleiben?« fragte Jehanne. »Ich durfte so lange nicht in einer richtigen Kapelle beten, und ich brauche den Trost der Anwesenheit unseres Herrn Jhesus.«
Die beiden standen allein vor der Tür zur Kapelle, denn heute morgen war die Wache zu betrunken gewesen, um sie zur zweiten Sitzung zu begleiten.
Massieu sah sich rasch im leeren Hof um und schüttelte dann den Kopf. »Das Gericht wartet auf dich, Jehanne.«
»Bitte«, beschwor sie ihn. »Es dauert ja nicht lange, ich verspreche es. Sie können mich holen, wann Sie wollen.«
Der Mönch zögerte. Jehannes hohle, dunkel umrandete Augen erweckten sein Mitgefühl und erweichten seine Entschlossenheit, die er sich doch zu bewahren geschworen hatte. »Also gut«, sagte er schließlich, von ihren ernsten Beschwörungen gerührt. »Aber beeil dich.«
Sie zog die Tür auf und ging so schnell, wie die Fesseln es ihr erlaubten, zum Altar, wo sie niederkniete und sich bekreuzigte. Dann schaute sie zu dem goldenen Kruzifix auf und sprach das Gebet, das sie vor Gericht nicht hatte hersagen wollen. Gott, gib mir Mut! flüsterte sie dann in Gedanken.

Mut hast du im Überfluß. Er ist ein tiefer Brunnen, aus dem du immer schöpfen kannst. Gott wird dich nicht im Stich lassen. Sprich die Wahrheit, und du wirst ihm dienen, deinem Schöpfer.

Aber sie sind so mächtig und gelehrt. Ach, warum habe ich in Jargeau nicht lesen gelernt, als Pater Pasquerel es mich lehren wollte?

Deine Weisheit ist größer als alles, was in ihren Büchern steht. Diese Männer der Kirche sind keine Männer Gottes, denn sonst würden sie dich nicht verfolgen. Könnten sie wirklich Gottes Stimme hören, so wüßten sie, daß all ihre Bestrebungen ihnen nur Verlust bringen werden, denn sie haben kein Recht, über dich zu richten. Sie wissen nicht, daß sie den Mächten der Finsternis dienen und daß der gesalbte König, noch ehe sieben Jahre vergangen sind, den größten Sieg erringen wird, den er in diesem Königreich Frankreich jemals errungen hat.

»Jehanne!« Massieu stand in der Tür, und sein schlichtes Gesicht war blaß vor Angst. »Komm schnell, du mußt dich beeilen!«

Sie stand auf und hastete zur Tür, aber ehe sie dort ankam, fiel ein schwarzer Schatten über die Schwelle.

Es war ein hochgewachsener, langgliedriger Mann, und sein Gesicht war dunkel vor Entrüstung. Sein Name war Jehan d'Estivet, und er war der Anwalt des Bischofs gegen sie.

»Was hat das zu bedeuten?« fragte er herrisch und wandte sich zu Massieu um. »Verräter!« schrie er. »Wer hat dir gestattet, dieser exkommunizierten Hure den Zutritt zur königlichen Kapelle zu gewähren? Tust du das noch einmal, so lasse ich dich in einen *donjon* werfen, wo du einen Monat lang weder Sonne noch Mond sehen wirst!«

Massieu zog den Kopf zwischen die Schultern und fuhr sich mit der Zunge über die Lippen, aber er gab dem Anwalt keine Antwort. »Komm, Jehanne«, sagte er leise, als sie bei ihnen angekommen war, »das Gericht wartet.«

In der Sakristei nahm fast niemand Notiz von ihrem Erscheinen. Alle Blicke ruhten auf einem schlanken Dominikaner, der mit Cauchon sprach. Jehanne kam gerade noch rechtzeitig, um ihn sagen zu hören: »Damit dieses Verfahren nicht null und nichtig ist, weil der Beauftragte des Heiligen Offiziums nicht zugegen ist, werde ich teilnehmen. Ich gebe Ihnen jedoch zur Kenntnis, daß ich es mit Vorbehalt tue.«

Nur Cauchon sah, wie Jehanne hereinkam, und er richtete seinen Blick auf die schäbige Gestalt in der Tür. Die anderen sahen seinen feindseligen Blick und wandten sich schweigend zu ihr um, während der Dominikaner, der eben gesprochen hatte, sich auf seinen Platz neben dem Bischof setzte. Jehanne ging mit trotzig und stolz erhobenem Haupt zu ihrem leeren Schemel und setzte sich ebenfalls.

Wieder bedrängte Cauchon sie, einen Eid zu schwören, daß sie auf alle Fragen, die man ihr stelle, die Wahrheit sagen werde.

»Aber damit verlangen Sie, daß ich das Gelübde breche, das ich Gott gegeben habe. Wenn Sie wirklich über mich Bescheid wüßten, dann würden Sie sich wünschen, nichts mehr mit mir zu tun zu haben. Die Wahrheit ist, Exzellenz, daß ich nichts getan habe, was mir nicht zuvor offenbart wurde.«

Die Assessoren regten sich auf ihren Bänken, und ihr Flüstern erfüllte den Raum.

»Wir verlangen, daß du die Wahrheit sagst, Weib«, erklärte der stämmige Mönch in Schwarz, der sie am Tag zuvor verhört hatte, und erhob sich. »Wir haben keine Zeit zu verlieren mit diesem elenden, frivolen Feilschen.«

»Also gut«, sagte sie und wischte sich die schweißfeuchten Hände an der Hose ab. »Ich schwöre bei Gott, daß ich in allem, was dieses Verfahren betrifft, wahrheitsgemäß antworten werde. Mehr werden Sie von mir nicht bekommen.«

Der Mönch wandte sich Cauchon zu, hob die Hände und ließ sie in einer übertriebenen Geste der Hilflosigkeit fallen.

»Fahren Sie fort, Magister Beaupère.« Der Bischof funkelte Jehanne wütend an.

Beaupère wollte nun wissen, wie alt sie gewesen sei, als sie ihr Elternhaus verlassen habe, und ob sie in ihrer Kindheit irgendwelche handwerklichen Fertigkeiten erlernt habe. Siebzehn sei sie gewesen, sagte sie, und jawohl, ihre Mutter habe ihr das Spinnen beigebracht. Sie fürchte keine Frau in Rouen, fügte sie hinzu, wenn es um Spinnen, Nähen und andere Hausarbeiten gehe. Auf seine weiteren Fragen berichtete sie von der Flucht ihrer Familie vor den Freischärlern, die sie nach Neufchâteau geführt hatte, und sie erzählte, wie sie dort im Gasthaus einer Frau namens La Rousse gewohnt hatten, deren verstorbener Mann ein Freund ihres Vaters gewesen war.

»Diese angeblichen Offenbarungen«, sagte Beaupère verächtlich. »Wie alt warst du, als sie anfingen?«

»Dreizehn.«

»War es eine Stimme? Was hat sie zu dir gesagt? Hat sie dich beim Namen genannt?«

»Sie hat mich ermahnt, brav zu sein und meinen Eltern zu gehorchen. Ich sollte oft zur Kirche gehen. Und sie nannte mich ›Kind Gottes‹.«

»Sonst noch etwas? Hat die Stimme sich zu erkennen gegeben?«

Sie holte tief Luft. Jetzt war es so weit – dies war der wahre Grund, weshalb sie an diesem schrecklichen Ort sein mußte. »Er sagte, er sei der heilige Erzengel Michael und Gott habe ihn beauftragt, mich zum Dauphin zu schicken, der mir eine Armee geben würde, mit der ich die Belagerung von Orléans beenden könnte, und danach solle ich den Dauphin nach Reims zur Krönung begleiten.«

»Und du hast ihm geglaubt, diesem angeblichen Michael?«

»Ja.«

»Und als du den Dauphin sahst, sagte die Stimme dir da, daß er es sei?«

»Ja.«

»Und warum hat Karl von Valois dir geglaubt?«

»Gott hat mir wunderbare Dinge offenbart, von denen ich ihm erzählt habe.«

»Was waren das für Offenbarungen?«

»Das werde ich Ihnen nicht sagen. Lassen Sie den König herkommen, dann kann er es Ihnen selbst erzählen. Ich habe dem Himmel gelobt, nichts davon zu enthüllen.«

Cauchon verschränkte die Arme, und sein wütender Blick war unerbittlich.

»Warum trägst du Männerkleider?« fragte Beaupère unvermittelt. »Wer hat dir das befohlen? Deine Stimme?«

»Niemand. Ich habe sie aus freien Stücken angezogen.«
»Hat niemand sonst bei Hofe außer dem Dauphin dir zugehört?«
»Alle Anwesenden haben mich gehört. Darum haben sie mir geglaubt.«
»Hörst du die Stimme immer noch?«
»Jeden Tag.«
»Welchen Lohn hast du von ihr erbeten?«
»Keinen – nur die Errettung meiner Seele.«
»War dir bewußt, daß es ein kirchlicher Feiertag war, als du Paris angegriffen hast?«
»Ja.«
»Glaubst du, es war gut, an einem Feiertag Krieg zu führen?«
Beaupère führte sie auf heikles Gelände. »Das kann ich nicht sagen«, antwortete sie leise.
Nach der zweiten Sitzung bemerkte Jehanne, daß der widerwillige Dominikaner – sie hatte erfahren, daß er Le Maistre hieß und Vizeinquisitor von Rouen war – fehlte. Aber auch ohne ihn, das wußte sie, war dies ein Krieg, ebenso ernst und bedeutsam wie die Schlachten von Orléans und um die Loire-Städte – nur, daß ihre einzige Waffe hier die Wahrheit war, die sie sagen oder für sich behalten konnte. Jede Schlacht begann mit einem Angriff von Cauchon, indem er versuchte, ihr einen Eid abzunehmen. Standhaft wehrte sie diese Attacke ab und erklärte, sie habe bereits vor einer höheren Macht, als sie es seien, einen Eid abgelegt.
»Aber wenn du dich weigerst, die Wahrheit zu sagen«, fauchte der Bischof, »dann machst du dich damit selbst verdächtig, und diesem Gericht wird nichts anderes übrigbleiben, als dich der Ketzerei für schuldig zu halten.«
Sie parierte diesen Ausfall, indem sie wie zuvor einen begrenzten Eid ablegte. Daraufhin erhob sich Beaupère und stürzte sich ins Handgemenge.
Seine ermüdenden Fragen trieben sie an den Rand der Verzweiflung. Seit Wochen war sie jetzt in dieser engen, dunklen Zelle eingesperrt, und die Wachen dort schienen keinen anderen Zweck zu verfolgen als

den, ihr das Leben so sauer wie möglich zu machen. Katharina hatte sie ermahnt, geduldig und gläubig zu bleiben, und Margarethes besänftigende Worte waren voller Freundlichkeit. Jehanne hatte alles ertragen, wie sie es ihr aufgetragen hatten. Aber jetzt hatte sie genug, und ihr angespannter Geduldsfaden riß. Die Ketten an ihren Handgelenken klirrten, als sie die Hand ausstreckte und mit schmutzigem Finger auf Cauchon deutete.

»Sie sagen, Sie sind mein Richter, und vielleicht sind Sie das auch in den Augen der Welt. Aber hüten Sie sich bei dem, was Sie tun, denn die Wahrheit ist, daß ich von Gott gesandt bin und daß Sie Ihre Seele in große Gefahr bringen!«

Ein entsetztes Raunen ging durch den Raum und schwoll an, bis es ein ohrenbetäubendes Geschrei war. Mehrere Assessoren bekreuzigten sich. Cauchons Gesicht verzerrte sich zu einer erzürnten Grimasse voll knisternder Feindseligkeit, aber er sagte kein Wort. Beaupère hob die Arme und wandte die Handflächen nach vorn. Wieder senkte sich Stille herab.

»Ändert die Stimme je ihren Rat?« fragte er, ohne sich von ihrem Ausbruch beeindrucken zu lassen.

»Ich habe in all der Zeit, die sie schon zu mir sprechen, niemals zwei widersprüchliche Worte von ihnen gehört«, beteuerte sie.

»Hat die Stimme dir verboten, die Fragen dieses Gerichtes zu beantworten?«

»Darauf werde ich Ihnen nicht antworten. Geben Sie mir Zeit, um meine Ratgeber zu befragen, und dann werde ich antworten.«

»Diese Stimme – ist es ein Engel von Gott oder ein Heiliger?«

»Sie kommt von Gott. Ich werde Ihnen nicht alles sagen, was ich weiß, denn ich will meine Ratgeber nicht verärgern.«

»Wie kannst du sie verärgern, wenn du die Wahrheit sagst?«

»Es gibt einen Kinderspruch, der besagt, daß Menschen für die Wahrheit gehängt werden können.«

»Jehanne, befindest du dich derzeit im Stande der Gnade?«

Einer der Assessoren, Jehan Le Fèvre, Bischof von Demetriades und Magister der Theologie, sprang auf, und seine Augen funkelten vor

Empörung. »Exzellenz, ich muß gegen diese Frage protestieren! Niemand von uns könnte sie beantworten, ohne sein Seelenheil zu gefährden!«

Cauchon lächelte schmal, und der Blick seiner kalten blauen Augen war voller Tadel. »Sie vergessen, daß Sie nicht der Advokat der Angeklagten sind, Bischof Le Fèvre. Die Gefangene wird antworten, wie es verlangt wird.«

Es wurde totenstill.

Jehanne schaute suchend in die Runde. Cauchon hatte die rechte Braue hochgezogen wie zum Zeichen des Triumphs. Midi und Loiseleur lächelten, und ihre Hoffnung darauf, daß sie stolpern möge, stand ihnen ins Gesicht geschrieben. Ladvenu nagte an seiner Unterlippe. Sein Freund Isambard legte ihm die Hand auf den Ärmel. Die Notare hatten mit ihrem Kritzeln aufgehört; Guillaume Manchon, der jüngste der bischöflichen Schreiber, wartete so gespannt auf Jehannes Antwort, daß er nicht bemerkte, wie ein wenig Tinte von dem Federkiel tropfte, den er über das Pergament hielt, und ein Wort auslöschte, das er geschrieben hatte.

Jehanne hob den Kopf. »Wenn ich es nicht bin, möge Gott mich hineinversetzen. Bin ich es aber, so möge er mich darin bewahren. Ich wäre der traurigste Mensch auf der Welt, wenn ich wüßte, daß ich Gottes Gnade nicht habe.«

Alle schnappten wie vom Donner gerührt nach Luft, und einen Herzschlag lang war es still.

Dann brach eine allgemeine, ehrfurchtsvolle Diskussion los. Ladvenu strahlte vor Erleichterung. Isambard nickte mit offenem Mund, und in seinem Gesicht sah Jehanne neuerwachten Respekt. Zum ersten Mal lächelten viele der Assessoren sie an, während sie sich in ihre Debatten vertieften, die immer lauter wurden. Haß verhärtete Cauchons strahlend blaue Augen.

Jehanne errötete triumphierend. Ihr war klar, daß sie Beaupère soeben ausgestochen hatte, aber sie wußte nicht recht, warum.

Die Unruhe hielt an, bis Cauchon die Ordnung wiederherstellte. Als es still geworden war, räusperte Beaupère sich und fuhr fort. »Als du ein Kind warst, haben die Stimmen dir da gesagt, du sollst die Burgunder hassen?«

»Als mir klar war, daß sie für den König waren, mochte ich die Burgunder nicht mehr.«

»Haben deine Stimmen dir auch gesagt, daß die Engländer nach Frankreich kommen würden?«

Jehanne starrte ihn an, als wäre er nicht bei Verstand. »Sieur, die Engländer sind lange vor meiner Geburt nach Frankreich gekommen.«

Ein paar der Assessoren lächelten hinter vorgehaltener Hand, unter ihnen auch Ladvenu. So dicht auf den Fersen ihrer letzten, verblüffenden Antwort war ihr Humor ein Lockmittel, das sie auf ihre Seite zog, das spürte sie.

Beaupère errötete, gedemütigt von ihrer Antwort und dem offenkundigen Vergnügen seiner Kollegen, aber er fuhr unbeirrt fort. »Hattest du bereits als Kind ein großes Verlangen danach, die Burgunder zu besiegen?«

»Mein einziges ›großes Verlangen‹ richtete sich darauf, daß der König sein Reich zurückbekommen sollte.«

»In deinem Dorf steht ein Baum, der ›Liebfrauenbaum‹ genannt wird, nicht wahr?«

»Ja.«

»Glauben die Leute nicht auch, daß in diesem Baum Elfen wohnen? Und stimmt es nicht auch, daß du unter diesem Baum zu singen und zu tanzen pflegtest? Und hast du dort nicht zum ersten Mal deine Stimmen gehört?«

Jehanne zuckte die Achseln. »Manche Leute glauben, daß dort Elfen wohnen, aber ich habe es nicht geglaubt, seit ich denken kann, denn ich habe sie nie gesehen, und ich glaube auch nicht, daß es sie gibt. Als ich ein Kind war, haben die Dorfkinder dort oft gesungen und getanzt, denn dort haben wir uns getroffen, um unsere Zeit miteinander zu verbringen. Aber nachdem die Stimmen das erste Mal zu mir gesprochen hatten, ging ich nicht mehr hin. Mein Bruder sagt, die Leute hätten einander erzählt, daß die Stimmen unter dem Baum zu mir gesprochen hätten, aber das stimmt nicht.«

»Bist du bereit, den Männerkleidern, die du da trägst, abzuschwören und ein Frauengewand anzulegen?«
»Geben Sie mir eines, und ich werde es tragen, wenn Sie mich freilassen. Andernfalls werde ich weiterhin tragen, was ich jetzt anhabe, denn es gefällt Gott, daß ich es trage.«
»Diese Stimmen – wer sind sie?«
Darf ich es ihnen sagen?
Ja, du Kind Gottes.
»Es sind der Erzengel Michael, die heilige Katharina und die heilige Margarethe.«
»Wie sehen sie aus?«
»Sie sind sehr schön. Sie tragen wunderschöne Kronen auf den Köpfen, reich mit Edelsteinen besetzt. Wenn Sie an mir zweifeln, so schicken Sie nach Poitiers, wo man mich befragte, ehe der König mir die Erlaubnis gab, Orléans zu befreien. Die Kirchenmänner dort werden Ihnen sagen, was ich ihnen geantwortet habe.«
»Woher weißt du, daß die Stimmen in der Tat die sind, für die sie sich ausgeben?«
»Sie haben es mir gesagt, und ich glaube ihnen.«
»Wie sind sie gekleidet? Wie alt sind sie? Welche ist dir als erste erschienen?«
»Darüber werde ich Ihnen nichts sagen. Aber ich kann Ihnen sagen, daß es Michael war, der zuerst zu mir kam, und daß er in Begleitung aller Engel des Himmels kam. Ich habe sie mit den Augen meines Körpers gesehen, wie ich Sie jetzt vor mir sehe, und als sie fortgingen, da weinte ich und wollte, daß sie mich mitnehmen.«
Beaupère wandte sich wieder Jehannes Ankunft in Chinon zu. Wie hatte sie den Dauphin unter den vielen Leuten erkannt? Ihre Ratgeber hatten ihn ihr gezeigt. Was war die Wahrheit über das Schwert von St.e-Catherine-de-Fierbois? Jehanne erzählte, wie man es dort gefunden hatte, nachdem Katharina ihr gesagt hatte, daß es da sei. Hatte sie es mit ihrer Rüstung in der Abtei von St.-Denis gelassen? Nein, da habe sie es schon nicht mehr gehabt. Was denn aus dem Schwert geworden sei. Sie wußte es nicht mehr. Warum hatte sie ihre Rüstung

dort abgelegt? Wollte sie, daß die Menschen sie anbeteten? Nein, sagte sie, es sei Brauch, daß ein Soldat seine Rüstung ablege, wenn er in der Schlacht verwundet worden sei. Es sei ein Opfer für Gott und der Dank dafür, daß man mit dem Leben davongekommen sei.

Beaupère forderte sie auf, ihre Standarte zu beschreiben, und sie tat es. Warum hatte sie darauf bestanden, daß die Inschrift »Jhesus-Maria« darauf angebracht wurde? Gott hatte es gewollt. Wo war die Standarte jetzt? Sie wußte es nicht.

Was war ihr lieber, ihr Schwert oder ihre Standarte? Sie liebte ihr Schwert, weil es in der Kirche ihrer geliebten Katharina gefunden worden war, aber die Standarte war ihr wichtiger. In der Schlacht hatte sie sie eigenhändig getragen, um niemanden zu töten. Nein, sie habe keinen Menschen getötet.

Beaupère zog den Brief hervor, den sie den Engländern nach Orléans geschickt hatte. War dieser Brief von ihr? Ja, nur habe sie nicht geschrieben, »ergebt euch der Jungfrau«, sondern »ergebt euch dem König«. Warum hatte sie sich geweigert, einen Friedensvertrag mit der englischen Garnison zu schließen? Weil die Engländer ihre Kapitulationsbedingungen nicht akzeptiert hatten.

»Warst du je dabei, als die edlen Söhne Englands getötet wurden?«

»In Gottes Namen, ja!« sagte sie ungehalten. »Wie zärtlich Sie von ihnen sprechen, und mit welcher Fürsorge! Warum gehen sie nicht fort aus Frankreich und kehren in ihr Heimatland zurück?«

»Glaubst du, daß Gott sie haßt?«

»Ich weiß nicht, was Gott liebt oder haßt, aber ich kann Ihnen eines sagen: Noch ehe sieben Jahre vergangen sind, werden sie eine Niederlage erleiden, die schlimmer sein wird als die bei Orléans, und dann werden sie alles verlieren, was sie in Frankreich errungen haben.« Die Macht durchströmte sie, und ohne mit der Wimper zu zucken starrte sie in die ungläubigen Gesichter. »Ich weiß den Tag nicht, aber Sie werden sehen, daß es binnen sieben Jahren geschieht, und Sie alle werden sich an diesen Augenblick erinnern, da ich es vorhergesagt habe, und dann werden Sie nicht mehr daran zweifeln, daß ich wirklich von Gott gesandt war.«

Die Assessoren erschauerten, einige von ihnen sichtlich, und ein paar bekreuzigten sich.
Warwick funkelte sie mit schmalen Augen an, und seine Kiefermuskeln zuckten.
»Woher weißt du das?«
»Meine Ratgeber haben es mir gesagt.«
»Willst du damit sagen, daß die Engländer, die jetzt hier sind, allesamt Frankreich verlassen werden?«
Jehanne nickte. »Bis auf diejenigen, die hier sterben.«
Cauchon ergriff das Wort. »Bei deiner Gefangennahme trugst du zwei Ringe. Der eine trägt die Inschrift ›Jhesus-Maria‹. Woher hast du sie? Hast du sie zur Zauberei benutzt?«
»Der Ring mit der Inschrift ist ein Geschenk meines Vaters, und Sie haben ihn mir gestohlen«, antwortete sie. »Den andern habe ich von meinem Bruder. Den will ich der Kirche schenken, aber den Ring von meinem Vater will ich zurückhaben, denn er bedeutet mir viel.« Sie schluckte die Trauer um den Verlust herunter, die ihr wie ein Kloß im Halse steckte.
Cauchon ging über ihre Forderung hinweg. »Ich frage dich noch einmal: Hast du die Ringe für magische Heilungen benutzt?«
»Nein.« Jehanne umklammerte den Saum ihres Hemdes. »Ich habe niemals jemanden mit meinen Ringen geheilt.«
»Was haben ›die heilige Katharina‹ und ›die heilige Margarethe‹ dir versprochen?«
»Das hat nichts mit diesem Prozeß zu tun«, antwortete sie und dachte an die unvergeßlichen Visionen, die sie ihr im Laufe der Jahre hatten zuteil werden lassen. »Das einzige, was ich Ihnen sagen kann, ist dies: Sie haben vorausgesagt, daß der König sein Reich zurückbekommen wird, ob es seinen Feinden paßt oder nicht.«
»Was sonst sagen deine Stimmen dir?«
»Sie spenden mir jeden Tag großen Trost. Ohne sie würde ich sterben«, sagte sie schlicht.
»Ist ein Gesandter des Grafen Jehan d'Armagnac zu dir gekommen, um deine Meinung zum großen Schisma zu erfahren und dich zu

fragen, welcher der drei rivalisierenden Päpste der wahre Heilige Vater ist?«

Jehanne starrte ihn mit offenem Mund an. Es war erstaunlich, daß sie von einem Ereignis wußten, das sie selbst fast vergessen hatte. Sie nickte. »Ja. Ich war auf dem Weg nach Paris und …«

»Was hast du ihm geantwortet?« wollte Beaupère wissen und warf dem Bischof einen Blick zu.

»Daß ich nicht mit ihm sprechen könne. Ich würde aber darüber nachdenken und dem Grafen dann eine Antwort zukommen lassen, wenn ich in Paris wäre.«

Allgemeines Gemurmel erhob sich, und Jehanne wußte sofort, daß sie eine falsche Antwort gegeben hatte, aber sie wußte nicht, warum.

»Ich hatte es eilig«, fuhr sie fort. »Meine Kameraden warteten auf mich, und ich hatte keine Zeit, mit dem Mann zu reden. Deshalb habe ich ihn weggeschickt.«

»Was hast du mit deiner Alraune gemacht?« fragte Cauchon in leisem, giftigem Ton – es war offensichtlich, daß er sie überrumpeln wollte.

»Ich habe keine und hatte auch nie eine.« Sie runzelte die Stirn, verwundert über diese absurde Frage. »Tatsächlich habe ich noch nie eine gesehen. Jemand hat mir einmal erzählt, so etwas wüchse in der Nähe meines Dorfes, aber gesehen habe ich es nie.«

»Weißt du, wozu man sie benutzt?« fragte der Bischof.

Jehanne zuckte die Achseln. »Ich weiß, daß sie böse sind und daß es gefährlich ist, sie zu behalten, aber wozu sie dienen, weiß ich nicht. Meine Ratgeber haben mir nie etwas darüber gesagt.«

»Wann hast du den ›Erzengel Michael‹ das letzte Mal gesehen?«

»Seit Le Crotoy nicht mehr«, log sie.

»Und was hast du empfunden, als du ihn sahst?«

Sie lächelte. »Das größte vorstellbare Glück. Und meine Seele war so klar, daß ich wußte, ich bin nicht im Stande der Todsünde.«

»Hast du vor den sogenannten Heiligen Katharina und Margarethe jemals gebeichtet?«

»Ja.«

»Und hattest du das Gefühl, im Stande der Todsünde zu sein, als du vor ihnen beichtetest?«
»Das weiß ich nicht. Ich bete nur zu Gott, daß ich es niemals gewesen sein und daß ich meine Seele niemals so belasten möge.«
Beaupère wollte zu den Zeichen zurückkehren, die Jehanne dem Dauphin gegeben hatte. Zum fünfzigsten Mal antwortete sie, daß diese Frage mit dem Prozeß nichts zu tun habe. Waren denn noch andere zugegen gewesen, als sie ihm diese Zeichen gegeben hatte? Ja, viele Höflinge. Hatte sie über dem Haupt des Dauphin eine himmlische Krone gesehen? Darauf wollte sie nicht antworten, sie wollte ihren Eid gegen Gott nicht brechen.
»Hat der Erzengel Michael Flügel? Und wie sehen deine anderen Heiligen aus?«
»Ich habe Ihnen gesagt, was ich weiß«, antwortete sie und kämpfte die Tränen der Hilflosigkeit nieder. Diese Männer, diese gelehrten, dummen Kirchenmänner, verlangten von ihr, daß sie das Überweltliche beschrieb, diese Wesen, die jenseits von Raum und Zeit in der Ewigkeit existierten und deshalb nicht beschrieben oder erklärt werden konnten. Katharina hatte recht gehabt, als sie sagte, daß diese Geistlichen, die nichts wüßten von Gott, sondern nur das, was in ihren Büchern stand, keinerlei Weisheit besäßen.
»Hat die Dauphine dich gebeten, ein Frauenkleid anzuziehen?«
Ja, das hatte sie in der Tat getan, das erste Mal vor Orléans, und dann noch einmal im vergangenen Winter in Mehun-sur-Yèvre. »Das hat mit Ihrem Prozeß nichts zu tun«, erklärte Jehanne.
»Hat die Comtesse de Ligny dich in Beaurevoir darum gebeten?«
»Ja. Ich sagte ihr, ich hätte Gottes Erlaubnis dazu nicht. Hätte ich sie gehabt, so hätte ich es für sie getan, lieber als für jede andere Dame in Frankreich außer der Königin.«
Beaupère kratzte sich an der langen Nase. »Hast du deinen Soldaten befohlen, sich Standarten zu machen, wie du eine hattest?«
»Einige meiner Gefährten haben es getan, um zu zeigen, daß sie meinem Kommando unterstanden, aber ich habe es ihnen nicht befohlen.«

»Hast du sie mit Weihwasser besprengt oder sie damit besprengen lassen?«
»Davon weiß ich nichts. Wenn es geschehen ist, so habe ich es nicht veranlaßt.«
»Hast du es gesehen?«
»Das hat mit Ihrem Prozeß nichts zu tun.«
Beaupère wollte sodann wissen, wie sie Bruder Richard kennengelernt habe, und sie schilderte, wie er mit einer Delegation aus Troyes zu ihr gekommen war. Nein, sie gehöre nicht zu seinen Anhängern. Er habe sich in Troyes der Armee angeschlossen und sei erst nach der Krönung wieder fortgegangen, als das Heer aufgelöst wurde. Wußte sie, daß Armagnacs Messen für sie hatten lesen lassen? Nein, das wußte sie nicht, aber wenn sie es getan hatten, dann nicht auf ihr Drängen hin.
Aber selbst wenn die Leute für sie gebetet hatten – was war daran auszusetzen?
»Glauben die Leute, auf deren Seite du stehst, daß du von Gott gesandt bist?«
»Ich weiß nicht, was sie glauben. Fragen Sie sie selbst, nicht mich. Aber ob sie es glauben oder nicht, ist nicht wichtig. Ich bin von Gott gesandt.«
»Was, glaubst du, dachten sich die Leute, wenn sie dir Hände und Füße küßten?«
»Wiederum: Ich kenne ihre Gedanken nicht. Ich habe sie, so gut ich konnte, daran gehindert, mich zu verehren, aber ich konnte mich nicht gänzlich von den Armen fernhalten, denn sie kamen zu mir, weil sie Hilfe brauchten. Ich gab ihnen, was ich hatte.«
»Haben Frauen deine Ringe mit ihren eigenen berührt?«
»Viele Leute haben meine Hände berührt, ich weiß nicht, mit welchen Absichten.«
»Stimmt es, daß Leute deiner Partei in Château-Thierry mit deiner Standarte Schmetterlinge gefangen haben?«
Die einfachen Leute hatten sich erzählt, man habe einen Schwarm weißer Schmetterlinge gesehen, die ihre Standarte umflatterten, aber

das war ein Märchen. »Es ist eine Geschichte, die meine Feinde sich ausgedacht haben«, erklärte Jehanne.
»Stimmt es, daß du die verlorenen Handschuhe eines Ritters in Reims wiedergefunden hast?«
»Nein. Ich habe wohl gehört, daß jemand Handschuhe verloren hatte, aber ich wurde nie gebeten, sie wiederzufinden, und ich habe es auch niemandem versprochen.«
»Hast du jemals in Männerkleidung die Sakramente empfangen?«
»Ja.«
»Hast du sie in deiner Rüstung empfangen?«
»Ich erinnere mich nicht. Ich glaube nicht.«
»Warum hast du das Pferd des Bischofs von Senlis gestohlen?«
Jehanne verzog bei dieser Frage das Gesicht und seufzte tief. »Ich habe es nicht gestohlen. Als ich nach Senlis kam, flüchtete der Bischof sich nach Paris und ließ sein Karrenpferd zurück. Ein Soldat brachte es mir, aber ich stellte fest, daß es zu zart war, um mich mit meiner Rüstung und seine eigene zu tragen. Ich gab dem Seigneur de la Trémoïlle zweihundert *saluts* in Gold, die er dem Bischof als Bezahlung schicken sollte. Und ich schrieb dem Bischof, daß er das Pferd zurückhaben könne, wenn er es wolle.«
Als nächstes fragte man sie nach dem toten Säugling in Lagny. Ob das Kind zum Leben erwacht sei, nachdem sie bei ihm gebetet habe. Jawohl, für kurze Zeit, bis man es habe taufen können, aber sie sei nur eine von mehreren Frauen gewesen, die für seine Seele gebetet hätten. Ob die Frauen behauptet hätten, es seien ihre Gebete gewesen, die dem Kind das Leben wiedergegeben hätten. Das wisse sie nicht, antwortete Jehanne, sie habe nicht danach gefragt.
»Kennst du eine Madame Catherine de la Rochelle?«
»Ich bin ihr zweimal begegnet, einmal in Jargeau und nachher noch einmal in Montfauçon-en-Berry.«
»Unter welchen Umständen?«
Jehanne begann einen umständlichen Bericht über Madame Catherines Besuch, bei dem sie ihr von der Weißen Dame erzählt hatte. Ausführlich legte sie dar, wie sie die Frau geprüft hatte, ohne daß eine

Vision erschienen war – genau wie die heilige Katharina es vorausgesagt hatte. Sie habe Madame Catherine dann geraten, nach Hause zu ihrer Familie zurückzukehren. »Und das ist alles, was ich über sie weiß.«

»Weißt du noch, warum du in Beaurevoir vom Turm gesprungen bist? Wolltest du Selbstmord begehen?«

»Nein. Ich hatte gehört, daß man die Einwohner von Compiègne hinrichten wollte, und ich wollte fliehen, um ihnen zu helfen. Außerdem hatte ich erfahren, daß man mich an die Engländer verkaufen wollte« – sie warf einen düsteren Blick auf die Gruppe der großen *goddon*-Lords, von denen zwei sich ständig Notizen machten –, »und auch deshalb wollte ich fliehen.«

»Stimmt es, daß du zornig wurdest und Gott lästertest, als man dich dann fand?«

Sie schüttelte heftig den Kopf. »Das habe ich nicht getan, niemals. Als man mich dort fand, war ich besinnungslos. Drei Tage lang konnte ich weder essen noch trinken und kaum sprechen, geschweige denn Gott lästern.«

»Stimmt es, daß du geschrien und gewütet hast gegen Gott, als du hörtest, daß Guiscard Bournel die Stadt Soissons wieder in die Gefolgschaft des Herzogs von Burgund gestellt hatte?«

»Nein. Wer das behauptet, irrt.«

Cauchon erhob sich ächzend. »Meine Brüder, meine Herren« – er verbeugte sich mit feierlicher Würde vor den Engländern –, »es wird spät. Das Gericht vertagt sich.« Mit flatterndem Mantel drehte er sich um und stolzierte hinaus.

Die Assessoren standen auf und begannen ihre unvermeidlichen Diskussionen. Stimmen und Akzente tönten wild durcheinander. Zwei englische Wachen mit *guisarmes* packten Jehanne so fest von beiden Seiten bei den Armen, daß sie schmerzlich das Gesicht verzog, und rissen sie grob vom Schemel. Sie hatte Mühe, stehenzubleiben, denn ihr Hinterteil war gefühllos von dem harten Schemel, und ihre Beine waren wacklig.

Im nächsten Moment war Massieu bei ihr. »Ihr braucht sie nicht festzuhalten«, sagte er zu den Männern. »Komm, Jehanne, nimm meinen Arm.« Er eskortierte sie zurück in ihren Kerker.

»Willkommen, mein lieber Bruder!« Cauchon erhob sich hinter seinem Schreibtisch und breitete mit herzlichem Lächeln die Arme aus, um seinen Gast zu empfangen. Der schwarzgewandete Mönch umarmte ihn gleichmütig.

Jehan Lohier war größer als Cauchon, aber ungefähr genauso alt. Er war ein geachteter Kirchenrechtler aus der Normandie und einer der verständigsten Köpfe in ganz Frankreich, weithin bekannt für seine Gelehrsamkeit und seine gerechte Begutachtung juristischen Beweismaterials. Selbstbewußt und gutaussehend, mit kräftigem Kinn und angenehmer Erscheinung, war Lohier bei allen beliebt, die ihn kannten. Er war erst am Tag zuvor, nachdem das Gericht sich vertagt hatte, in Rouen eingetroffen und hatte den ganzen Abend über den Protokollen der Verhandlung gebrütet. Nach dem Frühstück war er in die bischöfliche Residenz gebeten worden, und er war mit einem dicken Bündel Papier in der Hand erschienen.

»Hatten Sie Gelegenheit, die Prozeßakten zu lesen?« fragte Cauchon liebenswürdig. Mit Lohiers Unterstützung würde diesem wunderschönen Verfahren eine weitere Facette der Achtbarkeit hinzugefügt werden, und diese unzuverlässigen Assessoren, die sich durch die Unverschämtheit der Jungfrau und durch die Werke des Satans verleiten ließen, würden bald brav im Geschirr gehen.

Lohier warf die Papiere auf den Schreibtisch des Bischofs und richtete den festen Blick seiner grauen Augen auf den kleineren Geistlichen. »Ja, das hatte ich, Exzellenz, und ich muß das Verfahren leider für ungültig erklären.«

»Was?« Aus Cauchons Gesicht wich alle Farbe, und er glotzte den gefaßten schwarzgekleideten Mann an. »Und mit welcher Begründung, bitte?«

»Zunächst einmal, weil es nicht nach den kirchlichen Verfahrensvorschriften zur Verfolgung von Häretikern angelegt ist.« Er legte den rechten Zeigefinger an den linken. »Item: Die Verhandlung findet überwiegend *in camera* statt, und zwar mit nur einem Richter – mit Ihnen, Exzellenz – und mit einem noch nicht zugelassenen Repräsentanten des Heiligen Offiziums. Überdies steht es den Assessoren nicht frei, Einspruch gegen Fragen zu erheben, die dem Mädchen gestellt werden, oder ihre Ansicht zum Ausdruck zu bringen, wenn sie der Ihren zuwiderläuft, und sie sind auch nicht berechtigt, die Verhandlungsprotokolle zu lesen.« Er berührte den nächsten Finger. »Item: Es sind Fragen, welche die Ehre des französischen Königs betreffen, aktenkundig gemacht worden, aber er wurde weder ersucht, an diesem Verfahren teilzunehmen, noch hat man ihn eingeladen, an seiner statt einen Vertreter zu entsenden. Item: Weder die Anklage noch die Paragraphen, auf die das Gericht sich stützt, sind öffentlich gemacht worden. Darüber hinaus ist die Angeklagte nicht mit einem Rechtsbeistand versehen worden, und da sie nur ein einfaches Mädchen aus – ausgerechnet – Lothringen ist, kann sie sich unmöglich angemessen verteidigen. Man überläßt es ihr allein, sich vor Magistern und Doktoren der Kirche in Fragen von höchster Wichtigkeit zu verantworten, insbesondere soweit sie ihre Offenbarungen betreffen. Item: Es ist nicht der Schatten eines Beweises dafür vorgelegt worden, daß die Gefangene der Verbrechen schuldig ist, derer man sie anklagt, nämlich der Hexerei und der Ketzerei. Ich weiß sehr wohl, daß man sie untersucht und zur *virgo intacta* erklärt hat, und da es einmal eine Tatsache ist, daß der Teufel keinen Einfluß auf eine Jungfrau nehmen kann, so kann sie auch keine Hexe sein. Was aber ihre Neigung zur Ketzerei angeht, so spricht sie unablässig von ihrer Treue zu Gott und bestreitet, je etwas gedacht oder getan zu haben, was dem rechten katholischen Glauben widerspricht. Item: Sie ist in einem Militärgefängnis inhaftiert und befindet sich nicht in Kirchengewahrsam, wie es die allgemein akzeptierten Verfahrensvorschriften erfordern. Wenn es sich um eine Sache des Kirchenrechts handelt, gehört sie nicht dahin, wo sie jetzt ist. Ist es aber ein Militärprozeß, dann hatte das Mädchen entschiedener recht, als es vielleicht ahnt, als sie sagte, Sie seien nicht befugt, sie nach kanonischem Recht zu verurteilen.«

Der Mönch, der mit seinen achtundfünfzig Jahren immer noch voller Lebenskraft war, überragte Cauchon. Er hatte keine Angst vor dem wutschnaubenden Bischof, der ihn mit weit aufgerissenen Augen anstarrte. »Ihr sogenannter Prozeß ist von extremer Voreingenommenheit geprägt und von politischen Überlegungen bewogen: Er ist eine Travestie. Das einzig Beeindruckende daran ist die Angeklagte selbst. Sie beantwortet die ihr gestellten Fragen mit erstaunlichem Scharfsinn. Wahrlich, sie muß vom Geist beseelt sein, wenn sie sich so gut zu schlagen weiß.« In würdiger Gelassenheit schüttelte er den Kopf. »Ich werde mein Seelenheil nicht in Gefahr bringen, indem ich mich an dieser Farce beteilige.«

Cauchons Mund verzerrte sich vor Wut, und weiße Speichelflöckchen bildeten sich in den Mundwinkeln, als er brüllte: »Ich leite diesen Prozeß, und ich befehle Ihnen, sich daran zu beteiligen und ihm Ihre ganze Unterstützung zukommen zu lassen!«

Unversöhnlich starrte Lohier den tobenden Mann an, dem die Adern purpurn aus den Schläfen schwollen. Allmählich erkannte er, daß hinter Cauchons Interesse an einem »wunderschönen Prozeß« mehr steckte als der Wunsch, das Christentum von einer weiteren Ketzerin zu befreien. Dies war eine persönliche Sache. Welches dämonische Geheimnis mochte der Bischof an seinem Busen bergen wie eine Natter, die nur darauf wartete, ihre Giftzähne in das auserwählte Opfer zu schlagen? Was konnte so machtvoll, so tödlich, so beängstigend sein?

»Exzellenz«, sagte Lohier mit ruhiger Stimme, »ich werde morgen nach der Heiligen Messe nach Amiens zurückkehren. Ich habe mit Ihrem Haß nichts zu schaffen. Ich habe kein Teil an Ihrer Sünde.« Er senkte den Kopf in einer Verneigung, die ein Mindestmaß an Respekt vermitteln sollte. »Leben Sie wohl, Exzellenz.« Ohne eine Antwort abzuwarten, machte er kehrt und verließ die bischöfliche Residenz.

Cauchon schlug mit beiden Fäusten so wild auf den Schreibtisch, daß die Kerze in ihrem Halter zitterte. Wieder und wieder hämmerte er auf den Tisch und murmelte dabei in hilflosem Zorn.

Dieses Mädchen, diese verdammte Hure war die Ursache all dieser

Plagen! Sie verhöhnte seine Autorität, und jetzt gefährdete sie seine Herrschaft über den Gerichtssaal mit ihrer Dreistigkeit und ihren geschmeidigen Antworten, die diese Dummköpfe für Frömmigkeit hielten! Man ließ sie nicht essen und nicht schlafen, aber nicht einmal das verminderte ihre Kräfte so weit, daß sie fügsam wurde. Wie er sie verabscheute, diese blasphemische, verlogene, schamlose kleine Schlampe, die jeglichem weiblichen Anstand Hohn sprach, indem sie die Frechheit besaß, wie ein hübscher Knabe gekleidet herumzulaufen! Ihr kurzgeschnittenes Haar, die selbstbewußte Männlichkeit, ihr aufreizender Trotz – als wäre sie ein junger Kriegsherr –, das alles ließ einen solchen Strudel verzweifelter Leidenschaft in ihm entstehen, daß er sie zuweilen am liebsten gepackt und ihr mit bloßen Händen die Kehle zugedrückt hätte.

Und Lohier! Der war genauso schlimm wie dieser verkappte Armagnac Houppeville und die Idioten, die Cauchon nach Lothringen geschickt hatte – ja, schlimmer noch als diese, denn unter seiner Reputation verbarg sich offenbar eine schwarze, verräterische Seele, die in alle Ewigkeit in der Hölle schmoren würde. Der Bischof bleckte die Zähne bei der frischen Erinnerung an die Demütigung, die ihm der Mönch mit seiner verbalen Tracht Prügel bereitet hatte. Niemand redete ungestraft auf so widerwärtig herablassende Art mit dem Bischof von Beauvais! Er würde den Mann zur Rechenschaft ziehen, und zwar wegen Ungehorsams gegen einen kirchlichen Vorgesetzten.

Noch immer kochend vor Wut schickte Cauchon Botschaften an seine treuesten Anhänger und befahl sie noch für denselben Vormittag zu sich in sein Haus. Während er auf sie wartete, ging er im Zimmer auf und ab und plante seinen nächsten Schachzug. Als sie – in heller Aufregung wegen der dringlichen Vorladung – endlich erschienen, hatte seine Empörung immer noch nicht nachgelassen.

Sie hatten kaum Platz genommen, als Cauchon mit einer leidenschaftlichen Schilderung seines Gesprächs mit Lohier begann. Da hatte er einen Modellprozeß aufgebaut, hatte die letzten acht Monate mit den penibelsten Vorbereitungen zugebracht, mit voller Unterstützung der

Universität und unter beträchtlichen Mühen. »Und da kommt dieser Lohier und will uns den Prozeß ruinieren mit seiner Einmischung!« wetterte der Bischof. »Er verurteilt das ganze Verfahren und behauptet, es sei nichts wert! Wenn man ihm glauben will, dann müssen wir wieder ganz von vorn anfangen, und alles, was wir bis jetzt getan haben, war vergebens!« Cauchons Augen wurden schmal, als er mit häßlicher Genugtuung fortfuhr: »Es ist ja leicht zu erkennen, auf welcher Seite er steht. Er möchte, daß wir die Ketzerin ihrem vom Teufel beseelten König übergeben! Nun, aber beim heiligen Johannes, wir werden nichts dergleichen tun. Wir werden den Prozeß weiterführen, wie wir ihn begonnen haben.«

Beaupère stemmte seine klobige Gestalt hoch und musterte die Gesichter seiner Kollegen. »Mein Herr Bischof, ich glaube, ich kann für uns alle sprechen, wenn ich sage, daß Sie unsere volle Unterstützung haben, jetzt und in Zukunft.« Midi und Loiseleur nickten zustimmend. »Geben Sie nichts auf Lohiers Ansichten, Exzellenz, denn sie gelten hier nichts.«

»Wir müssen unsere Strategie ändern«, sagte Courcelles in seinem gewohnt sanften Ton, und sein gesenkter Blick demonstrierte die Bescheidenheit, die er demonstrieren sollte. »Ich fürchte, wenn wir die Zauberin nicht aus dem Blickfeld der Öffentlichkeit entfernen, wird sie alle diejenigen auf ihre Seite ziehen, deren Widerstandskraft gegen Satan gering ist. Das ist die größte Gefahr für eine erfolgreiche Beendigung des Verfahrens.«

Cauchon nickte; der Vorschlag des jungen Theologen gefiel ihm. »Wohl gesprochen, Bruder Thomas. Ich habe das gleiche gedacht.«

»Darf ich vorschlagen, Exzellenz, sie fortan in ihrer Kerkerzelle zu verhören?« Loiseleur lächelte. »Es ist eine höchst ungesunde Umgebung, und es könnte ihre Standfestigkeit weiter untergraben, wenn sie sich überhaupt nicht mehr bewegen kann, nicht einmal auf dem Weg von ihrer Zelle ins Gericht. Vielleicht verliert sie ihren trotzigen Sinn, wenn sie bei künftigen Verhören an die Mauer gekettet bleibt.«

Der Bischof nickte bestätigend mit dem grauen Haupt, während seine Gedanken mahlten. »Gut«, sagte er dann. »Ich werde die entsprechenden Anweisungen geben. Aber ehe wir die Vernehmung fortsetzen, müssen wir das Gericht um ein paar Tage vertagen. Wir müssen Gelegenheit haben, die Verhandlungsprotokolle detailliert zu studieren und unsere weiteren Fragen zu formulieren.« Er musterte die Männer aufmerksam. »Haben Sie noch Vorschläge, wer an den folgenden Sitzungen teilnehmen sollte?«

»Exzellenz, um zu vermeiden, daß die Herzen der Assessoren durch die Zauberkunst der Hexe weiter vergiftet werden, sollten wir nur zwei oder drei Männer dabeibehalten, deren Tugend und Beständigkeit über jeden Zweifel erhaben ist.« Beaupère lächelte seinen Herrn an. »Was die übrigen Mitglieder des Tribunals angeht, so sollten es in jeder Sitzung andere sein. Als feste Beisitzer benenne ich Bruder Nicolas« – er nickte Midi zu, der diesen Vorschlag lächelnd und kopfnickend entgegennahm – »und Bruder Jehan de la Fontaine, und als Notar Nicolas Hubent.«

Cauchon strahlte entzückt. Magister Beaupère war wirklich voller Inspiration! Die beiden letztgenannten waren Nullen, kriechende Niemande, die tun würden, was man ihnen befahl. »Eine ausgezeichnete Idee, Bruder Jehan. Nimmt Bruder Nicolas diesen Auftrag an?«

»Jawohl, Exzellenz, mit Vergnügen.«

»Und was ist mit den anderen?« fragte Courcelles.

»Sie werden wir vorladen, wie wir sie brauchen«, versicherte der Bischof ihm.

»Da wäre noch etwas, Exzellenz«, sagte Beaupère. »Ich fürchte, Sie müssen noch einen Dominikaner dazuholen.«

Cauchon verzog das Gesicht. »Le Maistre wird doch da sein. Und Fontaine. Genügt denn das nicht?«

»Nein, Exzellenz«, antwortete Beaupère. »Wenn die Dominikaner das Gefühl haben, sie sind nicht angemessen vertreten, machen sie uns Schwierigkeiten. Man hört sie bereits wegen sogenannter Unregelmäßigkeiten des Verfahrens murren, und sie könnten noch argwöhnischer werden, wenn Sie sie ausschließen.«

»Welcher wäre denn ungefährlich?«

»Der einzige unter ihnen, der kein sentimentaler Idiot ist, ist Isambard de la Pierre«, erwog Midi. »Der Mann ist höchst umsichtig in seinen Überlegungen.«

Die Kathedrale war bereits voll von Soldaten, Geistlichen und Stadtbürgern, als Lohier sich in einen stillen Winkel hinter einer Säule begab und in deren Schatten niederkniete. Er wandte den Kopf unter der Kapuze dem Kruzifix zu, nahm den Rosenkranz vom Gürtel und bekreuzigte sich. Die Messe hatte noch nicht begonnen, und so hätte er genug Zeit, um wenigstens einen Teil des Rosenkranzes zu beten. Er hatte das Credo beendet und war beim dritten Ave Maria, als er spürte, daß jemand hinter ihm war. Der Theologe drehte den Kopf und sah einen jungen Mönch, der wenige Schritte hinter ihm stand. Manchon lächelte, als er sah, daß er Lohier aus seiner Konzentration gerissen hatte. Er kniete neben dem Älteren nieder und bekreuzigte sich. »Verzeihen Sie, daß ich Sie störe, Bruder«, flüsterte er. »Sie sind doch Magister Jehan Lohier, oder nicht?«

»Ganz recht«, murmelte der Priester. »Und wer, wenn ich fragen darf, sind Sie?«

»Guillaume Manchon, Herr. Ich bin Notar im Prozeß gegen die Jungfrau.«

Lohier sah ihn scharf an. »Was wollen Sie?«

»Verzeihung, Bruder, aber ich muß Sie danach fragen …« Er sah sich um und vergewisserte sich, daß sie nicht belauscht wurden. »Haben Sie die Prozeßakten gelesen?«

»Warum wollen Sie das wissen?« Er hatte sich schon genug in Gefahr gebracht, ohne daß er einem weiteren potentiellen Gegner seine Meinung auf die Nase band. Cauchons Drohungen nahm er jedenfalls nicht auf die leichte Schulter. Wenn dieser Mann ein Spitzel war, dann konnte ihm der Bischof zum Vorwurf machen, er behindere öffentlich den Prozeß, und damit setzte er sein Leben aufs Spiel.

Er musterte den jungen Mann und sah dunkle Ringe der Schlaflosigkeit unter den ernsten braunen Augen, die hier nach einer Antwort suchten. Gleichwohl hielt er sich zurück und wartete auf die Antwort auf seine Frage.

Manchon fuhr sich mit der Zunge über die rissigen Lippen. »Weil ich es für möglich halte, daß wir beide zu den gleichen Schlußfolgerungen gelangt sind.«

»Nämlich?« Lohier war noch immer auf der Hut.

»Mir gefällt dieses Verfahren nicht, Bruder.« Reuevolle Sorge legte seine Stirn in Falten. »Seine Exzellenz befahl mir, ein paar der gemachten Aussagen abzuändern, um ein schlechtes Licht auf die Jungfrau zu werfen, und als ich mich weigerte, drohte er mir mit dem *donjon.* Und ich bin nicht der einzige. Magister Houppeville war tatsächlich ein paar Tage im Gefängnis, und nach seiner Freilassung verließ er Rouen Hals über Kopf. Andere sind auch verschwunden, Bischof Le Fèvre zum Beispiel, und wieder andere erwägen zumindest, fortzugehen. Ich muß gestehen, Bruder, daß mein Gewissen in hellem Aufruhr ist.«

Zum ersten Mal lächelte Lohier jetzt. »Sie müssen bleiben, junger Mann, und ich sage Ihnen, was Sie tun müssen. Wenn diese Tragödie ihren unausweichlichen Lauf genommen und Cauchon dieses unglückselige Geschöpf verurteilt und zur Hinrichtung befohlen hat, dann muß es eine akkurate Aufzeichnung dessen geben, was hier geschehen ist. Sagen Sie, was haben Sie empfunden, als er damit drohte, Sie in den *donjon* zu werfen?«

»Angst.«

»Betrachten Sie diese Drohung und vergleichen sie mit dem, was die Jungfrau vor sich hat, und dann sagen Sie mir noch einmal, daß Sie Angst haben. Denken Sie daran, daß Sie die Ewigkeit in einem endlosen Feuersee verbringen müssen, wenn Sie Verrat an der Wahrheit begehen, und dann kommen Sie noch einmal zu mir und erzählen mir, wieviel Angst Sie haben.«

»Sie haben die Aufzeichnungen also gelesen.«

»Pst! Nicht so laut. Soll alle Welt Sie hören?« Lohier warf einen verstohlenen Blick in die Runde. Aber niemand beachtete sie. »Jawohl, ich habe sie gelesen, und deshalb reise ich ab.«

»Haben Sie dem Bischof gesagt, was Sie davon halten?«
»Allerdings«, antwortete Lohier grimmig, und dann erläuterte er Manchon die Gründe für seine Zweifel an der Rechtmäßigkeit des Verfahrens und berichtete von seinem Gespräch mit Cauchon.
»Sie sehen, wie die Sache weitergehen wird«, sagte er schließlich. »Wenn sie können, werden sie sie mit ihren eigenen Worten festnageln – das heißt, wenn sie sagt, ›ich weiß mit Gewißheit‹, wo von ihren Erscheinungen die Rede ist, ist sie verloren. Solange sie statt dessen immer nur sagt, ›mir scheint‹, so lange kann niemand sie verurteilen.« Er schüttelte den Kopf. »Ich glaube, der Haß ist eine stärkere Triebfeder als alles andere in diesem Prozeß, und deshalb werde ich nicht länger hierbleiben, denn ich will nichts damit zu tun haben.« Lohier schaute den Notar an. »Verstehen Sie jetzt, warum Sie auf Ihrem Posten bleiben müssen? Das Leben können Sie ihr nicht retten, aber Sie können ihre Rehabilitation ermöglichen, wenn sie tot ist.«
»Sie glauben nicht, daß sie eine Ketzerin ist, nicht wahr?« fragte der jüngere Mönch leise.
Lohier zögerte. »Auf der Grundlage dessen, was ich gelesen habe, glaube ich, daß sie größtenteils die Wahrheit gesagt hat. Und wo sie gelogen hat, ging es ohnehin um triviale Fragen.«
»Aber wenn sie die Wahrheit sagt« – Fältchen der Ratlosigkeit erschienen auf der Stirn des Notars, dicht über der Nase –, »dann heißt das doch, sie ist eine ...« Er brachte das Wort nicht über die Lippen.
»Ganz recht.« Lohiers Tonfall war trocken, und er lächelte. »Es heißt, daß sie genau das ist, was sie zu sein behauptet – und dann möge Gott sich des Bischofs erbarmen, wenn sie seinetwegen ihr Leben aushaucht.« Wieder schaute er den verdatterten jungen Mann an. »Möge Gott jedem gnädig sein, der seine Diener verfolgt. Bleiben Sie hier in Rouen, Bruder Guillaume. Tun Sie Ihre Pflicht.«

Ein Frühlingsgewitter braute sich in den eisengrauen Wolken über Rouen zusammen, als Cauchon und seine Untergebenen aus der königlichen Kapelle in den Hof traten. Der Bischof ging voraus und überquerte den Platz mit schnellen Schritten; mochten die anderen Geistlichen nur sehen, wie sie mit ihm Schritt hielten. Nach einer dreitägigen Beratung war seine engste Umgebung in den entscheidenden Punkten der Aussage, die die Ketzerin gemacht hatte, zu einer Einigung gelangt, und der Bischof brannte darauf, die Verhandlung fortzusetzen. Es war seine heilige Pflicht, das Christentum von dieser Verunreinigung zu befreien, die die Gemeinde Gottes gespalten und bedroht hatte.

Beklommen folgten ihm Isambard de la Pierre und Jehan de la Fontaine; ihre Sandalen klapperten über das Ziegelpflaster. Keiner von beiden war sonderlich entzückt darüber, daß er zum Gespann des Bischofs gehörte, am wenigsten Fontaine, dem das Amt des Befragers zugefallen war. Er war von Natur aus kein aggressiver Mann und dachte mit Unwillen daran, wie er die Gefangene würde bedrängen müssen. Er war nicht fest davon überzeugt, daß sie eine Ketzerin war, und in heimlichen Gesprächen mit einigen seiner Brüder hatte sich bestätigt, daß er nicht der einzige war, den dieses Verfahren mit einem gewissen Unbehagen erfüllte. Aber natürlich würde er seine Pflicht tun und dem Bischof gehorchen. Was blieb ihm sonst übrig?

Wie Fontaine war auch Isambard von Bedenken geplagt. Sein Freund und Bruder Ladvenu hatte sich nicht davon abbringen lassen, daß der Prozeß von Anfang an illegal sei, und nachdem er um Erleuchtung gebetet hatte, war auch Isambard zögernd zu dieser Auffassung gelangt. Er hatte seine Gedanken niemandem offenbart, nicht einmal Ladvenu – die Wände hatten in den letzten paar Wochen Ohren bekommen, und englische Spitzel waren überall. Ganz Rouen brummte von Unmut und Treuezwiespalt.

Cauchon öffnete eine Tür, und die Mönche folgten ihm durch das Halbdunkel die acht Stufen zu Jehannes Zelle hinauf. Die stets anwesenden englischen Soldaten standen auf, und einer von ihnen schloß die Tür auf, eine Pforte aus massivem Holz mit einer vergitterten Luke, die einen Blick auf das tanzende Fackellicht im Innern eröffnete. Mit rostigem Knarren öffnete sich die Tür, und die Geistlichen betraten die Zelle.

Isambard betrachtete die deprimierende Szenerie mit einem sauren, alles umfassenden Blick. Die drei englischen Soldaten räkelten sich halb betrunken auf ihren Schemeln neben der Tür, und erst als sie Cauchons Leichenbittermiene erblickten, rappelten sie sich taumelnd hoch. Ekelhafter Uringestank wehte aus dem Eimer herauf, in den die Wache sich zu erleichtern pflegte, und darüber summten Fliegen. In diesen Gestank mischte sich schale Luft, ein muffiger Aasgeruch. Hier und dort lag schmutziges Stroh in kleinen Haufen, und dazwischen verstreut sah man von Ameisen wimmelnde Knochen von Kapaun und Lamm. Von den Neuankömmlingen aufgestört, huschte eine Ratte hinten an der Wand entlang, auf der Flucht vor den bedrohlichen Menschen.

Jehanne saß auf dem Boden unter einem Fensterschlitz, die Knie an die Brust gezogen. Sie hob den Kopf und schaute die Kirchenmänner an.

Isambard hatte sie seit mehreren Tagen nicht gesehen, und sein Herz krampfte sich zusammen, als er sie erblickte. Sie hatte noch mehr abgenommen, und das Pagengewand umschlotterte die kleine Gestalt, deren Schmächtigkeit durch die Ketten an Hand- und Fußgelenken noch schärfer hervorgehoben wurde. Die schwarzen Schatten der Erschöpfung, die ihre Augen umgaben, waren tiefer geworden, aber in den Augen glomm noch immer ein trotziger Funke. Mit langsamen, qualvollen Bewegungen richtete sie sich auf und stand dann leicht schwankend da.

»Hinaus!« kläffte Cauchon die Wache an, die keine Zeit verlor und sich hastig verdrückte. Dann wandte er sich Jehanne zu. »Bist du bereit, fortzufahren?« Ein Lächeln umspielte seinen Mundwinkel, aber seine Augen blickten hart.

»Kommt es darauf an?« Ihre Schultern hingen herab, aber trotzdem verströmte ihre Haltung Feindseligkeit.

Cauchon überging ihre Frage und setzte sich auf John Greys Schemel. Hubent, der Notar, setzte sich auf einen anderen, breitete ein sauberes Pergament auf dem rauhen Tisch der Wache aus und stellte ein Tintenfaß daneben. Fontaine nahm den dritten Schemel, so daß sich

Midi und die beiden anderen Assessoren, die wegen ihrer Fügsamkeit ausgewählt worden waren, selbst mit Sitzgelegenheiten versorgen mußten. Isambard setzte sich neben Jehanne auf den langen Block, an den sie noch immer mit den Füßen gekettet war, und Massieu stellte sich rechts neben den Dominikaner.

Fontaine begann wie Beaupère, indem er sie aufforderte, den Eid abzulegen. Und wie immer weigerte sie sich. Cauchon fuhr aus der Haut und schrie sie an, aber sein Zorn vermochte sie nicht zu rühren. Nach kurzem Streit legte sie wiederum den begrenzten Eid ab, die Wahrheit zu sagen, soweit es diesen Prozeß betreffe.

Fontaine fragte sie als erstes, ob sie ein Wappen verliehen bekommen habe, und sie antwortete, der König habe ihren Brüdern eines verliehen, aber nicht ihr. Sie beschrieb das Wappenschild: ein blaues Feld mit zwei *fleurs-de-lys* und einem Schwert dazwischen, und darüber eine Krone. Hatte sie ein Pferd gehabt, als sie gefangengenommen wurde? Ja. Wie viele Pferde besaß sie? Fünf Schlachtrösser, Geschenke vom König, und mindestens sieben Sattelpferde.

»Hast du von dem, den du König nennst, noch andere Geschenke verlangt?«

»Ich habe überhaupt keine Geschenke verlangt. Ich habe immer nur um Geld gebeten, um damit eine Armee zu besolden und zweckmäßig auszurüsten.«

»Du hast also kein eigenes Vermögen?«

»Der König hat mir zehn- oder zwölftausend *livres Tournois* gegeben, und die habe ich fast gänzlich für den Krieg ausgegeben. Was übrig ist, haben meine Brüder.« Tatsächlich hatte Pierre es gehabt, als sie gefangengenommen wurden.

»Welches Zeichen hast du dem Dauphin gegeben, als du ihm in Chinon begegnet bist?«

Sie seufzte, denn sie hatte diese alte Frage allmählich satt, aber sie war entschlossen, nicht zu offenbaren, was sich zwischen ihr und Karl abgespielt hatte. Michael hatte ihr von Karls geheimen Gebeten erzählt, und wenn sie zu jemand anderem davon sprach, brach sie damit ein heiliges Gelübde.

»Ein angemessenes, ehrenhaftes und höchst glaubwürdiges Zeichen«, antwortete sie. »Das kostbarste der Welt. Aber ich werde es Ihnen nicht verraten.«

Hatte der Engel, der ihr dieses Zeichen überbracht hatte, etwas gesagt? Ja, der Dauphin solle Jehanne nach Orléans schicken, damit sie die Stadt von den Belagerern befreie. War das derselbe Engel, der ihr in Domrémy erschienen war? Ja, es war immer derselbe. Hatte der Engel sie nicht im Stich gelassen, als sie gefangengenommen wurde?

»Es war Gottes Wille, daß ich gefangengenommen wurde.«

»Hat der Engel dich nicht im Stich gelassen, was dein geistliches Wohlergehen angeht?«

»Wie könnte das sein, wenn er mich doch jeden Tag tröstet?«

»Kommt er selbst, oder schickt er andere, die sind wie er?«

»Er schickt mir die heilige Katharina und die heilige Margarethe.«

»Kommen sie ungebeten, oder mußt du sie rufen?«

»Sie kommen, wenn ich sie brauche, und manchmal auch, wenn ich Gott bitte, er möge sie mir schicken.«

»Kommt es jemals vor, daß du sie brauchst, und sie erscheinen nicht?«

»Nein.«

»Als du Gott deine Jungfräulichkeit weihtest, hast du da unmittelbar mit ihm gesprochen?«

»Es genügt, daß ich das Gelübde vor denen ablegte, die er mir sandte, vor Katharina und Margarethe.«

Cauchon wechselte einen vielsagenden Blick mit Midi, und dessen finsteres Lächeln durchfuhr Jehanne wie ein Messer. Irgend etwas stimmte hier nicht, aber sie hatte keine Gelegenheit herauszufinden, was es war.

»Hast du je mit deinem Pfarrer oder einem anderen Priester über deine Stimmen gesprochen?«

»Nein, nur mit dem König.«

»Glaubst du, es war richtig von dir, daß du deine Eltern verlassen hast, ohne dich von ihnen zu verabschieden?«

Die alte Reue wollte ihr von neuem die Tränen in die Augen treiben.

»Ich habe ihnen immer in allem gehorcht, nur dieses eine Mal nicht. Später hat mein Vater mir gesagt, sie hätten mir verziehen, aber erst hat es sie fast um den Verstand gebracht, als ich fortging.«
»War es keine Sünde, sie zu verlassen?«
»Es geschah auf Gottes Befehl, daß ich nach Frankreich ging, und wenn ich hundert Väter und hundert Mütter gehabt hätte und die Tochter eines Königs gewesen wäre, so hätte ich doch Gott gehorchen müssen.« Sie holte vor Empörung tief Luft. Seine Fragen schmerzten sie, aber sie würde ihnen nicht sagen, wie schwer es ihr gefallen war, das Dorf zu verlassen.
»Haben deine Stimmen dich jemals ›Kind Gottes‹ genannt, oder ›Tochter der Kirche‹ oder ›großherzige Jungfrau‹?«
»Sie nennen mich ›Jungfrau Jehanne, Kind Gottes‹.«
»Warum warst du nicht bereit, das Paternoster zu sagen, wenn sie dich doch ›Kind Gottes‹ nennen?«
»Ich bin ja bereit, es zu sagen, wenn man mir erlaubt, zu beichten und zur Heiligen Kommunion zu gehen.«
Fontaine kehrte zur Frage ihrer Kleidung zurück. Hatte Robert de Baudricourt ihr vorgeschlagen, Männerkleidung zu tragen? Nein, das hatte sie aus eigenem Antrieb getan. Hatten die Stimmen es ihr befohlen? Alles Gute, das sie getan hatte, hatten die Stimmen ihr befohlen. Glaubte sie nicht, daß es unrecht war, wenn sie Männerkleidung trug? Nein, und wenn sie jetzt bei ihren eigenen Leuten wäre, würde sie sie auch weiterhin tragen, denn es wäre zum Wohle Frankreichs, zu tun, wie sie vor ihrer Gefangennahme getan hatte.
Wie hatte sie den Duc d'Orléans aus England befreien wollen? Nun, sie hätte genug englische Gefangene genommen, um ihn auszutauschen, und wenn das nicht gelungen wäre, hätte sie den Ärmelkanal überquert, um ihn heimzuholen. Sagten die Stimmen ihr vielleicht voraus, daß sie es binnen drei Jahren tun werde? Jawohl, log sie, und wenn sie noch drei Jahre in Freiheit geblieben wäre, so hätte sie Erfolg gehabt.
An dieser Stelle kam Le Maistre zu der Vernehmung dazu. Der Großinquisitor hatte ihm die Teilnahme befohlen. Schweigend setzte

er sich auf den Boden. Ein vielsagender Blick – Jehanne war nicht sicher, daß sie es wirklich gesehen hatte – ging zwischen ihm und Isambard hin und her.
Die Befragung kehrte zu dem Zeichen zurück, das sie dem König gegeben hatte. Jehanne hatte diesen Gegenstand bis obenhin satt. Warum ließen sie es nicht auf sich beruhen?
Aber Fontaine bedrängte sie wiederum, zu sagen, was sie hören wollten, also schmückte Jehanne ihre Geschichte weiter aus und schilderte in verschlungenen Einzelheiten den Engel, der sie aus der Kapelle begleitet und sich dann vor dem König verneigt und ihm die Krone übers Haupt gehalten hatte. Alle Engel des Himmels seien bei ihnen gewesen, erzählte sie.
»Hat Gott dir den Engel wegen deiner Verdienste geschickt?« fragte Midi sarkastisch und mit höhnisch verzogenem Mund.
»Gott hat ihn wegen der Verdienste des Königs geschickt, und weil ihn das leidende Volk Frankreichs dauerte.«
»Und warum wurdest du auserwählt und nicht jemand anders?«
»Gott allein weiß, warum es ihm gefallen hat, sich eines einfachen Mädchens zu bedienen, um die Feinde des Königs zu vertreiben.«
»Haben deine Stimmen dir aufgetragen, Paris anzugreifen?«
Auch dies eine offene Wunde. »Nein. Es geschah auf Bitten von Rittern und Soldaten in der Armee des Königs.«
»War es gut, Paris am Festtag Mariä Geburt anzugreifen?«
Sie rutschte auf ihrem Block hin und her. »Es ist immer gut, die Festtage der Kirche einzuhalten.«
»Hast du die Leute hinter den Mauern aufgefordert, sich zu ergeben im Namen des Herrn Jhesus?«
»Ich habe gerufen: ›Ergebt euch im Namen des Königs!‹«
»Warum bist du in Beaurevoir vom Turm gesprungen?«
»Das habe ich schon beantwortet.« Sie stöhnte – ihre körperliche und geistige Erschöpfung wurde allmählich übermächtig. »Warum stellen Sie mir immer wieder dieselben Fragen, wenn ich es Ihnen doch schon gesagt habe?«
»Sag's uns noch einmal«, beharrte Cauchon.

Sie sprach ausführlich von ihrer versuchten Flucht aus Beaurevoir, und sie redete so lange, daß ihre Kehle wund wurde und weh tat. Ob sie versucht habe, sich umzubringen. Nein. Hatten ihre Stimmen dem Sprung zugestimmt? Nein, sie hatten sie ermahnt, ihr Vertrauen in Gott zu setzen. Aber sie war trotzdem gesprungen – war denn das keine Sünde? Ihre Heiligen, sagte sie, hätten ihr später gesagt, daß Gott ihr verziehen habe, und sie habe verstanden, daß die Verletzung, die sie erlitten hatte, eine Strafe für ihren Ungehorsam war.
Verlangten ihre Stimmen einen Aufschub, bevor sie ihr antworteten? Manchmal, sagte Jehanne, antworteten sie gleich, aber manchmal hatte sie auch große Mühe, sie zu hören, weil Besucher in die Zelle kamen oder weil die Wache sie störte. Antworteten die Stimmen aus eigener Vollmacht oder beriefen sie sich auf Gott? Wenn Jehanne ihnen eine Frage stellte, so leiteten sie diese Frage für sie zu Gott weiter und antworteten ihr dann, wie er es ihnen auftrug. Waren sie immer von Licht begleitet? Jawohl, sie kamen jeden Tag, und immer ging ihnen ein Licht voraus. Was erbat sie von ihnen? Drei Dinge: ihre Befreiung aus dem Gefängnis, die Errettung ihrer Seele und daß Gott Frankreich helfe und die Städte im Besitz des Königs schütze.
»Warum hast du zum Herrn Bischof gesagt, er bringe sich in Gefahr, indem er über dich zu Gericht sitze?«
Stirnrunzelnd schaute sie Cauchon an. »Das habe ich ihm gesagt, weil es meine Pflicht ist, ihn zu warnen, bevor Gott ihn straft.«
»Und welches ist die Gefahr, in der er sich befindet?«
»Katharina hat mir gesagt, ich werde Hilfe bekommen. Aber ich weiß nicht, ob ich aus dem Gefängnis befreit werde oder ob es während des Prozesses eine Störung geben wird, die mir zur Freiheit verhilft. Ich nehme an, es wird das eine oder das andere sein.«
»Was haben die Stimmen dir sonst noch gesagt?«
»Sie haben gesagt, ich werde durch einen großen Sieg erlöst werden. Sie sagen: ›Nimm alles guten Mutes hin, und verzweifle nicht in deinem Martyrium, denn am Ende wirst du ins himmlische Königreich eingehen.‹«
»Martyrium?« wiederholte Fontaine erschrocken. »Wie hast du das

verstanden? Bist du sicher, daß du sie da überhaupt richtig verstanden hast?«
»Jawohl. Sie haben einfach und mit fester Stimme zu mir gesprochen, und das ist das Wort, das sie benutzten. Ich nehme an, sie meinten das Leiden, das ich hier ertragen muß« – sie ließ ihren Blick durch die elende Zelle wandern –, »aber ich weiß nicht, ob ich nicht noch Schlimmeres werde erleiden müssen. Ich gebe mich in Gottes Hand.«
Fontaines Stimme zitterte, als er sie fragte: »Glaubst du nach dieser Offenbarung, daß du keine Todsünde begehen kannst?«
»Ich weiß nichts, ich verlasse mich ganz auf Gott.«
»Das ist eine gewichtige Antwort, Jehanne«, sagte Isambard leise.
»Für mich ist es ein großer Schatz«, flüsterte sie. Sie kämpfte mit den Tränen.
»Wenn deine Stimmen dich deiner Erlösung versichert haben, warum verlangt es dich dann so dringend nach der Beichte?« Midi machte schmale Augen.
»Ich glaube, wenn ich im Stande der Todsünde lebte, würden Katharina und Margarethe mich verlassen. Aber was die Beichte angeht, so denke ich, daß man sein Gewissen nicht oft genug läutern kann.« Das hatte sie auch zu Pasquerel immer gesagt.
»Erinnerst du dich noch an einen Soldaten der Herzogs von Burgund, dessen Name Franquet d'Arras war?« fragte Cauchon mit boshaftem Lächeln.
»Ja, ich erinnere mich an ihn.«
»War es nicht Sünde, einen Mann erst als Lösegeldgeisel zu nehmen und ihn dann hinrichten zu lassen?«
»Das habe ich nicht getan. Als der Mann in Paris, gegen den ich Arras austauschen wollte, gestorben war, übergab ich Arras in den Gewahrsam des Büttels von Senlis und der Bürger von Lagny, damit sie ihm den Prozeß machten. Außerdem war er kein Soldat, sondern ein Freischärler, der unschuldige Menschen ermordet hatte.«
Midi erhob sich und verlas eine Liste mit fünf Anklagepunkten. Sie habe an einem Feiertag Paris angegriffen. Sie habe das Pferd des Bischofs von Senlis gestohlen. Sie sei mutwillig vom Turm des Schlosses

Beaurevoir gesprungen. Sie trage Männerkleidung, eine abscheuliche Unsittlichkeit, die von der Heiligen Schrift verdammt werde. Sie habe dem Mord an Franquet d'Arras zugestimmt. Behauptete sie in Anbetracht dieser Vorwürfe immer noch, nicht im Stande der Todsünde zu sein?

Zähneknirschend antwortete Jehanne, sie glaube nicht, daß sie sich im Stande der Todsünde befinde, aber wenn es doch so wäre, dann sei es an Gott, dies zu wissen, an Gott und an dem Priester, der ihr die Beichte abnehme. Das Pferd des Bischofs habe sie bezahlt und außerdem zurückgeben wollen. Der Sprung vom Turm von Beaurevoir sei ein Fluchtversuch gewesen, kein Selbstmordunterfangen. Hernach habe sie sich zum Ungehorsam gegen ihre Ratgeber bekannt, und die heilige Katharina habe gesagt, daß ihr vergeben sei. Und was ihre Kleidung angehe, so trage sie diese auf Befehl Gottes und in seinem Dienst, und sie glaube nicht, daß daran etwas Unrechtes sei.

»Wenn es Gott gefällt, mir etwas anderes zu befehlen, so werde ich sie sofort ablegen.«

»Wirst du dich dem Urteil der Kirche unterwerfen?« fragte Midi.

»Man möge meine Aussage der Geistlichkeit zur Begutachtung vorlegen, und wenn ich etwas gesagt habe, was dem katholischen Glauben widerspricht, so will ich meine Ratgeber befragen. Wenn irgend etwas dabei Unrecht ist oder gegen den von Gott bestimmten Glauben, dann will ich nicht darauf beharren, sondern ich bin bereit, eine gegenteilige Meinung anzunehmen.«

Cauchon verbarg mit großem Getue sein Lächeln hinter der vorgehaltenen Hand, und Midi kicherte über ihre Einfalt. »Vielleicht sollten wir dir etwas erklären, Jehanne«, sagte der Bischof und nickte Midi zu.

In einem Tonfall, den man für gewöhnlich bei begriffsstutzigen Kindern anwendet, erklärte der Mönch ihr, daß es eigentlich zwei Zweige der Kirche gebe. »Der eine«, sagte er, »ist die Streitende Kirche. Das ist die Kirche auf Erden: der Papst, die Kardinäle, die Erzbischöfe, die Geistlichkeit und alle frommen Christen, die Gottes Willen auf Erden hochhalten. Der zweite ist die Triumphierende Kirche. Das ist Gott

Vater, der Herr Jhesus und der Heilige Geist, aber auch Unsere Liebe Frau, alle Heiligen sowie die Seelen all derjenigen, die das Paradies errungen haben. Verstehst du das?«

»Ja.«

»Dann mußt du auch einsehen, daß du alles, was du gesagt hast, dem Urteil der irdischen Stellvertreter der Kirche unterwerfen mußt, der Streitenden Kirche.«

Jehanne funkelte ihn an. »Vorläufig werde ich Ihnen nichts anderes antworten.«

»Haben deine Stimmen dir erlaubt, aus dem Gefängnis zu fliehen?« fragte Fontaine.

»Ich habe sie schon oft darum gebeten, aber sie haben es bisher nicht getan.«

»Würdest du trotzdem fliehen, wenn sich die Gelegenheit dazu böte?«

»Wenn ich eine offene Tür fände, so würde ich dies als Gottes Erlaubnis deuten und fliehen, jawohl. Hilf dir selbst, dann hilft dir Gott.«

»Du hast mehr als einmal darum gebeten, die Messe hören zu dürfen. Meinst du nicht, es wäre schicklicher, wenn du sie in Frauenkleidung hören wolltest?« Diese Frage kam von Cauchon, und während er sie stellte, spielte er müßig mit dem Kreuz an seinem Hals.

»Versprechen Sie mir, daß ich die Messe hören darf, dann gebe ich Ihnen eine Antwort.«

»Also gut, ich verspreche dir, daß du die Messe hören darfst, aber du mußt ein Kleid tragen.«

»Was würden Sie sagen, wenn ich jetzt erklärte, daß ich dem König versprochen habe, diese Kleider nicht zu wechseln? Aber gut – lassen Sie mir ein Kleid machen, lang bis zum Boden, aber ohne Schleppe, und lassen Sie mich zur Messe gehen. Wenn ich zurückkomme, werde ich wieder anziehen, was ich jetzt trage.«

»Du sollst dieser anstößigen Kleidung entsagen und schickliche Gewänder anlegen, ein für allemal!« brüllte der Bischof.

Stirnrunzelnd starrte Jehanne ihm ins vorwurfsvolle Antlitz, und ihre Blicke verbohrten sich ineinander. »Das werde ich nicht tun«, erwiderte sie fest.

»Bist du bereit, dich dem Urteil der Kirche zu unterwerfen, oder bist du es nicht?«
»Alles, was ich sage und tue, ist in Gottes Hand, und ihm unterwerfe ich mich. Ich will nichts sagen oder tun, was dem christlichen Glauben zuwiderläuft.«
»Woher weißt du, daß deine Stimmen gute Geister sind?« fragte Fontaine, und Cauchon kochte wortlos weiter.
»Der heilige Michael hat es mir versichert, bevor die andern zu mir kamen.«
»Aber wenn der Feind dir in der Gestalt eines Engels erschiene, wie wolltest du dann den Unterschied erkennen?«
»Sehr leicht an dem, was er sagt und was er mich lehren will.«
»Was hat der heilige Michael dich gelehrt?«
»Daß ich ein braves Kind sein solle, dann werde Gott mir helfen. Er erzählte mir von dem großen Elend, in dem das Königreich Frankreich sich befindet, und er sagte, ich solle Gottes Hilfe zum König bringen.«
»Willst du deine Taten und Worte, gute wie böse, dem Urteil der Heiligen Mutter Kirche unterwerfen?« drängte Midi.
»Ich liebe die Kirche und unterstütze sie mit meiner ganzen Kraft, und man sollte mich auch nicht daran hindern, zur Heiligen Messe zu gehen. Wenn ich Böses in mir trage, so ist es an Gott, mir zu vergeben. Und was meine guten Taten angeht, so empfehle ich mich dem König des Himmels.«
Noch einmal erklärte Midi ihr den Unterschied zwischen der Streitenden und der Triumphierenden Kirche. Es sei nötig, endete er, daß sie als gute Katholikin die Streitende Kirche zufriedenstelle, die durch dieses Gericht vertreten werde.
»Es geschah auf Gottes Befehl, daß ich dem König zu Hilfe eilte, und ihm weihe ich meine guten Taten und alles, was ich gesagt und getan habe.«
»Ich frage dich nochmals: Wirst du ein Frauenkleid anziehen?«
»Nur, wenn man mich schuldig spricht. Dann will ich ein langes Kleid und eine Kapuze.«

»Aber wenn du auf Gottes Befehl dein Männergewand trägst, warum willst du dann zu deinem Tod ein Frauenkleid anziehen?«

»Wenn es nur lang ist«, murmelte sie halb zu sich. Sie würden es tun, sie würden sie ganz bestimmt umbringen. O Gott, laß mich nicht im Stich, ich flehe Dich an!

»Glaubst du, es gefällt Gott, daß du sagst, du wirst Frauenkleider anziehen, wenn wir dich freilassen?«

Wenn wir dich freilassen. War das denn noch möglich?

»Wenn Sie mich in einem Frauenkleid freilassen, werde ich wieder Männerkleider anlegen und tun, wie Gott mir befiehlt. Ich werde keinerlei Eid schwören und geloben, daß ich mich nicht rüste und mit meinem Teil an diesem Kriege fortfahre, wenn es Gottes Wille ist.«

»Hast du deine Rüstung im Dom von St.-Denis vor den Altar gelegt, damit das Volk sie anbete?«

»Nein.«

»Warum hatte das Schwert, das in St.e-Catherine-de-Fierbois gefunden wurde, fünf Kreuze auf der Klinge?«

Sie stöhnte. »Ich weiß es nicht.«

»Wer hat das Bildnis auf deiner Standarte vorgeschlagen, auf welchem die Engel Gliedmaßen haben und Kleider tragen?«

»Das habe ich bereits beantwortet.«

»Wurden sie so gemalt, wie sie dir erscheinen?«

»Sie wurden so gemalt, wie sie in den Kirchen erscheinen.«

»Trugst du die Standarte in der Schlacht bei dir, weil du glaubtest, sie bringe dir Glück?«

»Ich trug sie bei mir, weil meine Ratgeber es mich zu tun geheißen hatten. Sie sagten, ich solle sie stets tapfer tragen, und Gott werde mir helfen.«

»Hast du der Standarte geholfen oder sie dir?«

»Ob es die Standarte war, die den Sieg errang, oder ich – es geschah doch nur durch die Gnade Gottes.«

»Haben deine Stimmen dir gesagt, daß sie nicht mehr zu dir kommen werden, wenn du deine Jungfräulichkeit verlierst?«

Cauchon beugte sich vor.

»Das ist mir nicht offenbart worden«, antwortete sie, allerdings weniger zuversichtlich als zuvor.
»Wenn du verheiratet wärest, würden sie dann nicht mehr zu dir kommen?«
»Ich weiß es nicht. Das überlasse ich Gott.«
»Warum hast du auf den Ring mit der Inschrift JHESUS-MARIA geschaut, bevor du in die Schlacht zogst?«
»Um der Liebe meiner Mutter willen und meines Vaters, der ihn mir geschenkt hat. Bitte«, fuhr sie mit zitternder Stimme fort, »geben Sie ihn mir zurück. Ihnen kann er doch nichts nützen.«
»Wehte deine Standarte je an der Seite deines Königs?« fragte Midi, als habe er sie nicht gehört.
»Ich erinnere mich nicht.« Sie seufzte. Sie war so müde, daß sie das Gefühl hatte, sie müsse gleich umfallen, und die Wortsalven, die auf sie hereinprasselten, hatten sie so sehr mitgenommen, daß ihr fast war, als sei sie körperlich verletzt. Bitte, lieber Gott, mach, daß sie mich in Ruhe lassen.
»Warum hat man sie bei der Krönung neben deinem König stehen lassen und nicht das Banner eines anderen – sagen wir, eines Edelmannes?«
Sie schaute Midi mit ätzendem Lächeln an. »Sie hatte die Last getragen, da war es nur recht, daß sie auch die Ehre erhielt.«
Die Kirchenmänner beendeten die Vernehmung. Jehanne wußte es nicht, aber die Beweisaufnahme war abgeschlossen. Jetzt fehlte nur noch der Urteilsspruch. Ihre Ratgeber ersparten ihr das Wissen, daß das Schlimmste noch bevorstand.

Kapitel 16

Im Namen des Teufels

25. März bis 8. Mai 1431

Am Palmsonntag kam Cauchon wiederum mit seinen Schergen zu ihr. Beaupère war dabei, der einarmige Befrager, Courcelle, dessen sanftzüngige Bescheidenheit einen eiskalten, scharfen Opportunismus verbarg, der dunkle, pockennarbige Midi, skrupellos und schrecklich in seinem Haß, der Spitzel Loiseleur und Pierre Maurice, ein Mann mit langen Zähnen, der ständig mit ihr redete, als wäre sie nichts als ein dummes Kind. Jehanne funkelte sie an, als sie zu ihr in die Zelle kamen und mit selbstbewußter Würde zu dem Kettenblock schritten, an dem sie lag.

»Wollen Sie mich noch einmal verhören?« fragte sie; sie hatte Mühe, den Mund zu bewegen. Als sie am Tag zuvor durch den Fensterschlitz in den aufscheinenden Frühlingshimmel hatte schauen wollen, hatte der Wächter namens Billy die Kette an ihrem Fuß ergriffen und sie mit jähem Ruck zu Boden gerissen. Da war sie mit dem Gesicht auf den Block gefallen und hatte sich die Oberlippe aufgeschlagen, die jetzt geschwollen und verkrustet war. Die Wache war empört über ihren Widerstand und wurde immer kühner.

»Wir sind hier, weil du gestern, als wir gingen, darum gebeten hast, heute an diesem heiligen Tage die Messe hören zu dürfen«, verkündete der Bischof mit wichtig gerunzelter Stirn und richtete sich zu voller Größe auf.

Ein Fünkchen Hoffnung leuchtete in Jehannes ausgemergelten Zügen auf.

»Wir sind hier, um dir diese Gelegenheit zu geben – sofern du bereit bist, dieses anstößige Kostüm beiseite zu werfen und ein Kleid anzulegen, wie es sich für ein Weib geziemt.«

Sie seufzte, und ihre Augen füllten sich mit Tränen. Es war immer der gleiche Kampf. Nichts hatte sich geändert.
Seit zehn Monaten war sie jetzt in Gefangenschaft, und ihre Entlassung schien in immer weitere Ferne zu rücken. An diesem schrecklichen Ort, aller tröstenden Gefährten und der Heiligen Sakramente beraubt, gab es Zeiten, da sie fürchtete, ihre Seele an die Verzweiflung zu verlieren, und in diesen finsteren Stunden wußte sie, daß alle, die sie je geliebt hatte, sie vergessen hatten und sie nicht retten konnten.
»Lieber als alles andere möchte ich die Messe hören und zur Kommunion gehen«, sagte sie. »Aber meine Kleidung zu wechseln, das wage ich nicht.« Rasch warf sie einen verstohlenen Blick zu den Wachsoldaten hinüber, die grinsend an der Wand standen.
»Du wagst es nicht?« Cauchon zog die Brauen hoch.
»Ich bin hier nicht sicher«, flüsterte sie. »Ich habe Angst vor dem, was passieren würde, wenn ich mich hier als Frau kleide. Sie wissen ja nicht, wie es für mich ist, daß ich hier Tag und Nacht auf der Hut sein muß. Bitte, Exzellenz, es steht in Ihrer Macht, barmherzig zu sein. Lassen Sie mich zur Messe gehen, wie ich bin.«
»Jehanne, die Heilige Schrift verbietet es den Weibern, sich zu kleiden wie die Männer«, ermahnte Courcelles sie auf seine sanft singende Art. »Wenn du die Messe hören willst, so mußt du dich schicklich kleiden, auf daß du nicht Anstoß erregst bei Gott.«
»Würde es nicht auch Anstoß erregen bei Gott, wenn man mich schändete?« Der Zorn kam ihr zu Hilfe wie ein Schwert. »Ich habe ihm gelobt, rein zu bleiben, und wie soll ich dieses Gelübde halten, wenn ich mich selbst in Gefahr bringe, indem ich den einzigen Schutz ablege, den ich hier habe?« Sie schaute Cauchon in die Augen. »Ich liebe Gott von ganzem Herzen und mit all meiner Seele, und ich möchte zu Ostern seine Sakramente empfangen, wie es jeder gute Katholik muß.«
»Mein liebes Kind«, sagte Maurice herablassend, und er spuckte die Worte buchstäblich zwischen seinen vorstehenden Zähnen hindurch, »wenn du Gott wirklich liebst, wie du es behauptest, so mußt du seine Gebote befolgen.«

»Und er verbietet ausdrücklich, daß Frauen in einem solchen Aufzug die Sakramente empfangen.« Loiseleur deutete voller Abscheu auf ihre verschlissene, schmutzige Hose.
»Ich kann nicht«, murmelte sie und schüttelte den Kopf.
»Vielleicht könntest du deine Stimmen fragen, und sie würden dir erlauben, ein Frauenkleid anzulegen«, schlug Courcelles vor. »Wenn sie von Gott sind, wie du behauptest, dann werden sie doch sicher wollen, daß du zur Messe und zur Heiligen Kommunion gehst.«
Jehanne schaute die wackeren Feinde an, die da gekommen waren, sie in Versuchung zu führen. Sie waren ebenso entschlossen wie sie. »Meine Kleider belasten mein Gewissen nicht, und ich glaube, Gott würde nicht wollen, daß ich ein Gelübde breche, das ich vor ihm abgelegt habe.«
»Ist das dein letztes Wort?« knurrte Cauchon.
Sie nickte. Traurige, stumme Hilflosigkeit umfing sie. Wäre doch Pasquerel zugegen, um sie zu verteidigen! Er hätte mit diesen Kirchenmännern die Sprache sprechen können, die sie verstanden.
»Dann läßt du uns keine andere Wahl, als deine Bitte abschlägig zu bescheiden«, verkündete der Bischof und sah die Geistlichen an. »Kommen Sie, meine Brüder – wir vergeuden unsere Zeit, wenn wir weiter mit dieser Ketzerin streiten.«
Die Tür schlug hinter ihnen zu. Sie sank zu Boden und schlug die Hände vors Gesicht. O gnädiger Herr, bitte höre meine Beichte und sprich mich los von meinen Sünden. Ich bin ein elendes Geschöpf und Deiner Liebe nicht würdig, und ich habe gesündigt, indem ich an Dir zweifelte. Gib mir Mut und die Kraft, zu wissen, daß Du mich erlösen wirst, wie Du es versprochen hast.
»Du wirst in Ewigkeit in der Hölle brennen, du Hexe«, schnarrte einer der Soldaten, Julian Floquet, von der anderen Seite der Zelle. Er kratzte sich die von Flöhen zerstochene Brust und grinste sie an, und genußvoll musterte er die gepeinigte Gestalt, die ihn anflehte, sie doch in Ruhe zu lassen.
»Aber vorher werden wir deinen Körper brennen sehen«, schwor Grey und spuckte auf den schmierigen Boden. »Was für ein hübsches

Flämmchen du abgeben wirst, wenn wir dich an den Pfahl binden! Da wird nicht genug von dir übrigbleiben, was man in geweihter Erde begraben könnte, selbst wenn der Bischof es erlauben würde. Wir werfen deine Asche in die Seine, und da kann der Fluß sie ins Meer tragen.

Jehanne wandte sich ab und vergrub das Gesicht in den Händen. Lieber Gott, betete sie, schick mir bald Deinen Sieg! Ich weiß nicht, wie lange ich dies noch ertragen kann!

»Ich, Jehan d'Estivet, schwöre vor Gott daß ich hiermit das Amt des Anklägers namens der Heiligen Mutter Kirche übernehme. Ohne Angst und ohne eine Gunst dafür zu begehren, sondern durch die Liebe Christi will ich mit Eifer für den Glauben eintreten. Gegeben an diesem Mittwoch, dem achtundzwanzigsten März im Jahre Unseres Herrn 1431, in dem Schloß von Rouen.«

Der Kirchenanwalt nahm die Hand von der Bibel und küßte sie. Er richtete seinen hochfahrenden Blick auf Jehanne und erklärte: »Da die Gefangene des Lesens und der Theologie unkundig ist, mag sie sich aus der hier versammelten erlesenen Körperschaft einen zum Advokaten auswählen, der auf die Artikel antwortet, welche das Gericht formuliert hat.«

Sie schüttelte den Kopf. »Ich danke Ihnen für dieses Angebot, aber ich muß es zurückweisen. Ich habe nicht die Absicht, mich von den Ratgebern zu trennen, welche Gott mir gesandt hat.«

»Wie du willst.« Seine gleichgültige Verachtung für ihre Entscheidung war in seinem gelassenen Tonfall zu spüren. »Bevor wir beginnen, habe ich die Pflicht, die Prozedur zu erläutern, an die wir uns hier halten werden, auf daß in deinem Verstand kein Zweifel eintrete an dem, was geschieht. Ich lese jeden Artikel vor …«

Ein jäher Tumult an der Tür unterbrach ihn. Isambard und sein Dominikanerbruder Guillaume Duval kamen eilig herein. Beide waren erhitzt und außer Atem.

»Ich bitte um Vergebung, Exzellenz«, keuchte Isambard, »aber wir wurden anderswo aufgehalten und konnten nicht rechtzeitig hier sein.« Er warf einen kurzen Blick zu Ladvenu hinüber, und Jehanne glaubte einen verschwörerischen Funken darin schimmern zu sehen. Cauchon bemerkte es nicht. »Nehmen Sie Platz, Bruder Isambard, und sehen Sie zu, daß so etwas nicht noch einmal geschieht«, befahl er mit tadelnd gerunzelter Stirn.

»Jawohl, Exzellenz.«

Die Dominikaner schauten sich scheinbar ratlos um. Alle Plätze waren besetzt, nur neben Jehanne auf der Bank war noch etwas frei. Isambard ließ sich eilig neben ihr nieder, und Duval setzte sich rechts neben den älteren Mönch. Ein erheitertes Raunen ging durch die Reihen der Assessoren und verwehte.

»Der Advokat war soeben dabei, der Gefangenen die Verfahrensvorschriften zu erklären«, rief Cauchon allen in Erinnerung und schaute d'Estivet an. »Fahren Sie also fort, Bruder.«

»Danke, Exzellenz«, sagte d'Estivet mit leichter Verbeugung. »Wie gesagt, ich werde der Gefangenen jeden Artikel vorlesen, einen nach dem andern, und dann wird sie Gelegenheit bekommen, darauf zu antworten. Hast du das verstanden?«

»Ja.« Jehanne nickte.

Zu ihrer Verwunderung spürte sie, wie Isambard sie mit dem Ellbogen anstieß, als wolle er ihr ein Zeichen geben. Als sie ihm den Kopf zuwandte, schaute er mit Unschuldsmiene zu d'Estivet hinüber.

Der Kirchenanwalt lenkte ihre Aufmerksamkeit von Isambard ab und begann mit einer weitschweifigen Zusammenfassung der Anklage gegen sie. Zunächst bekräftigte er Cauchons Recht, über sie zu Gericht zu sitzen, und begründete es damit, daß sie in seiner Diözese Beauvais gefangengenommen worden war. Daran schloß er einen Hinweis auf die juristische Rolle der Inquisition an und ließ sich Le Maistres Abwesenheit dazu dienen, die Bedeutung dieser heiligen Institution zu unterstreichen.

Dann aber kam er zum Kern der Sache: zur Verleumdung Jehannes. Alle ehrlichen und nüchternen Menschen seien ihr mit tiefstem Argwohn begegnet, sie hätten sie geschmäht und zurückgewiesen, erklärte er, und schon deshalb sollten die Richter sie zur Hexe erklären, zu einer falschen Prophetin und Beschwörerin böser Geister, zu einer abergläubischen Gegnerin des katholischen Glaubens, spalterisch, ketzerisch, götzenanbeterisch, lästerlich gegen Gott und alle seine Heiligen. Anstößig sei sie und aufrührerisch, ein Störenfried, eine Kriegshetzerin, die blutrünstig andere zur Gewalt treibe. Auf Befehl des Teufels habe sie schamlos alle Sittsamkeit aufgegeben, die ihrem Geschlecht ziemte, und sich als Soldat gekleidet. Sie sei ein Greuel vor Gott und den Menschen, denn sie habe die natürliche Ordnung der Dinge verleugnet. Sie habe Fürsten und gemeines Volk in die Irre getrieben, habe sich anbeten und verehren lassen und ihre Hände zum Kuß gereicht.

Gemäß göttlichen und kirchlichen Verfügungen müsse sie gestraft und gebessert werden nach kanonischem und weltlichem Recht, wie es sich gehörte. Er, Jehan d'Estivet, Kanonikus der Kathedralen von Bayeux und Beauvais, ernannt vom Bischof von Beauvais, gedenke, den Beweis zu führen für die Anklage gegen Jehanne und allen Anwesenden zur entsprechenden Kenntnis zu verhelfen. Ausdrücklich erklärte er, es sei nicht seine Absicht, überflüssige Beweise zu erbringen, sondern nur solche, die nach Recht und Vernunft erforderlich seien.

»Zu den Artikeln. Erstens: Bestreitest du die Aufgabe der Kirche, ketzerische Doktrinen auszumerzen, welche die Einheit der Heiligen Mutter Kirche zu gefährden, zu verunreinigen und zu zerstören drohen?«

Isambard berührte Jehannes Fuß mit dem seinen. Sie achtete nicht darauf, sondern antwortete: »Ich glaube, daß der Papst und die Bischöfe den christlichen Glauben beschützen sollen, und ich unterstütze sie in ihrem Recht, diejenigen zu bestrafen, die davon abfallen.« Sie fuhr sich mit der Zunge über die rissigen Lippen. »Aber ich unterwerfe mich Gott und Unserer Lieben Frau und allen Heiligen. Ich glaube nicht, daß ich im Glauben fehlgegangen bin.«

Cauchon machte schmale Augen, und ein bedrohliches Lächeln umspielte seinen Mund.

»Zweitens«, fuhr d'Estivet fort. »Die Angeklagte ist geboren aus der

Vereinigung von Jacques Darc und seiner Frau Isabelle Romée im Dorfe Domrémy an der Meuse im Herzogtum Lothringen in der Diözese Toul. Von frühester Kindheit an wurde sie nicht, wie sie behauptet hat, in den Grundsätzen des christlichen Glaubens unterwiesen, sondern in der Schwarzen Kunst, wobei man sie lehrte, Elfen und böse Geister zu verehren.« Er betrachtete sie mit neutraler Miene. »Was antwortest du darauf?«

»Das erste ist wahr – was meine Eltern angeht, und wo ich geboren wurde«, antwortete sie mit erzürntem Stirnrunzeln. »Aber der zweite Teil ist eine Lüge. Ich wurde dazu erzogen, eine gute Katholikin zu sein, getreulich zu den Sakramenten zu gehen und Gott zu lieben! Wenn Sie lesen, was da in Ihrem Buch steht, so werden Sie sehen, daß ich Ihnen schon gesagt habe, ich weiß nichts von Elfen, und ganz gewiß weiß ich nichts über die Hexerei, die ganz und gar gottlos ist. Sie haben meine Worte verdreht, um sie gegen mich zu wenden.«

Isambard stieß sie warnend mit dem Knie an, aber wieder beachtete sie es nicht.

»Die Notare werden diese Antwort aus dem Protokoll streichen«, befahl Cauchon. »Junge Frau« – er funkelte sie an –, »du wirst deine Ausfälle im Zaum halten und nur auf die Fragen antworten. Hast du verstanden?«

Sie starrte ihn finster an und gab keine Antwort.

D'Estivet zog die Brauen hoch und las weiter. »Die Gefangene hat sich zahlreicher Sakrilegien schuldig gemacht, nämlich: Sie hat Dämonen heraufbeschworen, sie befragt und mit ihnen verkehrt; sie hat Pakte mit ihnen geschlossen und behauptet, diese Dämonen seien von Gott und ihre Taten lobenswert. Überdies hat sie sich dem gemeinen Volk anempfohlen, auf daß es sie anbete und verehre, wie es doch nur unserem Herrn und seinen Heiligen zukommt.«

»Auch das ist alles nicht wahr«, erwiderte sie. »Die Stimmen, die ich höre, kommen von Gott, ob es einer von euch glaubt oder nicht. Und ich habe niemanden ermuntert, mich anzubeten. Lesen Sie, was ich gesagt habe, als Sie mich das letzte Mal befragten, und dann werden Sie sehen, was ich in Wirklichkeit dazu gesagt habe.«

Als hätte sie gar nicht gesprochen, fuhr der Ankläger in seinem milden Tonfall fort. »Von Kindheit an bis zum Alter von ungefähr siebzehn Jahren pflegte die Angeklagte um einen verfluchten Baum, der als Liebfrauenbaum bekannt war, zu tanzen und Zaubersprüche zu singen. Sie bewahrte eine Alraune an ihrem Busen und hoffte, dadurch zu Wohlstand und Reichtum an vergänglichen Dingen zu gelangen. Was antwortest du darauf?«

»Das ist gelogen.«

»Im Alter von ungefähr sechzehn Jahren verließ die Angeklagte das Dorf ohne die Einwilligung ihrer Eltern und begab sich nach Neufchâteau, wo sie sich im Hause einer Frau einquartierte, die allgemein als La Rousse bekannt war. Dieses Haus aber war in Wahrheit ein Freudenhaus, und die Angeklagte hatte dort Verkehr mit allen möglichen Männern, mit denen sie die Sünde der Unzucht beging. Als ihr Verlobter aber von ihrem anstößigen Lebenswandel erfuhr, weigerte er sich, sie zu heiraten, wie es ein guter Christ tun sollte.«

»Das ist eine Lüge!« schrie Jehanne, zitternd vor Wut. »Ich bin mit meiner Familie vor den Freischärlern nach Neufchâteau geflohen, und wir wohnten dort in einer achtbaren Herberge. Nie habe ich jemandem die Ehe versprochen. Und was das andere angeht, so wissen Sie sehr wohl, daß die Herzogin von Bedford mich untersucht und bewiesen hat, daß ich eine Jungfrau bin. Daß Sie hier anderes behaupten, ist sündhaft!«

Sie ließ den Blick durch den Raum schweifen. Sollte nur einer wagen, ihr zu widersprechen! Mehrere Assessoren senkten beschämt den Kopf. »Man nehme lediglich zu Protokoll, daß die Angeklagte den Vorwurf abstreitet«, verfügte der Bischof.

»Aus freien Stücken oder auf den Befehl böser Geister gab die Angeklagte ihre weibliche Kleidung auf und verwarf sie; sie ließ sich das Haar kurz schneiden und legte Kleidung an, wie sie sich für einen Soldaten geziemt, und damit zog sie in die Schlacht und behauptete, sie sei von Gott gesandt durch Offenbarungen, die ihr im Namen Gottes gemacht worden seien. Dies aber ist ein Verstoß gegen kanonisches Recht, ein Greuel vor Gott und den Menschen und von der

Mutter Kirche bei Androhung des Kirchenbanns untersagt. Überdies beschränkte sie sich aber nicht auf die schlichte Kleidung eines Soldaten, sondern trug prunkvolle und prahlerische Gewänder aus kostbarem Stoff, aus Brokat und Pelz, und es ist allgemein bekannt, daß sie bei ihrer Gefangennahme eine *huque* aus goldenem Tuch trug, die zu beiden Seiten offen war. Das Tragen solcher Kleider aber dem Befehl Gottes, seiner Engel und seiner Heiligen zuzuschreiben, das ist Blasphemie und Lästerung.«

»Ich habe Gott und seine Heiligen nicht gelästert, sondern nur getan, was er mir befahl.«

»Die Angeklagte hat sich wiederholt geweigert, ihren Anzug gegen ein Frauenkleid zu tauschen und Arbeiten zu verrichten, wie sie sich für Weiber geziemen.«

»Gott hat mir nicht erlaubt, meine Kleider zu wechseln. Und was Weiberpflichten angeht« – sie zuckte die Achseln –, »dafür gibt es andere Weiber in reichlicher Zahl. Nur ich aber kann die Arbeit tun, die mir vom König des Himmels aufgegeben wurde.«

»Die Gefangene verfügte sich zum König Karl, dem sie Glanz und Glorie versprach, und dann bediente sie sich okkulter Zaubermittel, um ihre Versprechungen zu erfüllen.«

»Das ist nicht wahr! Ich ging zum König, das stimmt, aber ich tat es auf Gottes Geheiß.

Ich sagte ihm, ich sei eine Botin Gottes, und wenn er mich in Dienst nähme, würde ich die Belagerer von Orléans vertreiben und ihn zu Reims zum König krönen lassen. Durch Gottes Gnade würden wir dann seine Feinde aus dem Königreich vertreiben, aus dem ganzen Königreich, und wenn der Seigneur de Bourgogne sich nicht gehorsam dem wahren König von Frankreich unterwerfen sollte« – sie warf einen trotzigen Blick zu den englischen Lords hinüber –, »dann würde der König sie gewaltsam verjagen!«

Sie schwieg und holte tief Luft.

»So ist es in Wirklichkeit gewesen, und das schwöre ich vor Gott!«

Ein Gemurmel breitete sich unter den Assessoren aus wie ein tiefer Seufzer und verhallte in der stickigen Luft. Wiederum bestimmte

Cauchon: »Man nehme zu Protokoll, daß die Angeklagte die Vorwürfe ableugnet.«
Die Blätter raschelten in d'Estivets Händen, als er das verlesene gegen ein neues austauschte. »Die Angeklagte redete dem, den sie König nennt, alles Verhandeln aus und stachelte ihn und seine Getreuen statt dessen zu Mord und Blutvergießen an. Frieden, behauptete sie, gebe es nur auf der Spitze einer Lanze.«
Jehanne schüttelte den Kopf. »Das ist nicht wahr. Mehr als einmal habe ich dem Seigneur de Bourgogne geschrieben, er solle Frieden schließen mit dem König. Ich habe ihn sogar zur Krönung eingeladen! Er war es, der auf der Fortsetzung des Krieges bestand, nicht ich!«
Der Ankläger überging ihren Widerspruch und las weiter. »Durch Hellseherei fand die Angeklagte ein verborgenes Schwert in St.e-Catherine-de-Fierbois, oder sie bewirkte in betrügerischer Weise, daß die Mönche besagten Klosters es fanden. Sie verhexte ihre Ringe und ihre Standarte mit Zaubersprüchen, damit sie ihr in der Schlacht den Sieg bringen. Sie setzte in blasphemischer Weise die Namen unseres Herrn und der Gottesmutter Maria und des Heiligen Kreuzes auf die anmaßenden Briefe, die sie an Mylord, den Herzog von Bedford, und an Seine Erhabene Majestät Heinrich VI. schrieb.« Gemurmel erhob sich unter den englischen Lords. »Briefe, die ihr von bösen Geistern diktiert wurden.«
»Lauter Lügen«, stieß Jehanne mit zusammengebissenen Zähnen hervor. Sie konnte ihren Zorn kaum mehr im Zaum halten. »Ich verweise auf meine früheren Antworten.«
»Die Gefangene maßte sich an, die Frage des Grafen Jehan d'Armagnac nach ihrer Meinung zum wahren Papst zu beantworten, während diese Frage doch schon seit geraumer Zeit zugunsten von Seiner Heiligkeit, Papst Martin V., geklärt ist. Damit aber erwies sie sich als hitzköpfige Irrgläubige, hoffärtig in ihrer Anmaßung, sie als ungebildete Bauernmagd habe das Recht, eine Frage zu beantworten, die man ziemlicherweise einem Magister oder Doktor der Kirche vorlegen würde.«

Jehanne wußte keine andere Antwort als: »Ich verweise auf meine früheren Antworten.«

An dieser Stelle erhob Cauchon sich steifbeinig und vertagte die Verhandlung auf den nächsten Tag. Als die Assessoren flüsternd einer nach dem anderen hinausgingen, kam Massieu zu Jehanne, um ihr aufzuhelfen. Sie mied Isambards Blick.

Der Dominikaner runzelte nachdenklich die Stirn und sah ihr nach, wie sie langsam ins Sonnenlicht hinausstolperte, gestützt von dem Gerichtsdiener und gefolgt von den englischen Wachsoldaten.

Am Nachmittag besuchte er sie in Begleitung seiner dominikanischen Brüder, Guillaume Duval und des Mannes, der sie auf Cauchons Befehl verhört hatte: Jehan de la Fontaine. Er schickte die Wachen hinaus, damit die Kirchenmänner die Gefangene ungestört vernehmen könnten, und dann ging er mit schnellen Schritten durch den Schmutz zu ihr und setzte sich neben sie auf den Block.

»Jehanne«, flüsterte er eindringlich, »Bischof Cauchon hat uns geschickt, damit wir dich noch einmal auffordern, dich der Kirche zu unterwerfen. Aber wir haben unsere eigenen Pläne.« Sanft legte er ihr eine Hand auf den Arm.

»Was für Pläne?« Falten des Mißtrauens umgaben ihre tiefliegenden Augen, und sie fühlte sich versucht, seine aufdringliche Hand von sich abzuschütteln.

»Ich weiß, was du denkst«, sagte er mit schmalem Lächeln. »Aber du irrst dich. Meine Brüder und ich sind nicht deine Feinde, im Gegenteil.« Er schwieg kurz und schaute zu Fontaine auf, der die Hände in die Ärmel seiner weißen Kutte geschoben hatte. »Wir sind der Meinung, daß man dich aus Gründen verfolgt, die nichts mit irgendwelchen Glaubensfragen zu tun haben. Du weißt es vielleicht nicht, aber es gibt noch andere – wahrscheinlich die Hälfte der beteiligten Assessoren –, die davon überzeugt sind, daß der Bischof Cauchon keine rechtliche Befugnis besitzt, in deinem Fall zu Gericht zu sitzen, weil Rouen nicht seiner Jurisdiktion unterliegt.«

»Aber die Engländer wollen meinen Tod.«

Ihr klagender Ton rührte Fontaine; er hockte sich vor ihr auf den Boden, und sein Blick wurde mild. »Das wissen wir, Jehanne. Und es ist uns bewußt, daß dies der Hauptgrund für deine Haft hier ist. Aber wir können dir helfen.«

»Wie denn?« Sie scheute vor ihm zurück, denn sie erinnerte sich an seine frühere Rolle bei ihrer Vernehmung.

»Du mußt dich bei deinen Antworten im Zaum halten«, riet ihr Duval und kniete neben Fontaine nieder. Er war sehr jung – nicht viel älter als sie selbst. In seinem kantigen, ernsten Gesicht spiegelte sich eine treue Gläubigkeit, und auf seiner Nasenspitze prangte ein leuchtend roter Pickel, der anscheinend bald platzen wollte. »Wenn du das Gericht als Lügner beschimpfst, so ärgerst du damit Cauchon und seine Freunde nur noch mehr und bestärkst sie in ihrer Entschlossenheit, dich zu vernichten.«

»Außerdem treibst du Leute, die möglicherweise eher dir zuneigen, auf die Seite des Bischofs«, bekräftigte Fontaine.

»Aber sie sind Lügner«, beharrte Jehanne. »Was sie da behaupten, habe ich nie gesagt und getan.«

»Wir glauben dir ja«, flüsterte Isambard geduldig. »Und du kannst auch weiterhin deine Unschuld beteuern. Aber du mußt es so tun, daß du das Gericht dabei nicht beleidigst.«

»Du hast ein paar gesetzlich verbriefte Rechte, von denen man dir wahrscheinlich nichts gesagt hat«, sagte Duval. »Zum Beispiel hat ein Gefangener, den man der Häresie beschuldigt, das Recht, an den Papst zu appellieren. Wußtest du das?«

Sie schüttelte den Kopf.

»Aber es ist wahr«, versicherte Fontaine ihr. »Außerdem hast du als eine, die vor einem Kirchengericht steht, das Recht, in Kirchengewahrsam genommen zu werden, wo du von Nonnen bewacht werden könntest. Cauchon hat keine rechtliche Handhabe, dich hier an diesem Ort festzuhalten.« Seine schmale Oberlippe kräuselte sich voller Abscheu, als er sich in der klammen, stinkenden Zelle umschaute.

»Wenn du dies alles offiziell vor Gericht beantragst, kommt es ins Protokoll, und nicht einmal Cauchon könnte es dir verweigern«, versprach Isambard.

In ihrem Kopf ging es wild durcheinander, und hinter ihren Schläfen pochte es. Sie war schon so oft getäuscht worden – von der Wache, von falschen Gefangenen, von Geistlichen. Die besorgten Mienen der Mönche beschworen sie, sich fügsam zu zeigen. Sie wußte nicht, was sie sagen sollte.

»Da ist noch etwas«, sagte Isambard, und sein Tonfall deutete schon an, daß es ihr nicht gefallen würde. »Du mußt dich der Streitenden Kirche unterwerfen, was deine Kleidung angeht und die Stimmen, die du hörst.«

Jehanne sprang auf. Ihre ausgemergelte Gestalt zitterte vor Zorn. »Darum also sind Sie in Wirklichkeit gekommen! Ich soll Gott und mich selbst verraten! Ich hätte gleich wissen können, daß keiner von Ihnen mir wirklich helfen will!« Sie wischte eine Träne weg. »Kehren Sie nur zu Ihrem Herrn zurück und sagen Sie ihm, ich bleibe bei dem, was ich immer gesagt habe: Ich unterwerfe mich nur Gott!«

»Bitte, Jehanne, setz dich und beruhige dich«, drängte Duval. »Ich schwöre bei Unserer Lieben Frau, daß wir mit ehrlichen Absichten zu dir gekommen sind. Bruder Isambard spricht die Wahrheit, wenn er sagt, daß wir nicht deine Feinde sind. Bitte …« Er klopfte mit der flachen Hand auf den Block, wo sie gesessen hatte.

Rebellisch funkelte sie sie an, aber sie gehorchte widerstrebend.

»Wir wissen, daß die Kommission in Poitiers zu dem Schluß gekommen ist, daß an deiner Kleidung nichts auszusetzen sei«, versicherte der junge Mönch ihr behutsam, »und wir kennen auch den wahren Grund, weshalb du deine Männerkleidung nicht ablegen willst: Du fürchtest, daß du an diesem Ort sonst deine Tugend verlieren könntest. Ehrlich gesagt, ich kann es dir nicht verdenken, denn ich weiß, was für Tiere deine Bewacher sind. Um so mehr Grund hast du, darauf zu bestehen, daß man dich in Kirchengewahrsam nimmt.«

»Wenn du dich bereit findest, dich der Kirche zu unterwerfen«, erläuterte Fontaine, »hat Cauchon keine andere Wahl, als dich für reumütig zu erklären, und dann ist er gezwungen, dich an einen besseren Ort zu bringen. Aber wenn du ihm weiterhin trotzt, dann läßt er dich nicht nur weiter hier schmachten, sondern er wird dich auch als Ketzerin verurteilen und dich den Engländern übergeben, damit sie dich verbrennen.« Er stand auf und schaute lächelnd auf sie herab. »Denk nach über alles, was wir dir gesagt haben, und bitte Gott um Führung. Du hast unser Versprechen, daß meine Brüder und ich weiter für dich beten werden, damit du verstehst, wie du dich retten kannst, deinen Leib wie auch deine Seele.«

Isambard drückte ihr liebevoll die Hand und erhob sich dann. Auch der jüngste Mönch rappelte sich auf. Isambard segnete Jehanne mit dem Zeichen des Kreuzes, und sie bekreuzigte sich und faltete die Hände. Alle vier senkten die Köpfe, und der Dominikaner betete das Paternoster. Als er fertig war, wisperte er: »Gott segne dich, Jehanne.«

Die Mönche glitten zur Tür. Fontaine rief mit lauter, gebieterischer Stimme nach der Wache.

Der letzte Blick, den Isambard auf Jehanne warf, zerriß ihm schier das Herz. Die Verlassenheit schwebte über ihr wie der Engel des Todes, und sie sah klein und hilflos aus. Das verwüstete Antlitz war ein Inbild der nackten Verzweiflung. In diesem Augenblick wußte der Mönch, daß sie nicht am Leben bleiben würde. Und in prophetischer Hellsichtigkeit wußte er zugleich, daß die Welt dieses Gericht wegen ihres Todes verdammen und sie alle schuldig sprechen würde.

Er hatte keine Zeit, über diese Erkenntnis länger nachzudenken. Am Fuße der Treppe erwartete sie der Earl von Warwick.

Der Engländer stand in der Tür, die muskulösen Arme verschränkt, und versperrte ihnen den Weg in den Hof. Waffenrock und Beinkleider waren aus schwarzem Leder, und an seinem Gürtel hing ein bedrohlich aussehendes Schwert. Furchtbarer Zorn ließ die Luft um ihn herum knistern. Der Blick seiner wilden grauen Augen richtete sich auf Isambard, und er kam ohne Umschweife zur Sache.

»Ich habe gesehen, was du heute in der Versammlung getan hast, Bruder. Wieso hast du dieser gottverdammten Hexe geholfen, sie geschubst und angestoßen? Beim schwarzen Tod, wenn ich dich dabei noch einmal ertappe, daß du versuchst, sie zu warnen, so werde ich nicht mehr fackeln, sondern dich gleich in die Seine werfen!«

Isambard wich keinen Schritt zurück, sondern starrte dem Edelmann mit einem Mut ins Gesicht, den er sich selbst nicht zugetraut hatte. Er sagte nichts.

Warwick wandte sich schroff ab und marschierte in Richtung der königlichen Gemächer davon.

Als die Gefahr vorüber war, bekam Isambard weiche Knie, und einen Augenblick lang glaubte er, er werde umfallen. Er zwang sich, zwei- oder dreimal tief einzuatmen. Als sein Herzschlag sich wieder beruhigt hatte, trat er auf den Platz hinaus und wandte sich der Kapelle zu. Er verspürte ein plötzliches, unwiderstehliches Bedürfnis, mit Gott zu sprechen.

Am nächsten Morgen trat das Gericht wieder zusammen. Bruder Isambard nahm wiederum bei Jehanne Platz, und zu ihrer Überraschung war auch Ladvenu wieder da. Sie nahm sich aber vor, auf ihre Signale nur zu achten, wenn sie nicht im Gegensatz zu ihrem Gewissen ständen.

D'Estivet erhob sich und fuhr mit der Verlesung der Anklagepunkte fort. »Die Angeklagte hat sich etlicher Offenbarungen gebrüstet: Sie behauptet, sie seien ihr von Gott gesandt, will aber nicht genau sagen, welcher Natur sie sind. Dies gibt Anlaß zu dem Verdacht, daß es sich in Wahrheit um Erscheinungen des Teufels handelt. Sie behauptet anmaßend und unbedacht, sie könne die Zukunft voraussagen, und nimmt somit einen Aspekt des Göttlichen für sich in Anspruch. Was hast du darauf zu antworten?«

»Meine Offenbarungen kommen von der heiligen Katharina und der heiligen Margarethe. Sie sagen mir, was geschehen wird, und ohne sie weiß ich nichts. Dabei bleibe ich bis zu meinem Tode.«

Die Assessoren murmelten untereinander. Cauchon schien mit dieser Antwort sehr zufrieden zu sein und konnte es nicht erwarten, daß die weiteren Anklagepunkte verlesen wurden

»Die Gefangene Jehanne, ein einfaches und des Lesens unkundiges Bauernmädchen, das von der Theologie nichts weiß, behauptet, Gott habe seine Boten zu ihr gesandt, nicht zu jemandem, der in kirch-

lichen Dingen besser bewandert und daher des göttlichen Vertrauens würdiger wäre.«
Ihre Kiefermuskeln spannten sich bei dieser Beleidigung. »Es steht in Gottes Macht, seine Boten dem zu senden, den er sich erwählt, und wenn er mich dazu erwählt, dann tut er es aus Gründen, die er allein kennt.«
Unter den Assessoren wurde beifällig genickt. »Das ist eine gute Antwort, Jehanne«, wisperte Isambard voller Zuversicht ob der Zustimmung auf den Bänken.
»Ruhe!« befahl Cauchon. »Fahren Sie fort, Advokat.«
»Die Angeklagte brüstet sich, sie könne unterscheiden, wen Gott liebt und wen er haßt.«
»Das habe ich nicht gesagt. Wenn Sie nachlesen, was ich gesagt habe, so werden Sie sehen, daß das nicht stimmt.«
»Als die Angeklagte vom Turm von Beaurevoir sprang, tat sie es entweder, weil ihr keine Offenbarungen zuteil wurden, so daß sie dadurch einen lästerlichen Betrug vollendete, oder sie tat es, indem sie ihnen zuwiderhandelte, was dann ein Akt von höchster Unfrömmigkeit gewesen wäre.«
Isambard drückte sein Knie an ihres.
»Ich verweise auf das, was ich bereits gesagt habe. Ich weiß nicht, ob ich gesündigt habe, aber wenn ich es getan habe, so habe ich Gott bereits um Vergebung gebeten, und ich weiß, daß er mich erhört hat, denn ich habe ihn voller Aufrichtigkeit, Demut und Reue darum gebeten.«
D'Estivet lächelte. Er war sicher, daß er ihr mit dem nächsten Artikel eine Falle stellen würde. »Obwohl selbst der Gerechteste zuweilen sündigt, hat die Angeklagte behauptet, sie habe niemals eine Todsünde begangen und sei im Stande der Gnade.«
Jetzt war es an Jehanne, zu lächeln. »Das habe ich keineswegs gesagt. Alle hier wissen das, weil sie es gehört haben. Lesen Sie in Ihrem Buch, um zu sehen, was ich gesagt habe.«
»Die Gefangene sagt, ihre Stimmen kommen von Gott, aber sie ist nicht bereit, ein einziges Zeichen zum Beweis dafür zu geben. Über-

dies hat sie sich nicht an einen würdigen Priester gewandt, um geistlichen Beistand zu erhalten, sondern sie wollte ihre Erscheinungen vor der Kirche verbergen und zog es vor, sie statt dessen einfachen und unwissenden Laien zu offenbaren.«

»Es ist ja nicht meine Schuld, wenn die, welche Zeichen von Gott verlangen, nicht würdig sind, daß er sie ihnen sendet«, gab sie zurück, ohne darauf zu achten, daß Isambard sie sanft zwickte und dabei in leiser Verzweiflung aufstöhnte. »Ich habe oft zu Gott gebetet, er möge sich den Leuten, die auf meiner Seite standen, offenbaren, wenn es denn sein Wille wäre. Daß meine Stimmen von Gott kommen, glaube ich ebenso fest, wie ich glaube, daß unser Herr Jhesus für unsere Sünden gestorben ist.«

Wieder murmelten die Assessoren, aber diesmal bedachten sie Jehanne mit vorwurfsvollen Blicken. Der Bischof strahlte vor Vergnügen.

»Die Angeklagte hat böse Geister angebetet und vor ihnen gekniet. Sie hat sie umarmt und ihnen mit gefalteten Händen gedankt, und sie hat sie täglich heraufbeschworen.«

»Ich verweise auf das, was ich schon gesagt habe. Ich werde zu meinen Ratgebern rufen, auf daß sie mir Hilfe und Trost spenden, solange ich lebe.«

»Wie rufst du zu ihnen?« fragte Cauchon. »Welche Worte benutzt du?«

»Ich sage: ›Lieber Gott, ich bitte Dich voller Ehrfurcht vor Deinem heiligen Leiden, wenn Du mich liebst, so sage mir, wie ich diesen Kirchenmännern antworten soll. Ich weiß wohl, daß Du mir befohlen hast, Männerkleidung zu tragen, aber ich weiß nicht, ob ich sie jetzt wieder aufgeben soll. Sage mir daher, ob es Dir gefällt, daß ich sie auch fürderhin trage.‹«

Cauchon grinste d'Estivet an, und der zog die Brauen hoch und tat ihre Antwort mit einem Kopfschütteln ab.

»Die Angeklagte hat ausgesagt, es sei ihr von ihren Erscheinungen versprochen worden, daß sie ins himmlische Königreich eingehen werde, vorausgesetzt, daß sie ihre Jungfräulichkeit bewahre, und darin liegt die Sünde des Hochmuts.«

»Ich verweise auf meine frühere Antwort. Ich habe Gott versprochen, mich rein zu halten, bis meine Arbeit getan ist.«
»Obgleich die Wege des Herrn unergründlich sind, behauptet die Angeklagte, sie könne Gott und die Heiligen erkennen.«
Isambard biß sich auf die Lippen, erbost über diese Aussage. Den größten Mystikern der Kirche, vom heiligen Paulus bis zum heiligen Augustinus, war der Herr Jhesus erschienen, und noch viele mehr hatten die heilige Mutter Gottes gesehen. Der Vorwurf des Anklägers barg in sich die Behauptung, niemand könne Gott durch seine Heiligen erfahren. Aber Isambard konnte nicht in Jehannes Namen antworten. Andere unter den Assessoren empfanden es offenbar genauso, denn sie rutschten unruhig auf ihren Plätzen hin und her.
»Ich verweise auf das, was ich bereits gesagt habe«, antwortete Jehanne. »Die Stimmen meiner Ratgeber sind gut und wahr, und es sind die Stimmen von Engeln.«
»In ihren Versuchen, dieses Gericht in die Irre zu führen, zu belügen und zu verspotten, hat die Angeklagte eine Geschichte über das Zeichen ersonnen, das sie dem Dauphin zu Chinon gegeben haben will, die nicht nur eine unverschämte Lüge war, sondern eine Beleidigung gegen die Würde dieses Gerichts, ja, gegen alle, die Wahrheit und Gerechtigkeit suchen.« D'Estivets Stimme bekam einen höhnischen Tonfall. »Sie behauptete, ein Engel sei hinter ihr gegangen und habe ihre Hand gehalten, und zusammen seien sie dem Dauphin entgegengetreten, und der Engel habe sich vor ihm verbeugt und ihm eine Krone übers Haupt gehalten. Solche Reden von einem Engel aber sind eine ruchlose Lüge, denn nirgends lesen wir in der Heiligen Schrift von Engeln, die sich vor Menschenwesen verneigen, und wäre es auch die selige Jungfrau Maria, die Mutter Gottes!« D'Estivet funkelte sie an, und seine Brust hob und senkte sich erbost.
Jehanne fuhr sich errötend mit der Zunge über die Lippen. »Trotzdem ist es wahr.« Mehr brachte sie nicht heraus.
»Die Angeklagte mißachtete, was die Kirche und alle anständigen Menschen für schicklich erachten, und zog in den Krieg, gekleidet wie ein Mann!«

»Lesen Sie, was ich bereits gesagt habe. Ich tat es auf Gottes Geheiß.«
»Die Angeklagte erging sich in den Sünden des Stolzes und der Eitelkeit und kleidete sich in prunkvolle Gewänder, wie sie ihrem Stande nicht zukommen.«
»Ich habe dergleichen niemals verlangt, sondern es als Geschenk Gottes angenommen, wenn man es mir gab.«
»In ihrem Verlangen danach, angebetet zu werden, legte die Angeklagte ihre Rüstung vor die Statue Unserer Lieben Frau im Dom von St.-Denis.«
»Ich verweise auf das, was ich dazu bereits gesagt habe.«
»Bei der Befragung durch Magister der Universität Paris hat eine gewisse Catherine de la Rochelle unter Eid ausgesagt, daß die Angeklagte ihr erzählt habe, sie verkehre mit Erscheinungen, die sie als ihre ›Ratgeber des Frühlings‹ bezeichne. Madame de la Rochelle war der Meinung, man müsse die Angeklagte aufmerksam bewachen, weil sie sonst mit Hilfe des Teufels aus dem Gefängnis entfliehen werde.«
»Was?« platzte Jehanne erstaunt heraus, und ihre Augen weiteten sich.
»Wünscht die Gefangene, daß der Artikel noch einmal verlesen werde?« Cauchon lächelte.
Jehanne schüttelte den Kopf. »Nein, ich habe es gehört.« Alles Blut wich ihr aus dem Gesicht, und sie taumelte unter der Wucht dieser unerwarteten Lüge. »Ich kann nur nicht glauben, daß sie …« Dann hatte sie sich wieder gefaßt und schaute d'Estivet fest in die Augen. »Ich weiß nicht, was sie mit ›Ratgeber des Frühlings‹ meinte, denn so etwas habe ich nie gesagt. Und wenn der Teufel mir eine offene Tür zeigen wollte, so bliebe ich lieber im Gefängnis, wenn es auch meinen Tod bedeutet.«
Wieder kam Unruhe unter den Assessoren auf. D'Estivet nahm sich ein neues Blatt vor. »Die Gefangene weigert sich beständig, auf Fragen über den zu antworten, den sie König nennt, und über die Zeichen, die sie ihm womöglich gegeben hat.«
Jehanne hörte nicht zu. Sie war immer noch entsetzt über Catherine

de la Rochelles Lüge. Schmerzlich berührt erinnerte sie sich, wie ihre Ratgeber sie angewiesen hatten, die Frau und ihre Behauptungen behutsam zu behandeln. Damals hatte sie nicht geahnt, daß so etwas passieren würde.

»Wünscht die Angeklagte, daß der Artikel noch einmal verlesen werde?« Cauchon lächelt breit.

Sie nickte, und d'Estivet wiederholte seinen Artikel.

Jehanne runzelte die Stirn. Unversehens steckte sie schon wieder in der Klemme. »Ich habe Gott gelobt, nichts über König Karl zu offenbaren von dem, was er mir vertraulich über den König enthüllt hat. Wollen Sie, daß ich den Eid breche, den ich Gott geschworen habe?«

»Wir haben hier die Fragen zu stellen, Weib, nicht du!« grollte Cauchon und nickte dem Advokaten zu.

D'Estivet räusperte sich und fuhr fort. »Als man die Angeklagte aufforderte, sich der Streitenden Kirche zu unterwerfen, nachdem man sie barmherzig ermahnt und ihr eine Erklärung des Verhältnisses zwischen der Streitenden und der Triumphierenden Kirche hat zukommen lassen, gab sie kund und zu wissen, daß sie sich nur der Triumphierenden Kirche unterwerfen werde, und sie empfahl sich und ihre Taten Gott und den Heiligen, nicht aber der irdischen Autorität der Kirche, verliehen von Gott. Und trotz aller geduldigen Ermahnungen durch das Gericht hat sie nicht versucht, sich zu bessern. Was sagst du dazu?«

»Ich habe nichts von dem getan, was Sie da sagen«, antwortete sie. Sie wußte, daß sie sich hier auf schlüpfrigem Gelände bewegte. Verwirrung umhüllte sie wie ein Mantel. »Geben Sie mir Zeit bis Samstag nach dem Essen, und ich werde Ihnen darauf antworten.«

Cauchon erhob sich, und dabei fing das Kreuz an seinem Hals das Licht ein, das durch das Fenster schien. Es leuchtete Jehanne in die Augen, daß sie blinzelte.

»Brüder, Gentlemen aus England« – er verneigte sich herzlich vor den Lords –, »das Gericht vertagt sich bis auf weiteres.«

Massieu kam eilig zu Jehanne und faßte ihren linken Ellenbogen. Er lächelte sie freundlich an. Isambard stützte ihren anderen Arm, und sie halfen ihr beim Aufstehen. Gerade als sie sich zur Tür wandte, fiel ihr Blick auf die Gruppe der englischen Lords.

Unter ihnen war ein Knabe, prachtvoll anzusehen in einem rotsamtenen Rock. Er konnte nicht mehr als sieben oder acht Jahre alt sein. Sein dunkelbraunes Haar war sehr kurz geschnitten und teilweise von einer weichen Mütze bedeckt, an der eine kleine Straußenfeder prangte. Er starrte sie mit neugierigem Ernst an, und sein kleines Gesicht sah aus wie das eines Cherub mit roten Lippen. Ein hochgewachsener Mann in Schwarz – Jehanne wußte, daß es der Earl von Warwick war – bemerkte, daß der Junge Jehanne anschaute. Der Mann beugte sich zu ihm herab und flüsterte ihm etwas zu. Der Junge nickte ernst und gab dem Earl Antwort.

Jehanne starrte ihn über die Schulter hinweg an, bis man sie in den Hof hinausgebracht hatte. Ihre Beine fühlten sich an, als wären sie aus Wasser, und fast wäre sie zusammengebrochen. Eine mächtige Glocke läutete in ihrem Herzen, und sie erinnerte sich an Katharinas Weissagung, die sie oben auf der Mauer von Beaurevoir gemacht hatte.

Die Zeit war gekommen. Sie hatte den König von England gesehen.

Cauchon war zu beschäftigt, um zu bemerken, wie Jehanne aus dem Gerichtssaal geführt wurde. Nach der Vertagung war er sofort von seinen bewundernden Untergebenen umringt. Aber kaum hatte Beaupère zu einer blumigen Lobrede angesetzt, als Warwick ihn auch schon beiseite drängte.

»Ich muß Sie sprechen, Bischof«, vertraute er ihm in herrischem Flüsterton an. Über die Schulter hinweg befahl er einem seiner Soldaten: »Begleite Seine Majestät in die königlichen Gemächer, Robert.« Dann besann er sich auf den Jungen und schaute lächelnd in das ernste, stirnrunzelnde Gesicht. »Geht mit Robert, Majestät. Ich komme gleich nach.«

Er wandte sich wieder Cauchon zu, der mit geübter Geduld auf das wartete, womit er sicher schon gerechnet hatte. Assessoren und Soldaten schlängelten sich immer noch zur Tür hinaus. Midi warf Cauchon einen bangen Blick zu und sagte dann flüsternd etwas zu Beaupère, der nur die Achseln zuckte. Die beiden folgten den andern hinaus in die Aprilsonne.

Als Warwick und Cauchon allein waren, schaute der Earl dem Bischof in die Augen. »Warum ziehen Sie die Sache unnötig in die Länge? Seit Februar schleppt sich das Verfahren jetzt hin. Sie haben doch sicher genug Material, um die Hexe zu überführen?«

Cauchon nickte mit krauser Stirn. »Doch. Aber wir haben uns bei diesen Verfahren Zeit gelassen, um sicherzugehen, daß die Anklage gründlich vorgeht.«

»Gründlich?« Warwick war nahe daran, die Geduld zu verlieren. »Sie haben es doch aus ihrem eigenen Munde gehört, daß sie sich Ihrer Autorität nicht unterwirft. Verurteilen Sie sie, und der Fall ist im Handumdrehen erledigt.«

Ein feines Hohnlächeln kräuselte den bischöflichen Mundwinkel. »Mein lieber Earl, Sie verstehen offensichtlich nichts von juristischem Protokoll. Wir können die Angeklagte nicht einfach verurteilen, bevor wir nicht alle erdenklichen Mittel ausgeschöpft haben, ihre elende Seele vor der Verdammnis zu retten. Wir ...«

»Ihre Seele kümmert mich einen Dreck!« zischte Warwick mit zusammengebissenen Zähnen. »Ich will sie brennen sehen. Ihr haben wir es zu verdanken, daß dieses verfluchte Land uns aus den Fingern zu gleiten droht. Karls Armee ist dabei, die ganze Champagne und die Loire-Region in Schutt und Asche zu legen, damit wir uns dort nicht länger versorgen können – und unter uns gesagt, Bischof, der Nachschub aus England fließt mehr als spärlich. Das Parlament will die Bevölkerung nicht mit noch härteren Steuern belasten, denn die Leute murren bereits, und man will nicht noch einen Bauernaufstand provozieren. Wie es aussieht, könnte Lord Bedford gezwungen sein, der Normandie innerhalb des nächsten Jahres noch eine Steuer aufzuerlegen, und wenn Karl dann immer noch so populär ist wie jetzt, dann wird dort die Hölle losbrechen!«

Cauchon lächelte. »Seien Sie versichert, Mylord, daß unsere und Ihre

Ziele sich in wunderbarem Einklang befinden. Die Ketzerin wird verurteilt werden. Aber wir müssen dafür sorgen, daß das Urteil der Exkommunikation erst verkündet wird, wenn wir alles versucht haben, um sie in den Schoß der Mutter Kirche zurückzuholen. Andernfalls ...«

»Und wenn sie sich fügt?« schrie Warwick mit blitzenden Augen.

»Dann gibt es keine Verurteilung, und wir können sie auch nicht hinrichten.«

»Andernfalls«, fuhr der Bischof unbeirrt fort, »könnte man Zweifel an ihrer Schuld haben, und das wiederum könnte unsere künftigen Feststellungen ... soll ich sagen, trüben? Wenn ihre Schuld nicht eindeutig und endgültig erwiesen ist, wird es Ihnen nicht gelingen, alle Welt davon zu überzeugen, daß ihr König ein Werkzeug des Teufels war, und das Problem der Treue des Volkes zur Krone wird weiterhin bestehen. Wir müssen uns an die Buchstaben des kanonischen und des zivilen Rechts halten.«

»Das ist keine Antwort auf meine Frage, Exzellenz«, sagte der Earl mit hochfahrendem Trotz. »Was geschieht, wenn Ihr Plan scheitert und das Mädchen sich der Kirche unterwirft? In dem Fall können Sie sie nicht exkommunizieren, und dann können wir das Todesurteil nicht vollstrecken.«

Cauchon lächelte voller Genugtuung. »Wenn sie sich unterwirft, wird sie nur allzu bald widerrufen, das kann ich Ihnen versichern.«

»Ach?« Der Engländer verschränkte die Arme und schaute Cauchon mit skeptischem Sarkasmus an. »Und Sie wollen sich dafür verbürgen, daß sie wieder in ihre Gottlosigkeit zurückfällt?«

»Ah.« Das Lächeln des Bischofs verbreiterte sich. »An dieser Stelle kommen Sie ins Spiel, Mylord. Ich habe da einen Plan.«

Als er weitersprach und dabei seine innersten Gedankengänge ans Licht kommen ließ, sah Warwick mit Erstaunen, welch umfassende Skrupellosigkeit das Handeln des Bischofs bewog. Cauchons genußvoll zum Ausdruck gebrachter Haß auf das Mädchen sowie die unbestreitbare Überzeugungskraft seines Plans ließen Warwick zum ersten Mal lächeln.

»Ja.« Er nickte. »Das leuchtet mir ein. Gut, Exzellenz, dann fahren Sie fort wie bisher. Aber lassen Sie es nicht mehr viel länger dauern. Mylord Bedford hat uns wissen lassen, daß die Zeit knapp wird, und wir müssen die Sache erledigen, so schnell es menschenmöglich ist.«
»Das wird geschehen«, versicherte Cauchon. »Aber Sie müssen Geduld haben. Es wird zu Ende sein, sowie es Gott gefällt.«

»Am Donnerstag morgen hast du uns vor dem versammelten Gericht geschworen, daß du uns am Samstag nach dem Essen deine Antwort hinsichtlich deiner Unterwerfung unter die Streitende Kirche zukommen lassen wirst«, erinnerte Midi Jehanne. »Heute ist Samstag, und da wir nun alle gespeist haben« – die Männer in seiner Begleitung schmunzelten –, »kommen wir, um deine Antwort zu hören.«
Sie stöhnte laut. Da standen sie schon wieder in ihrer Zelle, Cauchon und die kleine Schar seiner treuen Anhänger, und wollten sie peinigen. Sie ließ den Blick über die versteinerten, unbarmherzigen Gesichter wandern, und als sie in keinem auch nur eine Spur von Mitgefühl entdecken konnte, ließ sie stumm den Kopf hängen.
»Nun?« Cauchon gab nicht nach. »Bist du bereit, dich dem Urteil der Streitenden Kirche zu unterwerfen, in allem, was du gesagt und getan hast, im Guten wie im Bösen, wie es deinen Prozeß betrifft?«
Sie hob den Blick zu seinem haßerfüllten Antlitz. »Ja«, wisperte sie. »Soweit es nichts Unmögliches von mir verlangt.«
»›Unmögliches‹?« zischte er. »Erkläre mir, was du damit meinst.«
Jehanne seufzte. »Es ist mir unmöglich, etwas zu widerrufen, was ich auf Geheiß Gottes gesagt oder getan habe, und da er es war, der mir Katharina und Margarethe geschickt hat, kann ich auch sie jetzt nicht leugnen. Das werde ich für keinen Menschen tun.«
Midi lächelte sie finster an und warf dann Beaupère einen vielsagenden Blick zu. Dieser fragte: »Würdest du dich der Streitenden Kirche unterwerfen, wenn ich dir sagte, daß deine Offenbarungen nur Sinnestäuschungen oder aber ein diabolischer Aberglaube waren, vom Teufel gesandt?«

Bitte, lieber Gott, flehte sie, mach, daß sie aufhören. Gib mir die Kraft, ihrer Bosheit zu widerstehen. »Ich würde zu Gott um eine Antwort beten«, flüsterte sie, »und dann würde ich tun, was er mir befiehlt.«
»Haben deine Erscheinungen dir befohlen, dich der Kirche nicht zu unterwerfen?« fragte Midi.
»Ich sage ja nicht, was mir gerade in den Kopf kommt«, antwortete sie, und ein Funke ihres alten Trotzes kehrte zurück. »Ich spreche auf Befehl meiner Ratgeber und durch sie auf Befehl Gottes. Sie haben mir zwar nicht gesagt, ich soll gegen die Kirche ungehorsam sein, aber ich weiß doch, daß meinem Herrn, dem König des Himmels, vor allem andern Ehre gebührt.«
Jehanne ließ den Kopf wieder sinken. Laßt mich in Ruhe, ihr Kirchenmänner, beschwor sie sie, ich habe euch satt. Ich kann euch nicht mehr hören, euch, die ihr mich noch nie gehört habt.
Und zu ihrem Erstaunen taten sie ihr den Gefallen, ohne sie weiteren Herausforderungen zu unterziehen.
Sie zweifelte nicht daran, daß es nur eine vorübergehende Schonung sein würde. Sie würden zurückkommen, wenn es ihnen paßte, genau wie immer. Aber für heute waren sie mit ihr fertig. Sie seufzte erleichtert und murmelte aus tiefstem Herzen ein Dankgebet an Gott.
Sie ahnte nicht, daß Cauchon außer sich vor Freude war. Er war fast so ausgelassen wie ein Kind, als er sich mit seinen Genossen in das behagliche Haus verfügte, das Bedford ihm überlassen hatte. Alle setzten sich um den prunkvollen Schreibtisch, an dem er diesen Fall so leidenschaftlich vorbereitet hatte. Er schenkte Wein für alle ein, hob seinen Becher, und seine Augen strahlten vor Begeisterung, als er sagte: »Brüder – auf die Gerechtigkeit und den Scheiterhaufen!«
Die Geistlichen tranken von dem ausgezeichneten Wein, und jeder stellte sich im stillen vor, wie glanzvoll seine künftige Laufbahn sein würde.
Cauchon beendete das Schweigen. »Ich habe mir lange überlegt, wie man jetzt weiter verfahren soll. Nachdem die Anklagepunkte zu Protokoll gegeben wurde, müssen die Assessoren ihre Meinung zu dem Fall kundtun. Bevor das geschehen kann, müssen die siebzig Artikel

auf die zwölf wesentlichen reduziert werden. Bruder Nicolas« – lächelnd wandte er sich Midi zu –, »ich betraue Sie und Bruder Loiseleur mit dieser Aufgabe.«

»Danke sehr, Exzellenz.« Midi lächelte schmallippig und geziert.

»Jawohl, Exzellenz.« Loiseleur neigte den Kopf.

»Bewerten Sie die Dokumente mit äußerster Sorgfalt.« Cauchon sprach plötzlich in nüchternem Tonfall. »Es ist wichtig, daß alle Fragen eliminiert werden, die der Ketzerin gestellt wurden, und ebenso ihre unverschämten Antworten. Wir brauchen lediglich eine kompakte Liste der Vorwürfe gegen sie, und zwar gekleidet in eine Terminologie, die so abstrakt wie möglich ist, damit seitens unserer weichherzigen Brüder gar nicht erst irgendwelches Mitgefühl für diese Kreatur aufkommen kann.«

»Wie viele Kopien sollen die Schreiber davon anfertigen?« wollte Loiseleur wissen.

»So viele, daß jeder Doktor und Magister, der imstande ist, eine Ansicht dazu zu äußern, eine bekommen kann. Fügen Sie jeder Kopie die Anweisung bei, daß der Assessor ein schriftliches Gutachten zu den in diesem Dokument angesprochenen Glaubensfragen abzugeben habe. Wenn wir alle Stellungnahmen haben, schicken wie sie zusammen mit den zwölf Artikeln an die Universität zur Entscheidung. Das Ergebnis steht schon fest.«

»Vielleicht nicht ganz, Exzellenz«, bemerkte Midi wie beiläufig.

Cauchons Miene verfinsterte sich. »Was soll das heißen?«

»Nur, daß Sie sich bei den Assessoren nicht unbedingt auf Zustimmung verlassen können. Wir sollten die Dominikaner nicht so ganz vergessen.«

Allgemeines Gemurmel erhob sich, als die Männer in Weiß erwähnt wurden. »Ja, natürlich«, sagte Cauchon. »Diese elenden Feiglinge. Allen meinen Ermahnungen zum Trotz hat Le Maistre nur an zwei Sitzungen teilgenommen, und ich fürchte, daß er seine Schmähungen unter den übrigen verbreitet hat. Was schlagen Sie folglich vor, Bruder Nicolas?«

»Statt die Artikel und die Stellungnahmen der Assessoren nach Paris

zu schicken, sollten, wir, um eine erfolgreiche Beendigung sicherzustellen, vielleicht nur die Artikel schicken. So würde die Universität durch störende Auffassungen nicht ungebührlich beeinflußt.«
Cauchon schob seinen Stuhl zurück und stand auf. »Dann empfehle ich, daß Sie mit Ihrer Arbeit noch heute abend beginnen. Es ist noch viel zu tun, bevor wir wirklich feiern können.«
»Eines würde ich gern noch zur Sprache bringen, Exzellenz, bevor wir mit unserer Arbeit beginnen.«
»Ja, Bruder Nicolas?« Der Bischof lächelte und zog überrascht die rechte Braue hoch.
»Ich habe den Eindruck«, sagte Midi, »daß die Zauberin im Laufe der Haft ziemlich dünn geworden ist und daß ihre Gesundheit nachläßt. Das mag – von den Manövern der Dominikaner abgesehen – ein Grund dafür sein, daß bestimmte Assessoren sich mitleidig geäußert haben.«
Beaupère schnaubte verächtlich. »Und? Wenn ihre Verfassung schwächer wird, so geschieht das gleiche vielleicht auch mit der Entschlossenheit, mit der sie sich der Autorität der Kirche widersetzt.«
»Aber eine Tote können wir nicht verurteilen, Bruder«, gab Midi zu bedenken. »Unsere englischen Freunde wären überaus bestürzt, wenn die Hexe, die sie mit so abscheulichen Mitteln besiegt hat, der irdischen Gerechtigkeit am Ende entginge. Und was ich über das Mitgefühl der Assessoren sagte, ist ein vernünftiger Hinweis.«
»Was haben Sie sich denn gedacht?« Cauchon runzelte die Stirn.
»Nur, daß man ihr vielleicht genug zu essen geben sollte, um ihre Gesundheit in einem vernünftigen Maße wiederherzustellen. Gewiß keine Festbankette, aber doch eine handfestere Kost, als sie offensichtlich bisher genossen hat. Ich nehme an, daß die Halunken, die sie bewachen, alles aufgefressen haben, was sie ihr geben sollten.«
Eine Weile bedachte Cauchon schweigend, was Midi da geraten hatte. Dann nickte er langsam. »Es wäre ein Akt mildtätiger Gnade, der Gefangenen etwas zu geben. Ich werde über ihre Worte nachdenken, Bruder Nicolas. Einstweilen tun Sie Ihre Pflicht, Sie alle, Ihre Pflicht gegen Gott und die Kirche.«

Die Mönche erhoben sich, verneigten sich vor ihm und gingen.
Cauchon trat ans Fenster und schaute hinaus in die violette Dämmerung, die über den Dächern von Rouen hing. Er sah den Weinhändler nicht, der sein Fuhrwerk auf dem Weg zu irgendeinem Gasthaus durch die ausgefahrenen Wagengleise der Straße lenkte, und auch nicht die betrunkene Schar englischer Soldaten, die lärmend ihrem Quartier zuwankte. Der Bischof war in Gedanken verloren und nahm nicht wahr, was seine Augen sahen.
Er war voller Zuversicht gewesen, bis Midi so klug zur Vorsicht vor den verdammten Dominikanern gewarnt hatte. Diese kleine Kröte Le Maistre setzte ihm arg zu, denn äußerlich war er fügsam, aber damit verbarg er nur seine halsstarrige Weigerung, sich an dem Prozeß zu beteiligen. Nun, der Großinquisitor würde von der Unzulänglichkeit seines Untergebenen schon noch erfahren, und Cauchon würde ihm raten, Le Maistre auf die härteste denkbare Weise zu bestrafen. Wenn er doch nur dabei sein könnte, wenn das Heilige Offizium den elenden Verräter dafür züchtigte, daß er seine Pflicht nicht weisungsgemäß erfüllte. Dann würde sein Trotz sich bald verlieren.
Aber schlimmer als Le Maistres offene Rebellion war die subtile Widerspenstigkeit seiner Mitbrüder. Cauchon hatte zwar keinen greifbaren Beweis – zumindest noch nicht –, aber er hatte sie im Verdacht, daß sie die Ketzerin insgeheim berieten. Wie hätte sie seinen Fallstricken so oft entgehen können, wenn sie nicht von irgendeinem Eingeweihten im voraus gewußt hätte, wonach man sie fragen würde? Es juckte ihn in den Fingern, wenn er sich vorstellte, daß er einen von ihnen auf frischer Tat ertappte, denn dann würde er seine Drohung wahr machen und ihn als Komplizen der Hexe hinrichten lassen. Warwick hatte ihm erzählt, Bruder Isambard habe versucht, ihr im Gericht zu helfen, aber der Tisch hatte in einem ungünstigen Winkel gestanden, und ohnedies war Cauchon zu sehr mit der Hexe beschäftigt gewesen, als daß er etwas Verdächtiges bemerkt hätte.
Er konnte sich nicht vorstellen, daß Isambard, ein so vernünftiger und gründlicher Mensch, zu solchen Mitteln greifen würde. Aber er würde ihn von jetzt an sorgfältig beobachten – nur für den Fall, daß

der Engländer recht hatte und nicht auf seine gewohnte Art übertrieben hatte. Wenn Warwick allerdings recht hatte, dann würde er den Dominikaner ohne Zögern aufhängen lassen, ob er eine rechtliche Handhabe hatte oder nicht. Ihn hinzurichten würde Cauchon unendliche Genugtuung bereiten.

Aber das war nichts im Vergleich mit dem Tod dieser widerlichen kleinen Dirne. Jedesmal, wenn er an sie dachte, bekam er Herzklopfen, und er wußte, daß er sie mehr haßte als je zuvor.

Er hatte sie in ihrer Bösartigkeit und in ihrer irregeleiteten Bockbeinigkeit unterschätzt. »Kind Gottes« – wahrhaftig! Sproß des Satans paßte schon eher. Ihre Weigerung, diese empörende, vom Teufel ersonnene Kleidung abzulegen, ärgerte ihn fast so sehr wie ihr beharrliches Festhalten an den Dämonen, die sie vom Pfad des Anstands und des demütigen Gehorsams gegen die Kirche abgebracht hatten. Jedesmal wenn er sie in ihrem abscheulichen Kostüm sah, in dem sie in so gespenstischer Weise einem verlockenden – wenn auch etwas mageren – Knaben glich, hätte er ihr die Kleider vom Leibe reißen und sie zusammen mit ihren Lumpen in die Seine werfen können. Er konnte es kaum erwarten, daß das Gericht sie schuldig sprach und er Gelegenheit bekam, sie auf dem Scheiterhaufen brennen zu sehen.

Vorher aber würde er sie zwingen zu widerrufen, vor ihm zu knien, vor ihrem kirchlichen Vater. Als Büßerin würde sie sich den Schädel kahlscheren lassen und ein langes Leinengewand tragen. Sie würde zu lebenslanger Haft verurteilt werden, und man würde Cauchon Ruhm und Beifall spenden, für seine Geschicklichkeit als Jurist wie auch für seinen Triumph über die Ketzerei.

Die Erzbischofswürde war in Sicht. Bald wäre er der berühmteste Mann in Europa. Das Kardinalskollegium erhob sich wie die Stadt Gottes über den Horizont. Er befürchtete nicht, daß der Widerruf sie vor dem Scheiterhafen bewahren würde; er hatte ja Warwick schon anvertraut, wie er dafür sorgen wollte, daß sie trotzdem dorthin käme, auch wenn sie ihren Dämonen abschwor und sich der Kirche unterwarf. Das Gesetz war ein nützliches Werkzeug für den, der es zu manipulieren wußte. Der Bischof würde seine Ziele erreichen.

Bald war es vollends dunkel geworden, und Cauchon konnte die Sterne sehen, die über den Himmel verstreut waren wie Diamanten auf einem schwarzen Samtteppich. Tief atmete er die Abendluft. Midi hatte nicht unrecht. Das Mädchen war dünner geworden. Morgen würde er ihr etwas bringen lassen, was ihre Gesundheit wiederherstellen würde. Die Engländer wären höchst ungehalten, wenn sie eines natürlichen Todes sterben sollte.

Jehanne lag zusammengekrümmt auf der Seite und schlief, als das Rumoren in ihrem Magen jäh in einem Schwall von Galle und Schmerz heraufbrach. Instinktiv richtete sie sich auf Händen und Knien auf, riß den Mund auf und besudelte den Boden mit einem dickflüssigen Schleim, der auch ihr Hemd von oben bis unten bespritzte. Sie erzitterte heftig und übergab sich dann gleich noch einmal.

John Grey erwachte an seinem Platz auf einem Schemel, wo er an der Wand lehnte, und fuhr hoch. »Was ist denn?« schrie er.

»Puh! Das stinkt aber!« sagte Billy und rappelte sich neben ihm hoch, das Gesicht angewidert verzogen.

Jehanne würgte, und eine blutgesprenkelte, gelbliche Flüssigkeit klatschte bösartig auf die Dielen. Mit tränenden Augen drehte sie sich um und wandte ihren Bewachern ein wachsweißes Gesicht zu. »Der Bischof … der Fisch, den er mir geschickt hat … ich glaube, er war vergiftet«, krächzte sie.

Die Soldaten – inzwischen war der dicke Floquet auch erschienen – wechselten besorgte Blicke. »Was sollen wir machen?« fragte Billy.

»Wir müssen die Wache rufen«, sagte Grey. »Wenn sie krepiert, macht man uns verantwortlich. Wache!« schrie er unvermittelt, und der jüngere Engländer machte erschrocken einen Satz.

Jehanne kauerte noch immer über dem dampfenden Schleim, den ihr Magen da ausgestoßen hatte. Eine neuerliche Woge von Übelkeit umklammerte ihren Leib, aber als sie würgte, um sich Linderung zu schaffen, kam nichts mehr.

»Einen Priester«, murmelte sie. »Ich muß beichten.«

Durch einen Nebel von Schmerz und Erschöpfung sah sie, daß die Zellentür sich geöffnet hatte. Leute waren hereingekommen, und wie aus weiter Ferne hörte sie rauhe Stimmen, die über sie redeten.
»Was hat sie gesagt?« fragte einer, den sie für John Barrow hielt, einen der Wachsoldaten, die draußen vor der Zelle ihren Posten hatten.
»Irgend was von einem Priester«, sagte Floquet.
»Holt lieber den Earl«, befahl Grey. »Sagt ihm, wie es aussieht, stirbt die Hexe. Er soll einen Arzt mitbringen«, schrie er Barrow hinterher, der bereits zur Tür stürzte.
Die erste Welle der Übelkeit ging vorüber, und Jehannes glühendheiße Wange ruhte beinahe behaglich auf dem Holzboden. Sie klappte ein Auge auf. Wenige Handbreit vor ihr schmiegte sich eine große Ratte an die Wand, und ihre spitze Nase zuckte nervös. Schwarze, glänzende Äuglein musterten das hilflose Wesen, das zu erschöpft war, um sich noch zu bewegen, und dessen Fleisch eine verlockende Mahlzeit darstellte.
Die Ratte kam ein Stückchen näher.
Ein schwerer Stiefel stampfte vor dem Tier auf den Boden, daß es davonhuschte, zum anderen Ende der Zelle.
Hätte sie die Kraft dazu gehabt, so hätte sie ihrem Retter gedankt, wer immer es gewesen sein mochte. Aber so sehr ihre Zunge sich auch mühte, die Worte zu formen, es kam doch kein Laut über ihre Lippen. Ihre Augen schlossen sich wieder, und sie versank im gnädigen Halbschatten der Bewußtlosigkeit.
Benommen schwebte sie durch einen schwarzen Tunnel, hilflos und so schnell, daß sie glaubte, sie müsse sich gleich schon wieder übergeben. Immer weiter ging es, bis sie schließlich nach und nach langsamer wurde und die Dunkelheit sich hob. Stilles, wolkiges Licht leuchtete.
Undeutliche Gestalten schwebten durch den Dunst, und Jehanne spürte, daß tausend Herzen ringsherum schlugen, gerade so, daß sie sie nicht sehen konnte. Das Licht wurde heller und brachte ein leises, vibrierendes Summen mit sich, das nach und nach in viele Teile zerfiel und zu Stimmen wurde. Jetzt sah Jehanne, daß sie sich in einem

großen Gerichtssaal befand – das heißt, eigentlich nicht darin, sondern vielmehr irgendwo darüber.
Ein leerer Stuhl – sie wußte, daß es der Richterstuhl war – stand unter einem großen bunten Glasfenster, welches Christus mit segnend ausgebreiteten Armen darstellte. Es gab kein Kruzifix, keinen Altar unter diesem bunten, kreisrunden Glas, und Jehanne wußte gleich, daß es keine Kirche war. Die Bänke waren mit einer erstaunlich bunten Versammlung von Hunderten von Leuten gefüllt. Männer und Frauen, Junge und Alte, manche, deren Haut schwarz wie die Mitternacht war, andere mit schrägen Augen und goldenen Gesichtern – ein großes Gewirr von fremdartigen und ungewöhnlichen Gewändern. König Karl war unter ihnen, aber nicht auf dem erhabenen Platz eines Königs, sondern so, daß er als Zuschauer erkennbar war. Neben ihm saß eine wunderschöne junge Frau mit goldenen Haaren, deren herzförmiges Antlitz ihm zugewandt war. Ihre Augen leuchteten liebevoll. Der König küßte sie sanft und schaute dann wieder geradeaus, und sein Blick war der traurigste, den Jehanne bei ihm je gesehen hatte.
Sie entfernte sich von Karls Trauer. Es waren noch andere hier, die sie kannte. Ihre Eltern saßen zwischen ihren Brüdern, und über ihnen flatterte ein Wimpel, auf dem ein Schwert zwischen zwei *fleurs-de-lys* auf einem blauen Feld prangte. Der Bastard war in dieser seltsamen Versammlung, und mit ihm d'Alençon, Minguet und Pasquerel und all die andern, die sie liebte. Auch ihre Kindheitsfreundin Hauviette saß unter denen, die gekommen waren, um zuzuschauen und zu beten.
Plötzlich fiel ein Sonnenstrahl durch das Fenster auf den Richterstuhl, und allmählich nahm das Licht die Gestalt eines Wesens an, dessen Züge so hell waren, daß sie von Gold nicht zu unterscheiden waren – ein glattes, altersloses Antlitz, glatt wie Glas und weiser als die Zeit.
»Der Angeklagte soll vor das Gericht treten.« Die Stimme des Wesens tönte beherrschend und wohlklingend wie eine große Domglocke.
Zwei weniger hell strahlende Wesen erschienen in der Mitte des Gerichtssaales, und sie eskortierten einen Mann in den zerrissenen,

schmutzig violetten Gewändern eines Bischofs. Er trug schwere Ketten an Hand- und Fußgelenken und hielt den Kopf schmachvoll gesenkt. Die Menge tat ihm lautstark ihr Mißfallen kund, und manche warfen Papierfetzen und Steine nach ihm. Er kniete vor dem Richter nieder und legte die Hände auf den Kopf.

»Wer wird diesen Mann verteidigen?« fragte der Richter.

In der Ferne sah Jehanne sich selbst. Die Rüstung, die sie in St.-Denis geopfert hatte, sah aus wie neu, und ein sanftes Leuchten umstrahlte ihren Kopf. Mit majestätischer Anmut trug sie ihre unbeschädigte Standarte durch den Mittelgang heran, und neben dem Mann blieb sie stehen.

»Ich, Herr.«

»Was gibt es zu seiner Verteidigung zu sagen?« Die Stimme des Richters war die Stimme einer Taube.

»Es gibt keinen bösen Menschen«, sagte die Traum-Jehanne. »Es gibt nur Menschen, die Böses tun. Im Leben hatte dieser Mann solche Angst vor der Macht seiner eigenen Finsternis, daß er die Wahrheit verwarf und sich der Lüge anheimgab, weil er glaubte, sich so zu retten. Im Namen Gottes bitte ich dich um Gnade und Barmherzigkeit, denn das ist die Wahrheit, die ihn retten wird.«

Der Bischof brach in ein jämmerliches Schluchzen aus und umklammerte ihre Füße. Die Leute in den Bänken neigten die Köpfe vor ihr.

»Lobpreis und ewige Herrlichkeit der Jungfrau Jehanne, dem Kind des Paradieses, geläutert und erhöht durch das göttliche Feuer«, rief der Richter. »In ihr ist der Fluch der Vergangenheit aufgehoben und zunichte gemacht, in ihr ist der Frühling erwacht, der die Erde erhellen wird und zum Ruhme gereicht ihrem Vater, dem König des Himmels.«

»Jungfrau Jehanne! Jungfrau Jehanne!« sangen die Leute, und der Saal füllte sich mit dem musikalischen Klang ihres Namens.

Die Szene verschwand in einem grellen Blitz, und es erschienen die sanften, leuchtenden Züge eines Mannes aus der Ewigkeit. Die Kraft, die um ihn funkelte, war hell und luftig.

Wer bist du? fragte Jehanne.

Ich bin Gabriel, geboren aus einem berstenden Stern, und ich bin gekommen, mich den anderen anzuschließen, die dich führen und lehren. Ich werde bei dir bleiben, bis deine irdischen Tage beendet sind, wie auch die, die bei dir waren, immer bei dir sind.

Was hat das alles zu bedeuten? fragte sie, gebannt von seiner leuchtenden Schönheit.

Es kündigt dir an, was dein Lohn sein wird für deine Treue zu Gott und seinen frommen Dienern.

Katharina?

Ja, meine Kleine?

Was wird aus mir werden? Werden die Engländer mich töten, wie sie es sich geschworen haben?

Leben und Tod sind nur zwei Seiten derselben Illusion. In Wahrheit gibt es nur das Leben, und du wirst niemals sterben. Bewahre dir deinen Glauben an Gott, und er wird dir alles geben, was du brauchst.

Und die Kirche? Der Bischof will, daß ich mich seiner Streitenden Kirche unterwerfe.

Es gibt keine Streitende Kirche. Das ist ein Trugbild, geschaffen von fehlbaren Menschen. Gott ist die einzige Wirklichkeit, die die Ewigkeit überdauert.

Ich verstehe. Bitte helft mir, zu behalten, was ihr mir gezeigt habt.

Es ziemt sich nicht, daß du eine Erinnerung daran im Kopf behältst, aber es soll in deinem Herzen nachklingen, lange nachdem du schon dachtest, du habest es vergessen, bis die Zeit kommt, da du es alles wiedersiehst. Tausendfacher Segen sei dir, du Kind des Lichts.

Geht nicht! flehte Jehanne. Bitte laßt mich noch nicht allein!

Wir sind nie fern von dir.

Jemand schob eine Hand unter ihren Hinterkopf und hielt ihr einen übelriechenden Becher an den Mund.

»Nein!« Sie drehte den Kopf zur Seite, aber der Becher folgte ihr, und man bestand darauf, daß sie trank.

Mit großer Mühe öffnete sie die Augen. Alles drehte sich wie wild im Kreis. Ein Mann mit Mütze und dunklem Gewand betrachtete forschend ihr Gesicht mit nachdenklichen, nußbraunen Augen, und in der Hand hielt er den Becher, aus dem sie trinken sollte.

»Komm«, sagte er mit unerwarteter Höflichkeit. »Davon wird dir gleich besser.«
»Ich kann nicht«, murmelte sie.
»Komm.« Behutsam hielt er ihr den Trank an die Lippen, und sie nahm einen kleinen Schluck.
Es war bitter und brannte bis in den Magen. Sie hustete. Der zweite Versuch war nicht ganz so schlimm, aber danach konnte sie nicht mehr trinken. Sie schüttelte den Kopf und wisperte: »Das ist genug. Bitte.«
Der Mann nahm den Becher weg und gab ihn jemandem. Jehannes Augen schlossen sich, und sie ließ den Kopf zurücksinken, und dann merkte sie, daß sie zwar noch in ihrer Zelle war, aber in einem Bett. Es war kein richtiges Bett, sondern eine flache Pritsche. Sie konnte ihre Füße nicht sehen. Wenn sie sie bewegte, klirrten die Ketten, also war sie immer noch gefesselt. Aber ihre Hände waren frei. Der Mann nahm ihren Arm und umfaßte behutsam ihr Handgelenk mit den Fingern, dann konzentrierte er sich, als lausche er auf etwas. Ein zweiter Mann, ebenfalls dunkel gekleidet, kniete auf der anderen Seite und legte ihr eine kühle Hand auf die Stirn. Dann drückte er ihr auf den Bauch.
Sie schrie auf, als ein jäher Schmerz sie durchzuckte.
»Wird sie am Leben bleiben?« fragte eine Stimme in gebrochenem Französisch.
Jetzt sah sie ihn: den Earl von Warwick. Er stand hinter den Ärzten und starrte sie besorgt an. Die Fackel, die neben der Zellentür brannte, beleuchtete das Patriziergesicht zur Hälfte, die andere Hälfte war dunkel wie die Rückseite des Mondes. Die Augen waren schmale graue Schlitze.
»Wahrscheinlich«, antwortete der erste Mann. »Wir werden sie zur Ader lassen müssen.«
»Kommt nicht in Frage«, war die knappe Erwiderung.
»Wollen Sie, daß sie am Leben bleibt, oder nicht?«
»Oh, das will ich durchaus, da können Sie sicher sein.« Tödliche Ruhe lag in der kultivierten Stimme.

»Dann müssen Sie uns erlauben, sie zur Ader zu lassen«, fauchte der zweite Mann. »Der Arzt der Herzogin weiß, was er tut, Mylord.«

»Nun, bringen Sie sie auf die Beine«, befahl der Engländer schroff. »Mylord Bedford hat teuer für sie bezahlt, und er will nicht, daß sie der Gerechtigkeit entkommt.«

Der Mann, der ihr auf den Bauch gedrückt hatte, nahm eine Schüssel, die auf dem Boden stand. Darin lag eine lange Schnur und ein scharfes Messer. Der erste Arzt schob ihr den Ärmel bis über den Ellenbogen hinauf und nahm die Schüssel, die sein Kollege ihm reichte. Er stellte sie auf Jehannes Bauch, nahm die Schnur heraus und band sie ihr sehr straff um den Oberarm. Dann griff er zum Messer, und sein Kollege hielt die Schüssel unter Jehannes Arm.

»Streck den Arm aus und balle die Faust«, befahl er ihr.

Sie gehorchte, und etwas Scharfes, Kaltes schnitt die Ader in der Armbeuge auf. Eine kleine rote Fontäne spritzte in die Schüssel und erstarb. Der Mann machte wieder einen Schnitt, einen größeren diesmal, und jetzt floß das Blut in stetem Strom.

Jehanne schloß die Augen. Übelkeit tobte in ihrem Magen, und ihr wurde schwindlig im Kopf. Kurz bevor sie vollends ohnmächtig wurde, hörte sie, wie Warwick die Wache anherrschte: »Paßt auf sie auf, aber laßt sie in Ruhe. Der König wünscht, daß sie wieder gesund wird. Und macht diese Schweinerei sauber. Hier drin stinkt es zum Himmel.«

Zum ersten Mal seit Monaten schlief Jehanne die ganze Nacht und bis in den nächsten Vormittag hinein.

Die Ärzte brachten ihr eine Schüssel mit Gemüsesuppe, in der ein paar Stückchen Fleisch schwammen. Sie kam vom Tisch des Königs und würde ihr Kraft geben, sagte der Mann, der sie zur Ader gelassen hatte. Sie war immer noch zu schwach, um aufrecht zu sitzen, und so zog er seinen Mantel aus, rollte ihn zusammen und stopfte ihn hinter ihren Kopf. Dann fütterte er sie wie ein Kind, reichte ihr geduldig Löffel um Löffel. Sie kaute langsam, und immer wenn sie geschluckt hatte, klappte sie den Mund auf wie ein kleiner Vogel, der mehr wollte. Die ersten beiden Bissen schmeckten seltsam; es war lange her, daß sie Kohl und Zwiebeln gekostet hatte. Die Suppe wärmte ihren zusammengeschrumpften Magen, und als sie die Schüssel leergegessen hatte, sank sie satt zurück und schlief wieder ein.

Bei Sonnenaufgang erwachte sie und sah, daß die Ärzte wieder da waren. Diesmal hatten die getrocknete Apfelscheiben, einen kleinen Käse, frischgebackenes Brot und eine Schüssel Hirschragout mit Wein und Gewürzen dabei. Der Becher, den sie ihr anboten, enthielt sauberes Wasser. Sie aß mit größerem Appetit als beim letzten Mal, obgleich ihr Magen rasch voll war, so daß sie von jeder Speise nur ein paar Bissen nehmen konnte.

Der Arzt hieß Jehan Tiphaine, wie er ihr sagte, als sie daran dachte, ihn nach seinem Namen zu fragen. Er war der Leibarzt der Herzogin und einer der Assessoren bei Gericht. Sein Gehilfe war ebenfalls ein Kirchenmann und hieß Guillaume de Chambre. Jehanne dankte ihnen für die Pflege und schlief wieder ein.

Als sie am nächsten Morgen aufwachte, waren die Ärzte da. D'Estivet, der Ankläger, ebenfalls.

Er stand am Fußende ihrer Pritsche und funkelte sie an. »Warum stellst du dich krank?« fragte er herrisch. »Willst du den Prozeß in die Länge ziehen?«

»Ich bin krank«, flüsterte sie. »Der Bischof hat mir einen Karpfen geschickt, und davon ist mir schlecht geworden.«

»Lügnerin!« schrie der Advokat. »Liederliche Hure, du hast der Wache erzählt, Bischof Cauchon habe dich vergiften wollen! Die Wahrheit ist, daß du Fisch und andere fette Sachen gegessen hast, die du nicht verträgst.«

Jehanne lachte wider Willen matt. »Woher soll ich denn so etwas wohl bekommen haben? Die Wache ißt doch alles auf, was hier hereinkommt! Es war der Fisch, den Bischof Cauchon mir geschickt hat.«

D'Estivet lächelte sie giftig an. »Wenn das freundliche Geschenk des Bischofs dich krank gemacht hat, dann deshalb, weil du versucht hast, dir den ganzen Fisch auf einmal in den Schlund zu stopfen, statt ihn geziemend zu verspeisen, wie es ein zivilisierter Mensch täte. Ich habe gehört, daß du dich aufgeführt hast wie ein Schwein: Mit beiden Händen hast du den Karpfen zerrissen und dir ins Maul gestopft! Du Vielfraß, du Schlampe!«

»Zivilisiert?« wiederholte sie ungläubig. »So zivilisiert wie die Engländer, die mich hier einkerkern, in der Gesellschaft von Männern, die selbst kaum mehr als Tiere sind? Versuchen Sie doch einmal, tagelang ohne Essen auszukommen, dankbar für jeden Brosamen, den diese *goddons* übriglassen, und dann werden wir sehen, wie zierlich Sie speisen, wenn Sie Gelegenheit dazu bekommen!«

»Du willst nur den Prozeß behindern«, erwiderte er. »Du glaubst, du kannst der Gerechtigkeit entfliehen, indem du dich krank stellst, aber das wird dir bei uns nicht helfen! Wir wissen, daß du der Ketzerei und der Hexerei schuldig bist, und wenn das Urteil gefällt ist, dann werden wir dich den Engländern übergeben, damit sie dich auf dem Scheiterhaufen verbrennen!«

»Ihr habt kein Recht, über mich zu richten!« rief Jehanne. »Euer feiner Prozeß hat nichts mit mir zu tun oder mit dem, was ich gesagt und getan habe. Ihr wollt lediglich den wahren König von Frankreich durch mich in Mißkredit bringen, indem ihr behauptet, die Hilfe, die ich ihm habe zukommen lassen, sei vom Teufel und nicht von Gott gekommen. Aber ich bin von Gott gekommen, und ihr seid es, die das Werk des Bösen tun!«

Der Arzt hatte neben Jehannes Pritsche am Boden gekniet. Jetzt richtete er sich auf und berührte den Advokaten beim Arm. »Magister d'Estivet, diese Frau könnte sterben, wenn ihr Fieber zurückkehrt, und wenn sie sich weiter so erregt, könnte das leicht geschehen. Sie machen mir meine Aufgabe, sie zu heilen, nicht eben leichter. Bitte heben Sie sich diese Angelegenheiten doch für den Gerichtssaal auf.«

Tiphaine sprach gefaßt und würdig; er wollte den Ankläger nicht ärgern, und er war einigermaßen zuversichtlich, daß seine Stellung am Königlichen Hofe ihm ein gewisses Maß an Autorität verlieh.

D'Estivet schaute zwischen dem Arzt und Jehanne hin und her. »Ich

werde vor Gericht wiederholen, was du gesagt hast«, versprach er ihr, »und wenn man es hört, steht dein Tod fest.« Er fuhr herum und stürmte hinaus.
Jehanne fiel auf die harte Pritsche zurück. Dieser Überfall hatte sie erschöpft. Die unsichtbare Hand, die ihren Magen immer noch umfaßt hielt, preßte ihn unvermittelt hart zusammen, und der kalte Schweiß brach ihr aus. Ihr wurde vor Schmerz immer kälter, als wäre ihr Blut ein eisiger Strom, und sie verfiel in einen heftigen Schüttelfrost. Der Angriff des Advokaten hatte sie an die vorderste Front versetzt, bevor sie dazu bereit gewesen war. Sie war noch nicht gesund genug, um Krieg gegen die Kirche zu führen.
Tiphaine und de Chambre wußten es auch, sie sah es ihren sorgenvollen Gesichtern an. Tiphaine befühlte ihre Stirn, und dann zog er seinen Mantel aus und deckte sie damit zu.
Sie klapperte vor Kälte mit den Zähnen, und ihre Augen blickten die Ärzte flehentlich an. Aber das Fieber wurde immer schlimmer, und bald ließ die Glut sie in schwarzer Bewußtlosigkeit versinken.
Kurz nach Sonnenuntergang kam Cauchon mit seinen Leuten in ihre Zelle. D'Estivet war nicht dabei, wohl aber Le Maistre. Der Inquisitor rümpfte angewidert die Nase, als er dem Bischof in die dunkle Ecke folgte, in der Jehanne lag. Sie spürte sein Mitleid, und sie ahnte auch, daß er lieber anderswo gewesen wäre, nur nicht in diesem bedrückenden Loch. Jehanne sah, daß in seinen Augen ein Kampf tobte, geboren aus Zweifel und Verwirrung.
Bei den andern war von einem solchen Konflikt nichts zu spüren. Sie waren alle da, die Männer, mit denen der Bischof sich zu ihrem Tod verschworen hatte. Sie hatte aufgestöhnt, als die Tür sich öffnete und sie hereinkamen, und jetzt lag sie auf ihrem harten Lager, und ihr graute vor dem, was sie vorhatten.
»Im Namen unseres Herrn Jhesus, wir sind gekommen, um dich noch einmal auf das barmherzigste zu ermahnen: Erleichtere dein Gewissen und unterwirf dich der Streitenden Kirche.« Es klang, als habe Cauchon diesen Spruch geübt, und Jehanne wußte, daß der amtliche Tonfall Le Maistre zugedacht war.

»Angesichts der Krankheit, die ich hier erleide«, hauchte Jehanne, »scheint mir, daß ich bereits in ernster Todesgefahr bin. Wenn es Gottes Wille ist, daß ich sterbe, dann bitte ich Sie, mir die Beichte abzunehmen und meinen Erlöser in der Heiligen Kommunion zu mir kommen zu lassen, und dann lassen Sie mich in geweihter Erde begraben.«

»Wenn du die Rechte und Sakramente der Kirche begehrst, so mußt du dich benehmen wie eine gute Katholikin und dich der Heiligen Kirche unterwerfen«, grollte Cauchon.

»Wenn mein Körper im Kerker stirbt«, murmelte sie, »so werden Sie ihn hoffentlich in geweihter Erde bestatten. Wenn Sie es nicht tun, setze ich mein Vertrauen auf Gott.«

Courcelles und Loiseleur scharrten mit den Füßen. Das Mitgefühl des Inquisitors wurde durch Jehannes Widerspenstigkeit beeinträchtigt. Cauchon hatte ihm schon gesagt, daß ihre Halsstarrigkeit ein Beleg für ihre Schuld sei, und die Versuchung, ihm das zu glauben, wurde immer größer, als Le Maistre jetzt sah, wie sie lieber sterben als kapitulieren wollte. Er beschloß, es mit einer anderen Frage zu versuchen.

»Jehanne, bei deinem Verhör hast du gesagt, wenn du etwas getan haben solltest, das im Widerspruch zum christlichen Glauben steht, so willst du nicht darauf beharren. Aber eben dieser Glaube fußt auf der Struktur der Kirche, auf einer Autorität, die unser Herr Jhesus selbst ja dem heiligen Petrus und allen seinen Nachfolgern und Bischöfen bis auf den heutigen Tag verliehen hat. Jeder gute Christ muß das doch akzeptieren.«

»Ich verweise auf die Antwort, die ich bereits gegeben habe, und auf unseren Herrn.« In Jehannes Schläfen pochte es, und die Übelkeit lag wie Metall in ihrem Mund.

Le Maistre warf einen sorgenvollen Blick zu Cauchon, aber der Bischof sah es nicht.

»Die Schrift«, sagte jetzt Pierre Maurice, »sagt uns doch in Matthäus, Kapitel 18, Vers 15 bis 17: ›Sündigt aber dein Bruder an dir, so gehe hin und strafe ihn zwischen dir und ihm allein. Hört er dich, so hast du deinen Bruder gewonnen. Hört er dich nicht, so nimm noch einen oder zwei zu dir, auf daß alle Sache bestehe auf zweier oder dreier Zeugen Mund. Hört er die nicht, so sage es der Gemeinde. Hört er die Gemeinde nicht, so halte ihn als einen Heiden und Zöllner.‹ Wenn du der Kirche nicht gehorchst, wird der Kirche nichts weiter übrigbleiben, als dich auszustoßen als Heidin und Sarazenin.«

»Ich bin eine gute Christin.« Sein Gefasel verdroß sie. »Ich wurde in der Kirche getauft, und ich werde als gute Christin sterben.«

»Du behauptest, du willst die Heilige Kommunion empfangen«, sagte Cauchon. »Wenn man es dir erlaubt, wirst du dich dann der Kirche unterwerfen?«

»Ich kann nichts anderes sagen als das, was ich schon gesagt habe.« Jehanne tiefliegende Augen flehten ihn an, endlich aufzuhören. »Ich liebe Gott, Exzellenz. Ich bin seine getreue Dienerin. Und ich unterstütze seine Kirche mit meiner ganzen Kraft.«

»Komm, komm, Jehanne«, sagte er und unternahm den gespenstischen Versuch, zu lächeln. »Würde es dir nicht gefallen, in einer schönen und würdevollen Prozession zur Heiligen Kommunion zu gehen? In den Stand der Gnade versetzt zu werden, wenn du dich nicht schon darin befindest?«

»Ich will nur, daß die Kirche und alle guten Katholiken für mich beten«, wisperte sie und versank im vertrauten Gewässer der Besinnungslosigkeit.

Cauchon lächelte Le Maistre triumphierend an. Dieser betrachtete inzwischen stirnrunzelnd die bewußtlose Kreatur, die aussah wie ein schwindsüchtiges Kind.

»Haben Sie genug gehört, Inquisitor?« fragte der Bischof.

Le Maistre gab keine Antwort. Er wandte sich ab und ging zur Tür. Die Wache öffnete sie, und die andern Assessoren verstanden dies als Hinweis darauf, daß die Sitzung vorüber sei, und gingen ebenfalls.

Cauchon blieb noch ein paar Augenblicke bei Jehanne stehen. Seine Miene war voller Genugtuung. Sie war so gut wie tot.

Nachdem zur mitternächtlichen Matutin geläutet worden war, wartete er noch eine Stunde, und dann schlüpfte er zur Küchentür des Klosters hinaus. Im Schutze der Dunkelheit schlich sich der Mann in den schwarzen Gewändern durch die Straße. Sein Herzschlag dröhnte in seinen Ohren. Er drückte sich im Schatten an den Hauswänden entlang und eilte flink durch mondbeschienene Flecken, bis er zur Kathedrale kam. Mit einem Blick zurück vergewisserte er sich, daß ihm niemand gefolgt war, und dann stürmte er die Treppe an der Nordseite der Kathedrale hinauf und drängte sich durch die schwere Eichenholztür. Vorsichtig und geräuschlos schloß er sie hinter sich.

Jetzt stand er im Querschiff, nah bei der Kapelle der heiligen Anna. Votivkerzen flackerten in bunten Glaslampen vor den Statuen und Gebetskapellen in den Nischen zwischen den ungeheuren Säulen. Über dem Hochaltar zu seiner Linken tanzte das Licht von zwei Wandkerzen. Davon abgesehen, war die Kirche in gespenstische Dunkelheit getaucht.

Der Mann orientierte sich kurz, wandte sich dann vom Kirchenschiff ab und nach rechts, und sehr leise und langsam bewegte er sich durch den Seitengang zum Hauptportal an der Westseite des Domes, vorbei an der Kapelle des heiligen Nikolaus und des heiligen Eloi. Dahinter, zu Füßen des heiligen Julien, erwarteten ihn seine Brüder. Wie er hatten sie ihre weißen Kutten abgelegt und sich in schwarze gehüllt und die Kapuzen hochgeschlagen. Sie standen dicht zusammengedrängt, und als sie ihn sahen, drehten sie sich erwartungsvoll um.

»Ist man dir gefolgt, Bruder?« fragte Ladvenu.

»Nein«, flüsterte Le Maistre. »Ich habe zumindest niemanden gesehen. So Gott will, sind sogar die Spione im Bett.« Unwillkürlich schaute er sich noch einmal um.

»Wie geht es dem Mädchen? Hat sie widerrufen?« fragte Fontaine. Die Hoffnung machte ihn ungeduldig.

»Sie glaubt, sie stirbt, und nach allem, was ich sehen konnte, hat sie wahrscheinlich recht«, antwortete der Inquisitor leise. »Cauchon hat ihr angeboten, zur Heiligen Kommunion zu gehen, wenn sie nur widerruft, aber sie beharrt darauf, daß sie sich nur Gott unterwirft.« Er

schüttelte den Kopf und empfand beinahe Ehrfurcht. »Noch an der Schwelle des Todes, vor die Wahl zwischen Errettung und Verdammnis gestellt, leistet sie Widerstand. So etwas habe ich noch nie gesehen. Anscheinend versteht sie nicht, was ihre Weigerung bedeutet. Entweder das – oder sie ist wirklich besessen.«
Er runzelte nachdenklich die Stirn im Schatten seiner Kapuze. »Ich glaube aber nicht, daß dies der Fall ist. Menschen, die Satan in seinen Klauen hat, sehen anders aus. Sie verflucht weder Gott noch sonst jemanden. Höchst außergewöhnlich, diese Beständigkeit.«
»Was hat Cauchon gesagt?« fragte Isambard.
»Für ihn war es ein Beweis dafür, daß er recht und ich unrecht habe.« Le Maistre lächelte resigniert. »Das verschafft ihm gewiß große Genugtuung.« Seine Heiterkeit verging. »Ich bin aber auch sicher, daß er mich nun desto heftiger bedrängen wird, mich ihm anzuschließen.«
»Für uns alle naht der Augenblick der Entscheidung«, warnte Ladvenu. »Ich habe mich hier und da unauffällig umgehört und dabei erfahren, daß der Bischof höchst unzufrieden mit den Stellungnahmen ist, die er von den Assessoren bekommt. Besser gesagt, nicht bekommt – knapp die Hälfte hat ihm noch gar nichts gegeben.«
»Gut zu wissen, daß wir nicht die einzigen sind«, bemerkte Isambard. »Berichte unserem Bruder Le Maistre, was Cauchon bekommt.«
»Nun, viele beharren darauf, daß es ihnen an einer ordentlichen Dokumentation mangelt«, sagte Ladvenu. »Sie haben nur die Artikel erhalten, über die sie befinden sollen, nicht aber die Sitzungsprotokolle, und nach den ersten paar Sitzungen waren die meisten nicht mehr dabei und konnten weder die Fragen noch die Antworten des Mädchens hören. Ich muß ihnen übrigens beipflichten, denn auch ich war bei den Vernehmungen nicht zugegen.«
»Wärst du es gewesen, so wüßtest du so gut wie ich, daß das Mädchen konsequent jegliche Beziehung zum Teufel bestreitet und ihre unerschütterliche Liebe zu Gott beteuert«, sagte Fontaine, der sich an das Verhör in der Kerkerzelle erinnerte. »Es gibt in all dem genug Grund zu ernsthaften Zweifeln.«
»Überall spürt man Unbehagen«, flüsterte Ladvenu. »Alle fühlen sich

eingeschüchtert, nicht nur wir. Nur wenige sind von ganzem Herzen von der Schuld des Mädchens überzeugt.«

»Und es gibt Leute, die munkeln, was noch vor drei Monaten völlig undenkbar gewesen wäre.«

»Was munkeln sie denn, Bruder?« fragte Le Maistre.

»Daß das Mädchen ist, was es zu sein behauptet.« Isambard lächelte müde. »Daß sie tatsächlich von Gott gesandt ist.«

Ernstes Schweigen senkte sich über die Männer. Bis zu diesem Augenblick hatte in jedem von ihnen etwas gelauert, unerwünscht und unerkannt, aber jetzt hatte Isambard es ans Licht beschworen, und keiner von ihnen konnte es mehr ins Dunkel zurückdrängen.

»Aber sie weigert sich immer noch, sich der Kirche zu unterwerfen«, gab Le Maistre zu bedenken; er klammerte sich an einen Strohhalm des Zweifels.

»Ich habe den Bischof von Avranches nach seiner Meinung gefragt, und weißt du, was er gesagt hat?« Isambard zog rhetorisch die Brauen hoch. »Er hat gesagt: ›Junger Mann, was sagt uns Thomas von Aquin zur Unterwerfung unter die Kirche?‹

›Daß man sich in Zweifelsfällen des Glaubens wie diesem an den Heiligen Vater oder an das Konzil – falls es tagt – zu wenden habe‹, habe ich geantwortet. Da hat der alte Mann gelächelt und beifällig den Finger erhoben. Und das, Brüder, ist die Antwort auf all dies. Cauchon hat nach dem Gesetz nicht das Recht, diesem Mädchen den Prozeß zu machen, und er handelt im Widerspruch zum kanonischen Recht. Ihr Fall müßte vor dem Konzil in Basel verhandelt werden.«

»Und wer von uns wird den Bischof darauf aufmerksam machen?« entgegnete der Inquisitor. »Du, Bruder?«

»Nein.« Isambard lächelte. »Das Mädchen selbst.«

»Ich dachte, du hättest gesagt, du und Bruder Jehan« – er deutete mit dem Kopf zu Fontaine – »ihr hättet ihr in ihrer Zelle geraten, es zu tun. Aber sie hat dem Bischof gegenüber nichts davon erwähnt, und auch vor sonst niemandem, den ich kenne.«

»Ich glaube, sie hat uns gar nicht gehört. Dieser Prozeß zehrt an ihrer Gesundheit, und ich glaube nicht, daß sie verstanden hat, was wir ihr sagen wollten.« Und sie vertraut uns auch nicht, die arme Kreatur, dachte er; das ist der wahre Grund, weshalb sie nicht auf uns hört.

Isambard räusperte sich. »Überdies glaube ich nicht, daß sie versteht, was es bedeutet, wenn man von ihr verlangt, sie solle sich der Kirche unterwerfen. Damit ist ja nicht nur Cauchon und das Gericht gemeint, sondern die Kirche insgesamt. Man muß ihr sagen, daß unter den Kirchenmännern beim Konzil auch solche aus anderen Königreichen sind und auch Leute von der Partei ihres eigenen Königs. Wenn sie bereit ist, sich deren Urteil zu unterwerfen, kann sie nach Recht und Gesetz niemand verdammen, und das muß man ihr klarmachen.«

»Willst du dich erbieten, sie aufzuklären?« fragte Le Maistre.

Isambard schaute sich unter seinen Brüdern um. »Ja.«

Le Maistres Blick ging von einem zum andern und verweilte bei Isambard. »Und wenn du die Angeklagte davon in Kenntnis gesetzt hast – was ist, wenn sie dann nicht bereit ist, an das Konzil zu appellieren? Was ist, wenn sie die Kirche weiterhin ablehnt?«

Ladvenu nagte nachdenklich an der Oberlippe. Fontaine scharrte mit den Füßen und schaute zu Boden.

Isambard beugte sich dem unerbittlichen Blick seines Vorgesetzten. »Dann wird uns nichts anderes übrigbleiben, als sie zu verurteilen. Aber es bleibt immer noch die Möglichkeit, daß es dazu nicht kommt, und wegen dieser Möglichkeit müssen wir den einen, letzten Versuch unternehmen.«

Der Inquisitor seufzte und nickte dann; ihre Entschlossenheit ermächtigte ihn zu einer Entscheidung. »Gut. Tut eure Pflicht. Ich gelobe beim heiligen Dominikus, daß ich euer getreuer Advokat sein werde, sollte es nötig sein.«

»Danke, Bruder.« Isambard umarmte Le Maistre und küßte ihn auf beide Wangen. Die anderen Mönche folgten seinem Beispiel. Dann sprachen sie rasch ein Paternoster und schlichen sich einer nach dem andern zur Kathedrale hinaus und zurück zu dem Kloster bei der halb vollendeten Kirche von St.-Ouen.

Anfang Mai war Jehanne wieder kräftig genug, um in die Kapelle vor ihre Ankläger geführt zu werden. Während die Wache die Kette aufschloß, mit der sie an die Zellenwand gefesselt war, erklärte Pater Massieu ihr, daß man sie zu einer öffentlichen Ermahnung bringen werde, bei der das Gericht ihr noch eine Gelegenheit geben werde, zu gestehen und ihre Irrtümer zu bereuen. Sie erinnerte sich, daß die Dominikaner zwei Tage zuvor zu ihr gekommen waren und ihr gesagt hatten, was in dieser nächsten Sitzung geschehen würde. Sie hatten ihr außerdem etwas sehr Wichtiges erklärt. Aber daran konnte sie sich nicht mehr erinnern. Es war irgendwie untergegangen.

Es gab keine Welt mehr außer dieser, keine andere Wirklichkeit als die langen Stunden, die sie angekettet in der dunkelsten Ecke ihrer Zelle verdämmerte, in sicherer Entfernung von den betrunkenen, streitsüchtigen Wachsoldaten. Nach ihrer Krankheit war es ihr unmöglich, noch klar zu denken, und der letzte Rest körperlicher Widerstandskraft, den sie nach langen Wochen schlechter Ernährung und ständig gestörter Nachtruhe noch besessen hatte, war dahin. Das Leben in diesem tristen Loch hatte eine schimmernde Aura des Unwirklichen angenommen, die auch über die bedrohlichen, im Fackelschein flackernden Gesichter der Soldaten flirrte und die gnadenlosen Spitzfindigkeiten vernebelte, mit denen ihre Befrager sie beinahe täglich heimsuchten. An Dinge, die vor langer Zeit geschehen waren, konnte sie sich immer noch gut erinnern, aber sie konnte eine Frage nicht mehr von der anderen unterscheiden. Sie klangen alle gleich: Larifari in irgendeiner fremden Sprache, obgleich sie wußte, daß es Französisch war. Um sich vor den hämmernden Fragen zu schützen, verkroch Jehanne sich in sich selbst und hörte gar nicht mehr, was man zu ihr sagte. Ihr Geist war über die Müdigkeit hinaus in eine Leere geweht, in der es nicht mehr möglich war, zwei Gedanken aneinanderzureihen, und in der man nichts mehr fühlte. An diesem Ort war sie jenseits des Schmerzes.

Doch wie der Refrain eines immer wiederkehrenden Alptraums durchströmte sie in schneller Folge ein einziger Gedanke: Sie würde in Rouen sterben, und zwar sehr bald. Wenn die Krankheit sie nicht tötete, würden die Männer der Kirche und die Engländer es tun. Bei dieser Aussicht griff eine Panik nach ihr, die ihr den Atem verschlug, so daß sie am liebsten aus ihrem Körper hinausgesprungen wäre. Sie würden ihr den Kopf abschneiden und den Leichnam in einen ungeweihten Graben werfen, ohne ihr die Sterbesakramente zu spenden, die ihre Seele zu Gott geleiteten. Sie würde der ewigen Verdammnis anheimfallen, und das Himmelstor wäre ihr versperrt.

So schrecklich diese Möglichkeit war, so gab es doch noch eine schlimmere, die aber die gleichen Folgen haben würde: der Scheiterhaufen. Seit sie sich mit zwei Jahren am Herd der Mutter die Hand verbrannt hatte, brachte Jehanne dem Feuer einen wachsamen Respekt entgegen, und sie ging äußerst vorsichtig damit um – und nur, wenn es sein mußte. Sie konnte nicht daran denken, wie es sein würde, verbrannt zu werden. Wenn diese grausige Vorstellung den Tod durch Enthaupten beiseite drängte und sie scheel und mit irr schlenkernder Zunge angrinste, dann flüchtete sie sich schreiend in die Arme ihrer Ratgeber.

Auch sie hörte sie kaum noch. Sie waren bei ihr gewesen, als sie krank gewesen war, aber sie konnte sich an nichts erinnern – nur, daß der Erzengel Gabriel gekommen war und sie getröstet hatte, wußte sie noch. Aber auch wenn sie nicht sprachen, waren sie doch bei ihr: in den Bewegungen, die Jehanne aus den Augenwinkeln sah, in der Resignation, die sich auf ihren verzweifelnden Geist senkte und ihre Rückkehr zum Glauben ankündigte, wenn der Fluß des Grauens ausgetrocknet war. Sie flüsterten ihr zu, sie werde nicht sterben, und Jehanne klammerte sich an diese Versicherungen wie eine Ertrinkende an ein Boot. Sie konnte ihnen nicht abschwören, ganz gleich, womit ihre – und Gottes – Feinde ihr drohen mochten. Gott würde sie durch einen prachtvollen Sieg befreien, das hatten sie ihr versprochen. Es war das einzige, was sie am Leben hielt und in ihrer Bereitschaft stärkte, den Kampf fortzusetzen.

Als sie sich jetzt inmitten dieser gelehrten Männer auf ihren Schemel setzte, wußte sie, daß sie so bereit war, wie sie es nur sein konnte. Isambard durfte nicht mehr in ihre Nähe. Er saß neben Ladvenu auf einer Bank unter dem Falkenblick des Bischofs. Heute würde etwas Wichtiges geschehen, etwas, was Jehanne nicht ganz verstand. Man würde ihr weitere Fragen stellen, natürlich – aber da kam noch mehr. Isambard betrachtete die Ketten an den dünnen Handgelenken mit grimmigem Lächeln. Er wußte nur zu gut, wie sie sich fühlte. Wie vereinbart, waren er und seine Brüder nach dem geheimen Treffen mit Le Maistre zu ihr gegangen und hatten ihr geduldig dargelegt, daß sie sich mit Leib und Seele retten könne, wenn sie in öffentlicher Sitzung verlange, vor das Konzil nach Basel gebracht zu werden. Sie hatte ihnen nicht geantwortet, tatsächlich schien sie nicht einmal etwas gehört zu haben. Ladvenu hatte den Vorschlag noch einmal wiederholt, langsam und geduldig, aber die Hoffnung, daß sie ihn verstehen werde, war vergeblich gewesen. Ein betäubter, verständnisloser Blick aus diesen großen, tiefliegenden Augen war die einzige Reaktion gewesen. Mit jähem Schrecken hatte Isambard begriffen, daß die Dominikaner sich für sie überhaupt nicht von Cauchon und seinen Leuten unterschieden. Da hatte er alle Versuche beendet und war schweren Herzens erfolglos mit seinen Brüdern in die Abtei zurückgekehrt.

Wenige Stunden später hatte der Bischof die drei Mönche ins Refektorium rufen lassen. Isambard, Ladvenu und Fontaine waren von den englischen Soldaten in Jehannes Zelle verraten worden. Cauchon war furchtbar wütend gewesen, und nach einer langen Strafpredigt, in deren Verlauf er sowohl ihre Frömmigkeit als auch ihr Mannestum in ernsten Zweifel gezogen hatte, versprach er, sie aufhängen zu lassen. Keiner von ihnen bezweifelte, daß er es tatsächlich tun würde. Bleich und erschüttert waren sie gewesen, als er sie fortgeschickt hatte, und Fontaine war geradewegs zu seinem Pferd gelaufen und zu den Toren von Rouen hinausgaloppiert, als wären ihm alle Dämonen der Hölle auf den Fersen.

Ladvenu und Isambard hatten keine Zeit verschwendet und waren auf der Stelle zu Le Maistre gegangen, der sein Versprechen erneuerte, sie zu beschützen. Sie waren noch bei ihm, als Cauchon erschien, um sich über ihren Verrat zu beklagen. Bei der nun folgenden Konfrontation teilte der Inquisitor ihm mit, daß er, sollte der Bischof seinen Brüdern etwas antun, dem Verfahren fortan endgültig fernbleiben werde, so daß es durch die Abwesenheit des Heiligen Offiziums ungültig gemacht sei. Cauchon sah sich einstweilen machtlos; er stürmte hinaus, und die drei konnten sich nun, da die Gefahr für das eigene Leben nicht mehr über ihren Häuptern schwebte, um Jehanne Sorgen machen.

Jetzt erhob sich Cauchon von seinem Richterstuhl und riß Isambard in die Gegenwart zurück.

»Brüder in Christo, Mylords« – er verbeugte sich vor den Engländern –, »nach gründlicher Befragung antwortete diese Frau auf die vom Ankläger der Kirche umsichtig verfaßten Artikel, und wir sandten die Aufstellung ihrer Geständnisse, aufgeführt und zusammengefaßt in Form von zwölf Artikeln, an Doktoren und andere Personen, die des kanonischen und des zivilen Rechts kundig, um ihren Rat einzuholen.«

Unter den Assessoren begann ein unbehagliches Rumoren. Auf die eine oder andere Weise war fast jeder unter ihnen vom Sturm der Intrigen, Komplotte und Gegenkomplotte, der in der Stadt tobte, erfaßt worden, und sie alle wußten von Desertionen und Drohungen. Inzwischen hatten viele den Verdacht, daß die Angeklagte überhaupt nichts gestanden hatte.

Ein ehrwürdiger Priester, dessen feine weiße Haarsträhnen unter der Kappe hervorlugten, erhob sich mit knirschenden Gelenken. Sein Gesicht war gütig und arglos. Es war der Erzdiakon Jehan de Châtillon, und er erläuterte Jehanne im Auftrag des Gerichts, daß alle gläubigen Christen gehalten und gezwungen seien, an den Glaubensartikeln festzuhalten. Sie müsse, sagte er, sich bessern und bekehren in Worten und Werken nach dem Ratschlag der vornehmen Doktoren und Magister, die in der Deutung des Göttlichen, des kanonischen und des zivilen Rechts geübt seien.

»Lesen Sie in Ihrem Buch«, sagte Jehanne und deutete mit dem Kopf auf die Sammlung von Dokumenten in seiner Hand, »und dann will ich antworten. Ich bin in der Hand Gottes, meines Schöpfers, den ich liebe von ganzem Herzen.«

»Was antwortest du auf die allgemeine Ermahnung?« fragte Châtillon und spähte kurzsichtig zu ihr herüber.
»Ich erwarte den Spruch meines Richters, des Königs über Himmel und Erde.« Jehannes Worte waren eine tonlose Rezitation. Sie fühlte sich innerlich leer und völlig allein.
Der alte Mann verlas eine Zusammenfassung der zwölf Artikel: Jehanne sei stolz und hoffärtig; sie bilde sich ein, von Glaubensfragen mehr zu verstehen als gebildete und gelehrte Männer; sie lehne es ab, sich in Worten und Werken der Streitenden Kirche zu unterwerfen; sie bestehe auf ihrer abscheulichen Kleidung; die Reden von ihren Erscheinungen seien nichts als Lüge und Eitelkeit, und in der Dunkelheit ihrer Seele beharre sie darauf, daß sie nicht gesündigt habe. Châtillon erklärte ihr nochmals, was die Streitende Kirche sei, und Jehanne mußte es sich zum hundertsten Male anhören.
»Ich glaube an die Kirche auf Erden«, sagte sie und seufzte vor Erschöpfung ob all dieser Wiederholungen, »aber ich beziehe mich in allen meinen Worten und Werken auf Gott. Ich glaube, daß die Streitende Kirche weder irren noch wanken kann, aber ich beziehe mich auf Gott, der mir alles befohlen hat, was ich gesagt und getan habe.«
»Erkennst du denn die Autorität keines irdischen Richters an?« fragte der Erzdiakon. »Auch nicht die Autorität des Heiligen Vaters?«
Ladvenu und Isambard beugten sich vor.
»Ich will dazu nichts mehr sagen«, antwortete Jehanne mit erschöpftem Kopfschütteln. »Ich habe einen guten Herrn, nämlich Gott, dem ich in allen Dingen vertraue.«
»Weib, wenn du dich der Macht der Heiligen Mutter Kirche nicht unterwirfst«, sagte Châtillon stirnrunzelnd und mit erhobener Stimme, »so wird man dich als Ketzerin exkommunizieren, und dann werden andere Richter dich zum Tode auf dem Scheiterhaufen verurteilen!«
»Ich kann nichts mehr sagen«, murmelte sie. »Und wenn ich das Feuer vor mir sähe, so würde ich doch weiterhin sagen, was ich schon gesagt habe, und nichts anderes.«
»Würdest du dich dem Urteil des Papstes unterwerfen?« Er ließ nicht locker, und sein faltiges Gesicht rötete sich vor lauter Hilflosigkeit.

Irgend etwas wisperte in ihrem Ohr, aber sie konnte es nicht fassen. »Bringt mich zu ihm, und ich werde ihm antworten.«
»Meine Herren.« Isambard erhob sich. »Die Angeklagte hat beantragt, vor den Heiligen Vater geführt zu werden. Ich empfehle mit allem Respekt, daß man ihr dieses Recht als einer eingeschworenen Christin gewähre.«
Die Assessoren murmelten, und einige wagten sogar, zustimmend zu nicken. Unter den Engländern erhob sich gedämpftes Murren.
Cauchon fuhr herum und starrte den jungen Mann an. »Der Heilige Vater ist in Rom, und wir sind in Rouen, weit entfernt von Rom«, schnarrte er. »Wenn diese junge Frau sich seinen Stellvertretern in Gestalt dieses Gerichts nicht unterwirft, ist es genauso, als unterwürfe sie sich dem Papst nicht.«
»Die zentrale Frage in diesem Prozeß ist doch folgende«, erwiderte Isambard furchtlos. »Kommen die Erscheinungen der Gefangenen von Gott oder von Satan? Diese Frage aber ist für das Wohlergehen sowohl der Gefangenen als auch der Kirche von so entscheidender Bedeutung, daß man die Entscheidung darüber der höchsten Autorität überlassen sollte.« Und der Mönch fuhr ungerührt fort, obwohl er sah, daß Cauchon vor Wut gleich aus der Haut fahren würde. »Man soll den Fall dem Konzil zu Basel vortragen, wo sich viele unserer Brüder auch von der Partei der Angeklagten versammelt haben, und mit ihnen Doktoren und Magister aus der ganzen Christenheit.«
Bei seinen letzten Worten spitzte Jehanne die Ohren, und endlich dämmerte ihr, was die Dominikaner zu ihr gesagt hatten, während sie ihren Besuch verschlafen hatte. Der Nebel, der sie umgab, lichtete sich, und sie sah plötzlich alles mit lebendiger Klarheit.
»O ja!« rief sie, voller Hoffnung auf einen Ausweg aus diesem Alptraum, »wenn dort Kirchenmänner meiner Partei versammelt sind, so will ich mich ihrem Urteil gern unterwerfen!«
»Exzellenz«, fiel ihr der wachsame Isambard ins Wort, »ich gebe zu Protokoll, daß die Angeklagte bereit ist, sich dem Konzil zu unterwerfen.«
»In Teufels Namen, seid still, alle beide!«

Gespenstische Stille legte sich jäh wie ein Donnerschlag über den Gerichtssaal.
Alle – die Angeklagte, die Assessoren, sogar die Engländer – starrten den Bischof mit seinen wild funkelnden Augen an, entsetzt über seine Worte. Zum ersten Mal sah Ladvenu das ganze Ausmaß von Cauchons Raserei, und eine grausige Ahnung erwachte in seiner Seele. Isambard setzte sich, mit bleichem Gesicht und starrer Miene. Niemand sonst rührte sich.
Mehrere Augenblicke vergingen.
Es war Manchon, der Notar, der die Stille schließlich unterbrach. »Exzellenz«, meldete er sich in schüchternem Ton zu Wort, »soll ich die Antwort der Gefangenen aufschreiben?«
»Das ist nicht nötig.« Cauchon warf Isambard einen Blick voller Bösartigkeit zu; der Mönch spürte ihn zwischen seinen Augen wie die Spitze einer Lanze.
»O doch, natürlich!« rief Jehanne, den Tränen nahe. »Sie schreiben immer nur auf, was gegen mich, und nie, was für mich spricht!«
Unvermittelt brach unter den Assessoren ein Sturm los und befreite wochenlang unterdrückte Zweifel. Ungeordnet versammelten sie sich in kleinen Gruppen und machten sich nicht mehr die Mühe, ihre Skepsis flüsternd zu äußern, sondern taten offen kund, wie sehr sie die flagrante Rechtswidrigkeit dieses Verfahrens mißbilligten. Isambard schaute über die Köpfe der Theologen hinweg und sah Cauchon vor seinem Stuhl stehen, starr, mit rotem Gesicht und stammelnd vor Wut. Der gebrechliche Erzdiakon schaute hilflos in die Runde.
Jehanne sah das alles wie benommen. Sie verstand nicht genau, um was es ging, aber sie hatte jählings begriffen, daß nicht alle hier gegen sie waren. Man sah es an den halb verborgenen finsteren Blicken, die sie Cauchon zuwarfen, daß viele dieser Männer sie freilassen würden, wenn sie Gelegenheit dazu hätten. Die Dominikaner hatten ihr gesagt, es herrsche Zwietracht im Gericht, aber sie hatte ihnen nicht geglaubt. Seit sie in Rouen war, betrachtete sie alle Kleriker als ihre Gegner. Ladvenu schaute ihr in die Augen, und in seinem Lächeln erkannte sie endlich den Menschen.

Das schwere Dröhnen eines Buches, das auf den Tisch geschlagen wurde, hallte durch das Chaos, und eine Baßstimme rief: »Ordnung! Ordnung!«

Niemand reagierte, und Cauchon ließ den Band noch einmal auf Manchons Tisch niederfahren und befahl nochmals Ruhe, diesmal lauter als zuvor. Jahrelange Übung machte sich bemerkbar: Die Mönchszungen erstarrten mitten im Satz, hier und da sogar mitten im Wort.

Cauchon stand am Tisch, das ramponierte Buch in der Linken. Sein Haar sträubte sich unter seiner Mütze wie das Gefieder eines Raubvogels, und sein Falkengesicht war zu einer wütenden Maske verzerrt. Noch einmal ließ er das Buch auf den Tisch fallen. Es klang, als falle eine Tür ins Schloß.

Einzeln oder zu zweien nahmen Magister und Doktoren ihre Plätze wieder ein. Die rebellischsten unter ihnen zögerten noch einen Augenblick, aber dann setzten auch sie sich.

»Ich möchte unseren jungen Kollegen daran erinnern«, sagte der Bischof mit vor Bosheit triefender Stimme, »daß die Angeklagte zweimal aufgefordert wurde, sich unter den Mitgliedern dieses Gerichts einen Fürsprecher zu erwählen, und daß sie dieses Angebot zweimal ausgeschlagen hat, weil sie meinte, alle nötige Beratung von ihren dämonischen Erscheinungen zu erhalten. Sie hat ihr Recht auf einen Anwalt zurückgewiesen und auch Ihnen nicht erlaubt, diesen Part zu übernehmen. Daher kann auch die Kirche es nicht billigen.«

Cauchon gab dem jungen Mönch seine ganze Macht zu spüren. »Die Kirche ermahnt Sie, sich ihres Gehorsamsgelübdes zu erinnern, welches Sie vor Ihrem Orden und Ihren kirchlichen Vorgesetzten abgelegt haben. Sie waren heute sehr dicht davor, dieses Gelübde zu brechen, Bruder Isambard. Sie werden es nicht wieder tun.«

Isambard schlug die Augen nieder und schaute auf seine Hände. Sein Gesicht glühte, erfüllt von einer Mischung aus Scham über die persönliche Demütigung und Empörung über diese nackte Mißachtung des Rechts. Dutzende von Augenpaaren wichen dem stechenden Blick aus, den der Bischof durch den Raum wandern ließ.

Cauchon setzte sich und sagte mit einstudierter Würde: »Magister Châtillon, fahren Sie in Ihrer Ermahnung fort.«
Der Erzdiakon erhob sich und blinzelte Jehanne an. Dann räusperte er sich gewichtig. »Unter Mißachtung jeglicher weiblichen Schicklichkeit und Schamhaftigkeit hast du darauf beharrt und beharrst du weiterhin darauf, auf dieses abscheuliche Kostüm nicht zu verzichten, wie es dir die Kirche befohlen hat.«
»Ich werde ein Frauenkleid anziehen, wenn ich zur Messe gehen und die Heilige Kommunion empfangen darf«, antwortete Jehanne hellwach und entschlossen. »Aber wenn ich zurückkehre, muß ich wieder anlegen, was ich jetzt trage.«
»Aber, liebes Kind«, säuselte der Alte, »du brauchst doch keine Männerkleider mehr, wo du doch auch kein Heer mehr führst, sondern im Kerker bist.«
»Da brauche ich sie gerade. Die Wache hat versucht, mich zu schänden, und diese Kleider sind mein einziger Schutz.«
Ein Murmeln des Entsetzens ging durch die Reihen. Die englischen Lords tuschelten empört untereinander.
»Schreib das nicht auf, du Narr!« fuhr Cauchon den Notar Manchon an, und der junge Mann stieß vor Schreck sein Tintenfaß um. Rasch stellte er es wieder auf, aber schon war ein dünnes Tintenrinnsal über seinen Tisch gelaufen.
Bald, sagte sich Cauchon, würden seine Brüder mit dem Beschluß der Universität aus Paris zurückkehren, und ohne Zweifel würde darin uneingeschränkt empfohlen werden, die Angeklagte zu exkommunizieren und der weltlichen Gerichtsbarkeit zu übergeben. Dafür würden andere an diesem Unternehmen Beteiligte sorgen. Fast hätte der Bischof gelächelt. Hinter ihm ragte, beschützend wie ein großer Bruder, die ganze Macht Englands.
»Magister Châtillon?« Er winkte dem Erzdiakon, fortzufahren.
»Die Kirche verlangt, daß du Frauenkeider anlegst, und zwar ein für allemal.«
»Wenn ich getan habe, was Gott mir aufgetragen hat, so will ich Frauenkleider anlegen.«

»Wir kommen zu dem Zeichen, welches du dem gegeben hast, den du König nennst«, murmelte Châtillon und nahm sich ein neues Blatt vor. »Wärest du bereit, dich dem Erzbischof von Reims und den andern zu eröffnen, Rittern wie Knappen, die angeblich bei diesem Ereignis zugegen waren?«

»Bringt sie her, und ich will euch antworten«, sagte Jehanne. »Andernfalls unterwerfe ich mich Ihnen in dieser Frage nicht.«

»Bist du bereit, dich der Kathedrale von Poitiers zu unterwerfen, der Stadt, in welcher du examiniert wurdest?«

Jehanne legte den Kopf in den Nacken und schaute zur Decke. Sie fing an zu lachen, lautlos und unter Qualen. Es war komisch, wie sie immer wieder ein Spielzeug vor ihrer Nase baumeln ließen. Als Cauchon sich heute geweigert hatte, ihren Fall nach Basel zu bringen, da hatte sie gesehen, wie seine heilige Fassade von ihm abgefallen war wie die Schale einer Zwiebel, die innen faul war. Sie hatte seine Verachtung für wahre Gerechtigkeit und das Ausmaß seines Hasses in seinem verrotteten Kern gesehen. Er hatte den Namen des Bösen beschworen. Es gab keinen Ausweg für sie, und dieses letzte Angebot war auch wieder nur eine Falle.

Sie schaute an dem gebrechlichen Graubart vorbei zu Cauchon. »Glauben Sie, damit können Sie mich fangen und an sich ziehen?«

»Bei Strafe der Exkommunikation und des Verstoßes aus dem liebevollen Schutz der Mutter Kirche«, schrie Châtillon, »verlangt dieses Gericht, daß du dich der Streitenden Kirche unterwirfst!«

Jehanne sagte nichts.

»Wenn die Kirche dich von sich stößt, bist du in großer Gefahr: Deiner Seele droht das ewige Feuer, und dein Leib wird vom weltlichen Feuer gefressen.«

Langsam und trotzig schüttelte sie den Kopf. »Ihr könnt mir nicht antun, was Sie da sagen, ohne daß ihr schlimmen Schaden erleidet an Leib und Seele.«

Alle schnappten nach Luft, und die Mönche bekreuzigten sich, daß ihre weiten Ärmel raschelten. Zwei Engländer machten das Zeichen gegen den Bösen Blick.

»Du mußt uns einen guten Grund sagen, weshalb du dich der Kirche nicht unterwerfen willst.«
Jehanne starrte ihn mit nachlassenden Kräften an. Am liebsten hätte sie geschrien: Weil ihr alle Narren seid und nichts wißt von Gott! Aber dann hätten sie sich darauf gestürzt und sich daraus eine neue Waffe gemacht, mit der sie auf sie einprügeln könnten.
Also antwortete sie nicht.
Vernichtet, besiegt von soviel Unbeugsamkeit, schüttelte der alte Mann den Kopf. »Ich habe keine weiteren Argumente, Exzellenz.«
Cauchon forderte das Gericht auf, sie nach Belieben zu ermahnen. Maurice wetterte gegen sie, Courcelles tat es ebenfalls. Immer wieder durchmaßen sie das gleiche Gelände, immer wieder stießen sie auf die gleichen Antworten, bis auch die Assessoren es satt hatten und die Sitzung vertagen wollten. Cauchon sah mit Befriedigung, daß die Versammlung, die aus zahlreichen rebellischen und leicht verführbaren Männern bestand, ihren Verstand wie ihr Gewissen beruhigen konnte, nachdem sie nun mit eigenen Augen gesehen hatten, wie widerspenstig die Ketzerin war. Als auch der dritte Assessor, der den Versuch unternahm, sie ins Gebet zu nehmen, hilflos aus der Haut fahren wollte, hob Cauchon die Hände. Der Mönch setzte sich erschöpft.
Der Bischof schaute Jehanne mit verlogenem Lächeln an. »Du mußt die Ermahnungen, die du heute gehört hast, ernstlich in deinem Herzen bewegen, und dann mußt du uns deine Antwort kundtun.«
»Wie lange kann ich darüber nachdenken?«
»Du mußt hier und jetzt antworten.«
Sie schaute auf ihre Stiefelspitzen. Als klar war, daß sie nichts mehr sagen würde, vertagte Cauchon die Verhandlung, und Jehanne wurde in ihre Zelle gebracht.

Kapitel 17

Der große Sieg

9. bis 30. Mai 1431

Als man sie an diesem Morgen holen kam, fand Jehanne den Aufstieg zum *donjon* des Schlosses von Rouen mühseliger als erwartet. Noch ein Jahr zuvor hätte sie diese Treppe mit munteren Sprüngen bezwungen, aber jetzt konnte sie mit knapper Not den Fuß auf die nächste Stufe heben. Ihre Beine waren von der langen Untätigkeit entkräftet und schmerzten, als stäche man sie mit glühenden Messern. Ein rasendes Schwindelgefühl schwirrte in ihrem Kopf herum, und fast wäre sie ohnmächtig geworden.

Am oberen Ende der Treppe lag die kreisrunde Turmstube. Cauchon wartete dort, und bei ihm war der Inquisitor in der weißen Kutte. Seine Miene war voller Unbehagen. Außerdem waren Loiseleur, Courcelles und sechs andere Assessoren zugegen, die Jehanne nur vom Sehen kannte. Schließlich waren noch zwei Laien da, keine Soldaten, wie es aussah, sondern Stadtbürger aus den niederen Schichten. Der eine war fleischig und breitschultrig, und ein verfilzter Bart bedeckte sein rundes, rotes Gesicht; der zweite war kleiner und dünner, ohne daß man ihn aber für schwächlich hätte halten können. Beide trugen lederne Wämser, und auf ihren Hosen prangten die Flecken vergangener Mahlzeiten und etwas, das aussah wie dunkle Blutflecken. Ihre stumpfen Gesichter betrachteten die sagenhafte Hexe von Orléans beinahe enttäuscht. Jehanne wußte, was sie dachten: daß sie doch ein ganz gewöhnliches Weib sei.

»Weißt du, warum wir dich hergebracht haben?« fragte Cauchon.

Jehanne schaute auf die Spitzen seiner blanken roten Schuhe und schüttelte den Kopf.

»Sieh dich doch um«, befahl er mit schmalem Lächeln.

Sie hob den Kopf. Der Raum war voll von Instrumenten, von denen Jehanne schon hatte flüstern hören, die sie aber noch nie gesehen hatte. Ein eiserner Käfig hing an einer dicken Kette hinter dem Kopf des Bischofs von einem Deckenbalken. Wer darin eingesperrt und angekettet wurde, konnte weder stehen noch sitzen, und wenn man ihn dort hängenließ, würde er an Hunger und Durst sterben. Seitlich darunter ragte eine lange Bank aus roh behauenem, blutgeschwärztem Holz. Zu beiden Enden waren lange Lederriemen mit Winden verbunden, und die Winden wiederum konnten durch ein mit Handgriffen versehenes Rad bedient werden. Daneben auf einem niedrigen Tisch lag ein zwingenähnlicher Apparat mit einer Schraube, mit dem sich Finger zerquetschen ließen; wie das Streckbett war er von altem Blut verkrustet. Auf dem Boden stand ein hohler, aufklappbarer Stiefel mit eisernen Dornen an der Innenseite. Verschiedene gespenstisch aussehende Gerätschaften – einige hatten Klingen, andere Haken oder Sägezähne – hingen an Pflöcken an der Wand. Ringe für Hand- und Fußfesseln waren ebenfalls in die Wand eingelassen, und ein Brandeisen lag in der Glut eines Kohlenbeckens. Rostige Messer in vielen verschiedenen Formen und Konturen lagen gleichfalls griffbereit.

Jehanne erbleichte, und das Grauen ließ ihre Knie einknicken, so daß sie beinahe zu Boden gesunken wäre. Erlöse mich von dem Übel, betete sie, erlöse mich von dem Übel, o Gott, gib mir Kraft!

»So«, sagte Cauchon und trat einen Schritt auf sie zu. »Weißt du, warum du hier bist?«

»Sie werden mich foltern«, sagte sie. Sie wußte jetzt, wer die beiden Männer waren und warum sie hier waren.

»Vielleicht.« Der Bischof zog die Brauen hoch. »Vielleicht aber auch nicht, wenn du dich der Kirche unterwirfst.«

»Sag jetzt die Wahrheit: Welches Zeichen gabst du deinem König?« Es war Courcelles, der den Angriff eröffnete.

»Darauf habe ich schon geantwortet«, sagte Jehanne, »und ich bleibe bei dem, was ich gesagt habe.«

»Wirst du dich der Kirche unterwerfen und bekennen, daß die Stimmen, die du hörst, Dämonen des Teufels sind?«

»Ich erkenne an, daß die Kirche nicht irren kann, aber ich unterwerfe mich nur Gott, der mich geschaffen hat, und ihm vor allen andern.« Sie antwortete mechanisch wie schon hundertmal zuvor. Unwillkürlich mußte sie immer wieder zu den Messern und dem Spanischen Stiefel hinüberschauen.

Sie dürfen mich nicht foltern! O Gott, mein Gott, gib mir Mut!

»Wirst du dich der Streitenden Kirche fügen und ein Frauenkleid anziehen?« fragte Courcelles.

Sie ließ den Kopf sinken und seufzte nach einer Weile. Was immer sie ihr antun mochten, sie durfte ihnen ihre Seele nicht überlassen. Sie war das einzige, was sie ihr noch nicht genommen hatten. Sie schüttelte den Kopf. »Ich muß bleiben, wie ich bin.«

Loiseleur schaute den Bischof hilflos an.

»Jehanne, die Kirche weiß viele Mittel, ihre verirrten Schäflein wieder in den Pferch zurückzuholen. Willst du denn gefoltert werden?« fragte Cauchon streng.

Unwillkürlich schaute sie das Streckbett und den Käfig an.

Und plötzlich wußte sie, daß sie es nicht tun würden. Ihre Ratgeber hatten nie eine Andeutung darüber gemacht, daß man sie foltern würde. Es war eine List. Trotzig schaute sie Cauchon ins ungerührte Gesicht.

»Und wenn Sie mir Glied für Glied abreißen und mir die Seele aus dem Leib treiben, so werde ich doch sagen, was ich immer gesagt habe. Und wenn Sie mich foltern, so werde ich hinterher erklären, daß alles, was ich gestanden habe, erzwungen wurde und nicht das ist, was ich wirklich denke.«

Sie sah ein unsicheres Flackern im Blick des Bischofs, und sie betete, dies möge bedeuten, daß sie ihn besiegt habe.

Bevor er antworten konnte, drängte Le Maistre sich nach vorn. »Jehanne, um der Liebe Gottes willen, unterwirf dich der Kirche.« Die schlanke Gestalt des Dominikaners zitterte vor Angst um sie. »Willst du denn sterben?«

Sie sah, daß er ehrlich litt, und ihre Miene wurde sanft. »Am Fest der Kreuzerhöhung kam der Erzengel Gabriel zu mir und spendete mir großen Trost. Ich habe ihn gefragt, ob ich mich der Kirche unterwerfen soll, da es ja das sei, was ihr alle von mir wollt, und er sagte, wenn ich will, daß Gott mir helfe, so muß ich auf ihn vertrauen in allem, was ich tue.«

Gemächlich schaute sie jeden der Männer an. Sie schwankten vor ihr wie der Boden und verschwammen bald mehr, bald weniger. Sie mußte einen nach dem andern ins Auge fassen. »Ich habe immer gewußt, daß Gott mein einziger Herr ist«, sagte sie zu dem Mann im violetten Mantel, »und daß der Böse keine Macht über mich hat.«

»Woher willst du denn wissen, daß diese Erscheinung nicht log? Daß es nicht in Wirklichkeit noch ein Dämon war?«

»Weil er mir großen Trost gespendet hat«, antwortete sie, ohne zu zögern.

»Was hat er dir sonst noch gesagt?« Le Maistres Staunen war kaum verhohlen.

»Ich habe gefragt, ob ich verbrannt werde, und sie haben mir gesagt, was sie immer sagen: Ich soll auf Gott vertrauen, und er wird mir helfen.«

Der Bischof starrte sie unerbittlich an. »Was das Zeichen der Krone angeht, das du dem Erzbischof von Reims gezeigt hast«, sagte er, »wäre es dir recht, wenn wir ihn befragten?«

»Bringen Sie ihn her, und ich werde Ihnen antworten«, sagte sie, und sie fühlte eine leise Regung der alten Macht. »Er würde nicht wagen, dem zu widersprechen, was ich bereits gesagt habe.«

Cauchon Augen wurden schmal. Irgend etwas plagte ihm, irgend etwas bereitete ihm Unbehagen. Er wandte sich an die beiden Folterknechte. »Ihr könnt einstweilen gehen. Aber haltet euch zur Verfügung für den Fall, daß wir euch noch brauchen.«

»Aber Exzellenz«, wandte Courcelles ein, »sie muß gefoltert werden – um ihrer verirrten Seele willen!«

»Vor einem so drastischen Schritt bedarf es weiterer Beratung, Bruder«, antwortete der Bischof und nickte Massieu zu. »Bringt sie wieder in ihre Zelle.«

»Aber Exzellenz …«
»Ich habe gesagt, das ist alles«, sagte Cauchon scharf. »Wir werden übermorgen in meiner Residenz zusammenkommen, um die Diskussion fortzusetzen.« Er sah Massieu und die Wache an und wedelte mit der Hand. »Bringt sie weg.«
Die Soldaten packten Jehanne bei den Armen und schleiften sie aus der Folterkammer. Ihr war schwindlig vor Erleichterung, als sie sie langsam über die Wendeltreppe in den Hof hinunterbrachten.
Ich danke Dir, Herr, sang es in ihr; ich danke Dir, daß Du mir das Leben gerettet hast. Sie war verschont worden – vorläufig.

Sie lag auf der Pritsche, die sie ihr nicht wieder weggenommen hatten, nachdem sie krank geworden war. Ihre Füße waren daran angekettet und nicht mehr an den großen Holzblock, der immer noch da lag, wo er seit fünf Monaten lag. Die Hände unter dem Kopf verschränkt, starrte sie blicklos an die Decke, gleichgültig gegen die würfelnden Soldaten am anderen Ende der Zelle. Ihr Herz raste bei dem Gedanken an das, was vorhin geschehen war.
Sie hatte dagelegen wie jetzt, als sie plötzlich Gelächter hörte und frohgelaunte Männerstimmen sich draußen der Zelle näherten. Kirchenmänner waren das nicht, denn die Mönche kamen immer so leise, daß sie ihre Anwesenheit erst bemerkte, wenn der Schlüssel sich im Schloß drehte. Diese muntere Schar und ihren betrunkenen Gesang hörte sie hingegen schon von weitem, unten im Hof und dann an der Tür am Fuße der Treppe. Vor der Zellentür erkannte sie dann auch den englischen Akzent unter den französischen Klängen. Nach kurzem Lärmen schwang die Tür auf.
Die Wache sprang auf, als Warwick, sein Adjutant, der Earl von Stafford, und drei andere Herren hereinkamen. Alle waren elegant gekleidet, als kämen sie von einem Fest. Es war das erste Mal, daß Jehanne diese militärischen Herren in anderer Kleidung als Leder und Kettenhemd sah. Die Goldfäden in ihren breitschultrigen Röcken schimmerten im Fackelschein und bildeten einen seltsamen Kontrast zu diesem

trostlosen Verlies, und das Parfüm auf ihren frischrasierten Wangen überdeckte den altgewohnten Gestank.
Mit Schrecken erkannte Jehanne unter ihnen auch Jehan de Luxembourg und den jungen Haimond de Macy, jenen Burgunder, der in Beaurevoir über sie hergefallen war. Den letzten Mann kannte sie nicht. Er trug Bischofsgewänder, und nach seiner Ähnlichkeit mit Luxembourg zu urteilen, mußte er ein naher Verwandter von ihm sein, vielleicht sein Bruder.
Langsam richtete sie sich auf, als die Männer sich näherten.
»Nun, Jehanne«, sagte Luxembourg und starrte sie mit seinem einen Auge an, »deine Geschicke haben sich aber zum Schlechteren gewandt, seit wir uns das letzte Mal gesehen haben.« Er sprach mit schwerer Zunge, offenkundig betrunken.
Geht weg, dachte sie. Ich will euch hier nicht haben.
»Aber sei guten Mutes. Ich bin gekommen, um dich auszulösen.« Er bleckte die Zähne und sah aus wie ein grinsender, einäugiger Kater. Die anderen Männer lachten. Macy stieß Luxembourgs Bruder vertraulich den Ellenbogen in die Seite. Warwick schürzte die Lippen und durchbohrte Jehanne mit dem Blick seiner haßerfüllten grauen Augen. Er war ohne Zweifel nüchtern, anders als seine burgundischen Begleiter. Sein breites, pockennarbiges Gesicht war von mörderischer Ruhe erfüllt.
»Nein, das sind Sie nicht.« Jehanne seufzte.
»Doch, doch«, beharrte der Edelmann und befingerte mit leichter Hand die Spitze seines Schnurrbarts. »Ich bin gekommen, dich auszulösen – natürlich unter der Bedingung, daß du nie wieder gegen uns zu den Waffen greifst.«
Wieder wechselten seine Kameraden heitere Blicke. Sogar die Engländer lächelten.
»In Gottes Namen, Sie machen sich einen Spaß mit mir.« Jehanne runzelte die Stirn. »Ich weiß, daß Sie weder den Wunsch noch die Macht haben, mich zu befreien.«
»Aber es ist die Wahrheit!« Er spreizte spöttisch die Hände, das Inbild der gekränkten Ehrlichkeit. »Ich habe Mylord Warwick eine Menge

Geld gegeben, um deine Freiheit zu erkaufen.« Er grinste den Engländer an.

Jehanne schnaubte verächtlich und verdrehte die Augen. Dann schaute sie Luxembourg an und bannte ihn mit den letzten Resten ihrer Macht. »Sie sind ein Lügner. Ich weiß, daß diese Engländer mich töten werden, weil sie glauben, wenn ich erst tot bin, können sie ganz Frankreich überrennen.«

Sie richtete ihren Blick auf Warwick. Er begann sehr langsam zu lächeln, und seine Augen sagten: Ganz recht, wir werden dich töten, und ich selbst werde den Scheiterhaufen anzünden. Seine Arroganz, sein übergroßes Selbstvertrauen, seine Entschlossenheit und die Skrupellosigkeit hinter seinem Lächeln – das alles ließ den Zorn wieder auferstehen, von dem sie geglaubt hatte, er sei längst in Traurigkeit vergangen.

»Aber sie wissen nicht, daß es ihnen nicht helfen wird, mich zu ermorden, weil sie die Hilfe des Himmels nicht haben, und wären noch hunderttausend *goddons* mehr in Frankreich als jetzt, sie würden das Königreich doch nicht erobern.«

Sie sah das Messer in Staffords Hand aufblitzen, noch ehe sie zu Ende gesprochen hatte. Das Licht der Fackel in Macys Hand ließ den Stahl blinken, als er auf sie herniederfuhr.

Jehanne hob die Hand, um den Schlag abzuwenden, der niemals kam.

»Nicht!« Warwick fiel seinem Adjutanten in den Arm. Er beugte sich sehr nah zum Ohr des Soldaten und flüsterte hörbar: »Wir haben etwas viel Besseres für sie.«

Stafford hielt inne, aber er behielt den Dolch in der Hand. In seinem wütenden Gesicht sah Jehanne den Wunsch, ihr die Kehle durchzuschneiden, und seltsamerweise wünschte sich ein Teil von ihr, er möge es tun. Der Blick seiner schmalen Augen durchbohrte sie, und es sah aus, als werde er den Befehl seines Herrn in den Wind schlagen, was immer es kostete.

Plötzlich entspannte sich seine Haltung, und er schaute seinen Herrn stirnrunzelnd an.

»Ihr werdet Eure Rache noch bekommen«, sagte Warwick und nahm ihm den Dolch ab. »Wir wollen jetzt gehen.«
Jehannes Feinde verschwanden so schnell, wie sie gekommen waren. Aber sie lachten nicht mehr.

Wir haben etwas viel Besseres für sie.
Die Henkersaxt? Den Scheiterhaufen? Oft genug hatten sie gedroht, sie zu verbrennen; war es das, was er meinte?
Nein, es war nicht nur das. Stafford würde noch etwas anderes tun, hatte Warwick angedeutet, und sie hatte es in den Augen des Earl gesehen, und auch in der Art, wie Stafford sie angesehen hatte, als er sein Messer aus der Hand gegeben hatte. Die Erinnerung daran glitt über einen ungeschützten Ort am Grunde ihrer Seele und hinterließ eine kalte, schleimige Spur.
Sie suchte Trost in der Vergangenheit. Ihre Gedanken kehrten zurück nach Domrémy, in die Tage ihrer Kindheit vor dem Beginn der Visionen, die sie auf ihren Weg geführt hatten. Wie einfach war das Leben damals gewesen. Sie hatte sich keine Sorgen wegen marodierender Freischärler machen müssen. Ihre einzige Sorge waren die alltäglichen Gewohnheiten des Dorflebens gewesen, die von den Jahreszeiten diktiert wurden.
Sie erinnerte sich, wie sie als ganz kleines Mädchen den Kopf in Mamans Schoß gelegt und wie Isabelle ihr das lange dichte Haar gebürstet hatte. Dabei hatte sie ein Lied gesungen, das Jehanne so sehr liebte, ein Lied von einem kleinen Vogel, der zum Himmel flog und mit einem Sonnenstrahl zurückkehrte, um daraus sein Nest zu bauen. Wenn sie die Augen schloß und ganz still hielt, konnte sie das runde Gesicht ihrer Mutter mit den Apfelbäckchen sehen und die sanfte Hand fühlen, die ihr übers Haar strich.
Oh, Maman, hätte sie am liebsten geschluchzt, ich hatte nicht einmal Zeit, dir einen Abschiedskuß zu geben.
Hör auf, Jehanne! Wenn du weiter an die Vergangenheit denkst, wirst du bald heulen wie ein kleines Kind, und dann werden zumindest die

Engländer dort dich für schwach halten und dich auslachen – oder, schlimmer noch, du wirst am Ende wirklich in rasenden Wahnsinn verfallen. Es gibt keine Vergangenheit mehr für dich, solange du keine Zukunft hast.

Sie zwang sich, an etwas anderes zu denken.

Wie mochte es mit dem Krieg gehen? Sie hatte darüber nicht nachgedacht, seit der Prozeß begonnen hatte. Es wäre nutzlos, jemanden hier nach Neuigkeiten zu fragen. Wenn man sie überhaupt einer Antwort würdigte, so würde man wahrscheinlich lügen. Karl mußte immer noch König sein, denn wäre er es nicht, so würden seine Feinde sicher voller Schadenfreude herumlaufen. Ebenso mußte Paris noch in feindlicher Hand sein, denn die *goddon*-Soldaten hätten getobt, wenn es an die Armagnacs gefallen wäre.

Aber was war mit d'Alençon? Lebte er noch, oder war er bei dem Versuch, die Güter seiner Ahnen zurückzuerobern, gefallen? Daß Pierre nicht tot war, wußte sie von ihren Ratgebern, aber mehr wollten sie ihr über sein Schicksal auch nicht sagen. Saß er in einem Verlies wie diesem? Würde er freigekauft werden, wie Pasquerel es vorausgesagt hatte? Und die andern? Waren einige von ihnen durch den Tod zu Gott gegangen?

Fragen ohne Antworten – der Kopf tat ihr weh vom vielen Grübeln. Das einzige, was sie mit Sicherheit wußte, war, daß sie nicht gefoltert werden würde. Irgend etwas hatte bewirkt, daß der Bischof seine Absichten geändert hatte; sie hatte es in seiner gerunzelten Stirn, in seinem flackernden Blick gesehen. Vielleicht war sogar er imstande, einen Funken von Gottes Liebe in sich zu spüren, und sei er noch so matt.

Lieber Gott, bitte hilf mir, bitte laß mich nicht allein. Ich habe solche Angst vor dem, dessen Nahen ich da spüre.

Sie wartete auf eine Antwort von ihren Ratgebern, und als keine kam, versank sie in den wachsamen Schlaf des Schlachtfeldes.

»Wir haben beschlossen, dich noch einmal zu drängen, auf den Weg der Wahrheit zurückzukehren, auf daß du errettet werdest an Leib und Seele«, intonierte Cauchon und richtete seinen majestätischen Blick auf die erschöpfte Gefangene.

»Gemäß dem Ernst dieses Verfahrens haben wir an unsere Mutter, die Universität von Paris, gesandt und sie gebeten, den Fall für uns zu entscheiden. Unsere Boten sind nunmehr zurückgekehrt mit dem Urteil, welches die Theologische Fakultät gefällt hat, und unser Bruder Maurice wird es dir vorlesen.« Er ließ sich auf dem großartigen, holzgeschnitzten Stuhl nieder, den Warwick für ihn hatte aufstellen lassen. Die Kammer in dem Stockwerk unter Jehannes Zelle hatte ein Fenster, und sie sah mit Staunen den fremdartigen Sonnenschein, der da ein viereckiges, gevierteiltes Bild auf den Boden malte. Anwesend bei dieser neuesten Ermahnung waren die Dominikaner Le Maistre und Isambard sowie Jehannes besonders erbitterte Widersacher: die Ankläger d'Estivet, Midi und Beaupère. Bischof Louis de Luxembourg – Jehanne wußte jetzt, daß es sich tatsächlich um den Bruder des Comte Jehan handelte – war ebenfalls zugegen, und mit ihm ein halbes Dutzend andere Assessoren. Sie saßen auf Bänken mit dem Rücken zum warmen Sonnenlicht und hatten Jehanne die feindseligen Gesichter zugewandt. Zwei englische Wachsoldaten standen mit ihren *guisarmes* an der Tür.

Maurice erhob sich von seinem Platz und räusperte sich, und dann begann er zu lesen, was auf dem mit einem grünen Band versehenen Dokument stand. »Erstens, Jehanne, hast du gesagt, du habest, seit du dreizehn Jahre alt warst, Offenbarungen und Erscheinungen von Engeln und von den Heiligen Katharina und Margarethe gehabt, du habest sie oftmals gesehen mit deinen leiblichen Augen, wie sie mit dir sprachen und dir manches erzählten, was in diesem Prozeß ausführlich dargelegt wurde. Die Gelehrten der Universität Paris haben Art und Zweck dieser Offenbarungen betrachtet, die Natur der offenbarten Dinge und auch die Beschaffenheit deiner Person, und nachdem sie alles, was dabei von Bedeutung ist, betrachtet haben, erklären sie, daß es falsch, verführerisch und verderblich sei und daß solche

Offenbarungen und Erscheinungen Aberglaube seien und von bösen und diabolischen Geistern kommen.«

Natürlich. Jehanne senkte den Blick auf die gefalteten Hände und lächelte ironisch. Es ist gleichgültig, was ihr denkt, dachte sie. Bald wird Gott seinen Sieg senden und mich von hier fortholen.

Nacheinander verlas der Mönch die Urteilsverfügungen. Die Geschichte von dem Zeichen, das sie dem König gegeben habe, sei anmaßend, eine irreführende Lüge, ein Unterfangen, das im Gegensatz zur Würde von Engeln stehe und diese schmähe. Sie habe erklärt, sie wisse, daß ihre Visionen von den Engeln kämen, weil ihre Geister ihr gesagt hätten, daß dies so sei, und indem sie ihnen geglaubt habe, habe Jehanne eine eifrige Leichtgläubigkeit an den Tag gelegt und sei damit vom wahren Glauben abgewichen. Indem sie angebe, zukünftige Ereignisse zu kennen, beweise sie, daß sie abergläubisch sei, eitel, anmaßend (noch einmal) und der Sünde der Hellseherei schuldig.

Sie habe Gott gelästert, indem sie Männerkleidung getragen und behauptet habe, daß sie dies auf Geheiß des Allmächtigen tue. Sie sei voll eitler Prahlerei und neige zur Götzendienerei und zur Selbstanbetung. Indem sie gegen Engländer und Burgunder zu den Waffen gegriffen habe, habe sie selbst Verrat, Grausamkeit und blutrünstigen Aufruhr begangen.

Als sie ihr Elternhaus ohne die Erlaubnis der Eltern verlassen habe, sei dies ein Verstoß gewesen gegen Gottes Gebot, Vater und Mutter zu ehren, wodurch diesen großes Leid zugefügt worden sei. Ohne Reue zu zeigen, habe sie behauptet, auch dies auf Gottes Geheiß getan zu haben, was wiederum Blasphemie und ein Glaubensirrtum gewesen sei. Ihr Sprung vom Turm in Beaurevoir sei ein Selbstmordversuch gewesen, hervorgebracht von der Sünde der Verzweiflung und verstärkt durch die noch größere Sünde, daß sie sich angemaßt habe, Gott habe diese Tat vergeben.

Sie habe behauptet, ihre Geister hätten versprochen, sie ins Paradies zu führen, wenn sie gelobe, ihre Jungfräulichkeit zu bewahren, und darin sei sie unbedacht gewesen und habe im Glauben geirrt. Sie habe behauptet, Gott liebe manche und hasse andere, und überdies

habe sie von ihren Stimmen erfahren, daß er die Engländer nicht liebe. Auch darin sei sie blasphemisch gewesen und habe zudem gegen das Gebot der Nächstenliebe verstoßen.
Sie knie vor ihren Geistern und küsse sie; sie glaube, sie kämen von Gott, und sie könne erkennen, daß es Engel seien und keine Dämonen, doch damit entlarve sie sich selbst als Götzenanbeterin und Dämonenbeschwörerin, als Glaubensabtrünnige, die falsches Zeugnis ablege und unrechte Eide schwöre.
Schließlich weigere sie sich im Zusammenhang mit all den oben genannten Angelegenheiten, sich der Weisheit der Heiligen Mutter Kirche zu unterwerfen, und beharre störrisch darauf, sie unterwerfe sich nur Gott. Daher befänden die Magister und Doktoren, sie sei eine Schismatikerin, ungläubig gegen Einheit und Autorität der Kirche, und eine Apostatin, die beharrlich irre im Glauben.
Maurice ließ die Seiten sinken und schenkte ihr einen Blick voll liebevoller Betrachtung, der doch überfloß von durchsichtiger Heuchelei. »Jehanne, meine liebste Freundin, es ist jetzt Zeit, kurz vor dem Ende deines Prozesses, noch einmal wohl zu bedenken, was gesagt wurde. Obgleich du durch unseren Herrn Bischof von Beauvais und durch den Herrn Vikar der Inquisition sowie durch andere von ihnen ernannte Doktoren viermal ermahnt wurdest zum Wohle deiner Seele und zur Erleichterung ihres Gewissens, so hast du doch nicht hören wollen.«
Sie starrte ihn von ihrem Schemel her an. Ihr seid lauter Dummköpfe, dachte sie, und Gott wird mich befreien, wie er es mir versprochen hat. Ich bin nicht deine liebste Freundin, und du bist nicht mein liebster Freund. Ich habe hier keinen Freund außer Gott.
Der Mönch fuhr fort, sie zur Rückkehr zum wahren Glauben zu ermahnen, zum Glauben an den Herrn Jhesus, der gestorben sei, um sie von ihren Sünden zu erlösen. Leichtfertig habe sie an ihre Erscheinungen geglaubt, fuhr er fort, ohne Priester oder gelehrte Theologen zu befragen, die sie hätten aufklären können, doch das hätte sie angesichts ihrer Unwissenheit in diesen Dingen tun sollen.
»Nehmen wir ein Beispiel«, sagte er. »Angenommen, dein König hätte

dich beauftragt, eine Festung zu verteidigen und niemanden hereinzulassen. Würdest du dich da nicht weigern, jemandem Eintritt zu gewähren, der wohl behauptete, im Namen des Königs zu kommen, ohne aber einen Brief oder ein echtes Zeichen zu überbringen?«
Jehanne ließ nicht erkennen, daß sie ihn gehört hatte. Der starre Blick ihrer tiefliegenden Augen beunruhigte Maurice ein wenig, aber er ließ sich nicht beirren.
»Genauso hat unser Herr Jhesus Christus, als er in den Himmel aufgefahren ist, die Regierung seiner Kirche dem heiligen Petrus und seinen Nachfolgern übertragen und ihnen verboten, jene aufzunehmen, die behaupten, in seinem Namen zu kommen, aber kein Zeichen mitbringen außer ihrem eigenen Wort. Genauso hättest du dein Vertrauen nicht in die setzen sollen, die zu dir kamen, wie du sagst, noch sollten wir an dich glauben, denn Gott befiehlt uns das Gegenteil.«
Du weißt nicht, was du redest, erwiderte sie stumm. Du hast Gott nie gesehen, du hast nur deine alten Bücher.
»Jehanne, bedenke auch dies: Wenn ein Soldat oder sonst jemand, der im Reich deines König geboren ist, sagen wollte: ›Ich gehorche dem König nicht und unterwerfe mich auch nicht seinen Offizieren‹, würdest du dann nicht sagen, dieser Mann müsse verurteilt werden? Was sagst du dann also über dich selbst, eine getaufte Tochter der Kirche, die den Offizieren Christi, nämlich den Prälaten seiner Kirche, nicht gehorchen will? Welches Urteil bringst du da über dich?
Ich bitte und ermahne dich, laß ab von diesen Reden, wenn du deinen Schöpfer liebst. Gehorche der Kirche und unterwirf dich ihrem Urteil. Und wisse: Wenn du es nicht tust, wenn du auf deinem Irrtum beharrst, dann wird deine Seele zu ewiger Strafe und unablässigen Qualen verdammt, und dein Körper wird vernichtet werden. Laß nicht zu, daß Stolz und eitle Scham dich zurückhalten, weil du den Verlust der größten Ehren befürchtest, die du von der Welt empfangen hast. Die Ehre Gottes und das Heil deiner Seele müssen das Wichtigste sein.
Und deshalb bitte, ermahne und beschwöre ich dich im Namen deiner Richter, abzulassen von deinen Irrtümern, dich zu bessern und

auf den Weg der Wahrheit zurückzukehren, indem du dich der Kirche unterwirfst. Dadurch wirst du deine Seele erretten und deinen Leib vor dem Tode bewahren. Tust du es nicht, so möge der Herr dich bewahren!«
Es wurde still. Der Mönch hatte seine Pflicht getan und setzte sich neben Beaupère.
Isambard beobachtete sie gespannt – wahrscheinlich betete er zum Himmel, daß sie sich unterwerfen möge. Der Inquisitor betrachtete betrübt das Kreuz, das der Fensterrahmen vor ihm auf den sonnigen Fußboden malte. Alle warteten. Cauchons Miene war unerbittlich.
Es ist gleichgültig, was ihr denkt. Sehr bald wird Gott mich von eurem Übel erlösen. »Was meine Worte und Taten angeht, wie ich sie im Prozeß benannt habe«, antwortete sie mit brüchiger Stimme, »so beharre ich auf ihnen und werde es auch fortan tun.«
Die Assessoren machten ihrer Bestürzung in einem gemeinschaftlichen Seufzer Luft. Der Bischof warf d'Estivet einen verschwörerischen Blick zu. Midi schaute Beaupère an und zuckte kaum merklich die Achseln.
»Wenn ich verurteilt würde«, ergänzte Jehanne, »und wenn ich den Scheiterhaufen sähe und auch, daß der Henker sich bereitmacht, die Kienspäne anzuzünden, und wenn ich mitten darin stände, so würde ich doch nichts anderes sagen als das, was ich bereits gesagt habe, und ich würde dabei bleiben bis zu meinem Tod.«
Die Assessoren staunten über soviel Furchtlosigkeit. Isambard konnte sie nicht länger anschauen, und sie sah, daß er sie verlorengegeben hatte. Cauchon erhob sich langsam. »Haben Sie, Ankläger, oder hast du, Jehanne, noch etwas zu sagen?«
»Nein, Exzellenz«, antwortete d'Estivet.
Jehanne schüttelte den Kopf.
»Als Richter in diesem Verfahren, und gemäß deiner Weigerung, weitere Antworten zu geben, erklären wir das Verfahren für beendet«, sagte der Bischof. »Nach dieser Verkündigung setzen wir fest, daß morgen der Tag sein soll, da wir Recht sprechen und das Urteil verkünden werden, welches sodann ausgeführt und nach Recht und Ge-

setz vollstreckt werden soll.« Er winkte der Wache. »Bringt die Gefangene in ihre Zelle zurück.«

Jehanne ging, und die Kette schleifte zwischen ihren Füßen.

Kurz nach Sonnenaufgang am Donnerstag kam Beaupère mit Massieu zu ihr in die Zelle. Der Assessor erklärte, man werde sie zu einem Schafott bringen, welches man eigens auf dem Friedhof neben der Abtei St.-Ouen errichtet habe, und dort werde sie eine Predigt und das Urteil hören. Sie hörte ihn durch einen Nebel der Erschöpfung und begriff kaum, was er sagte.

»Hast du verstanden?«

Jehanne schaute ihn mit hohlen, rot umränderten Augen an und nickte.

Wie im Traum sah sie, daß die Wache ihre Füße von der Pritsche losschloß. Massieu nahm sanft ihren Arm und half ihr beim Aufstehen. Das Verlies drehte sich um sie, und einen Moment lang war ihr, als müsse sie in Ohnmacht fallen. Sie legte die Hände an die Schläfen, um dem Schwindelgefühl Einhalt zu gebieten, und es verebbte langsam. Sie wartete auf wackligen Beinen, während die Soldaten ihr die Ketten an den Knöcheln befestigten. Von den Mönchen begleitet stieg sie, gefolgt von der Wache, die vertrauten acht Stufen zum Hof hinunter.

Das grelle Licht ließ sie blinzeln, und sie hob eine Hand über die Augen. Es war ein schöner, heller Tag, rasiermesserscharfe Wolken, die aussahen, als hätte eine Riesenhand sie flachgedrückt, jagten über den sanften Himmel nach Osten. Die kleine Prozession – Beaupère ging an der Spitze, Jehanne und Massieu kamen als nächste, und die Soldaten bildeten den Schluß – überquerte den Platz und verließ den Hof durch das Südtor, wo ein Pferdefuhrwerk wartete.

Jehanne und die Mönche stiegen hinauf, und die Soldaten nahmen zu beiden Seiten Aufstellung. Der Fuhrmann schnalzte mit der Zunge und ließ die Zügel schnellen, und der Karren schlängelte sich auf einer schmalen, gewundenen Straße an einer Kirche vorbei und dann auf eine andere Straße, die sich scharf nach links wendete.

Plötzlich standen Dutzende von Leuten am Straßenrand, und Jehanne war fassungslos angesichts der Wucht ihrer Zahl und der Empfindungen, die über sie hereinbrachen. Es war so lange her, daß sie Menschen gesehen hatte – alltägliche, gewöhnliche Menschen –, und sie kamen ihr seltsam vor, wie aus einer Welt, zu der sie nicht mehr gehörte und in die sie nicht mehr zurückkehren konnte. Als der Karren mit ihr an ihnen vorbeifuhr, gafften die Stadtbewohner die berüchtigte, ausgemergelte Gefangene an, die sie wegen ihrer Gottlosigkeit hassen sollten, wie man ihnen gesagt hatte. Viele Frauen und auch ein paar Männer bekreuzigten sich bei ihrem Anblick. Jehanne konnte sich nicht erinnern, wann sie zuletzt eine Frau gesehen hatte, geschweige denn ein Kind. Jetzt, als sie langsam die Straße hinunterrumpelten, standen Menschen jeden Alters am Straßenrand, und auch die Kleinsten hatte man hergebracht, damit sie sehen konnten, wie sie vorüberfuhr. Alle waren sehr still. Ein paar Frauen weinten, und Jehanne erkannte, daß dies tatsächlich eine französische Stadt war, obwohl die Engländer hier schon lange regierten. Das Volk wollte ihren Tod nicht.

Eine noch größere Menschenmenge hatte sich an der Mauer versammelt, die den Garten der Abtei vom Friedhof trennte. Auf dem Friedhof, umgeben von den Grabsteinen derer, die schon zu Gott gegangen waren, bedeckten die Fundamente eines unvollendeten Kirchenanbaus den Boden. Schulter an Schulter standen die Zuschauer zwischen den Gräbern im Frühlingsgras.

Zwei Holzgerüste hatte man hastig an der Mauer zusammengezimmert, und über beiden wehte Heinrichs englisches Banner. Auf der einen Plattform standen Cauchon, Warwick und andere Würdenträger und erwarteten den Karren; Jehanne erkannte den Kardinal von Winchester unter ihnen an seiner scharlachroten Robe und dem breiten, flachen Hut. Etwa fünfzig englische Soldaten hielten die Menge zurück, als das Fuhrwerk hinter die leere zweite Plattform fuhr.

Der Fuhrmann zügelte sein Gespann, und der Wagen kam zum Stehen. Mit einer Behendigkeit, die Jehanne überraschte, sprang Massieu hinunter und streckte ihr dann die Hände entgegen, um ihr herabzuhelfen. Aus dem Nichts, so schien es, erschien Loiseleur vorn am Wagen und nahm sie beim Arm.

»Jehanne, hör mir zu!« zischelte er in eindringlichem Flüsterton. »Wenn du am Leben bleiben willst, dann nimm das Frauenkleid, das sie dir anbieten, und tu auch sonst, was man dir sagt, denn sonst droht dir auf der Stelle der Tod.« Sein Gesicht war angespannt, als habe auch er nicht viel geschlafen. Sie schaute ihm in die Augen und suchte seine Motive zu ergründen, und zu ihrer Verwunderung sah sie nur ehrliche Verzweiflung.

»Wenn du tust, was ich sage, wirst du nicht nur deine Seele retten, sondern auch deinen Leib, und man wird dich in den Gewahrsam der Kirche geben. Verstehst du?«

Sie nickte nur, stumm vor Überraschung.

»Braves Mädchen«, flüsterte Loiseleur. »Jetzt geh – sie warten auf dich. Vergiß nicht, was ich gesagt habe.«

Er ließ sie los, und Massieu ergriff ihren anderen Arm. Er führte sie zu den Stufen und erkletterte mit ihr das Schafott. Ladvenu und Isambard drängten sich durch die Menge nach vorn und blieben vor den Stufen stehen. Beide sahen verhärmt und ernst aus. Ein ganzer Wald von englischen *guisarmes* starrte um sie herum, und es blitzte überall in der Menge.

Guillaume Erart, einer der Assessoren und ein inbrünstiger Anhänger des Bischofs, erklomm das Schafott und stellte sich vor Massieu und Jehanne. Er nahm ein Buch von einem kleinen Tisch vor der Plattform und schaute Cauchon an. Der Bischof nickte und gab ihm so das Zeichen zum Anfangen.

»Unser Text kommt aus dem Evangelium des heiligen Johannes, des Lieblingsapostels unseres Herrn Jhesus«, verkündete der Theologe laut genug, daß alle es hören konnten. »Gleich wie die Rebe kann keine Frucht bringen von ihr selber, sie bleibe denn am Weinstock«, las er laut aus dem Buch vor, »also auch ihr nicht, ihr bleibet denn in mir.«

Die Menge wartete begierig auf die nächsten Worte, und viele reckten die Hälse, um die kleine Gestalt in dem schmutzigen Leinenhemd zu sehen, die da mit gesenktem Kopf zuhörte, den Blick starr auf einen dunklen Astknoten in den Holzplanken gerichtet.

»Alle, die da getauft sind im katholischen Glauben, bleiben am Weinstock der Heiligen Mutter Kirche. Diese Frau jedoch« – er deutete auf Jehanne – »hat sich abseits gestellt von der Einheit der Kirche durch ihre zahlreichen Irrtümer und schweren Missetaten und hat Anstoß erregt bei Christenmenschen auf vielerlei Art. Kraft der mir durch die Universität von Paris verliehenen Autorität, welche ja vom Papst selber kommt, ermahne ich sie nunmehr und fordere sie auf, ihre falschen Anmaßungen aufzugeben und auf den Pfad des Glaubens zurückzukehren.«

In dramatischer Geste spreizte Erart die Arme.

»Ach, edles Haus Frankreich, stets Beschützer des Glaubens, und auch du, Karl, der du dich König und Herrscher nennst und dich so hast irremachen lassen – daß ihr einer Häretikerin und Schismatikerin anhängt, den Worten und Taten eines gottlosen Weibes, schlecht beleumdet und ehrlos! Und nicht nur ihr, sondern auch der Klerus und der Adel eurer Partei, von denen sie auf die Probe gestellt und gebilligt wurde, wie sie uns sagte!«

Als sie Karls Namen hörte, hob Jehanne den Blick von den Planken des Schafotts zu dem Assessor. Dieser Exkurs war für die Ohren der Engländer bestimmt. Ihre Nasenflügel weiteten sich erbost über die Beleidigung ihres Königs.

Erart riß den Arm hoch und deutete mit langem Finger auf sie. »Ich spreche zu dir, Jehanne, und ich sage dir, daß dein König ein Häretiker und Schismatiker ist!«

»Das ist nicht wahr!« Sie konnte ihre Empörung nicht länger im Zaum halten. »Ich sage euch mit allem Respekt und schwöre bei meinem Leben, daß König Karl der Allerchristlichste König von Frankreich ist!« Sie dachte an den Ehrentitel, den ein dankbarer Papst allen französischen Königen verliehen hatte. »Niemand liebt die Kirche mehr als er, und er ist keineswegs das, was Sie da sagen!«

»Bringt sie zum Schweigen!« rief Cauchon zu Massieu hinüber.

»Still, Jehanne! Willst du denn alles noch schlimmer machen?« mur-

melte der Türsteher mit vor Angst zitternder Stimme. Seine Augen waren weit aufgerissen, und er hatte Schweißperlen auf der Oberlippe. »Du darfst die Engländer nicht unterschätzen!« zischte er.
»Hier sind die Herren Richter«, fuhr Erart fort, »die dich viele Male aufgefordert haben, dich mit all deinen Worten und Werken der Heiligen Mutter Kirche zu unterwerfen, und dir vorgehalten haben, daß in diesen Worten und Werken manches enthalten ist, was zu sagen und zu behaupten nach dem Urteil der Geistlichkeit nicht fromm ist.«
Jehanne hob das Kinn und biß die Zähne zusammen. »Was meine Unterwerfung unter die Kirche angeht, so habe ich erklärt, daß alles, was ich gesagt und getan habe, dem Papst in Rom vorgetragen werden solle, dem ich mich nach Gott unterwerfen werde.«
In der Menge erhob sich Gemurmel, und viele nickten zustimmend.
»Und was meine Worte und Werke betrifft, so habe ich sie im Namen Gottes getan, welcher mich gesandt hat.«
Ladvenu bekreuzigte sich hastig und faltete die Hände. Isambard verzog das Gesicht, und Warwicks Hand fuhr zum Schwert. Der Kardinal von Winchester, der an seiner Seite stand, flüsterte Cauchon etwas zu, und dessen grimmiges Gesicht wurde noch ernster. Die Soldaten am Fuße der Plattform wurden unruhig und knurrten wie Hunde.
»Die Verantwortung für alles, was ich getan habe, liegt allein bei mir«, rief Jehanne, »und bei niemandem sonst, nicht beim König noch bei sonst jemandem, und habe ich einen Fehler begangen, so war es allein mein Fehler.«
»Willst du all dem abschwören und dich der Heiligen Kirche unterwerfen?« fragte Erart.
»Ich unterwerfe mich Gott und dem Papst in Rom.«
»Der Heilige Vater ist zu weit weg von hier«, sagte er kopfschüttelnd, »und die hier anwesenden Bischöfe wie auch der Kardinal von Winchester sind Richter in ihren eigenen Diözesen, ordentlich ernannt vom Heiligen Vater und dazu beauftragt, die Dinge des Glaubens in seinem Namen zu verwalten. Du mußt dich dem fügen, was die Für-

sten der Kirche und die gelehrten Geistlichen gesagt und bestimmt haben.«
Ladvenu und Isambard erhoben sich am Fuße der Stufen auf die Zehenspitzen und winkten wie besessen. Isambards Mund formte lautlos die Worte »Unterwirf dich!«, und seine Augen flehten sie an. Sie lächelte die beiden an: Sie waren nicht schuld daran, daß ihr Plan, sich an den Papst zu wenden, gescheitert war. Es war ja alles gut. Jeden Augenblick würde Gott die Rettung schicken, die er versprochen hatte.
Sie ballte die Fäuste und schaute Erart trotzig an. »Nun, wenn ich den Papst nicht sehen darf, unterwerfe ich mich Gott.«
Die Dominikaner stöhnten auf, und Ladvenu schlug die Hände vors Gesicht.
»Nochmals frage ich dich«, brüllte Erart, »wirst du dich der Autorität der Kirche fügen und deinem gottlosen Treiben abschwören?«
»Mein Treiben ist nicht gottlos, denn es wurde mir befohlen von Gott!« schrie sie. Ihr Herzschlag hämmerte ihr in den Ohren, und zum ersten Mal seit Monaten fühlte sie sich wirklich lebendig.
»Ich befehle dir im Namen unseres Herrn Jhesus Christus: Unterwirf dich der Streitenden Kirche!«
»Ich füge mich nur Gott!« schleuderte sie ihm entgegen.
Inzwischen war die Menge in Unruhe geraten, und was als Gemurmel begonnen hatte, war zu einem ausgewachsenen Aufruhr geworden. »Macht schon, verbrennt die Hexe!« schrie ein englischer Soldat. Ein zorniges Beifallsmurren erhob sich unter seinen Kameraden, und mit wütend geröteten Gesichtern schrien sie im Chor, die Kirche solle sie verbrennen. Ihr Haß brandete gegen Jehanne wie eine Flut von Schlägen, und sie taumelte einen Schritt rückwärts. Alle andern in der Menge, so schien es, brüllten ihr zu, sie solle doch Leib und Seele retten.
»Bitte, Jehanne, tu, was sie sagen«, rief Isambard.
»Jehanne, um der Liebe Gottes willen, schwöre ab!« rief sein Freund Ladvenu.
Sie schüttelte den Kopf. »Ich kann nicht.« Ihre Worte waren in dem

Getöse kaum hörbar. Bürger und Soldaten schrien einander an, und beide Seiten versuchten sich gegenseitig mit lautstarken Beschimpfungen zu übertreffen. Hausfrauen maßen sich mit vierschrötigen Soldaten in Helm und Kettenpanzer. Kleine Kinder heulten voller Angst, durch die gewalttätige Atmosphäre beunruhigt. Cauchon trat vor und hob schweigengebietend die Hände. Nur wenige nahmen Notiz von ihm. Die Franzosen beschworen Jehanne, zu widerrufen, und die Engländer brüllten Warwick zu, er solle sie endlich hinrichten. Midi trat an den Rand des Podiums und schrie zweimal, man solle nun ruhig sein. Es dauerte noch eine ganze Weile, bis seine Geduld belohnt wurde und eine Art Frieden wiederhergestellt war.
Mit einem letzten fruchtlosen Blick zu Jehanne nahm Cauchon ein Dokument vom Tisch und begann in feierlichem Ton zu lesen. »Im Namen des Herrn, Amen. Wann immer die giftige Krankheit der Ketzerei sich hartnäckig an ein Glied der Kirche heftet und es in ein Glied des Satans verwandelt, muß äußerste Sorgfalt walten, auf daß verhindert werde, daß dieser verderbliche Aussatz sich ausbreitet auf andere Teile des mystischen Leibes Christi ...«
Massieu packte Jehanne bei den Schultern und starrte ihr tief in die umschatteten Augen. »Jehanne, er verliest dein Verdammungsurteil! Du weißt es wahrscheinlich nicht, aber die Engländer haben bereits einen Scheiterhaufen auf dem Marktplatz errichtet, und wenn der Bischof zu Ende gelesen hat, werden sie dich dort hinbringen!«
»Nein, das kann nicht sein.« Sie schüttelte entschlossen den Kopf. »Meine Ratgeber haben mir versprochen, daß Gott mich befreien wird.«
»Aber es ist wahr!« schwor Massieu. Er zwang sie, ihn anzusehen, und senkte die Stimme. »Deine Stimmen haben dich belogen. Es gibt keinen großen Sieg, der dich befreit. Die Engländer werden dich verbrennen, heute noch, wenn du nicht abschwörst. Das einzige, was dich noch erwartet, ist der Tod im Feuer!«
Loiseleur war auf das Gerüst geklettert, während Jehanne sich auf Massieu konzentriert hatte. Jetzt trat er sehr nah an sie heran. »Deine Erscheinungen sind nicht von Gott, Jehanne, denn sonst hätten sie dir

nicht dieses Schicksal eingebrockt! Bruder Massieu sagt die Wahrheit! Ein kurzes Stück Weges von hier erwartet dich ein hoher Scheiterhaufen! Willst du denn sterben?«

Sie schaute von einem verzweifelten Gesicht zum andern. Massieu war ganz gewiß aufrichtig in seinem Entsetzen, und nicht einmal Loiseleur war ein so guter Lügner, daß er die Angst und die Reue, die ihm ins unrasierte, bleiche Gesicht geschrieben stand, hätte spielen können.

Und dann erfaßte sie eine alles durchdringende Verzweiflung. Es geschah wirklich. Diesmal sagten die Mönche die Wahrheit, und es war kein Scherz, den sie sich ausgedacht hatten, um sie zu quälen. Keine Trompete ertönte an den Toren Rouens, niemand schrie voller Schrecken angesichts der herangaloppierenden Armeen König Karls. Man hörte nur die Menschenmenge, die sie anflehte, doch abzuschwören und sich zu fügen. Die Tatsache ihres bevorstehenden Todes trieb die französischen Bürger zum Entsetzen und die Engländer zum schadenfrohen Grinsen.

Und ihre Ratgeber wichen in ein nebelhaftes Traumland zurück und verschwanden, wie ein Funke erlischt. Die Wirklichkeit war, daß sie hier stand, auf dieser Plattform, und daß die Engländer auf dem Marktplatz, gar nicht weit von hier, den Scheiterhaufen errichtet hatten, auf dem sie sterben sollte. Und sie würden sie dort hinbringen. Heute. Jetzt gleich. Wenn Cauchon zu Ende gelesen hätte.

Jehanne fiel in ein Nichts, und sie sah, daß sie klein und einsam war und daß ihr der Tod im Feuer drohte.

»Was muß ich denn tun?« wimmerte sie, und jetzt hatte sie wirklich so viel Angst wie nie zuvor in diesem Prozeß.

»Ergib dich der Kirche«, sagte Loiseleur, und seine Miene hellte sich auf, als er sah, daß sie endlich begriffen hatte, wie schlimm ihre Lage war. »Schwöre ab, wie sie es verlangen.«

»Abschwören?« wiederholte sie wie ein Kind, das ein Wort zum ersten Mal hörte. »Was heißt denn das, abschwören?«

»Es bedeutet, daß du alles zurücknehmen sollst, was du im Prozeß gesagt hast«, erklärte Massieu und seufzte vor Erleichterung.

»Wie geht denn das?« Jehanne schaute sich unsicher um.
Cauchon hörte auf zu lesen und schaute sie an, die Brauen fragend hochgezogen. Ein englischer Pfaffe, ein Sekretär des Kardinals von Winchester, faßte ihn beim Ärmel und flüsterte ihm wütend etwas zu. Cauchon gab ihm eine scharfe Antwort, aber Jehanne konnte nicht verstehen, was er sagte.
Sie hörte gar nichts mehr, obwohl ringsum ein großes Getöse herrschte. Schwöre ab! rief ihre innere Stimme, schwöre ab, oder du bist verdammt!
Sie fiel auf die Knie und faltete die Hände. »Heiliger Michael!« rief sie flehentlich, und die Tränen strömten ihr über die Wange. »Sag mir, was ich tun soll!«
Ein englischer Priester kam mit einem Dokument in der Hand die Stufen zum Gerüst heraufgelaufen. Er hielt es Massieu entgegen und befahl: »Sie soll das unterschreiben!«
Massieu und Loiseleur zogen die immer noch Betende auf die Beine.
»Jehanne, du mußt das hier unterschreiben«, sagte Massieu.
»Ich kann nicht lesen«, sagte sie schlicht. »Was steht denn da?«
»Da steht: Ich, die Jungfrau Jehanne, schwöre hiermit ab den falschen Aussagen, die ich während des Prozesses gemacht, und kehre mit gläubigem Herzen an den Busen der Kirche zurück, die meine rechtmäßige christliche Heimat ist. Ich schwöre vor Gott, daß ich mein Männergewand gegen ein Büßergewand tauschen und niemals wieder anlegen werde, und ich gelobe bei Gott, nicht wieder zu den Waffen zu greifen wider Seine Königliche Majestät Heinrich VI., König von England und Frankreich. Ich gelobe des weiteren, daß ich einhalten werde die Buße, die mir die Heilige Mutter Kirche auferlegen wird. So wahr mir Gott helfe.«
Jehanne starrte auf die paar schwarz gekritzelten Zeilen auf dem Blatt in Massieus zitternder Hand.
»Komm«, sagte Massieu, und er nahm sie beim Arm und zog sie zu dem Tisch mit Feder und Tintenfaß. Er tauchte die Feder ein und gab sie ihr. Sie schaute sie an, als habe sie noch nie im Leben ein Schreibwerkzeug gesehen.

»Unterschreib jetzt!« zischte Loiseleur. »Sonst endet dein Leben im Feuer!«

Jehanne hielt die Feder auf das Papier. Aber es war so lange her, daß sie ihren Namen geschrieben hatte, und selbst in den alten Zeiten, als sie es oft getan hatte, war ja Pasquerel immer dabeigewesen und hatte aufgepaßt, damit sie keinen Fehler machte. Ihr Gedächtnis war leer wie das Papier unter dem Geschriebenen. Sie malte einen kleinen Kreis.

»Mit deinem Namen mußt du unterschreiben!« befahl der Engländer schroff.

Sie machte ein Kreuz. Da legte Massieu seine Hand auf die ihre, und zusammen malten sie die Linien und Schnörkel ihres Namens.

Der englische Pfaffe raffte das Pergament vom Tisch und schwenkte es triumphierend.

Die Soldaten erhoben ein Protestgeheul und schrien, die verdammte Kirche habe sie verraten.

»Verräter!« brüllte Warwick, zu Cauchon gewandt. »Ihr wart zu nachsichtig mit ihr, und jetzt ist sie uns entwischt!«

»Lügner!« schrie der Bischof. »Mein Amt zwingt mich, nach dem leiblichen und seelischen Heil dieser elenden Sünderin zu trachten!«

Und im nächsten Augenblick gab es niemanden mehr, der nicht irgend jemand anderen anschrie. Bürger und Soldaten brüllten über die Barriere der *guisarmes* hinweg. Ein Schmied und ein Soldat fingen an sich zu prügeln, und erschrockene Zeugen sprangen dazwischen. Ein Soldat, der vor dem Podest stand, gab Ladvenu von unten einen Stoß, und dieser taumelte rückwärts, fiel aber nicht herunter. Cauchon wurde von etlichen Steinen getroffen, und er hob die Arme, um sich zu schützen.

Die langen Monate des Hungers, der Erschöpfung und der Anspannung schlugen über Jehanne zusammen. Sie lachte wie von Sinnen, als sie diese Szene sah, und bald war das irrwitzige, verzweifelte Gackern, das aus irgendeiner dunklen Höhle heraufquoll und sie in einem Anfall von betäubter Hemmungslosigkeit ergriffen hatte, gar nicht mehr zu beherrschen. Das Lachen tat so weh, daß Tränen des Schmerzes über ihr verzerrtes Gesicht rannen, so daß sie aussah wie ein wasserspeiendes Ungeheuer mit aufgerissenem Maul. Es schüttelte sie am ganzen Körper, und das Herz flatterte ihr in der Brust umher. Die Wucht dieses Ausbruchs war so groß, daß sie Seitenstiche bekam. »Abschwören!« wiederholte sie das lächerliche Wort. »Abschwören!«

»Ruhe!« brüllte eine Donnerstimme. Henry Beaufort, der Kardinal von Winchester, hob die scharlachrot umhüllten Arme und befahl der tobenden Menge erneut, zu schweigen. Zuerst achtete niemand auf ihn. Eine ganze Weile dauerten seine Ordnungsrufe, bis nach und nach die Ruhe wiederhergestellt und das Chaos in eine erwartungsvolle Stille gemündet war.

Dann hörte man nur noch Jehannes schluchzendes Gelächter. Sie wußte, daß sie sich anhörte wie ein erstickender Hund, aber sie konnte nicht aufhören. Ihr Kopf war leer. Massieu wußte offenbar, daß sie in einen Abgrund gestürzt war. Er legte ihr einen Arm um die zuckenden Schultern und versuchte sie zu beruhigen.

Cauchon hob sein Buch auf und schlug eine neue Seite auf. »Insofern, als du deinen Irrtümern öffentlich widersagt und mit eigenen Lippen abgeschworen hast deinen Ketzereien, lösen wir dich gemäß der Form, wie sie vorgeschrieben durch die Regeln der Kirche, aus den Fesseln der Exkommunikation, welche dich gebunden, unter der Bedingung, daß du zurückkehrst in die Kirche mit treuem Herzen und aufrechtem Glauben.«

Er funkelte Jehanne düster an, die inzwischen vor lauter Erschöpfung wieder ganz still geworden war. »Insofern aber, als du unbedacht gesündigt hast wider Gott und die Heilige Kirche, verurteilen wir dich zur heilsamen Buße immerwährender Gefangenschaft; essen sollst du das Brot der Trauer und trinken das Wasser des Leidens, auf daß du weinst um deine Irrtümer und hinfort nie wieder begehst, was deinem Gelöbnis entgegensteht.«

»Immerwährende Gefangenschaft?« flüsterte sie Massieu zu. »Werde ich weiter angekettet?«

»Nein«, sagte er. »Du bist jetzt im Gewahrsam der Kirche.«

Die Vision einer freundlichen Umgebung in der Gesellschaft von

Nonnen schwebte kurz vor ihren Augen. Sie würde endlich genug zu essen bekommen – wenn auch nur Brot – und nicht mehr um ihre Tugend oder gar um ihr Leben fürchten müssen.

Oh, ich danke dir, lieber Gott!

Der Bischof sah sie mit unergründlichem Lächeln an. »Bringt sie dahin zurück, wo sie hergekommen ist«, befahl er der Wache.

»Nein!« schrie Jehanne, und Panik und Zorn über seinen Verrat trieben ihr wieder die Tränen in die Augen. »Sie haben versprochen, daß ich in die Obhut der Kirche komme!«

Zwei englische Soldaten stürmten die Treppe herauf und packten sie roh bei den Armen, und sie schleiften die kraftlos protestierende Gefangene vom Gerüst.

»Ihr habt's versprochen!« heulte sie.

Isambard stieß die Soldaten beiseite, die ihm im Weg standen, und eilte zum Rand der Plattform, wo Cauchon stand. »Exzellenz, ich muß protestieren! Die Gefangene hat abgeschworen, und als Büßerin gehört sie in ein Gefängnis, das der Kathedrale angeschlossen ist. Um der Liebe des Himmels willen beschwöre ich Sie, handeln Sie gemäß dem kanonischen Recht!«

»Sie überschreiten Ihre Befugnisse, Bruder Isambard«, tadelte der Bischof. »Die Gefangene ist tückisch, und es kann leicht sein, daß sie widerruft, wenn man sie nicht sorgsam bewacht. Schafft sie weg!« befahl er der Wache.

Jehanne sträubte sich gegen die Soldaten, aber deren Hände umklammerten schmerzhaft ihre Oberarme. Sie schleppten sie zum Fuhrwerk und warfen sie darauf wie einen Hafersack. Massieu sprang zu ihr hinauf.

Während der Karren sich rumpelnd in Bewegung setzte, sagte er zu dem weinenden, zitternden Mädchen: »Es ist alles gut, Jehanne. Man wird dich dahin schicken, wohin du nach Recht und Gesetz gehörst. Mach dir keine Sorgen.«

»Aber ich kann da nicht wieder hin!« weinte sie, und die Verzweiflung stand in ihren angstvollen Augen. »Die Soldaten bringen mich jetzt ganz bestimmt um, ich weiß es!«

Ladvenu und Isambard sprangen auf den fahrenden Wagen, ohne auf die englischen Soldaten zu achten, die die Insassen bespuckten und mit abscheulichen Schmähungen überschütteten. »Verlogene Schlampe! Gottverfluchte Hexe!«
»Wir werden dich schon noch verbrennen, du Hexe – wart's nur ab! Und die Hölle soll deine dreckigen Pfaffen fressen!«
Isambard duckte sich, als ein Stein auf seinen Kopf zugeflogen kam. Der Fuhrknecht ließ bleich vor Angst die Zügel auf den Rücken seines Pferdes niederklatschen; das Tier riß die Augen weit auf, und der Karren schwankte vom Friedhof hinunter und rollte geschwind die Straße entlang.

Man kettete sie wieder an den Block und an die Wand. Die Wache verschloß die Zellentür nicht sofort, sondern versammelte sich auf der Schwelle, und die Soldaten tuschelten in ihrer rauhen Muttersprache miteinander, wie sie es immer taten, wenn sie ihre Bosheiten planten. Jehanne wußte, daß sie von ihr sprachen: Sie sah es an den haßerfüllten Gesichtern und den hämischen Blicken, die sie in die dunkle Ecke warfen, in der sie auf ihrer Pritsche kauerte. Einer sagte etwas, das die andern zum Lachen brachte, und Billy grinste sie scheel und gemein an.
Sieh mich ein letztes Mal an, dachte sie, denn bald werde ich nicht mehr hier sein.
Bis der Karren die Burg erreicht hatte, war es den Mönchen gelungen, sie davon zu überzeugen, daß man sie von hier fortbringen werde, und zwar sehr bald. Sie müsse nur Geduld haben, während man die nötigen Vorkehrungen treffe, hatte Ladvenu gesagt.
Aber die Mönche durften sie nicht wieder in ihr englisches Gefängnis begleiten. Die Wache hielt sie unten vor der Treppe auf und überschüttete sie mit wüsten Beschimpfungen, und dann packten sie Jehanne und zerrten sie roh in ihre Zelle. Und dort legten sie sie in Ketten, obwohl sie doch gedacht hatte, sie müsse sie nie wieder tragen.
Seither waren Stunden vergangen. Die Soldaten hatten sie in Frieden

gelassen, während sie miteinander tuschelten – der Himmel mochte wissen, worüber.
Jehanne versuchte zu beten, aber ihr Herz war versperrt, und die Worte wollten nicht kommen. Nur eines kreiselte ihr immer wieder im Kopf herum: Ihre Ratgeber hatten sie im Stich gelassen. Sie hatten so getan, als kämen sie von Gott, und hatten sie all die Jahre belogen. Dumm, wie sie war, hatte sie ihnen geglaubt, ihnen vertraut, ihnen erlaubt, sie durch ganz Frankreich zu schicken, und sie war ihnen gefolgt wie ein argloses Kind und hatte vor dem König und vor aller Welt behauptet, sie habe die Unterstützung des Himmels.
Wer waren sie gewesen? Dämonen, wie die Kirchenmänner behaupteten? Das konnte sie nicht glauben. Schließlich hatten sie ihr ein paar wunderbare Dinge gezeigt. Aber das hätte auch der Teufel getan, um ihre Seele zu gewinnen. Es schauderte sie. Wie nah sie daran gewesen war, sowohl ihr Leben als auch jenen inneren Kern zu verlieren, der nur Gott gehörte! Und wofür? Damit Karl König werden konnte? Immerhin gab es ja ein heiliges Band zwischen dem König und Gott. Warum sollte der Teufel da Dämonen aussenden, die Jehanne zu Taten verführten, die mit diesem Band zu tun hatten? Nein, es ergab keinen Sinn, in ihnen Agenten des Teufels zu sehen. Und es ergab auch keinen Sinn, daß dem Fürsten der Hölle daran gelegen sein sollte, Orléans aus Feindeshand zu befreien, zumal wenn Karl der gottgewollte König war. Gott liebte sein Volk, und er wollte nicht, daß es sinnlos zu leiden hatte. Vielleicht hatte es die Belagerung durch seine eigenen Sünden auf sich gezogen, und vielleicht hatte Gott es wirklich allein gelassen, bis die Jungfrau Jehanne von Osten herangeritten kam und seinen edlen Dauphin überredet hatte, ihr zu erlauben, die Stadt zu retten.
Aber es ergab trotzdem keinen Sinn. Die Engländer gehörten nicht nach Frankreich, das war eine Tatsache. Gott hatte die Völker dazu geschaffen, in ihren eigenen Ländern zu leben und ihre eigenen Sprachen zu sprechen. Es war gottlos von ihnen, etwas anderes zu tun, zu versuchen, fremde Länder zu überrennen, die Häuser der Bauern anzuzünden, ihnen die Nahrung zu stehlen und sie im Schlaf zu er-

morden. Und wenn die Engländer solche Freveltaten begingen, war es dann nicht klar, daß der Teufel sie in ihrem Wüten gegen dieses Königreich unterstützt hatte? Warum hätte er da Dämonen schicken sollen, die sie dazu verleiteten, Karl zum König zu machen und Orléans zu retten, auf daß Frankreich endlich von der Fremdherrschaft befreit werde? Sie war nicht so anmaßend, sich einzubilden, das sei nur geschehen, um ihre Seele der Verdammnis zu übereignen – nicht, wenn dabei so viele andere Menschenleben betroffen gewesen waren. Das alles ergab überhaupt keinen Sinn. Es sei denn …

Ein flaues Gefühl kroch an ihrem Rücken herauf, und als es ihren Kopf erreicht hatte, barst das Undenkbare hervor.

Es sei denn, sie hätte die ganze Zeit recht gehabt und die Ratgeber kamen wirklich von Gott.

Sie versuchte den Gedanken zu verdrängen, aber es ging nicht. Wenn sie sie nun gar nicht verraten hatten! Wenn sie selbst nun die Verräterin war, eine Verräterin gegen Gott und ihre Ratgeber!

Sie war einer Panik nahe, und ihre Augen schauten blicklos an den verschwörerisch flüsternden Wachen vorbei. Was hatte sie denn tatsächlich getan, als sie ihren Glauben verleugnet und ihren Namen unter dieses Papier gesetzt, als sie »abgeschworen« hatte? Sie legte eine Hand an die Stirn und rieb sie. Nachdenken, Jehanne!

Sie war dem Tod sehr nah gewesen, als sie akzeptiert hatte, daß es keinen Sieg und keine Freiheit mehr geben würde. Die Ratgeber hatten ihr versprochen, daß sie frei sein würde, und die Befreiung war nicht gekommen. Hatten sie da nicht gelogen?

Dann fiel ihr noch etwas anderes ein. War es möglich, daß sie sie mißverstanden hatte?

Nein, aber das konnte nicht sein. Katharina hatte ihr ganz unverblümt und in klarem Französisch gesagt, daß Gott einen großen Sieg senden werde, um sie zu befreien. Das konnte nichts anderes bedeuten als das, was sie gesagt hatte. Oder doch?

Es kümmerte sie nicht, daß die Wache sie sehen konnte. Jehanne faltete die Hände und senkte den Kopf.

Lieber Gott, gib mir ein Zeichen, an dem ich klar und ohne Zweifel erkennen kann, ob ich recht getan habe, als ich mein Leben rettete. Wenn ich gesündigt habe, so unterwerfe ich mich in Demut Deinem Urteil, und dann will ich jede Buße auf mich nehmen, die Du mir auferlegst. O Gott, bitte sei mir gnädig. Ich will meine Seele nicht verlieren!

Sie hörte Schritte auf der Treppe, und auch aus ihrer Ecke sah sie, daß sie Wache erstarrte. »Halt!« rief ein Soldat, den sie nicht sehen konnte. »Was sucht ihr räudigen Mönche hier?«

»Uns schicken Bischof Cauchon und Mylord, der Earl von Warwick«, antwortete jemand.

»Los, raus hier«, schrie ein anderer Soldat – Floquet, dachte Jehanne. »Wir wollen hier keine Verräterpfaffen!«

»Wenn ihr uns nicht vorbeilaßt«, antwortete Isambard in ruhigem Ton, »werdet ihr euch vor dem Earl zu verantworten haben, und ich glaube nicht, daß ihr das wirklich gern tun möchtet. Oder doch?«

Die Wache zögerte. Dann grollte einer: »Also schön. Aber beeilt euch, und keine Possen, sonst – das schwöre ich bei den Gedärmen Christi – hacken wir euch die verdammten Köpfe ab.«

Isambard trat als erster in die Zelle, und über seinen Armen lag ein sauber zusammengefaltetes Bündel. Ihm folgten Courcelles, Midi, Le Maistre und schließlich Loiseleur. Alle lächelten.

»Liebe Jehanne«, sagte Isambard, und sein hageres Gesicht strahlte sanft, »wir sind gekommen, um dir zu sagen, wie glücklich wir über die große Gnade sind, die Gott dir heute erwiesen hat.«

»Gott hat dir in der Tat vergeben, Jehanne, und dich in Gnade wieder aufgenommen«, bestätigte Courcelles mit frommem Kopfnicken.

»Wann komme ich denn weg von hier und in ein Kirchengefängnis?« fragte Jehanne und warf der Wache einen Blick voller Unbehagen zu. Sie lauschten an ihrem Platz am vorderen Ende der Zelle und grinsten bedrohlich und beunruhigend.

Le Maistre schlug die Augen nieder, als er ihren flehentlichen Blick sah, und biß sich auf die Lippe. Courcelles schaute zu Loiseleur hinüber, und der starrte wie gebannt den schmalen Fensterschlitz an. Unsicherheit huschte über Isambards verhärmtes Gesicht.

»Alles zu seiner Zeit«, sagte Midi schließlich geschmeidig. »Da sind noch viele Vorkehrungen zu treffen. Ehe du umziehen kannst, mußt du den Wünschen der Kirche gehorchen und deine Glaubenstreue zeigen, indem du diese Kleidung abstreifst« – er deutete mit dem Kopf auf ihre Hose – »und das Kleid einer Büßerin anlegst.«
Isambard trat einen Schritt auf sie zu und hielt ihr das Leinenkleid entgegen, das er über dem Arm getragen hatte. Jehanne schaute es an und hob dann den Blick zu den Mönchen, die sie wortlos beschworen, jetzt gehorsam zu sein. Sie griff nach dem grauweißen Kleid; es war rauh, aber sauber.
Floquet flüsterte Billy etwas zu, und der jüngere Engländer kicherte. Isambard wandte sich stirnrunzelnd nach den Soldaten um. »Du da«, sagte er zu Grey, »kette die Gefangene los, und ihr andern verschwindet von der Tür. Jehanne muß ihre Kleidung wechseln.«
Grey spuckte auf den Boden und grinste. »Wir haben Befehl, sie ständig im Auge zu behalten.« Seine Kameraden kicherten.
»Um der Liebe Gottes willen, Mann«, tadelte Le Maistre ihn gereizt, »habt ihr denn kein bißchen Anstand? Los, verlaßt die Zelle und schließt die Tür hinter euch.«
Der Hauptmann der Wache zuckte die Achseln. »Kommt, Jungs, tut, was er sagt. Noch gibt's hier nichts für euch zu tun.«
Murrend gehorchten die Männer. Grey kam zu Jehanne geschlendert und suchte an seinem Gürtel nach dem Schlüssel für die Ketten. Er öffnete den schweren Ring, der um ihre Taille lag und mit dem sie an die Wand gekettet war; laut klirrend ließ er das Eisen zu Boden fallen. Als nächstes kamen die Ketten an den Handgelenken an die Reihe und dann die an den Knöcheln. Jehanne fühlte sich so frei, als könnte sie fliegen, wenn sie wollte.
Als Grey hinausgegangen war, kehrten die Mönche ihr den Rücken zu. Jehanne legte das Kleid auf ihre Pritsche und setzte sich daneben. Der faulige Geruch, der aus ihren Stiefeln stieg, die sie nicht mehr ausgezogen hatte, seit man sie in Compiègne vom Pferd gezerrt hatte, ließ sie entsetzt nach Luft schnappen. Als sie sie auszog, blieb eine Schicht feuchter, runzliger Haut darin hängen, und an ihren Fuß-

sohlen glänzten rosige Flecken. Mit zitternden Fingern band sie die Schnur an ihrem Hals auf und zog sich das Hemd über den Kopf. Die Bänder, die ihre Hose hielten, erforderten ein wenig mehr Zeit, denn die starken Knoten waren sehr festgezogen. Endlich aber gingen sie auf, und sie zog das Kleidungsstück herunter, das ihr zu einer zweiten Haut geworden war. Tiefe rote Falten zogen sich kreuz und quer über ihre Hüften; die Schnüre waren fast hineingewachsen. Sie faltete das Büßerkleid auseinander und streifte es über den Kopf.

»Ich bin fertig.« Ihre Stimme klang fast wie die eines Kindes. »Wann kann ich jetzt ins Kirchengefängnis?«

»Es bleibt noch eines zu tun«, sagte Midi. Er langte in den Ärmel seiner Kutte und zog eine große Schere heraus. »Wir müssen deinen Männerhaarschnitt beseitigen, damit das Haar, das nachwächst, besser zu einer Frau paßt.«

Jehanne nickte und ließ die Schere nicht aus den Augen. Sie setzte sich auf den Block. Midi kam herüber und packte ein Büschel ihrer Haare, die ihr bis auf die Schultern gewachsen waren und in die Augen fielen. Das Schnippen der Schere klang endgültig, und sie fühlte ein leises Ziehen.

Das letzte Mal, daß ihr jemand die Haare geschnitten hatte, war in Crotoy gewesen, als die Damen von Abbeville ihr widerstrebend diesen Wunsch erfüllt hatten, weil sie ihnen leid getan hatte. Welch ein Unterschied zwischen diesem und dem ersten Haarschnitt damals in Vaucouleurs. Metz war so behutsam gewesen und Madame Royer so empört. Was hatte er dabei noch gesagt? Ach ja – daß manche Bürger der Stadt sie mit Entschiedenheit für eine Hexe hielten, während andere glaubten, sie sei eine Heilige. Sie wußte auch noch, was sie geantwortet hatte: Sie sei weder das eine noch das andere.

Dann war Midi fertig. Er bückte sich und sammelte die heruntergefallenen Haarbüschel auf. Jehanne zögerte und führte dann die Hand zu ihrer entblößten Kopfhaut. Alles war fort, nur Stoppeln waren geblieben.

Die Mönche waren schon dabei, die Zelle zu verlassen. Isambard ging als letzter. Er drehte sich zu ihr um, und ein tröstender Blick erhellte das schmale Gesicht – es war, als entschuldige er sich wortlos für alles, was sie hatte durchmachen müssen. »Gott segne dich, Kind. Keine Angst, der Bischof wird halten, was er dir versprochen hat.« Dann war auch er fort, und sie saß auf ihrem Block.

Ihre Schritte waren kaum auf der Treppe verhallt, als die Wache wieder hereinkam, auch diejenigen, die ihren Posten sonst draußen vor der Tür hatten. Einer, den Jehanne als Barrow kannte, ein Mann mit einem seltsamen, irrenden Blick, der immer über sich in die Höhe zu starren schien, hatte einen fußlangen Stock mitgebracht, mit dem er sich rhythmisch in die Handfläche schlug. Alle fünf lächelten böswillig, als sie einen losen Kreis um Jehanne bildeten.

Jede Faser ihres Körpers schlug Alarm, und Jehanne wußte, daß sie in schrecklicher Gefahr schwebte. Ihr Mund war plötzlich staubtrocken.

»Sie ist also doch ein Mädchen«, sagte Floquet, und sein Grinsen ließ ihr das Blut gefrieren.

»Meinst du wirklich?« fragte Billy in gespielter Verblüffung. »Für mich sieht sie aus wie ein schleimiges Franzosenschwein von einer Hexe.«

»Ein verlogenes Franzosenschwein von einer Hexe«, knurrte der Hauptmann.

Der Kreis wurde enger. Erbitterte Feindseligkeit verdrängte das Grinsen in ihren Gesichtern. Jehanne sah sich verzweifelt nach einer Fluchtmöglichkeit um. Hinter ihr war nur die dunkle Ecke.

»Ich habe gehört, wenn eine Hexe blutet, verliert sie ihre Macht«, sagte Floquet.

»Ob das stimmt, kann man ja feststellen«, meinte Barrow mit zusammengebissenen Zähnen.

Sein Stock fuhr wie ein Blitz durch den Fackelschein, und jäher Schmerz durchzuckte Jehannes Kopf.

Sie fiel zu Boden. Blut rann ihr ins Auge und blendete vorübergehend die gefühllose linke Seite ihres Gesichts

»Das war für deine Lügen«, schnarrte der Mann mit dem Stock.

»Und das ist für Orléans.« Greys Stiefel traf sie ins Kreuz.

Sie schrie.
Jetzt waren sie alle um sie herum. Ein Fußtritt traf krachend ihre Rippen. Bevor sie wieder hochkommen konnte, schlug Barrow ihr seinen Knüppel zwischen die Schultern, und sie fiel flach aufs Gesicht.
Sie versuchte in die Ecke zu kriechen, aber jemand sagte: »Nein, nichts da, du Hexe.« Zwei von ihnen packten sie bei den Schultern, und rohe Hände rissen sie auf die Beine, die sie doch nicht tragen wollten. Grey holte aus und schlug ihr mit aller Kraft ins Gesicht.
Das Blut strömte aus ihrer gebrochenen Nase, und grelle Lichtpunkte tanzten vor ihren Augen, als sie rückwärts gegen die Wand fiel. Floquet packte ihren Arm, riß sie hoch und drehte ihr den Arm auf den Rücken. Ein jäher, scharfer Ruck ließ sie aufheulen; es war, als wolle er ihr den Arm aus dem Gelenk reißen. Billy schlug ihr wütend die Faust in den Magen.
Die Luft entwich pfeifend aus ihrer Lunge. Sie sank auf die Knie und bemühte sich voller Panik und mit leidenschaftlichem Keuchen, einzuatmen. Aber sie bekam keine Luft, konnte nicht atmen, konnte nicht …
Ein Fußtritt ins Gesicht schleuderte sie auf den Rücken und ließ ihre Oberlippe bis zur Nase aufplatzen. Ein Schneidezahn brach ab, und fast hätte sie ihn verschluckt.
Ihr linkes Auge war zugeschwollen, aber mit dem andern sah sie den Stock auf ihren Kopf herniederfahren, und ohne nachzudenken rollte sie sich zur Seite, gerade noch rechtzeitig, um dem Schlag zu entgehen. Der Stock traf krachend auf den Boden.
Grey lachte und zog sie hoch; sie hätte gestanden, wenn ihre Beine sie getragen hätten. Er biß seine paar Zähne zusammen und zog Jehanne dicht an sein stinkendes, verschwitztes Gesicht. »Und das ist für Patay«, fauchte er.
Er schlug ihr ins aufgeschwollene, blutige Gesicht, erst rechts, dann links, und stieß sie zu Floquet hinüber, der sie mit beiden Fäusten bei den Schultern packte und zu Boden stieß.
Sie werden mich umbringen, dachte sie, als sie aufschlug. Sie werden mich totschlagen. Barmherziger Gott, hilf mir!

Ein Hagel von Stockschlägen prasselte auf ihren Rücken, und die Stiefeltritte trafen sie hart. Jehanne fühlte, wie ihre Lebenskraft aus der Wunde über dem geschlossenen Auge und aus der zerschmetterten Nase sickerte.

Lieber Gott, nimm meine Seele auf in Dein Reich!

»Aufhören!«

Wieder traf der Stock krachend ihre Schulter, aber sie spürte es schon kaum noch.

»Aufhören, habe ich gesagt!«

Die Schläge hörten wie durch ein Wunder plötzlich auf. Schwer atmend von soviel Anstrengung, drehten die Männer sich zur Tür um. Jehanne hob matt den Kopf und spähte durch ein blinzelndes Auge, und mit Mühe erkannte sie den Earl von Stafford in der Zellentür. Der Edelmann stand da, die Hände in die Hüften gestemmt, und funkelte seine Männer an. Seine weit auseinanderliegenden blauen Augen blickten erzürnt.

Jehannes zerschlagenes Gesicht sank zu Boden. Ich danke dir, Herr Jhesus, dachte sie, als ihr Bewußtsein schwand. Sie merkte, daß Schritte sich von ihr entfernten, und hörte, wie die Zellentür geschlossen wurde.

Sie war nicht allein. Das unverwechselbare Geräusch von Stiefeln kam schlendernd heran.

»Die Jungfrau Jehanne!« Stafford stieß ihren Namen in einem farblosen, aber verständlichen Flüstern hervor, als wäre es ein Fluch.

Sie wollte zu ihm aufschauen, aber es ging nicht. Sie konnte sich nicht rühren.

»Du hast kürzlich gesagt, wir würden dieses Königreich niemals bekommen, ganz gleich, wie groß unsere Zahl ist. Vielleicht machst du dir inzwischen allmählich ein Bild von der Macht Englands. Vielleicht siehst du endlich ein, weshalb wir dieses Reich tatsächlich ganz zu unserem Eigentum machen werden.« Seine Worte klangen um so tödlicher, weil er so leise sprach. »Aufstehen«, zischte er.

Jehanne legte die Hände rechts und links vom Kopf auf den Boden. Ihre Seite fühlte sich an, als sei sie mit einem Breitschwert durchbohrt

worden. Sie hatte nicht die Kraft, sich hochzustemmen, und sackte wieder zusammen.
»Aufstehen, habe ich gesagt.« Stafford packte sie und riß sie hoch wie eine zerbrochene Puppe. Ihr wunder Körper schrie vor Qual, und sie schrie mit ihm.
Er schleifte sie zu ihrer Pritsche und warf sie rücklings hin. »Wir sind groß, Jehanne, größer als Frankreich«, sagte er in seinem unverändert gefährlichen Flüsterton. Seine Hände bewegten sich an seiner Taille. »Weil wir anders als die Franzosen den Mut und die Mittel haben, uns zu nehmen, was wir haben wollen.«
Er hatte die Schnüre an seiner Hose aufgebunden und schob sie über die Hüften hinunter.
»Nein!«
Sie wollte sich vom Bett herunterwälzen, aber unversehens lag sein ganzes Gewicht auf ihr. Entsetzen und Panik verliehen ihr Kraft, und ungeachtet ihrer Verletzungen sträubte sie sich mit der Kraft und Entschlossenheit eines wilden Tieres. Sie kratzte und prügelte hilflos auf seinen runden, strohblonden Kopf ein.
Erbost schlug er sie mitten ins Gesicht. Seine Faust riß eine neue, blutende Wunde über ihrem Auge.
Noch immer drehte sich alles in ihrem Kopf, als er ihr das Büßerkleid bis über die Hüften hochzog. Sie preßte die Knie zusammen, was ihn rasend machte, und er schlug sie noch einmal und noch einmal. Sein heißer, keuchender Atem verbrannte ihr das Gesicht, als er ihre Arme hinter den Kopf zwang und dort unbeweglich festhielt.
Ein jäher, stechender Schmerz drang zwischen ihre Beine, als er sein gottloses Fleisch in sie hineintrieb.
»Nein!« schluchzte sie. »O barmherziger Jhesus, hilf mir!«
Das Gesicht des Teufels über ihr war eine schweißglänzende, verzerrte Grimasse. Mit zähneknirschendem Haß stieß er wieder und wieder in sie hinein, und ihr war, als werde er sie gleich entzweispalten. Ihr Fleisch protestierte, erstarrte in Abscheu, und ihr Kopf konnte nicht fassen, was er ihr antat.
O Gott, mach, daß er aufhört.

Aber es schien ewig zu dauern.

Endlich erschauerte er in machtvollen Krämpfen, als er sein Gift in sie entließ, und dann sackte er schwer auf ihr zusammen. Noch einmal schlug er sie, ganz unnötig. Dann stand er auf und schaute auf sie herab, während er seine Hose über seine blutverschmierte Männlichkeit zerrte. Dann zog er Schleim aus dem Rachen und spuckte ihr ins Gesicht.

Mit schnellen Schritten ging er zur Tür.

Sie hörte rohes Gelächter vor der Zelle. Scham und Empörung schüttelten sie in heftigem Schluchzen, und hastig zog sie das Kleid herunter, um ihren geschändeten Leib zu verhüllen.

Die Tür ging auf, und die lachenden Soldaten kamen herein. »Nun, Freunde, ich glaube, was wir hier haben, ist Jehanne, die ehemalige Jungfrau«, krähte Grey. »Und nachdem der Earl seinen Teil gehabt hat, sind wir nun an der Reihe.«

Jehanne wollte sich aufrichten. Sie mußte weg von hier, irgendwohin, weit weg von diesem Alptraum, der in Wirklichkeit nicht geschah.

Aber der Hauptmann war über ihr, ehe sie sich rühren konnte. Sein Aasgestank fiel über sie her, und seine zudringlichen Hände machten es noch abscheulicher. Ein neuerlicher Schmerz schoß bis in ihre Hüften, als dringe eine Lanze in sie ein, und sie kreischte und schluchzte abwechselnd vor Entsetzen.

Das Bewußtsein wollte sie verlassen. Es hörte nicht auf, so inbrünstig sie auch betete.

Mit einem Geräusch wie von einem brünftigen Eber kam er zum Schluß. Billy wartete schon.

Jehanne versank in gnädiger Ohnmacht und spürte nicht mehr, was weiter geschah.

Als sie erwachte, konnte sie das linke Auge nicht öffnen; es war verklebt von geronnenem Blut und Schleim. Ihr Gesicht brannte, als sei es mit glühenden Messern zerschnitten worden, und die Stockhiebe hatten ihr die Kopfhaut aufgeschlagen und sie mit pochenden Blutergüssen bedeckt. Der Alptraum, den der Teufel aus einer Laune heraus über sie hatte kommen lassen, loderte in ihrem Unterleib, und sie verspürte das dringende Bedürfnis, Wasser zu lassen, um sich von dieser Erinnerung zu befreien.

Als sie sich bewegen wollte, merkte sie, daß sie mit einer langen Kette fest an die Pritsche gefesselt worden war. Sie schnitt sich in die Haut über ihren gebrochenen Rippen, und jeder mühselige Atemzug durchfuhr sie wie ein Stich. Dunkelbraunes Blut bedeckte ihr Büßerkleid.

Es war hell draußen. Das Licht der Vormittagssonne zog sich wie ein Schnitt über den Boden. Die Teufel in Menschengestalt hockten bei der Tür und ließen ihre Würfel gegen die Wand rollen.

»Laßt mich aufstehen«, murmelte sie. Wie eine träge Hand strich ihre Zunge über die scharfen Kanten des abgebrochenen Zahns. Ihre Lippen waren geschwollen und taub, ihre Worte fast unverständlich.

Sie schauten herüber. »Was hat das Ding gesagt?« fragte Barrow. Seine Glotzaugen schauten herüber, und er grinste aus seinem Bart.

»Laßt mich aufstehen«, krächzte sie lauter. »Ich muß zur Latrine.«

Die Männer lachten.

»Na mi au heh«, äffte Billy ihre verstümmelte Rede nach, und sie lachten wieder.

»Bitte.« Sie wisperte nur, zitternd und unter Tränen der Demütigung.

Grey stand auf und kam zu ihrer Pritsche. Er überragte sie wie der drohende Tod, und sie betete, er möge sie nicht noch einmal schlagen. Aber er nahm den Schlüsselbund von seinem Gürtel, bückte sich und schloß die Kette auf. Unsanft riß er sie herunter, und Jehanne schrie auf, als die Kettenglieder über ihre blutunterlaufenen, zerschlagenen Rippen schürften.

Sie zählte bis drei. Mit bebender Anstrengung gelang es ihr, sich aufzusetzen und die Hände auf die Kante der Pritsche zu stützen. Aber bevor sie noch aufstehen konnte, packte Grey den Saum ihres Büßerkleides und zog es ihr über den Kopf.

Sofort kauerte Jehanne sich zusammen, um ihre Nacktheit zu verbergen, und die Scham überdeckte die schmerzenden Stiche in ihrer Seite.

Die Soldaten brachen in geiles Gelächter aus, und Floquet pfiff höhnisch. Grey winkte ihnen. Billy raffte einen Sack vom Tisch und kam damit zu seinem Vorgesetzten, und der griff hinein und zerrte ihre alten Kleider heraus.

»Zieh das an«, befahl er und warf ihr die Sachen zu.

Sie preßte die Kleider an sich. »Das darf ich nicht anziehen«, sagte sie. »Ich habe versprochen, es nicht wieder zu tun.«

»Das oder gar nichts, du Schlampe.« Grey grinste sie zahnlos an.

»Bitte …«

»Bitte«, höhnte Billy. Er war hinter sie getreten, und sie fuhr zusammen, als sein Atem die Härchen in ihrem Nacken bewegte.

»Ich kann diese Kleider nicht anziehen«, protestierte sie. Ihr verletztes Auge brannte von den salzigen Tränen, die wie Säure in die offenen Wunden in ihrem Gesicht tropften. »Ich habe mein Wort gegeben.«

Grey spuckte auf den Boden. »Seit wann ist das Wort einer französischen Hure etwas wert?«

Jehanne zuckte zusammen.

Sie fühlte, wie eine Schwertspitze über ihre Wirbelsäule strich, und fuhr herum. Dem stinkenden jungen Mann hinter ihr war es am Gesicht anzusehen, daß ihm seine Rolle als Folterknecht Spaß machte. Er schürzte die Lippen, als wolle er sie küssen.

»Bitte, Sir, um der Liebe Gottes willen, ich habe einen Eid geschworen!« Ein mächtiges Schluchzen entrang sich ihrer Brust. Ihre Blase war dem Bersten nahe; sie mußte dringend zur Latrine. Am meisten graute ihr jetzt davor, daß sie sich selbst besudeln könnte, wenn sie sie nicht bald aufstehen ließen.

»Hexen brauchen Gott nicht«, antwortete der Anführer und schüttelte sein strähniges Haar.

»Ich bin keine Hexe«, flüsterte sie, und jetzt war sie geblendet von einem Leiden, das schlimmer war als alle ihre Verletzungen zusammengenommen.

»Die Kirche sagt aber, du bist eine«, beharrte er. »Und wir wissen, daß es stimmt – nicht wahr, Männer?«

»Aye!« schrien sie im Chor.

So also würde es enden. Nichts würde diese Männer bewegen. Jehanne fand sich damit ab, daß sie keine Wahl hatte.

Sie krümmte sich zusammen, um ihre Brüste und ihre Scham zu verbergen. Mit qualvoller Mühe zog sie sich das Hemd über den Kopf und herunter bis zu den Hüften. Ohne aufzustehen, schob sie die Füße in die Hose und zog sie hoch. Das Binden der Schnüre erforderte ihre ganze Kraft. »Ihr wißt, daß ich es nicht darf«, sagte sie in dumpfem Rhythmus.

»Nimm's hin«, sagte Grey. »Die Dinge liegen nun mal so. Du kannst gegen uns nicht gewinnen.«

Das war nur zu wahr. Sie war unrettbar verloren. In ihrem Kopf fiel eine Zellentür ins Schloß, und sie wußte, daß sie zum Untergang verurteilt war, so oder so.

Irgendwie gelang es ihr, auf die Beine zu kommen. Irgendwie kam sie unter Schmerzen die Treppe hinunter, und sie humpelte das kurze Stück über den Hof und in die Latrine, und Grey und Floquet folgten ihr auf dem Fuße.

Und als sie dem blutigen, brennenden Urin freien Lauf ließ, da weinte sie aus den Tiefen ihrer entweihten Seele. Sie war allein auf der Erde und in immerwährender Gefangenschaft. Die Jungfrau Jehanne war tot.

Nachdem sie die verbotenen Kleider wieder angezogen hatte, mißhandelten die Männer Englands sie nicht weiter. Grey schloß sie wieder an die alten Ketten an, und er und seine Wachsoldaten nahmen betrunken ihr Würfelspiel auf, als wäre nichts geschehen. Die meiste Zeit über beachteten sie Jehanne nicht. Hin und wieder warfen sie ihr eine harte Brotkruste zu, die sie aber nicht essen konnte, weil ihr von Blutergüssen verfärbtes Gesicht schmerzte und ihre Zähne locker waren. Sie wollte auch nichts davon. Sie lag auf ihrer Pritsche und fröstelte unter einem Fieber, das sie dahinraffen würde, wie sie hoffte und zugleich fürchtete. Sie hatte keinen Lebenswillen mehr.

Sie hätte sich gleich verbrennen lassen sollen. Hätte sie es getan, dann wäre sie als Jungfrau Jehanne auf den Scheiterhaufen gegangen, unberührt an Leib und Seele. All die Monate hindurch hatten ihre Ratgeber sie ermahnt, standhaft zu bleiben, dann werde Gott ihr helfen. Aber der drohende Feuertod hatte sie dazu gebracht, diese Standhaftigkeit in einem törichten Versuch, sich selbst zu retten, zu verraten. Auf der Plattform, vor all den Leuten, hatte sie erklärt, daß ihre Ratgeber niemals Wirklichkeit gewesen seien. Irgendwo gab es ein Papier mit ihrer Unterschrift zum Zeugnis ihrer großen Lüge. Als es schon zu spät war, hatte sie darum gebetet, Gott möge ihr ein Zeichen senden, wenn sie gesündigt habe, und er hatte es getan. Sie hatte ihn und seine Heiligen von sich gestoßen, und so hatten Gott und ihre Ratgeber ihren Schutz und ihre Hilfe von ihr genommen.

Und jetzt war sie besudelt und verdammt, im ewigen Feuer zu brennen, fern vom Himmel. Die scheußlichste Ratte war mehr wert als sie. Sie war nichts. Sie war nicht würdig zu leben, denn sie hatte ihren Glauben vertan.

So war es immer gewesen, von Anfang an. Wie oft hatte sie die Ratgeber belästigt, hatte wie ein dummes Kind um irgendwelchen Tand gebettelt, auf daß ihre zerbrechliche Loyalität bestärkt werde, und jedesmal, immer wieder, war alles, was sie ihr gesagt hatten, Wirklichkeit geworden, auch wenn sie heimlich geglaubt hatte, es werde nicht geschehen. Mit ihrer Liebe, stets beständig, stets geduldig, hatten die Ratgeber sie vorangebracht, so unwürdig sie auch gewesen war. Sie hatte Paris nicht gewonnen, weil sie ohne ihren Segen losgezogen war. Sie hatte Widerspruch erhoben, als sie ihr gesagt hatten, daß sie in Gefangenschaft geraten werde. Obwohl sie ihr in Beaurevoir verboten hatten, einen Fluchtversuch zu unternehmen, hatte sie getan, was sie für richtig hielt. Und die ganze Zeit hatte Gott durch die Ratgeber ihren Glauben auf die Probe gestellt, um zu sehen, ob sie den Himmel verdiente.

Sie hatten sie nie belogen. Der Sieg, den sie versprochen hatten, wäre gekommen, wenn sie sich ihren Glauben an die Ratgeber und an Gott bewahrt hätte. Ein machtvoller Donnerschlag hätte den Himmel entbrennen und jedermann in Ehrfurcht erkennen lassen, daß Gottes Segen auf ihr ruhte. Jetzt aber war sie nicht mehr zu retten, und nie würde sie erfahren, was Katharinas Prophezeiung bedeutet hatte.

Sie würde im Kerker sterben. Die Wache ruhte sich nur ein Weilchen aus. Bald würden sie wieder über sie herfallen, und dann würden sie sie umbringen. Der Tod in den Flammen wäre schneller und letzten Endes barmherziger gewesen als dieser langsame, schändliche Abschied. Aber so oder so wollte Gott, daß sie für ihre Sünden starb. Weil sie ihn und die, die er gesandt hatte, damit sie ihr Rat und Führung gaben, abgewiesen hatte, verdiente sie nicht zu leben.

Sie machte sich Vorwürfe, weil sie dumm genug gewesen war, den Männern der Kirche zu glauben. Sie wußte, daß sie ihren Tod wollten, aber insgeheim hatte sie gehofft, daß in ihnen irgendwo ein Kern von Gottes Liebe steckte. In Wahrheit hatte sie geglaubt, sie könne ihnen vertrauen, weil sie es hatte glauben wollen. Alles, was sie während des Prozesses getan, und alles, was sie gesagt hatten, hatte gezeigt, daß sie entschlossen waren, sie zu vernichten. Dennoch hatte sie das Feuer so sehr gefürchtet, daß sie im letzten Augenblick vergessen hatte, wie böse sie waren, und sich lieber von Gott, der ihren Glauben niemals verraten hatte, abgewandt und ihnen zugewandt hatte. Hätte sie seinen Willen angenommen und sich von ihnen verbrennen lassen, so ruhte sie jetzt wohlbehalten in den Armen des Herrn. Sie hatte sich für ihr leibliches Leben entschieden und damit das Leben verworfen, das ewig währt.

Ihre Ratgeber waren fort. Keine Spur war von ihnen geblieben. Sie kamen nicht, um sie zu trösten, wie sie es getan hatten, als sie vom Fisch des Bischofs krank gewesen war. Nie hatte sie solche Einsamkeit erlebt. Sie faltete die Hände und schloß das gesunde Auge.

O Gott, dessen Antlitz zu sehen ich niemals würdig war, ich bin die abscheulichste unter allen Sündern. Ich verdiene Deine Gnade nicht, aber bitte nimm meinen Tod als Buße für meinen Verrat an Dir. Er ist alles, was ich Dir noch geben kann.

Erschöpft versank sie in nebelhaftem Dösen.

Ein Geräusch brachte sie jäh wieder zu sich. Sie öffnete das Auge und sah, daß die Zellentür sich öffnete. Die Wache stellte das Würfeln ein, als Cauchon eintrat, gefolgt von Le Maistre, Courcelles, Isambard, einem englischen Mönch und einem weiteren Mann, den Jehanne nicht kannte.

Mühsam richtete sie sich auf. Alles drehte sich um sie herum, und sie mußte beide Hände an die Schläfen pressen, um nicht von der Pritsche zu fallen. Der Inquisitor war bei ihrem Anblick bleich geworden, und er hielt eine zitternde Hand vor seinen Hals.

»O mein Gott«, murmelte Isambard und richtete seinen anklagenden Blick auf Cauchon.

»Seht da, Brüder, eine verstockte und rückfällige Ketzerin!« Die Worte des Bischofs verrieten keinerlei Überraschung, wie man es hätte erwarten können.

Jehanne war von aufgestautem Groll und Schmerz überwältigt. »Wenn Sie Ihr Versprechen gehalten und mich in Ihren Kirchengewahrsam gegeben hätten, wo ich von Nonnen bewacht worden wäre, so hätte nichts von all dem geschehen können!« Das gesunde Auge füllte sich mit Tränen, die über ihre verwüstete Wange rollten und ihr Hemd befeuchteten.

Sie richtete ihren flehenden Blick auf Isambard. »Ich will zur Messe gehen und in der Heiligen Kommunion meinen Erlöser empfangen, und ich will in ein anständiges Gefängnis, in dem ich nicht länger angekettet sein muß. Wenn Sie mich dorthin bringen, verspreche ich, daß ich gehorsam tun werde, was die Kirche befiehlt.«

»Aber mein liebes Kind«, sagte Courcelles, »du hast die anstößige Kleidung wieder angelegt, der du doch abgeschworen hattest. Du bist rückfällig geworden, wie Bischof Cauchon schon sagte.«

»Sehen Sie mich doch an!« schrie sie, fassungslos schluchzend über soviel Verbohrtheit. »Glauben Sie denn, das alles habe ich mir selbst angetan?« Sie drehte sich zu Cauchon um und streckte ihm ihr entstelltes Gesicht und den von Blutergüssen übersäten Arm entgegen. »Ich hatte doch die Absicht, mein Gelübde zu halten. Aber ich habe Ihnen allen auch gesagt, daß so etwas geschehen würde, wenn Sie mich weiter mit diesen Engländern allein lassen! Sie ahnen nicht,

welche Gewalt sie mir angetan haben, nachdem die Kirche mich gezwungen hat, Frauenkleider anzulegen!«
Die Dominikaner kochten vor Wut. Cauchons Arroganz hatte ihn unvorsichtig werden lassen, und jetzt waren seine wirklichen Absichten vor aller Welt ans Licht gekommen. Vor allem Isambard sah aus, als wolle er seinem Vorgesetzten an die Gurgel gehen. Le Maistres Gesicht war ausdruckslos; er sah aus wie einer, der soeben mit kaltem Wasser übergossen worden war.
»Hast du seit dem letzten Donnerstag deine Stimmen noch einmal gehört?« fragte Cauchon hastig. Es war offenkundig, daß er die Feindseligkeit, die ihm von Le Maistre und Isambard entgegenschlug, ablenken wollte.
Wie ein Blitz durchfuhr es Jehanne, und in der Stille, die folgte, hörte sie die Stimme der Erlösung. Es war alles so klar. Sie wußte, was Cauchon wollte, und sie wußte, was Gottes Wille war. Gott hatte ihre Buße angenommen und gab ihr eine zweite Chance. Lügen hatten ihre Seele verspielt, und mit einer Lüge würde sie sie zurückgewinnen.
»Ja«, flüsterte sie.
»Was haben sie gesagt?« Der Eifer war in seinen eiskalten Zügen deutlich zu erkennen.
»Sie haben gesagt: Gott läßt dich wissen, wie sehr ihn der Verrat geschmerzt hat, zu dem du dich bereit gefunden, als du ihn und uns, seine Diener, verleugnetest. Du hast es getan, um dein Leben zu retten, aber damit hast du deine Seele verdammt.«
»Und du behauptest weiterhin, daß es sich um die heilige Katharina und die heilige Margarethe handelt?« fragte Courcelles.
»Ja.« Sie nickte. »Und sie kommen von Gott.«
»Haben sie sonst noch etwas gesagt?« Der Bischof spielte müßig mit dem Kreuz an seiner Brust.
»Vor dem letzten Donnerstag sagten sie mir, ich solle standhaft bleiben, und Gott werde mir helfen. Noch als ich auf der Plattform stand, sagten sie, ich sollte dem Prediger kühn antworten, denn er sei ein falscher Prediger, der vieles behauptete, was ich gar nicht getan habe. Alles, was ich schwor, als ich jenes Papier unterschrieb, war gelogen.

Die Wahrheit ist: Gott hat mich gesandt, damit ich Frankreich von den Engländern befreie, und ich habe sie alle gehört: Michael, Katharina und Margarethe! Ich habe sie nur verleugnet, weil ich mich vor dem Feuer fürchtete.«

Ein häßliches Lächeln breitete sich auf Cauchons Gesicht aus. Er hatte gesiegt. Endlich.

Aber Jehanne war noch nicht fertig. Die Macht erfüllte sie noch einmal – so kraftvoll, als sei sie niemals von ihr gewichen. Sie holte tief Luft und gab sich ganz dem Willen Gottes hin. »Lieber nehme ich die höchste Buße auf mich, als daß ich noch einen Tag länger an diesem abscheulichen Ort bleibe!«

Cauchon nickte leise. Jehanne hörte, was er dachte, ohne es auszusprechen.

Seine violette Robe wirbelte, und er verließ die Zelle.

Isambard segnete sie wortlos, und Le Maistre sprach flüsternd ein Paternoster. Jehanne senkte den Kopf und achtete nicht auf die lästerlichen Possen der Soldaten. Als sie nach dem Gebet aufblickte, sah sie, daß die beiden Mönche weinten. Ihr zerschlagenes Gesicht und ihre hoffnungslose Lage waren mehr, als sie ertragen konnten. Sie wandten sich ab und gingen schweigend hinaus.

Jehanne ließ sich auf ihre Pritsche sinkien. Die Wache wandte sich wieder dem Würfelspiel zu.

Sie hatte keinen Zweifel, wußte, was dies alles bedeutete. Jetzt würde die Kirche sie den Engländern zur Hinrichtung übergeben. Sie war ruhig, beinahe glücklich. Sie würde sterben, aber die ewige Verdammnis war ihr nicht mehr sicher.

Ich danke Dir, Gott, für diese zweite Chance. Ich war Deiner Vergebung nicht würdig.

Sie drehte sich auf die Seite und starrte an die Wand, auf der ihr jede Einkerbung, jede Schramme inzwischen vertrauter war als das Gesicht ihrer Mutter. Vom Grauen vor dem Verlust des Himmels befreit, schlief Jehanne ein.

Massieu kam als erster. Er kam sehr früh und brachte Pierre Maurice mit. Grey ließ sie herein, und die Mönche ignorierten Billy und Floquet, die schnarchend auf ihren Strohsäcken lagen, und kamen quer durch die Zelle zu Jehanne, die mit den Füßen angekettet auf ihrer Pritsche lag. Massieu kniete nieder und nahm ihre Hand.

»Jehanne, gestern abend sind sie zusammengekommen und haben über dein Schicksal beratschlagt.« Er schwieg, und als er weitersprach, zitterte seine Stimme. »Sie haben dich zu einer rückfälligen Ketzerin erklärt. Du bist exkommuniziert.«

Sie setzte sich auf. »Bekomme ich denn die Sterbesakramente nicht?«

»Doch«, sagte er. »Die Brüder Isambard und Martin haben darauf bestanden, und Le Maistre hat sie unterstützt.«

Also mußte sie wirklich sterben. Sie hatte geglaubt, sie habe sich damit abgefunden, aber jetzt, da der Augenblick gekommen war, überfiel das Entsetzen sie wie eine Schar hungriger Raben. Sie würde heute sterben, und nie wieder würde sie die Nacht und die Träume erleben. Ihr Atem ging flach und stoßweise, und ihre Augen weiteten sich wie bei einer Besessenen.

»Bruder Massieu!« rief sie, und der Gerichtsdiener mußte an ein verängstigtes Kind denken. »Wo werde ich heute abend sein?«

»Hast du kein Vertrauen zu Gott, Jehanne?« antwortete Maurice an Massieus statt.

Sie schluckte und nickte dann. »Doch, und durch Gottes Gnade werde ich im Paradies sein.« Daran durfte sie nicht mehr zweifeln, nicht jetzt, nicht nachdem sie die Buße angenommen hatte. Sie würde ins Leere hinaustreten müssen, und nur ihr Glaube würde sie halten.

Sie wischte sich mit dem Ärmel über das nasse, wunde Gesicht. Als sie wieder sehen konnte, kamen Ladvenu und sein junger Akoluth Jehan Toutmouillé zur Tür herein. Die Soldaten waren inzwischen aufgewacht, und Billy rieb sich mit einer schmutzigen Hand die vom Schlaf verkrusteten Augen. Er runzelte die Stirn, als er die verhaßten Mönche erblickte.

»Jehanne, ich bin gekommen, um dir die Beichte abzunehmen«, sagte Ladvenu. »Hernach magst du zur Kommunion gehen.«

Sie versuchte zu lächeln, aber es gelang nicht ganz; die Angst und ihre zerschlagenen Züge erlaubten ihr nur ein kurzes Kräuseln der Lippen. Das taube Gefühl verriet ihr, daß sie aussehen mußte wie eine seltsame Kreatur, halb Mensch, halb Dämon.
Die Geistlichen wechselten ein paar kurze Blicke, und Massieu und Maurice erhoben sich, um hinauszugehen. »Wir sehen uns später, Jehanne«, sagte der Türhüter. Dann ließ er sie mit Ladvenu und seinem jungen Gehilfen allein.
»Wie werde ich sterben, Bruder Martin?« fragte Jehanne, aber sie kannte die Antwort schon. »Durch die Axt?«
Er schüttelte den Kopf und seufzte. »Auf dem Scheiterhaufen.«
»O Gott!« schluchzte sie. »Lieber wär's mir, sie wollten mir den Kopf abschlagen.«
Ladvenu legte ihr tröstend den Arm um die Schultern, und sie schlug weinend die Hände vors Gesicht. Er bedeutete seinem Akoluthen, er möge sich zurückziehen, und Toutmouillé entfernte sich diskret. Dann schickte der Dominikaner auch die schlaftrunkenen Soldaten aus der Zelle, und als Jehanne wieder sprechen konnte, legte sie vor dem sanften Mönch ihre Beichte ab.
Sie erzählte ihm alles. Anfangs sprach sie nur stockend von ihrer Angst oben auf dem Gerüst und von der Lüge, mit der sie sich hatte retten wollen. Noch eine Zeitlang, gab sie zu, habe sie an ihren Ratgebern gezweifelt, und auch an Gott, der sie gesandt habe. Sie erzählte Ladvenu von ihrem Gebet: Gott solle ihr ein Zeichen geben und ihr sagen, ob sie recht oder unrecht gehandelt habe. Der Mönch riß vor Abscheu und Entsetzen die Augen weit auf, als sie von der Prügel berichtete, die sie bezogen hatte, nachdem sie das neue Kleid angelegt hatte, und als sie zu der Geschichte mit Stafford kam, brach sie zusammen und konnte nicht weitersprechen.
Ladvenu nahm sie in den Arm, und sie weinte verzweifelt in seine rauhe Kutte. Von Scham überwältigt, beichtete sie mit stammelnder Entrüstung, welche Schmach der Engländer ihr angetan hatte.
Schmerz und Mitleid legten sich auf Ladvenus blasse Gesichtszüge. »Mein armes Kind«, sagte er leise, »ich hatte keine Ahnung, daß es so

weit kommen würde. Bitte verzeih mir, Jehanne. Ich habe dir gesagt, man würde dich in ein Kirchengefängnis bringen, aber ich wußte nicht ...« Er konnte nicht weitersprechen. Er wischte sich mit seinem Ärmel über die Augen.

»Es ist schon gut«, sagte sie. »Ich glaube, es mußte so kommen. Ich habe gesündigt, als ich Gott verleugnete, und dies war meine Buße.«

Er schniefte laut. »Dann kann ich dir keine andere auferlegen.« Er sprach die lateinischen Worte der Absolution, und dann sagte er: »Komm, laß uns beten. Pater noster ...«

»Pater noster ...« Jehanne wußte nicht mehr, wie es weiterging. Verzweifelt durchforschte sie ihr Gedächtnis, aber die Worte waren ihr entfallen. Sie konnte es nicht glauben. Das Gebet, das sie in ihrem Leben viele tausendmal gesprochen hatte, seit sie sprechen konnte, war restlos vergessen.

»... qui es in coelis ...« half Ladvenu mit geduldigem Stirnrunzeln.

»... qui es in coelis ... sanctificetur nomen tuum ...«

Sie brachte es zu Ende, ohne daß er ihr noch einmal weiterhelfen mußte. Das Ave Maria ging ein bißchen leichter, obwohl sie auch dabei in der Mitte nicht mehr weiterwußte.

Als sie zu Ende gebetet hatten, rief Ladvenu Toutmouillé heran. »Geh und sieh nach, warum es so lange dauert, bis die Heilige Hostie kommt.«

Der junge Mönch lief hinaus und wäre fast mit Cauchon zusammengestoßen.

»Ach, Bischof«, rief Jehanne, »durch Sie gehe ich in den Tod.«

»Durch dich selbst«, widersprach er stirnrunzelnd. »Du mußt sterben, weil du dein Versprechen gebrochen hast und auf deinen gottlosen Pfad zurückgekehrt bist.«

Jehanne ließ ihn nicht davonkommen. »Hätten Sie mich in ein kirchliches Gefängnis und in die Hände von Nonnen gebracht, wie Sie es versprochen haben, so wäre das alles nicht geschehen. Darum werden Sie sich eines Tages vor Gottes Richterstuhl verantworten müssen, denn er kennt Sie, Bischof, und er weiß, was Sie getan haben.« Sie zögerte und schaute ihm dann fest in die Augen. »Und warum Sie es getan haben.«

Cauchon taumelte einen Schritt zurück und zog den Kopf zwischen die Schultern, als habe sie ihm einen Schwertstreich versetzt. Sein Blick ging von Jehanne zu Ladvenu. Der Mönch fürchtete seinen kirchlichen Vorgesetzten nicht länger, er funkelte Cauchon unbarmherzig an, und sein würdevoll emporgerecktes Kinn zeigte das ganze Ausmaß seines Abscheus. Der Bischof von Beauvais, der wußte, daß er sich hier nicht verteidigen konnte, schmolz unter der Wucht des doppelten Angriffs zusammen und ergriff die Flucht.

Toutmouillé kehrte nach ein paar Augenblicken mit einer Patene zurück, auf der nackt und ungeschützt die Heilige Hostie lag.

»Was ist denn das?« fragte Ladvenu herrisch. Jehanne hätte nie gedacht, daß dieser sonst so stille, aber mitfühlende junge Mann zornig werden könnte, doch jetzt war er es. Sein Gesicht war puterrot, und in seinen Augen züngelten Flammen. »Wo ist denn der Rest? Kelch und Tuch, um die Hostie zu bedecken? Wo sind die Mönche, die das alles begleiten sollten, wo die Kerzen? Und wo zum Teufel ist meine Stola?«

Der Jüngling starrte Jehanne und Ladvenu entsetzt an. »Ich hatte alles dabei, ehrlich! Aber die Soldaten haben uns unten an der Treppe aufgehalten, und das ist alles, was ich heraufbringen durfte.«

»Geh wieder hinunter«, befahl Ladvenu in entschlossenem Ton, »und sag ihnen, ich verlange, daß sie die andern freigeben, damit sie mir bringen können, was ich brauche, um Jehanne die Heilige Kommunion zu spenden! Sag ihnen, wenn sie es nicht tun, werde ich persönlich zum Kardinal gehen, und dann können sie ihm erklären, weshalb sie sich angemaßt haben, ein heiliges Ritual zu stören! Los!«

Toutmouillé hatte jetzt mehr Angst vor Ladvenu als vor den Engländern, und er rannte zur Tür hinaus. Ladvenu nahm Jehannes Hände. Traurig blickten seine maßvollen Augen in die ihren, ergründeten ihre Tiefe und suchten, wie es schien, nach ihrer Seele. »Jehanne, ich muß die Wahrheit wissen, bevor ich dir die Heilige Kommunion spende. Kommen deine Stimmen wirklich von Gott?«

Und plötzlich spürte sie ihre Anwesenheit im Rücken, und ihre Wirbelsäule kribbelte von ihrer Kraft. »O ja!« flüsterte sie. »Sie kommen wahrlich von Gott!«
Ladvenu blinzelte. In seinen Blick trat vorbehaltlose, aufrichtige Ehrfurcht, und sie wußte, daß er ihr jetzt endlich glaubte.
Toutmouillé kam zurück, diesmal in Begleitung zweier ernst dreinblickender Dominikaner, die ihre Kapuzen hochgeschlagen hatten. Sie trugen brennende Kerzen und einen mit einem Tuch bedeckten Kelch. Ladvenu nahm die schmale, violette Stola in Empfang, küßte sie und legte sie sich um den Hals. Während er die Sterbegebete sprach und seine Brüder die vorgeschriebenen Antworten gaben, betete Jehanne um das Heil ihrer Seele und um den nötigen Mut, damit sie dem Tod ins Auge schauen könnte. Als der Augenblick dazu gekommen war, hob sie den Kopf und öffnete den Mund. Ladvenu legte ihr die Hostie auf die Zunge, und als sie sich dort auflöste, fühlte Jehanne, wie Erneuerung ihren Geist durchströmte. Jetzt konnte sie ohne einen Makel an ihrer Seele zu Gott gehen.
»Du da!« rief Ladvenu zu Grey hinüber. »Mach die Ketten los!«
Der Hauptmann der Wache kam breitbeinig herüber. Ohne ein Wort schloß er Jehanne los und kehrte dann zu seinen Kameraden zurück, die sich auch wieder hereingeschlichen hatten. Die drei steckten die Köpfe zusammen und lachten dann.
»Hinaus mit euch!« befahl der Mönch in scharfem Ton. »Euer Dienst ist zu Ende. Jehanne ist jetzt in der Hand der Kirche.«
»Nicht für lange, Bruder«, versetzte Grey mit erbostem Grollen. Aber er sträubte sich nicht gegen Ladvenus Autorität. Die Soldaten gingen hinaus und schlugen die Tür hinter sich zu.
Massieu kam zurück, wie er es versprochen hatte. Isambard war bei ihm; er brachte das Gewand, das sie tragen sollte. Es war mit einem gelblichen, übelriechenden Staub beschmiert. »Was ist das für ein Pulver?« fragte Jehanne, als sie das Kleid entgegennahm.
Die Mönche schauten einander an und schlugen dann die Augen nieder. »Schwefel«, murmelte Isambard.
Sie starrte das Gewand an. Wenn das Feuer sie erreichte, würde sie

in Flammen aufgehen wie eine Fackel. Ihr Gesicht verzog sich klagend, und sie heulte herzzerreißend auf.
»Komm, Jehanne, zieh es an. Gott liebt dich, du gutes Kind«, sagte Isambard. »Er wird dich nicht lange leiden lassen.«
Die Mönche wandten sich ab, damit sie sich unbehelligt umkleiden konnte. Zum letzten Mal streifte Jehanne Hemd und Hose ab und zog dann das Gewand unter Schmerzen über ihren zerschlagenen Körper. Es reichte ihr bis über die Knöchel. »Fertig«, flüsterte sie.
Ladvenu setzte ihr eine weite Haube auf. Sie hatte Flügel, die wie Scheuklappen rechts und links von ihrem Gesicht hingen, und vorn reichte sie so tief herunter, daß sie nur noch ihre schmutzigen nackten Füße sehen konnte. Sie hatte schon gehört, daß Verurteilte so etwas tragen mußten, damit eine Hexe unschuldige Menschen nicht mit dem Bösen Blick verzaubern konnte.
Sie führten sie die Treppe hinunter und über den Hof. Sie sah nur die Pflastersteine, aber sie wußte, daß die Wache da war, zu beiden Seiten von Isambard und Ladvenu. Sie hörte das harte Klappern ihrer Stiefel auf den Ziegeln.
Jehanne wurde auf einen Karren gehoben, und für einen Augenblick fühlte sie sich in die Vergangenheit zurückversetzt. Aber diese Fahrt würde anders verlaufen als die vorige. Heute würde sie nicht wieder ins Gefängnis zurückkehren. Langsam rollte das Gefährt durch die Straßen. Anfangs waren nicht viele Leute da, aber je näher sie dem Marktplatz kam, desto dichter wurde das Gedränge, und Jehanne spürte sie alle um sich herum und hörte ihr Weinen, auch wenn sie sie nicht sehen konnte.
Plötzlich löste sich jemand aus der Menge und kam auf sie zugelaufen. »Jehanne, verzeih mir! Ich habe eine schwere Sünde begangen!«
Sie hob den Kopf und schaute ihn an. Es war Loiseleur, der neben dem Karren herlief, halb verdeckt von der Mauer der englischen Soldaten, die den Auftrag hatten, die Menge zurückzuhalten. Er war weiß vor Angst, und Tränen befleckten seine schwarze Kutte. Er sah aus wie einer, der den Teufel gesehen hatte, wie er ihm grinsend zu-

winkte. Als er versuchte, nach dem Karren zu greifen, stießen ihn die Soldaten wütend zurück.

»Weg da, Pfaffe!« kläffte einer und hob drohend die Hand.

»Bitte, Jehanne!« flehte der Assessor unbeirrt. Er hielt mit dem Fuhrwerk Schritt, versuchte aber nicht noch einmal, die Absperrung zu durchbrechen.

»Ja«, rief sie, so laut sie konnte. »Ich verzeihe dir!«

Loiseleur blieb in der Menge zurück, die inzwischen weiter angeschwollen war. Viele beteten laut weinend und jammernd zu Gott um Gnade, Gnade für Jehanne und für sich selbst. Der Wagen rollte auf den Platz, und Jehanne verschlug es den Atem, als sie spürte, daß hier Hunderte von Menschen versammelt waren. Wenn sie den Kopf in den Nacken legte, konnte sie ein paar davon sehen. Sie hingen aus den Fenstern und drängten sich auf dem Marktplatz so dicht zusammen, daß sie sich nicht rühren konnten. Soldaten in großer Zahl schoben die Leute fort und hielten sie fern von den Plattformen, die die Engländer am südlichsten Ende des dreieckigen Platzes neben der Kirche St. Sauveur errichtet hatten.

Es waren drei solche Plattformen – sie standen dicht nebeneinander, und zwei waren mit den bunten Fahnen der englischen Monarchie verhängt. Auf der einen standen Cauchon, Le Maistre, Midi und der englische Kardinal und auf der zweiten Warwick, Stafford und ihre Offiziere. Den kleinen König sah Jehanne nicht. Die dritte Plattform war leer, und vor dieser hielt der Karren an.

Isambard, Massieu und Ladvenu kletterten rasch hinunter und streckten Jehanne die Arme entgegen, um ihr zu helfen. Wegen ihrer Verletzungen konnte sie sich nur mit Vorsicht bewegen, und als Isambard sie unter den Achseln faßte, schrie sie auf, weil es wie ein Stich durch ihre zerschlagene Seite fuhr. Der Mönch murmelte eine Entschuldigung und setzte sie behutsam ab. Massieu stieg vor ihr die Stufen zu der leeren Plattform hinauf, und die beiden anderen Mönche folgten. Sie bewegte sich bedächtig und bemühte sich, nicht zu stolpern. Innerlich fühlte sie sich leer.

Oben angekommen, konnte sie ihre Umgebung recht gut sehen,

wenn sie den Kopf hin und her drehte. So weit ihr Auge reichte, wimmelte es von Menschenmassen. Jedes Fenster in jedem Haus rings um den Marktplatz war erfüllt von Leuten, die lange Hälse machten, um einen Blick auf sie zu erhaschen. Sie saßen auch auf den Dächern, und die Kinder ritten auf den Schultern ihrer Väter. Frauen rangen weinend und betend die Hände. Zwischen ihnen und den Podesten standen behelmte Soldaten in langer Reihe auf ihrem Posten und hielten ihre gefährlich blitzenden Spieße umklammert.

Und dann sah Jehanne es.

Am westlichen Ende des Platzes, nur ungefähr fünfzig Schritt weit entfernt, erhob sich ein schimmernder Gipssockel, sehr hoch und gerade groß genug für eine Person. An seinem Fuße war harziges dunkles Holz aufgehäuft, das im Sonnenschein glänzte wie ein Haufen Knochen, der sich zum Himmel türmte. Oben hatte der Henker ein Schild angenagelt, auf dem mehrere Zeilen einer schwarz gekritzelten Inschrift standen.

Jehanne konnte nicht hinschauen. Es war allzu wirklich. Sie zwang sich, nur die erwartungsvolle Menschenmenge zu sehen. »Rouen, Rouen«, murmelte sie und betrachtete das Spektakel, so gut es mit dem einen gesunden Auge ging, »soll ich meine Tage wirklich hier beschließen? Ich fürchte, du wirst für meinen Tod eines Tages noch viel zu leiden haben!«

Auf dem Podest der Geistlichkeit trat Midi vor. Er hielt ein aufgeschlagenes schwarzes Buch in den Händen. »Und so ein Glied leidet, so leiden alle Glieder mit«, las er laut. »Das sind die Worte des heiligen Paulus, welcher diese Mahnung aussprach, auf daß nicht einer durch das Verbrechen der Häresie den Leib der Heiligen Mutter Kirche und ihrer Kinder verunreinige und sie trenne von der Liebe Gottes.«

Jehanne konnte seinen Worten nicht lange folgen. Ihre Angst begann von neuem, ihre Handflächen wurden feucht, und ihr Herz klopfte immer schneller. Ladvenu schob verstohlen seine Hand um die ihre und drückte sie ermutigend, aber dabei ließ er Midi nicht aus den Augen, als lausche er aufmerksam der Predigt. Midi redete und redete, fast eine Stunde lang. Die Soldaten scharrten unruhig mit den Füßen, und trotz der Entfernung hörte Jehanne ihr ungeduldiges Murren.

»Jehanne, geh hin in Frieden«, sagte der Theologe schließlich. »Die Kirche kann dich nicht mehr schützen, sie übergibt dich der weltlichen Gerichtsbarkeit.«

Er trat ein paar Schritte zurück.

Cauchon trat jetzt vor, eine mächtige Gestalt in Violett. »Du bist zurückgekehrt zu den Irrtümern, denen du abgeschworen, wie ein Hund, der zu seinem Erbrochenen zurückkehrt«, las er von dem Papier in seiner Hand vor. »Als eine, die aus freien Stücken und verstockt den vorbenannten Verstößen, Ausschreitungen und Irrtümern angehangen hat, erklären wir dich daher im Namen des Gesetzes zu einer exkommunizierten Ketzerin. Es ist unser Beschluß, dich als ein verfaultes Glied, welches nicht soll anstecken die anderen Glieder mit seiner Fäulnis, abzuhacken vom Leibe der Kirche und dich zu übergeben der weltlichen Gerichtsbarkeit. Wir werfen dich von uns und geben dich auf, und wir beten zu Gott, daß die weltliche Gerichtsbarkeit ihr Urteil mäßigen und von Tod und Verstümmelung absehen möge. Möge Gott sich deiner elenden Seele erbarmen!«

Die letzten Worte waren eine Formalität, und es wurde nicht erwartet, daß jemand sich daran hielt. Das wußte jeder, auch Jehanne. Sie fiel auf die Knie und faltete fest die Hände. Alles verschlingendes Grauen brach aus ihrem Herzen herauf, und die Tränen tropften von ihrem Kinn auf ihren Kittel, wo sie im Schwefelstaub zu feuchten, gelblichen Klumpen verklebten. Sie wandte das zerschlagene Gesicht zum Himmel.

»O Gott und Vater, der Du bist im Himmel, ich bitte Dich, nimm auf Dein Kind in Dein Königreich!« rief sie fiebrig. »Du allein kennst das Ausmaß meiner Sünden und weißt, wie unwürdig ich bin, in den Himmel einzugehen! Du hast gesehen, daß es Zeiten gab, da ich gegen den Rat Deiner liebevollen Führer, die Du mir gesandt hast, handelte – aus Ungeduld, und weil ich an meinen Willen glaubte, statt auf den Deinen zu vertrauen. Du kennst den Zorn, der mich so oft überkam, und Du weißt, welchen Schmerz er anderen an meinem Wege bereitet haben muß. Alle diese großen Sünden bereue ich in aller Demut, und ich bitte Dich um Vergebung! Heilige Maria, Du Mutter unseres Herrn Jhesus, ich bete zu Dir, auf daß Du mich führest durch die Finsternis zu Deinem göttlichen Sohn. Ihr Heiligen Katharina und Margarethe und Michael! Seid bei mir im Augenblick meines Todes, wie Ihr bei mir wart, seit Ihr das erste Mal zu mir kamt vor so langer Zeit! Verlaßt mich nicht in der Stunde meiner größten Not! Ihr müßt ja wissen, daß ich im Grunde meines Herzens niemals den Glauben an Euch verloren habe, auch wenn mein Verstand fehlging und ich in Furcht versank.«

Jehanne richtete ihren Blick auf die Menge. Die meisten der englischen Soldaten lachten und deuteten mit dem Finger auf sie. Andere aber schauten sie mit ernster Miene an, und sie sah ihren Gesichtern an, daß ihre Worte sie gerührt hatten. Auf dem ganzen Marktplatz weinten Männer und Frauen, und sie überfluteten den Platz mit dem furchtbaren Raunen ihrer Reue und ihrer Angst vor Gottes Vergeltung. Jehanne sah, wie der Sekretär des Kardinals von Winchester sich mit zitternder Hand über das feuchte Gesicht wischte, und als sie sich dem Podium der Geistlichkeit zuwandte, sah sie durch einen Tränenschleier das gepeinigte, schluchzende Antlitz des Inquisitors.

Am Fuße des bischöflichen Podiums stand der junge Notar Manchon und starrte mit verzücktem, tränennassem Gesicht zu ihr herauf. Durch seine Finger glitt ein Rosenkranz, und seine Lippen beteten lautlos, hilflos zu Gott um Gnade. Unter den Assessoren blieb kein Auge trocken. Als ihnen in seinem ganzen Ausmaß klar wurde, was sie hier taten, wandten sich fast alle zur Flucht, von Reue überwältigt und außerstande, länger zuzuhören.

Nur Cauchon stand da und starrte in unversöhnlichem Haß zu ihr herüber, die geballten Fäuste in die Hüften gestemmt. Und Warwicks aristokratischer Mund kräuselte den Schnurrbart in einem Lächeln empor.

Sie würde ihnen den Sieg nicht überlassen. Das letzte Wort hatte sie.

Diese Leute konnten ihr nichts mehr anhaben. Sie nahm die Herausforderung des Bischofs an.
»Und du, Volk Frankreichs, wisse, daß dein König Karl VII. schuldlos ist an allem, was mich betrifft«, schrie sie. »Für alles, was ich getan und gesagt habe, bin allein ich verantwortlich und nicht er! Wenn ich dem Königreich Unrecht zugefügt habe, so bitte ich euch und den König um Vergebung, und ich bitte euch auch, betet für mich. Euch Männer der Kirche«, rief sie lauter noch, um das zunehmende Gemurmel zu übertönen, »euch, die ihr auf meiner Seite steht, und euch, die ihr eure Loyalität auf England gerichtet habt – euch bitte ich: Betet für meine Seele, und wenn ihr zur Barmherzigkeit fähig seid, so lest eine Messe für mich.«
Sie schaute Cauchon an. »Euch Richter bitte ich um Vergebung, und dafür vergebe auch ich euch das große Unrecht, welches ihr mir angetan habt. Ich bin nicht so vollkommen, wir wir es nach dem Gebot unseres Herrn Jhesus sein sollen, aber ich bin auch nicht so schlecht, wie ihr inzwischen glaubt.« Jehanne zögerte. Dann griff sie zu der stärksten Waffe, die sie je besessen hatte, und schleuderte sie gegen den Bischof. »Wenn ich mir etwas habe zuschulden kommen lassen, so war es mein mangelhafter Glaube daran, daß Gott immer bei mir ist, selbst in jenen finsteren Zeiten, da ich törichterweise glaubte, er habe sein Antlitz abgewandt von mir.«
Sie hielt inne und schnappte heftig nach Luft. Die allgemeine Trauer war zu einem monumentalen Klagen angeschwollen und verband fast alle miteinander in ihrem Schmerz und ihrem Staunen ob der Unausweichlichkeit dieses Augenblicks. Die Soldaten waren wie vom Donner gerührt, und besorgt schauten sie sich um, als sie merkten, daß die Unruhe im Volke zunahm.
»Ich bitte euch, vergeßt mich nicht«, flüsterte Jehanne.
Cauchon gab Isambard und Ladvenu das Zeichen, Jehanne vom Gerüst herunterzuschaffen. »Komm«, flüsterte Ladvenu. Die Mönche nahmen sie bei den Armen und halfen ihr aufzustehen. Ihre Knie zitterten so sehr, daß sie kaum gehen konnte, und sie stützte sich auf Ladvenus Schulter, als sie die Treppe hinunterstieg.

Plötzlich fiel ihr etwas ein. »Bruder Isambard! Darf ich ein Kreuz haben?«
Er nickte und sagte zu Ladvenu: »Ich bin gleich wieder da. Kümmere dich um sie – man soll warten, bis ich komme.« Ohne sich noch einmal umzusehen, drängte er sich hastig durch die Menge zu der Kirche, die hinter der Plattform der Geistlichkeit stand.
Ein alter Soldat am Fuße der Treppe hatte Jehannes Bitte ebenfalls gehört. Sein Blick wanderte suchend über den Boden, bis er einen krummen Stock gefunden hatte; er hob ihn auf und brach ihn entzwei. Dann riß er sich ein Stück Stoff von seinem eigenen Hemd und band die beiden Holzstücke zu einem rohen Kreuz zusammen. Er hielt es Jehanne entgegen, und als sie ihm ins Gesicht schaute, sah sie, daß eine Träne in seinen grauen Bartstoppeln versickerte.
»Ich danke Ihnen, Sir«, flüsterte sie, und sie nahm das Kreuz, küßte es und barg es zwischen ihren Brüsten an ihrem Kittel.
Massieu und Ladvenu warteten darauf, daß der Magistrat sein Urteil verkündete. Sie schauten ihn erwartungsvoll an. Der Mann war so bewegt, daß ihm die Worte fehlten; er hob nur matt den Arm und winkte resigniert ab. Der triumphierende Jubel der Engländer brandete durch den Sonnenschein.
Die Mönche nahmen Jehanne bei den Armen, und zu dritt gingen sie auf den Scheiterhaufen zu. Sie klammerte sich an Ladvenu fest, so gut es ihre gebrechlichen Kräfte erlaubten. Die Menge teilte sich vor ihnen. Die schlichten Gesichter trauerten um sie oder verhöhnten sie, aber alle machten Platz, damit sie sterben könnte.
Die Welt erstarrte vor Jehannes Augen. Sie konnte den Blick nicht vom Scheiterhaufen wenden. Oben flatterte das weiße Blatt mit dem schriftlichen Todesurteil. Ein Mann stand dort auf der Spitze, von Kopf bis Fuß in Schwarz gekleidet, und die Maske vor seinem Gesicht war schrecklich anzusehen. In den Händen hielt er eine lange Kette.
Das Herz donnerte ihr in den Ohren, und es wurde immer noch lauter und stärker, als sie sich mit gleichmäßigem Schritt auf ihren Tod zubewegte. Angst umschloß ihre Brust, und doch konnte sie den Blick nicht wenden. Sie wischte sich die schweißfeuchten Hände an

ihrem Gewand ab. Dies war kein Alptraum, dies war Wirklichkeit. Sie würde sterben. Im Feuer. Sie sah das brennende Kohlenbecken, das vor den pechbeschmierten Holzscheiten stand, und sie sah die Fackeln, die daraus hervorragten. Das Schafott war mehrere Fuß hoch, höher als ein Mann, und zwischen dem Holz und seiner Kante befand sich eine niedrige Barriere aus Gips.

Gerade als sie den Scheiterhaufen erreichten, kam Isambard im Laufschritt herangeeilt; atemlos schleppte er einen langen Schaft mit einem silbernen Kreuz auf der Spitze mit sich. Jehanne umfing das Kreuz mit beiden Armen und senkte den Kopf darauf herab. Sie würde den Namen des Herrn Jhesus rufen, immer wenn das Feuer ihr weh täte, um sich daran zu erinnern, daß sie durch die Flammen ihren Weg zu ihm finden würde.

»Halte es hoch, damit ich es sehen kann«, bat sie Isambard. »Ich will wissen, daß es da ist.«

»Natürlich, Jehanne«, sagte er leise.

»Los doch, ihr elenden Pfaffen!« schrie ein Soldat. »Macht schon! Oder sollen wir hier noch zu Abend essen?« Seine Worte stießen bei seinen Kameraden auf laute Zustimmung.

Jehanne küßte das Kruzifix noch einmal und ließ es dann los, und Ladvenu zog sie auf die Beine. Sie sah sein leidvolles Gesicht und nickte. Halb fürchtete sie, herunterzufallen, aber sie erklomm die Leiter, die an der Plattform lehnte, wo die Umfriedung am niedrigsten war; Massieu hielt die Leiter fest. Mit Mühe zog sie sich hoch, und bei jedem Schritt durchfuhr ein stechender Schmerz ihre Seite. Mit dem Kreuz in der Hand kletterte Isambard hinter ihr her. Als sie oben ankam, faßte der Henker sie bei den Armen und half ihr, über die niedrige Mauer zu steigen. Seine schwarzen Kleider stanken nach Schweiß.

Sie stand ein kleines Stück hinter der Mitte eines großen Holzhaufens, der mit glitzerndem Teer beschmiert war. Am Rande des Holzes befand sich der Pfahl. Sie mußte auf dem Scheiterhaufen stehen, um dort angebunden zu werden.

Der Henker beugte vor ihr das Knie. Von Kopf bis Fuß schwarz gekleidet, das Gesicht unter einer dunklen Haube verborgen, sah er aus wie ein reumütiger Dämon, der Einlaß in den Himmel erbat. »Verzeihst du mir, was ich tun muß?«

»Ja«, wisperte sie und schaute voller Entsetzen auf das Holz.

Er richtete sich auf und hielt ihr die dicke Kette entgegen. Jehanne trat auf den klebrigen Scheiterhaufen und lehnte sich an den Pfahl. Sie streckte die Arme nach dem Kruzifix aus, das Isambard ihr von der Leiter entgegenhielt, und umarmte es ein letztes Mal. Dann befestigte der Henker die Kette an ihren Füßen und schlang sie um ihre Beine und ihren Oberkörper. Jehanne ließ das Kreuz los, und er band ihr die Arme an die Seiten. Dann sprang er zu Boden und nahm die brennende Fackel, die sein Gehilfe ihm reichte.

»Bruder Isambard!« rief Jehanne. »Geh weg! Oder willst du hier auch verbrennen?«

Der Mönch warf ihr einen letzten Blick zu, mitleidig und zerknirscht. Er hatte sich von Cauchons Befehl einschüchtern lassen und mit der Mehrheit für ihren Tod gestimmt. Wortlos bat er sie jetzt um Vergebung, und sie gewährte sie ihm. Er sprang von der Leiter und stellte sich zu Ladvenu und Massieu. Jehanne konnte gerade noch ihre Köpfe sehen.

Sie hörte, wie der Henker seinen Männern den Befehl gab, das Feuer anzuzünden. Fackeln flogen über die Umfriedung und fielen auf das harzige Holz. Weniger als zwei Fuß vor ihr zuckten die Flammen wie Blitze durch den Holzstoß, und knisternd und knackend begannen sie ihr wütendes Werk.

»Haltet das Kreuz so, daß ich es sehen kann!« schrie Jehanne durch den undurchdringlichen Vorhang von schwarzem, erstickendem Rauch, der ihr in die Lunge drang und sie husten ließ.

Die Flammen krochen auf sie zu. Wind streifte ihr Gesicht und ließ den Rauch zerreißen, so daß sie das Kruzifix durch die flimmernden Hitzewellen erkennen konnte. Jedesmal, wenn es weh täte, würde sie ihren Herrn anrufen und ihn um Trost und Hilfe bitten. Ihr Herzschlag dröhnte wie Donner.

Der Wolf schlug seine scharfen Zähne in ihre Füße. »Jhesus!«

Winselnd vor Grauen, versuchte sie in panischer Hast, das Feuer auszutreten, es von sich zu stoßen, aber sie war zu fest angebunden. Sie wagte nicht, nach unten zu schauen, sie wollte nicht sehen, wie ihre Haut brutzelte und ihr Fleisch blutig und wund geglüht wurde. Wieder schnappte der Wolf zu und begann zu kauen.

»Jhesus!«

Jehanne roch den eklig süßen Geruch ihres eigenen brennenden Fleisches. Es war wie der Geruch von Schweinen in einer ausgebrannten Scheune. Ihre Zehen verschwanden in dem lodernden Schlund. Mit tödlichem Zischen sickerte Blut aus ihrem Fuß in die Flammen. Das Gewand fing Feuer und fraß die Haut von ihren Beinen bis hinauf zu ihren geballten Fäusten.

»Jhesus!« kreischte sie, den Blick starr auf das Kruzifix gerichtet.

O lieber Gott, nimm mich zu dir!

Sie konnte nicht länger stehen, und so sackte sie dem Rachen der Bestie ein kleines Stück weit entgegen, die derweil hungrig nach ihren Händen schnappte und an ihren Armen heraufleckte. Ihre Beine hatte sie schon verschlungen und kroch jetzt an den Hüften herauf. Es war so heiß, daß ihre papierne Haube in Flammen aufging und davonwehte.

Sie wollte sich übergeben. »Jhesus!« wimmerte sie.

Die Übelkeit war wie ein Schlag in den Magen. Sie konnte das Kreuz nicht mehr sehen; sie war rings umschlossen von der gelbroten, schnaubenden Gestalt des Wolfes. Das kleine Kreuz zwischen ihren Brüsten geriet in Brand, und das Ungeheuer knabberte langsam an ihrem Herzen.

»Jhesus! Jhesus!«

O Gott, das ist mehr, als ich ertragen kann! Heiliger Erzengel Michael, wenn Du mich liebst, so nimm mich fort! Nimm mich fort!

»Jhesus!!« schrie sie.

Und eine mächtige, unsichtbare Hand packte sie beim Genick und riß sie aus dem Feuer. Rauschend schwebte sie in den Himmel hinauf. Ein englischer Soldat, der hinter Ladvenu stand, hatte gelacht, aber jetzt stand er wie vom Donner gerührt, als sein Blick ihr folgte, und sein Mund klappte in fassungslosem Staunen auf. Er fiel unzusammenhängend stammelnd auf die Knie und deutete mit dem Finger auf sie.

Er konnte sie sehen!

Sie stieg höher und höher. Der arme Mann verlor sie aus den Augen und sank einem Kameraden in die Arme, und er murmelte etwas von einer Taube, die aus den Flammen emporgeflogen war. Jehanne aber flog immer weiter in die Höhe, und erst als sie den ganzen Marktplatz übersehen konnte, hielt sie inne. Sie fühlte weder Schmerz noch Trauer. Sie staunte nur.

Die Szenerie unter ihr war klar und deutlich. Die Schindeldächer der Häuser funkelten wie kleine graue Spiegel im Licht der Frühlingssonne, und mitten dazwischen drängte sich die namenlose Menschenmenge und beklagte diesen Tag. Die Hitze hatte Ladvenu und Massieu ein kleines Stück weit zurückweichen lassen, aber sie standen immer noch weinend vor dem tosenden Scheiterhaufen. Isambard hielt wie benommen das Kreuz vor die Flammen und schluchzte dabei mit offenem Mund. Viele Priester beteten. Die Assessoren, die den Platz nicht verlassen hatten, rangen die Hände und bekreuzigten sich, und sie stöhnten voller Angst und Zerknirschung. Ein lautes Geheul hallte über den ganzen Platz, und die Leute lagen einander in den Armen und jammerten untröstlich. Ganz gegen den Instinkt drängte sich die menschliche Mauer immer näher an das Feuer, aber die Soldaten hielten sie entschlossen zurück und schleuderten Drohungen gegen die Bevölkerung, die sich inzwischen ganz offen mit Schmähungen gegen Warwick wandte.

»Mein Gott, wir sind alle verdammt!« rief eine Stimme auf Englisch von der Königsplattform. »Wir haben eine Heilige verbrannt!« Tressart, der Sekretär des Kardinals, rang die Hände und weinte.

Jehanne wollte ihnen zurufen: Es ist gut, ich bin hier, ich lebe. Aber sie hörten sie nicht.

Sie fühlte keinen Schmerz, kein Leid. Sie fühlte sich befreit. Frohlocken summte um sie herum in hellem Licht, und sie wußte, daß sie Gott und ihre Ratgeber nicht verraten hatte. Sie hatte nicht versagt.

Auf geheimnisvolle Weise hatte sie alles getan, was Gott von ihr gewollt hatte. Das wußte sie so sicher, wie sie ihren Namen wußte. Ein Vorhang von pastellfarbenem Licht umgab sie. Und sie war frei.
In diesem Augenblick jenseits der Zeit verstand sie alles.
Sie hatten ihr die Wahrheit gesagt. Es gab keine Befreiung, die diese hier hätte übertreffen können. Nie wieder würde sie Schmerz empfinden, Ratlosigkeit, Hilflosigkeit oder Trauer. Nie wieder würde sie den Stachel des Verrats verspüren. Niemand würde sie mehr ermahnen, die Qualen des Verlustes auf sich zu nehmen. Sie war frei, an einem Ort, wo niemand ihr etwas anhaben konnte; auf eine verblüffende Weise, die sie fühlen, aber noch nicht ganz begreifen konnte, hatte sie am Ende doch gesiegt. Triumph erfüllte ihr Herz.
Sie versuchte noch einmal auf den Marktplatz hinunterzuschauen, aber der war weit weg und sehr klein. Dort unten war nur das Inferno und das Ding, das darin schmorte.
Komm fort, Jehanne. Hier gibt es nichts mehr für dich.
Sie hob den Blick über ihren Kopf. Ihr entgegen neigte sich ein wirbelnder Tunnel von dunstig grauem Licht, der in einiger Entfernung in sehr viel hellerem Leuchten endete. Winzige Fünkchen wie tanzende Sonnenstrahlen umschwirrten sie spielerisch, schwebten vor ihrem Gesicht hin und her, an ihren Beinen auf und ab, bis sie von ihrem Glanz ganz überzogen war. Sie lachte entzückt und ließ sich von diesem Flimmerlicht voranlocken in den formlos leuchtenden Tunnel, aus dessen Herzen alles Wissen, alle Großzügigkeit, alle Ruhe strömte. Ohne Angst schwebte Jehanne auf die mächtige Gestalt im Zentrum zu.
Aus der Ferne sah es aus wie eine vibrierende Kugel aus gleißendem Licht, aber als sie näher kam und sorgfältig hinsah, erkannte sie die Gestalt eines goldenen Mannes in prachtvoller, sonnenblanker Rüstung. Er war noch schöner, als er ihr in ihren Träumen erschienen war. Seine Züge, hauchzart und zierlich, lächelten ihr entgegen, und in seinen Augen, die älter waren als die Zeit, sah sie Humor und die Annahme all dessen, was sie je getan hatte und was sie war, vorbehaltlos und geprägt von reiner, beständiger Liebe. Hinter ihm schweb-

ten zwei sanft leuchtende Wesen, die ihr die Arme entgegenstreckten. Und wie der himmlische Ritter hatten sie Gesichter. Wunderschöne, vollkommene Gesichter.
Und Jehanne lief ihnen in die Arme und dem Licht entgegen, das am Ende des Tunnels leuchtete wie die Verheißung der Erlösung.

Epilog
Asche

Auf Befehl des Kardinals von Winchester, Henry Beaufort, sammelte der Henker das, was von Jehannes Leichnam übrig war, in eine Decke und warf das grausige Bündel ohne weitere Feierlichkeit in die Seine. Später würde er behaupten, es sei ihm nicht gelungen, das Herz zu Asche zu verbrennen, so sehr er auch noch Brennholz nachgelegt habe. Etwa um dieselbe Zeit wurden La Hire, Poton de Xaintrailles und Gilles de Rais auf ihrem Feldzug in der Normandie zurückgeschlagen, bevor sie Rouen erreichten. Ob sie mit ihrem Unternehmen versuchen wollten, Jehanne zu retten, oder ob es nur die Fortsetzung der königlichen Strategie zur Rückeroberung des Herzogtums war, ist unter Gelehrten bis heute strittig.

Als die Nachricht nach Domrémy gelangte, versank Jacques de Lys, vormals Darc, in tiefer Trauer, und zwei Monate später war er tot. Seine Witwe blieb bis 1435 in Lothringen, dann zog sie nach Orléans, begleitet von ihrem kürzlich freigekauften Sohn Pierre, der selbst wenig später Eigentümer der in der Loire gelegenen Ile-aux-Boeufs wurde. Dort lebte Isabelle Romée auf Kosten der Stadt bis zu ihrem eigenen Tod, noch dreißig Jahre lang. Jehan de Lys kehrte nach Lothringen zurück und erbte schließlich Robert de Baudricourts Posten als Militärgouverneur von Vaucouleurs. Die letzten Nachkommen der Familie – aus Pierres Linie – starben im 17. Jahrhundert.

In den Jahren nach Jehannes Hinrichtung gelang jenen jungen Männern, die das größte Abenteuer ihres Lebens in ihrer Gesellschaft erlebt hatten, ein beachtlicher Aufstieg. 1444 von Karl VII. geadelt, lebte auch Jehan de Metz weiter in Vaucouleurs; sein Schicksal ist zwar unbekannt, aber man weiß, daß er weit über sechzig Jahre alt wurde.

Bertrand de Poulengy wurde zum Rittmeister des Königs ernannt, und auch er erfreute sich eines langen Lebens. Minguet – Louis de Coutes – wurde erst Knappe, dann Herr von Novyon und Reugles. Und Jehan d'Aulon, Jehannes kompetenter und nüchterner Knappe, erwarb später in seinem Leben den Rang eines Seneschalls von Beaucaire.

Nach dem Debakel von Paris wurden Georges de la Trémoïlles Macht und Einfluß von den Heldentaten seines langjährigen Widersachers, des Constable Richemont, überschattet, gegen den er immer weiter intrigierte. Im Laufe einer heftigen Auseinandersetzung zwischen den beiden, die 1433 in Chinon stattfand, fiel der Graf mit einem Dolch über Trémoïlle her, der jedoch dank seiner Fettleibigkeit mit dem Leben davonkam. Er genas, lernte aber nichts aus den grausigen Folgen seiner Ränke und beteiligte sich daher später an der Revolte des jugendlichen Dauphin Ludwig gegen den König, und damit war er bei Hofe erledigt. Er starb 1446 in seinem Schloß Sully-sur-Loire wider Erwarten eines natürlichen Todes.

Regnault de Chartres, der Erzbischof von Reims, lebte bis 1445. Auch er starb friedlich im Bett und wurde mit Ehren überhäuft begraben.

La Hire (Etienne de Vignolles) kämpfte weiter unermüdlich für seinen König. Er war entscheidend daran beteiligt, die Engländer an der Rückeroberung von Lagny im Jahre 1432 zu hindern. 1437 geriet er bei Beauvais in Gefangenschaft, war aber im folgenden Jahr wieder frei und führte im Dienste von René d'Anjou einen Guerillakrieg in Lothringen. Er fiel in der Schlacht am 12. Januar 1443.

Gilles de Rais verließ die Armee nicht lange nach Jehannes Tod und zog sich auf seine Ländereien in der Bretagne zurück, wo er sich in die Alchimie und den ritualistischen Satanismus vertiefte. 1440 wurde er vor Gericht gestellt, verurteilt und wegen Zauberei und Massenmordes an Kindern, hauptsächlich Knaben, hingerichtet. Generationenlang diente sein Name französischen Eltern als Warnung an ihre ungehorsamen Kinder. Er gab die Inspiration zu dem im 17. Jahrhundert erschienenen Roman *Blaubart*.

Pierre Cauchons Ehrgeiz erfüllte sich nicht, denn der Herzog von Bedford brach sein Versprechen, den Richter Jehannes zum Erzbischof von Rouen zu machen. Als Trostpreis erhielt er das Bistum Lisieux, und zehn Jahre später starb er als reicher Mann an einem Herzinfarkt beim Rasieren. Eine prachtvolle Prozession mit sämtlichen Bischofsehren begleitete den Leichnam zu seinem Grab in der Kathedrale von Lisieux. Als aber die Ergebnisse von Jehannes Rehabilitationsverfahren veröffentlicht wurden, stürmte der empörte Pöbel in die Kathedrale und exhumierte den Leichnam, um ihn in die öffentliche Kloake zu werfen, wo er von Passanten getreten, bespuckt und mit Urin beschmutzt wurde. Dieses Urteil hat Jahrhunderte überdauert, und in moderner Zeit hat die Geschichte noch eine über die Maßen ironische – und pointierte – Wendung erhalten: Zu Lebzeiten sehnte Pierre Cauchon sich nach Ruhm, und er glaubte ihn mit der Verurteilung Jehannes zu erringen, aber seine Rolle als Richter in ihrem Prozeß hat ihn zu einer der am meisten verachteten Gestalten der Geschichte gemacht. Dennoch ist sein Name außerhalb Frankreichs nur wenigen Leuten – von Spezialisten abgesehen – überhaupt bekannt.

Nicolas Midi, einer von Cauchons Günstlingen, starb irgendwann nach 1438 an der Lepra; im selben Jahr wurde Jehan d'Estivet, der Ankläger, der Jehanne so rücksichtslos verfolgt hatte, erschlagen in der Gosse aufgefunden. Inzwischen war der Inquisitor Jehan Le Maistre auf geheimnisvolle Weise verschwunden; ob er da noch lebte, weiß man nicht.

1437 empfing Jehan, der Bastard von Orléans, in Anerkennung seiner militärischen Erfolge und seiner Königstreue von Karl VII. den Titel des Grafen von Aulnoy (oder Dunois) und hatte somit endlich einen legitimen Namen, den er seinen Erben weitergeben konnte. Er ist historisch nach wie vor einer der »Guten«, eine seltene Verkörperung des mittelalterlichen Ritterideals: gewissenhaft, tapfer, ehrlich und beständig.

Angesichts seiner Fähigkeiten ist es unglückselig, daß der Cousin des Bastards, der Herzog von Alençon, kein so erfreuliches Schicksal erlebte. 1432, knapp ein Jahr, nachdem Jehanne auf dem Scheiterhaufen verbrannt wurde, erlebte der junge Mann den niederschmetternden Tod seiner Gemahlin; die Ehe war zwar arrangiert, scheint aber doch auf echter Liebe beruht zu haben. Offenbar überstieg die Trauer seine Kräfte: Er fing an zu trinken und hatte etliche Geliebte, von denen eine ihn zur Magie verleitete. 1440 wurde er dem König plötzlich untreu und beteiligte sich an der von dem sechzehnjährigen Dauphin Ludwig inszenierten Revolte gegen seinen Vater. Man muß Karl zugute halten, daß er seinen Cousin nach Niederschlagung der Revolte mit Nachsicht behandelte und ihm nur sein Amt als Lieutenant-Général nahm. Aber statt sich mit Karl zu versöhnen, beklagte der Herzog sich offen und erbittert darüber, daß sein Lehnsherr ihn ungerecht behandele, weil er ihm die normannischen Ländereien seiner Ahnen vorenthalte. Kurz danach verbrüderte d'Alençon sich mit den Engländern. 1456, am Vorabend seiner Aussage bei Jehannes Rehabilitationsverfahren, wurde er wegen Hochverrats verhaftet, und 1458 verurteilten ihn seine Standesgenossen zum Tode. Karl begnadigte ihn ein zweites Mal, aber erst nach der Thronfolge Ludwigs XI. wurde er freigelassen. 1474 wurde er erneut vor Gericht gestellt, überführt und zum Tode verurteilt – und wiederum begnadigt. Offenbar schien es, als könne Jehannes »schöner Herzog« die Dämonen, die ihn verfolgten, durch den Tod nicht besiegen, aber endlich starb er doch – arm, verbittert und allein – im Jahr 1476.

D'Alençons Schwiegervater, Herzog Charles von Orléans, kehrte 1439 aus englischer Gefangenschaft zurück. Das Lösegeld hatte zu einem großen Teil – ausgerechnet – Philippe von Burgund bezahlt, der einzige Mann in Frankreich, der reich genug war, um die enorme Summe aufzubringen. Die Gedichte, die Charles d'Orléans in seiner Haft in England schrieb, gehören heute zum Lehrstoff an europäischen und nordamerikanischen Universitäten.

Philippe de Bourgogne wurde von König Karl nie ganz unter Kontrolle gebracht, und er starb reich und mächtig im Jahr 1467 in Dijon. Es sollte Karls Erben Ludwig XI. (dem »Spinnenkönig«) obliegen, die Macht des widerspenstigen Hauses Burgund endlich zu brechen.

1435 hatten die Versprechungen, die er Heinrich V. am Totenbett gemacht hatte – die Normandie zu halten, was immer es koste, und dem Anspruch seines Erben auf den französischen Thron Geltung zu verschaffen – John von Lancaster, den Herzog von Bedford, vollends aufgerieben, und er starb am 14. September in Rouen. Seine Rolle als Organisator der englischen Militärpräsenz in Frankreich fiel an Richard Beauchamp, den Earl von Warwick, und dieses Amt behielt er bis zu seinem Tod im Jahr 1439. Inzwischen aber hatte sich das Blatt gegen England gewendet: Der gewissenhaften und selbstlosen Führung durch Bedford beraubt, verlor die englische Monarchie vollends die Kontrolle über Frankreich, und England taumelte in den katastrophalen inneren Konflikt, der als Rosenkriege bekannt ist.

Nach dem Ausbruch dieser Bürgerkriege fand Heinrich VI. sich als Schachfigur in einem politischen Spiel zwischen den Häusern Lancaster und York wieder. 1460 nahmen die Parteigänger des letzteren den zerbrechlichen Erben des Valois'schen Wahnsinns gefangen und setzten ihn später ab – zugunsten Edwards IV., eines Sohnes aus dem Hause York. Nach seiner Freilassung ging Heinrich teilnahmslos in ein ungewisses Exil, während seine Frau, Marguerite d'Anjou, allerlei Komplotte schmiedete, um ihren Sohn auf den Thron zu bringen. Schließlich aber wurde er von den Schotten gefangengenommen und an König Edward übergeben, der ihn im Mai 1471 im Tower ermorden ließ.

Was den Krieg in Frankreich angeht, so widerrief Burgund elf Tage nach Bedfords Tod seinen Teil am Vertrag von Troyes und ging ein feierliches Bündnis mit Karl VII. ein, und ohne weitere Zeitverschwendung schickte Philippe seine Truppen gegen den einstigen Verbündeten ins Feld. Im Februar 1436 belagerte Arthur de Richemont, der sich inzwischen mit Karl vollständig versöhnt hatte und Constable von Frankreich war, die Hauptstadt Paris, unterstützt von den Burgundern und den Bürgern der Stadt. Die Schlacht dauerte einen Monat, dann fiel Paris. Mit großem Prunk marschierte die Königliche Armee am 13. April in der Stadt ein, fast auf den Tag genau fünf Jahre, nachdem Jehanne den Engländern vor Gericht vorausgesagt hatte,

»noch ehe sieben Jahre vergangen sind, werden sie eine Niederlage erleiden, die schlimmer ist als die bei Orléans«.
Aber es war noch nicht vorbei. Noch siebzehn Jahre sollten vergehen, bevor am 17. Juli 1453 bei Castillon die letzte Schlacht des Hundertjährigen Krieges geschlagen werden sollte. In dieser Schlacht fiel auch Jehannes alte Nemesis aus der Schlacht von Patay, John Talbot. Nachdem nun das ganze übrige Frankreich wieder unter der Herrschaft des Königs stand, erlaubte Karl den Engländern, Calais zu behalten – eine Gefälligkeit gegen seinen Verbündeten Bourgogne, der diesen Hafen für seinen flämischen Wollhandel mit England brauchte.
Karl VII. wurde bei seinen Untertanen unter dem wohlverdienten Beinamen »der Siegreiche« bekannt. Er gewann nicht nur den längsten Krieg in der europäischen Geschichte, sondern zentralisierte auch die Bürokratie im Dienst der Monarchie, schuf das erste stehende Heer auf dem Kontinent und begründete die Periode des Friedens und des Wohlstandes, die sein Königreich in die Renaissance führen sollte. Er starb 1463, als er vierunddreißig Jahre auf dem französischen Thron gesessen hatte.

Nachwort der Autorin

Ich werde manchmal gefragt, ob ich es schwierig fand, dieses Buch zu schreiben. Meistens sage ich dann, daß ich es als Herausforderung empfunden habe, aufregend, manchmal frustrierend – es erforderte eine lange Zeit beträchtlicher Recherchen und viel mühselige Arbeit vor dem Computer. Aber das sind oberflächliche Antworten, die im Grunde nicht erklären, wie ich die Mosaiksteine dieses historischen Romans zusammengesetzt habe.

Ich hatte das Glück, mich von einem Gegenstand angezogen zu fühlen, dessen Geschichte so gut überliefert ist, daß sie nur gelegentlich Probleme bei der Recherche barg, denn nur wenige historische Gestalten – und keine in der europäischen Geschichte – haben ein Leben geführt, das gründlicher dokumentiert wäre als das der Jungfrau von Orléans, Jeanne d'Arc. Das verdankt sich sowohl den Bemühungen zeitgenössischer Chronisten als auch dem außergewöhnlichen Umstand, daß ihr Leben in zwei Prozessen, nicht nur in einem, erforscht wurde: in dem ersten, besser bekannten, bei dem sie verurteilt wurde, und in einem zweiten, der durch die Klage ihrer Familie gegen die Diözesen Rouen und Beauvais wegen widerrechtlicher Tötung veranlaßt wurde und der sie fünfundzwanzig Jahre nach ihrer Hinrichtung rehabilitierte.

Die Protokolle des ersten Prozesses waren in Latein und Französisch verfaßt, während die des Rehabilitationsverfahrens ausschließlich lateinisch sind. Im 19. Jahrhundert übernahm der vorzügliche französische Historiker Jules Quicherat die anstrengende Aufgabe, die lateinischen Akten beider Verfahren ins Französische zu übersetzen. 1932 übersetzte W.P. Barrett die französischen Akten des Verurteilungsprozesses ins Englische, und diese Übersetzung wurde zusammen mit anderen Kommentaren unter dem Titel *The Trial of Jeanne d'Arc* veröffentlicht. Spätere Historiker haben sich dieser Sammlungen als Primärquellen bedient und ihre Biographien darauf fußen lassen.

Die Protokolle des ersten Prozesses enthalten Jehannes eigenen Bericht über ihr Leben, aber die Aussagen weisen offenkundige Lücken auf, die zweifellos auf die politischen Absichten des Gerichts zurückzuführen sind. Bei dem Rehabilitationsverfahren traten mehr als hundert Zeugen auf, Leute, die Jehanne in jeder Phase ihres Lebens gekannt hatten: Kindheitsfreunde, Waffengefährten, Leute, bei denen sie gewohnt hatte. Die Akten dieses Prozesses füllen die Lücken aus und versorgen die Nachwelt mit lebendigen und weitgehenden Einzelheiten. Dank diesen Zeugen haben wir einen Eindruck von ihrem Aussehen, wir wissen, wohin sie ging, was sie trug, was sie sagte und tat, ja, was sie aß. Die Aussagen der Mönche, die ihre Haft und das Verurteilungsverfahren miterlebten, waren eine unschätzbare Hilfe bei der Darstellung ihres Auftretens während dieser letzten Strapaze.

Eingedenk all dessen war das Schreiben dieses Romans »leicht« insofern, als ich tagtägliche Berichte über Jehannes Leben zur Verfügung hatte, angefangen mit dem Augenblick, da sie ihre Stimmen hörte, bis zu ihrem Tod. Um weitere Einsichten zu gewinnen, las ich Biographien von Leuten, die eine wichtige Rolle für sie spielten, und Bücher über das Leben im mittelalterlichen Frankreich. Ich hatte sogar das Glück, über Faksimiles einiger Briefe zu stolpern, die sie diktiert und unterschrieben hat: Es ist tatsächlich ihre Unterschrift unter dem berühmten – und echten – Brief an Bedford im fünften Kapitel. Mein Ziel war es, die Geschichte so authentisch wie möglich zu erzählen – nicht die Geschichte einer makellosen Gipsheiligen, sondern die eines komplexen Menschenwesens aus Fleisch und Blut, das hinter den Schleiern aus unbelegten Legenden und kalten Fakten zu uns hervorschaut. Außerdem fühlte ich mich herausgefordert, im wesentlichen von Jehannes Standpunkt aus zu schreiben und dem Leser so Gelegenheit zu geben, sich vorzustellen, was es für ein Gefühl gewesen sein mag, die Jungfrau Jehanne zu sein.

Zu diesem Zweck schloß ich narrative Elemente ein, die Jehannes Charakter und die Komplexität des Hundertjährigen Krieges zeigen sollten, und ließ dafür andere aus, die zwar interessant waren, aber weniger wichtig erschienen, um die Handlung voranzubringen oder eine Charakterentwicklung zu vertiefen. Praktisch jedes Ereignis und ein großer Teil des Dialogs in diesem Roman basiert auf historischen Tatsachen, und dies gilt vor allem – wenn auch nicht ausschließlich – für die am Prozeß beteiligten Figuren, wo der Dialog geradewegs aus den Prozeßakten stammt. Selbst Szenen, die gekünstelt erscheinen mögen, sind tatsächlich dokumentiert. Ein solcher Fall betrifft die letzte Schlacht um Orléans, bei der Jehanne sich den Pfeil aus der Schulter zieht. Diese Szene erscheint vielleicht wie ein melodramatisches Produkt der Phantasie, aber sie beruht auf der Aussage ihres Beichtvaters Jehan Pasquerel, der dabei war, als sie verwundet wurde. Ein weiteres Beispiel ist der plötzliche Umschwung des Windes vor Orléans, der bezeugt und später von einer kleinen Schar Anwesender beschrieben wurde.

Aber so reichhaltig das Quellenmaterial auch sein mag, ich stieß doch hin und wieder auf Hindernisse. Einige dieser Hindernisse sind auf die Neigung des Mittelalters zurückzuführen, das innere Leben zu ignorieren und besonderes Gewicht auf die äußeren Taten zu legen – eine Reflexion der geringen Bedeutung, die die Menschen jener Zeit der Individualität beimaßen. Mit anderen Worten: Die Berichte über Jehannes Taten sind reichhaltig und detailliert, aber sie enthalten nicht immer auch die charakterliche Motivation. Wir wissen zum Beispiel, daß sie über die Leichen englischer Soldaten weinte, aber wir haben keinen Bericht darüber, wie sie die kriegerischen Erfordernisse ihrer Mission mit der Empfindsamkeit einer Mystikerin in Einklang bringen konnte.

Diese Frage trat besonders in den Mittelpunkt, als ich dabei war, Jehannes erste Begegnung mit dem wirklichen Krieg bei Orléans zu schildern. Als Romanschriftstellerin bediente ich mich dessen, was ich über ihren Charakter wußte, um den inneren Konflikt, den sie tatsächlich empfunden haben mag, aber nie öffentlich zum Ausdruck brachte, auf eine Weise darzustellen, die mir einleuchtend erschien. Ich fand es plausibel, daß eine Frau, der es gelungen ist, ihre Mission drei Jahre lang geheimzuhalten, bevor sie in Vaucouleurs öffentlich davon sprach, es auch geschickt verstanden haben dürfte, ihre Empfindungen zu verbergen, nachdem sie ein gewisses Maß an Ruhm erworben hatte. Das emotionale Leiden nach der Befreiung von Orléans, das ich beschrieben habe – Jehannes innerer Monolog in der Schlafkammer und das darauf folgende Fest, bei dem ihr vom Wein schlecht wird –, ist das Resultat meiner eigenen Versuche, den inneren Kampf zwischen der Heiligen und der Soldatin um die Macht über die Persönlichkeit darzustellen.

Die Frage der Charakterentwicklung trat noch einmal zutage, als es darum ging, Jehannes Eltern, Brüder, Knappen, Pagen und Freunde aus Vaucouleurs in den Griff zu bekommen. Es waren lauter lebendige Menschen, aber die nackten Tatsachen in den mittelalterlichen Berichten vermögen sie nicht zum Leben zu erwecken. So konnte ich meiner Phantasie freien Lauf lassen, wo es darum ging, sie mit Fleisch und Blut auszustatten – ein Vorteil, den ich nicht hatte, wenn es um die Figuren der Oberschicht ging. Die Persönlichkeit Karls VII., des Herzogs von Bedford, des Bastards von Orléans, des Herzogs von Alençon und anderer Edelleute sind so gut bekannt, daß ich gezwungen war, sie so zu beschreiben, wie sie in den Geschichtsbüchern vorkommen. (La Hires Persönlichkeit ist tatsächlich so lebendig, daß sie durch das dunkle Fenster der ziemlich phantasielosen Chroniken herausleuchtet, und sein Gebet – »Gott, ich bitte Dich, tu für La Hire, was La Hire für Dich tun würde, wenn Du ein Soldat wärest und La Hire Gott.« – ist tatsächlich von ihm).

Gelegentlich sah ich mich mit quälenden Lücken in der Geschichte konfrontiert. Wie zum Beispiel erfuhr Jehanne nach ihrem Fehlschlag vor Paris von den Armagnac-Verschwörungen in der Stadt und von der Gefahr, die Compiègne drohte, wenn sie an Karls Hof in solcher Abgeschiedenheit, ja, Gefangenschaft, gehalten wurde? Die Antwort ist unbekannt, aber diese Informationen gelangten ihr nicht nur zur Kenntnis, sondern veranlaßten sie sogar zu ihrem letzten, schicksalhaften militärischen Abenteuer. Um diese Erkenntnisse zu erklären, wie es die Erzählung verlangt, beschloß ich den geheimnisvollen Boten zu erfinden, den sie in Jargeau trifft, und um der Sache eine zusätzliche Ironie zu verleihen, machte ich ihn zu einem Engländer.

Ähnlich verhält es sich mit der körperlichen Mißhandlung durch die Gefängniswärter zwischen dem Abschwören auf dem Friedhof von St.-Ouen und dem Besuch der Mönche in ihrer Zelle drei Tage später. Auch darüber gibt es keinen Bericht aus erster Hand, aber bedeutsame Indizien lassen vermuten, daß solche Mißhandlungen stattgefunden haben. Isambard de la Pierre sagte während des Rehabilitationsverfahrens aus, daß ihr Gesicht »entstellt und tränennaß« war, als er und die anderen Geistlichen in ihre Zelle zurückkamen und feststellten, daß Jehanne wieder Männerkleidung angelegt hatte; außerdem habe sie gerufen, sie ahnten ja nicht, »welche Gewalt die Engländer ihr angetan hätten, nachdem die Kirche sie gezwungen habe, Frauenkleider anzulegen«. Jehan Massieu, der Prozeßdiener, der sie zu den Befragungen begleitete, beschrieb vor dem Rehabilitationsgericht, wie die Wache ihr das Kleid weggenommen und ihr nicht erlaubt habe, es wieder anzuziehen, so daß sie gezwungen gewesen sei, wieder Männerkleidung anzulegen; so habe Jehanne es ihm selbst erzählt. Und Martin Ladvenu, der ihr die letzte Beichte abnahm, gab zu Protokoll, daß Jehanne ihm gesagt habe, in der Dreitagesfrist habe »ein großer englischer Lord« »versucht«, sie zu vergewaltigen, aber sie habe ihn abgewehrt.

Mir fiel es in Anbetracht ihrer dokumentierten körperlichen Schwäche zu jener Zeit schwer zu glauben, daß ein solcher Versuch, wenn er denn stattgefunden hat, von ihr vereitelt worden sein soll. Ich hatte eher den Eindruck: Entweder hat Jehanne die Wahrheit gesagt, soweit ihr Verstand es ihr erlaubte, sie zu erkennen, befand sich aber in einem Schockzustand, in dem sie das Geschehene nicht wahrhaben wollte. Oder Ladvenu hat unter Eid gelogen, um den Namen der »Jungfrau Jehanne« nicht zu beschmutzen, der zur Zeit seiner Aussage in Frankreich bereits verehrt wurde. Anfangs neigte ich der ersten Möglichkeit zu, bis mir klar wurde, daß eine Person, die wegen eines Schocks außerstande ist, das Geschehene als wahr zu akzeptieren, das Trauma wahrscheinlich überhaupt blockieren dürfte und infolgedessen gar nicht erst davon sprechen wird. Wenn Jehanne den Zwischenfall aber nicht preisgegeben hat, wie kann Ladvenu dann überhaupt von diesem Anschlag wissen? Da ich für diese Frage keine andere Erklärung wußte, habe ich die Vergewaltigung wie auch Jehannes Beichte bei Ladvenu so geschildert, wie sie sich meiner Meinung nach wahrscheinlich zugetragen haben.

Auf meine Phantasie habe ich mich auch bei Jehannes Begegnung mit Colette de Corbie verlassen. Es ist bekannt, daß beide Frauen gleichzeitig in Moulins waren, und da Jehanne häufig zum Beten in Colettes Klosterkapelle ging – und da sie beide berühmte Mystikerinnen ihrer Zeit waren, die politisch die gleichen Neigungen hatten –, erschien es mir denkbar, daß sie Gelegenheit hatten, sich zu treffen. Den Inhalt ihres Gesprächs habe ich natürlich erfunden.

Eine große Herausforderung lag sicher auch in der Frage, wie ich Jehannes »Stimmen« darstellen sollte, was ich ja nicht vermeiden konnte, wenn ich den Roman hauptsächlich aus ihrer Sicht schreiben wollte. Am Ende entschied ich mich dafür, sie einfach in Kursivschrift abzubilden.

Eine letzte Bemerkung: Die Leser werden sehen, daß der Name, den ich für sie verwende, »Jungfrau Jehanne« (auf Französisch: Jehanne la Pucelle) lautet. Unter diesem Namen war sie ihren Zeitgenossen bekannt. Während des Prozesses sagte sie aus, daß man sie in ihrem Dorf niemals Jehanne d'Arc genannt habe, sondern Jehanne (oder Jhanette) Romée; das sei der Nachname ihrer Mutter, und so war es in jener Zeit in jener Gegend gebräuchlich. In zeitgenössischen Dokumenten wird ihr Vater unterschiedlich als Jacques Darc, Tarc, Day, d'Ay oder Dart aufgeführt, was vermuten läßt, daß man seinen Namen damals nicht als »von Arc« verstand. Der Name »Jeanne d'Arc« ist eine Erfindung aus dem 16. Jahrhundert. Ich deute diese Diskrepanz symbolisch: »Jeanne d'Arc« ist der Name der Legende, vollkommen und unnahbar, und »Jungfrau Jehanne« ist der Name der wirklichen Person. Sie aber ist es, deren Geschichte ich zu erzählen versucht habe.

Danksagungen

Zwar beginnt fast jedes Buch bei einer einzelnen Person, aber es geht doch meist durch viele Hände. Es ist deshalb angebracht, daß ich mir die Zeit nehme, denen zu danken, deren Beiträge, Hilfen und Ermutigungen beim Schreiben und Veröffentlichen dieses Buches von unschätzbarem Wert waren.

Ein herzliches *merci beaucoup!* meinen Freunden in Frankreich, die mir ihre Türen öffneten, als ich dort meine Recherchen anstellte: Brigitte und Boubker Intissar und Monique und François Widemann. Von Herzen Dank an Monsieur Robert Joseph in Patay, dessen Kenntnisse über die Schlacht 1429 überaus eindrucksvoll und hilfreich waren. Und Dank auch an Frances Hébert, meine fröhliche Dolmetscherin, die sich von mir durch ganz Frankreich schleifen ließ, ohne sich auch nur einmal zu beklagen.

Ein besonderer Dank geht an Judith Marymor, die die Entwürfe las und die mir sagte, was gut war, und Verbesserungsvorschläge machte, wo sie nötig waren, an George Garrett, der mir freundlich Zeit und Ermutigung schenkte, an C. Brian Kelly, der mich großzügig an seinem umfassenden Wissen über Jehannes militärische Laufbahn teilhaben ließ, an Elisabeth Outka, deren Humor und Optimismus mich aufmunterten und deren Anstrengungen dazu führten, daß ich jemanden dafür gewann, das Manuskript zu vertreten, an Leslie Breed, die nicht nur eine vorzügliche Literaturagentin, sondern auch eine warmherzige und fürsorgliche Freundin ist, und an Hope Dellon, die ausgezeichnete Lektorin, deren professionelle und empfindsame Art den Roman auf eine Weise verbesserte, die ich nicht vorhergesehen hatte.

Nicht zu vergessen: Ich danke auch meiner Familie, meinen Freunden und Mitarbeitern, all diesen liebevollen Menschen. Wenn sie mich für verrückt hielten, weil ich ein so gewaltiges Projekt in Angriff nahm, so haben sie es doch mit keinem Wort je erwähnt.